新日本古典文学大系 57

謡曲百番

西野春雄 校注

岩波書店刊行

目次

五十音順曲名一覧

収録曲百番を現代仮名遣いによる五十音順に配列した。

凡例

一　底本には、架蔵、寛永七年黒沢源太郎刊観世黒雪正本(全二十冊百番揃い)を用いた。

二　各曲名の下には、曲籍・曲柄ならびに異称・古称、作者を記した。

三　各曲の冒頭には、場景、人物、梗概、素材・主題についての簡略な解説を付した。人物については役名および〔深井・唐織着流女〕のような形でその人物の〔面《おもて》・出立《いでたち》〕を略記した。ただし直面《ひためん》(面をつけない)については表記を省略した。面と出立については付録の「能楽面図録」および「出立図録」を参照されたい。

四　謡曲独特の構造に留意し、本文を段―小段に分かち、段番号と小段名を本文中に示した。小段については別に掲げる「小段解説一覧」および付録の「用語一覧」を参照されたい。

1　段番号は【一】【二】等の形で記した。

2　謡事の小段は〈サシ〉〈上歌〉のように〈　〉を用いて記した。底本の道行は〈上歌〉とした。なお、名称の定めがたい小段は〈□〉とした。

3　囃子事・舞事の小段は〔次第〕〔序ノ舞〕のように〔　〕を用いて記した。

4　節(フシ)の楽型については、拍子不合《ひょうしあわず》は＼、拍子合《ひょうしあい》のうち平《ひら》ノリ・中《ちゅう》ノリは〽、大《おお》ノリは〽とした。なお底本にある節付のゴマ点はこれを省略した。

5　詞(コトバ)についてはすべて「に置き換えて示した。

6　原則として、詞から節に移ることを示す「カカル」「カヽル」の表記については「カヽル」に統一し、残した。

7　役名の表示は原則として底本通りとしたが、著しく不完全もしくは通常と異なる場合には適宜補正した。

8　底本は、多人数による合唱部分を示す「地(地謡)」と「同(同音)」とを区別しており、本文もその通りとした。

9　曲節上の分離句(いわゆる分離のトリ等)については－で前後をつないで示した。

(例)　雲の－通ひ路絶え果てて(定家)　　人の－心も白雲の(紅葉狩)

10　底本は謡本なので、中入後のアイの〈問答〉〈語リ〉等が省略されている。その場合は本文中に(　)を用いて簡略な注記を施した。

五　通読の便を考慮して、翻刻は次のような方針で行った。

1　漢字は原則として現在通行の字体に改め、常用漢字表にある文字は新字体を用いた。ただし、「龍・瀧・燈・樞」などは旧字体を使用した。

2　振り仮名

(イ)　底本の仮名に漢字をあてる場合には、もとの仮名を振り仮名にして残した。

(ロ)　校注者の付した読み仮名には(　)を付した。その際は歴史的仮名遣いに拠った。

(ハ) 仮名遣いは底本通りとするが、歴史的仮名遣いと異なる場合は（ ）を付して傍記した。本文に頻出する「なふ」「なふなふ」(間投詞・助詞)については傍記を施さなかった。

(ニ) 歴史的仮名遣いと謡曲の発音とが異なる場合がある。その際は、主要なものに限り片仮名を付して発音を示すようにした。なお、「ゾオロオ(候)」は「ザウラウ」とした。

(例) 涙《(なンだ)》　善悪不二《(ぜんナくふに)》　屏風《ヘイフ》　調べ《しらメ》　山《やま》といつ《ツ》ぱ

3 反復記号

(イ) 漢字の反復記号は「々」を用いた。

(ロ) 謡本の性格上、頻出する「〳〵」の反復記号はすべて詞章に置き換えた。その際、繰り返される詞章には原則として振り仮名を施さなかった。

4 句読点については、韻律文学としての謡曲の特質を考慮して、以下のように施した。

(イ) 散文(コトバ)のところは、底本に拠りつつ適宜施した。

(ロ) 韻文(フシ)のところは、実演上の韻律を基準とし、特に拍子に合う部分は、謡曲の韻律(音数律)に従って施した。

(ハ) 句点は原則として小段の末に施した。

5 清濁は観世流に拠りつつ、校注者の意によって施した。

六 脚注

1 縁語、掛詞、序詞、枕詞については概ね次の記号を用いて示した。

（例）縁色—花—種—蓮。　掛呼ぶ—夜舟、知らず—白。
　序花薄—穂に出で。　枕墨染めの—夕。

2　付合についても次の記号を用いて示した。なお、その付合が『連珠合璧集』に拠っている場合は、出典名として逐一明記はしなかった。

（例）付鶯—花の宿。

3　脚注で引用した主な文献は、誤解されるおそれのない限り通行の略称に従った。

4　他流他本との異同は紙幅の都合上、主なものを示すにとどめた。

七　巻末には以下の付録を収めた。

1　能舞台図
2　能楽面図録
3　出立図録
4　用語一覧
5　古今曲名一覧

八　注釈にあたっては、諸先覚の業績に負うところが大きいが、その性格上個々に記すことは省かせていただいた。

九　本文中に、現在では問題を含む語句や表現が使用されている場合があるが、原文の歴史性を考慮してそのままとした。

一〇　本書の執筆にあたり、網本尚子氏、後藤和也氏、松本成章氏、松本雍氏、本橋啓子氏の協力を得た。

小段解説一覧

能(謡曲)の脚本構造は、「小段《しょうだん》」と呼ぶ単位を積み上げたモザイク構造となっている。そして、ある小段を抜き取って別の小段と入れ替えたり、省略したり、追加するなど、小段単位の変更によってさまざまな演出が行われている。小段は能(謡曲)の構造の中核を担っている。

この小段を、能の演技要素である謡《うたい》(声楽)、囃子(器楽)、所作(動作)の組み合わせから分類してみると、次のように分けられる。

A
- 1 謡と囃子と所作で構成されるもの　例 クセの一種の舞グセ《まいぐせ》、クルイ
- 2 謡と所作で構成されるもの　例 問答の一種の呼カケ、文《ふみ》
- 3 謡と囃子で構成されるもの　例 上歌《あげうた》の一種の待謡《まちうたい》、居グセ《いぐせ》
- 4 謡のみで構成されるもの　例 名ノリ、クドキ

B
- 5 囃子と所作で構成されるもの　例 一声《いっせい》、中ノ舞《ちゅうのまい》、カケリ
- 6 囃子のみで構成されるもの　例 次第の前の置鼓

C
- 7 所作のみで構成されるもの　例 素ノ出《すので》、素ノ中入《すのなかいり》

1から4までは、謡を主とし、囃子や所作で構成される(A)。5と6は、囃子と所作で構成される(B)。7は、所作のみで構成される(C)。この三分類にしたがい、すべての小段を一覧してみる。

なお、研究者の間では、Aを謡事《うたいごと》、Bを囃子事《はやしごと》、Cを無言事《しじまごと》と呼んでいる。

A　謡を主とし、囃子や所作で構成されるもの（囃子や所作を伴わないものも含む）

Ⅰ　謡のリズムが明確なもの

㈠　平ノリ《ひらのり》型（七五調一句を八拍にあてはめる、代表的なリズム様式の小段）

次第《しだい》　序歌・導入歌として用いる最も短い小段。非常に例が多い。

下歌《さげうた》　低音域の旋律の短い小段。非常に例が多い。直後に上歌を伴うことが多い。

上歌《あげうた》　高音域の旋律で始まる定型の小段。非常に例が多い。

歌《うた》　本書では便宜上左記のものを原則として歌とした。

中上歌《ちゅうあげうた》　中音で始まる上歌。

クリ歌　高いクリ音で始まる上歌。

トリ歌　一句目に分離のトリがある上歌。

キリ　結末部での総括的感想や後日談で、中音主体で旋律の少ない小段。

ロンギ　役と役、または役と地が交互に謡う小段。物尽くしなど型どころが多い。

段歌《だんうた》　上歌など、いくつかの歌の類をつなげた小段。

クルイ　狂乱をあらわすリズムの変化が豊かな小段。

クセ　曲舞を取り入れた定型の小段。見どころ聞きどころが多い。

片グセ《かたぐせ》　クセと歌の中間的な形式の小段。

据グセ《すそぐせ》　クセを承けて舞に続ける小段。

読ミ物《よみもの》　勧進帳や願書などの文書を読み上げる特殊な小段。

㈡　中ノリ《ちゅうのり》型（八八調を基準とする二字一拍のリズム様式の小段）

渡リ拍子《わたりびょうし》　平ノリ型で太鼓が入る特殊な小段。

中ノリ地　闘争などを示す場面に用いる小段。

㈢　大ノリ《おおのり》型（四四調を基準とする一字一拍のリズム様式の小段）

ノリ地　舞の前後や浮きやかな場面に用いる小段。

Ⅱ　謡のリズムが明確でないもの

㈠　詠ノリ《えいのり》型（和歌や漢詩を詠吟する趣の小段）

一セイ　高音域で七五調の定型の小段。非常に例が多い。

一セイ崩シ《いっせいくずし》　一セイの末尾のフシを崩した形式の小段。

ワカ　和歌を歌い上げる小段。舞の前後に多い。

ワカ受ケ　ワカ直後の低音域の小段。

上ノ詠《じょうのえい》　高音域で和歌を高らかに吟唱する小段。

下ノ詠《げのえい》　低音域で和歌をしみじみと吟唱する小段。

二重詠《にじゅうえい》　低音域一句と高音域一句からなる小段。

アラヤナ　「あら◯◯の◯◯やな」という低音域の一句を繰返す短い小段。後ジテ登場の直後にある。

㈡　サシノリ型(文意を主にさらさらとしたリズムの小段)

クリ　最高音のクリ音を含む小段。サシ、クセに先行することが多い。

名ノリグリ　名ノリを内容とするクリ形式の小段。

クドキグリ　嘆きなどの激しい感情をあらわすクリ形式の小段。

イサミグリ　勇躍の気分をあらわすクリ形式の小段。

二重グリ《にじゅうぐり》　サシ風の謡をうけるクリ形式の小段。

キザシグリ　天変地異などを告げるクリ形式の小段。

サシ　高音域で始まる叙唱風の小段。

名ノリザシ　名ノリを内容とするサシ形式の小段。

掛合《かけあい》　二つの役が交互に謡う韻文の小段。例が多い。

文《ふみ》　手紙の文面を読む形式の小段。

クドキ　低音域を主とし、嘆息や苦悩などをあらわす小段。

添エゴト《そえごと》　独白風に感慨を述べる小段。

誦句《じゅく》　経文を読誦する小段。

諷誦《ふじゅ》　諷誦文を上げる小段。

ノット　神職の上げる祝詞の小段。

伽陀《だか》　声明の伽陀になぞらえた小段。

Ⅲ　コトバを主としたもの

問答《もんどう》　役と役の会話の小段。フシが混じる例も多い。非常に例が多い。

語リ《かたり》　背景にある物語をする小段。後半がフシになる形式が多い。

ノリコトバ　狂女などの登場直後にある小段。

オキゴト　さてはそうか、といった趣の小段。

名ノリ　自己紹介や行動予告などを述べる小段。フシが混じる例もある。

着キゼリフ《つきぜりふ》　目的地に着いたことを述べる小段。

誘イゼリフ《さそいぜりふ》　物語などを引き出す趣の小段。

シャベリ　立ったままで独白風に物語をする小段。

触レ《れふ》　立ったままで布告を行う小段。

B　囃子と所作で構成されるもの

Ⅰ　人物が幕などから登場するもの

次第《しだい》　さまざまの役の登場に用いる小段。非常に例が多い。直後にAの次第を伴う。

習ノ次第《ならいのしだい》　老女などが静かに登場する小段。

真ノ次第《しんのしだい》　大臣などが颯爽と登場する小段。

アシライ出シ《あしらいだし》　いつのまにか登場していたという趣の小段。

一声《いっせい》　さまざまな役柄がノリよく登場する小段。非常に例が多い。

真ノ一声《しんのいっせい》　脇能の前ジテなどが登場する小段。

習ノ一声《ならいのいっせい》　後ジテなどが作リ物の中から謡い出すときの小段。

出端《はで》　鬼や霊などが勢いよく登場する小段。

早笛《はやぶえ》　龍神などが登場する急調な小段。

大ベシ《おおべし》　天狗などが重々しく登場する小段。

下リ端《さがりは》　神仙などが明るく浮きやかに登場する小段。

名ノリ笛《なのりぶえ》　ワキが一人で登場する小段。

置鼓《おきつづみ》　脇能の冒頭に置かれる小段。

真ノ来序《しんのらいじょ》　唐人の帝王が荘重に登場する趣の小段。

乱序《らんじょ》　獅子が豪快に登場する小段。

Ⅱ　人物が舞台から退場するもの

アシライ中入《あしらいなかいり》　女性などが悲しみに沈んで中入りする小段。

送リ笛《おくりぶえ》　主に夢幻能の前ジテが静かに中入りする小段。笛の流派により有無両様。

早鼓《はやつづみ》　決意を秘めて武士が中入りし、入れ代わりに別役があわただしく登場する小段。

来序《らいじょ》　脇能の前ジテなどが中入りし、入れ代わりにアイが登場する小段。**中入来序**とも。

Ⅲ　人物が舞台上で舞うもの(所作表現の代表)

序ノ舞《じょのまい》　女性や老人役が物静かに舞う小段。

真ノ序ノ舞《しんのじょのまい》　老体の神などが荘重に舞う小段。

中ノ舞《ちゅうのまい》　いろいろな役のさまざまな舞に用いられる小段。舞の基本。

天女ノ舞《てんにょのまい》　女体の神仙などが軽やかに舞う小段。

早舞《はやまい》　公家の霊などがのびやかに舞う小段。盤渉(ばんしき)基調が特徴。

黄鐘早舞《おうしきはやまい》　ものすさまじげな男の霊が軽やかに舞う小段。

男舞《おとこまい》　武士が力強く颯爽と舞う小段。

神舞《かみまい》　男体の神が明るく強く舞う小段。

急ノ舞《きゅうのまい》　最も速度の速い舞の小段。

破ノ舞《はのまい》　女の霊などが序ノ舞などの後に軽やかに舞う短い小段。

下リ端ノ舞《さがりはのまい》　「国栖」で天女がのどやかに舞う小段。

楽《がく》　唐人などが舞楽を模して舞う小段。

神楽《かぐら》　巫女や女神などが舞う小段。純神楽部分と準神舞部分とから成る。

総神楽《そうかぐら》　全体が純神楽形式の小段。

羯鼓《かっこ》　芸能者などが鼓を打ちながら舞う小段。
鷺乱《さぎみだれ》　「鷺」のシテが池辺を舞い遊ぶ趣の小段。
猩々乱《しょうじょうみだれ》　「猩々」のシテが酔って波上を舞い遊ぶ趣の小段。
獅子《しし》　獅子が戯れ遊ぶ趣の小段。
乱拍子《らんびょうし》　「道成寺」のシテが舞う特殊な小段。

Ⅳ　人物が立ち働くもの

舞働《まいばたらき》　異相の神や天狗などが勢威を示して勇壮に立ち働く小段。
静カナル舞働《しずかなるまいばたらき》　老体の龍神などが勢威を示して重々しく立ち働く小段。
打合働《うちあいばたらき》　鬼畜などが格闘したりする小段。
カケリ　武士の霊や狂女などが興奮状態を示す小段。
追打ノカケリ《おいうちのかけり》　「善知鳥」のシテが鳥を打ち落とす小段。
イロエ　女の霊などが静かに舞台を一回りする小段。
斬組ミ《きりくみ》　大勢の武士が斬り合う小段。
祈リ《いのり》　山伏などが鬼女などを祈り伏せる小段。
立回リ《たちまわり》　舞台上を静かに立ち回る小段。

Ⅴ　舞台上の動きを彩るもの

アシライ歩ミ《あしらいあゆみ》　脇能の前ジテ・前ヅレが橋掛リから舞台に移動する小段。
アシライ物着《あしらいものぎ》　女などが舞台上で静かに扮装を変える小段。
車出シ《くるまだし》　「熊野」で車を舞台に出す小段。
短冊ノイロエ《たんざくのいろえ》　「熊野」のシテが短冊に和歌をしたためる小段。
イロエ物着《いろえものぎ》　「現在七面」のシテが扮装を変える小段。

C　所作のみで構成されるもの

Ⅰ　人物が無言で動くもの(例が稀)

素ノ出《すので》　「葵上」の巫女などが何事もなく登場する小段。
素ノ中入《すのなかいり》　男などが何事もなく退場する小段。
素ノ歩ミ《すのあゆみ》　何事もなく橋掛リから舞台に入る小段。
素ノ物着《すのものぎ》　何事もなく舞台上で扮装を変える小段。

謡《よう》曲《きよく》百《ひやく》番《ばん》

高砂（たかさご）

脇能物　古称、相生
男神物　世阿弥作（申楽談儀）

場景　前場—播磨国高砂の浦。高砂の松の付近。早春の夕暮れ。後場—摂津国住吉の浦。同じく、月の明るい夜半から早暁。

人物　前ジテ　木守りの老人〔小牛尉・大口尉〕
ツレ（前）　木守りの姥〔姥・水衣姥〕
後ジテ　住吉の松の神〔邯鄲男・透冠狩衣大口〕
ワキ　阿蘇の神主友成〔大臣〕
ワキヅレ　随行の神職〔大臣〕（数人）
アイ　高砂の浦の男〔長上下〕

梗概　阿蘇の宮の神主が随行者と共に都へ上る途次、播州高砂の浦に立ち寄ると、松寿を讃えつつ木陰を清める老人夫婦に出会う。老人はこの木が相生《あいおい》の松であると教え、自分は住吉の者で、この姥が当地の者ゆえ謂れをよく知っているという。神主は夫婦が別々に住む事を不審するが、老夫婦は、妹背の仲は住む所などに関わりがなく、高砂住吉の松も、相生の松といって夫婦の松と答える。二つの松は万葉集、古今集の二集に譬えられ、松の葉の栄えは和歌の栄えであり、天下泰平の象徴と言い、松の徳を物語る。やがて自分たちこそ高砂と住吉の松の精であると明かし、住吉での再会を約束して海上へ去る（中入）。浦の男から松の子細を聞いた神主は、新造の舟で住吉へ急ぐと、澄みきった月光の中、住吉の神が現れて颯爽と舞い奏で、天下泰平、寿福延年を祝福する。

素材・主題　古今集・仮名序に「高砂住の江の松も相生のやうに覚え」とある一節に対する、中世の古今注、なかでも古今和歌集序聞書（三流抄）系の所説に拠って構想された。非情の松を住吉の尉と高砂の姥の老夫婦に人格化し、松寿千年と偕老同穴のめでたさを祝福するとともに、ワキを古今集に象徴される延喜の聖代の神主友成に設定して、松の徳が帝徳に擬せられた漢詩文の世界をもふまえ、歌道の繁栄と聖代の繁栄とが一体であることを讃美する。なお、シテが住吉の神である「白楽天」「雨月」、廃曲「住吉小尉」などに照らし、後ジテはもと老体の神であったか。

【一】〔真ノ次第〕〈次第〉ワキ・ワキツレ〽一今を始《はじめ》の旅衣、今を始の旅衣、日も行末《ゆくすゑ》ぞ久《ひさ》しき。

〈名ノリ〉ワキ「抑《そもそも》是は九州《キウシウニ》肥後国、阿蘇の宮の神主友成とは我事也、我未《いまだ》都を見ず候程に、

一 今始めるこの旅は、日数も道のりも遥かに長い。縁日も（紐）—衣。
二 現熊本県。その一の宮が阿蘇神社。阿蘇氏系譜に友成を「阿蘇宮大宮司外従五位下、延喜三年二月叙爵」とする。

以下四頁

一 播磨の歌枕。
二 縁はる（張る）・けふ（狭布）・たつ（立つ・裁つ）・浦（裏）・来（着）—衣。「けふ」には「今日」を響かせる。
三 「のどけき」は前後に掛かる。
四 「高砂の尾上の鐘の音すなり暁かけて霜や置くらん」（千載集・冬・大江匡房）を春の入相の鐘に転じ春の海辺の光景を描写。
五 この囃子につれて舞台に入り、ツレは真中、シテは常座に立つ。
六 古今集・雑上・藤原興風の歌を引き、老境の孤独の嘆きを、長寿の感懐に転じた。
七 過ごして来た年月も、どのくらいか知らぬほど積もり積もって、髪も雪のように白い老人は老鶴のよう、有明月が残る春の霜夜の起居にも。掛代々—世々、知らず—白雪。「老の鶴」は「声来二枕上一千年鶴」（和漢朗詠集・鶴・白居易）をふまえ、「塒」の序。松と鶴は瑞祥。
八 「置き」に音通で「霜」の序。
九 風雅の心を友とし、感慨をつぶやくだけだ。掛友とす—すがむし

九州から高砂へ

此度《このたび》思ひ立《たち》都に上《のぼ》り候、又よき次《ついで》なれば、播州高砂[一]の浦をも一見せばやと存《ぞんじ》候。
〈上歌〉ワキ・ワキツレ 〽旅衣、末遥々《はるばる》[二]の都路を、末遥々の都路を、けふ思《おも》ひたつ浦の浪、船路《ふなぢ》[三]のどけき春風も、幾日来《いくかき》ぬらん跡末も、いさしら雲の遥々《はるばる》と、さしも思ひし播磨潟《がた》、高砂の浦に着《つき》にけり、高砂の浦に着にけり。
〈着キゼリフ〉ワキ「急《いそぎ》候間、播州高砂の浦に着て候、此所にをひ《おい》て松の謂《いはれ》を尋《たづね》ばやと存《ぞんじ》候。

【二】［真ノ一声］〈一セイ〉二人 〽高砂の[四]、松の春風吹《ふき》くれて、尾上《をのへ》の鐘も響《ひび》くなり　ツレ 〽浪は霞の磯隠《いそがく》れ　二人 〽音こそ塩の満干《みちひ》なれ。［アシライ歩ミ[五]］
〈サシ〉シテ 〽誰《たれ》[六]をかも知《し》る人にせん高砂の、松もむかしの友ならで、過来《すぎこ》[七]し代々は白雪の
二人 〽積《つ》もり積《つ》もりて老《おい》の鶴の、塒《ねぐら》に残る有明の、春の霜夜の起居《おきゐ》[八]にも、松風をのみ聞馴《ききなれ》て、[九]心を友とすがむしろの、思《おも》ひを述《の》ぶるばかりなり。
〈下歌〉二人 〽音づれは、松に言問《ことと》[一〇]ふ浦風の、落葉衣《おちばごろも》の袖添《そ》へて、木陰の塵を掻《か》かふ《う》よ、木陰の塵を掻かふ《う》よ。
〈上歌〉二人 〽所は高砂の、所は高砂の、尾上の松も年ふりて、老の波[一一]も寄《よ》り来《く》るや、木の下陰の落葉掻《か》く、なるまで命ながらへて、猶《なほ》いつまでか生《いき》[一二]の松、それも久しき名所かな、それも久しき名所かな。

【三】〈問答〉ワキ「里人を相待処《あひまつところ》に、老人夫婦来《きた》れり、いかに是なる老人に尋《たづぬ》べき事の候

ろ(菅筵)。序すがむしろ—述ぶ(延ぶ)。
一〇 掛待つ—松。付袖—浦、塵—松葉。「落葉衣」は歌語。
一一 年が寄るのを波の寄せるに譬えた。
一二 生きの松原は筑前の歌枕。「名所」は金春・喜多は「例(ためし)」。
一三 古今集・仮名序に「高砂住の江の松も相生のやうにおぼえ」という。この説明は後に出る。

尉と姥、松の長寿を讃える

一四 「高砂ハ播磨、住吉ハ摂津国、其間三日路也。彼松何ゾ生合(アヒオフ)事有ラン、不審」(三流抄)。
一五 住吉(尉)と高砂(姥)の松の精を夫婦に設定。「申さ給へ」は「申させ給へ」の略形。
一六 情ないことをおっしゃいますこと。
一七 古人は言われた。
一八 太平のめでたさの比喩だ。
一九 万葉集時代の象徴の意。
二〇 古今集勅撰の今の延喜帝の代。
二一 和歌の言の葉が永久に尽きず、和歌の繁栄が昔も今も同じだと、文運盛んな聖代を讃える比喩。
二二 和光同塵(三二一頁注一三)の意をこめ、住吉の神徳を讃美。「西の海」は七頁注一三の和歌をふまえる。

以下六頁

シテ「こなたの事にて候か何事にて候ぞ
ワキ「高砂の松とはいづれの木を申《(まうし)》候か
シテ「唯今《(ただいま)》木陰を清《きよ》め候こそ高砂の松にて候へ
ワキ「高[一三]砂住の江の松に相生の名あり、当[一四]所と住吉とは国を隔《へだ》てたるに、何とて相生の松とは申候ぞ
シテ「仰《(おほせ)》のごとく古今の序に、高砂住の江の松も相生のやうに覚《おぼ》えとあり、去《(さり)》ながら此[一五]尉《(じよう)》はあの津の国住吉の者、是なる姥《うば》こそ当所の人なれ、知《し》る事あらば申《(まう)》さ給へ
ワキ カヽル へ不思議や見れば老人の、夫婦一所に有ながら、遠き住の江高砂の、浦山国を隔《(へだて)》て住《す》むと、いふはいかなる事やらん
ツレ へ[一六]うたての仰《(おほせ)》候《ザウラウ》や、山川万里《(さんせんばんり)》を隔《へだ》つれ共、互《たが》ひに通《かよ》ふ心遣《づか》ひの、妹背の道は遠からず
シテ「先《(まづ)》案じても御覧ぜよ
二人 カヽル へ高砂住の江の、松は非情のものだにも、相生の名はあるぞかし、ましてや生《(しやう)》ある人として、年久しくも住吉より、通《かよ》ひ馴《な》れたる尉と姥《うば》は、松もろともにこの年迄、相生の夫婦となるものを。
〈掛合〉ワキ カヽル へ謂《(いはれ)》を聞《き》けば面白や、扨々《(さてさて)》先《さき》に聞えつる、相生の松の物語を、所に言《い》ひ置《を》く謂《いは》れはなきか
シテ「[一七]昔《むかし》の人の申《(まうし)》しは、是は[一八]めでたき世《よ》の例《ためし》也
ツレ へ高砂といふは上代の、[一九]万葉集のいにしへの儀
シテ「住吉と申は今[二〇]この御代《(みよ)》に住給ふ延喜の御事
ツレ へ松とは尽《つ》[二一]きぬ言の葉の
シテ「栄《さか(え)》へは古今相同《あひおな》じと
二人 へ御代を崇《あが》むる譬《たと》へ也
ワキ カヽル へよくよく聞《き》けば有難や、今こそ不審春の日の
シテ へ光[二二]和《やは》らぐ西の海の
ワキ へかしこは住の江
シテ へ爰《(ここ)》は高砂
ワキ へ松も色添《そ》ひ
シテ へ春も
ワキ へ長閑《(のどか)》に。

相生の松の由来

一「四海」は天下の意。「四海波静かにして九州風をさまり」(宴曲集二・祝言)等、天下泰平の象徴。
二「風不レ鳴レ条《(えだ)》」(論衡十七・是応篇)に基づく泰平の意の成句。「養老」「放生川」など脇能に頻出。
三 一節の最初に置いて口調を整える慣用語。「そもそも」も同様。
四 草木非情とは言うが、花咲き実成る時期をたがえない。後の「花葉時を分かず」と照応。
五 木は四季の旺気を備えており、春になると南側の枝から花が咲き始める。「某日立春、盛徳在レ木」(礼記・月令)、「露暖南枝花始開」(和漢朗詠集・春・梅・菅原文時)。
六 永久不変で、花の時期、葉の時といった区別がない。
七 四季が次々に過ぎ廻って来ても、千年不変の松の緑は雪の中でいっそう色深く輝く。「十八公栄霜後露。一千年色雪中深」(和漢朗詠集・松・源順)、「天の下しろしめすこと、四つの時、九のかへりになんなりぬる」(古今集・仮名序)をふまえ、松徳に帝徳を重合。
八 松の花は千年に一度ずつ、十回咲くともいわれている(和歌童蒙抄)。「松花之色十廻」(新撰朗詠集・帝王)。
九 こうした寿福を備えている松にちなむ和歌の言葉は、詩情を磨く

〈上歌〉同 〽[一]四海浪静《しづ》かにて、国も治《おさ》まる時《とき》つ風[二]、枝を鳴《な》らさぬ御代《みよ》なれや、あひに相生の、松こそめでたかりけれ、実《げに》や仰《あふ》ぎても、事《こと》も愚かやかかる世に、住《す》める民とて豊かなる、君の恵《めぐみ》ぞ有難《がた》き、君の恵ぞ有難き。

【四】〈誘イゼリフ〉ワキ「猶々《なほなほ》高砂の松の謂《いはれ》御物語候へ。

〈クリ〉地 〽夫《それ》[三]草木《さうもく》[四]心《こころ》なしとは申せ共《ども》、花実《くわじつ》の時を違《たが》へず、陽春[五]の徳を備《そな》へて南枝《なんし》花《はな》始《はじめ》て開く。

〈サシ〉シテ 〽然れ共此松は、その気色《けしき》[六]とこしなへにして花葉《くわえふ》時を分《わ》かず　同 〽四《よつ》[七]の時至《いた》りても、一千年の色雪の中《うち》に深《ふか》く、又は松花《しようくわ》[八]の色十回《かへ》りとも言《い》へり　シテ 〽[九]かかる便《たよ》りを松が枝《え》の　同 〽言《こと》の葉草《はぐさ》の露の玉、心《こころ》を磨《みが》く種となりて　シテ 〽生《い》きとし生《いけ》る物ごとに

同 〽敷島の陰《かげ》に寄《よ》るとかや。

〈クセ〉地 〽然《しか》[一〇]るに[一一]長能が言葉にも、有情非情《うじやうひじやう》の其声、みな歌に洩《も》るる事なし、草木土沙《さうもくどしや》、風声水音《ふうせいすいおん》まで、万物の籠《こ》もる心あり、春の林の、東《とう》風《ふう》に動《うご》き秋の虫《むし》の、北露に鳴《な》くも、皆和歌の姿ならずや、中にも此松は、万木に勝《すぐ》れて、十八公《シふはッこう》[一二]のよそほひ、千秋《せんしう》の緑をなして、古今《ここん》[一三]の色を見ず、始皇[一四]の御爵《おんしやく》に、あづかる程の木なりとて、異国にも、本朝にも、万民是を賞翫《しやうくわん》す　シテ 〽高砂[一五]の、尾上の鐘の音す也　同 〽暁かけて、霜は置《を》けども松が枝《え》の、葉色《はいろ》は同《おな》じ深緑《ふかみどり》[一六]、立寄《よ》る陰《かげ》の朝夕に、搔《か》けども落葉の尽《つ》きせぬは、誠なり松[一七]の葉の、散失《ちりう》

種となり、生あるものすべてが敷島の陰(和歌の道)に縁を求める。古今集・仮名序に基づく。縁葉—草—露。掛玉を磨く—心を磨く。

一〇 ところで。〈サシ〉や〈クセ〉の冒頭の慣用句。

一一 平安中期の歌人、藤原長能。「有情非情…姿ならずや」は、三流抄の「長能之私記ニ云…春ノ林ノ東風ニ動キ、秋ノ虫ノ北露ニ啼モ、皆是、歌ト見ヘタリ。和歌ノ体也ト云。サレバ有情非情トモニ、其声皆歌ト見ヘタリ」に基づき、「草

松のめでたさ

木土沙…心あり」も、同書「森羅万法ノ音声ハ皆是歌也」による。

一二 最上の爵位たる公の位にふさわしい姿で千年の緑を保ち。十八公は松の字を十・八・公と分けて人名めかした異称。

一三 昔も今も色が変わることがない。宝生・金春・喜多は「見す」。世阿弥・五音曲条々に「松は…古今の色なく」とある。「竹有㆓上下節㆒、松無㆓古今色㆒」(夢窓国師語録)。

一四 →「老松」〈クセ〉(四五〇頁)。

一五 以下、凛冽たる暁天の霜に冴えわたる鐘の響きを感じさせる。

一六 付緑—深・浅。掛浅し—朝夕。

一七 「松の葉の散り失せずして、真栄の葛長く伝はり」(古今集・仮名序)を引用。「呉服」にも。

一八 下掛は「神ここに相生の」で住

せずして色は猶《(なほ)》、正木《(まさき)》の葛長《かづらなが》き世《よ》の、譬《たと》へなりける常磐木《ときは》の、中にも名は高砂の、末代の例《ためし》にも、相生の松ぞめでたき。

【五】〈ロンギ〉地〽実名《(げに)》を得《え》たる松が枝《え》の、実名を得たる松が枝の、老木の昔現《あらは》して、其名を名乗給へや　二人〽今は何をかつつむべき、是は高砂住の江の、相生[一八]の松の精《せい》、夫婦と現じ来《(きた)》りたり　地〽不思議《ふしぎ》や扨《(さて)》は名所《(などころ)》の、松の奇特《(きどく)》を現《あらは》して　二人〽草木心なけれ共　地〽畏《かしこ》き代《よ》とて　二人〽土[一九]も木も　同〽我《(わが)》―大君の国なれば、いつまでも君が代に、住吉に先行《(まづゆき)》て、あれにて待申さんと、夕浪の汀なる、海士の―小舟に打乗《(のり)》て、追風《(おひかぜ)》にまかせつつ、沖の方《かた》に出《(いで)》にけりや、沖の方に出にけりや。（中入）

【六】〈問答・語リ・問答〉（アイの浦の男が登場し、ワキの尋ねに答えて、高砂・住吉の相生の松の由来を語り、住吉の浦へ船を出す）

【七】〈上歌〉ワキ・ワキツレ〽高砂や、此浦船に帆を揚《(あげ)》て、此浦船に帆を揚て、月諸共《(もろとも)》に出塩《(いでしほ)》[二〇]の、浪の淡路の島影《かげ》や、遠くなるをの沖過《す》ぎて、はや住の江に着《(つき)》にけり、はや住の江に着にけり。

【八】〔出端〕〈サシ〉シテ〽我見[二一]ても久《ひさ》しくなりぬ住吉の、岸の姫松幾《いく》世経ぬらん、睦《むつ》ましと君は知《し》らずや瑞垣《みづがき》の、久しき代々の神神楽《かぐら》、夜《よる》の鼓の拍子を揃《そろ》へて、すずしめ[二二]給へ宮つ子《こ》たち。

【九】〈上ノ詠〉地〽西[二三]の海、檍《あをき》が原の浪間より　シテ〽現《あらは》れ出《(いで)》し神松[二四]の。〈一セイ崩シ〉シテ〽春なれや、残《(のこん)》[二五]の雪の浅香《あさか》潟《がた》　地〽玉藻《たまも》刈《か》るなる岸陰の　シテ〽松根《(しようこん)》[二六]に倚《よ》つて腰《こし》を摩《す》れば　地〽千年《(せんねん)》の緑手に満《み》てり　シテ〽梅花《(ばいくわ)》を折《(をつ)》て頭《かうべ》に挿《さ》せば　地〽二《(じ)》

吉の神を強調。

一九「草も木もわが大君の国なればいづくか鬼の栖なるべき」(太平記十六)をふまえる。

相生の松の精と明かす

二〇 掛出で―出塩(潮)、泡―淡路、なるを―鳴尾。鳴尾は摂津の歌枕。

二一 伊勢物語・一一七段に「昔、帝、住吉に行幸したまひけり。われ見ても久しくなりぬ住吉の岸の姫松幾世経ぬらん。おほん神現形し給ひて、むつましと君は白波みづがきの久しき世よりいはひそめてき」。中世では業平を住吉明神の化現と理解(玉伝深秘)、本曲も二首を住吉明神の述懐とする。

二二 神慮を清め慰め申せ神職達よ。

二三「西の海あはきが原の潮路より

高砂から住吉へ

現れ出でし住吉の神」(続古今集・神祇・卜部兼直)。能では「浪間より」の形で引く(「白楽天」「雨月」、廃曲「住吉小尉」)。いずれも老体の神。良遍・日本書紀巻一聞書(応永二十六年)等にも。

二四 下掛「住吉の」。

住吉明神の出現

二五 浅香の浦は摂津の歌枕。雪の白、松の翠、梅花の白と綴る色彩が美しい。

二六 松の長寿にあやかるべく、松

月《げつ》の雪衣《ころも》に落《お》つ。　〔神舞〕

【一〇】〈ロンギ〉地〽有難の影向《やうがう》や、有難の影向や、[一]月すみよしの神遊《あそ》び、御影を拝《おが》むあらたさ[二]よ　シテ〽実《げに》様々の舞姫の、[三]声も澄《す》むなり住の江の、松陰も映《うつ》るなる、[四]青海波《せいがいは》とは是やらん　地〽[五]神と君との道直《す》ぐに、都の春に行《ゆく》べくは　シテ〽それぞ還城楽《げんじやうらく》の舞　地〽扨《さて》万歳《ばんぜい》の　シテ〽[六]小忌衣《をみ》　同〽[七]さす―腕《かひな》には悪魔を払《はら》ひ、納《おさ》むる手には、寿福を抱《いだ》き、[八]千《せん》秋楽《しうらく》は民を撫《な》で、万歳楽には命を延《の》ぶ、相生の松風、[九]颯々《さつさつ》の声ぞ楽《たの》しむ、颯々の声ぞ楽しむ。

に寄りかかって腰をさすれば、千年の松の緑が手に満ち、梅花を折って髪にさせば、花びらが二月の雪のように衣に散りかかる。「倚ニ松根一摩レ腰、千年之翠満レ手。折ニ梅花一挿レ頭、二月之雪落レ衣」（和漢朗詠集・春・子日・尊敬）。

祝舞、松風颯々

―――以上七頁

一 [掛]澄み―住吉。
二 「あらたさ」は、まぎれもない眼前の光景の意。
三 「住吉」と重韻。「声澄む」は奏楽の冴えわたる意の慣用句。
四 舞楽に「青海波」という曲があるが、本当の「青海波」はこの岸辺での今の舞をいうのであろうか。
五 神道も君（政）道もまっすぐな正しい世に、春の都へと行くのなら、それこそ都城へ還るという名の「還城楽」の舞。
六 節会などに斎戒した官人や舞姫が着る上衣。
七 「さす」「納むる」は舞の型の名。
八 雅楽「千秋楽」と舞楽「万歳楽」を重ねて祝い寿ぎ、理世撫民と、寿福延年を祈る。結びに舞の名を列挙する手法は「放生川」、廃曲「鼓瀧」など世阿弥の能に顕著。
九 風の音、風の吹くさま。楚辞九歌・山鬼「風颯颯兮木蕭蕭」以来の詩語。

朝長《ともなが》

二番目物
公達物　観世元雅作か（素材・主題の項参照）

場景　前場―美濃国青墓《おうはか》の宿。朝長の墓所。早春のある日。後場―青墓の宿の長者の家。同じく、深夜。

人物　前ジテ　青墓の宿の長者〔深井・唐織着長女〕
後ジテ　源朝長の霊〔中将・修羅物〕
ツレ　宿の長者の侍女〔小面・唐織着流女〕
トモ　宿の長者の従者〔素袍上下〕（下掛は、この役は出ない）
ワキ　旅の僧（嵯峨清涼寺の僧）〔着流僧〕
ワキヅレ　同行の僧〔着流僧〕（二、三人）
アイ　所の男〔長上下または肩衣半袴〕

梗概　保元の乱で自害した朝長に由縁の旅僧が、回向のため美濃国青墓の宿を訪ね、所の男に朝長の墓所を聞き、詣でる。一方、宿の長者は侍女と従者を伴い墓参し、朝長を回想して世の無常を嘆く。長者は見知らぬ僧の回向を不審するが、互いに朝長に縁のあることを知り、共にその死を悼む。長者は、青墓の宿に落ちのびた義朝父子のこと、負傷した朝長の自害の有様を物語る。一同は宿に帰り、長者は旅僧に逗留と弔いを勧め、家人に旅僧の接待を命じる（中入）。家人は義朝の敗戦と朝長の死、野間での長田による謀殺の経緯を語る。旅僧が観音懺法を営み菩提を弔うと、深夜、朝長の霊が現れ懺法を感謝し、平治の乱に敗亡した父子兄弟の悲運を語る。とりわけ父義朝が最後の運命を托した、家臣長田による謀殺と対照的な、青墓の宿の長者の、死後の弔いまで続けてくれる厚意に深謝する。そして合戦での負傷、辿り着いた青墓の宿での自害を語り、菩提回向を希求する。

素材・主題　平治物語・中・金王丸尾張より馳せ上り義朝の最後を語る事に拠りつつ、さらに一歩進ませて、朝長の重傷と自害を真正面に据え、戦いの悲惨さ、敗者の痛ましい運命を描く。父義朝が手に掛けたという平治物語に対し、足手まといにならぬようにと深夜自害したとする脚色をはじめ、作者の創作が光り、若武者の死を見届けた女性の〈語リ〉から中入にかけての場景描写はシテの心象風景と重なり、哀傷の思いが強く迫る。前ジテが現実の女性、後ジテが朝長の霊、という前後別人格の能も異色で、全体に、死者を弔い観音信仰に救いを求める宗教的色彩も濃い。脚色文辞等から元雅作の可能性が強い。廃曲「重衡」と共に修羅能本来の暗さが全体を貫いている。

【一】〔名ノリ笛〕〈名ノリ〉ワキ「是は嵯峨[一〇]清龍寺より出たる僧にて候、扨《さて》も此度《このたび》[一一]平治の乱に、義[一二]

一〇 清涼寺。京都市右京区にある浄土宗の名刹。→「百万」八二頁。
一一 平治元年（一一五九）十二月、源義朝が藤原信頼と結んで挙兵した乱。
一二 源義朝。平治の乱に敗れ、永暦元年（一一六〇）、野間の内海で謀殺される。三十八歳。

以下一〇頁

一 都を退却した。武家の忌詞。
二 義朝の二男。大夫は五位の称。この時朝長は十六歳で「中宮少進、従五位下」（山槐記・保元四年二月二十一日条）。中宮職の三等官が「進」で六位相当官だが、五位の者が任じられると「大夫進」と称した。精選の職とされる。
三 現岐阜県大垣市青墓町にあった宿駅。下掛「青墓の宿長者の屋にて」。 四 縁者であるから。
五 瀬田の長橋・鏡山・老曾の森は近江の歌枕。伊吹山・不破の関は美濃の歌枕。囲吹く―不破。
六 花の散った跡を訪れる松風は、落花を恨み、降りつもる雪にも恨みを残すだろう。「花の跡」は朝長の墓所、「松風」は宿の長者たちを暗喩。「雪」は負傷した朝長が深い雪の中を青墓に引き返し、自決する因となったことをふまえる。「花ノ跡訪ウ松風ハ、雪ニヤ静ナルラン」（世阿弥・五音「静」の〈次第〉）を転用。
七 遊女宿の女主人。長者の大炊《おお》

朝都[一]を御開《ひら》き候、中にも太夫進[二]朝長は、美濃国青墓《あふはか》[三]の宿《しゆく》にて自害し果《はて》給ひたる由承《うけたまはり》候、我等も朝長の御縁《ゆかり》[四]の者にて候程に、急《いそぎ》かの所に下り、御跡をも弔《とむら》ひ申さむと思ひ立《たち》て候。

〈上歌〉ワキ・ワキツレ〽近江路や、瀬田[五]の長橋打渡《わた》り、瀬田の長橋打渡り、猶《なを》行末《すゑ》は鏡山、老曾《おいそ》の森をうち過《すぎ》て、末《すゑ》に伊吹の山風の、不破の関路を過《す》ぎ行《ゆ》き、青墓《あふはか》の宿に着《つき》にけり、青墓の宿に着にけり。

【二】〈着キゼリフ・問答〉（ワキは青墓の宿へ着くと、アイの宿の長の下人に朝長の墓所を尋ね、教えに従い墓所へ行く）

【三】〔次第〕〈次第〉女・ツレ・トモ〽花[六]の跡問《あとと》ふ松風や、花の跡問ふ松風や、雪にも恨《うら》みなるらん。

〈名ノリザシ〉女 カヽル〽是は青墓《あふはか》の長者[七]にて候。

〈サシ〉女・ツレ 同〽それ草[八]の露水の泡《あは》、はかなき心の類《たぐひ》にも、哀《あはれ》を知《し》るは習《なら》ひなるに、是は殊更思《おも》はずも、人の歎《なげ》きを身[九]の上に、かかる涙の雨とのみ、霑《しほ》るる袖の花薄《すすき》[一〇]、穂に出《いだ》すべき言の葉も、なくばかりなる有様かな。

〈下歌〉女・ツレ・トモ〽光《ひかり》[一一]の陰《かげ》を惜《お》しめ共、月日の数は程ふり[一二]て。

〈上歌〉女・ツレ・トモ〽雪[一三]の中《うち》、春は来《き》にけり鶯の、春は来にけり鶯の、凍《こほ》れる涙今ははや、解《と》[一四]けても、寝《ね》ざれば夢にだに、御《おん》面影の見《み》えもせで、痛《いた》はしかりし有様を、思ひ出るも浅猿《あさまし》や、思ひ出るも浅猿や。

【四】〈問答〉女「不思議《ふしぎ》やな此御墓所《おんむしよ》へ、我[一五]ならでは七日七日に参り、御跡とぶ《ム》らふ者もなき

い)、娘の延寿などの名が吾妻鏡や平治物語に見える。遊女は歌舞の芸で客を慰めた。

八 はかなきものの譬え。「はかなき」の序。「哀」は「泡」に音通。「草の露、水の泡を見てわが身を驚き」(古今集・仮名序)。

九 [掛]見—身、かか(掛)る—斯る。[縁]涙—雨—霑る—袖。[付]袖—薄—涙。朝長の死を我が身の上の事のように嘆く心。「涙の雨の袖」(「天鼓」)。

清涼寺の僧、青墓の宿へ

宿の長の墓参

一〇「穂」の序。[掛]な(無)く—泣く。

一一「光陰惜しむべし、時人を待たざるに」(「高野物狂」、廃曲「維盛」)、「光の陰惜しめ、時人を待たぬ世なるに」(廃曲「経盛」)等、元雅の能に顕著。

一二「経り」に「降り」を掛け「雪」を導く。

一三「雪の内に春は来にけり鶯の凍れる涙今やとくらん」(古今集・春上・二条后)を引く。

一四 私の心の悲しみは解けず、安らかに寝ることもできず、夢にすらお姿を見ることもなく。

一五 私以外には供養する者はないはずなのに。

一六 朝長にとってどんな御縁の人か。

一七 幼君を養育する役目の男性。

に、旅人と見えさせ給《たま》ふ御僧の、涙を流《なが》し懇《(ねんごろ)》に弔《(とむら)》ひ給ふは、いか成《(なる)》人にてましますぞ　ワキ「さん候《ザウラウ》是は朝長の御縁《ゆかり》の者にて候が、御跡弔《(とむらひ)》申さむ為是まで参りて候　女〽御縁《ゆかり》とは懐《なつ》かしや、扨々《(さてさて)》[一六]朝長の御為いかなる人にてましますぞ　ワキ「是は朝長の御傅《(めのと)》[一七]なにがしと申者にて候しが、さる事ありて御暇《(いとま)》給はり、はや十ケ年に余《(あまり)》、かやうの姿と成《(なり)》て候程に、疾《と》くにも罷下《(まかりくだり)》、御跡とぶ《ム》らひ申度《(たく)》は候ひつれ共、[一八]怨敵《(をんでき)》の縁《ゆかり》をば、出家の身をも許《ゆる》さねば、[一九]抖擻行脚《(とそうあんぎや)》に身をやつし、忍びて下向仕《(つかまつり)》て候　女「[二〇]扨《(さて)》は取分《とり(わき)》たる御馴染《なじみ》、さこそは思召《(おぼしめさ)》るらめ、わらはも[二一]一夜《(いちや)》の御宿《やど》りに、あへなく自害し果《(はて)》給へば、ただ身の歎《なげ》きのごとくにて、か様《(やう)》にとぶ《ム》らひ参《まい》らせ候　ワキカヽル〽実《(げに)》痛はしや我とても、もと[二二]主従の御情《なさけ》、是も三世《(さんぜ)》の御値遇《(おんちぐう)》　シテ「わらはも[二三]一樹の陰の宿《やど》り、他生《(たしやう)》の縁と聞《(きく)》時は、げに是とても二世の契りの　ワキカヽル〽けふも互《たが》ひに爰《(ここ)》に来《き》て　女〽とぶ《ム》らふ我も　ワキ〽朝長《とも(なが)》も。

〈上歌〉同〽[二四]死の縁《えん》の、[二五]所《ところ》も逢《あ》ひにあふはかの、所も逢ひに青墓《あふはか》の、[二六]跡のしるしか草の陰《かげ》の、青野《あをの》―が原《はら》は名のみして、古葉《(ふるは)》のみの春草《(はるくさ)》は、さながら秋の浅茅原《あさちはら》、[二七]荻の―焼原《やけはら》の跡までも、[二八]実《(げに)》北邙《ほくばう》の夕煙《けぶり》、一片《べん》の―雲となり、消《き》えし空は色も形《かたち》も、なき跡ぞあはれ成ける、なき跡ぞあはれ成ける。

【五】〈誘イゼリフ〉ワキ「いかに申候、朝長の御最後の有様委《(くはし)》く語《(かたッ)》て御聞《き》かせ候へ。

〈語リ〉女「申《(まうす)》につけて痛はしや、[二九]暮《く》れし年の八日の夜に入て、荒《あら》けなく門《かど》を敲《たた》く音《をと》す、誰な

底本「御乳母」。下掛「乳母子(めのとご)」。
一八 平家の敵である源氏の縁者は。
一九 仏道修行のための回国行脚。
二〇 格別に親しい間柄。下掛「一入(ひとしほ)のおんあはれ」。
二一 朝長父子に一夜の宿をお世話した。下掛「一夜のおんなじみ」。
二二 主従は三世、夫婦は二世、親子は一世の契りという仏説をふまえ、三・一・二・四(死)と数韻。
二三 朝長の一夜の宿りも前生からの縁と聞きます、まことにこれも二世にわたるご縁。「宿二一樹下一、汲二一河流一、一夜同宿、…皆是先世結縁」(説法明眼論)、「一樹の蔭に宿るも先世の契浅からず、同じ流れを結ぶも多生の縁なほ深し」(平家物語七・福原落)等の成句による。朝長への思慕も。

二世の契り、共に死を悼む

二四 その所で死ぬべき宿縁。「扨も無慙や死の縁とて」(「隅田川」)。
二五 朝長が死んだ所も、二人が行き逢ったのも、墓の名をもつ青墓で。囲(逢ひに)あ(逢)ふ―青墓。
二六 墓じるし。「青野原は垂井より五町ばかり東なり。此原を過ぐれば青墓の宿なり」(名所方角抄)。
二七 「秋の浅茅原」と語調を合せ、荻、焼原、煙、と続けた。
二八 まことに火葬の折の夕煙を思わせる有様、煙が一片の雲となっ

るらんと尋《(たづね)》しに、[一]鎌田殿と仰《(おほせ)》られし程に門を開《(ひら)》かすれば、[二]物の具《ぐ》したる人四五人内《うち》に入給ふ、義朝《よしとも》御親子《をやこ》、[三]鎌田金王丸《(かまだこんわうまる)》とやらん、わらはを頼《たの》み思《おぼ》しめす、明《(あけ)》なば河舟《(かはぶね)》に召《(めさ)》れ、[四]野間の内海《うつみ》へ御落《(おんおち)》あるべきとなり、又朝長は[五]都《みやこ》大崩《くづ》れとやらんにて[六]膝《ひざ》の口を射させ、とかく煩《(わづらひ)》給《たま》ひしが、夜更《(ふけ)》人静《しづ》まつて後、朝長の御声《(おんこゑ)》にて、南無阿弥陀仏南無阿弥陀仏と二《(ふた)》声《こゑ》宣《のたま》ふ、鎌《かま》田《だ》殿参り、こはいかに朝長の[七]御自害候と申させ給へば、義朝驚《よしともをどろ》き御覧ずれば、早御肌衣《はだぎぬ》も紅《くれなゐ》に染《そ》みて、目もあてられぬ有様也、其時義朝何とて自害しけるぞと仰られしかば、朝長息《いき》の下《した》より、〽さむ候《ザウラウ》都大崩《おほくづ》れにて膝《ひざ》の口を射させ、既に難義に候ひしを、馬に懸《かか》り是まで参り候へ共、今は一足《ひとあし》も引《ひ》かれ候はず、途《みち》にて捨《(すて)》られ申ならば、犬死《いぬじに》すべく候、ただ返《かへ》す返《がへ》す[八]御前途《せむど》をも見届《とど》け申さで、かやうに成《(なり)》ゆき候事、さこそ[九]言《ゆ》ひかひなき者《もの》と思召《(おぼしめ)》され候はんづ《(ず)》れ共、[一〇]路次《(ろし)》にて敵《(かたき)》に逢《あ》ふならば、雑兵《(ざふひやう)》の手にかからん事、余《(あまり)》に口惜《お》しう候へば、是にて御暇《(いとま)》給はらむと。

〈歌〉同〽是を最後の御言葉《(お)ことば》にて、事切《ことき》れさせ給へば、[一一]義朝｜政清《(まさきよ)》とりつきて、歎《なげ》かせ給ふ御有様は、余所《(よそ)》の見るめも、哀《(あはれ)》さをいつか忘《わす》れん。

【六】〈上歌〉同〽悲《かな》しきかなや、[一二]形《かたち》を求《もと》むれば、苔底《(たいてい)》が朽骨《(きうこつ)》、見ゆるもの今はさらになし、扨《(さて)》其声を尋ぬれば、草径《(さうけい)》が亡骨《(ばうこつ)》となつて、答《こた》ふるものもさらになし、[一三]三世十方《(さんぜじッぱう)》の、仏陀の聖衆《(しやうじゆ)》も、憐《あは》れむ心あるならば、[一四]亡魂幽霊も、さこそ嬉しと思ふべき。

て空に消え、もはやその色も形もない。北邙は中国、洛陽の北にある墳墓の地。圏な(無)き―亡き。

二九 義朝一行の青墓到着は平治元年十二月二十八日(平治物語)。

以上一一頁

一 鎌田次郎兵衛政清。義朝の乳母子で、股肱の臣。

二 鎧(よろい)などの武具。

三 渋谷の金王丸。義朝の侍童。

朝長の最期

四 尾張国野間庄内海。現愛知県知多郡南知多町内海。

五 都での大敗の意だが、作者は「大崩れ」を京より近江に出る龍華越の山路と解した。梁塵秘抄に見える「くづれ坂」と関連あるか。

六 膝頭。「龍華越の軍(いくさ)に膝のふしを射させて」(平治物語)。

七 朝長が自害したとするのは謡曲の他、百二十句本平家物語・剣巻、帝王編年記など。

八 御行く末をも見届けず。

九 腑甲斐ない奴だと。

一〇 道の途中。

一一 ここの描写は謡曲の脚色。

死者への追憶

一二 姿を探すが、苔の下に朽ち果てた骨のみ、声はと尋ねても、草の小道の亡骸(なきがら)となって何も答えない。「悲しきかなや形を苔の底に埋みて再びその貌を見ず、怨

〈歌〉同 ＼かくて夕陽影映《(かげうつ)》[一五]る、かくて夕陽影映る、雲絶々《(たえだえ)》に行《(ゆく)》空の、青野が原の露分《わ》けて、彼《(かの)》旅人を伴《ともな》ひ、青墓《あふはか》の宿に帰《かへ》りけり、青墓の宿に帰りけり。

【七】〈問答〉女「御僧に申候、見苦しく候へ共、暫《しばら》く是に御逗留候ひて、朝長の御跡を御心静《(しづか)》に弔《(とむら)》ひ参《まい》らせられ候へ　ワキ「誠に御心ざし有難《がた》ふ候《ザウラウ》、暫《(しばらく)》是に候べし　シテ女「誰かある罷出《(まかりいで)》て御僧に宮仕《みやづか》[一六]へ申候へ。　（中入）

【八】〈問答・語リ・問答〉（主人に旅僧の接待を命じられたアイの下人が、旅僧の尋ねに答えて朝長・義朝の最期を語り、僧に朝長の供養を勧める）

【九】〈オキゴト〉ワキ カヽル ＼扨《(さて)》も幽霊朝長の、仏事は様々多《おほ》けれ共　ツレ ＼取分《(とりわき)》亡者の尊《たつと》み給ひし　ワキ ＼観音[一七]懺法《(せんぼふ)》読《よ》[一八]み奉り。

〈上歌〉ワキ・ワキツレ ＼声満《み》[一九]つや、法《(のり)》の山風月ふけて、法の山風月ふけて、光和《ひかりやは》らぐ春の夜の、眠《(ねむり)》を覚《さま》す鈸鼓《はち》、時も移《うつ》るや後夜[二〇]の鐘、音澄《す》みわたる折《おり》からの、御法《(みのり)》の夜声《(よごゑ)》感涙も、浮《う》[二一]かぶ《ム》ばかりの気色哉《(けしきかな)》、浮かぶ《ム》ばかりの気色哉。

【一〇】〔出端〕〈サシ〉シテ ＼あら有難の懺法やな、昔在霊山名法華《(しやくざいりやうぜんみやうほつけ)》[二二]、今在西方名阿弥陀《(こんざいさいはうみやうあみだ)》、娑婆《(しやば)》示《じ》現観世音《(げんくわんぜおん)》、三世《(さんぜ)》利《り》益同一体《(やくどういつたい)》、まことなるかな、まことなるかな。

〈一セイ〉シテ ＼頼もしや、聞《(きけ)》ば妙なる法《(のり)》の御声《(みこゑ)》　地 ＼吾今三点《(ごきんさんてん)》[二三]　シテ ＼楊枝浄水唯願薩埵《(やうしジンすいゐげんさつた)》と。

〈ノリ地〉地 ＼心耳《(しんに)》[二四]を澄《す》ませる、曲聞《(きよくもん)》の瑞風《(ずいふう)》、感応《(かんノう)》肝に、銘《めい》ずる折から。

めしきかな名を松の下に残せども その音《(えこ)》を聞かざる事を」(源平盛衰記十・丹波少将上洛事)、「苔の下には誰か答ふべき。…三世十方の仏陀の聖衆もあはれみ給ひ、亡魂尊霊もいかに嬉しと思しけん」(平家物語三・少将都帰)等。

一三 限りない時間と空間。

一四 下掛「亡魂尊霊もさこそあはれとおぼすべき」。

一五 以上、墓所における物語と述懐が終り、夕陽西山に落ちる頃、女主人は我が家に僧を伴って帰る。

観音懺法

囲映る—移る、空の青—青野が原。

一六 大事な人への奉仕。

一七 観音を本尊として罪を懺悔《(さんげ)》する法会。世阿弥時代に盛行。

一八 下掛はこの後に「声仏事をもなすとかや」。

一九 読誦の声が満ち、法要は山風の吹く深夜まで及び、真如の月が和光の影さす春の夜、眠りを覚ま

朝長の霊、懺法を感謝

すような鈸鼓の音は、人間の迷いを覚まし悟りを勧めるかに思える。

二〇 後夜(午前二時)の勤行の鐘の音。下掛「初夜の鐘」。

二一 涙と亡者の成仏とを掛ける。

二二 慧思《(えし)》禅師作という偈(孝養集)。昔は釈迦如来として霊鷲山《(りようじゆせん)》で説いた経文を法華経と名

〈□〉シテ　へ荒《あら》尊《たつと》のとぶらひやな。

【二】〈掛合〉ワキ カヽル　へ不思議やな観音懺法声澄《す》みて、燈《ともしび》の影幽《かす》かなるに、まさしく見《み》れば朝長の、影《かげ》のごとくに見え給《たま》ふは、もしもし夢か幻《まぼろし》か　シテ カヽル　へ本よりも夢幻《まぼろし》の仮《かり》の世なり、其疑《うたが》ひを止《や》め給ひて、猶々《なほなほ》御法《みのり》を講じ給へ　ワキ　へ実々《げにげに》か様《やう》にまみえ給ふも、偏《ひとへ》に法の力ぞと、思ひの[一]たまの数繰《く》りて　シテ　へ声《こゑ》を力《ちから》に便《たよ》り来《く》るは　ワキ　へ真《まこと》の姿かシテ　へ[二]幻《まぼろし》かと　ワキ　へ見えつ　シテ　へ隠《かく》れつ　ワキ　へ面影の。

〈上歌〉同　へ[三]あれはとも、言《い》はば形《かたち》や消《き》えなまし、言はば形や消えなまし、[四]消《き》えずはいかで燈を、背くなよ朝長を、ともに憐《あは》れみて深夜の、月も影添《かげそ》ひて、[五]光陰を惜《お》しみ給《たま》へや、げにや時《とき》人《ひと》を、待《ま》たぬ憂《う》き世の慣《なら》ひなり、唯《ただ》何事も打捨《すて》て、御法を説《と》かせ給へや、御法を説かせ給へや。

【三】〈クリ〉地　へ夫《それ》[六]朝《あした》に紅顔《こうがん》あつて世路《せいろ》に誇《ほこ》るといへども、夕《イふべ》には白骨《はくこつ》となつて郊原《かうげん》に朽《くち》ぬ。

〈サシ〉シテ　へ昔は[七]源平左右《さう》にして、朝家《てうか》を守護し奉り　同　へ御代《みよ》を治《おさ》め国家を鎮《しづ》めて、[八]万《ばん》機《き》の政《まつりごと》すなほなりしに、[九]保元平治《ほうげんへいぢ》の世の乱れ、いかなる時か来《きた》りけん　シテ　へ思はざりにし[一〇]弓馬《きうば》の騒《さは》ぎ　同　へ[一一]偏《ひとへ》に時節到来なり。

〈クセ〉同　へ去程《さるほど》に、[一二]嫡子《ちやくし》悪源太義平《よしひら》は、石山寺に籠《こも》りしを、多勢《たせい》に無勢《ぶせい》適《かな》はねば、力《ちから》なく生《いけ》捕《どら》れて、終《つゐ》に誅《ちう》せられにけり、三男[一三]兵衛佐《ひやうゑのすけ》をば、弥平兵衛《やへいびやうゑ》が手に渡《わた》り、是も都へぞ捕《と》られ

付け、今は西方極楽に阿弥陀仏として念仏の衆生を救い、当来の世のため観世音菩薩となって示現し、苦しみの衆生を救う。「高野物狂」「道明寺」等にも。
二三 浄水文《じんすいもん》と呼ばれる観音懺法独特の一段の文言。我れ今三度楊柳の枝に清浄な水をしたたらせて供える、願わくは観音菩薩よ我等に愍《あわれ》みを垂れさせ給え。下掛「吾今已具《ごきんいくう》」。底本「楊枝深水」。
二四 心に沁み入る懺法の御声の素晴らしさ。「曲聞の瑞風」は、底本および諸流諸本「玉文の瑞諷」。「音感通ニ心耳一、曲聞之瑞風、成ニ数人感一」(五位)により改める。

以上一三頁

一 念珠(数珠)。付玉—かず。
二 以下の詞章「隅田川」に酷似。
三 典拠未詳。「善知鳥」、廃曲「不逢森」にも。
四 「背レ燭共憐深夜月」(和漢朗詠集・春・春夜・白居易)による。「経正」にも見える。 五 「光陰可レ惜」(顔子家訓)、「歳月不レ待レ人」(陶淵明)等の成句による。
六 人生の無常を表現。源家の盛衰も重ねる。「朝有ニ紅顔一誇ニ世路一、暮為ニ白骨一朽ニ郊原一」(和漢朗詠集・無常・藤原義孝)。

義朝父子の最期

七 「昔は源平左右に争ひて、朝家

ける、父義朝は是よりも、野間《(のま)》の内海《うつみ》に落行《(おちゆき)》、[一四]長田《(をさだ)》を頼《たの》み給へ共《(ども)》、[一五]頼《たの》む木《(こ)》の本《(もと)》に雨洩《も》りて、[一六]やみやみと討《(うた)》れ給ひぬ、[一七]いかなれば長田は、言《ゆ》ひかひなくて主君をば、討《う》ち奉るぞや、いかなれば此宿《(やど)》の、主《あるじ》はしかも女人《(によにん)》の、かい《(ひ)》がい《(ひ)》しくも頼まれて、一夜《(いちや)》の情《(なさけ)》のみか、か様《(やう)》に跡までも、御弔《(おんとむら)》ひになる事は

シテ〽抑《(そもそも)》いつの世の契りぞや　同〽[一八]一切の男子《(なんし)》を、生々《(しやうじやう)》の父と頼《たの》み、万《よろづ》の女人を、生々の母と思《おも》へとは、今身の上に知《し》られたり、さながら、親子《をやこ》のごとくに、御《(おん)》歎きあればとぶ《ム》らひも、誠に深き心ざし、請《う》け悦《よろこ》び申《(まうす)》なり、朝長が後生《(ごしやう)》をも、御《(おん)》心安く思《おぼ》しめせ。

【三】〈ロンギ〉地〽実《(げに)》頼《たの》むべき[一九]一乗の、功力《くりき》ながらになどされば、未《いま》だ瞋恚《しんゐ》の甲冑《(かつちう)》の、御《(おん)》有様ぞ痛はしき　シテ〽梓[二〇]弓、本の身ながらたまきはる、[二一]魂《(こん)》は善所に赴け共、魄《(はく)》は、修羅道に残《のこ》つて、暫《しば》し苦みを受《う》くるなり　地〽抑《(そもそも)》修羅の苦患《(くげん)》とは、いかなる敵《(てき)》に[二二]相竹《(あひたけ)》の　シテ〽此世にて見し有様の　地〽源平両家　シテ〽入乱《みだ》るる。

〈中ノリ地〉同〽旗[二三]は白雲紅葉の、散《(ちり)》交《ま》じり戦ふに、運の極《きは》めの悲《かな》しさは、大崩《くづ》れにて朝長が、膝《ひざ》の口《くち》を篦深《のぶか》[二四]に射させて、馬の太腹《ふとばら》に射付《(つけ)》らるれば、馬は頻《しき》りに跳《は》ね上《あ》がれば、鐙《あぶみ》を越《こ》して下《お》り立《た》たむと、すれども[二五]難義の手なれば、一足《(ひとあし)》も引《ひ》かれざりしを、乗替《のりがへ》に舁《か》き乗《の》せられて、憂《う》き近江路を凌《しの》ぎ来て、この青墓《あふはか》に下《(くだ)》りしが、雑兵の手にかからんよりはと、思《おも》ひ定《さだ》めて腹[二六]一文字に、搔《か》き切てその儘《(まま)》に、修羅道に遠近《をちこち》[二七]の、土と成《(なり)》ぬる青野《あをの》が原《はら》の、亡《な》き跡弔《と》ひ

の御まぼりたりしかども」(平家物語四・永僉議)。八 国の政治。
九 保元元年(一一五六)の内乱。崇徳上皇と後白河天皇、藤原頼長と忠通が対立、後白河・忠通側が平清盛・源義朝の武力によって勝利した。
一〇 合戦が始まったこと。
一一 乱世、末法の世が来たのだ。

万の女人は生々の母

一二 永暦元年(一一六〇)、六条河原で処刑、二十歳。
一三 頼朝。尾張国の目代の弥平兵衛宗清に捕えられた。十三歳。
一四 義朝が最後の運命を託した長田忠致《(ただむね)》は、鎌田政清の舅だが、謀叛し湯殿で義朝を闇討ちした。
一五「頼む木のもとに、雨のたまらぬ心地ぞせられける」(平家物語七・主上都落)。
一六 むざむざと。
一七 長田の変節に対し、「いかなれば…」を重ねて宿の長者の忠節を対比、本曲の鍵語「契り」を強調。
付 雨—たのむ木。付 やみ—木の下。

朝長の自害

一八「一切男子是我父、一切女人是我母、我生生無レ不レ従レ之受レ生、故六道衆生是我父母」(梵網経十)。「春栄」にも「いづれか父母を悲しまざる、必ず一世に限るべからず、世々もつて父母の数々なり」。生々世々の間、誰もみな父となり母となるという心。

て賜《た》び給へ、亡《な》き跡を弔《と》ひて賜《た》び給へ。

一九 一乗妙典(法華経)の絶対功力に浴しながら、どうして未だ怒りの心を現す甲冑姿のままなのか。
二〇 甲冑の縁語、本(弓の本末)の枕詞。「たまきはる」は命の枕詞を類語の魂に用いた。
二一 廃曲「重衡」にも「魂は去れども、白髪の」。
二二 掛逢ひ—相竹、節(よ)—世。
二三 源氏の白旗、平家の赤旗の比喩。 二四 矢が深く刺さった状態。
二五 重傷で一歩も歩けぬところを、乗替の馬にかつぎ乗せられ、辛い思いをしつつ近江路を凌いできた。
二六 切腹。自決は謡曲の脚色。
二七 落、遠近の、をちこちの土(遠国・異境の土となる意)と続けた。土より「青野が原」を導く。

以下一七頁

一 夕顔の乳母の子豊後介が、筑紫で夕顔の遺子玉鬘を大事に世話していた事をふまえる。
二 肥前松浦の鏡の宮と、筑前箱崎の筥崎八幡宮。源氏物語・玉鬘をふまえる。 三 石清水八幡宮。

以下一八頁

一 以下、京都の名所廻りの道行。雲林院のある紫野・上賀茂・下鴨・

夕顔《(ゆふがほ)》

三番目物　古称、夕顔上・五条夕顔
本鬘物　作者不明(世阿弥周辺の作か)

場景　前場―京の都、五条あたり、河原の院の旧邸の一角とおぼしき小家。秋の夕方。後場―同じ所。同じく、深夜から暁にかけて。

人物　前ジテ　都の女〔若女・唐織着流女〕
後ジテ　夕顔の上の霊〔若女・長絹大口女〕
ワキ　旅の僧〔着流僧〕
ワキヅレ　同行の僧〔着流僧〕(二人)
アイ　都五条あたりの男〔長上下〕

梗概　男山八幡宮参詣のため都に上った豊後国の僧が近郊の寺社を拝み廻って五条あたりに来かかった夕暮れ、とあるあばら家から歌を吟ずる女の声が聞こえる。それは「山の端の心も知らで行く月は上の空にて影や絶えなん」という源氏物語の夕顔の上の歌で、昔を懐かしみ、まだ執心の残っている様子。僧の問いに、ここは何某の院と答えた女は、重ねての問いに、紫式部はただ何某の院と書いたが、ここはもと融大臣の住まれた河原院で、後に夕顔の上が鬼のために命をとられた所と答える。さらに、光源氏と夕顔の上との出会い、物の怪に取られ露と消えた、夕顔の上のはかない身の上を語り、なお夢の中に来りて昔語りをしようと告げて消え去る(中入)。五条あたりの男が旅の僧の尋ねに答えて、夕顔の上のことを物語り、重ねての弔いを勧めると、僧は法華経を読誦する。やがて夕顔の上の霊がありし日の姿で顕れ、なおも弔いを乞い願う。物凄きまでに荒れ果てた旧跡に昔を偲び、舞を舞い、僧の回向によって迷いの雲の晴れたことを喜び、東雲の空のほのぼのと明け渡るなか、その姿も消え失せた。

素材・主題　源氏物語・夕顔の巻に拠りつつ、物の怪を六条御息所、何某の院を河原院とするように、中世の源氏梗概書の源氏物語大鏡などに見られる中世的理解をもふまえて構想されている。光源氏との、あまりにはかない契り。死後もなお恋慕の妄執に苦しむ夕顔の上の霊が、法華経の功力によって「笑(みえ)の眉」開く成仏得脱を描く。ワキを夕顔の上の息女玉鬘にゆかりの豊後国の僧にした設定、河原院を融大臣の旧跡とするなど「玉鬘」や「融」と共通する理解も看取される。

【一】〔名ノリ笛〕〈名ノリ〉ワキ「これは[一]豊後国より出たる僧にて候、扨《(さて)》も[二]松浦箱崎の誓《ちか》ひも勝《すぐ》れたるとは申せ共《(ども)》、猶《(なほ)》も名高《たか》き[三]男山に参らむと思《おも》ひ、此程《(この)ほど》都に上《(のぼ)》りて候、けふも又立出《(たちいで)》仏閣

糺の森(下鴨神社の森)、と洛北の名所を縁語と掛詞で綴る。〔縁〕高―雲、雲―日かげる、うつろふ(変色する)―秋草の花。〔掛〕映ろふ―移ろふ(歩み行く)、花紫―紫野。
二 〔掛〕あり―在。
三 源氏物語・夕顔の、主をも知らぬ夕顔の宿に花を乞い、光源氏が夕顔を知った場面をふまえた叙述。
四 軒先。 五 囃子につれてシテが登場、橋掛一ノ松に立つ。
六 源氏物語・夕顔で、源氏と共に某の院に出かけた夕顔が詠んだ歌。山の端を源氏に、自分を月に譬え、行末の分からぬ不安と死の予感。
七 男女の契りのはかなさと別れのせつなさをいう心。楚の懐王が夢で契った仙女の別れの言葉「朝には雲となり、夕には行く雨とならん」(文選十九・高唐賦)と、舜帝の死後二人の妃の流す涙で楚畔の竹が斑に染まったという故事による。元和卯月本は「楚斑」。
八 「古き軒端の忍ぶ草」が「忍ぶ方々」の序。「百敷や古き軒端の忍ぶにもなほあまりある昔なりけり」(続後撰集・雑下・順徳院)、「住みわびてわれさへ軒の忍ぶ草忍ぶかたがた繁き宿かな」(金葉集・雑上・周防内侍)をふまえる。
九 源氏物語・夕顔をさす。
一〇 涙の雨を流した生前の恋が、成仏の障害となり、不本意ながらこの世に通って来て姿を現す。

に参らばやと思ひ候。

〈サシ〉ワキ〽尋《たづ》[一]ね見る都に近《ちか》き名所《(などころ)》は、先名《(まづ)》も高《たか》く聞えける、雲の林の夕日影《かげ》、うつろふ方《かた》は秋草の、花紫《むらさき》の野を分《わ》けて。

〈上歌〉ワキ〽賀茂の御社《(み)やしろ》伏《ふ》し拝《おが》み、賀茂の御社伏し拝み、糺《(ただす)》の森も打過《(うちすぎ)》て、帰《かへ》る宿《やど》りは在原《はら》[二]の、月やあらぬと喞《かこ》ちける、五条あたりのあばら屋の、主《あるじ》[三]も知《し》らぬ所まで、尋《(たづね)》訪《と》ひてぞ暮《く》らしける、尋訪ひてぞ暮らしける。

〈着キゼリフ〉ワキ「是はや五条あたりにてありげに候、不思議やなあの屋端《やづま》[四]より、女の歌を吟ずる声《こゑ》の聞《き》こえ候、しばらく相待《(あひまち)》尋《たづ》ねばやと思《おも》ひ候。

【二】〔アシライ出シ〕[五]〈下ノ詠〉女〽山[六]の端《は》の、心も知《し》らで行《ゆ》く月は、上《うは》の空にて、影《かげ》や絶《た》えなん。

〈クリ〉女〽巫山《(ふざん)》[七]の雲はたちまちに、陽台《(やうたい)》の下《もと》に消《き》えやすく、湘江《(しやうかう)》の雨はしばしばも、楚畔《(そはん)》の竹を染《そ》むるとかや。

〈サシ〉女〽ここは又もとより所も名を得《え》たる、[八]古き軒端《のきば》の忍《しの》ぶ草、忍《しの》ぶ方々《かたがた》多《おほ》き宿《やど》を、[九]紫《むらさき》式部《しきぶ》が筆の跡《あと》に、ただなにがしの院とばかり、書《か》き置《を》きし世は隔《へだ》たれど、見しも聞《(きき)》しも執心の、色をも香《(か)》をも捨ざりし。

〈下歌〉女〽[一〇]涙の雨は後《(のち)》の世の、障《さは》りとなれば今《いま》もなを《(ほ)》。

〈上歌〉女〽つれなくも、通《かよ》ふ心のうき[一一]雲を、通ふ心のうき雲を、払《はら》ふ嵐の風のまに、真如の

一一「あまつ空うき雲はらふ秋風にくまなくすめる夜半の月かな」(新勅撰集・秋上・藤原公能)をふむか。

豊後の僧、五条辺に佇む

一二「逢ふことのむなしき空のうき雲は身をしる雨のたよりなりけり」(新古今集・恋二・惟明親王)をふむか。

一三 実名があった上で、仮にそう呼んでいるのか、または、それを固有の名として定めているのか。

一四 うるさそうな旅人。「むなしき空」「むつかしげ」ともに源氏詞。

一五 六条河原の院は左大臣源融の旧邸。→「融」二五一頁。

一六 時代が経って、ここで光源氏が夕顔の上とはかない契りを交わされた時、名も恐ろしい鬼によってこの上もなくこわいめを見られた。その話も、軒の鬼瓦も、苔に埋もれてしまった。掛露の世—世に上なき、思ひを見給ひ—見給ひし鬼、苔むせる瓦—河原の院。

女、昔をしのぶ

一七 玉鬘(夕顔の子)の君の因縁ある豊後の者なので。付夕顔—白露、瓦—鬼—なにがしの院。

一八 言葉を優美に飾った物語とみえるが、その精神は人間の心を悟らせるよう勧めている。現行観世・喜多「幽玄」。「理浅き」「義こと

月も晴《は》れよとぞ、[一二]むなしき空に仰《あふ》ぐなる、むなしき空に仰ぐなる。

【三】〈問答〉ワキ「いかに是なる女性《によしやう》に尋《たづね》申べき事の候　女「何事にて候ぞ　ワキ「扨《さて》ここをばいづくと申候ぞ　女「是こそなにがしの院にて候へ　ワキ「不思議《ふしぎ》やな何がしの山《やま》なにがしの寺は、[一三]名の上のただかりそめの言《こと》の葉《は》やらん、又それを其名に定めしやらん　承《うけたまはり》度《たく》こそ候へ　女「さればこそ始《はじめ》より、[一四]むつかしげなる旅人と見えたれ、紫式部が筆の跡《あと》に、唯《ただ》なにがしの院と書《かき》て、其名を定《さだ》かに顕《あらは》さず、然《しかれ》ども爰《ここ》は古《ふ》[一五]りにし融《とほる》の大臣《おとど》、住《すみ》給ひにし所なるを、[一六]其世を隔《へだ》てて光君、カヽル〽又夕顔《がほ》の露《つゆ》の世に、上《うへ》なき思《おもひ》を見給ひし、名も恐《おそ》ろしき鬼の形《かたち》、それもさながら苔《こけ》むせる、河原の院と御覧ぜよ　ワキカヽル〽嬉《うれ》しや扨《さて》は昔より、名《な》に負《お》ふ所を見《み》る事よ、「我等も豊後の国の者、その[一七]玉鬘《たまかづら》の縁《ゆかり》共、なして今又夕顔《がほ》の、露消《き》え給ひし世語《よがたり》を、カヽル〽語《かた》り給へや御跡を、及《および》なき身もとぶら《ム》はむ。

【四】〈クリ〉女シテ〽そもそも光源氏の物語、[一八]言葉《ことば》幽艶《ゆうえん》を本《もと》として、理《り》浅《あさ》きに似たりといへども　同〽心《こころ》菩提心を勧《すす》めて義ことに深《ふか》し、[一九]誰かは仮《かり》にも語《かた》り伝《つた》へむ。

〈サシ〉女〽中にも此夕顔《がほ》の巻《まき》は、[二〇]殊に勝《すぐ》れてあはれなる　同〽情の道も浅《あさ》からず、[二一]契り給ひし六条の、御息所に通《かよ》ひ給ふ、よすがに寄《よ》りし[二二]中宿に　女〽ただ休《やす》らひの玉鉾《たまぼこ》の　同〽便《たよ》りに立《た》てし御車《くるま》なり。

〈クセ〉同〽[二三]物のあやめも見ぬあたりの、[二四]小家《こいへ》がちなる軒のつまに、咲《さき》かかりたる花の名も、

に深し」と対比。
一九 誰でもあだやおろそかに語り伝えてはならない。
二〇 格別に深い情趣がある。「情の道」「浅からず」は上下に掛かる。
二一 以下〈クセ〉の終りまで源氏物語・夕顔の要約。
二二 中宿は中休みの場所。玉鉾は道。「夕露に紐とく花は玉鉾のたよりに見えし縁(え)にこそありけれ」(源氏物語・夕顔)。
二三 夕顔「物のあやめ見給へわくべき人も侍らぬわたり」による。
二四 夕顔「げにいと小家がちにむつかしげなるわたりの」「軒のつまなどに這ひまつはれたる」による。

なにがしの院

以下二〇頁

一 「白露の情置きける言の葉やほのぼの見えし夕顔の花」(新古今集・夏・藤原頼実)を引く。縁露―おき(置)・言の葉。
二 同じ扇の縁でも、班女の閨の扇(捨てられた身の譬え)とは違って。
三 某の院で源氏が詠んだ歌「いにしへもかくやは人の惑ひけんわがまだ知らぬ東雲の道」による。
四 蜻蛉の類の虫をいい、朝生まれて夕方には死ぬことから、はかないことの譬えに用いる。

源氏物語夕顔の巻のこと

えならず見えし夕顔《がほ》の、折過《す》ごさじとあだ人《(びと)》の、心の色はしら露の、情置《なさけを》きける言の葉の、末《すゑ》をあはれと尋《(たづね)》見し、ね屋の、扇の色ことに、たがひに秋の契《ちぎ》りとは、なさざりし東雲《しののめ》の、道の迷《まよ》ひの言の葉も、此世はかくばかり、はかなかりける蜉蝣《ひをむし》の、命懸《いのちか》けたる程もなく、秋の日やすく暮《(くれ)》果《は》てて、宵の間《ま》過《(すぐ)》る故郷《(ふるさと)》の、松の響《(ひびき)》も恐《おそ》ろしく　女　〽風に－瞬《またた》く燈火《ともしび》の

同　〽消《き》ゆると思《おも》ふ心ちして、あたりを見れば烏《う》羽《ば》玉の、闇《やみ》の－現《うつつ》の人もなく、いかにせんとか思《おも》ひ川《がは》、うたかた人《(ひと)》は息《いき》消《(きえ)》て、帰らぬ－水の泡《あは》とのみ、散《(ちり)》果《は》てし夕顔《がほ》の、花は再《ふたた》び咲《さ》かめやと、夢に来《きた》りて申とて、ありつる女も、かき消《け》すやうに失《(うせ)》にけり、かき消すやうに失にけり。　（中入）

【五】〈問答・語リ〉（アイの所の男が僧の尋ねに答えて、光源氏と夕顔の上との故事を語る。僧が先刻の出来事を話すと、夕顔の上の化身であろうからと弔いを勧める）

【六】〈上歌〉ワキ・ワキツレ　〽いざさらば夜もすがら、いざさらば夜もすがら、月見がてらに明《あ》かしつつ、法華読誦の声絶《こゑた》えず、とぶ《ム》らふ法ぞ誠なる、とぶ《ム》らふ法ぞ誠なる。

【七】〔一声〕〈サシ〉女　〽さなきだに女は五障の罪深《ふか》きに、聞《(きく)》も気疎《(けうとき)》物《もの》の怪《け》の、人失《うしな》ひし有様を、顕《あらは》す今の夢《ゆめ》人《(ひと)》の、跡よくとぶ《ム》らひ給へとよ。

【八】〈掛合〉ワキ　カヽル　〽不思議《ふしぎ》や扨《(さて)》は宵《よひ》の間《ま》の、山の端《は》出《(いで)》し月影の、ほの見えそめし夕顔《がほ》の、末葉《すゑば》の露の消《き》えやすき、本《もと》の雫《しづく》の世語《(よがたり)》を、かけて顕はし給へるか　女　〽見給へ爰《(ここ)》もを《(お)》のづから、気疎《けうと》き秋の野《の》らと成《(なり)》て　ワキ　〽池は水草《みくさ》に埋《(うづも)》れて、古《ふ》りたる松の陰暗《くら》く　女　〽又

五「烏羽玉の闇の現つはさだかなる夢にいくらもまさらざりけり」（古今集・恋三・読み人知らず）。
六「思ひ川絶えず流るる水の泡のうたかた人にあはで消えめや」（後撰集・恋一・伊勢）。「ウタカタビト　すなわち思ひ人…詩歌語」（日葡）。〈クセ〉の末句を繰返す例も、〈クセ〉で中入する例も少なく、「老松」に見える程度。
七「巴」の「五衰を…」と同じ特殊な節扱い。現行中この二番以外にない。
八　下掛はサシの前に「あら有難の御経やな、〳〵」が入る。後補か。
九　法華経・提婆達多品などの所説で、女には梵天王・帝釈・魔王・転輪聖王・仏の五種になることができない障害があるということ。
一〇　聞くも恐ろしい物の怪。

読経

一一　幽霊。「海士」「錦木」等にも。
一二「末の露本のしづくや世の中のおくれ先立つためしなるらん」（新古今集・哀傷・遍昭）。廃曲「苅萱」にも。

夕顔の上の霊の出現

一三「…みな秋の野らにて、池も水草に埋もれたればけうとげになりにける所かな」（源氏物語・夕顔）。
一四「風のやゝ荒々しう吹きたるは、まして松の響き木深く聞こえて、気色ある鳥の嗄声《(からこゑ)》に鳴きたる

鳴騒《なきさは》ぐ鳥の嗄声《から》身に沁《し》み渡る折からを　ワキ 〽さも物凄《すご》く思給《おもひたまひ》し　女 〽心の水は濁江《にごりえ》に、引《ひ》かれてかかる身となれ共《ども》。

【九】〈詠〉女 〽[一五]優婆塞《うばそく》が、行《をこな》ふ道をしるべにて　地 〽来世《こンよ》も深《ふか》き契り絶《た》えすな、来世も深き契り絶えすな。

〔序ノ舞〕

【一〇】〈ノリ地〉女 〽御僧の今の、とぶ《ム》らひを受《う》けて　同 〽御僧の今の、とぶ《ム》らひを受《う》けて、数々嬉《うれ》しやと　女 〽[一六]夕顔《がほ》の笑《ゑみ》の眉《まゆ》　地 〽開《ひら》くる法華の　女 〽[一七]花房《はなぶさ》も　地 〽[一八]変成男子《へんじやうなんし》の願《ねがひ》のままに、[一九]解脱の衣《ころも》の、袖ながら今宵《こよひ》は、[二〇]何をつつまむと、言《い》ふかと思《おも》へば、[二一]音羽山、[二二]嶺の松風、通《かよ》ひ来《き》て、明《あ》け渡《わた》る横《よこ》雲の、迷《まよ》ひもなしや、[二三]東雲《しののめ》の道《みち》より、法に出《いづ》るぞと、[二四]明闇《あけぐれ》の空かけて、雲の紛《まぎ》れに、失《う》せにけり。

も…」(源氏物語・夕顔)。嗄声(ひからびた声)に鳴くのは梟。
一五 光源氏が行者の勤めの声を聞いて夕顔のために詠んだ歌。末句は河内本系源氏物語の形で、青表紙本系では「契り違《たが》ふな」。優婆塞は俗体の仏道修行者。
一六 「白き花ぞおのれひとり笑みの眉開けたる」(源氏物語・夕顔)をふまえる。 一七 光源氏が夕顔の花を「ひとふさ折て参れ」と命じたことをふまえる。

成仏の喜び

一八 女人成仏の意。法華経・提婆達多品に、八歳の龍女が仏に帰依した功徳によって男子と成り、南方無垢世界に生まれたと説く。
一九 「解脱の衣(袈裟)」ではないが、今夜はこの喜びをどうして隠したりしましょう。
二〇 「嬉しきを何に包まん唐衣袂ゆたかに裁てといはましを」(古今集・雑上・読み人知らず)を借りる。
二一 清水寺背後の山。夕顔の遺骸は清水の方に葬る。
二二 音羽山の音から「琴の音に峰の松風通ふらしいづれのをよりしらべそめけん」(拾遺集・雑上・斎宮女御)の表現につなぐ。
二三 払暁の小暗い道を歩くような、行方も定まらぬ迷いの境界から、明るい仏道に出て行きますよと。
二四 夜明け前の仄暗い空へ。

天鼓《てんこ》

四番目物
唐　物

作者不明(世阿弥周辺の作か)

場景　前場—唐土、後漢の宮廷。初秋のある日。後場—呂水の江。同じく、夜半から暁にかけて。

人物　前ジテ　天鼓の老父王伯〔阿古父尉・着流尉〕
後ジテ　天鼓の霊〔童子(慈童)・慈童〕
ワキ　後漢の帝の勅使〔側次大口〕
アイ　勅使の従者〔官人〕

梗概　中国は漢の時代、音楽を愛する少年天鼓が持っていた鼓を帝が召し上げようとしたが、応じず、殺害された。鼓は朝廷に移されたが鳴らないので、天鼓の老父が召される。理不尽にも子供を殺された悲しみと怒りをこらえ、老人は鼓を打つと、恩愛の絆ゆえか、鼓は妙音を発した(中入)。帝は呂水のほとりに御幸し、管絃講で天鼓の霊を弔う。星も相逢う初秋の夕べ、夕月の色も照りそう江上に、天鼓の霊が顕れ、こよなく愛した鼓に再会できた喜びを胸に舞楽を奏する。浮きやかに、楽しげに続く夜遊の舞楽。やがて夜明けとともに少年は幻のように消えていく。

素材・主題　典拠未詳ながら、天上の楽器の名であり七夕二星の牽牛の異名でもある「天鼓」から紡ぎ出される様々なイメージを合わせ、帝王の横暴に理不尽にも殺された少年天鼓の老父の悲嘆と、音楽を愛した少年の霊の夜遊の舞楽を描く。後漢書七十二・王喬伝に見える、王喬が参内するたびに門下の鼓が自ずから鳴り、王喬の没後、帝が都亭の下に置いたが、再び鳴ることがなかったという話をふまえたかもしれない。鳴らぬ鼓が妙音を発した親子恩愛の絆、二星相逢う七夕の糸竹の手向けと管絃講(かげんこう)による弔い、銀河の波音を天の鼓の音と聞く夜遊の舞楽。「鼓を奪はれた上に呂水に沈められた恨みも、追善の報謝であっさり片づけられるのは遊楽物らしい取り扱ひで、それに飽き足りない若い観客は、内裏に運ばれた鼓が、帝の権威をもってしても音をたてないところに、一つの示唆を感ずるであろう」(野上彌生子)という文章も味わい深い。主題・構造・表現の上で「藤戸」と共通する点が多く、作者に世阿弥周辺の人物を想定したい。

[一]【一】〔名ノリ笛〕〈名ノリ〉ワキ「是は唐《もろこし》後漢の帝に仕《つか》へ奉る臣下也、さても此国の傍《かたはら》に、王伯《わうはく》[二]王母《わうぼ》とて夫婦の者あり、彼《かの》もの一人《いちにん》の子を持つ、其名を天鼓[三]と名付《づ》く、かれを天鼓と名《な》付《づ》く

一　後見が羯鼓台を正先に据える。
二　ともに架空の名。
三　古代中国で、牽牛星、仙界の鼓、雷などの名。仏教では忉利天にある鼓、諸天の伎楽器の総称。打たずとも妙音を発すると伝える。
四　どこも王地にあらざるはない。「普天の下率土の内、いづく王地にあらざるや」(「田村」)。
五　現行観世は呂県(江蘇省銅山県の東)の川の意味に解して呂水を宛てるが、未詳。楽音の呂律(二六頁注二)の呂を江河の名とした虚構の名か。
六　阿房殿は秦の始皇帝の宮殿の名。後漢以前の事だが、時代に頓着なく用いるのは能の常套手段。雲龍閣は「シナの国王の或る座敷」(日葡)ともいうが不詳。　七　きっと。
八　露のようにはかない世にいつまで生き永らえようとしてこの秋にも消えずに残っているのだろうか。「老が身のなほながらへて今年また再び春の花や見るべき」(続千載集・雑上・後宇多法皇)を改めたか。
九　「文道の大祖たり」まで世阿弥の五音所掲「六代ノ歌」の〈クリ〉以下の哀傷歌と同文。世阿弥が嫡男元雅の早世を追悼した夢跡一紙にも「孔子は…薬を恨む」が見え、直接の典拠があるらしいが未詳。
一〇　孔子の子息。字が伯魚。
一一　「残薬尚頭辺」(白氏文集十四「病中哭金鑾子」)。

る事は、かれが母夢中に天より一《ひと》つの鼓降《ふ》り下《くだ》り、胎内に宿《やど》ると見て出生《(しゆつしやう)》したる子なればとて、其名を天鼓と名付《なづ》く、其後《(のち)》天より誠の鼓降《ふ》り下り、打《う》てば其声妙にして、聞人《(きく)》感を催《もよほ》せり、此由《(このよし)》御門《(みかど)》聞召《(きこしめさ)》れ、鼓を内裏に召《め》されしに、天鼓深《ふか》く惜《お》しみ、鼓を抱《いだ》き山中《(さんちう)》に隠れぬ、然《(しかれ)》ども[四]いづくか王地《(わうち)》ならねば、官人を以て探《さが》し出し、天鼓をば[五]呂《ろ》水《すい》の江《(え)》に沈《しづ》め、鼓をば内裏に召《め》され、[六]阿房殿雲龍閣に据《(ゑ)を》へ置かれて候、又其後かの鼓を打《う》たせらるれ共、更に鳴《な》る事なし、[七]如何様《(いかさま)》主《(ぬし)》の別《わか》れを歎き鳴《な》らぬと思召《(おぼしめ)》さるる間、王伯《わうはく》を召《め》して打《う》たせよとの宣旨に任《まか》せ、唯今王伯《わうはく》が私宅へと急候《(いそぎ)》。

〈問答〉ワキ「いかに此屋の内に王伯《わうはく》があるか。

【二】〔一声〕〈一セイ〉シテ〽[八]露の世に、猶《(なほ)》老の身のいつまでか、又此《(この)》秋に残るらむ。

〈サシ〉シテ〽[九]伝聞《(つたへきく)》孔子は[一〇]鯉魚《(りぎよ)》に別《わか》れて、思ひの火を胸に焚《た》き、白居易は子を先立《さきだ》てて、[一一]枕に残《のこ》る薬を恨《うら》む、是皆[一二]仁義礼智信の祖師、文道《(ぶんたう)》の大祖《(たいそ)》たり、我等が歎くは咎《とが》ならじと、[一三]思《おも》ふ思《おも》ひに堪《た》へかぬる、涙[一四]いとなき袂《たもと》かな。

〈下歌〉シテ〽[一五]思はじと、思ふ心のなどやらん、夢にもあらず現《うつつ》にも、なき世中《(よのなか)》ぞ悲しき、なき世中ぞ悲しき。

〈上歌〉シテ〽[一六]よしさらば、思《おも》ひ出《(いで)》じと思ひ寝《ね》の、思ひ出じと思ひ寝の、闇《やみ》の現《うつつ》に生れ来て、忘《わす》れんと思ふ心こそ、忘れぬよりは思《おも》ひなれ、唯[一七]何故《(なにゆゑ)》の憂《う》き身の、命のみこそ恨みなれ、

一二 仁義礼智信の五常を説く儒教の祖師孔子も、文学の道の大祖白易居も。 一三 恋い慕う心。 一四「暇(いとま)なし」の意。縁袂―涙。「あはれとも憂しとも物を思ふときなどか涙のいとなかるらん」(古今集・恋五・読み人知らず)。

天鼓の処刑、鳴らぬ鼓

一五 もう我が子のことは思うまいと心に思いながら。「現にもなき世」の「なき」に愛児の「亡き」を重ねる。「思はじと思ふ心も弱るかな」(「砧」)。 一六 子を思う暗闇の中に亡き子が幻出し、忘れようと思い努める心の方が、忘れぬ心よりも深いのだ。「よしさらば思ひ出でじと思へども涙は絶えぬ袖の上かな」(新千載集・恋五・藤原為方)。

子を失った老父の悲嘆

わが子を殺された老母の嘆きを描く「藤戸」に「幻に生まれ来て…」(三九四頁)とある詞章と対比。「藤戸」とは類似表現が多い。 一七 憂き身がなぜこのように生きながらえるのか、命ある身が恨めしい。

以下二四頁

一「勅命にだに…あら歎くまじや」は王伯の独白とみたい。 二 どうして声(音)が出るはずがあろう。 三 分かった、の意の慣用句。 四 私をも死罪にするためだろう。

命のみこそ恨みなれ。

【三】〈問答〉ワキ「此屋の内に王伯《わうはく》があるか　シテ「誰にて渡り候ぞ　ワキ「帝よりの勅使にてあるぞ　シテ「宣旨とはあら思《おも》ひよらずや何《なに》事にて御座候ぞ　ワキ「扨《(さて)》も天鼓が鼓《つづみ》内裏に召《(めさ)》れて後、色々打《(うた)》せらるれ共《(ども)》更に鳴《な》る事なし、いか様主《(ぬし)》の別《わか》れを歎き鳴《な》らぬと思召《(おぼしめさ)》るる間、王伯《わうはく》に参りて仕《(つかまつ)》れとの宣旨にてあるぞ、急ひ《(い)》で参内仕候へ　シテ「仰畏《(おほせかしこまつ)》て承《(うけたまはり)》候。

〈□〉シテ「[一]勅命にだに鳴《な》らぬ鼓の、老人が参りて打《う》ちたればとて、[二]何しに声の出《(いづ)》べきぞ、[三]いやいや是も心得たり、勅命を背《そむ》きし者の父なれば、カヽル〵[四]重《かさ》ねて失《うしな》はれむ為にてぞあらん、[五]よしよしそれも力《ちから》なし、我子の為《ため》に失《うしな》はれんと、それこそ老の望みなれ、あら歎《なげ》くまじや頓《(やが)》て参り候べし　ワキカヽル〵いやいや左様《(さやう)》の宣旨ならず、唯々《(ただただ)》鼓《(つづみ)》を打《う》たせんとの、其為ばかりの勅諚《(ちよくちやう)》なり、急ひ《(い)》で参り給ふべし。

〈上歌〉シテ〵[六]たとひ罪には沈《しづ》むとも　同〵たとひ罪には沈むとも、または罪《つみ》にも沈《しづ》まずとも、憂《う》きながら我子の形《かた》見に、御門《(みかど)》を拝み参らせん、御門を拝み参らせん。

【四】〈問答〉ワキ「急《いそ》ひ《(い)》で参り候へ、程もなく内裏にて有《(ある)》ぞ此方へ来《(きた)》り候へ　シテ「勅諚にて候程に、是までは参りて候へ共、〵[七]老人が事をば御免あるべく候　ワキ「申所は理《(ことわ)》りなれ共、先《(まづ)》鼓を仕《(つかまつり)》候へ、鳴《な》らずは力なき事急《いそ》ひ《(い)》で仕候へ　シテ「扨《(さて)》は辞す共叶ふまじ、勅に応じて打《う》つ鼓の、声もし出《(いで)》ばそれこそは、我子の形《かた》見と[八]夕月《(ゆふづき)》の、カヽル〵上に輝《かかや》く玉殿に、

五 ままよ、それも仕方がない。

六 たとえ罰せられようとそうでなかろうと、憂きことに変りはないが。「沈む」の縁で「浮き」の音を借り「憂き」に続く。

勅命

七 この老人のことはもう許して下さいませんか。

八 掛言ふ―夕。「月の上に輝く」に雲上の意をこめる。

九 どうなっても構わない、さあ天の鼓を打とう。掛久し―久堅。枕久堅の―天。

一〇 「翫二其磧礫一不レ窺二玉淵一者、曷レ知二驪龍之所一レ蟠也」(和漢朗詠集・述懐・文選)。小石多き河原のみを見慣れて深淵を見ない者は、珠を蔵す龍の潜める様を知らず、の意。野人には宮殿の奥深き所はわからないの意の譬え。この〈クリ〉と同文が「咸陽宮」にも見える。

一一 →「朝長」一五頁注一八。「げにや世々ごとの親子の道にまとはりて」(「百万」)。「仮の親子」は「柏崎」や夢跡一紙等にも見える。

一二 愛する者と別れる苦。

一三 迷蒙を闇に譬える。「隅田川」

老父の参内、死を覚悟

「藤戸」「木賊」、廃曲「経盛」等にも。

一四 輪廻を繰り返し、生れ変り死に変っても、恩愛の絆の束縛で、未来永劫、苦しみの海に沈むのか。「思ひは世々を引く絆となつて苦しみの海に沈め給ひしを」(「藤

始《はじ》めて臨《のぞ》む老の身の。

〈次第〉同 ＼生《いき》[九]てある身は久堅《ひさかた》の、生てある身は久堅の、天《あま》の鼓を打《う》たふ《う》よ。

【五】〈クリ〉地 ＼其磧礫《せきれき》[一〇]に翫《なら》つて、玉淵《ぎよくゑん》を窺《うかが》はざるは、驪龍《りりよう》の蟠《わだか》まる所《ところ》を知《し》らざるなり。

〈サシ〉シテ ＼実《げに》や世々[一一]ごとの仮《かり》の親子に生れ来《き》て　同 ＼愛別離苦[一二]の思《おも》ひ深く、恨《うら》むまじき人を恨み、悲《かな》しむまじき身を歎《なげ》きて、我と心[一三]の闇《やみ》深く、輪廻[一四]の波に漂《ただよ》ふ事、生々世々もいつまでの　シテ ＼思ひの絆《きづな》長き世の　同 ＼苦《くる》しびの海《み》に沈むとかや。

〈クセ〉同 ＼地[一五]を走《はし》る獣《けだもの》、空を翔《かけ》る翅《つばさ》まで、親子の哀《あはれ》知《し》らざるや、況《いはむ》や‐仏性、同体の人間、此生[一六]に‐此身を浮《う》かべ《メ》ずは、いつの時か生死《しやうじ》[一七]の、海を渡《わた》り山を越て、彼岸《ひがん》に到るべき　シテ ＼親子[一八]は‐三界《さんがい》の首枷《くびかせ》と　同 ＼聞《き》けば誠に老心《おひ》、別《わか》れの‐涙[一九]の雨の袖、霑《しほ》れぞ増《ま》さる草衣《くさごろも》[二〇]、身を恨《うら》みても其かひの、なき世に‐沈《しづ》む罪科《つみとが》は、ただ命なれや明暮《あけくれ》の、時[二一]の‐鼓のうつつ共、思はれぬ身こそ恨みなれ。

【六】〈ロンギ〉同 ＼鼓の時も移《うつ》るなり、涙をとめて老人《らうじん》よ、急《い》ひで鼓打《つづみう》つべし　シテ ＼実々《げにげに》是は大君の、忝《かたじけな》しや勅命の、老の時も移《うつ》るなり、急《い》ひで鼓打《つづみう》たふ《う》よ　地 ＼打《う》つや打《う》たずや老波《おいなみ》[二二]の、立《た》ちよる影《かげ》も夕月[二三]の　シテ ＼雲龍閣《うんりうかく》の光《ひかり》さす　地 ＼玉[二四]の階《きざはし》　シテ ＼玉の床《ゆか》に　同 ＼老の‐歩《あゆ》みも足弱《あしよは》く、薄氷《はくひよう》[二五]を踏《ふ》むごとくにて、心も‐危《あや》うき《ふ》此鼓《つづみ》、打《う》てば‐不思議や其声の、心耳《しんに》[二六]を澄《す》ます声出《いで》て、実《げに》も親子の証《しるし》の声《こゑ》、君も哀と思召《おぼしめし》て、龍顔《りようがん》に御涙を、

戸」)、「世々生涯、苦しみの海に浮き沈みて」(「春栄」)。

一五「鳥類や畜類だにも親子の哀れは知る」(「三井寺」)、廃曲「敷地物狂」にも類句。「人々同仏性」(「采女」)等。　一六「この生にこの身を浮かめずは、いつの時をか頼むべき」(「高野物狂」)。

一七 苦しみの多いこの世を海に譬えた。「生死の海を渡りて…彼岸に至り至りて」(「藤戸」)。

一八 親が子への愛情ゆえに生涯を束縛される意の諺。「猶三界の首

親子の哀れ

枷かや」(「百万」)。以下の〈クセ〉〈ロンギ〉は分離のトリを多用し、不安逡巡におののく老人の屈折した心情を巧みに表現している。

一九「かかる涙の雨とのみ、霑るる袖の花薄…」(「朝長」)と類似表現。

二〇 粗末な衣。縁袖—衣—身—うら(裏)。掛恨—裏、無き—亡き、打つ—現。

二一 時刻を知らせる鼓。天鼓の縁の文飾。　二二「老の波」は寄る年波の意の歌語。縁打つ—立つ—寄る。

二三 月の縁語の雲に言いかけ雲龍閣へつなぐ。　二四 縁月—光・玉。玉の階・玉の床は美称。

二五「戦々兢々、如レ臨二深淵一、如レ履二薄氷一」(詩経・小雅)。足どり

鼓を打つ、妙音に感涙

浮《う》かべ給《メ》ふぞ有難き。

【七】〈問答〉ワキ「いかに老人、只今鼓《つづみ》の音の出《いで》たる事、誠に哀《あはれ》と思召《おぼしめさ》るる間、老人には数の宝《たから》を下さるる也、又天鼓の跡《あと》をば、管絃講《くわげんかう》[一]にて御弔《とむら》ひあるべきとの勅諚《ちよくぢやう》なり、心安く存《ぞんじ》、先々《まづまづ》老人は私宅に帰り候へ　シテ「荒《あら》有難や候《ザウラウ》、さらば老人は私宅に帰《かへ》り候べし。

（中入）

【八】〈問答・シャベリ・触レ〉（ワキはアイの従者を呼び、老人を私宅へ送るよう命じ、アイは天鼓のことをシャベリながら老人を送り込み、送り届けたことを復命する。ワキは天鼓の弔いの用意を命じ、アイはその由を触れる）

【九】〈オキゴト〉ワキ　カヽル　へ扨《さて》も天鼓が身を沈《しづ》めし、呂《ろ》水《すい》の堤に御幸なつて、同《おな》じく天《あま》の鼓を据《す》へ《ゑ》。

〈上歌〉ワキ　へ糸竹呂律《しちくりよりつ》[二]の声々に、糸竹呂律の声々に、法事をなして亡《な》き跡を、御とぶ《ム》らひぞ有難き、比《ころ》は初秋の空なれば、はや三伏《さんぷく》[三]の夏闌《た》け、風一声《いつせい》の秋の空、夕月の色も照《て》り添《そ》ひて。

〈□〉ワキ　へ水[四]滔々《たうたう》として、浪悠々《いういう》たり。

【一〇】〔一声〕〈サシ〉シテ　へあら有難の御とぶ《ム》らひやな、勅を背《そむ》きし天罰にて、呂《ろ》水《すい》に沈《しづ》みし身にしあれば、後[五]の世迄も苦《くる》しび《ミ》の、海に沈《しづ》み浪に打《う》たれて、呵責《かしやく》の責《せ》めも隙《ひま》なかりしに、思[六]はざる外《ほか》の御とぶ《ム》らひに、浮《う》かび《ミ》出《いで》たる呂《ろ》水《すい》の上《うへ》、曇《くも》らぬ御代の有難さよ。

【一一】〈掛合〉ワキ　カヽル　へ不[七]思議やなはや更過《ふけすぐ》る水の面《おも》に、化《け》したる人の見えたるは、いかなる

の危なさと、不安とを言い掛けた。三六 心を澄ます妙なる音。「心耳を澄ませる」(「朝長」)。

一 読経とともに管絃を奏して弔う法会。「海士」「藤戸」「経正」も管絃講で弔う。「天鼓」と「経正」は主人公が音楽を愛した少年で効果的。

二 絃楽器と管楽器、音の調子。音楽の意の慣用句。「関寺小町」にも。

三 「池冷水無㆓三伏夏㆒、松高風有㆓一声秋㆒」(和漢朗詠集・夏・納涼・源英明)。三伏は夏至の後から立秋過ぎまでの炎暑の時期をいう。

四 水はみなぎり、波はゆったり。

呂水へ御幸、管絃講

呂水を形容。「采女」「養老」にも。

五 「世々生涯、苦しみの海に浮き沈みて」(「春栄」)、「呵責の責めも隙なくて」(「阿漕」)。

六 思いもかけぬ御弔いで成仏できたのも。「藤戸」にも。

七 水の面に現れた霊への呼び掛け。「藤戸」「鵜」「実盛」とも酷似。

八 舞楽も鼓も天鼓への手向け。その鼓を打って音が鳴れば、確かに天鼓だという証拠となろう。

天鼓、弔いを喜ぶ

九 囲言ふ—夕。「天鼓」は、詞章の上で夕月や月を多用し、月から星を導き、七夕の故事へつなぐ。

一〇 笛の美称。玉坐を受ける。

者ぞ名を名乗《なの》れ　シテ「是は天鼓が亡霊なるが、御弔《とむらひ》の有難さに、是まで顕れ参りたり
ワキ カヽル へさては天鼓が亡霊なるかや、「[八]しからばかかる音楽の、舞楽も天鼓が手向の鼓、打《う》ちて其声出《いづる》ならば、カヽル へ実《げに》も天鼓が証《しるし》なるべし、はやはや鼓を仕《つかま》つれ　シテ「嬉《うれ》しや扨《さて》は勅諚ぞと、[九]夕月輝《かかや》く玉坐のあたり　ワキ へ[一〇]玉の笛の音《ね》声澄《す》みて　シテ「[一一]月宮《げつきう》の昔もかくやとばかり　ワキ へ天[一二]人も影向《やうがう》　シテ へ菩薩もここに　二人 へ天降《あまくだ》ります気色《けしき》にて、同じく打《う》つなり天《あま》の鼓。

〈上歌〉同 へ打《う》ち鳴《な》らす其声の、打ち鳴らす其声の、呂《ろ》水《すい》の－波は滔々《とうとう》と、打《う》つなり打つなり汀《みぎは》の声《こゑ》の、よりひく糸[一三]竹の、手向の舞楽は有難や。〔楽〕

〈中ノリ地〉シテ へ面白や時《とき》もげに　同 へ面白や時もげに、[一四]秋風《しうふう》－楽《らく》なれや松の声、[一五]柳葉《りうえふ》を－払《はら》つて月も涼しく、星も相逢《あひあ》ふ空なれや、[一六]烏鵲《うじやく》の橋のもとに、紅葉《こうえふ》を敷《し》き、二星《じせい》の屋形《かた》の前《まへ》に、風－冷《ひや》やかに夜も更《ふけ》て、[一七]夜半楽《やはんらく》にもはや成《なり》ぬ、[一八]人間の水は南、星は北に拱《たんだ》くの、天《あま》の海面《づら》雲の浪、立添《たちそ》ふや呂《ろ》水《すい》の堤の、[一九]月に嘯《うそむ》き水に戯れ、波を穿《うが》ち、袖を返《かへ》すや、夜遊の－舞楽も時去《さり》て、[二〇]五更の一点鐘も鳴《な》り、鳥は[二一]八声のほのぼのと、夜も明《あ》け白《しら》む時の鼓[二二]、数《かず》は六《むつ》の巷《ちまた》の声に、又打《う》ち寄《より》てうつつか夢か、また打《うち》よりて現《うつつ》[二三]か夢、幻《まぼろし》とこそなりにけれ。

一一 霓裳羽衣(げいしやうい)の故事による。
一二 天人が姿を見せ、歌舞の菩薩が来迎したかと思われる様子で。
一三 管絃講の意に、七夕の心をも重ねる。[付]七夕―願ひの糸・手向。
一四 松吹く秋風はそれこそ秋風楽(雅楽の曲名)。秋風を楽しむ時の意も含む。
一五 古写本「りうよう」。「柳楊(りうよう)」とも。「楊柳風高雁送レ秋」(和漢朗詠集・夏・蛍・許渾)をふむか。
一六「鵲(かささぎ)ノ橋…二星(じせい)ノ別ノ泪、紅ニ流レテ鵲ノ羽ニソム。紅ノ羽ノ義ヲ以テ紅葉ノ

七夕の手向けの舞楽

橋ト云。漢書云、烏鵲橋頭敷二紅葉一、二星屋形前風冷」(三流抄)。
一七 雅楽の曲名。夜半を込める。
一八「天上有レ星皆拱レ北、人間無二水不一レ朝レ東」(円悟仏果禅師語録)。太平記四にも。天上では星はみな北斗星に拱(たんだ)き、人間界では水は東に向かって流れる。廃曲「小環」「千引」にも。廃曲「七夕」に「面白や人間の水は南に流れ、天上の星北にめぐる」。
一九 月に向かい詠吟する。「清経」にも。
二〇 午前四時頃。五・一・八・六と数韻。
二一「八声の鳥」は鶏の意で、暁を告げる鶏鳴。「盛久」にも。
二二 楽の鼓に、時を知らせる鼓を重ね、明け六つに六つの巷(六道)、巷の声を言い掛ける。「鶏は八声」と対比。
二三 [掛]打つ―現。

鵺(ぬえ)

五番目物
鬼　物

世阿弥作(五音)

場景　前場—摂津国蘆屋の里。淀川の川岸。惣堂のある洲崎。ある日の夕暮れから夜半。後場—同じ所。同じく、夜半すぎから夜明けにかけて。

人物　前ジテ　怪しい舟人〔怪士・水衣着流怪士〕
後ジテ　鵺の亡心〔小飛出・小飛出〕
ワキ　旅の僧〔着流僧〕
アイ　蘆屋の里の男〔長上下〕

梗概　熊野へ詣でた旅の僧が都へ上る途次、蘆屋の里に着き、里の男に宿を乞う。が、禁制のため断られ、夜な夜な「光り物」が出るが洲崎の御堂があると教えられる。僧は自分には法力があるからかまわぬと泊まる。更け行く沖の波間より異形の者が近づく。見ると空舟(うつおぶね)のようで、しかも舟人が見えない。里の男から聞いた怪しき者と思い言葉をかけると、近衛院の御宇に頼政に射殺された鵺の亡霊と答え、その時の有様を語り、浮かびきれずにいる妄執を弔ってほしいと頼み、再び空舟に乗って、恐ろしい鳴声を立てつつ波間に消える(中入)。見舞いに来た里の男が、頼政の鵺退治の話を語り、弔いを勧め、僧は読経を始める。夜更けて、「面は猿、手足は虎の恐ろしげな鵺が本体を現し、頼政に射落とされた当時の光景を語る。これは頼政の矢先にかかったというよりも君の天罰に当たったのだと懺悔。頼政は主上の御感に預り獅子王という御剣を賜り名誉を雲井に揚げ、自分は空舟に入れられて淀川に流され、この蘆屋の浦の浮洲に流れ留って、朽ちながら暗黒の世界にいることを告げ、心の闇を救ってほしいと願いつつ、海中に消えていった。

素材・主題　平家物語四・鵼(ぬえ)に拠りつつ、「仏法王法の障りとならむ」とするも頼政に射殺され、「うつほ舟」に入れて流された変化(へんげ)のものの鵺の悲哀と救われぬ心の闇を描く。頼政鵺退治譚を修羅能の構想に仕立て、勝者ではなく敗者の鵺に語らせた点が非凡で、敗者の悲哀を漂わせる。暗黒の世界に閉じ込められた孤独な魂、憂いに暇(いとま)ない鵺の魂は、潮に流され空舟に乗って現れる。そして心の闇の救いを訴え、射殺された昔を語り、再び闇の世界に戻っていく。海に映る月影と、妄執に沈む鵺の境涯の象徴たる空舟を重合させたラストシーンは、すぐれて詩的で、変化の多い韻律も美しく、世阿弥晩年の透徹した詩境を示すものであろう。

【一】〔次第〕〈次第〉ワキ へ世を捨《す》[一]て人の旅の空《そら》、世を捨て人の旅の空、来《こ》し方《かた》いづくなるらん。

〈名ノリ〉ワキ「是は諸国一見の僧にて候、我此程《われこのほど》は三熊野[二]に参りて候、又是より都に上《のぼ》らばや

熊野から蘆屋へ

一 圏捨て—捨て人。
二 本宮・新宮・那智の熊野三所権現。
三 「帰り紀」と「越えて」の両方に掛かる。この道行冒頭は「当麻」と同型。圏帰り来—紀の路、何時見(いつみ)—和泉。
四 和泉の歌枕。松原を導く。
五 摂津の歌枕「遠里小野」を隠す。住の江・難波潟・蘆屋の里も摂津の歌枕。「難波ニハ、あし」(連歌付合の事)から蘆屋の里を導く。
六 里の男(アイ)との問答は「鵜飼」と同工。「洲崎の御堂」は川洲に里人が寄り合って建てた惣堂。
七 「只有二籠鳥恋レ雲之思一、未レ免二轍魚近レ肆之悲一」(本朝文粋六)。鵺を鳥類に形象し、射落され、空舟に閉じこめられた身に譬える。
八 「猶如三盲亀値二浮木一」(往生要集・大文二)など仏法に逢い難きことの比喩。「盲亀の浮木優曇華の…」(「実盛」)など。
九 水中や土中に埋れていて石のようになった樹木。世に捨てられて顧みるもののない身の上の比喩。
一〇 亡魂。
一一 涙の雨、涙の露などの歌語の変形。圏打つ—うつほ舟、漕がれ—焦がれ、偲び—忍び。
一二 丸木の内部をくりぬいて作った舟。
一三 下掛古写本や車屋本は〈一セイ〉のあとに、以下の登場歌(地

と思《おも》ひ候。

〈上歌〉ワキ へ程《ほど》[三]もなく、帰《かへ》り紀の路《ぢ》の関越《せきこ》えて、帰り紀の路の関越えて、猶《なほ》行末《ゆくすゑ》は和泉《いづみ》なる、[四]信田《しの》の森をうち過《すぎ》て、松原《ばら》見えし遠里[五]の、爰《ここ》住《すみ》の江や難波《なには》潟《がた》、蘆屋《あしや》の里に着《つ》きにけり、蘆屋の里に着きにけり。

〈着キゼリフ〉ワキ 「急《いそぎ》候ほどに、是ははや津の国芦屋の里に着《つき》て候、日の暮《くれ》て候程に、宿を借《か》らばやと思《おも》ひ候。

【二】〈問答〉 （[六]ワキはアイの里の男を呼び出し宿を乞うが、禁制の故をもって断られ、立ち去ろうとするとき、アイは洲崎の御堂を教える。ただし御堂には毎夜光り物が出る由を告げると、ワキは法力をもって泊るといい、アイはひねくれ坊主と思う）

【三】〔一声〕〈サシ〉シテ へ悲《かな》しきかなや身[七]は籠鳥《ろうてう》、心を知《し》れば盲亀《まうき》[八]の浮木《ふぼく》、ただ闇中《あんちう》に埋木《うもれぎ》[九]の、さらば埋《むも》れも果《は》てずして、亡心《ばうしん》[一〇]何に残るらん。

〈一セイ〉シテ へ浮《う》き沈《しづ》む、涙《なみだ》[一一]の浪のうつほ[一二]舟《ぶね》

地 へこがれて堪《た》え《へ》ぬいにしへを

シテ へ忍《しの》び果《は》つべき隙《ひま》ぞなき[一三]。

【四】〈掛合〉ワキ カヽル へ不思議《ふしぎ》やな夜も更《ふ》けがたの浦波に、幽《かす》かに浮《う》かび寄《よ》るものを、見《み》れば聞《き》きしに変《か》はらずして、舟の形《かたち》はありながら、ただ埋木のごとくなるに、乗《の》る人影《かげ》も定《さだ》かならず、荒《あら》不思議の者やな

シテ 「不思議《ふしぎ》の者と承はる、そなたはいかなる人やらん、

カヽル へ本《もと》より憂《う》[一四]き身は埋木の、人知《し》れぬ身と思《おぼ》しめさば、不審はなさせ給ひそとよ

ワキ へい

謡)が続き、これが原形らしい。〈サシ〉「それ人間の境界は過去久遠の昔より、本来空の身なりしを、何と忘れて一念の、妄縁に引かれて生き死にの、海山川の底ひなき、有情非情となりぬらん、身にはよるべも波小舟の、憂き世のわざこそ物憂けれ」。〈下歌〉「音を枕にしき波の、帰らぬものをいにしへの」。〈上歌〉「童男丱女が舟のうち、〳〵、見ずはと尋ねこがれける、その世を聞くもうつほ舟、かかる思ひは変らじを、それは蓬が島とかや、これはかりなる芦の屋に、隠れすむ身はいつまでぞ、〳〵」。

一四 掛浮き身—憂き身。

以下三〇頁

一 掛寄る—夜。

二 「芦の屋の灘の塩焼き暇《いとま》無み黄楊《げつ》の小櫛もささず来にけり」(伊勢物語・八十七段)。

三 掛無み—波。古歌をふまえ、憂愁に心の安まる暇もなく、汐にさし寄せられて棹もささずに来た心。

うつお舟の舟人

四 実盛に類似表現。

五 掛見る目—海松布。蘆の一節《ひとよ》から一夜に続ける。

六 「古くなって浜に引き上げてある小舟」(日葡)。掛捨—捨小船、乗り—法。「法の力」は仏法の冥助。

七 第七十六代、近衛天皇。実際は院(上皇)の時代はない。

や是はただ此里人の、さも不思議《ふしぎ》なる舟人《(ふなびと)》の、[一]夜々《よるよる》来《(きた)》るといひつるに、見れば少《(すこし)》も違《たが》はねば、われも不審を申也　シテ「此里人とは芦の屋《や》の、灘《なだ》の塩焼《や》く蜑人《あま》の類《たぐひ》を何と疑《うたが》ひ給ふ　ワキ カヽル 〽塩焼《や》く蜑《あま》の類《たぐひ》ならば、業《わざ》をばなさで暇《いとま》ありげに、夜々《よるよる》来《(きた)》るは不審《ふしん》なり　シテ「実々《(げにげに)》暇《いとま》のある事を、疑《うたが》ひ給ふも謂《いは》れあり、古き歌にも[二]蘆《あし》の屋の　ワキ 〽灘《なだ》の塩焼《しほやき》[三]暇無《いとまな》み、黄楊《つげ》の小櫛《をぐし》は挿《さ》さず来《き》にけり　シテ 〽われも憂《う》きには暇無《いとまな》みの　ワキ 〽汐《しほ》にさされて　シテ 〽舟人は。

〈上歌〉同 〽差《さ》さで来《き》にけりうつほ舟《ぶね》、差さで来にけりうつほ舟、[四]現《うつつ》か夢か明《(あけ)》てこそ、[五]海松布《みるめ》も―刈《か》らぬ蘆《あし》の屋に、一夜《(ひとよ)》寝《ね》て蜑人《あま》の、心の闇《やみ》を問《(とひ)》給へ、有難《がた》や旅人は、世を遁《のが》れたる御身なり、我は名のみぞ[六]捨小船《すて(をぶね)》、法《(のり)》の力《ちから》を頼むなり、法の力を頼むなり。

【五】〈問答〉ワキ「何と見申せ共《(ども)》さらに人間とは見えず候、いかなる者ぞ名を名乗候へ　シテ「是は[七]近衛院《(コンネのゐん)》の御宇《(ぎよう)》に、[八]頼政が矢先《さき》にかかり、命《(めい)》を失なひし鵺《ぬえ》と申《(まうし)》し者《もの》の亡心《(ばうしん)》にて候、其時の有様委《(くはしく)》語つて聞《き》かせ申候べし、跡を弔《と》ふて給り候へ　ワキ「扨《(さて)》は鵺の亡心にて候か、其時の有様委語《かた》り候へ、跡をば懇《(ねんごろ)》にとぶ《ム》らひ候べし。

〈クリ〉地 〽扨《(さて)》も[九]近衛院の御在位の時《とき》、[一〇]仁平《(にんぺい)》の比《ころ》ほひ、主上《(しゆしやう)》夜な夜な御悩《(ごなう)》あり。

〈サシ〉シテ 〽[一一]有験《(うげん)》の高僧貴僧に仰《(おほせ)》て、[一二]大法《(だいほふ)》を修《(しゆ)》せられけれども、其験《しるし》更になかりけり　同 〽御悩は[一三]丑の剋《(こく)》ばかりにてありけるが、[一四]東三条《(とうさんでう)》の森の方《かた》より、黒雲《(こくうん)》一村《(ひとむら)》立《た》ち来《(きた)》つて、御殿

八 源頼政。治承四年(一一八〇)、平等院で自害(七十七歳)。→「頼政」。
九 以下、〈クセ〉の終りまで平家物語四・鵼の本文に準拠。
一〇 一一五一―五四年。
一一 効験あらたかなこと。
一二 密教における重要な修法。
一三 今の午前二時頃。
一四 藤原摂関家の当主に伝領された東三条殿。邸内西北に角振(つのふり)・隼(はやぶさ)の両社の森があった。
一五 公卿たちが集まって行う会議。
一六 兵器の保管・出納などを掌る兵庫寮の長官。頼政の任官は久寿二年(一一五五)で、鵺退治より後。

弔いを望む鵺の亡心

一七 「遠江国の住人」(平家物語)。
一八 地文のある綾地の織物に、別の糸で上文を織り出したもの。「或説織襖と号する狩衣、二重織也」(桃華蘂葉)。
一九 先が鋭く尖り横にふくらみのある扁平な矢じりをつけた矢。「魔縁の物などの様なるものは、かぶらにても、又はとがり矢にても射る也」(弓張記)。
二〇 握りの上下を籐(とう)で巻いた弓。滋籐とも。
二一 母屋の外側の細長い部屋、広廂(ひろびさし)の別名。
二二 「ひやうと」(現行観世)。
二三 やったぞ。「矢叫び」は、矢が的中した時の歓声。
二四 平家物語諸本に「頭は猿、軀(むく

の上に蔽《おほ》へば必《かなら》ず怯《をび》え給ひけり　シテ〽即《(すなはち)》[一五]公卿僉義《(くぎやうせんぎ)》あつて　同〽定《さだ》めて変化《へんげ》のものなるべし、武士に仰《(おほせ)》て警護《けいご》有べしとて、源平両家の兵《つはもの》を撰ぜられける程に、頼政を撰出《(えらみいだ)》されたり。

〈クセ〉同〽頼政《よりまさ》其時は、兵庫頭《(ひやうごのかみ)》[一六]とぞ申ける、頼《たの》みたる郎等《(らうどう)》には、猪早太《(ゐのはやた)》[一七]、ただ一人《いちにんめ》召し具《ぐ》したり、我身は—二重《(ふたへ)》[一八]の狩衣《かり》に、山鳥の尾にて矧《は》いだりける、尖《とが》[一九]り矢二筋《すぢ》、重籐《しげどう》[二〇]の弓に取《と》り添《そ》へて、御殿の—大床《(おほゆか)》[二一]に伺候《しこう》して、御悩《(ごなう)》の刻限《こくげん》を、今や今やと待居たり、去程《(さるほど)》に案《あむ》のごとく、黒雲《(くろくも)》—一村立《た》ち来り、御殿の上に蔽《をほ》ひたり、頼政《よりまさ》きつと見上《あ》ぐれば、雲中《(うんちう)》に、怪《あや》しき者の姿《すがた》あり　シテ〽矢取《と》つて打番《(うち)つが》ひ　同〽南無—八幡大菩薩と、心中《(しんぢう)》に祈念して、よつ引《び》きひ[二二]やうど放《はな》つ矢に、手応《ごた》へしてはたと当《あ》たる、得《え》[二三]たりや—をう《(お)》と矢叫《さけ》びして、落《お》つる所を猪早《いのはや》太《た》、つつ《ツ》と寄《よ》りて続《つづ》けさまに、九《ここの》—刀《かたな》ぞ刺《さ》いたりける、扠《(さて)》火を点《とも》しよく見れば、頭《かしら》[二四]は猿尾は蛇《くちなわ》、足《あし》手は虎《とら》のごとくにて、啼《な》く声鵺《ぬえ》[二五]に似たりけり、恐《おそ》ろしなんども、をろ《(お)》かなる形《かたち》成《(なり)》けり。

【六】〈ロンギ〉地〽実《(げに)》隠《かく》れなき世語《(よがたり)》の、其[二六]一念を翻《ひるがへ》し、浮《う》かぶ《ム》力《ちから》と成《(なり)》給へ　シテ〽浮《う》かぶ《ム》べき、便《たよ》り渚《なぎさ》[二七]の浅緑《あさみどり》、水の柏《かしは》にあらばこそ、沈《しづ》むは浮《う》かぶ《ム》縁《(えん)》ならめ　地〽実《(げに)》や他生《(たしやう)》[二八]の縁《えん》ぞとて　シテ〽時もこそあれ今宵《こよひ》しも　地〽亡《な》[二九]き世の人にあひ竹の　シテ〽棹取《さほと》り直《なを》しうつほ舟《ぶね》　地〽乗《の》ると見えしが　シテ〽夜《よる》の波に　同〽浮《う》きぬ沈《しづ》みぬ、見えつ隠《かく》れ絶々《(たえだえ)》

ろ)は狸、尾は蛇《(くちなは)》、手足は虎の姿なり。鳴く声鵼にぞ似たりける。恐ろしなンどもおろかなり」。

二五 ヌエ鳥(トラツグミの異称)は、夜、人の悲鳴に似た声で鳴くので凶鳥として忌まれた。和名抄には怪鳥とも。

頼政の鵺退治

二六 害悪を企てて退治された執着の一念を翻して成仏のために作用させよ。「一念翻せば、無量の罪をものがるべし」(「求塚」)と同趣。

二七 [掛]無—渚、浅—浅緑、水の—三角柏。「思ひ余りみづの柏に問ふことの沈むに浮くは涙なりけり」(続古今集・恋四・小侍従)。

二八 本来は「多生の縁」で、前世に多くの生を経る間に結ばれた因縁。↓「朝長」一一頁注二三。

二九 [掛]世—節(よ)、逢ひ—合竹。「合竹」は笙の奏法。[縁]節—竹—棹。

以下三二頁

一 [掛]行方—幾重。鵺と脚韻。

二 経文読誦の声の、うららかなさまと浦浪を重ねた。車屋本系下掛「…声も松風も」。

三 真如実相。万有の真実の相。

四 「中陰経に云く」として止観私記ほか諸書に引かれる。「一仏成道して慈眼を以て法界を観見すれば、一切の有情非情皆成仏す」。

五 法華経・化城喩品の偈文「願以此功徳、普及於一切、我等与衆生、

の、幾[一]《いく》へに聞《き》くは鵺《ぬえ》の声《こゑ》、恐《おそ》ろしや凄《すさ》ましや、あら恐《おそ》ろしや凄《すさ》ましや。　（中入）

【七】〈問答・語リ・問答〉（最前の里の男が僧の様子を見るため御堂へ行き、僧の尋ねに答えて、頼政の鵺退治の事、化生の者を、うつほ舟に流したという事を語る。先刻の出来事を話す僧に対し、供養を勧め退く）

【八】〈上歌〉ワキ へ御法[二]《(みのり)》の声も浦浪も、御法の声も浦浪も、みな実[三]相の道《みち》弘《ひろ》き、法を受《う》けよと夜《(よ)》と共に、此御経《(おんきやう)》を読誦する、此御経を読誦する。

【九】〔出端〕〈誦句〉ワキ へ一[四]仏成道観見法界《(いちぶつじやうだうくわんけんほふかい)》、草木国土悉皆成仏《(さうもくこくどしつかいじやうぶつ)》　後シテ へ有[五]情非情《(うじやうひじやう)》、皆《(かい》共《ぐ》成仏道《じやうぶつだう)》　ワキ へ頼《たの》むべし　シテ へ頼《たの》むべしや。

〈ノリ地〉地 へ五[六]十二類も、我同[七]性《(われどうしやう)》の、涅槃《(ねはん)》に引《ひ》かれて、真[八]如の月の、夜汐《よじほ》に浮《う》かび《み》つつ、これ迄来《(きた)》れり、有難《がた》や。

【一〇】〈掛合〉ワキ へ不思議やな目前に来《(きた)》る者を見れば、面は猿足《あし》手は虎、聞《き》きしにかはらぬ変《へん》化《げ》の姿《すがた》、あら恐《おそ》ろしの有様やな。

〈クリ〉シテ へ扨《(さて)》も我悪[九]心外道の変化となつて、仏法王法《(わうぼふ)》の障《さは》りとならむと、王城《(わうじやう)》近《ちか》く翩[一〇]翻《へんまん》して。

〈サシ〉シテ へ東三条の林頭《(りんとう)》に暫《しばら》く飛行《(ひぎやう)》し、丑三《うしみ》つばかりの夜《(よ)》な夜《(よ)》なに、御殿の上《うへ》に飛[一一]《と》びさがれば。

〈中ノリ地〉同 へすなはち御悩頻《しき》りにて、玉体を悩《なや》まして、怯《をび》え—魂[一二]《たまい》消らせ給ふ事も、我《(わが)》なす

皆共成仏道」。廻向文として法会等の終りに唱える。→「自然居士」六三二頁。
六 釈迦入滅時に参集した、五十二種の生類の総称。五十二衆とも。生あるものすべての意にも。

読経

七「同じ性質と性格」(日葡)。
八 真如(常住不変の真実)が迷妄を晴らすことを、月が闇を照らすことに譬えた成句。「鵜飼」等にも。
掛 月の夜—夜汐。
九 悪心(悪魔)・外道(異端)は仏法・王法(王道)の敵対者。
一〇 底本や諸流「遍満」。古写本「へんまん」。身を翻して飛び回る意の「翩翻(へんぱん)」の転訛と見て訂正。平家物語七・願書に「雲の中より山

変化の姿

鳩三つ飛来って、源氏の白旗の上に翩翻す」。廃曲「武俊」に「(制多加)童子は暫く、へんまんして、虚空に翔り」。
一一 下掛「飛び覆へば」。一二「魂消(たまぎ)る」の音便。恐怖で生きた心地もない。
一三 上の「寄らざりし」と頭韻。
一四 底本「遍身」、諸本「変心・変身」を宛てるが疑問。王敵たらんとする偏執の悪心の意で「偏信」または「偏心」とする説もある。
一五 がらがらと崩れ落ちるさま。月菴(げったん)法語に見える偈「生死去

業《（わざ）》と怒《いか》りをなししに、思《おも》ひも―よらざりし頼政[一三]が、矢先《さき》に当《あ》たれば[一四]へんしん失《う》せて、[一五]落々《（らくらく）》―磊々《らいらい》と地に倒《たを》れて、たちまちに滅せし事、思《おも》へば頼政が、矢先《さき》よりは、君の―天罰を当《あ》たりけるよと、今こそ思《おも》ひ知《し》られたれ、其時―主上《（しゆしやう）》御感《（ぎよかん）》あつて、[一六]師子王といふ御剣《（ぎよけん）》を、頼政に下されけるを、[一七]宇治の―大臣《（だいじん）》給《（たまは）》りて、階《きざはし》を下《お》り給ふに、折節《（をりふし）》郭公訪《をとづ》れければ、大臣取《と》りあへず。

〈上ノ詠〉シテ へ[一八]ほととぎす、名をも雲井に上《あ》ぐるかなと。

〈中ノリ地〉シテ へ仰《おほ》せられければ　同 へ頼政《よりまさ》―右の膝《ひざ》をついて、左《ひだり》の袖を広《ひろ》げ、[一九]月を少《（すこし）》目にかけて、[二〇]弓張《はり》月の、入《い》るにまかせてと、つかまつり御剣を給《（たまは）》り、御前を罷帰《（まかりかへ）》れば、[二一]頼政は名を上《あ》げて、我は―名を流すうつほ舟《ぶね》に、押《を》し入《（いれ）》られて[二二]淀河の、淀《よど》みつ―流《なが》れつ行末の、[二三]鵜《う》殿《どの》も同《おな》じ芦の屋の、[二四]浦はの―うきすに流れ留《と》まつて、朽《く》ちながら[二五]うつほ舟《（ぶね）》の、月日も見えず[二六]暗《くら》きより、暗《くら》き道《みち》にぞ入《い》りける、遥《はる》かに照《て》らせ山の端《（は）》の、遥《はる》かに照《て》らせ、山の端《は》の月と共に、[二七]海月《（かいげつ）》も入にけり、海月とともに入にけり。

来、棚頭傀儡、一線断時、落々磊々」。世阿弥は花鏡・万能綰一心事に引く。「落々」と「磊々」は頭韻。

一六 源平盛衰記に「鳥羽院より御伝ありける師子王と申す御剣」。

一七 宇治左大臣藤原頼長。以下の連歌のことは平家物語に拠る。

一八 郭公が雲井高く声をあげている(鳴く)ように、頼政も名を上げたことだ。

頼政の武名、鵺の末路

一九 横目に見ながら。「月を少し傍目（そばめ）にかけつつ」(平家物語)。

二〇 弓を射るにまかせて、偶然に仕留めただけ。圏射る―入る。

二一 頼政は武名をあげ、私は醜名を流した。

二二 淀川に流すことは平家物語に見えず作者の脚色。「淀み」と頭韻。

二三 淀川筋の寄港地で、蘆の名所。「淀の川舟行く末は、鵜殿の蘆のほの見えし」(「江口」)を借りるか。

二四 圏(蘆の)裏葉―浦廻（うらわ）、浮洲―浮巣。浮洲を、浮巣(水面に浮かぶ水鳥の巣)に見たてた。

二五 鵜殿・浦廻・浮洲と連韻。舟を月に譬えるので、月日の序。

二六 「暗きより暗き道にぞ入りぬべき遥かに照らせ山の端の月」(拾遺集・哀傷・和泉式部)。

二七 海上を照らす月。また海に映った月影。鵺の乗った空舟の象徴。

邯鄲（かんたん）

四番目物　古称、盧生
唐　物　作者不明（世阿弥周辺の作か）

場景　前半―唐土、邯鄲の里。宿の一室。ある日の午後。中半―夢の中の王宮。後半―もとの宿の一室。

人物　シテ　盧生〔邯鄲男・黒頭厚板法被半切〕
子方　舞童〔風折長絹大口〕
ワキ　勅使〔側次大口〕
ワキヅレ　大臣〔洞烏帽子狩衣大口〕（数人）
ワキヅレ　輿舁〔大口モギドウ〕（二人）
アイ　宿の女主人〔鬘縫箔側次〕

梗概　邯鄲の里の宿の女主人が、仙人からいただいた、過去未来を知ることができる不思議な枕の謂れを述べて客を待つ。一方、求道の心に燃える、楚国の青年盧生は、仏道の師を求めて羊飛山へ赴く途中、邯鄲の里で雨宿りをする。宿の女主の勧めにまかせ盧生は枕を借り昼寝の床につくや（以下、夢の世界となる）、楚国の勅使が来て盧生を起こし、譲位の勅命を伝える。盧生は玉の輿に乗せられ、王城に着き即位。壮麗な宮殿と都城の繁栄は双びなく、盧生は栄耀栄華の歓楽を尽くす。かくて五十年の月日が流れ、その祝宴に廷臣は不老長寿の仙家の酒を勧め、可憐な舞童は舞い出(だい)す。盧生も立って舞い興じ、まるで四季の美を一時に集めた仙境、月世界に遊ぶよう。だが、それはすべて夢の中の出来事。かしずける女御の声と聞こえしは松風の音、金殿玉楼の歓楽は、ただ一睡の夢であった。宿の主に起こされてみると、それは粟の飯が炊ける間の夢に過ぎなかったことを知り、豁然と悟入する。

素材・主題　中国唐代の小説枕中記を原拠とし、太平記二十五・自二伊勢一進二宝剣一事付黄粱夢事などで知られた「邯鄲の夢の枕」の説話に拠りつつ、求道の青年盧生の、人生への迷い、権威と富貴、夢醒めての大悟、と三転する場面と心理とを鮮烈に描く。現実と夢の世界とが交錯する描写は映画手法の先取りと言ってよく、漸進的に場面を畳みかけ夢が醒める瞬間は、「道成寺」の鐘入に匹敵するスリルがある。作リ物の大宮が、旅宿の寝台となり、宮殿となり、玉座ともなる巧みな使用法も光る。金春禅竹の「芭蕉」と関わる重刊湖海新聞夷堅続志（後集巻一）の一夢黄粱に邯鄲説話の要約が見え、禅竹の歌舞髄脳記（康正二年）に妙花風と絶讃している評価も、作者や成立を解く鍵となる。世阿弥周辺の作者を想定したい。

【一】[一]〈名ノリ〉（アイの邯鄲の宿の女主人が枕を携えて登場、仙術を行う仙人から、悟りの夢を得る不思議な枕を貰ったことを語り、客を待つ）

【二】〔次第〕〈次第〉シテ〽憂《う》[二]き世の旅に迷《まよ》ひ来《き》て、憂き世の旅に迷ひ来て、夢路[三]をいつと定《さだ》めむ。

一 後見が一畳台を脇座に据え、その上に大宮を組み立てる。二 実際の旅に、迷いの多い人生を重ねた心。付旅―うき世。三 迷夢から覚める時であり、旅の終りでもある。四 四川省付近にあった、中国の三国時代の国名。盧生を蜀国の者とするのは謡曲独自の設定。「邯鄲一炊の夢」の原拠の枕中記は唐の開元年中とする。五 枕中記に見える主人公の少年の名。秦の始皇帝が燕人盧生に不死の薬を求めさせた話が史記・始皇本紀に見え、盧生の名とともに、都城の繁栄、仙家の歓楽の描写など全体に神仙的イメージが濃い。六 揚子江中流にあった、中国春秋戦国時代の国名。七 未詳。太平記二十五・黄粱夢事の末文に見える詩人、揚亀山の転用か。八 善知識。仏教の正しい道理を教え導びく高僧。九 悟りを得ること。法華経・方便品から出た成句。一〇 雲中の通い路。国と頭韻。故郷を遥かに仰ぎ、の意もこめる。一一 どこがどこともわからぬ旅。一二 長い旅路の歌語。囲幅（の）―野。縁衣―幅。「野暮れ山暮れ里過ぎて、…元の身を知る雨なれや」（廃曲「阿古屋松」）。一三 歌語「身を知る雨」を背景に、〈上歌〉の「雨宿り」へつなげた。金

邯鄲の枕のいわれ

〈名ノリ〉シテ カヽル 〽是は蜀《しよく》[四]の国の傍《かたはら》に、盧生《ろせい》[五]といへる者なり、「我人間に有《あり》ながら仏道をも願《ねが》はず、カヽル 〽ただ惘然《ばうぜん》と明《あ》かし暮すばかりなり、「まことや楚国《そこく》[六]の羊飛《やうひ》[七]山に、尊《たつと》き知識[八]のましますよし承及《うけたまはりおよび》て候程に、身[九]の一大事をも尋《たづね》ばやと思《おも》ひ、唯今羊飛《やうひ》山へと急《いそ》ぎ候。

〈上歌〉シテ 〽住《すみ》馴《な》れし、国を雲路《くもぢ》[一〇]の跡に見て、国を雲路の跡に見て、山又山《やま》を越行《こえゆけ》ば、そこ[一一]としもなき旅衣、野暮《く》[一二]れ山暮《くれ》里暮《く》れて、名にのみ聞《きき》し邯鄲の、里にも早《はや》く着《つき》にけり、里にも早く着にけり。 シカ〳〵 （着キゼリフあり、案内を乞う）

【三】〈問答〉（アイに宿を乞い、旅行の目的を話すと、アイは邯鄲の枕の謂れを語り、粟飯を炊く間、この枕で睡ることを勧める）

【四】〈オキゴト〉シテ「扨《さて》はこれなるが聞及《ききおよび》し邯鄲の枕なるかや、是は身[一三]を知《し》る門出《かどいで》の、世の試《こころ》みに夢の告、天の与《あた》ふる事なるべし。

〈上歌〉シテ 〽一[一四]村雨の雨宿り、一村雨の雨宿り、日はまだ残る中宿《なかやど》[一五]に、仮寝《かりね》の夢を見るやと、邯鄲の枕[一六]に臥《ふ》しにけり、邯鄲の枕に臥しにけり。

【五】〈問答〉ワキ「いかに盧生に申べき事の候 シテ「そもいかなる者ぞ ワキ「楚国の御門《みかど》の御位を、盧生《ろせい》に譲《ゆづ》り申さむとの、勅使これ迄参りたり シテ「思ひよらずや王位には、そも何故に備《そな》[一七]はるべき ワキ「是非をばいかで測《はか》るべき、御身世[一八]を持《も》ち給ふべき、其瑞相[一九]こそましますらめ、はやはや輿《こし》に召《め》さるべし シテ「こはそも何《なに》と夕[二〇]露の、光輝《かかや》く玉の輿、乗《の》[二一]りも馴《な》らはぬ身の行《ゆくへ》ゑ ワキ カヽル 〽かかる[二二]べきとは思はずして シテ 〽天にも上《あ》がる

春禅鳳本など「これはことさら門出の」。後人改訂か。
一四 一時的に村雨（俄雨）が降る。成句「一樹の陰に宿り一河の流れを汲むも他生の縁」を響かせる。
一五 旅の途中の宿。囲中―中宿、借り―仮り。
一六 枕をして寝るやいなや、場面は盧生の夢中の世界となる。勅使が輿舁（こしかき）を伴って登場、盧生に楚国王の位を譲られた旨を告げる。
一七 王位に即くこと。
一八 王者となって世を統（す）べる。
一九 生まれつきの相。
二〇 囲言ふ―夕。「玉」の序。
二一 「乗り」に「法（のり）」の意をこめ、玉の輿に乗り馴れぬ身の将来と、仏法を知らぬ身の行く末を隠す。
二二 「露」「玉」の縁語。

邯鄲の枕に臥す、夢の世界

以下三六頁

一 法（のり）の道につなげる。「栄花」は富貴の意。 二 囲知らず―白雲、雲の上―雲の上人。

盧生、楚国の王位を譲られる

三 盧生が玉座に着き、舞童と廷臣たちが登場。〈上歌〉で王宮の華麗さと王位の歓喜を描く。 四 宮殿の名。「天鼓」でも阿房殿と並称する。文選・東都賦の「雲龍之庭」の

ワキ 〽心《(ここ)》ちして。

〈上歌〉同 〽玉の御輿《(みこし)》にのり[一]の道、玉の御輿に法《のり》の道、栄花の花《はな》も一時《(ひととき)》の、夢とは白雲[二]の、上《(うへ》人《びと)》となるぞ不思議なる。

【六】〔真ノ来序〕[三]〈上歌〉地 〽有難《がた》の気色《(けしき)》やな、有難の気色やな、本《(もと)》より高《たか》き雲の上、月も光は明《あき》らけき、雲龍閣《(うんりうかく)》[四]や阿房殿《(あばうでん)》[五]、光《ひかり》も充《み》ち満《み》ちて、実《(げに)》も妙《たえ》なる有様の、庭には金銀の砂《(いさご)》を敷《し》き、四方《(よも)》[六]の門辺《かどべ》の玉の戸[七]を、出入《(いでいる)》人《ひと》までも、光《ひかり》を飾《かざ》る粧《(よそほひ)》は、まことや名に聞《(きき)》し、寂光《(じやくくわう)》[八]の都喜《(き》見城《けんじやう)》の、楽《たの》しみもかくやと、思《おも》ふばかりの気色かな。

〈下歌〉地 〽千貨万貨《(せんくわばんくわ)》[九]の御《(み)》宝の、数を連《つら》ねて捧《ささ》げ物、千戸万戸《(せんとまんこ)》[一〇]の旗《はた》の足《あし》、天[一一]に色めき地に響《ひび》く、籟《(らい)》の声も夥《おびたた》し、籟の声も夥し。

〈歌〉シテ 〽東《(ひがし)》[一二]に三十余丈に 同 〽銀《しろかね》の山を築《つ》かせては、金《(こがね)》の日輪を出《(いだ)》されたり

シテ 〽西に三十余丈に 同 〽金《(こがね)》の山《やま》を築《つ》かせては、銀《しろかね》の月輪《(ぐわちりん)》を出《(いだ)》されたり、たとへばこれは、長生殿《(ちやうせいでん)》[一三]の裏《(うち)》には、春秋を止《とど》めたり、不老門の前には、日月《(じつげつ)》遅しと、いふ心を学《まな》ばれたり。

【七】〈問答〉大臣「いかに奏聞申べき事の候、御位に即《つ》き給ひてははや五十年[一四]なり、然らば此仙薬を聞《き》こしめさば、御年一千歳まで保《たも》ち給ふべし、去程《(さるほど)》に天の濃漿《こむづ》[一五]や沆瀣《かうがい》[一六]の盃《はい》、是まで持て参りたり シテ「そも天の濃漿《こんづ》とは 大臣「これ仙家の酒の名なり シテ カヽル 〽沆瀣《かうがい》の

注にいう雲龍門などによる名か。 五 秦の始皇帝の宮殿の名を転用。 六 内裏の東西南北の四つの門。下掛「四方のかごめ」は一条兼良の意見による改訂。 七 戸の美称。 八 仏の住む常寂光土と、世界の中心たる須弥山《(しゆみせん)》の頂にある帝釈天の居城。この上なき歓楽の慣用句。 九 千顆万顆。多数の宝玉の形容。次句の「千戸万戸」と対。「瑩レ日、瑩レ風、高低千顆万顆之玉」(和漢朗詠集・春・花・菅原文時)。 一〇 千戸・万戸を領する諸侯たちが旗を翻えして来貢するさま。「満天に廻る星の如く、百官卿相雲客や、千戸万戸の旗を靡かし、鉾を横たへ」(「西王母」)。 一一 天に色めく旗の足と、地に響く籟の声が対句。「籟」は風に吹かれる旗音。 一二 平家物語五・咸陽宮「長生殿・不老門あり。金《(こがね)》を以て日を作り、銀《(しろかね)》を以て月を作れり」を修飾して栄華を描写。分離のトリを多用し強調。 一三 「長生殿裏春秋富、不老門前日月遅」(和漢朗詠集・祝・慶滋保胤)。長生殿は唐帝の寝殿。不老門は漢の宮殿の門。「富めり」を「止めた

即位、壮麗な宮殿、都城の繁栄

在位五十年、仙家の歓楽

盃《はい》と申事は　大臣「同じく仙家の盃也　シテ〽寿命は千世ぞと菊《きく》の酒《さけ》　大臣〽栄花の春《はる》
も万年《よろづとし》　シテ〽君も豊かに　大臣〽民栄《さか(え)》へ。
〈段歌〉同〽国土安全長久《(こくどあんせんちやうきう)》の、国土安全長久の、栄花《(えいぐわ)》も弥増《いやま》しに、猶《(なほ)》喜《よろこ》びはまさり草《(ぐさ)》[一七]の、菊の
盃《さかづき》、とりどりにいざや飲《の》まふ《(う)》よ　シテ〽廻《めぐ》れや盃の　同〽廻れや盃の、流《なが》れは菊水の、
[一八]流《りう》に牽《ひ》かれて遄《と》く過《(すぐ)》れば、手先《(まづ)》―遮《さへぎ》る[一九]菊衣《(ごろも)》の、花の―袂を翻《ひるがへ》して、指《さ》[二〇]すも引《ひ》くも光なれや、
[二一]盃《さかづき》の影《かげ》の、廻《めぐ》る空ぞ久しき　[二二]夢舞〽[二三]我宿の　同〽我宿の、菊の―白露《しら》今日《けふ》ごとに、幾代《いくよ》
積《つ》りて、淵と成らん、よも尽《つ》きじよも尽きじ、[二四]薬の水も泉《いづみ》なれば、汲《く》め共《(ども)》汲め共、弥増《いやま》しに
出《(いづ)》る菊水を、飲《の》めば―[二五]甘露《(かんろ)》もかくやらんと、心《こころ》も晴《はれ》やかに、飛《と》び立《(たつ)》ばかり[二六]有明の、夜昼《よるひる》とな
き楽《たの》しみの、栄花にも[二七]栄曜《(ええう)》にも、実《(げに)》此上《うへ》や有《(ある)》べき。
【八】〔楽〕〈ワカ〉シテ〽いつまでぞ、栄花の春も常磐《ときは》にて　地〽猶《(なほ)》幾《いく》久し有明の月。
【九】〈ワカ受ケ〉シテ〽[二八]月人男の舞なれば、[二九]雲の端《(は)》袖を重《かさ》ねつつ、喜《よろこ》びの歌を。
〈ノリ地〉シテ カヽル〽歌《うた》ふ夜もすがら　同〽歌ふ夜もすがら、[三〇]日はまた出《(いで)》て、明《あき》らけく成《(なり)》て、
夜《よる》かと思へば　シテ〽昼《ひる》になり　地〽昼《ひる》かと思《おも》へば　シテ〽月またさやけし　地〽
春の花咲《さ》けば　シテ〽紅葉《(もみぢ)》も色濃《こ》く　地〽夏かと思へば　シテ〽雪も降て　同〽四
季折々《おりおり》は、目の前にて、春夏秋冬《はるなつ(あきふゆ)》、万木千草《(ばんぼくせんさう)》も、[三一]一日《(いちじつ)》に華咲《さ》けり、面白や、不思議やな。
〈ノリ地〉同〽かくて時過《(すぎ)》、比《(ころ)》去《さ》れば、かくて時過、比去れば、五十年の、栄花も尽《つ》きて、ま

り」に変型。下掛「富めり」。
一四 太平記二十五・黄粱夢事に「天位五十年」。
一五 濃い水の意で美酒の異称。
一六 沆瀣は仙人が飲むという露や空気。菅家文草二「沆瀣流盃向レ晩多」などをふまえ仙家の盃の称とされた。以下、仙境での不老長生、栄燿栄華の歓楽を描く。
一七 菊の異名。「喜びがまさる」と掛ける。菊の盃は重陽の節句の盃。菊水は菊の露を飲んで七百歳まで生きた慈童の故事をふまえる。↓「俊寛」。[掛]取り―とりどり。
一八 流水に盃を浮かべて詩を詠じる曲水の宴を詠んだ詩句「牽レ流遄過手先遮」(和漢朗詠集・春・三月三日・菅原雅規)を引く。
一九 菊襲《(きくがさね)》の衣。「花の袂」と対。
二〇 舞の手の名。指す手引く手。次句の「光」と「盃」を導く。
二一 [掛]盃―月。[縁]影―光、空―久し。

仙界の不可思議、歓喜の極み

二二 「ユメノマイ」。舞童のこと。
二三 重陽の宴を詠んだ清原元輔の歌(拾遺集・秋)。
二四 菊水を不老長寿の薬水とする故事に霊泉説話(→「養老」)を合わせる。
二五 仙界の甘美にして不死の霊薬。
二六 (飛び立つばかり)「あり」を掛け、「夜」の序。
二七 栄耀《(えいえう)》の転。

ことは夢の、中《（うち）》[一]なれば、皆消《みなき》[二]え消《き》えと、失《（うせ）》果《は》てて、ありつる邯鄲の、枕の上《うへ》に、眠《ねぶ》りの夢は、覚《（さめ）》にけり。

【一〇】〈問答〉（アイが枕元を叩いて盧生を起こし粟飯の炊けたことを告げる）

【一一】〈歌〉シテ〽盧生は夢覚《さ》めて　同〽盧生は夢覚めて、五十《（いそぢ）》の春秋《（はるあき）》の、栄花もたちまちに、ただ惘然《（ばうぜん）》と起《お》き上《あ》がりて　シテ〽さばかり多《おほ》かりし　地〽女御更衣《（にようごかうい）》[三]の声と聞《き》きしは　シテ〽松風の音《をと》となり　地〽宮殿楼閣《（くうでんろうかく）》は　シテ〽ただ邯鄲の仮《かり》の宿　地〽栄花の程は　シテ〽五十年《（ごじふねん）》　地〽扨《（さて）》夢の間は粟飯《（あはいひ）》[四]の　シテ〽一炊《（いつすい）》の間《（あひだ）》なり　地〽不《ふ》思《し》議《ぎ》なりや測《はか》り難《がた》しや　シテ〽つらつら―人間の有様を、案ずるに　同〽百年《（はくねん）》[五]の歓楽も、命《（めい）》終《をは》れば夢ぞかし、五十年の栄花こそ、身[六]の為には是迄《（これまで）》なり、栄花の望みも齢《よはひ》の長《なが》さも、五十年の歓楽も、王位になれば是迄《まで》なり、実《（げに）》[七]何事も一炊の夢　シテ〽南無三宝《（なむさんぼう）》[八]南無三宝　同〽よくよく思へば出離《（しゆつり）》[九]を求《（もとむ）》る、知識は此枕なり、げに有難《がた》や邯鄲の、実《（げに）》ありがたや邯鄲[一〇]の、夢の世ぞと悟《さと》り得《え》て、望《のぞ》み叶《かな》へて帰《かへ》りけり。

二八 仙界に遊ぶ盧生を月世界の人に重ねた。以下、王宮を神仙界に擬して登仙の有様を描く。
二九 縁月―雲、囲雲の端―羽袖。羽袖は軽やかな舞の袖をいう。「重ねつつ」は前後に掛かる。
三〇 日月・四季が同時に存在する、超現実的な仙界を描く。
三一 下掛「一時に」。

栄華一炊の夢、大悟

以上三七頁

一 下掛「中なれば、女御更衣、百官卿相、千戸万戸、従類眷属、宮殿（くうでん）桜閣、皆消え消えと」。
二 この謡のうちに舞童や廷臣は素早く切り戸から退場。盧生は台に飛び上り元のように臥す。
三 後宮の女官の官名。
四 粟の飯を炊く程の短い時間。
五 「人間百年の楽も、皆枕頭片時の夢なる事を悟り得て」（太平記二十五）。
六 自分にとってはこれ以上の望みはない。
七 「一炊」は底本のまま。現行諸流「一睡」。「一炊」は邯鄲説話をふまえた詩語。
八 強く感動した時に発する言葉。
九 迷いの境地を離れ出て、大悟に導いてくれた善知識は、この枕だ。
一〇 邯鄲の枕の夢こそ、この世が夢の世であることを開示したのだと悟得し。邯鄲の夢、夢の世、と続けた。

頼政(よりまさ)

二番目物　古称、源三位
老武者物　世阿弥作(申楽談儀)

場景　前場の前半―山城国宇治の里。宇治川の岸辺。初夏のある日の夕暮れから夜にかけて。同じく後半―平等院の扇の芝の近く。同じく、後刻。後場―同じ所。同じく、夜半。

人物　前ジテ　里の老人〔笑尉・着流尉〕
後ジテ　源頼政の霊〔頼政・修羅物(老体・法体)〕
ワキ　旅の僧〔着流僧〕
アイ　宇治の里の男〔肩衣半袴〕

梗概　旅の僧が初夏の宇治の里に赴き美景に見入っていると、老人が現れて所の名所を教え、平等院に案内する。扇の形に残された芝を見て僧が質問すると、源三位(げんざんみ)頼政が扇を敷いて自害した跡と説明し、今日が宮軍(みやいくさ)のあった日に当たり、自分こそ頼政の霊であると言いさして消える(中入)。宇治の里の男が頼政挙兵の経緯、高倉の宮の落馬、頼政の最期を語り、弔いを勧めて退く。夜になり読経する僧の前に、法体の身に甲冑をまとった頼政の霊が現れ、敗戦の様子を語り始める。平家軍に敗れた頼政軍は奈良に赴く途中、高倉の宮の疲労がひどいので平等院に布陣し、宇治橋の橋板を外して敵を待ち受けた。やがて川を挟んだ戦いとなったが、平家方の田原又太郎忠綱が馬を川に乗り入れ、兵をみごとに指揮して対岸に乗り上げた。これにより味方は敗退、頼政は辞世の歌を詠み、自害したのだった。頼政の霊は回向を依頼して扇の芝の草陰に消える。

素材・主題　平家物語四・橋合戦、同・宮御最期に拠りつつ、平家討伐を企て高倉の宮を擁して挙兵するも敗れ、二子を失い、扇の芝の露と消えた頼政の無念、文武に名高かった頼政の奮戦ぶりを描く。合戦の描写に重点が置かれ、敵方の忠綱の活躍が生き生きと描かれている。後場の戦(いくさ)物語が中心であるが、山吹の瀬に月影が映り、雪を乗せて下って行くかに見える柴積舟や、山も川もおぼろに霞む宇治の美景が広がる前場の名所教えも味わい深い。中入前の「夢の憂き世の中宿…」は、憂き世に生きながらえて来た老人の感慨を伝え、「扇の芝」とともに本曲の鍵語といえる。後ジテの姿は、老武者物の「実盛」と比べ、さらに法体の要素も加わり、本曲独自の頼政頭巾をかぶる。専用面「頼政」は髭のない老体の顔に怪士(あやかし)の金の入った目が異色で、源三位頼政の無念の表現とみられる。老武者ながら、かなり強い動きを見せ、ラストシーンの〈上ノ詠〉(「埋木の、花咲く事もなかりしに、身のなる果はあはれなりけり」)が一曲の主題歌をみごとに奏でている。

一 京都の雅称、中国の唐の都に擬して言う。南都は奈良の別称。この〈名ノリ〉は「采女」と同文。車屋本は「遠国方より出でたる僧」とし、【二】のセリフと呼応。
二 「居(ゐ)」に音通の「稲荷」の序。付雲―ゐる。
三 京都の南郊(伏見)稲荷山の西麓にある古社。以下、深草・木幡・沢田は伏見から宇治に至る間の名勝。
四 「宇治路行く末こそ見えね山城の木幡の関を霞こめつつ」(頼政集)。「采女」の道行と同趣。
五 水のたたえられた田の意を含ませ、「水の水上」と続けた。「見え渡る」は上下に掛かる。
六 宇治川の上流の意。　七 京都府宇治市一帯の古称。名勝旧跡が多く、【三】の名所教えで示される。
八 上掛古写本等は、次の「山の姿…」との間に「今見ることの不思議さよ」が入る。
九 遠くに見える村里。源氏物語・浮舟「川より遠(をち)」「遠の里人」などの表現(源氏詞)をふまえる。
一〇 ああ、里人でも来てくれないかなあ。　一一 掛氏―宇治。
一二 掛知らず―白浪。宇治川の序。
一三 謡曲拾葉抄所引「世の中に舟と橋とはありながら渡りかねたる身をいかにせん」(出典未詳)の歌。柴舟と宇治橋も共に宇治の景物。

【一】〔名ノリ笛〕〈名ノリ〉ワキ「是は諸国一見の僧にて候、われ此程《(このほど)》は都に候ひて、洛陽[一]の寺社残りなく拝《おが》み廻《めぐ》りて候、又是より南都に参らばやと思《(おもひ)》候。

〈上歌〉ワキ〽天雲《あま》[二]の、稲荷[三]の社《(やしろ)》伏拝み、稲荷の社伏拝み、なを《(ほ)》[四]行末《すゑ》は深草や、木幡《こはた》の関を今越て、伏見[五]の沢田見《み》え渡る、水[六]の水上《みなかみ》尋《(たづね)》来《き》て、宇治[七]の里にも着《(つき)》にけり、宇治の里にも着にけり。（着キゼリフあり）

【二】〈添エゴト〉ワキ カヽル〽実《(げに)》や遠国にて聞及《(ききおよび)》にし宇治の里[八]、「山の姿河の流《なが》れ、カヽル〽遠《をち》[九]の里橋の気色、見所《(みどころ)》多《おほ》き名所《(めいしよ)》かな、「[一〇]あはれ里人の来《(きた)》り候へかし。

【三】〈問答〉シテ「なふなふ御僧は何事を仰《(おほせ)》候ぞ　ワキ「是は此所はじめて一見の者にて候、この宇治の里にをひ《(おい)》て、名所旧跡残《のこ》りなく御教《をし》へ候へ　シテ「所には住《(すみ)》候へ共、賤《(いやし)》き[一一]宇治の里人なれば、名所共《(とも)》旧跡とも、カヽル〽いさ白浪[一二]の宇治の川に、船[一三]と橋とは有ながら、渡《(わたり)》かねたる世中《(よのなか)》に、住《(すむ)》ばかりなる名所《(めいしよ)》旧跡、何とか答申《(こたへまうす)》べき　ワキ「いや左様には承《(うけたまはり)》候へ共、勧学院[一四]の雀《すずめ》は蒙求《もうぎう》を囀《さへづ》るといへり、所《ところ》の人にてましませば御心憎《にく(う)》ふこそ候へ、先《(まづ)》[一五]喜撰法師が住《す》みける庵《(いほ)》はいづくの程にて候ぞ　シテ「さればこそ大事のことを御尋《(たづね)》あれ、喜撰法師が庵《いほ》は、〽我庵[一六]は都の巽《たつみ》しかぞ住《す》む、「世を宇治山と人はいふなり、カヽル〽人[一七]はいふなりとこそ主《ぬし》だにも申候へ、尉《(じよう)》は知《し》らず候　ワキ「又あれに一村の里の見《み》えて候は真木島《(まきのしま)》[一八]候《ザウラウ》か　シテ〽さむ候《ザウラウ》真木《まき》の島とも申、又宇治の河島共申なり　ワキ〽是に

都から宇治への道行

一四 諺「勧学院の雀は蒙求を囀る、智者のほとりの童は習はぬ経を読む」（わらんべ草三）を引き、名所を聞き返した。勧学院は藤原冬嗣が創設した一門の子弟教育の学校。蒙求（唐・李瀚撰）は初学書の一。一五 平安初期の歌人。六歌仙。鴨長明の無名抄に「三室戸の奥に二十余町ばかり山中に入りて、宇治山の僧喜撰が住みける跡あり」。宇治の名所の物語に入る端緒とした。一六 古今集・雑下・喜撰の歌。

名所教え

一七 人は言うらしいが自分は知らぬと御本人さえ言っている、この私が知らないのは当然でしょう。一八 宇治の名勝で、宇治川の中州の一。「槙の島、梅の島、橘の小島など御覧ぜらる」（増鏡）。小島が崎・橘の小島は、源氏詞また中世歌枕。一九 囲名に立ち—名に橘。二〇 平等院の対岸にある朝日山南麓の恵心院をさす。二一 源信僧都。平安中期天台宗の高僧。二二 老人は寺についての僧の質問には答えず、暮れて行く景色にそぞろ興を催し、呼びかける。二三 名にも似合わず、あの朝日山から月が出る。俳諧的表現。二四 宇治名勝の一。歌枕。二五 古

見《み》えたる小島《(こじま)》が崎《さき》は　シテ「名[一九]に橘の小島崎　ワキ〽向《むか》ひに見《み》えたる寺[二〇]は、如何様《(いかさま)》恵心《(ゑしん)》[二一]の

僧都《(そうづ)》の、御法《(みのり)》を説《と》きし寺候《ザウラウ》な　シテ〽なふなふ[二二]旅人、あれ御覧ぜよ。

〈上歌〉シテ〽名[二三]にも似ず、月こそ出《い》づれ朝[二四]日山　同〽月こそ出づれ朝日山、山吹《やまぶき》[二五]の瀬に影[二六]

見《み》えて、雪《ゆき》さし下《(くだ)》す柴小舟《(しマをぶね)》[二七]、山[二八]も川も、朧々《(おぼろおぼろ)》として、是非を分《わ》かぬ気色かな、実《(げに)》や名にし

負《お》ふ、都に近《ちか》き宇治の里、聞《(きき)》しに勝《まさ》る名所かな、聞しに勝る名所かな。

【四】〈問答〉シテ「いかに申候、此所に平[二九]等院と申御寺の候御覧ぜられて候か　ワキ「不知案《(ふちあん)》

内《(ない)》の事にて候程に、未《いま》だ見ず候御教《をし》へ候へ　シテ「是こそ平等院にて候へ、又これなるは

[三〇]釣殿と申て、面白き所にて候よくよく御覧候へ　ワキ「実々《(げにげに)》面白き所にて候、又是なる芝[三一]

を見れば、扇のごとく取《とり》残されて候は、何と申たる事にて候ぞ　シテ「さむ候《ザウラウ》この芝に付

て物語の候語《かた》つて聞《き》かせ申候はん。

〈語リ〉シテ「昔《むかし》此所に宮軍《(みやいくさ)》[三二]のありしに、源三位《(げんざんみ)》[三三]頼政合戦にうち負《ま》け、扇を敷《し》き自害し果《は》て給

ひぬ、されば名将の古跡《(こせき)》なればとて、扇の形《なり》に取残して、今に扇《あふぎ》[三四]の芝と申候。

〈掛合〉ワキ　カヽル〽痛はしやさしも文武に名を得し人なれ共、跡は草露《(さうろ)》[三五]の道野辺《(みちのべ)》となつて、行《(かう)》

人征馬《(じんせいば)》の行ゑ《(ゆく(へ))》のごとし、あら痛はしや候《ザウラウ》　シテ「実《(げに)》よく御弔候物かな、しかも其《(その)》宮軍の月

も日も今日《けふ》にあたりて候はいかに　ワキ「何と宮軍の月も日も今日《けふ》にあたりたると候《ザウラウ》や

シテ〽か様に申せば我ながら、余所《(よそ)》にはあらず旅人の、草の枕の露の世に、姿見えんと来《(きた)》り

歌に詠まれた宇治川の川瀬の名。
二六 月影(光)が山吹の瀬に映じ、川面が雪と見紛う中を柴小舟が下ってゆく。
二七 柴を運ぶ小舟。底本「島小舟」。柴をシマと謡う。「宇治ニハ、川霧、柴舟」(連歌付合の事)。
二八 宇治の川霧に月光が仄かに映じ、山も川も朧にかすみ、何とも言えぬ美しい眺めだ。
二九 藤原道長の別業を永承七年(一〇五二)、藤原頼通が寺とした。
三〇 帝王編年記・治承四年五月二十六日条に「頼政卿親子於平等院釣殿、自害訖」とあり、源平盛衰記も頼政自害の場所とするが、平家物語諸本では場所は一定しない。

扇の芝、宮軍のこと

三一 八坂本平家物語は「平等院の芝に帰り、物具脱ぎ置き」自害したとある。三二 皇族を大将とするいくさ。ここは、頼政が後白河天皇第二皇子高倉宮以仁王(もちひとおう)を戴いて平氏と戦った宇治橋の合戦をさす。三三 →三〇頁注八。
三四 平家物語諸本には扇を敷くとも扇の芝のことも見えない。「今に…」という口吻からは世阿弥当時には、口碑等による伝承があったことを思わせる。
三五 「行人征馬駱ニ駅於翠簾之下ニ」(和漢朗詠集・山家・源順)。縁芝—草、草—露、露—世。掛世—夜。

たり、現《うつつ》とな思《おも》ひ給ひそとよ。

〈上歌〉同 へ[一]夢の憂《う》き世の中宿の、夢の憂き世の中宿の、[二]宇治の橋守年を経て、老の波も[三]うち渡《わた》す、遠方人《をちかたびと》に物申、我頼政が幽霊と、[四]名乗《なのり》もあへず失《う》せにけり、名乗もあへず失せにけり。

（中入）

【五】〈問答・語リ・問答〉（アイの宇治の里の男が僧の尋ねに答えて、頼政挙兵の経緯、宮の落馬、頼政の最期などを語る。僧が先刻の出来事を話すと、頼政の跡を弔うよう勧めて退く）

【六】〈[五]オキゴト〉ワキ「偖《さて》は頼政の幽霊かりにあらはれ、我に言葉を交《か》はしけるぞや、カヽル へ[六]いざや御跡とぶらはんと。

〈上歌〉ワキ へ[七]思《おも》ひよるべの波枕、思ひよるべの波枕、汀も近《ちか》し此庭の、扇の芝を[八]片敷《かたし》きて、夢の契りを待ふ《またう》よ、夢の契りを待ふ《う》よ。

【七】［一声］〈サシ〉後シテ へ[九]血は涿鹿《たくろく》の川と成て、紅波楯《たて》を流《なが》し、白刃《はくじん》骨《ほね》を砕《くだ》く、[一〇]世《よ》を宇治河の網代《あじろ》の浪、[一一]あら閻浮恋《こひ》しや。

〈上ノ詠〉シテ へ[一二]伊勢武者は、みな緋縅《ひおどし》の鎧着て、宇治の網代に、掛《か》かりけるかな。

〈一セイ〉シテ へ[一三]泡沫《うたかた》の、哀《あはれ》はかなき世中《よのなか》に 地 へ[一四]蝸牛《くわぎう》の角《つの》の争《あらそ》ひも シテ へはかなかりける心かな。

【八】〈掛合〉シテ 色[一五]あら貴《たつと》の御事や、猶々《なほなほ》御経《おんきやう》読《よ》み給へ ワキ カヽル へ不思議やな[一六]法体の身にて甲冑を帯し、御経読《よ》めと承るは、如何様《いかさま》聞つる源三位の、其幽霊にてましますか

一〈掛合〉の末句の「現」を受け、この世の中が夢のようにはかなく、また前世と後世の中宿に過ぎぬことをいう。「宇治には…中宿」（連歌付合の事）。二「ちはやぶる宇治の橋守なれをしぞあはれとは思ふ年の経ぬれば」（古今集・雑上・読み人知らず）を引き、頼政の年老いた様をいう。頼政の敗死は七十七歳（一説に七十六歳）。三「うち渡す遠方人にもの申すわれそのそこに白く咲けるはなにの花ぞも」（古今集・雑体・旋頭歌・読み人知らず）の転用。縁 うち―波、渡す―橋。四 名乗り終るか終らぬうちに。五 この〈オキゴト〉は「檜垣」などと同じで、夢幻能で霊の出現を待つ一類型。六「いざ弔ひて浮かめんと」（古写本）。七「思ひ寄る」と「寄るべの波」「波枕」（水辺に旅寝する意）を重ねた。八「さむしろに衣片敷き今宵もやわれを待つらん宇治の橋姫」（古今集・恋四・読み人知らず）をふまえ、寝る意から「夢の契り」を導く。九 激戦流血の形容。「箙」にも類句。涿鹿は黄帝と蚩尤《しゆう》の激戦地

夢待ち

頼政の霊の出現

法縁を喜ぶ

シテ「[一七]実《げに》や紅《くれなゐ》は園生《そのふ》に植《う》ゑても隠《かく》れなし、へ名乗《なのら》ぬ先に、「頼政と御覧ずるこそ恥かしけれ、唯々御経読《よ》み給へ　ワキ　カヽル　へ御心安く思召《おぼしめ》せ、[一八]五十展転《ごじふてんでん》の功力《くりき》だに、成仏まさに疑ひなし、ましてやこれは[一九]直道《ちきだう》に　シテ　へとぶらひなせ《ム》る法《のり》の力　ワキ　へ[二〇]値《あ》ひに遇《あ》ひたり所の名も　シテ　へ平等院の庭の面《おも》　ワキ　へ思ひ出《いで》たり　シテ　へ[二一]仏在世に。

〈上歌〉同　へ[二二]仏の説きし法の場《には》、仏の説きし法の場、爰《ここ》ぞ[二三]平等大会《だいゑ》の、功力に頼政が、仏果を得《え》んぞ有難き。

【九】〈名ノリグリ〉シテ　へ今は何《なに》をかつつむべき、是は源三位頼政、[二四]執心の波に浮《う》き沈《しづ》む、因果の有様あらはすなり。

〈サシ〉同　へ抑《そもそも》治承の夏の比《ころ》、[二五]よしなき御謀叛を勧《すす》め申、名も高倉の宮の内《うち》、[二六]雲井のよそに[二七]有明の、月の都を忍び出《いで》て　シテ　へ憂《う》き時しもに[二八]近江路や　同　へ三井寺さして落給ふ。

〈クセ〉同　へ去程《さるほど》に、平家は[二九]時を巡《めぐ》らさず、数万騎の兵《つはもの》を、[三〇]関の東に遣《つか》はすと、[三一]聞《きく》や音羽の山続《つづ》く、山科の里近《さとちか》き、木幡の関をよそに見て、爰《ここ》ぞ-憂《う》き世の旅心、宇治の河橋うち渡《わた》り、大和路さして急《いそぎ》しに　シテ　へ[三二]寺と-宇治との間にて　同　へ[三三]関路の駒の隙もなく、宮は-六度まで御落馬にて、煩はせ給ひけり、是は前《さき》の夜、御寝《ぎよしん》ならざる故《ゆへ》なりとて、平等院にして、暫く御座を構《かま》へつつ、[三四]宇治橋の中の間《ま》引《ひき》離《はな》し、[三五]下《した》は河浪上に立《た》つも、ともに-白旗を靡《なび》かして、寄《よ》する敵《かたき》を待居たり。

(史記)。同名の能(廃曲)に劇化。「骨を砕く世」は修羅道。

一〇「世を憂し」と掛け「宇治河」に続け、宇治川の名物の「網代」(竹や木を組み川瀬に仕掛けた漁具)を導く。縁河—網代—浪。

一一 修羅道の苦患の辛さを、網代に打ちかかる浪の「荒」さに譬え、閻浮(人間世界)を恋うる心。

一二 緋縅に氷魚《おひ》(琵琶湖の鮎の稚魚)を掛け、宇治川に流された平家方の伊勢武者を魚に譬えて嘲った仲綱の歌(平家物語四・宮御最期。延慶本等は詠者を頼政とする)。

一三「あはれ」の序。囲泡—あはれ。

一四「蝸牛角上争二何事一」(和漢朗詠集・無常・白居易)。つまらぬ小争い。頼政の感慨。

宇治に布陣の経緯

一五 コトバとフシの中間。

一六 剃髪して法師の姿ながら、鎧甲を身につけた異様な姿で。

一七 目立つ存在はどこにあってもすぐに知られてしまう意の諺。曾我物語や義経記にも見える。↓「安宅」一三六頁。

一八 法華経の功徳の甚大さは、次々と語り伝えて五十回目に至ってもなおその功力で成仏できるという(法華経・随喜功徳品)。「五十展転の功力」(曾我物語)。

一九 展転ではなく直接に読誦して。

二〇「値遇」(縁あって出会う)を言

【一〇】〈語リ〉シテ「[一]去程《さるほど》に源平の兵《つはもの》、宇治河の南北の岸にうち臨《のぞ》み、鬨《とき》の声矢叫《さけ》びの音《をと》、[二]波にたぐへて夥《おびたた》し、橋の行桁《ゆきげた》を隔《へだ》て戦ふ、〽味方には[三]筒井の浄妙《じやうめう》、「一来法師《いちらいほつし》、敵《てき》味方《みかた》の目を驚かす、角《かく》て平家の大勢《おほぜい》、橋は引《ひ》いたり水は高《たか》し、〽さすが難所《なんじよ》の大河《だいが》なれば、「[四]左右《さう》なふ渡すべき様《やう》もなかつし処に、〽[五]田原《たはら》の又太郎忠綱と名乗《の》つて、「宇治河の先陣我なりと、カヽル〽名乗《なのり》もあへず三百余騎。

〈中ノリ地〉同〽[六]銜《くつばみ》を揃《そろ》へ川水に、少もためらはず、群居《むれゐ》る[七]群《むら》鳥の翅《つばさ》を並《なら》ぶる、羽音《はおと》もかくやと白浪に、ざつざつと打入《うちいれ》て、浮《うき》ぬ沈《しづ》み渡しけり　シテ〽忠綱兵《つはもの》を下知《げぢ》して曰《いは》く　同〽水の逆巻《さかま》く所をば、岩ありと知《し》るべし、[八]弱《よは》き馬をば下手に立《た》てて、強《つよ》きに水を防《ふせ》がせよ、流《ながれ》む武者には弓筈《ゆはず》を取《と》らせ、互《たが》ひに力を合《あは》すべしと、唯一人の下知によつて、さばかりの大河なれども、一騎も流《なが》れずこなたの岸に、喚《おめ》いて上《あ》がれば味方の勢は、我ながら[九]踏《ふみ》もためず、半町計《ばかり》覚《おぼ》えず退《しさ》つて、切先《きつさき》を揃《そろ》へて、[一〇]爰《ここ》を最後と戦ふたり。

【一一】〈ロンギ〉同〽さる程に入乱れ、われもわれもと戦へば　シテ〽頼政が頼《たの》みつる　同〽[一一]兄弟《きやうだい》の者も討《うた》れければ　シテ〽今は何をか期《ご》すべきと　地〽[一二]唯一筋に老武者《らうむしや》の　シテ〽是までと思ひて　同〽是までと思ひて、平等院の庭の面、これなる芝の上《うへ》に、扇をうち敷《し》き、鎧《よろひ》脱《ぬ》ぎ捨《す》て[一三]坐を組《く》みて、刀を抜《ぬ》きながら、[一四]さすが名を得《え》し其身とて。

〈上ノ詠〉シテ〽[一五]埋木《うもれぎ》の、花咲《さ》く事もなかりしに、身のなる果《は》ては、〽哀《あはれ》なりけり。

い換え、その場所が「平等大慧」に合致する名の平等院の法の場だから、の意をもこめる。

宇治川の合戦のさま、忠綱の活躍

二一 釈迦が生きていた時代。
二二 釈迦が仏法を説いた霊鷲山。
二三 →注二〇。平等院の名につけて想起される。[掛]拠り—頼政。
二四 合戦で死んだ執心が残って、今も修羅道に沈淪する因果の有様を見せるのだ。[縁]波—浮き—沈む。
二五 無益な謀叛。[掛]名も高し—高倉。 二六 禁中。[縁]雲井—宮の内。
二七 [掛]よそに有—有明の月—月の都。 二八 [掛]逢ふ—近江。
二九 時を置かず。 三〇 逢坂の関。
三一 以下、三井寺から奈良への道。[縁]聞く—音羽。[掛]旅心憂し—宇治。
三二 三井寺の通称。
三三 馬で逢坂・木幡の関を越えて行く途中、しばしば落馬し難渋したこと。「隙行く駒」(時が速く過ぎることの比喩)を響かせる。
三四 橋の途中の橋板を引きはがし。
三五 橋下には川波が真白に逆巻き、橋上には源氏の白旗が靡く。[掛]白し—白旗。

以上四三頁

一 平家物語四・橋合戦「橋の両方の詰にうッ立ッて矢合せす」。

頼政の自害、辞世の歌

〈歌〉同 〽跡《と》弔ひ給へ御《おん》僧よ、一六かりそめながらこれとても、他生《たしやう》の種《たね》の縁に今、一七扇の芝の草の陰に、帰るとて失《う》せにけり、立帰《かへ》るとて失にけり。

二 波音と一緒になって。三 筒井浄妙・一来法師とともに三井寺から頼政軍に加わった勇僧。廃曲「一来法師」は二人の奮戦の様を描く。四 簡単に渡河できるはずもなかったところが。五 平家物語四・宮御最期「俵藤太秀里に十代、足利太郎俊綱が子、又太郎忠綱、生年十七歳…」。以下、渡河の描写は平家に基づく点が多い。六 馬の口にはめる馬具。轡(くつわ)。七 群鳥が翼を揃えて一斉に飛び立つ時の羽音もこうかと思われる水音を立てて。[掛]知らるる―白浪。八 弱い馬は下流を渡らせ、強い馬に上流の水を受けとめさせよ。流されそうな武者には弓の端をつかまえさせ。九 踏みこらえ得ず。一〇 古写本「今を」。現行五流は底本に同じ。一一 頼政の子の仲綱・兼綱の兄弟。源平盛衰記では仲綱は頼政より後に自害。兼綱は討死。一二 老武人の一徹な心で、もはやこれまでと覚悟を決め。一三 あぐらを組んで。一四 さすがに歌の道でも名高い身なので。一五 平家物語四・宮御最期に見える歌。平家諸本で小異。[掛]実―身。[縁]花咲く―実のなる(身の成る)。一六 ほんの偶然の出会いながら、これも前世に因縁があったから。[縁]種―花―実(身)。[掛]逢ふ―扇。一七「芝の」までが「草の陰」(あの世の意を含む)の序。

浮舟《うきふね》

四番目物
執心女物　横越元久作詞、世阿弥作曲（申楽談儀）

場景　前場—山城国宇治の里。宇治川の岸辺。ある日。ある時。後場—山城国小野の里。同じく、夜半から暁。

人物　前ジテ　里の女〔若女(増)・水衣女〕
後ジテ　浮舟の霊〔若女(増)・唐織脱下女〕
ワキ　旅の僧〔着流僧〕
アイ　宇治の里の男〔長上下〕

梗概　大和の初瀬から都に向かう旅の僧が、宇治の里で柴積み舟に乗った女に出会う。僧に問われた女は、昔この宇治の里に光源氏の子、薫中将(実は柏木の子)に愛された浮舟が住んでいたが、朱雀院の子、匂宮(薫の従兄)にも愛され、どちらにも心決められず悩んだ末、空しくなったこと、なお物の怪が身に添うことなどを語り、救済を頼んで消えた(中入)。宇治の里の男が僧の求めに応じて浮舟の物語をし、弔いを勧めて退く。小野の里を訪れ読経する僧の前に、放心状態の浮舟の亡霊が現れ、法(のり)の力を願い、物の怪に憑かれて入水した状況を再現。死後の苦悩を見せつつ、回向による成仏を喜ぶ。

素材・主題　源氏物語「宇治十帖」、特に浮舟・手習巻に拠り、二人の男性との恋のもつれに悩み抜いた末、宇治川に入水しようとしてさまよい出て物の怪に憑かれ、失神していたのを横川の聖(ひじり)に助けられた浮舟の、死後もなお残る妄執、魂のあくがれと、回向による救済を描く。後ジテの登場歌〈下ノ詠〉の「寄るべ定めぬ」、〔カケリ〕後の〈一セイ〉の「寄るべ知られぬ」の語が波にただよう浮舟の境遇を巧みに表現している。申楽談儀に「浮船、これは素人よこを元久といふ人の作。節は世子付く」とあり、作詞が横越元久、作曲が世阿弥と知られる。横越元久は、能の謡についても一見識のあった細川右京大夫満元(応永十九年より十年間管領職)に仕えた武家歌人で、尭孝の歌集、慕風愚吟集(応永二十八年の詠草)に「右京亮」「藤原元久 横越」などと見える。歌会にもしばしば列席し、自ら法楽和歌を主宰し、短冊一葉が伝存している(伏見宮家旧蔵『短冊手鑑』日本古典文学影印叢刊)。源氏物語中の言葉を巧みに点綴した作詞に、同書に対する深い理解がうかがわれ、当時の武家歌人たちにとって、源氏物語愛好と猿楽能への親炙傾倒がいかに深いものであったかを示している。小品ながら、同じく細川高国の被官であったと思われる内藤左衛門(のちに河内守)に本曲物の「半蔀(半蔀夕顔)」や妄執物の「木霊浮舟(こだまうきふね)」(廃曲)があり、山名家の家臣で武家歌人・連歌作者の太田垣能登守忠説(一四三一—?)に「朝顔」(廃曲)があることも参照される。

一　下掛「都方より出でたる僧…和州初瀬の観世音に参籠申して候」。
二　大和の長谷寺。観音信仰の霊場。ワキ僧を初瀬詣の帰途としたのは後場(特に【九】の〈中ノリ地〉「同じたより」)に照応させる用意。
三　「初瀬山夕越え暮れて宿とへば三輪の檜原に秋風ぞ吹く」(新古今集・羇旅・禅性)。［掛］来—暮れ、よそに見—三輪。
四　［掛］立—立別れ、楢の—奈良、柴(楢柴の縁)—暫し。［付］杉—しるし・三輪の山。
五　催馬楽(さいばら)等に詠まれた歌語。木津川(きづがわ)の渡りで宇治へ至る。［掛］狛—駒。「足速み」の序。
六　「急ぎ候程にこれははや」(現行観世)。
七　宇治川の名物。里の女は水棹を持ち、舟を漕いでいる態(てい)。［縁］寄る—浪—立—浮き。［掛］無—浪、立—たづき(頼るべき便り)、浮—憂。
八　この二の句は旧宝生・下掛なし。
九　［掛］憂—宇治、宇治の橋—橋柱、立居—起居(たちゐ)、思ひ—思草、受—憂。［縁］柱—起居、草—葉末—露。
一〇　［掛］白らず—白真弓、本—元。弓の本弭(もとはず)の縁で、上の「末」と対。「もとの心を…」は過去の罪科を嘆く。
一一　神仏の加護を願う意の常套表現。
一二　「大空に契る思ひの年も経ぬ月日も受けよ行く末の空」(新古今集・雑下・後鳥羽院)。
一三　「頼むぞよ神も承け引け御注連

【一】〔名ノリ笛〕〈名ノリ〉ワキ「是は諸国[一]一見の僧にて候、我此程は初瀬[二]に候ひしが、是より都に上《のぼ》らばやと思《おも》ひ候。

〈上歌〉ワキ〽[三]初瀬《はつせ》山、夕越《ゆふこ》え暮《く》れし宿もはや、夕越え暮れし宿もはや、檜原《(ひばら)》のよそに三輪の山、しるし[四]の杉も立《(たち)》別《わか》れ、嵐とともに楢《なら》の葉の、暫《しば》し休《やす》らふ程もなく、[五]狛《こま》のわたりや足速《はや》み、宇治の里にも着《つ》きにけり、宇治の里にも着きにけり。

〈着キゼリフ〉ワキ「[六]荒《(あら)》嬉《うれ》しや宇治の里に着《(つき)》て候、暫《しば》く休《やす》らひ名所をも詠《(ながめ)》ばやと思《おも》ひ候。

【二】〔一声〕〈一セイ〉シテ女〽[七]柴積《つみ》船《(ぶね)》の寄《よ》る浪も、なを《(ほ)》たづきなき浮身かな、[八]憂《う》きは心の科《とが》ぞとて、誰《た》が世を喞《かこ》つ方もなし。

〈サシ〉シテ〽住果《は》てぬ住《すみ》かは[九]宇治の橋柱、立居苦《くる》しき思草、葉末《ずゑ》の露を浮身にて、老行末《(おいゆくすゑ)》も[一〇]白真《しらま》弓、もとの心を歎くなり。

〈下歌〉シテ〽とに角に、定めなき世の影《かげ》[一一]頼む。

〈上歌〉シテ〽月[一二]日も受《う》けよ行末の、月日も受けよ行末の、神に祈りの叶《かな》ひなば、頼《たの》みをかけて[一三]御注連《みしめ》縄、長《なが》くや世をも祈《いの》らまし、長くや世をも祈らまし。

【三】〈問答〉ワキ「いかに是なる女性《(にょしゃう)》に尋《(たづね)》申べき事の候 シテ女「何事にて候ぞ ワキ「此宇治の里にをひ《(おい)》て、いにしへいかなる人の住《(すみ)》給ひて候ぞ、委《(くはし)》く御物語候へ シテ「所には住候へ共《(ども)》、賤《いや》しき身にて候へば、委き事をも知《し》らず候、去《(さり)》ながらいにしへ此所には、[一四]浮舟《うき》とや

初瀬から宇治への道行

縄長くと祈る君が千とせを」(玉葉集・賀・公誉)。「御注連縄」は前後をつなぐ。[付]しめ—ながき。

一四「宇治十帖」の女主人公。

以下四八頁

一 人の数にも入らぬ、つらい身。

二「候」と同義の女性語。感情が激している場面や改まって言う場面に使用。 三 こうるさいことを。

四 源氏物語・蜻蛉「今はまた心憂くて、この里の名(宇治)をだにえ聞

柴舟を漕ぐ女舟人の嘆き

くまじき心地し給ふ」(浮舟を失った薫の心境)をふまえる。

五「さつき待つ花橘の香をかげば昔の人の袖の香ぞする」(古今集・夏・読み人知らず)をふまえる。「橘の小島が崎」は宇治川の名所。

六 源氏物語・浮舟「川よりをちなる人の家に率ておはせむ」。[縁]煙—立つ。

七 源氏物語・浮舟「雪の降り積もれるに、…山は鏡をかけたるやうに」をふまえ、「かけまくも」の序。

僧の質問

[掛]掛け—かけまくも、憂し—宇治。

八 下掛は「浮舟の御事知らぬと仰せ候も偽りにて候べし」。

九 [縁]拾ふ—葉—玉。「玉の数」は源

らんの住給ひしとなり、カヽル〽同じ女の身なれども、[一]数にもあらぬ憂《う》き身なれば、いかでかさまでは知《し》りさ《ニ》ぶ《ム》らふべき　ワキ「実々《(げにげに)》光源氏の物語、猶《(なほ)》世に絶《(たえ)》ぬ言《こと》の葉の、それさへ添《(そへ)》て聞《き》かまほしきに、カヽル〽心《こころ》に残し給ふなよ　シテ「[三]むつかしの事を問《と》ひ給ふや、[四]里の名を聞《き》かじといひし人もこそあれ、カヽル〽さのみは何と問《と》ひ給ふぞ。

〈上歌〉同〽[五]さなきだにいにしへの、さなきだにいにしへの、恋しかるべき橘の、小島が崎を見渡《わた》せば、[六]川より遠《をち》の夕煙《けぶり》、立《た》つ河風に行雲《(ゆくくも)》の、跡より[七]雪の色添《そ》へて、山は鏡をかけまくも、畏《かしこ》き世々にありながら、なを《(ほ)》身を宇《う》治《ぢ》と思はめや、なを《(ほ)》身を宇治と思はめや。

【四】〈誘イゼリフ〉ワキ「[八]猶々《(なほなほ)》浮舟の御事委《(くはしく)》御物語候へ。

〈クリ〉地〽抑《(そもそも)》此物語と申に、其品々《しなじな》も妙にして、事《こと》の心広《ひろ》ければ、[九]拾《ひろ》ひていはん言《こと》の葉の。

〈サシ〉女〽玉の数にもあらぬ身の、[一〇]背《そむ》きし世をやあらはすべき　同〽先《(まづ)》此里にいにしへは、人々[一一]あまた住《(すみ)》給ひける類《たぐひ》ながら、取分《(とりわき)》此浮《うき》舟は[一二]薫中将のかりそめに、[一三]据《す》へ《(ゑ)》給ひし名《な》なり。

〈クセ〉同〽[一四]人柄《がら》も懐《なつ》かしく、心ざま由《よし》ありて、おほとかに過《す》ごし給ひしを、[一五]物言《い》ひ―さがなき世の人の、ほのめかし聞えしを、色深き心にて、[一六]兵部卿の宮なん、忍《しの》びて尋《(たづね)》おはせしに、[一七]織《を》り縫《ぬ》ふ業《わざ》のいとまなき、宵の人目《め》も悲しくて、[一八]垣間《かいま》見しつつおはせしも、いと不便《ふびん》なりし

氏物語に登場する高貴な女性を匂わす。一〇 一度捨てた世のことを申しあげてよいものかどうか。〈サシ〉の冒頭数行は源氏物語・手習の表現を借りる。

一一 宇治の八宮方に大君や浮舟のいたことをさす。一二 浮舟と結ばれたのは二十六歳の時大将となった後だが、ここでは中将とする。

一三 住まわせられた時の名。「此の人のことぞかし、東屋とも浮舟とも手習の君とも…」(光源氏一部連歌寄合之事)。現行諸流は「なななり」は「なるなり」の約と解する。

一四 以下、源氏物語中の浮舟の形

浮舟の物語

容。現行金春以外オオトカ。

一五 口さがない世人が。源氏物語・浮舟「物いひさがなく聞こえ出でたらんにも」。一六 匂宮。

一七 浮舟の侍女たちの裁縫仕事が忙しそうで。「織り縫ふ」は「いとまなき」の序。掛糸―暇。「いとまなき」は次句にも掛かる。

一八 「垣の透き間よりのぞきて御覧ずれば」(光源氏一部連歌寄合之事)。一九 その夜にようやく山里住いの浮舟に逢い得て、その愛らしさに心惹かれ。掛有―有明。底本「其世」を訂正。

二〇 匂宮が浮舟を舟に乗せて宇治の対岸に誘い出した時の描写。このあたり浮舟巻の表現を借りる。

業《わざ》なれや、[一九]其夜に扨《さて》も山住の、めづらかなりし有様の、心《こころ》に沁《し》みて有明の、[二〇]月澄《す》み昇《のぼ》る程なるに　シテ〽水の面も曇《くも》りなく　同〽船さし留《と》めし行《ゆく》へとて、[二一]汀の氷踏分《ふみわけ》て、道《みち》は迷《まよ》はずとありしも、浅からぬ御契りなり、[二二]一方《かた》は長閑《のどか》にて、訪《と》はぬ程経《ふ》る思ひさへ、[二三]晴《は》れぬながめとありしにも、涙の雨や増《ま》さりけん、[二四]とに角に思《おも》ひ侘《わ》び、此世になくもならばやと、歎きし末《すゑ》ははかなくて、[二五]終《つひ》に跡なくなりにけり、終に跡なくなりにけり。

【五】〈問答〉ワキ「浮《うき》舟の御事は委《くはし》く承《うけたまはり》ぬ、扨々《さてさて》御身はいづくに住《すむ》人ぞ　シテ「是は此所に[二六]かりに通ひ物する也、わらはが住家《すみか》は[二七]小野の者、[二八]都のつてに訪《と》ひ給へ　ワキ「荒《あら》不《ふ》思議《しぎ》や何とやらん事[二九]違《たが》ひたるやうに候、扨《さて》小野にては誰とか尋《たづね》申べき　シテ「隠《かく》れはあらじ[三〇]大比叡《おほびえ》の、杉のしるしはなけれ共、カヽル〽[三一]横川の水の住《す》む方《かた》を、比叡《ひえ》坂《ざか》と尋給ふべし。

〈歌〉同〽猶《なほ》[三二]物《もの》の怪《け》の身に添《そひ》て、なやむ事なんある身なり、法力《ほふりき》を頼み給ひつつ、あれにて待申さむと、浮《う》き立《た》つ雲の跡もなく、行《ゆく》かた知《し》らず成にけり、行かた知らず成にけり。

（中入）

【六】〈問答・語リ〉（アイの宇治の里の男が逍遥に出たていでワキ僧を見つけ、ワキの求めに応じて浮舟の物語をし、ワキが先刻の出来事を話すと浮舟の霊の化現であろうといい、弔いを勧めて退く）

【七】〈オキゴト〉[三三]ワキ「かくて小野には来《きた》れ共、いづくを宿と定むべき。

〈上歌〉ワキ〽所の名さへ小野《をの》なれば、所の名さへ小野なれば、草の枕《まくら》は理《ことわ》りや、今宵は爰《ここ》に

匂宮が薫を装って浮舟と契った夜とは別の日の出来事だが、作者は二つの事件を一夜のことのように脚色しているらしい。
二一 浮舟巻で匂宮が詠んだ歌「峰の雪汀の氷踏み分けて君にぞまどふ道は迷（まど）はず」をふまえる。
二二 一方の薫はのんびりしていて。
二三 浮舟巻の、薫から浮舟への手紙の歌「水増さるをちの里人いかならむ晴れぬ長雨にかきくらす頃」による。[掛]経—降、長雨—眺。[縁]長雨—涙の雨。

素姓を暗示、消える

二四 薫と匂宮の両者への思慕に悩む浮舟の心境。「思ひ侘び此世になくもならばやと」は後場の〈クドキグリ〉でも用い、死を決意した浮舟を強調する。
二五 浮舟が宇治川に入水したことをぼかして言う。中入でないのに〈クセ〉の末句を繰り返す例は稀。
二六 ちょっと通って来る者。「ものす」は「…する」の意の婉曲表現。源氏詞。 二七 比叡山の西麓坂本。浮舟が救けられて住んだ地。
二八 上京のついで。 二九 宇治の人かと思っていたら遠く離れた小野の者と言う返事への疑問。
三〇 比叡山の東嶺。比叡の杉は古来名高く、横川・大比叡と関連さ

小野に赴いての読経

経を読《よ》み、彼《(かの)》御跡《と》を弔ふとかや、彼御跡を弔ふとかや。

【八】〔一声〕〈下ノ詠〉後シテ〽亡《な》[一]き影《かげ》の、絶《た》えぬも同じ涙川[二]、寄《よ》[三]るべ定めぬ浮《うき》舟の、法《(のり)》の力《ちから》を頼むなり。

〈クドキグリ〉シテ〽あさましやもとよりわれは浮《うき》舟の、寄《よ》るかたわかで漂《ただよ》ふ世に、浮《う》き名洩《も》れんと思《おも》ひ侘《わ》び、此世になくもならばやと。

〈サシ〉シテ〽明暮《(あけくれ)》おもひ煩《わづら》ひて、人[四]皆寝《ね》たりしに、妻戸を放《はな》ち出《(いで)》たれば、風烈《はげ》しう川波荒《あら》ふ《(う)》聞《き》こえしに、知《し》らぬ男の寄《よ》り来《(き)》つつ、いざなひ行《(ゆく)》とおもひしより、心[五]も空《(そら)》に成果《は》てて。

〔カケリ〕

〈一セイ〉シテ〽合《あ》[六]ふさ離《き》るさの事もなく　地〽われ[七]かの気色も浅ましや　シテ〽浅猿《(まし)》や浅ましやな橘《たちばな》[八]の　地〽小《こ》島《じま》の色は変《か》はらじを　シテ〽此浮舟ぞ、寄《よ》るべ知《し》られぬ。

【九】〈中ノリ地〉同〽大[九]慈大悲の理《(ことわ)》りは、大慈大悲の理りは、世に広《ひろ》けれど殊に我《(わが)》、心《こころ》[一〇]ひとつに怠《をこた》らず、明《(あけ)》[一一]ては出《(いづ)》る日の影を、絶《(たえ)》ぬ光《ひかり》と仰《あふ》ぎつつ、暮ては闇に迷ふべき、後の世かけて頼みしに　シテ〽頼《(たのみ)》しままの観音の慈悲　同〽頼しままの観音の慈悲、初[一二]瀬のたよりに横川《(よかは)》の僧都に、見付られつつ小野に伴《ともな》ひ、祈加持《(いのりかぢ)》して物の怪《け》除《の》けしも、夢の世に猶《(なほ)》、苦しみは大比叡《(おほびえ)》[一三]や、横川の杉の古《ふる》き事《こと》共、夢に顕《あらは》れ見え給ひ、今此聖《ひじり》も同[一四]じたよりに、弔《(とむら)》ひ受《う》けんと思ひしに、おもひのままに執心晴《は》れて、都卒《(とそつ)》[一五]に生るる嬉しきと、いふかと思へば明《あ》け立《た》

せて詠まれ、三輪のしるしの杉にも比せられた。

浮舟の霊の出現、入水前後の追懐

二一 比叡山三塔の一。浮舟を助けた僧都の坊。「都より雲の八重立つ奥山の横川の水はすみよかるらん」(新古今集・雑下・村上天皇)。[掛]澄む—住む。[縁]横川—水—澄。

二二 浮舟には世を恨んだ法師の死霊が憑いた。

二三 この〈オキゴト〉は下掛になく次の〈上歌〉も「今もその、世をうぢ山の道出でて、〳〵、移るも迷ふあだ波の、小野の草むら露分けて、哀れをかけて弔らはん、〳〵」と別文。末句は「井筒」の「妹背をかけて弔らはん」と似る。

―以上四九頁

死後の苦悩、回向による成仏

一 浮舟巻の「嘆きわび身をば捨つとも亡き影に憂き名流さんことをこそ思へ」と手習巻の「絶えぬともなに思ひけん涙川」などをふまえる。 二 悲しみの涙のつきぬ心。 三 行き着く先も分らぬ波に漂う浮舟。[縁]川—寄る、舟—乗り。〈クドキグリ〉の「寄るかたわかで」とともに、薫と匂宮のどちらにも依ることを決めかねている浮舟の姿。

つ横川[一六]、いふかとおもへば明たつ横川《よかは》の、杉の嵐《あらし》や残るらん、杉の嵐もや残るらん。

本曲の鍵語。掛乗り―法、浮―憂。四 浮舟の入水の時の回想。ここの数句、源氏物語・手習の文章を利用。五 正気を失って。ここの[カケリ]は浮舟の魂のあくがれを表現。[カケリ]でなく前句「おもひしより」のあと[イロエ]にする演出もある。
六 ああも思いこうも思う意。
七 茫然自失の状態。
八 浮舟が匂宮に連れ出されて宇治川を渡った時に詠んだ歌。原文では末句「行へ知られぬ」だが、注釈書の岷江入楚や源氏小鏡系の梗概書は謡曲と同文。付船―よるべ。
九 観世音菩薩の慈悲。浮舟を「初瀬の観音の賜へる人」(源氏物語・手習)という。
一〇 一心に観音を念じて怠らず。
一一 日の影・光は神仏の威光の、闇は迷妄の比喩。
一二 横川の僧都の母が初瀬参詣の帰途宇治で病気となったのが縁となって、浮舟が僧都に見つけられ、小野に伴われたことをさす。手習巻に「見つけ…祈り加持」。
一三 掛多し―大比叡。縁大比叡―横川―杉―古。「横川の杉の」まで「古き」の序。「古き事共」は浮舟についての昔話。
一四 同じく初瀬観音参詣の縁で。
一五 兜率天。須弥山(しゅみせん)上にある弥勒菩薩の浄土。
一六 掛夜―横川。縁たつ―杉。

道成寺(だうじやうじ)

四・五番目物
鬼女物

作者不明（原曲「鐘巻」は観世信光作とも）

場景　前場—紀伊国鐘巻の里。道成寺の境内。鐘供養の日。花盛りの春の夕暮れから夜にかけて。後場—同じ所。同じく、夜半。

人物　前ジテ　白拍子〔近江女・壺折腰巻女〕
　後ジテ　蛇体(庄司の娘の怨霊)〔般若・般若〕
　ワキ　道成寺の住職〔大口僧〕
　ワキヅレ　随伴の僧〔大口僧〕(数人)
　オモアイ　寺の能力〔能力〕
　アドアイ　寺の能力〔能力〕

梗概　紀州の道成寺では、ようやく撞鐘が再興され、今日が鐘の供養の日。住職は能力に女人禁制を申し渡す。そこへ一人の白拍子が来て、鐘の供養を拝みたいと能力に頼む。舞を見せることを条件に寺内に入れてもらった白拍子は、満開の桜が咲き匂い入相の鐘の響きわたるなか、乱拍子(らんびやうし)を舞い進め、夜に入り僧たちが眠りを催したその隙に、鐘を撞こうと狙い寄り、「この鐘怨めしや」と龍頭に手を掛け、鐘の中に飛び入り、鐘は落下し女はその中に消えた(中入)。異変に驚いた能力が鐘の落下を住職に知らせると、住職は、それは怨霊の仕業であろうと、次のような物語を始める。昔、この国に、まなごの庄司という者がいて、一人の娘を持っていた。一方、庄司の家を定宿とする熊野参詣の山伏がいたが、ある日、庄司は娘に向かい、あの山伏こそおまえの夫になる人だなどと戯れ言を言った。娘は幼な心に真と信じ、ある年、山伏に「連れて行ってほしい」と迫った。山伏は驚いて逃げ出し、道成寺に行き撞鐘の中に隠してもらったが、山伏の跡を追って来た娘は毒蛇となって日高川を渡り、道成寺に着くと、鐘が落ちてあるのを怪しみ、鐘に巻きつくや鐘は溶けて山伏も消えてしまったというのである。先刻の白拍子はその娘の怨霊であろうと、住職たちが鐘に向かって祈ると、鐘は再び上がり、蛇体が姿を現す。怒り、僧に激しく挑みかかるが、祈禱の力に負け、蛇体は日高川の深淵に飛んで入った。

素材・主題　住職の語る道成寺伝説(道成寺縁起など)の後日譚で、初恋を破られた娘の烈しい恨み、その死後の執念の恐ろしさを描く。原作の廃曲「鐘巻」にある白拍子の語り舞う道成寺創建説話(〈クリ〉〈サシ〉〈クセ〉)を削除するなどして、縮約・切り詰めたかわりに、気迫に満ち静寂で異様な舞いの〔乱拍子〕と、堰を切ったような勢いの〔急ノ舞〕を挿入して、技術本位の作品にしたのが「道成寺」で、大きな鐘を吊り、それが落下するなど、他の能にはない大胆な演出が目をひく。道成寺説話は、本朝法華験記・下・紀伊国牟婁郡悪女、今昔物語集十四・紀伊国道成寺僧写法花救蛇語、元亨釈書十九などに見えるが、女は寡婦または娵(よめ)で、蛇体への変身も閨であるなど能と異なり、清純な乙女の恋に脚色したのは能作者の手腕であろう。

一　狂言方の後見数人が鐘の作リ物を運び出し大小前に据える。長い鉤竹と挟み竹とを使って、鐘の龍頭に付けてある太い綱の先を舞台の棟木の滑車に通す。次にシテ方の鐘後見が補助者数人の力を借りて綱を引いて鐘を高く釣り上げる。〔名ノリ笛〕でワキがワキヅレとアイを従えて登場し名乗る(上掛)。下掛ではワキの〈名ノリ〉のあと、アイに鐘を釣るよう命じ、アイたちが掛声を掛けつつ運び出し、鐘を釣り上げた後、〈問答〉となる。
二　和歌山県日高郡矢田村字鐘巻にある古刹。文武天皇の勅願により大宝元年(七〇一)創建と伝える。
三　住職。一寺の長である僧をいう。
四　具体的にはワキの〈語リ〉参照。
五　原曲「鐘巻」では「中絶し」とある。
六　撞鐘の落成式ともいうべき法会。
七　力仕事に従事する身分の低い僧。
八　この世で作った罪の数々。白拍子が遊芸に日を送る罪をさすが、この女の本体である庄司の娘の霊の、恋の執念を脱けきれぬ妄執の罪をも秘めている。
九　平安末期に始まった歌舞。またそれを歌い舞う遊女(あそびめ)。烏帽子・水干・袴の男装で今様朗詠を歌い舞う。
一〇　有明の月が間もなく西へ入るころ。[掛]入り—入潮。
一一　満ち潮。[付]月—出入、塩—満ちたる・煙、煙—松、磯—松。[掛]磯—急ぐ、日高し—日高の寺。[縁]暮れぬ—日高

【一】［名ノリ笛］〈名ノリ〉ワキ「是は紀州道成寺[二]の住僧[三]にて候、扨《さて》も当寺にをひ《おい》て去子細《さる》[四]あつて、久しく撞鐘退転《つきがねたいてむ》[五]仕《つかまつり》て候を、このほど再興し鐘を鋳《い》させて候、今日《こんにち》吉日にて候程に、鐘[六]の供養をいたさばやと存《ぞんじ》候。

【二】〈問答〉ワキ「いかに能力[七]はや鐘《かね》をば鐘楼《しゆろう》へ上《あ》げてあるか　ヲカシ「さむ候《ザウラウ》はや鐘楼へ上《あ》げ申て候御《ご》覧候へ　ワキ「今日鐘の供養をいたさふず《う》るにて有《ある》ぞ、又去《さる》子細ある間、女人禁《にょにんきん》制《ぜい》にてあるぞ、かまひて一人《いちにん》も内へ入候な、其分心得候へ。

〈触レ〉（ヲカシが、紀州道成寺で鐘の供養があるので志の人々は参詣すべきこと、ただし女人禁制のことを触れる）

【三】［習ノ次第］〈次第〉女へ作り[八]し罪も消《き》えぬべし、作りし罪も消えぬべし、鐘《かね》の供養に参らむ。

〈名ノリ〉シテ　カヽル へ是は此国の傍《かたはら》に住《す》む白拍子[九]にて候、「扨《さて》も道成寺と申御寺に、鐘の供養の御入候よし申候程に、唯今参《まい》らばやと思《おも》ひ候。

〈上歌〉シテ へ月[一〇]は程なく入《い》りしほの、月は程なく入汐《いりしほ》[一一]の、煙《けぶり》満《み》ち来《く》る小松原《こまつばら》、急《いそ》ぐ心かまだ暮ぬ、日《ひ》高《たか》の寺に着《つき》にけり、日高の寺に着にけり。

（着キゼリフのあと、供養を拝もうと言って、場へ入ろうとする）

【四】〈問答〉ヲカシ「なふなふ女人禁制にて候程に、供養の場《には》へは叶《かな》ひ候まじ、急《いそ(い)》ひで帰《かへ》られ候へ　女「是は此国の傍《かたはら》に住《す》む白拍子にて候、鐘の供養にそと舞を舞候べし、供養を拝《おが》ませて給はり候へ　ヲカシ「是は又ただ[一二]の女人には変《か》はり申候間、そと人に尋申て見うずるにて候、暫《しばらく》御待候へ　女「心得申候。

道成寺での、再興した鐘の供養の執行

し。日高寺は道成寺の別称。三「鐘巻」では女と能力との〈問答〉がさらに続き、供養の場への入場を制止された女が「遠寺の晩鐘」「洞庭の月」の詩を引いて嘆くので、住職はその教養に驚き「常の女は知らぬことにて候」と言う。

以下五四頁

一　同じ寺や坊に住む僧の称。
二　あなたの御裁量で。
三　おもしろくもない。つまらない。

白拍子、道成寺へ急ぐ

四　私の特別のはからいで。
五　精一ぱい。「涯分漕いで参らせうずるにて候」（廃曲「武文」）など。
六　宮の神主。「鐘巻」でも「恨めしの明神や」と嘆くように、道成寺が神仏一体の宮寺であったことを示す。　七　[囲]借り―仮。
八　白拍子や曲舞は足拍子を踏みつつ舞うのが特色。

入場制止、参詣の懇願

九　三体詩・李嶠の詩句「長楽鐘声花外尽」（「三井寺」の〈クリ〉にも）に想を得たか。[付]鐘―花。
一〇「鐘巻」は〈次第〉のあと道成寺建立縁起が続く。
一一　小鼓の鋭い掛け声と、気迫の

【五】〈問答〉狂「いかに御[一]同宿ちと物を申候べし　ワキツレ「何事にて有ぞ　狂「女人禁制と仰られ候程に、其分申付候処に、この国の傍《かたはら》の白拍子にて候が、そと供養を拝《おが》ませてくれよ、さあらば供養に舞を舞《ま》はふ《う》ずるよし申候が、[二]それの御心得にてそと御場《おには》へ入られ候へかし　ツレワキ「いやいや堅《かたく》禁制と仰られ候程に、某《それがし》は存ずまじひ《い》にて候　ヲカシ「[三]あら曲もなや候《ザウラウ》。

【六】〈問答〉ヲカシ「なふなふそと伺て候へば、中々女人は叶ふまじき由仰られ候へ共、舞を面白う御舞候はば、[四]某が心得にて、そと場へ入申さふ《う》ずるにて候　女「あら嬉しや、[五]涯分《がいぶん》舞を舞《ま》ひ候べし。　シカ〱　（［物着アシライ］で女は烏帽子をつける）

【七】［アシライ歩ミ］〈ノリコトバ〉女「嬉《うれ》しやさらば舞《ま》はむとて、あれにまします[六]宮人《みやびと》の、烏帽子《えぼし》を暫《しば》しか[七]りに着《き》て、カヽル〽[八]既に拍子を進《すす》めけり。

【八】〈次第〉女〽[九]花の外《ほか》には松ばかり、花の外には松ばかり、暮初《そ》めて鐘《かね》や[一〇]響《ひび》くらむ。

［乱拍子］

〈乱拍子謡〉[一一]女〽[一二]道成《みちなり》の卿《きやう》、うけたまはり、始《はじめ》て伽藍《がらん》、[一三]たちばなの、道成《みちなり》[一四]興行の寺なればとて、道成寺とは、名付《づ》けたり　地〽や。

〈ワカ〉地〽[一五]山寺のや。　[一六]［急ノ舞］

〈ワカ〉女〽春の夕暮、来《き》て見れば、入逢《いりあひ》の鐘に、花ぞ散《ちり》ける、花ぞ散ける、花ぞ散《ち》りける。

同宿との相談、入場拒否

こもった打音とに合わせて足遣いをする舞。一声一打ごとに、極めて長い休拍が挿まれる。緊迫した静止と瞬間的な鋭い動作との対照が特殊な効果を生む。

三「鐘巻」の〈クセ〉に道成寺創建の際の勅使として橘道成卿が派遣

能力の一存で入場を許可

された由をいうが伝不明。道成寺縁起では紀氏。一三 掛建ち―橘。「橘の実」から道成と続けた。

一四 建立（道成寺縁起）・造立（「鐘巻」）に同じ。

一五「山里の春の夕暮来てみれば入相の鐘に花ぞ散りける」（新古今集・春下・能因）を引く。「三井寺」の〈クセ〉の冒頭と同文。「や」は前句「名づけたりや」と呼応した乱拍子特有の囃子言葉的間投助詞。

乱拍子、急ノ舞

一六 急流を思わせる極めて烈しい舞。一七 唐詩選・張継に基づく文飾だが、直接には「月落烏鳴て、霜天に満ちてすさましく、江村の漁火もほのかに」（「三井寺」の〈クセ〉）をふまえるか。掛撞―月、天に満ち―満ち潮、干―日高。

一八 僧や能力が眠る型をする演出

【九】〈ノリ地〉女〽去程《さるほど》に、去程に　同〽寺々の鐘《かね》、[一七]月落烏鳴《つきおちとりない》て、霜《しも》雪《ゆき》天に、満《み》ち潮《じほ》程なく、日《ひ》高《たか》の寺の、江村《かうそん》の漁火《ぎよくわ》、愁《うれひ》に対《たい》して、[一八]人々眠《ねぶ》れば、よき隙《ひま》ぞと、立舞《ま》ふやうにて、狙《ねら》ひ寄《よ》りて、撞《つ》かむとせしが、思《おも》へば此鐘、恨《うら》めしやとて、龍頭《りうづ》に手を掛《か》け、飛《とぶ》とぞ見えし、引《ひ》き被《かづ》きてぞ、[一九]失《うせ》にける。（中入）　シカ[二〇]〳〵

【一〇】〈問答〉（鐘の落下に驚いた能力は、同輩と相談し、住職への報告を押し付けあうが、ともかく報告する）　ワキ「[二一]言語道断か様の儀を存《ぞんじ》てこそ、堅《かた》く女人禁制とは申て候に、[二二]曲事《くせごと》にてある。（住職は様子を見る）

【一一】〈問答〉ワキ「なふなふ皆々から渡《わた》り候へ、此鐘について女人禁制と申つる謂《いはれ》の候御存《ごぞんじ》候か

ツレ僧「いや何共存ぜず候　ワキ「さらば其謂《いは》れを語つて聞《きか》せ申候べし　ツレ「懇《ねんごろ》に御物語《がた》り候へ。

[二三]〈語リ〉ワキ「昔此所に真砂《まなご》[二四]の庄司と云者あり、彼者一人《かのものいちにん》の息女[二五]を持《も》つ、又其比《そのころ》[二六]奥より熊野へ年詣《まふで》する山伏の有しが、庄司がもとを宿坊と定《さだめ》、いつも彼所《かのところ》に来《きた》りぬ、庄司娘を寵愛のあまりに、あの客僧こそ汝が妻よ夫《おつと》よなんどと戯《たはぶ》れしを、幼心《おさなごころ》にまことと思ひ年月を送《をく》る、又ある時、彼《かの》客僧庄司がもとに来りしに、彼女《かのをんな》夜更《よふけ》人静《しづ》まつて後、客僧の閨《ねや》に行《ゆ》き、いつまでわらはをばかくて置《を》き給ふ、急ぎ迎《むか》へ給へと申《まうし》しかば、客僧大《おほ》きに騒《さは》ぎ、さあらぬよしにもてなし、夜《よ》に紛《まぎ》れ忍び出《い》で此寺に来り、か様か様の子細と語《かた》り、ひらに頼《たの》むと申《まうし》しかば、隠《かく》すべき所なければ、撞《つ》き鐘を下《お》ろし其内《うち》に此客僧を隠《かく》し置《を》く、扨《さて》彼女《をんな》は、山伏を遁《のが》すまじと

鐘を落とし、その中に消える

もある。一九 女は鐘の縁に手を掛け足拍子を踏んで飛び上がると同時に、鐘後見が綱を放し、鐘は女を呑み込んで落下。

二〇 鐘が落ちた物音に驚きころげ

能力、鐘の落下に驚き、住職へ報告

廻り、異変を住職へ報告するまで、能力（オモアイ・アドアイ）の軽やかな演技は前場の息もつかせぬ空気をやわらげる。二一 激怒・驚愕などの激しい感情表現に用いる。

二二 強く叱責するときの慣用表現。

二三 以下の〈語リ〉は道成寺縁起の類に拠りつつも「鐘巻」の段階で脚色したか。

大蛇と化し山伏を追った女の話

二四 真砂（まなご）は牟婁郡の地名（道成寺縁起）。庄司は荘園の管理者。

二五 息女とするのは謡曲の脚色らしい。法華験記は寡婦、道成寺縁起は娵（よめ）。二六 奥州。法華験記や道成寺縁起では名を表さないが、元亨釈書では安珍とする。

一 恨みと嗔（いか）りの念いがつのって毒蛇と化し。二 奪い取ったの

て追《を》つかくる、折節日高《ひたか》河の水以《もつて》の外《ほか》に増《まさ》りしかば、河の上下《かみしも》をかなたこなたへ走《はし》りまはりしが、一一念の毒蛇と成て、河を易々《やすやす》と泳《をよ》ぎ越《こ》し、此寺に来り、爰《ここ》かしこを尋《たづね》しが、鐘の下《お》りたるを怪《あや》しめ、龍頭を銜《くは》へ七纏《まと》ひ纏《まと》ひ焔《ほのほ》を出《い》だし尾をもつて叩《たた》けば、鐘は則《すなはち》湯となつて、遂《つゐ》に山伏を取《と》二り畢《をは》むぬ、三なんぼう恐《おそ》ろしき物語《がたり》にて候ぞ。

〈問答〉ツレ僧「言語道断かかる恐《おそ》ろしき御物語《がたり》こそ候はね　ワキ「其時の女の執心残《のこ》つて、又此鐘に障碍《しやうげ》をなすと存《ぞんじ》候、四我《われ》人の行功《ぎやうこう》もかやうのためにてこそ候へ、涯分祈《いの》つて、此鐘を二度《ふたたび》鐘楼へ上《あ》げうずるにて候　ツレ「尤《もつとも》然るべう候。

【三】〔ノット〕〈勤メ〉ワキ　カヽル〽五水反《かへ》つて日高《ひたか》河原の、真砂《まさご》の数は尽《つ》くるとも、行者《ぎやうじや》の法力尽《つ》くべきかと　ツレ〽皆一同に声をあげ　ワキ〽六東方《とうばう》に降三世明王《ごうざんぜみやうわう》　ツレ〽南方《なんばう》に軍荼利《ぐんだり》夜叉明王《やしやみやうわう》　ワキ〽西方《さいはう》に大威徳明王《だいゐとくみやうわう》　ツレ〽北方に金剛夜叉明王《こんがうやしやみやうわう》　ワキ〽中央に大日《だいにち》七大聖不動《だいしやうふどう》　同〽八動《うご》くか動《うご》かぬか索《さつく》九の、一〇曩謨三曼陀縛曰羅南《なまくさまんたばさらだ》、施多摩訶嚕遮那《せんだまかろしやな》、娑婆多耶吽《そはたやうん》多羅吒干鋡《たらたかんまん》、一一聴我説者得大智恵《ちやうがせつしやとくだいちゑ》、知我身者即身成仏《ちがしんしやそくしんじやうぶつ》と、今の蛇身を祈《いの》る上《うへ》、何の恨《うら》みか有明一二の　ワキ〽撞《つ》き鐘《がね》こそ。

〈ノリ地〉同一三〽すはすは動《うご》くぞ、祈れ唯、すはすは動くぞ、祈れ唯、引《ひ》けや手《て》一四む手《で》に、千手《せんじゆ》の陀羅尼、不動の慈救《じく》の偈《げ》、明王の火焔《えん》一五の、黒煙《けぶり》を立《たて》てぞ、祈《いの》りける、祈《いの》り祈《いの》られ、撞《つ》かねど此鐘、響《ひび》き出《い》で、引《ひ》かねど此鐘《かね》、踊《をど》るとぞ見えし、程なく鐘楼に、引《ひ》き揚《あげ》たり、あれ見よ蛇

意か。道成寺縁起では「終に悪女のため夫婦となれり」と告げる。
三 なんと。「何ほどの」の転。
四 私やあなた方の修行の年功。行劫(功)は修行を積み重ねることによって得られた功力《くりき》。
五 日高川の水が火となり、河原の真砂が尽きても。[掛]火―日高。[縁]日高―大日。下掛古写本に「たとひいかなる悪龍なりとも、水かへつて…」。
六 以下、五大尊明王(不動明王を中央に、四方に鎮座する忿怒神)を勧請して祈禱する、行者の常用句。→「葵上」。

祈禱、大蛇の出現

七 不動明王。「大聖」は尊号。
八 [縁]動くか―不動。
九 羂索。「索の縄」ともいうので次句「なまく…」に通わせた。
一〇 「干鋡」まで不動明王の慈救呪。普く諸金剛に帰命す、暴悪忿怒の者よ、願わくは我等が心中の悪魔を悉く摧破《はさい》し給え。サマンタ(観世)は宝生や「葵上」ではサマンダ。→「葵上」。
一一 不動明王が衆生を救う誓いの偈。四か条(「黒塚」五〇七頁)中の二か条。祈禱の常用句。
一二 [掛]あり―有明。撞(月)の序。
一三 そらそら動き出したぞ。
一四 「手に手に」の訛で「千手」の序。道成寺の本尊は千手観音。

体は、あらはれたり。

【三】〔祈リ〕〈中ノリ地[一六]〉地 ヘ [一七]謹請東方青龍清浄《(きんぜいとうばうしやうりうしやうじやう)》、謹請西方白体白龍《(さいはうびやくたいびやくりう)》、謹請中央黄体黄龍《(ちうわうくわうたいくわうりう)》、[一八]一大三千大千世界《(いちだいさんぜんだいせんせかい)》の、[一九]恒沙《(ごうしや)》の龍王[二〇]哀愍《あひみん》納受《(なふじゆ)》、哀愍《あひみむ》[二一]自謹《(じきん)》の[二二]砌《みぎむ》なれば、いづくに大蛇のあるべきぞと、祈り祈られかつぱと転《まろ》ぶが、また起《お》き上《あ》がつて忽《(たちまち)》に、[二三]鐘に向《(むかつ)》てつく息《いき》は、猛火《(みやうくわ)》となつて其身を焼《や》く、ひたかの河波、深淵《(しんゑん)》に飛《(とん)》でぞ入にける。

〈歌〉地 ヘ 望み足《た》りぬと[二四]験者《(げんじや)》達は、我《(わが)》本坊にぞ帰《(かへり)》ける、我本坊にぞ帰ける。

一五 不動明王の火焰。調伏祈禱を形容する常用句「黒煙を立て」の序。

調伏、大蛇の敗退

一六 「鐘巻」は別詞章で「鐘に向かつてつく息は、猛火となつて炎にむせべば、身を焦がす悲しさに、日高の川波、深淵に帰ると見えつるが、またこの鐘をつくづくと、またこの鐘を、つくづくとかへり見、執心は消えてぞ失せにける」と結ぶ。執心は消え、情念を昇華させた結末には、僧の祈りの勝利で終る「道成寺」にない魂の救済がある。

一七 以下「哀愍納受」まで東西南北と中央を司る五帝龍王を勧請して蛇体を祈る(南北を略したのは煩雑を避けたか)。白体は白帝、黄体は黄帝が適切か。「白帝白龍」は下掛「白龍白王」。「青龍清浄」は「青帝青龍」の誤伝か。

一八 一切の世界。広大な全宇宙。

一九 恒河(ガンジス河)の砂の意で、おびただしい数のこと。

二〇 哀れみ愍《(あは)》れみて納受し給えと、神仏に祈請する時の常用句。「殊には法華守護の諸天、哀愍納受を垂れ給ひ」(廃曲「当願暮頭」)。

二一 語義未詳。「じきん(観世・喜多・金剛)」は「りきん(観世系古写本)・じぎん(金春)・しきん(宝生)」。

二二 自謹と連韻。

二三 縁 鐘—(撞)つく息、焼く—(火)日高。 二四 修験者。

鸚鵡小町《あうむこまち》

三番目物　古称、鸚鵡返し
老女物　作者不明

場景　近江国関寺のほとり。ある日の午後から夕暮れ。

人物　シテ　小野小町〔老女・壺折腰巻女(物着で風折烏帽子・長絹)〕
ワキ　新大納言行家〔風折狩衣大口〕

梗概　歌道に双びなき小野小町が、百歳《ももとせ》の姥となって近江国関寺あたりにさすらい居る由を憐んだ陽成院は、臣下の新大納言行家を遣わして、小町を憐む歌を送った。昔は芙蓉の花のように美しかった小町も、今はあかざの草のように憔悴と衰え果て、物乞いの境涯。目もさだかに見えぬというので行家は「雲の上は有し昔に替らねど見し玉簾《たまだれ》のうちや床《ゆか》しき」と詠み上げる。つくづくと承っていた小町は、ただ一字で返歌せんと言い、狂気ゆえかといぶかる行家に、御製を「内ぞゆかしき」と変えただけの「鸚鵡返し」で返歌する。そして和歌の風体や鸚鵡返しの由来を語って聞かせ、老残の身を嘆く。やがて行家の求めに応じて、業平の玉津島詣での折の法楽の舞をまねて舞い、時の流れの速さをかみしめ、日暮れとともに行家は都へ帰り、小町も杖にすがって柴の庵に帰っていく。

素材・主題　先行作品「卒都婆小町」や「関寺小町」と共通する小町老衰説話(原拠は玉造小町子壮衰書など)を骨格とし、㈠十訓抄一・可ㇾ定㆓心操振舞㆒事、悦目抄(藤原基俊仮託の歌論書)、寝覚記(伝一条兼良)に見える「雲の上はありし昔に変らねど見し玉だれの内やゆかしき」をめぐる女房と成範民部卿(少納言通憲子)との話、㈡阿仏鈔(謡曲拾葉抄所引)にいう「もとの身のありしすみかにあらねどもこの玉だれの内やゆかしき」をめぐる女房と老衰した小町との鸚鵡返し説話に取材して、㈡を柱に㈠の歌を取り交ぜて構想したらしい。過去の美貌・栄光と現在の老衰・零落を対比させつつ、帝の歌の一字だけを変えて鸚鵡返しする場面を頂点として、今も衰えぬ小町の才気をも描く。恋しき昔の、美粧と今の老衰。古来「鸚鵡は関寺の影」といわれるように「関寺小町」の影響が濃く、詞章上の直接関係も注目される。また漢詩句の引用には変形や合成が指摘でき、作詞面に知識人の関与も想察される。なお季節は春とも解される。

勅使行家、関寺辺の小町を訪問

【一】〔名ノリ笛〕〈名ノリ〉ワキ「是は[一]陽成院《やうぜいゐん》に仕へ奉る[二]新大納言行家《ゆきいへ》にて候、扨《さて》も我君[三]敷島の道に心を懸《か》け、あまねく歌を撰ぜられ候へども、御心に適《かな》ふ歌なし、爰《ここ》に[四]出羽国小野良実《をののよしざね》が女《むすめ》

一 第五十七代の天皇。清和天皇第一皇子。母は二条后高子。
二 謡曲作者の仮作。鎌倉時代の歌人で続後撰集ほか諸書に見える六条家の藤原行家の名を借りたか。
三 和歌の道。陽成院に勅撰はないが、二度の陽成院歌合を主催するなど風流韻事を楽しんだ。
四 小野小町の出自に関する諸説の中、中世以降最も流布した説に基づく。「卒都婆小町」などにも。
五 伊勢物語・六十三段の歌(注一四)を小町の歌とする説による。「卒都婆小町」も百歳の姥とする。
六 逢坂山の東麓にあった寺。小町が関寺に住したという通説への批判が冷泉流伊勢物語抄に見える。
七 京都山科辺の地名を点綴しつつ、死のみを待つしかない孤独な境涯を描く。三・一・四・五・六の数韻。[掛]待—松坂、死のみ—四の宮、いつ—五。「六の巷」は死後も冥途(六道の巷)に迷う意をこめる。「誰をか…四の辻」は「盛久」と同文。
八 昔の美しき容貌を芙蓉(ハス)の花に、今の衰えた姿を藜藋(あかざ)に譬えた。「昔日芙蓉花、今成㆓断腸草㆒」(李太白詩集㈢)に基づき、断腸を藜藋に置き換えた。
九 玉造小町子壮衰書に「容貌顦顇(しようすい)…膚似㆓凍梨㆒」。「凍梨」は底

に小野小町《をののこまち》、かれは双《なら》びなき歌の上手にて候が、今は[五]百歳《ももとせ》の姥となりて、[六]関寺辺《へん》にあるよし聞召《きこしめし》及ばれ、御憐《あは》れみの御歌を下され候、其返歌により、重《かさ》ねて題を下《くだ》すべしとの宣旨に任《まか》せ、唯今関寺辺小野小町が方《かた》へと急《いそぎ》候。

【二】〔一声〕〈一セイ〉シテ ＼[七]身は一人《ひとり》、我は誰《たれ》をか松坂や、四《し》の宮河原四《よつ》の辻、いつ又六《むつ》の巷《ちまた》ならむ。

〈サシ〉シテ ＼[八]昔は芙蓉《ふよう》の花たりし身なれども、今は藜藋《れいでう》の草となる、[九]顔《かほ》ばせは憔悴《せうすゐ》と衰《おとろ》へ、膚《はだへ》は凍梨《とうり》の梨のごとし、杖突《つ》くならでは力《ちから》もなし。

〈下歌〉[一〇] シテ ＼人を恨《うら》み身を喞《かこ》ち、泣《な》ひつ笑《わら》ふつ安からねば、[一一]物狂《ものぐるひ》と人はいふ。

〈上歌〉シテ ＼去《さり》とては、[一二]捨《す》てぬ命の身に添《そ》ひて、捨てぬ命の身に添ひて、[一三]面影に[一四]つくも髪、[一五]かからざりせばかからじと、昔《むかし》を恋《こ》ふる[一六]忍び音《ね》の、夢は寝覚《ねざ》めの長《なが》き夜《よ》を、飽《あ》き果《は》てたりな我心《わがこころ》、飽き果てたりな我心。

【三】〈問答〉ワキ「いかに是なるは小町にてあるか　シテ「見奉れば雲の上人にてましますが、小町と承候かや何事にて候ぞ　ワキ「扨此《さて》程はいづくを住《す》み処《か》と定めけるぞ　シテ「誰と[一七]むるとはなけれ共、ただ関寺辺に日数を送り候　ワキ「実々《げにげに》関寺は、さすがに都遠《とを》からで、閑居には面白き所なり　シテ「前には[一八]牛馬《ぎうば》の通路《かよひぢ》有《あり》て、貴《たつと》きも行《ゆき》賤《いや》しきも過《す》ぎ　ワキ カヽル ＼後《うしろ》には[一九]霊験《れいげん》の山高《たか(う)》ふして　シテ ＼しかも道もなく　ワキ ＼春は　シテ ＼[二〇]春霞。

本「洞裏」。膚の衰えを皺寄り黒ずんだ凍梨の皮に譬えた。「憔悴と衰へ」は文選読み(「蟋蟀」を「しっしゅつのきりぎりす」と読む類)。「卒都婆小町」にも。「容色顦顇、体形藁爾」(三教指帰・下)などと類似。 一〇 古写本も〈下歌〉。現行は〈サシ〉の続き。

一一 老残と孤独の身をかこち心の浮沈に揺れる姿に「狂女」を重ねる。

老衰した小町の嘆き

一二 捨て切れぬ命のあるまま。六〇頁〈上歌〉の「つれなき命」と同趣。

一三 美しかった我が面影に、馴れし昔の人の面影を重ねたか。

一四 九十九髪。老女の白髪の意で、「かかる」の序。掛付く—つくも髪。「百歳(ももとせ)に一歳(ひとせ)たらぬつくも髪われを恋ふらし面影に見ゆ」(伊勢物語・六十三段)による。

一五 後拾遺集・雑三・懐円「見るからに鏡の影のつらきかなかからざりせばかからましやは」をふまえる。あのようなこと(驕慢)をしなければ、このように(零落)はならなかったのに。掛懸かる—か(斯)かる。

一六 掛音—寝、夜—世、飽き—秋。縁秋—長き夜。「忍び音」に「泣く」意と昔を偲びながら寝る意とを掛け「夢」に続けた。

一七 縁留むる—関。

一八 京への往還をさす。

一九 三井寺、長等山をさすらしい。

〈上歌〉同 へ立出《たちいで》見れば深山辺の、立出見れば深山辺の、梢にかかる[一]白雲は、花《はな》かと見《み》えて面白や、松風も匂ひ、枕に花散《ち》りて、それとばかりに[二]白《しら》雲の、色香面白き気色かな、北に出《いづ》れば湖《みづうみ》の、[三]志賀唐《から》崎の一《ひとつ》松は、身の類《たぐひ》なる物を、東に向《む》かへば有難や、[四]石山の観世音、[五]勢《せ》多《た》の長《なが》橋は狂人《きやうじん》の、つれなき命《いのち》の、かかる例《ためし》なるべし。

〈添エゴト〉シテ「かくて都の恋しき時は、[六]柴の庵《いほり》に暫《しば》し留《とど》むべき友もなければ、カヽル へ[七]便りなしの杖に縋《すが》り、[八]都路に出《いで》て物を乞《こ》ふ、「乞《こひ》得《え》ぬ時は[九]涙の関寺に帰《かへ》り候。

【四】〈問答〉ワキ「いかに小町、扨《さて》今も歌を詠《よ》み候べきか　シテ「我いにしへ[一〇]百家仙洞《ももかせんとう》の交《まじ》はりたりし時こそ、事《こと》に寓《よそ》へて歌をも詠《よ》みしが、今は[一一]花薄《はなずすき》穂に出初《いでそめ》て、霜のかかれる有様にて、浮世にながらふる計《ばかり》にて候　ワキ「実尤《げにもつとも》道理なり、帝より御憐《あは》れみの御歌を下されて候、是々見候へ　シテ「[一二]何と御門《みかど》より御憐《あは》れみの御歌を下されたると候《ザウラウ》や、あら有難や候《ザウラウ》、老眼と中《まうし》文字も定《さだ》かに見《み》え分《わ》かず候、それにて遊《あそ》ばされ候へ　ワキ「さらば聞候へ　シテ「いかにも高《たか》らかに遊《あそ》ばされ候へ　ワキ「[一三]雲の上《うへ》は　シテ「雲の上は。

〈上ノ詠〉ワキ へ雲の上《うへ》は、有《あり》し昔に替らねど、見し玉簾《だれ》の、うちや床《ゆか》しき。

〈問答〉シテ「荒《あら》面白の御歌や候《ザウラウ》、カヽル へ悲《かな》しやな[一四]古《ふる》き流れを汲《くん》で、水上《みなかみ》を正《ただ》すとすれど、歌詠《よ》むべし共思はれず、「又申さぬ時は恐れなり、所詮此返歌を、唯一字にて申さふ　ワキ「不思議の事を申物かな、それ歌は三十一字を連《つら》ねてだに、[一五]心の足《た》らぬ歌もあるに、一字の

三〇 古歌をふまえるか。[縁]霞—立。[掛]霞立ち—立出。以下、関寺を中心に周囲の美景を描写。

一 [付]花—雲・雪・滝。白雲を花に譬える歌は多い。 二 [掛]知ら—白雲、見—湖。湖は琵琶湖。 三 歌枕。[付]一松—志賀のから崎。一つ松に孤独のわが身を重ねた。 四 石山寺の本尊が二臂如意輪観音。 五 長橋の長きにつけて狂人の「つれなき命」の長きを嘆く。[縁]かかる—橋。 六 柴と「しばし」が重韻。

御製下賜と鸚鵡返し、和歌の徳

七 [掛]便り—頼り、なし—梨。「梨の杖」は文飾か。 八 「朝(あした)に一鉢を得ざれども求むるにあたはず」(「関寺小町」)を踏襲。 九 涙が塞きあえず溢れ出る。[掛]塞き—関。 一〇 百千の数韻を用いた文飾らしく、謡抄以来「ももか」に百家を宛て、百官の意に解し仙洞(院の御所)への出仕、高貴の人々との社交の意に解するが疑問。廃曲「田上(たながみ)」(「猿丸大夫」とも)に「声聞く時ぞ秋は悲しきと、あだなる歌心、百歌仙洞の交りは、たとへば及びなき水の月取る猿丸と、人な咎めそ、歌には隔てなきものを」とあり、「百歌」説も、また「百日千度」説もある。

一一 古今集・仮名序「花薄穂に出だ

返歌と申《(まうす)》事、カヽル ＼是も狂気の故やらん シテ「いやぞといふ文字こそ返歌なれ ワキ「ぞといふ文字とは扨《(さて)》いかに シテ「更ば帝の御歌を、詠吟せさせ給ふべし ワキ「不審ながらも差《さ》し上《あ》げて。

〈上ノ詠〉ワキ ＼雲の上《うへ》は、ありし昔に替らねど、見し玉簾《だれ》の、うちや床しき。

〈問答〉シテ「さればこそ内《うち》や床《ゆか》しきを引《(ひき)》除《の》けて、内《うち》[一六]ぞゆかしきと詠《よ》む時は、小町が読《(よみ)》たる返歌なり ワキ カヽル ＼扨《(さて)》いにしへもかかる例《ためし》のあるやらむ シテ ＼なふ鸚鵡返《(あうむがへ)》[一七]しといふ事は。

〈上歌〉同 ＼此歌《うた》の様《(さま)》を申なり、御門《(みかど)》の御歌を、奪《ば》ひ参《まい》らせて詠《よ》む時は、天の恐れもいかならん、和歌の道ならば、神も許《ゆる》しおはしませ、貴《たつと》[一八]からずして、高位に―交《まじ》はるといふ事、唯《(ただ)》和歌の徳《とく》とかや、唯和歌の徳とかや。

【五】〈クリ〉地 ＼夫《(それ)》歌の様《さま》を尋ぬるに、長歌《(ちやうか)》短歌《(たんか)》旋頭歌《(せんどうか)》、折句《(をりく)》俳諧《(はいかい)》混本歌《(こんぽんか)》鸚鵡《あふむ》返し、廻文歌《(くわいぶんか)》なり。

〈サシ〉シテ ＼なかむづく鸚鵡返《がへ》しといふ事、唐土《もろこし》に一つの鳥あり 同 ＼其名を鸚鵡《あふむ》といへり、人のいふ言葉を承《う》けて、即《(すなはち)》己《をの》が囀《(さへづり)》とす、何ぞと言《い》へば何《なに》ぞと応《こた》ふ、鸚鵡の鳥のごとくに、歌の返歌もかくのごとくなれば、鸚鵡返《がへ》しとは申なり。

〈クセ〉同 ＼実《(げに)》[一九]や歌の様、語《かた》るにつけいにしへの、なを思《(ほ)》はるるはかなさよ、されば来《こ》し方《かた》の、

すべき事にもあらず」を借り、薄の穂に霜のかかったような白髪の老衰の有様。→「藤戸」三九三頁。 一三 相手に強く問い迫る語。

一三 宮中は昔とは変っていないが、かつて見馴れたその様子を知りたいとは思わないか。この歌と返歌は悦目抄や十訓抄などに見え、問歌を女房、答歌を成範とする。

一四 古今集・仮名序「小野小町は古(いにしへ)の衣通姫(そとほりひめ)の流(りう)なり」をふまえる。縁流れ―水上。

一五 古今集・仮名序「在原業平は、その心あまりて言葉足らず…」の転用。 一六 下句の意が「ご様子が知りたい」に変わる。

一七 相手のよこした歌を、その心も表現も変えずに、逆に自分の歌として返歌すること。「歌の返しに鸚鵡返しと申す事あり。…本の歌の心詞を変へずして、同じ詞を言へるなり」(俊頼髄脳)。

鸚鵡返しの謂れ、懐旧と憔悴

一八 身分が貴くはなくても高位の人々と交わる事ができるのも和歌の徳ゆえ。連歌十徳や謡十徳と共通。典拠あるか。

一九 〈クセ〉で盛時の懐旧と、現在の落魄の境涯の悲嘆を描写。

一 代々の勅撰集に入った歌人が多い中で。 二 以下「…弱々と読とこ

代々[一]の集めの歌人《うたびと》の、其多《おほ》くある中に、今の小町[二]は、妙《たへ》[三]なる花の色好《この》み、歌の様さへ女《をうな》にて、唯弱々《よはよは》と読《よむ》とこそ、家々の、書伝[四]にも記《しる》し置《おき》給へり　シテ＼倭歌《わか》[五]の六義《りくぎ》を尋《たづ》ねしにも　同＼小町が歌《うた》をこそ、ただこと[六]歌《うた》の例《ためし》に、引《ひく》のみか我《われ》ながら、美人の容《かたち》も世に勝《すぐ》れ、よで[七]うの花とつくられ、桃花雨《あめ》[八]を帯《お》び、柳髪《りうはつ》風に嫋《たをや》かなり、紫笋《ししゅん》[九]なを《ほ》動《うご》き誇《ほこ》り、梨花《りくわ》は名のみ成《なり》しかど、今憔悴[一〇]と落《お》ちぶれて、身体疲瘁《しんていひじゅつ》する、小町ぞ哀《あはれ》成《なり》ける。

【六】〈誘イゼリフ〉ワキ「いかに小町、業平玉津島[一一]にての法楽[一二]の舞をまなび候へ。〔物着アシラ[一三]イ〕

〈□〉シテ「抑《さて》も業平玉津島に参り給ふと聞えしかば、我も同じく参らんと、カヽル＼都をばまだ夜《よ》をこめて稲荷《いなり》[一四]山、葛葉《くずは》の里もうら近く、和歌吹上《ふきあげ》にさしかかり。

〈歌〉同＼玉津島に参つつ、玉津島に参つつ、業平の舞の袖、思ひめぐらす[一五]信夫摺《しのぶずり》[一六]、木賊《とくさ》色の狩《かり》衣《ぎぬ》に、大紋《だいもん》[一七]の、袴《はかま》の稜《そば》を取《と》り、風折烏帽子《ゑぼし》召《めさ》れつつ。

〈一セイ〉シテ＼和光[一八]の光《ひかり》玉津《つ》島《しま》　地＼廻《めぐ》らす袖や、浪返《がへ》[一九]り。〔中ノ舞〕

〈ワカ〉シテ＼和歌[二〇]の浦に、潮満《しほみ》ちくれば潟《かたを》ほ浪の　地＼芦辺をさして、田鶴《たづ》鳴《な》き渡《わた》る鳴《なき》渡《わた》

【七】〈ノリ地〉シテ＼立《た》[二一]つ名もよしなや、忍《しの》び音《ね》の　同＼立《た》つ名《な》もよしなや、忍び音《ね》の、月[二二]には賞《め》でじ　シテ＼是ぞこの　地＼積《つも》れば人の　シテ＼老となるものを　地＼か程

そ」まで古今集・仮名序、小町の歌の評をふまえる。廃曲「実方」の前場の〈クセ〉にほぼ同文が見える。
三 小町の容貌の美しさ。
四 書き伝えられた書物。
五 古今集・仮名序に説く六つの歌の体。 六 六義の一。正言歌（真名序に「雅」）。政治的に偽りのない世へと正す歌の意。
七 小町の世に超えた美貌の形容。

業平の法楽の舞のまねび

余条（謡抄）、窈窕《えうてう》の訛伝説などあるが未詳。余情（諸流謡本）は不可。 八「桃ノ顔ハ露ニ咲テ、柳ノ髪ハ風ニ梳《くしけづ》ル」（玉造小町子壮衰書）と、「梨花一枝春雨ヲ帯ブ」（長恨歌）の重合表現。
九 謡抄以下、「紫笋斎嘗各闘レ新」（白氏文集二十四）により「紫笋」（新しく出た筍）を宛てるが未詳。ここは桃（紅）・柳（緑）・紫笋（紫）・梨（白）を連ね、小町の美貌を色彩的に描写。 一〇 玉造小町子壮衰書「容貌顦顇、身体疲痩《ヒツウ》」に拠る。現行諸流「身体疲瘁《ヒジユツ》」。底本「身体疲皷」。
二 紀州和歌の浦にある。衣通姫を祀る。古来、和歌の守護神。
三 神仏を慰めるために和歌・連

時の流れの速さ、懐しき昔、別れ

に速《はや》き、光[二三]の陰の、時人《(とき)》[二四]を待たぬ、習《なら》ひとはしら波の　シテ〽あら恋《こひ》しの昔やな。

〈ノリ地〉地〽かくて此日も、暮行儘《(くれゆくまま)》に、さらばといひて、行家都に、帰りければ　シテ〽小町も今《いま》は、是迄《(これまで)》[二五]なりと　同〽杖に縋《すが》りて、よろよろと、立別《わか》れ、行《(ゆく)》袖の涙、立別《わか》れゆく袖の、涙も関寺[二六]の、柴の庵に、帰《かへ》りけり。

歌・芸能を奉納すること。業平が舞った法楽の舞をまなび(真似て)、再現せよ。一三 シテは杖に縋って立ちあがり後見座で長絹と風折烏帽子を着ける。男装。
一四 稲荷山(山城)・葛葉(河内・交野)・和歌の浦・吹上の浜(紀伊)と歌枕・地名を連ねる。[掛]去《(ない)》—稲荷、裏—浦。[縁]葛葉—裏。
一五 [縁]めぐらす—舞の袖。
一六 伊勢物語・初段「信夫摺の狩衣をなん着たりける」を借用。
一七 大形の紋様のついた袴。「稜を取る」は袴の股立《(ももだち)》を上げて帯に狭むこと。一八 和光同塵の神仏の徳。[縁]光—玉。
一九 舞楽の曲名。[縁]返—波・袖。
二〇 万葉集六・山辺赤人の玉津島従駕の歌。中世では「潟をなみ」(潟がなくなるので)を「片男浪」と理解。二一 世間に洩れる浮名。田鶴と重韻。[掛]忍び音—忍び寝。
二二「大方は月をも賞でじこれぞこの積もれば人の老となるもの」(古今集・雑上・在原業平)による。天体の月と暦月を掛ける。
二三 歳月。月の縁語。時の序。
二四 陶淵明の「歳月不レ待レ人」に基づく。[掛]知らず—しら波、荒—あら。[縁]波—荒。
二五「いとま申して帰るとて、杖に縋りてよろよろと、もとの藁屋に帰りけり」(「関寺小町」)と似る。
二六 [掛]塞出—関寺。

竹生島《ちくぶしま》

脇能物
荒神物　作者不明(もとは田楽能か)

場景　前場—近江国鳰の湖の岸から湖上。春三月の半ばのある日。後場—竹生島。同じく、後刻、月の輝く夜半。

人物　前ジテ　漁翁〔笑尉・着流尉〕
前ヅレ　浦の女〔小面・唐織着流女〕
後ジテ　龍神〔黒髭・龍神〕
後ヅレ　弁才天〔小面・天女〕
ワキ　下向の廷臣〔大臣〕
ワキヅレ　随行の臣〔大臣〕(二人)
アイ　竹生島明神の社人〔社人〕

梗概　延喜の帝に仕える臣下が霊験あらたかな竹生島の弁才天詣でを志し、随行の臣と都から下る。春霞に包まれて琵琶湖に浮かぶ竹生島。湖畔で、船棹を持った漁翁が釣竿をかたげた蜑を乗せた小船を見つけ、便船を乞う。山には霞立ち、岸には山桜が咲き匂う春の日のうららかな景色に興じているうち船は島に到着。老人は道しるべをしようと、廷臣を弁才天に案内し、祭神が女神の竹生島には女人禁制の謂れはないことを説いて廷臣の不審を晴らし、蜑は我は人間にあらずといって社殿に消え、老人はこの湖の主といって海中に消えた(中入)。社人が登場、廷臣の心を慰めようと、竹生島明神の縁起を語り、宝物を見せ、岩飛びを見せる。通夜する廷臣の前に、社殿がゆるぎ、弁才天が姿を現す。舞の袂を翻すと、湖上には龍神が現れ、光り輝く金銀珠玉を廷臣に捧げ、君が代の泰平を祝福し、国土鎮護、衆生済度の誓いを表したのち、天女は春の空に、龍神は龍宮に帰って行った。

素材・主題　竹生島縁起などに拠りつつ、本地垂迹思想を背景とし、竹生島弁財天の神徳、龍神の威徳を讃え、神々による衆生済度・国土安穏の誓いの姿をえがく。前ジテの漁翁が、この島の神は四十八願の一つに女人往生を誓われた阿弥陀如来の再来であるから、女人こそ参詣すべきと主張する点も、他の脇能にはみられない。「高砂」型の正格脇能に比べ、やや破格の構造であるが、「緑樹影沈むで、魚木に上る気色あり、月海上に浮かむでは、兎も波を奔るか、面白の島の気色や」と謡い進める舟上からの湖岸の春の眺望の描写は美しい。後場の天女の舞と龍神の働きも変化に富む。竹生島縁起(応永二十二年〈一四一五〉六月の年記あり)の助縁衆に「増阿」の名が見え、田楽の増阿弥の可能性が高く、作能に同人の関与も想察される。金春禅竹作とする伝承もあるが、たしかに同人作「賀茂」や「春日龍神」との類似性も指摘できる。

一　後見が一畳台を大小前に置き、その上に引回シをかけた小宮を据える。
二　竹生島の名を和らげた修辞。〔付〕鶯—竹。竹の中に生まれるという鶯に縁ある名の竹生島への参詣を急ごう。
三　琵琶湖上、北部にある島。
四　醍醐天皇。その治政は理想とされた。
五　祭神浅井姫は、中世以来、弁才天の垂迹として尊崇された。
六　四の宮河原。京都市山科区。
七　諸羽(もろは)明神。京都から逢坂の関を通って琵琶湖に出る途中にある。以下、河原、末早き、走り井、と水の縁語でつなぐ。
八　湧き出る清水。逢坂山付近の名所。〔掛〕走り井の水—水の月、逢ふ—逢坂、逢坂の関—関の宮居。
九　水に映る月の曇らぬさまを曇りなき聖代に譬えた。
一〇　逢坂山麓の関の明神。
一一　歌語「志賀の山越」(京都北白川から如意の峰越しに志賀へ出る道)に基づく。
一二　琵琶湖畔。以上、京から琵琶湖(鳰の海)の畔に至る光景を描く。
一三　よきついでに乗船させてもらうこと、また、その船。
一四　後見が舟の作リ物を常座に置く。

【一】〔真ノ次第〕〈次第〉ワキ・ワキツレ 〽竹に生[二]るる鶯《うぐひす》の、竹に生るる鶯の、竹生島《ちくぶ》[三]詣《まふ》で急《いそ》がむ。

〈名ノリ〉ワキ 「抑《(そもそも)》是[四]は延喜の聖主に仕へ奉る臣下也、扨《(さて)》も江州《(がうしう)》[五]竹生島の明神は、霊神《(れいしん)》にて御座候間、君に御暇《いとま》を申《(まうし)》、ただいま竹生島に参詣仕《(つかまつり)》候。

〈上歌〉ワキ・ワキツレ 〽四《し》[六]の宮や、河《か》[七]原《(はら)》の宮井《(みやゐ)》末早《はや》き、河原の宮井末早き、名も走井《はしり(ゐ)》[八]の水の月、曇《くも》[九]らぬ御代《(みよ)》に逢坂《あふ》の、関[一〇]の宮居《みやゐ》を伏《ふ》し拝《おが》み、山越《こ》[一一]え近き志賀の里、鳰《にほ》[一二]の浦《うら》にも着《(つき)》にけり、鳰の浦にも着にけり。

〈着キゼリフ〉ワキ 「急《(いそぎ)》候程に、鳰《にほ》の浦に付《(つき)》て候、あれを見れば釣《つり》舟《(ぶね)》の来り候、暫《(しばらく)》相待、便《(びん)》[一三]船《せん》を乞《こ》はばやと存《(ぞんじ)》候。

【二】[一四]〔一声〕〈サシ〉シテ 〽面白や比《ころ》は弥生《(やよひ)》の半《(なかば)》なれば、波もうらら[一五]に海の面《おも》　二人 〽霞渡《わた》れる朝ぼらけ。

〈一セイ〉女 〽長閑《(のどか)》に通《かよ》ふ舟の道《みち》　二人 〽憂《う》[一六]き業《わざ》となき、心かな。

〈サシ〉シテ 〽是は此《(この)》浦里に住《(すみ)》なれて、明暮《(あけくれ)》[一七]運《はこ》ぶうろくづの　二人 〽数を尽《つ》くして身ひとつを、助《たす》[一八]けやすると侘人《わび(びと)》の、隙《(ひま)》も浪間[一九]に明暮《く》れぬ、世を渡《わた》るこそ物憂《う》けれ。

〈下歌〉二人 〽よ[二〇]しよし同《おな》じ業《わざ》ながら、世《よ》に超《こ》えたりな此海の。

〈上歌〉二人 〽名所《(な)どころ》多《おほ》き数々に、名所多き数々に、浦山かけて詠《(なが)》むれば、志賀[二一]の都花園《ぞの》、昔[二二]ながらの山桜、真野《(まの)》[二三]の入江の舟呼《ふなよ》ばひ、いざさし寄《よ》せて言問《ことと》はん、いざさし寄せて言問はん。

一五 天候の明るく柔らかいさま。「水うららにて春雨の」(「淡路」)。

都から竹生島へ

一六 霞わたる暁の琵琶湖上の春色に眺め入り、漁(すなど)る業の憂きをも忘れるのどかな心。舟の縁で「浮き」の音を借りる。

一七 朝夕に魚を取り運び、残らず集めても我が身一人を辛うじて養い得るかといったわびしい境遇。縁数—ひとつ。

一八 宝生に同じ。他流「助けやせんと」。一九 掛無し—浪。

二〇 以下、湖の絶世の風光を讃え名所を列挙する。

二一 天智天皇時代の都で、花園は志賀の都にあった遊覧の地。「志賀の花園」が歌語。

春霞の鳰の湖

二二 「さざなみや志賀の都は荒れにしを昔ながらの山桜かな」(千載集・春上・読み人知らず)を引く(平家物語七・忠度都落により平忠度作とわかる)。掛昔ながら—長等の山。長等山は三井寺の北西。この場面は頭韻・重韻を多用。

二三 「舟呼ばふ真野の浦波はるばると月も夜渡る淀のつぎ橋」(新続古今集・雑上・尭尋)により、真野と「舟呼ばひ」とを結合させたか。「舟呼ばひ」は舟を呼び寄せること、また、その呼び声。

【三】〈問答〉ワキ「[一]いかに是なる舟《ふね》に便船申さうなふ　シテ「是は渡《わた》りの舟にてもなし、御覧候へ釣舟《つりぶね》[二]にて候よ　ワキ「こなたも釣《つり》舟と見て候へばこそ便船とは申せ、是は竹生島に始《(はじめ)》て参詣の者也、カヽル〽誓《ちか》[三]ひの舟に乗《(のる)》[四]べきなり　シテ「実《(げに)》此所《(このところ)》は霊《れい》地にて、歩《あゆ》みを運《はこ》び給ふ人を、[五]とかく申さば御心にも違《ちが》ひ、又は神慮も忖《はか》りがたし　ツレ カヽル〽さらば御舟《(お)ふね》を参らせん　ワキ「嬉しや偖《(さて)》[六]は誓《ちか》ひの舟、法《のり》[七]の力《ちから》と覚えたり　[八]シテ〽けふは殊《こと》更《(さら)》のどかにて、心にかかる風もなし。

〈下歌〉同〽名[九]こそささ波や、志賀の浦にお立《た》ちあるは、都人か痛《いた》はしや、御舟に召《め》されて、浦々を眺《なが》め給へや。

〈上歌〉同〽所は海の上、所は海の上、国[一〇]は近江の江に近《ちか》き、山々の春なれや、花はさながら白《しら》雪の、降《ふ》るか‐残るか時知《し》[一一]らぬ、山は都の富士なれや、猶《(なほ)》冴《さ》[一二]えかへる春の日に、比良《(ひら)》[一三]の嶺《ね》おろし吹《(ふく)》とても、沖漕《こ》ぐ舟はよも尽《つ》きじ。

〈片グセ〉同〽旅[一四]の習《(ならひ)》の思はずも、雲井のよそに見し人も、同じ舟《ふね》に馴《なれ》衣《(ごろも)》、浦を隔《へだ》てて行程に、竹生島も見えたりや　シテ〽緑[一五]樹影《かげ》沈《しづ》むで　同〽魚《(うを)》木に上《のぼ》る気《け》色《しき》あり、月海上《(かいしやう)》に浮《う》かむでは、兎も波を奔《はし》るか、面白の島の気《け》色《しき》や。

【四】〈誘イゼリフ〉シテ「舟[一六]が着《つ》いて候御あがり候へ、此尉《(じよう)》が御道《みち》知《し》るべ申さうずるにて候。

〈問答〉シテ「是こそ弁[一七]才天にて候へ、よくよく御祈念候へ　ワキ「承《(うけたまはり)》及《(および)》たるよりもいや

一　このセリフの前に「是へこそ釣舟の来りて候へ」(車屋本・喜多)が入る。
二　他流「山田矢走の渡し舟」。
三　衆生を浄土の彼岸へ渡す神仏の誓願を舟に譬えた。
四　乗ろうと思う。
五　他流「否と申さば」。
六　「さては迎への舟」(観世)、「それも誓ひの舟」(車屋本・喜多)、「これこそ…」(金春)。
七　法力の功徳である由をいう。掛乗り—法。縁舟—乗り。
八　ツレのセリフ(他流)。　九　シテが謡い(下掛)、「志賀の浦に…」から同音(金春・金剛)。縁波—立つ。
一〇　国の名も江に近い(近江を分解)。

舟上、湖岸の春景

一一　「時知らぬ山は富士の嶺いつとてか鹿の子まだらに雪の降るらむ」(伊勢物語・九段)を引く。時の区別なく頂きが白いのは、都の富士の名をもつ比叡山だろう。
一二　また寒さがぶり返す春に。
一三　真野のさらに北方にある山。その比良山から吹きおろす風。
一四　旅の習いとて、思いの外に、雲の上人と仰いでいた方々とも同船して馴れ親しみ。「馴れ衣」は着馴れた衣で、親しくなる意に掛けた。縁衣—裏、浦—隔つ。掛裏—浦。
一五　謡曲拾葉抄に、建長寺の僧自

勝《まさ》りて有難《がた》ふ候、不思議やな此所は、女人[一八]結界《けつかい》とこそ承りて候に、あれなる女人は何とて参られて候ぞ

シテ「それは知《し》らぬ人の申事《(まうしごと)》にて候、忝《(かたじけなく)》も九生《(くじやう)》[一九]如来の御再誕なれば、殊《(こと)》に女人こそ参《(まゐる)》べけれ

ツレ カヽル 〽なふそれまでもなきものを。

〈上歌〉同 〽弁財天は女体[二〇]にて、弁財天は女体にて、其神徳もあらたなる、天女と現《げん》じおはしませば、女人とて隔《へだ》てなし、ただ知《し》らぬ人の言葉なり。

〈クセ〉同 〽かかる悲願[二一]を起《おこ》して、正覚年久し、獅子《しし》[二二]通王《つうわう》の古《いにしへ》より、利生[二三]さらに怠《おこた》らず

シテ 〽げにげにか程《(ほど)》疑《うたが》ひも 同 〽あらいそ[二四]島《(じま)》の松陰を、便《たよ》りに寄《よ》する海士小舟《(あまをぶね)》、われは―人間にあらずとて、社壇の―扉《とびら》を押《を》し開《ひら》き、御殿に入《(いら)》せ給ひければ、翁《おきな》も水中に、入《(いる)》かと見しが白浪[二五]の、立かへり我は此海の、あるじ[二六]ぞといひ捨《(すて)》て、又波《なみ》に入《い》らせ給《たま》ひけり。

〔中入来序〕

【五】〈問答・ノリ地〉（アイの社人が登場し、勅使の心を慰めようと、竹生島明神の縁起を語り、宝物を見せ、岩飛びを見せる）

【六】〔出端〕〈キザシグリ〉地 〽御殿頻《しき》りに鳴動して、日月《(じつげつ)》光《ひか》り輝《かかや》き[二七]て、山の端《(は)》出《(いづ)》るごとくにて、顕《あらは》れ給ふぞ忝《かたじけな》き。

〈名ノリグリ〉天女 〽抑《(そもそも)》是は、此島に住《す》むで衆生[二八]を守る、弁財天[二九]とは我事也。

【七】〈ノリ地〉同 〽其時虚空に、音楽聞《き》こえ、其時虚空に、音楽聞こえ、花降《ふ》り下《くだ》る、春の夜の、月に輝《かかや》く、乙女《をとめ》の袂、返々《(かへすがへす)》[三〇]も、面白や。 〔天女ノ舞〕

休蔵主が竹生島に詣でた折の詩「緑樹影沈魚上レ木、清波月落兎奔レ浪」に基づくとあるが疑問。近江国輿地志略八十七に、弘法大師の詩「緑樹影沈魚上レ木、月浮二海上一兎奔レ浪」、三国伝記十、曲舞「島廻」などにも類似の叙景詩があるが、典拠不明。木々の緑の影が湖面に映り、水中に泳ぐ魚はあたかも木々に登るかのよう。月が湖上に浮かぶと、月の中の兎も波の上を奔るかのよう。前場の頂点。

弁財天の神徳

一六 以下の〈問答〉は諸流に小異あり、宝生が原形に近いか。

一七 音楽・弁舌の才、寿福・戦勝をもたらす女神。美音天・妙音天とも。 一八 女人禁制。

一九 観世は「キウショオニョライ」、他流は「九成如来」とあて、「グジョオニョライ」(下掛)、「クジョオニョライ」(宝生)と発音。宝生に従うべきか。「久遠実成」(仏が遥かの昔に既に悟りを得ている意)を略した「九成」と見る説(観世流改訂本)がよいか。「九成如来の虚空再誕にして、しかも広大無辺なれば、ことさら…」(宝生)。

二〇 男体説(大日経疏)と女体説(最勝王経)があるが多くは女体説。

二一 衆生を救おうとする慈悲心に

月下の天女舞

【八】〈ノリ地〉地 ＼夜遊《やいう》一の舞楽も、時過《すぎ》て、夜遊の舞楽も、時過て、月二澄《す》み渡《わた》る、海面《づら》に、浪風頻《しき》りに鳴動して、下界三の龍神、顕《あらは》れたり。

【九】〔早笛〕〈ノリ地〉地 ＼龍神湖上《こしやう》に、出現して、龍神湖上に、出現して、光《ひか》りも輝《かかや》く、金銀珠玉を、かの客人《まれびと》四に、捧《ささ》ぐる気色、ありがたかりける、奇特かな。　〔舞働〕

〈ノリ地〉シテ ＼もとより衆生、済度の誓《ちかひ》　同 ＼もとより衆生、済度の誓、様々なれば、あるひ《い》は天女の、形《かたち》を現《げん》じ、有縁《うえん》五の衆生の、所願を叶《かな》へ、又は下界の、龍神となつて、国土を鎮《しづ》め、誓《ちか》ひを現《あらは》し、天女は宮中に、入《いら》せ給へば、龍神は則《すなはち》、湖水に飛行《ひぎやう》して、波を蹴立《けた》て、水を返《かへ》して、天地六に群《むら》がる、大蛇の形《かたち》、天地にむらがる、大蛇《じや》の形《かたち》は、龍宮に飛《と》むでぞ、入りける。

基づく誓願。正覚は仏の悟り。
二二 謡曲拾葉抄に「縁起云、疇(ゆし)……」。弁才天は獅子王仏の出世以前より弁才天は……」。弁才天の過去仏の名か。
二三 仏が衆生を利益すること。
二四 [掛]あらじ―荒磯島(竹生島をさす)。

龍神の威勢

二五 [縁]波―立つ。[掛]立―立かへり。
二六 山野河海に古くから住みつき、神秘的な通力を持った神仙や動物。
二七 天女出現の燦然たる光景の形容。　二八 上掛「神(しん)を敬ひ国を守る」。喜多・車屋本「神を敬ひ君を守る」。
二九 「胎蔵界の弁才天とはわが事なり」(宝生・車屋本)。
三〇 「袂を返す」と掛詞。

以上六七頁

一 夜の遊楽に奏する舞楽。
二 下掛は「月もかたむく」で、暁方近い。
三 水中に住み雨水を司る神。龍宮のある海中世界が下界。天女の対語。
四 帝の臣下であるワキをさす。
五 仏縁のある衆生の諸々の願いを叶え。
六 「天にむらがり地に蟠(わだか)まりて、池水を覆(かへ)して」(「春日龍神」)と同様、天地の間(かん)に飛躍する大蛇の勢いの形容。

西行桜（さいぎやうざくら）

三番目物
老精物　　世阿弥作（中楽談儀）

場景　前半—山城国西山、西行の庵室。花盛りのある日。昼から夕暮れ。後半—同じ所。同じく、夜から暁。

人物　シテ　老木の桜の精（夢中の翁）〔皺尉・風折狩衣大口〕
ワキ　西行〔大口僧〕
ワキヅレ　都の男（花見の客）〔素袍上下〕（数人）
アイ　庵室の能力〔能力〕

梗概　西山に閑居する西行は庵室での花見を禁じよと能力に命じたが、春の花盛りに憧れる都の男たちが西行の庵室の桜を眺めんと来訪する。春の花の梢に咲き出で、秋の月の水に澄めるはすべて仏徳の光なりと、一人閑かに観照していた西行は、都の男たちを招き入れたが、閑居を妨げられた心を「花見むと群れつつ人の来るのみぞあたら桜の咎にはありける」とつぶやいてしまう。しかし桜にとって、それは謂れのないこと。その夜の夢に現れた老木の桜の精は西行の歌を反芻し、「桜の咎はなにやらん、…非情無心の草木の、花に憂き世の咎はあらじ」と反論する。だが、老桜の精は西行の知遇を得たことを喜び、風雅清朗な春夜の興へと移っていく。舞い語られる撩乱たる春景色。洛中洛外の桜の名所尽くしは、まず初花を急ぐ近衛殿の糸桜から始まり（〈サシ〉）、千本の桜、毘沙門堂の花盛り、清水寺の地主の花を称え、「嵐山、戸無瀬に落つる、瀧津波までも、花は大井河、井堰に雪やかかるらん」（〈クセ〉の終り）と結ぶ。咲き初めから満開へ、そして落花へと、時も流れる。暁の鐘が時の移ろいを印象づけ、惜春の情がいよいよつのる。別れの時。朧の春の夜は花の影より明けそめ、西行の夢も覚め、翁の姿も跡なく消える。

素材・主題　山家集、玉葉集・春下に「閑かならんと思ひ侍る頃、花見に人々まうできたりければ」の詞書でみえる西行の歌「花見にと群れつつ人の来るのみぞあたら桜の咎にはありける」により構想された能で、「老体の幽玄」を形象化させ、桜花爛漫たる都の春に重ねて、老桜の精の惜春の情を描く。この作品には、老いと若さ、優しさと力強さ、閑寂と華麗、といった相反する要素が共存している。中楽談儀に「西行、阿古屋松」を並べ、「後の世、かかる能書く者やあるまじき」と覚えて創作したとある「西行」は本曲をさすかと思われるが、廃曲「実方」とする説もあり、決定しがたい。なお、作者についても金春禅竹説もある（能本作者注文）。

七 【一】〈問答・触レ〉　（ワキの西行がアイの能力を呼び出し、庵室の花見禁制の由を命じ、能力はその旨を触れる）

七 後見が桜の枝を挿した山の作り物に引回シをかけて大小前に置く。

以下七〇頁

一 待ちに待った桜狩りの時節が来た、山路の花見に急ごう。この〈次第〉は「桜川」と同文。廃曲「鼓瀧」もほぼ同文で「…山路の花を尋ねん」。下掛「比待ち得たる花見月、〱、都の春ぞのどけき」。
二 桜花を尋ねて山野を逍遥する。
三 京都三条通以南の地。商工、職人などが住む。高級住宅地である上京の対。下掛は上京の者。
四 京都東方の丘陵地帯。西山（西方丘陵の総称）と対。
五 清水寺境内の地主権現の桜。
六 平安末・鎌倉初期の歌僧。建久元年（一一九〇）、七十三歳で没。家集山家集の詞書に「小倉の麓に住み侍りけるに」、西行物語に「西山の辺に柴の庵を結びて」、本曲と同じ話を伝える雲玉集に「西行西山に山居の時」などとある。他に大原野説もある。
七 「百千鳥さへづる春は物ごとにあらたまれども我ぞふり行く」（古今集・春上・読み人知らず）をふまえる。「百千鳥」は多くの鳥の意だが、中世には鶯の異称にも。
八 呼び掛語。やぁ。弥生と重韻。「弥生の空」は中世歌語。
九 呼び掛け語。もうし。

花見の禁止

【二】〔次第〕〈次第〉花見衆 〽比《(ころ)》[一]待《(まち)》得《え》たる桜狩《が》り[二]、比待得たる桜狩り、山路《(やまぢ)》の春に急《いそ》がむ。

〈名ノリ〉オトコ「か様《(やう)》に候者は、下京辺《(しもぎやうへん)》[三]に住居《すまゐ》仕《(つかまつ)》る者にて候、扨《(さて)》も我《(われ)》春になり候へば、爰《(ここ)》かしこの花を眺《なが》め、さながら山野《(さんや)》に日を送《をく》り候、昨日《(きのふ)》は東山[四]地主《(ちしゆ)》[五]の桜を一見《(いつけん)》仕て候、今日《(けふ)》は又西山《(にしやま)》[六]西行の庵室《(あんじつ)》の花、盛《さか》りなる由《よし》承 及《(うけたまはりおよび)》候程に、花見の人々を伴《ともな》ひ、唯今《(ただいま)》西山西行の庵室へと急《(いそぎ)》候。

〈上歌〉花見衆 〽百千鳥《(ももちどり)》[七]、囀《さへづ》る春は物ごとに、囀る春は物ごとに、あらたまりゆく日数《(ひかず)》経《へ》て、比《(ころ)》も弥生の空なれや、[八]やよ留《とど》まりて花の友《とも》、知《し》るも知《し》らぬももろ共に、誰《たれ》も花なる心かな、誰も花なる心かな。

〈着キゼリフ〉オトコ「急候程に、これはや西行の庵室に着《(つき)》て候、暫く皆々御待候へ、某《(それがし)》案内を申さふ《(う)》ずるにて候。

【三】〈問答〉オトコ「[九]いかに案内申候　狂言「誰にて渡《(わたり)》候ぞ　オトコ「[一〇]さむ候《ザウラウ》是は都方の者にて候が、此御庵室の花盛《ざか》りなる由承 及《(うけたまはりおよび)》、遥々《はるばる》是迄《(これまで)》参りて候、[一一]そと御見せ候へ　狂言「安き間の事にて候へ共、禁制《(きんせい)》にて候去《(さり)》ながら、遥々《はるばる》御出の事にて候程に、御機嫌を見てそと申てみうずるにて候、暫《(しばらく)》御待候へ　オトコ「心《こころ》得《(え)》申候、皆々《みなみな》待申さふ《(う)》ずるにて候。

【四】〈サシ〉ワキ 〽夫《(それ)》[一二]春の花は上求本来《(じやうぐほんらい)》の梢《こずゑ》に現《あらは》れ、秋の月下化迷闇《(げけめいあん)》の水に宿《やど》る、誰《たれ》か知《し》る行《(ゆく)》[一三]水《みづ》に、三伏《(さんぷく)》の夏もなく、澗底《(かんてい)》の松の風、一声の秋を催《もよほ》す事、草木国土自《をの》づから、見仏聞法《(けんぶつもんぽふ)》の

一〇 応答語。はい。　一一 ちょっと。
一二 出典未詳だが、「敦盛」に「春の

都から西行の庵室へ

花の樹頭に上るは上求菩提の機を勧め、秋の月の水底に沈むは下化衆生の相(かたち)を見す」とあるのが原形らしい。上求菩提・下化衆生は菩薩の菩提心の二要素。秋夜長物語の冒頭にほぼ同文。
一三「池冷水無㆓三伏夏㆒、松高風有㆓一声秋㆒」(和漢朗詠集・夏・納涼・源英明)による。流れる水には酷暑の夏もなく、谷底の松吹く風の響きが秋のきざしをこめている。そうした自然界の啓示がそのまま仏に逢い、説法を聞くという仏法への結縁となっている。この〈サシ〉に続けて〈下歌〉〈上歌〉と続く形が、世阿弥の五音に「西行歌」として掲出。　一四 花咲く春と実の成る秋。
一五 最高の御機嫌だ。
一六 ここのワキのセリフを「いやいやこれは西行が憂き世を厭ふ山住みなるに、花ゆゑ有りかを…」と厭世・隠栖の心を強調する古写本もある。　一七 古今集・春上・紀貫之の歌(末句「見ゆる白雲」)の転用。
一八 花の形容と、西行の花に対する感慨の異なることを兼ねる。
一九 人世の無常を花葉の離散に寄

草木すべて聞法の姿

せた慣用句。廃曲「籠祇王」、拾玉

結縁《けちえん》たり。

〈□〉ワキ「去《さり》ながら四《よつ》の時《とき》にも勝《すぐ》れたるは、[一四]花実《くわじつ》の折《おり》なるべし、〽あら面白や候《ザウラウ》。

【五】〈問答〉ヲカシ「[一五]日本一《にっぽんいち》の御機嫌にて候、頓而《やがて》申さふ《う》、いかに申候、都より此御庭の花を見《み》度《たき》よし申て、是迄皆々《みなみな》御出にて候　ワキ「何と都よりと申て、此庵室の花を眺《なが》めむ為に、是まで皆々《みなみな》来《きた》り給ふと申か　ヲカシ「さむ候《ザウラウ》　ワキ「[一六]を《お》よそ洛陽の花盛、いづくもといひながら、西行が庵室の花《はな》、花も一木《ひとき》我も一人《ひとり》と見るものを、花ゆへ《ゑ》在処《ありか》を知《し》られん事いかがなれ共《ども》、是迄遥々《はるばる》来りたる志《こころざし》を、見せではいかで帰《かへ》すべき、あの柴垣《がき》の戸を開《ひら》き内《うち》へ入候へ　狂言「畏《かしこまつ》て候。

〈問答〉狂言「いかに方々《かたがた》へ申候、よき御機嫌に申て候へば、見せ申せとの御事にて候程に、急《いそ》ひ《い》でこなたへ御出候へ　オトコ「心得申候。

【六】〈掛合〉花見衆　カヽル〽[一七]桜花《さくらばな》咲《さき》にけらしな足《あし》引の、山の峡《かひ》より見えしまま、此木《こ》の下《もと》に立寄《よ》れば　ワキ　カヽル〽我はまた[一八]心異《こと》なる花の本《もと》に、[一九]飛花落葉《ひくわらくえふ》を観じつつ、独《ひと》り心《こころ》を澄《す》ますところに　オトコ〽貴賤群集《くんじゆ》の色々[二〇]に、[二一]心の花も盛《さか》むにて　ワキ〽[二二]昔の春に帰《かへ》る有様　オトコ〽隠《かく》れ所の山といへ共《ども》　ワキ〽さながら花の　オトコ〽都なれば。

〈上歌〉同〽[二三]捨人《すてびと》も、花にはなにと隠家《かくれが》の、花にはなにと隠家の、所は嵯峨の奥《おく》なれ共、春に訪《と》はれて山までも、うき世の嵯峨になる物を、実《げに》や捨《すて》てだに、此世の外《ほか》はなき物を、いづ

得花にも。二〇 [縁]色―花。
二一 風雅な心。「心の花」は世阿弥に用例が多い。二二 出家以前の昔に帰ったような春のにぎわい。
二三 この〈上歌〉は、春来ればこのように浮世を離れた嵯峨の山奥までも世の塵に汚される。世を捨てても、この世以外に住む所はない、との心。[掛]性―嵯峨《さが》。

以下七二頁

一 以下「花の友」までを上掛古写本は「西行が庵室の花、花もひと木われもひとりと見るものを、花ゆゑ所を現はすこと」とする。

花見の許可

二 浮世を厭う我が閑居に、花見客の来訪は、いささか心外なので。
三 山家集の西行の歌。
四 惜しいことに桜の欠点だ。
五 この謡の内に花見衆は切戸から退場。幻想の世界に入る。謡の終りに作リ物の引回シがおろされ、シテの姿が顕れる。六 [縁]木―心の花、埋れ木―人知れぬ身。
七 西行の詠歌を反芻し歌意を玩味。
八 下掛「不思議やな花の夕影なほ添ひて、まどろむとしもなかりつるに、朽ちたる花の空木より」。
九 幹が朽ちて空洞になった桜木。
一〇 夢窓国師御詠草に「心ある人の訪ひ来る今日のみぞあたら桜の咎を忘るる」とあり、「江口」における西行歌が夢窓国師「夢中問答」に

くか終《つゐ》の住処《すみか》なる、いづくか終の住処なる。

【七】〈問答〉ワキ「いかに面々《(めんめん)》、是まで遥々《はるばる》来り給ふ志《こころざし》、返々《(かへすがへす)》も優《やさ》しうこそ候へ、去《(さり)》ながら捨《(すて)》[一一]て住《す》む世の友とては、華ひとりなる木の本に、身には待《ま》たれぬ花の友、少《すこ》[一二]し心の外《ほか》なれば、〽花[一三]見むと、群《む》れつつ人の来《く》るのみぞ、[一四]あたら桜の、咎《とが》には有ける。

〈歌〉同〽あたら桜《さくら》の陰暮《かげく》れて、月になる夜《よ》の木の下《もと》に、家路忘《わす》れてもろともに、今宵《こよひ》は花の下臥《(したぶし)》して、夜《(よ)》とともに眺《なが》め明《あ》かさむ。[一五]

【八】〈サシ〉シテ〽埋木《(うもれぎ)》[一六]の人知《し》れぬ身と沈《しづ》め共、心《こころ》の花は残《のこ》りけるぞや、花見《はなみ》[一七]んと、群《む》れつつ人の来《く》るのみぞ、あたら桜の、咎《とが》にはありける。

【九】〈掛合〉ワキカヽル〽不[一八]思議やな朽《(くち)》たる華の空木《うつほぎ》[一九]より、白髪の老人顕《あらは》れて、「西行が歌を詠ずる有様、さも不思議なる仁体《(じんたい)》也　シテ「是は夢[二〇]中の翁なるが、今《いま》の詠歌《(えいか)》の心をなを《(ほ)》も、尋《たづ》ねむために来りたり　ワキカヽル〽そもや夢中の翁《おきな》とは、夢《ゆめ》に来れる人なるべし、「それに付ても唯今《(ただいま)》の、詠歌の心《こころ》を尋むとは、歌《うた》に不審のあるやらん　シテ「いや上人《(しやうにん)》の御歌に、なにか不審のあるべきなれ共、〽群《む》れつつ人の来《く》るのみぞ、あたら桜の、咎《とが》には有ける、「扨《(さて)》[二一]桜《さくら》の咎《とが》はなにやらん　ワキ「いや是はただ憂《う》き世を厭《いと》ふ山住なるに、貴賤群集の厭《いと》はしき、心を少《(すこし)》詠ずるなり　シテ「恐《(おおそ)》れながら此《(この)》御意こそ、少《(すこし)》不審に候へとよ、憂《う》き世と見るも山《やま》と見るも、唯[二二]其人の心にあり、非[二三]情無心の草木《(さうもく)》の、花に憂《う》き世の咎《とが》はあらじ

採録されており、作者は「夢中の翁」の名と、問答の展開を発想したらしい。

一一 桜の咎とはどういうことか。

西行、桜の咎を詠吟

一二「三界唯一心、心外無別法」をふまえた思想。

一三 花は心なき草木だから、憂しとか厭わしきとか思うのは人の心次第で、花に罪はない。

一四 さては。

一五・一六 底本「情」を訂正。

一七「誰謂花不レ語、軽漾激兮影動レ唇」(和漢朗詠集・春・花・菅原文時)をふまえ、花は物言わぬ草木だが、桜に罪のない謂れを言うために花の唇を動かすのだ。

一八「言ふ」を掛け、影の序。

一九 弁明する意に、咲いている花の意を掛ける。底本「情」を訂正。

二〇 →「高砂」六頁注四。

老桜の精の反論

二一「恵みの露」は仏法の比喩で、花の縁語。

二二 百聯抄解の詩「花笑二檻前一声未レ聴、鳥啼二林下一涙難レ看」を引き(断腸集抜書にも)、花咲き鳥鳴くも仏法の恵みである、とした。

二三「朝踏二落花一相伴出、暮随二飛鳥一一時帰」(和漢朗詠集・春・落花・白居易)を引き、友と連れだち朝から暮まで野山に遊びくらす。

ワキ「実々《(げにげに)》是は理《(ことわり)》なり、扨々《(さてさて)》か様《(やう)》に理をなす、御身は[一四]如何様《(いかさま)》花木《(くわぼく)》の[一五]精か　シテ「誠は花の
[一六]精なるが、此身も共に老木《(おいき)》の桜の　ワキ カヽル〽[一七]花物言《い》はぬ草木なれ共《(ども)》　シテ〽咎《とが》なき
謂《(いはれ)》を[一八]木綿花《いふ(ばな)》の　ワキ〽影唇《かげくちびる》を　シテ〽動《うご》かすなり。
〈歌〉同〽恥《は》づかしや老木《(らうぼく)》の、花も少《すく》なく枝朽《(くち)》て、あたら桜の、咎《とが》のなき由《よし》を、[一九]申《(まうし)》開《ひら》く花の、
精にて候なり、凡《(およそ)》｜[二〇]心なき草木も、花実《(くわじつ)》の折は忘れめや、草木国土皆、成仏の御法《(みのり)》なるべし。
【一〇】〈□〉シテ「有難や上人の御値遇《(ちぐう)》に引《ひ》かれて、[二一]恵《めぐ》みの露あまねく、〽[二二]花檻前《かむぜむ》に咲《(ゑん)》で声いま
だ聞《き》かず、鳥林下《(りんか)》に鳴《(ない)》て涙《(なンだ)》尽《つ》き難《がた》し。
〈クリ〉地〽それ[二三]朝《(あした)》に落花を踏《ふ》むで相伴《ともな》つて出《い》づ、夕べには飛鳥《(ひてう)》に随《したが》つて一時《(いつし)》に帰る。
〈サシ〉シテ〽[二四]九重に咲《さ》けども華の八重桜《ざくら》　同〽幾代《いくよ》の春を重《かさ》ぬらむ　シテ〽[二五]然《(しかる)》に華の名
高きは　同〽先《(まづ)》初花を急《いそ》ぐなる、[二六]近衛殿の糸桜。
〈クセ〉同〽[二七]見渡《わた》せば、柳桜をこきまぜて、都は春の錦《にしき》、燦爛《さむらん》たり、千本《(ちもと)》の｜桜《さくら》を植《う》へ《(ゑ)》置《(おき)》、其
色を｜所の名に見する、[二八]千本《(せんぼん)》の花盛、[二九]雲路《(うんろ)》や雪に残《のこ》る覧《(らん)》、[三〇]毘沙門堂の花盛《ざか》り、[三一]四王天《(しわうでん)》の栄花
も、是にはいかで優《まさ》るべき、上なる｜[三二]黒谷下河原《がはら》、[三三]昔遍昭僧正《(へんぜうそうじやう)》の　シテ〽憂《う》き世を｜厭《いと》ひ
し花頂山《(くわちやうざん)》　同〽[三四]鷲《わし》の御山《(みやま)》の花の色、枯《か》れにし｜[三五]鶴《つる》の林迄《(まで)》、思《おも》ひ知《し》られてあはれなり、[三六]清《(せい)》
水寺《(すいじ)》の地主《(ちしゆ)》の花、松吹風の[三七]音羽山、爰《(ここ)》はまた嵐山、[三八]戸無瀬《となせ》に落《お》つる、瀧津波までも、花は[三九]大
井河、井堰《ゐせき》に雪やかかるらん。

二四 九重と八重を対比させた諧謔的な表現。「重ぬ」も縁語。
二五 ところで。以下、初花を急ぐ近衛殿の枝垂桜から、満開へ、そして散り行く花へと時は流れる。
二六 近衛邸の糸桜(枝垂桜)は洛中屈指の名花(愚管記ほか)。
二七 古今集・春上・素性の歌(下句「都ぞ春の錦なりけり」)を引く。
二八 京都の中央を縦貫する大路。吉野山の千本の桜を嵐山に移し植えたという地名の由来説などを背景とした脚色か。
二九 花盛りの道を雲路に、落花を雪に見立てた。
三〇 中世、出雲路(現上京区)にあった天台宗門跡寺院。桜の名所。

洛中洛外の桜名所尽くし

三一 須弥山(仏教宇宙観で、宇宙の中心をなす山)の中腹にあり、四天王(持国天・増長天・広目天・多聞天)が守護する天界。
三二 黒谷浄土宗本山、金戒光明寺。「上なる」は「下河原」(祇園社の南一帯)に対する文飾。ともに東山山麓の桜の名所。
三三 平安初期の歌僧。六歌仙の一。出家して山科の花山に隠棲。その花山と華頂山(東山の一嶺で桜の名所)とを混同したか。
三四 普通、鷲峰山《(じゆぶせん)》に擬した比叡山をいうが、東山連峰を列挙する文章からは、霊鷲山《(りようじゆせん)》桂橋

【二】〈詠〉シテ へすはや[一]数添《そ》ふ時の鼓《つづみ》　地 へ[二]後夜の鐘の音響《（ね）ひびき》ぞ添《そ》ふ。

〈□〉シテ「あら名残惜《お》しの夜遊《（やいう）》やな、惜《お》しむべし惜しむべし、[三]得《え》難《がた》きは時、逢《あ》ひ難《がた》きは友なるべし、へ[四]春宵一刻《（しゆんせういつこく）》値《あたひ》千金、花に清香《（せいきやう）》月に陰《かげ》。

〈ワカ〉シテ へ[五]春《はる》の夜の。　〔序ノ舞〕

〈ワカ〉シテ へ花《はな》の陰《かげ》より明《あ》けそめて　地 へ[六]鐘をも待《ま》たぬ、へ別《わか》れこそあれ、別れこそあれ、別れこそあれ。

【三】〈ノリ地〉シテ へ待《ま》て暫《しば》し待《ま》て暫《しば》し、夜はまだ深《ふか》きぞ　同 へ白《しら》むは花の、影《かげ》なりけり、よそはまだ[七]小倉《（をぐら）》の、山陰《やまかげ》に残《のこ》る夜桜《よざくら》の、花の枕の。

〈歌〉シテ へ夢は覚《さ》めにけり　同 へ夢は覚めにけり、嵐も雪も散《ち》り敷《し》くや、[八]花を踏《（ふん）》では、同じく惜《お》しむ少年の、春の夜は明《あ》けにけりや、[九]翁《おきな》さびて跡もなし、翁さびて跡もなし。

逢い難きは友

寺か東山の霊山らしい。

三五 釈迦入滅の沙羅双樹の林。白色に枯死し、白い鶴が群がるように見えたという。東山の双林寺をふまえ、鷲峰の説法、双林の入滅の釈迦の事蹟がしのばれる。

三六 →七〇頁注五。

三七 清水寺の背後の山。[掛]風の音—音羽山。風の音から嵐山を導く。

三八 大井川の上流、嵐山付近の称で、瀧とともに歌枕。三九 嵐山の麓を流れる川。堰塞は川の流れをせきとめた所。[掛]大井—多。

春暁、目覚め

――以上七三頁

一 春の夜の時刻が次第に更け行く表現。

二 後夜(夜半から朝)の勤行の鐘。

三 「得がたきは時なり」(さかゆく花)。「諸仏難値、時亦難遇」(法華経・妙荘厳王本事品)。

四 蘇軾・春夜詩「春宵一刻直千金、花有二清香一月有レ陰」を引く。

五 前句の「春宵」を受け「月に陰」から「花の陰」を導く。下掛は舞あとに「春の夜の」を繰り返す。

六 「明くる間の鐘をも待たぬつらさかな夜深き鳥の声に別れて」(新続古今集・恋三・藤原為相)。

七 [掛]小暗—小倉。小倉山は西行の庵室のあった山で、嵯峨大井川の

小袖曾我《こそでそが》

四番目物
直垂舞物　作者不明（宮増とも）

場景　頼朝開幕の建久四年五月半ば、相模国曾我の館（曾我兄弟の母の家）。ある夏の一日。

人物　シテ　曾我十郎祐成〔掛直垂大口〕
ツレ　曾我五郎時宗〔掛直垂大口〕
ツレ　曾我兄弟の母〔深井・唐織着流女〕
トモ　団三郎〔素袍上下〕
トモ　鬼王〔素袍上下〕
アイ　春日局〔ビナン縫箔着流〕

梗概　実父河津三郎を工藤祐経に討たれた曾我十郎・五郎の兄弟は、敵討の機会をねらっていたが、頼朝による富士の狩場での巻狩りを好機とみて、出発に先立ち曾我の館に母を訪ねる。母は、五郎が意に背いて箱根寺を出たことから勘当していたので、年来の謝罪と暇乞いをしたい五郎には面会しないばかりか重ねての勘当を申し渡す。しかし、祐成が躊躇する時宗を母の前に連れて出、弟の不孝を許すよう諄々と説き哀訴するに及び、勘当も解ける。二人は母と盃を交わし、門出の舞を舞い、名残を惜しみつつ富士の狩場へと急ぐ。

素材・主題　曾我物語の「小袖乞の事」「母の勘当宥さるる事」（真字本六、仮名本七）に拠りつつ、敵討を決意して母を訪ねる曾我兄弟の姿、弟を慈しむ兄の情、子を愛する健気な母の心を描く。祐成の説得が効を奏することや、控え目で母を思慕する時宗という人物形象からは、真字本の伝えるところに近い。前半は親子・兄弟の心理的なやりとりが中心となる。「小袖曾我」と題するものの、題名の由来でもある、母から餞別の小袖をもらう場面がないのは不審。これについては、創作当初は小袖乞の事もあったが早く省略された（丸岡桂『古今謡曲解題』）、小袖乞の事は周知の物語なので本文には描写しなかった（大和田建樹『謡曲評釈』）、の二説がある。両者とも決め手に欠けるが、省略の可能性もあろう。

一〇【一】〔次第〕〈次第〉シテ・ツレ・トモ二人一一 ＼一二命牡《お》鹿《しか》の隠《かく》れ里、命牡鹿の隠れ里、富士の裾《すそ》野を狩《か》らふ（う）よ。

〈名ノリ〉シテ「是は曾我一三の十郎祐成《すけなり》にて候、扨《さて》も頼朝富士《ふじ》の御狩に御出《おんいで》候間、我らも罷出《まかりいでて》候、

北岸にあり、南岸の嵐山と対。
八「背レ燭共憐深夜月、踏レ花同惜少年春」（和漢朗詠集・春・春夜・白居易）を引き、惜春の情を形容。「少年の」は春の序。
九 老桜の精の閑寂な姿を形容。
一〇 登場の囃子なくツレの母とアイの春日局が登場。母は脇座、アイは笛座前に着座。
一一 宝生流以外は狂言方の役で、時宗の乳母春日の局。宝生流ではツレの役で、母の従者（男の姿）。
一二 命を惜しむ牡鹿（仇の工藤祐経を諷喩）の隠れ場である富士の裾野で狩りをしよう。〔掛〕惜し―牡鹿。
一三 伊豆の豪族河津祐泰の子（一一七二―九三）。幼名一万。五歳の時、父が工藤祐経の手の者に殺され母の再縁により曾我祐信に養育された。

以下七六頁

一 祐成の弟（一一七四―九三）。時致とも。幼名箱王。五郎と称。法師となるべく箱根の別当に預けられたが、父の仇を討とうと、出家せずに元服したので、母の怒りにふれて勘当された。
二 勘当のお許しを願って。
三 一一九三年五月、頼朝は富士の裾野で巻狩（狩場を四方から取り巻き獣を追いつめて捕えること）を催した。→「夜討曾我」二八三頁。
四 五月雨の降る頃の雲だが、雲は

又是成《(これなる)》[一]時宗は、母にて候者の勘当《かむだう》にて候程に、申《(まうし)》[二]直《なを》し連《つ》れて御狩《みかり》に罷出《(まかりいで)》ばやと存《(ぞんじ)》候。

〈サシ〉シテ・ツレ・トモ二人 〽時しも比《(ころ)》は建久《けむきう》[三]四《(し)》年、五《さ》月《つき》半《(なかば)》の富士《ふじ》の雪、五月雨雲《(さみだれぐも)》[四]に降《ふ》り交《ま》ぜて、鹿子斑《かのこまだら》[五]や群山《むらやま》[六]の、裾野《すその》の鹿[七]の星月夜、鎌倉殿の御狩《みかり》の御遊《(ぎよいう)》、実《(げに)》類《たぐひ》なき御事かな　シテ 〽東《(とう)》[八]八ケ国の兵《つはもの》共、皆御供に参るなれば　同 〽定《(さだめ)》て敵《かたき》の祐経[九]も、御供申さぬ事あらじ、[一〇]たとひ討《う》つ迄《(まで)》の、事は夏野《の》の鹿なりとも、狙《ねら》ひて見ばやとますらお《(を)》の、狩人《かり》に紛《まぎ》れうち出《(いづ)》る。

〈下歌〉同 〽人知《し》[一一]れぬ、大内山の山守《やまもり》も。

〈上歌〉同 〽木隠《がく》れて、それとは見《み》えじ梓弓、それとは見えじ梓弓、矢ごろ[一二]にならば鹿よりも、祐経を射《い》留《と》めて、名を富士の根にあげばやと、思立《(おもひたち)》[一三]ぬる狩《かり》衣《(ころも)》、たとへば君の御咎《とが》め、よしそれとても数[一四]ならぬ、身には中々恐れなし、身には中々恐れなし。

【二】〈問答〉シテ「是に暫《(しばらく)》御待候へ、某《それがし》参《(まゐり)》て案内を申さうずるにて候、いかに案内《あむなひ》申候

アイ「誰にて御座候ぞ、や、祐成の御参《まい》りにて候　シテ「さん候《ザウラウ》某《(それがし)》が参たる由申候へ

アイ「畏《(かしこまつ)》て候、大方《(おほかた)》[一五]殿よりの御諚《(ごぢやう)》[一六]には、祐成の御参《(まゐり)》ならば申せ、時宗の御参りならばな申《(まうし)》そと仰出《(おほせいだ)》されて候　シテ「唯某《それがし》が参りたると申候へ。（アイは取次を承知する）

〈問答〉アイ「如何に申上候、祐成の御参《まい》りにて候　母「こなたへと申候へ。（アイはこの由を祐成に伝え中へ入れる）

【三】〈問答〉母「荒珍《(あらめづら)》しや十郎殿、いづくへの次《(つい)》でぞや、母が為には態《(わざ)》[一七]とはよも　シテ「さ

雪・雨の縁語で語調上の虚字。五月半ばでも富士には雪があり、五月雨がそれに降り交じって、斑(らむ)消えの雪は鹿子斑さながら。

五「時知らぬ山は富士の嶺いつとてか鹿の子まだらに雪の降るらん」(新古今集・雑中・在原業平、伊勢物語・九段)をふまえる。

兄弟、仇討ちを決意

六 斑(らむ)に音通で斑(まだら)と縁語。

七 鹿の斑点の意で鹿と縁語。星月夜は鎌倉の枕詞。鎌倉殿は源頼朝。

八 相模・武蔵・安房・上総・下総・常陸・上野・下野の関東八州。

九 工藤祐経。伊豆伊東の所領を従弟伊東祐親に奪われたのを恨み、狩場でその子河津祐泰を殺した。

一〇 たとえ討つことは出来ずとも、夏野の鹿を狙うように敵を狙ってみたい。祐経を鹿にたとえる。囲無し—夏。

一一 人に知られないでいる皇居守護の衛士も木(こ)の間に隠れてそれとは見えないように、我らも狩人に紛れてそれとはわかるまい。「人知れぬ大内山の山守は木がくれてのみ月を見るかな」(千載集・雑上・源頼政)の転用。「見えじ」は衛士(じえ)に音通で梓弓

曾我の館に母を訪ねる

祐成、母と対面

む候《ザウラウ》久《ひさ》しく参らず候程に向顔《(かうがん)》[一八]の為、又は富士野の御狩《みかり》と申候程に。

〈掛合〉母 カヽル 〽[一九]されば こそ思ひし事よ君がため、御狩《みかり》に出《(いづ)》るついでぞや　シテ 〽いつしか親子《おやこ》の御《(おん)》戯《たはぶ》れ、めづらし顔に羨《うらやま》しやと　トキ 〽思ひながらも時宗は、不孝《ふけう》[二〇]の身なれば物の隙《ひま》より。

〈クリ歌〉同 〽高《たか》[二一]－間《ま》の山の嶺《みね》の雲、よそにのみ見てややみなん。

〈上歌〉同 〽同《おなじ》[二二]子に、同じ母その傅人《もり》乳母《めのと》、同じ母その森《もり》めのと、隔《(へだて)》なくこそ育《そだ》てしに、さも引《(ひき)》替《かへ》て祐成には、色々のお饗《もてなし》、御《(おん)》祝事《ごと》のお盃《さかづき》、たとへば時宗[二三]は、後《(のち)》に生れしばかりなり、まさしく同《おな》じ子《こ》の身《み》にて、御覚《おぼ》え蘆垣《あしがき》[二四]の、隔《(へだて)》あるこそ悲《かな》しけれ。

【四】〈問答〉シテ「日本一《(につぽんいち)》の御機嫌にて候、あれへ御参りあつて、春日《(かすが)》[二五]の局《(つぼね)》して御申候へ

トキ「某《(それがし)》が事は御機嫌《きげん》いかが忖《はか》り難《がた》く候間、まづまづ参り候まじ　シテ「唯某に御任《まか》せあつて急で御参《まい》り候へ。

〈問答〉トキ「如何に春日の局の御入候か、時宗が参りたる由《よし》[二六]それそれ御申候へ。（アイは時宗に返事をしない）

トキ カヽル 〽いつしか傅人《もり》乳母《めのと》まで、心変《が》はりし春日野[二七]の、飛《とぶ》火の野守《もり》、出《(いで)》てだに見候はぬぞや、「時宗が参《まい》りたる由《よし》それそれ御申候へ　母「あら不思議や祐成は唯今来《(きた)》りぬ、国上《くがみ》[二八]の禅師《(ぜんじ)》は寺にあり、それならで子はなきに、時宗といふは誰《た》そ、や、今思ひ出したり、箱根[二九]の寺に有し箱王《はこわう》と云《(いひ)》し似非者《えせ》[三〇]か、それならば母が出家になれと申《(まうし)》しを聞《き》かざりし程に勘《かむ》

の縁語。梓弓は矢の枕詞。
三 矢を射当てるのに手頃な距離。
三 「立ち」は「裁(た)ち」に音通で「狩衣」の縁語。
四 「カズナラヌ身ホドノ山ノ奥ハナシ人ノトワヌヲカクレガニシテ」(四河入海二十三ノ四)。
五 貴人の母の尊称。
六 貴人の仰せ。 七 わざと訪ねて来たのではよもやあるまい。この会話は言いさしの形が多い。
八 対面。 九 やはり私の思った通り、主君のために御狩に行くついでなのだね。
二〇 勘当を受けた身。 二一 「よそにのみ見てややみなん葛城や高間の山の峰の白雲」(新古今集・恋一・読み人知らず)を引き、よそながら見ているだけの立場を表現。
二二 兄も自分も母にとっては同じ子、二人にとって同じ母であり、同じように傅人(もり)や乳母(めのと)をつけて分け隔てなく育てたはずなのに。 掛母そのもり―柞(ははそ)の森(山城の歌枕)、森―傅人。
二三 言ってみれば。 二四 「悪し」に掛け「垣」の縁で「隔て」の序。
二五 春日の局(曾我兄弟の乳母)を通じて母上に御挨拶をなさい。

母、時宗との対面を拒否

二六 さあさあお取り次ぎ願います。
二七 「春日」は「(心変りし)か」と掛

当《だう》せしに、推《お》して是迄来《(きた)》れるは、猶《(なほ)》重《(かさね)》ての勘当とや、[一]伊豆箱根富士権現も御覧ぜよ、猶こ
の後も勘当《かむだう》と　トキ　へ御誓言《ちかごと》[二]に蔀《(しとみ)》遣《やり》戸を。
〈歌〉同　へ立《た》てそへられて茫然と、やる方《かた》もなきこの身《み》かな、[三]うたてやせめて今一目、[四]御《み》簾《す》几《き》
帳《ちやう》も下《お》りたり荒《(あら)》、情なの御事や　シテ　へ祐成は、かく共知《し》らで[五]時宗が、時移《ときうつ》りたり事《こと》よき
かと、中門《(ちうもん)》を見《み》やりつつ、はやこなたへと招《まね》けば　同[六]　へ招《まね》かれて[七]山の鹿《かせぎ》、啼《な》く啼《な》く来りた
り、[八]打《う》たれても親《おや》の杖《つえ》、懐《なつ》かしければ去《(さり)》やらず、懐かしければ去やらず。
【五】〈問答〉シテ「扨《(さて)》御機嫌は何《なに》と御座候ぞ　トキ「以外《(もつてのほか)》の御機嫌《きげん》にて、猶《(なほ)》重《(かさね)》ての御勘当《かんだう》
と仰出《(おほせいだ)》されて候。
〈問答〉母「如何に誰《(たれ)》かある　アイ「御前に候　母「時宗が事を申さば、祐成ともに勘当と
申候へ　アイ「畏《(かしこまつ)》て候。
〈問答〉アイ「いかに申候、時宗の御事を御申あらば、祐成共に御勘当《かむだう》と仰出されて候　スケ
「先《(まづ)》畏《かしこ》まつたると申候へ、某《(それがし)》存《(ぞんずる)》子細の候間《あひだ》、此度《(このたび)》は[九]同心にて申さうずるにて候　トキ
「いやいや某は参《まい》り候まじ　シテ「唯《(ただ)》御参候へ[一〇]。
【六】〈問答〉シテ「如何に申候、我らが親の敵《かたき》の事、世に隠《かく》れなく候処に、余《(あまり)》に便《(たより)》なく候間、
時宗が事を申直《なを》し、連《つ》れて御狩《みかり》に出べき処に、時宗が事を申さば、祐成共に御勘当《かむだう》と候《ザウラウ》や、
よくよく是を案じ見《み》るに。

詞。「春日野の飛ぶ火の野守いでて見よいまいく日(か)ありて若菜摘みてむ」(古今集・春上・読み人知らず)による。 二六 兄弟の実弟(二六-九三)。越後国上寺に住していた。その最期は「禅師曾我」に作られる。底本「前司」を改めた。
二九 箱根権現社の僧坊。
三〇 愚か者。

以上七七頁

一 伊豆の伊豆権現と箱根の箱根権現に富士権現を加えた神々への誓詞。
二 誓いの言葉の上に蔀(つり上げる戸)や遣戸(横に引く戸)まで閉められたので、茫然とするばかり。
三 心憂きこと。情ないこと。
四 掛(一目)見ん―御簾。御簾(すだれ)と几帳(掛けとばり)は蔀・遣戸の縁で綴った。
五 時も過ぎた、時宗の首尾もよいかと。時宗と時が頭韻。
六 底本は役名表記がなくシテ謡が続く形だが、古写本に従い「同」とした。現行観世は五郎とし、「啼く啼く…」から地謡とする。
七 付招く―山のかせぎ。かせぎは鹿の古名。 八 親に打たれたのなら、かえって嬉しい、の意の諺。
九 連れ立って。
一〇 このあと「しか〳〵」と記す古写本もあり応対の場面があった。

祐成の取りなし

〈クリ〉シテ へ総《そう》じて祐成をも、誠[一一]は思ひ給はぬぞや　同 へたとひ時宗出家[一二]の暇を申共《(まうすとも)》、あに祐成に郎等《(らうどう)》もなし、しかも身[一三]に思ひあり、己《をの》れらさへに見捨《す》つるかと、却《(かへツ)》て御叱《しか》り候てこそ、慈悲の母共申《(まうす)》べけれ。

〈サシ〉シテ へそれに時宗を法師《(ほつし)》にならぬとの御勘当《かむだう》、たとひ仰《(おほせ)》にしたがひ、出家仕り候共

同 へ我らが事は世に隠《かく》れなし、あれ見《み》よ河津《かはづ》が子共《(ども)》こそ、敵《(かたき)》を遁《のが》れむとの出家、まさしく求《(ぐ)》[一四]法《(ほふ)》の為ならずと、同宿[一五]も思ひ卑《いや》しまば、心[一六]も染《そ》まぬ墨《すみ》衣《(ごろも)》の、浦《うら》島が子の箱根寺《(でら)》にて、明暮《(あけくれ)》悔《くや》しと思ふならば、中々俗《ぞく》には劣《おと》るべし。

〈クセ〉同 へ時宗[一七]は、箱根に有し験《しるし》に、法華経一部読《よ》み覚へ《(おぼえ)》、常《つね》は読誦《(どくじゆ)》し母上の、現世安穏《(げんぜあんノん)》[一八]、後生善所《(ごしやうぜんしよ)》と祈念する、又は毎《まい》日に、六万返《(ろくまんべん)》の念仏、父河津殿に廻向《(ゑかう)》する、か程に他念なき身を、此三年《とせ》不孝《(ふけう)》蒙《かうぶ》る、恩顔《(おんがん)》[一九]を拝せねば、御恋《(おん)こ》ひしさもひとつ[二〇]又は、狩場への門出《かど(いで)》、御暇[二一]乞《(こひ)》しさ、一《(ひと)》かたならぬ望なり、大かた−治《おさ》まる御代《(みよ)》なれ共、狩場や漁《すなどり》に、不慮の争《あらそ》ひある物を　スケ へ其上我らは、狩場《かりば》にをひ《(おい)》て例悪《れいあし》[二二]し　同 へ昔を思ひ伊豆《いづ》[二三]の奥《おく》の、赤沢山の狩座《かりくら》[二四]にて、父も失《う》せさせ給はずや、今とても、狩場《かりば》とあらばなどしも、御心にもかけざると、怨《うら》[二五]み顔にも兄弟は、泣《な》く泣《な》く立《た》つて出《(いで)》ければ　母 へ母は声をあげ、あれ留《と》め給へ人々よ

同 へ不孝をも勘当《かむだう》をも、赦《ゆる》すぞ赦すぞ時宗とて、泣々出《(いで)》[二六]させ給へば　二人 へ兄弟は嬉《うれ》し泣《な》きに、伏《ふ》[二七]しまろべばや　同 へ見る人も思《おも》ひやりて、泣ゐたりや。

一一 本当は私祐成をも母上は思って下さってはいない。

一二 出家のための暇乞い。

一三 祐成には敵討ちの志がある。それなのにお前まで祐成を見捨てるのか。

一四 仏の教を求める修行。

一五 同じ僧坊にいる同学の僧。

一六 縁 染まぬ—墨衣、衣—うら(裏)。掛 裏—浦。「浦島が子」は箱に通ずる「箱根」の序で、「箱」「明け」「悔し」とも縁語。

一七 以下「父河津殿に廻向する」まで曾我物語七の文に拠る。

一八 この世では安穏に、来世では極楽に、の意。法華経・薬草喩品の句。

一九 (母上の)慈しみ深い顔。

二〇 ひとしお。

二一 暇乞いしたさ。「ひとかたならぬ」は「乞しさ」と「望み」の両方に掛かる。

二二 悪い先例があった。兄弟の父が伊豆奥野の狩場からの帰途、赤沢山で工藤祐経の郎等に討たれたことをさす。

二三 掛 出づ—伊豆、奥の—奥野(地名)。

二四 狩猟場。

二五 宝生・下掛「恨み顔にて」、車屋本「恨みながらも」。

二六 御簾の中から出て来られたので。

二七 「伏しまろべば」までが上の句、「や」一字を下の句とする特殊な節付で、「ヤァーヤーー」と延ばして謡う。類例に「葵上」の「般若声や」(一五三頁注二四)がある。

母、勘当を赦す

【七】〈問答〉母「祐成申によつて、時宗が勘当赦《かむだうゆる》すにて有ぞ、近《(う)》ふ来《(きた)》りて、狩場への門出《(かどいで)》祝《(いはひ)》て御入候へ　スケ「如何に時宗《とき》、近《(う)》ふ参て、此年月《(としつき)》の御物語申候へ、さるにても。

〈歌〉同 へ此程時宗が、尽《(つく)》す心に引替《ひきか》へて、今は[一]いつしか思ひ子《(ご)》の、母の情《(なさけ)》有難や、余《(あまり)》の、嬉しさに、祐成御酌に立《た》ちてとり[二]どり、時宗と共に祝言を。

〈詠〉同 へ謡《うた》ふ声。

〈一セイ〉シテ へ高《たか》[三]き名を、雲井に上《(あげ)》て富士《ふじ》の根の　地 へ雪[四]を廻《めぐ》らす、舞[五]の翳《かざ》し。〔男舞〕

【八】〈ノリ地〉地 へ舞の翳《かざ》しの、其隙《(ひま)》に、舞の翳しの、其隙に、兄弟目《め》[六]を引《ひ》き、是や限《かぎ》りの、親子の契りと、思へば涙も、尽《(つき)》[七]せぬ名残、をしか[八]の狩場《ば》に、遅参《(ちさん)》やあらんと、暇《いとま》申て、帰[九]る山の、富士野《の》の御狩《(みかり)》の、折を得て、年来《(ねんらい)》の敵《かたき》、本望を遂《と》げんと、互《たが》ひに思ふ、瞋恚《しんゐ》[一〇]の焔《ほのほ》、胸の煙[一一]を富士颪《おろし》に、晴《は》らして月を、清[一二]見が関に、終《(つひ)》には其名を、留《と》めなば兄弟、親孝行《かうかう》の、例《(ためし)》にならん、嬉《うれ》しさよ。

一 いつの間にか、母のいつくしむ子となっている。
二 いろいろと。[縁]酌―取り。とりどり・時宗・共に、は「と」の重韻。
三 敵討ちの名を空高く、富士の嶺(ね)に揚げよう。[掛]声高き―高き名。[縁]高き―雲井―富士の根―雪。
四 「廻雪」の訓読、舞の美しさの形容。五 舞の袖をかざすこと。
六 目で合図して。

門出の舞

七 「尽せぬ」は前後に掛かる。
八 [掛]惜し―牡鹿。[縁]牡鹿―狩場。
九 [掛]帰る―帰る山(越前の歌枕)。
一〇 瞋恚(激しい怒りや恨み)を火や炎や煙に譬えることは定型。↓「富士太鼓」六四〇頁注一七。
一一 [縁]焔―煙―富士。
一二 月清し、清見が関(駿河の名所)、と続けた。[縁]関―留め。

以下八二頁

一 竹馬に「乗る」を「法(のり)」に言い掛け、百万の子が進んで仏門に入ろうとする心。[付]馬―法の道、子―竹の馬、友―たづぬる・竹。
二 大和国吉野。「み(三)」は美称。下掛は、「都方に住まゐする者」(禅鳳本)、「都方に住まゐする僧」(車屋本)。三 下掛は「行方も知らぬ人にて御入り候が、某を頼む由仰せ候程に、頼まれ申して候へば、利根第一の人にてわたり候」(金

百万（ひゃくまん）

四番目物　古称、嵯峨物狂
狂女物　　世阿弥作（観阿弥原作）

場景　京の都、嵯峨清凉寺の釈迦堂。三月上旬、大念仏のある日。

人物　シテ　狂女百万〔深井・立烏帽子長絹女〕
子方　百万の子〔児袴〕
ワキ　吉野の男〔素袍上下〕（下掛は都の僧）
アイ　門前の男〔長上下〕

梗概　吉野の男が奈良西大寺のあたりで拾い養育している少年を伴い、嵯峨清凉寺の大念仏に赴く。男は門前の男を呼出し面白い見ものを尋ねると、女物狂が面白く狂うこと、下手な念仏を唱えると、もどかしがって登場すると教える。門前の男が念仏を唱えて誘い出すと、女物狂が登場、自分で音頭を取る。この女は夫には死別し、ひとり子とは生き別れて心乱れ、古烏帽子をかぶり笹を手にし、わが子の行方を尋ね求めて狂い歩いているのであった。黒髪を乱し服装もあべこべの異形な姿で舞車を引かせ、一心に本尊に祈念する狂女。少年は女物狂が母と気付き、男にそれとなく事情を尋ねるよう頼む。男の問いに奈良の都の百万と答えた狂女は、少年に気付かぬまま法楽の舞をはじめる。それは、わが子を尋ねて奈良の都から清凉寺までの旅路を綴った曲舞で、釈迦堂の霊験を讃え再会を祈り、群衆の中、わが子を探し回る。男は少年を母に逢わせ、女は正気に戻り、母子は再会を喜ぶ。やがて本尊へ感謝しつつ、都へ帰っていく。

素材・主題　「これかや春の物狂」、嵯峨の大念仏を背景に、南北朝から室町初期に有名であった女曲舞々百万のはなやかな芸尽しを見せる。奈良に百万という女曲舞々が実在したことは世阿弥の五音から知られ、百万をモデルにして生き別れた子との再会譚に構想して作劇したものと思われる。少年が吉野の男（下掛は都の僧）に拾われた子である点が示唆的だが、明徳版融通念仏縁起・下巻や嵯峨清凉寺地蔵院縁起に見られる、捨て子であった円覚上人（導御）が寺に養育され、生き別れた母との再会を祈念して大念仏を始行し弘めたという話は当時の人々に周知であり、そうした導御上人の事績が作劇の基底に流れていることは確かであろう。観阿弥は「南都ニ百万ト云フ女曲舞」の流れを引く賀歌女（かかじょ）流の乙鶴に師事して曲舞を習得した。曲舞の名手百万が繰りひろげる遊狂は、歌念仏・舞車を引く掛声・法楽の舞・曲舞（本格的な曲舞で〈次第〉に始まり〈次第〉で終る）と続き、大念仏の踊躍（ゆやく）を見事に表現している。観阿弥が得意とした「嵯峨の大念仏の女物狂の物まね（嵯峨物狂）」を世阿弥が改作した作品。なお原曲の〈クセ〉は、現行「歌占」に使われている「地獄の曲舞」（山本某作詞・南阿弥作曲）であった（五音）。

春）。「柏崎」などに同じく少年が仏門に入っていることを暗示。
四 洛西、嵯峨の清凉寺、釈迦堂で三月六日より十五日まで行われた融通大念仏。五 大念仏での「ははみた念仏」で、「ははみた〳〵」と唱える誦句の訛らしい。
六 歌の初句を一人で歌い出すこと。
七 以下、〈ノリ地〉の末までを車之段という。創作当時は曲舞々が乗る舞車の作り物を引いて出たか。
八 玉葉集・釈教の歌。一心に阿弥陀を信仰する者は、たとえ悟り得ずとも西方浄土に往生する。下掛は地謡が「弥陀頼む」を繰り返す。
九 春はとかく心浮きたつもの、こうして物に狂うのもその例なのか、それとも子を恋い慕うあまりに心乱れたのか。
一〇「恋草を力車に七車積みて恋ふらくわが心から」（新勅撰集・恋二・広河女王、万葉集四）、「七車積むとも尽きじ思ふにも言ふにもあまるわが恋草は」（狭衣物語四）を借用。力車は重い物を運ぶ車。
一一 現行諸流「一度に」。一二 以下〈ロンギ〉まで笹之段と通称。
一三 一世限りの親子の縁なのに、恩愛の情に纏綿して。「人の親の心は闇にあらねども子を思ふ道にまどひぬるかな」（後撰集・雑一・藤原兼輔）を借用。
一四 諺「子は三界の首枷」。掛この―子の。三界はここではこの世。首枷を軛（くびき）車

【一】〔次第〕〈次第〉ワキ〽[一]竹馬《(ちくば)》にいざや法《(のり)》の道、竹馬にいざや法の道、真《(まこと)》の友を尋《(たづね)》む。

〈名ノリ〉ワキ「是は和州[二]三吉野《(みよしの)》の者にて候、これにわたり候幼《おさな》き人は、[三]南都西大寺のあたりにて拾《ひろ》ひ申て候、又此比《(このごろ)》は[四]嵯峨の大念仏にて候程に、此幼《おさな》き人を連《つ》れ申、念仏に参らばやと存候。

【二】〈問答・念仏〉（ワキがアイの門前の男を呼び出し、面白い見ものを尋ねると、アイは近頃百万という女物狂が面白く、こちらで下手な念仏を唱えるともどかしがって出てくるといい、「南無釈迦牟尼」と地謡と交互に謡い、「[五]サワミサ、サワミサ」とくり返し念仏を唱え浮かれていると百万が登場する）

【三】〈問答〉女「あら悪《わる》の念仏の拍子や候《ザウラウ》、わらは[六]音頭《をんど》を取候べし。（女は笹で打ち制止する。アイは「蜂が刺いた」といって飛びのき、音頭を取るよう勧める）

〈[七]渡リ拍子〉女〽南無阿弥陀仏　地〽南無阿弥陀仏　女〽南無阿弥陀仏　地〽南無阿弥陀仏　女〽[八]弥陀頼《たの》む　地〽人は雨《あま》夜の月なれや、雲晴《は》れね共西へ行《ゆ》く　女〽阿弥陀仏やなまふ《(う)》だと　地〽誰《(たれ)》かは頼まざる、誰か頼《たの》まざるべき。

〈一セイ〉女〽[九]是かや春の物狂　地〽乱《みだ》れ心か恋[一〇]種《(ぐさ)》の。

〈ノリ地〉女〽力《ちから》車に七《なな》車　地〽積《つ》む共尽《つ》きじ　女〽重《おも》く共引《ひ》けや、えいさらえいさと

地〽[一一]一同に頼《たの》む、弥陀の力《ちから》、頼めや頼《たの》め、南無阿弥陀仏。

【四】〈上歌〉同〽[一二]げにや[一三]世々ごとの、親子《をやこ》の道《みち》に纏《まと》はりて、親子の道に纏はりて、猶《(なほ)》この闇を晴《は》れやらぬ　女〽朧月《(ろうげつ)》の薄雲《(うすぐもり)》　地〽僅《わづ》かに住《す》める世に、猶《(なほ)》[一四]三界の首枷《くびかせ》かや、牛の[一五]車

を引く牛の首にかける横木）に通わせて次句へつなぐ。一五 子に引かれる親心を言い掛けた。付車―牛・床。掛とこ（床）―常久（とことわ）。一六 よい見物（みもの）だよ。物見（牛車の窓）をふまえ車の縁語。一七 乱れた髪の形容の慣用表現。以下、異形異装の狂女の姿を描写。

狂女を誘う大念仏

一八 黒髪を受け「振り乱す」を匂わす。女曲舞は男装し烏帽子を着けた。一九 眉墨は乱れて黒く。付墨―烏より、群烏・浮かれ烏（憂かれ）を導く。二〇 正気の心か。二一 つらい思いをせよとばかりに離れてしまったが。

歌念仏

二二 掛浅―麻。二三 でたらめな着装、みすぼらしい姿。二四 菅薦の筵の切れはし。「乱れ」の序。付まこも―菅薦―乱るる。二五 南無釈迦牟尼仏と南無阿弥陀仏とを重ね、二仏への信仰を強調。二六 大聖は仏の尊号。清凉寺の本尊、釈迦如来への誓い。二七 余所事のようにして。物狂能で、子が師などに確認を頼む常套表現。二八 底本「妻」。「夫に捨てられ妻（め）に後るる、かやうの思ひに狂乱する物狂」（花伝第二物学）の例。

狂乱、親子の絆

の常久《とことは》に、いづくをさして引《ひ》かるらん、えいさらえいさ。

〈ロンギ〉女 〽引《ひ》けや引けや此車　地 〽物[一六]見なり物見なり　女 〽実《げに》百万が姿は　地 〽もとより長《なが》き黒髪を　女 〽荊《おど》[一七]‐棘《ろ》のごとく乱して　地 〽古《ふ》[一八]りたる烏帽子《えぼし》引かづき　女 〽又眉根《まゆね》[一九]黒き乱墨《みだれずみ》　地 〽現《うつ》[二〇]し‐心《ごころ》か群《むら》鳥　女 〽憂《う》[二一]かれと人は添《そ》ひもせで　地 〽思はぬ人を尋ぬれば　女 〽親子の契り麻《あさ》[二二]衣　地 〽肩[二三]を結《むす》むで裾《すそ》に下《さ》げ　女 〽裾《すそ》を‐結《むす》びて肩に掛《か》け　地 〽筵《むしろ》[二四]切れ　シテ 〽菅薦《すがごも》の　同 〽乱心《みだれごころ》ながら、南[二五]無釈迦弥陀仏と、信心を致《いた》すも、我子に逢《あ》はむ為なり。

〈クドキ〉シテ 〽南無や大[二六]聖釈迦如来、わが子に逢《あ》はせ狂気をも留《とど》め、安穏に守らせ給ひ候へ。

【五】〈問答〉子「いかに申べき事の候　ワキ「何事にて候ぞ　子「是なる物狂を能々《よくよく》見候へ　ば、故郷《ふるさと》の母にて御入候、〽恐《おほそ》れながら余所《よそ》[二七]の様《やう》にて、問《と》ふて給《たまは》り候へ　ワキ「是は思《おも》ひも寄《よ》らぬ事を　承《うけたまはり》　候物かな、頓而《やがて》問て参らせうずるにて候。

〈問答〉ワキ「いかに是なる狂女、おことの国里はいづくの者ぞ　女「これは奈良の都に百万と申者にて候　ワキ「それは何故《なにゆゑ》狂人とは成たるぞ　女「夫《つま》[二八]には死して別れ、唯ひとりある忘形見のみどり子《こ》に、生《い》きて離れて候程に、思ひが乱て候　ワキ「扨《さて》今も子といふ者のあらば嬉しかるべきか　女「仰迄《おほせまで》もなし、それ故にこそ乱《みだ》[二九]れ髪の、遠近《をちこち》人《ひと》に面《おもて》を曝《さら》すも、若《もし》も我子に廻《めぐ》りや逢《あ》ふと、カヽル 〽車[三〇]に法《のり》の声立《たて》て、念仏申《まうし》身を砕《くだ》き、我子に逢《あ》はむと祈

「柏崎」「桜川」に類句。
二九 [付]髪―落(おつ)る―乱るる。[掛]落―遠。 三〇 [掛]乗り―法。[縁]廻り―車―乗り。「法の声」は念仏の声。「念仏申身を砕き」の一句、禅鳳本以下の下掛と宝生になし。

以下八四頁

一 神仏に奉納する楽舞。
二 法華経・授学無学人記品に「我為二太子一時、羅睺為二長子一」。羅睺羅は釈迦が在俗時代の長男。仏も子を思う心から長子であると説かれたのだから我らも恩愛の絆を離れ得ず、邂逅を願うの意に続けた。「木賊(とくさ)」にも。
三 逢うことを鸚鵡に言い掛けた。→「錦木」三七九頁注二一。[縁]袖―舞。 四 幾度も幾度も舞の袖を翻して。百万の名を隠した。

子、物狂いが母と気付く

五 この定めない仮の世は、いったい宿なのか故郷なのか。
六 杜甫「牛羊帰二径険一、鳥雀聚二枝深一」(詩人玉屑四にも)を引き、鳥獣も帰る栖があるのに行方定めぬ流浪の身を対比。上掛「径街」。
七 以下、行雲流水のごとき定めなき境涯を述べる。[縁]波―寄る、葉―梢。[掛]成―楢葉―奈良、降る―古。
八 あれほど固く結んだ夫婦の契り。花鬘は結びの、頻波は哀(泡)れの序。[掛]敷―頻波、泡―哀。

るなり。

〈掛合〉ワキ カヽル 〽実《(げに)》痛はしき御事かな、誠信心《(まことしんじん)》私《わたくし》なくは、か程群集《(くんじゆ)》の其中《(そのなか)》に、などかは廻り逢《あ》はざらん 女「嬉しき人の言葉かな、それに付ても身を砕《くだ》き、[一]法楽の舞を舞《ま》ふべきなり、囃《はや》して賜《た》べや人々よ、〽忝《かたじけな》くも此御仏《(おほとけ)》も、[二]羅睺為長子《(らごゐちやうし)》と説《と》き給へば。

〈次第〉同 〽我子に[三]鸚鵡《あふむ》の袖なれや、親子鸚鵡《あふむ》の袖なれや、百万が舞を見給へ。

〈一セイ〉女 〽[四]百《もも》や万《(よろづ)》の舞の袖 地 〽我子の行ゑ《(ゆく)(へ)》祈《いの》るなり。 ［イロエ］

【六】〈クリ〉女 〽実や惟《おも》みれば、いづくとても住《す》めば宿《やど》 同 〽住《す》まぬ時には故郷《(こきやう)》もなし、此[五]世はそもいづくの程ぞや。

〈サシ〉女 〽[六]牛羊《(ごやう)》径嶮《(けいけん)》に帰《かへ》り、鳥雀《(てうじやく)》枝《(えだ)》の深《ふか》きに聚《あつ》まる 同 〽[七]実《(げに)》世中《(よのなか)》は徒《あだ》波の、よるべはいづく雲水《(くもみづ)》の、身の果《は》ていかに楢《なら》の葉の、梢の露の古《ふる》里に 女 〽憂《う》き年月《(としつき)》を送りしに 同 〽[八]さしも二世《(ふたよ)》とかけし仲《なか》の、契《(ちぎり)》の末《すゑ》は花鬘《かづら》、結《むす》びも留《と》めぬ徒《あだ》夢の、長《なが》き別《わか》れと成果《は》てて 女 〽比目《(ひぼく)》の枕頻波《しきなみ》の 同 〽哀《(あはれ)》はかなき契りかな。

〈クセ〉[九]同 〽[一〇]奈良《なら》坂の、児手柏《このてがしは》の二面《おもて》、とにもかくにも佞人《(ねぢけびと)》の、亡《な》き跡の涙[一一]越《こ》す、袖の柵《しがらみ》隙なきに、思ひ重《かさ》なる[一二]年並《としなみ》の、流るる月の影惜《お》しき、[一三]西の大寺《(おほてら)》の柳陰、みどり子の行ゑ《(ゆく)(へ)》[一四]白《しら》露の、起《お》き別《わか》れて、いづちとも知《し》らず失《(うせ)》にけり、ひとかたならぬ[一五]思ひ草、葉末《ずゑ》の露も[一六]あをによし、奈良の都を立出《(たちいで)》て、かへり[一七]三笠山、佐保の川を打渡《わた》りて、山城に[一八]井手《(ゐで)》の里、玉水《(たまみづ)》は名《な》の

「比目の枕」は夫婦仲睦まじい譬え。「頻波」は頻りに寄せる波。九 以下、奈良の都から京までの道すがらの光景を歌枕を点綴しつつ描写。長大な〈クセ〉(二段グセ)。一〇「奈良山の児手柏の二面とにもかくにもねぢけ人かも」(古今六帖六、万葉集十六)による。二面まで

法楽、百万が舞

でが「とにもかくにも」の序。中世には「奈良坂や…かな」(三流抄)の形で流布。児手柏に愛し児の意を込め、それが、佞人(二世の約束を違えた亡夫)の忘れ形見、涙の種、の意。一一「涙川落つる水上はやければ塞きぞかねつる袖の柵」(拾遺集・恋四・紀貫之)をふまえる。縁柵—越す。一二 年は重なり月日は流れ。掛並—波。縁波—流るる。「…月の影惜しき」が「西」の序。一三 西大寺。「あさ緑いとよりかけて白露を玉にも貫ける春の柳か」(古今集・春上・遍昭)の詞書に「西大寺のほとりの柳をよめる」。縁

子を尋ねてのさすらい

柳—みどり。掛みどり—みどり子。一四「知らず」を掛け「起き(置)」の序。一五「思ひ草葉末に結ぶ白露のたまたま来ては手にもたまらず」(金葉集・恋上・源俊頼)をふまえ、白露を「あを(青)」に転じた。

みして、影映《かげうつ》す面影、あさましき姿なりけり、かくて月日を送る身の、[一九]羊《ひつじ》の歩み隙《ひま》の駒、足《あし》
に任せて行程《ゆく》に、都の西と聞えつる、[二〇]嵯峨野の寺に参りつつ、四方《よも》の景色《けしき》を眺《なが》むれば　女
〽花の—[二一]浮木《うき》の亀《かめ》山や　同　〽[二二]雲に流るる大井河、誠に—浮世の嵯峨なれや、盛《さか》り—過行《すぎゆく》山
桜、[二三]嵐の風松の尾、小倉《をぐら》の里の[二四]夕霞、立《た》ち—こそ続《つづ》け[二五]小忌《をみ》の袖、[二六]挿頭《かざし》ぞ多《おほ》き花衣《はなごろも》、貴賤群《くん》
集《じゆ》する、此寺の法ぞ尊《たつと》き、かれよりもこれよりも、ただ此寺ぞ有難き、忝《かたじけな》くもかかる身に、
申《まうす》は恐《をそ》れなれ共、[二七]二仏《にぶつ》の中間《ちうげん》、われらごときの迷ひある、[二八]道明《あき》らめん主《あるじ》とて、[二九]毘首羯磨《びしゆかつま》が
作りし、赤栴檀《しやくせんだん》の尊容、やがて神力《じんりき》を現じて、天竺震旦我朝《てんぢくしだんわがてう》、三国に渡《わた》り、有難《ありがたく》も、この寺
に現《げん》じ給へり　女　〽[三〇]安居《あんど》の—御法《みのり》と申も　同　〽御母摩耶夫人《おんははまやぶにん》の、孝養《けうやう》の御為《おため》なれば、仏
も御母を、[三一]かなしび給ふ道《みち》ぞかし、況《いはむ》や—人間の身として、などかは母をかなしまぬと、子
を恨み身を喞《かこ》ち、[三二]肝胆《かむたん》してぞ祈《いの》りける、[三三]親子鸚鵡《あふむ》の袖なれや、百万が舞を見給へ。

【七】〈詠〉地　〽あら我子恋しや。　〔[三四]立回リ〕

〈クドキ〉シテ　〽是程多《おほ》き人の中に、などや我子のなきやらん、荒《あら》わが子恋《こひ》しや。

〈ノリ地〉シテ　〽我子賜《た》べなふ、南無釈迦牟尼仏と　同　〽狂人ながらも、子にもや逢《あ》ふと、
[三五]信心《しじん》はなきを、南無阿弥陀仏、南無釈迦牟尼仏、南無阿弥陀仏と、心ならずも、逆縁ながら、
誓《ちか》ひに逢《あ》はせて、賜《た》び給へ。

【八】〈掛合〉ワキ　カヽル　〽余《あまり》に見るも痛《いた》はしや、是こそおことの尋ぬる子よ、能々《よくよく》寄《よ》りて見給

一六 青丹良に言い掛け奈良の序。奈良の都以下、歌枕を続ける。
一七 春日山の別称。[掛]返り見—かへり三。 一八 井手の玉水という美しい名だけで、そこに映す私の影はあさましい姿。[掛]出—井手。
一九 屠所に赴く羊の歩みのように時には遅く、狭い間を一瞬に過ぎる駒のように時には速く。
二〇 清涼寺(釈迦堂)。
二一 盲亀の浮木→「鵜」二一九頁注八。[掛]亀—亀山。「浮き」に花の散り浮く意をこめて次句へ連鎖。
二二 流れる雲と行く水に行雲流水の境涯を重ね、「浮世の嵯峨」(憂き世の性、不遇の運命)を嘆く。
二三 山桜と共に「嵐山」を隠す。[掛]待—松の尾、小暗—小倉。
二四 [付]霞—夕霞—立・風・衣・袖。[縁]立(裁ち)—袖—衣。
二五 小忌衣(神事の衣裳)の袖をいうが、謡曲では舞姫の衣裳の意。

群衆の中を探し回る

二六 舞の袖をかざし、挿頭の花を添え。[縁]挿頭—衣—着(貴)。
二七 釈迦入滅後、五十六億七千万年後に弥勒が出現するまでの世。「二仏の中間の衆生として」(「木賊」)。 二八 [掛]迷ひある身—道。
二九 帝釈天に仕える工芸神。釈迦が母摩耶夫人の孝養のために報恩経を説いた時、毘首羯磨が香木赤栴檀で作った仏像が日本に渡来し、

へとよ。
〈クドキグリ〉シテ〽[一]心強《づよ》や、疾《と》くにも名乗《(なのり)》給ふならば、か様《(やう)》に恥をば曝《さら》[二]さじ物を、あら恨《うら》めし。
〈歌〉シテ〽とは思[三]へども、[四]偶々《たまたま》逢《(あふ)》は[五]優曇華《(うどんげ)》の、花待得《はな(まち)え》たり、夢か現《うつつ》か幻か。

母子の対面

【九】〈キリ〉地〽能々《(よくよく)》物を案ずるに、能々物を案ずるに、彼《(かの)》[六]御本尊《(ごほぞん)》はもとよりも、衆生のための父なれば、母もろともに廻り逢《あ》ふ、法の力《ちから》ぞ有難き、願《ねが》ひも[七]三《み》つの車路を、都に帰る嬉《うれ》しさよ、都に帰る嬉しさよ。

釈迦堂の本尊となったという(宝物集等)。三〇 釈迦が夏期九十日間、説法したこと。「昔切利天之安居九十日、刻₂赤栴檀₁而模₂尊容₁」(和漢朗詠集・仏事・大江匡衡)。三一 深く愛する道を示された。三二 心を砕く。「肝胆を砕き祈りけり」(「野守」)等。三三〈クセ〉前の〈次第〉と同文。本格の曲舞は「次第にて舞そめて次第にて止むる也」(申楽談儀)。現行曲では他に「歌占」「杜若」「東岸居士」「山姥」。三四 わが子を探し求めるさま。三五 底本のまま。「至心」「私心」説もある。

以上八五頁

一 情のこわい人だ。二「物狂なんどの事は、恥をさらし、人目を知らぬ事なれば」(拾玉得花)。三 下掛は以下、地謡。四 底本は役指定なく「幻か」までシテ謡。光悦本も。現行観世等は以下、地謡。五 三千年に一度咲くと言われ、仏説に逢い難いことの譬え。六 御本尊の釈迦如来はもとより衆生のための父、その前で母と巡り逢うのも仏法の功力。七「満つ」を掛け、「三つの車」の語を下に置き、車路の序。付法―三つの車。「三つの車」は法華経・譬喩品にいう火宅出車の寓話で、仏法に導かれて迷界を脱する譬え。

鞍馬天狗（くらまてんぐ）

五番目物
天狗物
宮増作（能本作者注文）

場景　前場―山城国鞍馬山。東谷の桜の花の下。花盛りの春のある日。後場―同じく僧正が谷。翌日の暮れ方。

人物　前ジテ　山伏〔山伏〕
後ジテ　僧正が谷に住む大天狗〔大癋見・天狗〕
前子方　牛若（沙那王）〔児袴〕
後子方　牛若（沙那王）〔鉢巻水衣大口〕
子方（前）　東谷の稚児〔児袴〕（数人）
ワキ（前）　東谷の僧〔大口僧〕
ワキヅレ（前）　従僧〔大口僧〕（数人）
オモアイ（前）　西谷の能力〔能力〕
アドアイ　小天狗〔鳶・小天狗〕（数人）

梗概　今が花盛りの鞍馬山の西谷の僧から招きを受けた東谷の僧は、稚児たちと従僧たちを伴い西谷へ花見に出かけた。花見の宴が始まり、能力が舞を舞っていると、ぶしつけな山伏が闖入、座り込む。興をさまされた一行は明日の参会を期して引きあげてしまうが、一人残った稚児（牛若。沙那王）は山伏に親しく声をかける。他の稚児たちは平家の一門なので他山にまで賞翫されるが、自分は源氏の末ゆえ花にも月にも捨てられていると告げる沙那王に同情した山伏は、沙那王と連れ立って吉野初瀬など桜の名所の山々を案内し慰める（通力による飛行の姿）。やがて鞍馬山の大天狗であると明かし、明日兵法の大事を伝えようと告げて飛び去る（中入）。翌日、木の葉天狗たちの剣術の稽古のあと、凛々しい姿で待つ沙那王の前に、僧正が谷の大天狗が日本各地の眷属を引き連れて現れる。大天狗は、牛若の敬師敬老の志に感じ、漢の高祖の臣下張良が黄石公の試練に堪えて兵法を伝受された故事を語り、兵法の奥義（張良一巻の書）を残さず伝え、常に守護して、源氏再興・平家討伐の助力を約束し、夕影の鞍馬の梢高く翔って消えた。

素材・主題　平治物語、義経記などに見える、鞍馬山中での牛若の修行譚、御伽草子「天狗の内裏」や幸若舞曲「未来記」などが伝える天狗の助力譚に拠りつつ、昼なお暗き鞍馬山に棲む天狗の首領と源家の御曹司牛若との師弟愛を、源平の拮抗した時勢を背景に、はなやかにかつ豪快に描く。前場は、花の下での、時を得ぬ稚児の傷心と稚児に寄せる山伏の憐憫・恋情を描き、後場は、兵法に励む未来の智将の健気で颯爽とした姿と、諸国の眷属を引き連れて出現した守護者たる大天狗の威風堂々たる快人ぶりを描く。

一 鞍馬山。京都市左京区（もと愛宕郡）。中腹に鞍馬寺があり毘沙門天を祀る。
二 鞍馬寺奥の院から貴船へ至る谷。鬼や魔の隠れ棲む地とされた（鞍馬寺縁起、雍州府志）。
三「修歴の山伏を云ふ」（木葉衣）。能の天狗の前ジテは多く山伏姿で登場。
四 鞍馬の桜は平安朝以来の名所。
五 東谷にある僧坊。「鞍馬寺は昔は四十九院ありけり」（河海抄）。
六「どれどれ」などの意の間投詞。
七 冒頭はワキの独語で、「一筆啓上」からを手紙の文面とする説も。
八 典拠未詳（謡曲拾葉抄に藤原定頼作）。この古歌が手紙の主文。
九 以下、ワキの独語。
一〇「花咲かば告げよといひし山守の来る音すなり駒に鞍置け」（頼政集）に基づく。「駒に鞍」は次句「鞍馬」の序。
一一 雲珠は唐鞍（からくら）の鞦（しりがい）の交わる所につける飾り。袖中抄「雲珠桜は唐鞍の雲珠に似たれば鞍馬の縁に云也」。地名との縁で鞍馬の桜の特称ともなった。
一二 この〈上歌〉の途中から東谷の僧と花見の稚児達が登場し舞台に並ぶ。
一三 底本「侯」を訂正。
一四 はなはだ不作法な奴だ。
一五「さすがに…然るべからず候」は、何といっても…不適当だ、の意。
一六 元服以前の垂れ髪稚児姿の少年。
一七 よそ者。他人。
一八 人を選別

【一】〈名ノリ〉シテ「か様《やう》に候者は、[一]鞍馬《くらま》の奥《おく》[二]僧正が谷《だに》に住居《すまひ》する[三]客僧にて候、扨《さて》も当山にをひ《おい》て、[四]花見のよし承《うけたまはり》及《および》候間、立《た》ち越《こえ》よそながら梢をも眺《なが》めばやと存《ぞんじ》候。

【二】〈名ノリ〉狂言「これは鞍馬の御寺に仕《つか》へ申者にて候、扨《さて》も当山にをひ《おい》て、毎年花見の御座候、殊に当年は一段と見事にて候、さる間[五]東谷《ひがしだに》へ唯今《ただいま》文を持て参り候。

【三】〈問答〉狂言「いかに案内申候、西谷より御使に参りて候、是に文の御座候御覧候へ。

〈文〉ワキ「[六]なになに西谷の花、今《いま》を盛《さかり》と見えて候に、[七]など御音信《をとづれ》にも預《あづか》らざる、一筆啓上せしめ候古歌に曰《いは》く、[八]〽けふ見《み》ずは悔《くや》しからまし花盛、「咲《さき》も残《のこ》らず散《ちり》も始《はじ》めず。

〈□〉カヽル〽[九]実《げに》面白《おもしろ》き歌の心、たとひ音信《をとづれ》なくとても、木陰《かげ》にてこそ待《ま》つべきに。

〈上歌〉同〽[一〇]花咲《さ》かば、告《つ》げんと言《い》ひし山里の、告げんと言ひし山里の、使《つかひ》は来《きた》り馬に鞍《くら》、鞍馬の山の[一一]雲珠《うず》桜、[一二]手折《たをり》-栞《しをり》をしるべにて、奥《おく》も迷《まよ》はじ咲続《つづ》く、木陰《かげ》に並《な》み居《ゐ》て、いざいざ花を眺《なが》めん。

【四】〈問答・小舞〉（ワキがアイの能力を呼び、花見の稚児たちへの慰みの舞を所望し、能力は小舞を舞い、シテを見付ける）

【五】〈問答〉狂言「いかに申候、あれに客僧のわたり候、[一三]是は[一四]ちかごろ狼藉なる者にて候、追《を》つ立《たて》うずるにて候　ワキ「暫《しばら》く、[一五]さすがに此御座敷と申に、源平両家の[一六]童形達《とうぎやうたち》の各《おのおの》御座候に、か様の[一七]外人《ぐわいじん》は然《しかる》べからず候、しかれ共又か様に申候へば、[一八]人を選《えらみ》び中に似て候間、花をばあすこそ御覧候べけれ、先々《まづまづ》此所をば御立《おんた》ちあらふ《う》ずるにて候　狂言「いやいやそれ

しているようで工合が悪いから。
一九「遥見二人家一花便入、不レ論二貴賤与親疎一」(和漢朗詠集・春・花・白居易)をふまえる。身分の上下も、親しいかどうかも構わずふるまうのが春を尋ねる習わしというのに。二〇 しかもここは世間から離れた鞍馬寺で、本尊は大慈悲を施す多聞天(毘沙門天の別称)であるのに、その多聞の慈悲の恵みにも漏れた人々よ。疎外された少年への憐み。二一 桜花の下で半日ともに遊んだ客、月を眺めて一夜を過ごした友。「花の下の半日の客、月の前の一夜の友」(平家物語三・少将都帰)。

花見の文

客僧への牛若の同情。
二二 思いがけず声を掛けて慰められたことへの感謝。「秋の野に人まつ虫の声すなり」(古今集・秋上・読み人知らず)などをふまえ、「松虫」に人を待つ心を含ませる。掛(立てぬ)身—深山桜(客僧自身の比喩)。二三 子方が引取って謡うが内容はシテの言葉。掛知らん—白雲。付雲—立つ。
二四 前句「知る人」からの連鎖で、古今集・雑上・藤原興風の歌(末句「友ならなくに」)を引く。

花盛りの鞍馬

客僧、闖入

は御諚《ごぢやう》にて候へ共、唯あの客僧を追《を》つ立《た》てうずるにて候　ワキ「いやただ御立《た》ちあらふ《う》ずるにて候。

〈捨テゼリフ〉（一同は花見をやめて退出。能力は、腹を立て、シテに向かって悪口雑言をあびせ、不平を鳴らしつつ退場する）

【六】〈サシ〉シテ＼遥《はる》[一九]かに人家を見て、花あれば便《すなはち》入《いる》、論《ろん》ぜず貴賤と親疎とを弁《わきま》へぬをこそ、春の慣《なら》ひと聞《きく》ものを、[二〇]憂《う》き世に遠き鞍馬《くらま》寺、本尊《ほぞん》は大悲多聞天《だいひたもんでん》、慈悲に洩《も》れたる人々哉《かな》。

〈掛合〉ウシ　カヽル＼実《げに》や花の[二一]本《もと》の半日《はんじつ》の客《かく》、月の前《まへ》の一夜《いちや》の友、「それさへ誼《よしみ》はある物を、あら痛《いた》はしや近ふ《う》寄《より》て花御覧候へ　シテ「[二二]思ひよらずや松虫の、音《ね》にだに立《た》てぬ深山桜《みやまざくら》を、シテ御訪《とぶら》ひの有難《がた》さよ此山に　ウシ＼[二三]ありとも誰《たれ》か白雲《しら》の、立交《たちま》じはらねば知人《しるひと》なし

[二四]「誰《たれ》をかも知《し》る人にせん高砂の　ウシ＼松《まつ》も昔の　シテ＼[二五]友鳥《ともがらす》の。

〈上歌〉同＼御物笑《おんものわら》ひの種蒔《たねま》くや、言《こと》の葉繁《しげ》き恋種《ぐさ》の、[二六]老《おい》をな－隔《へだ》てそ垣穂《かきほ》の梅、扨《さて》こそ花の情《なさけ》なれ、[二七]華《はな》に－三春《さんしゆん》の約あり、[二八]人に一夜《ひとよ》を馴《な》れ初《そ》めて、後《のち》いかならんうちつけに、心空《そら》に楢《なら》[二九]柴の、馴《な》れはまさらで、恋のまさらむ悔《くや》しさよ。

【七】〈問答〉シテ「いかに申候、只今の児《ちご》達《たち》は皆々《みなみな》御帰《おんかへり》候に、なにとて御一人《ごいちにん》是には御座候ぞ

ウシ「さむ候《ザウラウ》只今の児達は平家の一門、中にも安芸守《あきのかみ》[三〇]清盛が子共たるにより、一寺《いちじ》の賞翫《しやうくわん》他山《たさん》の覚《おぼ》え、時の花たり、＼みづからも同山《どうさん》には候へ共、[三一]よろづ面目もなき事共にて、月にも花にも捨《すて》られて候　シテ「あら痛《いた》はしや候《ザウラウ》、[三二]さすがにわ[三三]上臈《じやうらふ》は、[三四]常盤腹《ときはばら》には三男、[三五]毘沙

三五　一緒に連れ立っている鳥。「物笑ひの種蒔く」の序。[付]烏―松（連歌付合の事）、烏―友烏―わらふ。「烏の物笑ひの種蒔く」といった諺があるか。「恋種」は恋心の繁く手のつけられぬ程なのを、草の生い茂ることに喩えた歌語。[縁]葉―種。

二六　[付]垣穂―隔つる、梅―垣ね。梅に美少年の姿を重ねる。山伏（大天狗）が美少年（牛若）に恋心を打ち明ける。　二七　花は春になれば約束を守って咲く（再び逢える）。三春は春三か月。諺苑に見える。

二八　（しかし）人は一夜馴れ染めて親しくなっても、その後はどうなることか定めがたいのに。

二九　「成る」を掛け、頭韻の「馴れ」の序。「御狩する狩場の小野の楢柴の馴れは増さらで恋ぞ増される」（新古今集・恋一・柿本人麿、万葉集、夫木集にも）による。

客僧、牛若を恋う

三〇　平清盛は久安二年（一一四六）安芸守に任じられた（公卿補任）。全盛を誇る清盛の子であるため鞍馬寺全山あげて大切にもてなされ、他の寺院でも高い評判で。

三一　ここは、平家の大将小松殿の十二歳になる子息花若が、牛若の小袖直垂の調わないのを嘲笑して、蓑虫児《みのむしちご》と名付けた話（常盤物語）などを背景にするか。

三二　他の人とは違って。

門の沙の字をかたどり、御名《おんな》をも沙《しや》那王殿《どの》と付《つ》け申、〽あら痛《いた》はしや御身を知《し》れば、所も一鞍《くら》馬《ま》の木陰の月、

〈歌〉同〽二見る人もなき山里の桜花、よその散《ちり》なん後《のち》にこそ、咲《さ》かば咲《さく》べきに、荒《あら》痛《いた》はしの御事や。

〈上歌〉同〽三松嵐花の跡訪《と》ひて、松嵐花の跡訪ひて、四雪と降《ふ》り雨となる、五哀猿《あいゑん》雲に叫《さけ》むでは、腸《はらわた》を断《たつ》とかや、心凄《すご》の気色や、六夕《イふべ》を残す花のあたり、鐘は―聞《き》こえて夜《よ》ぞ遅《をそ》き、奥《をく》は鞍馬《くらま》の山路《やまみち》の、花ぞ知《し》るべなる、こなたへ入《いら》せ給へや。

〈歌〉同〽七扨《さて》も此程御《お》供して、見せ申つる名所《などころ》の、ある時《とき》は、愛宕《あたご》高雄の初《はつ》桜、比良《ひら》や横《よ》川《かは》の遅《をそ》桜、吉《よし》野―初瀬《はつせ》の名所を、見残すかたも八あらばこそ。

【八】〈ロンギ〉ウシ〽去《さる》にても、いかなる人にましませば、我を慰《なぐさ》め給ふらん、御《おん》名を名《な》乗りおはしませ　シテ〽今は何をかつつむべき、我《われ》此山に年経《へ》たる、九大天狗《だいてんぐウ》は我《われ》なり　同〽一〇君《きみ》兵法《ひやうはふ》の大事を伝《つたへ》て、平家を滅《ほろ》ぼし給ふべきなり、さも思《おぼ》しめされば、明日《みやうにち》参会申べし、さらばと言《い》ひて客僧は、大僧正が谷を分《わ》けて、一一雲を踏《ふ》むで飛《と》んで行《ゆく》、立《たつ》雲《》を踏《ふ》むで飛《と》んで行。

［中入来序］

【九】〈名ノリ・シャベリ〉（アドアイの木の葉天狗が登場し、今日の花見のいきさつをしゃべり、大天狗が沙那王に兵法の大事を教えたこと、大天狗に沙那王の太刀打の相手をするよう命じられたが、他の者がまだ来ない旨を言う）

三三 貴公子への敬称。三四 常盤を母とする義朝の三男。上から今若（頼朝）、乙若（範頼）、牛若（義経）。三五「天狗の内裏」に「ちご名をば毘沙門の沙の字をかたどり、沙那王殿とは、即ちそれがしが付け申す也」とあって大天狗の命名とする。

――以上八九頁

一 掛暗―鞍馬。
二 古今集・春上・伊勢の歌（下句「ほかの散りなん後ぞ咲かまし」）。〈問答〉から〈歌〉に「痛はし」の語を多用し不遇な牛若への同情を示す。
三 典拠（詩句）あるか。類句「松の嵐もいつしかに。花の跡とて懐かしき…」（「花形見」一八一頁）。
四 歌語「雲となり雨となる」（二一五六頁注三）を花の縁で雪にかえた。
五「巴峡秋深、五夜之哀猿叫ㇾ月」（和漢朗詠集・猿・謝観）の月を雲にかえ、「猿過ニ巫陽ㇾ始断ㇾ腸」（同・白居易）を重ねて引く。哀切の情と寂寞の景を描く。

大天狗、兵法伝授を約す

六 ほの白く暮れ残る花のあたり。
七 以下は牛若が客僧（大天狗）の神通力で、愛宕・高雄、比良・横川、吉野・初瀬と、花の名所であり天狗の棲み処（修験の地）である山々を飛行した後の心での表現。
八 ありはしない。
九 位の高い天狗。謡曲ではテング

〈問答〉（アドアイが他の小天狗たちを呼び出し、太刀打の稽古をするが、とても叶いそうもないと言って一同退場、アドアイも大声で沙那王を呼び出しながら退場する）

【一〇】〔一声〕〈サシ〉後ウシ ＼抑《さて》も沙那王が出立《いでたち》[一二]には、肌《はだ》には薄花《うすはな》[一三]桜の一重《ひとへ》に、顕紋紗《けんもむしゃ》[一四]の直垂の、露《つゆ》[一五]を結《むす》んで肩《かた》にかけ、白糸[一六]の腹巻白柄《しら(え)》の長刀《なぎなた》。

〈勇ミグリ〉地 ＼たとへば天魔鬼神なりとも、さこそ[一七]嵐の山桜、花やかなりける出立《いでたち》かな。

【一一】〔大ベシ〕〈名ノリグリ〉シテ後 ＼抑《そもそも》[一八]是は、鞍馬の奥《おく》僧正が谷に、年経《へ》て住《す》める、大天狗なり。

〈中ノリ地〉地 ＼先《まづ》御供の天狗は、たれたれぞ筑紫《つくし》[一九]には シテ ＼彦山の豊前坊《ぶぜんばう》 地 ＼四州《ししう》には シテ ＼白峰《はくふう》[二〇]の相模坊、大山《だいせん》[二一]の伯耆《はうき》坊 地 ＼飯綱《いづな》[二二]の三郎富士太郎[二三]、大峰《みね》[二四]の前鬼《ぜんき》[二五]が一党、葛城《かづらき》[二六]高間、よそまでもあるまじ、辺土《へんど》[二七]におひ《おい》ては シテ ＼比良 地 ＼横川 シテ ＼如意が嶽《だけ》[二八] 同 ＼我慢《がまん》[二九]高雄の峰《みね》に住《す》むで、人[三〇]のためには愛宕《あたご》山、霞とたなびき雲と成《なつ》て シテ ＼月は鞍馬《くらま》[三一]の僧正が 地 ＼谷[三二]に満《み》ち満《み》ち峰《みね》を動《うご》かし。

〈ノリ地〉地 ＼嵐木枯《こがらし》、瀧の音《をと》、天狗倒《だを》[三三]しは、おびたたしや。

【一二】〈問答〉シテ「いかに沙那王殿、唯今《ただいま》小天狗《せうてんぐ》[三四]を参らせて候に、稽古[三五]の際《きは》をばなんぼう御《おん》見せ候ぞ シャナ「さむ候《ザウラウ》只今小天狗ども来《きた》り候程に、薄手《うす(で)》をも切付《きりつけ》、稽古の際《きは》を見せ申《まうし》たくは候ひつれ共、師匠[三六]にや叱《しか》られ申さむと思《おも》ひとどまりて候 シテ ＼あらいと[三七]お《ほ》しの人や、「左様に師匠を大事に思《おぼ》しめすについて、さる物語の候語つて聞《き》かせ申候べ

ウと謡うのが本来の形らしい。

一〇 武術の奥義。以下、宝生・金春・喜多は「君源の棟梁にて、兵法を授け奉り、平家を討たせ申さんため、さも思し…」と異文。

一一 付雲―立つ。

一二 身ごしらえ。装束を細述するのは軍記物語などの常套表現。

大天狗と諸山の天狗ども

一三 通常、表白裏紅の襲《かさね》の色目をいうが、ここは単衣《ひとえ》の薄い桜色をいう。 一四 紋様を織り出した紗（薄い絹織物）。

一五 狩衣・直垂などの袖口に垂れた括り紐。袖まくりして肩へ結びかけた活動的な姿。

一六 白糸縅《おどし》の腹巻（鎧の一種）。

一七 これほど凛々しくはあるまいと思われる威勢。「嵐の山」に「有らじ」を掛け、「花やか」の序。

一八 大天狗が諸国の天狗を供に登場。以下、雲霞のごとく居並ぶ天狗たちの本拠と名を列挙する。

一九 九州・豊前の英彦山《ひこさん》。

二〇 四国・讃岐の白峰。「松山天狗」も、白峰の大天狗の名は相模坊。

二一 伯耆の大山。

二二 信濃の飯綱山。古くから天狗が住むとされていた。次句の富士太郎と対比させるため三郎とした。

二三 駿河の富士山の太郎坊。

二四 大和の大峰連峰。

し。

〈語リ〉シテ「扨《(さて)》も[一]高祖《(かうそ)》の臣下[二]張良《(ちやうりやう)》といふ者、[三]黄石公《(くわうせきこう)》に此《(この)》[四]一大事を相伝す、ある時[五]馬上《(ばしやう)》にて行《ゆ》き逢《あ》ひたりしに、何とかしたりけん、左の沓《くつ》を落《をと》し、いかに張良あの沓取《くつと》つて履《は》かせよと言《い》ふ、[六]安《やす》からずは思《おも》ひしかども、沓を取て履《は》かす、又其後《(そののち)》以前のごとく馬上にて行逢《(ゆきあひ)》たりしに、今度は左右《(ひだりみぎ)》の沓《くつ》を落し、やあいかに張良、あの沓取《(とつ)》て履《は》かせよと言《い》ふ、〽猶《(なほ)》安からず、「思ひしか共、よしよし此一大事を相伝する上はと思《おも》ひ、落たる沓《くつ》ををつ《(お)》取《と》つて。

〈中ノリ地〉同〽張良沓を捧《(ささげ)》つつ、張良沓を捧つつ、馬の上《うへ》なる石公《(せきこう)》に、履《は》かせけるにぞ心解《と》け、兵法《(へいはふ)》の奥義《(あうぎ)》を伝《(つた)》へける　シテ〽[七]其ごとくにわ上臈も　同〽其ごとくにわ上臈も、さも花やかなる御有様にて、姿も心も[八]荒《あら》天狗を、師匠や[九]坊主《(ばうず)》と御賞翫《(ごしやうくわん)》は、いかにも大事を残さず伝へて、平家を討《う》たむと思《おぼ》しめすかや、優《やさ》しの心ざしやな。

〔舞働〕

【三】〈ノリ地〉同〽[一〇]抑《(そもそも)》武略《(ぶりやく)》の、誉《ほま》れの道《みち》。　同〽抑武略の、誉れの道、源平藤《(げんぺいとう)》橘《きつ》、四家《(しけ)》にも取分《とり(わき)》、彼家《(かの)》の[一一]水上《みなかみ》は、[一二]清和天皇の、後胤《(こういん)》として、[一三]あらあら時節を、勘《かむが》へ来《(きた)》るに、驕《おご》れる平家を、西海に追《を》つ下《くだ》し、[一四]煙波滄波《(えんばさうは)》の、浮雲《ふうむ》に[一五]飛行《(ひぎやう)》の、自在を受《う》けて、敵《かたき》を平《たい》らげ、[一六]会稽《(くわいけい)》を雪《すす》がむ、[一七]御身《(おんみ)》と守《まも》るべし、是迄《(これまで)》なりや、御暇《(お)いとま》申て、立帰《(たち)かへ》れば、牛若袂《たもと》に、縋《すが》り給へば、げに名残あり、[一八]西海四海《(しかい)》の、合戦《(かせん)》と云《(いふ)》とも、[一九]影《かげ》身をはなれず、弓矢の力《ちから》を、添《そ》へ守るべし、頼《たの》めや頼《たの》めと、夕影暗《(イふ)かげくら》き、頼《たの》めや頼《たの》めと、夕影鞍馬《かげくらま》の、梢に翔《かけ》つて、失《(うせ)》にけ

二五　修験道の開祖役行者《(えんのぎようじや)》の使役神。その一族。底本「禅鬼」。

兵法伝授

二六　大和の葛城山。その主峰が高間山(金剛山)。「よそにのみ見てややみなん葛城や高間の山の峰の白雲」(新古今集・恋一・読み人知らず)をふまえ「よそまでもあるまじ」(遠国の天狗を数えあげるまでもない)と続けた。
二七　都の郊外。比良山と横川。
二八　東山連峰の主峰。天狗の、意のままになす通力(如意)を響かせて綴ったか。
二九　驕り高ぶること(我慢)が天狗の属性の一。[掛]高し―高雄の峰。
三〇　人のために仇をなすことも天狗の属性の一。[掛]仇―愛宕山。天狗を列挙する描写は、愛宕山が舞台の廃曲「檣天狗」と類似。　三一　[掛]暗―鞍馬、僧正が―僧正が谷。
三二　「谷を響かし」(金春・喜多)。動かし・嵐・木枯と連韻。
三三　深山で、突然、大音響が立つこと。ここは天狗出現の際の音。
三四　大天狗の配下の天狗。
三五　鍛練の腕前。　三六　学芸を教授する人。多く僧の場合をいう。
三七　「ああゆゆししゆゆしし」(宝生)。殊勝な返答に感動。

源氏再興を予祝

――以上九一頁

り。

一 漢の高祖沛公劉邦。
二 高祖の功臣。→「張良」五一五頁注二。
三 張良に兵法を授けた老仙。
四 兵法の一大事(秘伝)。
五 馬に乗った黄石公に。
六 もってのほかだと思ったが。
七 張良の敬老敬師の心ばえ。「老いたるを尊み親と思ひ」(「張良」)。
八 囲荒し―荒。 九 僧坊の主。山伏姿の大天狗に対する敬称。
一〇 そもそも戦術軍略において名声の高いのは、源氏・平氏・藤原氏・橘氏の四家の中でも、とりわけ牛若の家系清和源氏で。
一一 祖先。源(流)に通わせ「清和天皇」に「水上清し」の意もこめる。
一二 五十六代の天皇。 一三 おおよその時運を勘案してみるに。
一四 遠く煙る波、青い海。「蒼波路遠し、雲の浪煙の濤を凌ぎて」(宴曲集四・海辺)。底本「遠波」を訂正。
一五 飛行自在の秘法を相伝した。
一六 会稽の恥。故事(史記ほか)に基づく成句。→「船弁慶」三五〇頁。
一七 「御身を」の連声。
一八 西国地方(中国・九州・四国)の海。 一九 影のように離れず。

難波《なには》

脇能物　古称、難波梅
異神物　世阿弥作(自筆能本など)

場景　前場—摂津国難波の里。新春のある日。後場—同じ所。同じく、夜半。

人物　前ジテ　尉〔小尉・着流尉〕
後ジテ　王仁〔悪尉・鳥甲狩衣悪尉〕(現行観世は邯鄲男・透冠狩衣大口)
前ヅレ　若者〔水衣男(大口)〕
後ヅレ　木華開耶姫《このはなさくやひめ》〔小面・天女〕
ワキ　廷臣〔大臣〕
ワキヅレ　従臣〔大臣〕(二人)
アイ　梅の精〔嘯吹・精〕又は里の男〔長上下〕

梗概　熊野社に年籠りをし所願叶った廷臣が、新春の都への帰途、難波の里で、春景色を讃え、梅の木陰を掃き清め、天下泰平の春をことほぐ老人と若者に出会い、名高い難波の梅について、仁徳天皇と縁の深いことなどを教えられる。さらに老人は、昔、王仁が詠んだ「難波津に」の歌を引き、仁徳帝の仁政と難波の都の繁栄を語り、自分は百済国《はくさいこく》から渡来し仁徳帝の即位を推進した王仁《おうにん》の霊で、若者は梅花の精であると明かし、今宵舞楽を奏して見せようと告げて消える(中入)。続いて梅の精(または里の男)が登場し仁徳天皇即位の事情と王仁の歌のことを語り、やがて花の木陰に音楽が響き、難波の夜の海に梅花の精である木華開耶姫の神霊と、王仁の霊が姿を現し、姫は梅花を讃えて舞をまい、王仁は舞楽を奏して天下泰平を祝福する。

素材・主題　百済国から来た王仁の詠歌「難波津に咲くやこの花冬ごもり今は春べと咲くやこの花」をめぐる古今集・仮名序の古注に「大鷦鷯《おおさざき》の帝の、難波津にて皇子ときこえける時、東宮をたがひにゆづりて、位につきたまはで、三年になりにければ、王仁といふ人の、いぶかり思ひて、よみたてまつりける歌なり。この花は梅の花をいふなるべし」とある解釈(三流抄など)に基づき、異邦の神王仁の霊と梅花の精木華咲耶姫の霊が現れ、聖代を祝福し、難波の浦に夜の舞楽を奏するさまを描く。現存最古の、応永二十一年(一四一四)閏七月の奥書をもつ世阿弥自筆能本が伝わり、諸本と小異。前ヅレを「チゴ」とし、後場には「梅」の役指定がある。修辞技法からも世阿弥作と認められる。

【一】〔真ノ次第〕〈次第〉ワキ・ワキツレ　〽一山も霞《かす》みて浦の春、山も霞みて浦の春、二波風《なみかぜ》静《しづ》かなりけり。

〈名ノリ〉ワキ「三抑《そもそも》これは当今《たうぎん》に仕へ奉る臣下也、われ四三熊野を信じ、毎年《まいねん》五年籠《としごもり》仕《つかまつり》候、

一 御代泰平にして風光までも長閑なさま。[付]霞—遠山・遠浦(連歌付合の事)、霞—浦。 二 波・風が「静か」は泰平の常套表現。
三 脇能、大臣脇の〈名ノリ〉の定型。廷臣とせず、「老松」と同じく「都の西梅津の某」とする形(妙庵本)は難波の梅に因んだ設定か。世阿弥本は〈次第〉の前に〈名ノリ〉を置く開口の形で、〔音取・置鼓〕で登場する。
四 紀伊国、熊野の三所権現。
五 大晦日より元日にかけて参籠。
六 再び新年になる。
七 世阿弥本「ミヤコエノボラ□」(下掛も同じ)。
八 風凪の浜は風莫《かざなし》の浜(万葉集九)に基づく紀伊の歌枕。吹上の浜・紀路の関も歌枕。[掛]風莫—風凪、来—紀路。[縁]風凪—吹上。
九 仁徳天皇の都であった難波。
一〇 世阿弥本はこのあと〈着キゼリフ〉がある。
一一 世阿弥本「ゼウ　チゴ　二人」。
一二 君が代の長久を祝い、咲き栄える梅花を賞翫するさま。[掛]長し—長柄の橋(摂津の歌枕)。古今集・仮名序「長柄の橋もつくるなり」をふまえる。
一三 「難波津に咲くやこの花冬籠り今は春べと咲くやこの花」(古今集・仮名序)。「この花」は梅花。

熊野より難波へ

此度《このたび》は所願成就し、[六]年かへる春にも成候へば、唯今《ただいま》都に[七]下向《げかう》仕《つかまつり》候。

〈上歌〉ワキ・ワキツレ〽春立《た》つや、実《げに》ものどけき風凪《かざなぎ》[八]の、実ものどけき風凪の、浜の真砂も吹上の、浦づたひして行程《ゆく》に、早《はや》くも紀路《きぢ》の関越《こ》えて、是も都か[九]津の国の、難波の里に着《つき》にけり、難波の里に着にけり。[一〇]

【二】〔真ノ一声〕〈一セイ〉二人[一一]〽君[一二]が代の、長柄《ながら》の橋も造《つく》るなり、難[一三]波の春もいく久し　ツレ〽雪にも梅の冬籠《ごも》り　二人〽今は春《はる》べの気色《けしき》かな。〔アシライ歩ミ〕

〈サシ〉シテ〽夫《それ》[一四]天《あめ》長く地《つち》久しくして、神代《かみよ》の風のどかに伝《つた》はり　二人〽皇《すべらぎ》の畏《かしこ》き御代《みよ》の道広《ひろ》く、[一五]国を恵《めぐ》み民を撫《な》でて、四方《よも》に治《おさ》まる八島の浪、静《しづ》かに照《て》らす日の本《もと》の、影豊《ゆた》かなる時とかや。[一六]

〈下歌〉シテ・ツレ〽春[一七]日野に、若《わか》菜摘《つ》みつつ万代《よろづよ》を。

〈上歌〉シテ・ツレ〽祝《いは》ふなる、心ぞ著《しる》き曇なき、心ぞ著き曇なき、天《あま》[一八]つ日《ひ》嗣《つき》の御調物《みつきもの》、運《はこ》ぶ巷《ちまた》や都路の、直《す》ぐなる御代を仰《あふ》がむと、関[一九]の戸鎖《さ》さで千里《ちさと》まで、あまねく照《て》らす日影かな、あまねく照らす日影かな。

【三】〈問答〉ワキ「いかに是なる老人に尋ぬべき事の候　シテ「こなたの事にて候か何事にて候ぞ　ワキ「不思議やな諸木《しよぼく》こそ多《おほ》き中に、是なる梅の木陰《こかげ》を立去《さ》らずして、陰を清《きよ》め賞《しやう》翫《くわん》し給ふ事不審也、もし此梅は名木にて候か　シテ「御姿を見奉れば、都の人にて御座候

一四「天長く地久しくして神代の風遥かに仰がざらめかも」(新葉集・序)。以下〈上歌〉の終りまで、皇統の万世と、聖徳による正しき政道を讃美。 一五 理世撫民の心。 一六 世阿弥本はこのあと「伊勢ノ海ノ玉モ光リコトニ安積山浅カラザリシ言ノ葉ノ、色香アマネキ心マデモ障リナキ世ノ翫《もてあそ》ビ治マル故ノ楽ミナリ」(新葉集・序による)と続く。 一七 古今集・賀・素性の歌(下句「祝ふ心は神ぞしるらん」)。 一八 皇位、天皇。[縁]曇なき―日嗣。[掛]日月―日嗣。 一九「関梁不レ閉…風不レ鳴レ条《えだ》」(論衡)等に基づく平和な聖代。

天下泰平の難波の春

以下九六頁

一 以下、詩歌を挙げて難波の梅の名木たる謂れを強調。 二「花の兄と申は、梅の異名也…よろづの草木の先に花咲き候故と申也」(梵燈庵袖下集)。 三「和歌有二六義一。一曰風」(古今集・真名序)。「そもそも歌のさま六つなり…その六種《むくさ》の一つには、そへ歌、大鷦鷯の帝をそへ奉れる歌、難波津に…」(同・仮名序)。三流抄にも所見。 四 これぞ旧き都の難波に。[掛]昆陽(摂津の地名)―こや。[縁]津の国―難波津―昆陽。 五 三流抄に同趣の一文。

か、此難波の浦にをひ《(おい)》て、色《いろ》ことなる梅花《(ばいくわ)》を御覧じて、名木かとの御尋《(おたづね)》は御心なきやうにこそ候へ

ツレ カヽル へ[一]それ大方《かた》の春の花、木々の盛《(さかり)》は多《おほ》けれども、花の中にも初めなれば、[二]梅花を花の兄ともいへり

シテ「其上《(そのうへ)》梅の名所《(めいしよ)》名所、国々所は多けれ共、六義《(りくぎ)》[三]の初《(はじめ)》の諷歌《そへ》にも、難波の梅こそ読《(よま)》れたれ

ツレ カヽル へ御代《(みよ)》も開《ひら》けし栄花といひ

シテ「あまねき花の佳例《かれい》と云《(いひ)》

二人 カヽル へ兎《(と)》にも角《(かく)》にも津の国の、[四]こや都路の難波津に、名を得《え》て咲《(さく)》やこの花を、名木かとの御尋は、事新《あたら》しき御諚《(ごぢやう)》かな。

〈掛合〉ワキ「実々《(げにげに)》難波の梅の事、名木やらんと尋《(たづね)》しは、愚《をろ》かなりける問事《(とひごと)》かな、然《(しかれ)》ば歌にも難波津に、咲《さ》くやこの花冬籠《ご》り、今は春辺《(はるべ)》と咲やこの、花の春冬かけて詠《よ》める、カヽル へ歌の心はいかなるぞ

シテ「それこそ御門《(みかど)》を諷歌《そへ》の、心《こころ》言葉は現《あらは》れたれ、[五]難波の御子《(みこ)》は皇子ながら、いまだ位に即《(つき)》給はねば、冬咲《(さく)》梅の華のごとし

ワキ カヽル へ御即位ありて難波《なには》の君の、位にそなはり給ひし時は

シテ「今こそ時の華のごとく

ワキ へ天下《(てんが)》の春をしろしめせば

シテ へ今《いま》は春《はる》べと咲《さ》くやこの

ワキ へ花の盛《(さかり)》は[六]大鷦鷯《おほさざき》の

シテ へ[七]帝《(みかど)》を花に諷歌《そへ》の

ワキ へ風も収《おさ》まり

シテ へ立波《(たつなみ)》も。

〈上歌〉同 へ難波津に、咲《さ》くやこの花冬籠《(ふゆごもり)》、咲くやこの花冬籠、今は春《はる》べに匂ひきて、吹《ふ》け共《(ども)》梅の風、枝を鳴《な》らさぬ御代とかや、実《(げに)》や津《つ》[八]の国の、難波の事に至る迄《(まで)》、豊《ゆた》かなる世のためしこそ、実《(げに)》道広《ひろ》き治《おさ》めなれ、実道広き治めなれ。

六 圏多し—大鷦鷯。

七 仮名序の「そへ歌」が真名序で「風」とある縁で、花と風を出した。

八 「津の国のなにはのことか法ならぬ…」(後拾遺集・釈教・宮木)による。地名「難波」と「何の事」の意。

難波の梅

九 以下、〈クリ〉〈サシ〉〈クセ〉で仁徳天皇の仁政を讃美。仮名序で「歌の父母」とする二つの歌。「難波津」の歌は帝の御即位の時に、「安積山」の歌は采女が土器《(かわらけ)》をとって詠んだのだの意。

一〇 古代中国の賢王。

一一 天子の政務。

一二 「君君、臣臣」(荀子・王制篇)。「臣如レ水、君如レ舟、水能渡レ舟」(貞観政要・君道篇)。君臣和合の譬え。三流抄にも。→「養老」一二六頁注五。

一三 和漢朗詠集・刺史に見える歌。俊頼髄脳等に大鷦鷯天皇の御製。

一四 神を斎《(わい)》う慣用句。

一五 日本書紀・仁徳天皇四年三月二十一日条に三年間課役を免除。

一六 「浜の真砂の数多くつもりぬれば」(古今集・仮名序)。雪がつもること(雪は豊年の瑞兆とされる)に掛けた。 一七 聖寿長久を寿ぐ慣用語。縁千秋—千箱。

一八 古今集・仮名序「あまねき御慈しみの浪、八州《(やしま)》のほかまで流れ、ひろき御恵みの陰、筑波山の

【四】〈クリ〉同 へ抑《(そもそも)》[九]難波津の歌は御門《(みかど)》の御始《はじ》め、又安積《あさか》山の言葉は、釆女《うねめ》の土器《かはらけ》、取々なり。

〈サシ〉シテ へ昔《むかし》唐国《(からくに)》の[一〇]尭舜《(げうしゆん)》の御代にも越《こ》えつべし　同 へ[一一]万機の政《まつりごと》を《(お)》だやかにして、慈悲の波四海《(しかい)》にあまねく、治《おさ》めざるに平《たい》らかなり　シテ へ[一二]君君たれば臣も又　同 へ水よく船を、浮《う》かぶ《ム》とかや。

〈クセ〉同 へ[一三]高き屋に、上《のぼ》りて見《み》れば煙たつ、民の竈《かまど》は、賑《にぎ》はひにけりと、叡慮に[一四]かけまくも、恭《かたじけな》くぞ聞《き》こえける、然《(しかれ)》ば此君の、世々に例《ためし》を引《(ひく)》事も、実《(げに)》有難き[一五]詔勅《みことのり》、国々にあまねく、三《(み)》年《(とせ)》の御《み》調《つき》許《ゆる》されし、其年月も極《(きは)》まれば、[一六]浜のー真砂の数積《つ》もりて、雪はー豊年の御調物、許《ゆる》すー故《ゆへ》にや中々、いやましに運《はこ》ぶ御宝《(みたから)》の、[一七]千秋万歳《(せんしうばんぜい)》の、千《ち》箱《はこ》の玉を奉る　シテ へ然《(しかれ)》ばー[一八]あまねき御心《みこころ》の　同 へ慈《いつく》しみ深《ふか》うして、八島のー外迄《(ほかまで)》浪もなく、広《ひろ》き御恵《めぐ》み、[一九]筑波山《(つくばやま)》の陰よりも、繁《しげ》き御影《かげ》は大君の、国なれば[二〇]土も木も、栄《さか(え)》へ栄《さか(う)》ふる津《つ》の国の、難波のー梅の名にし負《お》ふ、匂ひも四方《(よも)》にあまねく、[二一]一華《(いつけ)》開《ひら》くれば天下《(てんが)》皆《みな》、春なれや万代《(よろづよ)》の、なを《(ほ)》[二二]安全《(あんせん)》ぞ目出たき。

【五】〈ロンギ〉地 へ実《(げに)》万代の春の花、実万代の春の花、栄《さか(え)》へ久しき難波津の、昔語《(むかしがたり)》ぞ面白き　地

シテ へ実名にし負《お》ふ難波津に、鳥の一《(ひと)》声折《おり》しもに、鳴《な》く鶯の春の曲、[二三]春鶯囀《(しゆんあうでん)》を奏《そう》せむ

へ不思議や御身《(おんみ)》誰なれば、かく心有《(ある)》花の曲、舞楽を奏《そう》し給ふべき　ツレ へ我は知《し》らずや此梅の、春年々の花の精[二四]　地 へ今一人《(いちにん)》の老人は　シテ へ今ぞ顕《あらは》す難波津に　同 へ咲やーこの花と詠じつつ、位を進め申せし、百済国《(はくさいこく)》の王仁《(わうにん)》[二五]なれや、今もーこの花に戯《たはぶ》れ、[二六]百囀《ももさへづ》りの

難波津の歌

麓よりも繁くおはしまして」。
一九 底本「築波山」。
二〇「土モ木モワガ大君ノ国ナレバ何クカ鬼ノ宿ト定メン」(三流抄・千方将軍説話中の歌)。→「田村」一〇五頁注三四。
二一「一花開者天下皆春」(往生講式)。世阿弥は二曲三体人形図の児姿遊舞で「一花開天下春也」を「難波津に…」の歌と共に掲出している。「梅が枝、一花開けては天下の春よと」(「箙」)。
二二「アンセン 平和で無事平穏なこと」(日葡)。
二三 唐楽の曲名。　二四 底本「情」。

仁徳帝の慈愛

二五 和歌無底抄に王仁を仁徳の皇位継承の推進者としている。
二六 春鶯囀の曲名をふまえ、〈ロンギ〉冒頭の「鳥の一声」と対。

以下九八頁

一「花の下で寝ること。詩歌語」(日葡)。
二 現行観世は只中入。アイは里の男で座して語る。
三 宝生以外、この前にワキの〈上歌〉(待謡)がある。「見て暮らす、花の下臥しふくる夜の、〳〵、月影ともに静かなる、気色に染みて

王仁の歌

声立《た》て、春の鶯の舞の曲、夜もすがら、慰《なぐさ》め申べしや、下臥《したぶし》[一]して待給へ、花の下臥《したぶし》に待《ま》ち給へ。　〔中入来序〕[二]

【六】〈名ノリ・シャベリ〉（アイの梅の精が出て、難波の梅の事、仁徳天皇の即位の謂れ、王仁の詠歌の事などを語り、今夜は勅使饗応の舞楽が奏せられ王仁が太鼓の役を勤められるだろうからと羯鼓台を出し、懐中した笛を吹くまねなどをして退場する）

【七】〔出端〕[三]〈サシ〉後シテ〽誰《たれ》[四]か言《い》ひし春の色は、東より来《きた》るといへども、南枝華始《はじ》めて開《ひら》く、爰《ここ》は所も西の海に、向《む》かふ難波の春の夜《よ》[五]の、月雪も澄《す》む浦の浪、夜《よる》[六]の舞楽は面白や、夢ばし覚《さ》まし給ふなよ。

〈名ノリグリ〉天女〽是は難波の浦に年を経て、開[七]くる世々の恵《めぐみ》を受《う》くる、この[八]花咲や姫の神霊なり　シテ〽我はまた百済国より此国に渡《わた》り、君を崇《あが》め国を守る、王仁と言《い》ひし、相人《さうにん》[九]なり。

【八】〈ノリ地〉地〽昔《むかし》、仁徳の御宇には、御代《みよ》[一〇]の鏡の、影《かげ》を映《うつ》し　シテ〽治まる御代の、栄花をなししも　地〽この[一一]花の匂ひ　シテ〽又は開《ひら》くる言の葉の緑。

〈ノリ地〉地〽難波の事か、法《のり》ならぬ、遊び戯《たはぶ》れ、色々の舞楽、面白や。　〔天女ノ舞〕

〈ワカ〉天女〽梅[一二]が枝《え》に、来居《きゐ》る鶯《うぐひす》、春かけて　シテ〽鳴《な》け共《ども》雪は、古《ふる》き鼓の苔むして。

【九】〈ノリ地〉シテ カヽル〽打鳴《うちなら》[一三]す、打鳴す、人もなければ、君が代に　地〽掛《かけ》し鼓も　シテ〽時守《ときもり》[一四]の眠《ねぶ》り　地〽覚《さむ》るは難波の　シテ〽鐘[一五]も響《ひび》き　地〽浦は潮《うしほ》の　シテ〽浪の声

音楽の、花に聞こゆる不思議さよ、〳〵」(現行観世。金剛は異文)。現行観世は世阿弥本に基づいた観世元章による明和本以来の改訂。明和本以前の観世や宝生の形は後場の冒頭から夢中の光景の表現。

四「誰言春色従ㇾ東到、露暖南枝花始開」(和漢朗詠集・春・梅・菅原文時)。 五 世阿弥本及び下掛古写本「春の花」。雪月花を点綴。

六 囲寄る―夜。

七 花の開くことと、世の開けること。囲世―代々。 八 木華開耶姫。

九「占い師または呪術者」(日葡)。

一〇 謡曲拾葉抄に「君の政《まつりごと》の

木華開耶姫と王仁の霊

あきらかなるを云」とある。ただし世阿弥本は「カゲヲイサメ」で、曇りなき鏡に、翳(互いに譲り合い即位せずにいること)のあることを「諷歌」で諌めたの意。縁鏡―影―映。

一一 梅が花開き、開くる言の葉の霊徳によるものなのだ。縁葉―緑。

一二 古今集・春上・読み人知らずの

難波の春の夜の舞楽

歌(下句「鳴けどもいまだ雪は降りつつ」)。催馬楽「梅枝」にも。囲降る―古。

一三「打ち鳴らす人しなければ君が代は掛けし鼓も苔生ひにけり」(堀河百首・紀伊)を借り、訴えのある

々　地〽入江の松風　シテ〽叢芦《むら(あし)》の葉音　地〽いづれを聞《(きく)》も、歓《よろこ》びの、[一六]諫鼓《(かんこ)》苔むし、

難波《なには》の鳥も、驚《おどろ》かぬ御代なり、有難や。　[一七]〔楽または神舞〕

【一〇】〈ロンギ〉地〽あら面白の音楽や、[一八]時《とき》の調子に象《かたど》りて、春鶯囀の楽《がく》をば　シテ〽春風《はる》と

もろともに、花を散《ち》らしてどうと打《う》つ　地〽[一九]秋風楽《(しうふうらく)》はいかにや　シテ〽秋の風もろとも

に、[二〇]浪を響《ひび》かしどうと打《う》つ　地〽[二一]万歳楽《(ばんぜいらく)》は　シテ〽よろづ打《う》つ　地〽[二二]青海波《(せいがいは)》とは青海《あをうみ》

の　シテ〽波立《た》て打《う》つは[二三]採桑老《(さいさうらう)》　地〽[二四]抜頭《(ばとう)》の曲は　シテ〽かへり打《う》つ　同〽[二五]入日《(いりひ)》を

招《まね》き返《かへ》す手に、入日を招き返す手に、今の太鼓は[二六]浪なれば、よりては打《う》ち、帰りては打《う》ち、

此‐音楽に引《ひ》かれつつ、[二七]聖人《(せいじん)》御代に又出《い》で、天下《(てんが)》を守り治《おさ》むる、天下を守《まも》り治《おさ》むる万歳楽ぞ

めでたき、万歳楽ぞめでたき。

者に諫鼓を打たせた中国・尭の故事をふまえる。　一四 陰陽寮の職。時刻を報ずる。付時守―鼓。

一五 縁難波―鐘―浦―入江―松―蘆。鐘音、波音、風音、葉音を重ね、「いづれを聞も」とつなげた。

一六 「刑鞭蒲朽蛍空去、諫鼓苔深鳥不レ驚」（和漢朗詠集・帝王・藤原国風）による。掛歓平―諫鼓。

一七 観世以外は舞楽を模し〔楽〕を舞う（観世でも特殊演出の時は〔楽〕）。舞楽の名を列挙する〈ロンギ〉と照応。これが原形であろう。

一八 四季の時節にかなった楽音。

一九 唐楽の曲名。春と対。

聖人の治世を祝福

二〇 付波の音―鼓。

二一 唐楽の曲名。

二二 唐楽の曲名。青海楽とも。

二三 唐楽の曲名。教訓抄四に「其体老人携レ杖着ニ紫浅袍一、微々行、身体如レ不レ堪」。老体の風姿を形容。

二四 唐楽の曲名。曲中、引き返して撥を打つなどの型がある。

二五 唐楽の一。曲中に入日を招き返す手がある。　二六 縁浪―寄り―打ち。以下、廃曲「馬融」と同文。

二七 「方今膺ニ千年之期運一」（本朝文粋八・藤原時平の延喜格序）などをふまえ、聖人の生れ出ためでたき御代、尭舜のごとき聖主の再来とその長久を寿ぐ。

田村《たむら》

二番目物　勇士物

世阿弥周辺の作（観世元雅か金春禅竹作か）

場景　前場—京の都、花盛りの清水寺。春のある日。午後から月の出る頃。後場—同じ所。同じく、夜半。

人物　前ジテ　花守りの童子〔童子・水衣着流童子〕
後ジテ　坂上田村丸の霊〔平太・修羅物〕
ワキ　旅の僧〔着流僧〕
ワキヅレ　同行の僧〔着流僧〕（数人）
アイ　清水寺門前の男〔肩衣半袴〕

梗概　弥生なかば、東国の僧が同行の僧を伴い、春爛漫の花の都に上り、清水寺に参詣する。そこへ花守りの童子が現れ、地主《じしゅ》の桜を讃え観音の慈悲の広さを讃仰しつつ、花の木陰を清める。僧の尋ねに答えて童子は、清水寺の来歴を語り、昔、賢心僧都が観音のお告げを受けて坂上田村丸を檀那と頼んで建立したのがこの寺だという。折から月が山の端にのぼり、「春宵一刻値千金、花に清香月に影」、天も花に酔う心地さえする四方の美景を賞で、清水の観音の霊験を語り、やがて童子は田村堂の中へ姿を消した（中入）。清水寺門前の男が登場、僧の求めに応じて清水寺の縁起と、施主坂上田村丸の謂れを語り、退く。僧が散る花の陰で夜もすがら法華経を読誦していると、勇ましい武将姿の坂上田村丸の霊が現れて、勅命により勢州鈴鹿山の凶徒征伐の軍を進め、千手観音の加護により平伏させた武勲を語り、鬼神との戦いを見せ、勝利に導いた観音の霊験を讃嘆する。

素材・主題　今昔物語集十一ノ三十二・田村将軍始建清水寺語、元亨釈書二十八（延鎮伝）、清水寺縁起、源平盛衰記二・清水寺縁起などが伝える清水寺創建説話に、室町物語の「田村の草子」などに見える坂上田村丸の鈴鹿山凶徒討伐譚を配し、名高い地主の桜のもと、征夷大将軍坂上田村丸の颯爽たる武勇と清水観音の霊験を、一点の翳りもなく清朗爽快に描く。修羅能よりは神能に限りなく近い。前場に清水寺縁起の語りと花の都の春の美景を綴る〈クセ〉を配し、後場にも鈴鹿山に進軍する田村丸の雄姿を描く〈クセ〉を重ね、一曲全体を観音の利生を讃仰する気分がみなぎる。世阿弥が金春禅竹に与えた能本の目録に曲名が見え、禅竹の五音三曲集に幽玄の例曲として「春宵一刻…」から〈クセ〉までを引くので長禄四年（一四六〇）十一月以前には成立していた。なお〈クセ〉は田楽喜阿弥が作曲した「清水寺の曲舞」（散佚曲）に学んでいるらしい。前ジテの童子は永遠の少年の姿であり神性を帯びる。なお、下掛の詞章とは異同が少なくない。

【一】〔次第〕〈次第〉ワキ・ワキツレ　ヘ鄙《ひな》一の都路《（みやこぢ）》隔《へだ》て来《き》て、鄙の都路隔て来て、九重二の春に急がむ三。

一「鄙の都」は万葉詞で、「諸国の国府也」（詞林采葉抄）。
二 帝都。「鄙の都」と対。
三 下掛「出でうよ」。
四「初花車廻る日の」（「右近」）に学ぶか。下掛「影ものどかに出づる日の」。
五 清水寺の背後の山。「音羽の瀧」を導き、瀧の縁で「きよみづ」と続けた。
六 京都市東山区にある法相宗の寺。桜の名所で十一面観音を本尊とする本堂や田村堂がある。
七 地主の桜は名高く「面白の花の都や、筆に書くとも及ばじ、東には、祇園清水落ちくる瀧の、音羽の嵐に、地主の桜は散り散り」（「放下僧」）などと歌われた。
八 この一句、下掛はない。
九 人間が陥りやすい十種の罪悪。
一〇 観音が苦難の衆生を済うために現世に示現する三十三の姿。
一一 悪世に現れる五種の厄災。「さればにや」以下、観音の慈悲を、水に清《さや》けき月の光に喩えた。「花月」〈サシ〉と同文（二九八頁）。
一二 桜を社頭の雪に喩えた。付桜—雲・雪。
一三 八重と一重で九重なので「げに」と続けた。
一四 下掛「四方の山並みのどかなる、春の景色は面白や」。

鄙より春の都へ

〈名ノリ〉ワキ「是《(これ)》は東国方より出《(いで)》たる僧にて候、我いまだ都を見ず候程に、此《(この)》春思ひ立《た》ちて候。

〈上歌〉ワキ・ワキツレ〽比《(ころ)》もはや、弥生半《(なかば)》の春の空、弥生半の春の空、[四]影も長閑《(のどか)》にめぐる日の、霞《かす》むそなたや[五]音羽山、瀧の響《ひび》きも静《(しづか)》なる、[六]清水寺《(きよみづでら)》に着きにけり、清水寺に着きにけり。

〈着キゼリフ〉ワキ「急《(いそぎ)》候程に、是は都清水寺《(せいすいじ)》とかや申《(まうす)》げに候、これなる桜の盛《(さかり)》とみえて候、人を待て委《(くはしく)》尋《(たづね)》ばやと思ひ候。

【二】〔一声〕〈一セイ〉シテ〽をの《(お)》づから、春の手向《(たむけ)》と成《(なり)》にけり、[七]地主《(ぢしゆ)》権現の、花盛《(はなざかり)》。

〈サシ〉シテ〽夫《(それ)》花の名所《(などころ)》多《おほ》しといへども、[八]大悲の光色添《そ》ふ故《ゆへ》か、此寺の地主の桜にしくはなし、さればにや大慈大悲の春の花、[九]十悪《(じふあく)》の里に香《かうば》しく、[一〇]三十三身《(じん)》の秋の月、[一一]五濁《(ごぢよく)》の水に影清《かげきよ》し。

〈下歌〉シテ〽千早振《(ちワやぶる)》、神[一二]の御庭の雪なれや。

〈上歌〉シテ〽白妙に、雲も霞《かすみ》も埋れて、雲も霞も埋れて、何《(いづ)》れ桜の木ずゑぞと、見渡《わた》せば八[一三]重一重、実《(げに)》九重の春の空《そら》、[一四]四方《(よも)》の山並《やまな》みをの《(お)》づから、時ぞと見ゆる気色《(けしき)》かな、時ぞと見ゆる気色かな。

【三】〈問答〉ワキ「いかに是なる人に尋申《(たづねまうす)》べき事の候　シテ「こなたの事にて候か何事にて候ぞ　ワキ「見申せば美《うつく》しき玉帚《たまははき》を持《も》ち、花の陰を清め給は、もし[一五]花守《もり》にて御入候か　シテ「さむ候《ザウラウ》是は此地主権現に仕《(つか)》へ申者也、いつも花の比《(ころ)》は木陰を清め候程に、花守とや申さむ、

一五 花の番人。

以下一〇二頁

一 神の仕人。

二 底本「来暦」を訂正。

三 このあと下掛はシテが「いでいで語つて聞かせ申さん」と受ける。

四 平城天皇八〇七年。「花月」の〈クセ〉にも草創を「大同二年の春の比」とするが、典拠未詳。

五 坂上田村麿(七五八—八一一)。平安初期の武将。征夷大将軍として東北の蝦夷平定に大功があった。

地主の桜と観音の慈悲

六 奈良県高市郡高取町の観音寺。

七 子島寺の創建者報恩大師の弟子。のち延鎮と改名。光悦本・下掛「延鎮」。

八 底本「正身」を訂正。現身の姿。

九 京都府南部を流れて淀川に合流する川。下掛「淀川」。

一〇 下掛は「いへり」の次に「われこの地に住んで七百歳なり」が入る。

一一 寺院や僧侶に布施・寄進をする信者。施主。

一二 菩提薩埵の略。菩薩。

一三 名高い、の意を響かせた。

一四 観音の大慈大悲の御誓願。清水寺の本尊千手観音をふまえる。

一五 極楽世界。安養浄土とも。

縁御手—取り。掛取り—取り取り。

一六 南岳大師慧思の文の「昔在二霊山一名二法華一、今在二西方一名二弥陀一、娑婆示二現観世音一、三世利益同一

又宮[一]つ子《こ》とや申べき、何れ《いづ》に由《よし》ある者と御覧候へ　ワキ「あら面白の答《こたへ》やな、先々《まづまづ》当寺の御[二]来歴、委《くはし》く語《かた》り給ふべし。[三]

〈語リ〉シテ「抑《そもそも》当寺清水寺《せいすいじ》と申《まうす》は、大[四]同二年の御草創《ごさうさう》、坂[五]の上の田村丸の御願也、昔《むかし》大和国小[六]島寺《こしまでら》といふ所に、賢[七]心《げんしん》といへる沙門、生[八]身《しやうじん》の観世音を拝《をが》まんと誓《ちかひ》しに、有《ある》時《とき》木《こ》[九]津《つ》河《がは》の河上より、金色《こんじき》の光さししを、尋《たづね》上《のぼ》つて見《み》れば一人《いちにん》の老翁あり、かの翁《おきな》語つていはく、我は是《これ》行叡居士《ぎやうえいこじ》とい[一〇]へり、汝《なんち》一人の檀[一一]那を待《ま》ち、大伽藍を建立すべしとて、東《ひがし》をさして飛去《とびさり》ぬ、されば行叡居士といつ《ツ》ぱ、是観音薩埵《さつた》[一二]の御再誕、〽又檀那を待《ま》てとありしは、これ坂の上の田村丸。

〈上歌〉同〽今も其《その》、名[一三]に流《ながれ》たる清水《きよみづ》の、名に流たる清水の、深[一四]き誓《ちか》ひも数々の、千手の御《み》手《て》のとりどり、様々の誓ひ普《あまね》くて、国土万民を洩《も》らさじの、大悲の影ぞ有難き、実《げに》や安[一五]楽世界より、今此娑[一六]婆に示現《じげん》して、我等がための観世音、仰《あふ》ぐもを《お》ろかなるべしや、仰ぐもを《お》ろかなるべしや。

【四】〈問答〉ワキ「近比《ちかごろ》[一七]面白き人に参り逢《あ》ひて候、又見《み》え渡《わた》りたるはみな名所にてぞ候覧《らん》御[一八]教《をし》へ候へ　シテ「さん候《ザウラウ》名所にて候、御尋《たづ》ね候へ教へ申候べし　ワキ「先《まづ》南にあたつて塔《たふ》[一九]婆《ば》の見《み》えて候は、いかなる所にて候ぞ　シテ「あれこそ歌の中山清閑寺《せいがんじ》、新[二〇]熊野《いまぐまの》まで見えて候へ　ワキ「又北に当つて入逢《いりあひ》[二一]の聞え候は、いかなる御寺《おんてら》にて候ぞ　シテ「あれは上《うへ》[二二]見

体」をふまえた。

一七 たいそう、はなはだ。

一八 名所教えは能の一類型。「頼政」「西行桜」、廃曲「笠卒都婆」等。

清水寺の縁起

一九 卒塔婆。清水寺背後の音羽山の中腹にある清閑寺には応仁の乱以前、宝塔があった。

二〇 京都市東山区の今熊野神社。

二一 入相の鐘。

二二 「上見ぬ鷲」は上空を警戒する必要がない鷲の意から傲慢の譬え。鷲の尾寺は清水寺の北、霊山寺。

二三 一見の価値がある情景。

二四 ここの〈問答〉から〈クセ〉の初句にかけて「げに」の多用が目立つ。

二五 ひたぶるに心惹かれる。

二六 「西行桜」の「惜しむべし惜しむべし…」(七四頁)を借りるか。

二七 蘇軾・春夜詩「春宵一刻直千金、花有二清香一月有レ陰」による。

二八 下掛「やらやら…花や候やな」。

二九 「木の間より洩りくる月の影見れば…」(古今集・秋上・読み人知らず)を転用し、月・雪・花を描出。

名所教え

「心なるらん」は「小塩」(一二五頁)にも。

三〇 〈クセ〉から〈ロンギ〉にかけて「…粧《よそほひ》」を多用。

三一 春の異称。「青陽の影」は春色の意。「白糸」と対比。諸流「青楊」。

ぬ鷲の尾の寺、や、御覧候〽音羽の山《やま》の峰よりも、出たる月の輝《かかや》きて、此花の木ずゑに映《うつ》る
気色《(けしき)》、先々《(まづまづ)》是こそ御覧じ[二三]事《(ごと)》なれ　ワキ カヽル 〽実々《(げにげに)》[二四]是こそ暇惜《いとまお》しけれ、異《こと》[二五]心なき春の一時《とき》
シテ 〽実《(げに)》惜《(をし)》[二六]むべし　ワキ 〽惜《お》しむべしや。
〈詠〉二人 〽春宵一刻《(しゅんせういっこく)》[二七]、価千金《(あたひせんきん)》、花に清香《(せいきやう)》、月に陰《かげ》　シテ 〽実《(げに)》千金にも、換《か》へじとは、今此
時かや。
〈歌〉地 〽[二八]あらあら面白の、地主の花の気色やな、桜[二九]の―木の間《(ま)》に洩《も》る月の、雪も降《ふ》る夜嵐の、
誘《さそ》ふ花と連《つ》れて、散《(ちる)》や心なる覧《(らん)》。
【五】〈クセ〉[三〇]地 〽さぞな名にし負《お》ふ、花の都の春の空、実《(げに)》時めける粧《(よそほひ)》、青陽《せいやう》[三一]の陰《(かげ)》緑にて、風
長閑《(のどか)》なる、音羽の瀧の白糸《しらいと》の、繰《く》り返し返しても、面白や有難やな、地主権現の、花の色も
殊《こと》なり　シテ 〽唯《(ただ)》[三二]頼《たの》め、標茅原《(しめぢがはら)》のさしも草　同 〽我《(われ)》世の中に、あらん―限《かぎ》りは御誓願、
濁らじものを清水の、緑《みどり》もさすや青柳[三三]の、実《(げに)》も―枯《(かれ)》[三四]たる木なり共、花桜木の粧《(よそほひ)》、いづくの春
もを《(お)》し並《な》べ《メ》て、のどけき影は有明[三五]の、天[三六]も花に酔《(ゑへ)》りや、面白の春《はる》べや、あら面白の春べや。
【六】〈ロンギ〉地 〽実《(げに)》や気色を見《み》るからに、常人《ただ(びと)》ならぬ粧《(よそほひ)》の、其名いかなる人やらん　シテ
〽いかに共、いさや其名も白《しら》[三七]雪の、跡を惜《お》しまば此寺に、帰《かへ》る方《かた》を御覧ぜよ　地 〽帰《かへ》るや
いづく蘆垣《あしがき》[三八]の、間近《まぢか》き程か遠近《をちこち》[三九]の　シテ 〽たづきも知《し》らぬ山中《(やまなか)》に　同 〽おぼつかなくも、
思《おも》ひ給《たま》はば、我行《(わがゆく)》かたを見よやとて、地主権現の御前《(おんまへ)》より、下《くだ》るかと見えしが、下《くだ》りはせで

三二 清水観音の御詠とする「ただ頼め標茅が原のさしも草我れ世の中にあらん限りは」(新古今集・釈教には「なほ頼め…」)を引く。
三三 「花月」の〈クセ〉に「青柳の朽木」が「楊柳観音」の「所変」(化現)とある。

月下の桜

三四 枯木に花を咲かせることは千手観音の威徳と信じられていた。→「花月」二九八頁注九。囲花咲く―桜木。 三五 囲有―有明。
三六 「春之暮月、月之三朝、天酔[二]于花[一]、桃李盛也」(和漢朗詠集・春・三月三日・菅原文時)による。「天、花に酔へりや」(廃曲「鼓瀧」)。
三七 囲知らず―白雪。「跡」の序。
三八 「間近き」の序。

花守、観音の誓いを讃嘆

三九 古今集・春上・読み人知らずの歌(末句「喚子鳥かな」)を引く。

以下一〇四頁

一 田村丸の姓を重ね、田村堂(寺内の堂宇)に続けた。
二 詞林采葉抄九「ムラト、妻戸ノアマタアル也」。内陣は堂内の本尊や御影を安置する場所。童子の素姓を暗示。
三 妙法華(法華経)をこめる。
四 金色の光を尋ねて川を遡り清水の瀧に到達したという清水寺縁起

坂[一]の上の、田村堂の軒洩《も》るや、月の村[二]戸を押《お》し明て、内《うち》に入《いら》せ給ひけり、内陣に入せ給ひけり。（中入）

【七】〈問答・語リ・問答〉（アイの清水寺門前の男がワキの求めに応じて、清水寺の縁起と田村丸の事を語り、供養を勧める）

【八】〈上歌〉ワキ・ワキツレ 〽夜もすがら、散《ち》るや桜の陰に寝《ね》て、散るや桜の陰に寝て、花[三]も妙なる法《のり》の場《には》、迷はぬ月の夜と共に、此《この》御経《おんきやう》を読誦《どくじゆ》する、此御経を読誦する。

【九】［一声］〈サシ〉後シテ 〽あら有難の御経やな、清水寺《きよみづでら》の瀧[四]津波、まこと一[五]河の流《ながれ》を汲《くん》で、他生の縁[六]となる旅人に、言葉を交《か》はす夜声《よごゑ》の読誦、是ぞ即《すなはち》大慈大悲の、観[七]音擁護《おうご》の結縁《けちえん》[八]なる。

【一〇】〈掛合〉ワキ カヽル 〽不思議やな花の光に輝《かかや》[九]きて、男体《なんたい》の人の見《み》え給ふは、いかなる人にてましますぞ。

〈名ノリグリ〉シテ 〽今[一〇]はなにをか包《つつ》むべき、仁王《にんわう》五十一代、平城《へいぜい》天皇の御宇《ぎよう》にありし、坂上《さかのうへ》の田村丸、東夷《とうい》[一一]を平《たい》らげ悪魔を鎮《しづ》め、天下《てんが》泰平の忠勤《ちうきん》たりしも、即《すなはち》[一二]当寺の仏力なり。

【一一】〈サシ〉地 〽然[一三]るに君の宣旨には、勢州《せいしう》[一四]鈴鹿の悪魔を鎮《しづ》め、都鄙安全《あんせん》になすべしとの、仰《おほせ》によつて軍兵《ぐんびやう》を調《ととの》へ、既に赴《おもむ》く時節に至《いた》りて、此観音の仏前に参り、祈念をいたし立《りふ》願《ぐわん》せしに シテ 〽不思議の瑞験《ずいげん》[一五]あらたなれば 同 〽歓喜微笑《くわんぎみせう》[一六]の頼《たの》みを含《ふく》んで、急《いそ》ぎ凶徒《きようと》[一七]に打立《うつたち》[一八]たり。

〈クセ〉同 〽普天《ふてん》[一九]の下《した》、卒土《そつと》の内《うち》、いづく王地《わうぢ》にあらざるや、やがて名にし負《お》ふ、関[二〇]の戸鎖《さ》さ

田村堂に消える

による。

五 「宿二一樹下一汲二一河流一…皆是先世結縁」（説法明眼論）などの成句による。「朝長」（一一一頁）、「定家」（一〇九頁）にも。

六 現行諸流「縁なる」。

月下の読経

七 観音が衆生を守ること。

八 現行上掛「結縁たり」、下掛「直同なる」。

九 下掛「映ろひて、そのさま気高き男体の、甲冑を帯して見え給ふは」。

一〇 下掛はこの句なく、「これは人皇…」とする。この〈名ノリグリ〉は〈名ノリ〉と、〈サシ〉〈クセ〉に前置される〈クリ〉の機能をも兼ねる。

一一 東方の蝦夷《ぞえ》。以下、現行上掛は地謡。

坂上田村丸の勇姿

一二 以下の武勲譚が清水寺観音の仏力の加護によることをさす。

一三 下掛「然れば」。さて。

一四 伊勢国、鈴鹿山中の悪魔。鈴鹿山に棲む凶賊退治の話は「鈴鹿」「清時田村」「現在千方」（以上廃曲）などに脚色されている。

一五 霊験あらたかで。

征夷の功も観音の仏力

で相坂《あふさか》の、山を越《こ》ゆれば浦浪[二一]の、粟津の森やかげろふ[二二]の、石-山寺を伏《ふ》し拝《おが》み、是も清水[二三]の一仏と、頼みはあひに近江路[二四]や、勢田[二五]の-長橋《ながはし》踏《ふみ》ならし、駒も足並《あしな》みや勇《いさ》むらん　シテ〽既に-伊勢路の山近く　同〽弓馬《きうば》[二六]の道もさきかけんと、勝《か》つ色-見《み》せたる梅が枝《え》の、花も紅葉《もみぢ》も色めきて、猛《たけ》き心はあらかね[二七]の、土[二八]も木も、わが大君の神国に、もとより-観音の御誓《ちか》ひ、仏力といひ神力も、猶《なほ》数々にますらお[二九]が、待《ま》つとは知《し》らでさ牡鹿《をしか》[三〇]の、鈴鹿[三一]の-御祓《みそぎ》せし代々迄も、思へば佳例なるべし。

【三】〈イサミグリ〉地〽去程《さるほど》に山河《さんか》を動《うご》かす鬼神《きじん》の声、天に響《ひび》き地に満《み》ちて、万木千山《ばんぼくせんざん》[三二]動揺せり。

〔カケリ〕

〈ノリコトバ〉シテ「いかに[三三]鬼神も慥《たしか》に聞《き》け、昔もさる例《ためし》あり、千方《ちかた》[三四]と云《いひ》し逆臣《げきしん》に仕《つか》へし鬼も、王位[三五]を背《そむ》く天罰により、千方《ちかた》を捨《す》つれば忽《たちまち》滅《ほろ》び失《う》せしぞかし、カヽル〽ましてや間近《まぢか》き鈴鹿山。

〈中ノリ地〉地〽ふりさけ見《み》れば伊勢の海、ふりさけ見れば伊勢の海、安濃《あの》[三六]の-松原むら立来《だちきた》[三七]つて、鬼神は、黒雲-鉄火を降《ふ》らしつつ、数千騎《すせんぎ》に身を変じて、山の-ごとくに見《み》えたる処に

シテ〽あれ[三八]を見よ不思議やな　同〽あれを見よ不思議やな、味方の-軍兵《ぐんびやう》の旗の上に、千手観音の、光を放つて虚空に飛行《ひぎやう》し、千の御手毎《みてごと》に、大悲[三九]の弓には、智恵の矢をはめ[四〇]て、一《ひと》度《たび》放せば千の矢先《さき》、雨霰《あられ》と降《ふ》りかかつて、鬼神の上《うへ》に乱《みだ》れ落《おつ》れば、ことごとく矢先《さき》にかかつ

一六 喜び、ほほえむ観音の御相好に勇気づけられて。
一七 凶悪な者共の平定に出発した。
一八 宝生も。他の上掛・下掛諸流「けり」。
一九 以下、田村丸が王威と仏力の加護を身に受け、威風堂々と出征する心。毛詩、明文抄所引「普天之下莫レ非二王土一、率土之浜莫レ非二王臣一」に基づく成句。
二〇 「相(逢)坂」の序。「関の戸ささで」は「老松」のワキ〈次第〉にも見え(四四八頁)、天下泰平の慣用句。
二一 [掛]浦—浦浪、浪の泡—粟津。浦浪は粟津の森(近江の歌枕)の序。
二二 森が「陰になる」の意を込め、石の枕詞。類句「かげろふの、石に残す」(「定家」)。
二三 清水寺と同じ観世音仏と。
二四 [掛](あひに)逢ふ—近江路。以下、鈴鹿山を目前に勇み立つ心と勝利の予兆・佳例を描写。
二五 近江の歌枕。
二六 合戦の魁(さきがけ)をなさんと、勝利の瑞色を見せた梅花のように、色めき勇み立った心。[掛]近く来—弓馬、魁—咲きかけ。「勝つ色見する梅枝」(「箙」)。
二七 「土」の枕詞。「荒し」を掛ける。[付]土—あらかね。
二九 →「高砂」七頁注一九。その変型。

鈴鹿山に鬼神を討つ

て、鬼神は残《のこ》らず討《う》たれにけり、有難し有難しや、誠に一呪咀諸毒薬念彼《しゆそしよどくやくねんぴ》、観音の力《ちから》を合《あ》はせて、すなはち還著於本人《げんちやくおほんにん》、すなはち還著於本人の、敵《かたき》は滅《ほろ》びにけり、是観音の仏力なり。

二九 囲増す—ますらお(丈夫)。

三〇 討たれるべき対象としての凶徒の比喩で、「鈴鹿」の序。

三一 鈴鹿川で斎宮の祓えがあった(謡抄)。いつの代も鈴鹿は神護のめでたき例(ためし)ある地だ。

三二 光悦本も。他の上掛は「万木青山」。下掛「万木千草」。現行観世「満目青山」(見渡す限りの山々。禅家の偈。「弱法師」にも)。鬼神が皇軍に抗い凶暴を振るう光景。

三三 言辞壮烈に鬼神を叱責。

三四 天智天皇時代、伊賀・伊勢の国を領し、天皇に随わず、四鬼を使った藤原千方。三流抄に、紀朝雄が鬼に「土も木も…」の歌を遣わすと、「鬼ドモ千方ガ梟悪ヲ悟テ捨去リ」、千方を滅ぼしたという。

三五 下掛「王地を犯す」。現行観世「王意」。

三六 安濃の松原は安濃津(三重県津市)の海岸にあったという。

三七 松の群生と、鬼神の襲来。

三八 味方の軍旗の上に出現した千手観音を仰ぎ見るさま。

三九 観音の大悲の弓から放たれた知恵の矢によって悪魔が降伏する意。大智度論等の譬喩を借りる。

四〇 下掛・現行観世「はげて」。

以上一〇五頁

一 法華経・普門品「呪咀諸毒薬、所欲害身者、念彼観音力、還著於本人」による。

定家（ていか）

三番目物　古称、定家葛
本鬘物　金春禅竹作（能本作者注文など）

場景　前場の前半―都、千本、時雨の亭(ちん)。十月中旬の時雨がちなある日の夕暮れ。前場の後半―式子内親王の墓の前。同じく、後刻。後場―同じく墓の前。月の輝く深夜。

人物　前ジテ　所の女〔若女(深井)・唐織着流女〕
　後ジテ　式子内親王の霊〔泥眼(霊女)・長絹大口女〕
　ワキ　北国よりの旅の僧〔大口僧〕
　ワキヅレ　同行の僧〔大口僧〕
　アイ　所の者〔長上下〕

梗概　北国(ほっこく)の僧が同行の僧と都に上り、千本の辺りで初冬の景色を眺めていると、時雨が降り出し、由ありげな庵で晴れ間を待つ。すると女が現れ、ここが定家卿の建てた時雨の亭であると教え昔を懐かしむ。さらに今日はある人の追善供養の日と告げ、蔦葛に纏われた式子内親王の墓へ案内する。もと賀茂の斎院内親王は、退任後、定家との秘めた恋が世間に漏れたため、二度と会えぬまま世を去った。一方、定家の思いは晴れず、内親王の死後も、その執心が蔦葛となって墓に纏わりついていると語り、自分こそ式子内親王と告げ、苦しみからの救いを求めて姿を消す(中入)。所の者が僧の問いに答えて、内親王と定家の秘めたる恋や定家葛の由来を語り、弔いを勧めて退く。その夜、読経し弔っている僧の前に、痩せ衰えた内親王の霊が、ありし日の恋を追憶しつつ墓の中から現れる。僧の読誦する法華経・薬草喩品の功徳で定家葛の呪縛が解け、苦しみが和らいだと喜び、衰え果てた醜い姿を恥じつつ報恩のために舞をまう。しかし、再び墓の中に帰り、定家葛に纏わりつかれ、姿は見えなくなってしまった。

素材・主題　式子内親王と定家の「人目を忍ぶ恋」が漏れ、隔てられた定家の執心は死後も蔦葛となって内親王の墓に這い纏わるという、永享四年(一四三二)以後さして隔たらぬ時期に成立した源氏物語大綱などに見える話に、時雨の亭の由来を重ねて構成されている。定家葛に象徴される邪淫の妄執、読経によるしばしの解放と法謝の舞のあと再び定家葛に纏われて姿を消す結末は、永遠に解けることのない恋の呪縛を象徴する。これは定家の恋心の激しさとともに、羞恥・苦悩から解放されたい、しかし恋するままでいたい、という式子内親王の留めがたい慕情、葛藤をも描いていると思われる。拾遺愚草からの引歌、二人の心情の複合描写(〈クセ〉に顕著)、出現した霊や精が再び元の状態に帰っていき、完全であると同時に未完である円環構造など、金春禅竹の作風が最も色濃く現れた作品であろう。

一 後見が引回シをかけた塚の作リ物を大小前に据える。
二 北山時雨を、北国よりの僧の定めなき身に重ねた。「北時雨」は正徹の草根集五・冬に見える。
三 北陸道。
四 初冬の物寂しい風景を眺めつつ、散り残る紅葉までも美しい花の都に到着したことを叙す。付立―雲・衣、旅―朝たつ・山こえて。縁立(裁)つ―朝(麻)。掛行―雪。
五 京都市上京区今出川通千本の辺り。応仁記「千(本)ニ両歓喜寺、此ノ寺ニ定家葛ノ墓アリ」。下掛は「都千本のあたり」を「上京とかや申し候」とする。
六 後の〈問答〉で開示される定家の歌をふまえる。
七 禅竹に多い表現(「杜若」「小塩」「賀茂物狂」「玉鬘」)。
八 困却した時の嘆声。九 シテが幕から呼び掛けつつ登場。
一〇 定家の歌「偽りのなき世なりけり神無月…」の詞書「時雨知ㇾ時といへる心を」(続後拾遺集・冬)による。「時雨知ㇾ時 私家」(拾遺愚草)、仮構らしい。亭は東屋。
一一 藤原俊成の子。正二位権中納言。新古今集、新勅撰集の撰者。近代秀歌・詠歌大概等の歌論書があり、拾遺愚草がある。定家自身をシテとする廃曲「明静」がある。卿は三位・参議以上の人の敬称。
一二 寂寥、荒涼としたさま。

【一】[一]〔次第〕〈次第〉ワキ・ワキツレ〽山より出《い》づる北時雨《(しぐれ)》[二]、山より出づる北時雨、行ゑ《(ゆくへ)》や定めなかるらん。

〈名ノリ〉ワキ「是は北国[三]方より出たる僧にて候、我未《いま》だ都を見ず候程に、此度《(このたび)》思ひ立《(たち)》都《みやこ》に上《のぼ》り候。

〈上歌〉ワキ・ワキツレ〽冬[四]立《た》つや、旅の衣《(ころも)》の朝《あさ》まだき、旅の衣の朝まだき、雲も行違《(ゆきかふ)》遠近《をちこち》の、山又山《やま》を越過《(こえすぎ)》て、紅葉《もみぢ》に残る眺《なが》めまで、花の都に着《(つき)》にけり、花の都に着にけり。

〈着キゼリフ〉ワキ「急《(いそぎ)》候程に、是ははや都千本《(せんぼん)》[五]のあたりにて有《(あり)》げに候、暫《しばら》く此あたりに休《やす》らばやと思《おも》ひ候。

【二】〈添エゴト〉ワキ「面白や比《(ころ)》は神無月《(かみなづき)》[六]十日あまり、木々《(きぎ)》の梢《こずゑ》も冬枯《が》れて、枝に残《のこ》りの紅葉《もみぢ》の色、所々《ところどころ》の有様までも、都の気色《(けしき)》は一入《(ひとしほ)》[七]の、眺《なが》め殊《こと》なる夕《(ゆふべ)》かな、荒《(あら)》笑止《せうし》[八]や、俄《(にはか)》に時雨が降《(ふり)》来《(きた)》りて候、是に由《よし》有げなる宿りの候、立寄《よ》り時雨《しぐれ》を晴《は》らさばやと思《(おもひ)》候。

【三】〈問答〉シテ女「なふなふ[九]御僧《(おんそう)》、其宿《やど》りへは何とて立《た》ち寄《よ》り給ひ候ぞ　ワキ「唯今《(ただいま)》の時雨を晴《は》らさむために立寄《よ》りてこそ候へ、扨《(さて)》ここをばいづくと申候ぞ　女「それは時雨の亭《(ちん)》[一〇]とて由《よし》ある所なり、其心をも知《し》ろしめして立寄《よ》らせ給ふかと思へばかやうに申なり　ワキ「げにげに是なる額を見《み》れば、時雨の亭と書《か》かれたり、折から面白《おもしろ》うこそ候へ、是はいかなる人の立置《を》かれたる所にて候ぞ　女「是は藤原[一一]の定家卿《(さだいへのきやう)》の建《た》て置《を》き給へる所なり、都のうち

北国より初冬の都へ

一三 ここのシテのセリフのうち「時雨の比の」「其心をも知ろしめして」の句は観世流のみにある。
一四 通りすがりの縁ながら。
一五 後世までも時雨の亭と呼ばれるようになった、この家での詠歌とは、どんな歌ですか。
一六 歌がどの歌とも定め難いことと、時雨が定めなく降る心。
一七 →注一〇。
一八 時雨が神無月という時をたがえず降り初めたのは、一体、誰の真心が神に通じたのだろうか。
一九 拾遺愚草の詞書。
二〇 歌の主の亡き後もこの世に残る遺跡であるが。[掛]無き—亡き。
二一 [掛]古事—降る。

俄の時雨

二二 前生からの因縁。→「朝長」一一頁注二三。 二三 今降る時雨に、そぞろ懐旧の情を催した状景。
二四 今も時雨が降るが、古びていても宿は昔ながらの時雨の亭。
二五 心を澄ましてここに住んだその人(定家)の。[掛]澄み—住み。
二六 「定めなや」と重韻。結末の〈ノリ地〉にも顕著で、重韻・連韻の多用は禅竹の一特色。[縁]家—軒端。[掛]降る—古き。
二七 庭も垣根もそれとも見えず荒れ放題。[掛]枯れ枯れ—離れ離れ

とは申ながら、[一二]心凄《すご》く、時雨物《もの》哀《(あはれ)》なればとて、此亭を建《た》て置《を》き、[一三]時雨の比《(ころ)》の年々《としどし》は、爰にて歌をも詠じ給ひしとなり、〽古跡《こせき》といひ折からといひ、其心をも知《し》ろしめして、[一四]逆縁の法《(のり)》をも説《と》き給ひ、彼御菩提《(かのごぼだい)》を御《(おん)》とぶ《ム》らひあれと、勧《すす》め参らせん其ために、これまで顕《あらは》れ来りたり　ワキ「抑《(さて)》は藤原の定家卿の建《た》て置《を》き給へる所かや、抑々[一五]時雨を留《とど》むる宿の、歌は何《(いづ)》れの言の葉やらん　女「いや何[一六]れとも定めなき、時雨の比《(ころ)》の年々なれば、分《わ》きてそれとは申がたし去《(さり)》ながら、[一七]時雨時《とき》を知《し》るといふ心を、〽[一八]偽《(いつはり)》のなき世なりけり神無月、「誰《た》がまことより時《し》雨《ぐ》れ初《そ》めけん、[一九]此言書《ことがき》に私の家にてと書《か》かれたれば、若《(もし)》此歌をや申べき　ワキ〽実《(げに)》あはれなる言《こと》の葉かな、さしも時雨は偽《(いつはり)》の、[二〇]なき世に残る跡ながら　女〽人は徒《あだ》なる[二一]古事《ふること》を、語《かた》れば今《いま》も仮《かり》の世に　ワキ〽[二二]他生《(たしやう)》の縁は朽《く》ちもせぬ、是ぞ一樹《(いちじゆ)》の陰《(かげ)》の宿《やど》り

女〽一河《(いちが)》の流《(ながれ)》を汲《く》みてだに　ワキ〽[二三]心を知《し》れと　女〽折《をり》からに。

〈上歌〉同〽[二四]今降《ふ》るも、宿は昔《むかし》の時雨にて、宿は昔の時雨にて、[二五]心《こころ》すみにし其人の、哀《(あはれ)》を知《し》るも夢の世《よ》の、実《(げに)》—定《さだ》めなや[二六]定家《(さだいへ)》の、軒端《(のきば)》の夕時雨《(ゆふしぐれ)》、古《ふる》きに帰《かへ》る涙かな、庭[二七]も—籬《まがき》もそれとなく、荒《あ》れのみ増《ま》さる草むらの、露の宿《やど》りも枯《か》れ枯《が》れに、物凄《すご》き夕《ゆふ》べ成けり、物凄き夕べ成けり。

【四】〈問答〉女「今日《けふ》は心[二八]ざす日にて候ほどに、墓所《(むしよ)》へ参り候、御参《(おん)まいり》候へかし　ワキ「それこそ出家の望《(のぞみ)》にて候へ、頓而《(やがて)》参らふ《(う)》ずるにて候。

(人の訪れの遠のくこと)。付涙—露・時雨。

二八 追善供養を志す日。

時雨の亭の由来

以下一一〇頁

一 墓石。

二 年月の意。「古(降)り」と縁語。

三 後白河天皇第三皇女。俊成・定家に師事。新古今時代の代表的女流歌人。家集に式子内親王集。

四 真拆《(まさき)》の葛と呼ばれた蔓性の常緑木。

五 加茂の斎院。天皇の即位ごとに未婚の内親王より選ばれ、神に奉仕する。六 式子内親王は平治元年(一一五九)斎院となったが、嘉応元年(一一六九)病気で退下。

七 人目を忍ぶ恋の契り。

八 邪婬戒。五戒の一。

九 下掛「さむらはん」。「候はん」の女性語。一〇 以下、〈クセ〉の前半まで内親王の立場。

一一 伊勢物語・十五段「信夫山忍びて通ふ道もがな人の心の奥も見るべく」による。「杜若」の〈クリ〉「思ひの露の信夫山、忍びて通ふ道芝の」(三〇三頁)と類似。掛道—道芝。道芝は雑草の意で「露」の序。

一二 新古今集・恋一・式子内親王の歌(末句「弱りもぞする」)。

一三 愁。花薄の序。花薄は「穂に出づ」(あらわれる)の序。

一四 掛枯れ枯れ—離れ離れ。花薄

〈問答〉女「なふなふ是なる[一]石塔《せきたふ》御覧候へ　ワキ「不思議やな是なる石塔を見れば、[二]星霜《せいざう》古《ふ》りたるに蔦葛《つたかづら》這《は》ひ纏《まと》ひ、形《かたち》も見《み》えず候、是は如何なる人のしるしにて候ぞ　女「是は[三]式子《しよくし》内親王《ないしんわう》の御墓《みはか》にて候、又此葛《かづら》をば[四]定家葛《ていかかづら》と申候　ワキ「荒《あら》面白や定家葛《かづら》とは、いかやうなる謂《いは》れにて候ぞ御物語候へ　女「式子内親王始《はじ》めは[五]賀茂の斎《いつき》の宮《みや》に[六]そなはり給ひしが、程なく下《お》り居《ゐ》させ給しを、定家卿[七]忍《しの》び忍《しの》びの御契り浅からず、其後《そののち》式子内親王ほどなく空《むな》しく成給ひしに、定家の執心葛となつて御墓に這《は》ひ纏《まと》ひ、互《たが》ひの苦《くる》しび《み》離れやらず、へ共に[八]邪婬の妄執を、御経《おんきやう》を読《よ》み弔《とむら》ひ給はば、猶々《なほなほ》語り参《まい》らせ[九]候はん。

〈クリ〉同へ[一〇]忘れぬものをいにしへの、[一一]心の奥《おく》の信夫山、忍びて通ふ道芝《みちしば》の、露の世語由《がたりよし》ぞなき。

〈サシ〉女へ今は[一二]玉の緒《を》よ、絶《たえ》なば絶《た》えねながらへば　同へ忍《しの》ぶることの弱《よは》るなる、[一三]心の秋の花薄《はなずすき》、穂《ほ》に出《いで》初《そ》めし契りとて、また[一四]離《か》れ離《が》れの中となりて　女へ[一五]昔は物を思はざりし　同へ後《のち》の心ぞ、果《は》てしもなき。

〈クセ〉同へ[一六]あはれ知《し》れ、霜より霜に朽《くち》果《は》てて、世々《よよ》に古《ふ》りにし山藍《あひ》の、袖の涙の身の昔《むかし》、憂《う》き[一七]恋せじと禊《みそぎ》せし、賀茂の斎院《いつきのみや》にしも、そなはり給ふ身なれ共、神や受《う》けずも成にけん、[一八]人の契りの、色に出《いで》けるぞ悲《かな》しき、包《つつ》むとすれど[一九]徒《あだ》し世の、徒《あだ》なる中の名は洩《も》れて、外《よそ》の聞えは大方《かた》の、空恐《おそ》ろしき日の光、[二〇]雲の通路《かよひぢ》絶《た》え果《は》てて、乙女の姿留《すがたとど》め得《え》ぬ、心ぞ辛《つら》きもろ

蔦葛の這う内親王の墓

の縁語。一五「逢ひ見ての後の心にくらぶれば昔は物を思はざりけり」(拾遺集・恋二・藤原敦忠)。「果てしなの心」は禅竹の能に顕著(「春日龍神」「小塩」「千手」「玉鬘」など)。

一六「山藍の袖」までが拾遺愚草(書陵部本等)の歌。「山藍の袖」は山藍の衣ともいい、豊明の節会に着る装束。[掛]山間—山藍。[縁]古り(降り・振り)—霜・袖、袖—身。

一七「恋せじと御手洗川にせし禊神は受けずぞなりにけらしも」(古今集・恋一・読み人知らず)による。

一八 神と対。「色に出」は、それと分かる意。「忍ぶれど色に出でにけりわが恋は物や思ふと人の問ふまで」(拾遺集・恋一・平兼盛)。

一九 無駄の意で上に続き、次句と連韻。「大方」は「多し」を掛け「そら」の序。[縁]空—日の光—雲。

二〇「天つ風雲の通ひ路吹き閉ぢよ少女の姿しばし留めん」(古今集・雑上・良岑宗貞)の転用。

定家と式子内親王の恋

二一 上ゲ端(「実や歎く共…」)の前後から主語が定家に移動し、結びで再び内親王に転ずる。

二二 拾遺愚草の歌(末句「峰の白雲」)を引く。[付]雲—かかる。

二三 [縁]かかる—葛。[掛]態(てい)—定。

ともに　女〽[二一]実《げに》や[二二]歎く共、恋《こ》ふ共逢《あ》はむ道《みち》やなき　同〽君葛城《かづらき》の峰の雲と、詠じけん心
まで、[二三]思へばかかる執心の、定家葛《かづら》と身は成て、此‐御跡にいつとなく、離《はな》れもやらで蔦《つた》
紅葉《もみぢ》の、[二四]色焦《こ》がれ纏《まと》はり、[二五]荊《おどろ》の髪も[二六]結《むす》ぼほれ、[二七]露霜に消《き》えかへる、妄執を助《たす》け給へや。
【五】〈ロンギ〉地〽古《ふ》りにし事を聞《きく》からに、今日《けふ》もほどなく[二八]呉織《くれはとり》、あやしや御身[二九]誰やらむ
女〽誰とても、亡《な》き身の果《は》ては[三〇]浅茅生《あさぢふ》の、霜に朽《くち》にし名ばかりは、残りても猶[三一]由《よし》ぞなき
地〽[三二]よしや草葉《くさば》の忍《しの》ぶ共、色には出《いで》よ其名をも　女〽今は包《つつ》まじ　地〽この上は、われ
こそ‐式子内親王、是まで見《み》え来《きた》れ共、まことの‐姿《すがた》は[三三]かげろふの、石に残す形《かたち》だに、それ
共見えず蔦葛《つたかづら》、苦《くる》しびを助《たす》け給へと、言《い》ふかと見《み》えて失《うせ》にけり、言ふかと見えて失にけり。
（中入）　（シテは塚の中へ中入りする）
【六】〈問答・語リ〉　（アイの所の者がワキの求めに答えて、式子内親王と定家との恋、定家葛の事を語り、供養を勧める）
【七】〈上歌〉ワキ・ワキツレ〽夕《ゆふべ》も過《す》ぐる月影に、夕も過ぐる月影に、松風吹《ふき》て物凄《すご》き、草の陰
なる露の身を、[三四]念《おも》ひの玉の数々に、とぶ《ム》らふ縁は有難や、とぶ《ム》らふ縁は有難や。
【八】〔習ノ一声〕〈下ノ詠〉後女〽[三五]夢かとよ、闇《やみ》のうつつの宇津《うつ》の山、月にも辿《たど》る蔦《つた》の細《ほそ》道。
〈クリ〉女〽昔《むかし》は[三六]松風蘿月《しようふうらげつ》に詞《ことば》を交《か》はし、翠帳紅閨《すいちやうこうけい》に枕を並《なら》べ　地〽様々なりし情の末
女〽花も紅葉《もみぢ》も散々《ちりぢり》に　地〽[三七]朝《あした》の雲　女〽夕の雨と。
〈歌〉同〽[三八]古言《ふるごと》も今の身も、夢も現《うつつ》も幻《まぼろし》も、共に無常の、世となりて跡も残《のこ》らず、なに‐[三九]中々《なかなか》

二四 紅葉が色づく意に、恋に思い焦がれる意を重ねた。
二五 雑草のように乱れた髪。恋に乱れる意も含む。
二六 からみつき、また閨怨の情に心がふさいだ状態。[付]髪—結ぼほる、結—露・霜、紅葉—露・霜。
二七 露霜が結んでは消え、消えては結ぶ意に、立ち返る内親王の妄執の意を重ねる。
二八 [掛]暮れん—呉織。併称される漢織《あやはとり》と音通の「怪し」の序。
二九 次句と連韻。[掛]無き—亡き。

告白

三〇 浅茅の生えた荒涼とした場所。
三一 詮なきこと。次句「よしや」と連韻。 三二 たとえその名は忍んで明かさずとも。「忍ぶ」は忍草に通じ、前後と縁語。
三三 はかなきものの比喩。ここは幽霊であることを暗示し、「石」の枕詞。影を石に残す意も。[掛]影—陽炎。

弔い

三四 数珠を繰り、数々の弔いをする縁を得たのは。[縁]草—露。[掛]（身を）思ひ—念ひの珠（念珠）。
三五 夢なのだろうか、冥途の闇の現《うつつ》を、今こうして月影を便りに蔦の細道を辿って現れるのは。下掛「蔦の下道」。 三六 「松風蘿月…」は「翠帳紅閨…」と対句。「江

の草の陰、さらば葎《むぐら》の宿ならで、そとはつれなき定家葛《かづら》、是見給へや御僧。

【九】〈掛合〉ワキ 〽荒《あら》痛はしの御有様やなあらいたはしや、仏平等説如一味雨《ぶつびやうどうせつによいちみう》、随衆生性所《ずいしゆじやうしやうしよ》受不同《じゆふどう》 女 〽御覧ぜよ身は徒《あだ》波の立《た》ち居《ゐ》だに、亡《な》き跡までも苦《くるし》び《み》の、定家葛《かづら》に身を閉《と》ぢられて、かかる苦《くる》しび《み》隙なき所に、有難や。

〈掛合〉シテ 「唯今《ただいま》読誦し給ふは薬草喩品《やくさうゆほん》よなふ ワキ カヽル 〽中々なれや此妙典《めうでん》に、漏《も》るる草木《くさき》のあらざれば、執心の葛をかけ離《はな》れて、仏道ならせ給ふべし 女 〽荒《あら》有難《がた》や、「げにもげにも、是ぞ妙《たえ》なる法の教《をし》へ ワキ 〽普《あまね》き露の恵《めぐ》みを受《う》けて 女 〽二《ふた》つもなく ワキ 〽三《み》つもなき。

〈歌〉同 〽一味《いちみ》の御法《みのり》の雨の滴《しただ》り、皆潤《みなうるほ》ひて草木国土、悉皆成仏《しつかいじやうぶつ》の機《き》を得《え》ぬれば、定家葛もかかる涙も、ほろほろと解《と》け広《ひろ》ごれば、よろよろと足弱《よは》車の、火宅《くわたく》を出《い》でたる有難《がた》さよ、この報恩にいざさらば、ありし雲井の花の袖、昔を今に返《かへ》すなる、其舞姫《まひびめ》の小忌衣《をみごろも》。

【一〇】〈ワカ〉女 〽面無《おもな》の舞の 地 〽あり様やな。〔序ノ舞〕

〈ワカ〉女 〽面無《おもな》の舞《まひ》の、〽有様やな。

【一一】〈ノリ地〉同 〽面無《おもな》や面映《おもは》ゆの、有様やな 女 〽本《もと》より此身は 地 〽月の顔ばせも 女 〽曇《くも》りがちに 地 〽桂《かつら》の黛《まゆずみ》も 女 〽おちぶるる涙の 同 〽露と消《きえ》ても、つたなや蔦《つた》の葉の、葛城《かづらき》の神姿《すがた》、恥《は》づかしやよしなや、夜《よる》の契りの、夢のうちにと、有つる所に、

定家葛に呪縛された姿

口」の〈クセ〉(三七一頁)参照。

三七 楚の懐王が巫山の仙女と夢で契った故事に基づく、男女の契りのはかなさ。「旦為二朝雲一、暮為二行雨一」(文選十九・高唐賦・宋玉)。

三八 その故事を今の我が身にたぐえて悲しみ嘆く。囲降る—古。

三九 なまじ草の陰(墓)はあっても、葎の宿(つる草のからむ荒れたる家)でさえなく。「なかなか」は禅竹の能に顕著な語。

——以上一一一頁

一 謡のうちに引回シがおろされ、シテが姿を現す。

二 法華経・薬草喩品の句。

読経による解放

三 「立ち」の序。身のはかなさを「徒波」にこめる。囲立ち—立ち居、無き—亡き、態(いて)—定家。縁かかる(斯かる)—葛。

四 法華経二十八品中の第五品。衆生を草木に、仏法を雨に喩える。

五 その通りです。

六 法華経をさす。

七 妙法蓮華経に説くところ。「普き…」は草木が「雨露の恩」に潤うような仏法の恵み。

八 法華経・方便品の句「十方仏土中、唯有二一乗法一、無レ二無レ三」。二つとなく勿論三つとなき唯一絶対の教え(一乗法)。

帰《かへ》るは葛《くず》の葉の、もとのごとく、這《は》ひ纏《まと》はるるや、定家葛《かづら》、這《は》ひ纏《まと》はるるや、定家葛《かづら》の、はかなくも、形《かたち》は埋《(うづも)》れて、失《(うせ)》にけり。

再び葛に纏われ消える

九 仏の教えが衆生に普く平等である譬え。「一味の雨」とも。「一味の雨に潤ひて、などか仏に成らざらん」(梁塵秘抄二)。

一〇 非情の成仏を説く慣用句。まとわりついていた定家葛が成仏の機を得たこと。

一一 葛が解け広がる姿と、纏縛の苦を解かれて喜び落涙する姿。

一二 進みの遅い事。足弱に掛けた。

一三 迷いの世。

一四 昔の宮廷時代を今に現して。

一五 お恥ずかしい舞。

一六 恥ずかしい。「面無」と連韻。この前後の詞章は「葛城」と似る。

一七 [縁]花の袖—月—曇—桂、面—顔ばせ。

一八 三日月のように細く引いた黛。

一九 黛の落ちる意に涙の落ちる意をかけ、落魄の身をもこめる。

二〇 みっともない。蔦と頭韻。「蔦の葉」は「葛城の神」の序。

二一 役の行者が諸神に命じ吉野と葛城の間に岩橋を架けようとした時、容貌を恥じた葛城の女神は夜のみ働いたので、行者は怒り蔦葛で縛ったという説話(日本霊異記他)。 二二 前述の岩橋説話をふまえ、「夜」は「よしなや」と重韻。

二三 夢のうちに消えましょうと。[縁]帰る(反る)—葛の葉。[掛](葛の)葉—はかな—墓。

千手（せんじゅ）

三番目物　異称、千手重衡
現在鬘物　金春禅竹作（素材・主題の項参照）

場景　相模国鎌倉。平重衡が幽閉されている狩野介宗茂の館。春雨のそぼ降るある日。夜から明け方にかけて。

人物　シテ　千手の前〔若女(小面)・唐織着流女〕
ツレ　平重衡〔大口モギドウ〕
ワキ　狩野介宗茂〔直垂上下〕

梗概　源平一谷の合戦で捕虜となって鎌倉に護送され、狩野介宗茂に預けられている三位中将平重衡に、源頼朝は手越の宿の長の娘、千手の前を遣わしてつれづれを慰めていた。春雨の降る夜、千手は琵琶・琴を持って重衡を訪ねる。出家の願いも斥けられ嘆き悲しむ重衡を慰めようと宗茂が酒を勧める。千手も酌に立ち、重衡の沈んだ気持を引き立てようと菅原道真の詩「羅綺の重衣たる、情なき事を機婦に妬む」、観音の功徳を讃えた「十悪といふとも引摂す」などの朗詠を謡い、重衡の身の上をふり返り、四面楚歌の詩を引いて項羽と虞妃に重衡と千手を重ね、観音の誓願を念じ、舞をまう。重衡も興に乗り琵琶を弾じ、千手は琴で合奏。一夜の歓楽も早や明け方となり、別れの時が来た。重衡は都へ送られ、千手は涙にくれつつ見送る。

素材・主題　平家物語十・千手前を中心に、囚われて鎌倉に送られ、幽閉されている平重衡と、その憂愁を慰める千手の前との心の交流と、悲しい別れを描く。人物造型や表現に平家物語九・重衡生捕、同十・内裏女房、戒文、海道下、同十一・重衡被斬などもふまえている。虜囚重衡の現世への絶望、それを引き立てようとする千手の心やりを、春雨のそぼふる一夜の酒宴の光景に集約した。天神の加護と観音の誓いを希求する朗詠、重衡の生捕りと鎌倉への東下りの物語、琵琶と琴の合奏、回雪の舞を頂点として、やがて処刑されねばならない生命が、馴れ染めて心通わせた千手の愛によって、どんなに一瞬の輝きを得たかを描いている。演技的には千手の舞事(〔イロエ〕〈クセ〉〔序ノ舞〕)が主となるが、主題的には重衡への比重も大きく、ふたりジテ的脚色が看取される。歌語を点綴し、しかも本歌のもつ意味を背後にふまえた表現、〈クセ〉の複合描写、脚注に指摘した禅竹詞の使用や連韻表現など、金春禅竹作と認めてよい。なお、「千手」には世阿弥の作と思われる同名異曲のあったことが五音から知られるが、散佚して今はない。しかし、その一部と推測される謡い物が伝存しており、千手の霊が登場したらしい。

一　何事もなくツレがワキに護送される態(てい)で登場し、脇座で床几にかかる。
二　源頼朝。御内は直属の家臣。
三　頼朝の家臣。工藤茂光の子で、工藤祐経の従兄弟。
四　太政大臣の唐名。平清盛。
五　清盛の五男。三位中将。清盛の命令で南都攻めの大将として東大寺・興福寺を焼き払い、その責任を追及する衆徒の要求で、出家の望みも許されず、奈良に護送され文治元年(一一八五)六月、奈良坂で斬首。時に年二十九。下掛「相国の末の御子とは申しながら父母(ぶも)の寵愛一門の賞翫双びなき人にてわたり候」。〈クリ〉にも類似表現。
六　下掛「昨日も御湯ひかせ(沐浴させること)申し候に、千手の前を…」。平家物語十・千手前に忠実な描写。
七　駿河国安倍郡(現静岡市)にある宿駅。遊女を置く宿の女主人が「長」。千手が遊女であったことをさす。
八　付つれづれ—雨中。
九　琴を奏し慰めるための訪れ。付あづま—琴。掛東—吾妻。催馬楽「東屋」の「東屋の、まやのあまりの、その雨そそぎ、われ立ち濡れぬ、殿戸開かせ」をふまえる。
一〇　秋の夜長物語「それ春の花の樹頭に上るは上求菩提の機をすすめ、秋の月の水底に下るは下化衆生の相を表はす」等に基づく(「敦盛」の

【一】[一]〔名ノリ笛〕〈名ノリ〉ワキ「是は鎌倉殿[二]の御内《(みうち)》に、狩野介宗茂《(かののすけむねもち)》[三]にて候、扨《(さて)》も相国《(しやうこく)》[四]の御子《(おんこ)》重衡《(しげひら)》[五]卿は、この度一谷の合戦に生捕《(いけどら)》れ給ひ候を、某《(それがし)》預り申て候、朝敵《(てうてき)》の御事とは申ながら、頼朝痛《いた》はしく思召《(おぼしめさ)》れ、よく痛はり申せとの御事にて、昨日《(きのふ)》[六]も千手の前を遣《つか》はされて候、彼《(かの)》千手の前と申は、手越《(てごし)》[七]の長《(ちやう)》が女《むすめ》にて候が、優《ゆふ》にやさしく候とて、御身近く召使《(めしつか)》はれ候を遣《つか》はされ候事、誠に有難き御心ざしにて御座候、今日《けふ》は又雨中《(うちう)》[八]御つれづれに御座候はん程に、酒《(しゆ)》を勧《すす》め申さばやと存《(ぞんじ)》候。

【二】〔次第〕〈次第〉シテ女〽琴[九]の音添《そ》へて訪《をとづ》るる、琴の音添へて訪るる、是《(これ)》や東屋《あづまや》なるらん。

〈サシ〉シテ〽それ[一〇]春の花の樹頭《(じゆとう)》に栄《さか(え)》へ、秋の月の水底《(すいてい)》に沈《しづ》むも、世のはかなさの有様を、見てもあはれや重衡[一一]の、其[一二]いにしへは雲の上、かけても知《し》らぬ身の行《(ゆくへ)》ゑ、浪に漂《ただよ》ひ船に浮《う》き、さらば寄《よ》る辺《べ》のよそならで、ありしに[一三]帰《かへ》る、有様かな。

〈下歌〉シテ〽都[一四]にだにも留《とど》めぬ、御涙《(おんなみだ)》なるを痛《いた》はしや。

〈上歌〉シテ〽陸奥《みちのく》[一五]の、信夫《しのぶ》に堪《た》へぬ雨の音、しのぶにたへぬ雨の音、降《ふ》[一六]りすさび《み》たる折《おり》しもは、思[一七]ひの露も散々《(ちりぢり)》に、心の花もしほしほと、霑《しほ》[一八]るる袖の色までも、今日《けふ》の夕べの類《たぐひ》かな、今日の夕べの類かな。

【三】〈問答〉女「いかに案内申候はん　ワキ「誰にてわたり候ぞ　シテ「千手の前が参たる由《よし》御申候へ　ワキ「しばらく御待候へ、御機嫌《(ごきげん)》をもつて申さふ《(う)》ずるにて候。

〈クリ〉にほぼ同文)。
一一 掛繁―重衡。

宗茂、重衡を厚遇

一二 昔は雲の上人だったのに、今は思いも寄らぬ囚われ人。波に漂う寄るべなき浮舟の身、ありし昔に変る有様。縁雲―波、舟―浮く・寄るべ、波―返る。
一三「ありしにかはる」の誤伝か。
一四 囚われの身を都に留め得ぬに、涙を留めかねるを重ねた。
一五 陸奥(東国の意)は信夫の序。付忍―涙・みちのく。掛信夫―忍ぶ、堪へ―絶え。物寂しき雨音につけて、夕べの哀れさがつのる。
一六 雨の降りやむこと。長六文「雨降すさむは雨の晴るを云也」。
一七 禅竹詞で「心の花」と対。
一八 涙に濡れた袖。「霑るる」は前後に掛かる。

以下一一六頁

一 虜囚の身の上の嘆き。和漢朗詠集・秋・槿・白居易「松樹千年終是朽、槿花一日自為レ栄」。遊仙詩・郭璞「舜栄不レ終レ朝、蜉蝣豈見レ夕」など無常の慣用表現。→「兼平」「西行桜」。
二 漢の武帝の臣。匈奴に使いして囚われ、幽閉十九年にして帰還した故事(漢書等)。蘇武が雁に托した手紙に「昔は巖窟の洞に籠めら

千手、重衡を見舞う

【四】〈サシ〉ツレ重〽身は[一]是《これ》槿花一日《きんくわいちじつ》の栄《えい》、命《いのち》は蜉蝣《ふいう》の定めなきに似たり、心は蘇武《そぶ》[二]が胡国に捕《とら》はれ、岩窟の内《うち》に籠《こ》められて、君辺《くんぺん》を忘《わす》れぬ志《こころざし》、それは楊李《やうり》[三]が謀《はかりこと》にて、敵《てき》を亡《ほろ》ぼし旧里《きうり》に帰《かへ》る、我はいつとなく敵陣に籠《こ》められて、縲絏《るいせつ》[四]の責《せ》めを受《う》くる、知《し》らず今日《けふ》も限《かぎ》りならむ、あら定めなや候《ザウラウ》。

【五】〈問答〉ワキ「いかに申上候、千手の御参りにて候

ツレ「唯今は何の為にて候ぞ、よしよし何事にてもあれ、今日《けふ》[五]の対面は叶ふまじきと申候へ

ワキ「畏《かしこまつ》て候、いかに申候、御参の由申て候へば、なにと思召《おぼしめし》候やらん、今日の御対面はかなふまじき由仰《おほせ》られ候

女「是も私《わたくし》にあらず、頼朝よりの御諚《ごぢやう》にて、琵琶琴持《もた》せて参たり、此由《よし》重《かさね》て御申候へ。

〈問答〉ワキ「御諚の趣《おもむき》申て候へば、是も私にあらず、頼朝よりの御諚にて琵琶琴持《も》たせて参りたるとの[六]御事也、よしよし御憚《はばか》[七]りは去事《さること》なれ共、

カヽル〽ただこなたへと請《しやう》ずれば

シテカヽル〽其時千手立《た》ち寄《よ》りて。

〈歌〉同〽妻戸[八]を、きりりと押《を》し開く、御簾《みす》[九]の追風《おひかぜ》匂ひ来《く》る、花[一〇]の都人に、恥かしながら見みえん、実《げに》や東《あづま》の果《は》てしまで、人の心《こころ》の奥深《おくふか》き、其情《なさけ》こそ都なれ、花の春紅葉《もみぢ》の秋、誰《た》が思出となりぬらん。

【六】〈問答〉ツレ「いかに千手の前、昨日《きのふ》[一一]あからさまに申つる出家の御暇の事聞《き》かまほしうこそ

重衡、虜囚の身を嘆く

れて…たとひ骸《かばね》は胡の地に散らすと言ふとも、魂は二たび君辺に仕へん」(平家物語二・蘇武)とあるによる。 三 胡国へ赴いた将軍衛律(史記に広利)が、計略をもって救出した故事。金春・喜多「楊李」、宝生「陽李」、金剛「広利」。平家諸本も「永律」(長門本・延慶本)、「楊李」(八坂本)、「永利」(国会本朗詠注)等を宛てる。

四 縄で捕縛されていること。

五 対面拒否は平家物語にない脚色。

六 現行諸流「参りたり」。

七 宗茂は重衡の拒否を囚人の身の遠慮と解した。

八 部屋の出入口の両開きの戸。千手が妻戸を開き、重衡の優雅な風貌に接して羞恥を含んだ風情。

九 御簾の内の重衡が衣に炷きしめた香の匂いが流れてくる。

一〇 重衡。風・匂・花から花の都人を導く。「見みえん」までが千手の立場から重衡を描写。「実や…」以下、重衡の立場から千手の思いやりの深さを描く。

千手、慰問

一一 かりそめに。 一二「私の敵ならばこそ。朝敵として預りたてまツたる人なり。ゆめゆめあるべうもなし」(平家物語)による。

一三「こぞの春、一の谷でいかにも

候へ　女「さむ候《ザウラウ》其由《よし》申て候へば、[一二]朝敵の御事なるを、私として出家を許《ゆる》し申さむ事、思ひもよらずとこそ候ひつれ、カヽル〽わらはも御《(おん)》心の中《うち》、推《を》し量《はか》り参《まい》らせて、いか程こまごまと申て候へ共《(ども)》、かひなき出家の御望《のぞ》み、痛《いた》はしうこそ候へ　ツレ重「口惜《(くちをし)》やわれ[一三]一谷にていかにもなるべき身の生捕《(いけ)ど》られ、今は東《あづま》の果《は》てまでも、か様《(やう)》に面《(おもて)》をさらす事、前世《(ぜんぜ)》の報ひ《(い)》といひながら、カヽル〽又思はずも[一四]父命《(ぶめい)》により、仏像を滅《ほろ》ぼし[一五]人寿《(にんじゆ)》を断《た》ちし、[一六]現当《(げんたう)》の罪を果《は》たす事、[一七]前業《(ぜんごふ)》より猶《(なほ)は》恥づかしうこそ候へ　女カヽル〽実々《(げにげに)》是は御理《(ことわ)》り去《(さり)》ながら、[一八]かかる例《ためし》は古《いにしへ》今に、多《おほ》き慣《なら》ひと聞《(きく)》物を、独《(ひとり)》とな歎き給ひそとよ　ツレ〽実《(げに)》よく慰《なぐさ》め給へども、類《たぐひ》はあらじ憂《う》き身の果《は》て　女〽昨日《(きのふ)》は都の花と栄《さか(え)》へ　ツレ〽今日《けふ》は東《(あづま)》の春に来《き》て　女〽移《うつ》り変《か》はれる　ツレ〽身の程を。

〈上歌〉地〽[一九]思へただ、世は空蟬《うつせみ》の唐《から》衣《(ころも)》、世は空蟬の唐衣、着《き》つつ馴《な》れにし妻《つま》しある、都の—雲井を立離《はな》れ、はるばる来《き》ぬる、旅—をしぞ思ふ衰《おとろ》への、憂《う》き身の果ぞ悲《かな》しき、[二〇]水《(みづ)》—行河《(ゆくかは)》の八橋《(やつはし)》や、蜘蛛手《くもで》に物を思へとは、[二一]かけぬ情の中々に、馴《な》るるや恨なるらん、馴るるや恨なるらん。

【七】〈掛合〉ワキカヽル〽今日《けふ》の雨中の夕の空、御《(おん)》つれづれを慰《なぐさ》めむと、[二二]樽《(そん)》を抱《(いだ)》きて参りつつ、既に酒宴を始《はじ》めむとす　女カヽル〽千手も此由《よし》見るよりも、御杓《(おんしやく)》に立《た》ちて重衡の、御前《(おんまへ)》にこそ参りけれ　ツレ〽今は[二三]いつしか憚《(はばかり)》の、心ならずに思はずも、[二四]手まづ遮《さへぎ》る盃《(さかづき)》の、心ひ

なるべかりし身の」(平家物語十一・重衡被斬)による。
一四 父清盛の命令で奈良を焼打ちしたことをさす。

重衡と千手の心の通い

一五「人の寿(チイノ)」(日葡)。
一六「ゲンタゥ 現当の罪を果たす 現世で作った罪で来世において償いをすべきものに対して、ここ(現世)で償い、…その罰を受ける」(日葡)。
一七 前世の悪業の報い。平家物語「先世の宿業こそ口惜う候へ」。
一八 平家物語十に引く、殷の湯王が夏《(か)》の桀王に囚われ、周の文王が殷の紂王に捕えられた例。
一九 以下、重衡の海道下りを伊勢物語・九段に擬す。付空蟬—唐衣。古今集・羇旅、伊勢物語などに見える歌「唐衣着つつ馴れにし妻しあれば遥々来ぬる旅をしぞ思ふ」をふまえる。
二〇「唐衣…」歌の詞書「…そこを八橋といひけるは水行く川の蜘蛛手なれば」による。縁水—憂き身。「蜘蛛手に物を思ふ」は恋しい人のことを思う意。
二一 深い情けをかけぬまま、馴れ親しんでいること。情・なかなか・なるる・なるらんと連韻。

酒宴

二二 酒樽の詩語。和漢朗詠集・春・春興・白居易「花下忘レ帰因ニ美景一、

とつに思《おも》ふ思《おも》ひ　ワキ へそれそれいかに何にても、御《おん》肴《さかな》[一]にと勧《すす》むれば　女 カヽル へ其時
千手とりあへず。
〈詠〉女 へ羅綺《らき》[二]の重衣《ちようい》たる、情《なさけ》なき事を機婦《きふ》に妬《ねた》む。
〈クドキ〉三人 へ唯今詠じ給ふ朗詠は忝《かたじけな》くも北野[三]の御作《ごさく》、此詩を詠ぜば聞《きく》人までも、守《まも》るべし
との御誓《ちか》ひなり　ツレ重 へ去《さり》ながら重衡《しげひら》は今生《こんじやう》の望なし　三人 へただ来世の便《たよ》りこそ聞《き》か
まほしけれと宣《のたま》へば　シテ へわらは仰《おほせ》を承《うけたまは》り。
〈一セイ〉女 へ十悪《じふあく》[四]といふ共、引摂《いんぜふ》すと　地 へ朗詠してぞ、奏《かな》でける。　〔イロエ〕
【八】〈クリ〉同 へ扨《さて》も彼《かの》[五]重衡は、相国の末の御子とは申せ共、兄弟《けいてい》にも勝《すぐ》れ一門にも超《こ》えて、
父母《ぶも》の寵愛限《かぎ》りなし。
〈サシ〉女 へされども時移《うつ》り、平家の運命ことごとく　同 へ月の夜すがら声立《た》てて、鳴《なく》や牡《を》[六]
鹿《しか》の津《つ》の国の、生田《いくた》[七]の河に身を捨《す》てて、防《ふせ》ぎ戦《たた》かふと申せ共　女 へ森[八]の下風木の葉の露
同 へ落《お》とされけるこそ哀《あは》れなれ。
〈クセ〉[九]地 へ今は梓弓[一〇]、よし力なし重衡も、引《ひ》かむとするにいづ方《かた》も、網を置たるごとくにて、
遁《のが》[一一]れかねたる淀鯉の、生捕《ど》られつつ有《あり》て憂《う》き、身をうろくづの其儘に、沈《しづ》みは果《は》てずして、
名[一二]をこそ流《なが》せ川越[一三]の、重房が手に渡《わた》り、心の外《ほか》の都入《いり》　女 へげにや世中《よのなか》は　同 へ定《さだ》[一四]めな
きかな神無月、時雨降《しぐれふ》り置《を》く奈良坂[一五]や、衆徒《しゆと》の手に渡《わた》りなば、とにもかくにも果《は》てはせで、

樽前勧レ酔是春風」。
三 いつの間にか遠慮も薄らぎ、思わず知らず互いの心が通い合い。
四 和漢朗詠集・春・三月三日・菅原雅規「牽レ流遄過手先遮」を引く。

朗詠

以上一一七頁

一 酒宴の座興の歌舞。湿りがちな気分を転じようと宗茂が勧める。
二「羅綺之為二重衣一、妬二無レ情於機婦一」(和漢朗詠集・管絃・菅原道真)。舞姫は着疲れてはうすもの(羅綺)さえ重く覚え機織り女を怨むの意。
三 菅原道真。「此朗詠をせん人をば、北野の天神、一日に三度かけツて守らんと誓はせ給ふなり」(平家物語)。
四「雖二十悪一兮猶引摂…」(和漢朗詠集・仏事・後中書王)。十悪は殺生等十種の悪。引摂は極楽浄土に導くこと。重衡の心を励ます配慮。
五 重衡は末子ではないが重盛・基盛・宗盛・知盛に次ぐ。
六 掛 牡鹿の角―津の(国)。
七 重衡が一谷の戦いで生田の正門を守っていたことから生田川伝説(「求塚」)を引き、捨て身の防戦をしたことを修飾。

虜囚重衡の鎌倉への旅

八 新続古今集・冬・藤原雅縁「生田川水の秋さへとどまらで木の葉を送る森の下風」を引く。

又鎌倉に渡《わた》さるる、爰《(こと)》はいづくぞ八橋《(やつはし)》の、雲井の都[一六]いつかまた、三河国や遠江、足柄《あしがら》箱根うち過《す》ぎて、[一七]明《(あけ)》もやすらむ星《ほし》月夜《(づきよ)》、鎌倉山に入《(いり)》しかば、憂《う》き限《かぎ》りぞと思ひしに、馴《な》るれば爰も忍《しの》び音《ね》に、あはれ昔を[一八]思《おも》ひ妻《づま》の、[一九]燈《(ともしび)》暗《(くら)》ふ《(う)》しては、数行《(すかう)》虞氏《(ぐし)》が涙《なんだ》の、雨さへしきる夜《よる》の空

女 〽四面《(しめん)》に‐楚歌《(そか)》の声のうち　同 〽[二〇]何とか返《かへ》す舞の袖、思《おも》ひの‐色にや出《(いで)》ぬらん、涙を添《そ》へて[二一]廻《めぐ》らすも、[二二]雪の古枝《ふるえ》の、枯《か》れてだに花咲《さ》く、千手の袖ならば、重《かさ》ねていざや返さむ。

【九】〈ワカ〉女 〽忘《(わすれ)》めや。　〔序ノ舞〕

〈ワカ〉女 〽一樹の陰や一河の水　地 〽みな是《(これ)》他生の縁といふ、白拍子《(しらびやうし)》をぞ歌《うた》ひける。

〈ノリ地〉ツレ 〽其時重衡、興《けう》に乗じ　同 〽其時重衡、興に乗じ、琵琶を引寄《よ》せ、弾《たん》じ給へば、又玉琴《たまごと》の、[二三]緒合《(をあはせ)》に　シテ女 〽合《あ》はせて聞《き》けば　地 〽[二四]峰《みね》の松風、通《かよ》ひ来《き》にけり、[二五]琴を枕の、[二六]短《みじ》か夜のうた寝《ね》、夢も程なく、[二七]篠目《(しののめ)》もほのぼのと、明《あ》け渡《わた》る空の。

〈歌〉女 〽[二八]浅間にや成ぬべき　同 〽あさまにや成なんと、酒宴をやめ給ふ、御心《(おんこころ)》の中《うち》ぞ痛《いた》はしき。

【一〇】〈上歌〉同 〽[二九]かくて重衡勅により、かくて重衡勅により、又都にと有《(あり)》しかば、武士《もののふ》守護し出《(いで)》給へば　女 〽千手も‐泣《な》く泣《な》く立出《(たちいで)》　同 〽[三〇]何中々の憂《う》き契り、はや[三一]衣々《(きぬぎぬ)》に引離《はな》る、袖と袖との[三二]露涙、げに‐重衡の有様、目もあてられぬけしきかな、目もあてられぬけし

九 以下、生死ともに任せ得ぬ重衡の幽囚の境遇。一〇 一句隔てた「引かむとする」に掛かる。弓を引くを退陣することに言いなす。一一 掛遁れかねたる淀鯉—世。縁淀鯉(生捕りの喩え)—うろくづ(魚類)。「身を憂し」に掛けた。一二 下掛「生捕られつつ川越の」。一三 経正を討った川越の小次郎重房。重衡生捕りは庄の四郎高家、都への護送は梶原景時。「名をこそ流せ」の縁から「川越」と続けたか。一四 後撰集・冬・読み人知らず

慰めの歌舞、合奏

「神無月降りみ降らずみ定めなき時雨ぞ冬の初めなりける」を借り、「神無し」をかけ「奈良坂」を導く。一五「奈良坂のこの手柏の二面(ふたおもて)とにもかくにもねぢけ人かな」(古今六帖六では初句「奈良山の」。「奈良坂の」は中世に流布の形)を借り、「この手」を「衆徒(僧兵)の手」に置き換えた。重衡が捕われた時、奈良の僧兵たちは先年重衡に仏寺を焼かれた復讐を企てた。一六 いずれの日か見ん、という心。一七「開け」に通じ、箱根と星月夜とを繋ぐ。星月夜は鎌倉山の枕詞。

重衡、都への死出の旅

一八 掛昔を思ひ—思ひ妻(恋妻、ここは千手)。「唐衣…」の歌を転用。一九 平家物語「中将も、燈闇うして

きかな。

は数行虞氏の涙といふ朗詠をぞせられける」により、漢軍の重囲の中の愛妃虞氏を千手に、項羽を重衡の心境に擬す。和漢朗詠集・詠史・橘広相「燈暗数行虞氏涙、夜深四面楚歌声」。二〇 以下、虞妃の舞袖に、千手の舞姿を重ねた。「思ひ(緋)の色」は恋慕の意。
二一 詩語「廻雪」(舞姿)を和らげた。
二二 「降る」を古枝に掛け、千手の名から枯木にも花咲かせるという千手観音の誓願を導く。「雪の古枝の枯れてだに、ふたたび花や咲きぬらん」(「東国下の曲舞」)。「春栄」(〈クセ〉の終り)にも。
二三 合奏。底本「絃合」。
二四 拾遺集・雑上・斎宮女御「琴の音に峰の松風通ふらし…」。
二五 付琴―枕にする。一夜の契りを朧げに言った。
二六 付短か夜―夢、うたたね―夢。
二七 「隅田川」の結びに同趣。
二八 掛あさま(あからさまになる)―朝。
二九 平家物語十一・重衡被斬「本三位の中将重衡卿は…つひに奈良へぞつかはしける。都へは入れられず」。「勅」は冒頭の「朝敵」と呼応。
三〇 「なになかなか」(「定家」「楊貴妃」)、「なかなかなに」(「芭蕉」「玉鬘」)は禅竹詞。
三一 後朝(きぬぎぬ)。別離。「衣々」が「袖と袖」と呼応。 三二 付袖―涙・露。

以上一一九頁

養老《やうらう》

脇能物
男神物

世阿弥作（中楽談儀）

場景　前場―美濃国養老の瀧近くの霊泉のほとり。ある日（夏か）。ある時。後場―同じく、後刻。

人物　前ジテ　里の老人（父）〔小尉・大口尉（着流尉）〕
ツレ　里の男（子）〔水衣男（大口）〕
後ジテ　養老の山神〔邯鄲男・透冠狩衣大口〕
ワキ　下向の勅使〔大臣〕
ワキヅレ　同行の廷臣〔大臣〕
アイ　本巣の里人〔掛素袍括袴（立烏帽子）〕

梗概　雄略天皇の臣下が、美濃国の養老の瀧の瀧壺近くに湧き出たという霊泉の検分に下向する。勅使は、泉を発見した若者とその老父に出会い、事の経緯を尋ねる。ある日薪を取っては父母を養っている親孝行な若者が、山路の疲れに、ふと飲んだ泉の水が世にも不思議に爽やかで、伝え聞く仙家の薬の水もこのようなものかと思い、汲んで帰って父母に勧めたところ、心が若やぎ、老をも忘れてしまう程で、老を養うゆえに養老の瀧と名付けられたという。こう説明した老人は、泉へ案内し、霊泉の湧出という奇瑞も聖代なればこその現象と讃え、仙境の薬水や霊酒の故事を語り、水を汲む。奇瑞に感涙した勅使が急ぎ帰って奏聞しようと言うや否や、不思議にも天より光輝き音楽聞こえ、花が降り出した（中入）。本巣の里人が登場し霊泉の謂れを独白し、霊水を飲んで若返った様子を示して退く。やがて山神が出現。本体は楊柳観音菩薩であると告げ、神といい仏というも水波の隔てに過ぎず、ともに君が代を守り衆生を済度するのを本願とすると説き、御代を祝福し壮快な舞をまう。

素材・主題　十訓抄、古今著聞集などに見える養老の霊泉湧出伝説と、和漢朗詠集、太平記などに見える仙家の霊水（彭祖伝説・慈童説話など）と酒徳に関する詩歌故事とを重合し、霊泉が出現した聖代の奇瑞を描き、今の世をまでも祝福する。脇能でも異格で、前ジテ・ツレは神の化身ではなく現実の老人と男で、後ジテが神霊である。前場の終りの詞章に照らすと、ここですぐ山神が出現しないと不自然で、古くは、親子の者が勅使と共に舞台に残り、別に山神が登場したのではないかと考えられている。なお明徳四年（一三九三）九月に、足利義満は伊勢参向の折、養老の瀧見物に下向しており（足利治乱記・明徳四年九月十八日条〈大日本史料七ノ一〉）、これを背景にして作能された可能性もある。聖代に義満の治政を重ねているか。

一 風も静かな、木々の枝も音を立てぬ、平和な御代を讃美。「金札」の〈次第〉と同文。[掛]成―楢。頭韻「鳴らさぬ枝」の序。
二 天下泰平の象徴。「吹く風の枝を鳴らさぬ春なれば治まれる世と花も知るらん」（夢窓国師）。「高砂」「老松」にも類句。
三 二十一代の天皇。養老伝説は続日本紀の四十四代元正天皇の詔に始まるが、養老寺縁起も雄略天皇の御宇とする。
四 美濃国。
五 四方に道が通じ、関所の戸も開けたままで自由に旅が出来る。
六 日本の異称。[掛]開き―秋。
七 鄙の枕詞。「あまさがる」（宝生・金春・喜多）。
八 関が原から牧田・養老山麓を経て伊勢・尾張へ行く道。
九 [掛]身―美濃、陰―影、住む―澄む。
一〇 老を重ねることを坂に喩えた。
一一 治まる御代には、老いの身には難儀な山坂も苦にならず心もやすらか。下掛「登るも易き」。[掛]易き―安き。　一二 昔の朋友も少壮繁華に迷う夢から早く醒め（悟り）、私も既に六十の老境に入った。「老眠早覚常残レ夜」（和漢朗詠集・老人・白居易）を借用。
一三 下掛はこの下に「一生すみか疎かにして」が入る。
一四 「鶏声茅店月、人迹板橋霜」（三

【一】〔真ノ次第〕〈次第〉ワキ・ワキツレ へ風[一]も静《しづ》かに楢《なら》の葉《は》の、風も静かに楢の葉の、鳴《な》[二]らさぬ枝ぞのどけき。

〈名ノリ〉ワキ「抑《(そもそも)》是は雄略[三]天皇に仕《つか》へ奉る臣下也、扨《(さて)》も美濃国本巣《もとす》の郡《(こほり)》に、不思議なる泉出《(いで)》くる由《よし》を奏聞《そうもん》す、急ぎ見て参れとの宣旨に任《まか》せ、唯今濃州[四]《(ぢようシウ)》本巣郡《(もとすのこほり)》へと急《(いそぎ)》候。

〈上歌〉ワキ・ワキツレ へ治《おさ》まるや、国富《と》み民も豊《ゆた》かにて、国富み民も豊かにて、四方《(よも)》[五]に道ある関の戸の、秋[六]津島根や天《あま》[七]ざかる、鄙《ひな》の境《さかひ》に名を聞《(きき)》し、美[八]濃の中道程なく、養老の瀧に着《(つき)》にけり、養老の瀧に着にけり。

【二】〔真ノ一声〕〈一セイ〉二人 へ年を経《へ》し、美[九]濃のお山《やま》の松陰に、なを《(ほ)》澄《す》む水の緑《みどり》かな　ツレ へ通《かよ》ひ慣《な》れたる老[一〇]の坂　二人 へ行事《(ゆくこと)》[一一]易《やす》き心かな。〔アシライ歩ミ〕

〈サシ〉シテ へ故[一二]人眠《ねぶ》り早《はや》く覚《さ》めて、夢は六十《(むそぢ)》の花に過《す》ぎ[一三]　二人 へ心[一四]は茅店《ばうてん》の月に嘯《うそぶ》き、身は板橋《(はんけう)》の霜に漂《ただよ》ひ、白頭《(はくとう)》の雪は積《つ》もれ共、老《お》ひ《(い)》を養《やしな》ふ瀧《たき》川《(かは)》の、水や心を清むらん。

〈下歌〉二人 へ奥《おく》[一五]山の、深《み》谷《たに》の下《(した)》の例《ためし》かや、流《なが》れを汲《(くむ)》とよも絶《(たえ)》じ、流れを汲とよも絶じ。

〈上歌〉二人 へ長[一六]生《(ちやうせい)》の家にこそ、長生の家にこそ、老《お》ひ《(い)》せぬ門はあるなるに、是も年経《ふ》る山住の、千代《ちよ》の例《ためし》を松陰《かげ》の、岩井の水は薬《くすり》にて、老《お》ひ《(い)》を延《の》べたる心こそ、猶《(なほ)》行《(ゆく)》末《すゑ》も久しけれ、猶行末も久しけれ。

【三】〈問答〉ワキ「いかに是なる老人に尋《(たづぬ)》べき事の候　シテ「此方《(こなた)》の事にて候か何事にて候ぞ

都から養老の瀧へ

体詩・温庭筠)を引く。茅葺《(かやぶき)》の屋根を漏る月を賞でて心を慰め、霜置く板橋のほとりを逍遥して日を送るうち、頭には雪のような白髪を戴く姿となったが。[縁]霜—雪(前出の花・月と縁語)。

一五 古代中国の南陽酈県《(れきけん)》の山奥に湧出する不老長寿の菊水の故事(「俊寛」四六八頁注六)をふまえる。　一六「長生殿裏春秋富、不老門前日月遅」(和漢朗詠集・祝・慶滋保胤)に基づく。帝の御殿の長生殿にこそ名もめでたき不老門があるとか。私も年老いた山人ながら、千代の例に引かれる松にあやかり長寿を願う身。何しろこの岩間から湧き出る清水は不老長寿の薬の水、いつまでも長生きできるに違いあるまい。[掛]松陰—待。

一七 見るの尊敬語。

老いを養い得た悦び

一八 彭祖《(ほうそ)》仙人が七百歳の長寿を保ったという菊水の故事をさす。↓「俊寛」四六八頁参照。

一九 人知れず流れる野中の清水。ここは「忘れ」を掛け「朝寝(浅い)」の序。

二〇「増し」を掛け「絶えず」の序。

二一 誠に清らかな山の泉。[掛]潔き—いさ清き。　二二「わが君は千代に八千代にさざれ石の巌となりて

ワキ「おことは聞及《ききおよび》たる親子の者か　シテ「さむ候《ザウラウ》是こそ親子の者にて候へ　ワキ「これは御門《みかど》よりの勅使にてあるぞとよ　シテ「有難や雲井遥《はる》かに見[一七]そなはす、我大君の勅《みことのり》を、賤《いや》しき身として今承《うけたまは》る事の有難《がた》さよ、是こそ親子《おやこ》の民にて候へ　ワキ「扨《さて》も此本巣《もとす》の郡《こほり》に、不思議《ふしぎ》なる泉出《いで》くる由《よし》を奏聞す、急《いそ》ぎ見て参れとの宣旨に任《まか》せ、これまで勅使を下さるるなり、先々《まづまづ》養老と名付《なづけ》初《そ》めし、謂《いは》れを委《くはしく》申べし　シテ「さむ候《ザウラウ》是に候は此尉《じよう》が子にて候が、朝夕は山に入《いり》薪を取《と》り、我等《ら》を育《はごく》み候処に、ある時《とき》山路《さんろ》の疲《つか》れにや、此水を何となく掬《むす》びて飲《の》めば、世《よ》の常《つね》ならず、心も涼《すず》しく疲《つか》れもたすかり　ツレ カヽル〽さながら[一八]仙家の薬の水も、かくやと思ひ知《し》られつつ、やがて家路に汲《くみ》運《はこ》び、父母《ちちはは》に是を与《あた》ふれば

シテ「飲《の》む心よりいつしかに、やがて老をも忘《わす》[一九]れ水の　ツレ〽朝寝《ゐ》の床《とこ》も起《お》き憂《う》からず

二人〽夜《よる》の寝覚も寂《さび》しからで、勇《いさ》む心は真《ま》清《し》[二〇]水の、絶《た》えずも老を養《やしな》ふ故《ゆゑ》に、養老の瀧とは申也。

〈掛合〉ワキ カヽル〽実々《げにげに》聞《き》けば有難《がた》や、扨々《さてさて》今の薬の水、此瀧川のうちにても、取分《とりわき》在所のあるやらん　シテ「御覧候へ此瀧壺《たきつぼ》の、少《すこし》こなたの岩間より、出《い》でくる水の泉なり　ワキ カヽル〽扨《さて》は是かと立より見れば、実《げに》潔《いさぎよ》[二一]き山の井の　シテ〽底澄《そこす》み渡《わた》る細石《さざれ》の、岩ほとなりて苔のむす　ワキ〽[二二]千代に八千代《やちよ》の例《ためし》までも　シテ〽まのあたりなる薬の水　ワキ〽誠に老を　シテ〽養《やしな》ふなり。

苔のむすまで」(古今集・賀・読み人知らず)に基づく。

以下一二四頁

一 以下、霊泉の徳を讃美し聖寿聖代を頌する。「盛りの人」は暗に帝を指す。
二 「御寿命」と「泉」の上下に続く。
三 清き水。「水上」の序。

霊泉発見の経緯

四 君主を源流に、民衆を末流に譬えた。五 秦の始皇帝が徐福に命じ東海の蓬萊島に不老不死の薬を求めさせた故事による。囲よも(あらじ)―蓬。
六 「生薬」は「例も生く」(例が現存する)を掛ける。
七 和漢朗詠集・山水・大江澄明「山復山、…、水復水、…」(「山姥」一六四頁注八)を引く。
八 方丈記の冒頭を引く。九 囲なし―夏山。下掛「よどみに浮かぶ」。
一〇 「奇瑞」は後ジテの登場歌にも。
一一 水汲み、草刈り等を誘う誘(ザイケ)の〈下歌〉で、〈上歌〉や〈ロンギ〉に前置される。「賀茂」「木賊」、廃曲「布留」など。
一二 和漢朗詠集・夏・首夏・白居易「甕頭(もたひのほとりの)竹葉経レ春熟」。甕は酒を醸す瓶、竹葉は酒の異称。
一三 出典未詳。白居易・琵琶行の句「楓葉荻花秋瑟々」に拠って作った

泉へ案内

〈上歌〉同 ＼[一]老をだに養《やしな》はば、まして盛《さか》りの人の身に、薬とならばいつ迄も、御寿命《(ごじゆみやう)》も尽《つ》[二]きまじき、泉ぞめでたかりける、実《(げに)》や[三]玉水の、[四]水上《(みなかみ)》澄《す》める御代《(みよ)》ぞとて、流《(ながれ)》の末の我等まで、豊《ゆた》かに住《す》める嬉《うれ》しさよ、豊かに住める嬉しさよ。

【四】〈クリ〉地 ＼実《(げに)》や[五]尋《(たづね)》ても蓬《(よもぎ)》が島の遠《とを》き世に、今の例《ためし》も[六]生《いく》薬、[七]水又水はよも尽《つ》きじ。

〈サシ〉シテ ＼夫《(それ)》[八]行川《(ゆくかは)》の流《なが》れは絶《(たえ)》ずして、しかも元《もと》の水にはあらず　同 ＼流《なが》れに浮《う》かぶ《ム》泡沫《うたかた》は、かつ消《き》えかつ結《むす》んで、久しく澄《す》める色とかや　シテ ＼殊実《(ことにげに)》是は例《ためし》も[九]夏山の　同 ＼下行水《(したゆくみづ)》の薬となる、[一〇]奇瑞を誰《(たれ)》か習《なら》ひ見し。

〈下歌〉同 ＼[一一]いざや水を掬《むす》ばむ、いざいざ水を掬《むす》ばん。

〈上歌〉同 ＼[一二]甕《もたひ》の竹葉《(ちくえふ)》は、甕の竹葉は、陰や緑《みどり》を重《かさ》ぬらん、其外[一三]籬《まがき》の荻花《(てきくわ)》は、林葉《(りんえふ)》の秋を汲《く》むなりや、[一四]晋《(しん)》の七賢《(しちけん)》が楽《たの》しみ、[一五]劉伯倫《(りうはくりん)》が翫《もてあそ》び、唯此《(この)》水に残《のこ》れり、汲《く》めや汲《く》め御《(み)》薬を、君のために捧《ささ》げん。

〈下歌〉同 ＼[一六]曲水《(きよくすい)》に浮《う》かぶ《ム》[一七]鸚鵡《(あうむ)》は、石に礙《さは》りて遅く共、手に先《(まづ)》取《と》りて、夜《よ》もすがら、[一八]馴《な》れて月を汲《く》まふ《(う)》よや、馴れて月を汲まふ《(う)》よ。

〈ロンギ〉地 ＼[一九]山路《(やまぢ)》の奥《(おく)》の水にては、いづれの人か養《やしな》ひし　シテ ＼[二〇]彭祖《(はうそ)》が菊の水、滴《したた》る露の養《やしな》ひに、仙徳を受《う》けしより、七百歳《(しちひやくさい)》を経《ふ》る事も、薬の水と聞《(きく)》物を　地 ＼実《(げに)》や薬《くすり》と[二一]菊の水、其養《やしな》ひの露の間《ま》に　シテ ＼[二二]千年《(ちとせ)》を[二三]経《ふ》るや天地《(あめつち)》の　地 ＼開《ひら》けし種の草《くさ》木まで　シテ ＼花

か。垣根に咲く荻の花は、あたかも秋の林の紅葉に酒を汲む風情。
一四 中国晋の代に、俗塵を離れて竹林に集い、酒を酌み清談を交わした七人の隠者。
一五 七賢の一人、劉伶。最も酒を愛し、酒徳頌を作った。
一六 水辺での酒宴を、宮中での曲水の宴に擬した。
一七 流れに浮かべた鸚鵡盃(貝製の美しい盃)が、石に遮られて流れ来るのが遅くとも、急いで盃を手に取り…。和漢朗詠集・春・三月三日・菅原雅規の詩を借用。
一八 共に馴れ親しんで、月影の映るこの薬の水を汲もう。
一九 薬の水を汲んで大君に献ずることを受け、〈ロンギ〉で菊水の徳や恵みを述べる。

薬水・霊酒の故事

二〇 古代中国の周の穆王に仕えた慈童が酈県山に流され、深山の菊水を飲んで七百歳の長寿を保ち、彭祖となったという伝説(太平記など)に基づく。 二一 [掛]聞―菊、露―つゆ(僅の)。[縁]菊―露。
二二 「濡れて干す山路の菊の露の間にいつか千年をわれは経にけん」(古今集・秋下・素性)をふまえる。
二三 「降る」に音通で、天(雨)地の縁語。
二四 「養得自為㆓花父母㆒、洗来寧弁㆓薬君臣㆒」(和漢朗詠集・春・雨・紀長

咲実《(さき)み》なる理《ことはり》　地 へ其折々といひながら　シテ へ唯是雨露《(うろ)》の恵《めぐ》みにて　地 へ[二四]養《やしな》ひ得《え》て

は、花の父母《(ふぼ)》たる[二五]雨露《(あめつゆ)》の、翁も養《やしな》はれて、此水に[二六]馴《な》れ衣《(ごろも)》の、[二七]袖沾《ひ》ぢて掬《むす》ぶ手の、[二八]影《かげ》さへ見

ゆる山の井の、実《(げに)》も薬と思ふより、老の姿も[二九]若《わか》水と、見るこそ嬉《うれ》しかりけれ。

【五】〈掛合〉ワキ「実《(げに)》有難き薬の水、急《いそ》ぎ帰りて我君に、奏聞せむこそ嬉しけれ　シテ「翁も

かかる御恵《めぐ》み、[三〇]広《ひろ》き御影《(み)かげ》を尊《たうと》めば　ワキカヽル へ勅使も重《かさ》ねて感涙して、かかる奇特に逢《あ》ふ

事よと。

〈上歌〉地 へ言《い》ひもあへねば不思議やな、言ひもあへねば不思議やな、天より光輝《かかや》きて、瀧の

響《ひび》きも声澄《す》みて、音楽聞《(きこ)》え[三一]花降《ふ》りぬ、是ただ事と思《おも》はれず、是ただ事と思はれず。　〔[三二]中入

来序〕

【六】〈名ノリ・シャベリ・三段ノ舞・ノリ地〉（アイの里人が登場し、養老の瀧の謂れを語り、霊水を飲み、舞を舞い、若返りの様を示す）

【七】〔出端〕〈サシ〉後シテ へ有難や治《おさ》まる御代《(みよ)》の慣《なら》ひとて、山河草木《(さんかさうもく)》穏《おだ》やかに、[三三]五日《(ごじつ)》の風や十日《(じふじつ)》

の、[三四]天《あめ》が下照《したて》る日の光、[三五]曇《くも》りはあらじ玉水の、薬の泉はよも尽《つ》きじ、荒《(あら)》有難《がた》の奇瑞やな。

【八】〈掛合〉地 へ是とても[三六]誓《ちか》ひは同じ法《(のり)》の水、尽《つ》きせぬ御代を守《まも》るなる　シテ へ我は此山《やま》山《(さん)》[三七]

神《(じん)》の宮居　地 へ又は[三八]楊柳観音菩薩《(やうりうくわんおんぼさつ)》　シテ へ神といひ　地 へ仏といひ。

〈一セイ〉シテ へ唯是《(ただこれ)》[三九]水波《(すいは)》の隔《へだ》てにて　地 へ衆生済度《(しゆじやうさいど)》の方便の[四〇]声《こゑ》　シテ へ峰《みね》の嵐や、谷の

水音[四一]鼕々《とうとう》と。

谷雄)をふまえる。

二五 「置き」に通ずる「翁」の序。

二六 「慣れ」を掛け、「袖」の序。

二七 「袖ひちて掬びし水のこほれるを春立つ今日の風や解くらん」(古今集・春上・紀貫之)。宝生・下掛「ひちて」。

二八 「安積山影さへ見ゆる山の井の浅き心をわが思はなくに」(万葉集十六)。

二九 古代、立春(のちには元旦)の朝に汲む水。ここは「若返りの水」の意。「(老の姿も)若やぐ」と掛詞。

奇瑞のきざし

三〇 広大な大君のご恩沢を尊ぶと。

三一 奇瑞の徴候。下掛「花降れり」。

三二 前場末尾の〈上歌〉は山神が登場する廃曲「鼓瀧」の待謡とほぼ同文。詞章に照らし前ジテ・ツレは中入せず、すぐ山神(後ジテ)が出ないと不自然でそれが原形だろう。

三三 「風条《(だえ)》を鳴らさず、雨塊《(ちつれく)》を破らず、五日に一風、十日に一雨」(論衡)。風雨その時を得た順調な天候は天下泰平の象徴。

山神来現

三四 「(十日の)雨」と掛詞。

三五 玉と縁語。

三六 神も仏も同じく衆生済度の誓願をもつ。神は仏が仮に姿を変えて顕現したとする考え方に基づく。「尽きせぬ」は上の「法の水」にも続

〈ノリ地〉同 ＼拍子を揃《そろ》へて、音楽の響《ひび》き、滾《たき》[一]つ心を、澄《す》ましつつ、諸[二]天来居《(らいきよ)》の、影向《(やうがう)》かな。

〔神舞〕

〈ワカ〉シテ ＼松陰《(まつかげ)》[三]に、千代《(ちよ)》を移《うつ》せる、緑《みどり》かな　地 ＼さも潔《いさぎよ》き、山の井の水、山の井の水、山《やま》の井の。

【九】〈ワカ受ケ〉シテ ＼水[四]滔《たう》々《たう》として、波悠々たり、治《おさ》まる御代の。

〈ノリ地〉シテ カヽル ＼君[五]は舟《ふね》　同 ＼君《きみ》は舟《ふね》、臣は水、水よく舟を、浮《う》かべ浮《う》かべて、臣よく君を、仰ぐ御代とて、いく久しさも、尽《つ》きせじや尽《つ》きせじ、君[六]に引《ひ》かるる、玉水の、上《(かみ)》澄《す》む時は、下《しも》も濁《にご》らぬ、瀧津の水の、浮《う》き立《た》つ浪の、返《かへ》す返《がへ》すも、善《よ》き御代なれや、善《よ》き御代なれや、[七]万歳《(ばんぜい)》の道に、帰《かへ》りなん、万歳の道に、帰りなん。

く。

三七 山神の宮に住む者、即ち山神。

楽舞

三八 観世音菩薩の三十三身の一。右手に楊柳の枝を持つ。

三九 形は異なるが本質は同じの譬え。

四〇 峰吹く嵐の音や、とうとうと響く谷の水音も、衆生を済度する方便で。

四一 水音を鼓の音に取りなして次へ続く。下掛「とうとうど」。

君が代を寿ぐ

以上一二五頁

一 わき立つ心。瀧の意もこめる。

二 多くの天人たちが姿を現した。上掛古本「らいきよ・来御」、下掛「来現(の影向たり)」。

三 千年不変、千代の栄えの松の緑。

四 水がゆったり流れるさま。宝生・下掛「滔々どして」。

五 君は舟、臣は水と君臣一体に和合し。孔子家語、貞観政要にも所見。平家物語三・城南之離宮。↓「難波」九七頁注一一。「金札」「国栖」にも。

六 君の仁政に引かれて湧出した玉水の。

七 聖代が万歳まで続くことを寿ぎ、天界へ帰ろう。

三《み》輪《わ》

四番目物　夜神楽物　世阿弥周辺の作か(金春禅竹か)

場景　前場―大和国三輪山、玄賓僧都の庵。秋のある日。
後場―程近い二本の杉の辺り。同じく、夜半。

人物　前ジテ　三輪の里の女〔深井(増)・唐織着流女〕
後ジテ　三輪明神の神霊〔増・風折長絹女〕
ワキ　玄賓僧都〔着流僧〕
アイ　三輪の里の男〔長上下〕

梗概　三輪山のふもとに庵を結ぶ玄賓僧都の許に、毎日、樒《しきみ》と水を供える女がいた。今日もやって来て、「秋も夜寒にな」ったので衣を賜りたいという。僧都が与えて住みかを尋ねると、三輪山の二本《ふたもと》杉のほとりと答えて姿を消す(中入)。三輪明神に参詣した里の男は、神木に僧都の衣がかかっているのを不審し、僧都に告げる。僧都が庵を出て三輪明神に詣でると、二本の杉の枝に衣がかかっており、近づいて見ると、褄に金色の文字で神詠が記してある。やがて「しるしの杉」の木陰より女姿の三輪明神が現れ、「神代の昔物語は末代の衆生の為、済度方便のことわざ」といって三輪の神婚説話を語り、天照大神の岩戸隠れの故事と神々の神楽を再現し、伊勢の天照大神と三輪明神は「一体分身」と告げ、夜明けとともに僧都の夢も覚める。

素材・主題　玄賓僧都と三輪の神詠「三つの輪は清く浄きぞ唐衣《からころも》くると思ふな取ると思はじ」をめぐる説話(江談抄、禅竹の明宿集など)と、三輪の神婚説話(諸書に伝えるが能は俊頼髄脳の記事が近い)、および天照大神の天の岩戸神話(中世では沙石集などにも見え、世阿弥伝書にも)に拠りつつ、高僧に罪業救済を乞い、懺悔に「神代の昔物語」を語り舞う女神の気高さを描く。三輪の神は、〈クセ〉でも語られるように、大和国の女の許に夜の間だけ通って来る男神(大物主の神)であるが、能では「女姿と三輪の神」とあるように女姿として扱い、両性具有的な趣もある。三輪女体説は袖中抄などにも見え、中世には伊勢と三輪一体説が自然な理解であったらしい。曲中、「しるし」と「物語」の語が重要な働きをなしていて、「三輪」の構想は「しるし」に導かれて、(一)神による衆生済度の物語、(二)天の岩戸隠れの神話、(三)伊勢と三輪一体分身の秘説、の三つの物語を女神自身が再現する能といえる。女神が舞う〔神楽〕は、神楽の起源とされる天の岩戸隠れの物語を語る本曲の主題ともよく合い、一曲の頂点の一つとなっている。

一 後見が引回シを掛けた杉小屋の作リ物を大小前に据える。
二 大和国三輪山の山陰。
三 平安初期の高徳の貴僧。「南都第一の碩徳、天下無双の智者」(古事談)で、世俗を厭い「三輪河のほとりにわづかなる草の庵を結びてなん思ひ入りつつ住みける」(発心集)という。 四 以下「通小町」のワキの〈名ノリ〉(一五六頁)に酷似。
五 モクレン科の常緑小高木。枝葉を仏前に供える。
六 仏に供える水のこと。
七 三輪山の西北麓。「三輪の檜原」は歌枕。[付]檜原―三輪山・老。
八 老たると若きとを問わず死期に定まりなき意。恵心の観心略要集に「世人之愚也、於二老少不定之境一、成二千秋万歳之執一」。
九 [掛]世の中―なかなか。
一〇 [掛]見(る)―三輪。
一一 断腸集之抜書の詩「山頭夜戴二孤輪月一、洞口朝噴二一片雲一」(百聯抄解にも)。夜は山の峰にさびしげな月が照り、朝は山の洞穴からひとひらの雲が離れていく。三輪山の形容。 一二 続古今集・雑上に「備中国湯河といふ山寺にて、僧都玄賓」とある歌(第三句「あはれなれ」。古事談、発心集などにも)。閑居の様を叙す。[掛]そほづ(案山子〔かかし〕)―僧都。
一三 断腸集之抜書の詩「山影入レ門推不レ出、月光鋪レ地掃還生」(百聯

【一】[一]〔名ノリ笛〕〈名ノリ〉ワキ「是は和州[二]三輪《わ》の山陰《かげ》に住居《すまゐ》する玄賓《げんぴん》[三]と申者にて候、扨《(さて)》[四]も此程樒《しきみ》[五]閼伽《あか》[六]の水を汲《く》みて此僧に与《あた》ふる者の候、今日《けふ》も来りて候はば、いかなる者ぞと名を尋《(たづね)》ばやと思ひ候。

【二】〔次第〕〈次第〉女 〽三輪《わ》の山もと道《みち》もなし、三輪の山もと道もなし、檜原《ひばら》[七]のおくを尋ねん。

〈サシ〉女 カヽル 〽実《(げに)》や[八]老少不定とて、世[九]の中々に身は残《のこ》り、いく春秋をか送《をく》りけん、あさましや、なす事なくていたづらに、憂《う》き年月《(としつき)》を三輪《みわ》[一〇]の里に、住居《すまゐ》する女にて候、「又此山陰《かげ》に玄賓《げんぴん》僧都とて、貴《たつと》き人の御入候程に、いつも樒閼伽《しきみあか》の水を汲《く》みて参《まい》らせ候、今日《けふ》も又参《まい》らばやと思《おも》ひ候。

【三】〈サシ〉ワキ カヽル 〽山頭《(さんとう)》[一一]には夜孤《よるこ》輪《りん》の月を戴《いただ》き、洞口《(とうこう)》には朝《あした》一片《ぺん》の雲を噴《は》く、山[一二]田守《も》る僧都の身こそ悲《かな》しけれ、秋果《は》てぬれば訪《と》ふ人もなし。

〈問答〉女「いかに此庵室《(あんじつ)》の内《うち》へ案内申候はむ　ワキ「案内申さむとは、いつも樒閼伽《しきみあか》の水持て来《(きた)》れる人か　女 カヽル 〽山影《(さんえい)》[一三]門《(もん)》に入《(いつ)》て推《お》せども出《(いで)》ず　ワキ「月光《(げつくわう)》地《(ち)》に鋪《し》ひ《(い)》て掃《はら》へども又生《しやう》ず　二人 〽鳥声《(てうせい)》[一四]とこしなへにして、漏声《(ろうせい)》と閑《しづか》なる山居《(さんきよ)》。

〈歌〉同 〽柴の編戸《あみ(ど)》を押《お》し開《ひら》き、かくしも尋《たづ》[一五]ねきり樒《しきみ》、罪《つみ》[一六]を助《たす》けてたび給へ。

〈上歌〉同 〽秋寒《さむ》[一七]き窓《まど》の内《うち》、秋寒き窓の内、軒《のき》の松風うちしぐれ、木《(こ)》の葉かき敷《し》く庭の面《(おも)》、門《(かど)》

抄解にも)。門より推し出そうとすれど山影は去る事なく、何度掃き除いても月光は地上に満ちて消える事はない。

一四 鳥の声や水の滴り落ちる音が幽かに聞こえる静かな山住み。「漏声」は「水時計から滴り落ちる水滴のたてる音」(日葡)。底本・諸流の「老生」は謡抄の宛字。

一五 掛尋ねき(来)—切り樒(切った樒の枝)。「樒を摘む」ことから次の「罪」を出す。

一六 この言葉は後場の〈上ノ詠〉の「神も願ひのある故に」の伏線。

一七 軒端の松を吹き渡る風、木の葉の散り敷いた庭、雑草に覆われた門、地中に通した樋の水音を点綴し、わびしい山居を叙景。

一八「秋も夜寒に成候へば」の一句は禅鳳本以下の下掛にない。

一九 受衣の望みは、禅家では師事伝法のしるしの意。ここは受法受戒のしるし。世阿弥自筆本「松浦佐用姫」(廃曲)にも、釣する女が僧に受衣の望みを訴える。金春禅竹の明宿集に「玄賓僧都ノイニシエ、三輪ノ明神、受法受衣シマシテ、御神詠ニ、三輪川ノ清クモ浄キ唐衣呉ルヽト思フナ取ルト思ワジ。無所得ノ心ヲ表ワシ、三輪清浄ノ慈悲深重ノ御心ニテ、施スルモ施セラルヽモ、ミナ自他ノ相ナ

閑寂な山居、女の来訪

は葎《むぐら》や閉《と》ぢつらん、下樋《したひ》の水音《をと》も、苔《こけ》に聞《き》こえて静《しづか》なる、此山住《ず》みぞ寂《さび》しき。

【四】〈問答〉女「いかに上人に申べき事の候、秋[一八]も夜寒《さむ》に成《なり》候へば、御衣《おんころも》[一九]を一重[二〇]給《たまは》り候へ　ワキ「安き間の事、此衣を参らせ候べし、扨々《さてさて》御身はいづくに住《す》む人ぞ　女「わらはが住処《すみか》は三輪の里、山本《もと》近き所なり、其上我庵《いほ》[二一]は、三輪《みわ》の山本恋《こひ》しくはとは詠《よ》みたれども、なにしに我をば訪《と》ひ給ふべき、なを《ほ》も不審におぼしめさば、カヽル〽訪《とぶら》[二二]ひ来《き》ませ。

〈歌〉同〽杉立《た》てる門をしるしにて、尋《たづね》給へといひ捨《すて》て、かき消《け》すごとくに失《う》せにけり。

(中入)　(シテは作リ物の中へ消える。後見が引回シに先程の衣を掛ける)

【五】〈名ノリ・問答〉　(アイの三輪の里の男が三輪明神へ参詣、神杉の枝に玄賓僧都の衣が掛かっているのを見て、玄賓を訪れて事の次第を物語る。ワキが先刻の出来事を語ると、アイは神前に詣でることを勧める)

【六】〈上歌〉ワキ〽此[二三]草庵を立《た》ち出《いで》て、此草庵を立ち出て、行《ゆけ》ば程なく三輪《みわ》の里、近《ちか》きあたりか山陰《かげ》の、松[二四]はしるしもなかりけり、杉むらばかり立《た》つなる、神垣《がき》はいづくなるらん、神垣はいづくなるらん。

【七】〈添エゴト〉ワキ カヽル〽不思議やな是なる杉の二本《ふたもと》[二五]を見れば、有つる女人に与《あた》へつる衣《ころも》のかかりたるぞや、「寄《よ》りて見《み》れば衣の褄《つま》に金色《こんじき》の文字《もじ》[二六]据《す》は《わ》れり、読《よ》みて見《み》れば歌なり。

〈下ノ詠〉ワキ〽三《みつ》[二七]の輪《わ》は、清《きよ》く浄《きよ》きぞ唐衣《から(ころも)》、くると思《おも》ふな、取《と》ると思《おも》はじ。

【八】〈上ノ詠〉[二八]女〽千《ち》はやぶる、神も願《ねが》ひのある故《ゆゑ》に、人の値遇《ちぐう》に、逢《あ》ふぞ嬉《うれ》しき。

ク、無所得ナレバ」とある。
二〇 宝生・下掛「一衣(エイチ)」。

女、受衣受法を求める

二一 三輪明神の神詠という。古今集・雑下「わが庵は三輪の山もと恋しくはとぶらひ来ませ杉立てる門」、俊頼髄脳等に「恋しくはとぶらひ来ませ千早振三輪の山もと杉立てる門」の歌型で伝わる。
二二 以下、前掲の神詠をふまえる。
付杉—しるし。
二三 待謡は「通小町」をふまえたか。
二四 俊頼髄脳等「わが宿の松はしるしもなかりけり杉むらならば尋ね来なまし」(赤染衛門集には「わが宿は松に」)をふまえる。江戸中期に徳川氏(松平)を憚り「松は常磐の色ぞかし」と改変されたが維新後に漸次原形に戻した。宝生のみ現在も踏襲。
二五 付杉—二本・はつせ川。
二六 文字が書いてある。「すなはち金色の文字据われり」(「金札」)と似る。
二七 江談抄第一・玄賓大僧都辞退事以下の諸書に「三輪川ノ渚ノ清キ唐衣クルト思フナヱツトオモハジ」とある。布施を行うとき、施す人、貰う人、与える品物という三つに執着しない正しい布施を三輪(さんりん)清浄の布施という。これを

三輪の二本の杉と神詠

【九】〈掛合〉ワキ カヽル へ不思議《ふしぎ》やな是なる杉の木陰《かげ》より、妙《たへ》なる御声《(みこゑ)》聞《き》こえさせ給ふぞや、願《ねが》はくは末世の衆生の願《ねが》ひを叶《かな》へ、御《(おん)》姿をまみえおはしませと、念願深《ふか》き感涙《かむるい》に、墨《すみ》の衣を濡《ぬ》らすぞや　女 へ恥《は》づかしながら我《(わが)》姿、上人にまみえ申べし、罪を助《たす》けてたび給《たま》へ　ワキ へいや罪科《(つみとが)》[一]は人間にあり、これは妙《たへ》なる神道《(しんたう)》の　女 へ衆生[二]済度の方便なるを　ワキ へし[三]ばし迷《まよ》ひの　女 へ人心《(ひとごころ)》や。

〈上歌〉同 へ女姿と三輪[四]の神、女姿と三輪の神、褌《ちはや》[五]掛帯《かけおび》[六]引《ひ》きかへて、ただ祝子《はうりこ》[七]が着《(ちやく)》すなる、烏帽子《ゑぼし》狩衣《かりぎぬ》、裳裾《もすそ》の上に掛《か》け、御影《(み)かげ》あらたに見《み》え給ふ、かたじけなの御事《(おんこと)》[八]や。

【一〇】〈クリ〉地 へそれ[九]神代《(かみよ)》の昔《むかし》物語は、末代の衆生の為、済度方便のことわざ、品々《しなじな》もつて世の為《ため》なり。

〈サシ〉女 へ中にも此敷島[一〇]は、人[一一]うやまつて神力《(しんりき)》増《ま》す　同 へ五濁[一二]の塵《ちり》に交《まじ》はり、しばし心は足引《あし》[一三]の、大和国《(やまとのくに)》に年久《ひさ》しき夫婦《ふう》の者あり、八千代《やちよ》[一四]をこめし玉椿《つばき》、変《か》はらぬ色を頼《たの》みけるに。

〈クセ〉同 へされ共《(ども)》この人、夜《よる》は来《く》れ共昼見《ひるみ》えず、ある夜の睦言《むつごと》に、御身《(おんみ)》いかなるゆへ《(ゑ)》により、かく年月《(としつき)》を送《をく》る身の、昼《ひる》[一五]をば何《なに》とうば《ン》玉の、夜《よる》ならで通《かよ》ひ給はぬは、いと不審多《おほ》き事なり、ただ同じくはとこし[一六]なへに、契《ちぎ》りをこむべしと有しかば、彼人《(かのひと)》答《こた(へ)》えいふやう、実《(げに)》も姿は羽《は》[一七]束師《づかし》の、もりて余所《よそ》にや知《し》られなん、今より後は通《かよ》ふまじ、契《ちぎ》りも今宵《こよひ》ばかりなりと、ねん[一八]

ふまえる詠歌。大意は、三輪のように清浄なこの衣をあなたは私に与えたとお思いなさいますな、私も貰ったとは思いますまい。作り物の中から声のみ聞こえる。
云 この〈上ノ詠〉は前場の〈歌〉「罪を助けてたび給へ」と照応。神の罪業救済の願望。

以上一二九頁

一 罪や科は人間にこそあるもので霊妙な神にはあろうはずはない。
二 前句の語末に重ね、神道における衆生済度の方便として、神にも種々の苦しみや罪科がある。
三 しばらくは迷妄の人間と同じ心を持つことがある。
四 三輪明神が女姿で現れた。囲見ゆる―三輪。袖中抄に「三輪は男神にておはしますと聞ゆ…今のとぶらひきませの歌を、三輪の明神、住吉の明神に奉り給へる御歌と申めれば、女神と三輪をも可レ申歟」。男神・女神両説があった。
五 小忌衣の類で、神事に巫女などが着用。
六 女性が社寺参詣の折などに着ける帯紐。斎戒のしるし。

神婚説話

そうした女姿とは違って。
七 神主・禰宜に次ぐ下級の神職。祝(はふり)。男装した女神のイメージ。
八 後見が引回シを下ろす。
九 以下、明神による衆生済度の物語。三輪の神婚説話と、天の岩戸

ごろに語《かた》れば、さすが別《わか》れの悲《かな》しさに、帰《かへ》る所を知《し》らんとて、[一九]苧環《をだまき》に針をつけ、裳裾《もすそ》に是を
綴《と》ぢつけて、跡をひかへて慕《した》ひ行《（ゆく）》 女 〽まだ‐[二〇]青柳《あをやぎ》の糸長《いとなが》く 同 〽[二一]結《むす》ぶや早《はや》玉の、を《（お）》の
が力《ちから》に[二二]ささがにの、糸《いと》‐繰《く》り返《かへ》し行程に、此山本の神垣《（かみ）がき》や、杉の下枝《したえ》に留《と》まりたり、こはそ
もあさましや、契《ちぎ》りし人の[二三]姿《すがた》か、其糸《いと》の[二四]三綰《わげ》残りしより、三輪《わ》の‐しるしの[二五]過《す》ぎし世を、語《かた》
るにつけて恥《は》づかしや。

【二】〈ロンギ〉地 〽実《（げに）》有難《がた》き[二六]御相好《（ごさうがう）》、聞《き》くにつけても法《（のり）》の道、なを《（ほ）》しも頼《たの》む心かな 女 〽[二七]と
ても神代の物語、委《くは》しくいざや顕《あらは》し、彼《（かの）》上人《（しやうにん）》を慰《なぐさ》めん 地 〽先《（まづ）》は岩戸のその始《はじ》め、隠《かく》れ
し神を出《い》ださんとて、八百《（やほ）》‐万《（よろづ）》の神遊《あそ》び、是ぞ[二八]神楽《かぐら》の初《はじ》めなる。

〈詠〉女 〽ちはやぶる。 〔神楽〕

〈ワカ〉女 〽天《あま》の岩戸《いはと》を引《（ひき）》立《た》てて 地 〽神は跡なく入給へば、常闇《とこやみ》の世《よ》と、はや成ぬ。

〈□〉女 〽[二九]八百万の神達《たち》、岩戸《いはと》の前にて是を歎《なげ》き、神楽《かぐら》を奏《そう》して舞給へば。

〈ノリ地〉地 〽天照太神《（てんせうだいじん）》、其時に岩戸《と》を、少《（すこし）》開《ひら》き給へば。

〈□〉地 〽又常闇《とこやみ》の雲晴《は》れて、日月《（じつげつ）》光輝《かかや》けば、人の面《（おもて）》白々《しろじろ》と見《み》ゆる。

〈ノリ地〉シテ 〽[三〇]面白やと、神の御声《（みこゑ）》の 同 〽妙なる初《はじ》めの、物語《がたり》。

【三】〈歌〉同 〽思へば伊勢と三輪の神、思へば伊勢と三輪の神、[三一]一体《（いつたい）》‐分身《（ふんじん）》の御事《（おんこと）》、今更何《なに》と
[三二]磐座《いはくら》や、其関《せき》[三三]の戸《と》の夜も明《あ》け、かく有難き夢[三四]の告《つ》げ、覚《さ》むるや名残なるらん、覚むるや名残

神話。神代の昔物語は人が過去の罪業を懺悔するのと同じという心。
一〇 日本の異称。三輪辺の古き地名の磯城島《（しきしま）》をも響かせるか。
一一 貞永式目巻頭に「神者依ニ人之敬一増レ威、人者依ニ神之徳一添レ運」。「白鬚」「巻絹」にも見える成句。
一二 劫・見・煩悩・衆生・寿命の五濁。
一三 「(心は)悪し」を掛け大和(山)の序。 一四 年久しきものの喩え。玉椿は「変はらぬ色」の序。
一五 昼をどうして嫌がり、夜しか通っておいでになられぬのか。掛

天の岩戸の物語

うば玉―憂し。烏羽玉は夜の枕詞。
一六 永久に。床《（こと）》に音通で、契りの縁語。
一七 掛羽束師―恥づかし、羽束師の森(山城の歌枕)―洩り。
一八 「寝む」に通じ「契り」の縁語。
一九 紡いだ糸を巻きつけた糸巻き。
二〇 付青柳―糸よりかけて、糸―くる・ささがに。掛糸―いと(甚だ)。 二一 縁結ぶ―糸長く。熊野三社の中の「結ぶ・早玉の宮」を隠し、さらに玉から「玉の緒」(命)と続け(祭神の名の速玉之男命も隠す)、「をのが」の序。平家物語一・康頼祝言「結ぶ・はや玉の両所権現、おの〳〵機に随て」。

伊勢と三輪一体分身説

二二 掛些(少)―ささがに(蜘蛛)。

なるらん。

糸の枕詞。 二三 神婚説話では神体を蛇身とする。 二四「綰(わ)ぐ」は輪にすること。三巻き残ったので。 二五 囲(しるしの)杉―過ぎし世。 二六 御姿。下掛「物語り」。 二七 下掛「さらば」。「とても」は「とても事に」の意。以下、伊勢と三輪の神が「一体分身」である事。 二八 神楽の起源をこの時の神遊びとするのは世阿弥伝書以前の楽書からの定型。 二九 風姿花伝・神儀云に天の岩戸神話が詳しい。 三〇 妙なる御声で発せられた「面白」という言葉の起源説話。この面白の語源説は古語拾遺等に見えるが、世阿弥は花伝のほかに古本別紙口伝や拾玉得花でも言及。 三一 元来一体であるのが仮に身を分けて別の神として出現したこと。三輪大明神縁起の天照大神本迹二位事に「次垂跡者、依三処位、御名字不同御。於天上御名天照也。御降臨之後、二所別御。於大和国三輪山者大神(オホミワ)大明神申。於伊勢国神道山者、中皇太神。一体三名尤可奉知事也」などとある。 三二 囲磐座―いはん。磐座は神の座(いま)す所。 三三 付関戸―あくる。天の岩戸が開くように夜も明けて。 三四 夢のような間に神代の物語を聞いた心。付夢―さむる。

――以上一三二頁

安宅(あたか)

四番目物
直垂舞物　作者不明(宮増か)

場景　前半―加賀国、安宅の里。関所へ通る道のべ。春のある日、ある時。中半―安宅の関。同じく、後刻。後半―関所を遠く過ぎ去ったある山陰。同じく、後刻。

人物　シテ　武蔵坊弁慶〔山伏〕
子方　源義経〔山伏〕
ツレ(立衆)　義経の郎等〔山伏〕(九人)
オモアイ　供の強力(ごうりき)〔強力〕
ワキ　富樫の何某(なにがし)〔直垂上下〕
アドアイ　富樫の従者〔肩衣半袴〕

梗概　加賀国、富樫の何某は頼朝より義経捕縛の命令を受け、安宅の関を守っている。頼朝に追われる義経主従十二人は山伏に姿を変え奥州へ落ちのびる途次、この関へさしかかる。弁慶は東大寺再建の勧進山伏と弁じたが、富樫は山伏の通行を許さぬばかりか斬って捨てると威嚇する。尋常に斬られようと最期の祈禱をする山伏たちの示威に恐れた富樫は、勧進帳の読みあげを求める。弁慶は往来の巻物を勧進帳と偽わり、即座に案文しつつ読みあげ、通関を許されるが、笛を背負って強力に変装した義経が見咎められる。弁慶は、すわ一大事と色めく一同をおさえ、足弱なため疑われたのだと罵り、金剛杖で義経を打ちすえ、富樫を威圧し、事なく通過する。危機を脱した一行が山陰に憩い、主君の不運を嘆いているところに、富樫が酒を持参し、非礼を詫びてねぎらう。弁慶は盃を受け、主君の延年を祈って舞を舞いながら、一同を促し、虎口を逃れる思いで奥州へ下る。

素材・主題　義経記や幸若舞曲「富樫」「笈さがし」などと素材を一にし、悲運の英雄義経と主従の諸処での受難を安宅の関に集約し、義経を守る弁慶の知略と勇気と衷情を力強く描く。京から花の安宅までの長大な道行以下、いくつもの山場を巧みに配して、たたみかけていく作劇は非凡で、見せ場も多い。勧進帳(平家物語五・勧進帳の翻案らしい)は漢文体の散文を大鼓・小鼓のリズムに乗せて歌いあげる特殊な形式で、クライマックスをなす。〈クセ〉の末句の詞章は旋律ともども宮増作という「摂待」のそれと同じで、本曲も宮増作の可能性が強い。山伏通関を阻止する富樫とそれを論破する弁慶との息をのむ論争、祈禱による示威、勧進帳読み上げ、見咎められた義経を杖で打ち富樫を威圧、主君を打ちすえたことの嘆き、今の不運の慨嘆、一行を戒めつつの酒宴、興を添える延年の舞、と観客を一喜一憂させ涙を誘う。

【一】〔名ノリ笛〕〈名ノリ〉ワキ「かやうに候者《もの》は、加賀国富樫《とがし》[一]の何某《なにがし》にて候、抑(さて)も頼朝《よりとも》[二]義経御中(おんなか)

一 加賀(石川県)の地名。富樫氏はその地の豪族で領主。義経記七・平泉寺御見物の事に「安宅の渡りを越えて…加賀国富樫といふ所も近くなる。富樫の介と申すは当国の大名なり。鎌倉殿より仰せは蒙らねども、内々用心して判官を待ち奉るとぞ聞えける」とある。宝生は「加賀の国安宅の湊に富樫の某にて候」。
二 確執を生じた源頼朝・義経は文治元年冬各々追討の院宣を奏請したが、義経は追われる立場となる。

以下一三四頁

一 源義経をさす。判官は諸官庁の尉、義経は検非違使の尉だった。
二 十二人(源平盛衰記)、十六人(義経記)など諸説ある。
三 にせ山伏。**四** 厳重に。
五 目下の者を呼ぶ時の慣用表現。
六 呼ばれて前に出る時の慣用表現。
七 旅衣の篠懸の、草葉の露に濡れた袖が、思わぬ涙でいっそう霑れる。篠懸は山伏が山野を跋渉する時に着る麻製の上着。篠懸・露・袖は衣の縁語。「摂待」の〈次第〉と同文。「黒塚」(「安達原」)にも。
八〈次第〉のあとは地謡が小声で繰返す(地取リ)のが定型。「安宅」は唯一の例外で、アイの強力が「おれが衣は篠懸の、破れて事や欠きぬらん」と〈次第〉をもじって謡い、諸譃味を出している。
九 漢の高祖が楚の項羽と鴻門で会

不和にならせ給ふにより、判[一]官殿十[二]二人の作《つく》[三]り山伏《ぶし》と成て、奥《おく》へ御下りの由《よし》、頼朝《よりとも》聞《き》こし召及ばれ、国々に新関《(しんせき)》を立《(たて)》て、山伏を堅《かた》[四]く選《えらみ》び申せとの御事にて候、去間《(さるあひだ)》此所をばそれがし承《(うけたまわ)》つて山伏を止《と》め申候、今日も堅《かた》く申付《(まうしつけ)》ばやと存《(ぞんじ)》候。

〈問答〉ワキ「いかに[五]誰か有　トモ「御[六]前に候　ワキ「今日も山伏の御通りあらばこなたへ申候へ　トモ「畏《(かしこまつ)》て候。

【二】〔次第〕〈次第〉シテ・同山 へ旅[七]の衣《(ころも)》は篠懸《すずかけ》の、旅《たび》の衣《ころも》は篠懸の、露けき袖や霑《しほ》るらむ[八]。（このあと狂言の強力が〈次第〉「おれが衣は篠懸の、破れて事や欠きぬらん」と地取りをする）

〈サシ〉シテ・同山 へ鴻門《(こうもん)》[九]楯破《たてやぶ》れ、都の外《(ほか)》の旅衣《たびごろも》　同 へ日も遥々《はるばる》の越路《こしぢ》[一〇]の末《すゑ》、思《おも》ひやるこそ遥《はる》かなれ　シテ へ扨《(さて)》御供の人々は　同 へ伊[一一]勢の三郎駿河《するが》の次郎、片岡《かたおか》増尾《ましほ》常陸《ひたち》坊　シテ へ弁慶は先達《(せんだつ)》[一二]の姿《すがた》となりて　同山 へ主従《シウジウ》以上十二人、いま[一三]だならはぬ旅姿《すがた》、袖の篠懸《すずかけ》露霜を、今日《けふ》分《(わけ)》染《そ》めていつまでの、限《かぎ》りもいさや白《しら》雪の、越路《こしぢ》の春に急《いそ》ぐなり。

〈上歌〉同山 へ時《とき》しも比《(ころ)》は如月《きさらぎ》[一四]の、時しも比は如月の、如月《きさらぎ》の十日の夜、月[一五]の都を立《た》ち出《(いで)》て。

〈上歌〉同山 へこ[一六]れやこの、行《(ゆく)》も帰《かへ》るも別《わか》れては、行も帰るも別れては、知《し》るも知《し》らぬも、逢《あふ》─坂の山[一七]隠《かく》す、霞ぞ春は恨《(うらめ)》しき、霞ぞ春は恨しき。

〈下歌〉同山 へ浪[一八]路遥《はる》かに行舟《(ゆくふね)》の、浪路遥かに行舟の、海津《(かいづ)》の浦に着《つ》きにけり、しののめ早《はや》く明《あ》け行《ゆ》けば、浅茅《あさぢ》色づく愛発《あらち》山。

見した時、謀殺されそうになった高祖を臣の樊噲《(はんかい)》が防ぎ守った

富樫、安宅の関を守る

故事(史記等)を借り、弁慶を樊噲に比し、義経を守り得ず志も破れ、都を離れ逃避行の身となったことをいう。衣・紐(日も)・張(遥)と縁語を重ねる。

一〇 北陸道の古称。[掛]来し─越。

一一 以下、義経の北国落ちに随従した家臣達。　一二 修験道で峰入を重ね作法に通達した山伏。

一三 未だ着たこともない山伏の旅装を整え、篠懸の袖で露霜を分け

義経主従、安宅へ

つつ、いつ終るともわからぬまま、白雪積もる越路の春に旅を急ぐ心。「もろともに越路の春や急ぐらん立ちおくれじと帰る雁がね」(南朝五百番歌合・弁内侍)。[縁]袖─露(袖ひも)─狭布(今日)。[掛]知らぬ─白雪。　一四 義経の都落は文治二年二月二日(義経記)。吾妻鏡では文治三年二月十日の条に記載。

一五 帝都の異称。夜の縁で続けた。

一六 後撰集・雑一・蟬丸の歌(末句「逢坂の関」)を引き、いつ帰るか分らぬ都との別れの意をこめる。

一七 「山隠す春の霞ぞ恨めしきいづれ都の境なるらん」(古今集・羇旅・乙)による。

一八 以下、安宅への道行を縁語・掛

〈上歌〉同山 〽気比《けひ》の海、宮居久しき神垣《がき》や、松の木芽《きのめ》山、なを《(ほ)》行先《さき》に見えたるは、杣山人《(そまやまびと)》の板取《どり》、川瀬の水の浅洲《(あさうづ)》や、末《すゑ》は三国の湊《みなと》なる、芦の篠原《しのはら》波寄《よ》せて、靡《なび》く嵐[一九]の烈《はげ》しきは、花のあたかに着《つ》きにけり、花の安宅《あたか》に着きにけり。

〈着キゼリフ〉シテ「いかに申上候、暫《しばら》く此所に御休《やす》みあらふ《(う)》ずるにて候。

【三】〈問答〉ハウ「いかに弁慶　シテ「御前に候　判「唯今《(ただいま)》旅人の申て通《とを》りつる事を聞てあるか　シテ「いや何とも承《(うけたまは)》らず候　判「安宅《あたか》の湊《みなと》に新関を立《た》てて、山伏を堅《かた》く選《えらム》ぶとこそ申つれ　シテ「[二〇]言語道断の御事にて候物かな、扨《(さて)》は御下向を存《(ぞんじ)》て立《(たて)》たる関と存候、是はゆゆしき御大事にて候、先《(まづ)》此傍《かたはら》にて皆々《みなみな》御談合《(ごだんかふ)》[二一]あらふ《(う)》ずるにて候、是は一大事の御事《こと》にて候間、皆々心中《(しんぢう)》の通《とを》りを御異見御申あらふ《(う)》ずるにて候　ツレ山「我等が心中には何程の事の候べき、唯打《(うち)》破《やぶ》つて御通りあれかしと存《(ぞんじ)》候　シテ「暫《しばら》く、仰《(おほせ)》のごとく此関一所《(いつしよ)う》打ち破《やぶ》つて御通りあらふ《(う)》ずるは安き事にて候へ共《(ども)》、御出《(いで)》候はんずる行末《(ゆくすゑ)》が御大事にて候、唯何ともして[二二]無為《(ぶゐ)》の儀が然《(しかる)》べからふ《(う)》ずると存候　ハウ「とも角も弁慶計《はか》らひ候へ　シテ「畏《(かしこまつ)》て候、それがしきつと案《あん》じ出《(いだ)》したる事の候、我等を始《(はじめ)》て皆々《みなみな》憎《につ》[二三]くひ《(い)》山伏《ぶし》にて候が、何と申ても御姿[二四]隠《かく》れ御坐なく候間、此ままにてはいかがと存候、[二五]恐れ多《おほ》き申事《(まうしごと)》にて候へ共、御篠懸《すずかけ》を除《の》けられ、あの強力《(がうりき)》[二六]が笈《(おひ)》[二七]をそと御肩《かた》に置《を》かれ、御笠《かさ》を深々《ふかぶか》と召《め》され、いかにもくたびれたる御体《(おんてい)》にて、我等より後《あと》に引さがつて御通《とを》り候はば、中々人は思ひもより申まじきと存候　ハウ

詞・序詞・音通等を駆使して綴る。「浅茅色づく」は「矢田の野に浅茅色づく愛発山峰の淡雪寒くぞあるらし」（新古今集・冬・柿本人麿）をふまえる（廃曲「敷地物狂」にも）。縁舟の―（櫂）海津、明け行けば―（朝）浅茅、神垣―松―木、川瀬―（浅）浅洲。序浅茅色づく―愛発山、芦の―篠原。掛杣山―杣（木こり）山人。

一九 嵐は花にとっては仇、その嵐吹く安宅に着いた。判官の苦難を暗示。掛花の仇―安宅。

通関の秘策を協議

二〇 不都合千万、もってのほか。

二一 相談。 二二 事荒立てぬ穏やかな手段がよろしかろうと存じます。

二三 それ相応の山伏。「此所にては翁も憎き者ぞかし」（「国栖」）。

二四 わが君のお姿は、はっきり目立ってしまいますので。

二五 「恐れ多き」の「恐れ」は、オオソレと発音するのが慣例。観世流のみオソレと変えている。

二六 山伏の荷物を持つ従僕。

二七 仏具食物を入れて肩に負う箱。

以下一三六頁

一 なんと勿体ない事ではないか。

二 様子。 三 本当に山伏を吟味選別しているか、噂だけなのか。

四 強力の歌の意は、山伏は法螺貝を吹くが、私は搔き伏して逃げてきた、一体誰が追いかけて恐ろし

「実《げに》これは尤《もつとも》にて候、さらば篠懸を取《と》り候へ　シテ「承《うけたまはり》候。

〈問答〉シテ「いかに強力《がうりき》、汝が笛《おひ》を御肩《かた》に置《を》かるる事は、[一]なんぼう冥加もなき事にてはなきか、先《まづ》汝はさきへ行《ゆ》き、関の様体《やうだい》[二]を見て、[三]誠に山伏を選《えらム》ぶか、又左様にもなきか、関《せき》の体をねんごろに見て来《きた》り候へ　狂言「畏《かしこまつ》て候。

【四】〈□〉（強力がシテの命令で関の様子を偵察に行き、櫓や楯を並べた防壁を築き、山伏の首が四つ五つ懸けてあるのを発見、あわてて戻る）

【五】〈問答〉[四]（強力が偵察してきた様子を報告し、あまりの厳しい状況に一首連ねて帰って来たと報告。何と連ねたかと問われ、「山伏は貝吹いてこそ逃げにけり誰おひかけてアビラウンケン」と連ねたと答えると、シテはお前は気の回る奴だ、少し遅れて来るよう告げる）

【六】〈掛合〉シテ カヽル＼実《げに》や紅《くれなゐ》[五]は園生《そのふ》に植《う》へ《ゑ》ても隠《かく》れなし　同山＼強力《がうりき》にはよも目を掛《か》けじと、御篠懸《すずかけ》を脱《ぬ》ぎ替《か》へて、麻《あさ》[六]の衣《ころも》を御身に纏《まと》ひ　シテ＼あの強力が負《お》ひたる笛《おひ》を

ハウ＼義経《よしつね》取つて肩《かた》に掛《か》け　同山＼笛の上には雨皮《あまがは》[七]肩箱《かたばこ》[八]取り付《つけ》て　判＼綾菅笠《あやすげがさ》[九]にて顔《かほ》を隠《かく》し　同山＼金剛杖《こんがうづゑ》[一〇]に縋《すが》り　判＼足痛《あしいた》げなる強力《がうりき》にて。

〈歌〉同＼よろよろとして歩《あゆ》み給ふ、御《おん》有様ぞ痛《いた》はしき。

〈問答〉シテ「我等よりは後《あと》に引さがつて御出《い》であらふ《う》ずるにて候、さらば皆々御通《とほり》候へ

ツレ「承候。

【七】〈問答〉狂言「いかに申候、山伏達の大勢御通《とを》り候　ワキ「何[一一]と山伏の大勢《ぜい》御通《とを》りあると申か、心得てある。

い地獄の姿にしたのか、ナムアミダブ。四 貝吹―播い伏、追駆け―笛掛け。アビラウンケンは阿毘羅吽欠《あびらうんけん》のもじり。阿鼻（地獄）を匂わせた洒落。

五 優れた者はどんな所にいても目に立つ、という諺。「頼政」にも。

六 粗末な衣。　七 厚紙に桐油《とうゆ》をひいた雨よけの合羽。

八 笛の上に載せる小箱。

九 綾組みにして作った菅笠。

一〇 山伏が持つ白木の杖。実際の舞台では、太い青竹を用いる。

一一 なんだって。　一二 山伏の別称。

一三 奈良。建立は、ここでは平重衡による戦火焼失後の再建。再建事業の趣意は勧進帳読み上げの場面で明らかとなる。

一四 若狭・越前・加賀・能登・越中・越後・佐渡の七国の総称。

義経、身をやつす

一五 寄進の勧めに応じて下さい。

一六 はなはだ。

一七 「候」は強調表現。

一八 「さん候」は本来は肯定の言葉。

一九 斬った以上怪しき者は同断だ。

二〇 えい面倒な、問答無用。

二一 いうまでもないこと。

二二 とんだ不運なところへ来合わせてしまったものだ。

二三 死に臨んでの勤行。

二四 みごとに殺されようぞ。

二五 以下、正統な山伏を証明する

〈問答〉ワキ「なふなふ客僧[一二]達これは関にて候　シテ「承候、これは[一三]南都東大寺建立《こんりう》の為に、国々へ客僧を遣《つか》はされ候、[一四]北陸《ろく》道《(だう)》をば此客《きやく》僧承《(うけたま)》はつて罷通《(まかりとほり)》候、先《(まづ)》勧《すす》[一五]めに御入候へ　ワキ「[一六]近比《(ちかごろ)》殊勝《しゆしよう》に候、勧《すす》めには参《まい》らふ《(う)》ずるにて候去《(さり)》ながら、是は山伏達に限つて止《と》め申関《せき》にて候　シテ「扨《(さて)》其謂《いは》れは候[一七]《ザウラウ》　ワキ「[一八]さん候《ザウラウ》頼朝義経《よりともよしつね》御《(おん)》中不和にならせ給ふにより、判官殿は奥秀衡《おくひでひら》を頼《たの》み給ひ、十二人の作《つく》り山伏となつて、御下向の由《よし》其聞《(そのきこ)》え候間、国々に新関《しんせき》を立《(たて)》て、山伏を堅《かた》く選《えらミ》び申せとの御事にて候、去間《(さるあひだ)》此所をば某《(それがし)》承つて山伏《やまぶし》を止《と》め申候、殊にこれは大勢御坐候間、一人《(いちにん)》も通し申《(まうす)》まじく候　シテ「委細承《(うけたまはり)》候、それは作《つく》り山伏をこそ止《と》めよと仰出《(おほせいだ)》され候ひつらめ、よも真《まこと》の山伏を止《と》めよとは仰《(おほせ)》られ候まじ　狂言「いや昨日《きのふ》も山伏を三人まで斬《き》[一九]つつる上は候《ザウラウ》　シテ「扨《(さて)》其斬《き》つたる山伏《ぶし》は判官殿か　ワキ「[二〇]あらむつかしや問答は無益《むやく》、一人も通《とを》し申まじひ《(い)》上は候《ザウラウ》　シテ「扨《(さて)》は我等をも是にて誅《(ちう)》せられ候はんずるな　ワキ「[二一]中々の事　シテ「言語道断、[二二]かかる不祥なる所へ来かかつて候もの哉《(かな)》、此上は力及ばぬ事、さらば[二三]最期《さいご》の勤《つと》めを始《はじ》めて、[二四]尋常《じんじやう》に誅《ちう》せられうずるにて候、皆々《みなみな》近うわたり候へ　ツレ山「承候。

【八】〈ノット〉〈□〉シテ カヽル 〽いでいで最期《さいご》の勤《つと》めを始《はじ》めん、[二五]それ山伏《ぶし》といつぱ《ツ》、役《えん》の優婆塞《うばそく》の行儀《(ぎやうぎ)》を受《う》け　ツレ山「其身は[二六]不動明王の尊容を象《かたど》り　シテ「兜巾《ときむ》といつぱ《ツ》五智《ち》の宝冠《ほうくわん》なり　同山 〽[二七]十二因縁の鬟《ひだ》を据《す》へ《(ゑ)》て戴《いただ》き　シテ 〽九会《(くゑ)》曼荼羅《まむだら》の柿の篠懸《すずかけ》　同 〽胎蔵黒色《たいざうこくしき》

描写。そもそも山伏とは、始祖の役(えん)の行者の方法を継承し、その身は不動明王の姿そのもの。兜巾は仏の五智(五種の智徳)を象徴

富樫、通関を阻止

する宝冠、十二因縁を表す十二の鬟があり、金剛界の九会(くゑ)曼荼羅を表す色の柿色の篠懸を着、胎蔵界を示す色の黒の脛巾を履く。八つ目のわらじは八葉の蓮華を踏む心だ。山伏の装束を密教教理にあてる説は渓嵐拾葉集にも見える。

二六 大日如来の化身とされ、修験道で最も尊崇する。

二七 衆生が前世・現世・後世の三世にわたって六道に輪廻する因と果を、十二に分けた名目。

以下一三八頁

一「阿」は口を開ける声、出る息。「吽」は閉じる声、入る息。宇宙万物の出発と帰着の象徴。

二 生きながら仏となった山伏を。底本「そく心」。

三 底本・諸流「明王」は「冥」の訛伝。神仏の見通し。「冥の照覧はかりがたし」(平家物語二・座主流)。

四 本宮・新宮・那智の三所権現。

最期の勤め、決死の示威

五 大日如来の真言(梵語の呪文)。

六 寄進勧誘の趣旨を記した文書。

七「と候や」は反問するときの慣用

の脛巾《はばき》を履《は》き　シテ〽抔《（さて）》又《や》八つ目《め》の藁鞋《わらむづ》は　同〽八葉の蓮華《れんげ》を踏《ふ》まへたり　シテ〽出《（いで）》入《（いる）》息《いき》に阿《あ》[一]吽《うむ》の二字を唱《とな》へ　同〽即《そく》[二]身即《そく》仏の山伏を　シテ〽爰《（ここ）》にて討《う》ちとめ給はん事　同〽冥《（みやう）》[三]の照覧計《はか》りがたふ《（う）》　シテ〽熊野《（ゆや）》[四]権現の御罰《（おん）ばつ》を当《あ》たらむ事　同〽たちどころにを《（お）》ひ《（い）》て　シテ〽疑《うたが》ひあるべからず。

〈歌〉同〽唵阿毘羅吽欠《おんあびらうむけん》[五]と、数珠《じゆず》さらさらと押《を》し揉《も》めば。

【九】〈問答〉ワキ「近比《ちか（ごろ）》殊勝《しゆしよう》に候、さきに承《（うけたまはり）》候ひつるは、南都東大寺の勧進《くはんじん》と仰《（おほせ）》候間、定《さだ》めて勧進帳《くはんじん》[六]の御坐なき事は候まじ、勧進帳をあそばされ候へ、是にて聴聞《ちやうもん》申さうずるにて候

シテ「なにと勧進帳を読《よ》めと候《ザウラウ》[七]や、心得申て候。

〈□〉シテ「[八]もとより勧進《くわんじん》帳はあらばこそ、笈《をひ》の中《（なか）》より往来《（わうらい）》[九]の、巻《まき》物一巻《（いちくわん）》と取り出《（いだ）》し、勧進帳と名づけつつ、カヽル〽高《たか》らかにこそ読《よ》み上《（あげ）》けれ。

[一〇]〈読ミ物〉シテ〽それつらつら　同〽惟《おも》みれば、大恩教主《おんけうしゆ》[一一]の秋の月は、涅槃《ねはん》の雲に隠《かく》れ、生《（しやう）》[一二]死長夜《じぢやうや》の長《なが》き夢、驚《おどろ》かすべき人もなし、爰《（ここ）》[一三]に中比《（なかごろ）》、御門《（みかど）》おはします、御名《（おんな）》をば、聖武[一四]皇帝と、名《な》づけ奉《たてまつ》り、最愛《さいあひ》[一五]の夫人《（ぶにん）》に別《わか》れ、恋慕《れんぼ》やみがたく、涕泣眼《ていきうまなこ》[一六]にあらく、涙《（なンだ）》[一七]玉を貫《つらぬ》く、[一八]思ひを、善途《ぜんと》に翻《ひるがへ》して、盧遮那《るしやな》[一九]仏を建立す、かほどの霊場《れいぢやう》[二〇]の、絶《（たえ）》なん事を悲《かな》しび《み》て、俊乗坊《しゆんぜう》[二一]重源《てうげん》、諸国を勧進す、一紙《（いつし）》[二二]半銭《せん》の、宝財《ほうさい》の輩《ともがら》は、此世にては、無比の楽に誇《ほこ》り、当[二三]来にては、数千蓮《れん》花の上《うへ》に坐せん、帰命《（きみやう）》[二四]稽首《けいしゆ》、敬《うやま》つて白《まう》すと、天も響《ひび》けと読《よ》み上《あ》げたり。

表現。「候」は濁音に発音する。
八 もちろん勧進帳などあろうはずはない。
九 往来物（手紙の模範文例集）。
一〇 漢文調の散文を拍子に乗せる特殊な謡物。重々しく読み始め、しだいに気勢激しくテンポを進める。　一一 大恩教主（釈迦のこと）の涅槃（入滅）を秋の月の雲に隠れることに譬えた。
一二 生死の苦しみに沈淪し続けることを長い夜に、迷夢を見続け悟り得ぬことを長い夢に譬えた。
一三 然るに、中昔の頃。
一四 聖武天皇。仏法を信じ、諸国に国分寺を設置し、東大寺を建立。
一五 光明皇后。聖武天皇が夫人の死を嘆いて大仏を建立したという説話は「大仏の御縁起」（『室町時代物語六』）等に見える。「夫人」は底本「婦人」。元来ブニンと読むが現行観世のみフジンと発音。

弁慶、勧進帳を読む

一六 涙を流して、眼を泣きはらし。
一七 涙が連なりこぼれ。
一八 愛着の思いを善根を積む道（仏道のこと）に転換して。
一九 毘盧遮那仏（大日如来）。
二〇 聖武天皇の勅願寺に加えて、后の死を悲しみ梵天に祈誓すると、后が冥途から玉の輿で送り返されたという説話（「松山鏡」等）を背景。
二一 法然の弟子。勅命を受け東大

〈歌〉ワキ 〽関の人々肝《きも》を消《け》し　同 〽恐《をそ》れをなして通しけり、恐れをなして通しけり。

〈問答〉ワキ「急《いそ(い)》ひで御通り候へ　シテ「承《(うけたまはり)》候。

【一〇】〈問答〉トモ「いかに申候、判官殿の御通《(とほり)》候。

〈問答〉ワキ「いかに是なる強力留《と》まれとこそ[二五]　山伏 同 〽すは我君を怪《あや》しむるは、[二六]一期《(いちご)》の浮沈《ふちん》極《きは》まりぬと、「みな一同に立帰る　シテ「あふ《(おう)》暫《しばら》く、あはて《(わ)》て事をし損《そん》ずな、やあ何とてあの強力は通《とを》らぬぞ　ワキ「あれはこなたより留《と》めて候　シテ「それは何とて御留《と》め候ぞ　ワキ「あの強力がちと人に似たると申者の候程に、扨留《(とめ)》て候よ　シテ「なにと人が人に似たるとは、珍《めづら》しからぬ仰《(おほせ)》にて候、扨《(さて)》誰に似て候ぞ　ワキ「判官殿に似たると申者の候程に、[二七]落居《(らつきよ)》の間留《(とめ)》て候　シテ「や、言語道断、判官殿に似申たる強力めは[二八]一期の思《おも》ひ出《(で)》な、腹《はら》立《(たち)》や日高《たか》くは、能登国まで指《さ》さふ《(う)》ずると思《おも》ひつるに、僅《わづ》かの笈負《(おひ)お》ふ《(う)》て後《あと》にさがればこそ人も怪《あや》しむれ、総《そう》じて此程憎《につく》し憎《につく》しと思《おも》ひつるに、いで物見せてくれんとて、金剛杖《こんがう》をを《(お)》つ取《と》つて散々《さんざん》に打擲《ちやうちやく》す、通《とを》れとこそ、や[二九]、笈に目を掛《か》け給ふは盗人《たう(じん)》ざうな。

〈歌〉山伏 同 〽かたがたは何故《(なにゆゑ)》に、かたがたは何故に、か程賤《いや》しき強力に、太刀刀《かたな》を抜《ぬ》き給ふは、[三〇]目垂《めだ》れ顔《がほ》の振舞《ふる》は、臆病《おくびやう》の至《いた》りかと、十一人の山伏は、打《う》ち刀抜《ぬ》きかけて、勇《いさ》み｜かかれる有様は、いかなる天魔鬼神《(きじん)》も、恐《をそ》れつべうぞ見えたる。

〈問答〉ワキ「近比《(ちかごろ)》誤《あやま》りて候、はやはや御通《とを》り候へ。

寺再興の大勧進(責任者)となった。 二二 一枚の紙、半銭のお金のような僅かなものでも浄財を寄進する人々は。「況んや一紙半銭の宝財にをひてをや」(舞の本・文学)。 二三 来世では極楽浄土に生れ蓮華台の上に座ることができるだろう。

富樫、義経を見咎める

二四 仏を深く信じ礼拝する意の文書の結びの慣用語。 二五「とこそ」は命令の強調。 二六 一生の運命の分れ目がここに極まった。 二七 事が落着する迄。 二八 生涯の光栄であろうが。 二九 やあ、笈に目を付けて留めなさるとは、さてはお前達は盗人だな。「ざう」は「に候」の転、俗語的表現。 三〇 相手の弱みにつけこむ卑怯な態度。「目垂れ顔なる夜討はするとも」(「烏帽子折」)。

以下一四〇頁

弁慶、義経を打擲

一 随分と遠く迄。 二 ふつうなら考えられぬような不都合な行為。 三 このあたり、弁慶の自責の念と弱気とが交錯する。 四 そのように考えるのは悪い了簡です。「心得ぬ」の「ぬ」は完了(強意)。 五 凡愚の人間の仕業ではない。 六 一生もこれで終りと思ったときに。 七 あれがよい、これが悪いなどと議論せずに。

【二】〈問答〉シテ「さきの関《せき》をばはや[一]抜群《ばつくん》に程隔《へだ》たりて候間、此所に暫《しばら》く御休《やす》みあらふ《(う)》ずるにて候、皆々近《みなみなちか》う御参り候へ。

〈問答〉シテ「いかに申上候、扨《(さて)》も只今はあまりに難儀《なんぎ》に候ひし程に、[二]不思議の働《はたら》きを仕《(つかまつ)》り候事、[三]へこれと申に君の御運、尽《つ》きさせ給ふにより、今弁慶が杖にも当《あ》たらせ給ふと思へば、いよいよあさましうこそ候へ　ヨシツネ「[四]扨《(さて)》は悪《あ》しくも心得ぬと存ず、いかに弁慶、扨も只今の機転《てん》さらに[五]凡慮よりなすわざにあらず、唯《(ただ)》天の御加護とこそ思へ、へ関の者ども我を怪《あや》しめ、[六]生涯限《かぎ》りありつる所に、[七]とかくの是非をば問答《もむだ》はずして、ただ真《まこと》の下人《(げにん)》のごとく、散々《さむざむ》に打《う》つて我を助《たす》くる、是《(これ)》弁慶が計《はか》り事《こと》にあらず、[八]八幡《(はちまん)》の。

〈下歌〉同 へ御託宣《たくせん》かと思へば、忝《かたじけな》くぞ覚《おぼ》ゆる。

【三】〈クリ〉同 へそれ世は[九]末世に及《をよ》ぶといへども、日月《(にちげつ)》は未《いま》だ地に落《お》ち給はず、たとひいかなる方便なりとも、まさしき主君を打《う》つ杖の、天罰《ばつ》に当《あ》たらぬ事や有べき。

〈サシ〉判 へ実《(げに)》や[一〇]現在の果を見て過去未来を知《し》るといふ事　同 へ今に知《し》られて身の上に、憂《う》き年月《(としつき)》の[一一]如月《きさらぎ》や、下《(しも)》の十日の今日《けふ》の難《なん》を、遁《のが》れつるこそ不思議《ふしぎ》なれ　判 へ[一二]ただながらに十余《よ》人　同 へ夢の覚《さ》めたる心地して、互《たが》ひに面《おもて》を合《あ》はせつつ、泣計《(なくばかり)》なる有様《ありさま》かな。

〈クセ〉同 へ[一三]然るに義経《よしつね》、[一四]弓馬《(きうば)》の家に生れ来《き》て、命《(めい)》を―頼朝《よりとも》に奉り、屍《かばね》を―西海の浪に沈《しづ》め、[一五]山野《(さんや)》海岸《がん》に、起《お》き臥《ふ》し明《(あか)》す武士《もののふ》の、鎧《よろひ》の袖枕、片敷《かたし》く隙《(ひま)》も波の上、[一六]ある時は船に浮《う》かび、風《(ふう)》

八 八幡大菩薩。源氏の氏神。弁慶の気転ある処置が実は八幡の御託宣と、弁慶を慰撫する義経。

九「末代なれどもさすが日月はいまだ地におち給はぬものを」(平治物語・上)など。末法の世における期待感を表明した言葉。

弁慶、不敬を謝罪

一〇 夢窓疎石「二十三問答」等にみえる諺。現在の状況によって過去の因、未来の果を知る、意。「げにや現在の果を見て過去の因を聞き、又今の世に未来を悟るといへば」(廃曲「千手寺」)。

一一「来」と掛詞。我が身の上につらい時節が巡って来て、二月下旬の今日災難にあったが。

一二 この一句、他流はシテのセリフ。十余人はただもう悪夢から覚めた気持ちで。

一三 冒頭発語の慣用句。逆説の意味はない。以下「腰越状」の文章の脱か。

一四 武士の家に生まれて。一命を頼朝に捧げ、多くの部下を西海の波に沈めた(壇の浦の海戦)。

一五 山野海岸に起き臥して、鎧の袖を片敷きまどろむ暇さえなかった。囲無―波。

一六 ある時は舟に乗り(屋島の急襲)、ある時は山の脊によじ登り(一谷の鵯越え)、須磨明石の海岸を転戦した。「海少し」は「須磨」の寄合語。囲音やす―須磨。序明石の―と(門)かく。

波《(は)》に身を任《まか》せ、ある時は山脊《(さん)せき》の、馬蹄《てい》も見《み》えぬ雪の中《(うち)》に、海-少《すこ》しある夕浪の、立《た》ち来《く》る音や須磨明石の、[一七]とかく-三年《(みとせ)》の程もなく、敵《てき》を滅《ほろ》ぼし靡《なび》く世の、其忠勤《きん》も徒《いたづら》に、成《(なり)》果《は》つる此身の、そも何といへる因果ぞや　判〽実《(げに)》や思ふ事、叶《かな》はねばこそ憂《う》き世《よ》なれと　同〽知《し》れどもさすが猶《(なほ)》、思《おも》ひ返《かへ》せば梓弓《あづさ》の、[一八]直《す》ぐなる-人は苦《くる》しみて、讒臣《ざむしん》は-いやましに世にありて、[一九]遼遠《りようゑん》-東南の雲を起《を》こし、西北《(せいほく)》の雪霜に、責《せ》められ埋《む》もる浮身を、理《ことは》り給ふべきなるに、唯《(ただ)》世には、神も-仏もましまさぬかや、[二〇]恨《うら》めしの憂《う》き世や、あら恨《うら》めしの憂《う》き世や。

【三】〈問答〉ワキ「いかに誰《たれ》かある　狂言「御前に候　ワキ「扨《(さて)》も山伏たちに[二一]聊爾《(れうじ)》を申《(まうし)》て　余《(あまり)》に面目もなく候程に、追《を》つ付《(つき)》申酒《(しゆ)》を一つ参らせうずるにてあるぞ、汝は先へ行《(ゆき)》て留《と》め申候へ

狂言「畏《(かしこまつ)》て候。

〈問答〉狂言「いかに申候、さきには聊爾を申て、あまりに面目もなく候とて、関守の是まで酒を持《(もた)》せて参られて候　シテ「言語道断、[二二]頓而《(やがて)》御《(おん)》目に懸《(かか)》らふ《(う)》ずるにて候。

【四】〈□〉シテ「[二三]実々《(げにげに)》これも心得たり、人の情《なさ》けの盃に、うけて心を取《と》らむとや、これに付《(つけ)》ても人々に、カヽル〽[二四]心《こころ》なくれそ[二五]呉織《くれはとり》。

〈段歌〉同〽あやしめらるな面々《めんめん》と、弁慶に諌《いさ》められて、此-山陰《かげ》の[二六]一《(ひと)》宿《やど》りに、[二七]ざらりと円居《まとゐ》して、[二八]所も山路の、菊《きく》の酒を飲《の》まふ《(う)》よ　シテ〽面白や[二九]山水《(やまみづ)》に　同〽面白や山水に、盃《さかづき》を浮《う》かべては、流《(りう)》に牽《ひ》かるる曲水《(きよくすい)》の、手先《(まづ)》-遮《さへぎ》る袖触《ふ》れて、いざや舞《ま》を舞はふ《(う)》よ、本《(もと)》より弁慶

一七 かれこれ三年ばかりで敵を平定したのにその忠勤もむだになり。
一八 正直な人(義経)は苦しみ、讒言する家来(梶原景時)はますます権勢を振るい。縁返す―梓弓。序弓―直ぐなる。

義経、不運を嘆く

一九 「西北雲膚起、東南雨足来」(李嶠・百詠・雨)を「東南雲…西北雪霜…」に変型させた詩句の応用(「呉服」「志賀」など)。「遼遠」は諸流謡本に従ったが疑問。「龍淵」(龍の棲む淵、臥龍としての義経)を宛て、英雄一たび立って加勢の諸士に号令を発し、平家を討つ意とも。縁雪霜―雲。
二〇 繰り返しまで含めて詞章・旋律とも「摂待」の初同の末句に同じで、同一作者か集団の作と考えられる。
二一 うかつな失礼なこと。
二二 早速お目にかかろう。
二三 関守の来訪の意味もわかっている。人情をこめた盃をさし、酒に浮かれさせて本心を探ろうというのだろう。付盃―うく。掛うけ―浮け―受け。「摂待」にも「人の情の盃を、涙と共に受けて持つ」。

富樫、無礼をわび酒宴

二四 気を許してはいけないぞ。
二五 「くれそ」と重韻。呉織は呉国から渡来した織工女。並称される漢織(あやはとり)に言い掛けて「あやし」

は、[一]三塔《たふ》の遊僧《いうそう》、[二]舞延年の時の和歌、これなる山水の、落《お》ちて巌《いはほ》に響《ひび》くこそ。

【一五】〈ワカ〉シテ へ鳴《な》[三]るは瀧の水。

〈問答〉シテ「たべ酔《ゑひ》て候程に、先達《せんだつ》御酌《しやく》に参らふ《う》ずるにて候　ワキ「さらばたべ候べし、とてもの事に先達一《ひと》さし御舞候へ　シテ「承《うけたまはり》候。

〈ワカ〉同 へ鳴《な》るは瀧の水。

〔男舞〕

シテ へ鳴《な》るは瀧《たき》の水。

【一六】〈ノリ地〉同 へ日は照《て》るとも、絶《た》えずとうたり、絶えずとうたり、[四]疾《と》く疾《と》く立《た》てや、手束《たつか》弓の、心許《ゆる》すな、関守《せき》の人々、暇《いとま》申て、さらばよとて、笛《おひ》を《お》つ取《と》り、肩《かた》にうち掛《か》け、[五]虎の尾を踏《ふ》み、[六]毒蛇の口を、脱《の》がれたる心地して、陸奥《むつ》の国へぞ、下りける。

の序。 三六 底本「人やとり」を訂正。
三七 ずらりと輪になって座り。
三八 所もちょうど山路、それにふさわしい菊の酒を飲もうよ。菊の酒の故事は「俊寛」四六八頁注六参照。 三九 以下、曲水の宴を詠んだ和漢朗詠集の詩「流に牽かれて遄く過ぐれば手先づ遮る」(「養老」一二四頁注一七)に基づき、山中の清流での酒宴。

延年の歌舞

以上一四一頁

一 比叡山の東塔・西塔・横川。今この時に最もふさわしい歌は、この山水が巌に流れ落ちて響く姿そのままの〈ワカ〉「鳴るは瀧の水」。弁慶は西塔で修行し、詩歌管絃も堪能という(義経記)。
二 法会の後の寺院遊宴の芸能。危機に直面している判官の寿福延年を祈る心をこめる。
三 今様(中世流行の歌の一種)の一節。「日は照るとも、絶えずとうたり」と続く。瀧水の尽きぬことに主君の長寿を予祝する心。
四 「とうたり」と連韻。囲手束弓―心許すな。序手束弓―立つ。射に音通の暇と縁語。
五 大きな危険を冒すこと、またその恐怖心の譬え。「龍の鬚を撫で、虎の尾を踏む心ちはせられけれども」(平家物語三・法印問答)。
六 危機を脱出したことの譬え。

檜垣(ひがき)

三番目物
老女物　世阿弥作(申楽談儀)

場景　前場—肥後国岩戸山。僧の庵室。ある日の夕暮れ。後場—同国白川の辺り。檜垣のある庵。同じく、夜。

人物　前ジテ　里の老女〔檜垣女(老女)・唐織着流女〕
後ジテ　檜垣の嫗の霊〔檜垣女・長絹大口女〕
ワキ　岩戸山に居住の僧〔大口僧〕
アイ　里の男〔長上下〕

梗概　肥後国岩戸山に居住する僧は、毎日、仏に供える水を汲んでくる百歳近い老女を不審に思う。老衰を嘆きつつ今日もやって来た老女に名を尋ねると、後撰集の檜垣の嫗の歌「みつはくむ…」の由来を語り、白川のほとりでの弔いを乞い、姿を消す(中入)。岩戸観音参詣の者が昔の檜垣の女の物語をし、弔いを勧め、僧が川霧深く立ちこめる白川のほとりの、檜垣のある庵を尋ねると、檜垣の嫗の霊が現れ、弔いを感謝し無常の世を嘆く。女は地獄での苦しみを嘆き、藤原興範に所望されて水を汲み、今もなお釣瓶に因果の水を汲む有様を見せる。水に映る老衰、美しかった白拍子の昔。女は懺悔(さんげ)に思い出の舞を舞い、成仏を願う。

素材・主題　後撰集・雑三「年経ればわが黒髪も白川のみつはくむまで老いにけるかな」の歌を主題歌とし、美貌ゆえに人々を惹きつけた罪によって、死後も熱鉄の桶をにない、業火の焔に燃えたつ釣瓶をたぐり、因果の水を永遠に汲み続ける女のいたましい末路を描く。老女物でしかも執心女物(痩女物)の系列に属する能である。流転してやまぬ水の相に輪廻を表現し、美しい過去ゆえに老衰はいっそういたましい。詞章は老女物のなかで最も短い。二場物ながら一場物の「鸚鵡小町」や「卒都婆小町」より短く、緊密で簡潔な構成は群を抜く。横道萬里雄は、「老女物のなかでもっとも内容のある能」といい、意味のある動きが多く、動きがない所でも謡の内容が具体的であることを指摘する。特に最も目立つのが〈クセ〉で「最初にいきなり、「つるべの掛け縄」と正面へ出て足をとめ、縄をたぐりながら井戸の底を深々とのぞきこむなど、クセとしては他に例の少ない思い切った型付ケです。そしてここでは、その井戸の深さ、たぐってもたぐっても尽きない縄の長さが、女の業苦そのものの象徴として受け取られるのです」と述べている(『能劇逍遥』)。世阿弥は老女の表現においてもなお女の業を描いてやまない。「求塚」から「檜垣」を経て「砧」に至る作品の流れは、鬼の能を得意とした大和猿楽の芸質を象徴している。

一 後見が引回シをかけた檜垣藁屋の作リ物を大小前に据える。
二 熊本県飽託郡河内町にある岩戸山。山腹の洞窟に石体四面の観世音を安置、岩戸観音と称された。
三 風致景色。美しい景色。
四 南西は海と雲が一つになって果てしなく広がり。「海漫々…雲濤煙浪」(白氏文集三)に拠る表現。
五 「山姥」の「万箇目前の境界」(一六四頁)と同趣。万事わが心の中にあり、の意。底本「万古」。
六 訪れる人は稀で、心の慰みは多く、景色は美しく人里離れている。「通玄峰頂、不㆓是人間㆒、心外無法、満目青山」(碧巌録・七則)と通底。
七 古(いにしえ)の舞姫であった檜垣嫗に、百年の姥の小町の姿を重ねた。
八 仏に供える水。「通小町」のワキの〈名ノリ〉(一五六頁)と酷似。
九 水に映る月影の白みゆくさまを白河に掛ける。白川は阿蘇山に発し、熊本市を流れ有明海にそそぐ。
一〇 「籠鳥雲を恋ふる思、遥かに千里の南海にうかび、帰雁友を失ふ心…」(平家物語十・八島院宣)。「敦盛」、廃曲「籠祇王」にも。
一一 「家貧親知少、身賤故人疎」(本朝文粋一・秋夜感懐)。「蘆刈」、廃曲「横山」「空也」にも。
一二 「露往霜来つて霜葉変じ」(「関寺小町」三〇九頁)と同趣。縁露命—霜葉。
一三 流れる水の泡のように、無常流転の世の理を今こそ知

【一】[一]〔名ノリ笛〕〈名ノリ〉ワキ「是は肥後国岩戸《(いはど)》[二]と申《(まうす)》山に居住の僧にて候、抑《(さて)》も此岩戸《いはど》の観世音は、霊験《れいげん》殊勝の御事なれば、暫《(しばらく)》参籠し所の致景[三]を見るに、カヽル〽南西[四]は海雲漫々《(かいうんまんまん)》として万[五]箇心のうち也、人稀《まれ》[六]にして慰《(なぐさみ)》多《おほ》く、致景あつて郷里を去《さ》る、誠に住べき霊地と思ひて、三年《(みとせ)》が間は居住仕《(つかまつ)》つて候、「爰《(ここ)》に又百《(もも)》[七]にも及《(およぶ)》らんと覚《おぼ》しき老女、毎日閼伽《あか》[八]の水を汲《(くみ)》て来《(きたり)》候、今日《けふ》も来りて候はば、如何成《(なる)》者ぞと名を尋《(たづね)》ばやと思ひ候。

【二】〔次第〕〈次第〉女〽影[九]白河の水汲《く》めば、影白河の水汲めば、月も袂や濡《ぬ》らすらん。

〈サシ〉女〽夫《(それ)》籠鳥《(ろうてう)》[一〇]は雲を恋《こ》ひ、帰雁は友を偲《しの》ぶ、人間も又これ同じ、貧家[一一]には親知少《すく》なく、賤《いや》しきには故人疎《うと》し、老悴[一二]衰《おとろ》へ形《かたち》もなく、露命窮《きは》まつて霜葉に似たり。

〈下歌〉女〽流《なが》[一三]るる水の哀《(あはれ)》世《よ》の、其理《(ことわり)》を汲《(くみ)》て知《し》る。

〈上歌〉女〽爰は所も白川の、爰は所も白川の、水さへ深《ふか》き其罪を、浮《う》かびやすると捨人《(すてびと)》に、値遇《ちぐう》[一四]を運《はこ》ぶ足曳《あし(びき)》の、山下庵《(やましたいほり)》に着《(つき)》にけり、山下庵に着にけり。

【三】〈問答〉女「いつものごとく今日《けふ》も又御《(おん)》水あげて参りて候　ワキ「毎日の老女の歩《(あゆみ)》返《(かへす)》々《が(へす)》も痛《いた》はしうこそ候へ　女〽せめてはか様《(やう)》の事にてこそ、少《(すこし)》の罪をも免《の》がるべけれ、亡《な》からん跡をとぶ《ム》らひ給ひ候へ、「明《(あけ)》ばまた参候べし、御暇申さうずるにて候　ワキ「暫《(しばらく)》[一五]候《ザウラウ》、御身の名を名乗給へ　女〽何と名を名乗《なの》れと候《ザウラウ》や　ワキ「中々[一六]の事　女「是は思《(おもひ)》もよらぬ仰《(おほせ)》かな、彼《(かの)》後撰集の歌に、〽年[一七]経《ふ》れば我黒髪も白河の、「みつわぐ《(は)》むまで老にけ

霊地岩戸の致景

った。縁汲み―水。

一四 縁あって出逢うこと。掛足―足曳の(山の枕詞)。

一五 ちょっとお待ちなさい。

一六 はい、そうです。

一七 後撰集・雑三の檜垣の嫗の歌。「みつわくむ」にミヅワクム(水は汲む)とミヅハグム(瑞歯ぐむ)を掛ける。「瑞歯ぐむ」は老衰して歯が抜け落ちた後に再び瑞々しい歯が生えること。現行諸流の発音はミツワグム(観世・下掛)、ミツワクム(宝生)。掛白川―白。白川に黒髪を対比。

衰老の嘆き

一八 檜垣嫗集に、大宰府の官人と一時肥前の国府で暮らしたとある。

一九 平安末期に流行した女性による歌舞、またその歌舞芸能者。「肥後国ノ遊君檜垣嫗、老後ニ落魄者也」(袋草紙)など、檜垣嫗は遊女とされ、白拍子も同じ意味。

二〇 筑前守。大宰少弐。

二一 ここもミヅワクム(観世)・ミツワクム(宝生)・ミツワグム(下掛)と一様ではないが、「三輪」の用字から、今、下掛に従う。

二二 そもそも。二三 ただ白河の水を汲むというだけの意味ではない。

「みつはくむ」の歌

るかなと、詠《よ》みしもわらはが歌なり、[一八]昔筑前の太宰府に、庵《いほり》に檜垣しつらひて住《すみ》し[一九]白拍子、後《のち》には衰《おとろ》へて此白河の辺《ほとり》に住しなり　ワキ カヽル〽実《げに》さる事を聞《きき》しなり、其白河の庵のあたりを、[二〇]藤原の興則通《とを》りし時　女〽水やあると乞《こ》はせ給ひし程に、其水汲《くみ》て参らするとて

ワキ〽[二一]みつわ《は》ぐむとは　女〽詠《よ》みしなり。

〈上歌〉同〽[二二]そもみつわ《は》ぐむと申《まうす》は、そもみつわ《は》ぐむと申は、[二三]唯《ただ》白河の水にはなし、老て屈《かが》める姿をば、[二四]三輪《みつわ》ぐむと申也、其証《しるし》をも見給はば、彼《かの》白河の辺にて、我跡弔《と》ひてたび給へと、夕間暮《ゆふまぐれ》して失《うせ》にけり、夕間暮して失にけり。　（[二五]中入）

【四】〈問答・語リ〉（アイの里の男が岩戸観音に参詣し、ワキの僧に檜垣の女のことなどを語る。僧が先刻の出来事を話すと、弔いを勧める）

【五】〈オキゴト〉ワキ「[二六]扨《さて》はいにしへの檜垣の女仮《かり》に顕《あらは》れ、我に言葉を交《か》はしけるぞや、[二七]ひとつは末世の奇特《きどく》ぞと、思ひながらも尋行《たづねゆけ》ば。

〈上歌〉ワキ〽[二八]不思議や早《はや》く日も暮て、不思議や早く日も暮て、川霧深《ふか》く立《た》ち籠《こ》もる、陰《かげ》に庵の燈《ともしび》の、ほのかに見ゆる不思議さよ、ほのかに見ゆる不思議さよ。[二九]

【六】〔習ノ一声〕〈アラヤナ〉後女〽あら有難のとぶ《ム》らひやな、荒ありがたのとぶ《ム》らひやな。

〈サシ〉女〽[三〇]風緑野《りよくや》に収《おさ》まつて煙条《えんでう》直《なを》し、雲岩洞《がんとう》に定《さだ》まつて月桂《げつけい》円《まとか》なり。

〈クリ〉女〽[三一]朝《あした》に紅顔あつて世路《せいろ》に楽《たの》しむといへども　地〽夕《イふべ》には白骨となつて郊原に朽《くち》ぬ　女〽[三二]有為《うゐ》の有様　地〽[三三]無常の誠。

二四「一説、年寄りぬれば腰かがまり背くぐまりて、二の膝尖り出でたる中に頭《かしら》交じはりて、三の輪をくみ入れたるがごとくなり云々」（河海抄）。
二五 シテは檜垣藁屋の中に姿を消す。
二六 以下「…交はしけるぞや」まで「頼政」と同工。
二七「ひとつは…」の形は「実盛」（六一七頁）、「女郎花」（五二〇頁）にもみえる。

老女、弔いを乞う

二八「不思議や…不思議さよ」は「実盛」の【八】の冒頭と類似表現。
二九 このあと車屋本・金剛などは、ワキの誦句「南無幽霊出離生死頓証菩提」が入る。「求塚」「女郎花」にも。
三〇 古詩の引用らしいが出典未詳。風や雲の穏やかな姿、それとて有為転変の一相に過ぎない比喩とする。マトカ（日葡）は、観世以外はマドカ。

川霧深い白川のほとり

三一 人生の無常を歌う。→「朝長」一四頁注六。紅顔は若々しき顔ばせ。世路は人世、郊原は野原。廃曲「重衡」にも。緑野・紅顔・白骨と色彩修辞を重ねる。
三二 この世の一切の現象や存在。
三三 生滅転変し常住ならざるはない。

法謝、無常の観

〈歌〉女 ＼誰《たれ》[一]か生死《(しやうじ)》の、理《(ことわり)》を論ぜざる　同 ＼いつを限《かぎ》る慣《なら》ひぞや、老少[二]といつ《ツ》ぱ分別なし、変《か》はるをもつて期《(ご)》とせり、誰《(たれ)》か必滅を期《(ご)》せざらん、誰《たれ》かは是を期せざ覧《(らん)》。

【七】〈掛合〉ワキ カヽル ＼不思議やな声を聞《き》けば有つる人なり、同じくは姿を顕《あらは》し給ふべし、御跡弔《と》ひて参らせん　女 ＼さらば姿を顕《あらは》して、御僧の御法を受《う》くべきなり、人[三]にな顕《あらは》し給ひそとよ　ワキ ＼中々に人に顕はす事有まじ、はやはや姿を見《み》[四]え給へ　女 ＼涙[五]曇《ぐも》りの顔《かほ》ばせは、それ[六]共見《み》えぬ衰《おとろ》へを、誰白[七]河のみつわ《(は)》ぐむ、老の姿ぞ恥《(はづ)》かしき　ワキ ＼荒《(あら)》痛はしの御《(おん)》有様やな、今[八]も執心の水を汲《く》み、輪廻の姿見《み》え給ふぞや、はやはや浮《う》かび《ミ》給へ　女「我いにしへは舞[九]女《(ぶぢよ)》の誉《ほまれ》世に勝《すぐ》れ、其罪[一〇]深き故《(ゆゑ)》により、今も苦《くる》しび《ミ》を三[一一]瀬川《(みつせがは)》に、熱[一二]鉄の桶を担《にな》ひ、猛火《(みやうくわ)》の釣[一三]瓶《つるべ》を提《さ》げて此水を汲《く》む、＼其水《(そのみづ)》湯となつて我身を焼《や》く事隙《(ひま)》もなけれ共、「此程は御僧の値遇《ちぐう》に引《ひ》かれて、釣瓶《つるべ》はあれ共《(ども)》猛火はなし　ワキ ＼さらば因[一四]果の水を汲《(くむ)》、其執心をふり捨《す》てて、とくとく浮《う》かび《ミ》給ふべし　女「いでいでさらば御僧のため、此懸[一五]《かけ》水を汲《(くみ)》ほさば、罪もや浅く成べきと　ワキ ＼思ひも深[一六]き小夜衣《さよ(ごろも)》の、袂の露の玉襷《だすき》　女 ＼影[一七]白河の月の夜に　ワキ ＼底澄《そこす》む水を　女 ＼いざ汲《く》まん。

〈次第〉同 ＼釣[一八]瓶《つるべ》の水に影落《かげお》ちて、袂を月や登る覧。

【八】〈クリ〉地 ＼それ[一九]残星《(ざんせい)》の鼎《(かなへ)》には北渓《(ほくけい)》の水を汲《く》み、後夜《(ごや)》の炉には南嶺の柴を焚《た》く。

〈サシ〉女 ＼夫《(それ)》氷[二〇]《(こほり)》は水より出《(いで)》て水よりも寒《さむ》く　同 ＼青き事藍より出《(いで)》て藍《あい》より深《ふか》し、本《(もと)》の憂《う》

一 誰もが、生まれては死ぬ道理を論じわきまえずには居られまい。死はいつ来るとは定まっていない。
二 老少は死期を区分するものではない。転変の時が生死の転機であり、誰もが生者必滅を覚悟し予期せざるを得ないのだ。
三 他人には言わないで下さいよ。
四 「見せ給へ」と同意。なお〈掛合〉の僧のセリフに「はやはや姿を…」

檜垣の女の業苦

「はやはや浮かび給へ」「とくとく浮かび給ふべし」と、成仏を促す言葉が多用されている。

五 この謡のうち、引回シが下ろされ、姿を現す。
六 涙曇り(涙のため霞んで見え難いこと)の縁語。
七 「知らん」を掛け、「みつわぐむ」の序。「みつはぐむ」の歌を踏む。
八 今もこの娑婆に執心を残して、昔と同じく水を汲む輪廻妄執の姿。
九 舞姫。先述の白拍子をさす。
一〇 狂言綺語の戯れの罪。
一一 三途の川。圏見—三。
一二 焦熱地獄での受苦。六道講式に同趣の文。桶・釣瓶は水汲む縁。
一三 ここに釣瓶を配するについて白氏文集四・新楽府の「井底引銀瓶」をふまえる(伊藤正義)。
一四 死後もなお受苦の原因となった前世の妄執の水を汲むことが、罪業を懺悔することであり、妄執を離れ成仏へと導かれる、の意。

き身の報《むく》ひならば、今の苦《くる》しみ去《さ》りもせで　女 ヘいや増《ま》[二一]さりぬる思《おも》ひの色　同 ヘ紅《くれなゐ》[二二]の
涙《(なみだ)》に身を焦《こ》がす。
〈クセ〉同 ヘ釣瓶《つるべ》の懸《か》[二三]け縄《なは》、繰《く》り返し憂《う》きいにしへも、紅花《(こうくわ)》[二四]の春の朝《(あした)》、紅葉《(こうえふ)》の秋の夕暮も、一《(いち)》日《(じつ)》の夢とはやなりぬ、紅顔の粧《(よそほひ)》、[二五]舞女の誉《ほま》れもいとせめて、さも美《うつく》しき紅顔の、翡翠《ひすい》[二六]の鬘《かづら》花萎《しほ》れ、桂《かつら》の眉も霜降《ふ》りて、水[二七]に映《うつ》る面影、老衰影沈《らうすいかげしづ》むで、緑《みどり》に見えし黒髪は、土水《どすい》の藻屑《もくづ》塵芥《あくた》、変《か》はりける、身の有様ぞ悲《かな》しき、実《(げに)》[二八]やありし世を、思ひ出れば懐《なつ》かしや、其《(その)》白河の波[二九]かけし　女 ヘ藤原の興則の　同 ヘ其いにしへの白《しら》拍子、いま一節《(ひとふし)》と有しかば、[三〇]昔《むかし》の花の袖、今更色《いろ》も麻衣《(あさごろも)》、短《みじか》き袖を返《かへ》し得《え》ぬ、心ぞつらき陸奥《(みちのく)》[三一]の、狭布《けふ》の細《ほそ》布[三二]胸合《あ》はず、何とか白拍子、其面影の有《(ある)》べき。

【九】〈裾グセ〉同 ヘよ[三三]しよしそれとても、昔手馴《(てなれ)》し舞なれば、舞《ま》はでも今は叶《かな》ふまじと
女 ヘ興則、しきりに宣《(のたま)》へば　同 ヘあさましながら麻の袖、露《つゆ》[三四]うち払《はら》ひ舞出《(いだ)》す。
〈詠〉女 ヘ檜垣の女の　同 ヘ身の果《は》てを。　〔序ノ舞〕
〈ワカ〉女 ヘ水掬《むす》ぶ、釣瓶《つるべ》の縄の、釣瓶の縄の繰《く》り返し　地 ヘ昔に帰《かへ》れ、白河の波、白河の波、白川[三五]の。

【一〇】〈ワカ受ケ〉女 ヘ水の哀《(あはれ)》を知《し》る故《(ゆゑ)》に　同[三六] ヘ是まで顕《あらは》れ出《(いで)》たるなり。
〈歌〉同 ヘ運《はこ》[三七]ぶ蘆鶴《あしたづ》の、根《ね》[三八]をこそ絶《た》ゆれ浮《う》き草の、水は運《はこ》びて参らする、罪を浮《う》かべてたび給

一五 ここは、釣瓶の懸縄で汲む水。[縁]水—浅く—深き。
一六 [掛]深き小夜—小夜衣、袂の露—露の玉—玉襷。衣の縁語を連ね、玉襷までを影(掛)の序とした。

因果の水を汲む

一七 [掛]掛—影、月影白(き)—白河。
一八 釣瓶の水に月が影を落とし、釣瓶を汲み上げるにつれ、濡れた袂に映る月が昇るかのようだ。【一一】の〈次第〉に呼応。
一九 星の消え残る暁に、鼎に北の渓(たに)の水を汲み、夜更けの炉に南の嶺の柴を焚く。古詩らしいが典拠未詳。
二〇 荀子・勧学篇「青取ニ之于藍一而青ニ於藍一、冰水為レ之而寒ニ於水一」に基づく中世流布の諺。ここは出藍の誉れの意ではなく、「いや増さ」る苦しみの序に転用。廃曲「玉水」の前ヅレ登場歌〈サシ〉にも同文。
二一 「増さりする」(上掛古写本・下掛)。[掛]ひ(火)—緋。
二二 「紅の涙を袖にせきかねて今日ぞ思ひの色に出でぬる」(新勅撰集・恋一・九条兼実)。[付]火—こがるゝ、紅—花・紅葉・涙。

舞女の懺悔の舞

二三 [序]懸け縄—繰り。
二四 紅花・紅葉・紅顔と紅の縁語を連ねる。「江口」の〈クセ〉をふまえるか。

成仏の願い

へ、罪を浮かべてたび給へ。

二五 舞の名手としての名声。
二六 翡翠（かわせみ）の羽のように美しかった髪は色艶を失い、三日月形の眉も白髪交りとなり。 二七 水に映る面影は、老衰した姿が水底に沈み、昔の緑の黒髪も泥水の中の藻屑や塵芥のようだ。掛変─川。
二八 「あはれいにしへを、思ひ出づれば懐かしや」（「松風」）と同趣。
二九 川に続けて波の語を出し、藤の序。付藤─浪・かゝる。
三〇 昔の花の袖も、今は色褪せた粗末な衣をまとい。掛麻─浅。
三一 掛つらき身─陸奥。「陸奥の狭布の細布ほど狭み胸合ひがたき恋もするかな」（俊頼髄脳等）を引き、「胸合はず」の序。→「錦木」三七五頁。 三二 胸元も合わぬ無様な衣裳では、どうして歌舞を奏せましょう。 掛（何とか）調べう─白拍子。
三三 「よしよし」と「よしそれとても」を重ねた文。
三四 袖の露紐に涙の意を響かせた。
三五 白川の水の泡に象徴される世の無常を知る故に。掛泡─あはれ。
三六 光悦本なども。車屋本・諸流シテ謡。 三七 「運ぶ足」を掛け「根（音）」の序。 三八 「侘びぬれば身を浮草の根を絶えて誘ふ水あらばいなんとぞ思ふ」（古今集・雑下・小野小町）をふまえ「水」の序。

以上一四七頁

一 金剛流のみこのあとに〈ロンギ〉が続くが、後補らしい。

葵上（あふひのうへ）

四・五番目物　鬼女物　作者不明（もと近江能）

場景　前場―京の都。左大臣家の邸内。葵上の病床のある部屋。ある日、ある時。後場―同じ所。同じく、後刻。

人物　前ジテ　六条御息所の怨霊〔泥眼・壺折腰巻女〕
後ジテ　同（鬼姿）〔般若・般若〕
ツレ　照日（てるひ）の巫女〔小面・水衣着流女〕
ワキ　横川の小聖〔山伏〕
ワキヅレ　朱雀院に仕える臣下〔洞烏帽子狩衣大口〕
アイ　臣下の従者〔長上下〕

梗概　朱雀院に仕える臣下が登場、左大臣の息女で光源氏の北の方葵上が物の怪に憑かれ、貴僧高僧による加持祈禱も効き目がなく、物の怪が生霊か死霊か、その正体を突きとめるため梓の上手、照日の巫女を呼ぶことを告げる。召された照日の巫女が呪文を唱え霊魂を呼び寄せると、梓弓の弦引く音に引き寄せられるように、牛もなき破れ車に乗った気高い上﨟が姿を現し、恨み悲しむ様子を見せる。それは賀茂の祭見物の折、車の立て所をめぐって争い、時めく葵上の従者たちによって甚だしく侮辱された六条御息所の怨霊だった。かつては源氏との契りも深く、前東宮妃として栄華に包まれた日々、今はすっかり疎遠となった失意と懊悩の境涯。嫉妬の焔に身をこがし、恨みを晴らさんと怨霊となって憑き祟ったのである。霊は怨み、かき口説き、病床の葵上を打ちすえ、車に乗せて連れ去ろうとする（後見座にクツログ）。左大臣家の人々は葵上の病状悪化に驚き、急使を立てて、行法に名を得た横川の小聖を招く。別行のため坊に籠っていた小聖だが、左大臣家の招請ゆえ急ぎ下山し、加持を始めると、怨霊は鬼女の姿で再び現れる。そして執拗に祟りをなそうとするが、ついに祈り伏せられ、経文を読誦する声に心も和らぎ、成仏得脱の身となったことを喜ぶ。

素材・主題　源氏物語・葵の巻に拠りつつ、高貴な女性の、嫉妬の思いの悲しさ、激しさ、恐ろしさを、最も濃艶な姿と最も凄艶な形とで描く。梓の上手の照日の巫女や有験の行者横川の小聖など、源氏物語に見えない仮構の人物を配して劇的効果を高め、行者の法力に屈服して悪心を捨てる結末など、原作を離れて自由に脚色し、隙のない戯曲構成と流麗な行文も特筆される。前ジテの登場場面に「三つの車」「破れ車」「車の輪」「忍び車」の語をちりばめた車のイメージの強調は、六条御息所の怨念の根元が賀茂の祭の折の車争いにあることを暗示する。その屈辱の日の姿を舞台に現出させたのが近江猿楽の名手犬王（世阿弥より先輩）の演出で、シテは車の作り物に乗って登場し、車副えの女（青女房）がツレとして出ていた（申楽談儀）。近年、古演出として上演されている。

一　後見が舞台正先に小袖を広げて置く（葵上が病床にあることを示す）。　二　源氏物語で、光源氏の兄。シュシャクイン（宝生・喜多）。
三　源氏の正妻である葵上の父。
四　葵上が物の怪（人に取りつき祟りをなす生霊や死霊）に憑かれ重い病の床にあるので。
五　源氏物語にも見えない架空の人物。梓弓の弦を叩いて霊魂を呼び口寄せする梓巫女の名。
六　物の怪の正体が生きている人の霊魂か死者の霊魂かを梓の呪法で確かめさせよとの御命令なので。
七　現在はツレは最初に登場し脇座に着座していることが多い。
八　アイは幕に向かい梓巫女を呼び出し、巫女は脇座に着座。鼓が物憂い「アズサ」の囃子を奏する。
九　梓巫女が弓を叩きながら唱える清め詞の心。「寄り人は…」の歌と一対で、廃曲「小林」「楊賀」にも。
一〇　梓巫女が霊魂を招き寄せる神託の歌。鴉鷺物語九・鵄追善雀懸ㇾ梓事や鼠の草子などにも見える。
一一　三つの車に乗り（仏法に導かれ）燃えさかる家（迷界）からのがれ出ることができるだろうか。法華経・譬喩品にみえる火宅説話による。→「軒端梅」四九三頁。掛 乗―法。
一二　「破れ車」の序。源氏物語の巻名をふまえる。底本「夕顔…」の右肩に「一句」。古態はシテのほかに

【一】[一]〈名ノリ〉大臣「是は朱雀院《しゆじやくゐん》[二]に仕へ奉る臣下也、扨《さて》も左大臣[三]の御息女葵上《あふひのうへ》[四]の御《おん》物の怪《け》以外《もつてのほか》に御坐候程《ほど》に、貴僧高僧を請《しやう》じ申され、大法秘法医療さまざまの御《おん》事にて候へ共、さらに其験《しるし》なし、爰《ここ》に照日《てるひ》[五]の御子《みこ》とて隠《かく》れなき梓《あづさ》の上手の候を召《め》して、[六]生霊死霊《いきりやうしりやう》の間を梓《あづさ》にかけさせ申せとの御事にて候程に、此由《このよし》を申付ばやと存《ぞんじ》候。

【二】〈問答〉大臣「[七]いかに誰《たれ》かある、照《てる》日の御子《みこ》を召《めし》て参り候へ[八]。

〔アズサ〕〈□〉神子〽[九]天清浄地清浄《てんしやうじやうちしやうじやう》、内外《ないげ》清浄六根《ろくこん》清浄。

〈上ノ詠〉神子〽[一〇]寄《よ》り人《びと》は、今ぞ寄《よ》り来《く》る長浜《ながはま》の、蘆毛《あしげ》の駒に、手綱《たづな》揺《ゆ》りかけ。

【三】〔一声〕〈一セイ〉シテ〽三《み》[一一]つの車に法《のり》の道、火宅《くわたく》の門《かど》をや出《いで》ぬらむ、夕顔《がほ》[一二]の宿《やど》の破《や》[一三]れ車、や[一四]るかたなきこそ悲《かな》しけれ。〔アシライ歩ミ〕[一五]

〈次第〉シテ〽憂《う》[一六]き世は牛の小車《をぐるま》の、憂き世は牛の小車の、廻《めぐ》るや報《むく》ひなる覧《らん》。

〈サシ〉シテ〽を《お》よそ輪廻[一七]は車の輪《わ》のごとく、六趣[一八]四生《ししやう》を出《い》でやらず、人間[一九]の不定《ふぢやう》芭蕉泡沫の世の習《ならひ》、昨日《きのふ》[二〇]の花は今日の夢と、驚《おどろ》[二一]かぬこそ愚《をろ》かなれ、身[二二]の憂《う》きに人の恨《うらみ》の猶《なほ》添《そ》ひて、忘《わす》れもやらぬ我思《おも》ひ、せめてや暫《しば》し慰《なぐさ》むと、梓の弓に怨霊の、是まで顕《あらは》れ出《いで》たるなり。

〈下歌〉シテ〽あら恥《はづか》しや今[二三]とても、忍び車の我姿。

〈上歌〉シテ〽月をば眺《なが》め明《あ》かす共、月をば眺め明かす共、月《つき》[二四]には見えじかげろふ[二五]の、梓の弓のうら[二六]筈《はず》に、立寄《よ》り憂《う》きを語らん、立寄り憂きを語らん。

葵上の病いの説明

ツレ(青女房)も登場、「夕顔の宿の破れ車」までをツレが謡い、以下同吟した。

一三 葵上との車争いに壊された車を暗示。その車に乗って登場した姿。世阿弥時代は車が出た。

一四 車争いで受けた屈辱を晴らす術のない(遣る方なき)無念さと、

巫女の梓

車を進める(遣る)こともできない境遇とを掛けた。[縁]車—遣る。

一五 この囃子のうちに橋掛リから舞台へ入る。

一六 [掛]憂し—牛。[縁]小車—廻る。〈次第〉〈サシ〉で因果応報の憂き世の境涯を嘆く。

一七 衆生が六道の迷界で生死を繰り返して尽きないこと。「世間如㆓車輪㆒、時変如㆓転輪㆒、人亦如㆓車輪㆒、或上、或下」(六道講式)。

一八 六道のこと。人間や生物が輪廻し続ける六種の世界。

一九 ことに人生は定めなく、芭蕉葉のように脆く、水の泡のようにはかない。芭蕉泡沫は無常の比喩。

二〇 はかなさの譬え。白氏文集「昨日栄華今日哀」など。

二一 目覚めない。夢の縁語。

二二 光源氏の愛の衰えた辛さに、

晴れやらぬ妄執

人(葵上)への恨みが加わって。以

【四】〈□〉シテ へ梓《あづさ》[二七]の弓の音《おと》は何《いづ》くぞ、梓の弓の音は何くぞ。

〈下ノ詠〉神子[二八] へ東屋《あづまや》[二九]の、母屋《もや》の妻戸に居《ゐ》たれども　シテ へ姿なければ、訪《と》ふ人もなし。

〈掛合〉神子 へ不思議[三〇]やな誰《たれ》とも見えぬ上臈の、破《やぶ》れ車に召《め》されたるに、青《あを》[三一]女房と思《おぼ》しき人の、牛もなき車《くるま》の轅《ながえ》に取《と》りつき、さめざめと泣給ふ痛はしさよ。

〈問答〉神子「もしか[三二]様《やう》の人にてもや候覧《らん》　大臣「大方《おほかた》は推量申て候、唯《ただ》つつまず名を御名乗《なの》り候へ。

【五】〈クドキグリ〉シテ へそれ娑[三三]婆電光の境《さかひ》には、恨《うらむ》べき人もなく、悲《かな》しむべき身もあらざるに、[三四]いつさて浮《う》かれ初《そ》めつらむ。

〈クドキ〉シテ へ只今梓の弓の音《をと》に、引《ひか》れて顕《あらは》れ出《いで》たるをば、いかなる者とか思《おぼ》し召《め》す、是は六条の御息所《みやすどころ》の怨霊なり、我《われ》[三五]世にありしいにしへは、雲上《うんしやう》[三六]の花の宴《えん》、春の朝《あした》の御遊《ぎよいう》になれ、仙洞《せんとう》の紅葉《もみぢ》の秋の夜《よ》は、月に戯《たはぶ》れ色香《いろか》[三七]に染《そ》み、花《はな》やかなりし身なれ共、衰《おとろ》へぬれば槿《あさがほ》[三八]の、日影《かげま》待つ間《ま》の有様なり、唯いつとなき我心、物[三九]憂《う》き野辺の早蕨《さわらび》の、萌《も》え出《い》で初《そ》めし思ひの露、かかる恨《うら》みを晴《は》らさむとて、是迄《これまで》顕《あらは》れ出たるなり。[四〇]

〈下歌〉同 へ思ひ知《し》らずや世の中の、情[四一]は人のためならず。

〈上歌〉同 へ我人《われ》[四二]のため辛《つら》ければ、我人のため辛ければ、必《かなら》ず身にも報《むく》ふなり、何を歎《なげ》くぞ葛《くず》[四三]の葉の、恨《うら》みはさらに尽《つ》きすまじ、恨みはさらに尽きすまじ。

下、〈クドキグリ〉〈上歌〉〈段歌〉でも「人」と「身」を対比させる。

二三 車争いの日と同様に、今も。[掛]輪―我。

巫女にのみ見える怨霊

二四 月にはこのような姿は見られたくない。落書露顕に類歌。

二五 あるかなきかの姿。蜻蛉は源氏物語の巻名。[掛]影―蜻蛉。

二六 弓の上部の弦をかける所。霊魂が降り立つ場所。[掛]うら―占。

二七 梓巫女は弓弦を竹の矢で叩いて霊魂を呼び寄せ、その声を現世の者に伝える。弓の音にひかれて現れた怨霊が、弓がどこかを尋ねる独白。

失意の悲哀

二八 この役は元は青女房であろう。

二九 源氏物語の巻名で「母屋」の序。「東屋の真屋《まや》」は催馬楽や早歌「旅別秋情」などにも見える。

三〇 巫女にのみ見える状景を叙述。

三一 年若い女房。

三二 もしかして、こんな人が葵上に憑いているのかもしれません。

三三 稲妻の走る間のように短くはかないこの現世では。

三四 いつからこのように魂がさまよい出たのだろうか。沈痛な述懐。

三五 東宮妃として時めいていた昔は。ただし「生きていた時」とも解され、全曲を通して作者は怨霊に

【六】〈掛合〉シテ〽あら恨めしや、「一今は打《う》たでは叶《(かなひ)》候まじ　神子〽二あら浅ましや六条の、御息所程の御身にて、三後妻打《うはなりう》ちの御振舞、いかで去事《(さること)》の候べき、唯思召《(おぼしめし)》止《と》まり給へ　シテ「いやいかに云共《(いふとも)》、今は打《う》たでは叶《(かなふ)》まじとて、枕に立寄《(たちより)》四ちやうど打《う》てば　神子〽此上はとて立《た》ち寄《よ》りて、五わらはは後《あと》にて苦を見する　シテ カヽル〽今の恨《(うらみ)》はありし報《むく》ひ　神子〽六瞋《しん》恚《ゐ》の焔《ほむら》は　シテ〽身を焦《こ》がす　神子〽思ひ知《し》らずや　シテ〽思《おも》ひ知《し》れ。

〈段歌〉同〽恨《うら》めしの心や、あら恨《うら》めしの心《こころ》や、七人の恨《(うらみ)》の深《ふか》くして、憂《う》き寝《ね》に鳴《(なか)》せ給ふ共、生《い》きて此世にましまさば、水暗《くら》き、沢辺《さはべ》の蛍の影《かげ》よりも、光君とぞ契らん　シテ〽八わらはは九蓬生《よもぎふ》の　同〽もとあらざりし身と成て、葉末《ずゑ》の露と消《(きえ)》もせば、それさへ殊に恨《うら》めしや、一〇夢にだに、帰らぬ物を我契り、昔語《(むかしがたり)》になりぬれば、なを《(ほ)》も思《おも》ひは一一真《ま》澄鏡《すかがみ》、其面影も恥《は》づかしや、一二枕に立《た》てる破《や》れ車、うち乗《の》せ隠《かく》れ行《(ゆか)》ふ《(う)》よ、うち乗せ隠れ行ふ《(う)》よ。（シテは着ていた唐織をかずき、身を伏せ後見座に行き、物着）

【七】〈問答〉大臣「いかに誰かある。（アイは跪き「御前に候」という）大臣「葵の上《うへ》の御物の怪《け》、いよいよ以《(もつての)》外《ほか》に御坐候程に、一三横川《(よかは)》の小聖《(こひじり)》を請じて来り候へ。（アイは大臣の命令に従い、小聖を招請するため横川へ行き、案内を乞う）

〈問答〉ワキ〽一四九識《(くしき)》の窓《まど》の前、十乗の床《(ゆか)》のほとりに、瑜伽《(ゆが)》の法水《(ほつすい)》を湛《たた》へ、三密《(さんみつ)》の月を澄《す》ます処《(ところ)》に、「案内申さむとはいかなる者ぞ。　シカ〱（アイは大臣よりの頼みを伝える）ワキ「此間は一五別行《(べつぎやう)》の子細あつて、何方《(いづかた)》へも罷出《(まかりいで)》ず候へ共、大臣《(おとど)》よりの御使《(おんつかひ)》と候程に、頓而《(やがて)》参らふ《(う)》ずるにて候。（アイはワ

死霊のイメージを重ねているか。

おさえきれぬ恨み心

三六 宮中での花見の宴や管絃の遊宴。「仙洞(院の御所)の紅葉の秋の夜」と対。花宴・紅葉賀・朝顔・早蕨など、源氏物語の巻名を点綴。
三七「花」と縁語。花の色香を賞でる。「月に戯れ」と対。
三八 衰えの速さと、はかなさの常套句。
三九「紫塵嬾(ものうき)蕨…」(和漢朗詠集・春・早春・小野篁)、「石そそくたるひの上の早蕨の萌えいづる春になりにけるかな」(同・志貴皇子、新古今集・春上にも)に基づき「萌え出で」の序。縁露―か(斯)かる。
四〇「なり」から地謡が謡う形(宝生・下掛、古くは観世も)が原形で古作能の一特色。
四一 人に情をかけるのは、その人のためではなく、自分に返ってくる意の諺。廃曲「粉川寺」にも。
四二 われ(御息所)が人(葵上)のためにつらい思いをしたこと。

葵上重態、小聖を招く

四三「裏見(恨み)」の枕詞。

以上一五一頁

一 今はもうあなたを打たずにはいられない。二 神子の文句も青女房のセリフ。高貴な身分のシテの激した行動を必死に制止する。
三 前妻が後妻を打擲する風習。

キを案内して戻り、ワキが参じたことを大臣に告げる)

〈問答〉大臣「只今の御出《(おんいで)》御太儀《(ごたいぎ)》にて候　ワキ「承《(うけたまはり)》候、さて病人はいづくに御坐候ぞ

大臣「あれなる[一六]大床《(おほゆか)》に御座候　ワキ「さらば頓而《(やがて)》加持《(かぢ)》し申さふ《(う)》ずるにて候　大臣「畏《(かしこまつ)》て候。

【八】〔ノット〕〈□〉[一七]ワキ〽行者は加持にまい《(ゐ)》らむと、[一八]役《(えん)》の行者の跡を継《つ》ぎ、[一九]胎金両部《たいこむ(りやうぶ)》の峰を分《わ》け、[二〇]七宝《(しつぽう)》の露をはらひし篠懸《(すずかけ)》に、「不浄を隔《へだ》つる[二一]忍辱《(にんにく)》の袈裟、[二二]赤木《あか(ぎ)》の数珠のいらたかを、さらりさらりと押《を》し揉《も》むで、カヽル〽ひと祈《いの》りこそ祈《いの》つたれ、[二三]曩謨三曼陀縛曰羅赦《(なまくさまんだばさらだ)》。

〔祈リ〕

【九】〈掛合〉後シテ〽いかに行者はや帰《かへ》り給へ、帰《かへ》らで不覚《ふかく》し給ふなよ　ワキ カヽル〽たとひいかなる悪霊成とも、行者の法力《(ほふりき)》尽《つ》くべきかと、重《(かさね)》て数珠を押《を》し揉《も》むで。

〈中ノリ地〉ワキ〽東方《(とうばう)》に―降三世明王《(がうざんぜみやうわう)》　シテ〽南方軍荼利夜叉《(なんばうぐんだりやしや)》　地〽西方《(さいはう)》―大威徳明王《(だいゐとくみやうわう)》　シテ〽北方金剛《(ほくばうこんがう)》　地〽夜叉明王《(やしやみやうわう)》　シテ〽中央大聖《(ちうあうだいしやう)》　同〽不動明王、曩謨三曼陀縛曰羅赦《(なまくさまんだばさらだ)》、施陀摩呵嚕遮那《(せんだまかろしやな)》、娑婆多耶吽多羅吒干𤚥《(そはたやうんたらたかんまん)》、聴我説者得大智恵《(ちやうがせつしやとくだいちゑ)》、知我心者即身成仏《(ちがしんしやそくしんじやうぶつ)》。

〈□〉シテ〽あらあら恐《おそ》ろしの、[二四]般若声《(はんにやごゑ)》や　同〽是迄ぞ怨霊、[二五]この後《(のち)》又も来《(きた)》るまじ。

【一〇】〈キリ〉同〽[二六]読誦《(どくじゆ)》の声《こゑ》を聞時《(きくとき)》は、読誦の声を聞時は、悪鬼《(あつき)》心《こころ》を和《やは》らげ、忍辱《(にんにく)》慈悲の姿《すがた》にて、

一四 現行観世は「ちやうと」。

一五 私は足元で痛めつけましょう。「わらはも」(古写本)が原形。

一六 怒り。

一七 人(葵上)に対する恨みが深いため、つらい思いに泣くにしても、この世にいるかぎり、光君と契りを続けるでしょう。「水暗き…影よりも」は「蒹葭水暗蛍知レ夜」(和漢朗詠集・夏・蛍・許渾)に基づき、光君のきわだった輝きの形容。

一八 私が元のごとく光君と関わりのない境涯となって死ぬならば。

山伏と鬼女との闘争

一九 縁語「もとあら」(根元が疎らなさま)に音通の「もとあらざりし」の序。　二〇 夢にさえ、もう見ることができなくなった二人の契りは。

二一 「増す」と掛詞。「面影」を導く。

二二 枕辺に立てた破れ車に葵上を乗せて連れ去ろう。シテが死霊ならば冥府への拉致を意味する。

二三 比叡山三塔の一。小聖は祈禱僧の名。源氏物語・葵には「山の座主」とあり、小聖は仮作の人物。

二四 九識(一切を認識する九種の心の作用)を窓に、十乗(解脱の境地に到る十種の観法)を床に譬え、三密(手印・読誦・観想)の加持によって瑜伽(仏と一体になる)の境地

調伏の勝利

に浸る姿を、月が水に澄んで映る

菩薩も爰に来迎《らいかう》す、成仏得脱の、身となりゆくぞ有難き、身となりゆくぞ有難き。

姿に譬えた。法水は仏の功徳。憑物を調伏する廃曲「鶏龍田」にも同文。
一五 特別の行をしているが。
一六 浜床(はまゆか 休寝用の台)のことか。
一七 ワキの謡のうちにシテは唐織をかずいて舞台に入り、ワキの後で身を伏せる。
一八 山伏の元祖たる役の優婆塞の法を継承して。→「安宅」一三七頁。
一九 胎蔵金剛両界に譬える大峰と葛城山に分け入り。
二〇 山中の露を七宝(宝石)に擬し尊い修行の譬え。篠懸は山野用の上着。
二一 忍辱(あらゆる侮辱や迫害に耐え忍ぶ心)が一切の障碍を除くことを袈裟衣に譬えた。
二二 紫檀などの木。「いらたか」は玉が平たく角ばっている数珠。揉むと高い音を発する。
二三 不動明王の真言(梵語の呪文)。山伏の祈禱文は「道成寺」(五六頁)参照。
二四 迷いや邪悪を払い正道を示す声。シテは両手で耳をおおう。この一句は特殊な節扱いで、近江猿楽特有の節付らしい。
二五 調伏された怨霊の退散の叫び(廃曲「鶏龍田」「鳶」など)。
二六 怨霊の成仏を描き仏教を讃える「あとがき」的内容。「通盛」(二〇四頁)とほぼ同文で借用か原型かは不明。生霊には似合ぬが死霊の面影を色濃く宿した怨霊なら合う。

以上一五三頁

通小町《かよひこまち》

四番目物　古称、四位少将
執心男物　観阿弥作(中楽談儀)

場景　前場―山城国八瀬の里。僧の庵室。夏の終りのある日。後場―程近い市原野。薄の生い茂ったあたり。同じく、夜半。

人物　シテ　四位少将の霊〔瘦男・水衣大口瘦男〕
　前ヅレ　里の姥〔深井・唐織着流女〕(現在は後ヅレと同じ姿)
　後ヅレ　小野小町の霊〔若女・唐織着流女〕
　ワキ　八瀬の里に居住の僧〔着流僧〕

梗概　山城国八瀬の里で夏安居(げあんご)の修行をしている僧の所へ、毎日、薪や木の実を届ける女がいた。今日も、やって来たので名を尋ねると、「小野とは言はじ、薄生たる、市原野辺に住む姥ぞ」と言いさして消える(中入)。僧は小野小町の歌説話を思い起こし、市原野に出向いて弔う。すると小町の霊が現れて、弔いを喜ぶが、そのあとを追って、やつれ果てた面ざしの四位少将の霊が現れ、小町を引き留めてその成仏を妨げようとする。かつて少将は、小町に恋をし「百夜通へ」という小町の言葉に従い、通い続けたが、あと一夜を残して死に、思いを果たせず、死後も地獄で苦しんでいるのだった。僧が「懺悔(さんげ)に罪を滅ぼし給へ」と勧めると、少将の霊は百夜通いの有様をまねて見せ、共に成仏することができた。

素材・主題　恋する男の百夜通いの話(歌論義、奥義抄など)と、小町の髑髏が「秋風のうち吹くごとにあなめあなめ小野とはいはじ薄生ひたり」の歌をつぶやいた話(袋草紙、無名抄など)に拠りつつ、小町に恋した深草の四位少将の、死後もなお小町の霊の成仏を妨げようとする恋慕の激しさ妄執の凄まじさを描く。回向を願う小町の霊は僧の授戒を希求し、九十九夜まで通って悶死し煩悩の犬とさえなった少将の亡心はそれを阻止し拒絶しようとする。短編ながら変化に富み、自由かつ大胆な構成で恋の執念をみごとに描く。対話体を中心に劇を進行させる手法も成功している。中楽談儀に「四位少将　観阿作」とあり、また「四位少将は、根本、山とに唱導のありしが書きて、今春権守、多武峰にてせしを、後、書きなをされしとなり」とあるように、唱導師(説経者)が書いて金春権守(禅竹の祖父)が演じた作品を、観阿弥が改作したもの。五音の記事から、さらに世阿弥も手を加えているらしい。下掛は【三】の木の実尽くしの〈ロンギ〉の前にツレの〈サシ〉がある。釈迦が採果汲水して仙人に仕えた話を引き、賤しいこの身には、こうした奉仕は苦にならぬという内容で、原形であろう。

一 京都市北郊、比叡山西麓の地。
二 夏安居(げあんご)の僧。陰暦四月十六日から七月十五日までの禁足修行。
三 薪にするための小枝や柴など。
四 拾う木の枝も焚き物ながら、薫物の匂いもせぬ賤しい我が姿の悲しさ。爪木は褄に音通で、袖と縁語。㊕拾ふ―妻木。焚き物に薫物(香)を掛け、「匂」を導く。
五 盛りを過ぎた女の感慨。この役は昔は老女姿のはず。現行では賤しい境遇を嘆く意味が強い。
六 八瀬の西方の地。
七 下掛はこのあとツレの〈サシ〉「忝き御譬へなれども…」がある。
八 以下、木の実尽くしの歌。〈ロンギ〉には物尽くしの形で、かつ労働歌的なものが多い(「金札」「松風」「求塚」「黒塚」「蘆刈」「草紙洗」、廃曲「布留」など)。
九 四位少将が小町の許へ通った車を匂わせる。㊕車―椎。
一〇 四位少将を隠す。
一一 歌聖柿本人麿と山部赤人に木の実を取り合わせた。「柿の木の下に化現せしかば、姓をば柿下と賜る」(玉伝深秘)。赤人の墓の傍らに笹栗があった(古今栄雅抄)。
一二 以下、慣用句「桜梅桃李」にあてた文飾。㊕窓―梅、園―桃。
一三 梅桃と同じく花の名の桜麻が生える苧生の浦の梨は無しという名だが、今も。「桜麻の苧生の浦波立ち返り見れどもあかず山梨の

【一】〔名ノリ笛〕〈名ノリ〉ワキ「是《これ》は八瀬《やせ》[一]の山里に一夏《いちげ》[二]を送る僧にて候、爰《ここ》にいづく共知《し》らず女《によ》姓《しやう》一人、毎日木《こ》の実《み》爪《つま》木[三]を持て来《きた》り候、今日も来りて候はばいづくの人ぞと名を尋《たづ》ねばやと思ひ候。

【二】〔次第〕〈次第〉ツレ女〽拾《ひろ》[四]ふ爪木も焚《た》き物の、拾ふ爪木も薫《たき》物の、匂[五]はぬ袖ぞ悲《かな》しき。

〈サシ〉女〽是《これ》[六]は市原野のあたりに住《す》む女にて候、「扨《さて》も八瀬の山里に、貴《たつと》き人の御入《おんいり》候程《ほど》に、いつも木《こ》の実《み》爪《つま》木を持て参り候、今日《けふ》もまた参らばやと思ひ候。

【三】〈問答〉ツレ「いかに申候、又こそ参りて候へ　ワキ「いつも来《きた》り給ふ人か、今日の木《こ》の実《み》の数々《かずかず》御物語候へ[七]。

〈ロンギ〉ツレ女〽拾《ひろ》[八]ふ木《こ》の実《み》は何々《なになに》ぞ　地〽拾《ひろ》ふ木《こ》の実《み》は何々ぞ　女〽いにしへ見馴《な》れし、車[九]に似たるは、嵐に脆《もろ》き落椎《おちじゐ》[一〇]　地〽歌人《かじん》の家の木《こ》の実《み》には　女〽人丸[一一]の垣穂《かきほ》の柿山辺《やまのべ》の、笹栗《ささぐり》　地〽窓[一二]の梅　女〽園《その》の桃　同〽花[一三]の名にある桜麻《さくらあさ》の、生《をふの》浦梨なを《ほ》もあり、櫟《いちい》[一四]香《か》椎《しゐ》までば椎《しゐ》、大小柑子《かんじ》金柑《きむかむ》、あはれ[一五]昔の恋しきは、花橘《たちばな》の一枝、花橘の一枝。

【四】〈問答〉ワキ「木《こ》[一六]の実《み》の数々は承《うけたまはり》ぬ、扨々《さてさて》御身《おんみ》はいかなる人ぞ名を御名乗《おんなのり》候へ。

〈上歌〉女〽恥《は》づかしや己《をの》[一七]が名を　同〽小野とはいはじ、薄《すすき》生《おひ》たる、市原野辺《いちはらのべ》に住《す》む姥[一八]ぞ、跡弔《と》ひ給へ御僧とて、かき消《け》すやうに失《うせ》にけり、かき消すやうに失にけり。（中入[一九]）

【五】〈□〉ワキ「かかる不思議なる事こそ候はね、唯今《ただいま》の女を委《くはしく》尋て候へば、小野とはいは

八瀬の山里の僧

花」（新古今集・雑上・源俊頼）などによる。苧生の浦は伊勢の歌枕。

一四 以下、櫟（いちいがし）・香椎・真手葉椎（椎の一種。待てば四位を掛けるか）などと列挙。

一五「さつき待つ花橘の香をかげば昔の人の袖の香ぞする」（古今集・夏・読み人知らず）の歌以来橘は昔を思い出させるもの。

一六「草薙」も、草尽くしのあとワキが「草花の数は承り候。扨々御身はいかなる人ぞ…」と問う。

一七 己に小野を隠し、注二一の歌を匂わす。

一八 老女。「通盛」の前ヅレも同様。

女の木の実尽くし歌

一九 現在は中入せず後見座へ退る。

二〇 以下の歌説話は素材・主題の項参照。場所を市原野とする典拠未詳。

二一 秋風が吹くにつけて、ああ目が痛い。この原を小野とは言いますまい。薄が生えている草深い野原なのですから。

二二「あな目痛し」の略。

二三 仁明・文徳朝（八三三―八五八）ごろの歌人。伝未詳。種々の伝承がある。

二四 礼拝の時に用いる敷物。

二五 死者を弔う時に唱える句。「求

女、小町を暗示。僧、市原野へ

じ薄《すすき》生《(おひ)》たる、市原野に住《(すむ)》姥《うば》にてあると申《(まうし)》、かき消《け》すやうに失《う》せて候、爰《(ここ)》に思ひあはする事の候、[二〇]有《(ある)》人市原野を通りしに、薄《すすき》一村《(ひとむら)》生《(おひ)》たる陰よりも、〽秋[二一]風の吹《ふ》くにつけてもあなめあ[二二]なめ、「小野とはいはじ薄《すすき》生《お》ひけりとあり、是《(これ)》[二三]小野小町の歌也《(なり)》、疑《うたが》ふところもなく、小野小町の幽霊と思《おも》ひ候程《(ほど)》に、彼《(かの)》市原野にゆき、小町《こまち》の跡をとぶ《ム》らはばやと思ひ候。

【六】〈上歌〉ワキ〽此《(この)》草庵を立出て、此草庵を立出て、猶《(なほ)》草深《ふか》く露繁《しげ》き、市原野辺に尋《(たづね)》ゆき、[二四]座具《(ざぐ)》を展《の》べ香を炷《た》き。

〈誦句〉ワキ〽[二五]南無幽霊成等正覚《(なむいうれいじやうとうしやうがく)》、出離生死頓証菩提《(しゆつりしやうじとんしようぼだい)》。

【七】〔一声〕〈掛合〉後ツレ 女〽嬉《うれ》しの御僧のとぶ《ム》らひやな、同じくは戒授《さづ》け給へ御僧《(おんそう)》　シテ〽いや叶《かな》ふまじ、戒[二六]授《さづ》け給はば、恨《うら》み申べし、はや帰り給へ御僧　女〽こはいかに適《(たまたま)》かかる法《(のり)》にあへば、猶《(なほ)》其《(その)》苦患を見せむとや　シテ〽[二七]ふたり見るだに悲《かな》しきに、御身一人《(いちにん)》仏道ならば我《(わが)》思《おも》ひ、[二八]重《おも》きが上《うへ》の小夜《さよ》衣、重《かさ》ねて憂《う》き目を三瀬河《(みつせがは)》に、沈《しづ》み果《は》てなば御僧の、授《さづ》け給へるかひもあるまじ、早帰《かへ》り給《たま》へや、[二九]御僧たち。

[三〇]〈ロンギ〉同〽[三一]猶《なを》もその身は迷《まよ》ふとも、猶もその身は迷ふとも、戒力にひかれば、などか仏道ならざらむ、唯ともに戒を受《う》け給へ　女〽[三二]人の心は白《しら》雲の、われは曇《くも》らじ心の月、出《(いで)》て御僧に弔《と》はれむと、薄押《を》し分《わ》け出《(いで)》ければ　シテ〽包《つつ》めど我も穂[三三]に出《(いで)》て、包めど我も穂に出て、[三四]尾花招《おばなまね》かば止《と》まれかし　地〽[三五]思《おも》ひは山《やま》の鹿《かせぎ》にて、招《まね》くとさらに止《と》まるまじ　シテ〽さら

塚」など。 二六 受戒により仏道へ帰依し、成仏の道が開かれる。 二七 二人一緒に地獄の責め苦に逢うのさえ悲しいのに、あなただけ成仏してしまっては。 二八 つらさが重なり、三途の川底に沈んでしまうにちがいない。「さらぬだに重きが上の小夜衣…」(新古今集・釈教・寂然)による。小夜衣は「重ね」の序。掛見—三、かひ(甲斐)—戒。縁憂(浮)き—沈み。 二九 古くは随行の僧も出たか。少将は小町の成仏を阻む。 三〇 底本「上歌」。観世流古写本も。 三一 僧の詞。 三二 人(少将)の心はいざ知らず、受戒を願う私の決心に曇りはない。「心の月」は悟道に赴く心の譬え。掛知らず—白。縁雲—曇—月—出。 三三 目に付く、また心に包んだことが言葉や顔に表れる。縁穂—薄。 三四 薄。「招かば」の序。付薄—穂に出—招く。 三五 私の受戒の決心は繋いでもとまらぬ山の鹿と同じ、いくら招いても止まりはしない。ならば私は煩悩の犬となって、たとえ打たれても離れまい。宝物集「煩悩は家の犬、打てども去ることなく、菩提は山の鹿《かせぎ》、つなげども止まり難し」による。廃曲「当願暮頭」にも。

深草の少将、小町の成仏を妨害

ば煩悩の犬となつて、討《うた》るると離《はな》れじ　地〽恐《おそ》ろしの姿や　シテ〽袂を取《と》つて引《ひ》き止《と》む
る　地〽引《ひ》かるる袖も　シテ〽控《ひか》ふる　同〽我袂《わがたもと》も、共[一]に涙の露、深[二]草の少将。

【八】〈問答〉ワキ「扨《さて》は小野小町四位の少将にてましますかや、懺[三]悔《さんげ》に罪を滅《ほろ》ぼし給《たま》へ
シテ「さらばおことは車[四]の榻《しぢ》に、百夜《ももよ》待し所を申させ給へ、我は又百夜通ひし処をまなふ《う》で
見せ申候べし。

〈掛合〉女〽本《もと》[五]より我は白雲の、かかる迷《まよ》ひのありけるとは　シテ「思《おも》ひもよらぬ車の榻に、
百夜通《かよ》へと偽《いつは》りしを、〽誠と思《おも》ひ、「暁ごとに忍《しの》び車の榻に行《ゆ》けば　女〽車[六]の物見もつつ
ましや、姿を変《か》へよといひしかば　シテ「輿車《こしくるま》はいふに及ばず　女〽いつ[七]か思《おも》ひは
地〽山城の、木幡《こはた》の里に馬はあれども　シテ〽君を思へば徒歩跣足《かちはだし》　ツレ〽扨《さて》其《その》姿は
シテ〽笠に蓑《みの》　女〽身[八]の憂《う》き世とや竹の杖　シテ「月には行《ゆく》も闇《くら》からず　女〽扨《さて》雪には
シテ〽袖[九]を打払《はら》ひ　女〽扨《さて》雨の夜は　シテ〽目[一〇]に見えぬ、「鬼一口《ひとくち》も恐《おそ》ろしや　女〽た
またま曇《くも》らぬ時だにも　シテ〽身独《ひとり》に降《ふ》る涙の雨か。　〔立回リ〕[一一]

〈□〉シテ〽あら暗《くら》の夜や。

〈一セイ〉女〽夕暮は、ひとかたならぬ思ひかな。

〈ノリ地〉シテ〽夕暮《ゆふぐれ》はなにと　地〽ひとーかたならぬ、思ひかな　シテ〽月[一二]は待らん、月
をば待《ま》つらむ、我をば待《ま》たじ、虚言《そらごと》や。

一　小町は罪障懺悔の涙に、少将は失恋痛恨の涙にむせぶ姿。
二　小町に恋をし、恋死にしたとされる伝説上の人物。四位少将とも。[掛]深し—深草。
三　「懺悔に…」以下は、五流とも「とても の事に車の榻に百夜通ひし所をまなうで御見せ候へ」。「まならで」は「まねて」の意。
四　少将の求愛に対し小町は百夜通うことを要求した。「車の榻」は車のながえを載せる台。↓「卒都婆小町」。

懺悔の百夜通い

五　[掛]知らず—白雲、掛—か(斯)かる。「思ひもよらぬ」は前後に掛かる。
六　物見(人に見られること)が憚られる。[縁]車—忍び車(微行の車)—車の物見(牛車の窓)。
七　いつか思いは、やむと思っていたのに。[掛]止まん—山城。万葉集十一・柿本人麿以来、種々に変形・伝承された古歌「山城の木幡の里に馬はあれど君を思へばかちよりぞくる」(俊頼髄脳)。「君(小町)を思へば徒歩跣足」を強調、上句は序。
八　蓑と重韻。世は節(よ)に音通で竹の縁語。杖から突き(月)を導く。
九　「袖打ち払ふ影もなし」など、雪の古歌の表現を借りる。
一〇　古今集・仮名序の「目に見えぬ

〈ノリ地〉地〽暁は、[一三]暁は、数々多《おほ》き、思ひかなシテ〽我ためならば地〽鳥もよし鳴《な》け、鐘もただ鳴《な》れ、夜も明《(あけ)》よ、ただ独り寝《ね》ならば、辛《つら》からじ。

〈ノリ地〉シテ〽かやうに心《こころ》を、尽《つ》くし尽《つ》くして同〽かやうに心を、尽くし尽くして、榻[一四]の数々、算《よ》みて見たれば、九十九夜《(くじふくよ)》なり、今は一夜《(ひとよ)》よ、うれしやとて、待日《(まつ)》になりぬ、急ぎてゆかむ、[一五]姿はいかにシテ〽笠も見苦《ぐる》し地〽[一六]風折烏帽子《かざおりゑぼし》シテ〽簑をも脱《ぬ》ぎ捨《す》て

地〽[一七]花摺《すり》衣《(ごろも)》のシテ〽色襲《がさ》ね地〽[一八]うら紫《むらさき》のシテ〽藤袴《ふぢばかま》地〽[一九]待らん物を。

【九】〈歌〉シテ〽あら忙《いそが》しや、[二〇]すは早今日《はやけふ》も同〽紅《くれなゐ》の狩《かり》衣《(ぎぬ)》の、衣紋《(えもん)》―気《け》高《たか》く引《ひ》き繕《つくろ》ひ、[二一]飲酒《(おんじゆ)》はいかに、月の―盃《さかづき》なりとても、戒《いまし》めならば保《たも》たんと、ただ一念の悟《さと》りにて、多《おほ》くの罪を滅《(めつ)》して、小野小町も少将も、共に仏道なりにけり、共に仏道なりにけり。

少将の苦悩

鬼神」を借り「鬼はや一口」(伊勢物語・六段)を繋ぐ。

一一 闇の夜をたどり行くさま。

一二 それは月を待ちこがれているからで、私を待っているのではあるまい。思わせぶりな嘘を言う。

一三 暁は後朝《(きぬぎぬ)》の別れのつらさに物思う時。[付]暁―鐘・鳥。

一四 小町の許へ通った数を書きつけた榻の端書の数を数えてみると。

一五 装いはどうしようか。

一六 上部を折った烏帽子。百夜目なので笠をやめ風折烏帽子にした。

二人の成仏

一七 草花を摺って染めた美しい衣の色目を襲ねて。

一八 [掛]裏―うら紫。[付]紫―藤・藤袴。

一九 小町も待っていようものを。

二〇 さあ、もう今日も暮れるよと。[縁]藤―(松)待つ。[掛]暮れん―紅。

二一 祝いの酒はどうしようか。いや美酒を注いだ盃もみ仏の飲酒戒に当たる。ならば戒を保ち破るまい。そう決意した瞬間、すべての罪も消えて、小町も少将も成仏することができた。少将が心にもっていた信心深さを、御仏は見逃すことなく、間一髪で二人を救った。

山姥（やまんば）

四・五番目物　鬼女物

世阿弥作か（素材・主題の項参照）

場景　前場―越後国上路（あげろ）の山中。山深い女の庵。ある日の午後。後場―同じ所。同じく、後刻。月の冴えゆく深夜。

人物　前ジテ　山の女〔深井・唐織着流女〕
後ジテ　山姥〔山姥・壺折半切女〕
ツレ　遊女百万山姥（ひゃくまやまんば）〔小面・唐織着流女〕
ワキ　従者〔素袍上下〕
ワキヅレ　供人〔素袍上下〕
アイ　境川の里人〔長上下〕

梗概　山姥の山廻りの曲舞（くせまい）を得意とし「百万山姥」とあだ名された都の遊女が、供人と共に善光寺詣の途中、「弥陀来迎の直路（ちょくろ）」という、乗物も叶わぬ険しい上路（あげろ）越えをしようとした時、急に日が暮れる不思議に出会う。宿を貸そうと現れた山の女は、遊女に永年の望みである「山姥の曲舞」を所望し、そのために日を暮らした、私が真の山姥で、私のことを歌って名声を得たのに、少しも心にかけてくれない恨みを述べに現れたと話す。おずおずと拍子をとろうとする遊女に、どうせのことなら暮れるのを待ち、月の夜に謡うなら、私も真実の姿を見せ、移り舞を舞おうと告げて消える（中入）。道案内の里人が、供の男の質問に答えて山の団栗や野老（ところ）や鰐口や古木戸などが山姥になったという珍説を披露。夜も更け、降り注ぐ月光の中、遊女が舞い始めると、怪異な姿の山姥が現れる。深山幽谷の姿を描写し、邪正一如、善悪不二の哲理を説きつつ「山姥の曲舞」を舞い、山廻りの様子を見せる。山姥の素姓・生業を語り、色即是空の真理を説き、「憂き世を廻る一節（ひとふし）」も、狂言綺語の道直ぐに、讃仏乗の因ぞかし」と告げ、山また山を廻り、いずくともなく消えて行った。

素材・主題　「名誉の曲舞」と絶賛された曲舞（申楽談儀）を中心に据えて構想された雄大な能で、山姥の山廻りの姿を描く。山姥とは何か。鬼めいた山の仙女とも、山そのものとも、自然そのものの象徴とも、四季の移りゆく神秘とも感じられる。山を駆け廻ってやまぬ姿は、人生の輪廻・流転の象徴であり、輪廻の苦からのがれられぬ人間そのものかもしれない。曲舞は〈次第〉で始まり、〈クリ〉〈サシ〉〈クセ〉と続く本格的な二段グセ（アゲハが二回、〈クセ〉の終りが〈次第〉と同文）。間狂言の珍説は笑いを誘いつつ、後場の物凄さを浮きだたせる効果がある。将軍（足利義持か義教）の前で世阿弥が舞い（申楽談儀）、作品に流れる、是非を超越した境地を示す「却来（きゃくらい）」の思想や文辞・脚色から世阿弥晩年の「作り能」（虚構能）の可能性が強い。

一　善光寺の名を和らげた表現。極楽へ導いて下さるありがたい光明と頼りにしている如来様のお寺、善光寺へ参詣しよう。
二　「御方」（下掛）に同じ。人への敬称。
三　後述のように、「山姥の曲舞」芸で名高い百魔（「百ま」「百万」）、という意味。この名は、実在した女曲舞々（くせまいまい）の百万の名を借りたらしい。→「百万」八一頁。
四　歌舞に携わる女性。この場合、女曲舞々。
五　中世に流行した歌舞の一種。観阿弥によって能にも取り入れられ、〈クセ〉にその名残を留めている。語り物風の歌謡を、鼓に合わせて

【一】〔次第〕〈次第〉ワキ・ワキツレ〽[一]善《よ》き光ぞと影頼《かげたの》む、善き光ぞと影頼む、仏の御寺《(みてら)》尋《たづ》ねん。

〈名ノリ〉ワキ「是《(これ)》は都方《がた》に住《す》まゐ《(ひ)》仕《(つかまつ)》る者にて候、又是にわたり候[二]御事《(おんこと)》は、[三]百魔山姥《(ひやくまやまんば)》とて隠《かく》れなき[四]遊女にて御座《(ござ)》候、か様《(やう)》に御名《(おんな)》を申《(まうす)》謂《いは》れは、山姥の山廻《やまめぐ》りするといふ事を、[五]曲舞《(くせまひ)》に作り御歌《(おんうた)》ひ有《(ある)》により、[六]京童《わらんべ》の申《(まうし)》慣《な》らはして候、[七]又此頃《このごろ》は善光寺へ御参《(おんまゐ)》りありたきよし承《(うけたまはり)》候程に、それがし御供《(おんとも)》申、只今信濃国へと急《いそ》ぎ候。

〈サシ〉ワキ・ワキツレ〽都を出《(いで)》て[八]さざ波《なみ》や、志賀の[九]浦舟《うらぶね》焦《こ》がれ行《(ゆく)》、末《すゑ》は[一〇]愛発《あらち》の山越《(こえ)》て、袖に[一一]露散《ち》る玉江の[一二]橋《はし》、かけて末《すゑ》ある越路《(こしぢ)》の旅、思《おも》ひ遣《や》るこそ遥《はる》かなれ。

〈上歌〉ワキ・ワキツレ〽木末《(こ)(ずゑ)》[一三]波立《た》つ塩越《こし》の、木末波立つ塩越の、[一四]安宅《あたか》の松の夕煙《けぶり》、消《き》えぬ憂《う》き身の罪を斬《き》る、[一五]弥陀の剣《つるぎ》の礪《と》波《なみ》山、雲路《(くもぢ)》うながす[一六]三越路《(みこしぢ)》の、国の末なる里問《と》へば、いとど都は遠《とを》ざかる、[一七]境河《さかひ(がは)》にも着《(つき)》にけり、境河にも着にけり。

〈着キゼリフ〉ワキ「御急《(おんいそぎ)》候程に、越後越中の境河に御着にて候、暫《(しばらく)》是に御座《(ござ)》候ひて、猶々《(なほなほ)》道の様体《(やうだい)》を御尋《(おんたづね)》あらふ《(う)》ずるにて候。

【二】〈問答〉シカ〲(ワキは里人に善光寺への道を尋ねようと言い、アイを呼出す。アイは善光寺への道を説明し上路越を教える)

〈問答〉百万「実《(げに)》や常《つね》に承る、[一八]西方《(さいはう)》の浄土は十万億土とかや、是は又弥陀来迎《(らいかう)》の[一九]直路《(ちよくろ)》なれば、[二〇]上路《あげろ》の山とやらんに参り候べし、〽とても修行《(しゆぎやう)》の旅なれば、乗物をばこれに留《とど》め置《を》き、徒歩《かち》跣足《はだし》にて参り候べし、道しるべして賜《た》び候へ。

リズミカルに謡うのが特徴であったらしい。

六 京の庶民たち。口喧しい者。

七 下掛は「当年は御親の十三年に当らせ給ひて候程に、善光寺へ……」と、その理由を説明。

八 志賀の枕詞。ササナミ(観世)。

九 [付]舟—こがるる。[掛]漕—焦。

一〇 近江と越前の境にある山。[掛]荒路—愛発。

都から境川へ

一一 [縁]露—玉。

一二 [縁]橋—かけて。

一三 [掛]並—波、潮—塩越。塩越は越前と加賀の境にある岬。

一四 安宅は加賀の地名。[付]煙—夕煙・松。[縁]煙—消えぬ。

一五 「利剣即是弥陀号、一声称念罪皆除」(善導「般舟讃」)。[掛]剣—鶴来。礪波山は越中にある山。

一六 越前と越中・越後の三国を通る北陸道。越路。[掛]身—三。

一七 越中と越後の境を流れる川。

一八 極楽浄土までは十万億土も離れているとか聞くが、それに比べてここは、悪路とはいえ善光寺への近道、弥陀来迎のための本道である。

一九 まっすぐな道(日葡)。底本「勅路」を訂正。

二〇 越後の西端の海辺の道で、難所として知られる親不知の背後にある山。

〈問答〉（ワキはアイの里人に上路越の道案内を頼み、一行が道へさしかかると、急に日が暮れ、あたりが暗くなる）

【三】〈問答〉ワキ「一あら不思議《ふしぎ》や暮まじき日にて候が俄《にはか》に暮《く》れて候よ、扨《さて》何と仕《つかまつり》候べき。

〈問答〉シテ カヽル 〽二なふなふ旅人御宿《おやど》参らせふ《う》なふ。（アイは「や、お宿参らせうと申し候」などと言って狂言座へ退く）　シテ「是は上路《あげろ》の山とて人里遠《とを》き所なり、日の暮て候へば、わらはが庵《いほり》にて一夜《いちや》を明《あか》させ給ひ候へ　ワキ「あら嬉しや候《ザウラウ》、俄《にはか》に日の暮《く》れ前後を忘《ばう》じて候、やがて参らふ《う》ずるにて候。

〈問答〉シテ カヽル 〽今宵《こよひ》の御宿《やど》参らする事、とりわき思ふ子細あり、「山姥の歌の一節歌《ふしうた》ひて聞《き》かさせ給《たま》へ、年月《としつき》の望みなり鄙《ひな》の思出《おもひで》と思ふべし、〽其《その》ためにこそ日を暮《く》らし、御《おん》宿《やど》をも参《まい》らせて候へ、三如何様《いかさま》にも歌《うた》はせ給ひ候へ　ワキ「これは思ひもよらぬ事を承《うけたまはり》候物かな、扨《さて》誰《たれ》と見申されて、山姥《うば》の歌の一節《ふし》とは御所望候ぞ　シテ「いや何をか包《つつ》み給ふらむ、あれにまします御事は、百魔山姥《うば》とて隠《かく》れなき遊女にてはましまさずや、先《まづ》此歌の四次第とやらんに、〽よしあし五引《びき》の山姥《うば》が、山廻《めぐ》りすると作られたり、あら面白や候《ザウラウ》、「是は曲舞によりての異名、さて誠の山姥をばいかなるものとか知《し》ろしめされて候ぞ　ワキ「山姥《うば》とは山に住《す》む鬼女《きぢよ》とこそ曲舞にも見《み》えて候へ　シテ「鬼女とは女《をんな》の鬼とや、よし鬼《おに》なり共《とも》人なり共、山に住《す》む女ならば、わらはが身の上にてはさぶ《ム》らはずや、カヽル 〽六年比《としごろ》色には出させ給ふ、「言《こと》の葉草《ぐさ》の露ほども、御《おん》心にはかけ給はぬ、「恨申《まうし》に来《きた》りたり、カヽル 〽道を極め名を立《た》てて、七世上万徳《せじやうばんとく》の妙華《めうくわ》を開く事、此一曲の故《ゆへ》ならずや、然らばわらはが身をもとぶ《ム》ら

突然の日暮れ

一 怪異の起こる前兆。日を暮らして旅人の足をとめる趣向。あやしげな女の登場にふさわしく、その後に起こるであろう奇異な出来事を予感させる巧みな設定。

二 幕の内から呼びかけて登場。

三 ともかくも。なにはともあれ。

山姥の歌を所望

四 曲舞の冒頭部。本格的な曲舞は〈次第〉で始まり、〈次第〉と同文で終わる。

五 [掛]悪し―足引の。

六 いつも山姥のことを歌っていながら、少しも当の山姥のことを気に掛けてくれないことが不満で、恨みを言いにきたのです。

七 風姿花伝・奥義「正直円明にして世上万徳の妙花を開く因縁なりとたしなむべし」。世の中のあらゆる福徳を得るほどの栄光を受けること。底本「世情」を訂正。

ひ、[八]舞歌音楽《ぶが》の妙音の、声《こゑ》仏事をもなし給はば、などかわらはも輪廻を逃《のが》れ、[九]帰性《きしやう》の善所《ぜんしよ》に至《いた》らざらんと。

〈下歌〉シテ カヽル 〽恨《うら》みをいふ[一〇]山の、鳥獣《とりけだもの》も鳴《なき》添《そ》へて、声《こゑ》を[一一]上路《あげろ》の山姥が、霊鬼《れいき》これまで来《きた》りたり。

【四】〈掛合〉百万 〽不思議の事を聞《きく》物かな、扨《さて》はまことの山姥の、是まで来《きた》り給へるか　シテ「我《われ》国々の山廻《めぐ》り、今日《けふ》しも爰《ここ》に来《きた》る事、我名《わがな》の徳《とく》を聞《き》かむため也、歌《うた》ひ給ひて去《さり》とては、我《わが》妄執を晴《は》らし給へ　百 カヽル 〽此上はとかく辞しなば恐《おそ》ろしや、もし身の為や悪《あ》しかりなんと、憚《はばか》りながら時の[一二]調子《てうし》を、取《と》るや拍子を進《すす》むれば　シテ「[一三]暫《しば》させ給へとてもさらば、暮《くる》るを待《まち》て月の夜声《よごゑ》に、歌《うた》ひ給はば我もまた、誠の姿《すがた》を現《あらは》すべし、カヽル 〽すはやかげろふ[一四]夕月の。

〈上歌〉シテ 〽さなきだに、暮《く》るるを急《いそ》ぐ[一五]深山辺《みやまべ》の　同 〽暮るるを急ぐ深山辺の、雲に心をかけ添《そ》へて、此‐山姥が一節《ひとふし》を、夜《よ》すがら歌《うた》ひ給はば、其時我姿《わがすがた》をも、[一六]現《あらは》し衣《ぎぬ》の袖継《つ》ぎて、[一七]移《うつ》り舞を舞《ま》ふべしと、言《い》ふかと見《み》れば其儘《そのまま》、かき消《け》すやうに失《うせ》にけり、かき消すやうに失にけり。　（中入）

【五】〈問答・語リ・問答〉（里人が出て、急に日が暮れたかと思うと、すぐ夜が明けた山の不思議を述べ、ワキの問いに答え、山姥の素姓について諸説を語る）

【六】〈オキゴト〉百万 〽あまりの事の不思議《ふしぎ》さに、さらに誠と思《おも》ほえぬ、鬼女が詞《ことば》を違《たが》へじと。

八 曲舞を歌う声で、弔いの仏事をして下さったならば。声仏事は本来読経や念仏などのことだが、この場合は曲舞を舞い歌うことが、そのまま仏事となるという。

素姓を明かす

九 帰性は、真如の実性に帰ること。善所は悟りの境界。帰性を得て、鬼性を本性とする私も、きっと悟りの境地に至ることができる。
一〇 (掛)言ふ—夕。
一一 (掛)揚—上路、山—山姥。
一二 雅楽で、時節に応じた音の高さのこと。
一三 「しばし待たせ給へ」の略。
一四 おお、夕月が輝き出した。
一五 深山辺に雲がかかった、あなたも心をかけて一生懸命お歌いになれば。(付)雲—山・かけ。
一六 「現し」は上下に掛かる。「現し衣」は喪服のことで「袖」の序。謡曲では現す意に用いる。
一七 他の人の舞姿をまねた舞。実方をまねる「阿古屋松《あこやのまつ》」「賀茂物狂」、業平をまねる「井筒」なども同じ。ここは遊女の舞をまねて舞う意。

〈上歌〉ワキ・ワキツレ〽松風ともに吹《ふ》く笛の、松風ともに吹く笛の、声澄《こゑす》み渡《わた》[一]る谷川に、手まづ[二]遮《さへぎ》る曲水の、月[三]に声澄《こゑす》む深山《(みやま)》かな、月に声澄む深山かな。

【七】［一声］〈アラヤナ〉後シテ〽あら物凄《すご》の深谷《(しんこく)》やな、あら物凄《ものすご》の深谷《しんこく》やな。

〈サシ〉シテ〽寒林《(かんりん)》[四]に骨《ほね》を打《う》つ、霊鬼《れいき》泣《な》く泣く前生《(ぜんじやう)》の業《(ごふ)》を恨《うら》む、深野《(じんや)》に花を供《(くう)》ずる天人、返すも帰性《きしやう》の善を喜《よろこ》ぶ、いや[五]善悪不二《(ぜんあくふに)》、なにをか恨《うら》み、なにをか喜《よろこ》ばむや、「万箇目前《(ばんこもくぜん)》[六]の境界《(きやうがい)》、懸河《けんか》[七]渺々《べうべう》として、〽巌《いはほ》峨々たり。

〈クリ〉シテ〽山[八]また山《やま》、いづれの工《たくみ》か青巌《せいがむ》の形《かたち》を削《けづ》りなせる、水又水、たれが家にか碧潭《へきたん》の色《いろ》を染《そ》め出《(いだ)》せる。

【八】〈掛合〉百万 カヽル〽恐《おそ》ろしや月も木深《こぶか》き山陰《(やまかげ)》より、その様化《さまけ》したる顔《かほ》ばせは、其山姥にてましますか　シテ「迚《(とて)》もはや穂に出《い》で初《そ》めし言の葉の、気色《けしき》にも知《し》ろしめさるべし、我にな恐《おそ》れ給ひそとよ　百万〽此上《うへ》は恐《おそ》ろしながらうば玉[九]の、暗紛《くらまぎ》れより現《あらは》れ出《(いづ)》る、姿言葉《すがたことば》は人なれ共《(ども)》　シテ「髪には棘《をどろ》[一〇]の雪を戴《いただ》き　百〽眼《まなこ》の光《ひかり》は星《ほし》のごとし　シテ〽扨《(さて)》面《おもて》の色は

百〽さ丹塗《にぬ》りの　シテ〽軒の瓦《かはら》の鬼の形《かたち》を　百〽今宵《こよひ》始《はじ》めて見《み》る事を　シテ〽何に譬《たと》へむ　百〽いにしへの。

〈上歌〉同〽鬼[一一]一口《くち》の雨の夜《(よ)》に、鬼一口の雨の夜に、神鳴《かみな》り騒《さは》ぎ恐《おそ》ろしき、其夜を思《おも》ひ白《しら》[一二]玉か、何ぞと問《と》ひし人までも、我身《(わが)》の上に成《(なり)》ぬべき、憂《う》き世語《よ(がたり)》も恥《は》づかしや、憂き世語も恥

一 縁渡る―谷川―曲水。
二 →「邯鄲」三七頁注二〇。
三 縁月―澄む。掛杯―月。
四 前世で罪悪を犯し鬼となった者

深山幽谷の景

は、葬られた自らの死骸の骨を打って泣き恨み、前世で善行を積んで天人に生まれかわった者は、自らの死骸に花を供えて喜ぶ。「寒林」は林葬の場所。天尊説阿育王譬喩経などにある。廃曲「笠卒都婆(重衡)」、「檐天狗」にも。「深野」(底本)は疑問。古写本に「ぢんや・りんや・塵野・林野」。
五 悟ってみれば、善悪も邪正も、結局は無差別の一理に帰着する、の意。 六 万箇は森羅万象のこと。すべての仏理は、目前の森羅万象に現れている。 七 瀧のような急流が遥かに流れ落ち、岸の巌が険しく聳え立つ光景は、そのまま順逆不二の理を示している。
八 「山復山、何工削ニ成青巌之形一、

怪異な姿

水復水、誰家染ニ出碧澗之色一」(和漢朗詠集・山水・大江澄明)。誰が造ったものでもない、自然本来の姿なのだ。
九 掛姥―烏羽玉(「暗(黒)」の枕詞)。
一〇 髪は白く、雪中の棘《いばら》(雑草)のように乱れている。
一一 「鬼一口」「雨の夜」「神鳴り騒

づかしや。

【九】〈掛合〉シテ「[一三]春の夜の一時《(ひととき)》を千金に換《か》へじとは、花に清香《(せいきやう)》月に影、これは願《ねが》ひのたまさかに、[一四]行《(ゆき)》逢《あ》ふ人の一曲《(いつきよく)》の、其程《ほど》もあたら夜に、はやはや歌《うた》ひ給ふべし　百カヽル〽実《(げに)》此上はとも角も、言《い》ふに及ばぬ山中《(やまなか)》に　シテ「[一五]一声《(いつせい)》の山鳥《(さんてう)》羽《(は)》を叩《たた》く　百〽[一六]鼓は瀧波　シテ〽袖は白妙《(しろた)へ》　百〽[一七]雪を廻《めぐ》らす木《こ》の花《はな》の　シテ〽[一八]何《なに》はのことか　百〽法《のり》ならぬ。

〈次第〉同〽[一九]よしあしびきの山姥《うば》が、よしあしびきの山姥が、山廻《めぐ》りするぞ苦《くる》しき。

【一〇】〈クリ〉シテ〽[二〇]それ山といつ《ツ》ぱ、塵泥《ちりひぢ》より起《を》こつて、天《あま》雲掛《か》かる千畳《せんでう》の峰《みね》　同〽海は苔の露より滴《したた》りて、波濤《はたう》を畳《たた》む万水《ばんすい》たり。

〈サシ〉シテ〽[二一]一洞《(いつとう)》空《むな》しき谷の声《こゑ》、木《(こ)》ずゑに響《ひび》く山彦《びこ》の　同〽[二二]無生音《(むしやうおん)》を聞《き》く便《たよ》りとなり、[二三]声《こゑ》に響《ひび》かぬ谷もがなと、望みしも実《(げに)》かくやらん　シテ〽殊《(ことに)》わが住《す》む山家《(さんか)》の景《け》色《しき》、山高《やまたか(う)》ふして海近《ちか》く、谷深《ふか(う)》ふして水遠《とを》し　同〽[二四]前には海水《(かいすい)》瀼々《じやうじやう》として、月《(つき)》真如《(しんによ)》の光を掲《かか》げ、後《うしろ》には嶺松《(れいしよう)》巍《ぎ》々《ぎ》として、風《(かぜ)》常楽《(じやうらく)》の夢を破《やぶ》る　シテ〽[二五]刑鞭蒲《けいべんかまく》朽ちて蛍空《ほたるむな》しく去《さ》る　同〽諫《かむ》鼓《こ》苔深《ふか》うして、鳥《(とり)》驚《おどろ》かず共《(とも)》いひつべし。

〈クセ〉同〽[二六]遠近《をちこち》の、たづきも知《し》らぬ山中《(やまなか)》に、おぼつかなくも呼《よぶ》子鳥《(どり)》の、声凄《こゑすご》き折々《おりおり》に、[二七]伐木《(はつぼく)》丁々《たうたう》として、山更に幽《かす》かなり、[二八]法性《(ほつしやう)》嶺《(みね)》聳《そび》えては、上求《(じやうぐ)》―菩提《(ぼだい)》をあらはし、無明《(むみやう)》谷《(たに)》深きよそほひは、下化衆生《(げけしゆじやう)》を表《(へう)》して、[二九]金輪際《(こんりんざい)》に及《をよ》べり、抑《(そもそも)》山姥《やまうば》は、生所《(しやうじよ)》も知《し》らず宿もなし、ただ

ぐ」等、伊勢物語・六段による。昔男が、密かに女を盗み出したが、雨夜に雷が鳴り、鬼が一口で女を喰い殺したと記す話。

一二「白玉かなにぞと人の問ひし時露と答へて消えなましものを」(伊勢物語・六段)。[掛]知らず―白。

一三 春夜の一刻が千金にも換えがたく、すばらしいのは花の香と朧な月、私にとっては、かねての願いが叶う今宵の曲舞の一曲。↓「西行桜」七四頁注四。

山姥の曲舞

一四 [掛]雪―行。花・月・雪を並列。

一五「一声山鳥曙雲外、万点水蛍秋草中」(和漢朗詠集・夏・郭公・許渾)。

一六 [付]鼓―瀧。 一七 [付]雪―花・梅。[縁]白妙―雪。 一八 ↓「難波」九八頁。

一九 善悪不二を悟り得ぬまま、妄執の山廻りする山姥の、山廻りの苦しさ。[掛]葭蘆―善悪―足引の(「山」の枕詞)。[縁]何は(難波)―よしあし(葭蘆)。

二〇「高き山も麓の塵泥《(ちりひぢ)》よりなりて天雲たなびくまでおひのぼれる如くに」(古今集・仮名序)をふまえる。以下、山の高き海の深き理由を述べ、深山深谷の姿を悟得の境地にたぐえる。

二一 洞のように虚ろな谷。

二二 生滅変化の次元を超越していること。「山彦はあるようなれどなきからに無生をきかんたよりとぞいふ」(沢庵禅師山姥五十首和

雲水《(くもみづ)》を便《たよ》りにて、至らぬ山の奥もなし　シテ〽然《(しかれ)》ば‐人間にあらずとて　同〽[一]隔《へだ》つる雲の身を変《か》へ、仮《かり》に自性を変化《へんげ》して、一念‐化生《(けしやう)》の鬼女となつて、目前に来《(きた)》れ共《(ども)》、邪正‐一如と見る時は、[二]色即是空そのままに、仏法あれば世法あり、煩悩あれば菩提あり、仏あれば衆生あり、衆生あれば山姥もあり、柳は緑《みどり》、花は紅《くれなゐ》の色々、扨《(さて)》人間に遊《あそ》ぶ事、ある時は山賤《(やまがつ)》の、樵路《せうろ》に通《かよ》ふ花の陰《かげ》、休《やす》む重荷《をもに》に肩を貸《か》し、月もろ共《(とも)》に山を出《い》で、里まで送《をく》る折もあり、又有《(ある)》時は織《をり》姫の、[三]五《い》百《を》機《はた》立《た》つる窓に入《(いッ)》て、[四]枝の‐鶯糸繰《く》り、紡績《ホウセキ》の宿《(やど)》に身を置《を》き、人を助《たす》くる業《わざ》をのみ、[五]賤《(しづ)》の目に見えぬ、鬼とや人の云《(いふ)》らむ　シテ〽世を‐[六]空蟬《うつせみ》の唐《から》衣《(ころも)》　同〽払《はら》はぬ袖に[七]置《を》く霜は、夜寒《(よさむ)》の月に埋《うづ》もれ、[八]打《う》ちすさむ人の絶《た》え間《ま》にも、[九]千声万声《(せんせいばんせい)》の、砧《きぬた》に声《こゑ》のし[一〇]で打《う》つは、ただ山姥《うば》が業《わざ》なれや、都に帰りて、世語《よがたり》にせさせ給へと、思《おも》ふはなを《(ほ)》も妄執か、ただうち捨《す》てよ何事も、よしあし引《(びき)》の山姥が、山廻りするぞ苦《くる》しき。

【二】〈詠〉シテ〽あしびきの　地〽山廻《めぐ》り。　〔立回リ〕

【三】〈□〉シテ〽[一一]一樹《(いちじゆ)》の陰《(かげ)》一河《(いちが)》の流れ、皆是《(これ)》他生の縁ぞかし、ましてやわが名を[一二]夕月の、[一三]憂《う》き世を廻《めぐ》る一節《ふし》も、狂言綺語《(きやうげんきぎよ)》の道直《みちす》ぐに、讃仏乗《(さんぶつじよう)》の因ぞかし、あら御《(おん)》名残惜《お》しや。

〈ノリ地〉シテ カヽル〽暇申《(いとままうし)》て、帰《かへ》る山の　地〽春は梢に、咲《(さく)》かと待《(まち)》し　シテ〽花を尋《(たづね)》て、山廻《めぐ》り　地〽秋はさやけき、影《かげ》を尋《たづ》ねて　シテ〽月見るかたにと、山廻《めぐ》り　地〽冬は冴《さ》え行《(ゆく)》、[一四]時雨の雲の　シテ〽雪を誘《さそ》ひて、山廻《めぐ》り　同〽廻《めぐ》り廻りて、輪廻を離《はな》れぬ、妄

歌)。底本「無声音」を訂正。 三 仏説七女経などによる。賢女が帝釈天に「人於深山中大呼音響四聞耳不知所在」を望んだが叶えられなかったという話。悟りの境地に譬えている。 二四 源平盛衰記、長門本平家物語などで、大納言成親が吉備で障子に書き置いたとされる詩句による。最後は「風常楽の響を奏す」。 二五 →「難波」九九頁注一六。下掛は以下の二句なし。 二六 古今集・春上・読み人知らず(末句「呼子鳥かな」)を引用。「よぶ」は、「呼ぶ」と「呼子鳥」と上下に掛かる。 二七 「春山無レ伴独相求、伐木丁々山更幽」(杜甫・題張氏隠居詩)。 二八 法性(実相)を表す高い峰は菩提(悟り)を求めて向上しようとする心を、無明(愚かさ)を表す深い谷は衆生を救う慈悲の心を示す。 二九 大地の底の底。仏教の宇宙観の金剛輪の最下端。

山廻り

以上一六五頁

一 付雲―へだつる。
二 般若心経にある語。「仏法あれば世法あり」。以下に列挙されている対立する物同士も、結局は「色即是空」の教えそのままに、現象としての区別にすぎないのだ。
三 「たなばたの五百機立てて織る布の秋さり衣誰か取り見む」(万葉集十・秋雑)。

執の雲の、一五塵積《ちりつ》もつて、山姥《うば》となれる、鬼女が有様、見《み》るや見るやと、嶺に翔《かけ》り、谷に響《ひび》きて、今迄爰《(ここ)》に、あるよと見《み》えしが、山又山《やま》に、山廻《めぐ》り、山又山《やま》に、山廻《(めぐ)》りして、行ゑ《(ゆくへ)》も知《し》らず、成《(なり)》にけり。

四「鶯の糸によるてふ玉柳ふきな乱りそ春の山風」(後撰集・春下・読み人知らず)。「青柳をかた糸によりて鶯の縫ふてふ笠は梅の花笠」(古今集・神遊歌)。[付]鶯―花の宿。
五 [掛]為(し)―賤女―目。
六 [付]空蟬―唐衣。[掛]憂―空蟬、殻―唐。
七「さよ衣うつ音さむし秋風のふけ行く袖に霜や置くらむ」(新後拾遺集・秋下・藤原長綱)。
八「間遠にて音も聞こゆる須磨の海人の塩焼衣打ちすさむらし」(続古今集・秋下・藤原隆博)。
九「八月九月正長夜、千声万声無二了時一」(和漢朗詠集・秋・擣衣・白居易)。
一〇「しで打つ」は砧を絶えず打つ意。「さ夜ふけて衣しで打つ声聞けば急がぬ人も寝られざりけり」(後拾遺集・秋下・伊勢大輔)。
一一 説法明眼論などにある成句。
一二 [掛]言ふ―夕。[縁]月―廻る。
一三 山姥の山廻りの曲舞芸も、それがそのまま仏法讃歎の因縁となるのだ。「願以二今生世俗文字之業狂言綺語之誤一、翻為二当来世々讃仏乗之因転法輪之縁一」(和漢朗詠集・仏事・白居易)。
一四 [付]雲―雪気。
一五 [付]塵―つもる・山となる。[掛]散り―塵。[縁]散り―雲。

善《う》知《と》鳥《う》

四番目物　異表記、烏頭
執心男物　作者不明

場景　前場―越中国立山。ある春の日。後場―陸奥国外の浜。猟師の家。初夏のある日。

人物　前ジテ　老人〔笑尉・着流尉〕
後ジテ　猟師の霊〔痩男・水衣着流痩男（羽蓑または腰蓑）〕
子方　猟師の子〔児袴〕
ツレ　猟師の妻〔深井・唐織着流女〕
ワキ　旅の僧〔着流僧〕
アイ　外の浜の浦人〔長上下または肩衣半袴〕

梗概　諸国一見の僧が陸奥の外の浜へ赴く途中、越中の立山へ登って恐ろしい地獄さながらの光景を眺め下山すると、不思議な老人に呼びとめられる。自分は去年死んだ猟師で、故郷の陸奥外の浜の妻子へ弔いを頼んでほしいと告げ、証拠がなくてはとの僧の言葉に、老人は衣の片袖をちぎって渡し、姿を消した（中入）。外の浜に着いた僧は浦人に猟師の家を教えてもらい、善知鳥の子細を聞く。猟師の家を訪ね、蓑笠を手向けてほしいと頼まれ、証拠に衣の袖を託されたことを妻子に告げる。妻がさし出した形見の衣には片袖がなく、持参した袖がぴったり合う。妻や子は涙に昏れ、僧が弔いをすると、猟師の霊がやつれ果てた姿で現れる。霊は我が子に近づこうとするが、生前、親子の愛情のこまやかな善知鳥の習性を利用して殺生した報いで近づくことができない。猟師の霊は殺生の所業のあさましさを物語り、生前さながらに善知鳥を捕えるわざを再現。怪鳥となった善知鳥に責めさいなまれる冥途での苦しみを見せ、救いを求めつつ消える。

素材・主題　今昔物語集十七第二十七話「越中の立山の地獄に堕つる女、地蔵の助けを蒙る語」などで知られる立山地獄説話と新撰歌枕名寄などに見える善知鳥説話とを結びつけ、本州僻遠の歌枕の地として名高い「外の浜」を舞台に、「陸奥の外の浜なる呼子鳥鳴くなる声はうとうやすかた」を主題歌に据えて、鳥獣を殺すことを生業（なりわい）とした猟師の死後の苦しみを親子の情愛をからませながら描く。ウトウはチドリ目ウミスズメ科の海鳥で、北海道と本州北部に棲み、新撰歌枕名寄によると、親子愛が強く、親が「うとう」と呼べば、子は「やすかた」と鳴いて答えるという。猟師はウトウが砂浜に隠した子鳥を、親鳥の鳴き声を真似ておびき出す。人知にたばかられて子を失ったウトウは啼き叫びながら空をかけ廻り、「血の涙」を雨のごとく滴らせるので、猟師は「此血ヲカカリツレバ損ジ侍ル故ニ、血ヲカカラントテ蓑笠ヲキル」のだという。演技の上でも笠が重要な役割を果たす。殺生の罪業の深さを描く類曲「阿漕」「鵜飼」よりも凄惨で、救済もない。

一 陸奥の歌枕。津軽半島の陸奥湾側の海岸。上掛古写本や下掛の〈名ノリ〉は立山禅定を第一とし、そのあと陸奥の果てまで行脚の由を述べる。これが本来の形だろう。
二 越中の霊山。修験の霊地。
三 霊山に登って修行すること。
四 山路がいくつにも分かれているが、その多くは、悪業によって赴く地獄へと続く険しい道である。立山を地獄とみなす例は今昔物語集などにも多く見られる。
五 自らの行状を恥じる心。
六 [掛]懺悔―山下。
七 幕から呼びかけながら登場。
八 肉親を「にて候ひし者」（でございました者）を介在させて間接的に呼ぶのは一種の謙譲表現。「小袖曾我」（七六頁）や「春栄」など謡曲にも類例が多い。「亡父にて候

【一】〔名ノリ笛〕〈名ノリ〉ワキ「是《(これ)》は諸国一見の僧にて候、われいまだ陸奥《(みちのく)》外《そと》[一]の浜を見ず候程に、此度《(このたび)》思《おも》ひ立《(たち)》外《そと》の浜一見と志《こころざ》して候、又よきつゐ《(い)》でなれば、立山禅定《(たてやまぜんぢやう)》[二][三]申さばやと存《(ぞんじ)》候。

〈着キゼリフ〉ワキ「急《(いそぎ)》候程に立山《たてやま》に着《(つき)》て候、心静《しづ》かに一見せばやと思ひ候。

〈添エゴト〉ワキ カヽル ＼扨《(さて)》もわれ此《(この)》立山に来てみれば、目《ま》のあたりなる地獄の有様、見ても恐《をそ》れぬ人の心《こころ》は、鬼神《(きじん)》よりなを恐《(ほ)おそ》ろしや、山路《(さんろ)》に分《わ》かつ巷《ちまた》の数《かず》、多《おほ》くは悪趣[四]の嶮路《(けんろ)》ぞと、涙もさらに留《とど》め得《え》ず。

〈下歌〉ワキ ＼慙愧《(ざんき)》[五]の心時過《(ときすぎ)》て、山下《(さんげ)》[六]にこそは下りけれ、山下にこそは下りけれ。

【二】〈問答〉シテ「なふなふ[七]あれなる御《(おん)》僧に申《(まうす)》べき事の候　ワキ「何事にて候ぞ　シテ「陸奥《(みちのく)》へ御下《(おんくだり)》候はば言伝《(ことづて)》申候べし、外《そと》の浜《はま》にては猟師[八]にて候ひし者の、去年《(こぞ)》[九]の秋身《(み)》罷《まか》りて候、其妻子《(さいし)》の宿を御尋《(おんたづね)》候て、それに候蓑笠《みのかさ》手向《(たむけ)》てくれよと仰《(おほせ)》候へと承《(うけたまはり)》候物哉《(かな)》、届《とど》け申べき事は易《やす》き程の御《(おん)》事にて候去《(さり)》ながら、上《うは》[一〇]の空に申てはやはか御承《(ごしよう)》引《(いん)》候べき　シテ「実確《(げに)たし》かなる験《(しるし)》なくてはかひあるまじ、や、思ひ出《(いで)》たりありし世の、今はの時まで此尉が、＼木曾《きそ》[一一]の麻衣《あさ(ぎぬ)》の袖を解《と》きて。

〈上歌〉同 ＼是をしるしにと、涙《なみだ》を添《(そへ)》て旅衣[一二]、涙を添て旅衣、立《た》ち別れ行《ゆ》く其跡は、雲や煙の立山[一三]の、木《こ》[一四]の芽《め》も萌《も》ゆる遥々《はるばる》と、客僧[一五]は奥《おく》へ下れば、亡者《(まうじや)》は泣《な》く泣く見送《をく》りて、行《(ゆく)》かた知《し》らず成《(なり)》にけり、行かた知らず成にけり。

（中入）

ひし者」(風姿花伝・年来稽古条々)。

九 下掛は「こぞの春の比」で、一年前の春に亡くなったこととなる。

一〇 確固たる証拠もなく言い出したのでは、相手は納得してくれないだろう。

立山の地獄

一一 掛着—木。「木曾の麻衣」は歌語。

一二 掛賜—旅、立ち—裁。縁衣—裁。

一三 掛立つ—立山。

一四 時間と季節を設定している。掛春—遥々。

一五 山伏の別称。現行のワキ僧は常の旅僧姿であるが、元は山伏か。〈名ノリ〉に修験の霊地たる立山禅定の由を述べる点も注意したい。

以下一七〇頁

一 亡き夫を忘れがたく、忘れ形見の我が子を見ても、夫を思い出して深い悲しみにとらわれてしまう。

二 ホトトギスの異称「死出の田長」。「亡き人」の序。 三 掛見—蓑代衣。

四 付衣—をる・ま遠。 五 掛無—夏。

片袖を渡す

六 「陸奥のけふの細布ほどせばみ…」(俊頼髄脳)。掛今日—狭布。 七 掛袖—其で。縁立つ(裁つ)・狭布—衣。 八 生死の世界を離れ、はやく成仏せよ。亡霊を弔う言葉。

九 謡曲拾葉抄では夫木抄の藤原定

【三】〈問答・語リ・問答〉（ワキは袖を懐中し、陸奥外の浜へ到着。里人を呼び、去年身まかった猟師の家を尋ねる。里人はその家を教え、うとうやすかたの鳥の習性と、それを利用した猟法のことを語る）

【四】〈サシ〉ツレ母〽実《(げに)》やもとよりも定めなき世の慣《なら》ひぞと、思ひながらも夢の世の、徒《あだ》に契《(ちぎ)》りし恩愛の、別《わか》れの跡の忘《わす》れ形《がた》見、それさへ深《ふか》き悲《かな》しみの、母が思《おも》ひをいかにせん。

【五】〈問答〉ワキ「いかに此屋の内へ案内申《(まうし)》候　母「誰《(たれ)》にてわたり候ぞ　ワキ「是は諸国一見の僧にて候が、立山禅定申候処に、其様すさましげなる老人の、陸奥《みちのく》へ下《くだ》らば言伝《(ことづて)》すべし、外《そと》の浜にて猟師の宿を尋《(たづね)》て、それに候蓑笠《みのかさ》手向《(たむけ)》て給《(たまは)》り候へと申べき由仰《おほ》せられし程に、上《うは》の空にてはやはか御承引候べきと申て候へば、其時召《め》されたる麻衣《(あさぎぬ)》の袖を解《と》きて給りて候程に、是まで持て参りて候、もし思召《(おぼしめし)》合《あ》はする事の候か。

〈クドキ〉母〽これは夢かや浅猿《(あさまし)》や、[二]四手《(しで)》の田長《(たをさ)》の亡《な》き人の、上《うへ》聞《(きき)》あへぬ涙かな。

〈掛合〉母「去《(さり)》ながらあまりに心もとなき御事なれば、〽いざや形《かた》見を[三]蓑《みの》代衣《(しろごろも)》、[四]間《ま》遠《どを》に織《を》れる藤袴《ばかま》　ワキ〽頃《ころ》も久しき形見《かたみ》ながら　母〽今取出《(とりいだ)》し　ワキ〽よく見《み》れば。

〈上歌〉同〽疑ひも、[五]夏立《なつた》つ[六]狭布《けふ》の薄衣《(うすごろも)》、夏立つ狭布の薄衣、一重《(ひとへ)》なれども合《あ》はすれば、[七]そでありけるぞ、あら懐《なつ》かしの形見《かたみ》や、頓而《(やがて)》其まま弔《(とむら)》ひの、御法《(みのり)》を重《かさ》ね数々の、中に亡者の望《のぞ》むなる、蓑笠《みのかさ》をこそ手向《(たむけ)》けれ、蓑笠をこそ手向けれ。

〈誦句〉ワキ〽[八]南無《(なむ)》幽霊出離生死頓証菩提《いうれいしゆつりしやうじとんしようぼだい》。

家の歌とするが不明。鴉鷺物語に「子を思ふ涙の雨の蓑の上にうとうと鳴くはやすかたの鳥」とある。藻塩草十にも類歌。
一〇 卒都婆を一度見ただけでも、地獄・餓鬼・畜生の三悪道を逃れられる。卒都婆造立供養の偈文。次句は「何況造立者、必生安楽国」。

悲しみの母子

一一 「ごとくンば」と謡う。
一二 ましてや我が身のために卒都婆造立の供養までしてもらったのだから、きっと成仏できるだろう。
一三 八寒地獄の酷寒も仏の名を唱える功徳と仏の智力によって消えるだろう。仏の智恵を火に譬えた。
一四 八熱地獄の炎熱も、仏法には勝てまい。仏法の力を水に譬える。
一五 囲安―やすかた。
一六 観普賢経にある偈文。霜露が日の光のもとで消えるように、慧日(仏智)によって罪障も消滅する。
一七 松の下枝に届くほど伸びて交じり合っている浜辺の蘆が引潮に萎《(しお)》れて並び、この浦里の垣のようになっている。
一八 陸奥の歌枕。→「融」。
一九 苫葺きの小家。すきまだらけのため月の光がさしこみ、風情のある外の浜のすまいだ。

蓑笠を手向ける

二〇 もし声に出したなら、姿を消

【六】〔一声〕〈下ノ詠〉後シテ　へ陸奥《みちのく》の、外《そと》の浜なる呼子鳥《よぶこどり》、鳴《な》くなる声《こゑ》は、うとうやすかた。

〈サシ〉シテ　へ一見卒都婆永離三悪道《いつけんそとばやうりさんナくだう》、此文《もん》のごとくば、たとひ拝《はい》し申たり共《とも》、永《なが》く三悪道を遁《のが》るべし、いかにいはんや此身のため、造立供養《ざうりふくやう》にあづからんをや、縦《たとひ》紅蓮大紅蓮《ぐれんだいぐれん》なりとも、名号智火《みやうがうちくわ》には消《きえ》ぬべし、焦熱大焦熱《せうねつだいせうねつ》なり共《とも》、法水《ほふすい》には勝《か》たじ、去《さり》ながら此身は重《おも》き罪《つみ》科《とが》の、心はいつかやすかたの、鳥獣《とりけだもの》を殺《ころ》しし。

〈歌〉同　へ衆罪如霜露慧日《しゆざいによさうろゑにち》の、日に照《て》らし給へ御僧。

〈上歌〉同　へ所は陸奥《みちのく》の、所は陸奥の、奥《おく》に海ある松原の、下枝《しづえ》に交《ま》じる塩芦の、末引《すゑひき》萎《しほ》る浦《うら》里の、籬《まがき》が島の苫屋形《とまやかた》、囲《かこ》ふとすれど疎《まば》らにて、月のためには外《そと》の浜、心ありける住居《すまひ》かな、心ありける住居かな。

【七】〈掛合〉母カヽル　へあれはとも言《い》はば形《かたち》や消《きえ》なんと、親子手に手《て》を取《と》り組《く》みて、泣《な》くばかりなる有様哉《かな》　シテ　へ哀《あはれ》や実《げに》いにしへは、さしも契りし妻や子も、今はうとうの音《ね》に泣《な》きて、やすかたの鳥の安《やす》からずや、何しに殺《ころ》しけん、わが子のいとおしきごとくにこそ、鳥《とり》獣も思《おも》ふらめと、千代童《ちよどう》が髪をかき撫《な》でて、あら懐《なつ》かしやと言《い》はんとすれば。

〈上歌〉同　へ惑障《わうしやう》の、雲の隔《へだ》てか悲《かな》しやな、雲の隔てか悲しやな、今まで見えし姫小松の、はかなやいづくに、木隠《とがく》れ笠《がさ》ぞ津の国の、和田の－笠《かさ》松や箕面《みのお》の、滾《たき》つ浪も我袖に、立《た》つや卒都婆の外《そと》は誰《た》れ、蓑笠《みのかさ》ぞ隔《へだ》てなりけるや、松島や、雄《を》島《しま》の苫屋《とまや》内《うち》ゆかし、我《われ》は外《そと》の浜千鳥、

してしまうだろう。躊躇する心の切なさ。「朝長」にも同文（一四頁）。廃曲「不逢森《あはでのもり》」にも。

二一 親鳥が「うとう」と呼べば子が「やすかた」と答える習性を背景に、それぞれを「音に泣きて」「安からず」の序とし、隔てられた夫婦・親子の安んじることのできぬ切ない気持ちを述べた。囲疎—善知鳥。

二二 慧日の光をさえぎる煩悩の雲。

滅罪を願う

底本「横障」を訂正。「惑障所覆蔽」（渓嵐拾葉集六十四）、「払惑障雲霧」（稲荷大明神祭文）等。「雲の隔て」は「山姥」一六六頁参照。

二三 今まで見えていた我が子の姿は、どこへ隠れたのか見えなくなった。私の袖にあふれる瀧のような涙。家の外に立っているのが誰か分からないのか、蓑笠が邪魔をしているのだろうか。姫小松は我が子千代童を指す。

二四 和田の笠松は名松。箕面の瀧は袖に掛かる涙の譬え。木隠れ笠—笠松、笠—箕、箕面の瀧—滾つ浪、浪—涙—袖という具合に、関連する言葉を連ねる。囲子—木、涙—浪。縁浪—立つ。

二五 音通の「外は」の序。

二六 「立ちかへり又もきて見む松しまやをじまのとまや浪にあらすな」（新古今集・羇旅・藤原俊成）。外にたたずみ泣く我が身を、浜千鳥に譬えた。

音《(ね)》に立《(たて)》て、啼《(なく)》より外《(ほか)》のことぞなき。

【八】〈クリ〉地 ＼[一]往事渺茫《(わうじ)べうばう》としてすべて夢に似たり、旧遊零落《(きういう)れいらく》して半《なか》ば泉《(いづみ)》に帰《き》す。

〈サシ〉シテ ＼[二]とても渡世《(とせい)》を営《いとな》まば、士農工商《(しのうこうしやう)》の家にも生れず 同 ＼又は[三]琴棊《(きんぎ)》書画《しよくわ》を嗜《たしな》む身ともならず シテ ＼ただ明《(あけ)》ても暮《く》れても殺生を営《いとな》み 同 ＼[四]遅々《ちち》たる春の日も所作《(しよさ)》足《た》らねば時を失《うしな》ひ、秋の夜長《(よ)なが》し夜長《(よ)》けれども、漁火《(いさりび)》白《しろ(う)》ふして眠《ねぶ》る事なし シテ ＼[五]九夏《(きうか)》の天も暑《(しよ)》を忘《わす》れ 同 ＼玄冬《(げんとう)》の朝《あした》も寒からず。

〈クセ〉同 ＼[六]鹿を追《を》ふ猟師は、山を見ずといふ事あり、[七]身の苦《くる》しさも悲《かな》しさも、忘《わす》れ草の[八]追鳥《をひ》、[九]高縄《たかなわ》をさし引塩の、[一〇]末《すゑ》の松山風荒《かぜあ》れて、[一一]袖に波越《こ》す沖《おき》の石、又は干潟《ひがた》とて、海越《ご》しなりし里《さと》までも、[一二]千賀《(ちか)》の塩竈《しほがま》身を焦《こ》がす、報《むく(い)》ひをも忘《わす》れける、事業《ことわざ》をなし悔《くや》しさよ、抑《(そもそも)》うとう、やすかたの[一三]とりどりに、品変《しなか》はりたる殺生の シテ ＼中に無慙《むざん》やな此鳥の 同 ＼愚《をろ》かなるかな[一四]筑波嶺《つくばね》の、木々《(きぎ)》の梢《こずゑ》にも羽《は》を[一五]敷《し》き、[一六]浪の浮巣《うきす》をも掛《か》けよかし、[一七]平沙《(へいさ)》に子を生《う》みて落雁《(らくがん)》の、はかなや親は隠《かく》すと、すれどうとうと呼《よ》ばれて、子はやすかたと答《(こたへ)》けり、扨《(さて)》ぞ取《と》られ[一八]やすかた。

【九】〈□〉シテ ＼うとう。 〔[一九]カケリ〕

【一〇】〈ノリ地〉同 ＼親は空にて、血《ち》の涙《なみだ》を、親は空にて、血の涙を、降《ふ》らせば濡《ぬ》れじと、菅蓑《(すが)みの》や、笠を傾《かたぶ》け、爰《(ここ)》かしこの、便《たよ》りを求《もと》めて、[二〇]隠《かく》れ笠、隠《かく》れ蓑《みの》にも、あらざれば、猶《(なほ)》降《ふ》り掛《か》

一 以下、過去を追想し、世のはかなさを嘆く。「往事眇茫都似レ夢、旧遊零落半帰レ泉」(和漢朗詠集・懐旧・白居易)。
二 以下、罪業を深く悔いる心。
三 琴と碁と書画。風雅高尚な嗜み。
四 「遅々兮春日」(和漢朗詠集・夏・蟬・白居易)。「秋夜長、夜長無レ眠天不レ明」(同・秋・秋夜・白居易)。
五 「九夏三伏之暑月…玄冬素雪之寒朝」(和漢朗詠集・松・源順)。
六 一つの事に没頭するあまり他を顧みない意の諺。虚堂録「逐レ鹿者不レ見レ山」。

殺生の興奮

七 身の苦しさも悲しさも忘れて鳥を追い、風が吹き荒れ、袖が波に濡れるのも構わず、沖の石や干潟をたよりに、海の向こうの里まで出かけ、死後に報いを受けることも忘れて悪業を重ねたことが悔しい。囲忘れ—忘れ草。
八 勢子(こせ)などで鳥を追い立てる追鳥狩。
九 縄に鳥黐(とりもち)を塗って鳥を捕える方法。縄—引く—引塩とつなげる。
一〇 陸奥の歌枕。
一一 「わが袖は潮干に見えぬ沖の石の人こそ知らねかわく間ぞなき」(千載集・恋二・二条院讃岐)。袖、沖の石、干潟、を続けた。

親は空にて血の涙

一二 歌枕。「身を焦がす」の序。囲近—千賀。
一三 囲鳥—とりどり。囲

かる、血《ち》の涙に、目も紅《くれなゐ》に、染《そ》み渡《わた》るは、紅葉《もみぢ》[二一]の橋《はし》の、鵲《かささぎ》か。

【二】〈中ノリ地〉地〽娑婆[二二]にては、うとうやすかたと見えしも、うとうやすかたと見えしも、冥途にしては化鳥《けてう》となり、罪人を追《を》っ立《た》て鉄《くろがね》の、嘴《はし》を鳴《な》らし羽《は》を叩《たた》き、銅《あかがね》の爪を研《と》ぎ立《たて》ては、眼《まなこ》を摑《つか》んで肉《しし》むらを、叫《さけ》[二三]ばむとすれ共《ども》猛火《みやうくわ》の煙《けぶり》に、むせむで声《こゑ》を上《あ》げ得《え》ぬは、鴛鳥《をし》[二四]を殺《ころ》しし科《とが》やらむ、逃《に》げんとすれど立《た》ち得《え》ぬは、羽抜《はぬ》[二五]け鳥《どり》の報《むく(い)》ひか　シテ〽うとうはかへつて鷹となり　同〽我は雉《きじ》[二六]とぞ成《なり》たりける、遁《のが》れ交野《がたの》の狩場《かりば》の吹雪《ふぶき》に、空も恐《おそ》ろし地を走《はし》る、犬鷹《いぬたか》に責《せ》められて、あら心《こころ》[二七]うとうやすかた、安《やす》き隙《ひま》なき身の苦《くる》しびを、助《たす》けて賜《た》べや御僧《おん》、助《たす》けて賜《た》べや御僧と、言《い》ふかと思《おも》へば失《うせ》にけり。

一四「筑波嶺の木のもとごとに立ちぞよる春のみ山の陰を恋ひつつ」

冥途での責苦

(古今集・雑下・宮道潔興)。一五 掛敷—頻波(繰り返し立つ波)。一六「子を思ふ鳰の浮き巣のゆられ来て捨てじとすれや見隠れもせぬ」(頼政集)。一七 瀟湘八景の一。「平沙の落雁」。縁平沙—落雁。一八 掛易—やすかた。一九 男の霊に猟の興奮がよみがえり、杖をふるって鳥を追い回し、ついに打ち落とすさまを再現。所作が写実的で、緩急の変化に富む。「追打ノカケリ」とも。二〇 身につけた人の姿が見えなくなる笠と蓑。鬼の宝とされていた。二一 七夕の夜、鵲が羽を並べて、牽牛・織女の渡る橋を架けるという伝説。二人の紅涙のために橋が紅に染まるという説が中世には流布していた(三流抄など)。二二 以下、現世とは立場が逆転し、冥途で数々の報いを受ける猟師の姿を描写。二三 掛裂—叫。二四 掛唖—鴛。二五 羽毛が抜け替わる時期の、あるいは抜け落ちた鳥。飛び立てぬ様を表現。二六 付雉—片野。掛難—交。交野は河内の歌枕で狩りの名所。「またや見ん交野のみ野の桜狩り花の雪散る春の曙」(新古今集・春下・藤原俊成)をふまえ「吹雪」に続けた。二七 掛憂し—善知鳥。

楊貴妃《やうきひ》

三番目物
本鬘物　金春禅竹作(素材・主題の項参照)

場景 常世(とこよ)の国、蓬萊宮。唐の玄宗皇帝の時代。初秋のある日。

人物 シテ　楊貴妃の霊〔増(若女)・天冠壺折大口〕
ワキ　方士(ほうじ)〔側次大口(法被大口)〕
アイ　常世の国蓬萊国の男〔長上下〕

梗概 唐土玄宗皇帝に仕える方士(仙術師)は、寵姫楊貴妃が馬嵬(ばかい)が原で殺されたことを深く嘆かれた帝の命令で、その魂魄のありかを尋ね、くまなく探し求めたが見つからず、ついに常世の国蓬萊宮へやって来た。所の者から玉妃(ぎょくひ)の住む太真殿を教えられ、貴妃の生まれ変わりの玉妃と対面する。方士は勅使の旨を告げ、皇帝の深い悲しみを伝え、対面した証拠として形見の品を乞う。貴妃は玉の釵(かんざし)を与えるが、方士は、それは世の中に類似の品がある物なので、帝と貴妃だけが知る、二人が交わした言葉を求めると、貴妃は七夕の夜に誓った比翼連理の言葉を打ち明ける。そして帰りを急ぐ方士を暫しとどめ、生死流転、老少不定を嘆きつつ昔を想い、帝の作った霓裳羽衣(げいしょううい)の曲を舞う。やがて方士は釵を携えて帰路につき、貴妃は昔を恋いつつ蓬萊宮の内に伏し沈む。

素材・主題 白居易の長恨歌の世界を背景とするが、直接には長恨歌をふまえる源氏物語の、中世源氏梗概書、わけても源氏大概真秘抄や、中世の歌学書俊頼髄脳などに拠り、仙界に住む楊貴妃の深い悲しみと愛惜の思いを描く。「天にあらば願はくは比翼の鳥とならん、地にあらば願はくは連理の枝とならん」と誓った玄宗と貴妃も、幽明境を異にした今、会者定離の理(ことわり)を如何ともすることができない。詞章・修辞・作風に禅竹の特色が顕著で、かつ霊が現世の思い出の場所へ出現するという常の夢幻能形式とは反対に、ワキのほうが仙界へ足を運ぶという構想も異色で、ほとんど他に例を見ない。世阿弥を継承しつつ新たな歌舞能の創造をめざした禅竹の意欲作といえる。「仙女も亦愛着の心を離る能はず、美しき内に憂ひを含める様は誠に海棠の雨にうるほひし姿とや言はまし」と先人池内信嘉も評した艶麗な作品。

【一】一〔次第〕〈次第〉ワキ へ我《わが》二まだ知らぬ篠目《しののめ》の、我まだ知らぬ篠目の、道をいづくと尋《たづね》む。

〈名ノリ〉ワキ 「是《これ》は唐《もろこし》三 玄宗皇帝に仕《つか》へ奉る方士《はうじ》四にて候、扨《さて》も我君 政《まつりごと》正《ただ》しくまします中《なか》に、

一 後見が引回シをかけた作リ物を大小前に据える。
二 「いにしへもかくやは人の惑ひけんわがまだ知らぬ東雲(しののめ)の道」(源氏物語・夕顔)。尋ね行く蓬萊山は東海にあるとされていた雲上の仙界の意で、そこへ至る道を「篠目の道」と表現した。
三 中国唐の時代の第六代皇帝。楊貴妃を寵愛のあまり国政を怠り、内乱を招いた。
四 医術や占い仙術を行う人。道士。
五 女色を重んじ、あでやかな女性をお求めになられた。「漢皇重レ色思二傾国一」(白居易・長恨歌)。
六 楊貴妃は、楊玄炎の娘、後に入内し、玄宗皇帝の並々ならぬ寵愛を受ける。貴妃は宮中の女官の位。安禄山の乱の際に馬嵬が原(長安の西)で軍兵に誅殺された。
七 「昇レ天入レ地求レ之遍、上窮二碧落一下黄泉一」(長恨歌)。「碧落」は天、「黄泉」は冥土。
八 長恨歌には「海上の仙山」とある。東方の海上にあるという仙郷。
九 源氏物語・桐壺の歌(下句「魂(たま)のありかをそこと知るべく」)。
一〇 「もろこしの浪路わけ行く舟人はこころ残らぬ月やみるらん」(続千載集・秋下・平泰時)。囲無—浪。
一一 「ほ(帆)のか」の序。
一二 縁旅—山—草—草枕・舟路・仮寝・仮枕。掛刈—仮。
一三 「常世」(床・夜)の序。

[五]色を重《おも》むじ艶《えん》を専《もつぱ》らとし給ふにより、容色無双《ようしよくぶさう》の美人を得給ふ、[六]楊家《やうか》の娘たるによつて其名を楊貴妃と号《がう》す、然共《しかれども》去《さる》子細あつて、馬嵬《ばくわい》が原《はら》にて失《うしな》ひ申て候、余《あまり》に御門《みかど》歎《なげ》かせ給ひ、急《いそ》ぎ魂魄《こんぱく》のありかを尋《たづね》て参れとの宣旨《せんじ》に任せ、[七]上碧落下《かみへきらくしも》黄泉《くわうせん》まで尋《たづね》申せども、さらに魂魄のありかを知《し》らず候、爰《ここ》にいまだ[八]蓬莱宮《ほうらいきう》に到《いた》らず候程に、此度《このたび》蓬莱宮にと急《いそぎ》候。

〈上歌〉ワキ〽[九]尋行《たづねゆく》、幻《まぼろし》もがな伝《つて》にても、幻もがな伝にても、魂《たま》のありかはそことしも、[一〇]浪路を分《わ》けて[一一]行船《ゆくふね》の、ほのかに見えし[一二]島山の、草《くさ》の仮寝《かりね》の[一三]枕結《ゆ》ふ、[一四]常世《とこよ》の国に着《つ》きにけり、常世の国に着きにけり。

〈着キゼリフ〉ワキ「急《いそ》ぎ候程に、蓬莱宮に着《つき》て候、此所にて委《くはし》く尋《たづね》ばやと存《ぞんじ》候。

【二】〈問答〉シカ〳〵（ワキは蓬莱国の男を呼び、楊貴妃のことを尋ねる。男は、太真殿に住み昔を恋い慕い憂愁の日々を送っている玉妃のことを教える）

【三】〈サシ〉ワキ カヽル〽ありし教《をしへ》に従《したが》つて蓬莱宮に来て見れば、[一五]宮殿《くうでん》盤々《ばんばん》としてさらに辺際《へんざい》もなく、荘厳巍々《しやうごんぎぎ》としてさながら七宝《しつぽう》を鏤《ちりば》めたり、[一六]漢宮万里《かんきうばんり》の粧《よそほひ》、[一七]長生《ちやうせい》驪《り》山《さむ》の有様も、是にはさらに擬《なぞ》らふべからず、あら美《うつく》しの所やな、「また教のごとく宮中を見れば、[一八]太真殿《たいしんでん》と額《がく》の打《うた》れたる宮あり、先《まづ》此所《ところ》に徘徊《はいくはひ》し、事《こと》の由《よし》をも窺《うかが》はばやと思ひ候。

【四】〈サシ〉シテ女 カヽル〽[一九]昔は驪山《りさん》の春の園《その》に、共《とも》に眺《なが》めし[二〇]花《はな》の色《いろ》、移《うつ》れば変《か》はる慣《なら》ひとて、今は[二一]蓬莱の秋の洞《ほら》に、独《ひと》り眺《なが》むる[二二]月影も、濡《ぬ》るる顔《がほ》なる袂《たもと》哉《かな》、あら恋《こひ》しのいにしへやな。

【五】〈掛合〉ワキ カヽル〽唐《たう》の天子の勅の使《つかひ》、方士是《これ》まで参《まゐり》たり、玉妃《ぎよくひ》は内《うち》にましますか

女

魂のありかを訪ねる

一四 海の彼方にあるという秘境。神仙思想の伝来により、蓬莱山が常世の国を指すようになった。 一五 宮殿は限りなく広く、高く聳える建物には七宝がちりばめられ、その美しさはこの上ない。「宮殿盤々」は「荘厳巍々」と対句。 一六「漢宮万里月前腸」（和漢朗詠集・王昭君・大江朝綱）を借りた宮殿の形容。 一七 唐の太宗が驪山に建てた離宮長生殿。これを玄宗皇帝が華清宮と改め、温泉もあったこの地を楊貴妃と共に、しばしば訪れたという。 一八「太真」は楊貴妃の字《あざな》。長恨歌伝に宮殿名を「玉妃太真院」とする。底本「大真」を訂正。 一九 下掛は〈サシ〉の前に、寂寞とした宮中での孤独な心を示すシテ謡「あら物凄の宮中やな、〳〵」がある。

蓬莱宮の荘厳さ

二〇「いつしかとけふぬぐ袖よ花の色の移れば変はる心なりけり」（拾遺愚草）。 二一「蓬莱洞月照レ霜中」（和漢朗詠集・秋・菊・菅原文時）。「蓬莱の秋の洞」（神仙の住まい）は「驪山の春の園」と対句。 二二「あひにあひて物思ふころのわが袖にやどる月さへ濡るる顔なる」（古今集・恋五・伊勢）。

へなに唐帝《たうてい》の使とは、なにしにここに来《きた》れるぞと、九花《きうくわ》[一]の帳《ちやう》を押《を》しのけて、玉の簾《すだれ》を挑《かか》げつつ　ワキ　へ立出《たちいで》給ふ御姿《おんすがた》　女　へ雲[二]の鬢《びむ》づら　ワキ　へ花の顔《かほ》ばせ　二人　へ寂寞《せきばく》たる御《おん》眼《まなこ》の中《うち》に、涙《なみだ》を浮《う》かべさせ給へば。

〈上歌〉同　へ梨花一枝《りくわいつし》、雨を帯《お》びたる粧《よそほひ》の、雨を帯びたる粧の、太液《たいえき》[三]の、芙蓉《ふよう》の紅《くれなゐ》、未央《びヨう》の柳の緑《みどり》も、これにはいかで勝《まさ》るべき。実《げに》や―六宮《りツきう》の粉黛《ふんたい》の、顔色《がんしよく》の無《な》きも理《ことわ》りや、顔色の無きも理りや。

【六】〈問答〉ワキ「いかに申上《まうしあげ》候、扨《さて》も后宮《こうきう》[四]世にましましし時だにも、朝政《あさまつりごと》[五]は怠《をこた》り給ひぬ、況《いはむ》やかくならせ給ひて後《のち》、唯《ただ》ひたすらの御歎《おんなげ》きに、今は御命《いのち》も危《あやう》く見えさせ給ひて候、然《しかれ》ば宣旨に任《まか》せ、是まで尋《たづね》参り、御姿を見奉る事、カヽル　へただこれ君の御心《こころ》ざし、浅からざりし故《ゆゑ》と思へば、いよいよ御痛《いた》はしうこそ候へ　女「実々《げにげに》汝が申ごとく、今はかひなき身の露の、有《ある》[六]にもあらぬ魂《たま》[七]のありかを、是まで尋《たづね》給ふ事、御情には似たれ共《ども》、へ訪《と》[八]ふに辛《つら》さのまさり草[九]、かれがれならば中々の、便《たよ》りの風は恨《うら》めしや、又今さらの恋慕の涙《なみだ》、[一〇]旧里を思《おも》ふ魂《たましひ》を消《け》す　ワキ　カヽル　へ扨《さて》しも有《ある》べき事ならねば、急《いそ》ぎ帰《かへ》りて奏聞《そうもん》せむ、「去《さり》ながら御形《かた》見《み》の物を賜《た》び給《たま》へ　女「是[一一]こそ有《あり》し形見《かたみ》よとて、玉の釵《かむざし》取出《とりいで》て、カヽル　へ方士に与《あた》へ賜《た》びければ　ワキ「いやとよ是は世の中に、類《たぐひ》有《ある》べき物なれば、いかでか信じ給ふべき、御身と君と人知《し》れず、契《ちぎ》り給ひし言の葉あらば、カヽル　へそれを証《しるし》に申べし　女「実々《げにげに》是も理《ことは》り

一「聞レ道二漢家天子使一、九華帳裏夢魂驚」(長恨歌)。ここで引回シがおろされ、シテが姿を現す。

容色双び無き貴妃の姿

二 この前後長恨歌によった詞章を続け、憂いに沈む美女の姿を描く。「雲鬢花顔金歩揺」、「玉容寂寞涙闌干、梨花一枝春帯レ雨」、「太液芙蓉未央柳、芙蓉如レ面柳如レ眉」、「六宮粉黛無二顔色一」。

三 太液は唐の王宮未央宮の池の名。底本「大液」。芙蓉は蓮の別称。

四 楊貴妃のこと。六徳本も「后宮」。

五「春宵苦レ短日高起、従レ此君王不二早朝一」(長恨歌)。

六「さりともと思ふらんこそ悲しけれあるにもあらぬ身を知らずして」(伊勢物語・六十五段)。

七「玉」と音通で「露」の縁語。

八「吹く風もとふにつらさのまさるかな…」(続古今集・雑中・藤原定雅)。〔掛〕増―まさり草。募る辛さ恋しさ。

追慕の涙

九「かれがれ」の序。〔掛〕枯れ―離々。

一〇 旧里は人間界のこと。

一一「鈿合金釵寄将去」(長恨歌)。

一二「夜半無レ人私語時、在レ天願作二比翼鳥一、在レ地願為二連理枝一」(長恨歌)。

一三「比翼の鳥」「連理の枝」ともに男女の契りの深いことの譬え。

なり、思ひぞ出《（いづ）》る我も又、〽其初秋《（はつあき）》の七日《（なぬか）》の夜《（よ）》、二星《（じせい）》に誓《ちか》ひし言の葉にも。
〈歌〉同 〽天[一二]にあらば願《ねが》はくは、比翼《（ひよく）》[一三]の鳥とならむ、地にあらば願《ねが》はくは、連理の枝とならむ
と、誓《（ちかひ）》しことを、ひそかに伝《（つたへ）》よや、私語《（ささめごと）》[一四]なれ共《（ども）》、今洩《いまも》れ初《そ》むる涙かな。
〈上歌〉同 〽されども世の中の、されども世の中の、流転生死《（るてんしやうじ）》[一五]の慣《なら》ひとて、其身は‐馬嵬《（ばくわい）》に留《とど》
まり、魂《（たましひ）》は‐仙宮《（せんきう）》に到《いた》りつつ、比翼《ひよく》も友《とも》を恋《こ》ひ、ひとり翼《つばさ》を片敷《かたし》き、連理も枝朽《く》ちて、た
ちまち色を変《（へん）》ず共《（とも）》、同じ心の行ゑ《（ゆくへ）》ならば、終《つゐ》の逢瀬《あふせ》を、頼むぞと語《かた》り給へや。
【七】〈ロンギ〉地 〽さらばと言《い》ひて出船《（いでぶね）》[一六]の、ともなひ申《（まうし）》帰《かへ》るさと、思《おも》はば嬉《うれ》しさの、なを《（ほ）》い
かならん其心 女 〽われはまた、なに中々に三重《（みへ）》[一七]の帯、廻《めぐ》り逢《あ》はむも知《し》らぬ身に、よしさ
らば暫《しば》し待《ま》て、有《（あり）》し夜遊《（やいう）》をなすべし 地 〽実《（げに）》や驪[一八]山の宮《（みや）》のうち、月の夜遊の羽衣《うゐ》の曲
女 〽[一九]そのかざしにて舞《ま》ひしとて 地 〽又取《とり》かざし 女 〽さす袖の。
〈次第〉同 〽[二〇]そよや霓裳羽衣《げいしやううい》の曲、そよや霓裳羽衣《げいしやううい》の曲、[二一]そぞろに濡《ぬ》るる袂かな。 〔物着〕
【八】〈一セイ〉女 〽何事も、夢幻《まぼろし》[二二]の戯《たはぶ》れや 地 〽あはれ胡蝶の舞ならむ。 〔[二三]イロエ〕
【九】〈クリ〉女 〽[二四]それ過去遠々《（をんをん）》の昔を思《おも》へば、いつを受生《（しゆしやう）》[二五]の始《はじ》めと知《し》らず 同 〽未来永々《（やうやう）》の
流転、さらに生死《（しやうじ）》の終《をは》りもなし。
〈サシ〉女 〽然るに二十五有《（う）》[二六]のうち、いづれか生者必滅《（しやうじやひつめつ）》の理りに洩《も》れむ 同 〽先《（まづ）》[二七]天上の五衰
より、須弥《（しゆみ）》の四州《（ししう）》の様々に、北州の千年終《（つひ）》に朽《く》ちぬ 女 〽況《いはむ》や老少不定の境《さかひ》 同 〽歎《なげ》き

一四 睦言《（むつごと）》。「驪山宮の私語」（「班女」「小督」）とも。

比翼連理、月の夜遊

一五 六道をめぐり続ける宿命。
一六 [囲]出で―出船、艫―伴。
一七 方士の訪問を受け、かえって恋慕の情が募ったように見えて。[付]帯―行めぐる・三重。[囲]見―三重。後拾遺集・別・慶範の歌に同趣。
一八 玄宗が月宮で見た仙女の舞「霓裳羽衣の曲」を模して作り楊貴妃に舞わせたという故事。
一九 その折りには玉の釵を挿して舞ったので。〔物着〕でワキがシテに釵を返し、シテは天冠に付ける。
二〇 「驚破霓裳羽衣曲」（長恨歌）の古訓が「そよや霓裳羽衣の曲」。
二一 「袖」「そよや」「そぞろ」と連韻。
二二 [縁]夢―戯れ。荘周が夢に胡蝶となった故事（荘子・斉物論篇）を匂わせ、はかなさをもこめる。
二三 シテは舞台を静かにひとまわりする。
二四 仏説に基づくらしいが典拠不明。
二五 底本・上掛諸本「衆生」とするが禅鳳本「受生《（しゆしやう）》」に従い改訂。
二六 衆生が輪廻する三界を二十五種に分けたもの。
二七 天人にも五つの衰相が生じ、須弥山の四洲の中でも北倶盧洲の人々は千年の寿命を保つが、いつかは終わりを告げる。

の中の、歎《なげ》きとかや。

〈クセ〉同 ＼我もそのかみは、[一]上界《(じゃうかい)》の諸仙たるが、往昔《(わうじゃく)》の因《ちな》みありて、仮《かり》に―人界《(にんがい)》に生れきて、[二]楊家の、深窓に養《やしな》はれ、いまだ知《し》る人なかりしに、君聞《き》こしめされつつ、急ぎ召《め》し出《(いだ)》し、后《(こう)》宮《(きう)》に定《さだ》め置給《(おき)》ひ、[三]偕老《(かいらう)》―同穴《(とうけつ)》の語《かた》らひも、縁尽《つ》きぬれば徒《いたづら》に、又此島にただひとり、帰《かへ》り―来《(きた)》りてす[四]む水の、あはれはかなき身の露の、たまさかに逢《あ》ひ見たり、静《しづ》かに語れ憂《う》き昔《むかし》

女 ＼さるにても、思ひ出《(いづ)》れば恨《うら》[五]みあり　同 ＼其文月《(ふみづき)》の七日《(なぬか)》の夜、君と―交《か》はせし睦言《むつごと》の、比翼連理《ひよくれんり》の言《こと》の葉も、[六]かれがれになる私語《(ささめごと)》の、[七]篠《(ささ)》の―ひとよの契りだに、名残は思《おも》ふ慣《なら》ひなるに、ましてや年月《(としつき)》、馴《な》れて程経《ふ》る世中《(よのなか)》に、[八]さらぬ別《わか》れのなかりせば、千代も人には添《そ》ひてまし、よしそれとても遁《のが》れ得《え》ぬ、会者《(ゑしゃ)》―定離《(ぢゃうり)》ぞと聞《(きく)》時は、[九]逢《あ》ふこそ別《わか》れなりけれ。

【一〇】〈ワカ〉地 ＼羽衣《うゐ》の曲。　〔序ノ舞〕

〈ワカ〉女 ＼[一〇]羽衣《うゐ》の曲、稀《まれ》にぞ返す少女子《をとめ》が　同 ＼袖うち振《ふ》れる、心《こころ》しるしや、心しるしや。

【一一】〈ノリ地〉女 ＼恋しき昔《むかし》の、物語　同 ＼恋しき昔の、物語、尽《つ》くさば月日も、[一一]移《うつ》り舞《まひ》の、しるしの釵《かむざし》、又給はりて、暇《(いとま)》申て、さらばとて、勅使は都に、帰《かへ》りければ、[一二]さるにてもさるにても、君にはこの世、逢《あ》ひ見ん事も、[一三]蓬《(よもぎ)》が島つ鳥、[一四]うき世なれ共《(ども)》、恋しや昔、はかなや別《わか》れの、常世《(とこよ)》の台《うてな》に、伏《ふ》し沈みてぞ、留《とど》まりける。

一「我本上界諸仙、先与二玄宗一有二恩愛一之故、謫二居於下界一、得レ為二夫妻一」(長恨歌・序)。
二「楊家有レ女初長成、養在二深閨一人未レ識…一朝選在二君王側一」(長恨歌)。
三 夫婦の契りの深いことの譬え。
四 掛住―澄。「泡」と音通の次句の序。
五 付恨―文。
六 掛かれ―離れ―枯れ。「言の葉」「契り」の縁語。
七「ささめごと」と連韻。「一節(よ)」と音通の「一夜」の序。
八「世の中にさらぬ別れのなくもがな…」(古今集・雑上・在原業平)。「さらぬ別れ」は死別のこと。

逢うは別れ

九「はじめより逢ふは別れと聞きながら暁しらで人を恋ひける」(拾遺愚草)。
一〇 楊貴妃の舞姿を天人のそれになぞらえた。「物思ふに立ち舞ふべくもあらぬ身の袖うち振りし心知りきや」(源氏物語・紅葉賀)。
一一 掛移―移り舞。縁舞―釵。
一二 現行諸流「さるにてもさるにても」はシテ謡。底本の形は金春禅鳳本に同じ。
一三「よもあらじ」を掛け、蓬が島(蓬萊山)、島つ鳥(鵜の異称)と続け、「うき」の序。「浪越す岩の島津鳥、浮きて流るる蘆の根の…」

花形見（はながたみ）

四番目物　異表記、花筐
狂女物　世阿弥作（五音）

場景　前場―越前国味真野。照日の前の家の近く。暮春のある日。後場―大和国玉穂の宮の近く。同じ年の九月のある日。

人物　前ジテ　照日の前〔若女(増)・唐織着流女〕
後ジテ　狂女(照日の前)〔若女(増)・唐織脱下女〕
ツレ(後)　侍女〔小面・唐織着流女〕
子方　継体天皇〔初冠狩衣大口〕
ワキ(後)　朝臣〔法被大口〕
ワキヅレ(後)　輿舁〔大口モギドウ〕(二人)
ワキヅレ(前)　皇子の使者〔素袍上下〕

梗概　越前に住していた大迹部(おおあとべ)皇子(のちの継体天皇)の使者が、即位のため急に上洛する旨の皇子からの手紙と形見の花籠を、親里に帰っていた照日の前へ届ける。照日の前は意外の出来事に驚くとともに慶賀の心を深くし、皇子の深き恵みに感じつつ名残り惜しさを悲しみ、落涙する(中入)。天皇が大和国玉穂の宮近くへ紅葉の御幸の折、跡を慕い、物狂いとなった照日の前が侍女に花筐を持たせて越前から玉穂の宮へ急ぎ、行幸をさえぎる。見苦しい狂女よと天皇の臣下は花筐を打ち落とすと、照日の前は強く抗議し、天皇への思慕をいよいよ募らせる。宣旨により御幸の車近くまで推参し、漢王と李夫人の相愛の故事を引いて狂い舞う女を照日の前と知った天皇は対面し、伴って還幸する。のちに安閑天皇の母となられた照日の宮はこの筐の女御のことである。

素材・主題　継体天皇の事蹟を踏まえているが日本書紀十七には照日の前の話はない。世阿弥の言う「本説もなき事を名所旧跡に作りな」した「作り能」らしく、継体天皇の越前隠棲時代に愛した女性の恋慕と、皇子からの形見(花筐)の徳によって再会するという構想の背景に、万葉歌「安治麻野(あぢまの)にやどれる君が帰り来む時の迎へをいつとか待たむ」(巻十五)と、古今歌「花がたみめならぶ人のあまたあれば忘られぬらむ数ならぬ身は」(恋五)の二首の和歌が柱となっていると指摘されている(伊藤正義)。能では主人公を気丈な女として描いており、劇中、反魂香の故事を語る「李夫人の曲舞」は観阿弥作曲の独立した曲舞で、隔てられた愛の思いを訴えて効果的である。結末は脚注に示すように、安閑留(あんかんどめ)(女御留〔にょうごどめ〕とも)の特殊演出に残る詞章が古態。なお、金春流に「曙」の名で伝わる曲舞が本曲のもとの曲舞かとの推測もあり、原作から現在の詞章に定着するまでに、数次の改訂を経ているようである。

（宴曲集・海路）。
一四 付述懐の心―うき世・昔。

以下一八〇頁

一 底本「ワキ」。後場のワキ(朝臣)と紛らわしいので「使者」と記す。以下同じ。 二 越前の歌枕。「安治麻野にやどれる君が帰り来む時の迎へをいつとか待たむ」(万葉集十五・狭野弟上娘子)。
三 日本書紀によると「男大迹王(をほどのおほきみ)」、オホアトべはその訛称か。応神天皇の五世の孫で、越前国に住んでいたが、武烈天皇崩御の後、群臣らの再三の懇願により即位し、継体天皇となる。神皇正統記に「継体天皇ハ応神五世ノ御孫也。…男大迹ノ王ト申ハ此天皇ニマシマス。…越前国ニマシケル。武烈カクレ給テ皇胤タエニシカバ、群臣ウレヘナゲキテ国々ニメグリ、チカキ皇胤ヲ求奉ケルニ、此天皇

【一】〈名ノリ〉使者[一]「かやうに候者は、越前の国味真野《あぢまの》[二]と申《まうす》所に御坐候大《おほ》迹部《あとべ》[三]の皇子《わうじ》に仕《つか》へ申者にて候、扨《さて》も都より御使《おんつかひ》あつて、武烈《ぶれつ》天皇の御代《みよ》を味真野《あぢまの》の皇子に御《おん》譲《ゆづ》りあり、御《おん》迎《むか》ひの人々罷下《まかりくだ》り、今朝《けさ》疾《と》く御上洛《ごしやうらく》にて候、さる間此程御寵愛有《ごちようあいあッ》て召《め》し使《つか》はれて候照日《てる(ひ)》[四]の前と申御《おん》かた、此程御暇《おんいとま》にて御里《おんさと》に御坐候が、俄《にはか》の御上洛につき、御《おん》玉章《たまづさ》[五]と、朝ごとに御《おん》手馴し御《おん》[六]花筐《がたみ》を参《まい》らせられ候を、某《それがし》に持《も》ちて参れとの御《おん》事にて候程に、唯今《ただいま》照《てる》日の御《おん》里へと急ぎ候。

【二】〈□〉使者「あら嬉しや是へ御出候よ、これにて申候べし。

〈問答〉使者「いかに申候　シテ女「何事にて候ぞ　使者「我君は都より御迎《むか》ひ下り、御位《おんくらゐ》に即《つ》かせ給ひ、今朝疾《と》く御上りにて候、又これなる御文《ふみ》と御花筐《はながたみ》とを、慥《たしか》に参《まい》らせよとの御事にて候、これこれ御覧候へ　女「扨《さて》は我君御位に即《つ》かせ給ひ、都《みやこ》への御上り返《かへすがへす》々も御めでたうこそ候へとよ去《さり》ながら、へ此年《とし》月の御名残[七]、いつの世にかは忘るべき、あら御名残惜《お》しや、「されども思召忘《おぼしめしわすれ》ずして、御玉章《たまづさ》を残し置《を》かせ給ふ御事の有難さよ、急《いそ》ぎ見参らせ候はむ。

【三】〈文〉女 へ我《われ》応神天皇の孫苗《そんべう》[八]を継《つ》ぎながら、帝位を踏《ふ》む身にあらざれ共《ども》、天照太神《あまてるおほんがみ》の神《しん》孫《そん》なれば、毎日に伊勢を拝し奉《たてまつ》りし、其神感[九]の至《いた》りにや、群臣《くんしん》[一〇]の選《えらみ》びに出《いだ》されて、誘《いざな》はれ行《ゆ》く雲[一一]の上、廻《めぐ》り逢《あ》ふべき月影《かげ》を、秋[一二]の頼《たの》みに残《のこ》すなり、頼[一三]めただ、袖触《ふ》れ馴《な》れし月影の、暫《しば》

王者ノ大度マシテ、潜龍ノイキヲヒ、世ニキコエ給ケルニヤ、群臣相議テ迎奉ル。三タビマデ謙譲シ給ケレド、ツヰニ位ニ即給フ。…大和ノ磐余玉穂ノ宮ニマシマス」とある。四 仮作の女性。五 手紙。六 花籠のこと。形見の意を含む。七「柏崎」の「われも御名残、いつの世にかは忘るべき」と別れを嘆き、形見の文を読む場面と同工。八「孫苗」(謡抄の宛字)は現行上掛「尊苗」。尊い血筋の意か。九 皇祖天照大神の御感応にあずかったためか。一〇 底本「君臣」。↓注三。一一「忘るなよ程は雲居になりぬとも空行く月のめぐり逢ふまで」(伊勢物語・十一段)。縁雲の上・廻り―月。一二「われはいさなれも知らじな春の雁帰り逢ふべき秋の頼みは」(新拾遺集・春上・伏見院)。掛頼み―田実。秋の再会を期待する心。一三 ひたすら信頼してほしい、月が雲に隔てられてもまたすぐに顔を出すように、袖触れ合い馴れ親しんだ私が宮中に入っても、暫くしたらまた会えるのですから。皇子を月影に喩えた。文の末に添えた和歌の形。一四 掛跡―後。一五「有明のつれなく見えし別れより暁ばかりうきものはなし」(古今集・恋三・壬生忠岑)。掛在―有明。

別れの玉章

し雲井に隔《へだ》てありともと。

〈下歌〉同　カヽル　〽書《か》き置《を》き給ふ水茎《(みづぐき)》の、跡[一四]に残るぞ悲《かな》しき。

〈上歌〉同　〽君と住《す》む、程だに有《(あり)》し山里の、程だに有し山里の、ひとり残りて有[一五]明の、つれなき春もす[一六]ぎま吹《ふ》く、松の嵐《あらし》もいつしかに、花の跡とて懐《なつ》かしき、御花筐玉章《がたみたまづさ》を、抱《いだ》きて里に帰《かへ》りけり、抱きて里に帰りけり。　〔アシライ中入〕

【四】〔次[一七]第〕〈次第〉ワキ・ワキツレ　〽君の恵《めぐ》みも高照《たかて》[一八]らす、君の恵みも高照らす、紅葉《もみぢ》の御幸《(みゆき)》早《はや》めむ。

〈サシ〉ワキ　〽忝《かたじけな》くも此君は、応神天皇五代《(いつよ)》の御末《(おんすゑ)》、大《(おほ)》迹部《あとべ》の皇子《(わうじ)》と申《(まうし)》しが、当年御即位収《おさ》まりて、継体《けいてい》天皇と申なり　ワキツレ　〽されば治[一九]まる御代の御影《みかげ》、日の本《もと》の名も合《あ》ひに合《あ》ふ

ワキ　〽大和国《(やまとのくに)》や玉[二〇]穂《ほ》の都に　ワキツレ　〽今宮造《づく》り　ワキ　〽あらたなり。

〈上歌〉同　〽万代《よろづよ》の、恵《めぐ》みも久し富[二一]草《とみ》の、恵みも久し富草の、種《たね》も栄行《さか(ゆく)》秋の空、露[二二]も時雨《しぐれ》も時めきて、四方《(よも)》に色添《そ》ふ初紅葉《はつもみぢ》、松[二三]も千年《(ちとせ)》の緑にて、常磐《ときは》の秋に廻《めぐ》り逢《あ》ふ、御幸の車早《はや》めん、御幸の車早めん。

【五】〔一声〕〈サシ〉女　〽いかにあれなる旅人《(たびびと)》、都への道教《をし》へて賜《た》べ、「何物狂《ぐる》ひとや、物[二四]狂も思ふ心《こころ》のあればこそ問《と》へ、〽など情なく教《をし》へ給《たま》はぬぞや。

〈掛合〉ツレ　〽よ[二五]しなふ人は教《をし》へずとも、都への道《みち》しるべこそ候へ、あれ御覧候へ雁《かり》がねの渡《わた》

紅葉の御幸

ひとり残る我が身を有明の月に喩え、有明のつれなさに「つれなき春」を重ねた。　一六 [付]風―ふく・すぎ間、嵐―松。[掛]過―杉。

一七 囃子につれて子方を先立ててワキが登場。子方の両脇に輿舁が立ち、輿の作リ物をさしかけて同行する。

一八 照り映える紅葉狩の御幸の光景。季節は秋となる。「高照す我が日の皇子の万代に…」(万葉集二)。[付]紅葉―てる。　一九 平和な御代を知らしめる君の御威光は、まさに日本《(ひのもと)》の名にふさわしく輝き、日本の総名、大和国の玉穂の都に新たに宮造りなさる。その御威光はますます著しいことだ。　二〇 磐余《(いわれ)》玉穂宮。継体帝が山城の乙訓宮から遷都。大和国十市郡、磯城郡安倍村など、所在に諸説あり。　二一 稲のこと。実り多い秋の意から「栄行」とつなげた。　二二 [付]紅葉―露・時雨。　二三 [縁]松―逢ふ、廻り―車。　二四 狂人も思慮分別の心があるの意の諺らしい。「物狂ひも思ふ筋目と申す事」(「丹後物狂」)等。　二五 まあまあ、教えなくてもよいではないですか。「なう」はシテへの呼びかけ。雁の飛ぶのを見て方角を知る趣向。巧みに背景をも描いている。雁は春は北へ帰り、秋は南へ渡る。

り候　シテ「なに雁《かり》がねの渡るとや、実《げに》よく思《おも》ひ出《いだ》したり、秋にはいつも雁《かり》がねの、南へ渡《わた》る天津空《そら》　ツレ〽虚言《そらごと》[一]あらじ君が住《す》む、都とやらんもそなたなれば　シテ「声をしるべのたより[二]の友と　ツレ〽われもたのむの雁《かり》がねこそ、連《つ》れて越路《こしぢ》のしるべなれ　シテ女〽其上名に負《お》ふ蘇武《そぶ》[三]が旅雁《りよがん》。

〈一セイ〉二人〽玉章《たまづさ》を、付《つ》けし南の都路に　ツレ女〽われをもともに連《つ》れて行《ゆ》け。　〔カケリ〕

女シテ〽宿《やど》[四]かりがねの旅衣　二人〽飛《と》びたつばかりの心《こころ》かな。

〈サシ〉シテ〽君[五]が住《す》む越《こし》の白山《しらやま》知《し》らね共《ども》、行《ゆき》てや見ましあし曳《びき》の　二人〽大和《やまと》[六]はいづく白[七]雲の、高間の峰《みね》のよそにのみ、見てや止《や》みなん及《および》なき、雲井はいづく御影山《みかげやま》[八]、日《ひ》の本《もと》なれや大和なる、玉穂《ほ》の都に急《いそ》ぐなり。

〈下歌〉同〽爰《ここ》は近江《あふみ》[九]の海なれや、みづからよしなくも、及ばぬ恋に浮《う》き舟の。

〈上歌〉同〽焦《こ》[一〇]がれ行《ゆく》、旅を忍《しの》ぶの摺《す》り衣《ごろも》、旅をしのぶの摺り衣、涙も色か黒髪《くろかみ》[一一]の、飽《あ》かざりし別路《わかれぢ》の、跡に心のうかれ来《き》て、鹿[一二]の起《お》き臥《ふし》堪《た》え《へ》かねて、なを《ほ》通ひ行《ゆく》秋草[一三]の、野暮《く》れ山暮《くれ》露分《わけ》て、玉穂《ほ》の宮に着《つ》きにけり、玉穂の宮に着きにけり。

【六】〈掛合〉ワキ〽時《とき》しも比《ころ》は長月《ながづき》や、まだき時雨《しぐれ》[一四]の色薄《うす》き、紅葉《もみち》の御幸《みゆき》の道のほとりに、比《ひ》[一五]興《きよう》を戒《いまし》め面々に、御幸《みゆき》の御先《みさき》を清めけり　シテ〽さ[一六]なきだに都に馴《な》れぬ鄙《ひな》人の、女といひ狂人といひ、さこそ心[一七]は楢《なら》の葉《は》の、風も乱《みだ》るる露霜の、御幸《みゆき》[一八]の先《さき》に進《すす》みけり。

物狂いの道行

一「空」と連韻。
二 掛便—頼り、頼む—田面、田面の雁—雁が音、来し—越。田の面を立つ雁を道標《みちしるべ》に頼りとし、連れ立って越路を南下してきた。
三 胡国に囚われの身となった蘇武が、雁の足に手紙をつけて故郷に便りを送ったという故事（「砧」）。
四 付旅の心—旅衣・宿。掛借—雁、立つ—裁。縁かりがね—飛びたつ、衣—たつ（裁）。
五 わが君のまします大和の玉穂の宮はどの方角か知らないけれども。「君が行く越の白山しらねども雪のまにまに跡は尋ねん」（古今集・離別・藤原兼輔）。白山は加賀の霊山。
六 掛山—大和、知らず—白雲。
七 →「小袖曾我」七七頁注二二。卑しい身なので、宮中に入ることはできまいが、せめて外からでも君の姿を見たい。
八 縁御影山—雲井・日の本。神や君の御影を山に譬える。
九 掛逢身—近江、水—自ら、憂—浮。
一〇 掛漕—焦、為（し）—忍—信夫。
一一 付髪—黒髪・あかぬ。
一二 君への思いは寝ても覚めても堪えられぬほど強く、妻恋の鹿のように、秋草に置く露に濡れつつ、遥々玉穂の宮へとやってきた。付鹿—秋萩・夢野・妻恋・通路。縁うかれ・通ひ行—鹿。
一三 →「邯鄲」

〈問答〉ワキ カヽル へ不思議やな其様《さま》人に変《か》はりたる、狂女と見えて見苦しやとて、官人《くわんにん》立《た》ち寄《よ》り払《はら》[一九]ひけり、「そこ退《の》き候へ　ツレ女「あら悲《かな》しや君の御《おん》花筐《がたみ》を打《う》ち落《お》とされて候はいかに　シテ「何と君の御花筐を打落されたるとや、あら忌《い》まはしの事や候《ザウラウ》　ワキ「いかに狂女、持たる花籠《はなかご》を君の御花筐とて渇仰《かつがう》するは、そも君とは誰《た》が事を申《まうす》ぞ　シテ「[二〇]事新《ことあたら》しき問《と》ひ事《ごと》かな、此君ならで日《ひ》の本《もと》に、また異《こと》君のましますべきか　ツレ女 へ我らは女の狂人なれば、知《し》らじと思《おぼ》し召《め》さるるか、忝《かたじけな》くも此君は、応神天皇五代《いつよ》の御孫《おんまご》、過《すぎ》し比《ころ》まで北国《きたぐに》の、味真野《あぢまの》と申《まうす》山里に　シテ「大迹部《おほあとべ》の皇子《わうじ》と申《まうし》しが　ツレ女 へ今は此国玉穂《ほ》の都に　シテ へ継体《けいてい》の君と申とかや　ツレ へさればか程《ほど》にめでたき君の　シテ へ御花筐《がたみ》を恐《をそ》れもなさで　ツレ へ打《う》ち落《お》とし給ふ人々こそ　シテ へ我よりも猶《なほ》物狂よ。

〈クルイ〉同 へ恐《おそ》ろしや、恐《おそ》ろしや、[二一]世は末世に及《およぶ》といへど、日月《にちぐわつ》は地に墜《お》ちず、まだ―散《ち》りもせぬ花筐《はながたみ》を、[二二]荒《あら》けなやあらかねの、地《つち》に落《お》とし給はば、天の咎《とが》めも忽《たちま》ちに、罰《ばち》当《あ》たり給ひて、我《わが》ごとくなる狂気して、[二三]ともの物狂と、言《い》はれさせ給ふな、人に言《い》はれさせ給ふな、かやうに申せば、かやうに申せば、唯《ただ》うつつなき花筐の、[二四]託言《かごと》とや思《おぼ》すらむ、此君いまだその比《ころ》は、皇子の御身《おんみ》なれど、朝毎《あさごと》の御勤《おんつと》めに、花を手向《たむ》け礼拝《らいはい》し、南無や―天照皇太神宮《てんせうくわうたいじんぐう》、天長地久《てんちやうちきう》と、唱《とな》へさせ給ひつつ、御手《みて》を―合《あ》はさせ給ひし、御《おん》面影は身に添《そ》ひて、[二五]忘《わす》れがたみまでも、御《お》懐《なつ》かしや恋《こひ》しや　シテ へ[二六]陸奥《みちのく》の、安《あ》積《さか》の沼の華がつみ　同 へかつ見し人を

三五頁注一二。縁秋草・玉穂―露。
一四「わが袖にまだき時雨の降りぬ

花筐を打ち落される

るは君が心に秋や来ぬらん」(古今集・恋五・読み人知らず)。
一五 下品な行状。底本・諸本「非形」。
一六 ただでさえ都に馴れていない田舎者、その上、女人で狂人なのだから、御幸の列に出会って動顚するのも道理。一七 まるで楢の葉が風に乱れるように、心を乱して御幸の前に進み出た。掛馴―楢。
一八 掛深雪―御幸。露霜から深雪を導き、普通の「御幸」につなげる。
一九 官人に花筐を打ち落とされ、劇中の大きな波瀾の端緒となる。
二〇 今更めいた。二一 末世の世とはいえ、日月が地に墜ちたわけで

狂乱、強い思慕

もなく、物の道理は狂ってはいない。諺で「蟬丸」にも(五八六頁)。
二二「あらかね」(「土」の枕詞)と連韻。二三 物狂いの仲間だと言われないようになさい。
二四 掛籠―託言。花筐を打ち落とされたため、うつつなく愚痴を言っていると思うかもしれませんが。
二五 掛忘れ難―忘れ形見―筐。
二六 皇子への思慕。古今集・恋四・読み人知らずの歌(下句「かつ見る人に恋ひやわたらむ」)。「かつみし人」の序。

恋種《(こひぐさ)》の、[一]しのぶ‐捩摺《もぢず》り誰故《(たれゆゑ)》ぞ、乱れ心は君のため、爰《(ここ)》に‐来《き》てだに隔《(へだて)》ある、月の都は名のみして、袖にもうつされず、又手にも取《と》られず、唯徒《いたづら》[二]に水の月を、望《のぞ》む猿のごとくにて、叫《さけ》び臥《(ふし)》て泣居たり、叫び臥て泣居たり。

【七】〈問答〉ワキ「いかに狂女宣旨にて有《(ある)》ぞ、御《(おん)》車近う参りて、いかにも面白う狂ふ《(う)》て舞《(まひ)》遊び候へ、叡覧有《(ある)》べきとの御事にてあるぞ急ひ《(い)》で狂《(くるひ)》候へ　シテ「嬉しや扨《(さて)》は及《(および)》なき御《(み)》影《かげ》を拝《おが》みや申《(まうす)》べき、カヽル〽いざや狂はむ諸共《(もろとも)》に。

〈一セイ〉シテ〽御《み》幸《ゆき》[三]に狂《くる》ふ囃《はや》しこそ　地〽御《み》先《さき》を払《はら》ふ袂《たもと》なれ。　［イロエ］

【八】〈サシ〉[四]シテ〽忝《かたじけな》き御《(おん)》譬《たと》へなれども、いかなれば漢王[五]は　同〽李夫人《(りふじん)》の御《(おん)》別《わか》れを歎《なげ》き給ひ、朝政《あさまつりごと》[六]神さびて、夜《よる》の大殿《おとど》も徒《いたづら》に、唯思《おも》ひの涙御衣《(ぎよい)》の袂を濡《ぬ》らす　シテ〽又李夫人は紅色《(こうしよく)》の　同〽花[七]の粧《よそほ》ひ衰《おとろ》へて、萎《しほ》[八]る露の床の上《うへ》、塵《ちり》の鏡の影《かげ》を恥《は》ぢて、終《(つひ)》に御門《(みかど)》に見え給はずして去《(さり)》給ふ。

〈クセ〉同〽御門《みかど》深《ふか》く、歎《なげ》かせ給ひつつ、其御形《(おん)かたち》を、甘泉殿《(かんせんでん)》[九]の壁《かべ》に写《うつ》し、我も画図《(ぐわと)》に立《た》ち添《そ》ひて、明暮《(あけくれ)》歎《なげ》き給ひけり、されども中々[一〇]、御《(おん)》思ひは増《ま》され共《(ども)》、物言《い》ひ交《か》はす事なきを、深《ふか》く歎《(なげき)》給へば、李少《りせう》[一一]と申《(まうす)》太子の、幼《いとけな》くましますが、武帝に奏《そう》し給ふ様《(やう)》　シテ〽李夫人は本《(もと)》は是《(これ)》　同〽上界《(じやうかい)》[一二]の碧霄《へきせう》、花蕊国《くはすいこく》の仙女《(せんぢよ)》なり、一旦《たん》人間に、生るるとは申せ共《(ども)》、終《(つひ)》に元《もと》の、仙宮《(せんきう)》に帰《かへ》りぬ、泰山府君《(たいさんブク)》[一三]に申《まう》さく、李夫人の面影を、暫《しばら》く爰《(ここ)》に、招《まね》くべしとて、九花帳《(きうくわちやう)》の

一「陸奥のしのぶもぢずりたれゆゑに乱れんと思ふわれならなくに」(古今集・恋四・源融)。 二 身に及ばぬことを望む譬え。「たとへば及なき、水の月取る猿沢の」(「釆女」)。[付]猿—叫ぶ・月をとる。 三 御幸の御前で狂い囃すことこそ御先を払い清める舞の袂なのだ。 四 以下の〈サシ〉〈クセ〉は観阿弥作曲になる、漢の武帝が李夫人の死を嘆いた故事を語る曲舞。 五 前漢の武帝。李夫人はその寵妃。 六 寂寥の思い。 七 [縁]衰へ・萎る・露・塵—花。[付]涙—露・おもひしほるゝ(連歌付合の事)、塵—床・鏡。

李夫人の曲舞

八 李夫人が病身を横たえた床で、美貌の衰えを鏡に映して知る。 九 咸陽宮の中の宮殿。 一〇 かえって恋慕の心が募ったが。 一一 李夫人の姿を再び現したという方士李少君を武帝の太子に仮託。 一二 はるか上界の碧空。唐鏡に「李夫人、仙女にてありければ、上界、碧落、花蘂宮といふ所へ帰り参りにけり」。 一三 道教や陰陽道で寿命を司る神。 一四 死者の魂を呼び戻す香。 一五 秋の明るい月あかりの下に、李夫人かと思われる姿が、うっすらと現れてちらちら揺れ動いたので、ますます恋慕の思いは募ったが。[付]月—秋の夜、面影—月、かげろふ—ありやなしや。

内《うち》にして、[一四]反魂香《はんごんかう》を炷《た》き給ふ、夜更《よふけ》人静《しづ》まり、風すさまじく、[一五]月秋なるに、それかと思《おも》ふ面影《かげ》の、あるかなきかにかげろへば、猶《なほ》いや増《ま》しの思《おも》ひ草、[一六]葉末《ずゑ》に結《むす》ぶ白露《しらつゆ》の、手にも溜《た》まらで程《ほど》もなく、ただ徒《いたづら》に消《き》えぬれば、[一七]縹緲《へうビヨオ》—悠揚《いうやう》としては又、尋《たづ》ぬべき方《かた》なし　シテ〽悲《かな》しさのあまりに　同〽李夫人の住《す》み慣《な》れし、甘泉殿《かんせんでん》を立《た》ち去《さ》らず、[一八]空《むな》しき床《とこ》をうち払《はら》ひ、[一九]故《ふる》き—衾《ふすま》旧《ふる》き枕、ひとり袂を片敷《かたし》く。

【九】〈掛合〉ワキ「宣旨にてあるぞ其花筐《がたみ》を参《まゐ》らせ上《あ》げ候へ　シテ〽あまりの事に胸塞《むねふさ》がり、心空《そら》なる花筐を、恥かしながら参らする　ワキ〽御門《みかど》はこれを叡覧有《あッ》て、疑《うたが》ひもなき田舎《でんじや》にて、御《おん》手に慣《な》れし御《おん》花筐《がたみ》、「同じく留《とど》め置給ひし、カヽル〽御玉章《おんたまづさ》の恨《うら》みを忘れ、狂気を止《とど》めよ元《もと》のごとく、召使《つか》はむとの宣旨也　シテ〽実《げに》有難や御恵《めぐ》み、直《すぐ》なる御代《みよ》に復《かへ》るしるしも、思へば保《たも》ちし筐の徳《とく》　ワキ〽[二〇]彼是《かれこれ》ともに時に逢《あ》ふ　シテ〽花の筐《かたみ》の名を留《とめ》て　ワキ〽恋しき人の手馴し物を　シテ〽形見《かたみ》と名付《なづけ》初《そ》めし事　ワキ〽此時よりぞ　シテ〽初《はじま》りける。

〈歌〉同〽有難や角《かく》ばかり、情《なさけ》の末を[二一]白《しら》露の、恵《めぐ》みに漏《も》れぬ花筐の、御託言《おんかごと》ましまさぬ、君の御心《みこころ》ぞ有難き。

【一〇】[二二]〈ノリ地〉地〽御遊《ぎよいう》もすでに、時過《す》ぎて、御遊もすでに、時過ぎて、今は還幸《くわんかう》、なし奉らんと、供奉《ぐぶ》の人々、御《おん》車遣《や》り続《つづ》け、もみぢ葉散《ち》り飛《と》ぶ、御先《みさき》を払《はら》ひ、払《はら》ふや袂《たもと》も、山風に、

一六 「思ひ草葉末に結ぶ白露のたまたま来ては手にもかからず」(金葉集・恋上・源俊頼)。 一七 「縹緲悠揚還滅去」(白氏文集・新楽府巻・李夫人)。 一八 「思ひやれ空しき床をうち払ひ昔を偲ぶ袖のしづくを」(千載集・哀傷・藤原基俊)。「あれはてて空しき床の形見には古き衾のつましきかな」(永久百首・常陸)。 一九 「旧枕故衾誰与共」(長恨歌の古本による)。 付枕—袖。

花筐を叡覧、伴われて都へ

二〇 両人ともに時節に合い、栄えることができたのも花筐のおかげ。その名を後世に留めて。縁時に逢ふ—花。 二一 付露—閑事(かごと)。縁漏れ—花筐。

二二 以下の明るい〈ノリ地〉による終局は観世長俊の大胆な改作で、紅葉の散り飛ぶ中、還幸を急ぐ描写が成功している。世阿弥原作の結末は、別文の平ノリの〈歌〉で現在でも特殊演出(安閑留または女御留とも)に残る。「君の御心有難き」に続けて「げにや力をも入れずして、天地(あめつち)を動かし、男女の仲を和らぐる、大和歌とこそ聞きつるに、珍らしやこれはまた、契りを守る花筐、栄へたり栄へたり、御国譲りの程もなく、安閑天皇の御母、照日の宮と申ししは、筐の女御の御事なり」と謡う。

誘《さそ》はれ行《(ゆく)》や、玉穂《ほ》の都《みやこ》、誘《さそ》はれ行や、玉穂《たまほ》の都に、[一]つきせぬ契ぞ、有難《ありがた》き。

一 [押]着—尽。

紅葉狩《もみぢがり》

五番目物　古称、維茂・余五将軍
鬼退治物　観世信光作（能本作者注文）

場景　前場―信濃国戸隠山。紅葉の美しい長月下旬のある日。朝から日暮れまで。後場―同じ所。同じく、後刻。

人物　前ジテ　紅葉狩の女〔若女(増)・唐織着流女（または壺折大口女）〕
後ジテ　悪鬼〔顰《しかみ》・顰〕
ツレ　侍女〔小面・唐織着流女〕（数人）
ワキ　平維茂〔梨子打長絹大口〕
ワキヅレ　従者〔素袍上下〕（数人）
ワキヅレ　勢子〔素袍上下(肩脱下)〕
オモアイ　供の女〔ビナン縫箔着流〕
アドアイ　武内の神〔登髭・末社〕

梗概　燃えるような紅葉の美しい山中、上臈女房たちが紅葉を賞で、木陰で休息している。従者と勢子たちを伴い鹿狩りに山に分け入った余五将軍平維茂は、見馴れぬ上臈たちを不審に思いつつ、侍女の「さる高貴な女性」との言葉に、宴遊をさまたげぬよう馬からおり迂回しようとする。女は維茂を誘惑し、幕の内へ誘い入れ、酒を勧め、舞を舞う。酒色に籠絡され酔い伏した維茂を見すまし、上臈たちは夜嵐の音にまぎれ山中に消える（中入）。眠り伏す維茂の夢に八幡《やわた》八幡宮の末社武内の神が現れ、女が戸隠山の鬼であると告げ、八幡宮の神剣を与え、目覚めさせる。維茂は夢告に感じ入り、夢想の剣を押し戴いて待つ。雷火乱れ飛び、嵐となり、鬼神が恐ろしい姿を見せ、襲いかかるが、維茂は格闘の末に退治する。

素材・主題　「猛き武士の起りを尋ぬれば、いにしへの余五、利仁など言ひけん将軍どもの事は、耳遠ければさしをきぬ」（増鏡二・新島守）などとある伝説上の英雄平維茂の武勇霊験譚であるが、出所は不明で、信光の「作り能」（虚構能）かもしれない。同じく信光の「舟弁慶」とは、前場が美女の舞、後場が怨霊や鬼との抗争と、柔剛二色に書き分けている点も同工であるが、「舟弁慶」は海、本曲は山、と対比され、前場に舞事を置くのは信光の創案らしい。ほかにも、㈠ワキの重視（古名「維茂」）、㈡最初にシテが登場し次にワキが登場する、㈢美女の舞が突然テンポの激しい「急ノ舞」に転ずる変化、㈣異変や鬼の襲来を予告させる音楽描写、㈤アイの活用、など信光の特色が指摘できる。なお、詞章上、場所を戸隠山とする言葉はなく、アイの末社の神のセリフで明らかになる。また、美女の容色に武士が迷い酔い伏すという構想は金春禅鳳作「一角仙人」に影響を与えた。

【一】[二]〔次第〕〈次第〉女　〽[三]時雨《しぐれ》を急《いそ》ぐ紅葉狩《もみぢがり》、時雨を急ぐ紅葉狩、深《ふか》き山路を尋《たづね》む。

二 後見が一畳台を大小前に出し、その上に紅葉の山の作リ物を据える。
三（秋の女神龍田姫が）木々を染める時雨をしきりに降らせるので赤く染まった紅葉を見に深い山路を尋ねよう。「龍田姫いまはの頃の秋風に時雨を急ぐ人の袖かな」（新古今集・秋下・藤原良経）。付時雨―山めぐる・紅葉。

以下一八八頁
一 囲知らず―白。　二 雑草が生い茂っているわが宿は、ただでさえ訪れる人もなくて淋しいのに、人が気付かないうちに秋が来て。拾遺集・秋・恵慶の歌（末句「秋は来にけり」）。　三 庭の白菊が色褪せて

〈名ノリザシ〉シテ女 〽是《これ》はこのあたりに住《す》む女にて候。

〈サシ〉ツレ同 〽実《げに》やながらへて憂《う》き世に住《す》むとも今ははや、たれ[一]白《しら》雲の[二]八《や》重葎《えむぐら》、茂《しげ》れる宿の淋《さび》しきに、人こそ見えね秋の来《き》て、庭の[三]白菊《しらぎく》うつろふ色も、憂《う》き身の類《たぐひ》とあはれなり

シテ 〽余《あまり》淋《さび》しき夕まぐれ、[四]時《し》雨《ぐ》るる空を眺《なが》めつつ、四方《よも》の梢も懐《なつ》かしさに。

〈下歌〉女同 〽伴《ともな》ひ出《いづ》る道のべの、草葉《くさば》の色《いろ》も日に添《そ》ひて。

〈上歌〉女同 〽[五]下紅葉《もみぢ》、夜《よ》の間《ま》も露や染《そ》めつらん、夜の間も露や染めつらん、[六]朝《あした》の原は昨日より、色深《ふか》き紅《くれなゐ》を、分《わけ》行《ゆく》かたの山深《ふか》み、実《げに》や[七]谷川に、風の掛《か》けたる柵《しがらみ》は、流《なが》れもやらぬもみぢ葉《ば》を、[八]渡《わた》らば錦《にしき》中絶《た》えんと、まづ—木の本《もと》に立《た》ち寄《よ》りて、四方《よも》の梢《こずえ》を眺《なが》めて、暫《しばら》く休《やす》み給へや。

〔□〕（オモアイの供の女が紅葉の美しさを讃え、幕打ち廻し屏風を立て、酒宴を始めるよう勧める）

【二】〔一声〕〈サシ〉ワキ 〽面白や比《ころ》は長月廿日《ながづきはつか》あまり、四方の梢《こずゑ》も色々に、錦を彩《いろど》る[九]夕時雨、濡《ぬ》れてや鹿のひとり鳴《な》く、声《こゑ》をしるべの狩場《かりば》の末《すゑ》、実《げに》面白き気色かな。

〈一セイ〉ワキツレ 〽[一〇]明《あけ》ぬとて、野辺より山に入《いる》鹿《しか》の、跡吹《ふ》き送《をく》る風の音に、駒の足並《あしなみ》勇《いさ》むなり。

〈上歌〉同 〽[一一]丈夫《ますらお》が、弥猛心《やたけごころ》の[一二]梓弓《あづさゆみ》、弥猛心の梓弓、[一三]入野《いるの》の薄《すすき》露分《わけ》て、行ゑ《ゆくへ》も遠《とを》き山かげの、[一四]鹿垣《しがき》の道の険《さが》しきに、落《お》ち来《く》る鹿《しか》の声《こゑ》すなり、風の行ゑ《ゆくへ》も心せよ、風の行ゑ《へ》も心せよ。

【三】〈問答〉ワキ「いかに誰《たれ》かある　トモ「御前《おんまへ》に候　ワキ「あの山陰《かげ》に当《あ》たつて人影《かげ》の見え

いくのが、衰えていく自分の姿に重ね合わされて、哀れを催すことだ。「月ならで移ろふ色も見えぬかな霜より先の庭の白菊」(続後拾遺集・秋下・藤原為子)。付菊—うつろふ。四「しぐれゆく四方の梢の色よりも秋は夕のかはるなりけり」(千載集・秋下・藤原定家)。

五 土御門院御集に見える歌(下句「朝の原の昨日より濃き」)。

六 大和の歌枕。縁夜・昨日—朝。

七 古今集・秋下・春道列樹の歌(下句「流れもあへぬもみぢなりけり」)。八「龍田川紅葉乱れて流るめり渡らば錦中や絶えなん」(古今集・秋下・読み人知らず)。

九「下紅葉かつ散る山の夕時雨濡れてやひとり鹿の鳴くらん」(新古今集・秋下・藤原家隆)。一〇 新古今集・秋上・久我通光の歌(末句「萩の下風」)。なおこの場面は「明けぬ」(夜が明けた)では【二】と時間的に続かないが、早暁の狩りの場面にはふさわしく、映画のカット

鹿狩り

バック(切返し)に似る。一一 強く勇ましい男たちが、いよいよ猛り立つ心で。「弥猛」は「矢竹」に音通。梓弓の序。一二「入野」の序。

一三 山城の歌枕で、薄の名所。「入野の薄」は歌語。掛射—入。

一四 狩の獲物を逃げないように囲む垣(日葡)。また、猟師が鹿から

て候は、いかなる者ぞ名を尋《(たづね)》て来り候へ　トモ「畏《(かしこまつ)》て候。

〈問答〉（ワキヅレの従者が供の女に声をかけ、余五将軍平維茂の身内の者と告げて名を尋ねるが、侍女は「さるお方」と答える）

〈問答〉トモ「名を尋《(たづね)》て候へば、やごとなき上﨟《らう》の、幕打《まくう》ち廻《まは》し屛風を立《た》て、酒宴半《なか》ばと見えて候程に、懇《(ねんごろ)》に尋《たづ》ねて候へば、名をば申さず、唯《(ただ)》さる御方《かた》とばかり申候　ワキ「あら不思議や此あたりにて左様の人は思《おも》ひもよらず候、よし誰《たれ》にてもあれ上﨟の、道のほとりの紅葉《もみぢ》狩《がり》、殊更《(ことさら)》酒宴の半《なか》ばならば、カヽル〽かたがた[一五]乗打叶《のりうちかな》ふまじと。

〈上歌〉同〽[一六]馬より下《お》りて沓《くつ》を脱《ぬ》ぎ、馬より下りて沓を脱ぎ、道を隔《へだ》てて山陰《かげ》の、岩の[一七]懸路《かけぢ》を過《す》ぎ給ふ、心遣《づか》ひぞ類《たぐひ》なき、心遣ひぞ類なき。

【四】〈掛合〉シテ女〽実《(げに)》や[一八]数ならぬ身ほどの山《やま》の奥《おく》に来《き》て、[一九]人は知《し》らじとうち解《と》けて、独《(ひとり)》眺《なが》むるもみぢ葉《(ば)》の、色見えけるかいかにせむ　ワキ〽我は誰《(たれ)》とも[二〇]白真弓《しらまゆみ》、唯《(ただ)》やごとなき御ことに、恐《をそ》れて忍《しの》ぶ計《(ばかり)》なり　女〽[二一]忍《しの》ぶもぢずり誰《(たれ)》ぞ共《(とも)》、[二二]知《し》らせ給はぬ道のべの、便《(たより)》に立《た》ち寄《よ》り給へかし　ワキ「思ひよらずの御事や、何しに我をば留《と》め給ふべきと、カヽル〽さらぬやうにて過行《(すぎゆけ)》ば　シテ〽あら情《なさけ》なの御事や、[二三]一村雨の雨宿《あまやど》り　ワキ〽一樹の陰《かげ》に　シテ〽立《た》ち寄《よ》りて。

〈歌〉同〽一河の流れを汲《く》む酒を、いかでか見捨《す》て給ふべきと、恥《は》づかしながらも、袂に縋《すが》り留《とど》むればさすが[二四]岩木にあらざれば、心弱《こころよは》くも立《た》ち帰《かへ》る、所《ところ》は[二五]山路《(やまぢ)》の菊の酒、なにかは

身を隠すため、樹木の間に柴などを掛け渡して作った垣とも(謡抄)。
一五 下馬すべき所を馬に乗ったまま通り過ぎるような失礼なまねはできまい。　一六 貴人に対する礼法。
一七 険しくて困難な道。　一八 とるにたらぬ身分。人の訪れもないことから「山の奥」の序。「数ならぬ身程の山の奥はなし人の知らぬを隠れ家にしてと、続ける人もあるぞかし」(「逢坂物狂」)。同歌が四河入海・二十三之四「遠楼」詩の注にも。　一九 誰も気付くまいとくつろいで。　二〇 掛知らず—白、矢—やごとなき。縁弓—や(矢)。
二一 →「花形見」一八四頁注一。
二二 自分が誰かとは明かせないが、この山道で出会ったご縁ですから、どうぞ立ち寄ってください。

美女の誘惑

二三 同じ樹の陰で雨宿りをするのも、同じ河の水を汲みあうのも、前世からの縁であるという成語。
二四「人非二木石一皆有レ情、不レ如レ不レ遇二傾城色一」(白氏文集・新楽府巻・李夫人)等。上﨟の媚態と誘惑。　二五「ぬれてほす山路の菊の露の間にいつか千年をわれは経にけん」(古今集・秋下・素性)等、仙郷の酒をふまえる。ちょうどここは人目のない山路、菊の酒というように酒は薬の水ですから、遠慮することはありません。

苦《くる》しかるべき。

【五】〈クリ〉地 〽実《(げに)》や虎渓《こけい》[一]を出《い》でし古《いにしへ》も、心《こころ》ざしをば捨《す》て難《がた》き、人の情《なさけ》[二]の盃《さかづき》の、深《(ふかき)》契《ちぎ》りの例《ためし》とかや。

〈サシ〉女 〽林間《(りんかん)》[三]に酒を煖《あたた》めて、紅葉《(こうえふ)》を焼《(たく)》とかや　同 〽実《(げに)》面白や所から、巌《いはほ》の上の苔筵《こけむしろ》[四]、片《かた》敷《し》く袖も紅葉《もみち》衣《(ごろも)》の、紅《くれなゐ》深《ふか》き顔《かほ》ばせの　ワキ 〽この世の人とも思はれず　同 〽胸《むね》[五]うち騒《さは》ぐばかりなり。

〈クセ〉同 〽[六]さなきだに人心《(ひとごころ)》、乱《みだ》るる節《ふし》は竹の葉の、露ばかりだに受《う》けじとは、思ひしかども盃《さかづき》に、向《む》かへば変《か》はる心かな、されば仏も戒《いまし》[七]めの、道はさまざま多《おほ》けれど、ことに－飲酒《(おんじゆ)》を破《やぶ》りなば、邪淫妄語《(じやいんまうご)》ももろともに、乱《みだ》[八]れ－心の花鬘《かづら》、かかる姿は又世にも、類《たぐひ》－嵐《あらし》[九]の山桜、外《よそ》の見る目《め》もいかならん　女 〽よしや－思《おも》へば是とても　同 〽前世《(ぜんぜ)》の契《ちぎ》り浅からぬ、深《ふか》き情の色見《み》えて、かかる－折しも道《みち》のべの、[一〇]草葉の露の託言《かごと》をも、かけてぞ頼《たの》む行末を、契《ちぎ》るもはかなうちつけに、人の－心も白《しら》雲の、立《た》ち煩《わづら》へる気色《けしき》かな。

【六】〈裾グセ〉同 〽かくて時刻も移《うつ》り行《ゆ》く、[一一]雲に嵐の声《こゑ》すなり、散《ち》るか真拆《まさき》の葛城《かづらき》[一二]の、神の契《ちぎ》りの夜《よる》かけて、月の－盃《さかづき》さす袖も、雪を廻《めぐ》らす袂《たもと》かな。

〈ワカ〉同 〽[一三]堪《た》へず紅葉《(こうえふ)》。　〔急ノ舞ニ転ズル序ノ舞〕

【七】〈ノリ地〉女 〽堪《(たへ)》ず紅葉、青苔《(せいたい)》の地　地 〽堪《た》へず紅葉、青苔《せいたい》の地《ち》、又これ涼風《(りやうふう)》、暮行《(くれゆく)》空《そら》

一 中国、廬山の渓谷。晋の慧遠禅師が来訪した陶淵明と陸修静とともに酒を酌み交わし禁足の戒を破り渓谷を出てしまったという故事（「三笑」の原拠）も、志を無にせず、酒盃を交わして深い交りを結んだ佳例と言えるでしょう。 二 縁情・盃―深。 三「林間煖ㇾ酒焼二紅葉一、石上題ㇾ詩掃二緑苔一」（和漢朗詠集・秋・秋興・白居易）。

酒と恋

四 付席―しく・苔。 五 絶世の美女に心ときめくさま。 六 ただでさえ人の心は乱れやすく、特に竹の葉（酒の異名）ゆえと、露ほども酒を飲むまいと思っていたのに、いざ盃を前にすると、気持ちが変わってしまう。以下、妖艶な魅力に惹かれつつ、軽率な行動を弁護し、自嘲するなど揺れ動く維茂の内面を描く。付竹―ふし、酒―竹の葉。 七 五戒（殺生・偸盗・邪淫・妄語・飲酒）。 八 縁乱れ―花鬘。「乱れ心」は恋の意。心の花―花鬘とつなぐ。 九 掛あらじ―嵐山―山桜。こんな世にまたとない乱れた姿は、はた目にはどう映るだろう。シテの述懐にも重ね、以下、シテの内面描写に移る。 一〇 草葉の露にも似た、はかないご縁でしたが、心からお慕いし、将来も心変わらぬよう契りをかわしたいのです。でも、それも馴れ馴れしすぎる振舞い。あ

に、雨うち注《そそ》ぐ、夜嵐《あらし》に、物凄《すさま》しき、山陰《やまかげ》に。

〈歌〉地 〽月[一四]待《(まつ)》程のうたた寝《ね》に、片敷《かた(しく)》袖も露深《つゆふか》し、夢[一五]ばし覚《さ》まし給ふなよ、夢ばし覚まし給ふなよ。

〔中入来序[一六]〕

【八】〈名ノリ・シャベリ〉（アドアイの八幡[一七]の末社が登場し、勅命により維茂が戸隠山の鬼神退治のため山に分け入ったが、女に化けた鬼神に酒宴にひき入れられて酔い伏したことをしゃべり、眠っている維茂に八幡大菩薩の神託を伝え、太刀を授ける）

【九】〈ノリコトバ〉ワキ カヽル 〽あら浅ましや我ながら、無明《(むみやう)》[一八]の酒の酔《ゑ》ひ心《(ごころ)》、まどろむ隙もなきうちに、あらたなりける夢の告《つげ》と。

〈キザシグリ〉地 〽驚《おどろ》[一九]く枕に雷《らい》火乱《みだ》れ、天地も響《ひび》き風を[二〇][二一]ちこちの、たつきも知《し》らぬ山中《(やまなか)》に、おぼつかなしや恐《おそ》ろしや。

【一〇】〈ノリ地〉同 〽不思議や今まで、有《(あり)》つる女、不思議や今まで、有つる女、取々《(とりどり)》[二二]化生《(けしやう)》の姿《すがた》を顕はし、あるひは巌《いはほ》に、火焔を放《はな》し、又は虚空《(こくう)》に、炎《ほのほ》を降《ふ》らし、咸陽宮[二三]の、煙《けぶり》の中《なか》に、七《(シツ)》[二四]尺《(せき)》の屏風《(へいふう)》の、上になを《(ほ)》、あまりてその丈《たけ》、一丈の鬼神《(きじん)》の、角《つの》は架木《(かぼく)》[二五]、眼《まなこ》は日月《(じつげつ)》、面《おもて》を向《む》くべき、やうぞなき。

〔舞働[二六]〕

〈ノリ地〉ワキ 〽維茂《これもち》少《(すこし)》も、騒《さは》がずして 同 〽維茂少も、騒《さは》ぎ給はず、南無や八幡、大菩薩と、心に念じ、剣《つるぎ》を抜《ぬ》ひ《(い)》て、待《ま》ちかけ給へば、微塵《みぢん》[二七]になさむと、飛《(とん)》で掛《か》かるを、飛《と》び違《ちが》ひむずと組《く》み、鬼神《(きじん)》の真中《まんなか》、刺《さ》し通《とを》す処を、頭《かうべ》[二八]を摑《つか》むで、上《あ》がらむとするを、斬《き》り払《はら》ひ給へば、

なたのお心も知れないので、進退に迷っているのです。「立ち煩へ

夜嵐の中に消える

る気色」は維茂をも描写。囲知らず—白。一一「移り行く雲に嵐の声すなり散るかまさきの葛城の山」（新古今集・冬・藤原雅経）。この時の変化は女の異変への不吉な予兆。一二「岩橋の夜の契りも絶えぬべしあくるわびしき葛城の神」（拾遺集・雑賀・春宮女蔵人左近）。囲葛—葛城。一三「不レ堪紅葉青苔地、又是涼風暮雨天」（和漢朗詠集・秋・紅葉・白居易）。心にしみて堪えられぬものは、紅葉散り敷く青苔の地。また涼風が吹きわたり、夕暮れの空に雨さえそそぎ夜嵐となる。「夜嵐」は予兆の実現。一四「有明の月待つほどのうたたねは山の端のみぞ夢に見えける」（金葉集・秋・源師房）。一五 縁深—夢。一六 シテは紅葉の山の中へ入る。一七 軍神としての八幡信仰をふまえたか。なお、アイのセリフでこの場所が信濃国の戸隠山とわかる。

鬼神との闘争

一八 酔いつぶれた姿の形容。無明煩悩の迷い。一九 目をさました枕もとに。以下、女が正体を現していく過程と呼応し、雷火乱れ飛び、天地鳴動するなど、天候の異変が激しさを増す。

剣《つるぎ》に恐《をそ》れて、巌《いはほ》に登《のぼ》るを、引下《お》ろし刺《さ》し通《とを》し、たちまち鬼神を、従《したが》へ給ふ、威勢の程こそ、
恐《おそ》ろしけれ。

二〇「風落木帰山」(白氏文集十一)。
二一「をちこちのたづきも知らぬ山中におぼつかなくも呼子鳥かな」(古今集・春上・読み人知らず)。
二二 シテは紅葉の山から姿を現す。
二三「咸陽宮之煙片々」(和漢朗詠集・故宮・源順)。 二四「七尺屛風其徒高」(和漢朗詠集・親王・源順)。
二五 他本「かほく・くわほく・火木・こほく」等。「わが角の、クワボク利剣のやうに見ゆるもの…」(キリシタン版エソポ物語)。日葡は「クワボク」を「ハナノキ」。「花木利剣」か。「眼は月日をならべ、角はかぼくを戴きのべたるよそほひ…」(廃曲「家持」)。 二六 維茂と鬼神との闘争。 二七 以下、主語を省略した描写で、緊迫感を出す。
二八 鬼神が維茂の頭をつかんで山へ上がろうとするのを、維茂が切り払われたので。

以上一九一頁

当麻《(たえま)》

五番目物
女菩薩物　世阿弥作(五音)

場景　前場―大和国、二上山麓の当麻寺。二月十五日。昼から夜。後場―同じ所。深夜から夜明け。

人物　前ジテ　老尼〔姥・尼〕
後ジテ　中将姫の霊〔増・天冠舞衣大口〕(経巻を持つ)
前ヅレ　侍女〔小面・唐織着流女〕
ワキ　念仏の行者〔大口僧〕
ワキヅレ　従僧〔大口僧〕(二、三人)
アイ　当麻寺門前の男〔長上下〕

梗概　念仏の行者は三熊野より下向の途次、春の彼岸の当麻寺に詣でた。老尼と年若い女が現れ、僧の問いに答えて、当麻曼陀羅の蓮の糸を濯ぎ清めた染殿の井、蓮の糸を染めて掛けた桜木を教える。やがて横佩の右大臣豊成の息女中将姫が生身の弥陀如来を拝まんと、この山に籠り、毎日称讃浄土経を読誦したところ、ある日、如来が老尼の姿となって若き女(観音菩薩の化現)と共に来現したと語る。そして今日はその時正の日、我らこそ古の化尼化女と告げ、紫雲に乗り二上の岳に隠れ去った(中入)。門前の男が当麻曼陀羅の縁起・中将姫の物語を再説し読経を勧める。僧が聖衆来迎の奇瑞を待つや、虚空に花降り音楽聞こえ、歌舞の菩薩となった中将姫の精魂が経巻を捧げて顕れる。阿弥陀経を讃嘆し、ただ一筋に弥陀を頼めと説き僧に経巻を渡す。僧は広げて読み上げ、経を巻いて懐中。中将姫の精魂は舞い、見仏聞法の法悦境を現出するうち、春の夢の夜はほのぼのと明ける。

素材・主題　当麻曼陀羅縁起(日本思想大系『寺社縁起』所収)に基づき、念仏の功力を説く。世阿弥晩年の傑作で、阿弥陀如来を老尼の姿に化現させたのは、故事によるとはいえ、きわめて大胆な演出。しかも仏身を示して位の変わる中入は至難の型所とされている。歌舞の菩薩となって遊舞する中将姫の精魂の崇高な宗教性と音楽性も出色で、芸能的には「海人」に似ているが遥かに気高い。静謐な中にみなぎる凜とした爽やかさと気品が全曲を貫く。「誓願寺」は「当麻」の翻案曲とされ、構想や文章に類似点が多い。小林秀雄『無常といふ事』は「当麻」を鑑賞した日のことから始まる。

【一】〔次第〕〈次第〉ワキ・ワキツレ　〽教《をし》[一]へ嬉しき法《(のり)》の門《かど》、教へ嬉しき法の門、開《ひら》くる道に出《(いで)》ふ《(う)》よ。

〈名ノリ〉ワキ「是《(これ)》[二]は念仏の行者にて候、我此度《(このたび)》[三]三熊野《(みくまの)》[四]に参《まい》り、唯今《(ただいま)》[五]下向道《(げかうだう)》なれば、是より大

一　教えも嬉しい仏法の門、その門を開き広める旅に出よう。
二　下掛は「廻国の聖」。時宗の開祖一遍上人に擬えるか(一遍聖絵)。
三　一遍は熊野で六十万人決定往生の夢告を得、ただちに都に上り布教した(→「誓願寺」)。
四　熊野三山。新宮・本宮・那智。
五　仏参の帰路。

以下一九四頁

一　天武天皇十三年の造立の名刹。世阿弥は五音にタエマと記す。
二　下掛の〈上歌〉の初句「捨て人の、衣も同じ苔の道」。
三　紀伊と和泉の国境にあった白鳥の関。紀の関とも。囲来―紀。
四　岩田川は和歌山県西牟婁郡を流れる富田川の中流。熊野詣の道筋にあたる歌枕。
五　昼夜を分たず旅を続けるうちに。夜は「寄る」と音通で波・朝の縁語。
六　下掛はこの後に「泉の杣木たなびくや」が入る。山城の歌枕「泉の杣」に「和泉」(出づ)を掛け、「たなびく」「雲」と続き原型らしい。
七　奈良県北葛城郡にある山。その東南麓に当麻寺がある。
八　ツレを先立て、シテが杖をつきつつ登場。
九　ひとたび阿弥陀仏の名を念ずれば、即座に無量の罪も消滅する。→「実盛」六一九頁注二六。
一〇　あらゆる仏の教えはすべてこの阿弥陀仏の教えに帰着する。「誓願寺」にも。「一念…」「八万…」は中世に流布した句。直接の典拠

和路にかかり、当麻[一]《たえま》の御寺《おんてら》に参らばやと思ひ候。

〈上歌〉ワキ・ワキツレ へ程[二]《ほど》もなく、帰《かへ》り紀[三]の路の関越《こえ》て、帰り紀の路の関越て、こや三[四]熊野の岩《いは》田河《だ》、浪も散《ちる》なり朝日影、夜昼[五]《よるひる》わかぬ心ちして、雲[六]もそなたに遠かりし、二上山[七]《ふたがみやま》の麓《ふもと》なる、当麻の寺に着《つ》きにけり、当麻の寺に着きにけり。　シカ〳〵（ワキは〈着キゼリフ〉のあと脇座に着座）

【二】［一声[八]］〈掛合〉シテ へ一念弥陀仏即滅無量罪[九]《いちねんみだぶつそくめつむりやうざい》とも説《と》かれたり　ツレ へ八万諸聖教皆是阿[一〇]《はちまんしよしやうげうかいぜあ》弥陀《みだ》ともありげに候　シテ へ釈迦[一一]は遣《や》り　ツレ へ弥陀は導《みちび》く一筋[一二]に　二人 へ心許《ゆる》すな南《な》無阿弥陀仏《むあみだぶ》と。

〈一セイ〉シテ へ唱[一三]《とな》ふれば、仏もわれもなかりけり　ツレ へ南無阿弥陀仏の、声《こゑ》ばかり　シテ へ涼[一四]しき道は　二人 へ頼もしや。［アシライ歩ミ］（両人舞台に入り、ツレは真中、シテは常座に立つ）

〈次第〉二人 へ濁[一五]りに染《し》まぬ蓮《はす》の糸、にごりにしまぬ蓮の糸の、五色にいかで染《そ》みぬらむ。

〈サシ〉シテ へ有難や諸仏の誓《ちか》ひ様々なれ共《ども》、わきて超世[一六]《てうせ》の悲願とて、迷《まよ》ひの中にも殊《こと》に猶《なほ》二人 へ五[一七]《いつつ》の雲は晴《はれ》やらぬ、雨[一八]夜の月の影をだに、知《し》らぬ心の行ゑ《ゆくへ》をや、西へと計《ばかり》頼むらむ、実《げに》や頼めば近き道を、なにはるばると思《おも》ふらん。

〈下歌〉二人 へ末の世に、迷《まよ》ふ我等が為なれや。

〈上歌〉二人 へ説《と》き[一九]遺《のこ》す、御法《みのり》は是ぞ一声《ひとこゑ》の、御法は是ぞ一声の、弥陀の教《をし》へを頼《たの》まずは、末の法《のり》、よろづ年々《としどし》経《ふ》るまでに、余経の法はよもあらじ、たまたま[二〇]‐此生《しやう》に浮《う》かまずは、又

不明。 一一 釈迦はこの世で衆生を浄土へ送り弥陀は浄土から導いてくれる。観経玄義分などによる句。 一二 上下に掛かる。下掛「一道に」。 一三 一遍上人語録に見える歌。末句「声ばかりして」。「誓願寺」にも。 一四 極楽への道。以上シテ・ツレは念仏称名の有難さ尊さを讃嘆する。 一五 古今集・夏・遍昭「蓮葉の濁りに染まぬ心もてなにかは露を玉とあざむく」による。 一六 三世の諸仏の誓願に超えた阿弥陀仏の誓願をいう。無量寿経に「我建二超世願一、必至二無上道一」。「姨捨」(二八〇頁注一七)に類似表現。 一七 女人の往生を妨げる五種の障りを雲に真如(悟り)を月に譬えた。 一八 玉葉集・釈教「弥陀頼む人は雨夜の月なれや雲晴れねども西にこそ行け」をふまえる。「百万」にも。 一九 末法の世一万年の間は、弥陀が最後に説き遺された、ひたすらの念仏という教えの外に他の教えなどない。往生要集・大文三「末法万年余経悉滅、弥陀一教利レ物偏増」。「誓願寺」(五四九頁注一九)にも。 二〇 たまたま人間に生まれたこの時に極楽往生しなければ、またいつの世まで待たねばならないかわからない。囲待—松。縁戸—開く。 二一 夜明けとともに参じて日の暮れるまで、念仏の庭に交

弥陀を讃仰

いつの世を松の戸の、明《(あく)》[二一]れば出《(いで)》て、暮《(くる)》るまで、法の場《(には)》に交《ま》じるなり、御法の場《には》に交《ま》じるなり。

【三】〈問答〉ワキ「いかにこれなる方々《かたがた》に尋申《(たづねまうす)》べき事の候　シテ「何[二二]事にて候ぞ　ワキ「是は当麻《(たえま)》の御寺《(おんてら)》にて候か　シテ「さむ候《ザウラウ》当麻の御寺とも申《(まうし)》、又当麻寺《(たうまじ)》とも申候　ツレ カヽル へまた是なる池は蓮《(はす)》[二三]の糸《いと》を、濯《すす》ぎて清めし其故に、染[二四]殿の井共《(とも)》申とかや　シテ へあれは当《(たう)》麻寺《まじ》　ツレ へ是は染寺《(そめでら)》　シテ へ又この池は染殿の　二人 へ色[二五]々様々《さまざま》所々《(ところどころ)》の、法《(のり)》の見仏《(けんぶつ)》[二六]聞法《(もんぼふ)》ありとも、それをもいさや白《しら》[二七]糸の、唯《(ただ)》一筋ぞ一心不乱に南無阿弥陀仏。

〈掛合〉ワキ カヽル へ実《(げに)》有難《がた》き人の言葉《ことば》、即《(すなはち)》是こそ弥陀《(みだ)》一教《(いつけう)》なれ、「扨又《(さてまた)》是なる花桜《(はなざくら)》、常《つね》の色には変《か》はりつつ、是も故《(ゆゑ)》ある宝[二八]樹と見《み》えたり　ツレ へ実能御覧《(げによくごらん)》じ分《(わけ)》られたり、あれこそ蓮《(はす)》の糸を染《そ》めて　シテ「掛《(かけ)》[二九]て乾《ほ》されし桜木《(さくらぎ)》の、花も心のある故に、カヽル へ蓮《(はちす)》の色に咲《(さく)》ともいへり　ワキ へ中々なるべし本《(もと)》[三〇]よりも、草木国土成仏の、色香に染《そ》める花心《(はなごころ)》の　シテ へ法の潤《うるほ》ひ種添《たねそ》へて　ワキ へ濁《(にごり)》[三一]に染《し》まぬ蓮《(はす)》の糸を　シテ へ濯《すす》ぎて清めし人の心の　ワキ へ迷《まよ》ひを乾《ほ》すは　シテ へ緋桜《ひざくら》[三二]の。

〈上歌〉同 へ色[三三]映《は》へ《(え)》て、懸《か》けし蓮《はちす》の糸《いと》桜、懸けし蓮の糸桜、花の錦の経緯《たてぬき》に、雲の絶《た》え間《ま》に晴《は》れ曇《くも》る、雪も緑も紅《くれなゐ》も、ただ一声の誘《さそ》はんや、西吹《ふ》く秋の風ならむ、西吹く秋の風ならむ。

【四】〈誘イゼリフ〉ワキ「猶々《(なほなほ)》当麻の曼陀羅の謂《いは》れ委《(くはしく)》御物語《がた》り候へ。

〈クリ〉地 へ抑《(そもそも)》此当麻の曼陀羅と申は、人王四十七代《(にんわうしじふしちだい)》の御門《(みかど)》、廃帝《(はいたい)》[三四]天皇の御宇《(ぎよう)》かとよ、横萩《(よこはぎ)》[三五]

わっている。 二二 下掛は「…これは念仏勧むる者にて候…」とあり、シテを念仏勧進の比丘尼とする。 二三 横佩の大臣豊成の息女とされ、当麻寺で出家し蓮糸で観無量寿経に基づいた曼陀羅を織ったという。 二四 当麻寺北方の石光寺(別称、染寺)内にある井戸。ただし「是なる池は」とあり、池の名としている。 二五 〔掛〕(染殿の)井―色。 二六 仏を拝み仏法を聞くこと。 二七 「知らず」を掛け次句の序。以上、様々の遺跡があり教えの由来が示され

当麻寺の光景

るが、我等はただ一途に念仏を唱え弥陀の力を頼むだけの意。 二八 桜を極楽の七宝樹林に譬えた。 二九 当麻曼陀羅疏「其寺前ニ桜木アリ…彼五色ノ糸ヲ此木ニ懸ク故ニコソ、人之ヲ呼ビテ染野桜ト云フ」。宝樹の来歴奇瑞を説明する。 三〇 もとより草木国土すべて仏となる種を備えている。〔縁〕色―花―種―蓮。「色」は上下に続く。 三一 「色香に染める」、「濯ぎて清めし」と対。泥土の濁りに染まぬ蓮の糸を濯ぎ清めた人が掛けて乾した桜ゆえ、世の人の心の迷いを清める緋桜でもある。 三二 「日」に音通、「乾す」の縁語。 三三 緋桜は蓮の糸ともども美しく輝き、錦を織り上げ、雲の絶え間(当麻)に晴れ曇る光景は、花の雪も若葉の緑も

の右大臣豊成《とよなり》と申《まう》し人《ひと》。

〈サシ〉シテ〽其御《そのご》息女中将姫《そくぢよちうじやうひめ》、此山に籠《こも》り給《たま》ひつつ　同〽[一]称讃浄土経《しようさんじやうどきやう》、毎日読誦《どくじゆ》し給ひしが、心中《しんちう》に誓ひ給ふやう、願《ねが》はくは生身《しやうじん》の弥陀来迎《らいかう》あつて、我《われ》に拝《おが》まれおはしませと、一心不乱に観念し給ふ　シテ〽然らずは[二]畢命《ひつみやう》を期《ご》として　同〽此草庵《このさうあん》を出《いで》じと誓《ちか》つて、一向《いつかう》に念仏三昧《ざんまい》の定《ちやう》に入給ふ。

〈クセ〉同〽所は山陰《やまかげ》の、松吹《ふ》く風も涼《すず》しくて、さながら夏を[三]忘《わす》れ水の、音《おと》も絶《た》え絶《だ》えに、[四]心《しん》耳《に》を澄《す》ます夜もすがら、[五]称名《しようみやう》―観念《くわんねん》の床《ゆか》の上、座禅―円月の窓の内《うち》、[六]寥々《れうれう》とある折節《をりふし》に、一人《いちにん》の老尼《らうに》の、忽然《こつぜん》と来《きた》り佇《たたず》めり、是はいかなる人やらんと、尋《たづね》させ給ひしに、老尼答《こた》へて宣《のたま》はく、誰《たれ》とはなどや愚《をろ》かなり、呼《よ》べばこそ来《きた》りたれと、仰《おほせ》られける程に、中将姫は[七]あきれつつ　シテ〽われは―誰をか[八]呼子鳥《よぶこどり》　同〽たづきも知《し》らぬ山中《やまなか》に、声立《た》つる事とては、南無阿弥陀仏の称《とな》へならで、又他事《たじ》もなき物をと、答《こた》へさせ給ひしに、それこそ我名《わが》なれ、声をしるべに来れりと、宣《のたま》へば姫君も、扨《さて》は此願成就して、生身の弥陀如来、げに来迎《らいかう》の時節よと、感涙肝《きも》に命《めい》じつつ、[九]帰礼《きらい》の御袖《おんそで》も、しほるばかりに見《み》え給ふ。

【五】〈ロンギ〉地〽実《げに》や尊《たつと》き物語、即《すなは》ち弥陀の教《をし》へぞと、思ふにつけて有難や　二人〽今宵《こよひ》しも、如月中《きさらぎなか》の五日《いつか》にて、しかも[一〇]時正《じしやう》の時節なり、法事をなさむため、今此寺に来りたり
地〽法事の為に来《きた》るとは、そもやいかなる御事ぞ　二人〽今は何をかつつむべき、其いに

中将姫の物語
盛りの紅も交る曼陀羅。西からの秋風のように、南無阿弥陀仏の一声は、曼陀羅が描く西方極楽浄土への往生を誘う。「糸」は上下に続き、錦・経緯・雲(蜘蛛)と縁語。「晴れ曇る」は時雨の心。ただし下掛は「まだらなる」で曼陀羅を隠す。

三四 淳仁天皇の称。
三五 横佩の右大臣。藤原不比等の孫、武智麿の子。
――以上一九五頁

一 阿弥陀経の同本異訳。玄奘訳。
二 命を終えるまでの意の成句。
三 「忘れ水」(野中を人知れず絶えに流れる水)は歌語で、上下に掛かり、「絶え絶え」と縁語。
四 風声水音に心が澄みゆくさま。
五 次句「座禅円月の…」と対句。ひたすら阿弥陀仏の名号を称えて念じ、真如の月(悟り)を心に思い坐禅を組む。禅定観想を示す修辞句「観念の窓、坐禅の床」の変型。
六 寂しいさま。「舎利」にも。
七 呆然となって。 八 「遠近《をちこち》のたづきも知らぬ山中におぼつかなくも呼子鳥かな」(古今集・春上)。 九 囲帰礼(帰依敬礼)―綺羅衣(美しい衣)。観世は江戸中期の明和本よりキラエ。
一〇 陰暦二月十五日。釈迦入滅の日で昼夜の長さが同じ(時正)日。
一一 中将姫の前に化尼(阿弥陀の化

しへの[一一]化尼化女《(けにけちよ)》の　地〽夢中に現じ来れりと　二人〽いひもあへねば　地〽光《ひかり》さして、
[一二]花降《ふ》り異香《(いきやう)》薫《くん》じ、音楽の声《こゑ》すなり、恥かしや旅人よ、暇《いとま》申て帰《かへ》る山の、[一三]尼上《(にじやう)》の–岳《だけ》とは二《(ふた》
上《がみ)》の、山とこそ人は言《い》へど、まことはこの尼《あま》が、上《のぼ》りし山なる故《(ゆゑ)》に、尼上《(にじやう)》の嵩《(だけ)》とは申なり、
老の坂を[一四]上《のぼ》り昇《のぼ》る、雲に乗《(のり)》て上《あ》がりけり、紫雲に乗《の》りてあがりけり。　（中入）

【六】〈問答・語リ・問答〉（アイの当麻寺門前の男が登場し、ワキの尋ねに答えて、当麻寺の縁起、中将姫の伝説を語る。僧は先刻の出来事を話すと、アイは重ねての読誦を勧める）

【七】〈オキゴト〉ワキ「かく有難き御事《(おんこと)》なれば、重《(かさね)》て奇特を拝《おが》まむと。

〈上歌〉ワキ・ワキツレ〽[一五]言《い》ひもあへねば不思議《ふしぎ》やな、言ひもあへねば不思議やな、妙音《(めうおん)》聞《き》こえ光《ひかり》さし、[一六]歌舞の菩薩も目《ま》のあたり、顕《あらは》れ給ふ不思議さよ、顕れ給ふ不思議さよ。


【八】〔出端〕〈サシ〉後シテ〽唯今《(ただいま)》夢中《(むちう)》に顕《あらは》れたるは、中将姫の精魂《(せいこん)》なり、我《(われ)》娑婆にありし時、称讃浄土経《(しようさんじやうどきやう)》、[一七]朝々時々《(てうてうじじ)》に怠《をこた》らず、信心《(しんじん)》まことなりし故に、[一八]微妙安楽《(みめうあんらく)》の結界《(けつかい)》の衆《(しゆ)》となり、[一九]本《(ほん》覚真如《がくしんによ)》の円月《(ゑんげつ)》に坐《(ざ)》せり、しかれ共《(ども)》、[二〇]爰《(ここ)》を去《さ》る事遠《とを》からずして、[二一]法身却来《(ほつしんきやくらい)》の法味《(ほふみ)》をなせり。

〈一セイ〉地〽有難《がた》や、[二二]尽虚空界《(じんこくうかい)》の荘厳《(しやうごん)》は、眼《(まなこ)》は雲路《(うんろ)》に赫《かかや》き　シテ〽転妙法輪《(てんめうほふりん)》の音声《(おんじやう)》は、[二三]聴宝刹《(ききほうせつ)》の耳に満《み》てり　地〽[二四]蕭然《(せうぜん)》とある暁の心　シテ〽まことに涼《すず》しき、道《みち》に引《ひ》かるる[二五]光陰《(くわういん)》の心《こころ》。

〈ノリ地〉地〽惜《お》しむべしやな、惜しむべしやな、時は人をも、待《ま》たざるものを、即爰《(すなはちここ)》ぞ、[二六]唯心《(ゆいしん)》の浄土経、戴《いただ》きまつれや、戴きまつれや、〽[二七]摂取不捨《(せつしゆふしや)》。

身)が現れ、百駄の蓮の茎を集めしめ、後日、化女(観音の化身)が現れて蓮糸で曼陀羅を織り上げたという(当麻寺縁起)。 一二 弥陀・聖衆来迎の類型表現。 一三 当麻寺西方に位置し、二峰より成る二上山。以下の地名起源説は当麻曼陀羅疏八・不審抄に見える。
一四 上下に掛かる。老尼は山坂を上りつつ、わき上る雲に乗って。
一五 聖衆来迎の奇瑞の常套表現。
一六 歌舞管絃を奏して仏徳を称える極楽浄土の聖衆。 一七 毎朝毎時。下掛「朝暮」。 一八 極楽世界の聖衆の一員となったこと。「彼仏国土、清浄安穏、微妙快楽」(無量寿経)。「結界」は底本「潔界」を訂正。↓

聖衆来迎の奇瑞

「白鬚」二六〇頁。 一九 極楽に生まれ悟りの境地にあることの譬え。禅鳳本も「円月」。底本「円闕」(謡抄による)を訂正。 二〇 「阿弥陀仏、去レ此不レ遠」(観無量寿経)を借用。
二一 法身は仏の本質としての真理。下掛「己身の弥陀」。却来は、この場合、極楽から俗世にもどること。
二二 極楽世界の大空に広がる飾りは目がくらみ、どこがどうと見分けもつかず、弥陀の説法の妙音は響きわたっている。往生要集・大文二「尽二虚空界一之荘厳、眼迷二雲路一、転二妙法輪一之音声、聴満二宝刹一」。浄業和讃・極楽讃にも。

【九】〈伽陀〉シテ〽一為《（ゐ）》、一切世間《（いっさいせけん）》、説此難信《（せつしなんしん）》　地〽之法《（しほふ）》、是為《（ぜゐ）》、甚難《（じんなん）》。

〈ノリ地〉シテ〽二げにも此法《（このほふ）》、甚《はなはだ》しければ　地〽信ずる事も、難《かた》かるべしとや　シテ〽唯頼《（ただ）》め　地〽頼《たの》めや、頼《たの》め。

〈ノリ地〉シテ〽三慈悲加祐《（じひかいう）》　地〽令心不乱《（りやうしんふらん）》　シテ〽乱《みだ》るなよ　地〽乱《みだ》るなよ　シテ〽四十《（と）》声《（こゑ）》も　地〽一声《こゑ》ぞ、有難や。

〔早舞〕

【一〇】〈ノリ地〉シテ〽五後夜《（ごや）》の鐘の音《（ね）》　同〽後夜の鐘の音、六鳧鐘《ふせう》の響《ひび》き、称名《（しようみやう）》の妙音《（めうおん）》の、見仏《（けんぶつ》聞法《（もんぼふ）》の、色々の法事、げにも普《あまね》き、七光明遍照《（くわうみやうへんぜう）》、十方《（じつぱう）》の衆生《（しゆじやう）》を、ただ西方《（さいはう）》に、迎《むか》へゆく、八御《（み）》法《（のり）》の船の、水馴《みなれ》棹、御法の舟の、九梭投《さほな》ぐる間《ま》の、夢の、夜《（よ）》はほのぼのとぞ、成《（なり）》にける。

三 現行観世のみ「チョオボオセツ」と謡うが、明和本以来の改変。

見仏聞法の法悦

二四 心澄み静寂な暁。→「盛久」。
二五 「光陰可ㇾ惜」（顔氏家訓）、「歳月不ㇾ待ㇾ人」（陶潜）の成句を借り、弥陀の光明を惜しむ意に綴る。
二六 「唯心の浄土」（各人の心の中の極楽）と「称讃浄土経」を重ねた。
二七 観無量寿経の光明四句の偈を引く。念仏の衆生を摂取し、捨てることなく極楽に生まれしめる弥陀の誓願。

――以上一九七頁

一 阿弥陀経の句。仏は衆生のため、凡夫の容易に信じがたい仏法を平易に説いたのだが、これでも衆生は甚だむつかしいと思う。
二 前に引く阿弥陀経の言い換え。
三 称讃浄土経の句。弥陀の慈悲をもって加護し給い、心が乱されないようにして下さる。
四 往生要集・大文十「一声十声、倶に浄土に生まる」。
五 夜半から夜明けまでの念仏。
六 鐘。ここでは念仏の鉦鼓。
七 →一九七頁注二七。
八 仏法を舟に譬える。→「東岸居士」四七四頁注二。縁舟―水馴棹。
九 機《（はた）》を織る時に梭（舟型の機織具）をすばやく左右に移動させる間の短い時間の譬え。曼陀羅を織ることの縁。掛棹―梭。
一〇 阿波国と淡路島の間の鳴門海峡に面し

通盛《みちもり》

二番目物
公達物

井阿弥原作・世阿弥改作（中楽談儀）

場景　前場—阿波の鳴門。岩場の海岸。磯近くに一艘の小舟。初秋の薄暮から夜。後場—同じ所。同じく、深夜。

人物　前ジテ　浦の漁翁〔笑尉・着流尉〕
後ジテ　平通盛の霊〔中将・修羅物〕
前ヅレ　浦の姥〔姥・水衣姥〕（現行は後ヅレと同じ姿）
後ヅレ　小宰相の局の霊〔小面・唐織着流女〕
ワキ　滞留の僧〔大口僧〕
ワキヅレ　同伴の僧〔大口僧〕
アイ　浦の男〔肩衣半袴〕

梗概　阿波の鳴門に滞留して仏道修行する僧は、ここが平家一門の果てた所なので、今宵も磯辺に出て読経している。暮れなずむ沖のかなた、漁を終えて帰りを急ぐ老人夫婦は、暗い波間にかすかにお経の声がするので小舟を磯辺へ近づける。その楫音を怪しみ僧が問うと、二人は海人の釣舟と答え、舟ばたの籠火が経文を照らし、読経は進む。聴聞する夫婦は僧に請われるまま、この浦で果てた小宰相の局の最期を物語る。一の谷の合戦に敗れ海上に逃れた船上で、夫通盛討死の悲報を受けた小宰相の局は絶望し、乳母の諫めも振り切って入水したと語ると同時に、姥は海中に身を投げ老人も続いて海中に消えた（中入）。浦の男が聴聞のため訪れ、僧の問いに答えて、小宰相の局と通盛が結ばれたいきさつ等を物語る。やがて法華経方便品を読誦する僧の前に、通盛夫婦の霊が生前の姿で顕れ、一の谷の合戦前夜、ひそかに小宰相の局と別れを惜しみ、弟の能登守に咎められ、後ろ髪を引かれる思いで戦陣に赴いたこと、味方の諸将も討たれ、通盛は木村源五重章と刺し違えて果てたことを語る。さらに修羅の苦患も僧の回向によって成仏できたことを喜ぶ。

素材・主題　平家物語九・落足、小宰相身投における通盛と小宰相の愛と別れ、通盛の戦死と小宰相の入水などに取材し、男女の愛を中心に描いた異色の修羅能。相寄る二つの魂が夏安居の僧の読誦する法華経の功力によって、もろともに救われる。詩的情趣も深い。主人公の登場が〈掛合〉で始まるのも稀である。姥が昔を語るうち物語と現実の境がうすれてゆく描写も非凡。

【一】〔名ノリ笛〕〈名ノリ〉ワキ「是《これ》は[一〇]阿波の鳴門《なると》に一夏《いちげ》[一一]を送《をく》る僧にて候、扨《さて》も此浦は、[一二]平家の一門果《は》て給ひたる所にて候程に、痛はしく存《ぞんじ》、毎夜此磯辺《いそべ》に出て御経を読《よ》み奉り候、只今も

た地域。
一一 夏安居《げあんご》の修行を送る僧。→「通小町」一五六頁注二。
一二 平家一門は一の谷に敗れて後、舟で鳴門を過ぎ屋島に渡った。この浦で死んだのは小宰相の局のみ。一門とするは脚色。

以下二〇〇頁
一 掛居—岩、松—待。付磯—岩ね・山・松。 二 掛呼ぶ—夜舟、知らず—白。 三 掛鳴門—鳴る、うら—浦。 四 後見が篝火をつけた舟の作り物を常座に置く。ツレを先立ててシテが登場、ツレは舟の真中、シテは艫に棹を持って立つ。
五 突然の事象に驚き発する感動詞。
六 夫木抄三十四「入相の遠山寺の鐘の声あな心ぼそ我身いく世ぞ」を引く。 七 日没時に撞く鐘。付入相—山寺。
八 「にこそあるめれ」の約。「急が給へ」は「急がせ給へ」の略。
九 「昨日といひ今日と暮らしてあすか川流れて早き月日なりけり」（古今集・冬・春道列樹）をふまえる。
一〇 しかし老いの身にあてにならぬものは、残された日の数。
一一 いつまで渡世の漁りを続けるのか。掛渡津海—渡る、余り—蜑、無—波小舟。水の縁語を綴り、不安定な境涯を描写。
一二 老いの身の余命をつなぐ渡世に使うウキ（漁具）に掛けて「憂きながら」と転じる。辛い中にも心慰むものは月前の浦の秋の気色だ。

出《いで》てとぶらひ申《ム》さばやと思ひ候。

〈上歌〉ワキ・ワキツレ〽一磯山に、暫《しば》し岩根の松《まつ》程に、暫し岩根の松程に、二誰《た》が夜舟《（よぶね）》とは白《しら》浪に、楫《かぢ》音ばかり三鳴門《なると》の、浦静《しづ》かなる今宵かな、浦静かなる今宵かな。

【二】〔四一声〕〈掛合〉ツレウバ〽五すは六遠山寺《（とほやまでら）》の鐘の声《こゑ》、此磯《いそ》近く聞え候　シテ〽七入相《（いりあひ）》八ごさめれ急《いそ》が給へ　ツレ〽程なく暮《（くる）》る日の数かな　シテ〽九昨日過《（きのふすぎ）》　ツレ〽今日《けふ》と暮《く》れ　シテ〽明《あ》日《す》又かくこそあるべけれ　ツレ〽一〇されども老に頼まぬは　シテ〽身の行末《（ゆく）すゑ》の日数《（ひかず）》なり。

〈一セイ〉二人〽一一いつまで世をばわたづみの、余《（あまり）》に隙《（ひま）》も浪小《を》舟　ツレ〽何を頼《たの》みに老の身の　シテ〽命のために　二人〽使《つか》ふべき。

〈上歌〉同〽一二憂《う》きながら、心の少《（すこし）》なぐさむは、心の少なぐさむは、月の出《で》潮《じほ》の蜑小《あまを》舟《ぶね》、さも面白き、浦の秋の気色かな、所は夕波の、鳴渡《（なると）》の沖《おき》に雲続《つづ》く、一三淡路《あはぢ》の島や一四離《はな》れえの、憂《う》き世の業《わざ》ぞ悲《かな》しき、憂き世の業ぞ悲しき。

〈サシ〉シテ〽一五闇濤《（あんたう）》月を埋《うづ》むで清光《（せいくわう）》なし　ツレ〽船に焚《た》く蜑《（あま）》の篝火《かがり（び）》一六更《ふ》け過《（すぎ）》て　二人〽一七苫《とま》より潜《くぐ》る夜《よる》の雨の、蘆間《あしま》に通《かよ》ふ風ならでは、音する物も波枕に、夢か現《うつつ》か御経《（おきやう）》の声《こゑ》の、嵐《あらし》につれて聞ゆるぞや、一八楫《かぢ》音を鎮《しづ》め唐櫓《からろ》を抑《をさ》へて、聴聞せばやと思《おも》ひ候。

【三】〈掛合〉ワキ〽一九誰《た》そやこの鳴渡の沖《おき》に音するは　シテ〽泊《とま》り定《さだ》めぬ蜑の釣《つり》舟候《ザウラウ》よ　ワキ〽さもあらば思ふ子細あり、此磯《いそ》近く寄《よ》せ給へ　シテ〽仰《（おほせ）》に随《したが》ひさし寄《よ》せ見れば　ワキ

一三 雲続く向いの島の淡く見える心から「淡路の島」を導く。付島—離れ・うきたる。掛浮—憂。
一四「離れ江」か。「離れ胞(え)」か。現行観世「離れえぬ」。
一五 暗い夜の波間に月が沈み、清い光も見えぬ。詩句らしいが不明。

鳴門の夕景色

一六 夜が更け篝火の勢いも弱まり。
一七 菅や茅草で編み舟の覆いとする。苫から洩れてくる雨音と、蘆間を吹き抜ける風の音以外には、音するものはないはずなのに。掛縒り括る—潜る、足—蘆、無—波、有—嵐。縁枕—夢。
一八 楫や櫓の音がしないようにして。唐櫓は歌語で櫓のこと。
一九 俊頼髄脳等に見える連歌「たれぞこの鳴門の浦に音するは　泊り求むるあまの釣舟」(実方)を引く。
二〇 蘆を燃やした篝火の光を借りて。掛借—かりそめ(間に合わせに)。
二一 漁業は仏の戒める殺生の業で、悪しき事だが、その悪し火(蘆火)が仏道に導く善き光となり。掛悪し—蘆、善き友—ともしび。

風が運ぶ読経の声

二二「成る」を掛け「…深如海」の縁語。
二三 法華経・普門品の偈文。衆生済度の観音の弘い誓願は海の如く深く、無限の時間(劫)を経ても思議しがたい。底本「暦」を訂正。

＼二人《（ににん）》の僧は岩ほの上《うへ》　シテ＼漁《いさ》りの舟《ふね》は岸の陰《かげ》　ワキ＼[二〇]蘆火《あし（び）》の影《かげ》をかりそめに、御経《（おきやう）》を抜《ひら》き読誦する　シテ＼有難《がた》や漁《いさ》[二一]りする、業《わざ》は悪《あ》し火《（び）》と思《おも》ひしに　ワキ＼善《よ》き燈《とも》し火《び》に　シテ＼[二二]鳴渡の海の　二人＼[二三]弘誓《（ぐぜい）》深《じん》如《（によ）》海《かい》歴劫《（りやくこふ）》、不思議の機縁《きえん》によりて、[二四]五十展転《（ごじふてんでん）》の随喜《ずいき》功徳品《（くどくほん）》。

〈下歌〉同＼実《（げに）》有難《がた》や此経の、[二五]面《おもて》ぞ暗《くら》き浦風も、蘆火《あし（び）》の影《かげ》を吹《ふ》き立《（たて）》て、聴聞するぞ有難《ありがた》き。

〈上歌〉同＼[二六]龍女《（りうによ）》変《へん》成《（じやう）》と聞《き》く時は、龍女変成と聞く時は、姥《うば》も頼《たの》もしや、[二七]祖父《（おほぢ）》はいふに及ばず、願《ねが》ひもみつの車の、蘆火《あし（び）》は清く明《あ》かすべし、猶々《（なほなほ）》御経《（おきやう）》遊《あそ》ばせ、猶々御経遊ばせ。

【四】〈問答〉ワキ「あら嬉しや候《ザウラウ》、火の光にて心静《しづ》かに御経を読《よ》み奉りて候、先々《（まづまづ）》此浦は平家の一門果《（はて）》給ひたる所なれば、毎夜此磯辺《いそべ》に出《（いで）》て御《（おん）》経を読《よ》み奉り候、取分《とり（わき）》いかなる人此浦にて果《は》て給ひて候ぞ、委《（くはし）》く御物語《がた》り候へ　シテ「仰《（おほせ）》のごとくあるひは討《う》たれ、又は海にも沈《しづ》み給ひて候、中にも[二八]小宰相《（こざいしやう）》の局《（つぼね）》こそ、[二九]や、もろともに御物語《（おんものがたり）》候へ。

〈クリ〉ツレウバ＼さる程に平家の一門、[三〇]馬上《（ばしやう）》をあらため、蜑《（あま）》の小舟《（をぶね）》に乗《の》り移《うつ》り、[三一]月に棹さす時もあり。

〈サシ〉シテ＼爰《（ここ）》だにも都の遠《とを》き須磨の浦　二人＼[三二]思《おも》はぬ敵《（かたき）》に落《お》とされて、実《（げに）》名を惜《お》しむ武士《（もののふ）》の、[三三]おのころ島《じま》や淡路《あはち》潟《がた》、阿波の鳴渡に着《（つき）》にけり。

〈クドキ〉ツレ＼[三四]去程《（さるほど）》に小宰相の局乳母《めのと》を近《ちか》づけ　二人＼いかに何とか思ふ、われ頼《たの》もしき

次句は偈の末を受け「不思議の機縁（思いがけぬ仏縁）」と続けた。

二四 法華経・随喜功徳品の語。聞法の利益は次々と語り伝え五十人目に至っても経の功徳に変りがない。

二五 ほのぐらき経巻の面なのに、浦風が蘆火を吹き立てて明るくして。歌語「蘆の浦風」をふまえる。〔掛〕面—表、浦—裏。〔縁〕表—裏。

二六 龍女でさえ法華経の功徳で男子に生まれ変り成仏できた（法華経・提婆達多品）と聞くから、この姥も心強く思う。現行演出は前ヅレを若い女に扮する。

二七 まして男の老爺の成仏は言うまでもない。〔掛〕満つ—三、脚—蘆火。〔縁〕車—あし（脚）、蘆火—清く。「火宅」は「葵上」一五〇頁注一一。

二八 藤原憲賢の息女で禁中一の美人。上西門院の女房の時（十六歳）、通盛の妾となる。四国に逃げる船

小宰相の局の悲話

中で通盛の死を知り、乳母と共に鳴門の沖で投身（十九歳）。

二九 おお、そなたも一緒に語りなさい。言葉半ばで傍らの姥を誘う。

三〇 陸を捨て舟で屋島へ向かった。

三一 敗走の舟路ながら、時には月影の映る海上を往く風雅もあった。

三二 鵯越から奇襲した義経の軍勢。

三三 記紀神話にみえる日本最初の島。中世では淡路島と解されていた。「武士のをのこ（男子）」を受け

人々は都に留《とど》まり、一通盛《みちもり》は討《う》たれぬ、誰《（たれ）》を頼《たの》みてながらふべき、此海に沈《しづ》まむとて、主従泣《シウジウな》く泣《な》く手を取組《く》み船ばたに臨《のぞ》み　女〽さるにてもあの海にこそ二沈《しづ》まふ《（う）》ずらめ。

〈下歌〉同〽三沈《しづ》むべき身の心にや、涙のかねて浮《う》かぶ《ム》らん。

〈上歌〉同〽西はと問《と》へば月の入《（いる）》、四西はと問へば月の入、五そなたも見《み》えず大方《おほかた》の、春の夜《（よ）》や霞《（かすむ）》らん、涙も共に曇《くも》るらん、乳母《めのと》泣《な》く泣く取付《（とりつき）》て、六此時の物思《おも》ひ、君一人《（いちにん）》に限《かぎ》らず、思召《（おぼしめし）》止《と》まり給へと、御衣《（おんきぬ）》の袖に取《と》りつくを、振《ふ》り切《き》り七海に入《（いる）》と見て、老人も同じみち潮《じほ》の、底の水屑《みくづ》となりにけり、底の水屑となりにけり。　（中入）

【五】〈問答・語リ・問答〉（アイの浦の男が登場し、僧の尋ねに答えて、通盛と小宰相の局との恋、小宰相の局の入水の様などを語る。僧は先刻の出来事を話すと、アイは重ねての読経を勧める）

【六】〈上歌〉ワキ・ワキツレ〽此八八軸の誓《ちか》ひにて、此八軸の誓ひにて、一人《（いちにん）》も漏《も》らさじの、方便品《（はうべんぼん）》を読誦する。

〈誦句〉ワキ〽九如我《（にょが》昔所願《しゃくしょぐわん）》。

【七】〔出端〕〈誦句〉ワキ〽一〇如我昔所願　後シテ〽今者已《（こんじゃい》満足《まんぞく）》。

〈ノリ地〉ワキ〽化《（け）》一切衆生《（いっさいしゅじゃう）》　地〽皆令入仏道《（かいりやうにふぶつだう）》の、通盛《みちもり》夫婦、御経《（おきやう）》に引《ひ》かれて、たち帰《かへ》る波の　シテ〽荒《（あら）》有難の、御法《（みのり）》やな。

【八】〈掛合〉ワキ　カヽル〽不思議やなさも一一艶《なま》めける御姿《（おんすがた）》の、浪に浮《う》かび《ミ》て見え給ふは、いかなる人にてましますぞ。

「淡路潟」を呼び出す。亖〈クドキ〉から〈上歌〉まで平家物語九・小宰相身投をふまえ脚色。

以上二〇一頁

一 平清盛の弟教盛の嫡子。従三位、越前守。一の谷の合戦で戦死。

海に消える姥と老人

二「沈まんとすらめ」の約。ツレは次第に感慨深く沈鬱な心となり、物語と現実の境が薄れていく。三「沈むべき身」と「浮かむ涙」を対比。以下、詠嘆「らん」を重ね、小宰相の孤絶感を表現。四 極楽浄土の方角。五 月の入る方角ながらそちらもよく見えないのは朧々とした春の夜の霞のためか、涙で月が曇っているためか。中世歌語「大方の春」（世間ひとしなみの春）でつなぐ。六 悲嘆の淵に立たされた時、絶望的になるのは誰も同じ。はやまってはいけません。乳母の制止。七 入水したのです、と語ると同時に姥は海に身を投げ、老人も海底に沈んだ。物語と地の文とを重ねた。[掛]道—満。

通盛夫婦の姿

八 法華経八巻。経文に「若有㆓聞㆑法者㆒、無㆔一不㆓成仏㆒」。九 以下「皆令入仏道」まで方便品の偈文。「我が昔の所願の如き、今は已に満足しぬ、一切衆生を化して皆仏道に入らしむ」。「仏道」の

〈サシ〉女 ヘ名[一二]ばかりはまだ消《き》え果《(はて)》ぬあだ浪[一三]の、阿波の鳴渡に沈《しづ》み果《は》てし、小宰相の局の幽霊なり。

〈掛合〉ワキ カヽル ヘ今一人《(いちにん)》は甲冑《(かつちう)》[一四]を帯《たい》し、兵具《(ひやうぐ)》いみじく見え給ふは、いかなる人にてましますぞ。

〈名ノリグリ〉シテ ヘ是は生田[一五]の森の合戦にをひ《(お い)》て、名を天下《(てんが)》に揚《あ》げ、武将たつし誉《ほまれ》を、越前[一六]の三位通盛、昔《むかし》を語《かた》らん其為《(そのため)》に、是まで顕《あらは》れ出《(いで)》たるなり。

【九】〈サシ〉同 ヘ抑《(そもそも)》此一谷《(いちのたに)》[一七]と申に前は海、上《(うへ)》は嶮《けは》しきひよ鳥越《ごえ》、誠に鳥ならでは翔《かけ》りがたく獣《(けだもの)》も、足《あし》を立《た》つべき地にあらず シテ ヘ唯[一八]いく度《(たび)》も追手の陣を心許《(こころもと)》なきぞとて 同 ヘ宗徒《むねと》の一門さし遣《つか》はさる、通盛も其《(その)》随一たりしが、忍《しの》[一九]むで我陣に帰《かへ》り、小宰相の局に向《む》かひ。

〈クセ〉同 ヘ既《(すでに)》戦《いくさ》、明日《(みやうにち)》に極《きは》まりぬ、痛《いた》はしや御身《(おんみ)》は、通盛ならで此内《うち》に、頼むべき人なし、我《(われ)》[二〇]ともかくもなるならば、都に帰《かへ》り忘《わす》れずは、亡《な》き跡弔《と》ひてたび給へ、名残惜《お》しみの御《(お)》盃《さかづき》、通盛杓《(しやく)》を取《と》り、さす盃[二一]の宵《よひ》の間《ま》も、うたた寝《ね》なりし睦言《むつごと》は、譬《たと》へば唐《(もろこし)》[二二]の、項羽《(かうう)》高祖《(かうそ)》の攻《せ》めを受《う》け、数行虞氏《(すかうぐし)》が涙《(なんだ)》も、是にはいかで優《まさ》るべき、燈《(ともしび)》暗うして、月の光にさし向《む》かひ、語《かた》り慰む所に シテ ヘ舎弟《(しやてい)》の能登守《(のとのかみ)》[二三] 同 ヘはや甲冑をよろひつつ、通盛《みちもり》はいづくにぞ、など遅《をそ》なはり給ふぞと、呼《よ》ばはりし其声《こゑ》の、あら[二四]恥《は》づかしや能登守、我弟《(わがおとうと)》といひなが

道を次句の「通盛」に言い掛けた。
一〇 ワキの一句、底本も含め観世の謡本には記さないが上演の際は入るので補う。シテとワキとの唱和。 一一 実に優美な。
一二 その身は鳴門の海に沈み泡のように消え果てたが、甲斐なき名だけが残っている。 掛泡―阿波。
一三「消へ果てぬ」と阿波をつなぐ詞。 一四 鎧兜を身に纏い、軍装も立派な。 一五 一の谷の合戦の際、平家方が大手の門(正面の城砦の入口)を置いた。現神戸市中央区にあった森。 一六 掛得―越前。
〈名ノリ〉と〈クリ〉を重合させ、〈サシ〉〈クセ〉に続けた。
一七 摂津と播磨の境、現神戸市須磨区の西部。平家が城郭を構えた地。鵯越は一の谷の嶮難な山路。

一谷での最後の宴

一八 生田の森の大手の陣が気懸りだと、幾度も一門のうち主だった者を派遣した。 掛幾度―生田。
一九 以下源平盛衰記の一部を要約、脚色。 二〇 私がもし戦死したなら。
二一 さしつさされつ盃を重ねる今宵、仮寝して睦まじく語り合う様子。「盃」に「月」をこめ「宵」の序。
二二 楚の項羽が漢の高祖の軍に囲まれて敗れた時、愛妾虞氏と最後の酒宴をなした一夕の故事を引き、これを詠んだ和漢朗詠集・詠史・橘相公の詩「燈暗数行虞氏涙、夜深

ら、他人よりなを恥《(ほ)は》づかしや、暇《いとま》申てさらばとて、行《ゆく》[一]も行《ゆ》かれぬ一谷《いちのたに》の、所から須磨[二]の山《やま》の、うしろ髪《がみ》ぞ引《ひ》かるる。

【一〇】〔カケリ〕〈掛合〉シテ「去程《さるほど》に合戦[三]やぶれしかば、但馬守経正《たじまのかみつねまさ》[四]もはや討《う》たれぬと聞《き》こゆ　ワキ カヽル〽扨《さて》[五]薩摩守忠度《ただのり》の果《は》てはいかに　シテ〽岡辺の六弥太《ろくやた》、「忠澄《ただずみ》と組《く》むで討《う》たれしかば、あつぱれ通盛《みちもり》も名ある侍もがな討《う》ち死《じ》にせんと待《まつ》ところに、カヽル〽すはあれを見よ好《よ》き敵《かたき》に。

〈歌〉同〽近江[六]の国の住人に、近江の国の住人に、木村[七]の源五重章《しげあきら》が、鞭《むち》を上《あ》げて駆《か》け来《き》たる、通盛―少《すこし》もさはがず、抜《ぬ》き設《まう》けたる太刀なれば、甲《かぶと》の―真向《まつかう》ちやうと打《う》ち、返《かへ》す太刀にて刺《さ》[八]し違《ちが》へ、共に修羅道[九]の苦を受《う》くる、憐《あはれ》みを垂《た》れ給ひ、よくとぶら《ム》ひてたび給へ。

【一一】〈キリ〉同〽読誦[一〇]の声《こゑ》を聞《き》く時は、読誦の声を聞く時は、悪鬼心《こころ》を和《やは》らげ、忍辱《にんにく》慈悲の姿《すがた》にて、菩薩もここに来迎《らいかう》す、成就得脱《じやうジウとくだつ》[一一]の、身となり行《ゆく》ぞ有難《がた》き、身となり行ぞ有難き。

四面楚歌声」を借りる。→「蟻通」。
二三 通盛の弟能登守教経。通盛が仮屋の中で小宰相と名残りを惜しんでいるのを、声高かに諫めた事が平家物語九・老馬にみえる。
二四 掛(声の)荒―あら。

以上二〇三頁

一 行きかねる通盛の心境であり、嶮阻な一の谷の形容でもある。
二 「後の山」(源氏寄合)をふまえた「後髪」の序。「引かるる」は上掛古写本「引かれし」。
三 観世「も半ばなりしかば」。底本は宝生「かくて一の谷の合戦破れしかば」に近い。
四 平経盛の子。敦盛の兄。
五 清盛の末弟。→「忠度」。
六 掛逢ふ―近江。
七 典拠未詳。平家諸本に、源三成綱、三郎成綱、源三祐章、源五業綱、等とある。
八 謡曲独自の脚色。
九 六道の一。戦闘を好む者が死後に赴く阿修羅の世界。
一〇 「葵上」の〈キリ〉(一五三頁注二五)とほぼ同文。転用か。
一一 底本(及び江戸初期観世流版本)と宝生は「成就」。現行観世・下掛は「成仏」。古写本は「成仏・じやうぢう」。「常住」か。常住不変の真理を悟り、迷妄の苦界を離れて成仏する身となり得た。

通盛の最期

芭蕉《ばせう》

三番目物
精・神仙物

金春禅竹作（禅鳳雑談）

場景　前場—中国、楚の国、瀟水（しようすい）の里。月の冴えわたる秋の半ば。夕べから夜。後場—同じ所。同じく、深夜。

人物　前ジテ　里の女〔深井・唐織着流女〕
後ジテ　芭蕉の精〔深井・長絹大口女〕
ワキ　山居の僧〔着流僧〕
アイ　里の男〔長上下〕

梗概　中国の楚の国瀟水に山居する僧が、毎夜、法華経を読誦していると、人の気配がする。今夜も現れたので尋ねると、年たけた女で近くに住む者と言い、結縁のため草庵に入りたいと言う。仏への志の深さに心動かされた僧は内に招き入れ、薬草喩品を読み聴かせる。女は深く喜びやがて月の光に雪が積もったかと見紛う庭に「雪の中の芭蕉の偽れる姿」と告げ、芭蕉の精であることをほのめかし諸行無常と鳴り響く鐘の音とともに消え去る（中入）。里の男が僧の尋ねに答えて「雪中の芭蕉」「芭蕉葉の夢」などの故事を物語り、重ねての読誦を勧める。非情の芭蕉と言葉を交わした奇特に、僧はなお夜もすがら読経していると、月冴えわたる冷え寂びた庭に芭蕉の精が現れる。仏法の功徳を受けた悦びを讃え、草木も含め万物はそのままの姿が成仏の相を示すという法華経の教え（諸法実相の理）を述べつつも、風に破れやすい芭蕉葉の脆さ、身のはかなさを嘆く。やがて皓々と照る月光の下、露霜で織ったような葉袖を返して舞ううち、烈しく吹きわたる秋風に花も千草も女の姿も散りぢりになり、破れた芭蕉葉だけが残った。

素材・主題　芭蕉の精が女人の姿で現れた話（湖海新聞・夷堅続志）、はかなさや無常の象徴としての芭蕉（維摩経等）、および王摩詰（王維）が描いた雪中の芭蕉の話（筆談画評）、鹿と芭蕉葉の夢の故事（列子）に拠りつつ、天台本覚思想の法華経説によって脚色し、仏道を願う女人姿の芭蕉の精に草木成仏の思想を語らせる。夏は丈高く茂り、冬は枯れ尽くすこの特異な植物を借りて、はかなく、定めなき世の実相を説く。はかなさの象徴としての「露」の語を点綴しているのも効果的で、禅鳳雑談に禅竹の若い時の作品とある。

以下二〇六頁——

一 本曲の出典とされる湖海新聞・夷堅続志に「自称二土名小水人一」「妾住二小水辺一」とある。小水は水の少しある所。地名にとりなした。

二 山中に住み修行する僧。

三 常に法華経を受持読誦すること。

四 山居の僧が庵室を訪れる者を待つ導入は「檜垣」「三輪」等に類似。

五 人が訪れ聴聞している様子だ。人の「音」もこめる。

六 「冷し」（観世以外「冷じ」）、「物凄し」は禅竹作品に顕著。次句へも続く。

七 閑寂なさま。法華経・法師品「独在二空閑処一、寂寞無二人声一、読二誦此経典一」をふまえる。

八 シテが数珠と木の葉を持って登場。

九 芭蕉の葉を吹き落ちる松の風、芭蕉葉はその松風の音にもはかなく破れてゆくのか。芭蕉の精の境遇を暗示。「砧」のシテ〈次第〉「衣に落つる松の声」に学ぶか。

一〇 「風の破るらん」を受けて杜荀鶴の詩「風射二破窓一燈易レ滅、月穿二疎屋一夢難レ成」（断腸集之抜書）を引く。風は破れ窓から吹き込み燈火が消えかかり、月は破屋にさし込んで夢を結ぶこともできぬ。廃曲「雪女」にも。

一一 「知らず」を掛け「古（降り）」の序。

一二 前句と重韻。〈下歌〉〈上歌〉でシテは仏縁なき身の上を嘆く。掛なる—馴る。

一三 法華経・方便品「甚深微妙法、難レ見難レ可レ了」をふまえ、「法の

【一】〔名ノリ笛〕〈名ノリ〉ワキ「是《これ》は唐土《もろこし》楚国の傍《かたはら》、一せうすいと申《まうす》所に山居《さんきよ》二する僧にて候、我《われ》法花持経《ほつけぢきやう》三の身なれば、日夜朝暮彼《かの》御経を読《よ》み奉り候、殊更《ことさら》今は秋の半《なかば》、月の夜すがら懈《おこた》る事なし、爰《ここ》四に不思議なる事の候、此《この》山中に我ならでは、又住人《すむひと》もなく候に、夜な夜な読経の折節、庵室《あんじつ》のあたりに人の五を《お》となひ聞え候、今夜も来りて候はば、如何なる者ぞと名を尋《たづ》ねばやと思ひ候。

〈サシ〉ワキ〽既に夕陽《せきやう》西に移《うつ》り、山峡《さんかふ》の陰冷《すさま》六しくして、鳥の声幽《かす》かに物凄《すご》き。

〈上歌〉ワキ〽夕《ゆふべ》の空もほのぼのと、夕の空もほのぼのと、月に成行《なりゆく》山陰《やまかげ》の、寂莫《じやくまく》七とある柴の戸に、此御経を読誦する、此御経を読誦する。

【二】〔次第〕八〈次第〉女〽芭蕉九に落《お》ちて松の声、芭蕉に落ちて松の声、あだにや風の破《やぶ》るらん。

〈サシ〉女〽一〇風破窓《はさう》を射て燈《ともしび》消やすく、月疎屋《そをく》を穿《うが》ちて夢なりがたき、秋の夜すがら所から、物冷《すさま》しき山陰に、住《すむ》とも誰《たれ》か白《しら》一一露の、ふり行末《ゆく》ぞ哀《あはれ》なる。

〈下歌〉シテ〽あはれ一二馴《な》るるも山賤《やまがつ》の、友こそ岩木なりけれ。

〈上歌〉シテ〽見ぬ一三色の、深きや法《のり》の花心《はなごころ》、深きや法の花心、染《そ》めずはいかが徒《いたづら》に、その唐衣《からぎぬ》の錦にも、衣《ころも》一四の玉はよもかけじ、草の一五袂《たもと》も露涙、移《うつ》るも過《すぐ》る年月《としつき》は、めぐり廻《めぐ》れど泡沫《うたかた》の、哀昔《あはれ》の秋もなし、哀昔の秋もなし。

山居の僧の読経の声

花」に法華経を隠す。甚深微妙の法華経に心を寄せなくては、いくら美しい錦の衣を着ても無駄で、悟りは得られまい。縁色―花―染め―唐衣―衣。一四 法華経・授記品に説く比喩。本来、仏性を備えながら気付かずに過すこと。謡抄「法華ヲ信ジネガウヲ衣トシ、其心ヲ珠ト云」。一五 草衣(賤しい身の粗末な衣)で、唐衣の錦と対。芭蕉の身を暗示。仏に心を寄せつつも空しく年月を送る嘆き、帰らぬ昔の若かりし頃への述懐。「あはれ(泡)」は前後を繋ぐ。一六 めったに遇えぬ仏の教え。慣用句。→「実盛」六一九頁。一七 法縁を結ぼうとしているのみ。一八 どうせ姿をお見せしたのですからもはや遠慮なく申しあげます。一九「憚りの言の葉(のあるべき)」を掛け、「草の庵」の序。「露」と縁語。二〇 並み並みではない。女人を泊める事は尋常の事ではないの意。二一 お僧と無縁の者ではない。二二 同じ「せうすい」の流れを汲む間柄、これも他生の縁なら、一樹の陰としてこの草庵を貸すことを。成句「一樹の陰に宿り一河の流れを汲む」を背景にした文。二三 露が月影の宿るのを惜しまぬように、月のさしこむこの宿を、お僧は惜しんだりはなさるまい。

【三】〈問答〉ワキ「扨《（さて）》も我《（われ）》読誦の声懈《をこた》らず、夢現《（ゆめうつつ）》ともわかざるに、女人《（によにん）》の月に見え給ふは、如何なる人にてましますぞ　シテ女「是は此あたりに住《（すむ）》者なるが、さも遇《あ》[一六]ひ難《がた》き御法を得《え》、花を捧《ささ》げ礼《（らい）》をなし、[一七]結縁《（けちえん）》をなす計《（ばかり）》也、へ[一八]迚《（とても）》姿を見え参らすれば、何をか今は憚《（はばか）》りの、[一九]言《（こと）》の葉草の庵の内を、露の間なりと法《（のり）》の為は、結縁に貸《か》させ給へとよ　ワキ「実々《（げにげに）》法の結縁は、誠に妙なる御事なれ共《（ども）》去《（さり）》ながら、[二〇]なべてならざる女人の御身に、いかで御宿を参らすべき　シテ女「其《（その）》御心得はさる事なれども、[二一]よそ人ならず我も又、カヽルへ栖《（すみか）》は爰《（ここ）》ぞせうすいの　ワキへ[二二]同じ流《（ながれ）》を汲《く》むとだに、知《し》らぬ他生《（たしやう）》の縁による　女へ一樹の陰の　ワキへ庵の内は。

〈上歌〉同へ[二三]惜《（をし）》まじな、月も仮寝《かりね》の露の宿、月もかり寝の露の宿、軒も垣穂《ほ》も[二四]古寺《（ふるてら）》の、[二五]愁《（うれひ）》は━崖寺《（がいじ）》の古《ふ》るに破《やぶ》れ、神《たましゐ》は山行《（さんかう）》の、深きに傷《いた》ましむ、月の影もすさましや、[二六]誰《（たれ）》か言《い》ひし、蘭《（らん）》省《しやう》の花の時、錦帳の下《もと》とは、廬山《（ろさん）》の雨の夜《（よ）》、草庵の内ぞ思はるる。

【四】〈問答〉ワキ「余《（あまり）》に御《（おん）》志の深ければ、御経読誦の程内《うち》へ御入《（おんいり）》候へ　女「さらば内へ参り候べし、荒《（あら）》有難や此御経を聴聞申せば、我等ごときの[二七]女人非情草木の類《たぐひ》迄も頼《たの》もしうこそ候へ　ワキ「実能《（げによく）》御聴聞候物かな、唯《（ただ）》[二八]一念随喜の信心なれば、一切の非情草木の類《（たぐひ）》までも、何の疑《（うたがひ）》の候べき　女「扨《（さて）》は殊更有難や、扨々草木成仏の、カヽルへ謂《（いはれ）》を猶《（なほ）》も示《しめ》し給へ　ワキへ[二九]薬草喩品《（やくさうゆほん）》あらはれて、[三〇]草木国土有情非情《（うじやうひじやう）》も、皆是《（これ）》諸法実相の　女へ嶺の嵐や　ワキ

結縁を願う女人

二三 囲借─仮寝。囲古─古寺。二四 軒も垣根も古びた。

二五 杜甫の詩「神傷二山行深一、愁破二崖寺古一」(山深く入りては心傷め、崖下の寺の古りゆくさまに愁う)を引き、詩そのままの光景の意。

二六 白居易の詩「蘭省花時錦帳下、廬山雨夜草庵中」(和漢朗詠集・山家)。「友は蘭省(尚書省)にありて花咲く春に天子の錦帳の下に時めき、我は廬山(名山)にありて雨の夜、草庵に侘ぶ」を引き、草庵の詩趣に今の境涯を思い重ねる。廃曲「泣不動」にも。

二七 法華経に説く女人成仏(提婆達多品)、草木成仏(薬草喩品)。女人姿の芭蕉の精をふまえる。

二八 一心に仏道に帰依し信服歓喜する。一偈一句を聴いて一念随喜する人は三菩提を得る(法師品)。

二九 法華経・二十八品中の第五品。仏法を恵みの雨に、衆生を草木に喩えて衆生成仏を説く教えが薬草喩品に開示されての意。

聴聞、草木成仏の功徳

三〇 草・木・国土、心あるものも持たぬものも、森羅万象(諸法)はそのままの姿に真実がある(実相)。それゆえ峰の嵐の音も谷の水音も、説法の声にほかならない。「諸法実相」は廃曲「当願暮頭」にも。

〽谷の水音　二人〽[一]仏事をなすや寺井の底の、心も澄《す》める折からに。
〈上歌〉同〽[二]燈《ともしび》を、背《そむ》けて向《む》かふ月の本《もと》、背けて向かふ月の本、共に憐《あは》れむ深き夜《よ》の、心を知《し》るも法《のり》の人の、教《をしへ》の—ままなる心社《こそ》、[三]思《おも》ひの家ながら、火宅を出《いづ》る道なれや、されば—[四]柳は緑《みどり》、花は紅《くれなゐ》と知《し》る事も、唯その儘《まま》の色香《いろか》の、草木《さうもく》も—成仏の国土[五]ぞ、成仏の国土なるべし。
【五】〈ロンギ〉地〽不思議や扨も愚《をろ》かなる、女人と見《み》るに[六]かくばかり、法の理《ことわ》り白《しら》糸の、解《と》くばかりなる心かな
女〽[七]中々に、何疑《うたがひ》か[八]有明の、末《すゑ》の闇路《やみぢ》を晴《は》るけずは、今—値《あひ》がたき法《のり》を得《う》る、身とはいかが思《おも》はん
地〽実《げに》遇《あ》ひがたき法に遇《あ》ひ、[九]受《うけ》がたき身の人界《にんがい》を
女〽受《う》くる身ぞとや思《おぼ》すらん
同〽恥かしや[一〇]帰るさの、道さやかにも照《てる》月の、影は—さながら庭の面《おも》の、[一一]雪の中《うち》の芭蕉の、偽《いつは》れる姿の、真《まこと》を見《み》えばいかならんと、思へば鐘の声、[一二]諸行無常と成《なり》にけり、諸行無常と成にけり。（中入）
【六】〈問答・語リ・問答〉（アイの里の男が登場し僧を訪れ、尋ねに答えて雪中の芭蕉の偽りという故事、蕉鹿の夢の故事、芭蕉を奏者草と呼ぶ由来などを語る。僧が先刻の出来事を話すと、アイは法華経読誦を勧める）
【七】〈オキゴト〉ワキ「偖《さて》は[一三]雪のうちの芭蕉の、偽《いつは》れる姿と聞えしは、疑もなき芭蕉《ばせを》の女と、顕《あらは》れけるこそ不思議なれ。
〈上歌〉ワキ〽[一四]唯是法《ただこれのり》の奇特ぞと、唯是法の奇特ぞと、思へば[一五]いとど夜《よ》もすがら、月も妙なる

一「声為㆓仏事㆒」(「錦木」三七七頁注一三)をふまえ「寺(井)」を導く。

二「背㆑燭共憐深夜月」(和漢朗詠集・春・春夜・白居易)による。「法の人」は僧侶。　三「思ひ」に火を隠し火宅(火に包まれた家)と同意。

四「柳は緑、花は紅」、即ちありのままの自然の姿が実相と悟るとき、あるがままの色と香を保つ草木も成仏の姿を示す仏国土なのだ。禅で、悟境を示す語句。

五「草木国土悉皆成仏」をふまえる。中陰経の句として諸書に引く。

芭蕉の身を暗示

六 これ程まで仏法の理を知り、もつれた糸を解くごとく説き明かすとは。[掛]知—白糸、解く—説く。
七 いえいえ。仏法に何の疑いがありましょう。闇夜のごとき心の闇を晴らさなければ。「なかなかに」「なに」連韻。禅竹詞。
八「ある」を掛け「末の闇路」の序。
九 めったに生まれて来ることのできぬ人間界に生まれ得た者と。「何況人身難㆑受、仏法難㆑遇」(六道講式)。　一〇 帰り道をさやけく照らす月光は、さながら庭上の雪。その中に佇む女の姿は「雪の中の芭蕉」のごとき偽りの姿。
一一 唐の詩人・画家の王摩詰が画材の季節に拘泥せず雪中の芭蕉を画いた故事から、誠ならぬ事の譬え。「雪の中の芭蕉の」が「偽れる姿」の

法の場《には》、風の芭蕉《ばせを》や伝《つた》ふ覧《らん》、風の芭蕉や伝ふ覧。

【八】〈アラヤナ〉後女 へ荒《あら》物凄《すご》の庭の面やな、荒物凄の庭の面やな。

〈サシ〉女 へ有難《がた》や妙なる法の教には、値事《あふこと》稀なる優曇花《うどんげ》[一六]の、花待得《え》たる芭蕉葉《ば》の、御法《みのり》[一七]の雨も豊《ゆた》かなる、露の恵《めぐ》みを受《う》くる身の、人衣《にんえ》[一八]の姿御覧ぜよ。

〈一セイ〉女 へかばかりは[一九]、移《うつ》り来《き》ぬれど花もなき 地 へ芭蕉の露のふりまさる 女 へ庭[二〇]のもせ山陰のみぞ。

【九】〈掛合〉ワキ カヽル へ寝《ね》られねば枕共なき松が根[二一]の、顕《いづ》れ出る姿を見れば、有《あり》つる女人の顔ばせなり、さもあれ御身は如何なる人ぞ 女「いや人とは恥かしや、誠は我は非情の精《せい》、カヽル へ芭蕉の女とあらはれたり ワキ へそもや芭蕉の女ぞとは、何の縁にかかる女体の、身をば受《うけ》させ給ふらん 女「其御不審は御誤《あやま》り、何か定め[二二]はあらかねの ワキ へ土も草《くさ》[二三]木《き》も天《あめ》よりくだる 女 へ雨露の恵《めぐ》みを受《うけ》ながら ワキ へ我《われ》とは知《し》らぬ有情非情も 女 へを《お》のづからなる姿となりて ワキ へさも愚《をろ》かなる 女 へ女とて。

〈歌〉同 へさなきだに[二四]、あだなるに芭蕉の、女の衣《きぬ》は薄《うす》色の、花染《ぞ》めならぬに、袖の綻《ほころ》びも恥《は》づかしや。

【一〇】〈クリ〉地 へ夫《それ》非情草木といつぱ誠は無相真如[二五]の体《てい》、一塵法界《いちぢんほふかい》[二六]の心地《しんち》の上に、雨露霜雪《うろさうせつ》の形《かたち》を見す。

序。「雪」は前にも続く。

一二 平家物語冒頭の句。

月下の法事

一三 芭蕉の精が女人の姿で現れたことを「偽れる姿」といった。

一四 仏法の功徳による奇蹟・霊験。

一五 夜通し、妙なる御法の法華経を読誦する庭には、月はいよいよ美しく輝き、風は法を伝えて芭蕉葉を吹きわたる。妙法蓮華経の字を隠す。

一六 芭蕉の精が遇い難い仏法に遇い得た意。法華経・妙荘厳王品「仏難レ得値、如二優曇波羅華一」。→「実盛」六一七頁注一七。

芭蕉の精の出現

一七 仏法の功徳の喩え。縁雨―露・恵み。→「熊野」五五四頁注一三。

一八 「人衣」は謡抄による。古写本「にんえ・にんけ」。「人華」の誤りか。法華経・薬草喩品に「…以二一味雨一、潤二於人華一、各得レ成レ実」。

一九 花咲かぬ芭蕉の年老いた姿を、露深い古庭や凄じい山陰に生える身と形容。香に音通、移り・花と縁語。

二〇 日葡「ニワモセ 庭園…の表面」。掛古り―降り。

二一 付枕―松がね。「松が根」は「顕れ出る」の序。

二二 非情の芭蕉と有情の女人とを差別する定めなどありましょうか。「あらかねの」は

無相真如の姿

〈サシ〉女 〽然《(しかる)》[一]に一枝《(いつし)》[二]の花を捧《ささ》げ　同 〽御法の色をあらはすや、一華《(いつけ)》開けて四方《(よも)》の春、のどけき空の日影を得《え》て、桜梅桃李《(あうばいたうり)》[三]数々《(かずかず)》の　女 〽色香《(いろか)》に染《そ》める心まで　同 〽諸法実相隔《へだ》てもなし。

〈クセ〉同 〽水[四]に近《ちか》き楼台《(ろうたい)》は、先月《(まづ)》を得《う》るなり、陽《(やう)》に向《む》かへる花木《(くわぼく)》はまた、春に—逢《あ》ふ事易《やす》きなる、其理《(ことわ)》りも様々の、実《(げに)》—目の前に面白やな、春過《す》ぎ夏闌《た》け、秋[五]来《く》る風の音信《(おとづれ)》は、庭の—荻原先《(まづ)》そよぎ、そよかかる秋と知《し》らすなり、身は古寺《(ふるてら)》[六]の軒の草、忍《しの》[七]ぶとすれど古《いにしへ》も、花は嵐の音にのみ、芭蕉葉《(ば)》の、脆《もろ》[八]くも落《お》つる露の身は、置《を》き所《どころ》なき虫の音《(ね)》の、蓬《よもぎ》[九]がもとの心の、秋とてもなどか替《(かは)》らん　女 〽よしや—思へば定[一〇]めなき　同 〽世は芭蕉葉の夢の中《うち》に、牡《を》鹿《しか》の—鳴音《(なくね)》は聞《(きき)》ながら、驚きあへぬ人心《(ひとごころ)》、思[一一]ひ入《い》るさの山はあれど、ただ—月ひとり伴《ともな》ひ、慣《な》れぬる秋の風の音《をと》、起《お》[一二]き臥《ふ》し繁《しげ》き小篠原《(をざさはら)》、しのに—物[一三]思《おも》ひ立《(たち)》舞《ま》ふ、袖暫《しば》しいざや返さん。

【二】〈詠〉女 〽今宵は月も白妙《(しろたへ)》の　地 〽氷[一四]の衣《(ころも)》霜の袴《はかま》。　〔序ノ舞〕

〈ワカ〉女 〽霜[一五]の経《たて》、露の緯《ぬき》こそ弱《よは》からし　地 〽草の袂も。

〈ノリ地〉女 〽久堅《(ひさかた)》の　地 〽久堅の、天津乙女の、羽衣なれや　女 〽是も芭蕉《ばせを》の、羽袖を返し　地 〽かへす袂《たもと》も、芭蕉《ばせを》[一六]の扇の、風茫々《(ばうばう)》[一七]と、物凄《すご》き古寺《(ふるてら)》の、庭の浅茅生《あさぢふ》、女郎花《(をみなめし)》[一八]刈萱《かるかや》、面[一九]影うつろふ、露の間《ま》に、山颪《やまおろし》松の風、吹払ひ吹払《はら》ひ、花も千種《(ちぐさ)》も、散《ち》りぢりに、花も千

「あらん」を掛け、「土」の枕詞。
二三 土も草木も天から降る雨露の恵みを受けながら、有情も非情も、それと気付かぬまま各々本然の姿となっている。芭蕉の私もまた。
二四 以下、芭蕉葉の、はかなく、薄く破れやすき事を背景にした文。
二五 形態や認識を超越した真実の姿。 二六 一塵の中に全宇宙が包含されるという真理。「雪女」にも。

以上二〇九頁

一 「しかれば」(古写本・金春・喜多)。
二 草木が仏前に捧げるように一枝の花を開くのも妙法の顕現。「一華開けくれば…」→「難波」九七頁注二一。
三 底本「楊梅…」(現行諸流)。鷲林拾葉鈔「桜梅桃李分、同一妙法差別」。美しく咲く木々も、差別なく諸法実相の理を示している。
四 水辺の高楼は真っ先に月を見、南向きの花木は逸速く春に逢い花咲く。断腸集之抜書「近レ水楼台先得レ月、向レ陽花木易レ逢レ春」。
五 付荻—秋風・秋とつげつる・そよぐ・そよとこたふる・軒ば。
六 掛経—古。縁軒の草—忍ぶ。
七 古を偲ぼうにも花咲かぬ身には

風に破れし芭蕉

昔の栄花もない。掛あらじ—嵐。
八 前後に続く。次句「置き所」も。
九 歌語「蓬がもと・心の秋」を「もとの心」(実相の意)でつなぎ、諸法

種も、散《ち》りぢりになれば、芭蕉は破《やぶ》二〇れて、残りけり。

実相の理は不変の意をこめる。
一〇 定めなきこの世は「芭蕉葉の夢」。牡鹿の鳴く声を聞いても、それと気付かぬのが人の心。芭蕉葉は夢の序。蕉鹿の夢の故事(列子・周穆王篇)から牡鹿と続けた。
一一 「恋ひわびて思ひ入るさの山の端に出づる月日の積もりぬるかな」(金葉集・恋上・大中臣公長)に基づく。「(月の)入るさの山」は西方浄土の意。「当願暮頭」にも。
一二 行住坐臥、しきりに物思うのみ。「しのに」は繁し、しきりにの意。掛起臥—節。縁節—小篠原。掛篠—しのに。
一三 物思ひ・思ひ立・立舞ふ、と重ねた。
一四 月の光に冴えゆく衣の描写。
一五 古今集・秋下・藤原関雄の歌(下句「山の錦の織ればかつ散る」)。
一六 付芭蕉—扇。「芭蕉如㆓緑扇㆒」(李商隠)。
一七 風の音と荒涼たる古寺を形容。
一八 女人の姿をこめ面影に響かす。
一九 面影が露に映り消えるかとみるうち、あっという間に。
二〇 僧の夢も破れたことを暗示。

班《はん》女《ぢょ》

四番目物
狂女物

世阿弥作(五音)

場景 前場―美濃国野上の里。宿(しゅく)の長(ちょう)の家。初秋のある日。後場㈠―同じ所。数日後。後場㈡―京の都。糺の森。同じ秋のある日。たそがれ前後。

人物 前ジテ　花子(はなご)〔若女(小面)・唐織着流女〕
後ジテ　狂女(同人)〔若女(小面)・唐織脱下女〕
ツレ　吉田少将〔風折長絹大口〕(現行はこの役がワキ)
ワキヅレ　従者〔素袍上下〕(底本、トモ)
ワキ　都の男〔素袍上下〕(現在この役は出ない)
アイ　野上の宿の長〔ビナン縫箔着流女〕(底本、ヲカシ)

梗概 美濃国野上の宿の長は、遊女花子が東へ下る途次立ち寄った吉田少将と深く契って以来、形見に取り交わした扇にばかり眺め入り、閨より外に出ないので、花子を呼び出し追放する(中入)。その秋、帰途、野上の宿でそのことを知った少将は、都に着くや糺(ただす)の森へ参詣する。そこへ物狂いとなった花子が登場、狂女は漢の班婕妤(はんしょうよ)の扇の故事から班女と呼ばれていた。少将との再会を神々に祈り、都の男(現行台本は従者)の所望にまかせ、扇に寄せて少将へのひたすらな恋心を語り舞う。少将は花子と気付き、従者に命じて狂女を呼び寄せ、形見の扇を取り交わすと、班女の狂気も去り、二人はもとの契りを結ぶ。

素材・主題 班女とは前漢成帝の寵妃班婕妤のこと。帝の愛を失ったわが身を秋になって捨てられる扇に譬えた、哀切きわまりない詩(扇歌行)を作った。以来、扇は寵を奪われた女の嘆きや閨の怨みの象徴とされ、班扇・秋扇の語を生み詩に詠まれた。「班女」はこうした扇の故事を主想とし、班扇にちなむ朗詠・早歌(拾菓集など)の名句をちりばめて、班女とあだ名された遊女の、ひたむきな恋を描く。恋する二人が取り交わした愛の誓いの扇が、旅の空で結ばれた都の貴族と野上の遊女の別離と再会を美しく運んでゆく。その恋の純粋さ、思慕の情の切なさ濃やかさにおいて、同じ世阿弥晩年の会心の作「井筒」と双璧をなす名曲。恋心を切々と歌い上げる〈クセ〉ほか彫琢の行き届いた詞章は、世阿弥の文体を代表する。

【一】〈名ノリ〉[一] ヲカシ「か様《やう》に候者は、美濃国《みののくに》[二]野上の宿《しゆく》の長《ちやう》にて候、[三]扨《さて》も我《われ》花子《はなご》と申《まうす》上臈《じやうらふ》を持《も》ち参らせて候が、過《すぎ》にし春の比《ころ》都より、[四]吉田の少将殿とやらん申人の東《あづま》へ御下り候が、

一 なにごともなくアイ(底本「ヲカシ」)が登場、常座に立つ。
二 中山道の宿駅。現在の岐阜県不破郡関ヶ原町野上。[付]うかれ女―野上の里。遊女宿の女主人が「長」。
三 古写本では花子が幼い頃より扇を好み班女とあだ名されたことを述べるので、【四】〈問答〉の班女の事も納得される。班女の名の由来は素材・主題の項参照。上臈は遊女。
四 架空の人名。少将は風流貴公子の印象を与える。
五 アイは一ノ松へ行き、幕に向かってシテを呼び出す。シテはうつろな態(てい)で静かに歩み、アイが罵るうちに太鼓前に着座。
六 古写本では、花子が長の命令を聞かず、不和となったので、追放する由を言う。
七 アイはシテが懐中する扇をとりあげ、床に捨て立腹しつつ退場。
八 流れ漂う遊女の身の不運を嘆き悲愁に沈む心。「…憂き節しげき世とは知らずや」(古今集・雑下・凡河内躬恒)。[掛]世―節、憂―浮。[付]世―まよふ・竹、竹―世・節・河。
九 [付]旅―野を分衣。[縁]衣―幅(の)―立(裁つ)。
一〇 [掛]近江―逢身。〈下歌〉〈上歌〉で、悄然として、行く方定めず野上の里を立ち出づる姿を描写。
一一 都へ帰る道中の景。富士の嶺の名残りの雪の美しさ、都での語り草としよう。[掛]雪―行。

此宿に御泊《と》まり候て、彼《かの》花子と深《ふか》き御契りの候けるが、扇を取替《か》へて御下《おんくだり》候ひしより、花子扇に眺《なが》め入、閨《ねや》より外《ほか》に出《いづ》る事なく候ほどに、彼《かの》人を呼《よ》び出《いだ》し追出《おひいだ》さばやと思《おも》ひ候。[五]

【二】〈問答〉ヲカシ「[六]いかに花子、けふよりして是にはかなひ候まじ、とくとく何方《いづかた》へも御出候[七]へ。

【三】〈クドキ〉シテ女 〽実《げに》や本よりも定《さだめ》[八]なき世といひながら、憂《う》き節繁《ふししげ》き河竹の、流《ながれ》の身こそ悲《かな》しけれ。

〈下歌〉同 〽[九]分《わけ》迷《まよ》ふ、行《ゆく》へも知《し》らで濡《ぬ》れ衣《ごろも》。

〈上歌〉同 〽野上の里を立出《たちいで》て、野上の里を立出て、近[一〇]江路なれど憂《う》き人に、別《わか》れしよりの袖の露、其まま消《き》えぬ身ぞつらき、其まま消えぬ身ぞつらき。 〔アシライ中入〕

【四】〔次第〕〈次第〉少将・トモ 〽帰[一一]るぞ名残富士の根の、帰るぞ名残富士の根の、行《ゆき》て都に語《かた》らん。

〈名ノリ〉少将[一二]「是は吉田の少将とは我事也、扨《さて》も我《われ》過にし春の比《ころ》東《あづま》に下り、はや秋にも成候へば、只今都へ上り候。

〈上歌〉少将・トモ 〽都[一三]をば、霞と共に立《た》ち出《いで》て、霞と共に立ち出て、暫《しば》[一四]し程経《ふ》る秋風の、音白河の関路より、又立帰《かへ》る旅衣《たびごろも》。浦山過《すぎ》て美濃国《みののくに》、野上の里に着《つ》きにけり、野上の里に着きにけり。

一二 古写本・古版本も同様で、現行は少将がワキ、従者はワキヅレ。

宿を追われる班女

一三 「都をば霞とともに立ちしかど秋風ぞ吹く白河の関」(後拾遺集・羇旅・能因)。白河の関は陸奥の歌枕。

一四 暫く東国に滞在し、風の音に秋の訪れを知る白河の関より。「秋風」は【五】以下に班女の「秋扇」の詩篇を導くための伏線。囲知—白、立—裁、浦—裏。縁立(裁)・浦(裏)—衣。付霞—立・風・衣・関・浦、立—霞・秋風・衣。

以下二一四頁

一 底本「ワキ」を訂正。

二 どうなるかは分からぬ事ながら。

三 下鴨神社。糺の森・糺の宮とも。

少将の帰京の旅

四 囃子につれて後ジテが登場、小袖の右肩を脱ぎ、物狂いの態《てい》。

五 古今集・恋一・壬生忠岑の歌。末句「見えし君はも」(元永本「…かも」)。僅かに相見て忽ち別れた少将を慕う心を歌う。

六 歌語「馴れ」を掛け「重(襲)ね」の序。以下、よしなき恋にさ迷う身を嘆きつつ、再会を神に祈る。

七 囲飽—秋。付風—うはのそら・便。 八 フシとコトバの中間。

九 「夕暮れは雲のはたてに物ぞ思ふ天つ空なる人を恋ふとて」(古今

〈問答〉少将[一]「如何《いか》に誰《たれ》かある、急《いそぎ》候間《あひだ》是ははや美濃の国野上の宿にて候、此所に班女といひし女に契《ちぎ》る事あり、いまだ此所に有《ある》か尋《たづね》候へ　トモ「畏《かしこまつ》て候、班女の事を尋《たづ》ね申て候へば、長と不和なる事の候て、今は此所には御入なき由申候　少将「扨《さて》は[二]定《さだめ》なき事ながら、もし其班女帰《かへ》り来《きた》る事あらば、都へついでの時は申上げ候へと、堅《かた》く申付候へ。

〈着キゼリフ〉少将「急《いそぐ》間《あひだ》、程なく都に着《つき》て候、我《われ》宿願の子細あれば、是よりすぐに[三]糺《ただす》へ参らふ《う》ずるにて候、皆々参《まゐり》候へ。

【五】[一声][四]〈サシ〉後女 へ[五]春日野の雪間《ゆきま》を分《わけ》て生出《おひいで》くる、草のはつかに見えし君かも、「よしなき人に[六]馴衣《なれごろも》の、日を重《かさ》ね月は行《ゆ》け共《ども》、カヽル へ[七]世《よ》を秋風の便《たより》ならでは、縁《ゆかり》を知《し》らする人もなし　[八]色 [九]へ夕暮の雲の旗《はた》手に物を思ひ、へ上《うは》の空にあくがれ出《いで》て、「身をいたづらになす事を、神や仏も憫《あは》れみて、カヽル へ思《おも》ふ事を叶《かな》へ給へ、[一〇]夫《それ》足柄箱根《あしがらはこね》玉津島、貴布禰《きぶね》や三輪の明神は、夫婦男女《なんによ》の語《かた》らひを、護《まも》らむと誓《ちか》ひおはします、此神々に祈誓せば、などか験《しるし》のなかるべき[一一]謹上再拝。

〈一セイ〉女 へ恋《こひ》[一二]すてふ、我名《わがな》はまだき立《た》ちにけり　地 へ人知《し》れずこそ、思《おも》ひ初《そ》めしか。

[カケリ]　女 へあら恨《うら》めしの[一三]人ごころや。

〈サシ〉女 へ実《げに》や祈《いの》[一四]りつつ御手洗河《みたらしがは》に恋せじと、誰《たれ》か言《い》ひけん虚言《そらごと》や、されば人心《ひとごころ》、誠少《まことすくな》き濁江《にごりえ》の、澄《す》まで頼《たの》まば神とても、受《う》け給はぬは理《ことわ》りや、兎《と》にも角にも人知《し》れぬ、思《おもひ》の露の。

集・恋一・読み人知らず)。
一〇 以下、夫婦男女に縁があり仲を和らげる神々の名を挙げて祈る。
一一 祝詞など神への祈誓の句。観世以外はこのあと[カケリ]となる。
一二 拾遺集・恋一・壬生忠見の歌。[カケリ]で恋慕の狂乱の姿を表現。
一三 〈一セイ〉から〈上歌〉まで「人心」を重ね、〈クセ〉でも「徒し言葉の人心」、〈歌〉でも「裏表ある物は人心」と強調する。
一四 →「定家」一一〇頁注一七。憂苦煩悶する心。「濁江」は「澄まで」の序。「思の露」は涙の比喩。「いづくならまし」は「置き所」と「身の行方」の両方に掛かる。

恋心、神々への祈り

一五 菅原道真の作とも言われる典拠不明の歌。心さえ正直ならば、神は祈らずとも守ってくれる。
一六 法華経の譬え。
一七 再会をひたすら祈る切なる恋の心。囲 裏—恨。縁 衣—うら(裏)。
一八 都の男のこと。少将の従者が尋ねる現行演出は筋の上で無理。
一九 梢の葉が秋風に散る景を引き、平静な我が心を刺激して物狂いを促す者への恨み。
二〇 「木の葉こそ風の誘へば…」(続古今集・雑上・藤原能清)等と同趣。
二一 「落花狼藉、風狂後…」(和漢朗詠集・春・落花・大江朝綱)の風に乱れ落ちる花を秋の木の葉に転じた。
二二 万葉語。「報はばそれぞ人心、

〈下歌〉同 ＼置《を》き所、いづくならまし身のゆくゑ《(へ)》。

〈上歌〉同 ＼心[一五]だに、誠《まこと》の道に叶《かな》ひなば、誠の道に叶ひなば、祈らずとても、神や-守《まも》らん我等まで、真如の月は曇《くも》らじを、知《し》らで-程経《へ》し人心、衣[一六]の玉はありながら、恨《うら》[一七]みありやともすれば、猶《なを》同じ世と祈る也、猶同じ世と祈る也。

【六】〈問答〉ワキ[一八]「いかに狂女、何とて今日《けふ》は狂《くる》はぬぞ、面白《おもしろ》う狂《くる》ひ候へ　女「うたてやなあ[一九]れ御覧ぜよ今《いま》までは、揺《ゆ》るがぬ梢と見えつれ共《(ども)》、風[二〇]の誘《さそ》へば一葉《(ひとは)》も散《ち》るなり、＼たまたま心直《す》ぐなるを、狂へと仰ある人々こそ、風[二一]狂じたる秋の葉の、心も共に乱《みだ》[二二]れ恋の、荒《(あら)》悲《かな》しや狂へとな仰《オセ》ありさぶらひそよ　ワキ「扨《(さて)》[二三]例の班女の扇は候《ザウラウ》　女「うつつなや我名を班女と呼《よ》び給ふかや、よしよしそれも憂《う》き人の、形《かた》見の扇手に触《ふ》れて、うち[二四]置《を》き難《がた》き袖の露、ふ[二五]る事《こと》までも思《おも》ひぞ出《(いづ)》る、カヽル ＼班[二六]女が閨《(ねや)》の中《うち》には秋の扇の色、楚王《(そわう)》の台《うてな》の上には夜《(よ)》るの琴《(きん)》の声。

〈歌〉同 ＼夏[二七]果《は》つる、扇《あふぎ》と秋の白《しら》露と、何《(いづ)》れか先《さき》に起《お》き臥《ふ》しの、床《(とこ)》-すさましや独り寝《ね》の、さび《ミ》しき枕して、閨の月を眺《なが》めん。

【七】〈クリ〉地 ＼月[二八]重山《(ちようざん)》に隠《かく》れぬれば、扇を挙《あ》げて是を喩《たと》へ　女 ＼花[二九]琴上《(きんしやう)》に散《(ちり)》ぬれば

同 ＼雪をあつめて春を惜《お》しむ。

〈サシ〉女 ＼夕[三〇]《(ゆふべ)》の嵐朝《あした》の雲　同 ＼何[三一]《(いづ)》れか思《おも》ひの端[三二]《(つま)》ならぬ、さび《ミ》しき夜半《(よは)》の鐘の音《をと》、鶏籠《けいろう》の

乱れ恋になして…」(「恋重荷」)。

二三 あの班女の扇はどうしたか。「班女の扇」は物狂いを促す言葉。

二四 扇と露の両方を形容。

二五 掛降る―古。縁置き・降る―露。

二六 和漢朗詠集・冬・雪・尊敬の詩句を引き、わが身にたぐえ憂愁に沈む。宴曲集・雪にも「班女が…色となる」。

二七 和漢朗詠集・夏・晩夏・中務(新古今集では壬生忠岑)を引用。捨てられた身の空閨に月を眺めるさびしさ。掛置―起。

二八 「月隠二重山一兮挙レ扇喩レ之」(和漢朗詠集・仏事・智者大師)。「泣不動」にも。別れた人を山の端に隠

班女の扇

れた月や散る花に喩えた恋慕の心。

二九 「梅花帯レ雪飛二琴上一」(和漢朗詠集・春・梅・章孝標)。底本「巾上」(金春も)を改め、車屋本「琴上」(宝生・喜多・金剛も)に従った。前句の「月と扇」に「花と雪」を対置。

三〇 「旦為二朝雲一、暮為二行雨一」(高唐賦)を変型。〈サシ〉で空閨に泣く女の情を切々と描く。

三一 「待つ宵の鐘の響き、飽かぬ別れの鳥の音、いづれも思ひのつまとなる」(拾菓集・金谷思)。「鶏籠之山欲レ曙」(本朝文粋八・紀斉名)。鶏籠山は中国武昌府の南にある山。

三二 底本「妻」。思い出す端緒の意に、思い夫(つま)を重ね、扇の端(つま)の縁。

山に響きつつ、明《（あけ）》なんとして別《わか》れを催《もよほ》し　女 へせめて閨洩《も》る月だにも　同 へ暫《しば》し枕に残《のこ》らずして、又独り寝《ね》に成《（なり）》ぬるぞや。

〈クセ〉同 へ[一]翠帳紅閨《（すいちやうこうけい）》に、枕ならぶる床《（ゆか）》の上、馴《（なれ）》し衾《（ふすま）》の夜すがらも、[二]同穴《（どうけつ）》の跡《（あと）》夢もなし、よしそれも同じ世の、命のみをさりともと、[三]いつまで草《（ぐさ）》の露の間《ま》も、[四]比翼《（ひよく）》－連理《（れんり）》の語《かた》らひ、その驪山宮《（りさんきう）》の私語《ささめごと》も、誰《（たれ）》か聞伝へて、今の世まで洩《も》らすらん、去《（さる）》にてもわが[五]夫《つま》の、[六]秋より先に必《かな》ずと、[七]夕《（ゆふべ）》の数は重《かさ》なれど、徒《あだ》し言葉の人心、[八]頼《たの》めて－来《こ》ぬ夜は積《つ》もれ共《（ども）》、欄干に立《た》ち尽《つ》くして、そなたの－空よと眺《なが》むれば、夕暮の[九]秋風、嵐山颪野分《（あらしやまおろしのわき）》も、あの松をこそは訪《をとづ》るれ、　同 へわが待《ま》つ人よりの、音信《づれ》をいつ聞《き》かまし　女 へ[一〇]せめてもの、形見《かたみ》の扇手に触《ふ》れて　同 へ[一一]風の便《たより》と思《おも》へ共《（ども）》、[一二]夏もはや杉《すぎ》の窓、秋風《（あきかぜ）》－冷《ひ》ややかに吹落《（ふきおち）》て、[一三]団雪《（だんせつ）》の－扇《あふぎ》も雪なれば、名を聞《（きく）》もすさましくて、[一四]秋風《（しうふう）》恨みあり、よしや－思《おも》へば是も実《（げに）》、[一五]逢《あ》ふは別《わか》れなるべき、其報《むく》ひなれば今更、[一六]世をも人をも恨むまじ、唯《（ただ）》思はれぬ身の程を、思《おも》ひ－続《つづ》けて独《ひと》り居《ゐ》の、班女が閨ぞさびしき。

【八】〈ワカ〉地 へ絵に[一七]かける。　〔[一八]序ノ舞〕

〈ワカ〉女 へ[一九]月を隠して懐《ふところ》に、持《（もち）》たる扇《あふぎ》。

【九】〈ノリ地〉地 へ[二〇]取《と》る袖も[二一]三重襲《がさね》　シテ へ其色衣《いろぎぬ》の　地 へ[二二]つまの約言《かねこと》　シテ へ必《かな》ずと夕暮の、月日も重《かさ》なり　地 へ秋風《（あきかぜ）》は吹《ふ》け共《（ども）》、[二三]荻の葉の　シテ へそよとの便《（たより）》も聞《き》かで　同

一 美しく飾られた閨で夫婦の契りを交わすことの常套表現。〈クセ〉の前半に漢の故事を引き夫を待つ女の慕情を描き、「去にても」から

悲恋の嘆き

和の世界へ移る。 二 偕老同穴の契り。 三 はかない露の命では、いつまで待つことができようか。 囲何時迄－いつまで草。 四「長恨歌」および究百集・長恨歌に基づく。 五 底本「妻」。 六「秋より先」と後句「(徒し)言葉の人心」も当てにならぬ相手の言葉をさす。 七 囲言ふ－夕。 八「頼めて来ぬ夜はつもるとも、欄干に立ちや尽くさまし」(拾葉集・巨山景)。 九 秋風・嵐・山颪・野分と、秋の深まりと空しく過ぎた時間を描写。 一〇 以下、〈クセ〉の終りまで、せめてもの心遣りにと形見の扇を取り出し、眺めつつ、思いを述べる。 一一 縁扇－風。 一二 再び班女の故事を引く。以下、「秋風・団雪の・よしや・思ひ」と分離のトリを多用し、恋い慕い、恨み諦める心の起伏を表現。 囲過ぎ－杉、開き－秋。 一三「班婕妤団雪之扇、代₂岸風₁兮長忘」(和漢朗詠集・夏・納涼・大江匡衡)による。班女の扇には団雪(月のように円く雪のように白い)の名がある。 縁雪－冷(すさま)し。 一四「誰憐団扇妾、独坐怨₂秋風₁」(李白「長信宮」)。 一五 仏教語「会

〽鹿の音《ね》虫の音《ね》も、[二四]かれがれの契り、あらよしなや。
〈歌〉女 〽筐《かたみ》の扇より　同 〽筐の扇より、猶《なほ》裏表《うらおもて》ある物は、人心《ひとごころ》なりけるぞや、[二五]あふぎと
は空ごとや、逢《あ》はでぞ恋《こひ》は添《そ》ふものを、逢はでぞ恋は添ふものを。
【一〇】〈問答〉[二六]少将「如何に誰《たれ》かある、あの狂女が持《もち》たる扇見度《みたき》由申候へ　トモ「いかに班女、
あの御輿《おこし》の内《うち》より、狂女の持たる扇御覧じたきとの御事にて候ぞ、参らせられ候へ　シテ
「是は人の筐なれば、身を離《はな》さで持たる扇なれ共《ども》、カヽル 〽[二七]形《かた》見こそ今はあだなれ是なくは、
忘るる隙《ひま》もあらまし物をと。
〈歌〉シテ カヽル 〽思へどもさすが又、添《そ》ふ心《ここ》ちする折々は、扇取《と》る間《ま》も惜《をし》き物を、人に見する
事あらじ。
〈ロンギ〉地 〽こなたにも、[二八]忘《わすれ》形見《がたみ》の言の葉を、いはでの森の下躑躅《つつじ》、色に出《いで》ずはそれぞとも、
見てこそ知《し》らめ此扇　女 〽[二九]見ては扨《さて》、何の為ぞと夕暮の、月を出《い》だせる扇の絵の、かくば
かり問《とひ》給ふは、何の御《お》為なるらむ　地 〽なに共よしや[三〇]白露の、[三一]草の野上《がみ》の旅寝《ね》せし、契り
の秋はいかならん　女 〽野上とは、野上とは東路《あづまぢ》の、[三二]末の松山波越《こ》えて、帰《かへ》らざりし人や
らん　地 〽末《すゑ》の松《まつ》山立《た》つ浪の、[三三]何か恨《うらみ》む契り置《を》く　シテ 〽[三四]形《かた》見の扇そなたにも　地 〽
身に添《そ》へ持し此扇《あふぎ》　シテ 〽輿《こし》の内《うち》より　地 〽取出《とりいだ》せば、[三五]折節《おりふし》黄昏《たそかれ》に、ほのぼの見《み》れば夕
顔の、[三六]花を描《か》きたる扇なり、[三七]此上は惟光《これみつ》に、紙《し》燭《そく》召《め》して、ありつる扇、御覧ぜよ互《たが》ひに、そ

者定離」をふまえた成句。　一六「身を知れば人をも世をも恨まねど朽

形見の扇

ちにし袖の乾く日ぞなき」(拾遺愚草)をふまえるか。　一七 [掛]描—欠。
一八 現行は、[中ノ舞]が多い。
一九「引レ秋生ニ手裏一、蔵レ月入ニ懐中一」(和漢朗詠集・夏・扇・白居易)。扇を恋しき人と思い懐かしむ心。
[掛]持—望。　二〇 以下、シテと地との掛合の形で、約束の言葉の行き違いを恨み、終に音信の途絶えを嘆き、悲哀に沈むさま。　二一 三重に襲ねた衣の意と、檜扇の称の「三重襲」の意を兼ねる。[掛]見—三。[付]襲・つま—きぬ。　二二 [掛]褄—夫。底本「妻」。　二三 [付]荻—秋風・秋とつげつる・そよとこたふる、秋の心—荻・鹿・虫。　二四 [掛]嗄れ—離。
二五 扇は「逢ふ」に通ずるが、それは嘘だ。扇を持つも逢えず、いっそう恋心をつのらせるのだから。
二六 少将が供の者に命ずる言葉とみて底本「ワキ」を改めた。
二七 古今集・恋四・読み人知らずの歌を引く。「松風」「柏崎」にも。
二八〈ロンギ〉前半の地は少将の立場の言葉。[掛]難—形見、言はで—岩手。「言はで」は「色に出でず」の

扇の交換、再会の喜び

序。つつじの名所であったらしい。
二九 恋に乱れる花子は、恋しき少

れぞと知《し》られ一白雪《しら》の、扇《あふぎ》二のつまの形見《かたみ》こそ、妹背の中《（なか）》の情《なさけ》なれ、妹背の中の情なれ。

将に言葉をかけられながら、その人とも知らず、何のためかと問いかける。[掛]描く—斯く。二〇[掛]知らず—白。二一「野上」の序。以下、明け暮れに忘れ難き野上という言葉がようやく耳にとまり、かえって思い恨む。二二 陸奥の歌枕。「君をおきて徒し心をわが持たば末の松山波も越えなん」(古今集・東歌)。二三 約束通り帰って来たのだから、どうして恨むことがあろう。[掛]恨—浦。[縁]松—立つ、浪—恨(浦)。二四 以下、互いに離さず持っていた扇を取り出し、逢瀬を喜ぶ。二五「惟光に紙燭召して、ありつる扇御覧ずれば…」(源氏物語・夕顔)を借りる。二六 班女の月を描いた扇と対。二七[掛]これ見—惟光。トモを光源氏の従者惟光に擬した。

——以上二一七頁

一「知らる」を掛け、扇の序。「団雪の扇」をふまえる。

二 形見の扇は男女の愛情を物語るものだ。[掛]端—夫—妻。

咸陽宮(かんやうきう)

四番目物　唐物　作者不明

場景　中国、秦の国の都、咸陽宮。
人物　シテ　始皇帝〔唐冠狩衣半切〕
ツレ　花陽夫人〔小面・天冠壺折大口。流派により側次女〕
ツレ　侍女〔小面・側次女〕(二—五人)
ワキ　荊軻〔側次大口〕
ワキヅレ　秦舞陽〔側次大口〕
ワキヅレ　大臣〔洞烏帽子狩衣大口〕
アイ　官人〔官人〕

梗概　秦の始皇帝に仕える官人が、聖代を讃美し、またこの国をひそかに狙う隣国燕の地図と秦の叛将樊於期の首を持参した者には恩賞を与えるとの宣旨を触れる。続いて始皇帝が大臣諸侯と后たちを従え登場、帝都咸陽宮の都城・内裏・皇帝の居城阿房宮の壮麗無比な偉容を謳う。一方、始皇帝暗殺をたくらむ刺客荊軻と秦舞陽は決意を秘めて咸陽宮に到着。恩賞のかけられている品を持って参内したことを官人に伝え、官人は大臣へ、大臣は皇帝へと奏上。参内を許された二人は大法に従い佩剣を解き、薄氷を踏む心地で玉の階を三里も登る。引見された二人はまず秦舞陽が樊於期の首を献じ、荊軻も地図の箱を捧げるが、箱の底に隠された剣の影に驚き逃げようとする皇帝を二人は捉え、剣を突きつける。この時皇帝は、今生の名残りに寵妃花陽夫人(ぶにん)の琴を所望。夫人は秘曲を尽くし「七尺の屏風は躍らば越えつべし」と琴歌に託して活路を示す。皇帝は、琴の音に酔いしれている二人の隙(すき)を窺い、袖を引きちぎって屏風を躍り越えてのがれた。怒った荊軻が剣を投げつけるが柱に留まり、逆に二人は八つ裂きにされ、秦の御代は栄えた。

素材・主題　燕の太子丹の意を承けた荊軻と秦舞陽が咸陽宮に赴き始皇帝の謀殺を図る話(平家物語五・咸陽宮)に拠り、皇帝の王威の不可侵性と刺客の覇気とを描く。荊軻と皇帝の危機を夫人の琴の名演が救う弾琴の場を境に、荊軻と皇帝の生死の命運が逆転。芸能(琴の秘曲)の功をも讃美する。正長二年(一四二九)五月の室町御所笠懸の馬場で行われた観世両座対宝生・十二座の立合猿楽に、観世方の演目「秦始皇」が本曲と推測され、将軍宣下を受けた足利義教の御代始を記念する晴れの能と推考されている。平家物語に拠りつつも、阿房宮内の事件に絞り、弾琴の場面を原典にない箏歌を引用し、一曲の転回点とした創意・脚色は卓抜。

[三]【一】〈名ノリ・触レ〉　(アイの始皇帝に仕える官人が登場し、聖代を讃え、また燕の国の地図と樊於期の首を持って来た者があらば、何事であれ望みを叶えるとの勅令を触れる)

三 後見が一畳台を大小前に出す。
以下二二〇頁
一 荘重な囃子に乗って始皇帝が臣下たちを従え登場する。
二 秦の始皇帝の都。咸陽は今の陝西省西安。以下、平家物語五・咸陽宮の本文に拠り、都城咸陽宮と王宮の阿房宮の広壮華麗を描写。
三 この〈掛合〉の地は古写本ではすべて「大臣」とある。
四 鉄を心棒として築かれた土塀。
五 平家「秋の田のもの雁、春は越路へ帰るも飛行自在のさはりあれば、築地には雁門となづけて鉄の門をあけてぞ通しける」。
六 栄華の様を形容。真珠・瑠璃・金はともに七宝の一。
七 長生殿は唐の太宗が驪山に造った離宮、不老門は漢の洛陽の城門。ここは和漢朗詠集・祝・慶滋保胤「長生殿裏春秋富、不老門前日月遅」による文飾であろう。→「邯鄲」三六頁注一五。
八 始皇帝が造った壮大な宮殿。
九 小旗を上部につけた矛。朝儀や法会の儀仗として使用。
一〇 天子の車。龍駕。「鳳輦飛二雲路一、龍車越二漢流一」(懐

〔真ノ来序〕[一]〈掛合〉シテ　へ抑《(そもそも)》此咸陽宮《かんやうきう》[二]と申《(まうす)》は、都のまはり一万八千三百余里　地[三]　へ内裏は地より三里高《たか》く、雲を凌《しの》ぎて築《つ》きあげて、鉄《くろがね》[四]の築土《ついち》方《(はう)》四十里　シテ　へ又は高さも百余丈、雲《(くも》路《ち)》を渡《わた》る雁《かりがね》も、雁門《がむ》[五]なくては過《す》ぎがたし　地　へ内に三十六宮《(りッきう)》あり、真珠《しんじゅ》[六]の砂《いさご》瑠璃《る　り》の砂《いさご》、金《(こがね)》の沙《(いさご)》を地には敷《し》き　シテ　へ長生不老[七]の日月《(じつげつ)》まで、甍《いらか》を並《なら》べて夥《おびたた》し　地　へ御門《(みかど)》の御殿は阿房宮《(あばうきう)》[八]、銅《あかがね》の柱三十六丈　シテ　へ東西九町《(くちやう)》　地　へ南北五町　シテ　へ五丈の幢《はたぼこ》[九]　地　へ龍車《りうしや》[一〇]の雲井　シテ　へさながら天に　地　へ翻《ひるがへ》り。

〈上歌〉同　へ登《のぼ》れば玉の階《きざはし》の、登れば玉の階の、金銀を磨《みが》きて輝《かかや》けり、唯[一一]日月《(じつげつ)》の影を踏《ふ》み、蒼《さう》天を渡《わた》る心《ここ》ちして、各々《をのをの》肝《(きも)》を消《(けす)》とかや、各々肝を消とかや。

【二】〔一声〕〈一セイ〉二人　へ思《おも》[一二]ひ立《た》つ、朝《あした》の雲の旅《たび》衣、落《おち》葉重《かさ》なる、嵐《あらし》かな。

〈サシ〉ケイカ　へ山遠《(とほ)(う)》[一三]ふしては雲行客《(かうかく)》の跡《あと》を埋《うづ》み　シンブヤウ　へ松高うしては風旅人《(りよじん)》の夢を破《やぶ》る　ケイカ　へたとひ[一四]轅門《えんもむ》は高《たか》く共《(とも)》　シンブヤウ　へ思ひの末《すゑ》は　ケイカ　へ石[一五]に立《た》つ。

〈上歌〉二人　へ矢《や》たけの心《こころ》あらはれて、弥猛《やたけ》の心あらはれて、遠山《(ゑんざん)》の雲に日を重《かさ》ね、漸《(やうやう)》ゆけば名も高《たか》き、咸陽宮に着《(つき)》にけり、咸陽宮に着にけり。

〈着キゼリフ〉ケイカ「急《(いそぎ)》候程に、咸陽宮に着て候、まづ奏聞《そう(もん)》申さうずるにて候。

【三】〈問答〉ケイカ「いかに奏聞申候、燕《ゑん》[一六]の国の傍《かたは》らに、荊軻《けいか》[一七]秦舞陽《しんぶやう》[一八]と申両人の者、高札《(かうさつ)》[一九]の面《おもて》に任《まか》せ、燕《ゑん》の指図《さしづ》[二〇]の箱、幷《(ならび)》に樊於期《はんよき》[二一]が首《かうべ》を持てこれまで参内《(さんだい)》申て候。　シカ[二二]〱　(官人は荊軻・秦舞陽の申し出を

咸陽宮の威容

風藻・七夕)。平家の本文にはない。
一一 阿房宮の高大さを描写。
一二 陰謀を秘めて出立つ旅衣に嵐が吹き落ちて。旅の辛苦多きさま。[掛]立つ―裁つ。[縁]裁―衣。思ひ立つ朝、朝の雲、雲の旅、と続けた。
一三 遠山を見れば雲がたなびき、松風の音に旅人の夢を覚ます。「山遠雲埋二行客跡一、松寒風破二旅人夢一」(和漢朗詠集・雲・紀斉名)。
一四 要害堅固な城門を前に、二人の堅い決意を描写。「轅門」は軍門。
一五 漢の李広が石を虎に見誤って射た矢がその石に立ったという史記の故事を背景に、思いを貫徹させんと勇躍する心。[掛]矢―弥猛。
一六 中国戦国時代の七雄の一。薊(北京)を都とし華北一帯に勢威をふるった雄国。一七 衛(河南)の人。燕に赴き、田光先生の推挙で太子丹にまみえ、懇請されて始皇帝暗殺の刺客となった(史記・荊軻伝)。
一八 燕の勇者。一九 平家に「秦皇、四海に宣旨をくだいて、范予期が

刺客の到着

首《(かうべ)》刎ねて参らせたらん者には、五百斤の金を与へんと披露せらる」。二〇 絵図。見取図。史記では燕の沃地督亢の地図とする。
二一 もと秦の将軍。始皇のため親・伯父・兄弟を滅ぼされ燕に亡命。

（入れ大臣に取りつぐ）

〈問答〉大臣「何と申ぞ、燕の国の民に、荊軻秦舞陽と申両人の者、燕の指図の箱、丼に樊於期が首を持て参内申《(まうし)》たると申か、かかる目出度《(めでたき)》事社《(こそ)》なけれ、頓而《(やがて)》奏聞申候べし。

〈問答〉大臣「いかに奏聞申候、燕の国の民に、荊軻秦舞陽《しんぶやう》と申両人の者、燕《ゑん》の指図《さしづ》の箱、丼に樊於期《はむよき》が首《かうべ》を持て只今参内申て候　シテ「なにと燕の国の傍《かたは》らに、荊軻《けいか》秦舞陽《しんぶやう》と申両人の者、指図《さしづ》の箱、丼に樊於期《はむよき》が首《かうべ》を持て参内したると申か　大臣「さむ候《ザウラウ》　シテ「急ひ《(い)》で参内させ候へ　大臣「畏《(かしこまつ)》て候。

〈問答〉大臣「唯今の由《よし》を奏聞申てあれば、急ひ《(い)》で参内させよとの宣旨にて有《(ある)》ぞ、去《(さり)》[二三]ながら御《(ご)》大法《たいはふ》のごとく、太刀刀《かたな》を汝《(なんぢ)》預《あづか》り候へ　ヲカシ「畏て候。

〈問答〉ヲカシ「いかに方々《かたがた》へ申候、急《いそ》ひ《(い)》で御参内あれとの御事にて候、去《(さり)》ながら御大法の事にて候間、面々の太刀刀《かたな》を預《(あづか)》り申て、参内させよとの御事にて候ぞ、太刀刀《かたな》を給り候へ

ケイカ「いかに秦舞陽《しんぶやう》、太刀刀《かたな》を参らせよと承り候が、なにと仕候べき　シンブヤウ「御大法にて候はば、ただ参らせられ候へ　ケイカ「さらば参らせうずるにて候。　シカ〳〵　（官人は二人の剣を預かり切戸へ退場）

【四】〈掛合〉ケイカ〽荊軻は佩剣《はいけん》を解《と》ひ《(い)》て威儀《いぎ》をなし、節会《(せちゑ)》[二四]の儀式《ぎしき》にしたがひて、雲上《(うんしやう)》遥《はる》かに見渡せば　シンブヤウ〽[二五]金銀珠玉の御階《みはし》を踏《ふ》み、三里が間を登《のぼ》り行《ゆ》けば　ケイカ〽薄氷《(はくひよう)》[二六]を

始皇への怨念を晴らさんと自ら首を切り荊軻に与えた。古写本「はんゑき」。平家「范予期」。二三 以下、古写本は〈問答〉の部分を省筆し、三つ目の〈問答〉（大臣「いかに奏聞申候…」）から記述。また一つ目の〈問答〉から【四】へ飛ぶ下掛本もある。二三 古写本に「又勅定には、面々の」。二四 朝廷の儀式通りの作法。二五 壮麗な宮殿を上り行くさま。平家に「珠のきざ橋をのぼりあがる」。二六「戦々兢々、如ㇾ臨㆓深淵㆒、如ㇾ履㆓薄氷㆒」（詩経・小雅）。→「天鼓」二二五頁注二五。

指図の箱と樊於期の首持参を奏聞

以下二二二頁

一 現行諸流は「身躰」。古写本「しんだい」（宝生もシンダイ）に照らし「進退」を宛てた。慄然として進むも退くもできず体がふるえ。二 以下の応答から荊軻と秦舞陽の器量の大小が推し量られる。三 和漢朗詠集・述懐の詩句。野人には王宮の奥深き所はわからないの意。長門本平家物語等に荊軻の言葉としてこの詩句を引く。↓「天鼓」二二五頁注一〇。四 底本「てんこく」。古版本に「典獄」。「てんごく（典獄）の官人」（日葡）。刑の

首尾よく参内

踏《(ふむ)》心地して、荊軻はすでに登《のぼ》れ共《(ども)》　シンブヤウ へ跡《(あと)》に立《た》ちたる秦舞陽《しんぶやう》、進退《しんだい》[一]わななき手を《(お)》
して、登《のぼ》りかねてぞ休《やす》らひける。
〈問答〉ケイカ「[二]ああ不覚なりとよ秦舞陽、燕《えん》の賤しき住居《(すまひ)》にならつて、玉殿を踏《ふ》む恐《おそ》ろしさに、
カヽル へ臆《おく》して上《あ》がりかねけるか　シンブヤウ「それをなさのみ諫《いさ》め給ひそ、其磧礫《せきれき》[三]に翫《なら》つて、
玉淵を窺《うかが》はざるは、カヽル へ驪龍《りれう》の蟠《わだかま》る所を知《し》らず。
〈歌〉同 へ実理《(げにことわ)》りとて典獄[四]は、さしも厳《きび》しき禁中に、轅門《えんもむ》を解《と》ひ《(い)》て許《ゆる》しけり、轅門を解ひ《(い)》て
許しけり。
【五】〈掛合〉大臣 へ御門《(みかど)》は是を聞召《(きこしめし)》、臨《りん》[五]時の節会を執《と》り行《おこな》ひ、燕使《えむし》の参内を待給ふ　ケイカ へ
舞陽荊軻《ぶやうけいか》は大床《(おほゆか)》[六]の、胡牀《こしやう》[七]に参着《(さんちやく)》申けり　シンブヤウ カヽル へまづ秦舞陽進《すす》み出《(いで)》て、樊於期《はんよき》が
首《かうべ》を皇帝の、上覧《(しやうらん)》に供《そな》へ立退《たちの》けば　大臣 へ御門は笑《え》[八]める御《(おん)》気色、御《(おん)》心もとけて見《み》え給ふ
ケイカ「其時荊軻《けいか》進《すす》み寄《よ》つて、燕の指図の箱の蓋《ふた》を開き、カヽル へ上覧に供《そな》へ立退《たちの》けば　シテ
「不思議やな箱[九]の底《そこ》に剣《つるぎ》の影《かげ》、氷《こほり》のごとく見えければ、カヽル へ既に立《た》ち去《(さり)》給はむとす。
〈歌〉同 へ荊軻は期《(ご)》したる事なれば、御衣《(ぎよい)》の袖にむんずと縋《すが》つて、剣《(つるぎ)》を御《(おん)》胸《むね》に、さし当《あ》て奉
りけり。
〈クドキグリ〉后 へ浅[一〇]ましや聖人《(せいじん)》人《ひと》にまみえずとは、今此時《とき》にて有《(あり)》けるぞや、あら浅ましの御《(おん)》
事《(こと)》やな。

わななく舞陽

執行人。ここは警備の官人の意か。
五 燕の使者を迎えるための謁見の儀式。平家に、荊軻・秦舞陽が臣下を介さず直接進上したいというので「節会の儀をととのへて、燕の使を召されけり」とある。
六 大広間の意であろう。
七 背もたれのある折り畳み椅子。
八 始皇の喜色満面たる様子。
九 平家に「指図の入りたる櫃の底に、氷の様なるつるぎの見えければ、始皇帝これを見て、やがて逃げんとし給ふ」。
一〇 始皇の今の絶体絶命の身を嘆き、聖人は容易に人に見ゆべきにあらずとの古諺を思い、悲しむ。平家の「君子は刑人(危険な人物)に近づかず」に拠ったか。

絶体絶命の皇帝

二 危機に直面しても語気凜然、騒がず常態を失わない始皇帝の姿。
三 平家「始皇は三千人の后を持ち給へり。その中に花陽夫人とて、すぐれたる琴の上手おはしけり」。后に琴を弾かせることは史記・荊軻伝になく、燕丹子に「召ニ姫人一鼓レ琴」とある。 一三 伝不明。史記・呂不韋伝に、始皇の祖父安国君の正夫人華陽夫人の名が見え、燕丹子には、丹が荊軻を花陽台において美人に琴を弾奏させ饗応し

〈問答〉シテ「[一一]いかに荊軻《けいか》、秦舞陽《しんぶやう》も慥《たしか》に聞《き》け、我《われ》[一二]三千人の后を持《も》つ、其中に花陽夫人《くわやうぶにん》[一三]とて、琴の上手あり、されば毎日懈《おこた》る事なし、然共《しかれども》今日《けふ》は汝等が参内により、いまだ琴《きん》の音《ね》を聞《き》かず、殊更今は最後[一四]なれば、片時《へんし》の暇《いとま》をくれよ、彼《かの》琴の音を聞て、黄泉《くはうせん》の道をも免《まぬか》れうずると思ふはいかに
ケイカ「いかに秦舞陽、扨《さて》何とあるべきぞ
シンブヤウ「是程まで手籠《ご》[一五]め申《まうす》うへは、片時《へんし》の御暇ならば参らせられ候へ
ケイカ「さらば片時の御暇《いとま》を参らせうずるにて候。

【六】〈問答〉シテ「いかに花陽夫人、急ぎ秘曲を奏《そう》し給へ。
〈サシ〉后〽さらば秘曲《ひきよく》を奏《そう》すべし、もとより妙《たへ》なる琴《こと》の音《ね》に、飛鳥《とぶとり》も地に落《お》ち武士《もののふ》も、和《やは》らぐ程の秘曲《ひきよく》なれば、ましてや今[一六]はの玉の緒琴《をごと》、さこそは御《おん》手も尽《つ》くされけめ。
〈歌〉同〽花[一七]の春《はる》の琴曲《きんぎよく》は、和風楽《くわふうらく》に柳花苑《りうくわゑん》、柳花苑《りうくはえん》の鶯は、同[一八]じ曲の囀《さへづ》り、月[一九]の前の調《しら》べは、夜寒《よさむ》を告《つ》ぐる秋風、雲井に渡《わた》れる雁《かりがね》、琴柱《ことぢ》に落《お》つる声々《こゑごゑ》も、涙[二〇]の露の玉章《たまづさ》、たま[二一]さかに、人はよも白《しら》糸の、調《しら》べを改《あらた》めて、君聞《き》けや君聞けや、七尺《しつせき》[二二]の屏風《ヘイフ》は、躍《おど》らば越《こえ》つべし、羅縠《らこく》[二三]の袂をも、引《ひ》かばなどか断《き》れざ覧《らん》、謀[二四]臣はうむ[二五]に酔《え》え《へ》り、群《くむ》[二六]臣は、聖人の御《おん》援《たす》けと、を《お》し返し、を《お》し返し、二三返《じさんべん》の琴《きん》の音《ね》を、君は聞召《きこしめさ》るれ共《ども》、荊軻《けいか》は聞《きき》[二七]知《し》らで、ただ緩々《くはんくはん》[二八]と侵《をか》されて、眠《ねむ》れるがごとくなり。

【七】〈中ノリ地〉同〽時[二九]移《うつ》る時移ると、秘曲度々《たびたび》重《かさ》なれば
シテ〽荊軻が控《ひか》へたる
同〽御《ぎよ》

た記事が見える。一四 この世の名残とし、後の世の迷妄を免れんため、の意であろう。「黄泉中有の道をもまぬかれんと」(下掛写本)。いかにも皇帝のセリフらしく「候体」を用いない。一五 力ずくで取り押える。一六 今は最期の玉の緒(命)を「小琴」に掛ける。

秘曲の弾奏

一七 以下、琴歌。前半の大意は「花の春の曲には和風楽、柳花苑が良い。和風楽は春鶯囀とも言い鶯の鳴く声さながら。また秋の月の前には秋風楽がふさわしい。琴柱に立てる爪音は夜寒を告げる秋風に、雁(かりがね)の玉章(たまずさ)かけて鳴き渡る声に通う趣き」。和風楽・柳花苑ともに唐楽、双調(春の調子)の楽名。「和風楽」は底本「花風楽」を訂正。一八 和風楽を春鶯囀と別称することに重ねた表現。一九 月の前に奏するものは秋風楽と、「秋風」の語を出し、「雁」を導く。[付]雁―玉章―涙―雲井―ことぢ。二〇 涙の露、露の玉、玉章と繋ぐ。二一 「玉章」と頭韻。[掛]白糸―知らず。[付]糸―調め。二三 以下、琴歌の後半。曲調を改め、歌に託して危機を脱する手立てを始皇に暗示する。大意は「たけ七尺の屏風はいかに高くとも、思い切って飛べば越えられる。御衣の袂も引けば避ける。謀臣は弾

衣《い》の袖を引断《ひつき》つて、屛風《ヘイフ》を躍《おど》り越《こ》え、電光[一]の激《げき》しるよそほひ、霰《あられ》[二]の白《しら》玉《(たま)》盤《ばん》に落《お》ちて、闌干《らんかむ》[三]を走《はし》る心《ここ》ちして、銅《あかがね》の御《(おん)》柱に、立《(たち)》隠《かく》れさせ給ひしかば　ケイカ〽荊軻[四]は怒《いか》りをなして

同〽剣《(つるぎ)》を御門に投《な》げ奉れば、[五]番の医師は薬《くすり》の袋を、剣《つるぎ》に合《あ》はせて投《な》げ止《と》めければ。

〈歌〉シテ〽御門《(みかど)》又剣《つるぎ》を抜いて　同〽御門又剣を抜いて、荊軻[六]をも秦舞陽をも、八《や》つ裂《ざ》きに裂《さ》き給ひ、たちまちに失ひおはしまし、其後《(そののち)》燕丹《えむたん》太子をも、程なく滅《ほろ》ぼし秦の御代《(みよ)》、万世《(ばんせい)》を保《たも》ち給ふ事、唯是《(ただこれ)》后の琴《(きん)》の秘曲《ひきよく》、有難かりけるためしかな。

危機脱出

奏に酔いしれ恍惚として睡境にあり、群臣は君の御助けとなるだろう」。　二三 しなやかで立派な衣服。
二四 謀叛の臣。荊軻・秦舞陽をさす。
二五 現行「有無」とし、ウンと発音。古写本も「うん」。「運」をあてるか。平家「謀臣の思ひもたゆみにけり」。
二六 古写本「くんしん」。「君臣」とする本もある。聖人は始皇帝のこと。「…御援け」までが琴曲の詞章。
二七 長門本平家物語に「荊軻舞陽二人の臣下は管絃の道や疎りけん、此曲を聞き知らず」。　二八 聴きほれて、うつらうつらと。　二九 ためらっていては大変と、秘曲を繰り返して促し迫る夫人の姿を描写。

以上二二三頁

一 電光の閃くごとく、霰のたばしるごとく。始皇のすばやい行動の形容。古写本も「激しる」。
二 「大珠小珠落二玉盤一」(白居易・琵琶行)を借りたか。
三 縦横に走り散るさま。「闌干と走る」の訛誤であろう。
四 平家「荊軻怒つて剣を投げかけ奉る。折節、御前に番の医師の候けるが、薬の袋を荊軻が剣に投げ合せたり」。
五 当番として詰めている医師。
六 始皇帝が刺客を厳科に処し、また秦朝の平安も偏に華陽夫人の琴の秘曲ゆえと、その妙技を讃嘆。

小塩《をしほ》

三番目物　古称、小原野花見
美男物　金春禅竹作(素材・主題の項参照)

場景　前場―京の大原山。春三月、花盛りのある日の午後から夕暮れ。後場―同じ所。同じく、深夜から曙。

人物　前ジテ　所の老人〔笑尉・着流尉〕
　後ジテ　在原業平の霊〔中将・初冠狩衣指貫〕
　ワキ　花見の男〔素袍上下〕
　ワキヅレ　同行の者〔素袍上下〕(二、三人)
　アイ　所の男〔長上下〕

梗概　下京辺の男が友達とつれだって洛西の大原野へ花見にと出かけた。麓一帯は大原野、山は小塩山とも呼ばれた桜の名所である。すると花の枝をかざし華やいだ風情の老人が群衆に立ち交って現れた。興を抱いた男が問いかけると、身こそ卑しかろうと心の花こそ問題と応酬し、業平の歌「大原や小塩の山も今日こそは神代の事も思ひ出づらめ」を口ずさみ、歌の意を説き懐旧にひたる。再び花に興じつつ暮れなずむ花の陰に消える(中入)。所の男が花見の男の問いに答えて、小塩の明神の謂れや二条の后の参詣に供奉(ぐ)した業平の歌などを語り、男に重ねて奇特を見ることを勧めて退く。その夜、奇特を待つ男の前に、在りし日の優艶な姿の在原業平の霊が花見車に乗って現れる。伊勢物語の歌を綴って契りを交わした数々の女性たち、わけても二条の后との恋を回想し、舞の袖を返しつつ、散り紛う花吹雪の中、夢か現か思いわかぬうちに消えていった。

素材・主題　在原業平を歌舞の菩薩の化現とする中世伊勢物語古注釈の世界を背景に、業平の「大原や…」(伊勢物語・七十六段など)を主題歌とし、散り紛う花の中、二条の后への思慕と懐旧の情を描く。業平は衆生を救うため、この塵の世に交わる神として来現した。多くの女たちと契りを交わしたのは衆生済度の方便なのである。寛正六年(一四六五)九月二十五日、足利義政の南都下向に際し、宿所の一条院で行われた大和猿楽四座による立合猿楽で、当時六十一歳の竹田の大夫(禅竹)が演じた「小原野花見」(蔭涼軒日録)が創作時の曲名で、この時が初演らしい。拾遺愚草からの引用や禅竹詞の多用から禅竹作たることは確実で、歌道を讃美する本曲には、同年二月の後花園上皇による勅撰の沙汰への祝意がこめられていると思われる。

【一】〔次第〕〈次第〉ワキ・ワキツレ へ花[七]に映《うつ》ろふ嶺の雲、花に映ろふ嶺の雲、かかるや心なるらん。

〈名ノリ〉ワキ「か様《やう》に候者は、[八]下京辺《しもぎやうへん》に住居《すまゐ》する者《もの》にて候、扨《さて》も[九]大原《おほはら》山の花、今を盛《さかり》のよし

七 花に映じて桜と見紛う美しい雲が遠くの峰に懸り、桜狩りに心もはずむ。「花に映ろふ」は歌語。八 京都三条通り以南の称。商・工業等、庶民の住まいが多かった。九 京都市西京区西部の地区。花の名所の小塩山・淳和天皇陵・藤原氏が氏神の春日明神を奈良から勧請した大原神社など名勝史跡がある。

以下二二六頁

一「陸奥はいづくはあれど塩釜の…」(古今集・東歌)、「霞とも花ともいはじ春のかげいづこはあれど塩釜の浦」(拾遺愚草)などを借用。二 桓武天皇が大原野に近い長岡に奠都したことをふまえる。三 神事に用いる木綿(ゆふ)で作った造花。「言ふ」を掛け「手向け」の序。〔縁〕花―袖。「ひとしほ」は禅竹詞。四 仏が衆生を済うため神と現じて世塵に交わる「和光同塵」を背景に、咲き誇る大原山の花を形容。五 花の枝を手折り、若やいでかざす姿ながら、人目には「老木の柴」と映るだけだろう。六 古今集・春上・藤原良房の歌。七「春の日の光にあたる我なれど頭の雪となるぞわびしき」(古今集・春上・文屋康秀)。〔掛〕知らる―白雪。雪を白髪に喩えた。白頭の翁までも花の木陰に遊び興ずるも偏に御代の恵みと喜ぶ。八「今日見ずは悔しからまし花盛り咲きも残らず散りも始めず」(出典未詳。「鞍馬天狗」に

承及《うけたまはりおよび》候間、若《わか》き人々を伴《ともな》ひ、只今大原山へと急《いそ》ぎ候。

〈サシ〉ワキ〽面白やいづくは[一]あれど所から、[二]花も都の名にし負《お》へる、大原山の華桜《ざくら》。

〈上歌〉ワキ〽今を盛《さかり》と木綿花《ゆふばな》[三]の、今を盛と木綿花の、手向《たむけ》の袖もひとしほに、色添《そ》ふ春の時《とき》を得《え》て、[四]神も交《まじ》はる塵の世の、花や心に任《まか》すらん、花や心に任すらん。

【二】〔一声〕〈一セイ〉シテ〽[五]枝折《しほ》りして、花をかざしの袖ながら、老木の柴と人や見ん。

〈サシ〉シテ〽[六]年ふれば齢《よはひ》は老《おい》ぬしかはあれど、花をし見《み》れば物思《おも》ひも、なしと詠《よ》みしも身の上《うへ》に、[七]今白《しら》雪をいただくまで、光りにあたる春の日の、長閑《のどけ》き御代の時なれや。

〈上歌〉シテ〽[八]散《ち》りもせず、咲《さき》も残らぬ花盛、咲も残らぬ花盛、四方《よも》の景色《けしき》もひとしほに、匂ひ満《み》ち色に添《そ》ふ、情の道に誘《さそ》はるる、[九]老《おい》な厭《いと》ひそ花ごころ、老な厭ひそ花ごころ。

【三】〈問答〉ワキ「不思議やな貴賤群集《くんじゆ》の其中に、ことに年闌《た》けたる老人、花の枝をかざし、さも花やかに見え給ふは、そもいづくより来《きた》り給ふぞ　シテ「思《おも》ひよらずや貴賤の中に、わきて言葉をかけ給ふは、さも心《こころ》なき山賤《がつ》の、身にも応ぜぬ花好《ず》きぞと、お笑《わら》ひあるか人々よ、カヽル〽[一〇]姿こそ山の鹿《かせぎ》に似たりとも、心《こころ》は花になさばこそ、ならばならめや心からに。

〈歌〉同〽[一一]おかしとこそは御覧《ごらん》ずらめ、[一二]よしや此身は埋木《うもれぎ》の、朽《く》ちは果《は》てしなや心《こころ》の、色も香《か》も知《し》る人ぞ、知《し》らずな問《と》はせ給ひそ。

〈問答〉ワキ「荒《あら》面白のたはぶ《ム》れやな、よも誠には腹立《はらだ》ち給はじ、如何様《いかさま》故《ゆゑ》ある心言葉《ことば》の、奥

も)。 九「鞍馬天狗」の「老をな隔てそ垣穂の梅、さてこそ花の情なれ」(八九頁)と同趣。盛りの花に心惹かれる老人の慕情。縁色―情。一〇「形こそ深山隠れの朽木なれ心は花になさばなりなん」(古今集・雑上・兼芸)に基づく。「心からに」は前後に掛かる。「なさば」以下、ナの連韻。一一 滑稽だとお思いでしょうが。「形こそ…」の歌の詞書「女どもの見て笑ひければよめる」によるか。一二 たといこの身は埋れ木同然でも、風雅を愛でる心は朽ち果てることなく。「心の色」は歌語(「野宮」にも)。「色も香も…」は「君ならで誰にか見せん梅の花色をも香をも知る人ぞ知る」(古今集・春上・紀友則)をふまえる。

花盛りの大原山

一三 以下、大原の花盛りの光景。花見の遊びの諧謔。一四 花の色に映じた美しい花影の多さを「大原」に掛け、次の歌に続く。一五「大原や小塩の山の小松原はや木高かれ千代の影見ん」(後撰集・賀・紀貫之)。遠景・近景を描写。一六「軒端の家桜」と「窓の梅」(朗詠の詩に基づく成句)が対。一七「日」の枕詞。囲暮れ―紅。一八 咲き誇る桜の形容と彩雲紅霞の立ち重なる九重の都(帝都)を言う。一九「都べはなべて錦となりにけり桜を折らぬ人しなければ」(拾遺愚草)。

ゆかしきを語《かた》り給へ　シテ「なにと語《かた》らん花盛、言《い》ふに及ばぬ気色をば、いかがは思ひ給ふらん　ワキ カヽル＼一三実々《げにげに》妙《たへ》なる梢の色、一四映《うつ》ろふ影《かげ》も一五大原や　シテ「小塩の山の小松《こまつ》が原《はら》より、煙《けぶ》る霞《かすみ》の遠山桜《ざくら》　ワキ カヽル＼里は軒端の一六家桜《ざくら》　シテ＼匂ふや窓の梅も咲《さ》き　ワキ＼一七茜《あかね》さす日もくれなゐの　シテ＼霞か　ワキ＼雲か　シテ＼一八八重　ワキ＼九重《え》の。

〈上歌〉同＼一九都辺は、なべて錦となりにけり、なべて錦となりにけり、桜を折《お》らぬ人しなき、花衣着《き》にけりな、二〇時も日も月も弥生、合《あ》ひにあふ詠《ながめ》かな、実《げに》や二一大原や、小塩の山も今日《けふ》こそは、神代《かみよ》も思《おも》ひ知《し》られけれ、神代も思ひ知られけれ。

【四】〈問答〉ワキ「かかる面白き人に参りあひて候物かな、此儘《このまま》御供申、花をも眺《なが》めうずるにて候、又只今の言葉《ことば》の末《すゑ》に、＼二二大原や小塩《をしほ》の山《やま》も今日《けふ》こそは、「神代の事も思《おも》ひ出《いづ》らめ、今所から面白《おもしろ》ふ《う》候、是は如何なる人の御詠歌にて候ぞ　シテ「事新《あたら》しき問《と》ひ事《ごと》かな、此《この》大原野の行幸《ぎやうがう》に、二三在原の業平供奉《ぐぶ》し給ひし時、忝《かたじけな》くも二四后の御事を思《おも》ひ出《いで》て、神代の事とは読《よみ》しとなり、＼申《まうす》につけて我ながら、空恐《おそ》ろしや二五天地《あめつち》の、二六神の御代より人の身の、妹背《いもせ》の道は浅からぬ。

〈上歌〉同＼二七名残惜《を》しほの山深み、名残小塩《をしほ》の山深み、二八上《のぼ》りての世の物語《がたり》、語るも二九昔《むかし》男、あはれ古《ふ》りぬる身の程、歎《なげ》きてもかひなかりけり、歎《なげ》きてもかひぞなかりける。

【五】〈ロンギ〉地＼実山賤《げにやまがつ》のさしもげに、三〇しばふる人と見ゆるにも、三一心ありける姿かな　シテ

花の友との交遊

二〇 時は春、月は弥生(三月)、日も春の心から春日の神に通わせた。二一 春日の神を想起し業平の歌を引く。→注二二。二二 二条の后がまだ東宮御息所であった頃、藤原氏の氏神たる大原野明神へ参詣の折、供奉した業平の詠歌(伊勢物語・七十六段)。二三 平城天皇の皇子阿保親王第五子。兄行平と共に在原姓を賜わる。二四 二条の后。藤原高子。二五「空」と縁語で「神」の序。二六 天地《あめつち》開けし伊弉諾《いざなぎ》・伊弉冉《いざなみ》尊の神代から人代に到るも。両神は陰陽(夫婦)の神。中世では、業平はその再誕とされた。二七 囲惜—小塩。「浅からぬ」を受けて「山深み」と言い、山の縁から「上りての世」と続く。ここは、后との深い契りの名残り惜しさ、懐旧の心、追憶の念をこめる。二八 昔にさかのぼる遠い昔。

懐旧、追憶の心

二九 囲(語るも)昔—昔男。「昔男とは在原中将業平」(和歌知顕集)。三〇 しはふる(皺古)・しばふる(柴振)など語義に諸説あるが、口をもぐもぐさせる老人が原義。ここは、老人に柴振人(藻塩草「薪のために木の葉などかき集むる賤しき者の、木葉かきたるをうちふるうを言ふなり」)を掛けた表現。

＼[一]心知《し》られば迚《(とても)》身の、姿に恥《は》ぢぬ花の友に、馴《な》れてさらば交《ま》じらん　地＼交《ま》じれや交《ま》じれ老人《(おいびと)》の、[二]心《こころ》若木の花の枝　シテ＼[三]老隠《おひかく》るやと翳《かざ》さむ　地＼かざしの袖を引《ひ》き引《ひ》かれ、[四]このもかのもの陰《かげ》毎《(ごと)》に　シテ＼貴賤の花見　地＼輿車《(こしくるま)》の、花の－[五]ながえを翳《かざ》し連《つ》れて、[六]よろぼひさぞらひ、とりどりに廻《(めぐ)》る盃《さかづき》の、天[七]も－花にや酔《ゑ》ゑ《(へ)》るらん、紅《くれなゐ》埋《うづ》む夕霞《がすみ》、かげろふ人の面影、ありと見えつつ失《(うせ)》にけり、ありと見えつつ失にけり。　（中入）

【六】〈問答・語リ・問答〉（アイの所の男が、ワキの求めに応じて、小塩の明神の謂れや、二条の后の参詣に供奉した業平の詠歌などについて語る。ワキは先程の出来事を話すと、アイは重ねて奇特を見ることを勧める）

【七】〈オキゴト〉ワキ「不思議や今の老人を、常人《ただ(びと)》ならず見《み》えつるが、偖《(さて)》は小塩の神代の古跡《(こせき)》、[八]和光の影《かげ》に業平の、花に映じて[九]衆生済度の、　カヽル＼姿現《あらは》し給ふぞと。

〈上歌〉ワキ・ワキツレ＼[一〇]思《おも》ひの露もたまさかの、思ひの露もたまさかの、光りを見るも花心《はなごころ》、妙《たへ》[一一]なる法《(のり)》の道の辺《(べ)》に、なを《(ほ)》も奇特を待居《(まちゐ)》たり、なを《(ほ)》も奇特を待居たり。

【八】〔一声〕〈一セイ〉後シテ＼[一二]月やあらぬ、春や昔《むかし》の春《はる》ならぬ、我身ぞもとの身も知《し》らじ。

〈掛合〉ワキ　カヽル＼不思議《ふしぎ》やな今迄は、立《た》つとも知《し》らぬ花見車の、[一三]やごとなき人の御《(おん)》有様、是はいかなる事やらん　シテ＼実《(げに)》や及ばぬ雲の上《うへ》、花の姿《すがた》はよも知《し》らじ、「有《(あり)》し[一四]神代の物語、
カヽル＼姿現《すがたあらは》す計《(ばかり)》なり　ワキ＼あら有難の御事や、他生の縁は朽《く》ちもせで　シテ＼[一五]契りし人《ひと》もさまざまに　ワキ＼思ひぞ出《(いづ)》る　シテ＼花も今。

三 山賤（木樵）・海人（漁師）などは「心なし」（風雅を解する心がない）というのが一般。

以上二二七頁

一 この会話の〈ロンギ〉は、前句の末と次句を尻取式につなぎ、交遊を描写。 二 囲若き―若木。
三 わが老も隠れるかと若木の桜の枝を手に翳そう。「鶯の笠に縫ふてふ梅の花折りてかざさん老かくるやと」（古今集・春上・源常）。
四 あちらこちら。「筑波根のこのもかのもに陰はあれど君がみかげにます影はなし」（古今集・東歌）。前出「しばふる人」の縁で「…何とも聞き分くまじき、このもかのものしはふるひどもも、すずろはしくて」（源氏物語・絵合）も背景にあるか。 五 囲（車の）轅―長枝。
六 よろめき、さまよい。 七 「天酔二于花一、桃李盛也」（和漢朗詠集・春・三月三日・菅原道真）をふまえる。→「田村」一〇三頁注三六。
八 和光同塵の影向《(ようごう)》。業平が塵に交わる神としての姿を現し。
九 仏菩薩の化現たる業平がこの世で多くの女人と契りを結んだのも、衆生済度の方便と解されていた。→「杜若」。 一〇 縁露―玉―光。囲玉―邂逅《(たまさか)》。「思ひの露」は禅竹詞。 一一 前句「花心」を承け「妙法蓮華経」に通わせ、「法の道」の序。

月下に業平の姿

〈上歌〉同 〽[一六]今日《けふ》来《こ》ずは、明日は雪とぞ降《(ふり)》なまし、明日は雪とぞ降なまし、消《(きえ)》ずはありと、花と―見ましやと詠ぜしに、[一七]今はさながら華も雪も、みな―[一八]白雲の上人《(うへびと)》の、桜《さくら》―かざしの袖ふれて、花見車暮《(くる)》るより、月の花よ待《(また)》ふ《(う)》よ。

【九】〈クリ〉地 〽それ[一九]春宵一刻《(しゆんせういつこく)》値《あたひ》千金《(せんきん)》、花に清香《(せいきやう)》月に影、惜《お》しまるべきは唯《(ただ)》此時なり。

〈サシ〉シテ 〽[二〇]思《おも》ふ事言《い》はでただにや止《や》みぬべき 同 〽我に等《ひと》しき人しなければ、とは思《おも》へども人知《し》れぬ、[二一]心の色はを《(お)》のづから、[二二]思《おも》ひ内《うち》より言[二三]の葉《は》の、露しなじなに洩《も》れけるぞや。

〈クセ〉地 〽[二四]春日野の、若《わか》紫の摺《すり》衣《(ごろも)》、しのぶの乱《みだ》れ、限り―知《し》らずもと詠ぜしに、[二五]陸奥《みちのく》の、忍《しの》ぶもぢずり誰《(たれ)》ゆへ《(ゑ)》、乱《みだ》れんと思ふ、我ならなくにと、読《(よみ)》しも[二六]紫《むらさき》の、[二七]色に染《そ》み香《(か)》に愛《め》でしなり、又は[二八]唐《から》衣《(ころも)》、着《き》つつ馴《(なれ)》にし妻しあれば、はるばる来《き》ぬる旅をしぞ、[二九]思《おも》ふ心の奥までは、いさ白雲の下《くだ》り月《(づき)》の、都なれや東山、是も又[三〇]東《あづま》の、果《は》てしなの人の心や シテ 〽[三一]武蔵《むさし》野は、今《け》日《ふ》はな焼《や》きそ若《わか》草の 地 〽妻も―籠れり我も又、[三二]こもる心《こころ》は大原や、小塩に続《つづ》く通路《(かよひぢ)》の、行《(ゆくへ)》ゑは同じ[三三]恋《こひ》草《(ぐさ)》の、忘れめや今も名は、昔《むかし》男ぞと人もいふ。

【一〇】〈ワカ〉シテ 〽[三四]昔《むかし》かな。 〔序ノ舞〕

〈ワカ〉シテ 〽昔哉《(かな)》、花《はな》も所も、月も春《はる》 地 〽有《(あり)》し御幸《(みゆき)》を シテ 〽花も忘《わす》れじ 地 〽花も忘れぬ。

【一一】〈ノリ地〉シテ 〽心《こころ》や[三五]をしほの 同 〽山風吹《(ふき)》乱《みだ》れ、散《(ちら)》せや散《ち》らせ、散《(ちり)》[三六]迷《まよ》ふ、木《こ》の下《もと》なが

一二 業平が二条の后を回想して詠んだ歌(伊勢物語・四段)。 一三 貴き。花見車の「や(輻)」に音通。 一四 伊勢物語・七十六段をさす。 一五 伊勢物語における業平と多くの女人たちとの契り。続く〈上歌〉から〈クセ〉にかけて伊勢物語の歌を引きながら眼前の桜景色を描写し、女人たちとの思い出を綴る。 一六 伊勢物語・十七段の歌。 一七 今は花も雪もすべて茫々として。 一八 知らぬ、白雲、雲の上人と続けた。「百敷の大宮人はいとまあれや桜かざして今日も暮しつ」(新古今集・春下・山辺赤人)を借用。車・くるる(車の軸)と重韻。 一九 蘇軾「春宵一刻値千金、花有ニ清香ー月有レ陰」。→「田村」一〇三頁注二七。 二〇 伊勢物語・一二四段の歌。 二一 気持の表れを言う歌語。 二二 「有ニ諸内ー必形ニ諸外ー」(孟子)等に基づく中世諺。「千手」「野宮」「松風」等にも。 二三 縁葉―露。「洩る」に繋いだ。「しなじな(品々)」は業平が契りを交わした女人の意で、伊勢物語に記された話が〈クセ〉で語られる。 二四 伊勢物語・初段の歌。以下、業平が昔に詠んだ歌の心を叙述。 二五 伊勢物

女人への思慕

散り紛う花吹雪、曙

ら、まどろめば、桜《さくら》に結《むす》べる、一夢か現《うつつ》か、世《よ》人《ひと》定《さだ》めよ、夢か現か、世人定めよ、寝《ね》てか覚《さ》めてか、春の夜《(よ)》の月、曙《あけぼの》の花にや、残るらむ。

語・初段の歌。 二六 前歌の「若紫」を受け「色」の序。 二七 恋に憧れる意。 二八 伊勢物語・九段の歌。→「杜若」。 二九 人を思う心の奥に陸奥の意を兼ねる。以下、いさ知らず、白雲、雲の下り、下り月、月の都、と続けた。下り月は陰暦十八日頃から二十一、二日までの月。業平の東下りをふまえた。 三〇 東《(ひがし)》と同字の東《(あづま)》、東の果て、果てしな、と続けた。「果てし・果てしなの(人)心」は禅竹詞。 三一 伊勢物語・十二段の歌。業平が二条の后を盗み出し、春日野の中、武蔵塚へ逃げたこと。女の歌を逆に用いた。 三二 胸に秘めた思いの多さを「大原」に掛け「小塩」の序とした。 三三 恋しく思う種。「忘れ草」を介して「忘れめや」の序。 三四 〈クセ〉をうけて懐旧・思慕の情。 三五 掛惜し―小塩。 三六 「散り紛ふ木の本ながらまどろめば桜に結ぶ春の夜の夢」(拾遺愚草)。

―――以上二二九頁

一 伊勢物語・六十九段の斎宮と業平の贈答歌「君やこし我や行きけんおもほえず夢か現か寝てか覚めてか」「かきくらす心の闇にまどひにき夢現とは今宵定めよ」を引く。業平の面影が夢か現かは世人が決めればよい。ただ春の夜の月のみが曙の花の梢に白み残っている。

熊坂《くまさか》

五番目物　異称、幽霊熊坂
猛将物　宮増作か(自家伝抄)

場景　前場—美濃国赤坂の里。秋のある日の夕暮れ。
後場—同じ所。同じく、夜半から明け方にかけて。

人物　前ジテ　所の僧〔着流僧〕
後ジテ　熊坂長範の霊〔長霊癋見・長範頭巾法被半切〕
ワキ　旅の僧〔着流僧〕
アイ　所の者〔肩衣半袴〕

梗概　都の僧が東国修行の途中、美濃国赤坂の里へ来たとき、一人の僧に呼びとめられ、ある者の命日だからと、主《ぬし》の名もわからぬ古塚の回向を頼まれる。庵室に案内されたが仏像仏具が一切なく、武具が並べてあるので驚くと、自分は出家したばかりで、またこの辺は盗賊が出没するので、その時には長刀をひっさげて旅人を助けるのだと答える。僧の身でありながらつまらぬ手柄話をしたと恥じつつ、愛染明王が妄念を射る方便として弓矢を持ち、毘沙門天が鉾を持って悪魔を降伏させるようなものと言う。やがて都の僧を寝室に案内し自分も寝所に入るかと見えたが姿は消え、庵室も消え、都の僧は草むらに居ることに気付く(中入)。所の者から大盗賊熊坂の事を聞き、僧が夜もすがら弔っていると、熊坂の霊が長刀を手に現れる。そして、この赤坂の宿で奥州下りの金売吉次一行を襲った有様を物語る。諸国の盗賊仲間を集め襲撃したが、たった一人の十六、七の小男牛若に次々と斬り伏せられ、長範自身も激しく闘うが、ついに討たれたと語り、供養を願い、夜明けとともに消えてゆく。

素材・主題　義経記二や平治物語・下に見える牛若の盗賊退治譚に取材した謡曲「烏帽子折」と同材異曲であるが、先後関係は不明。「烏帽子折」が現在の事件として描くのに対し、本曲は熊坂長範の霊が旅僧に昔語りをする幽霊物で、区別して「幽霊熊坂」とも呼ばれた。草庵に対座する二人の僧がかもし出す前場の静と、長刀を自在に捌き激しい動きを見せる後場との対比が鮮やかな作品。諺や俗語・禅語の使用が目に立つ。アイの語りで初めて熊坂の名が出されるのも異例。上演記録では、永正十一年(一五一四)南都での四座立合の祈雨祈願能が早い(権官中雑々記・申楽談儀後人追記)。

【一】〔次第〉〈次第〉ワキ　〽ニ憂《う》しとは言《い》ひて捨《すつ》る身の、憂しとは言ひて捨る身の、行《ゆくへ》ゑなにとか定む覧《らん》。

ニつらい憂き世とて、世を捨てた出家行脚の身、旅の行方をどこに定めよう。飄然と旅路に出る姿。現行観世「行方いつとか定むらん」。

以下二三二頁

一逢坂山を越えて、近江路にかかったからか、琵琶湖に近い粟津の森も見える勢田の長橋を過ぎて。ニ「泡」に音通で「湖」の縁語。三琵琶湖の南端から流れる勢田川に架けられた長橋。縁渡る—橋。四野路や篠原(共に近江の地名)を夜の明けぬうちに旅立ち、朝露深き道を青野が原(美濃の地名)へと急げば、名は青野ながら木々は赤く色づいており、赤坂の里に着く頃は日も暮れていた。五「節(よ)」に音通で「篠」の縁語。六美濃国不破郡の宿駅。七シテが幕から呼びかけて登場、ワキと問答しつつ舞台に入る。八誰のためと心得て。九街道ではないので、の意か。一〇ああしようがない。困惑の心。一一いや、それでも構わないはず。一二「出離生死」まで、経文同様に用いられた

〈名ノリ〉ワキ「是は都方《がた》より出《(いで)》たる僧にて候、我未《いま》だ東国を見ず候程に、唯今思ひ立《(たち)》東国修行と心ざし候。

〈上歌〉ワキ〽[一]山越《(こえ)》て、近江路なれや湖《(みづうみ)》の、近江路なれや湖の、粟津《あはづ》[二]の森も見え渡《わた》る、勢田[三]の長橋うち過《(すぎ)》て、[四]野路篠原《しのはら》に夜《(よ)》[五]を籠《こ》めて、朝立《だ》つ道《みち》の露深《ふか》き、名こそ青野が原《はら》ながら、色付《づ》く色か赤坂[六]の、里も暮行《(くれゆく)》日影かな、里も暮行日影かな。

【二】〈問答〉[七]シテ「いかにあれなる御僧に申《(まうす)》べき事の候　ワキ「こなたの事にて候か何事にて候ぞ　シテ「今日《けふ》は去《(さる)》者の命《めい》日にて候、弔《とむら》ひて給《(たまは)》り候へ　ワキ「それこそ出家の望《(のぞみ)》なれ、去《(さり)》ながら誰《(たれ)》[八]と心ざして廻向《(ゑかう)》申べき　シテ「たとひ其名は申さずとも、あれに見えたる一木《(ひとき)》の松の、少《(すこし)》こなたの茅原《かやはら》こそ、只今申古墳《(こふん)》なれ、往復《わうぶく》[九]ならねば申也　ワキ「[一〇]あら何共なや、誰と名を知《し》らで廻向はいかな覧《(らん)》　シテ「[一一]よしそれとても苦《くる》しからず、[一二]法界衆生平等利益《(ほふかいしゆじやうびやうどうりやく)》

ワキ〽出離生死《(しゆつりしやうじ)》を　シテ〽離《はな》れむとの。

〈上歌〉同〽御弔《とむら》ひを身に受《う》けば、御弔ひを身に受けば、たとひ其名は名乗《なの》らずとも、受《う》け喜《よろこ》[一三]ばば、それこそ主《ぬし》よ有難や、[一四]廻向《ゑかう》は草木国土《(さうもくこくど)》まで、漏《も》らさじなれば別《わ》きてその、主《(ぬし)》にと心当《あ》てなく共《(とも)》、扨《(さて)》こそ廻向なれ、浮《う》かまでは如何あるべき。

【三】〈問答〉シテ「さらばこなたへ御入《(おんいり)》候へ、愚僧が庵室の候に、一夜を明《あ》かして御通り候へ　ワキ「さらばから参らふ《(う)》ずるにて候。

誦句。一切の衆生は仏の慈悲の功徳を平等に受け、生死の苦しみを離れる。　一三 喜んで受け入れる。　一四 追善回向の功徳は非情の草木まで悉く成仏させる程なのだから、ことさらにその人のためと決めなくてもそのままで供養になる。　一五 常に身近において信仰する仏像を安置する堂。ここは仏間。　一六 底本「あんじ」。　一七 一方の壁。　一八 禅僧が行脚の折に携える長い杖。底本「柱杖」。　一九 武器を隙間なく並べてあるのは。　二〇 発心出家してまだ間もない者。

僧形の者の頼み

二一 ともに美濃国不破郡の宿駅。　二二 赤坂の北方にある森。　二三 雨の降る時など昼間でも構わず。　二四 「ヨタウ　夜の盗賊」(日葡)。　二五 馬に高く積んだ荷を奪い取り。　二六 里に通う下女や下婢《(はしため)》といった者まで。容赦なき所業をさす。　二七 このあと「その声耳にも隙もなし」が入る(宝生・金春・喜多)。　二八 叫びながら駆けつけると、実際、何度かに一度は、何事もなく済む事もある。　二九 こんな振舞も、よろしいかと。　三〇 なんともあきれた、世捨人らしからぬ考えで。　三一 証拠のない手柄話の意の諺。毛吹草・世話にも「ししやうなきてがら」とある。なお〈語リ〉から〈クセ〉になる例は稀。　三二 僧に似つ

〈問答〉ワキ「いかに申べき事の候、[一五]持仏堂に参り勤《つと》めを始《はじ》めうずると存《ぞんじ》候処に、[一六]安置《あんぢ》し給ふべき絵像木像の形《かたち》もなく、[一七]一壁《べき》には大長刀《おほなぎなた》、[一八]拄杖《しゆぢやう》にあらざる鉄《かね》の棒、其外《そのほか》[一九]兵具《ひやうぐ》をひつしと立置《を》かれて候、是は何と申《まうす》御事にて候ぞ。

〈語リ〉シテ「さむ候《ザウラウ》此僧は、未《いま》だ[二〇]初発心《しよほつしん》の者にて候が、御覧候ごとく此《この》あたりは、[二一]垂井青墓《あふはか》赤坂とて、その里々は多けれ共《ども》、間々《あひだあひだ》の道《みち》すがら、青野が原の草高《たか》く、逢墓《あふはか》[二二]子安の森繁《しげ》れば、[二三]昼ともいはず雨のうちには、山賊《さんぞく》[二四]余党《よたう》の盗《ぬす》人等、[二五]高荷《たかに》を落《お》とし[二六]里通《がよ》ひの、下女《げぢよ》や端《はした》の者《もの》迄も、うち剝《は》ぎ取《とら》れ[二七]泣叫《さけ》ぶ、左様の時は此僧も、例の長刀ひつさげつつ、爰《ここ》をば愚僧に任《まか》せよと、[二八]呼《よ》ばはり掛《か》くれば実《げに》は又、一度は左《さ》もなき時もあり、左様の時は此所の便《たより》にも成《なる》者ぞかしと、喜《よろこ》び合《あ》へば[二九]然《しか》るべしと、思ふ計《ばかり》の心也、[三〇]なむぼう浅ましき世を捨《す》て者《もの》の所存候《ザウラウ》ぞ。

〈クセ〉同〽[三一]支証なき手柄《がら》、[三二]似合《あ》はぬ僧の腕立《うでだ》て、さこそおか《を》しと思《おぼ》すらん、去《さり》ながら仏も、[三三]弥陀の利剣や[三四]愛染《あいぜん》は、方便の弓に矢を矧《は》げ、[三五]多聞《たもん》は鉾《ほこ》を横《よ》たへて、悪魔を降伏《がうぶく》し、災難《さいなむ》を攘《はら》ひ給へり　シテ〽されば、[三六]愛着慈《あいぢやくじ》悲《ひ》心《しん》は　同〽達多《だつた》が五逆に勝《すぐ》れ、[三七]方便の殺生は、菩薩の六度に優《まさ》れりとか、[三八]是を見彼《か》れを聞《きき》、他を是《ぜ》非《ひ》知《し》らぬ身《み》の行ゑ《ゆくへ》、迷《まよ》ふも悟《さと》るも心ぞや、[三九]されば心の師とはなり、心《こころ》を師とせざれと、古き言《こと》葉に知《し》られたり。

【四】〈歌〉同〽か様《やう》の物語、申さば夜も明《あ》けなまし、お休《やす》みあれや御僧たち、我もまどろまむ

かわしからぬ腕自慢。さりながら仏も武器に縁があると、以下の文を綴る。　三三 弥陀の名号は一切の罪障を断ち切るゆえに、利剣に譬えた。「利剣即是弥陀号、一声称念罪皆除」（善導「般舟讃」）。

兵具を並べた庵室

三四 愛染明王は三面六臂の忿怒尊。手に弓を持ち、矢をつがえる姿は衆生の妄念を射る象徴。「放下僧」に類句。　三五 多聞天。毘沙門天の別称。忿怒の相を表す武神の姿。

三六 恩愛執着の念より起こる慈悲心は、仏道の障害となるものだが、釈迦の従弟、提婆達多（だいばだつた）が犯した五逆よりは勝っている。

三七 方便のための殺生は、菩薩が悟りを開くための六種の行法より勝れている。古諺・成句らしい。

三八 かかる事例を見聞するだけで、その他の事の是非を弁え知らぬ身。

三九 それで、「心の師となって自らを導け、迷いの心を師としてはならぬ」と古人の言葉にもある。「願レ作ニ心師一、不レ師ニ於心一」（涅槃経）。毛吹草・世話にも「心の師とはなれ、心を師とせざれ」。

以下二三四頁

一 住持の寝室。禅語。　二 「女郎花」「錦木」「求塚」の待謡に類似。　三 「臥す」の縁語。「東の間」の序。　四 現観世・宝生「声仏事をやなしぬらん」。下掛の〈上歌〉は「松風寒き

さらばと、眠蔵《めんざう》[一]に、入《(いる)》よと見《み》えつるが、形《かたち》も失《う》せて庵室《(あんじつ)》も、草叢《むら》と成《(なり)》て松陰《かげ》に、夜を明《あ》かし
たる不思議さよ、夜を明かしたる不思議さよ。　（中入）

【五】〈問答・語リ・問答〉（アイの所の者がワキの問いに答えて、盗賊熊坂長範の事を語る。ワキが先刻の出来事を話すと、熊坂の跡を弔うよう勧める）

【六】〈上歌〉ワキ　ヘ一夜《(ひとよ)》[二]臥《ふ》す、[三]牡鹿《をしか》の角《つの》の束《つか》の間《ま》も、牡鹿の角の束の間も、寝《ね》られむものか秋
風の、松の下《した》臥《(ぶし)》夜もすがら、[四]彼無跡《(かのなきあと)》を弔《と》ふとかや、彼無跡を弔ふとかや。

【七】〔出端〕〈サシ〉後シテ　ヘ[五]東南《(とうなん)》に風起《た》ちて西北《(せいほく)》に雲静《しづ》かならず。
〈一セイ〉シテ　ヘ[六]夕闇《やみ》の、夜風烈《はげ》しき山陰に　地　ヘ梢《(こずゑ)》木《(こ)》の間や、騒《さは》ぐ覧《(らん)》　シテ　ヘ[七]有明比《ごろ》か
いつしかに。
〈ノリ地〉同　ヘ月は出《(いで)》ても、朧《おぼろ》夜なるべし、斬《き》り入《(いれ)》攻《せ》めよと、前後を下知《(げぢ)》し、[八]弓手《(ゆんで)》や馬手《(めて)》に、
心を配《くば》つて、人の宝《たから》を、奪《うば》ひし[九]悪《あく》逆、娑婆《しやば》の執心、是《(これ)》御覧ぜよ、浅ましや。

【八】〈誘イゼリフ〉ワキ　「[一〇]熊坂《くまさか》の長範《ちやうはん》にてましますか、其時の有様御物語《がた》り候へ。
〈クリ〉シテ　ヘ抑《(さて)》も[一一]三条の吉次《(きちじ)》信高とて、金《(こがね)》を商《あきな》ふ商人《(あきんど)》あつて、毎年[一二]種多《(すだ)》の宝《たから》を集《あつ》めて、高荷《たかに》
を作《つく》つて奥へ下《くだ》る。
〈掛合〉シテ　色　[一三]あつぱれ是を取《(とら)》ばやと、[一四]与力の人数《(にんじゆ)》は誰々《たれたれ》ぞ　ワキ　ヘ抑《(さて)》国々より集《あつ》まりし、
中にとりても誰《た》がありしぞ　シテ　ヘ[一五]河内の覚桑《カクシヨオ》　色　磨針《すりはり》太郎兄弟は、[一六]面《(おもて)》討《う》ちには双《なら》びなし
ワキ　ヘさて又都の其うちに、多き中にも誰《た》が有《(あり)》しぞ　シテ　「三条の衛門《(ゑもん)》壬生《みぶ》の[一七]小猿《(こざる)》　ワキ

この原の、〳〵、草の仮寝のとことはに、御法をなして夜もすがら、かの跡弔ふぞありがたき、〳〵」。五 天下泰平の形容（「呉服」「志賀」「調伏曾我」など）を逆用し、ただならぬ夜景を描写。→「呉服」三八

弔い

九頁注一五。六 夕闇に夜風が激しく吹き、山陰の木々の梢がざわざわと騒ぐ。七 いつしか有明の月が出る時刻になったようだが。吉次の旅宿襲撃の夜の光景と重ねる。八 左や右に気を配って。九 悪逆をなした娑婆に執心が残って、このような有様。一〇 盗賊の首領。本曲では加賀の国の盗賊、「烏帽子折」では「東海道に隠れもなき」、舞曲「烏帽子折」には「越後と信濃の境なる熊坂長範親子六人」とある。義経記では強盗の首領は出羽の由利の太郎と越後の藤沢の入道で、場所も鏡の宿（しゆく）。

熊坂の懺悔物語

一一 義経記一「その頃三条に大福長者あり、名をば吉次信高とぞ申しける。毎年、奥州に下る金商人」。一二 たくさん。一三 コトバとフシの中間。一四 加勢に集結した。一五 以下、国名や地名を冠して列挙された盗賊はみな素姓不明。覚乗・覚紹など、文字・清濁も不確実。一六 正面から討ち入ること。

へ火[一八]ともしの上手分《(わけ)》[一九]斬《き》りには　シテ「これらに上はよも越《こ》さじ　ワキへさて北国には越前の　シテ「麻生《あさふ》[二〇]の松若《わか》三国《(みくに)》の九郎　ワキへ加賀の国には熊坂の　シテ「此長半《(ちやうはん)》を始《はじ》めとして、究竟《くきやう》[二一]の手柄の痴《し》[二二]れ者《もの》ら、七十人は与力《よりき》して　ワキへ吉次《(きちじ)》が通る道すがら、野にも山にも宿《(しゆく)》泊《と》まりに、目[二三]附《めつ》けを付《(つけ)》てこれを見す　シテ「此赤坂の宿《(しゆく)》に着《つ》く、爰《(ここ)》こそ究竟[二四]の所なれ、引[二五]場《(ひき)ば》も四方《(しはう)》に道多《みちおほ》し、見れば宵より遊君《(いうくん)》[二六]据《す》へ《(ゑ)》、酒博《(しゆはく)》の遊《あそ》び時を移《うつ》す　ワキへ夜《(よ)》も更行《(ふけゆけ)》ば吉次兄弟、前後も知《し》らず臥《(ふし)》たりしに　シテ「十六七の小男の、目[二七]の内《うち》人に勝《すぐ》れたるが、障子の隙間《すきま》物間《あひ》の、そよともするを心に掛《か》けて　ワキへ少《(すこし)》も臥《ふ》さで有けるを

シテ「牛若殿とは夢にも知《し》らず　ワキへ運の尽《つ》きぬる盗人等《(ぬすびとら)》　シテへ機[二八]嫌はよきぞ

ワキへはや入《(いれ)》と。

〈中ノリ地〉同へいふ[二九]社程《(こそ)》も久しけれ、いふ社程も久しけれ、皆我先《さき》にと続松《(たいまつ)》を、投《な》げ込《こ》み投《な》げ込《こ》み乱入《(みだれいる)》、勢《いきほひ》[三〇]はやうやく神《じん》も、面《おもて》を向《(むく)》べき様ぞなき、然共《(しかれども)》牛若子《(ご)》、少《(すこし)》恐《おそ》るる気色なく、小太刀《(こだち)》を抜《ぬ》いて渡《わた》り合《あ》ひ、獅子《しし》[三一]奮《ふ》迅《じん》虎《こ》乱入《らむにう》、飛鳥《(ひてう)》の翔《かけ》りの手を砕《くだ》き、攻《せ》め戦《たたか》へば堪《こら(へ)》えず、表《おもて》に進《すす》むを十三人、同[三二]じ枕に斬《き》り臥《(ふせ)》られ、其外《(そのほか)》手負《お》ひ太刀を捨《(すて)》、具足を奪《うば》はれ這《は》ふ這《は》ふ逃《に》げて、命—ばかりを免《のが》るもあり、熊坂言《い》ふ様《(やう)》、此者どもを手[三三]の下《した》に、討《う》つは如何様鬼神《(おにかみ)》か、人間にてはよもあらじ、盗《ぬす》[三四]みも—命のありてこそ、あら[三五]支用《(しよう)》や退《ひ》かんとて、長刀杖に突《つ》き、うしろ[三六]めたくも引《(ひき)》けるが　シテへ熊坂思ふやう　同へ熊坂思ふやう、物[三七]々し其冠者《(カじや)》が、斬《き》ると

一七 次に「油の小路の小狐は」が入る(金春)。一八 松明をつけて夜討ちをすることか。投げ松明のことか。一九 分断攻撃のことか。

夜襲の準備

二〇 麻生・三国とも越前の地名。二一 とりわけ腕っぷしの強い暴れ者。二二「盗人《(ぬすびと)》」(金春)。二三 これらの強盗が吉次の通る道々、宿場宿場に見張りを付けたこと。二四 きわめて好都合な場所。二五 夜討ちを為損じた時の逃げ場。二六 遊女を侍らせ、酒や博打に興じ。底本、諸本「数百《(すはく)》」。金春「酒博《(シユハク)》」、「シュハクヂョウ(酒博娘)酒と博奕と女と」(日葡)に従う。二七 眼光鋭く輝いている。二八 好機到来、さあ押し入れ。二九 言うより早くの意。三〇 不明。陽疫神(観世・宝生・喜多)、妖疫神(金剛)、やうやく神(金春)、と不定。古版本に行疫神《(ぎやうやくじん)》。廃曲「現在千方」に「陽疫神も、面を向くべき様…」。三一 迅速勇猛な勢いの形容。次句の「虎乱入、飛鳥の翔り」(ともに戦法)と続け戦闘描写の慣用表現。三二 枕を並べて。三三 いともたやすく。三四 床几にかけていたシテは、立ち、以下、

戦闘の有様

最後の戦いのさまを薙刀をふるい仕方話で語る。三五 ああ折角の夜

いふ共《(とも)》さぞ有《(ある)》らん、熊坂−秘術を奮《ふる(ふ)》うならば、如何なる天魔鬼神《(きじん)》なり共、宙《ちう》に掴《つか》むで微塵《みぢん》になし、討《(うた)》れたる者共の、いで[一]孝養《(けうやう)》に報《ほう》ぜんとて、道より取《と》つて返し、例の長刀[二]引側《(ひき)そば》め、折[三]端戸《つま》を小楯《こたて》にとつて、彼《(かの)》小男を狙《ねら》ひけり。牛若子《(ご)》は御覧じて、[四]太刀抜《ぬ》き側《そば》め物間《あひ》を、少《(すこし)》隔《へだ》てて待《(まち)》給ふ、熊坂も長刀構《かま》へ、互《たが》ひに掛《か》かるを待《(まち)》けるが、[五]いらつて熊坂[六]早足《さそく》を踏《ふ》み、鉄壁《てつぺき》も徹《とを》れと突《つ》く長刀を、[七]はし《ハッシ》と打《う》つて[八]弓手《(ゆんで)》へ越《こ》せば、追《を》つ懸《か》けすかさず込《こ》む長刀に、ひらりと乗《の》れば[九]刃向《はむ》きになし、退《しさ》つて引《(ひけ)》ば[一〇]馬手《(めて)》へ越《こ》すを、おつ取直《(とり)なを》してちやうと斬《き》れば、[一一]中《(ちう)》にて結ぶを解《ほど》く手に、却《かへ》つて払《はら》へば飛《と》び上《あ》がつて、其儘《(そのまま)》見えず形《かたち》も失《う》せて、爰《(ここ)》やかしこと尋ぬる処に、思ひもよらぬ後《うしろ》より、具足の隙間《すきま》をちやうと斬《き》れば、こはいかにかの冠者《(カじゃ)》に、斬《き》らるる事の、腹立《(はらたち)》さよと、言《い》へども天命の、運の極《きは》めぞ無念なる。

【九】〈ノリ地〉同 カヽル 〽打《う》ち[一二]物業《わざ》にて、かなふまじ、打ち物業にて、かなふまじ、手捕《(てどり)》にせんとて、長刀投《な》げ捨《す》て、大手を広《ひろ》げて、爰の[一三]面廊《めんらう》、かしこの[一四]詰《つ》まりに、追《を》つ懸《(かけ)を》追つ詰《つ》め、取《と》らんとすれ共《(ども)》、[一五]陽炎稲妻《かげろふいなづま》、水の月かや、姿は見れども、手に取《と》られず シテ 〽次第次第に、重手《をも(で)》は負《お》ひぬ 同 〽次第次第に、重手は負ひぬ、猛《たけ》き心、力も弱《よは》り、弱《よは》り行て。

〈歌〉シテ 〽此[一六]松が根《ね》の 同 〽苔の露霜と、消《(きえ)》し昔の物語、末《すゑ》の世助《たす》け賜《た》び給へと、[一七]木綿付《ゆふつ》け告《つ》げ渡《わた》り、夜も白々《しらしら》と赤坂の、松陰《かげ》に隠《かく》れけり、松陰《まつかげ》にこそは隠《かく》れけれ。

討ちも無駄骨になったか。「アラシヨウヤ、人ノ往還ナキヲ愁イ事ヤゾ」(四河入海)。底本「勝負」。「枝葉・笑止」も不可。 三六 卑怯にも。「後ねたくも」とも。 三七 仰々しく騒ぎ過ぎた。その若者が斬るといったところで。

以上二三五頁

一 追善供養。 二 小脇にかいこみ。 三 折り畳み可能な端戸(両開きの戸)。 四 太刀を抜いて側へ引き寄せ、相手との距離を少し置いて。 五 苛立って。 六 早い足遣い。 七 主語牛若。以下、両者の主語を省いて描く。 八 牛若が左へ逃げたので、間髪を入れずに突っ込む薙刀に。 九 刃を牛若へ向けて。 一〇 右へ飛び退く。 一一 牛若が受け空中で切り結んだのを、熊坂が薙刀をふりほどきざまに斬り払うと、牛若は飛び上り。 一二 薙刀や太刀では、とても敵うまい。「烏帽子折」に類似表現。 一三 「馬道(めどう)」の転。殿舎の間に渡した取りはずし可能な板の廊下。 一四 行詰りの所。 一五 目には見えても手に捉え難い物の譬え。金春流の古版本「…取られず」のあとに〈カケリ〉を入れ、相手を探し求める心を表現。 一六 [付]松が根—苔。 一七 鶏。[掛]言ふ—木綿、明く—赤坂。

以下二三八頁

一 京都の異称。中国洛陽の都に擬す。 二 三月中旬。下掛は「…の末

采女《うねめ》

三番目物　古称、猿沢
本鬘物　世阿弥作か

場景　前場―大和国春日の里。猿沢の池のほとり。三月半ばのある日の夕暮れ。後場―同じ所。同じく、深夜。

人物　前ジテ　里の女〔若女(深井)・唐織着流〕
後ジテ　采女の霊〔同前・長絹大口〕
ワキ　旅の僧〔大口僧(着流僧)〕
ワキヅレ　同行の僧〔大口僧(着流僧)〕
アイ　春日の里の男〔長上下〕

梗概　諸国一見の僧が弥生半ばの花の都をあとに奈良春日の里に到着、春日神社に参詣する。一人の里の女が現れ社頭の生い繁る森にさらに木を植えているので、不思議に思い僧が尋ねると、女は藤原氏の氏神春日明神の由来を語り、神木の植樹であると述べ、藤の花が盛りの春の景色は釈迦が説法した霊鷲山《りようじゆせん》や浄土の景色にも劣らないと語る。やがて女は僧を猿沢の池に案内し、昔、帝の心変りを恨み池に身を投げた采女を帝が哀れみ「吾妹子が寝ぐたれ髪を猿沢の池の玉藻と見るぞ悲しき」と詠んだ事を語り、自分はその采女の霊であると告げて池水に消える(中入)。里の男が僧の問いに答えて采女の事などを語り、弔いを勧める。その夜、読誦する僧の前に采女の霊が昔の美しい姿で現れ、弔いを喜び、帝に仕える人々の多い中、ことに采女は「心を砕き君辺に仕へ奉る」者で、昔、葛城の王《おおきみ》が陸奥に下向の折、遊宴を助けた采女の「安積山の詠の故事」を語る。やがて「月に啼け、同じ雲井の郭公、天つ空音の万代までに」と天長地久を祝い、遊楽をなし、その遊舞は必竟、仏の功徳を讃美する因縁であると説き示し、再び猿沢の池の水底へ帰っていく。

素材・主題　猿沢の池に入水した采女(大和物語・一五〇段など)と浅香山の歌を詠んだ采女(古今集・仮名序)とを同人物とする毘沙門堂本古今集注などの中世古今序注の所説に、春日神社の草木縁起を配し、月の光さす猿沢の池を背景に采女の霊の遊楽を描く。采女の戯れを讃仏乗の因縁にとりなし、祝言性に富む。全体に恨みも悲しみさえもなく、本三番目の能でこれほど祝言の意を持たせている能も例がない。世阿弥の五音に引く「飛火」(前場の〈語リ〉から〈上歌〉)と一部が共通し、詞章にも「神と君との道直に」「安全」「花鳥…とぶさ」など世阿弥の能とも通い、世阿弥の造語「遊楽」を多用している点から、「飛火」と采女尽くしとを柱とした世阿弥ないしその子弟(元雅・禅竹など)の作らしい。「月に啼け…」は右大将義満参内饗讌仮名記(康暦元年四月の宴)に見える二条良基の発句である。

つ方」。〈サシ〉〈上歌〉で、空ものどけき弥生の頃、花洛を立って春日の里に至る途中の光景を、歌枕を連ねつつ歌う。三 まだ夜の深い頃から、東の空が白む頃、暁の光とともに。四 掛(都を)下り―下り月。陰暦十八日頃から二十一、二日までの月。五 掛深―深草山。下掛「朝の八重霞」。六「宇治路ゆく末こそ見えね山城の木幡の関を霞こめつつ」(頼政集)を借りるか。深草山・木幡山・井手の里・春日の里は歌枕。七 付中宿―宇治。掛出―井手。八 奈良山北方の坂。京から奈良へ入る口。九 囃子につれてシテが登場、手に木の葉を持つ。一〇 社参の道が真直ぐなことと由緒正しい宮(春日社)寺(興福寺)であることを重ねる。春日神社と興福寺は藤原氏の氏神・氏寺で、一体。一一 夜が更け静まり、春日四所明神(鹿島・香取・平岡・伊勢の四神)の神前の、燈火《ともしび》の幽遠な光は、まさに俗世から離れた別世界の光。その光と共に、深夜の月の光が朧々と杉の木の間から洩れてくる光景。「更闌夜静、長門閴而不レ開」(和漢朗詠集・恋・張文成)、白居易「耿々残燈背レ壁影」(同・秋・秋夜)、「背レ燭共憐深夜月」(同・春・春夜)を重合。一二 底本「胶」を訂正。一三「照りもせず曇りもはてぬ春の夜のおぼろ月夜にしくものぞな

【一】〔名ノリ笛〕〈名ノリ〉ワキ「是は諸国一見の僧にて候、我此程《このほど》は都に候ひて、[一]洛陽の寺社《じしや》残りなく拝み巡《めぐ》りて候、又是《これ》より南都に参らばやと思《おも》ひ候。

〈サシ〉ワキ〽比《ころ》は[二]弥生の十日余《あまり》、花の都を旅立《たびだち》て、[三]まだ夜をこめて篠目《しののめ》の。

〈上歌〉ワキ・ワキツレ〽影ともに、我も都を[四]下《くだ》り月、我も都を下り月、[五]残る朝《あした》の朝霞、[六]深《ふか》草山の末続《すゑつづ》く、木幡《こはた》の関を今朝《けさ》越《こえ》て、宇治の[七]中宿井手《ゐで》の里、過《す》ぐれば是ぞ[八]奈良坂《ならざか》や、春日の里に着《つき》にけり、春日の里に着にけり。

〈着キゼリフ〉ワキ「荒《あら》嬉しや急《いそぎ》候間、程なふ《う》春日の里に着て候、心静《しづ》かに社参《しやさん》申さばやと思ひ候。

【二】[九]〔次第〕〈次第〉女〽[一〇]宮路正《ただ》しき春日野の、宮路正しき春日野の、寺にもいざや参らむ。

〈サシ〉〽[一一]更闌夜静《かうたけよしづか》にして、四所《ししよ》明神の宝前に、[一二]耿々《かうかう》たる燈《ともしび》も、世《よ》を背《そむ》けたる影かとて、共《とも》に憐《あは》れむ深夜の月、[一三]朧々《おぼろおぼろ》と杉の木の間《ま》を洩《も》り来《く》れば、神の御《おん》心にもしく物なくや思《おぼ》すらん。

〈下歌〉シテ〽[一四]月に散《ち》る、花の陰行《ゆ》く宮巡《めぐ》り。

〈上歌〉シテ〽運《はこ》ぶ歩《あゆみ》の数よりも、運ぶ歩の数よりも、積《つ》もる[一五]桜の雪の庭、又色添《そ》へて紫《むらさき》の、花《はな》を垂《た》れたる藤の門《かど》、明《あ》くるを春の気色かな、明くるを春の気色かな。

【三】〈問答〉ワキ「いかに是なる女性《によしやう》[一六]に尋申《たづねまうす》べき事の候　女「こなたの事にて候か、何事にて候ぞ　ワキ「見申せば是程茂《しげ》りたる森林《もりはやし》に、重《かさね》て木を植給《うゑ》ふ事不審にこそ候へ　女

き」(新古今集・春上・大江千里)を引く。春日明神への讃仰は藤原氏の門葉の繁栄の讃美を意味する。
一四 春の夜の月光の下、花散る木陰を通って宮寺へ参詣することも幾たびか。その数よりも繁く桜の花が雪のように積もった神のお庭。
一五 付桜—雪、庭—紫、紫—藤。
一六 底本「姓」を訂正。
一七 以下の内容に照らせば、「木を植ゑて神の御心に叶ふ謂れ」(車屋本)とある方がふさわしい。
一八 以下の〈語リ〉〈サシ〉〈上歌〉は五音の「飛火」とほぼ同文。
一九 称徳天皇の時の年号。七六八年、河内国生駒山西麓の平岡から移ったことを「影向」(来現)と表現した。
二〇 人里に近い山。底本「葉山」。神代巻私見聞(良遍)「春日影向事、示云、鹿島明神…其比ハ春日山ニ木モ無カリケレバ、榊ヲ持テ行テ指置玉ヘリ」。

月下の春日の社頭

二一 縁木—本。
二二 前の「端山」と対比。底本「太山」。
二三 裳裾に付いた一枚の木の葉でも持ち去ってはならない。
二四 煩い多い人の世に繁る木陰のように神のお陰(慈悲)の深からんことを祈って。
二五 春日明神の菩薩名が慈悲万行菩薩。普く行きわたる慈悲を日の光に譬えた。
二六 法相(ほっそう)宗の根本教義たる万法唯識の妙理を知る

「扨《さて》は当社初《はじ》めて御参詣の人にて御入候か　ワキ「さむ候《ザウラウ》始《はじめ》て此所に参りて候、当社の[一七]謂《いはれ》委《くは》しく御物語《がた》り候へ。

〈語リ〉女「[一八]抑《そもそも》当社と申は、[一九]神護景雲《じんごけいうん》二年に、河内国平岡より、此《この》春日山本宮《ほんぐう》の嶺に影向《やうがう》ならせ給ふ、されば此山、もとは[二〇]端山の陰浅《かげあさ》く、木陰《こかげ》ひとつもなかりしを、陰頼《かげたの》まむと藤原や、氏人《うぢうど》よりて植《うゑ》し木の、[二一]本《もと》より恵《めぐ》み深《ふか》き故《ゆゑ》、程《ほど》なくか様《やう》に[二二]深山《みやま》となる、然《しかれ》ば当社の御誓ひにも、人の参詣は嬉《うれ》しけれ共《ども》、[二三]木の葉《は》の一葉《いちえふ》も裔《もすそ》に付てや去《さり》ぬべきと、惜《をしみ》給ふも何故ぞ、[二四]人の煩ひ繁《しげ》き木の、陰深かれと今も皆、所願成就を植《う》へ《ゑ》置《を》くなり。

〈サシ〉女 カヽル 〽されば[二五]慈悲万行《まんぎやう》の日の影は、三笠の山に長閑《のどか》にて、[二六]五重唯識《ごぢうゆいしき》の月の光《ひかり》は、春日の里に隈《くま》もなし。

〈下歌〉同 〽[二七]かげ頼《たの》みおはしませ、唯《ただ》かりそめに植《う》ふ《う》る共《とも》、[二八]草木国土成仏の、神木《しんぼく》と思召《おぼしめし》、あだにな思《おも》ひ給ひそ。

〈上歌〉同 〽[二九]荒金《あらかね》の其初《そのはじめ》、荒金の其初、治まる国は久方《かた》の、[三〇]あめはこぎの緑《みどり》より、花開《ひら》け香《か》残りて、仏法流布の種久《ひさ》し、[三一]昔《むかし》は霊鷲山《りやうじゆせん》にして、妙法花経《めうほけきやう》を説《とき》給ふ、今は衆生を度せんとて、大明神と現《あらは》れ、此《この》山に住《すみ》給へば、[三二]鷲の高根とも、三笠《かさ》の山を御覧ぜよ、さて[三三]菩提樹の木陰とも、盛《さかり》なる藤咲《さき》て、松にも花を春日山、長閑《のどけ》き陰は霊山《りやうぜん》の、浄土の春に劣《をと》らめや、浄土の春に劣らめや。

ための五種の段階を月の光に譬えた。興福寺は法相宗の本山。前句と対句。この〈サシ〉と類句が同じく春日の里を舞台とする「野守」にも見える。

植樹の謂れ

二七「草木の陰」に前句の「日の影」「月の光」を掛け、当社の慈悲の御神徳を仰ぎ給えとの心。 二八 草木国土悉皆成仏を現す神木。 二九 以下の〈上歌〉で、草木が神仏に因縁のある事とその故事を引き、かくも木陰の繁る春日山は天竺の霊鷲山にも劣らずと称讃。「あらかね」は国土の意。 三〇 天葉若木。鹿島明神の神木。廃曲「鹿島」に「この御神あめより下り給ひし時かざし給ひし木」。 三一 昔、釈迦如来は霊鷲山で法華経をお説きになり、今は衆生を救わんと春日明神に姿を変えて出現し、この三笠山に鎮座しておられる(貞慶「春日大明神発願文」)。「昔在二霊山一名二法華一、今在二西方一名二弥陀一、…」

春日は仏法の霊地

(慧思禅師の偈)に基づく。→「朝長」一三頁注二一。 三二 霊鷲山のこと。→「春日龍神」。 三三 釈迦がその下で悟り(菩提)を開いたとされる樹木。藤の木をこれに譬えた。松と藤の取り合わせは藤原氏の繁栄を示す慣用表現(例、千載集・雑中・藤原公行の歌)。〔掛〕貸す—春日。

【四】〈問答〉女「いかに申べき事の候、猿沢の池とて隠《かく》れなき名池の候御覧ぜられて候か　ワキ「承及《うけたまはりおよび》たる名池にて候御教《をし》へ候へ　女「こなたへ御出候へ、これこそ猿沢の池にて候へ、又思ふ子細の候へば、此池の辺《ほとり》にて、御経を読《よ》み仏事をなして給《たまは》り候へ　ワキ「安間《やすきあひだ》の事、仏事をばなし申べし、扨《さて》誰《たれ》[一]と廻向《ゑかう》申べき　女「是は昔《むかし》[二]采女と申《まうし》人、此池に身を投《な》げ空《むな》しく成《なり》し也、されば天《あめ》の御門《みかど》の御歌に、〽吾妹子《わぎもこ》[三]が寝《ね》ぐたれ髪《がみ》を猿沢《さるさは》の、池の玉藻と見《み》るぞ悲《かな》しきと、詠《よ》める歌の心《こころ》をば知《し》ろしめされ候はずや　ワキ「実々《げにげに》此歌は承及《うけたまはりおよび》たる様に候、委《くはしく》御物語候へ。

〈語リ〉女「さらば語《かたり》て聞《きか》せ申候べし、昔天《あめ》の御門の御時に、ひとりの采女ありしが、采女《うねめ》とは君に仕《つか》へし上童《うへわらは》[四]なり、初《はじ》めは叡慮浅《あさ》からざりしに、程なく御心変《こころか》はりしを、及ばずながら君を恨《うら》み参らせて、此池に身を投《な》げ空《むな》しく成《なり》し也。

〈掛合〉ワキカヽル〽実々《げにげに》我も聞及《ききおよび》しは、御門哀《あはれ》と思召《おぼしめし》、此猿沢《さは》に御幸《みゆき》なりて　女「采女が死骸を叡覧あれば　ワキ〽さしも[五]さばかり美《うつく》しかりし　女〽翡翠《ひすい》[六]の笄《かんざし》嬋娟《せんげん》の鬢《びん》　ワキ〽桂《かつら》[七]の眉墨　シテ〽丹菓《たんくは》[八]の唇《くちびる》　ワキ〽柔和の姿《すがた》引かへて　二人〽池の藻屑《もくづ》に乱れ浮《う》くを、君も哀《あはれ》と思召て。

〈上歌〉同〽吾妹子《わぎもこ》が、寝《ね》ぐたれ髪を猿沢《さるさは》の、寝ぐたれ髪を猿沢の、池の玉藻と、見《み》るぞ悲《かな》しきと、叡慮にかけし御情、かたじけなやな下《しも》[九]として、君を怨《うら》みしはかなさは、たとへば及《およ》び[一〇]な

一 誰のために回向すればよいか。 二 宮中で炊事・食事などを掌った女官の呼称。人名にとりなした。 三 大和物語・拾遺集(哀傷)などに見える。柿本人麿の歌を天皇の歌として用いた。 四 貴人の側近く仕える少年・少女。采女を上童とする(月刈藻集)。 五 あれほどまでに麗しかった。 六 川蟬の羽のようにつややかで長い髪や、あでやかな鬢の髪。「嬋娟両鬢秋蟬翼」(和漢朗詠集・妓女・白居易)。美人の形容句。 七 三日月の形に引いた美しい眉。→「檜垣」一四七頁注二六。 八 赤く美しい唇。仏の八十種好(はちじつしゆごう)の一で、美人の唇を譬えていう。「青蓮ノ眼、丹菓ノ唇」(往生要集・大文二)。次句の「柔和」(優しく穏やか)も元来は仏の相好。 九 臣下として恐れ多くも君を恨んだことの僭越さは。「下として上をはかるに」(「富士太鼓」)。 一〇 猿が水に映る月を取ろうとして溺死したように、身の程をしらぬ愚行の譬喩。→「花形見」一八四頁注二。及びなき身—水、猿、猿沢の池、生ける身、とつなぐ。 一一 池の波のうち寄せる夜の水際に、法会の座をしつらえて。囲寄—夜。 一二 「色」の序。「色々」は種々の仏事。 一三 下掛「あら有難の御弔ひやな」。 一四 「妙法蓮華

入水した采女の物語

き、水の月取《と》る猿沢《さは》の、生《い》ける身と思《おぼ》すかや、我は采女《うねめ》の幽霊とて、池水《いけみづ》に入《いり》にけり、池水の底《そこ》に入にけり。　（中入）

【五】〈問答・語リ・問答〉（アイの里の男がワキの求めに応じて、采女の事、春日明神の謂れなどを語る。ワキが先刻の出来事を話すと、采女の供養を勧める）

【六】〈上歌〉ワキ・ワキツレ 〽池[11]の波、夜《よ》るの汀《みぎは》に坐をなして、夜るの汀に坐をなして、仮《かり》に見《み》えつる幻《まぼろし》の、采[12]女の衣《きぬ》の色々に、とぶ《ム》らふ法《のり》ぞまことなる、とぶ《ム》らふ法ぞまことなる。

【七】［一声］〈サシ〉後女 〽有[13]難や妙《たへ》[14]なる法を得《う》るなるも、心[15]の水と聞《きく》ものを、騒《さは》がしくとも教《をしへ》あらば、浮《う》[16]かぶ《ム》心[17]の猿沢《さは》の、池の蓮《はちす》の台《うてな》に座せん、能々《よくよく》とぶ《ム》らひ給《たま》へとよ。

〈掛合〉ワキ カヽル 〽不思議やな池の汀に現《あらは》れ給ふは、采[18]女と聞《きき》つる人やらん　女「恥《は》づかしながらいにしへの、采女《うねめ》が姿を顕すなり、カヽル 〽仏[19]果を得《え》しめおはしませ　ワキ 〽本《もと》よりも人[20]々《にんにん》同じ仏性也、なに疑ひも波[21]の上　女 〽水の底なる鱗類《うろくづ》[22]や　ワキ 〽乃至《ないし》[23]草木国土まで　女 〽悉皆成仏　ワキ 〽疑《うたが》ひなし。

〈歌〉同 〽増《まし》てや、人間にをひ《おい》てをや、龍[24]女が如《ごと》く我もはや、変成男子《へんじやうなんし》なり、采女とな思ひ給ひそ、然《しか》も所は補陀落《ふだらく》[25]の、南の岸に到《いた》りたり、これぞ南方無垢世界《なんばうむくせかい》、生れん事も頼もしや、生れん事も頼もしや。

【八】〈クリ〉地 〽実《げに》[26]やいにしへに、奈良《なら》の都の世々を経《へ》て、神と君との道直《す》ぐに、国家を守る誓ひとかや。

経」(法華経)をさす。一五 水のように清く澄んだ心。一六 浮かぶ心、心の猿、猿沢の池、池の蓮、蓮の台、と続ける。騒がし・浮かぶ・池は「水」の縁語。一七 「(意馬)心猿」。煩悩や情欲のために、心が少しも落ち着かぬことを、せわしなく騒ぐ猿に譬えた語。一八 さきほど采女と聞いた方ですか。一九 仏道に導き成仏をさせて下さい。二〇 人間は皆同じく仏性が具わっている。「人々同じ仏性」は典拠未詳。二一 掛無し―波。「水の底」と対。二二 水の縁から魚類成仏を導く。二三 止観私記に中陰経に云くとして「一仏成道、観見法界、草木国土、悉皆成仏」。「鵜」「芭蕉」にも。

女人成仏の姿

二四 法華経を聞き、龍王の八歳になる娘(龍女)が悟得したという説話(法華経・提婆達多品)。「変成男子」は女性が仏となるときは男子に変ることを言った語。二五 「補陀落の南の岸に…」(新古今集・神祇・榎本明神)。猿沢の池を補陀落山の南の岸とし、南方無垢世界に比定。底本「補陀楽」。二六 〈クリ〉で、奈良朝より代々の治政の正しさ、国家を守る春日明神の誓い恵みの深さを讃える。

〈サシ〉女 〽然[一]れば君に仕《つか》へ人《(びと)》、其品々《(しなじな)》の多《おほ》き中に　同 〽わきて采女の花衣《(はなごろも)》の、うら紫の心を砕《くだ》き、君辺《(くんぺん)》に仕《つか》へ奉る　女 〽されば世上にその名を広《ひろ》め　同 〽情[二]内《うち》に籠《こも》り言葉外《(ほか)》に顕《あらは》るるためし、世以《もつ》て類《たぐひ》多かりけり。

〈クセ〉同 〽[三]葛城《(かづらき)》の大君《(おほきみ)》、勅に従《したが》ひ陸奥[四]の、忍《しの》ぶもぢずり誰も皆《みな》、事《こと》[五]も疎《をろそ》かなりとて、設《まう》[六]けなどしたりけれど、猶《(なほ)》しもなどやらん、大君の心解《と》けざりしに、采女《うねめ》なりける女の、土器《かはらけ》[七]取りし言の葉の、露の情に心解《と》け、叡感以《もつ》て甚《はなは》だし、されば浅[八]香山、陰さへ見《み》ゆる山の井の、浅《あさ》くは人を思ふかの、心[九]の花開《ひら》け、風も治《おさ》まり雲静《しづ》かに、安全《(あんせん)》をなすとかや　女 〽然《(しかれ)》ば采[一〇]女の戯《たはぶ》れの　同 〽色音《(いろね)》[一一]に移《うつ》る花鳥《(はなとり)》の、とぶさに及《をよ》ぶ雲の袖、影《かげ》も廻《(めぐ)》るや盃《(さかづき)》の、御遊《(ぎよいう)》の御酒《(みき)》の折々も、采女の衣《(きぬ)》の色添《そ》へて、大宮人[一二]の小忌衣《(をみごろも)》[一三]、桜をかざす朝《あした》より、今日《けふ》もくれ[一四]はとり、声の文《あや》をなす舞歌《(ぶが)》の曲、拍子を揃《そろ》へ、袂を翻《ひるがへ》して、遊楽快然《(いうがくくわいぜん)》[一五]たる、采女《うねめ》の衣《きぬ》ぞ妙《たへ》なる。

〈裾グセ〉同 〽取分《(とりわき)》忘れめや、曲[一六]水の宴のありし時、御《(おん)》[一七]土器《かはらけ》度々廻《めぐ》り、有明の月更《(ふけ)》て、山郭公《(やまほととぎす)》、誘《さそ》ひ顔《がほ》なるに、叡慮を受《う》けて遊楽の。

【九】〈ワカ〉同 〽月[一八]に啼《な》け。　〔序ノ舞〕

〈ワカ〉女 〽月に啼《な》け、同《おな》じ雲井の郭公《ほととぎす》　地 〽天《あま》つ空音《ね》の、万代《よろづ》までに。

【一〇】〈ワカ受ケ〉女 〽万代と、限《かぎ》らじ物を天衣《(あまごろも)》、撫《な》づとも尽《つ》きぬ、巌《いはほ》ならなん。

〈ノリ地〉女 カヽル 〽松[一九]の葉の　同 〽松の葉の、散《(ちり)》失《う》せずして、真拆《まさき》の葛《かづら》、長《なが》く伝《つた》はり、鳥

一〈サシ〉で、〈クリ〉を受け采女(奈良朝に制定された)の丹誠を砕く奉仕の姿。「花衣」(美しい衣)の「裏」に通う「うら紫」が「砕く」の序。 二 心の内に真情がこもり、それが詠歌となって外に流露した例は。

浅香山の歌の物語

具体例が次の浅香山の詠歌。 三 以下、古今集・仮名序の「安積山の言葉は采女の戯れよりよみて」に付された古注に基づく。 四「陸奥のしのぶもぢずり誰ゆゑに…」(古今集・恋四・源融)をふまえ「誰」の序。 五 何事も行き届かぬがち。 六 饗応などしたがなぜか。 七 盃を取って、勧めて詠んだ歌のまごころに心なごみ。 縁 言の葉—葉の露—露の情。 八 万葉集十六の歌(末句「浅き心をわが思はなくに」)。 九 雅びな心の意と和歌の意を兼ねる。「言葉の露」と対。 縁 風—雲。 一〇 古今集・仮名序(「采女の戯れ」)をふまえる。采女が、時に臨み和歌を詠じ歌舞を奏し、鳥が梢(鳥総)にかけるよう

采女の遊楽

に舞衣の袖を廻らし、廻る盃の御遊の折々にも。 一一「花鳥の色音に移る思ひにて…」(新続古今集・雑・頓阿)。「色音」は美しい音楽。 掛 飛—鳥総。 一二「百敷の大宮人は…桜かざして今日も暮しつ」(新

の跡《あと》絶《(たえ)》ず、天地《(あめつち)》穏《をだ》やかに、国土安穏に、[二〇]四海浪、静《しづ》かなり。

〈歌〉女 [二一]〽猿沢《さは》の池の面　同 〽猿沢《さるさは》の池《いけ》の面《(おも)》に、水滔々《(みづたうたう)》として波又、悠々たりとかや、[二二]石《(せき)》根《こん》に雲起《を》こつて、雨は[二三]疎牖《ソヨウ》を打《う》つなり、遊楽の夜すがら是、[二四]采女《うねめ》の、戯《たはぶ》れと思《おぼ》すなよ、讃《(さん)》仏乗《ぶつじよう》の、因縁なるものを、よく弔《とむら》はせ給へやとて、又波に入《(いり)》にけり、また浪の底《そこ》に入にけり。

古今集・春下・山辺赤人)を借りる。
一三 節会に着す上衣。舞姿の形容。
一四 「呉織《(くれはとり)》」は「漢織《(あやはとり)》」に音通の文《(あや)》の序。 一五 舞歌・遊楽も快い、采女の舞衣の美しさ。「遊楽」は世阿弥の造語。
一六 曲水に盃を浮かべ詩を作る宴。
一七 「御かけ(「かはらけ」の誤脱らしい)たび〳〵めぐりて、在曙方の月雲井はるかにさしいでゝ、山時鳥さそひがほなるに」(二条良基の「右大将義満参内饗讌仮名記」)。
一八 前掲書に、義満の勧めに応じ良基が詠んだ句「月になけをなじ雲井の時鳥」とある。 一九 古今集・仮名序「鳥の跡久しくとどまれらば」。「鳥の跡」は文字、筆跡の意。歌道の長久と君が世の無窮、国家の静謐、春日の草木の繁栄を讃嘆。
二〇 天下泰平の常用表現。
二一 以下、前の春日山に対し、猿沢の池の、みなぎる水と穏やかな波を描写し、雲、雨、と続ける。
二二 三体詩・賈島「移レ石動ニ雲根一」など。石を雲根とする表現を借用。
二三 窓の意らしいが未詳。底本(謡抄の宛字)に従う。窓牖《(さういう)》か。付窓―雨・打。歌語「雲となり雨となる」(→「融」)をふまえ、夢とも現実とも分かぬ遊楽の夜の光景。
二四 「采女の戯れ」を遊楽としての「狂言綺語の戯れ」にとりなす。

鵜飼《うかひ》

五番目物
鬼物

榎並左衛門五郎原作・世阿弥改作（申楽談儀）

場景　前場の前半―甲斐国石和の里。川岸の御堂。夏の夜。後半―石和川。同夜の後刻。後場―同所。同じく、夜半。

人物　前ジテ　鵜使いの老人〔笑尉・着流尉（腰蓑）〕
後ジテ　地獄の鬼〔小癋見・小癋見〕
ワキ　旅の僧〔着流僧〕
ワキヅレ　同行の僧〔着流僧〕
アイ　里の男〔肩衣半袴〕

梗概　安房国清澄の僧が甲斐国行脚を志し、石和川のほとりに着く。里の男に宿を乞うが、禁制のため断られ、御堂で夜を明かしていると、鵜使いの老人が現れる。ひどく年老いてなお鵜を使うことを憐んだ僧がやめるよう勧めるが、若い時からの生業で今さらやめられないと答える。同行の僧が、以前、鵜使いが泊めてくれたことを話すと、老人は、その鵜匠は禁漁区域での鵜飼漁を村人に見つけられ、簀巻（すまき）にされ水中に沈められたと物語り、自分こそその鵜使いの亡霊と明かす。そして成仏出来ずに苦しんでいる身を回向して救ってほしいと頼み、生前、手練の業であった鵜使いの有様を見せ、鵜舟の篝火の消え失せると共に姿も見えなくなった（中入）。様子を見に来た里の男が密漁した鵜使いの話を語り、弔いを勧める。僧は憐み、経文の文字を書きつけた小石を川に投げ入れて弔っていると、地獄の鬼が現れ、殺生の罪で地獄へ堕すべきところ、一僧一宿の功力によって極楽へ送ることになったと告げ、法華経を讃美し、僧を供養することの利益を謳う。

素材・主題　格別の典拠は見当らない。梁塵秘抄二の「鵜飼は憐（いとほ）しや、万劫年経る亀殺し、又鵜の頸を結ひ、現世はかくても在りぬべし、後生我が身を如何にせん」は、殺生戒を犯す鵜飼の切実な罪業観を告白した歌謡として知られるが、そうした罪業観を背景に、法華経の功徳を讃え、僧を供養することの利益を描く。執心の鵜使いを見せる《鵜ノ段》が山場。鵜使いの老人が終りまで退場せず、「松山鏡」などのように後場に別役の鬼が出た可能性も強い。平明な文体と、罪業懺悔、一僧一宿の功力、法華経による滅罪功徳など、主題の直截な表現に、古作の魅力もある。後ジテは観阿弥が妙技を見せた「融の大臣の能」（佚曲）の鬼をうつしたという（申楽談儀）。

【一】〔名ノリ笛〕〈名ノリ〉ワキ「是《これ》は安房の清澄《きよすみ》[一]より出《いで》たる僧にて候、我未《いま》だ[二]甲斐国を見ず候程に、此度《このたび》甲斐国行脚《あんぎや》と心《こころ》ざして候。

一 安房（千葉県）の清澄寺。少年期の日蓮が学び出家した寺。
二 甲斐（山梨県）の身延山久遠寺は日蓮が晩年を過ごした寺。僧の名は出さぬが清澄から甲斐へ向かう僧を日蓮に擬している。
三 「知らぬ」から「白波」を掛け、白波の泡から「安房」へ続けた。
四 武蔵国久良岐郡（横浜市金沢区）。安房・上総への船路の起点。「鎌倉過ギテ六浦ト云フ所ニテ便船ヲ待チテ上総ヘ越エントテ」（沙石集）。
五 鎌倉、鶴岡八幡宮背後の山。相模の歌枕で次の「やつ（谷）」を導く。
六 縁 一夜（節）―仮寝（刈）―草。
七 旅寝の枕で聞く、鐘の音と鶴の声を掛ける。都留の郡は甲斐の歌枕で「鶴」に言いかけた。
八 次句「日闌く」（日が高くなる）と対。付 旅―朝たつ・かりね。
九 甲斐の地名（山梨県東八代郡石和町）。底本「生沢」。【二】の〈問答〉で石沢到着が夜とわかる。拒否された僧が惣堂（協同で建てた堂）に泊まるのは「鵜」と同趣向。
一〇 闇夜に篝火で魚を誘って鵜を使う鵜飼漁をふまえ、殺生の報いを怖れる心。付 篝火―鵜舟。
一一 憂き世と思うならば出家すべきなのに、そんな心は一向になくて。鵜を使うことの面白さにひか

〈サシ〉ワキ　〽行末《(ゆくすゑ)》いつと[三]白《しら》波の、安房の清澄立出《(たちいで)》て、[四]六浦《(むつら)》の渡《(わたり)》[五]鎌倉《かまくら》山。

〈上歌〉ワキ・ワキツレ　〽窶《やつ》れ果《(はて)》ぬる旅《たび》姿、窶れ果ぬる旅姿、捨《(すつ)》る身なれば恥《(はぢ)》られず。[六]一夜《(ひとよ)》仮寝《かりね》の草筵《むしろ》、鐘を枕の上《うへ》に[七]聞《き》く、都留《(つる)》の郡《(こほり)》の[八]朝立《あさだ》つも、日闌《た》けて越《と》ゆる山道を、過《す》ぎて[九]石沢《(いさは)》に着《つ》きにけり、過ぎて石沢に着きにけり。

【二】〈問答〉（僧はアイの里の男に一夜の宿を頼むが、禁制のため拒絶され、夜な夜な光り物が出るという御堂(惣堂)を教えられ、泊る）

【三】〔一声〕〈一セイ〉シテ　〽[一〇]鵜舟にともす篝《かがり》火の、後《(のち)》の闇路をいかにせん。

〈サシ〉シテ　〽実《(げに)》や世中《(よのなか)》を[一一]憂《う》しと思はば捨《す》つべきに、其心さらに夏川《(なつがは)》に、鵜使《つか》ふ事の面白さに、殺《せつ》生をするはかなさよ、「[一二]伝《つた》へ聞《(きく)》遊子《ゆうし》伯陽《はくやう》は、月に誓《ちか》つて契りをなし、夫婦二《(ふたつ)》の星となる、〽[一三]今の雲の上人《(うへびと)》も、月なき夜半《(よは)》をこそ悲《かな》しび給《み》ふに、我はそれには引替《か》へ、[一四]月の夜比《(よごろ)》を厭《いと》ひ、闇《やみ》になる夜を喜《よろこ》べば。

〈下歌〉シテ　〽[一五]鵜舟にともす篝《かがり》火の、消《(きえ)》て闇《やみ》こそ悲《かな》しけれ。

〈上歌〉シテ　〽[一六]つたなかりける身の業《わざ》と、[一七]つたなかりける身の業と、今は先非《(せんぴ)》を悔《く》ゆれども、[一八]かひも波間に鵜船漕《(うぶねこぐ)》、[一九]これ程惜《お》しめ共《(ども)》、叶《かな》はぬ命継《つ》がむとて、営《いとな》む業《わざ》の物憂《う》さよ、営む業の物憂さよ。

【四】〈問答〉シテ「[二〇]や、是は往来の人の御入候よ　ワキ「さむ候《ザウラウ》往来の僧にて候が、里にて宿を借《か》り候へば、我等がやうなる者には宿《やど》を貸《か》さぬ由を申候程に、扨此《(さて)》御堂《(みだう)》に泊《と》まりて候

れて、殺生の罪を重ねる心を悲しむ老漁夫の述懐。[掛]無—夏川。

一二 昔、共に月を愛した遊子・伯陽の夫婦が死後、七夕の牽牛・織女の二星となった話(三流抄)。

一三 前の伝聞に対し今。月を愛でる風雅な殿上人も、月の出ぬ夜を嘆き悲しまれるのに。月・星の縁で雲の上人。[付]篝火—鵜飼舟・夏の月なき。[縁]月—篝火—鵜舟。

一四 反対に私は、月夜を厭い、闇を喜ぶ鵜飼漁を続け。月(菩提)を厭い闇(煩悩・迷闇)を離れぬ心。

一五 前の〈一セイ〉の表現を重ね、迷妄の哀れさを闇に譬えて悲しむ。

一六 悔恨しつつもなお生活のため殺生せざるを得ないことを嘆く心。

殺生の業を嘆く

一七 類曲「阿漕」に「かくあさましき前生かなとは思へども」(金春)とあるように、「業」に、前世の業因と今の生業の両意をこめる。

一八 [掛]効—櫂、憂—鵜舟。申楽談儀に「甲斐も波間、その心さらに夏川、助くる人も波の底、三所まで同じ言葉あり。せめて、甲斐も亡き身の鵜舟漕ぐなど云ふべし」と掛詞の反復の繁雑さを指摘。

一九 所詮は死ぬ身なのに、生き永らえようと生活のため殺生を続けるわが生業《(なりわい)》の心憂きことよ。

二〇 思わぬ所に人が居る事に驚いた心。

シテ「実々《げにげに》里にて御宿参らせうずる者は覚《おぼえ》ず候　ワキ「扨《さて》御身はいかなる人にて御入候ぞ
シテ「さむ候《ザウラウ》是は[一]鵜使《つか》ひにて候が、いつも月の程は此《この》御堂に休《やす》らひ候て、月入て鵜を使《つか》ひ候
ワキ「扨《さて》は苦《くる》[二]しからぬ人にて候ぞや、見申せばはや抜群《ばつくん》[三]に年長《とした》け給ひて候が、かかる殺生の
業《わざ》勿体《もつたい》なく候、あはれこの業《わざ》を御止《と》まりあつて、余の業《わざ》にて[四]身命を御継《つ》ぎ候へかし　シテ
「仰《おほせ》尤《もつとも》にて候へども、若年より此業《わざ》にて身命を助《たす》かり候程に、今更止《と》[五]まつ《ツ》つべうもなく候
ツレワキ「いかに申候、此人を見て思出《おもひいだ》したる事の候、此《この》二三ケ年先《さき》に、此河下《かはしも》[六]岩落《いはおち》と申所
を通り候ひしに、か様《やう》の鵜使《つか》ひに行逢《ゆきあひ》候程に、科《とが》[七]の中の殺生の由を申て候へば、実《げに》もとや思
ひけむ、我屋に連《つ》れて帰《かへ》り、一夜[八]けしからず摂《せつ》して候ひしよ　シテ「扨《さて》は其時の御僧にて
わたり候か　ツレワキ へさむ候《ザウラウ》其時の僧にて候　シテ「なふ其鵜使《うつか》ひこそ空《むな》しく成《なり》て候へ
ワキ「それは何故《なにゆゑ》空《むな》しく成《なり》て候ぞ　シテ「[九]恥かしながら此業《わざ》ゆ《ゑ》へ空《むな》しくなりて候、其時の有
様語《かた》つて聞《き》かせ申候べし、[一〇]跡を弔《と》ふて御やり候へ　ワキ「心得申候。
〈語リ〉シテ「抑《そもそも》[一一]此石沢河《いさはがは》と申は、上下《かみしも》三里が間は堅《かた》く[一二]殺生禁断の所也、今仰《おほせ》候岩落辺《へん》に鵜
使《つか》ひは多《おほ》し、夜《よ》な夜《よ》な此所に忍《しの》び上《のぼ》つて鵜を使《つか》ふ、憎《にく》き者の仕業《しわざ》かな、彼《かれ》を[一三]見顕《あらは》さむと企《たく》み
しに、それをば夢にも知《し》らずして、又ある夜忍び上つて鵜を使《つか》ふ、狙《ねら》ふ人々ばつと寄《よ》り、[一四]一《いつ》
殺他生《せつたしやう》の理《り》に任《まか》せ、彼《かれ》を殺《ころ》せと云《いひ》あへり、カヽル へ其時左右《さう》の手を合《あ》はせ、かかる殺生禁断
の所共知《し》らず候、[一五]向後《きやうこう》の事をこそ心得候べけれとて、手を合《あ》はせ歎《なげ》き悲《かな》しめども、[一六]助《たす》くる人

一 鵜匠・鵜飼。　二 心置きなき人。
三 非常に齢をとっておられるが。
四 身命は身体・命。命をつないで暮らしなさい。「景清」などにも。
五「止まりつべくも」の音便。やめてしまうことはできません。
六 甲斐国誌に、小石和筋四日市場村の地名とある。〈語リ〉で岩落に鵜匠が多くいたことが分かる。
七 仏が戒めた五戒などの戒律の中の殺生戒にあたることを。

禁漁を犯した鵜匠の物語

八 並々ならぬ接待をなさいましたよ。「けしからず」は並はずれて。
九 ここの〈問答〉と〈語リ〉の前半は下掛がやや詳しい。
一〇 他人のことを話すように第三者の立場で僧に供養を勧めている。
一一 黒駒村御坂峠の北方から石和を経て笛吹川に合流。底本「生沢」。
一二 生類の殺生を厳禁されている所。諸国の御厨等を記した神鳳鈔に「外宮、石禾御厨(いさわみくりや)」とあることなどがその理由か。
一三 下掛「見顕し、後代のためしに罧(ふしづけ)にせんと狙ふをば夢にも…」とあり次行「狙ふ人々」と照応。
一四 殺生は罪だが、一人を殺して多くの人を生かすことができるならば、功徳となるという考え方(瑜伽師地論四十一など)。
一五 今後はきっと気をつけます。

も浪の底《そこ》に。

〈下歌〉シテ〽罧《ふしづけ》[一七]にし給へば、叫《さけ》べど声が出《(いで)》ばこそ。[一八]

【五】〈問答〉シテ「其鵜使《うつか》ひの亡者にて候　ワキ「[一九]言語道断の事にて候、さらば罪障懺悔《(ざいしやうさんげ)》[二〇]に、業力《(ごふりき)》[二一]の鵜を使《つか(う)》ふて御見せ候へ、跡をば懇《(ねんごろ)》にとぶ《ム》らひ申候べし　シテ「あら有難《がた》や候《ザウラウ》、さらば業力の鵜を使《つか(う)》ふて御目《(おんめ)》に懸《(かけ)》候べし、跡を弔《と(う)》ふて給はり候へ　ワキ「心得申候。

〈掛合〉シテ「既[二二]にこの夜も更過《(ふけすぎ)》て、鵜使《つか》ふ比《(ころ)》にもなりしかば、いざ業力の鵜を使《つか》はむ　ワキ カヽル〽是は他国[二三]の物語、死[二四]したる人の業《(わざ)》により、かく苦しび《ミ》の憂《う》きわざを、今見る事の不思議さよ　シテ「湿《しめ》る松明《たいまつ》振《ふ》り立《(たて)》て　ワキ〽藤[二五]の衣《(ころも)》[二六]の玉襷《たまだすき》　シテ「鵜籠を開《ひら》き取出《(とりいだ)》し　ワキ〽島津[二七]巣《(す)》下《お》ろし新《あら》[二八]鵜ども　シテ〽此《(この)》河波にさつ[二九]と放《はな》せば。

〈段歌〉同〽面[三〇]白の有《あり》様や、底《そこ》[三一]にも見ゆる篝《かがり》火に、驚く魚《(うを)》を追廻《まは》し、潜《かづ》き上《あ》げ掬《すく》ひ上《あ》げ、隙《(ひま)》なく魚を食《く》ふ時は、罪[三二]も―報ひ《(い)》も後の世も、忘《(わすれ)》果《は》てて面白や。漲《みなぎ》[三三]る水の淀《よど》ならば、生簀《いけす》の鯉や上《のぼ》らん、玉[三四]島川にあらねども、小《こ》鮎《あゆ》さ走《ばし》る[三五]せせらぎに、かだ[三六]みて魚《うを》はよも溜《た》めじ、不思議やな篝《かがり》火の、燃《も》[三七]えても影の闇《(くら)》くなるは、思出《(おもひいで)》たり、月になりぬる悲《かな》しさよ。

【六】〈歌〉同〽鵜[三八]舟の篝《かが》り影《かげ》消《(きえ)》て、闇路に帰《かへ》る此身の、名残惜《お》しさをいかにせむ、名残惜しさをいかにせむ。

【七】〈問答・語リ・問答〉（里の男が夜前の僧を見舞い、僧の尋ねに答えて、密漁で罧にされた鵜使いのことを語る。僧が先刻の出来事を話すと、鵜使いの霊であろうと告げ、供養を勧める）

一六 囲無し―浪。助命を乞うも赦されず殺害される描写は凄惨。
一七 罪人を簀(す)に巻いて水中に沈めて殺す刑。柴漬け(ふしづけ)とも書く。
一八 下掛は〈上歌〉が続き、他人の身の上ではなく自分の事と明かす。
一九 事の意外さに驚いたり立腹したりしたときの慣用句。
二〇 成仏の妨げとなっている罪を僧の前に悔い改めること。ここでは鵜飼をして見せることが懺悔。
二一 悪業により冥途でなお苦しみつつ鵜使いの行為から免れ得ぬこと。
二二 以下、〈掛合〉〈段歌〉で業力の鵜使いを見せ懺悔するさまを描写。
二三 未詳。古写本も「他国」。地獄の意や、「堕獄・多劫苦」説もあるが疑問。中国を舞台とする「龍虎」に「これぞ和国の物語」とある点を参照し、他国への教化のための物語の意か。→「錦木」三七六頁。

鵜飼いの興奮

二四 死者が生前の悪業によって、死後もこのようにつらく苦しい目にあっている。その鵜飼のわざを眼前に見ることの不思議さよ。
二五 藤蔓の繊維で織った粗末な衣。「藤の衣」から「衣の玉」に続け「玉襷」の序。
二六 法華経七喩の第五。仏性を備えながら気付かず、それを聞いてはじめて悟得することの譬え。
二七 巣立ったばかりの若い鵜ども。「島津」は「島つ鳥」に同じ

【八】〈上歌〉ワキ へ河瀬の石を拾《ひろ》ひ上《あ》げ、河瀬の石を拾ひ上げ、[一]妙なる法の御経《おん》を、一石に一字書《か》き付《つけ》て、浪間に沈《しづ》め弔《とむら》はば、などかは[二]浮《う》かまざるべき、などかは浮かまざるべき。

【九】〔早笛〕〈サシ〉後シテ へ夫《それ》[三]地獄遠《とを》きにあらず、眼前《がんぜん》の境界《きやうがい》、悪鬼外《ほか》になし、抑 彼者《そもそもかのもの》、若年の昔《むかし》より、「[四]江河《がうが》に漁《すなど》つて其罪おびたたし、されば[五]鉄札《てつさつ》数を尽《つ》くし、金紙《きんし》を汚《よご》す事もなく、へ[六]無間《むげん》の底に、「[七]堕罪《だざい》すべかつ《ツ》しを、[八]一僧一宿《いつそういつしゆく》の功力《くりき》に引《ひ》かれ、急《いそ》ぎ仏所に送《をく》らんと、[九]悪鬼心を和《やは》らげて、鵜舟を[一〇]弘誓《ぐぜい》の船になし。

〈一セイ〉シテカヽル へ[一一]法華の御法《みのり》の済《たす》け舟《ぶね》、篝火《かがり》も浮《う》かぶ《ム》気色《けしき》かな　地 へ[一二]迷《まよ》ひの多《おほ》き浮《う》き雲も　シテ へ実相の風荒《あら》く吹《ふ》いて　地 へ千里《せんり》が外《ほか》も雲晴《は》れて、真如の月や、出《いで》ぬらん。

【一〇】〈ロンギ〉地 へありがたの御事や、奈落に沈《しづ》む悪人を、仏所に送《をく》り給ふなる、其瑞相のあらたさよ　シテ へ法花は利益《りやく》深《ふか》き故、魔道に沈《しづ》む群類を、救《すく》はむ為に来りたり　地 へ実《げに》ありがたき誓《ちか》ひかな、[一三]妙《めう》の一字は扨《さて》いかに　シテ へそれは[一四]褒美《ほうび》の言葉《ことば》にて、妙なる法と説《と》かれたり　地 へ経とはなどや名《な》付覧《づくらん》　シテ へそれ[一五]聖教《しやうげう》の都名《とめい》にて　地 へ[一六]二《ふた》つもなく　シテ へ三つもなく　同 へただ一乗の徳によりて、奈落に沈《しづ》み果《はて》て、浮《う》かび《ミ》がたき悪人の、仏果を得《え》ん事は、此経の力ならずや。

【一一】〈キリ〉地 へ[一七]是《これ》を見かれを聞《きく》時は、是を見かれを聞《きく》時は、たとひ悪人なりとても、慈悲の心を先《さき》として、[一八]僧会を供養するならば、其結縁に引《ひ》かれつつ、仏果菩提に至るべし、実《げに》往来

で鵜のこと。「巣下ろし」は鳥が巣から出ること。底本「洲」を訂正。二八 諸流「荒鵜」(野性のままの未訓練の鵜)。「新鵜」(若く元気な鵜)か。二九 諸流「ぱっと」。三〇 鵜飼漁の面白さに、罪となり業となるのも忘れ打ち興ずるさま。
三一 水底にもあるように映る篝火。
三二 殺生の罪も、罪の報いも、報いの後の世もすっかり忘れ果てて。
三三 以下、鵜飼の面白さ、群れる魚に他の名所での漁を想起。「淀み」を「淀川」に掛け名物の鯉を出した。付鯉―淀川。「世の中は淀の生簀のつなぎ鯉…」(新撰六帖)。
三四 肥前国松浦の歌枕。神宮皇后の鮎占で名高い。付鮎―玉島河。

鵜匠を極楽へ送る

三五 他流はセゼラギ。
三六 鮎を捕る事を怠けて、よもや捕り残したりはしまい。「かだむ」は怠けて物事をし残す意(日葡)。
三七 篝火の光が暗く見えるのは、ああそうか、月が出たせいだ。
三八 暗い闇路(冥途)へ帰る我が身の、娑婆と鵜飼への名残り惜しさ。

以上二四七頁

一 妙法蓮華経。その経文を小石に一字ずつ書きつけ供養するさま。
二 どうして成仏しないことがあろうか。「沈め」と対。
三 地獄は遠くにあるのではない。人間目前の境遇がそのまま地獄で

の利益こそ、他を済《たす》くべき力《ちから》なれ、他を済くべき力なれ。

あり、地獄の悪鬼も外にいるのではなく人間の心の中に住んでいる。
四 川で殺生した罪は数えきれず。
五 罪業を記した鉄札の数は夥しく、善行を記すべき金紙には何も書かれていない。金紙は金札とも。
六 無間地獄。最も苦痛の大きい所。
七 「すべかりしを」の音便。罪に堕すはずであったが。
八 旅僧を泊めることが善根を積むこと(功徳)だという思想。〈キリ〉の「往来の僧」(往来の僧に対して功徳を施すこと)と対応する。
九 地獄の恐ろしい獄卒。
一〇 衆生済度の弘き誓願を舟に譬えた。悪業の鵜舟が弘誓の舟へ転生。
一一 「篝火」に法華の仏徳の光を、「浮かぶ」に成仏の意をこめる。
一二 暗黒の闇が、法華の功徳により晴れわたり。亡者の迷妄が晴れ安心立命を得たさま。迷いを雲に、実相を雲を吹き払う風に、真如を闇を晴らす月に譬えた慣用表現。
一三 以下、経文の句についての応答で、妙経の利益を説示。
一四 褒め讃えた言葉で、言語に絶した教えという意味だ。
一五 仏の教えの総称をいうのだ。「経者…聖教之都名」(法華経玄義)。
一六 法華経を唯一とする思想。
一七 かかる有難い話を見聞するにつけても。以下、鵜匠成仏の総評。
一八 底本も諸本も「僧会」。「僧衣」で僧の意かとする説もある。

融《とほる》

五番目物　古称、塩竈
貴人物　世阿弥作（五音・申楽談儀）

場景　前場―京の都六条、河原院の旧跡。中秋の明月の、夕暮れから深夜まで。後場―同じく、深夜から夜明け。

人物　前ジテ　塩汲の老人〔笑尉・着流尉〕
後ジテ　源の融の霊〔中将・初冠狩衣指貫〕
ワキ　旅の僧〔着流僧〕
アイ　所の男〔長上下（肩衣半袴）〕

梗概　荒廃した六条河原の院を訪れた東国方の僧の前に、潮汲みの老人が現れ、ここは昔、左大臣源融が陸奥の塩竈の致景を模して作った庭園で、難波の浦から海水を運ばせ、塩焼く煙を楽しんだ風流を語り、懐旧の思いにふける。折から月も出、賈島の詩境に興じるが、今はその跡も絶え、淋しく荒れた様を悲しむ。僧の問いに答えて見え渡る京の山々を教えていたが、塩汲む業（わざ）を忘れていたと言って桶で塩を汲み「塩曇りにかき紛れ」姿を消す（中入）。六条あたりの男が僧の求めに応じて融の大臣の栄華を語り、弔いを勧めて退く。夢待ち顔の僧の前に、皓々（こうこう）と照る月の光の中、融の大臣（おとど）の霊が昔の姿で現れ、「忘れて年を経し物を」と歌いつつ、そのかみの栄華の悦びを遊舞に託し、夜明けと共に月の都へ帰っていく。

素材・主題　河原左大臣源融が京の都六条に邸宅を構え、陸奥塩竈の美景を模した風流三昧は古今集や伊勢物語で、その没後の荒廃と怪異は江談抄などで知られるが、本曲は紀貫之の歌「君まさで煙絶えにし塩竈のうらさびしくも見えわたるかな」の追憶哀愁の情を中心に、融の大臣の美的生活の懐旧と、月の讃美・憧憬を描く。荒れ果てた旧邸と常住不変の月光。全篇詩情にあふれ、しみじみとした懐旧の場面から明るい名所教えへの転換、刻々に移りゆく月影など、構成・描写ともに卓抜。前ジテの登場が「月もはや」で始まり、後ジテの最後の言葉も「月もはや」とするなど「月」に比重のかかった曲で、月の運行と共に劇も進む。懐旧の遊楽のあとの結びの〈ロンギ〉は漢詩尽くしで、韻律や対句も美しく、「名残惜しの面影」と名詞止めにするのも極めて稀。月光の曲と表現したい世阿弥の傑作である。

【一】〔名ノリ笛〕〈名ノリ〉ワキ「是《これ》[一]は東国方より出《いで》たる僧にて候、我未《いま》だ都を見ず候程に、此度《このたび》思ひ立《たち》都に上《のぼ》り候。

一「西国方より出たる沙門」（古写本）、「諸国一見の僧」（下掛）とも。
二 都一見の心。「思ひ立つ心ばかりをしるべにて我とは行かぬ道とこそ聞け」（新後撰集・釈教・蓮生）。
三 [付]立―雲、旅―宿・舟路・野を分衣・山わけ衣・山こえて。
四 千里の道も一歩から、その一歩一歩を踏み重ねて。「千里ノ行モ足下ニ始マル」（老子）。遥かな旅。
五 河原左大臣源融邸の旧蹟。
六 シテは田子桶を担げて登場。潮汲みの姿。
七 [掛]出―出塩（月の出と共に満ちてくる潮）。
八 塩竈の浦は陸奥の歌枕。荒涼とした意の「うらさびし」を掛ける。
九「陸奥はいづくはあれど塩竈の浦こぐ舟の綱手悲しも」（古今集・東歌）による。
一〇 不遇をかこちつつ世を渡る老の身には、拠り所とてない。[掛]浦見（浦廻）―恨み。
一一 清澄な水面に照り映える月の、月齢を数えると今宵は中秋の名月。拾遺集・秋・源順の歌（末句「最中なりける」）を引く。「月並」は「波」に音通で「水面」の縁語。
一二 そうだ、ここは塩竈の景を模した所だから、塩竈の浦の月を都の真中で見ている訳だ。[掛]移―映。

〈下歌〉ワキ〽[二]思《おも》ひ立《(たつ)》[三]、心ぞしるべ雲を分《わ》け、舟路を渡《わた》り山を越《(こえ)》、[四]千里《(ちさと)》も同じ一足《(ひとあし)》に、千里も同じ一足に。

〈上歌〉ワキ〽夕《ゆふ》べを重《かさ》ね朝毎《(ごと)》の、夕べを重ね朝毎の、宿の名残も重《かさ》なりて、都に早《はや》く着《(つき)》にけり、都に早く着にけり。

〈着キゼリフ〉ワキ「急《(いそぎ)》候程に、是《(これ)》は早《(はや)》都に着て候、此《(この)》あたりをば[五]六条河原院《(かはらのゐん)》とやらん申候、暫《(しばらく)》休《やす》らひ一見せばやと思ひ候。

【二】〔[六]一声〕〈一セイ〉シテ〽[七]月もはや、出塩《(でじほ)》に成《(なり)》て塩竈《(しほがま)》[八]の、浦さび渡る、気色かな。

〈サシ〉シテ〽[九]陸奥《(みちのく)》はいづくはあれど塩竈の、[一〇]恨《うら》みて渡る老《(おい)》が身の、寄《よ》るべもいさや定めなき、心も澄《す》める[一一]水の面《(おも)》に、照《(てる)》月並《な》みを数《かぞ》ふれば、今宵《こよひ》ぞ秋の最中《(もなか)》なる、[一二]実《(げに)》やうつせば塩竈の、月も都の最中《(もなか)》かな。

〈下歌〉シテ〽[一三]秋は半《(なかば)》身は既に、老重《(おいかさ)》なりて諸白髪《もろしらが》。

〈上歌〉シテ〽[一四]雪とのみ、積《つ》もりぞ来《き》ぬる年月《(としつき)》の、積もりぞ来ぬる年月の、春を迎《むか》へ秋を添《そ》へ、[一五]時雨《しぐ》るる松の風迄も、我身の上と[一六]汲《く》みて知《し》る、塩馴《な》れ衣《(ごろも)》袖寒《さむ》き、浦曲《(うら)は》の秋の夕かな、浦曲の秋の夕かな。

【三】〈問答〉ワキ「いかに是なる尉殿《(じようどの)》、御身《(おんみ)》は此あたりの人か　シテ「さむ候《ザウラウ》此所の塩汲《しほくみ》にて候　ワキ「不思議や爰《(ここ)》は海辺《(かいへん)》にてもなきに、塩汲《しほくみ》とは誤《あやま》りたるか尉殿　シテ「[一七]あら何共な

一三 中秋の月と我身の既老を対比。
一四 前句「白髪」を受け「積もり」の序。
一五 時雨に紛う淋しい松風の音も。㊅時雨―松風・身にふりて。
一六 察知する。「潮」の縁語。
一七 相手の心なさに対する失望。

以下二五二頁

一 嵯峨天皇の皇子。源姓を賜り臣籍に下った。寛平七年八月死去。
二 塩竈の古名。歌語。
三 有名な。水辺の縁語。
四 松島湾内の島で歌枕。河原院の池の中島をそれに見立てた。
五 伊勢物語・八十一段をふまえる。
六 「鳥宿池中樹、僧敲月下門」(三体詩・賈島)の詩境を想起させる光景に僧と老人は共に興を催す。
七 賈島の詩「月下門」に対応する語。「四門」(禅鳳本等金春)、柴門の読み癖など諸説あるが未詳。

中秋の河原院、老いの身の嘆き

八 「孤舟」(底本。上掛諸本も)、「古秋」(禅鳳本等金春)、「古集」等を宛てるが未詳。「返せや返せ昔の秋を…」(「姨捨」二八〇頁)に同趣の懐旧と解され「古秋」か。
九 唐の詩人(七七九―八四三)。苦吟の詩人として知られる。 一〇 「鳥宿…」の詩を作るに際し「推す」か「敲く」かを迷い韓愈の助言に従い「敲く」に決めたという故事(詩人玉屑な

や、扨爰《(きてこと)》をばいづくと知《し》ろしめされて候ぞ　ワキ「此所をば六条河原院とこそ承りて候へ
シテ「河原院こそ塩竈《しほがま》の浦候《ザウラウ》よ、[一]融大臣《(とほるのおとど)》、陸奥《(みちのく)》の[二]千賀《(ちか)》の塩竈を、都の中《(うち)》にうつされたる海辺なれば、カヽル〽[三]名に流れたる河原院の、河水《かすい》をも汲《く》め池水《(ちすい)》をも汲《く》め、爰《(ここ)》塩竈の浦人なれば、塩汲となど思《おぼ》さぬぞや　ワキ「げにげに陸奥の千賀《(ちか)》の塩竈《がま》を、都の中《うち》にうつされたる事承《(うけたまはりおよび)》及て候、扨《(さて)》はあれなるが[四]籬《まがき》が島候《ザウラウ》か　シテ「さむ候《ザウラウ》あれこそ籬《まがき》が島候《ザウラウ》よ、融大臣《(とほるのおとど)》、[五]常は御舟《(みふね)》を寄《よ》せられ、御酒宴の遊舞《(いうぶ)》さまざまなりし所ぞかし、や、月こそ出《(いで)》て候へ
ワキ「実々《(げにげに)》月の出《(いで)》て候ぞや、あの籬《まがき》が島の森の木ずゑに、[六]鳥の宿《(しゆく)》し囀《さへづ》りて、[七]しもむに映《うつ》る月影までも、カヽル〽[八]孤舟《(こしう)》に帰る身の上かと、思《おも》ひ出られて候　シテ「唯今の面前の気色が、御《(お)》僧の御《(おん)》身に知《し》らるるとは、もしも[九]賈島《(かたう)》が言葉や覧《(らん)》、カヽル〽鳥は宿す池中《(ちちう)》の樹《(き)》　ワキ
カヽル〽僧は敲《(たたく)》月下《(げつか)》の門《(もん)》　シテ〽[一〇]推《(おす)》も　ワキ〽敲《たた》くも　シテ〽故人の心　二人〽今目前の[一一]秋暮《(しうぼ)》にあり。
〈上歌〉同〽[一二]実《(げに)》やいにしへも、月には[一三]千賀《(ちか)》の塩竈《がま》の、月には千賀の塩竈の、浦曲《うらは》の秋も半《(なかば)》にて、松風も[一四]立《た》つなりや、[一五]霧の籬《まがき》の島隠《がく》れ、いざ我も立《た》ち渡り、昔の跡を陸奥の、千賀の浦半《(うらわ)》を眺《なが》めんや、千賀の浦半を眺めん。
【四】〈誘イゼリフ〉ワキ「塩竈の浦を都のうちに移《うつ》されたる謂《いは》れ御物語《がた》り候へ。
〈語リ〉シテ「[一六]嵯峨天皇の御宇に、融大臣、陸奥の千賀の塩竈の眺望を聞召及《(きこしめしおよば)》せ給ひ、此所に

塩竈の景と詩趣

ど)に基づく。 一一 賈島の詩題にも見える詩語。 一二 賈島や融大臣の遠い昔も月下に眼前の光景として現れている。 一三 掛千賀—近し。 一四 風と霧の形容。 付松風—浦、立—松風、霧—立・籬。 一五 霧の籬(霧が立ちこめて、まわりを囲んでいるのを籬に譬えた歌

月の出

語)、籬の島、島隠れ、と重ねる。 一六 世阿弥の音曲口伝所引「塩釜」は「抑この塩釜の浦と申は、人皇五十二代の御門、嵯峨の天皇の御子融の大臣と申し人」とする。 一七 難波の港。古今序注等の諸書に、河原院の池に潮を汲んだことが見える。 一八 付雨—木の葉・松風。 掛降—古。 一九 掛澄—住。 二〇 古今集・哀傷・紀貫之「河原の左の大臣《(おほいまうちぎみ)》の身まかりて後、かの家にまかりてありけるに、塩釜といふ所のさまを作れりけるをみて詠める」という詞書で見える歌。 二一 潮に染まってあくせく暮し年老いた身ながら、荒廃した河原院を見るにつけ昔への恋しさが募る。 二二 音曲口伝や下掛は「慕へども願へども」。 掛無—渚。 懐旧の情にしては激しく、京極御息所への恋

融の大臣の風流

塩竈を移《うつ》し、あの[一七]難波の御津《みつ》の浜よりも、日毎に潮《(うしほ)》を汲《く》ませ、爰《(ここ)》にて塩を焼《や》かせつつ、一生御遊の便《たよ》りとし給ふ、然共《(しかれども)》其後《(そののち)》は相続して翫《もてあそ》ぶ人もなければ、浦は其儘干《ひ》潮《しほ》と成《(なッ)》て、カヽル 〽池辺《(ちへん)》に淀《よど》む溜《たま》り水は、[一八]雨の残りの古《ふる》き江に、落葉《おち》散《ち》り浮《う》く松陰の、[一九]月だに住《す》まで秋風の、音《(おと)》のみ残るばかりなり、されば歌にも、[二〇]君まさで、煙《けぶり》絶《た》えにし塩竈の、浦淋《さび》しくも見《み》え渡るかなと、貫之も詠《(ながめ)》て候。

〈歌〉同 〽実《(げに)》や眺《なが》むれば、月のみ満《み》てる塩竈《しほがま》の、浦淋《さび》しくも荒《あ》れ果《は》つる、跡の世までも[二一]潮染《しほじ》みて、老《(おい)》の浪も返《かへ》るやらん、あら昔《むかし》恋しや。

〈上歌〉同 〽恋しや恋しやと、[二二]慕《した》へども歎け共《(ども)》、かひも渚《なぎさ》の浦千鳥、音《(ね)》をのみ鳴計《(なくばかり)》也、音をのみ鳴計也。

【五】〈問答〉ワキ「[二三]いかに尉殿、見《み》え渡《わた》りたる山々は皆名所にてぞ候らん御教《をし》へ候へ シテ「さむ候《ザウラウ》みな名所にて候、御尋《(おんたづね)》候へ教申《(をしへまうし)》候はん ワキ「先《(まづ)》あれに見えたるは[二四]音羽《をとは》山候《ザウラウ》か シテ「さむ候《ザウラウ》あれこそ音羽山候《ザウラウ》よ ワキ「[二五]音羽山音《をと》に聞《(きき)》つつ[二六]逢坂《(あふさか)》の、関のこなたにと読《(よみ)》たれば、逢坂山も程近うこそ候らん シテ「仰《(おほせ)》の如《ごと》く関のこなたにとは読たれ共《(ども)》、あなたに当《あ》たれば相坂《(あふさか)》の、山は音羽《をとは》の峰に隠《かく》れて、カヽル 〽此辺《(へん)》よりは見《み》えぬなり ワキ カヽル 〽さてさて音羽の嶺続《つづ》き、[二七]次第次第の山並《やまなみ》の、名所名所を語《かた》り給へ シテ「[二八]語りも尽《つ》くさじ[二九]言《こと》の葉の、[三〇]歌の中山[三一]清閑寺《(せいがんじ)》、カヽル 〽[三二]新熊野《(いまぐまの)》とはあれぞかし ワキ 〽扨《(さて)》其末《すゑ》に続《つづ》きたる、[三三]里一

墓を描いたらしい鬼能「融の大臣の能」(散佚曲)の痕跡あるか。
二三 以下、望見する洛外の歌枕・名所教えとなり、悲嘆を風雅へ転換。
二四 京都市山科区にあり、歌枕。
二五 「音羽山音に聞きつつ逢坂の関のこなたに年を経るかな」(古今集・恋一・在原元方)に拠る。
二六 逢坂山(山城と近江との境)にあった関所。 二七 順々に続く山脈。
二八 話していると言い尽くせない。
二九 次句「歌」の序。上句の縁語。
三〇 清水寺の奥、清閑寺一帯の地。
三一 清水音羽山の中腹にある寺。
三二 京都市東山区の今熊野神社。

慕る懐旧の心

三三 一かたまりの村里のこんもりした森の木立は。

以下二五四頁

一 秋ではあってもまだ時雨の降らぬ頃なので。「わが袖にまだき時雨の降りぬるは…」(古今集・恋五・読み人知らず)。[付]時雨—紅葉。

名所教え

二 「時雨する稲荷の山のもみぢ葉は青かりしより思ひそめてき」(袋草紙、沙石集、十訓抄等)に基づく。稲荷山は東山連峰の最南端。
三 [付]風—雲。[掛]端—葉。[縁]葉—梢。
四 稲荷山の南西、藤森社辺り。「藤」の意で「春は花見し」を受ける。
五 千載集・秋上・藤原俊成の歌(下

村の森の木立《こだち》　シテ「それを知《し》るべに御覧ぜよ、[一]まだき時雨の秋なれば、[二]紅葉《(もみぢ)》も青き稲荷《いなり》山　ワキ カヽル〽[三]風も暮《く》れ行《(ゆく)》雲の端《(は)》の、梢も青《あを》き秋の色　シテ「今《いま》こそ秋よ名にし負《お》ふ、春は花見し[四]藤の森　ワキ カヽル〽緑《みどり》の空も影《かげ》青き、野山に続《つづ》く里はいかに　シテ〽あれこそ[五]夕ざれば　ワキ〽野辺の秋風　シテ〽身に沁《し》みて　ワキ〽鶉鳴《うづらな》くなる　シテ〽深草山よ。

〈歌〉同〽[六]木幡山《(こはたやま)》伏見の竹田、淀鳥羽も見《み》えたりや。

〈ロンギ〉地〽[七]眺《なが》めやる、そなたの空は白雲《(しらくも)》の、はや暮初《そ》むる遠山《(とほやま)》の、嶺も木深《こぶか》く見《み》えたるは、いかなる所なるらん　シテ〽あれこそ[八]大原や、小塩《をしほ》の山も今日《けふ》こそは、御覧じ初《そ》めつらめ、なをなを問《(ほ)(ほ)と》はせ給へや　地〽聞《(きく)》につけても[九]秋の風、吹方《(ふく)かた》なれや峰続《つづ》き、西に見《み》ゆるはいづくぞ　シテ〽秋もはや、秋もはや、[一〇]半《(なかば)》更《ふ》け行《(ゆく)》松の尾の、嵐《あらし》山も見《み》えたり　地〽嵐更《(ふけ)》行《ゆく》秋の夜の、空澄《す》み昇《のぼ》る月影に　シテ〽さす[一一]塩時《(しほどき)》もはや過《(すぎ)》て　地〽[一二]隙もをし照《て》る月に愛《め》で　シテ〽興に乗じて　同〽身をばげに、[一三]忘《わす》れたり[一四]秋の夜の、長物語よしなや、先《(まづ)》いざや塩を汲《く》まむとて、持《も》つや[一五]田子《(たご)》の浦、[一六]東《あづま》からげの塩衣、汲《く》めば月をも、袖に[一七]望潮《もちじほ》の、汀《(みぎは)》に—帰《かへ》る[一八]波の夜《よる》の、老人と見《み》えつるが、[一九]塩曇《しほぐも》りにかき紛《まぎ》れて、跡も見《み》えず成《(なり)》にけり、跡をも見せず成にけり。　(中入)

【六】〈問答・語リ・問答〉（アイの所の男が僧の求めに応じて、融の大臣の風流な生活と栄華、死後の河原院の荒廃を語る。僧が先刻の老人のことを話すと、それこそ融の大臣の霊であろうといい、

句「鶉鳴くなり深草の里」)。六 以下の地名も山城の歌枕。六条の東から漸次南方を見渡した心。七 以下西方の名所。「眺めやるそなたの空の雲だにも…」(新拾遺集・恋四・後鳥羽院下野)。掛知らず—白雲、(雲の)端—は(や…)。八 以下西に連なる山々へ転じる。「大原や小塩の山も今日こそは…思ひいづらめ」(古今集・雑上・在原業平)による。九 秋は西から来るという考え方。「西より来たる秋の風」(「砧」)。一〇 詩語「松嵐」から洛西の歌枕の松尾山・嵐山を導く。掛更—吹。一一 月影がさし潮がさして来る時。一二 掛惜し—押し。一三 打ち興じているうち塩汲を忘れ、はっと気づいて塩汲を続けるのは廃曲「浜平直《(はまなら)》」と同趣向。一四「秋の夜長」に「長物語」を重ねた。一五 駿河の歌枕で「東」の序。掛担桶—田子。一六 衣の裾を端折って帯にはさむこと。一七 陰暦十五日の大潮。掛持—望、汀—身。「望潮の」が「汀」の序。一八「帰る」と「夜(寄る)」を繋ぐ詞。

塩曇りに消える

一九 老人は担桶を捨てて中入する。二〇 塩竈の浦の縁で言う。待謡の前半は「敦盛」(金剛)と、後半「夜もすがら…」は廃曲「野寺」と同文。二一「江口」「雲林院」「関寺小町」「松虫」「恋松原」等、世阿弥系の能に

重ねての奇特を見ることを勧める）

【七】〈上歌〉ワキ〽磯《いそ》[二〇]枕、苔《(こけ)》の衣を片敷《かたし》きて、苔の衣を片敷きて、岩根《いはね》の床《(とこ)》に夜もすがら、猶も奇特を見るやとて、夢待顔《がほ》の旅寝かな、夢待顔の旅寝かな。

【八】〔出端〕〈サシ〉後シテ〽忘《わす》[二一]れて年を経《へ》し物を、又[二二]いにしへに帰《かへ》る波の、満《み》つ塩竈の浦人の、今宵《こよひ》の月を陸奥《みちのく》の、千賀の浦半《(うらわ)》も遠き世に、其名を残《のこ》す公卿《まうちきみ》、融の大臣《(おとど)》とは我事なり、我塩竈の浦《うら》に心を寄《よ》せ、あの籬《まがき》が島の松陰《かげ》に、明月に舟を浮《う》かべ、月宮殿《(げつきうでん)》[二三]の白衣《(はくえ)》の袖も、三五夜《(さんごや)》[二四]中《(ちう)》の新月の色。

【九】〈一セイ〉シテ〽千重《ちゑ》[二五]振《ふ》るや、雪を廻《めぐ》らす雲[二六]の袖　地〽さすや桂の枝々に　シテ〽光《ひかり》[二七]を　同 花と散《ち》らすよそほひ　地〽爰《(ここ)》[二八]にも名[二九]に立《た》つ白《しら》川の波の　シテ〽荒《(あら)》面白《おもしろ》や曲水[三〇]の盃《さかづき》　同〽受《う》けたり受けたり遊舞の袖。〔早舞〕

【一〇】〈ロンギ〉地〽あら面白の遊楽《(いうがく)》[三一]や、そも明月の其中《(そのなか)》に、まだ初月《はつ(づき)》[三二]の宵々《よひよひ》に、影も姿も少《すく》なきは、いかなる謂《(いはれ)》なるらむ　シテ〽それは西岫《(さいしう)》[三三]に、入日《(いりひ)》のいまだ近ければ、其影に隠《かく》さる、たとへば月のある夜《(よ)》は、星の薄《うす》きが如《ごと》くなり　地〽青陽《(せいやう)》[三四]の春の始《はじ》めには　シテ〽霞《かす》む夕《(ゆふべ)》の遠山《(とほやま)》　地〽黛《(まゆずみ)》[三五]の色に三日月の　シテ〽影を舟《ふね》にも喩《たと》へたり　地〽又水中《(すいちう)》[三六]の遊《(いう)》魚《(ぎよ)》は　シテ〽釣針《つりばり》と疑《うたが》ふ　地〽雲上《(うんしやう)》の飛鳥《(ひてう)》は　シテ〽弓の影《かげ》共《(とも)》驚く　地〽一輪《(いちりん)》[三七]も降《くだ》らず　シテ〽万水《(ばんすい)》も昇《のぼ》らず　地〽鳥[三八]は―池辺《(ちへん)》の樹に宿《(しゆく)》し　シテ〽魚《(うを)》は―月下の波に臥《ふ》

見る慣用句。二二 今また昔に立ち帰って満ち来る塩竈の浦人として今宵の月を見ているのは、陸奥の千賀の浦を模し遠き後の世までその名を残している融の大臣とは私のこと。二三 月の満ち欠けは月の中の宮殿に居る白衣・青衣十五人ずつの天人の交替によるという。十五人が全員白衣の天人の時が満月。二四 「三五夜中新月色、二千里外故人心」（和漢朗詠集・秋・十五夜・白居易）。「三五」は十五の意。「新月」は東の空に出たばかりの月。二五 「千重降る雪」（幾重にも降り積む）の意をこめ、舞姿の形容「雪を廻らす」に続け、「千重振る袖」（幾度も振りかざす袖）の意を重ねる。二六 衣を雲に見立てた歌語。付桂―一枝・月。「さす」は袖をさし引く舞の姿と、枝がのびる様を掛ける。二七 「秋くれど…光を花と散らすばかりを」（古今集・物名・源忠）。二八 陸奥の白河ばかりでなく、ここ都にも。山城の歌枕の白川を対比。二九 縁名に立つ（評判される）―波。「波の荒し」から「あら面白」とした。三〇 曲水の宴の風流を背景に、月を盃に擬し月影を汲み遊舞の袖に月光を受ける様。

月下の遊楽

三一 月下の遊舞。以下〈ロンギ〉は月を詠じた漢詩で対句が美しい。三二 新月の頃は、宵ごとの光も弱

す　地 へ聞(きく)とも飽《あ》かじ秋の夜の　シテ へ鳥[一]も鳴《な》き　地 へ鐘《かね》も聞《き》こえて　シテ へ月[二]も

はや　同 へ影《かげ》傾《かたぶ》きて明《あ》[三]け方《がた》の、雲となり雨となる、此[四]光陰に誘《さそ》はれて、月の都に、入(いり)給

ふよそほひ、あら名残惜《お》しの面影《おもかげ》や、名残惜《お》しの面影。

月の都に帰る

く形も小さいのはどういうわけだろう。　三三 西の山峡。
三四 以下「たとへば」の続きで月の比喩を列挙。「青陽」は春の異称。
三五 和漢朗詠集・妓女・白居易「宛転双蛾遠山色」による。眉を「月の眉」(三日月)に、三日月を「月の舟」に譬える。　三六 「遊魚疑ニ沈鉤於碧浪ㇾ、旅雁驚ニ虚弓於紫煙ㇾ」(本朝文粋一・繊月賦・菅三品)。百聯抄解にも類詩。　三七 「一輪」は月の異称で「万水」(多くの川や海。「蟬丸」にも)と対句。月は水に影を映しても降ることなく、水は月を映しても昇ることがない。　三八 前出の賈島の詩を模す。三日月の影を弓かと驚いた鳥も静かに樹に宿し、鉤(つりばり)と疑った魚も安らかに波に伏す、万有の帰趨を説く。

以上二五五頁

一 鶏鳴。付鳥—別・暁、鐘—暁。
二 前ジテの登場歌と照応。月に始まった詩劇にふさわしい。
三 「明け方の雲」(東雲)から「雲となり雨となる」と続けた。「旦為ニ朝雲ㇾ、暮為ニ行雨ㇾ」(文選十・高唐賦)に基づく歌語。夜が白み、夢とも現とも分かぬ有様を形容。
四 月光の意。融の霊が帰ってゆくさまを「月の都」に入ると寓し、名残り惜しき余韻を「面影」で止めた。謡曲には名詞止めの表現は稀。

白鬚《しらひげ》

脇能物　異表記、白髭
異神物　金春禅竹か（曲舞は観阿弥作曲）

場景　前場—近江国琵琶湖畔。白鬚明神の社頭。春のある日。午後。後場—同じ所。同じく、深夜から夜明け。

人物　前ジテ　漁翁〔笑尉・着流尉（釣竿持つ）〕
後ジテ　白鬚の明神〔鼻瘤悪尉・鳥兜狩衣悪尉〕
前ヅレ　若い漁夫〔水衣男〕
後ヅレ　天女〔小面・天女〕
後ヅレ　龍神〔黒髭・龍神〕
ワキ　勅使〔大臣〕
ワキヅレ　同行の朝臣〔大臣〕
アイ　末社の神〔登髭・末社〕

梗概　帝に霊夢があり、白鬚明神へ勅使が立つ。のどかな春、うち寄せる波も白い白鬚の宮に着くと、釣する翁と若者に出会う。翁は霞たなびく鳰の浦の春景色を讃え、直ぐなる御代に生まれたことを謝し、明神の威光をあがめ、白鬚明神の縁起を語る。釈尊が都率天に住していた頃、仏法流布の地を求めて遍く娑婆を飛行し、日本の琵琶湖のあたりに着目した。入滅後、身を変えてこの地に渡り、釣り糸を垂れていた白鬚の翁に向い、仏法結界の地としてこの地を与えよと告げたが、翁は釣する所が無くなると断った。その時、薬師如来が現れ、自分は二万歳の昔から住む主で、翁は我を知らない、この山で仏法を開くべし、我仏法を守らんと誓い、翁も白鬚明神として祀られている、と語った翁は、自分がその明神だと明かして暮れなずむ社壇に消えた（中入）。末社の神が縁起を語り、夜もすがら奇特を待つ勅使の前に、容貌魁偉な白鬚の神が出現、勅使を慰めようと舞楽を奏するうち、空から天女が天燈を捧げ、湖水から龍神が龍燈を捧げて現れ、燈明を神前に供えて舞をくりひろげ、夜明けとともに神々は飛行していった。

素材・主題　太平記十八・比叡山開闢事、曾我物語六に見える白鬚明神の縁起に拠り、聖旨に感激した明神の奇特と天燈龍燈の祭事を描く。縁起を語る曲舞は観阿弥の作曲で、猿楽能最初の曲舞という（五音）。詞章は神道雑々集所掲「日吉大宮権現波止土濃事」等に基づく。なお「白鬚」には先行作品の古曲の存在が「昔ノ白鬚」などの謡物から推測され、白鬚物とでもいうべき作品群が想定される。なお間狂言に「道者（どうしや）」とも「勧進聖（かんじんひじり）」とも呼ぶ特殊演出があり、舞台はより賑やかになる。

[五]【一】〔真ノ次第〕〈次第〉ワキ・ワキツレ　へ[六]君と神との道直《すぐ》に、君と神との道直に、治まる国ぞ久しき。

五　後見が、一畳台の両端に燈台を立て、上に引回シを掛けた宮の作リ物を大小前に出す。
六　君道（政道）と神道（祭事）が正しい治世を讃美。「神と君との道直に」（「高砂」「采女」「弓八幡」）等と同趣。

以下二五八頁

一　近江国比良山の麓、滋賀郡小松村の北方。縁起は〈クセ〉を参照。
二　霊験あらたかな神。
三　都の空。縁空—春—霞む。
四　歌語「志賀の花園」をふまえる。天智天皇の時に造られた御苑の跡。
五　「志賀の山越」は歌語。「北白河ノ瀧ノカタハラヨリノボリテ、如意ノ峰ゴエニ志賀ヘ出道也」（袖中抄）ほか諸説がある。
六　近江国の歌枕。現大津市堅田町真野。「真野の入江」は琵琶湖岸。
七　琵琶湖。湖面を渡る風も冴え返り、打寄せる波も白い波頭を立て。縁寄る—浪。
八　明け暮れ漁業に暇なき漁師の生活の苦しいさま。掛糸—営み、無し—（隙も）浪間。
九　蜑小舟で水上を渡る意と、漁業で世を渡る意とを兼ねる。
一〇　詩句らしいが典拠未詳。以下、霞みわたる湖上の春の景色を歌う。
一一　舟人は湖上の様子で明朝の雨を予知する。
一二　霞を衣に譬え、衣の綻びるのを花の綻びるに掛ける。謡言粗志は「花盛霞ノ衣綻ビテ峰白妙ノ天ノ香具山」の歌を引

〈名ノリ〉ワキ「抑 是《（そもそもこれ）》は当今《（たうぎん）》に仕《つか》へ奉る臣下也、扨《（さて）》も江州《（がうしう）》白鬚《しらひげ》[一]の明神は、霊神《（れいしん）》[二]にて御座候、君此程《（このほど）》不思議の御《（ご）》霊夢の御《（おん）》告《つ》げましますにより、急《いそ》ぎ参詣申せとの宣旨を蒙《かうム》ぶり、只今白鬚の明神に、勅使に参詣 仕《（つかまつり）》候。

〈上歌〉ワキ・ワキツレ〽九重[三]の、空ものどけき春の色、空ものどけき春の色、霞む行《（ゆくへ）》ゑは花園[四]の、志賀[五]の山越《やま（ごえ）》打過《（うちすぎ）》て、真野《（まの）》[六]の入江の道《みち》すがら、鳰《（にほ）》[七]の浦風冴《さ》えかへり、立寄《よ》る浪も白鬚の、宮居に早《はや》く着《（つき）》にけり、宮居に早く着にけり。

【二】〔真ノ一声〕〈一セイ〉二人〽釣《つり》[八]のいとなみいつまでか、隙《（ひま）》も浪間に、明《（あけ）》くれん　ツレ〽棹《さほ》さし馴《な》るる海士《あま》小舟　二人〽渡《わた》[九]りかねたる、憂《う》き世かな。　〔アシライ歩ミ〕

〈サシ〉シテ〽風[一〇]帰帆《（きはん）》を送《をく》る万里の程《てい》、江天《（かうてん）》渺々《べうべう》として水光平《すいくわうたい》らかなり　二人〽舟子《しうし》[一一]は解《と》く是《（これ）》明朝《みやうてう》の雨、面白や比《ころ》しも今は春の空、霞[一二]の衣ほころびて、嶺《（みね）》白妙に咲《さ》く花の、嵐も匂《にほ》ふ日影かな。

〈下歌〉二人〽賤《いや》しき海士《（あま）》の心まで、春こそのどけかりけれ。

〈上歌〉二人〽花誘《さそ》[一三]ふ、比良の山風吹《（ふき）》にけり、比良《ひら》の山風ふきにけり、漕《こ》ぎ行《（ゆく）》舟の跡見ゆる、鳰[一四]の浦半《（うらわ）》も遥々《はるばる》と、霞《かす》み渡《わた》りて天《あま》[一五]つ雁《（かり）》、帰《かへ》る越路《（こしぢ）》の山までも、眺《なが》めに続《つゞ》く気色《（けしき）》かな、眺めに続く気色かな。

【三】〈問答〉ワキ「如何に是なる翁、汝は此《（この）》浦の者か　シテ「さむ候《ザウラウ》此浦《うら》の漁父《（ぎよふ）》にて候が、朝《あさ》

く。縁嵐―花。一三 新古今集・二一・春下・宮内卿の歌。末句「跡見ゆるまで」。花を誘って散らす比良の山風が吹いたのだ、漕ぎゆく舟の航跡がくっきりと見える程に。湖水一面に敷かれた落花。

都から白鬚の宮へ

一四 花か霞か長閑に霞む湖の眺望。一五 空行く雁。越路（北越の路々）の山々まで見える景観を描くため、春になると北へ帰る雁を出した。一六 釣糸を垂れる漁翁の姿は縁起に説く白鬚の神の姿と重なる。一七 一天万乗の君までがこれほど崇敬なさるこの白鬚の明神の御威光。一八 掛逢ふ―近江。「近江の海」は「深き」の序。一九 白鬚の神が垂迹されてから久しい年月が経ったが。「瑞垣」は「久し」の枕詞、ここは「久しき年」の意。二〇 自分は心なき漁夫の身の上だが。掛無

春霞の湖上の景

―波。縁波―小舟―釣。二一 安楽に治まる御代に逢える事を喜び、明神の徳を仰ぐ心。「安く楽しむ」は「代主」にも。二二 以下「白鬚の曲舞」は太平記十八・比叡山開闢事とほぼ同文。二三 取りあえず記録されている一説によると。二四 仏説（倶舎論）に、宇宙が成立し存続する時間を住劫、人間の寿命が百年ごとに一歳ずつ減って八

な朝な沖に出《(いで)》、[一六]釣《つり》を垂《た》れ候、先《(まづ)》御《(おん)》姿《すがた》を見奉れば、此あたりにては見馴《(みなれ)》申さぬ御事也、もし都よりの御参詣にて御坐候か　ワキ「実《(げに)》よく見てある物かな、是は当今《(たうぎん)》に仕《つか》へ奉る臣下なるが、君此程《(このほど)》不思議の御霊夢の御告《(おんつげ)》ましますにより、勅使に参詣申て候　シテ「有難や君[一七]としてだにか程《(ほど)》まで、敬《うやま》ひ給ふ御神の、御威光の程こそ有難《がた》けれ　二人へ[一八]賤《いや》しき海士の此身までも、直《すぐ》なる御代《(みよ)》に近江《(あふみ)》の海の、深き恵《めぐ》みを頼《たの》むなり。

〈掛合〉ワキ　カヽル　へげに誰《(たれ)》とても君を仰《あふ》ぎ、神を敬《うやま》ふ心あらば、などか恵《めぐ》みにあづからざらん

シテ　へ殊更爰《(ここ)》は　ワキ　へ所から。

〈上歌〉同　へ[一九]瑞垣《みづがき》の、年も経《へ》にけり白鬚《しらひげ》の、年も経にけり白鬚の、神の誓《ちか》ひは今とても、変《か》はらざりけり、実《(げに)》有難や頼《たの》もしや、我は[二〇]一心も波小舟《なみをぶね》、釣の翁《おきな》の身ながらも、[二一]安《やす》く楽《たの》しむこの時に、生れ逢《あ》ふ身《み》は有難や、生れ逢ふ身は有難や。

【四】〈クリ〉地　へ[二二]夫《(それ)》此国の起《お》こり家々に伝《つた》はる所、を《(お)》のを《(お)》の別にして、其説まちまち成《(なり)》といへども、[二三]暫《しばら》く記《き》する所の一義によらば、天地すでに分《わ》かつて後、[二四]第九の減劫《げんこう》人寿二《(にんじゆに)》万歳《(まんざい)》の時《とき》。

〈サシ〉シテ　へ[二五]迦葉世尊《(かせうせそん)》[二六]西天《(さいてん)》に出世《(しゆつせ)》し給ふとき　同　へ[二七]大聖釈尊《(だいしやうしやくそん)》その[二八]授記《じゆき》を得《え》て、[二九]都率天《(とそつてん)》に住《(ぢう)》し給ひしが　シテ　へ我《(われ)》[三〇]八相成道《(はつさうじやうだう)》の後《(のち)》、[三一]遺教《(ゆいけう)》流布《(るふ)》の地いづれの所にか有べきとて　同　へ此《(この)》[三二]南瞻部州《(なんせんぶしう)》を普《あまね》く飛行《(ひぎやう)》して御覧じけるに、漫々《まんまん》とある大海《(だいかい)》の上に、[三三]一切衆生悉有《(いつさいしゆじやうしつう)》仏性《ぶつしやう》如来《(によらい)》、常住無《(じやうぢうむ)》有《う》変易《(へんやく)》の[三四]波の声《こゑ》、[三五]一葉《(いちえふ)》の芦に凝《こ》り固《かた》まつて、ひとつの島となる、今の[三六]大宮《(おほみや)》権

万歳から十歳に至るまでを減劫、その反対を増劫と言い、この増減を繰返し、都合十回の減劫があると言う。ここはその九回目。 二五 釈迦以前に出世した過去七仏の第六。釈迦の出現はこの仏の滅後、五十六億七千万年の後と言う。 二六 西天竺すなわち西印度。 二七 釈迦牟尼世尊。 二八 過去世において過去仏が修行者に対し来世には必ず仏となるとの記別(予言)を授けること。 二九 欲界の第四天。将来仏となるべき菩薩が地上に下るまで最後の生を過ごす場所。 三〇 釈迦がその生涯で経験した八つの相(すがた)のうち、悟りを開き、成道(仏陀になる)の相を表した後。世阿弥の五音と金春流は「我八相…」からが〈サシ〉。 三一 釈迦が残した教えを広める地。 三二 宇宙の中心をなす須弥山の南方にある島。人間世界。閻浮提《(えんぶだい)》とも。

白鬚の曲舞

三三「無有変易」まで涅槃経の句。すべての衆生に仏となる本性があり、如来は常住して変わることがない。 三四 この経文を称えているような波の音が聞こえ。 三五 その波が(海を越え、海中に浮かぶ)一葉の蘆に(留まり、この蘆が)凝り固まり一つの島となった。 三六 日吉(えひ)山王七社のうちの第一。日吉神社の本宮。

現の[一]波《は》止《し》土《ど》濃《の》なり。

〈クセ〉同〽其後《(そののち)》人寿《(にんじゆ)》、百歳の時《とき》、[二]悉達《(しつだ)》と生れ給ひて、[三]八十年の春の比《(ころ)》、[四]頭北面西右脇臥《(づほくめんさいうけふぐわ)》、[五]抜提《(ばつだい)》の波と消《き》え給ふ、[六]されども仏は、常住不滅法界の、妙体なれば昔《むかし》、蘆《あし》の葉の島となりし、[七]中津《なかつ》国を御覧ずるに、時は[八]鸕草《うがや》、葺不合《ふきあはせず》の、尊《(みこと)》の御代《(みよ)》なれば、仏法の[九]名字を人知《し》らず、爰《(ここ)》に比叡、山の麓《ふもと》[一〇]ささ波や、志賀の浦のほとりに、釣《つり》を垂《た》るる老翁あり、釈尊かれに向《む》かつて、翁《おきな》もし、此地の主《(ぬし)》たらば、此山を我に与《あた》へよ、[一一]仏法結界《けつかい》の、地となすべしと宣《のたま》へば、翁‐答《こた(へ)》えて申様《(まうすやう)》、我《われ》人寿、六千歳の初《はじ》めより、此山の主《(ぬし)》として、此[一二]湖《みづうみ》の七度《(しちど)》まで、蘆原《あしはら》に成《(なり)》しをも、まさに見たりし翁《おきな》なり、ただし此地、結界《けつかい》となるならば、釣する所失《う》せぬべしと、深《ふか》く惜《お》しみ申せば、釈尊力《ちから》なく、今は[一三]寂光土《(じやッくわうど)》に、帰覧《かへ(らん)》とし給へば　シテ〽時に東方《(とうばう)》より　同〽[一四]浄瑠璃《じやうるり》世界の主《あるじ》薬師、忽然《(こつぜん)》と出《(いで)》給ひて、善《よ》き哉《かな》や、釈尊この地に、仏法を弘《ひろ》め給はむ事よ、我《(われ)》人寿、二万歳の[一五]昔《むかし》より、此所の主《ぬし》たれど、老翁未《いま》だ我を知《し》らず、なんぞ此山を、惜《お》しみ申《(まうす)》べきはや、開闢《かいびやく》し給へ、我も此山の王[一六]となつて、共《とも》に[一七]後《(ご)》五百歳の、仏法を守るべしと、堅《かた》く‐誓約し給ひて、[一八]二仏‐東西に去《さ》り給ふ、其時の翁も、今の白鬚《しらひげ》の神とかや。

【五】〈問答〉ワキ「不思議なりとよか程《(ほど)》まで、妙《たえ》なる[一九]神秘《(じんぴ)》を語《かた》る翁の、其名はいかにおぼつかな

シテ「今は何をかつつむべき、其古《いにしへ》も釣を垂《た》れし翁なるが、勅使を慰《なぐさ》め申さむとて、只今爰に来りたり、殊更今宵《こよひ》は[二〇]天燈龍燈、神前に来現の時節なれば、カヽル〽暫《しばら》く待《(また)》せ給ふべしと。

一 橋殿。大宮権現の前の流れに橋のように懸け渡して建てた建物。
二 釈尊が出家する以前、まだ王子であった頃の名。悉達多《(しつだ)》(つた)。
三 釈尊は八十歳の春入滅した。
四 釈尊の入滅の時の姿。頭を北にし顔を西に向け、右脇腹を下にした。この句は太平記にはない。
五 釈尊は抜提河畔で入滅。
六 釈尊の入滅は衆生に無常を示すための方便で、実際は生滅・変化せず、永久不変の体であるので。
七 豊葦原の中津国。日本の古称。
八 彦火火出見尊の御子。→「鵜羽」二九一頁注一九。 九 名称。
一〇 志賀の枕詞。「志賀の浦」は歌枕。 一一 仏道修行の障害となるものが入らぬようにした禁制の地。
一二 無数の年月を経たこと。太平記に「此湖の七度迄、蘆原と変ぜしを見たり」とある。 一三 仏の住む世界、常寂光土。 一四 東方にある薬師如来の住む世界。 一五 「始より」(太平記、五音、金春)。
一六 「王」(太平記、五音、車屋本)。「主」(観世・金春)。
一七 釈迦の入滅後、仏法の盛衰を解脱・禅定・多聞・造寺・闘諍の各五百年に区分した最後の五百年。五五百歳とも(大集経)。末世とされた。薬師如来は釈尊に助力しその後五百歳の仏法を護ろうと誓約した。底本「後々百歳」。
一八 薬師は東方へ、釈尊は西方へ。

〈上歌〉同 ∖夕[二一]の雲も立騒《さは》ぎ、夕の雲も立騒ぎ、汀《(みぎは)》に落《お》ちくる風の音、老《(おい)》[二二]の波も寄《よ》りくる、釣[二三]の翁と見えつるが、我《(われ)》白鬚の神ぞとて、玉の扉《とびら》をおし開き、社壇に入《(いら)》せ給ひけり、社壇に入せ給ひけり。〔中入来序[二四]〕

【六】〈問答・語リ・三段ノ舞〉（アイの白鬚明神の末社の神が登場し、白鬚明神の縁起を語り舞う）

【七】〔出端[二五]〕〈一セイ〉地 ∖八乙女《やをとめ》[二六]の、返《かへ》す袂《たもと》の色々に、宜禰《きね》が鼓も声澄《す》みて、神さび渡《わた》れる折からかな。

〈サシ〉後シテ ∖神[二七]は人の敬《うやま》ふによつて威を増《ま》す、ましてや是は勅の使《(つかひ)》、仰《あふ》ぎてもなを《(ほ)》余《あま》りあり。

〈ノリ地〉同 ∖不思議や社壇の、内よりも、不思議や社壇の、内よりも、まことに妙成《(たへなる)》、御《(み)》声《こゑ》を出《(いだ)》し、戸びらもを《(お)》のづから、朱《あけ》[二八]の玉垣《がき》、赫《かかや》[二九]き渡《わた》る、白鬚の、神の御姿、顕《あらは》れたり。

【八】〈掛合〉ワキ ∖あら有難の御事や、かかる奇特に逢《あ》ふ事も、ただ是《(これ)》君の御影ぞと、感涙袖《そで》をうるほせり　シテ ∖いざいざさらば夜もすがら、舞楽の曲を奏しつつ、勅使を慰《なぐさ》め申さむと。

〈上歌〉同 ∖神楽[三〇]催馬楽《さいばら》[三一]とりどりに、神楽催馬楽とりどりに、糸竹《(いとたけ)》[三二]の役々《やくやく》、秘曲を尽《つ》くし拍子を揃《そろ》へて、夜遊《(やいう)》の舞楽は有難や。〔楽〕

〈歌〉シテ ∖面白や此舞楽　同 ∖面白や此舞楽の、鼓《つづみ》[三三]はを《(お)》のづから、磯打《う》つ波《なみ》の声、松風は

一九 「ジンピ 神の秘密」（日葡）。「賀茂」等にも。
二〇 天女が天降って捧げる燈と、龍神が湖から現れて捧げる燈。
二一 掛言ふ―夕。付雲―立つ。
二二 「老の波」は寄る年浪の意の歌語。波の寄せる意に老境の意を重ねた。　二三 付翁―釣する。
二四 おごそかな囃子のうちにシテは作リ物に、ツレは幕に中入する。
二五 ワキの待謡がなく〔出端〕の囃子で明神が作リ物の中から出現する。
二六 八人の舞姫が舞の袖を翻し、神官の打つ鼓の音も澄み、神々しい気がみなぎる。
二七 古諺。「神者依二人之敬一増レ威」（貞永式目）。「巻絹」にも。

社壇から明神出現

二八 扉が「開く」に「朱の玉垣」（朱塗りの玉垣をいう歌語）を掛けた。
二九 玉垣の形容と白鬚明神の姿をつなぐ。朱と白の色彩の対照。明神出現の描写は「龍田」等に酷似。
三〇 神前で神楽を奏し催馬楽を歌い。催馬楽は雅楽の歌謡。「神楽・催馬楽・東遊等」（教訓抄九）。
三一 神楽を舞う時、手に持つ採物《(とりもの)》の縁で「とりどり」と続けた。
三二 管絃の役を担当する人たち。
三三 磯の波、松の風がおのずから琴曲の調べをなす、ただならぬ湖上の光景。

琴《きん》を調《しら》べ、一心耳《しんゐ》を澄《す》ます折柄《から》に。

〈キザシグリ〉同 ヘ天津み空《そら》の雲井赫《かかや》き渡《わた》り、湖水の面《おもて》鳴動するは、天燈龍燈《とう》の来現かや。

【九】二［イロエ出端・早笛］〈ノリ地〉同 ヘ三天地《（てんち）》の両燈、顕《あらは》れて、天地の両燈、顕《あらは》れて、神前に供《そな》ふる、御燈の光、山河《（さんか）》草木《（さうもく）》、赫《かかや》き渡《わた》り、四日夜《（にちや）》の勝劣、見《み》えざりけり。［舞働］

【一〇】〈ノリ地〉シテ ヘかくて夜もはや、明方《（あけ）がた》の 同 ヘかくて夜もはや、明方になれば、を《（お）》の、を《（お）》の明神に、御暇申《（おんいとままうし）》、帰《かへ》れば明神も、御声《（みこゑ）》をあげて、五善哉善哉《（ぜんざいぜんざい）》と、感《かむ》じ給へば、六天女は天路《（あまぢ）》に、又立帰《かへ》れば、龍神は湖水の、上に翔《かけ》つて、波を返《かへ》し、雲を穿《うが》ちて、天地にわかれて、飛《と》び去行《（さりゆけ）》ば、明行空《（あけゆく）》も、白鬚《しらひげ》の、明《あ》けゆく空も、七白鬚の神風、八治《おさ》まる御代とぞ、成《（なり）》にける。

一 心耳を清澄にする妙音を表現する慣用句。「当麻」「天鼓」「朝長」等にも。

天燈・龍燈、来現

二 ［イロエ出端］（異相の神や女体の神仙の登場に用いる）で天女が登場し、［早笛］で龍神が登場。天女は天燈を、龍神は龍燈を捧げ持つ。

三 湖上に輝く天燈龍燈の光が煌々として目前に神異を示す光景。

四 今は深夜ながら天地の両燈に山も河も草木までも輝きわたり、白日の光にも劣らぬ明るさ。「光明赫奕として日夜の勝劣見えざりけり」（「西王母」）。

五 「よきかな」。賞讃歓喜の言葉。

六 天女は天界への道を昇っていき、龍神は湖水の上を翔り、波を返し雲をつんざき、天女は天界に、龍神は下界に別れて飛び去って。「天路」は「賀茂」「西王母」にも、「雲を穿つ」は「大蛇」「龍虎」等にも見える。

七 「白む」を掛け、白鬚の神、神風、風治まる、治まる御代と続けた。

八 [縁]風―治まる。「治まる御代」は冒頭の〈次第〉「治まる国」と対応。

九 花月は風雅の友。花に風、月に雲は心悩ます種。それら一切を断ち切った心境。

忠度《ただのり》

二番目物　古称、薩摩守
公達物　世阿弥作(中楽談儀)

場景　前場―摂津国須磨の浦。若木の桜の辺り。ある春の日の午後から夕刻。後場―同じ所。同じく、夜。

人物　前ジテ　浦の老人〔笑尉・着流尉〕
　後ジテ　平忠度の霊〔中将・修羅物〕
　ワキ　旅の僧〔着流僧〕
　ワキヅレ　同行の僧〔着流僧〕(二、三人)
　アイ　浦の男〔肩衣半袴〕

梗概　もと藤原俊成に仕え今は出家の身となった旅僧が、須磨の浦で山から薪を運ぶ老人に出会い、平忠度の墓標の若木の桜のもとで忠度の回向を頼まれる。老人は忠度の霊の仮の姿で、花の宿りを勧め、名を暗示して花陰に消えた(中入)。浦の男から忠度の最期の有様を聞き、旅寝についた僧の夢に忠度の霊が昔の姿で現れる。自分の歌が千載集に入れられたが、勅勘の身ゆえ読み人知らずと書かれたことを嘆き、作者を付けるよう定家への伝言を頼む。そして都落ちの時、師の俊成に歌の望みを託したこと、岡部の六弥太と戦って討死し、箙に着けた短冊(「行き暮れて木の下陰を宿とせば花や今宵の主(あるじ)ならまし」)で六弥太に名を知られたことなどを語って花の陰に消える。

素材・主題　平家物語七・忠度都落、九・忠度最期、源平盛衰記三十三、三十七に拠りつつ、文武二道にすぐれた忠度の、詩人武将として死してもなお忘れかねている和歌の道への迷妄を描く。史実の忠度は四十を越えていたが、能では若き公達として扱い、須磨の若木の桜を背景に、辞世「行き暮れて…」を主題歌に据え、全曲、桜を重用し「花をも憂し」で始まり「花こそ主なりけれ」で結ぶ。修羅物でありながら修羅ノリ(〈中ノリ地〉)部分がない作詞作曲も主題と密接につながっている。結末近くシテが六弥太になったり忠度に戻ったりして語り進め、いくつもの角度から映像を連続的に重ね合わせる描写は、映画のカットバック(切り返し)手法の先取り。風雅な修羅能で、世阿弥快心の作。

【一】〔次第〕〈次第〉ワキ　〽九花をも憂《う》しと捨《す》つる身の、花をも憂しと捨つる身の、月にも雲は厭《いと》はじ。

以下二六四頁

一 平安末期の大歌人で千載集の撰者。定家の父。御内は直属の家来。 二 平安城(京)の南方の鳥羽離宮。 三 山崎(現京都府乙訓郡大山崎町)の男山・天王山は山城と摂津の国境にあるので「都を隔つる山」と続け、「山崎」を掛けた。この〈サシ〉から〈上歌〉まで「藤栄」(宝生・金剛)とほぼ同文。 四 関戸の宿は山崎の西方。関所の旧跡という。 五 ゆっくり泊まることも叶わぬのが旅の常、人生の旅も同じで、いつも憂世の塵芥にまみれて暮らし。 六 和光同塵(三二一頁注二三)を匂わせ「交はり」「芥」と縁語。ここは世間の俗塵の意。 七 摂津の歌枕。高槻市を流れる川。 八 摂津の歌枕。「有馬山猪名の笹原風吹けば…」(後拾遺集・恋二・大弐三位)等。 九 摂津の歌枕。「小屋」を掛け、「宿借る」「住み(澄み)」と縁語。 一〇 池水から水辺の蘆を点出し、蘆の名所の難波を暗示。「夏虫の光ぞそよぐ難波潟蘆の葉分けに過ぐる浦風」(拾遺愚草)等。 一一 摂津の歌枕。囲有り―有馬。山は隠れ家というが、世の中から隠れかねる、の意に続けた。 一二「あかつきの鐘ぞあはれを打ち添ふる憂き世の夢のさむる枕に」(新勅撰集・雑二・藤原宗経)等。世の憂き事につけても心は徒夢のように儚く。「徒夢」は「百万」「舟橋」

〈名ノリ〉ワキ「是《これ》は俊成《しゆんぜい》[一]の御内《みうち》にありし者にて候、扨《さて》も俊成《としなり》亡《な》く成《なり》給ひて後、かやうの姿となりて候、又西国を見ず候程に、此度《このたび》西国行脚と心ざし候。

〈サシ〉ワキ〳〵城南《せいなん》[二]の離宮《りきう》に赴《おもむ》き[三]都を隔《へだ》つる山崎や、関戸《せきど》[四]の宿《しゆく》は名のみして、泊《とま》[五]りも果《は》てぬ旅の慣《なら》ひ、憂《う》き身はいつも交《まじ》はりの、塵《ちり》[六]の憂《う》き世の芥《あくた》[七]川、猪名《いな》[八]の小篠《をざさ》をわけ過《すぎ》て。

〈下歌〉ワキ〳〵月も宿《やど》借《か》る昆陽《こや》[九]の池、水底《みなそこ》清《きよ》く澄《す》みなして。

〈上歌〉ワキ〳〵蘆《あし》[一〇]の葉分《わ》けの風の音《をと》、蘆の葉分けの風の音、聞《き》かじとするに憂《う》き事の、捨《す》つる身迄も有馬《ありま》[一一]山、隠《かく》れかねたる世中《よのなか》の、憂《う》[一二]きに心は徒《あだ》夢の、覚《さ》[一三]むる枕に鐘遠《とを》き、難波《なには》は跡に鳴《なる》尾潟《おがた》、沖波遠《おきなみとを》き小舟《をぶね》かな、沖波遠き小舟かな。

【二】［一声］〈サシ〉シテ〳〵実《げに》世を渡《わた》る慣《なら》ひとて、かく憂《う》き業《わざ》にも懲《こ》[一四]り須磨《ずま》の、汲《くま》ぬ時だに塩木を運《はこ》べば、干《ほ》せども隙《ひま》はなれ衣《ごろも》[一五]の、うら山かけて須磨の海。

〈一セイ〉シテ〳〵海士《あま》[一六]の呼《よ》び声隙《こゑひま》なきに、しば鳴《な》く千鳥《ちどり》音《ね》ぞ遠《とを》き。

〈サシ〉シテ〳〵抑《そもそも》此須磨の浦と申は、寂《さび》[一七]しきゆへ《ゑ》に其名を得《う》る、わくら[一八]は《ワ》に問《と》ふ人あらば須磨の浦に、藻塩垂《もしほた》れつつ侘《わ》ぶと答《こた》へよ、実《げに》や漁《いさ》りの海士小舟《あまをぶね》、藻塩《もしほ》[一九]の煙松の風、何《いづ》[二〇]れか寂《さび》しからずといふ事なき、「又この須磨《すま》の山陰に一木《ひとき》[二一]の桜の候、是はある人の亡《な》き跡の標《しるし》の木なり、〳〵殊更時《とき》しも春の花、手向《たむけ》の為に逆縁[二二]ながら。

〈下歌〉シテ　カヽル〳〵足曳《あしびき》[二三]の、山より帰る折《おり》[二四]ごとに、薪《たきぎ》に花を折添《そ》へて、手向をなして帰《かへ》らむ、

などにも見え、世阿弥の造語らしい。付あだなる—夢・さむる。

都から須磨へ

一三 寝覚の枕に遠く聞えるのは難波寺（四天王寺）の鐘の音。その難波も遥か遠く、ここは鳴尾潟。波立つ沖に浮かぶ小舟。難波も鳴尾も摂津の歌枕。圏成る—鳴尾。以上の道行文は優れて詩的で、到着の言葉のないのも例が少ない。

一四 歌語。「懲りず」に「須磨」を掛ける。付海人—塩焼・浦・舟・衣・すま。「須磨源氏」の前ジテ（尉）の登場歌にも「憂き世の業にこりずまの…」とある。 一五 縁衣—裏。圏（隙は）無—馴衣、裏山—浦山、住—須磨。以下、源氏物語・須磨の巻の源氏寄合を多用。

一六 「海士の呼び声」「千鳥」は源氏寄合。「しば鳴く千鳥」は歌語。

一七 淋しいことで名高い。その根拠が次句の「わくらはに…」の歌。

一八 古今集・雑下・在原行平の歌。

一九 塩焼く煙。付煙—松・しほやく、松風—浦。 二〇 平家物語七・福原落に「海人のたく藻の夕煙…一つとして哀れを催し心を痛ましめずといふことなし」とある。

墓標の桜

二二 後出する須磨の名物「若木の桜」（源氏寄合）への伏線。本曲では忠度の墓標に転じている。

手向をなして帰らむ。

【三】〈問答〉ワキ「いかに是なる老人《(らうじん)》、おことは此山賤《がつ》[二五]にてましますか　シテ「[二六]さむ候《ザウラウ》この浦の蜑《(あま)》にて候　ワキ　カヽル〽蜑《あま》ならば浦にこそ住《す》むべきに、山ある方《かた》に通はんをば、山人《やま(びと)》とこそいふべけれ　シテ「そも蜑人《あま(びと)》の汲《く》む塩をば、焼《や》[二七]かで其儘《(そのまま)を》置き候べきか　ワキ〽実々《(げにげに)》是は理《ことはり》也、[二八]藻《も》塩《しほ》焼《(たく)》なる夕煙《けぶり》　シテ〽絶《た》え間《ま》を遅しと塩木取《と》る　ワキ〽道こそかはれ里[二九]離《ばな》れの　シテ〽人音稀《まれ》に須磨の浦　ワキ〽近《ちか》き後《(うしろ)》の山里に。

〈上歌〉シテ〽柴といふ物の候へば　同〽柴といふ物の候へば、塩《しほ》[三〇]木の為に通《かよ》ひ来《く》る　シテ〽余《(あまり)》に愚かなる、御《(お)》僧の御諚《(ごちやう)》かなやな　同〽[三一]げにや須磨《すま》の浦、余《よ》の所にや変《か》はる覧《(らん)》、それ花につらきは、峰の嵐や山颪《(やまおろし)》の、音《をと》をこそ厭《いと》ひしに、須磨《すま》の若《わか》木の桜は、海少《すこ》しだにも隔《へだ》てねば、通ふ浦風に、山の桜も散《ち》るものを。

【四】〈問答〉ワキ「[三二]いかに尉殿《(じようどの)》、はや日の暮《(くれ)》て候へば、一夜の宿を御貸《か》し候へ　シテ「[三三]うたてやなこの花の陰ほどの御《(お)》宿の候べきか　ワキ「実々《(げにげに)》是は花の宿《やど》[三四]なれ共《(ども)》去《(さり)》ながら、誰《(たれ)》を主《あるじ》と定むべき　シテ「[三五]行暮《(ゆきくれ)》て木《(こ)》の下陰《(かげ)》を宿《やど》とせば、花や今宵《こよひ》の主《あるじ》ならましと、カヽル〽詠《なが》めし人は此苔の下《した》、痛《いた》はしや我らが様《(やう)》なる蜑《あま》だにも、常は立《た》ち寄《よ》りとぶらひ申《ム》に、御僧たちはなど逆縁ながら弔らひ給はぬ、愚《(おろか)》[三六]にましますへ々かな　ワキ「行《ゆ》き暮《く》れて木《(こ)》の下陰《したかげ》を宿とせば、花や今宵《こよひ》の主《あるじ》ならましと、カヽル〽詠《(なが)》めし人は薩摩守《(さつまのかみ)》[三七]　シテ「忠度と申《(まうし)》し人は、此一谷《(いちのたに)》[三八]の

二二 故人と直接の縁を持たぬ者の弔い。事のついでに供養する。二三「山」の枕詞。前句を受けて足を向ける意も匂わせる。二四 次句「折添へ」と連韻。薪に花を添えた前ジテの姿を重ねた文飾。二五 木樵。山賤かと聞かれ、はい蜑です、と答える以下の問答は観客の注意をひき、諧謔味もある。二六 そうです。「さに候」の転。二七 焼かずにそのままにしてよいでしょうか。二八 藻塩を焼くことも、その煙を絶やさぬよう薪とることも、浦と山とは違っても、同じ塩焼く仕事、しかも人声も稀な淋しい須磨の浦。二九「里離れ・後の山・山里・柴といふ物・海少し」は源氏寄合。三〇 塩を焼く木を採るため山まで通う蜑なのに、山人とは、あまりにもうかつなお僧のお言葉ですよ。囲蜑—余。三一 本当に須磨の浦は余所《(そよ)》とは趣が違っているでしょう。蜑が山人であり、以下に述べる、山の桜が浦風に散ることなど。三二【三】の冒頭「いかに是なる老人」に同じ。より距離を縮めた口吻。三三 なさけない。「花の宿」という風流を解さぬ僧を嘆いた詞。三四 花の陰に宿る。直接には注三五の歌を匂わせる。

花の宿

付宿—花・一夜。三五 平家物語九・忠度最期に見える忠度の歌。

合戦に討《う》たれぬ、ゆかりの人の植《う》へ置《(ゑ)を》きたる、験《(しるし)》の木にて候なり　ワキ カヽル ヘこはそも不[一]思議の値遇《(ちぐ)》の縁《えん》、さしもさばかり俊成《としなり》の　シテ ヘ和歌の友とて浅からぬ[二]　ワキ ヘ宿[三]は今《こ》宵《よひ》の　シテ ヘ主《あるじ》の人。

〈ロンギ〉地 ヘ名[四]もただのりの声聞《(きき)》て、花[五]の台《(うてな)》に座し給へ　シテ ヘ有難や今よりは、かくとぶ《ム》らひの声聞《き》きて、仏果[六]を得《え》んぞ嬉しき　地 ヘ不思議や今の老人の、手向の声《こゑ》を身に受《う》けて、喜《よろこ》ぶ気色見《み》えたるは、何の故にて有《(ある)》やらん　シテ ヘ御僧に弔《と》はれ申さむとて、是まで来《(きた)》れりと　同 ヘ夕[七]の花の陰に寝《ね》て、夢の告《(つげ)》をも待《(まち)》給へ、都へ言伝《(ことづて)》申さむとて、花の陰《かげ》に宿[八]り木の、行方《(ゆくかた)》知《し》らず成《(なり)》にけり、行方知らず成にけり。　（中入）

【五】〈名ノリ・問答・語リ・問答〉（アイの浦の男が登場し、旅僧の問いに答えて忠度の討死の有様、若木の桜の子細を物語る。僧が先刻の出来事を話すと、忠度の霊であろうと明かし、重ねての弔問を勧める）

【六】〈□〉ワキ「先々《(まづまづ)》[九]都に帰《かへ》りつつ、カヽル ヘ定家《(ていか)》に此事《(このこと)》申さむと。

〈上歌〉ワキ ヘ夕月《(ゆふづき)》[一〇]早《はや》く陰《かげ》ろふの、夕月早く蜻蛉《かげろふ》の、を《(お)》のが友呼《ともよ》[一一]ぶ群《むら》千鳥の、跡見えぬ磯《いそ》山の、夜《(よ)》るの花に旅寝《たびね》して、浦風迄も心して、松[一二]に聞《き》けばや音凄《すご》き、須磨の関屋の旅寝かな、須磨の関屋の旅寝かな。

【七】〔一声〕〈サシ〉後シテ ヘ恥《は》づかしや亡《な》き跡に、姿を返《かへ》す夢のうち、覚《さ》[一三]むる心はいにしへに、迷ふ雨夜《あまよ》[一四]の物語、申さむ為に魂魄《(こんぱく)》[一五]に、移《うつ》り変《か》はりて来りたり。

三六 うかつな方々ですね。気付かぬ僧への注意を促すとともに、実は弔いが順縁である意を含ませる。
三七 平忠盛の子、清盛の末弟。寿永三年(一一八四)二月、一谷で戦死。四十一歳。歌人としても名高い。

忠度の名を暗示

三八 須磨の浦の古戦場。

以上二六五頁

一 不思議な邂逅(僧が俊成の御内の者で忠度が俊成の歌の弟子)に、値遇の縁(前世からの因縁による邂逅)を重ねた。 二「浅からぬ宿縁」(因縁)を言う。 三 結句の「花こそ主」に呼応。 四「忠度」を隠し老人の本体を暗示。 五 極楽の蓮台。 六 極楽往生をとげること。 七 掛言ふ―夕。 八「宿る」「来」を掛け「行く」の序。 九 下掛はこの詞がなく〈上歌〉も異文。「袖を片敷く草枕、〳〵、夢路もさぞな入る月の、跡見えぬ磯山の、夜の花に旅寝して、心も共に更け行くや、嵐烈しき気色かな、〳〵」。 一〇 付かげろふ―小野。掛言ふ―夕、蜻蛉―陰る、小野―己。夕月の光ほのかな光景に、中世歌枕の「蜻蛉の小野」(大和)を掛ける。 一一「友千鳥」(源氏寄合)。付千鳥―群千鳥、磯―山・松。 一二 詩語「松嵐」をふまえ、嵐の音も凄き須磨の関屋の旅寝を描写。「四方の嵐」「あはれに凄き」(源氏寄合)。

〈クドキ〉シテ へ[一六]さなきだに妄執多《おほ》き娑婆なるに、[一七]何中々の千載集《シュ》の、歌の品《しな》には入《いり》たれ共《ども》、[一八]勅勘《ちよくかん》の身の悲《かな》しさは、[一九]読人知《し》らずと書《かか》れし事、妄執の中の第一也、され共《ども》それを撰じ給ひし俊成《としなり》さへ空《むな》しくなり給へば、御身は御内《みうち》にありし人なれば、今の定家卿《ていかきみ》に申《まうし》、[二〇]然《しかる》べくは作者を付《つけ》てたび給へと、[二一]夢物語中に、へ須磨の浦風も心せよ。

【八】〈クリ〉地 へ[二二]実《げに》や和歌の家に生れ、其道を嗜《たしな》み、[二三]敷島の陰《かげ》に寄《よ》つし事、人倫にをひ《おい》て専《もつぱ》らなり。

〈サシ〉ワキ へ中にも此《この》忠度は、文武二道を享《う》け給ひて、[二四]世上に眼《まなこ》高し　同 へ抑《そもそも》後白河院の御宇に、千載集《シュ》を撰《えら》は《ワ》る、[二五]五条の三位俊成《しゆんぜい》の卿、承《うけたまは》つて是を撰ず。

〈下歌〉同 へ年は[二六]寿永《じゆえい》の秋の比《ころ》、都を出《いで》し時《とき》なれば。

〈上歌〉同 へさも[二七]忙《いそ》がはしかりし身の、さも忙がはしかりし身の、心《こころ》の花か[二八]蘭菊の、[二九]狐川《きつねがは》より引返《かへ》し、俊成《としなり》の家に行《ゆ》き、[三〇]歌の望みを歎きしに、望《のぞ》み足《た》りぬれば、又弓箭《きうせん》にたづさはりて、西海の波の上、[三一]暫《しば》しと頼《たの》む須磨の浦、[三二]源氏の住《す》み所、[三三]平家の為はよしなしと、知《し》らざりけるぞはかなき。

【九】〈クリ〉地 へ去程《さるほど》に一谷《いちのたに》の合戦、[三四]今はかうよと見えし程《ほど》に、皆々《みなみな》舟に取乗《とりのつ》て海上《かいしやう》に浮《う》か[三五]ぶ《ム》。

〈語リ〉シテ「我も舟に乗《の》らんとて、汀《みぎは》の方《かた》に打《う》ち出《いで》しに、後《うしろ》を見れば、武蔵《むさし》の国の住人《ぢうにん》に、

なお諸本「春に聞けばや」。 一三 縁覚むる—夢—返す。「覚むる

歌道への執着

心」とは忠度の境涯。 一四 囲(古に迷ふ)蟹—雨—余り。源氏物語・帚木の「雨夜の物語」を借用。 一五 魂が姿をかりて出現したのだ。「魄霊の魂に移りて来たりたり」(「箙」)。 一六 ただでさえ迷妄や執着の多いこの世なのに。 一七 なまじ千載集に撰ばれたが。千載集は、後白河院の命で俊成が撰進した第七番目の勅撰和歌集。 一八「勅勘の人なれば名字をばあらはされず」(平家物語七・忠度都落)。 一九 千載集・春上・読み人しらず「さざ浪や志賀の都は荒れにしを昔ながらの山桜かな」。 二〇 なろうことなら。歌人としての願望を示す。 二一 夢の中でお話し申しあげるのですから須磨の浦風も夢を破らぬよう心して吹いてほしい。「夢物語」は「八島」にも。 二二 金葉集以下歴代の勅撰集に入集した忠度の父忠盛をはじめ平家一門には優れた歌人が多かった。 二三「敷島の道」は歌道のこと。 二四 世に重く

一谷の合戦

視られている。 二五 俊成は五条に住み正三位だった。 二六 寿永二年(一一八三)七月平家は都を落ちた。 二七 多忙な身ながら和歌に寄せる

一岡辺の六弥太忠澄《(ただずみ)》と名乗《の》つて、六七騎にて追《を》つかけたり、是こそ望《のぞ》む処《(ところ)》よと思《おも》ひ、駒の手綱を引返《(ひつ)かへ》せば、六弥太頓而《(やがて)》むずと組《く》み、両馬が間《あひ》にどうと落《お》ち、彼《(かの)》六弥太を取《と》つて抑《をさ》へ、既に刀に手をかけしに。

〈歌〉同 〽二六弥太が郎等《(らうどう)》、御後《(おんうしろ)》より立《た》ち回《まは》り、上にまします忠度の、右の腕《かひな》を打落《(うちおと)》せば、左の御手《(おんて)》にて、六弥太を取《と》つて投《な》げ除《の》け、今は叶《(かな)》はじと思召《(おぼしめし)》て、そこ－退《の》き給へ人々よ、西拝《おが》まむと宣《(のたま)》ひて、三光明遍照《(くわうみやうへんぜう)》、十方世界《(じつぱうせかい)》念仏衆生、摂取不捨と宣《のたま》ひし、御声《(おんこゑ)》の下よりも、痛《いた》はしや四敢《あへ》なくも、六弥太太刀《たち》を抜《ぬ》き持《も》ち、終《(つひ)》に御頸《(おんくび)》を打《う》ち落《お》とす シテ 〽六弥太－心に思《おも》ふやう 同 〽痛《いた》はしや彼人《(かのひと)》の、御《(おん)》死骸を見奉れば、其年もまだしき五、長月比《(ながづきごろ)》の薄曇《うすぐも》り、六降《(ふり)》み降《ふ》らずみ定めなき、時雨ぞ通《かよ》ふ七斑紅葉《むらもみぢ》の、八錦の直垂《(ひたたれ)》は、唯世《よ》の常《つね》にもあらじ、如何様《(いかさま)》これは君達《(きんだち)》の、御中《(おんなか)》にこそ有《(ある)》らめと、御名ゆかしき所に、箙《(えびら)》を見れば不思議やな、九短冊《(たんじやく)》を付《(つけ)》られたり、見れば旅宿《(りよしゆく)》の題を据《す》へ《(ゑ)》。

〈上ノ詠〉同 〽一〇行暮《(ゆきくれ)》て、木《(こ)》の下陰を宿とせば。〔一一立回リ〕 シテ 〽花や今宵《こよひ》の、主《あるじ》ならまし。

〈歌〉シテ カヽル 〽忠度《ただのり》と書《(かか)》れたり 同 〽扨《(さて)》は疑《うたが》ひあらし一二の音《をと》に、聞えし薩摩《(さつまの)》、守《(かみ)》にてますぞ痛《いた》はしき。

【一〇】〈歌〉同 〽御身此花の、陰に立寄《よ》り給ひしを、かく物語申さむとて、一三日を暮し留《とど》めしなり、今は－疑《うたが》ひよもあらじ、一四花は根に帰《かへ》るなり、我跡弔《と》ひてたび給へ、一五木陰を旅の宿とせば、花

心の深さのせいか。「身」と「心」と対。「心の花」は風雅を解する心。二八「狐蘭菊の叢(くさむら)に蔵(かく)る」(白氏文集・一・凶宅)に基づく文飾。「狐川」の序。二九 山崎の東方、小泉川が淀川と合流する一帯。平家物語には見えない。三〇 千載集への入集を懇望。三一 平家は一度九州に下り、そこから海路を北上、一谷に布陣した。三二 光源氏の須磨流謫をいう。三三 平家にとり無益の地と気付かなかったのは思慮が足りなかった。三四 もはやこれまでと見えたので。以下、平家物語九・忠度最期による。三五 金春流のみここに〈カケリ〉。武人としての戦場の行動を表現。

以上二六七頁

一 猪俣氏。武蔵国榛沢郡住。
二 以下、忠度の行動に敬語を用いるなど第三者の立場から叙述。
三 観無量寿経・光明四句の偈。阿弥陀仏の光明は全世界をあまねく照らし、念仏の衆生を極楽へ迎え摂って見捨てることはない。
四 「御頸を打ち落とす」にかかる。
五 年若く、先の長い年月(人生)、の意をこめる。世阿弥は忠度を平家の若公達に形象している。
六 「神無月降りみ降らずみ定めなき時雨ぞ冬の始めなりける」(後撰集・冬・読み人知らず)をふまえた

花こそ主

こそ主《あるじ》なりけれ。

「斑紅葉」の序。
七 斑(まだら)に染められた紅葉。赤地の錦の形容。平家物語では紺地の錦、源平盛衰記等は赤地の錦。前者は武勇を、後者は優雅を象徴。
八 錦の直垂は大将級の武士が着る。
九 「短冊」と記すのは南都本平家物語のみ。他は「文」(覚一本)、「巻物」(源平盛衰記)等。
一〇 平家物語以外には見えぬ辞世の歌。「行暮て」は単なる日の暮れではなく、死の意味を含めた敗者の悲しさを象徴。
一一 ここに〔立回リ〕を入れるのは歌人としての忠度とその悲哀を強調。
一二 掛あらじ—嵐、嵐の音—音に聞えし(世評に高い)。
一三 鬼神亡魂がわざと日を暗くして人をとどめる設定は「山姥」にも。
一四 「花は根に鳥は古巣に返るなり春の泊りを知る人ぞなき」(千載集・春下・崇徳院)。忠度の魂魄が再び冥界へ帰ることを示す。
一五 忠度の辞世の歌をふまえ、忠度と桜が一体なることを暗示。

玉鬘(たまかづら)

四番目物　異表記、玉葛
執心女物　金春禅竹作(素材・主題の項参照)

場景　前場—前半、大和国初瀬の里。初瀬川の岸辺。ある秋の夕暮れ。後半、初瀬寺の二本の杉の辺り。後刻。後場—同じ所。同じく、夜から夜半過ぎ。

人物　前ジテ　里の女〔若女(増)・水衣女〕
　後ジテ　玉鬘の内侍の霊〔十寸髪・唐織脱下ゲ女〕
　ワキ　旅の僧〔着流僧〕
　アイ　初瀬の門前の男〔長上下〕

梗概　旅の僧が初瀬川の岸辺に赴くと、里の女がひとり川舟に棹さして寄るべない悲しい境涯を嘆いている。僧に問われて、女は初瀬寺に詣でる者と答え、初瀬の紅葉を眺めながら僧を二本の杉に案内する。僧が「二本の杉の立所(たち)を尋ねずは古川野辺に君を見ましや」(源氏物語・玉鬘)の歌について問うと、女は右近の歌であると答え、玉鬘の物語をする。すなわち、幼い玉鬘が母夕顔の死後、乳母と筑紫にまで下るが、気の進まぬ結婚を強いられて筑紫を脱出、この二本の杉で母の侍女右近に再会し、右近が当時仕えていた光源氏に引き取られたと話し、弔いを頼み、自分こそ玉鬘と明かしかけて姿を消す(中入)。初瀬の門前の男から玉鬘の物語を聞き、回向をすると、玉鬘の霊が髪を乱し、うつつない姿で現れ、狂乱の姿を恥じつつ、死後もなお恋の妄執に永き闇路に迷う身を嘆く。が、生前の恋愛遍歴を懺悔し、妄執を翻して「心は真如の玉鬘、長き夢路は覚めにけり」と結ぶ。

素材・主題　源氏物語・玉鬘の巻を素材としつつ、数奇な運命をたどった玉鬘の「ならぬ恋」故の迷妄を描く。作者に関する確実な資料はないが、詞章・構文・修辞(重韻・連韻の多用)・引歌などの特色から金春禅竹作と認めてよい(脚注でも触れる)。燃えさかる紅葉の初瀬を舞台に、玉鬘を紅葉になぞらえ、紅(紅葉)と黒(髪)のイメージも鮮烈だ。「浮舟」の姉妹曲といった構成で、同曲を念頭に置いて創作されたものと思われる。なお、本曲の形成過程に藤原定家「くるる夜は面影見えて玉鬘ならぬ恋する我ぞ悲しき」(拾遺愚草)の存在を想定する説がある(伊藤正義)。

一「井筒」(上掛)と同文の名ノリ。 二 大和の長谷寺(泊瀬寺)。 三 古今集・雑下・文屋有季「(神無月時雨降り置ける)楢の葉の名に負ふ宮のふるごと(ぞこれ)」による。掛楢—奈良、故事—古言。 四 在原寺のこと。 五 石上寺参詣の利益(しるし)のためか、しるしの杉と呼ばれる三輪の神杉も見え。古今集・雑下「わが庵は三輪の山もと恋しくは訪(とぶら)ひ来ませ杉立てる門(かど)」。付杉—しるし・三輪の山・二本・はつせ川。 六 前ジテは水棹を手に小舟を操る態(てい)で登場。出立の水衣は労働着を示す。 七 間もなく舟の泊りだが、岩間づたいの浅瀬漲る泊瀬川は漕ぎ上りにくい。縁泊り—泊瀬。 八 喜多(車屋本も)は二ノ句「水の水上尋ぬれば、始めは苔の雫」がある。 九 源氏物語・玉鬘の乳母の娘の歌(末句「声の聞こゆる」)を寄るべなき自分の心境に重ねた。付船—こがるる・よるべ。掛浦—うら、漕がれ—焦がれ、知らず—白波。 一〇「心の月」(悟り)に、月を舟に見立てた「月のみ舟」を重ね、次句の序とした。「月のみ舟」は「佐保山」「春日龍神」等にも見える禅竹詞。 一一 ひとり棹さしてゆく私、棹の雫も紅の涙も袖を濡らすばかり。 一二「身」を「水」に掛け、涙に濡れた玉鬘の孤独な境遇を表現。 一三 紅涙で紅く染まる。「暮(昏)

【一】〔名ノリ笛〕〈名ノリ〉ワキ「是《これ》[一]は諸国一見の僧にて候、我此程《このほど》は南都に候ひて、霊仏霊社残《のこり》なく拝み廻《めぐ》りて候、又是より泊瀬詣《はつせまうで》[二]と志《こころざ》し候。

〈上歌〉ワキ〽楢《なら》[三]の葉の、名に負《お》ふ宮の古事《ふること》を、名に負ふ宮の古言を、思《おも》ひ続《つづ》けて行末《ゆくすゑ》は、石上寺《いそのかみでら》[四]伏《ふ》し拝み、法《のり》[五]のしるしや三輪の杉、山本行《ゆ》けば程《ほど》もなく、初瀬川にも着《つき》にけり、初瀬川にも着にけり。

〈着キゼリフ〉ワキ「急《いそぎ》候程に、初瀬川に着て候、心閑《しづか》に参詣申さうずるにて候。

【二】〔一声〕[六]〈一セイ〉シテ女〽程[七]もなき、船の泊《とま》りや初瀬川、上《のぼ》りかねたる気色《けしき》かな。[八]

〈サシ〉シテ〽舟人《ふなびと》[九]も誰を恋《こ》ふとか大島の、浦悲《かな》しげに声立《た》てて、焦《こ》がれ来《き》にけるいにしへの、果《はて》しもいさや白《しら》浪の、よるべいづくぞ心[一〇]の月の、み舟《ふね》はそこと、果《はて》しもなし。

〈下歌〉シテ〽ただ我《われ》[一一]ひとり水馴棹《みなれざほ》[一二]、雫《しづく》も袖の色に[一三]のみ。

〈上歌〉シテ〽暮て行《ゆく》、秋の涙《なみだ》か村時雨《しぐれ》、秋の涙か村時雨、古《ふる》[一四]川野辺《べ》の寂《さび》しくも、人や見るらん身の程も、なを《ほ》浮《うき》[一五]舟の楫《かぢ》を絶《た》え、綱手悲《かな》しき類《たぐひ》かな、綱手悲しき類かな。

【三】〈問答〉ワキ「不思議《ふしぎ》やな此河は山川《やまがは》の、さも浅《あさ》くしてしかも漲《みなぎ》る岩間伝《いわまづた》ひを、小《ちい》さき舟に棹さす人を見れば女なり、そも御身はいかなる人にてましますぞ

女「是は此初瀬寺《はつせでら》に詣《まう》で来《く》る者なり、又此川は所[一六]から、カヽル〽名に流《なが》れたる海士小舟《あまをぶね》、初瀬の川と読置《よみを》ける、其川野辺の縁《えにし》あるに、不審はなさせ給ひそとよ

ワキ「荒《あら》面白の詞《ことば》やな、実《げに》蜑小船《あまをぶね》初瀬とは

れ」に続かせる。一四「初瀬川古川のべに二本ある杉…」(古今集・雑体・旋頭歌)。布留川と初瀬川の合流地点。「古川野辺」と解されてい

奈良から初瀬へ

た。掛古—降る。一五 楫を失った浮舟が引綱を待つように悲しく頼りないわが身の上よ。「由良のとを渡る舟人楫を絶え…」(新古今集・恋一・曾禰好忠)、「…海人の小舟の綱手悲しも」(新勅撰集・羇旅・源実朝)等に基づく。掛憂—浮。一六 所柄も「海士小舟初瀬の川」と詠まれた名高い初瀬の川の江、小舟に縁があるのだから。掛江—縁。

以下二七二頁

一 古歌。万葉集・十「海士小舟初瀬の山に降る雪の…」に拠る。

孤独な女舟人

二 ここは前注の古歌「初瀬の山」を「川」に改めたことへの批判。掛無—波。縁さし(指し)—舟。三 以下、紅葉色付く山々の光景を指し示して話題を転じる。四 風に移りゆく薄雲が紅葉に照り映え、雲間の光も一際赤く。「うつろふ」「一しほ」は禅竹の多用句。五 さぞかしこんな景色のこと。「かく河」は未詳。「斯く」を掛けるか。六 美景に添え河の音まで点出し、山・河・里を遠望する。七 以下、長谷寺の本堂の霊妙な光

[一]古《ふる》き詠《なが》めの言葉なるべし去《(さり)》ながら、又其[二]類《(たぐ)》ひも波小《なみを》舟《ぶね》、カヽル ヘさして謂《(いはれ)》の有《(ある)》やらん　シテ
カヽル ヘいや[三]何事のそれよりも、先《(まづ)》御覧ぜよ折《おり》からに。
〈上歌〉同 ヘほの見《み》えて、色づく木々の初瀬山、色づく木々の初瀬山、風も[四]うつろふ薄《うす》雲に、日影も匂ふ一しほの、[五]さぞな気色もかく河《(がは)》の、浦半《(うらわ)》の眺《なが》めまで、実《(げに)》類《たぐひ》なや面白や、[六]河音聞えて里続《つづ》き、奥物深《ふか》き谷の戸に、連《つら》なる軒を絶々《(たえだえ)》の、霧間《(きりま)》に残《のこ》す夕べかな、霧間に残す夕べかな。
〈歌〉同 ヘ[七]かくて御堂《(みだう)》に参《まい》りつつ、かくて御堂に参りつつ、[八]補陀落山《(ふだらくせん)》も目《ま》のあたり、四方《(よも)》の眺《なが》めも妙《(たへ)》なるや、紅葉の色に常磐木《ときは》の、[九]二本《(ふたもと)》の杉に着《(つき)》にけり、二本の杉に着にけり。
【四】〈問答〉女「[一〇]是こそ二本《もと》の杉にて候へよくよく御覧候へ　ワキ「扨《(さて)》は二本の杉にて候ひけるぞや、ヘ[一一]二本《もと》の杉の立《た》ち処《ど》を尋ねずは、「古《ふる》川野辺《のべ》に君を見ましやとは、何と詠《よ》まれたる古歌にて候ぞ　女「是は光源氏のいにしへ、玉鬘《かづら》の内侍《(ないし)》此初瀬に詣《(まうで)》給ひしを、右近とかや見奉りて読《(よみ)》し歌也、ヘ共に哀《(あはれ)》とおぼしめして御跡能《(よく)》とぶらひ給ひ候へ。
〈クリ〉地 ヘ実《(げに)》や有《(あり)》し世を猶《(なほ)》[一二]夕顔の露の身の、消《き》えにし跡は中々に、なに[一三]撫子《なでしこ》の形見も憂《う》し。
〈サシ〉女 ヘ[一四]哀《(あはれ)》[一五]おもひの玉鬘《かづら》、かけてもいさや知《し》らざりし　同 ヘ[一六]心づくしの木《(こ)》の間《(ま)》の月、雲居のよそにいつしかと、鄙《ひな》の住居《(すまひ)》の憂《う》きのみか、扨しも絶《(たえ)》て有《(ある)》べき身を　女 ヘ猶《(なほ)》しほ《(を)》り

景を叙述し、玉鬘の内侍にゆかりの二本の杉を示し本題に入る。
八 天竺の地名で、観音所在の霊地。長谷寺も観音の霊地(長谷寺験記)。底本「補陀楽山」。 九「初瀬川古川のべに二本《(ふたもと)》ある杉…」(古今集・雑体・旋頭歌)で名高い。
一〇 以下の応答はここが玉鬘の遺跡であることを述べて回向を望み、自分の本性を明かす伏線。 一一 右近(母の侍女)が玉鬘を初瀬で見た時の歌。長谷寺に詣でたお陰で姫君に逢えた、の意。 一二 玉鬘の母の名。「言ふ」を掛け「露」の序。[縁]古(降る)—夕顔—消え。 一三 夕顔の忘れ形見玉鬘を撫子に譬えた。中々・なに・撫子はナの連韻。

二本の杉

一四 かわいそうに玉鬘は思いがけず筑紫に下り、遠く都を望む鄙の暮らし。それさえ辛いのに、さらに苦しめたのが所の人の粗野な心。
一五「念ひの珠」を重ね「玉鬘」の序。
一六「木の間より洩りくる月の影見れば心づくしの秋は来にけり」(古今集・秋上)をふまえ「木の間の月」が「雲居」(都)の序。[掛]尽し—筑紫。
一七 以下、玉鬘が大夫監《(たいふのげん)》の強引な求婚を振り切って筑紫を脱出し、都に上る途中の漂泊の憂き身と、初瀬での右近との再会を描く。
一八 艪の多い、大きな船。 一九「待つ」を掛け佐用姫伝説を導く。

つる人心《こころ》の　同 ＼荒《あら》[一七]き浪風立隔《へだ》て。
〈クセ〉同 ＼便《たよ》りとなれば早舟《はや(ぶね)》[一八]に、乗《の》り遅《をく》れじと松浦潟《(まつら)がた》[一九]、唐船《(もろこしぶね)》[二〇]を慕《した》ひしに、心ぞ変《か》はる我はただ、浮島《うき》[二一]を、漕離《(こぎ)はな》れても行方《(ゆく)かた》や、いづく泊《とま》りと白《しら》浪に、響《ひびき》[二二]の灘《なだ》も過《す》ぎ、思《おも》ひに障《さは》る方《かた》もなし、かくて都[二三]の中《(うち)》とても、我は浮《う》きたる船のうち、猶や憂《う》き目《め》を水鳥[二四]の、陸《くが》に惑《まど》へる心地《(ここ)ち》して、たづき[二五]も知《し》らぬ身の程を、思《おも》ひ歎《なげ》きて行悩《(ゆき)なや》[二六]む、足引[二七]の大和路や、唐土《もろこし》[二八]迄も聞ゆなる、初瀬の寺に詣《(まう)》でつつ　女 ＼年[二九]も経ぬ、祈る契りは泊瀬《(はつせ)》山　同 ＼尾上の｜鐘のよそにのみ、思《おも》[三〇]ひ絶《た》えにしいにしへの、人に二度《(ふたたび)》[三一]二本《(ふたもと)》の、杉の｜立《た》ち処《ど》を尋《(たづね)》ずは、古河野辺と詠《なが》めける、今日《けふ》[三二]の逢瀬《(あふせ)》も同[三三]じ身を、思《おも》へば法《(のり)》の衣《(ころも)》[三四]の、玉ならば玉鬘《かづら》、迷ひを照《(てら)》[三五]し給へや。

【五】〈ロンギ〉地 ＼実《(げに)》古《ふる》き世の物語、聞《き》けば涙も籠り江に、こ[三六]もれる水の哀《(あはれ)》かな　女 ＼あはれ共《(とも)》、思[三七]ひは初《そ》めよ初瀬川、早《はや》くも知《し》るや浅からぬ　地 ＼縁《(えん)》に引《ひ》かるる　シテ ＼心とて
同 ＼ただ｜頼むぞよ法《(のり)》の人、弔《(とむら)》ひ給へ我こそは、涙[三八]の露の玉の名と、名乗《(なのり)》もやらず成《(なり)》にけり、名乗もやらず成にけり。　（中入）

【六】〈問答・語リ・問答〉（アイの所の男が観音に参詣のため登場、僧の問いに答えて、玉鬘の内侍が九州を脱れ出て、二本の杉で右近と邂逅した物語を語る。僧が先刻の出来事を話すと、アイは重ねての弔いを勧める）

【七】〈オキゴト〉ワキ「扨《(さて)》は玉鬘《かづら》の内侍仮《かり》に顕《あらは》れ、我に詞《(ことば)》を交《か》はしけるぞや、カヽル ＼縦《(たとひ)》[三九]業因重《おも》

二〇 唐《(もろこし)》へ赴く夫の船を慕い続けた佐用姫とは異なり、私は船に乗って憂き島(筑紫)を遁れ。掛憂き—浮。浮島は周防灘の島という。二一「松浦の宮の前の渚」(源氏物語・玉鬘)での別れの折に兵部君(乳母の娘)が詠んだ歌。末句「知らずもあるかな」を「白浪」に掛け、「響」の序。二二 播磨灘。航海の難所。舟中での玉鬘の歌「憂きことに胸のみ騒ぐひびきには響の灘もさはらざりけり」の下句を転用。二三 都の中《(ちう)》に帰っても、波に漂う浮舟同様に不安で。二四 掛見ず—水。「ただ水鳥の陸にまどへる心ちして」(源氏物語・玉鬘)に拠る。二五 頼るべき便宜。タッギ(金春・喜多)。タツキ(宝生)。二六 不安で進みかねる足を引いて。二七「大和路」の序。唐と対。二八 今昔物語集十六・新羅后蒙国王咎得長谷観音助語に新羅の王后が初瀬観音に救われた話などが見え、初瀬観音の霊験が漢土や新羅にまで有名であった。二九 新古今集・恋二・藤原定家の歌(末句「よその夕暮」)。拾遺愚草にも。「契はつ」(約束をし了える)に「初瀬(泊瀬)」を掛ける。三〇 逢う事を諦め、消息を絶っていた旧知の人(右近)に「古河野辺…」と詠んだ歌の通り二本の杉のもとで再会し。

玉鬘の昔物語

くとも。

〈上歌〉ワキ 〽照《(てら)》[一]さざらめや日の光、照さざらめや日の光、大慈大悲の誓《ちか》ひある、法の燈《(ともしび)》あきらかに、亡《な》き影いざやとぶらはん、亡き影いざやとぶらはん。

【八】〔一声〕〈下ノ詠〉後女 〽恋《(こひ)》[二]わたる、身はそれならで玉鬘《かづら》、いかなる筋《すぢ》を、尋《(たづね)》来《き》ぬらん。

〈サシ〉シテ 〽尋[三]ても、法の教に遇《あ》はむとの、心引《ひ》かるる一[四]筋に、其ままならで玉鬘《かづら》の、乱《みだ》るる色は恥《は》づかしや。

〈ワカ〉シテ 〽[五]つくもがみ。〔カケリ〕

〈一セイ〉シテ 〽つくもがみ、我《(われ)》や恋《こ》ふらし面影に　地 〽立《(たつ)》やあだなる塵の身は　シテ 〽払《はら》へど払へど執心の　地 〽永《なが》き闇路や　女 〽黒髪《くろかみ》[六]の　地 〽あかぬやいつの寝《ね》乱《みだ》れ髪《がみ》　女 〽結《むす》ぼほれゆく思《おも》ひかな。

【九】〈中ノリ地〉同 〽実《(げに)》妄執の雲霧[七]の、実妄執の雲霧の、迷《まよ》ひもよしや憂《う》[八]かりける、人を初瀬の山颪《(おろし)》、はげしく落《お》ちて露も涙も、散々《(ちりぢり)》に秋の葉の身も、朽《(くち)》果《は》[九]てねうらめしや　女 〽恨みは人をも世をも　同 〽恨みは人をも世をも、思《おも》[一〇]ひ思はじただ身ひとつの、報《むく(い)》ひの罪や数々《かずかず》の、浮《う》き名に立《た》ちしも懺悔《(さんげ)》の有様、あるひ(い)は湧《わ》[一一]きかへり、岩[一二]もる水の思《おも》ひに咽《むせ》び、或は焦《こ》[一三]がるるや身より出《(いづ)》る、玉と見《み》る迄つつめども、蛍[一四]に乱《みだ》れつる、影《かげ》もよしなや恥《は》づかしやと、此妄執をひるがへす、心[一五]は真如の玉鬘《かづら》、心は真如の玉鬘《かづら》、長《なが》き夢路は覚《さ》めに

二一「二本」と重韻。二二 玉鬘の歌「初瀬川早くのことは知らねども今日の逢ふ瀬に身さへ流れぬ」による。→注一一。二三 所も身も同じ今日の邂逅、思えばこれも「衣の玉」(仏性)の導き。二四 法華経七喩の一。誰にも仏性があるなら、縁ある名の玉鬘の迷妄を救い給え。二五「玉」の縁語。二六 歌語「隠り江の初瀬」に基づく。二七 思って下さい。「初めよ」は「初瀬」の縁語。「初瀬川」は「早く」の序。二八 玉鬘の名を言いさして。ナ・ナノ・ナリと連韻。〈クセ〉後半から〈ロンギ〉にかけ重韻・連韻が多い。二九 玉

恋多き女

鬘が光源氏・蛍兵部卿宮・柏木はじめ多くの男の心を悩ませた罪。

以上二七三頁

一 以下、観音の慈悲を讃える常套表現。日の光・燈・影と縁語で繋ぐ。二 初めて玉鬘に対面した時の光源氏の歌(第二句「身はそれなれど」、末句「尋ね来つらむ」)。「それならで」と言い換え、恋の妄執の闇路を辿る玉鬘の霊の述懐に転用した。三 尋ね来たのも仏法にすがりたい一心からなのに、乱れた姿を見せる恥ずかしさ。付髪(玉鬘)—心の筋。四 前句「いかなる筋」と対応。五「百年《(ももとせ)》に一年《(ひととせ)》足らぬつくも髪われを恋ふらし面影に見ゆ」(伊勢物語・六十三段)の転用。

けり。

末句「面影に立つ」(伊勢物語知顕抄等)。玉鬘の「乱れ」から「つくも髪」を点出し、好色な女の姿をこめる。[縁]面影—立つ。六「黒髪のながき闇路も明けぬらん置迷ふ霜の消ゆる朝日に」(拾遺愚草)を借用。[付]髪—結ぼほる・長き・乱る・飽かぬ。[掛]赤—あかぬ。黒髪と色彩対比。七「雲霧」は成仏を妨げる妄執の譬え。玉鬘の葛から散り散りになる「秋の葉」にわが身を擬え、朽ち果ててしまえと呪う。八千載集・恋二・源俊頼の歌(下句「烈しかれとは祈らぬものを」)。九「身を知れば人をも世をも恨みねど朽ちにし袖の乾く日ぞなき」(拾遺愚草)。一〇以下、玉鬘の恋愛遍歴と数多き応報の罪、懺悔の姿を描写。一一柏木が玉鬘に贈った歌「思ふとも君は知らじな湧きかへり岩もる水に色し見えねば」(源氏物語・胡蝶)。一二妹とも知らず求婚してしまった兄(岩もる中将柏木)の物語を隠すか。[付]兄弟—柏木・玉鬘。一三「物思へば沢の蛍もわが身よりあくがれ出づる魂《また》かとぞみる」(後拾遺集・雑・和泉式部)。[掛]魂—玉。「玉と見る迄」が後文へ続く。一四心の乱れ。光源氏が薄帷《うすかたびら》に包んだ蛍の光で玉鬘の姿を兵部卿宮に見せたこと(源氏物語・蛍)をふまえる。一五心は真如、真如の玉、玉鬘、と続け、「玉鬘」は「長き」の序。

姨捨（をばすて）

三番目物　異表記、伯母捨
老女物　世阿弥作か（素材・主題の項参照）

場景　前場―信濃国更科の里。姨捨山。八月十五日。夕暮れ。後場―同じ所。月の出から夜明け。

人物　前ジテ　里の女〔深井・唐織着流女〕
後ジテ　老女の霊〔老女・長絹大口女〕
ワキ　都の男〔素袍上下〕
ワキヅレ　同行者〔素袍上下〕
アイ　更科の里の男〔長上下〕

梗概　中秋の名月を眺めようと姨捨山を訪ねた都の旅人の前に里の女が現れ、昔、この山に捨てられた老女が「わが心なぐさめかねつ更科や姨捨山に照る月をみて」と詠じた所だと教え、自分はその老女で、月の出とともに再び現れて都人を慰めようと告げて消える（中入）。都人が里の男から悲しい姨捨伝説を聞く。やがて月が出、清らかな月の光に感動していると、澄みわたる月光を浴びて白衣の老女の霊が現れる。昔を偲び、月の光に興じつつ、月は阿弥陀如来の脇侍仏である大勢至菩薩が仮に姿を現したもので、菩薩の天冠の中には極楽浄土があり、月光はあまねく行きわたるので無辺光菩薩とも呼ばれることや、極楽浄土の有様を讃美し、昔を懐かしんで舞を舞う。やがて夜が明け、都人が帰り、老女の姿も消えたあとは、姨捨山だけが残っていた。

素材・主題　「わが心…」（古今集・雑上・読み人知らず）の歌を主材とし、孤独の悲しみの果てに限りなく月の精に近く昇華した老女の霊の懐旧の情と月下の遊舞を描く。名高い姨捨説話に基づくが、右の歌を捨てられた老女の詠とする俊頼髄脳の説話に近い。「月の友人まとゐして」「夜遊の人に馴れそめ」し昔を恋い慕い、悲惨な棄老よりも（その描写はアイの語りに委ね）月への思慕と仏への礼讃に力点がある。観無量寿経の第十一観を主体に書かれた月光を讃美する曲舞は「勢至観の曲舞」ともいうべく、月光浄土観を示し、老女の舞は有為転変の世の無常を象徴している。その曲舞の前後に、「昔とだに」「昔に返る」「昔恋ひしき」「恋ひしきは昔」「昔の秋」など、「昔」の語を多用し、懐旧の心を強調しているのも特色で、昔の秋を取り返し得ない老女の嘆きもほの見える。申楽談儀の「月に見ゆるも恥づかしや」（前場の〈上歌〉の文句）に対する世阿弥の主張、俊頼髄脳に取材しつつ清澄な遊舞能に仕立てた脚色、文体などから、世阿弥作と思われる。

【一】〔次第〕〈次第〉ワキ・ワキツレ　＼[一]月の名近《ちか》き秋なれや、月の名近き秋なれや、[二]姨捨《をばすて》山を尋《たづ》ねん。

都から姨捨山へ

一 満月も間近い秋の最中となった、月の名所の姨捨山を尋ねよう。二条良基の発句「たぐひなき名を望月の今宵哉」（【七】）を背景に「月の名」に満月の意を通わせた。
二 信濃国更科にある山。歌枕。
三 下掛は「これは陸奥信夫の何某にて候。われ此程は都に上り洛陽の名所旧跡一見して候、またこれよりも北陸道にかかり、善光寺に参り秋の半ばの折にあひて候ふ程に、承り及びたる姨捨山にのぼり、月を眺めばやと思ひ候」（車屋本）とするが、【四】の問答に照らせば、都の者とする上掛の設定が自然。
四 ここしばらくの旅暮らし、幾日も旅の仮寝の宿を重ねていくうちに。「中宿」は旅の途中の宿。付旅―宿・仮寝・仮枕・日数を経る、宿―仮枕・たちよる。
五 山の頂は平らかで万里のかなた

〈名ノリ〉ワキ「[三]か様《(やう)》に候者は、都方《がた》に住《す》まゐ仕《(ひ)(つかまつ)》る者にて候、我いまだ更科《さらしな》の月を見ず候程に、此秋思《おも》ひ立《た》ち姨捨《をばすて》山へと急《(いそぎ)》候。

〈上歌〉ワキ・ワキツレ へ[四]此程《(このほど)》の、しばし旅居の仮《かり》枕、しばし旅居の仮枕、また立出《(たちいづ)》る中宿の、明《あ》かし暮《く》らして行《(ゆく)》程に、ここぞ名に負《お》ふ更科や、姨捨《をばすて》山に着《(つき)》にけり、姨捨山に着にけり。

【二】〈□〉ワキ「扨《(さて)》も我姨捨《をばすて》山に来て見れば、[五]嶺平《たい》らかにして万里の空も隔《へだ》てなく、千里《(せんり)》に隈《くま》なき月の夜《(よ)》、さこそと思《おも》ひやられて候、如何様《(いかさま)》此所《ところ》に休《やす》らひ、今宵の月を眺《なが》めばやと思《おも》ひ候。

【三】〈問答〉シテ女「[六]なふなふあれなる旅人は何事を仰《(おほせ)》候ぞ　ワキ「さむ候《ザウラウ》是は都の者にて候が、初《はじ》めて此所に来《(きた)》りて候、扨々《(さてさて)》御身はいづくに住《(すむ)》人ぞ　シテ「これは此《(この)》更科の里に住《(すむ)》者にてさぶ《ム》らふ、今日《けふ》は[七]名《な》に負《お》ふ秋の半《(なかば)》、[八]暮《く》るるを急ぐ月の名の、ことに照《(てり)》そふ天《(あま)》の原、隈《くま》なき四方《(よも)》の気色哉《(かな)》、いかに今宵《こよひ》の月の面白からむず覧《(らん)》　ワキ「偖《(さて)》は更科《さらしな》の人にてましますかや、扨々いにしへ姨捨《をばすて》の、在所《(ざいしよ)》はいづくの程《ほど》にて候ぞ　女「姨棄山の亡《な》き跡と、[九]問《(とは)》せ給ふは心得ぬ、カヽル へ[一〇]わが心慰《なぐさ》めかねつ更科《さらしな》や、「姨捨《をばすて》山に照《て》る月を見てと、詠ぜし人の跡《あと》ならば、是に木高《こだか》き桂[一一]の木の、陰こそ昔の姨捨《すて》の、其亡《な》き跡にて候へとよ。

〈掛合〉ワキ カヽル へ扨は此木の陰《かげ》にして、捨《す》て置《を》かれにし人の跡《あと》の　女「其まま土中《(どちう)》[一二]に埋《(うもれ)》草《ぐさ》、かりなる世とて今ははや　ワキ カヽル へ[一三]昔語《(むかしがたり)》になりし人の、なを《(ほ)》執心《しうしん》は残《のこ》りけん　女 へ亡《な》き跡《あと》までもなにとやらん　ワキ へ[一四]物凄《すさ》ましき此原の　女 へ風も身に沁《し》む　ワキ

まで空も見渡され、千里を隈なく照らす満月の今宵は、さぞかし美しかろうと思いやられる。「万里」と「千里」が対句。

六 シテは幕から呼びかけつつ登場。

七 名高い中秋(八月十五夜)の日。本曲には「名に(し)負ふ」が多出。

八 日が暮れるのを待ちかねて出る

名月の出を待つ

名月。

九 自明のことを尋ねるのは合点がゆかない。

一〇 古今集・雑上・読み人知らずの歌。私の心を和らげようとしても無理だ。更科の姨捨という荒涼たる名の姨捨山に照る月を見ていると。→素材・主題の項。底本「なくさめかねと」。

一一 月に生えているという桂の木。主人公が月に縁の深いことを暗示。付月の桂―木高き陰。

一二 (土中に)埋れ、埋草、草刈、かりなる、と続けた。

一三 遠き昔語りとなってしまった、あの捨てられた姥の執心はなおも

姨捨山の旧跡

ここに残っているのだろうか。

一四 〈掛合〉の後半から〈上歌〉にかけて淋しき秋を描写。付秋の心―身にしむ風・すさまし・霧・色付。愁ひ・憂し・慰めがたし、などが「秋の心」。

へ秋の心。

〈上歌〉同　へ今[一]とても、慰《なぐさ》めかねつ更科《さらしな》や、慰めかねつ更科や、姨棄山の夕暮《ぐ》れに、松[二]も桂《かつら》も交《ま》じる木の、緑《みどり》も-残《のこ》りて秋の葉の、はや色づくか一重《ひとへ》[三]山《やま》、薄《うす》霧《(ぎり)》も立《た》ちわたり、風凄《すさ》ましく雲尽《つ》きて、淋《さび》しき山の気色かな、淋しき山の気色かな。

【四】〈問答〉女「扨々《(さてさて)》[四]旅人はいづくよりいづかたへ御通り候ぞ　ワキ「されば已前も申《(まうす)》ごとく都の者にて候が、更科の月を承及《(うけたまはりおよび)》[五]、はじめて此所に来りて候　女「扨は都の人にてましますかや、さあらばわらはも月と共に、顕れ出《(いで)》て旅人の、夜遊《(やいう)》[六]を慰め申べし　ワキ「そもや夜遊を慰《なぐさ》めむとは、扨々御身はいかなる人ぞ　女「誠はわれは更科の者　ワキ　へ扨今は又いづかたに　女　へ住処《すみか》と言《い》はむは此山《このやま》の　ワキ　へ名にし負《お》ひたる　女　へ姨捨《をばすて》の。

〈上歌〉同　へ[七]それと言《い》はむも恥《は》づかしや、それと言はむも恥づかしや、其いにしへも捨《す》てられて、ただひとり此山に、すむ[八]月の名の秋ごとに、執[九]心の闇《やみ》を晴《は》らさむと、今宵《こよひ》あらはれ出たりと、夕影《かげ》の木《(こ)》のもとに、かき消《け》すやうに失《(うせ)》にけり、かき消すやうに失にけり。　（中入）

【五】〈問答・語リ・問答〉（アイの里の男が登場し、都の男たちの尋ねに答えて、姨捨の伝説を語る）

【六】〈上歌〉ワキ・ワキツレ　へ[一〇]夕陰《かげ》過《す》ぐる月影の、夕陰過ぐる月影の、はや出《い》でそめて面白や、万里の空も隈《くま》なくて、[一一]いづくの秋も隔《へだ》てなき、心《こころ》も澄《す》みて夜もすがら。

〈下ノ詠〉ワキ・ワキツレ　へ[一二]三五夜中《(さんごやちう)》の新月の色、二千里《(じせんり)》の外《(ほか)》の故人の心《こころ》。

一　昔ばかりか今とても同様に、心を慰めかねたここ更科の。
二　[掛]待つ—松。[縁]松—風—緑。
三　幾重にも重ならぬ山。後に信州や山城の山とするが(藻塩草)、ここは固有名詞ではなく、紅色の単衣《(ひとえ)》の発想から「色づく」(紅葉する)を導き「薄」の序とした。
四　風流な都人の来訪を待望していたシテはここで再び旅人が「都の人」であることを確める。
五　月の出る頃に私も現れて。
六　夜の遊楽。回向のためではなく

月の夜遊を約束

都の旅人の夜遊《(やゆう)》の興をそえるため。七　自分がその昔捨てられた本人というのもお恥ずかしい。
八　[掛]住—澄。「月の名」と続けた。
九　執心を闇に譬え、「月」の縁語。
一〇　夕暮時も過ぎ、はやくも月が出て。「夕陰」と「月影」が脚韻。
一一　「いづくの秋も隔てなき」に「隔てなき心」を通わせた。いずこも同じく澄みわたるこの秋の月、心も打ち解け澄みきった夜空に冴える月を眺めて、昔の人を想おう。
一二　和漢朗詠集・八月十五夜・白居易の詩。八月の十五夜、昇りはじめた清らかな月の光を見るにつけ、二千里以上も遠きにある旧友の心を思いやることだ。
一三　上掛古写本にこの小段なし。
一四　新勅撰集・秋上・藤原定家の歌

【七】〔一声〕〈アラヤナ〉後女 ＼[一三]荒《あら》面白の折《おり》からやな、あら面白《しろ》の折《おり》からや。
〈サシ〉女 ＼[一四]明《あ》けば又秋の半《なかば》も過《す》ぎぬべし、今宵《こよひ》の月の惜《お》しきのみかは、[一五]さなきだに秋待《ま》ちかねて類《たぐひ》なき、名をもち月の見しだにも、覚《おぼ》えぬ程に隈《くま》もなき、姨捨《をばすて》山の秋の空、[一六]あまりに堪《た》へぬ心とや、昔《むかし》とだにも思はぬぞや。
【八】〈掛合〉ワキ ＼不思議やなはや更《ふ》け過《す》ぐる月の夜に、[一七]白衣《はくえ》の女人《によにん》あらはれ給ふは、夢か現《うつつ》かおぼつかな　女「夢とはなどや夕暮に、顕《あらは》れ出《いで》し老《おい》の姿《すがた》、恥《は》づかしながら来《きた》りたり
ワキ ＼何をかつつみ給ふらん、本《もと》より所も姨捨《をばすて》の　女 ＼山は老女が住所《すみどころ》の　ワキ ＼[一八]昔に返《かへ》る秋の夜の　女 ＼月の友《とも》人[一九]円居《まとゐ》して　ワキ ＼[二〇]草を敷《し》き　女 ＼花におきふす袖の露の
二人 ＼さもいろいろの夜遊の人に、いつ馴《な》れ初《そ》めて現《うつつ》なや。
〈上歌〉同 ＼[二一]盛《さか》り更《ふ》けたる女郎花《ぢよらうくわ》の、盛り更けたる女郎花の、草衣《くさごろも》しほ《を》たれて、[二二]昔《むかし》だに、捨《す》てられし程の身を知《し》らで、又姨棄の山《やま》に出《いで》て、[二三]面《おもて》をさらしなの、[二四]月に見ゆるも恥《は》づかしや、よしや－何事も夢の世の、中々言《い》はじ思はじや、[二五]思《おも》ひ草《ぐさ》花に愛《め》で、月に染《そ》みて遊《あそ》ばん。
【九】〈クリ〉地 ＼実《げに》や[二六]興《きよう》に惹《ひ》かれて来《きた》り、興尽《けうつ》きて帰《かへ》りしも、今の折《おり》かと知《し》られたる、今宵《こよひ》の空の気色かな。
〈サシ〉シテ ＼然るに月の名どころ、[二七]いづくはあれど更科や　同 ＼姨捨《をばすて》山の曇《くも》りなき、[二八]一輪《いちりん》満《み》てる清光《せいくわう》の影《かげ》、団々として海嶠《かいけう》を離《はな》る　シテ ＼然《しかれ》ば諸仏の御《おん》誓ひ　同 ＼いづれ勝《しよう》

(第四句「傾ぶく月の」)を借用。一五 ただでさえ待ちかねる秋、今、比類なき望月の名を持つ満月が、かつて見たこともない程に隈なく澄みわたる姨捨山の秋の空。二七六頁注一の二条良基の発句を利用。一六 あまりにも感動的で高ぶる心を押えきれず、その昔が今のようにさえ思われる。

老女の霊の出現

一七 月宮殿にいる白衣・青衣各十五人の天子の交替により月の満ち欠けが起こるという伝説(源信「三界義」)に基づき「白衣の女人」と表現。一八 昔の再現。募る懐旧の情。一九 遊興の座。[付]一夜―月の前の友。二〇 以下「草と花」「草・置く・袖・露」、「色々」と「花」など縁語でつなぐ。二一 老女をさして言う。二二 昔でさえ捨てられた、わが老いの身の程を顧みずに。二三 [掛](面を)さらす―更科。二四 世阿弥はこの詞章に風姿美を生む型がひそむと言う(中楽談儀)。二五「思草、女郎花」(蔵玉和歌集)。「思はじや」と連韻。〈上歌〉の終りの「花・月」が〈クリ〉の「雪」の故事と交響。二六 雪の月夜と紛う清明な光景から、晋の王子猷が雪の月夜に戴安道を訪ねるが、安道に会わず引き返した故事(蒙求)を引く。廃曲「恋松原」に「雪にあくがれしは子猷が興に乗

劣《(れつ)》なけれども、超世《(てうせ)》[一]の悲願遍《あまね》き影《かげ》、弥陀《(み)(だ)》光明《くわうみやう》にしくはなし。

〈クセ〉同＼去程《(さるほど)》[二]に、三光《(さんくわう)》[三]西《(にし)》に行事《(ゆくこと)》は、衆生をして西方《(さいはう)》に、勧《すす》め入《(いれ)》むがためとかや、月はかの如来の[四]、右の脇侍《(けふじ)》として、有縁《(うえん)》[五]をことに導《みちび》き、重《をも》き罪を軽《かろ》んずる、无上《(むじやう)》[六]の力《ちから》を得《う》る故《ゆへ》に、大勢至《(だいせいし)》とは号《(かう)》すとか、天冠《(てんぐわん)》の間に、花《はな》の光《ひかり》かかやき、玉《たま》の台《うてな》の数々に、他方の浄土をあらはす、玉珠楼《(ぎよくしゆろう)》[七]の風の音、糸竹《(しちく)》の調《しらべ》とりどりに、心《こころ》ひかるる方《かた》もあり、蓮《はち》色々に咲《(さき)》まじる、[八]宝の池の辺《(ほとり)》に、立《た》つや―なみ木の花散《ち》りて、芬芳《(ふんばう)》[九]しきりに乱《みだ》れたり　シテ＼迦陵頻伽《(かりようびんが)》[一〇]の類《たぐひ》なき　同＼声[一一]をたぐへてもろともに、孔雀―鸚鵡の同じく、囀《(さへづ)》る鳥のをのづから、光《ひかり》も影《かげ》もをし《(お)》並《なメ》べて、到《いた》らぬ隈《くま》もなければ、無辺光[一二]とは名づけたり、しかれども雲月《(うんげつ)》[一三]の、ある時は影満《かげみ》ち、またある時《とき》は影欠《かげか》くる、有為《(うゐ)》―転変《てんぺん》の世の中の、定《さだ》めのなきを示《しめ》すなり。

【一〇】〈一セイ〉女＼昔恋《むかしこひ》しき夜遊《(やいう)》の袖。　〔序ノ舞〕

〈ワカ〉女＼我心、慰《なぐさ》みかねつ更科《さらしな》や　地＼姨棄山に、照《て》る月を見て、照る月を見て。

〈ワカ受ケ〉女＼月に馴《な》れ、花に戯《たはぶ》るる秋草[一四]の。

【一一】〈ノリ地〉女カヽル＼露[一五]の間《ま》に　同＼露の間《ま》に、中々なにしに、顕《あらは》れて、胡蝶[一六]の遊《あそ》び　女＼戯《たはぶ》るる舞の袖　地＼返《かへ》[一七]せや返《かへ》せ　女＼昔の秋を　同＼思ひ出《(いで)》たる、妄執[一八]の心、やる方《かた》もなき、今宵《こよひ》の秋風、身にしみじみと[一九]、恋《こひ》しきは昔《むかし》、忍《(しの)》ばしきは閻浮《(えんぶ)》[二〇]の、秋よ友よと、思《(おもひ)》居《お》れば。

ぜし舟」。二七「みちのくはいづくはあれど塩釜の…」(古今集・東歌)を転用。二八「三井寺」にも類詩。謡抄は縮苑残芳にある賈島の詩という。「一輪」は月、「団々」は円い形、「海嶠」は岬。

月への讃美

以上二七九頁

一 世に超えた慈悲の誓願の阿弥陀如来の光明に勝るものはない。
二 月光を仏の光明として讃える。
三 日・月・星の三光明。
四 月の本地仏は大勢至菩薩で、阿弥陀如来の右の脇侍仏。
五 有縁の衆生。観無量寿経に「大勢至菩薩…以二智慧光一、普照二一切一、令レ離二三塗一、得二無上力一、是故号二此菩薩一、名二大勢至一」。
六 底本・諸本「天上」。前引の観無量寿経に照らし「无上」の誤りと見て訂正。
七 底本・諸流とも「玉珠楼」をあてるが疑問。別願和讃(一遍上人作)に「大宝宮に詣でては仏の説法聴聞し、玉樹楼に上りては遥かに他方界を見る」とある「玉樹楼」か。

恋しき昔

八 極楽にある八功徳池。[縁]立つ―波(並木)。
九 かぐわしい香りが匂い満ち。
一〇 極楽の鳥。妙声鳥とも。以下、極楽浄土の荘厳を描写。

〈歌〉同 ＼夜も既《すでに》しらしらと、はやあさまにも二一成《なり》ぬれば、我も見《み》えず、旅人も帰《かへ》る跡に　女

＼ひとり、捨《すて》られて老女が　同 ＼昔こそ二二あらめ今も又、姨捨《をばすて》山とぞ成《なり》にける、姨棄山となりにける二三。

一一 妙声鳥の妙なる声にまねて孔雀も鸚鵡も囀り。掛鳥の尾—自ら。
一二 観無量寿経に「是故号㆓此菩薩㆒名㆓無辺光㆒」。
一三 雲間の月の満ち欠けを、定めなき世の有為転変に譬えた。
一四 「露」の序。縁花—秋草。
一五 ほんのつかの間、なまじいに。
一六 荘周が夢に胡蝶となって花に戯れ遊んだ故事(荘子)。
一七 ひたぶるに昔を恋い慕う心。
一八 妄執を晴らす術(すべ)もない。
一九 掛身に沁み—しみじみ。
二〇 人間世界。「閻浮提」の略。
二一 掛朝—浅ま(あからさま)。
二二 昔捨てられた身であったが、今もまたその名のとおり、姨捨山となってしまった。
二三 現行諸流「けり」。

夜討曾我《ようちそが》

四番目物　古称、打入曾我
斬合物　宮増作か（自家伝抄）

場景　前場―駿河国富士の裾野の狩場。曾我兄弟の幕の内。五月のある昼から夕暮れ。後場―同じく、頼朝の幕屋。同じく、深夜。

人物　前ジテ　曾我五郎時宗〔掛直垂大口〕
後ジテ　曾我五郎時宗〔掛直垂大口（タスキを掛ける。のちに斬組出立）〕
ツレ（前）　曾我十郎祐成〔掛直垂大口〕
ツレ（前）　従者団三郎〔素袍上下〕
ツレ（前）　従者鬼王〔素袍上下〕
ツレ（後）　古屋五郎〔斬組〕
ツレ（後）　御所の五郎丸〔斬組〕
ツレ（後）　郎等〔斬組〕（二人）
オモアイ　大藤内〔風折烏帽子モギドウ下袴〕
アドアイ　狩場の男〔肩衣半袴〕

梗概　源頼朝が富士の裾野で催す巻狩に乗じて、親の敵を討とうと、曾我兄弟も裾野へと急ぐ。五郎は幕の中で十郎に夜討ちを打明け、死を覚悟した兄弟は、故郷の母へ形見を送るべく従者の鬼王・団三郎兄弟を呼び、決意を伝え帰郷を命ずる。しかし、二人は最後の供を必死に願い、叶わぬなら刺し違えて死のうとする。兄弟は説諭し、涙ながら母に文をしたため、形見を託し送り出す（中入）。工藤祐経の宿所に居合わせ夜討ちを目撃した大藤内が周章狼狽のていで現れ、狩場の見廻りの男に祐経が討たれたことを話す。仇討は成功した。古屋五郎・御所の五郎丸らが待ち受けるなか、時宗は抜いた太刀を右手に持ち、左手で松明（たいまつ）を振り上げて走り出る。「十郎殿」と呼びかけるが返事がなく討死したことを察し古屋五郎らと奮戦するが、薄衣（うすぎぬ）をかずいた五郎丸を女と思ってやり過ごし、背後から組みつかれ大勢に生け捕られてしまう。

素材・主題　曾我物語・九と同材だが、仇討の場面をアイに任せ、その前後の様子を描くことにより、母を思う兄弟の心情と主君に殉じようとする従者の衷情をあわれに描く。兄弟と従者（こちらも兄弟）の問答、母への形見送りが涙を誘い、五郎一人に集約した後場の演出も優れている。特殊演出の「十番斬」では、兄弟は中入せず、後見座で物着となり、後場は全く別の詞章で、大勢との斬合い場面があり、十郎は仁田四郎に討たれる。舞の本「夜討曾我」と同材。上演記録の初出は寛正六年九月の宝生所演で（蔭涼軒日録）、実際に甲冑等を着けた。

【一】〔次第〕〈次第〉十郎・時宗・団三郎・鬼王　〽其名も高《たか》き富士の根の、其名も高き富士の根の、御狩《みかり》

一 山高くその名も高き富士の嶺の、裾野の御狩に出かけよう。
二 河津三郎祐泰の子。幼名一万。五歳の時父が工藤祐経に討たれ、母が再嫁した曾我祐信に養われ曾我十郎祐成と名乗る。今、二十二歳。
三 将軍源頼朝。頼朝が富士で巻狩を挙行したのは建久四年（一一九三）五月。
四 関東八国。相模・武蔵・安房・上総・下総・常陸・上野・下野。
五 上級の武士。御家人。

にいざや出《(いで)(う)》ふよ。

〈名ノリ〉十郎「是は曾我の[二]十郎祐成《(すけなり)》にて候、扨《(さて)》も[三]我君東《(とう)》[四]八ケ国の諸侍[五]を集《あつ》め、富士の巻《まき》狩《(がり)》[六]をさせられ候間、我ら兄弟も人並《な》みに罷出《(まかりいで)》、只今[七]富士《ふじ》の裾野《すそ》へと急《(いそぎ)》候。

〈サシ〉十郎・時宗・団三郎・鬼王 へ[八]けふ出《(いで)》ていつ帰るべき故郷《(ふるさと)》と、思《おも》へば猶《(なほ)》もいとどしく。

〈上歌〉十郎・時宗・団三郎・鬼王 へ名残をのこす我《わ》[九]が宿の、名残をのこす我が宿の、垣根《かきね》の雪は卯《う》の花の、咲散《ち》る花の名残ぞと、[一〇]我《わ》が足柄《あしがら》や遠かりし、富士の裾野《すそ》に着《(つき)》にけり、富士の裾野に着にけり。

〈着キゼリフ〉十郎「急《(いそぎ)》候程に、是は早《はや》富士の裾野《すそ》にて候、いかに時宗[一一]、然《(しかる)》べき所に幕[一二]を御打《う》たせ候へ

トキ「畏《(かしこまつ)》て候。

【二】〈問答〉十郎「いかに時宗、今[一三]に始《はじ》めぬ御事なれ共《(ども)》、我君の御威光のめでたさは候《ザウラウ》、打《う》ち並《なら》べたる幕《まく》の内《うち》、目を驚《おどろ》かしたる有様にて候、か程《(ほど)》に多《おほ》き人の中に、我ら兄弟が幕《まく》の内《うち》程もの寂《さ》びたるは候はじ

トキ「さむ候《ザウラウ》今に始《はじ》めぬ御事にて候、さて彼《(かの)》[一四]あらましは候《ザウラウ》

十郎「あらましとは何事にて候ぞ

五郎「あら御情《(おんなさけ)》なや候《ザウラウ》、我ら[一五]は片時《(へんし)》も忘《わす》るる事はなく候《ザウラウ》、彼《(かの)》祐経《(すけつね)》[一六]が事候《ザウラウ》よ

十「実々《(げにげに)》某《(それがし)》も忘るる事はなく候、さて[一七]いつをいつまで長《なが》らへ候べき、ともかくも然《しか》るべき様《(やう)》に御定め候へ

五「御諚《(ごぢやう)》[一八]の如《ごと》く[一九]いつをいつとか定《(さだめ)》候べき、今夜[二〇]夜討がけに彼《かの》者を討《う》たふ《(う)》ずるにて候

十「それが然るべう候、さらばそれに御定め候へ、

曾我から裾野へ

六 狩猟法の一。猟場の四方を取り巻き、獣を包囲して狩り捕る。
七 富士山西麓の野原。
八 今日出立して、再び帰ることのない故郷と思えば、いとどなお名残り惜しい。
九 わが家の垣根に咲き匂う雪のように白い卯の花、それが散るごとく散り果てようとしている我が身の名残に見おさめて。
一〇 故郷の名残惜しさに足も運びかね、遠くに感じた足柄山も越えて。囲我が足―足柄。
一一 五郎時致。祐成の弟。幼名箱王。今、二十歳。
一二 幕を張り廻らし仮屋を建てなさい。舞の本では諸侍の幕の内の花やかさを列挙。
一三 今始まったことではないが。
一四 計画。
一五 わたしは。
一六 工藤左衛門尉祐経。伊豆伊東の領主。所領争いから従弟の河津三郎祐泰を暗殺した。
一七 いつまでも決行の時を延ばしているわけにはいかない。
一八 仰せ。
一九 いつを決死(仇討決行)の時ときめられましょうか。
二〇 夜襲し討入る事。夜討にして。

兄弟、討入を決意

や、はたと思《おも》ひ出《いだ》したる事の候、我ら故郷《ふる》を出《いで》し時、母《はワ》[一]にかく共《とも》申さず候程に、御歎《なげき》あるべき事、是のみ心に掛《か》かり候間、鬼王[二]か団《だん》[三]三郎か兄弟に一人《いちにん》形《かた》見の物を持《も》たせ、故郷へ帰《かへ》さうずるにて候　五「実《げに》是は尤《もつとも》にて候、去《さり》ながら一人帰れと申候はば、定《さだめ》て[四]とかく申候べし、唯[五]二人《ににん》ともに御返[六]しあれかしと存《ぞんじ》候　十「尤《もつとも》にて候、さらば二人共にこなたへ召《めされ》候へ　五「畏て候。

〈問答〉五「如何に団三郎鬼王御前へ参《まい》り候へ　団三郎「畏て候　五「団三郎兄弟是へ参《まい》りて候　十「いかに団《だん》三郎、鬼王も慥《たしか》に聞《き》け、汝兄弟に申《まうす》べき事を承引《しよういん》[七]すべきか、又承引《せうゐん》すまじきか、真直《まつすぐ》に申候へ　ダン三郎「是は今[八]めかしき御諚にて候、何事にても候へ御意《ぎよい》を背《そむ》く事はあるまじく候　十「あら嬉しや扨《さて》は承引すべきか　ダン「畏て候、何《なに》事も御諚をば背《そむき》申まじく候　十「此上は委《くはし》く語《かたり》候べし、扨も我らが親の敵《かたき》の事、彼《かの》祐経を今夜《よ》夜討《うち》がけに討《うつ》べきなり、兄弟空《むな》しくなるならば、故郷の母歎《なげ》き給はん事、余《あまり》に痛《いた》はしく候程《ほど》に、形《かた》見の品々を持て、二[九]人ながら故郷へ帰《かへり》候へ　ダン「是は思《おも》ひもよらぬ御諚にて候物かな、[一〇]御意も御意にこそより候へ、此年月《このとしつき》御奉公申候も、此御大事[一一]に真先《まつさき》かけて討死仕《つかまつる》べき為にてこそ候へ、何と御諚候とも、此義にをひ《おい》ては罷帰《まかりかへ》るまじく候、鬼王左様《さやう》にてはなきか　ヲニ「中々[一二]の事尤にて候、罷帰る事はあるまじく候　十郎「何《なに》と帰《かへる》まじひ《い》と申《まうす》か　ダン「ふ[一三]つ《ツ》つと罷帰まじく候　十「是は[一四]不思議《ふしぎ》なる事を申物哉《かな》、[一五]さてこそ以前に言葉を堅《かた》めて候に、

一 仇討をして死ぬ覚悟であるとは。
二 五郎の従者。幼少時から従う。
三 十郎の従者。同じく幼少時から従い、この二人も兄弟。曾我物語では丹三郎(又は道三郎)とある。
四 あれこれ不服をいうでしょう。
五 いっそ。
六 お帰しなさるのが宜しいかと。
七 下人に対し、命令の内容を言う前に承知か不承知かを問い、違背なきを確かめるのは狂言にもよくある。

従者へ帰郷を命じる

八 今更めいた他人行儀なお言葉。
九 二人とも。
一〇 いかに命令でも事によります。
一一 仇討決行の時には。
一二 言うまでもないこと。
一三 絶対に。断じて。一四 不可解なことを。以下の問答は諸流間に小異多く、観世がやや簡略。
一五 だからこそ(不承知と思ったから)、予め堅く約束しておいたのだ。一六 不届き千万な奴だ。
一七 五郎は小刀に手を掛け威嚇する。一八 ともかく畏まりましたと申しあげよ。この主従の問答も狂言に多い。
一九 確かに帰るのだな。
二〇 どうにもこうにも。
二一 どうしたらよいかわからない。
二二 きっぱりと。
二三 観世「オソレ」、現行他流「オオ

扨はふつ《ツ》と帰るまじきか　ダン「さむ候《ザウラウ》　十「汝は不[一六]思議なる者《もの》にて候、なふ五郎殿あれを御返し候へ　五郎「畏て候、やあ何とて罷帰《(まかりかへる)》まじひ《(い)》とは申ぞ、さ様《(やう)》に申さうずると思召てこそ、始《(はじめ)》より詞《(ことば)》を堅《かた》めて仰《(おほせ)》られ候に、何とて帰《かへ》るまじひ《(い)》とは申ぞ、[一七]しかと帰るまじひ《(い)》か　ヲニ「[一八]まづ畏つたると御申候へ　ダン「畏て候　五「[一九]しかと帰《かへ》らふ《(う)》ずるか　ダン「罷帰らふ《(う)》ずるにて候　五「あふ、それにてこそ候へ、罷帰らふ《(う)》ずると申候　十「何と帰らふ《(う)》ずると申か　ダン「さむ候《ザウラウ》。

〈問答〉ダン「いかに鬼王に申候　ヲニ「何事にて候ぞ　ダン「扨《(さて)》何と仕《(つかまつり)》候べき、罷帰《かへ》れば本意にあらず、帰らねば御意に背《そむ》く、[二〇]とかく進退《(しんだい)》ここに窮《きは》まつて候　ヲニ「御意のごとく罷帰れば本意にあらず、又帰《かへ》らねば御意に背く、我等も是非を弁《わきま》へず候、[二一]但《(ただし)》[二二]急度《(きつと)》案じ出したる事の候、いづくにても命を捨《す》つるこそ肝要にて候へ、[二三]恐れながら団《だん》三郎殿とこれにて刺《さ》し違《ちが》へ候べし　ダン「実々《(げにげに)》いづくにても命《いのち》を捨《す》つる社《(こそ)》肝要なれ、いざさらば刺《さ》し違《ちが》よう　ヲニ「尤《(もつとも)》にて候　十郎「[二四]暫《(しばらく)》、これは何としたる事を仕候ぞ、やあ兄弟の者帰《かへ》すまじきぞ、先々《(まづまづ)》心を鎮《しづ》めて聞《(きき)》候へ、今夜此所にて祐経を討《う》ち、我ら兄弟空《むな》しくならば、扨古里《ふる》にまします母《(はワ)》には誰《(たれ)》[二五]かかくと申べきぞ、[二六]〽敬《うやま》ふ者《もの》に従《したが》ふは、君臣《(くんしん)》の礼と申なり、是を聞《き》かずは生《(しやう)》[二七]々世々《(じやうせ　せ)》、永《なが》き世までの勘当《かむだう》と。

〈上歌〉同 〽[二八]かきくどき宣《(のたま)》へば、かきくどき宣へば、鬼王団《だん》三郎、さらば形見を給はらむと、

ソレ」と発音。恐れる気持を強めた言い方。

五郎の威嚇

二四 鬼王と団三郎が刺し違えて死のうとするのを十郎が制止する。
二五 誰がこの事を申しあげることができようか。
二六 畏れ敬う者には何事によらず従うのが君臣の礼儀。格言らしい。「君臣の礼もだし難けれど、心に従ふをもつて孝行とせり」(曾我物語・九)。 二七 後の世も、その後の世も、未来永劫。
二八 ことを分けてこまごまと。

以下二八六頁——

一 おぼえずこぼれる涙を止めることもできない。主従の心の通い。
二 別れに際し人が形見の品を贈った例としては。以下、母衣(ほろ)の起源説話を引く(廃曲「母衣那須」)。
三 中国に名高き樊噲が、形見として母から贈られた衣を敵陣に臨む時、常に身に着けて戦った話。

十郎の説諭

四 漢の高祖に仕えた勇者。鴻門の会で高祖の危機を救うなど武勲が多く張良(五一五頁)と併称される。
五 古写本・下掛「形見とかや」。
六 今の世の武者が母衣と名付けている武具は樊噲の母の衣に拠る命名なのだ。母衣は馬上で鎧の背に負って矢を防ぐ武具。幌(ほろ)とも。

いふ声の下《した》よりも、不覚《ふかく》[一]の涙塞《なみだせ》きあへず。

【三】〈クリ〉同 〽夫《それ》[二]人の形見を贈《をく》りし例《ためし》には、かの[三]唐土《もろこし》の樊噲《はんくはひ》[四]が、母《はワ》の衣《ころも》を着替《きか》へしは、長き世までの例《ためし》[五]なり。

〈サシ〉十郎 〽今[六]当代の弓取の、母衣《ほろ》とは是を名付《づ》けたり　同 〽然《しかれ》ば我らが卑《いや》しき身を譬《たと》ふべきにはあらね共《ども》、恩愛[七]の契りのあはれさは、我らを隔《へだ》てぬ慣《なら》ひなり。

〈クセ〉同 〽去程《さるほど》に兄弟、文《ふみ》こまごまと書《かき》収《おさ》め、是は祐成が、[八]いまはの時に書《か》く文の、[九]文字消《き》えて薄《うす》くとも、形《かた》見に御覧候へ、[一〇]皆人の形《かた》見には、[一一]手跡《しゆせき》に優《まさ》る物《もの》あらじ、[一二]水茎《ぐき》の跡《あと》をば、心にかけて弔《と》ひ給へ、[一三]老少―不定と聞《きく》時《とき》は、若《わか》き命も頼《たの》まれず、老たるも残《のこ》る世《よ》の慣《なら》ひ、[一四]飛花《ひくわ》落葉《らくえふ》の、理《ことはり》と思《おぼ》しめされよ、其とき時宗も、[一五]肌《はだ》の守《まも》りを取出《とりいだ》し、是は時宗《ときむね》が、形《かた》見に御覧候へ、形《かた》見は人の亡《な》き跡の、[一六]思ひの種《たね》と申せども、[一七]せめて慰《なぐさ》む慣《なら》ひなれば、時宗は母上《ハワウエ》[一八]に、添《そ》ひ申たると思《おぼ》しめせ、[一九]今迄は其主《ぬし》を、守《まも》り仏《ほとけ》の観世音、此世の縁なくと、来世をば助《たす》け給へや　スケ 〽すでに[二〇]―此日も入相《いりあひ》の　同 〽鐘もはや声々《こゑごゑ》に、諸行無常と告《つ》げ渡《わた》る、さらばよ急《いそ》げ急《いそ》げ使《つかひ》、[二一]涙《なみだ》を―文に巻《ま》き籠《こ》めて、其まま遣《や》る、文《ふみ》の干《ひ》ぬ間《ま》にと、詠ぜし人の心まで、今《いま》さら思ひ白《しら》雲の、かかるや富士の裾《すそ》野より、[二二]曾我に―帰《かへ》れば兄弟、すごすごと跡を見送《をく》りて、泣《なき》て留《とど》まるあはれさよ、泣て留まるあはれさよ。

（団三郎・鬼王が幕へ退場）〔早鼓〕[二三]

【四】〈□・問答〉（オモアイの大藤内と、アドアイの狩場の男が登場し、曾我兄弟の討入の模様を語り、狩場の騒ぎに周章狼狽して逃げる）

「弓取」は「身分のある勇敢な武人」（日葡）。七 親子恩愛の情に心ひかれるのは我らとても同じで世の習いなのだ。八 死を目前にして認（した）めた手紙。〈クセ〉のアゲハ（「すでに…」）の前まで祐成と時宗の母への伝言。九 文字が消えかけて薄くても、形見として御判読下さい。「消え」は「いまはの時」と縁語。一〇 一般に、人の形見としては。一一 その人が書いた文字。一二 筆の跡。「水茎の」が死後をさす「跡」の序。一三 死は老若に関係なく訪れる。一四 世の無常をいう慣用表現。一五 肌身離さず着けていたお守り。後文の「守り仏の観世音」がそれ。一六 亡き人を思い出させる嘆きの種。一七 せめてもの慰みとするのが世の習わし。〈サシ〉〈クセ〉に「慣ひ」多出。一八 観世「ハワウエ」、他流「ハホオエ」。一九 今迄、持ち主の私をお守り下さった観音様、今あなた様を手離し、この世での縁はなくなっても。二〇 既に日も入り、入相の鐘が諸行無常を告げて響き渡っている。二一 歌に基づく文句らしいが未詳。こぼれる涙を払わずに込めて遣わす手紙だから、涙の乾かぬ間に届けてくれと詠んだ昔の人の心が、今こそ思い知られる。掛 白雲―知らる。縁 雲―かかる。

涙の形見送り

【五】〔一声〕〈一セイ〉同 〽寄《よ》[二四]せかけて、打《う》つ白波《しらなみ》の音高《たか》く、鬨《とき》を作《つく》つて騒《さは》ぎけり。

【六】〔早笛〕〈□〉シテ 〽あら夥《おびたた》しの軍兵《（ぐんびやう）》やな、我ら兄弟討《う》たんとて、多《おほ》くの勢《（せい）》は騒《さは》ぎあひて、「[二五]爰《（ここ）》を先途《せんど》と見えたるぞや、十郎殿、十郎殿、何《なに》とて御返事はなきぞ十郎殿、宵《よひ》に[二六]新田の四郎と戦《たたか》ひ給ひしが、さてははや討《う》たれ給ひたるよな、口惜《（くちをし）》や死《し》なば屍《かばね》を一所《（いつしよ）》とこそ思《おも》ひしに。

〈クリ〉シテ カヽル 〽[二七]物思ふ春の花盛《ざか》り、散《ち》り散《ち》りになつて[二八]爰《（ここ）》かしこに、屍《かばね》を曝《さら》さむ無念やな。

【七】〈中ノリ地〉同 〽[二九]身方《みかた》の勢は是を見て、身方の勢は是を見て、[三〇]打《う》ち物の[三一]鍔元《つばもと》くつろげ、時《とき》宗を、目掛《めが》けて掛《か》かりけり。

〈中ノリ地〉シテ 〽[三二]あらものものしやを《（お）》のれらよ、[三三]先《さき》に手並《な》みは知《し》るらん物をと、太刀取《と》り直《なを》し、

[三四]ハタラキ

〈中ノリ地〉同 〽[三五]かかりける処に、かかりける処に、御内《みうち》がたの[三六]古屋《ふるや》五郎、樊噲《はんくはひ》が嗔《（いかり）》をなし、立《た》つたる気色、誉《ほ》めぬ人こそなかりけれ。

[三七]張良が秘術を尽《つ》くしつつ、五郎が面《おもて》に斬《き》つて掛《か》かる、時宗も古《ふる》屋五郎が、抜《ぬ》いたる太刀の[三八]鎬《しのぎ》を削《けづ》り、暫《しば》しが程は戦《たたか》ひしが、何とか斬《き》りけん古屋《ふるや》五郎は、ふたつになつてぞ見えたりける。

〈ノリ地〉同 〽かかりける所に、かかりける所に、[三九]御所の五郎丸、[四〇]御前に入《（いれ）》たて、かなはじ物をと、肌《はだ》には[四一]鎧の、袖を解《と》き、草摺《ずり》軽《かろ》げに、ざつくと投《な》げ掛《か》け、上《うへ》には[四二]薄衣《うすぎぬ》、引《（ひき）》被《かづ》き、[四三]唐《から》戸《（と）》の脇《わき》にぞ、待《（まち）》かけたる。

〔立回リ〕（闇の中、五郎が敵をうかがうていを見せる）

〈ノリ地〉シテ 〽今は時《とき》宗も、運尽《つ》き弓の 同 〽今は時宗も、運[四四]槻《つき》弓の、力《ちから》も落《お》ちて、まこ

二二 鬼王・団三郎が曾我へ帰るのを、曾我兄弟は悲嘆にくれつつ見送り。 二三 囃子につれて十郎と五郎が幕へ退場すると、急テンポの囃子にかわり【四】の場面となる。

五郎、兄の討死を知る

二四 打ち寄せる波の音のように声高く鬨の声をあげて押し寄せる騒然たる有様。宮増作の可能性が高い「烏帽子折」にも同文。 二五 ここを勝負の分れ目とばかり。 二六 仁田四郎忠常。伊豆国の住人。十郎は仇討直後に仁田に討たれた。 二七 春愁の種である花盛り。「散り散り」の序。「思ひしに」の縁語。 二八 (死ぬ時は同じ所でと決めていたのに)それぞれ違った所で。 二九 将軍がたの軍勢。 三〇 打ち鍛えた太刀や長刀。

斬り合い

三一 刀の鍔のあたりを緩めて。 三二 何と大げさなことよ。ここ二句も「烏帽子折」とほぼ同文。 三三 先刻からわが腕前の程は承知しているだろうに。 三四 現行演出では、ここには働キ事は入らないが、威勢を示す働キ事を入れた演出もあったらしい。 三五 そうこうしているうちに。斬合物の戦闘場面に多い表現。 三六 曾我物語には名の見えぬ人物。 三七 高祖の臣で兵法の奥義を極めた。智将張良が用いたような秘術。

との女《ちよ》ぞと、油断して通るを、一やり過《す》ごし押《を》し並《なら》べ、むんずと組《く》めば　シテ〽を《(お)》のれは何者《もの》ぞ　五郎丸〽御所の五郎丸　同〽あら物々しと、二綿嚙《わだがみ》つかんで、ゑ《(え)》いやゑ《(え)》いやと、組《く》み転《ころ》むで、時宗上《(うへ)》に、なりけるところを、三下よりゑ《(え)》いやと、又押《を》し返《かへ》し、其時大勢、折《お》り重《かさ》なつて、千筋《(ちすぢ)》の縄を、かけまくも、四忝《かたじけな》くも、君の御前に、追《を》つ立行《(たてゆく)》こそ、五めでたけれ。

三八 互いの鎬を削るように激しく斬り合うさま。「鎬」は刀の刃と峰の間の角立った部分。三九 頼朝の近習。「小舎人童五郎丸」(吾妻鏡)。大力の童。十八歳(舞の本)。四〇 頼朝公の御前へ侵入させては一大事と。

五郎捕縛

四一 鎧の袖を解き外し胴だけ身に残し、草摺を軽々と急ぎ身に着け。「草摺」は鎧の胴に垂れて腰を護る部分。四二 女の被る薄衣を被り。女装。四三 横に幾本もの桟を渡した開き戸。四四 囲槻―尽き。「槻弓」は槻の木で作った弓。弓を張るのに力を入れることから「力も」の序。

以上二八七頁

一 通り過ぎさせて背後から重なり並んで、むんずと組むと。五郎丸は被衣を捨て、シテの背後から組みつく。二 鎧の胴の押付の板から胸板を吊ってある部分。シテは五郎丸を引きずって、笛座前から目付柱の方へ肩越しに投げ倒す。三 五郎丸はすぐさまシテをはね返して立ち、うしろからおさえつけると、郎等が走り寄って幾筋もの縄をかけて、恐れ多くも頼朝公の御前へ引き立てて。囲かけ―かけまくも。四 郎等はシテを立たせ、五郎丸と共にうしろから押して勢いよく幕へ走り込む。五 頼朝の側から五郎の捕縛を祝う。

鵜《う》の羽《は》

脇能物
女神物　世阿弥作(申楽談儀)

場景　前場—日向国鵜戸の岩屋。ある秋の日の午後から日暮れまで。後場—同じ所。同じく、深夜。

人物　前ジテ　海士〔深井・水衣女〕
後ジテ　豊玉姫の神霊〔泥眼・龍女〕
ツレ　海士〔小面・水衣女〕
ワキ　下向の勅使〔大臣〕
ワキヅレ　随行の朝臣〔大臣〕
アイ　鵜戸の岩屋の浦人〔長上下〕

梗概　当今(とうぎん)に仕える臣下が勅命により神代の古跡を尋ねて日向国鵜戸の岩屋へ参詣すると、海辺の仮屋に鵜の羽を葺いている二人の海士に出会う。女たちは神代の昔を追懐し神徳を偲ぶ風情。勅使が鵜の羽を葺き残したままの仮屋の理由を尋ねると、女は鵜羽葺不合尊(うのはふきあわせずのみこと)の誕生説話を語り、鵜の羽を葺くことの謂れを「ふくもの尽くし」に語る。さらに勅使が干珠・満珠の玉の在り処を尋ねると、女は自分が豊玉姫であることを暗示して消える(中入)。鵜戸の岩屋の浦人から神代の古跡たる鵜戸の岩屋の故事を聞き、松陰に旅居して神の告げを待つ勅使の前に、龍女豊玉姫の神霊が現れる。山海増減の満干(みちひ)の玉を讃えて舞い、なおも霊妙な満干の珠の威徳を示し、妙法を願って海中に消える。

素材・主題　記紀神話に取材。直接的には、神代紀を原拠とし神仏習合下に生まれた諸説を加えて中世に広く流布した、いわゆる中世日本紀の鵜羽葺不合尊の誕生譚に拠り、秋九月、その誕生日(たんじょうにち)に、豊玉姫の神霊が謂れを語り、干珠・満珠の奇瑞を見せ、龍女成仏と妙法渇仰を描く。世阿弥が三道で近ごろ世評の高い能の中にあげており、「高砂」などのような正格の脇能とはやや異なる新風の女神の能として迎えられたようである。〈クリ〉〈サシ〉〈クセ〉もなく、全体に情趣豊かな作品で、原作は、ワキも大臣ワキではなく、恵心僧都であったらしい(舞芸六輪次第)。類型的な大臣ワキへの改定にしたがい、詞章も若干改めている(脚注参照)。なお世阿弥には同じく女神の能「箱崎」(廃曲)もある。

六【一】〔次第〕〈次第〉ワキ・ワキツレ　〽七伊勢や日向《ひうが》の神なりと、伊勢や日向の神なりと、誓《ちか》ひは同じかるべし。

六 後見が、片方を鵜の羽で葺いた仮屋の作り物を大小前に置く。
七 伊勢の神も日向の神も、衆生済度の御誓願に変わりはない。成句「伊勢や日向(の物語)」を響かせる。成句この成句は神代紀・天孫降臨の鈿女、猿田彦二神の問答より起こるという。また伊勢物語古注より出た俗諺は順序不同・混淆僻事の意。

以下二九〇頁

一 舞芸六輪次第(室町中期の装束附)に「本は大臣にはあらず。恵心の僧都なり」とあり、僧ワキが古態らしい。二 現宮崎県日南海岸にあり、海に面して開く天然の岩屋。三 掛裁—立、裏—浦、張—遥々。縁衣—たち重ね・うら・はる・馴れて。四 掛尽くし—筑紫。五 下記の〈着キゼリフ〉があって脇座に着く。例「急候間、是ハ、ヤウドノ岩ヤニ付テ候、又是ナル磯ベヲミレバ、アタラシクカリ殿ヲタテ、コクシキノ鳥ノ羽ニテフキ、今一方ヲフキノコサレテ候、イカサマイハレノアリゲニ候、在所ノ人ヲ待尋バヤト存候」(江戸初期観世流謡本の日爪本追記)。六 囃子につれてツレ・シテの順で登場、橋掛で歌う。七 今日の禊では、鵜の羽を葺いて神の御子の産屋を建てるのだから、波風も心

〈名ノリ〉ワキ「抑是《(そもそもこれ)》は当今《(たうぎん)》に仕《つか》へ奉る臣下《(しんか)》一なり、扨《(さて)》も九州鵜戸《うど》二の岩屋は、神代《(かみよ)》の古跡《(こせき)》にて御坐候程に、このたび君に御暇《(おん)いとま》を申《(まうし)》、九州に下向仕《(つかまつり)》候。

〈上歌〉ワキ・ワキツレ ヘ三旅衣、なを《(ほ)》たち重《かさ》ね行道《(ゆくみち)》の、なを《(ほ)》たち重ね行道の、うら山かけてはるばると、馴《な》れて心をつくしがた、四鵜戸《うど》の岩屋に着《(つき)》にけり、鵜戸の岩屋に着にけり。五

【二】〔真ノ一声〕六〈一セイ〉二人 ヘ鵜《う》七の羽葺《はふ》く、今日《けふ》の禊《みそぎ》ぞ神のこや、八立《た》つ波風も、心せよ　ツレ ヘ鵜戸《うど》の岩屋《いはや》の神の代を　二人 ヘ思《おも》へば久し、九秋津国《(あきつくに)》。〔一〇アシライ歩ミ〕

〈サシ〉シテ ヘありがたや過《す》ぎし神代の跡尋《と》めて、聞《き》けば昔に返《かへ》一一る波の　二人 ヘ白木綿《(しら)ゆふ》かけて秋風の、松に一二たぐへて磯《いそ》一三の宮、鵜《う》の羽葺《はふ》くなり浜庇《はまびさし》一四、久しき国のためしかや。

〈下歌〉二人 ヘげに名を聞《き》くも久方《かた》一五の、その海士乙女《あま》数々《かずかず》の、手向草《(たむけぐさ)》を捧《ささ》げむ。

〈上歌〉二人 ヘ誰《(たれ)》もげに、神に頼《たの》みをかけまく一六も、神に頼みをかけまくも、忝《かたじけな》しやこの御子《みこ》の、御母《(おんはワ)》の名を聞《き》くも、一七豊玉姫のいにしへ、実《(げに)》心なき我等迄、一八海士《あま》の刈《か》る藻《も》の露ほども、恵《めぐ》みになどか遇《あ》はざらん、恵みになどか遇はざらん。

【三】〈問答〉ワキ「いかに是なる方々《かたがた》に尋申《(たづねまうす)》べき事の候　シテ「此方《(こなた)》の事にて候か何事にて候ぞ　ワキ「不思議やな是なる仮《かり》殿を見《み》れば、鵜《う》の羽《は》にて葺《ふ》き、今一方をば葺《ふ》き残されて候は、何と申たる謂《(いはれ)》にて候ぞ　シテ「実々《(げにげに)》御不審御理《(ことわり)》にて候、鵜《う》の羽《は》にて葺《ふ》きたる事につきてめでたき謂の候、委《(くはしく)》語《かた》つて聞《き》かせ参らせ候べし　ワキ「あら嬉《うれ》しや懇《(ねんごろ)》に御物語《がた》り

して荒れないでほしい。八 [掛]子—小屋、建—立。九 日本の異称。

鵜戸の岩屋へ

一〇 囃子につれて舞台に入り、ツレは真中、シテは常座に立つ。一一 [縁]返る—波、松—秋風。[掛]白—白木綿。[付]白木綿—かくる、かくる—波。一二 波の音が松吹く風と響き合っているさま。一三 [掛]居—磯。[縁]浜庇—宮・葺く。磯辺の宮殿を鵜の羽で葺くのは、悠久なこの国の先例とか。一四 浜辺にある家。歌語。一五 [掛]久し—久方の。「天」に音通

神代の古跡

の「海士乙女」の序。一六 言葉にかけて言うのさえも忝いこの皇子の。[掛]掛け—かけまくも(宣命詞)。一七 豊に豊穣・豊作の意を寓し、祝意をこめる。一八「藻に住む虫」を介して露の序。一九 神代をいう定型表現。第一天照大神、第二正哉吾勝尊《(まさかつあかつのみこと)》、第三火瓊々杵尊《(ほのににぎのみこと)》、第四火々出見尊《(ほほでみのみこと)》、第五葺不合尊《(ふきあわせずのみこと)》。二〇 龍宮を尋ね豊玉姫と結婚する物語は信光作「玉井」(四七七頁)にも。二一 室町時代物語の「玉井の物語」に「御産はその年の九月とぞきこえける」などとある。二二 遠い神代の前例も、きっと今ここにあるような宮で神の禊

候へ。

〈語リ〉シテ「抑《(そもそも)》地神《(ちじん)》[一九]五代の御神をば、鵜《う》の羽葺不合尊《ふきあはせずのみこと》と申奉る、其父[二〇]の御神釣針《つりばり》を魚《(うを)》に取《と》られ、龍宮まで尋行《(たづねゆき)》給ひ、豊玉姫と契りをこめ、釣針《つりばり》に満干《(みちひ)》の珠を添《そ》へ、取《と》りて帰《かへ》り給ふ、ほどなく豊玉姫御懐妊《くはひにん》ありしかば、此《(この)》磯辺に仮《かり》殿を造《つく》り、鵜《う》の羽《は》にて葺《ふ》き、いまだ葺《ふ》き合《あ》はせざるに尊《みこと》生れさせ給ふにより、鵜の羽葺不合尊《ふきあはせずのみこと》と申奉る、さればその御誕生日《(ごたんじやうにち)》[二一]も、此秋の今日《けふ》にあたりたれば、カヽル 〽佳例に任《まか》せて仮殿《かりどの》を造《つく》り、鵜《う》の羽《は》にて葺《ふ》き候なり。

【四】〈掛合〉ワキ カヽル 〽謂《いは》れを聞ば有難や、遠[二二]きためしも今爰《(ここ)》に、宮居もさぞな千《ち》[二三]早振《はやふ》る

ツレ カヽル 〽神の禊《みそぎ》のまつりごと、直《すぐ》[二四]なる御代《(みよ)》に跡垂《あとた》れて　ワキ 〽今[二五]も日を知《し》る神祭《まつ》り

シテ 〽急《いそ》[二六]げや磯の波に鳴《な》く　ワキ 〽千鳥も己《をの》が翅添《つばさそ》へて　シテ 〽鵜《う》の羽重《(は)かさ》ねて　ワキ 〽葺《ふ》くとかや。

〈上歌〉同 〽浦風も松風も、浦風も松風も、日《ひ》[二七]方《かた》や疾風《はやち》[二八]波颪《なみおろし》、音《(おと)》を添《そ》へ声《こゑ》を立《た》て、樞《とぼそ》も軒《のき》も鵜《う》[二九]の羽《は》風、ふけ[三〇]やふけや疾《と》くふけ、吹《ふ》[三一]くや―心にかかるは、花のあたりの山颪《おろし》、ふくる間《ま》を惜《お》しむや、稀《(まれ)》に逢《あ》ふ夜《よ》なる覧《(らん)》、此稀《まれ》に逢《あ》ふ夜《よ》なるらん。

〈片グセ〉同 〽面白やこれとても、実世中《(げによのなか)》の品々《しなじな》、いかなれ[三二]ば陸奥《みちのく》[三三]には、鳥の羽《(は)》を糸にして、衣《(ころも)》を織《を》るとかや、いかなれば此国は、鵜《う》の羽《は》―葺《ふ》くなり神の小屋《こや》[三四]の、恵《めぐ》み久《ひさ》しのあしかりや、世《(よ)》[三五]のふしをあらはすもや、神の誓《ちか》ひなるらん。

鵜羽葺不合尊の誕生譚

のまつりごとが行われたのだろう。二三 神の枕詞。二四 御政道正しい御代に、神も姿を現して。二五 前句「遠きためしも今爰に」と同意。二六 掛急―磯。縁磯―千鳥。二七 東南の風とも、西南の風とも。「ひかたとはひつじさる(坤)の風をなづく。たつみ(巽)の風といふ説もあり」(連珠合璧集)。二八 暴風。廃曲「香椎」にも「吹くは塩風、響くは波颪、はやちひかた、あひの風…」とある。「吾必起迅風洪濤(はやちなみ)」(神代紀)。二九 掛鵜の羽―羽風。「吹く」の序。三〇 掛吹―葺。以下、ふくもの尽くしの仕事歌。三一 吹くといえば心配なのが花(桜)のあたりに吹く山おろし。惜しまれるのがたまに逢う夜の更けゆく時。掛吹―更。三二 以下、対句表現。三三「狭布の細布といへるは、これも陸奥の国に、鳥の毛して織りける布なり」(俊頼髄脳)。三四 掛子―小屋、恵み―芽ぐみ、久―庇、蘆刈―仮屋、世―節、節―不死。「こや(昆陽)」は「蘆」と縁語。「あしかりや」は蘆の仮屋に「悪しかりや」(悪かろうはずはない)を掛ける。三五 神代の悠久不死を現すのも、神の御誓願なのであろう。

ふくもの尽くし

〈ロンギ〉地 〽はや夕暮の秋の空、波《なみ》も散《ち》るなり[一]白露の、玉《たま》を連《つら》ねて葺《ふ》くとかや シテ 〽軒の雨、[二]古《ふる》き言《こと》の葉《は》取添《そ》へて、手向《(たむけ)》ぞ誠[三]真《ま》鳥棲《とりす》む、[四]雲梯《うなでの》森の落《おち》葉を、拾《ひろ》ひ上《あ》げいざや葺《ふ》かふ《(う)》よ 地 〽拾《ひろ》ふ塩干《(しほひ)》の[五]たまたまも、折を得《え》たりと夕暮《ぐれ》の シテ 〽月既に出《(いで)》しほの、影《かげ》ながら葺《ふ》かふ《(う)》よ 地 〽影《かげ》も[六]繁木《しげき》の八重榊《さかき》、葉色《(はいろ)》を添《そ》へて葺《ふ》くほどに シテ 〽重《かさ》なる[七]軒の忍《しの》ぶ草 地 〽忘《わす》れたり葺《ふ》きさして シテ 〽少《すこ》しは残せ 地 〽名を聞《き》くも、葺《ふ》き合《あ》はせずの神のお仮屋《かりや》、葺《ふ》き残《のこ》せ葺き残せ、しかも月の夜すがら、影《かげ》もろともに[八]我《(われ)》も出《(いで)》、洩《も》る影《かげ》は天照《あまて》らす、神代の秋の月を、いざや眺《なが》め明《(あか)》さむ。

【五】〈問答〉ワキ「鵜《う》の羽葺《ふ》き合《あ》はせずの謂《(いはれ)》は 委承《(くはしくうけたまはり)》候ぬ、扨々《(さてさて)》[九]干珠満珠《(かんじゆまんじゆ)》の玉《たま》のありかは いづくの程にて候ぞ シテ「さむ候《ザウラウ》[一〇]玉《たま》のありかも有《(あり)》げに候、誠は[一一]われは人間にあらず、暇《いとま》申《(まうし)》て帰るなり ワキ カヽル 〽そも人間にあらずとは、いかなる神の[一二]現化《げんげ》ぞと、袖をひかへて尋《たづ》ぬれば シテ「[一三]終《(つひ)》にはそれと白浪の、龍《たつ》の都は豊《ゆた》かなる、玉の女と思《おも》ふべし ワキ カヽル 〽龍《たつ》の都は龍宮《(りうぐう)》の名、又豊《ゆた》か成《(なる)》玉《たま》の女と、聞《き》くは豊玉姫かとよ シテ 〽あら恥《は》づかしや[一四]白玉か。

〈歌〉同 〽何ぞと人の問《と》ひし時、露と答《こた》へて消《(きえ)》なまし、なまじゐ《(ひ)》に顕《あらは》れて、人の見る目《め》恥《は》づかしや、隔《へだ》てはあらじ蘆垣《あしがき》の、[一五]よし名を問《と》はずと神までぞ、唯頼《たの》めとよ頼《たの》めとよ、[一六]玉姫はわれなりと、海上《(かいしやう)》に立《た》つて失《う》せにけり、海上に立《た》ちて失《(うせ)》にけり。　（中入）

一 [付]露—白露・玉。 二 [掛]降る—古。 三「まとりとは鵜を云也」(袖中抄)。前の「誠」と頭韻。 四 雲梯森は現在の奈良県橿原市にある歌枕。 五 [掛]珠—偶々、言ふ—夕。 六 [掛]茂—繁木(枝葉の繁っている木)。「八重」および次々句の「重なる」と縁語。「八重榊しげき恵みの数添へて…」(新勅撰集・神祇・荒木田延成)。 七 [縁]軒—忍ぶ草・忘れ(草)。名も葺不合尊の御仮屋なのだから、全部葺かずに少しは葺き残せ。 八 私も出現して、天照大神の神代に同じ秋の月を眺め明かそう。「出づ」と「洩る」と対語。 九 龍宮を訪れた火々出見尊に龍王が与えた潮の干満を支配する珠。 一〇 どこかにあるとかいうことです。わざとおぼめかした表現。 一一「竹生島」にも。 一二 化現。神仏が形を変えてこの世に現れること。「この僧現化の不思議に驚きて」(太平記二十)。 一三 下掛「よし名乗らずとも神の告、終には誰と白波の」。[掛]知らず—白、立つ—龍。 一四 伊勢物語・六段の歌(末句「消えなましものを」)。「なまし」「なまじゐ」と重韻。 一五 [掛]蘆—よし。 一六 豊玉姫を匂わす。 一七 この〈上歌〉は、「老松」「呉服」、廃曲「箱崎」等と同文。松陰で神託を待とう。 一八 諺「虎うそぶいて

豊玉姫と明かす

【六】〈問答・語リ・問答〉（アイの鵜戸の岩屋の浦人がワキの尋ねに答えて、豊玉姫御産の事、鵜戸の岩屋が神代の古跡である事を語り、重ねて奇特を見ることを勧める）

【七】〈[一七]上歌〉ワキ・ワキツレ ＼嬉しきかなやいざさらば、嬉しきかなやいざさらば、此《(この)》松陰《かげ》に旅居して、[一八]風も嘯《うそぶ》く寅《とら》の時、神の告《(つげ)》をも待《(まち)》て見む、神の告をも待て見む。

【八】〔出端〕〈サシ〉後シテ ＼[一九]八歳《(はつさい)》の龍女は宝珠を捧《ささ》げて変成就し、我は潮《うしほ》の満干《みちひ》の玉《たま》を捧《ささ》げ、[二〇]国の宝《たから》となすべきなり。

〈一セイ〉シテ ＼[二一]南無《(なむ)》や帰命[二二]本覚真如《(きみやうほんがくしんによ)》の玉《たま》 地 ＼あるひは不[二三]取正覚《(ふしゆしやうがく)》の台《うてな》の玉《たま》 シテ ＼又は[二四]無量寿法界、[二五]遍満神通《(じんづう)》の玉《たま》。

〔中ノ舞〕

〈ノリ地〉地 ＼各々《をのをの》様々、多《おほ》けれど、山海《(さんかい)》増減の、満干《みちひ》の玉《たま》、げに妙《たへ》なれや、＼あら有難《がた》や。

【九】〈ノリ地〉地 ＼干珠《かむじゅ》を海に、沈《しづ》むれば、干珠を海に、沈むれば、さすや潮《(うしほ)》も、干《ひ》潟《かた》となつて、寄《よ》せ来《く》る波《なみ》も、浦風に、吹返《かへ》されて、遠《とを》干《ひ》潟《かた》、[二六]千里《(せんり)》はさながら、[二七]雪を敷《し》いて、浜《はま》の真砂《(まさご)》は、平々《(へいへい)》たり。〔破ノ舞〕

〈ノリ地〉シテ ＼扨又《(さてまた)》満珠《まんじゅ》を、潮干《しほひ》に置《を》けば 同 ＼扨又満珠を、潮干に置けば、音《(おと)》吹《ふ》きかへて、沖《おき》つ風、汐《しほ》をも浪をも、吹《ふ》き立《た》てて、[二八]平地《(へいぢ)》に波瀾《(はらん)》を、立《た》て寄《よ》せ立て寄せ、山も入海《(いりうみ)》、海をも山に、成《な》す事やすき、満干《みちひ》の玉《たま》、か程《(ほど)》に妙《たへ》なる、宝なれども、唯《(ただ)》願《ねが》はしきは、[二九]聖《せい》人の、直《(すぐ)》なる心の、真如の玉《たま》を、授《さづ》け給へや、授《さづ》け給へと、[三〇]願《ねが》ひも深《ふか》き、海となつて、其まま

風を成すといへる」(名語記)、「虎嘯けば風生ず」(碧巌録)などという。「風も嘯く」は「寅の時」(午前四時頃)の序。掛虎—寅。
一九 法華経・提婆達多品にある、八歳の龍女が宝珠を仏に捧げて男子に変成した話。〈サシ〉以下、「玉」の語を多出し、満干の珠を讃美し、玉の奇瑞威徳を示す。
二〇 下掛は「聖人の御法を得んとなり、有難や」。次の〈一セイ〉とともどもワキが恵心にして納得できる文句で、これが古型だろう。

干珠満珠の奇瑞

二一 仏への帰依信心を表す語。
二二 本覚は、一切の衆生に本来備わっている悟り(覚)の性質、真如はその本体。 二三 無上不偏の悟り。
二四 無量寿仏は阿弥陀如来。
二五 あまねく満ちわたり、霊妙で自在な力。底本「円満」を下掛の古写本により訂正。 二六 付浜—千さと・まさご。 二七 「潮風に立ちくる波と見るほどに雪をしきつの浦の真砂路」(玉葉集・冬・従三位為子)。「平々たり」は干潟の形容。
二八 平らかな地に大小の波が立ち騒ぐ有様の常套表現。「春日龍神」(五一二頁)にも。 二九 聖人はワキを指す。僧ワキが原型と推測されるので「シヤウニン」と謡ったか。 三〇 あなたのまっすぐな心に備わった真如の玉をお授け下さいと、ただ

浪にぞ、入《いり》にける。

ただ願っています。
三〇 下掛「思ふ心は」。
――以上二九三頁

一 一所不住の修行の旅を続ける我が身を浮雲に譬えた僧の感懐。廃

花月《くゎげつ》

四番目物
芸尽物　　作者不明(古作)

場景　京の都、東山、清水寺の境内。花盛りの春のある日。

人物　シテ　花月〔喝食・水衣大口喝食〕
　　ワキ　旅の僧(花月の父)〔着流僧〕
　　アイ　清水寺近くの男〔肩衣半袴〕

梗概　七歳になったわが子が行方不明となったことから出家した筑紫彦山(ひこさん)の麓に住む僧が、都に着き、折から花の盛りの清水寺に参詣する。寺近くに住む男から花月という美少年の喝食(かっしき)(禅寺で食事を触れ回る役などをした有髪の少年)の芸の事を聞く。花月が登場し、まず花月の名の由来を語る。続いて小歌を歌い、花の枝の鶯を弓でねらったり、清水寺縁起の曲舞を舞ったりと興じる。僧がよく見ると成長したわが子で、父と名乗るが、男は出家に子のいることを不審する。僧は在俗の時に見失った子と説明。男は花月に、いつものごとく羯鼓の芸を見せるよう告げる。花月は羯鼓を打ちつつ天狗に取られて諸国の山々を巡ったことを語り舞い、やがて父に伴われて修行の旅に出る。

素材・主題　口承か創作か不明ながら、東山に花月と名乗る喝食の遊芸人がいたことを本木(もとぎ)とし、少年が天狗に取られて山々を巡る話を副え木に、花月の芸尽くしを描く。可憐な姿に似合わぬ仰々しい冒頭の名乗りが既に秀句芸で、〈小歌〉(「来し方より…」)、〈段歌〉(「それは柳…」)、清水寺の曲舞(「田村」とほぼ同じ)、羯鼓、山廻りと、芸能を連ね、父子再会は筋立てに過ぎない。世阿弥の三道に「放下には自然居士・花月・東岸居士・西岸居士などの遊狂」とあり、世阿弥時代から存在したことが知られる。「花月」の〈小歌〉は豊麗かつ拍子扱いが特異で、「…恋は曲物(くせもの)かな」を「…恋はクセモノカアンナァァァー」などと歌い、現行曲では唯一の例。

【一】〔次第〕〈次第〉ワキ　〽[一]風に任《まか》する浮雲《うき》の、風に任する浮雲の、泊《と》まりはいづくなるらん。

〈名ノリ〉ワキ「是《これ》は筑紫《つくし》[二]彦《ひこ》山の麓《ふもと》に住《す》まゐ《ひ》する僧にて候、われ[三]俗にて候ひし時、子を一人《いちにん》持て候を、いづく共《とも》なく失ひて候程に、是を[四]出離《しゆつり》の縁と思《おも》ひ、か様《やう》の姿と成《なり》て諸国を修行仕《つかまつり》

曲「玉江の橋」の脇次第とほぼ同文。二 現在の福岡県と大分県の県境にある山で、古くからの修験道の山。天狗が棲むといわれた。三 出家以前。四 出家し仏道に入る機縁。

以下二九六頁

一 人間として生まれる以前の、平等無差別な本来の姿を悟れば、いたわるべき親もいないし、自分に心をかけてくれる子もいない。二 千里の道をも遠しとせず、野山に臥す一所不住の身、これこそが真の安住の境涯なのだ。禅宗の慣用語「父母未生以前自己」(正法眼蔵・渓声山色)に基づく。月菴法語にも「我も未だ生れぬさきの心は…」とある。この〈上歌〉は「卒都婆小町」と同文。三 禅寺で給仕役の有髪の児僧。四 常とは変わった異様なお姿で。具体的には、弓矢を持つこと。五「狂ふ」は歌舞などの芸をすること。六 月は常住の存在で、真理を表していることは言うまでもない。七 ならば「花(くゎ)」の字はと問うた時、春なら花、夏なら瓜、秋なら菓(木の実)、冬なら火と、四季それぞれに好まれるものを表しており、因果の果も表し、これを末期の一句のために残しているのだ、と答えたところ。「末後一句」とは究極的な絶対の境地を述べたもの。八 古写本「からそ」。開祖と敬われ

候。

〈上歌〉ワキ ＼生[一]れぬ先の身を知《し》れば、生れぬ先の身を知れば、憐《あは》れむべき親《おや》もなし、親のなければわが為に、心を留《と》むる子もなし、千里《(ちさと)》[二]を行《(ゆく)》も遠からず、野に臥《(ふし)》山に泊《と》まる身の、これぞ誠の住処《すみか》なる、これぞ誠の住処なる。

〈着キゼリフ〉ワキ「やうやう急《(いそぎ)》候程に、是ははや都に着《つ》きて候、先《(まづうけたまはりおよび)》承及たる清水《(きよみづ)》に参《(まゐり)》、花をも詠《(ながめ)》ばやと思《おも》ひ候。

【二】〈問答〉ワキ「なふなふ是は遥《はる》か遠国の者にて候、承及たる清《きよ》水へ参り候が、御参《まい》り候はば御供申《(まうしたく)》度候 狂「安き事御供申て参り候べし ワキ「偖《(さて)》このごろ都には如何様《(いかやう)》の面白き事が御坐候 狂「さむ候《ザウラウ》都はいつも色々様々の事御座候中に、花月《(くわげつ)》と申て御喝食《(おかつしき)》[三]の御坐候が、異形[四]の御姿にて面白《おもしろ》く御狂[五]ひ候、彼人《(かのひと)》を見《み》せ申候べし、定《(さだめ)》て今日も清水へ御参《(まゐり)》なき事は有《(ある)》まじく候、御供申《(まうし)》御目にかけうずるにて候。

【三】〈名ノリ〉シテ「抑是《(そもそもこれ)》は花月と申者也、ある人我名を尋《(たづね)》しに答《こた》へていはく、月[六]は常住《(じやうぢう)》にして言《い》ふに及ばず、さて花《(くわ)》[七]の字はと問《と》へば、春は花《(はな)》夏は瓜《(うり)》、秋は木《と》の実《み》冬は火《(ひ)》、因果の果《くは》をば末期まで、一句の為に残すといへば、人是《(これ)》を聞て。

〈歌〉同 ＼扨《(さて)》は末世の高祖《(かうそ)》[八]なりとて、天下《(てんが)》に隠《かく》れもなき、花月と我を申なり。

【四】〈問答〉狂「何とて今迄《(まで)》は遅く御出候ぞ シテ ＼さむ候《ザウラウ》今まで雲居寺《(うんごじ)》[九]に候しが、花に心

るほどの高僧。九 京の東山、高台寺辺にあったという(応仁・文明の乱に焼失廃絶)。→「自然居士」六三〇頁注三。一〇 圏引かれ—引弓、張る—春。一一 南北朝・室町期に流行した歌謡。往時の小歌は、

旅僧、春の清水へ

今の狂言の小歌にも見られるように、自由なリズムの歌謡であったらしい。それに鼓を加えて拍律を定めアレンジしたのがこの小歌らしい。一二 このあとアイはシテの右前へ来て、扇を広げて口にあてる。シテはアイの肩に右手をかけて〈小歌〉を謡い出す。一三 底本にも「小歌」とある。一四 民間流行の謡物。のち閑吟集にも収められた。一五「かな」を拍節の関係でカンナと謡う。一六「竹の葉に霰降るなりさらさらにひとりは寝べき心地こそせね」(詞花集・恋下・和泉式部)。一七 薙ぎ払う大長刀のあろうはずはなく。細脛と大長刀の対照のおかしさ。

花月の名の謂れ

一八 花を踏み散らす狼藉者の小鳥。一九 養由基。底本「楊雄」を訂正。中国春秋時代楚の弓の名手で、百歩離れて柳の葉を射て百発百中であった。「養由基善射、去二柳葉百歩一、射レ之百発百中」(史記)。二〇 弓ノ段。異国

を引《(ひく)》[一〇]弓の、春の遊《あそ》びの友だちと、中違《たが》はじとて参りたり　狂「さらばいつものごとく小歌《こうた》[一一]を歌《うた》ひて御遊《あそ》び候へ。[一二]

〈小歌〉[一三] シテ へ来《こ》[一四]しかたより　同 へ今の世《よ》までも、絶《(たえ)》せぬ物は、恋といへる曲《くせ》物、実恋《(げに)こひ》は曲物《もの》、くせものかな《カンナ》[一五]、身はさらさらさら、さあら、さらさらさらに、恋《こひ》[一六]こそ寝《ね》られね。

【五】〈問答〉狂「あれ御覧候へ鶯が花を散《(ちら)》し候よ　シテ「実々《(げにげに)》鶯《うぐひす》が花を散《ち》らし候よ、某《(それがし)》射て落《お》とし候はん　狂「急《(い)》ひであそばし候へ。

〈□〉シテ「鶯の花踏《ふ》み散《ち》らす細脛《ほそはぎ》を、大長刀《(おほなぎなた)》[一七]もあらばこそ、花月が身に敵《(かたき)》のなければ、太刀かたなは持《も》たず、弓は的《まと》射むが為、又かかる落花狼籍[一八]の小鳥《(せうてう)》をも、射て落《お》とさむがためぞかし、異国の養由《(やういう)》[一九]は、百歩《(はくふ)》に柳の葉を垂《た》れて、百《もも》に百矢《(ももや)》を射るに外《はづ》さず、我はまた花の梢の鶯を、射て落さむと思ふ心は、其養由《やういう》にも劣《おと》るまじ、カヽル へ荒《(あら)》面白や。

〈段歌〉同 へそれは[二〇]柳《(やなぎ)》是は桜、それは[二一]雁《かり》がね、これは鶯《うぐひす》、それは養由是は花月、名こそ変《か》はる共《(とも)》、弓に隔《(へだ)》てはよもあらじ、いで[二二]物見せん鶯《うぐひす》、いで物見せん鶯とて、履《は》いたる屐《あしだ》を踏《ふン》む脱《ぬ》いで、大口《おほくち》の稜《そば》を高《たか》く取《と》り、狩衣《(かりぎぬ)》の袖をうつ《ツ》肩脱《かたぬ》いで、花の木陰に狙《ねら》ひ寄《よ》つて、よつ[二三]《ツ》引《び》き[二四]ひやうど、射ばやと思へども、仏の戒《いまし》め給《たま》ふ、殺生戒をば破《やぶ》るまじ。

【六】〈問答〉狂「言語道断[二五]面白き事を仰《(おほせ)》られ候、又人の御所望にて候、当寺の謂《いは》れを曲舞《(くせまひ)》[二六]に作り御歌《うた》ひ候由を聞召《(きこしめし)》候て、一節《ひとふし》御歌《うた》ひ候へとの御所望にて候　シテ「安き事さらば歌《うた(う)》ふて

(唐)と日本の例を対比させる。これも花月の話芸。二一「昔の養由は雲の外の雁を射き」(平家物語四・鵼)など、養由基が雁を射たと

恋は曲者

いう説に拠る。二二 さあ、こらしめてやろう。二三「よく引き」の音便。「踏ン脱いで」「うッ肩脱いで」と音便を重ね、小気味良さを出す。二四 現行観世のみ「ひやうと」。二五 何とも。強い感動。二六 中世芸能の一。叙事的な内容の歌謡を、鼓に合わせてリズミカルに謡う。足拍子など簡単な所作の舞を伴った。中楽談儀に「清水寺(せいじ)の曲舞」の記事があるが、

小弓で鶯をねらう

以下の曲舞とは同材別曲らしい。

以下二九八頁

一 観世音菩薩の大慈悲心は春の花の香のように十悪に満ちた人の世に広まっていく。この〈サシ〉は「田村」の前ジテ登場歌の〈サシ〉と同文。二 観世音の三十三のお姿は秋の月がどこの水にも清らかな影を映すように、五濁に汚れた人間世界に現れ人々を救ってくれる。三 平安初期の征夷大将軍。延鎮を開祖として延暦二十四年(八〇五)に清水寺を建立したと伝える。↓「田村」一〇二頁注五。四 音に聞こえた音羽の峰の木々の

聞せ申さうずるにて候。

〈サシ〉シテ〽されはにや[一]大慈大悲の春《はる》の花　同〽十悪《じふあく》の里に香《かう》ばしく、[二]三十三身《じん》の秋の月、五濁《ごぢよく》の水に影清《かげきよ》し。

〈クセ〉同〽抑《そもそも》此寺は、[三]坂上の田村丸、大同二年の春の比《ころ》、草創ありしこのかた、[四]今も音羽山、峰《みね》の下枝《しづえ》の滴《しただ》りに、濁るともなき清水の、流《なが》れを誰《たれ》か汲《く》まざ覧《らん》、[五]ある時此《この》瀧の水、五色に見えて落ければ、それを怪《あや》しめ山に入《いり》、其水上《みなかみ》を尋《たづ》ぬるに、[六]こむじゆ山《せん》の岩の洞《ほら》の、水の流《なが》れに埋《うづ》もれて、名は青柳《あをやぎ》の朽木あり、其木より光《ひかり》さし、異香《いきやう》四方《よも》に薫《くむ》ずれば　シテ〽扨《さて》は疑《うたが》ふ所なく　同〽[七]楊柳《やうりう》観音の、御《おん》[八]所変《しよへん》にてましますかと、皆人手を合《あ》はせ、猶《なほ》も其奇特《きどく》を、知《しら》せて賜《た》べと申せば、朽木の柳は緑《みどり》をなし、桜にあらぬ老木まで、みな白妙に花咲《さき》けり、扨《さて》こそ[九]千手の誓《ちかひ》には、枯たる木にも花咲《さく》と、今の世迄も申なり。

【七】〈□〉ワキ「あら不思議や、是成《これなる》花月をよくよく見れば、某《それがし》が[一〇]俗にて失ひし子にて候はいかに、名乗《の》つて逢《あ》はばやと思ひ候。

〈問答〉ワキ「如何に花月に申べき事の候　シテ「何事にて候ぞ　ワキ「御身は何《いづ》くの人にて渡《わたり》候ぞ　シテ「是は筑紫の者にて候　ワキ「扨《さて》何故かやうに諸国をば御巡《めぐ》り候ぞ　シテ「我《われ》七《ななつ》の年彦《ひこ》山に登《のぼ》りしが、天狗に取《と》られてか様《やう》に諸国を巡《めぐ》り候よ　ワキ「さては疑《うたが》ふ所なし、是こそ父の左衛門家次よ見忘れて有《ある》か　狂「なふ御僧は何事を仰《おほせ》候ぞ　ワキ「さ

下枝から落ちる滴りを集めて、清らかな水が流れ出ているが、その水のような清水観音の恵みにあずからない人があろうか。

清水寺の曲舞

五 以下の奇蹟と観音の奇特は今昔物語集などの清水寺縁起説に似るが楊柳観音に結びつける説は不詳。 六 未詳。「金鷲山」(謡言粗志)か。 七 三十三観音の一つで、右手に楊柳の枝を持っている。 八 変化した姿。 九 廃曲「千手寺」にも同文。「よろづの仏の願よりも、千手の誓ひぞ頼もしき、枯れたる草木も忽ちに、花咲き実なると説い給ふ」(梁塵秘抄二)。 一〇 出家以前に行方不明となった子。 一一 根拠もないことをおっしゃいますね。 一二 羯鼓の別称。両手に撥(ちば)を持ち、重ねて打つことからいう。 一三 福岡県筑紫郡大野山にあった寺。[掛]為―四王寺。 一四 讃岐綾歌郡。現在、坂出市内。 一五 松山の崇徳天皇陵のある山。[掛]白―白峰。「降り積む雪の」までが「白峰」の序。 一六 現在の鳥取県と岡山県にまたがる山。日本九峰に数えられる修験道場。 一七 大江山東南の鬼が城山。「大江山」にも「丹後丹波の境なる鬼が城も程近し」とある。 一八 底本ここから「上歌」と表記。以下、京都近辺の山廻りの描写は廃曲「檻天狗」

む候《ザウラウ》此花月は某《それがし》が俗《ぞく》にて失ひし子にて候程に、偖《さて》か様《やう》に申候　狂「[一一]筋なき事を承《うけたまはり》候、先々《まづまづ》そなたへ御退《の》き候へ、いかに花月へ申候、いつもの様に[一二]八撥《やつばち》を御打《う》ち候て皆人に御見せ候へ。

〈□〉シテ「扨《さて》も我筑紫《つくし》彦山に登《のぼ》り、カヽル＼七《ななつ》の年天狗に。

〈一セイ〉同＼取《と》られて行《ゆき》し山々を、思ひやるこそ悲《かな》しけれ。　〔羯鼓〕

【八】〈段歌〉同＼取《と》られて行し山々を、思《おも》ひやるこそ悲《かな》しけれ、先《まづ》筑紫《つくし》には彦の山、深《ふか》き思《おも》ひを[一三]四王寺《しわうじ》、讃岐《さぬき》には[一四]松山、降《ふ》り積《つ》む雪の[一五]白峰《しろみね》、扨《さて》伯耆《はうき》には[一六]大山《だいせん》、扨伯耆には大山、丹後丹波の境《さかひ》なる、鬼が[一七]城《じやう》と聞しは、天狗よりも恐《おそ》ろしや　同＼[一八]扨《さて》京近き山々、扨《さて》京近《ちか》き山々《やまやま》、[一九]愛宕《あたご》の山の太郎坊、[二〇]比良野《ひらの》の峰《みね》の次郎坊、名高《たか》き比叡《ひえ》の大嶽《だけ》に、[二一]少《すこし》－心の澄《す》みしこそ、月の－横川《よかは》の流れなれ、[二二]日頃《ごろ》はよそにのみ、見てや－止《や》みなんと詠《なが》めしに、[二三]葛城《かづらき》や、高間《たかま》の山《やま》、山上《さんじやう》－[二四]大峰《おほみね》釈迦の嶽《だけ》、富士の－高峰《たかね》に上《あ》がりつつ、[二五]雲に－起《お》き臥《ふ》す時もあり、か様《やう》に狂ひ廻《めぐ》りて、心乱《みだ》るる[二六]此簓《ささら》、さらさらさらさらと、擦《す》っては歌《うた》ひ舞《ま》ふ《(う)》ては[二七]数《かぞ》へ、山々峰々、里々を、廻《めぐ》り－巡りてあの僧に、逢《あ》ひ奉る嬉《うれ》しさよ、今より此簓《ささら》、[二八]さつと捨《すて》て[二九]左《さ》候はば、あれなる御僧に、連《つ》れ参らせて仏道、連《つ》れ参らせて、仏道の修行に、出《いづ》るぞ[三〇]嬉しかりけるゝ、出るぞ嬉しかりける。

父子再会

天狗との山廻りの話

の「愛宕の山の太郎坊、平野の嶽の次郎坊、名高き比叡の大嶽、横川の杉村、比良の湊の流れ松」と酷似。一九 現在の京都市右京区高雄の西方に位置する山。修験道七高山の一で、天狗信仰があった。二〇 比良の峰と同意らしい。琵琶湖西岸の比良山。二一 以下「少し・月の・見てや・山上・富士の・雲に・廻り」と分離のトリを多用し、文意を強調。囲夜—横川。縁横川—澄み・流れ、澄み—月。二二 古歌「よそにのみ見てや止みなん葛城や高間の山の峰の白雲」(新古今集・恋一・読み人知らず)に拠る。二三 大峰と並称された修験道の霊場。大和と河内の国境の葛城山脈の主峰金剛山を中心とする山塊。二四 奈良県吉野郡の中部を南北に走る大峰連峰。古来、修験道の霊地。山上が嶽や釈迦が嶽がある。二五 高山で修行する山伏の起居の形容。二六 楽器。以下、サの連韻がここちよい。二七 「数ふ」は拍子をとること。二八 憂き世を捨てる心もこめる。二九 然候(さう)「ささうらふ」の転)。それでは。別れの心を通わす。三〇 古写本「名残なりける」。名残を惜しむ結びのほうが古態か。

杜若《かきつばた》

三番目物
精・神仙物　金春禅竹作(素材・主題の項参照)

場景　前半—三河国八橋のほとり。杜若の咲き匂う初夏のある日の午後。後半—同じ所、里の女の庵。同じく、夜半から夜明け。

人物　シテ　杜若の精〔若女・唐織着流女。物着で初冠長絹女〕
ワキ　旅の僧〔着流僧〕

梗概　諸国一見の僧が東国行脚の途中、三河国で美しく咲きほこる沢辺の杜若に見とれていると、里の女が現れ、ここが杜若の名所の八橋で、ひとしお色濃き杜若の紫の「ゆかり」、すなわち伊勢物語の業平東下りの杜若をめぐる話(「からころも…」の歌)を語り、自分の庵へ案内する。やがて女は輝くばかりの装束に冠を着して現れ、この装束こそ歌に詠まれた唐衣《からころも》で、業平と契りを交わした高子(二条の后)の御衣、冠は業平の冠と告げる。さらに僧の問いに答えて自分は杜若の精と明かし、業平は衆生済度のため仮りにこの世に現れた歌舞の菩薩で、その歌はみな仏法の妙文であるから詠まれた草木まで成仏できると述べる。ついで伊勢物語の巻々の業平の女人遍歴を語り舞い、業平が陰陽(男女交合)の神であること、自分も草木成仏の御法《みのり》を得たことを告げ、夜明けとともに消え失せる。

素材・主題　伊勢物語の業平東下り、とりわけ第九段の三河国八橋での物語に取材し、美しく咲き匂う杜若の精を主人公として、歌舞の菩薩であり陰陽の神の化現である業平の女人遍歴(それはそのまま菩薩行でもある)、わけても二条の后との恋と、草木成仏の姿を描く。その所説は、中世の伊勢物語注釈書の一つ冷泉家流伊勢物語抄に杜若を二条の后の形見とする理解に基づき、中世の古今注、古今和歌集阿古根伝などに見える、業平が陰陽の神で下化衆生《げけしゅじょう》の方便としてこの世に現れたとする説も引く。水面《みなも》に映る紫の杜若の花、その背後に、二条の后と業平の姿が重ね合わされ、人か花か、男か女か、漠々たるなか、艶麗な伊勢物語絵巻が展開される。金春禅竹作であることが確実な「小塩」と表現や業平理解など作風が共通し、作者は禅竹の可能性が高い。

【一】〔名ノリ笛〕〈名ノリ〉ワキ「是《これ》は諸国一見の僧にて候、われ此間は都に候ひて、一洛陽の名所旧跡残りなく一見仕りて候、又是より東国行脚《あんぎや》と心ざし候。

一　中国、唐の都になぞらえた京の都の雅称。
二　夕べごとに変わる旅の宿、変わ

〈上歌〉ワキ へ夕《ゆふ》[二]べ夕《ゆふ》べの仮《かり》枕、夕べ夕べの仮枕、宿はあまたに変《か》はれ共《(ども)》、同じ憂《う》き寝《ね》の身《み》のお《(を)》はり、三河国《(みかはのくに)》に着《(つき)》にけり、三河国に着にけり。

〈着キゼリフ〉ワキ「急《(いそぎ)》候間、程なふ《(う)》三河国に付《(つき)》て候、又これなる沢辺に杜若《(かきつばた)》の、今を盛《さか》りと見《み》えて候、立寄《よ》り詠《(なが)》めばやと思ひ候。

【二】〈サシ〉ワキ カヽル へ実《(げに)》や光陰[三]とどまらず春過《(すぎ)》夏も来《き》て、草木《(さうもく)》[四]心なしとは申せ共《(ども)》、時を忘《わす》れぬ花の色、貌佳《かほよ》花《ばな》とも申や覧《(らん)》、あら美《うつく》しの杜若《かきつばた》やな。

【三】〈問答〉シテ女「[五]なふなふ御僧、なにしに其沢《さは》には休《やす》らひ給ひ候ぞ　ワキ「是は諸国一見の者《もの》にて候が、杜若の面白さに詠め居《(ゐ)》て候、扨爰《(さてここ)》をばいづくと申候ぞ　女「是こそ三河の国八橋《(やつはし)》とて、杜若の名所にて候へ、さすがに此杜若《かきつばた》は、名に負《お》ふ花の名所なれば、カヽル へ色もひとしほ濃紫《こむらさき》[六]の、[七]なべての花のゆかり共《(とも)》、思《おも》ひなぞらへ給はずして、取《(とり)》わき詠《なが》め給へかし、あら心[八]なの旅人やな　ワキ「実々《(げにげに)》三河の国八《(やつ)》橋《はし》の杜若《かきつばた》は、古歌にも詠《よ》まれけるとなり、いづれの歌人の言の葉やらん　承度《(うけたまはりたく)》こそ候へ　女「[九]伊勢物語にいはく、爰を八橋といひけるは、水行《(ゆく)》川の蜘《く》[一〇]蛛《も》手《で》なれば、橋を八渡《わた》せる也、其沢に杜若《かきつばた》のいと面白く咲乱《みだ》れたるを、ある人杜若《かきつばた》といふ五《(いつ)》文字を句の上《かみ》に置《を》きて、旅《たび》の心を詠《よ》めと言《い》ひければ、へ唐《から》[一一]衣きつつ馴《な》れにしつましあれば、「はるばる来《き》ぬる旅をしぞ思《おも》ふ、是《(これ)》在原の業平の、此《(この)》杜若《かきつばた》を詠《よ》みし歌なり。

〈掛合〉ワキ カヽル へあら面白や扨《(さて)》は此、東《あづま》の果《は》ての国々《(くにぐに)》までも、業平は下《(くだ)》り給ひけるか　女

都より三河へ

らぬはつらい我が身、しかしそれも終りか、美濃・尾張を過ぎて、三河国に到着した。[縁]仮(借)—宿。[掛]身の終—美濃尾張。

三 過ぎゆく月日の速さの慣用句。「光陰駐《(とど)》《(ま)》らずして、倏忽《(たちまち)》に期に及びぬ」(続日本紀九)など。

四 草木には人間のような心はないというが、時期を忘れずに咲く花の美しさ。貌佳花とも呼ぶようだが、ああなんと美しい杜若だろう。

五 シテは幕から呼び掛けつつ登場。

六 [掛]濃い—濃紫。[付]紫—こき。「ひとしほ」は禅竹詞。

七 他の花と同じようには思わず、特別な花としてご覧ください。「紫」を「ゆかり」の色ということからの修辞。

八 「心な」(心無し)は無風流。

九 以下、伊勢物語・九段をふまえる。

杜若の古歌

中世では、東下りは二条の后との関係が露見したための都落ちと解釈し、杜若を二条の后の象徴としている。

一〇 蜘蛛が足を八方に広げたような川筋。

一一 古今集・羇旅に伊勢物語と同じ内容の詞書とともに在原業平の歌としてみえる。[掛]着—来、褄—妻、張る—遥々。

「[一]事新《あたら》しき問《と》ひごとかな、此[二]八橋のここのみか、なをしも《(ほ)》心の奥深《おくふか》き、カヽル へ名所名所の道すがら　ワキ へ国々所は多《おほ》けれ共《(ども)》、取《(とり)》[三]わき心の末《すゑ》かけて　女 へ思[四]ひわたりし八橋の　ワキ へ三河の沢の杜若《かきつばた》　女 へはるばる来《き》ぬる旅をしぞ　ワキ へ思[五]ひの色を世に残して　女 へぬしは昔にな[六]りひらなれ共《(ども)》　ワキ へ形見《かたみ》の花は　女 へ今ここに。

〈上歌〉同 へ在[七]原の、跡な隔《へだ》てそ杜若、跡な隔てそ杜若、沢[八]辺《さはべ》の水の浅《あさ》からず、契《ちぎ》[九]りし人も八橋の、蜘蛛手《くもで》に物ぞ思はるる、今とても旅人に、昔を語る今日《けふ》の暮[一〇]、やがて馴《な》れぬる心かな、やがて馴れぬる心かな。

【四】〈問答〉女「いかに申べき事の候　ワキ「何事にて候ぞ　女「見苦しく候へ共《(ども)》、わらはが庵にて一夜を御明《あ》かし候へ　ワキ「あら嬉《うれ》しや頓而《(やがて)》参り候べし。　〔[一一]アシライ物着〕

【五】〈問答〉女「なふなふ此冠唐衣《(このかむりからきぬ)》御覧候へ　ワキ「不思議やな賤《いや》しき賤《(しづ)》の臥所《ふしど》より、色も輝《かかや》く衣《きぬ》を着《き》、透額《すきびたひ》の冠を着《(ちやく)》し、是見《み》よと承る、こはそもいかなる事にて候ぞ　女「これこそ此歌に詠《よ》まれたる唐《から》衣《(ころも)》、高子《(たかこ)》[一二]の后の御衣《(ぎよい)》にて候へ、又此冠《かぶり》は業平の、豊《(とよ)》の明《あか》りの五節《(ごせち)》[一三]の舞の冠なれば、形見《かたみ》の冠《かぶり》唐衣、身に添《そ》へ持て候也　ワキ へ冠唐衣《かぶりから》は先々《(まづまづ)を》措きぬ、扨々《(さてさて)》御身は如何《(いか)》なる人ぞ　女「誠は我は杜若の精なり、植《う》[一四]へ《(ゑ)を》置きし昔の宿《やど》の杜若と、詠《よ》[一五]みしも女の杜若《かきつばた》に、なりし謂《いは》れの言葉なり、又業平は極楽の、歌舞の菩薩の現化《(げんげ)》[一六]なれば、詠《よ》み置《を》く和歌の言の葉までも、みな法[一七]身説法の妙文なれば、草木までも露の恵《めぐ》みの、カヽル へ仏果の縁《えん》

一 今さらめいた質問ですね。 二 業平は、ここ八橋ばかりか、なおも心の奥をみんと陸奥の名所名所を尋ね、その道々に訪れた国々

業平東下り

は多いけれども。 三 とりわけ最後まで心にかけ続けられたのが、この八橋の杜若。中世伊勢物語の注釈書、冷泉流伊勢物語抄によれば、「杜若」は二条の后のこと。「心の奥」は「小塩」にも。 四 縁(思ひ)わたり—橋。 五「はるばる来ぬる…」と詠じた二条の后への深い思ひの色を形見の花に残して。 六 掛成—業平。 七 掛有—在原。今もここに咲いているのですから、業平の旧跡として、心隔てなく眺めてください。 縁隔て—垣(杜若)。 八「浅からず」の序。 九 業平が深く契りをかわした八人の女性のことも思い出される。冷泉流伊勢物語抄は「八橋」を業平が契りし八人の女と解

冠・唐衣姿の杜若の精

釈している。 一〇 二人の会話のうちに日が暮れ、初対面とも思えぬ気持ちになった。 一一 シテは後見座で初冠と長絹をつける。業平の冠と二条の后の唐衣の心。 一二 二条の后のこと。 一三 新嘗祭の翌日の節会で舞われる舞楽。業平を舞人とする説は、伊勢物語難

をとぶ《ム》らふなり。
〈掛合〉ワキ〽是は末世の奇特かな、正《まさ》しき非情の草木に、言葉を交《か》はす法《(のり)》の声　女〽仏事
をなすや業平の、昔《むかし》男の舞の姿　ワキ〽是ぞすなはち歌舞の菩薩の　女〽仮《かり》に衆生とな[一八]
り平《(ひら)》の　ワキ〽[一九]本地寂光《(ほんぢじやくくわう)》の都を出《(いで)》て　女〽[二〇]普《あまね》く済度《(さいど)》　ワキ〽利生《(りしやう)》の　女〽道《みち》に。
〈次第〉同〽[二一]はるばる来《き》ぬる唐衣《から(ころも)》、はるばる来ぬる唐衣、着《き》つつや舞を奏《かな》づらん。
〈一セイ〉女〽[二二]別《わか》れ来《こ》し、跡の恨《うら》みの唐衣　地〽袖を都に返《かへ》さばや。　［イロエ］
【六】〈クリ〉女〽[二三]抑《(そもそも)》この物語は、如何《(いか)》なる人の何事によつて　同〽思《おも》ひの露[二四]の信夫《しのぶ》山、忍
びて通《かよ》ふ道芝《みちしば》の、初《はじ》[二五]めもなく終《をは》りもなし。
〈サシ〉女〽[二六]昔男初冠《うゐかぶり》して奈良の京、春日の里にしるよしして狩《かり》に往[二七]にけり　同〽仁明《(にんみやう)》天
皇の御宇《(ぎよう)》かとよ、いとも畏《かしこ》き勅を受《う》けて、大内山の春霞、立《た》つや弥生《(やよひ)》の初《はじ》めつ方《かた》、春日の祭《まつ》
りの勅使として透額《すきびたひ》の冠を許《ゆる》さる　女〽君の恵《めぐ》みの深《ふか》きゆへ《(ゑ)》　同〽殿上《(てんじやう)》にての元服《(げんぷく)》の
事、当時其例《(そのれい)》稀《まれ》なる故に、初冠《うゐかぶり》とは申《(まうす)》とかや。
〈クセ〉同〽然共世中《(しかれどもよのなか)》の、[二八]一たびは栄《さか(え)》へ、一度《(ひとたび)》は、衰《おとろ》ふる理《(ことわ)》りの、誠なりける身の行ゑ《(ゆくへ)》、住《す》
み所求《もと》むとて、東《(あづま)》の方《かた》に行雲《(ゆくくも)》の、[二九]伊勢や尾張の、[三〇]海面《づら》に立《た》つ浪を見て、[三一]いとどしく、過《(すぎ)》にし
方《かた》の恋《こひ》しきに、うらやましくも、帰《かへ》る波かなと、うち詠《なが》め行《ゆ》けば信濃《しなの》なる、浅間《あさま》の嶽《(だけ)》なれや、
くゆる煙の夕景色《げしき》　女〽扨《(さて)》こそ[三二]信濃なる、浅間の嶽《だけ》に立《た》つ煙《けぶり》　同〽遠近人《をちこち(びと)》の、身やは－

義注など中世の伊勢注釈書による。 一四 中世の伊勢物語注釈書に見られる歌。下句「色ばかりこそ形見なりけれ」。【七】舞アトの〈ワカ〉に「昔なりけれ」と変型して使用。 一五 詠んだ歌も女が形見の杜若になった謂れを示した言葉なのです。 一六 化現に同意。諸本「化現」。↓「鵜羽」二九二頁注一二。 一七 仏の説法のありがたい言葉。 一八 圏成―業平。 一九 仏の住む寂光浄土を出て。 二〇 衆生済度のために。 二一 この序歌(〈次第〉)を

伊勢物語とは

〈クセ〉の結びと同文にするのが本格的な曲舞。 二二 都に残し別れて来た人を思う帰京の心を、舞の袖を返したいと表現した。圏恨み―裏見。 二三 この物語は、いったい、どのような人が、どういうわけで、恋の忍び路を通ったかを語っているが、順序不同、発端もなく結末もない。伊勢物語知顕集の文に基づく。世阿弥本「雲林院」の〈クリ〉も「そもそもこの物語はいかなる人の何ごとによつて、思ひの露を添へけるぞと、言ひけんことも理かな」とある。 二四 縁露―道芝。信夫山は陸奥の歌枕。「信夫山忍びてかよふ道もがな人の心の奥も見るべく」(伊勢物語・十五段)。 二五 圏葉―初。 二六 伊勢物語・初段の冒頭部。以下の説は中世の伊勢

咎《とが》めぬと口ずさみ、猶《(なほ)》はるばるの旅衣、三河国に着《(つき)》しかば、爰《(ここ)》ぞ‐名にある八橋の、沢辺に匂ふ杜若《かきつばた》、花紫《むらさき》のゆかりなれば、妻《つま》しあるやと、思ひぞ出《(いづ)》る都人、然るに此物語、其[一]品多《しなおほ》き事ながら、取《(とり)》わき此八橋や、[二]三河の水の底《そこ(ひ)》ゐなく、契りし人々の数々に、[三]名を変《か》へ品を変《か》へて、[四]人待《ひとま》つ女、[五]物病《ものや》み[六]玉簾《すだれ》の、光も‐乱《みだ》れて飛《と》ぶ蛍の、[七]雲の‐上《うへ》まで往《い》ぬべくは、秋風吹《(ふく)》と、仮《かり》に顕《あらは》れ、衆生済度の我ぞとは、知《し》るや否《いな》や世の人の　女 ＼暗《くら》きに行《ゆ》かぬ有明の

同 ＼光普《あまね》き[八]月やあらぬ、春や‐昔の春ならぬ、我身ひとつは、もとの身《み》にして、[九]本覚‐真如の身を分《わ》け、陰陽の神《かみ》と言《い》はれしも、ただ業平《なりひら》の事ぞかし、か様《(やう)》に申《(まうす)》物語、疑《うたが》はせ‐給ふな旅人、はるばる来《き》ぬる唐《から》衣、着《き》つつや舞を奏《かな》づらん。

【七】〈詠〉女 ＼[一〇]花前《(くわぜん)》に蝶《(てふ)》舞《ま》ふ紛々《(ふんぷん)》たる雪　地 ＼柳上《(りうしやう)》に鶯飛《と》ぶ片々《(へんぺん)》たる金。　〔序ノ舞〕

〈ワカ〉女 ＼植《う》へ《(ゑ)を》置きし、昔の宿の杜若《かきつばた》　地 ＼色ばかりこそ、昔《むかし》成《(なり)》けれ、色ばかりこそ、昔成けれ、色計社《(ばかりこそ)》。

【八】〈ワカ受ケ〉女 ＼昔《むかし》男の名を留《と》めて、[一一]花橘《たちばな》の。

〈ノリ地〉女 カヽル ＼匂ひうつる、[一二]菖蒲《あやめ》の葛《(かづら)》の　地 ＼色は何《(いづ)》れ、似たりや似たり、杜若花菖蒲《はなあやめ》、木ずゑに鳴《な》くは。

〈□〉女 ＼蟬のから[一三]衣の。

〈ノリ地〉同 ＼袖白妙《しろたへ》の、[一四]卯《う》の花の雪の、夜もしらしらと、明《あ》くる東雲《しののめ》の、[一五]あさむらさきの、

注釈書による。「十六の年、承和十四年三月二日に仁明天皇の内裏にて元服する也。…三日勅使にたつる也」(冷泉流伊勢物語抄)。

女人遍歴

二七 底本「居」を訂正。 二八「飛花落葉の世の中、一度は栄え、一度は衰ふ」(小町草紙)。 二九 掛居―伊勢。 三〇「伊勢尾張のあはひの海づらをゆくに」(伊勢物語・七段)。 三一 伊勢物語・七段の歌。ただでさえ遠くなってゆく京の都が恋しいのに、うらやましくも波は、寄せては帰ってゆく。掛返―帰。以下、伊勢物語中の業平の詠歌の心を簡約に綴ってゆく。 三二 伊勢物語・八段の歌。信濃の国の浅間山に立つ煙を、遠近の人々はどうして見とがめないのだろうか。

花前の舞

以上三〇三頁

一 物語に登場する女性はさまざまながら。八橋や三河はその女性たちの比喩。

二 三河の水が限りなく深いように、深く契りをこめた数々の女性たち。

三 物語には、名前や身分を実際とは変えて描かれている。

四 紀有常の娘(伊勢物語・十七段の女)のこと。→「井筒」。

五 良相の娘、円子(伊勢物語・四十五段の女)のこと。

杜若《かきつばた》の、一六花も悟《さと》りの、心開《(ひら)》けて、すはや今こそ、草木国土《(さうもくこくど)》、すはや今《いま》こそ、草木国土、悉皆《(しつかい)》
成仏《(じやうぶつ)》の、御法《(みのり)》を得《え》てこそ、失《う》せにけれ。

草木成仏

六 二条の后(伊勢物語・六十四段の女)のこと。[付]玉—ひかる。以下「光も・雲の・春や・本覚・疑はせ」と分離のトリの多用が目立つ。
七 「行く蛍雲の上までいぬべくは秋風吹くと雁に告げこせ」(伊勢物語・四十五段)をふまえる。「秋風吹くと」まで「仮(雁)に顕れ」の序。
八 伊勢物語・四段の歌。
九 如来法身のこと。業平はその化現。
一〇 花に舞う蝶は散り紛う雪のよう、柳に飛ぶ鶯は舞い飛ぶ金片のよう。断腸集抜書や百聯抄解にある詩句。「熊野」にも(五五八頁)。
一一 「さつき待つ花橘の香をかげば昔の人の袖の香ぞする」(伊勢物語・六十段)をふまえる。花橘、菖蒲、杜若、蟬、卯の花、と夏の景物を連ね、季節感を強調。
一二 [付]あやめ—かつら。
一三 [掛]殻—唐衣。次句に続き「衣の袖」。
一四 [付]卯花—雪。白妙、卯の花、雪、しらしら、と白のイメージを重ねる。
一五 [掛]朝—浅紫。
一六 杜若の精は「悟り(の心)」を開いて成仏することができた。

関寺小町(せきでらこまち)

三番目物
老女物　世阿弥作か(素材・主題の項参照)

場景　前半—近江国逢坂山。関寺近くの老女の庵室のあたり。ある年の七夕の夕暮れ。後半—関寺の庭。同じく、夜半から明け方。

人物　シテ　老女(小野小町)〔老女・壺折腰巻女〕
子方　関寺の稚児(ちご)〔長絹大口〕(喝食鬘)
ワキ　関寺の住僧〔大口僧〕
ワキヅレ　随伴の僧〔大口僧〕(二人)

梗概　七月七日のこと、近江国関寺の住僧が寺の稚児を伴い、近くに住む老女の庵を訪れる。老女が歌道を極めていると聞き、稚児の和歌の稽古に役立てるための訪問である。庵では老女が老残の境涯を嘆いている。僧の頼みを一旦は断わるが、問いに答えて、難波津の歌・安積山(あさかやま)の歌の謂れを語り、和歌の心得を説く。女流歌人衣通姫(そとおりひめ)の事や「侘びぬれば…」の小野小町の歌への対応から、僧は老女こそ百歳を越えた小町と知る。素姓を知られた小町は老残の身を恥じつつも、栄華を誇った往事を回想するが、今は好きな歌道だけが慰みのようで、傍らの短冊に筆をおろす。夜になり、僧は小町を関寺の七夕祭に誘う。小町は、祭の稚児の舞を見ているうち、誘われるように立上がり、老いの足もたどたどしく、昔忘れぬ舞を舞う。舞う程に懐旧の情がつのるが、やがて夜明けと共に自分の庵へ寂しく帰っていく。

素材・主題　かつて才色を誇った小町が百歳の姥となり乞食(こつじき)同然の姿でさすらう人物像の源流は玉造小町子壮衰書(平安中期成立)とされる。同書の主人公は小野小町ではないが、小町像の形成に大きな影響を与えたらしい。鎌倉時代には、その老残の小町が、逢坂山の東、関寺近くに庵を結び住んだと信じられていた。この能はそうした説話を背景に、古今集・仮名序の所説を古今和歌集序聞書(三流抄)に拠りつつ、百歳を越える小町が、花やかなりし昔を追懐し、歌物語から身の上を知られ、七夕祭の童舞(とうぶ)の若々しさに心浮かれ、老の足もたどたどしく舞う姿を描く。富貴栄華を誇った昔と零落老残を恥じる今、若く瑞々しい童舞と百歳のよろめく足を踏みしめる老舞、対照も鮮烈だ。世阿弥の音曲声出口伝に「ばうをく　小町」として本曲の一部を掲出しており、世阿弥時代に存在したことは確かで、三流抄への依拠、「飛花落葉」「老木の花」など世阿弥伝書と共通する表現などからも世阿弥作である可能性は高い。能のなかで最高の秘曲とされる三老女(本曲と「檜垣」「姨捨」)のうちでも最高位に置かれる。

一 七月七日の夜、牽牛と織女の二星が天の川を渡って相逢うことを祭る行事。下掛「星の手向を急がん」。付星—あふ夜・まつる。「待ち得て」が星の形容句ともなる。
二 江州逢坂山の東にあった寺。
三 さわさわとそよぐ涼風と、鬢髪の衰えとが、一時にやって来た初秋。「蕭颯涼風与衰鬢、誰教計会一時秋」(和漢朗詠集・秋・立秋・白居易)。「頻驚涼風颯々之声」(同・秋・七夕・小野美材)。付初秋—風ぞすゞしき・七夕、七夕—手向・ねがひの糸・秋のしらべの琴の音。縁糸—色々。
四 管絃の音楽。縁糸竹—七夕。
五 「敷島の道」(歌道)の上達を願い。
六 七夕には、竹の端に五色の糸をかけ、所願成就を祈った。「憶得少年長乞巧、竹竿頭上願糸多」(和漢朗詠集・秋・七夕・白居易)。
七 掛糸延(は)えて—いと映えて。
八 機(はた)に音通の「旗薄」の序。付はた—をる・錦・糸・七夕・薄。掛機—旗薄。薄、秋草の花、玉琴、と七夕に供えるものを連ねる。
九 草の露、露の玉、玉琴、と続ける。「琴の音に峰の松風通ふらし…」(拾遺集・雑上・斎宮女御)をふまえ「松風」を出す。付琴—かきならす・松風・星の手向。一〇 以下、老女の零落の嘆きと、昔の秋を恋うる姿。一一 底本「便あり」を訂正。世阿弥時代(音曲口伝)や下掛古写

【一】〔次第〕〈次第〉ワキ・ワキツレ へ待得《まちえ》て今ぞ秋に逢《あ》ふ、待得て今ぞ秋に逢ふ、[一]星の祭《まつり》を急《いそ》がむ。

〈名ノリ〉ワキ「是《これ》は[二]江州《がうしう》関寺の住僧にて候、今日《けふ》は七月七日《しちグワチなぬか》にて候程に、皆々講堂の庭に出《いで》て、七夕《たなばた》の祭を執行《とりおこなひ》候、又此山陰に老女《らうぢよ》の庵《いほり》を結びて候が、歌道を極《きは》めたるよし申候程に、幼《おさな》き人々を伴《とも》な》ひ申、彼《かの》老女の物語をも承《うけたま》はらばやと存《ぞんじ》候。

〈サシ〉二人 へ[三]颯々《さつさつ》たる涼風《りやうふう》と衰鬢《すいびん》と、一時《いツシ》に来《きた》る初秋《はつあき》の、七日の夕にはやなりぬ ワキ へ今日《けふ》七夕の手向《たむけ》とて、[四]糸竹呂律《しちくりよりつ》の色々に ツレ へことを尽《つ》くして ワキ へ[五]敷島の。

〈上歌〉ワキ・ワキツレ へ[六]道《みち》を願《ねが》ひの[七]糸はへて、道を願ひの糸はへて、[八]織《おる》や錦のはた薄《ずすき》、花をも添へて秋草の、[九]露の玉琴《ごと》かき鳴《な》らす、松風《まつかぜ》までも折からの、手向《たむけ》にかなふ夕べかな、手向にかなふ夕べかな。

【二】〈サシ〉シテ へ[一〇]朝《あした》に一鉢《いツバツ》を得ざれども求《もとむ》るに能《あた》はず、草衣《さうえ》夕の膚《はだへ》を隠《かく》さざれども、補《をぎぬ》ふに[一一]便《たより》なし、[一二]花は雨の過《す》ぐるによつて紅《くれなゐ》まさに老《お》ひ《い》たり、柳は風に欺《あざむ》かれて緑《みどり》漸《やうや》く低《た》れり、[一三]人更に若《わか》き事なし、終《つひ》には[一四]老《おい》の鶯《うぐひす》の、百囀《ももさへづ》りの春は来《く》れども、昔に帰《かへ》る秋はなし、あら来《こ》しかた恋しや、あら来しかた恋《こひ》しや。

【三】〈問答〉ワキ「いかに老女に申べき事の候、是は関寺に住《す》む者にて候、此寺の児達《ちごたち》歌を御《ご》稽古にて候が、老女の御《おん》事を聞及《ききおよび》給ひ、歌を詠《よ》むべきやうをも問《と》ひ申《まうし》、又御《おん》物語をも承《うけたま》はらむために、児達も是へ御出《おんいで》にて候 シテ「思《おも》ひもよらぬ事を承《うけたまはり》候物かな、[一五]埋木《うもれぎ》の人知《し》

星の祭

本等は「便なし」。対句表現。 一二「花因㆓雨過㆒紅将㆑老、柳被㆓風欺㆒緑漸低」（百聯抄解）。廃曲「笠卒都婆」「浦島」にも。 一三「人無㆓更少㆒時須㆑惜」（和漢朗詠集・春・暮春・小野篁）。「黒塚」にも「人さらに若きことなし、終には老いとなるものを」（五〇五頁）。 一四 囲老ゆ―老の鶯（春の終りに鳴く鶯）。付暮春の心―老の鶯、老―昔を恋、鶯―柳・老。「鶯の百囀りを幾返り長き春日に鳴き暮らすらん」（六百番歌合・遅日・顕昭）。 一五 和歌の心得を説くこの〈問答〉以下、古今集・仮名序の転用・引用が多い。埋もれ木のように人知れぬ身、いまさら歌の事など申し上げることもありませんが。

以下三〇八頁

一 古今集・仮名序「やまと歌は人の

老女の嘆き

心を種として万の言の葉とぞなれりける」に基づく。 二 仮名序「難波津に咲くやこの花冬籠もり今は春べと咲くやこの花」をさす。↓「難波」。 三 仮名序「神世には歌の文字も定まらず、素直にして、ことの心わきがたかりけらし」。 四 めでたき御代の御即位を詠みおさめた和歌であるというので。「難波の皇子」（仁徳天皇）が菟道稚

れぬ事となり、華薄《はなずすき》穂に出《いだ》すべきにしもあらず、[一]心を種として言葉の花色香に染《そ》まば、などか其風《ふう》を得《え》ざらん、やさしくも幼《おさな》き人々の御心に好《す》き給ふ物哉《かな》　ワキ「先々《まづまづ》普《あまね》く人の翫《もてあそ》び候は、[二]難波津の歌をもつて、手習ふ人の始《はじめ》にもすべきよし聞え候よなふ　シテ「夫《それ》歌は神代《かみよ》より始《はじ》まれ共《ども》、[三]文字《もじ》の数定《さだま》らずして、事《こと》の心分《わ》きがたかりけらし、今人《ひと》の代《よ》となりて、[四]めでたかりし世《よ》継《つぎ》を、詠《よ》み納《おさ》めし詠歌《えいか》なればとて、難波津の歌《うた》を翫《もてあそ》び候　ワキ「又安《あ》[五]積《さか》山の歌は、大君《おほきみ》の御心《みこころ》をやはらげし故《ゆゑ》に、是又めでたき詠歌よなふ　シテ「実《げに》よく心得給ひたり、此[六]二歌《ふたうた》を父母《ちちはワ》として　ワキ〽手習《なら》ふ人の始となりて　シテ「高《たか》き賤しき人をも分《わ》かず　ワキ〽都鄙《とひ》遠国《をんごく》の鄙人《ひなびと》や　シテ〽[七]我らごときの庶人《そじん》までも　ワキ〽好《す》ける心に　シテ〽[八]近江の海の。

〈上歌〉同〽ささ波や、[九]浜の真砂《まさご》は尽《つ》くる共《とも》、浜の真砂は尽くる共、詠《よ》む言《こと》の葉はよも尽《つ》きじ、[一〇]青柳《あをやぎ》の糸絶《た》えず、松の葉の散《ち》り失《う》せぬ、種《たね》は心と思《おぼ》しめせ、[一一]たとひ時移《うつ》り事去《ことさ》るとも、此歌の文字あらば、[一二]鳥の跡も尽《つ》きせじや、鳥の跡も尽きせじや。

【四】〈問答〉ワキ「有難《がた》ふ候、古《ふる》き歌人《かじん》の言葉《こと》多《おほ》しといへども、女の歌《うた》は稀なるに、老女の御事例少《ためしすく》なうこそ候へ、[一三]我背子《せこ》が来《く》べき宵《よひ》なりささがにの、蜘《くも》の振舞《ふるま》ひかねて著《しる》しも、是は女の歌候《ザウラウ》か　シテ「是はいにしへ衣通姫《そとほりひめ》の御歌なり、衣通《そとほり》姫とは允恭《いむげう》天皇の后にてまします、かたのごとく我等も、其流《りう》をこそ学《まな》び候へ　ワキ「さては[一四]衣通姫の流を学《まな》び給ふかや、近

郎子(うじのわきいらつこ)と帝位を譲り合ったこと(仮名序古注)をふまえる。
五「安積山影さへ見ゆる山の井の浅き心をわが思はなくに」(万葉集十六)をさす。陸奥の国司の誠意に欠ける饗応に不機嫌な葛城王が、采女だった女の詠んだこの歌によって心を和らげたことをいう(仮名序)。「采女」参照。
六「この二歌は歌の父母のやうにてぞ手習ふ人の初めにもしける」(仮名序)に基づく。
七 私のような普通の者までも、歌を好む心にまかせて。
八 囲合ふ身—近江。「ささ波や」の序。
九「わが恋はよむとも尽きじ荒磯海(ありそうみ)の浜の真砂はよみつくすとも」(仮名序)に基づく。
一〇 仮名序による。
一一 仮名序「たとひ時移り事去り」。
一二 歌の道。
一三 仮名序古注に見える(原歌は日本書紀・允恭紀で小異)衣通姫の歌。今宵の蜘蛛の挙動を、愛しい夫の来訪の予兆と感じて詠んだ。
一四「小野小町は古の衣通姫の流なり」(仮名序)。歌の流れ(流派)をくむ意。
一五 古今集・雑下・小野小町の歌。囲憂—浮草。
一六 三流抄に「色見えで」(注一九)の歌に関して「此歌ハ大江惟章ガ妻ト成ケル時ニ、惟章ガ心替リシテ…」と記し、「侘びぬれば…」については本

関寺の児達へ歌道を指南

年聞《き》こえたる小野小町《(をののこまち)》こそ、衣通姫《そとほりひめ》の流とは承はれ、[一五]侘《わ》びぬれば身をうき草の根を絶《た》えて、誘《さそ》ふ水あらば往《い》なんとぞ思《おも》ふ、これは小町の歌候《ザウラウ》な　シテ へ[一六]是は大江の惟明《(これあき)》が心変《が》はりせし程に、世中《(よのなか)》物憂《う》かりしに、「文屋《(ふんや)》の康秀《(やすひで)》が三河守《(みかはのかみ)》になりて下りし時《とき》、田舎《(でんじや)》にて心をも慰《なぐさ》めよかしと、[一七]我を誘ひし程に詠《よ》みし歌《うた》なり。

〈□〉シテ へ[一八]忘《わす》れて年を経しものを、聞《き》けば涙の、へ古《ふる》ことの、又思はるる悲《かな》しさよ。

【五】〈問答〉ワキ「不思議やな侘《わ》びぬればの歌は、我詠《よ》みたりしと承はり、又衣通姫の流と聞えつるも小町也、実《(げに)》年月を勘《かむが》ふるに、老女は百《(もも)》に及ぶといへば、縦《(たとひ)》小町のながらふるとも、いまだ此世に有《(ある)》べきなれば、今は疑《うたが》ふ所もなく、御身は小町の果《は》てぞとよ、カヽル へさのみな包《つつ》み給ひそとよ　シテ へいや小町とは恥《は》づかしや、[一九]色見《み》えでとこそ詠《よ》みしものを。

〈上歌〉同 へ移《うつ》ろふものは世中《(よのなか)》の、人の心の花や見ゆる、[二〇]恥《は》づかしや侘《わ》びぬれば、身をうき草の根を絶《た》えて、誘《さそ》ふ―水あらば今も、往《い》なんとぞ思《おも》ふ恥《は》づかしや。

【六】〈クリ〉地 へげにや包《つつ》め[二一]共《(ども)》、袖にたまらぬ白《しら》玉は、人を見ぬ目《め》の涙の雨、[二二]古《ふる》ことのみを思ひ草の、[二三]花萎《はなしほ》れたる身の果《は》てまで、なに白《しら》露の名残ならむ。

〈サシ〉シテ へ[二四]思ひつつ寝《ぬ》ればや人のみえつらんと　同 へ[二五]読《(よみ)》しも今は身の上に、ながらへ来《き》ぬる年月《(としつき)》を、送り迎《むか》へて春秋《(はるあき)》の、[二六]露往《(ゆき)》霜来《(きた)》つて[二七]霜葉《(さうえふ)》変じ、[二八]虫の音《(ね)》も嗄《か》れたり　シテ へ生《(せい)》命《めい》既に限《かぎ》りとなつて　同 へただ[二九]槿花一日《(きんくわいちじつ)》の栄《(えい)》に同じ。

文と同じく注す。一七 思わず自分が小町であることを明かした。一八 典拠あるか。「江口」「梅枝」、廃曲「濡衣」等にも。〔掛〕降る―古。この小段、上掛古写本「下歌」(喜多も)。上掛「古こと」より拍子合。一九「色見えで移ろふものは世の中の人の心の花にぞありける」(古今集・恋五・小野小町)をさす。ここは「よそ目に現れないように」と詠んだのに、の意。二〇「色見えで」の歌をふまえて、老衰の自分が人目にも小町と知られたことの恥ずかしさ。二一 古今集・恋二、安倍清行が小町に贈った歌(末句「涙なりけり」)。二二 〔掛〕古―降、種―草。「思ひ草」は「花」の序。二三 しおれ

老残を恥じる小町

た花のような老残のわが身なのに、流す涙はいったい何の名残なのか。〔掛〕知らず―白。〔縁〕露―花。二四 古今集・恋二・小野小町の歌(下句「夢と知りせば覚めざらましを」)。二五 恋の思いを詠んだのも昔の事、今はそれも他人事、生き永らえてきたこの年月。〔掛〕無―永。二六 露の秋が去り霜の冬が来て、〔掛〕往―雪。「露往霜来」(文選・呉都賦)。二七 霜がおりて紅や黄色に変色した葉。「檜垣」にも(一四四頁注一二)。底本「草葉」を訂正。二八「霜草欲レ枯虫思苦」(和漢朗詠集・秋・虫・白居易)によるか。〔付〕霜

〈クセ〉同 〽[一]あるはなく、なきは数添《かずそ》ふ世中《(よのなか)》に、あはれいづれの、日まで歎かむと、詠《(えい)》ぜし事も我ながら、いつまで[二]草《(ぐさ)》の花散《さん》じ、葉落《(おち)》ても残《(のこり)》けるは、[三]露の命《いのち》なりけるぞ、恋《こひ》しの昔や、し[四]のばしの‐古《(いにしへ)》の身やと、思ひし時だにも、また古《ふる》ことに成行《(なりゆく)》身の、せめて今は又、初《(はじめ)》[五]の老ぞ恋しき、あはれ実《(げに)》いにしへは、一夜《(ひとよ)》と泊まりし宿《(やど)》迄も、[六]玳瑁《たいまい》を飾《かざ》り、垣《かき》に金花《(きんくわ)》を掛《か》け、戸には‐水晶を連《つら》ねつつ、[七]鸞輿《(らんよ)》‐属車《(しよくしや)》の玉[八]衣《ぎぬ》の、色を飾《かざ》りて敷[九]妙の、[一〇]枕づく、妻屋《(つまや)》の内《うち》にしては、花の‐錦の褥《しとね》の、起《お》き臥《ふ》しなりし身なれども、今は[一一]埴生《はにふ》の、こや玉を敷《し》きし床《(とこ)》[一二]ならむ

シテ 〽関寺の鐘の声《こゑ》 同 〽諸行‐無常と聞《き》くなれ共《(ども)》、老耳《(らうに)》には益《やく》もなし、[一三]相坂《(あふさか)》の山風の、是生滅法《(ぜしやうめつぽふ)》の、理《ことはり》をも得《え》ばこそ、[一四]飛花《(ひくわ)》‐落葉《(らくえふ)》の折々は、好《す》ける道《みち》とて[一五]草の戸に、硯《(すずり)》を鳴《な》らしつつ、筆を染《(そめ)》て藻《も》塩《しほ》草、書《か》[一六]くや‐言の葉の枯《か》れ枯《が》れに、[一七]哀《(あはれ)》なる様《(やう)》にて強《つよ》からず、強《つよ》からぬは‐女《をうな》の歌なれば、いとどしく老の身の、弱《よは》り行《(ゆく)》果《はて》ぞ悲《かな》しき。

【七】〈問答〉[一八]ワキツレ「いかに申候、七夕の祭遅《をそ》なはり候、老女をも伴《ともな》ひ御申候へ ワキ「いかに老女、七夕の祭《まつり》を御出有《(あり)》て御覧候へ シテ「いやいや老女が事は憚りにて候程に、思《おも》ひもよらず候 ワキ「なにの苦《くる》しう候べき、唯々御出候へとよ。

〈上歌〉同 〽七夕の、織糸竹《(おるいとたけ)》の[一九]手向草《(たむけぐさ)》、いく年経《へ》てかかげろふの、小野の‐小町の百年《(ももとせ)》に、及《(およぶ)》や[二〇]天津《(あまつ)》星合《ほしあ》ひの、雲の‐上人《(うへびと)》に馴《な》れ馴《な》れし、袖も今は[二一]麻衣《(あさごろも)》の、浅猿《(あさまし)》やいたはしや、目も当《あ》てられぬ有様。

―草のうら枯・虫の声かるゝ。二九 思えば、朝開き夕べにしぼむ

恋しき昔

槿(げむく)の花の一日だけの栄華と同じくはかない我が生涯。「松樹千年終是朽、槿花一日自為レ栄」(和漢朗詠集・秋・槿・白居易)。

以上三〇九頁

一 新古今集・哀傷・小野小町の歌。この無常の世に、いったいいつまで生き永らえて嘆き続けるのか。 二 [掛]何時まで―壁生草。 三 [縁]露―花・葉。 四 [掛]偲―忍。 五 老を覚えた初めの頃が恋しい。以下、さらに若かりし栄華の昔と、衰老の今を対比し嘆く。 六 べっこうのこと。「家には瑇瑁(たいまい)を装(かざ)り、…垣には丹青を画(か)けり。…戸には水精を浮べたり」(玉造小町子壮衰書)。舞の本「景清」にも「きんくわを連ね、水晶を家に飾りつつ」とある。 七 天子の輿と従者の車。玉の序。 八 [付]車―かざり・床、玉―衣、きぬ―出車・妻。 九 「敷き」の掛詞、

七夕の祭

「枕」の枕詞。 一〇 「枕づく妻屋」は夫婦の寝室。 一一 今は粗末な小屋住まい、これがかって玉を敷いた美しい床なのであろうか。 [掛]小屋―是(こ)や。 一二 下掛「ゆか」。 一三 逢坂山の山風が是生滅法(生あ

【八】〈歌〉同 ＼[二二]とても今宵は七夕の、とても今宵は七夕の、手向《たむけ》の数も色々の、あるひ《い》は糸《いと》竹《たけ》に、かけて廻《めぐ》らす盃《さかづき》の、雪を受《う》けたる、童舞《とうぶ》の袖ぞ面白き。

〈詠〉同 ＼星祭《まつ》るなり呉《くれ》[二三]竹の　シテ ＼代々を経て住《す》む、行末《ゆくすゑ》の　地 ＼幾久《いくひさ》しさぞ、万歳楽《まんざいらく》[二四]。

[二五]〔舞〕

【九】〈□〉シテ「[二六]荒面白《あらおもしろ》の唯今《ただいま》の舞の袖やな、昔豊《とよ》[二七]の明《あかり》の五節《ごせち》の舞姫《まひびめ》の袖こそ、五度《いつたび》返ししが、これは又七夕の手向の袖ならば、カヽル ＼[二八]七返《ななかへ》しにてやあるべき、「[二九]狂人《きやうじん》走《はし》れば不狂人《ふきやうじん》も走《はし》るとかや、今の童舞《とうぶ》の袖に引《ひ》かれて、狂人こそ走り候へ。

〈ワカ〉シテ ＼[三〇]百年《ももとせ》は。　〔舞〕（イロエ掛リの静かなる舞。下掛は〔序ノ舞〕）

〈ワカ〉シテ ＼百年《とせ》は、花に宿りし、胡蝶の舞。

【一〇】〈ノリ地〉地 ＼あはれなりあはれなり、老木《おいき》[三一]の花の枝　シテ ＼[三二]さす袖も手《た》忘《わす》れ　地 ＼[三三]裳《も》裾《すそ》も足弱《よは》く　シテ ＼漂《ただよ》ふ波の　地 ＼立舞《ま》[三四]ふ袂は、翻《ひるがへ》せ共《ども》、昔に返す、袖はあらばこそ　シテ ＼荒《あら》恋しのいにしへやな。

〈ノリ地〉地 ＼去程《さるほど》に初秋《はつあき》[三五]の短《みじ》か夜《よ》、はや明方《がた》の、関寺の鐘　シテ ＼鳥も頻《しき》りに　同 ＼告《つげ》渡《わた》る東雲《しののめ》の、[三六]あさまにもならば。

〈歌〉シテ ＼[三七]恥かしの森の　同 ＼恥かしの森の、木《こ》隠《がく》れもよもあらじ、暇《いとま》申て帰《かへ》るとて、杖に縋《すが》りてよろよろと、本《もと》の藁《わら》屋に帰けり、百年の姥と聞えしは、小町が果《はて》の名成けり、小町

児の舞

るものみな滅す）の理を吹き知らせても、悟り得ず。 二四 無常の慣用句。古今集・仮名序「春の朝(あした)に花の散るを見、秋の夕暮に木の葉の落つるを聞き…歌にのみぞ心を慰めける」をふまえ「好ける道とて」に続けた。 二五 [縁]戸—鳴。 二六 [掛]掻—書。 [縁]枯れ枯れ—草・葉。 二七 古今集・仮名序、小町の歌の批評「あはれなるやうにて強からず…強からぬは女(をうな)の歌なればな

老女の舞

るべし」を転用。「をうな」に「嫗」の意をこめる。 二八 現行観世は子方。七夕の時刻の遅れることを憂い、帰寺を促す。下掛はこのセリフなし。 二九 「白波の浜松が枝の手向け草幾代までにか年の経ぬらん」（新古今集・雑中・河島皇子）。 [掛]影ろふ—蜻蛉。「かげろふの小野」（大和の歌枕。「忠度」にも）と続けた。 三〇 天つ星、星合ひ、星合ひの雲、雲の上人、と重ねた。 三一 「浅猿(あさまし)」の序で、連韻。 三二 ともあれ今宵は七夕、二星へ

暁

の手向けもいろいろ、糸を竹にかけて願いをこめ、管絃を奏し、めぐる盃、宴たけなわ、月光を受けて袖を返す児(ちご)の舞の面白さ。

が果の名成けり。

[掛]盃—月、浮—受。[付]盃—うく・めぐらす、雪—白・月。[縁]星—月・雪。「廻らす盃」を受け、「雪を受けたる」に舞の形容「廻雪の袖」をこめる。二三 [掛]暮—呉竹、節—代々(仮名序「呉竹の世々に聞こえ」)。[付]世—すむ・竹。このあと宝生は子方の「イロエ」。下掛は子方の「中ノ舞」となり、舞のあとで〈ワカ〉「子方年待ちて、逢ふとはすれど七夕の　地寝る夜の数ぞ、少なかりける」。二四 雅楽の曲名。祝言の心。二五 観世はここに子方の舞(または「イロエ」)。二六 童舞の面白さに、小町も思わず興を催し、共に舞おうとする心。「あら面白の童舞の袖やな」(車屋本)。二七 大嘗祭・新嘗祭の翌日、天皇が新穀を食し群臣にも賜う儀式。五節の舞などが行われた。二八 七度翻すのがよいでしょうか。二九 「狂人走レバ不狂人走ル、ト云ヘル如ク、祖師皆不狂人ノ走ル也」(沙石集十末)。付和雷同を意味する諺。三〇 「百年は花に宿りて過ぐしてきこの世は蝶の夢にぞありける」(堀河百首・夢・大江匡房)。夢で胡蝶になったという荘子の故事。三一 老人の幽玄な風姿を表現する世阿弥詞。三二 [掛]挿—指、手—た忘れ。[縁]枝—挿。三三 [縁]裳裾—袖。三四 [掛]立—起。三五 「天の川まだ初秋の短か夜をなど七夕の契りそめけん」(続古今

遊行柳(ゆぎやうやなぎ)

三番目物
老精物　　観世信光作(能本作者注文)

場景　前場の前半─磐城国白河の関近くの路傍。ある秋の日の夕暮れ。後半─同じく柳の老木のある河畔。同日の後刻。後場─同じ所。同じく、夜半から明け方。

人物　前ジテ　老翁〔阿瘤尉・着流尉〕
　後ジテ　老木の柳の精〔皺尉・風折狩衣大口〕
　ワキ　遊行の僧〔大口僧〕
　ワキヅレ　随伴の僧〔大口僧〕
　アイ　白河辺(あたり)の者〔長上下〕

梗概　秋風の吹く白河の関を越えて奥州に入った遊行上人の前に老人が現れ、先年、遊行聖が通った昔の道と朽木の柳を教えようと、人跡絶えた古道へ案内する。昔を残す塚に柳の老木があり、風のみが吹きぬけている。老人は、西行法師が昔この木陰に休らい、「道のべに清水流るる柳蔭しばしとてこそ立ちとまりつれ」と詠じてより名木となったと語り、上人から十念を授かると朽木の柳の古塚に消えた(中入)。白河辺の者から朽木の柳の故事を聞き、その夜上人が称名を唱えていると、塚から翁姿の柳の精が白髪を乱して現れる。「沅水(げんすい)羅紋海燕回(かえ)る、柳条恨みを牽いて荊台(けいたい)に到る」と歌い、十念を授かり非情の草木までも成仏できたことを喜び、柳に縁のある和漢の故事を連ねる。柳葉による貨狄の舟の発明、華清宮の楊柳寺前の名花、朽木の柳が楊柳観音と現じた清水寺の縁起、花の都の大宮人の翫ぶ蹴鞠の庭に響く沓音、柳桜をこきまぜた錦さながらの都の春、蹴鞠の遊びでの柏木の挿話(源氏物語)と語り、秋風に漂いつつ報謝の舞を舞う。やがて夜が明け、別れの時が来、翁の姿も柳の糸もみな消えて朽木だけが残った。

素材・主題　新古今集・夏に「題不知」として載る西行の歌「道のべに清水流るる柳蔭しばしとてこそ立ちとまりつれ」と、同集・雑上に「柳を」の題で収められている菅家の歌「道のべの朽木の柳春くればあはれ昔と忍ばれぞする」をめぐる室町後期の理解(例、文安五年奥書、菅家金玉抄)に基づき、遊行上人の奥州遊行の折に朽木の柳の精が出現したという話を取り合わせ、道のべの朽木の柳の懐旧の情を閑雅に描く。西行をはじめ多くの旅人との別れ、柳に関する和漢の故事や詩歌を連想の糸で綴る古典世界は、古を偲ぶ老木の柳の精の昔語りである。永正十一年(一五一四)三月の洛東新黒谷での観世元広勧進能に、観世信光が新作した能で(国広太鼓伝書ほか)、シテは三十代の元広ではなく、八十歳近い信光自身ではなかったかと推定されている。幽玄にして閑雅な曲想の類似性から「西行桜」を意識して作ったとされる。春と秋、老桜と老柳、都と鄙、西行と遊行上人、惜春の情と懐旧の情など、素材も作風もすべて対照的である。

集・秋上・大江匡房)。[付]みじか夜─夏のよ。以下、初秋の夜は短く、早くも明けそめ、小町は老残の姿を恥じ、杖にすがりつつ元の藁屋へ帰り去る。三六 朝になると、あさま(物のあらわ)になることを掛ける。三七 [掛]恥づかし─羽束師。羽束師の森は山城の歌枕。

以上三一一頁

以下三一四頁

一 後見が、老木の柳に見立てた作リ物を大小前に据える。
二 いつ帰るとも分からぬ旅なれど、仏法を広めるためには心が急がれる。[縁]衣─法。
三 遊行宗の略。
四 鎌倉中期の僧で時宗の開祖。他力念仏を唱えて諸国を廻り、遊行上人とも、捨聖(すてひじり)とも呼ばれた。御札のことは「誓願寺」参照。
五 [掛]六十余州─六十万人。

【一】[一]〔次第〕〈次第〉ワキ・ワキツレ＼帰《かへ》[二]るさ知《し》らぬ旅衣、帰るさ知らぬ旅衣、法《のり》に心や急《いそ》ぐらむ。

〈名ノリ〉ワキ「是《これ》は諸国遊行《ゆぎやう》[三]の聖《ひじり》にて候、我一遍上人《いつぺんしやうにん》[四]の教を受《う》け、遊行の利益《りやく》を六十余州[五]に弘《ひろ》め、六[六]十万人決定往生《けつちやうわうじやう》の御札《みふだ》を、普《あまね》く衆生に与《あた》へ候、此程は上総国《かづさのくに》に候しが、是より奥へと心ざし候。

〈上歌〉ワキ・ワキツレ＼秋[七]津洲の、国々巡《めぐ》る法の道、国々巡る法の道、迷《まよ》はぬ月も光添《そ》ふ、心の奥《おく》を白《しら》[八]河の、関路と聞《き》けば秋風も、立《た》つ夕霧のいづく[九]にか、今宵は宿をかり衣《ごろも》、日も夕暮になりにけり、日も夕暮になりにけり。

〈着キゼリフ〉ワキ「急候《いそぎ》程に、音に聞し白河の関をも過《す》ぎぬ、又これにあまた道の見《み》えて候、広《ひろ》き方《かた》へ行《ゆ》かばやと思ひ候。

【二】〈問答〉シテ老人「[一〇]なふなふ遊行上人の御供の人に申べき事の候　ワキ「遊行の聖とは札の御所望にて候か、老[一一]足なりとも今少《すこし》急ぎ給へ　老人「有難や御札をも給《たまは》り候べし、先《まづ》[一二]先年遊行の御下向の時も、古《ふる》道とて昔の海道を御通《とを》り候ひし也、されば昔《むかし》の道を教へ申さむとて、はるばる是まで参りたり　ワキ「不思議や扨《さて》は先の遊行も、此道ならぬ古道を、カヽル＼通《とを》りしことのありしよなふ　シテ老「昔は此道なくして、あれに見《み》えたる一村の、森のこなたの河岸《ぎし》を、御通ありし海道なり、其上朽木《くちき》[一三]の柳とて名木あり、カヽル＼[一四]かかる尊《たつと》き上人の、御法《みのり》の声は草木《さうもく》までも、成仏の縁《えん》ある結縁たり。

六 熊野の夢想により一遍上人が創始した札で、南無阿弥陀仏決定往生六十万人と記されている。遊行上人によって、信者に配られた。
七 日本の異称。付国—大八嶋・あきつす。季節の秋もこめる。

上総から白河へ

八 掛知—白。白河の関は陸奥の歌枕。「都をば霞とともに立ちしかど秋風ぞ吹く白河の関」(後拾遺集・羇旅・能因)。
九 新古今集・羇旅・藤原定家の歌(下句「日も夕暮の峰の嵐に」)。掛借—狩衣・紐結—日も夕暮。
一〇 シテが幕から呼びかけながら登場。
一一 老人の足では無理とはいえ、それでももう少し急いでください。
一二 何年か昔、前の遊行上人がここをお下りなさった時も。
一三 この朽木の柳が西行上人ゆかりの名木であることが、以下の〈問答〉から明らかになる。
一四 このような尊い上人の唱える念仏の声によって、心ない草木までも成仏の縁を結ぶことができます。老人が朽木の柳の精である伏線。

老人、僧を古道に導く

一五 斉の桓公が道に迷ったとき、管仲の提案で老馬に道案内をさせたという故事(韓非子・蒙求など)ではないけれど、この老いた私が道案内しましょう。
一六 まことに、

〈歌〉同 〽こなたへいらせ給へとて、[一五]老たる‐馬にはあらね共《ども》、道しるべ申なり、いそがせ給へ旅人。

〈上歌〉同 〽[一六]実《げに》さぞな所から、実さぞな所から、人跡《じんせき》絶《たえ》て荒《あ》れ果《は》つる、[一七]葎《むぐら》‐蓬生《よもぎふ》刈萱《かるかや》も、乱《みだ》れ合《あ》ひたる[一八]浅茅生《あさぢふ》や、袖に朽《く》ちにし秋の霜、露‐分《わ》け[一九]衣《ごろも》来《き》てみれば、昔《むかし》を残す古塚に、朽木の柳[二〇]枝寂《さ》びて、[二一]陰踏《かげふむ》道《みち》は末もなく、風のみ渡《わた》る気色かな、風のみ渡る気色かな。

【三】〈問答〉シテ「是《これ》こそ昔の海道にて候へ、又是なる古塚の上なるこそ朽木の柳にて候、能々《よくよく》御覧候へ

ワキ「扨《さて》は此《この》塚の上なるが名木の柳にて候ひけるぞや、カヽル〽実《げに》[二二]河岸も水絶て、[二三]川沿《そ》ひ柳朽《くちのこ》残る、老木《おいき》はそれとも見《み》え分《わ》かず、蔦《つた》葛《かづら》のみ這《は》ひ掛り、青苔《せいたい》梢を埋《うづ》む有様、まことに[二四]星霜《せいざう》年経《としふ》りたり、「扨いつの世よりの名木やらん、委《くは》しく語《かた》り給《たま》ふべし

老「[二五]昔の人の申《まうし》置しは、鳥羽院《とばのゐん》の[二六]北面、佐藤兵衛則清《ひやうゑのりきよ》出家し、西行と聞えし歌人《うたびと》、此国に下り給ひしが、比《ころ》は水無月半《なかば》なるに、此川岸の木《こ》の本に、暫《しば》し立寄《たちより》給ひつつ、一首を詠じ給ひしなり

ワキ カヽル〽謂《いはれ》を聞《き》けば面白や、扨々《さてさて》西行上人の、詠歌はいづれの言の葉やらん

老「[二七]六時不断の御勤《つと》めの、[二八]隙《ひま》なき中《うち》にも此集をば、カヽル〽御覧じけるか新古今に。

〈上歌〉同 〽[二九]道野辺《のべ》に、清水流るる柳陰《やなぎかげ》、清水流るる柳陰、暫《しば》しとてこそ立《た》ち止《と》まり、[三〇]涼みとる言の葉の、末の世々までも、残る老木は懐《なつ》かしや、かくて‐老人上人の、[三一]御《おん》十念を給はり、御《おん》前を立《た》つと見《み》えつるが、朽木の柳の古塚に、寄《よ》るかと見《み》えて失《うせ》にけり、寄るかと見えて

古道と呼ばれるにふさわしい道だ。 一六 荒廃した旧道のさま。 一七「うら枯るる浅茅が原の苅萱の乱れて物を思ふころかな」(新古今集・秋上・坂上是則)などを借りる。 一八 新古今集・雑上・源通光の歌による。下句「忘れぬ夢を吹く嵐かな」。 一九 縁衣—袖。掛着—来。 二〇 柳の枝も古びていて。 二一「うちなびき春は来にけり青柳

朽木の柳

の蔭踏む道ぞ人の休らふ」(新古今集・春上・藤原高遠)。「陰踏む道」は「柳などの道の下なり」(藻塩草)。 二二 付柳—河・岸。 二三「いなむしろ川沿ひ柳水ゆけばなびき起き立ちその根は失せず」(日本書紀・顕崇紀。俊頼髄脳等は四句「なびき起き臥し」)に基づく。 二四 縁星霜—経り。 二五 以下、柳の謂れの説明。 二六 北面の武士。院の御所の警護にあたり、容姿・武芸・学芸に優れた者が選ばれたという。 二七 六時(晨朝・日中・日没・初夜・中夜・後夜)の間、絶え間なく念仏を唱え続けること。 二八 新古今和歌集のこと。 二九 新古今集・夏・西行の歌(末句「立ちとまりつれ」)。 三〇 掛進み—涼み(宝生・金剛はススミ)。 三一 南無阿弥陀仏の名号を十度唱えること。

老人、十念を授かる

失にけり。　（中入[一]）

【四】〈問答・語リ・問答〉（アイの白河の者が、ワキの求めに応じて、朽木の柳の由来を語り、回向を勧める）

【五】〈添エゴト〉ワキ「不思議や扨は朽木の柳の、われに言葉《ことば》を交《か》はしけるよと。

〈上歌〉ワキ・ワキツレ〽思[二]ひの珠《たま》の数々《かずかず》に、思ひの珠の数々に、御法《(みのり)》をなして称[三]名の、声うち添《そ》ふる初[四]夜の鐘、月[五]も曇《くも》らぬ夜もすがら、露を片敷《かたし》く袂哉《(かな)》、露を片敷く袂哉。

【六】〔出端〕〈サシ〉シテ老〽沅[六]水羅紋海燕《(げんすいらもんかいえん)》回《かへ》る、柳条《(りうでう)》恨《うら》みを牽《ひ》いて荊台《(けいたい)》に到《いた》る。

〈一セイ〉シテ〽いたづらに、朽木の柳時を得《え》て　地〽今ぞ御法に合《あ》ひ[七]竹の　シテ〽直《(すぐ)》に導《みちび》く、弥陀の教《をし》へ。

〈ノリ地〉地〽衆[八]生称念《(しゆじやうしようねん)》、必得往生《(ひつとくわうじやう)》の、功力《(くりき)》に引《ひ》かれて、草木までも、仏果に到《いた》る、老木の柳の、髪《かみ》[九]も乱《みだ》るる、白髪の老人、忽[一〇]然と顕《あらは》れ、出《(いで)》たる烏帽子も、柳[一一]さびたる、有様なり。

【七】〈掛合〉ワキカヽル〽不思議《ふしぎ》やなさも古《ふる》塚の草深《ふか》き、朽木の柳の木の本《(もと)》より、其様化《け》したる老人の、烏帽子《ゑぼし》狩衣《かり(ぎぬ)》を着《(ちやく)》しつつ、顕《あらは》れ給ふは不審なり　シテ「何をか不審し給《たま》ふらむ、はや我《(わが)》姿はあら[一二]はし衣《ぎぬ》の、日も夕暮の道しるべせし、其老人にて候なり　ワキカヽル〽扨《(さて)》は昔の道しるべせし、人は朽木の柳の情《(せい)》　シテ〽御法の教《をし》へなかりせば、非情無心の草木の、台《(うてな)》に至る事あらじ　ワキ〽中々なれや一念十念　シテ〽ただ一声の中《うち》に生るる　ワキ〽弥陀の教を　シテ〽身に受《う》けて。

一 シテは作リ物の中へ消える。 二 掛思ひ―念珠（数珠のこと）。 三 弥陀の名号を唱えること。念仏に同じ。 四 今の午後八時ごろ。 五 掛撞き―月。 六 三体詩・七絶・李群玉の「送ㇾ客」詩。沅水（洞庭湖へ注ぐ川）の流れゆるやかに、羅《(うすもの)》のような波紋をなす春の頃、海燕は帰って来たのに荊台（湖北省の地名）へ赴く君を送ろうと柳の枝を綰《(わが)》ねると、惜別の恨みは柳の枝のように長く牽き、荊台まで到るだろう。 七 掛逢ひ―合ひ竹。 八 念仏を唱える者は必ず往生できる。善導「往生礼讃偈」後序の句。 九 付柳―髪、髪―乱るる。白髪の老人の「翁さび」た姿をこめる。 一〇 このあたりで作リ物の引廻シがおろされ、床几に腰かけた後ジテが姿を現す。

柳の精の出現

一一 柳の葉のような皺（さび）がある烏帽子。 一二 喪服の意だが、謡曲では「顕す」意の文飾として多用。掛日も―紐。 一三 唐の法照国師の五会法事讃の偈文。第四句目は「此華還到㆓此間㆒迎」を訓読。 一四 極楽九品の最上位。 一五 「釈迦の在世は過ぎ去りぬ、弥勒の出世は遥かなり、弥陀の悲願を頼まずは、われらが出離いかがせん」（浄業和讃・恩徳讃）。 一六 「灑濁トハ、弥陀ノ智水ヲ我ラ

〈上歌〉同〽[一三]此界《しかい》—一人念仏名《いちにんねんぶつみやう》、西方便有《さいはうべんう》一蓮生《いちれんじやう》、但使《たんし》一生常不退《いつしやうじやうふたい》、此華《はな》—還《かへ》つて爰《ここ》に迎《むか》ひ、
[一四]上品上生《じやうぼんじやうしやう》に、到《いた》らん事ぞ嬉しき。

【八】〈□〉シテ〽[一五]釈迦すでに滅し、弥勒《みろく》いまだ生ぜず、弥陀の悲願を頼まずは、いかで仏果に到《いた》るべき。

〈クリ〉地〽南無や[一六]灑濁《しやぢよく》帰命頂礼《きみやうちやうらい》本願偽りましまさず、超世《てうせ》の悲願に身を任《まか》せて、[一七]他力《たりき》の船に[一八]法《のり》の道《みち》。

〈サシ〉シテ〽即《すなはち》彼岸に到《いた》らん事、一葉《いちえふ》の舟の力《ちから》ならずや　同〽[一九]彼黄帝《かのくわうてい》の貨狄《くわてき》が心、聞《き》くや秋吹風《ふくかぜ》の音に、散《ちり》来《く》る柳の一葉《ひとは》の上《うへ》に、蜘蛛《ちチウ》の乗《の》りてささがにの、糸引《ひき》渡る姿より、巧《たく》み出《い》だせる船の道、是も柳の徳《とく》ならずや　シテ〽其外《そのほか》[二〇]玄宗花清宮《くわせいキウ》にも　同〽[二一]宮前《きうぜん》の楊柳《やうりう》寺前《じぜん》の花とて、詠《なが》め絶《た》えせぬ、名木たり。

〈クセ〉地〽そのかみ洛陽や、[二二]清水寺《きよみづでら》のいにしへ、五色《ごしき》に見えし瀧波を、尋ね上《のぼ》りし水上《みなかみ》に、金色《こんじき》の光《ひかり》さす、朽木の柳忽《たちま》ちに、楊柳—観音と顕《あらは》れ、今に絶《たえ》せぬ跡とめて、利生《りしやう》あらたなる、歩《あゆみ》を運《はこ》ぶ霊地也、されば都の花盛、大宮《おほみや》人の御遊《ぎよいう》にも、[二三]蹴鞠《しうきく》の庭の面《おも》、四本《よもと》の木陰《こかげ》枝垂《た》れて、[二四]暮に数ある沓《くつ》の音《おと》　シテ〽[二五]柳—桜をこきまぜて　同〽錦を飾《かざ》る諸人《もろびと》の、[二六]花—やかなるや[二七]小簾《こす》の隙《ひま》、[二八]洩《も》り来《く》る風《かぜ》の匂ひより、[二九]手飼《てがひ》の—虎《とら》の引綱《ひきづな》も、長《なが》き思《おも》ひに[三〇]楢《なら》の葉の、その[三一]柏木の及なき、恋路もよしなしや、是は老たる柳色《やなぎいろ》の、狩衣も[三二]風折《かざおり》も、風に漂《ただよ》ふ足《あし》もとの、弱《よは》

ニ灑《ソソギ》タマヘト云心也」(謡抄)。印言《いんごん》を以て香水を加持し、これを道場等にそそいで浄化する「灑浄《しやじやう》」か。　一七 縁 他力の船—乗り・彼岸。　一八 掛 乗—法。

一九〈サシ〉は柳に縁のある中国の故事・詩句を連ねる。黄帝の臣下貨狄が柳の葉を見て舟を思いついた故事。→「自然居士」六三五頁。

二〇 玄宗が楊貴妃と過ごした離宮。

二一 三体詩・王建・華清宮詩の第二句。

二二〈クセ〉から日本の故事に移る。以下は清水寺の縁起。「花月」の〈クセ〉(二九八頁)参照。

柳に因む和漢の故事

二三 柳桜から大宮人の蹴鞠の遊びを導く。蹴鞠の黄帝創始説(遊庭秘鈔)もふまえるか。付 鞠—数・下沓・みすのすき影・猫の綱・柳桜。

二四「晩景に及で…にぎはしく蹴なすべき也」(蹴鞠条々大概)。

二五「見渡せば柳桜をこきまぜて都ぞ春の錦なりける」(古今集・春上・素性)。

二六 蹴鞠の縁から源氏物語・若菜上の六条の院での蹴鞠を導く。

二七「御簾の追ひ風匂ひ来る」(「千手」)を借用。

二八 御簾の内の飼猫が外へ飛び出し、御簾がまくれて中の女性の姿を見て以来、恋わずらいが始まった、柏木と女三宮との挿話をふまえる。

二九 猫の意の歌語。「…引綱も」が「長き」の序。

三〇 掛 成—楢。

きもよしや老木《おいき》の柳[一]、気力なふ《う》して弱々《よはよは》と、立舞《ま》ふも夢人を、現《うつつ》と見るぞはかなき。

【九】〈詠〉シテ〽教《をし》へ嬉しき法の道《みち》　地〽迷《まよ》[二]はぬ月に連《つ》れて行《ゆ》かむ。

〈ワカ〉シテ〽青柳《あをやぎ》[三]に、鶯伝《つた》ふ、羽風《はかぜ》の舞　地〽柳華苑《りうくわゑん》[四]とぞ、思《おも》ほえにける。　〔序ノ舞〕

【一〇】〈□〉シテ〽柳の曲も歌舞の菩薩の、舞の袂をか[五]へすがへすも、上人の御法《みのり》を受《う》け、喜《よろこ》ぶ。

〈ノリ地〉シテ〽報謝の舞も、是までなりと、名残の涙の　地〽玉[六]にも貫《ぬ》ける、春の柳の

シテ〽暇《いとま》[七]申さむと、いふ[八]つけの鳥も啼《な》き　地〽別《わか》れの曲には　シテ〽柳条《りうでう》[九]を綰《わがン》ぬ　地〽手折《たをる》は青柳の　シテ〽姿もたをやかに　地〽結《むす》ぶは老木の　シテ〽枝もすくなく

同〽今[一〇]年ばかりの、風や厭《いと》はんと、漂《ただよ》ふ足《あし》もとも、よろよろ弱々《よはよは》と、倒《たを》れ伏《ふ》し柳、仮寝《かりね》の床《とこ》の、草の枕の、一夜《ひとよ》[一一]の契《ちぎ》りも、他生の縁ある、上人の御法、西吹《にしふく》秋の、風うち払《はら》ひ、露も木の葉も、散々《ちりぢり》に、露も木の葉も、散《ち》り散《ぢ》りに成《なり》はてて、残る朽木と、なりにけり。

三二 付柏木―恋しぬる・ならの葉。
三三 風折烏帽子を着けた老人の、足もともおぼつかない様子。

法謝の舞　以上三一七頁

一 「柳無㆓気力㆒条先動」(和漢朗詠集・春・立春・白居易)。
二 西方浄土を願う心。
三 催馬楽の曲名。付青柳―鶯の羽風。老柳の精が十念を授かった嬉しさに、舞を奏でんと朗詠する句。
四 雅楽の曲名。青柳に鶯の木伝うさまは柳花苑の曲さながら。
五 掛翻す―かへすがへすも。
六 「涙の玉」を「あさみどり糸よりかけて白露を玉にもぬける春の柳か」(古今集・春上・遍昭)へ繋げた。
七 掛糸―暇。
八 掛いふ―木綿付。「木綿付の鳥(鶏の異名)も啼き」で暁を表現。「別れの曲」につなぐ。
九 三体詩・七絶・張喬の詩による。
一〇 別れの際には柳の枝を綰(わが)ねて旅立つ人に贈るのが慣わし。後ジテの登場歌「沅水…柳条」と呼応。
一一 「一樹の陰に宿り、一河の流を汲むことも、皆これ他生の縁ぞかし」(「小督」)等の変型。

龍田(たつた)

四番目物　古称、龍田姫
夜神楽物　金春禅竹作か（素材・主題の項参照）

場景　前場―大和国、龍田川のほとり。初冬のある日。
後場―龍田明神の社頭。同じく、深夜。

人物　前ジテ　巫女(かんなぎ)〔増(深井)・唐織着流女〕
後ジテ　龍田姫の神霊〔増・天女〕
ワキ　旅の聖〔大口僧〕
ワキヅレ　随伴の僧〔大口僧〕
アイ　所の者〔長上下〕

梗概　六十余州に経を納める聖(ひじり)たちが奈良の都より龍田川の岸辺に到着し、明神参詣のため川を渡ろうとすると、一人の巫女が現れて渡河を制止する。そこで聖は「龍田川もみぢ乱れて流るめり渡らば錦中や絶えなん」の古歌の故か、しかし今は薄氷が張って立つ波も見えぬから許してほしいと頼むと、女は今の歌は御製で、また家隆の歌「龍田川もみぢを閉づる薄氷渡らばそれも中や絶えなん」を引いて思いとまらせ、自分は巫女と告げ、明神へ道案内し、紅葉が神木たることを教え、夕暮れに及び、榊葉を採って宮めぐりするうち、龍田姫と明かして社壇の中に消えた(中入)。所の者から龍田明神の謂れを聞き、通夜をし告げを待つ聖たちの前に、社殿鳴動し龍田姫の神霊が姿を見せる。劫初(こうしょ)より御代を守る天瓊矛(あめのにほこ)の守護神たる瀧祭の神とは当社の事と語り、秋をつかさどる龍田姫の紅葉をめでる心を示し、月も霜も白く光る夜、神楽を奏でる。やがて乱れ散る紅葉のうちに昇天していった。

素材・主題　弘安十年古今集歌注(『中世古今集註釈書解題』二所収)によると、龍田明神の神体、龍田姫は「秋を守り」「紅葉を手向け」とする神である。本曲はこうした理解を背景に、「中絶ゆる」という言葉をキーワードとして前掲の古今集歌「龍田川もみぢ乱れて流るめり…」と「龍田川もみぢ葉閉づる薄氷…」を中心に歌問答を展開させ、紅(くれない)の「紅葉の艶」に、「氷の艶」(心敬「氷より艶なるはなし」)を重ねて、散り飛ぶ紅葉を幣(さぬ)と手向ける龍田姫の姿と夜神楽の神秘を描く。国家鎮護の根本である天瓊矛(天逆矛)の守護神の瀧祭の神が、即ち龍田明神と一体であるという理解は神皇正統記などの中世神道諸書に見える。本曲は、瀧祭の神が天逆矛の由来を述べる荒々しい神能「逆矛」(永享四年二月矢田猿楽所演)を下敷にした本歌取り的な作品で、龍田明神の荒魂を描く「逆矛」に対し、「龍田」は和魂としての龍田姫を形象している。作者は連韻手法や禅竹に個性的な語彙・表現、紅と白の色彩対比などから、金春禅竹の可能性が高い。救済の発句を二首引くのも耳立つ。なお、禅竹には春の女神を描いた「佐保山」もある。

以下三二〇頁

一 後見が、一畳台の上に引回シを掛けた宮の作り物を大小前に据える。二 [掛]開―秋津国。秋津国は日本の異称。「仏の教えを広める道が開ける」という意を掛ける。三 日本全国六十六州の霊場をめぐり、六十六部の法華経を一部ずつ奉納する行脚僧。四 奈良県生駒郡斑鳩(いかるが)町の地名。同じく三郷町にある龍田神社から、その西方の龍田山を越えて河内国に入る道は主要道路だった。五 古(いにしえ)の都の名の奈良。ナの頭韻。六「西」の序。有明月が西の雲間に残る早暁。「西の大寺」は西大寺のこと。七 晩秋も過ぎた初冬の頃。「暮」は「有明」と対語。八 大和の歌枕。「外山の里」とも。九「秋篠

【一】[一]〔次第〕〈次第〉ワキ・ワキツレ ヘ教《をし》への道も秋津国《(あきつくに)》[二]、教への道も秋津国、数有《(ある)》法《(のり)》を納《おさ》めむ。

〈名ノリ〉ワキ「是《(これ)》は六[三]十余州に御《(おん)》経を納《おさ》むる聖《(ひじり)》にて候、われ此程《(このほど)》は南都に候ひて、霊仏霊社残りなく拝《おが》み巡《めぐ》りて候、又是より龍[四]田越《(ごえ)》にかかり、河内国へと急《(いそぎ)》候。

〈上歌〉ワキ・ワキツレ ヘ古《ふる》[五]き名の、奈良の都を立出《(たちいで)》て、奈良の都を立出て、有[六]明残る雲間の、西の大寺《(おほてら)》を余所《(よそ)》に見て、はや[七]暮過《くれす》ぎし秋篠《あきしの》[八]や、外山《(とやま)》[九]の紅葉《もみぢ》名に残《のこ》る、龍[一〇]田の河に着《(つき)》にけり、龍田の河に着にけり。

〈着キゼリフ〉ワキ「急《(いそぎ)》候程に、是ははや龍《たつ》田河に着《つ》きて候、此川を渡《わた》り明[一一]神に参らばやと思《(おもひ)》候。

【二】〈問答〉シテ「な[一二]ふなふ御僧《(おんそう)》、其《(その)》河な渡《わた》り給ひそ申《(まうす)》べき事の候　ワキ「不思議やな此河を渡《わた》り、龍田の明神に参り候ところに、何とて其川な渡《わた》りそとは承《(うけたまは)》り候ぞ　シテ「さればこそ神に参り給ふも、神慮にあはむためならずや、心もなくて此河を渡《わた》り給はば、ヘ神と人との中《(なか)》や絶《(たえ)》なむ、よくよく案じて渡《わた》り給へ　ワキ「げに今思出《(おもひいだ)》したり、龍[一三]田川もみぢ乱《みだ》れて流るめり、渡《わた》らば錦《(にしき)》中や絶《た》えなんとの、カヽル ヘ古歌《(こか)》の心を思《おも》へとや　女「中々の事此歌は、紅葉の水に散《ち》り浮《う》きて、錦を張《は》れるごとくなれば、渡《わた》らば錦《にしき》中や絶《(たえ)》なんとなり、それにつき猶々《(なほなほ)》深《ふか》き心も有《(あり)》、[一四]もみぢと申《(まうす)》は当社の神体、神の畏《をそ》れもあるべければと、戒《いまし》め給ふ心もあり。

や外山の里やしぐるらん生駒の岳に雲のかかれる」(新古今集・冬・西行)。一〇 生駒山中に発し、斑鳩町で大和川に注ぐ。紅葉の名所。

龍田川へ

一一 奈良県生駒郡にある龍田神社。祭神は天御柱命・国御柱命で、風を司るという。五穀豊穣を祈願する神として名高い。また、この二神は龍田彦・龍田姫に同神とみなされている。

一二 シテは幕の中から呼びかけつつ登場。渡河を制止するところから「中や絶えなん」をめぐる古歌の世界が始まる。一三 古今集・秋下の歌。左注に「この歌は、ある人、ならの帝の御歌なりとなむ申す」。

一四 龍田姫は秋を司る女神とされているので、このように言った。

女、渡河を制止

一五 前引左注に拠る。古今集・仮名序にも平城《(なら)》の帝の御歌とある。

一六 藤原家隆の歌。家集、玉吟集(壬二集)には第二句「もみぢ葉とづる」、第四句「渡らばそれと」)。

一七 家隆の歌によって「氷にも中絶ゆる」川として名高い龍田河。錦を織りなした紅葉はもうないが、神無月の冬の川になってもなお、薄氷が紅葉を留めている。この〈上歌〉は「中絶えん・中絶ゆる」を軸語としてナの重韻・連韻が耳立

〈掛合〉ワキ カヽル ＼実々《(げにげに)》それはさる事なれども、紅葉《(もみぢ)》の比《ころ》も時過《(すぎ)》て、川の面《おもて》も薄《うす》氷にて、立波《(たつ)》までも見《み》えぬなり、許《ゆる》させ給へ渡《わた》りて行《ゆ》かむ　女「いやいや猶《(なほ)》も御科《とが》あり、氷《こほり》にも又中絶《(たえ)》むとの、其戒《いましめ》もある物を　ワキ カヽル ＼不思議や紅葉の錦《にしき》ならで、氷にも又中絶《なかた》えむとの、謂《(いはれ)》はいかなる事やらん　シテ「紅葉の歌は御門《(みかど)》[一五]の御製、又其後《(そののち)》家隆《(かりう)》の歌に、＼龍田河[一六]もみぢを閉《と》づる薄《うす》氷、「渡《わた》らばそれも中や絶《た》えなんと、カヽル ＼重《(かさね)》てか様《(やう)》に詠《よ》みたれば、必《かなら》ずもみぢに限《かぎ》るべからず。

〈上歌〉同 ＼氷《こほり》[一七]にも、中絶《た》ゆる名の龍田河、中絶ゆる名の龍田河[一八]、錦織《(おり)》かく神無月《(かみなづき)》の、冬川になるまでも、紅葉を閉《と》づる薄《うす》氷を、情《(なさけ)》なや中絶《(たえ)》て、渡らむ人は心なや、さなきだに危《あやう》きは、薄氷を踏《ふ》む理《ことはり》の、喩《たと》へも今に知《し》られたり、喩へも今に知られたり。

【三】〈問答〉ワキ「御身《(おんみ)》はいかなる人にて渡り候ぞ　女「是は神巫《(かんなぎ)》[一九]にて候、明神へ御参り候はば御道しるべ申《(まうし)》候べし　ワキ ＼あら嬉しや御供申《(まうし)》、宮巡《めぐ》り申さふ《(う)》ずるにて候。

〈問答〉女「是こそ龍田の明神にて御入《(おんニり)》候へ、能々《(よくよく)》御拝み候へ　ワキ「不思議やな比《(ころ)》は霜降《ふり》[二〇]月なれば、木々の梢も冬枯《が》れて、気《け》色淋《しきさび》しき社頭の御垣《みかき》に、盛《さか》りなる紅葉一《(ひと)》本《もと》見えたり、是は御神木《(ごしんぼく)》にて候か　女「さむ候《ザウラウ》当国三輪[二一]の明神の神木は杉なり、当社は紅色《(こうしよく)》[二二]に愛《め》で給ふにより、紅葉を御神木と崇《あが》め参らせ候　ワキ「有難や我《(われ)》国々を廻《めぐ》り、今日《けふ》は又此御神《(おんがみ)》に参る事の有難さよ、＼和光同塵《(わくわうどうぢん)》[二三]は結縁《(けちえん)》の始《はじ》め、八相成道《(はつさうじやうだう)》は利物《(りもつ)》の終《をは》り。

つ。一八「龍田川錦織り掛く神無月時雨の雨をたてぬきにして」(古今集・冬・読み人知らず)。「龍田」と同材異曲の「逆矛」にも引く。掛 立つ—龍田川。龍田川や龍田山は「立つ」「立ち」の掛詞として多用される。一九 神に仕え、神楽を奏して神慮を慰め、また神おろしをする人。二〇 陰暦十一月。付 冬の心—霜・さむし・枯野・草枯て・霜がれ・冬がれ。二一 現在の奈良県桜井市の大神神社。二二 紅の色がお好みだから。〈クセ〉にも。二三「和光同塵結縁之始、八相成道以論二其終一」(摩訶止観)に基づくが声明要略集所載の訓伽陀に近い。仏が本来の光を和らげて神と現れ、塵の俗世に交わるのは衆生と縁を結ぶ始め、釈迦が生涯に示した八種の段階(変相)は、衆生を利益する最終の手段。「蟻通」「松尾」にも。

古歌問答

龍田明神の神木

以下三二二頁

一「下紅葉塵に交はる宮居かな」(救済)。「下紅葉」(末葉の紅葉)は「散り」に音通の「塵」の序。俗塵に交わって衆生を救おうとの神慮に、和らかな光の慈悲を添えて。縁 色—光—紅葉。禅竹作「賀茂物狂」にも「塵に交はる和光の影」とある。二「このたびは幣もとりあへず手

〈歌〉同 〽下紅葉《したもみぢ》[一]、塵に交《まじ》はる神慮《どころ》、和光の影の色添《そ》へて 我等を守《まも》り給へや。

〈上歌〉同 〽殊更に此度《たび》は、殊更に此度《このたび》[二]は、幣取《ぬさと》りあへぬ折《をり》なるに、心して吹《ふ》[三]け嵐、もみぢを幣《ぬさ》の神慮《どころ》、[四]神さび心も澄《す》みわたる、龍田の峰《みね》はほのかにて、河音も、なを《（ほ）》冴《さ》えまさる夕暮《ぐれ》。

【四】〈歌〉同 〽いざ宮巡《めぐ》り始《はじ》めむとて、名に負《お》ふ龍田河、[五]同じかざしの榊葉《さかきば》を、[六]とりどりに乙女子が、[七]裳裾《もすそ》を延《は》へて袖をかざし、運《はこ》ぶ歩《あゆ》みの数々に、度重《たびかさ》なると見る程に、不思議やな今までは、ただ神巫《かんなぎ》と見《み》えつるが、我はまことは此神の、龍田姫《たつたびめ》は我なりと、名乗《なのり》もあへず御身《ごしん》より、光を放《はな》ちて、紅《くれなゐ》の袖をうち被《かづ》き、社壇の戸びらを押開《ひら》き、御殿《ごてん》に入《いら》せ給ひけり、御殿に入せ給ひけり。 （中入[八]）

【五】〈問答・語リ・問答〉 （所の者が旅僧の尋ねに答えて龍田明神の謂れを語り、重ねて奇特を見ることを勧める）

【六】〈上歌〉ワキ 〽神の御前《みまへ》に通夜《つや》をして、神の御前に通夜をして、有《あり》[九]つる告《つげ》を待《ま》たむとて、袖を片敷《かたし》き臥《ふ》しにけり、袖を片敷き臥しにけり。

【七】〔出端〕〈詠〉シテ 〽神は[一〇]非礼を享《う》け給はず、水上清《みなかみきよ》しや龍田の川。

〈キザシグリ〉地 〽御殿《ごてん》しきりに鳴動して、宜禰《きね》[一一]が鼓《つづみ》も声々に　女 〽有[一二]明の月、燈《ともし》火の光。

〈ノリ地〉地 〽和光同塵、自《を》づから、光《ひかり》も朱《あけ》[一三]の、玉垣赫《がきかかや》きて、〽あらたに御神体、現《あらは》れたり[一四]。

〈サシ〉シテ 〽我《われ》却初《こふしよ》[一五]よりこのかた、この秋津洲《あきつす》に地を占《し》めて、御代《みよ》を守《まも》りの御矛《みほこ》を守護し、紅葉の色も八葉《はちえふ》[一六]の葉《は》、即《すなは》ち矛の刃先《はさき》なるべし、剣《やいば》[一七]の験僧《げんそう》の法味《ほふみ》に引《ひ》かれて、夜半《やはん》[一八]に日頭《じつとう》明《あき》

向山もみぢの錦神のまにまに」（古今集・羇旅・菅原道真）。このたびの参詣は幣の用意もなけれど、ご神木の紅葉を幣として手向けるのは神慮にも叶うだろうから。 三「吹け嵐紅葉をぬさの神無月」（救済）を借りる。 四 神々しく心も澄みわたる。 五「盗人の立田の山に入りにけり同じかざしの名にや穢れん」（拾遺集・雑下・藤原為頼）。神楽を舞う乙女が榊葉を手に持っている姿。源氏物語・紅葉賀の「挿頭（かざし）の紅葉」（紅葉の枝を飾りとして髪や冠に挿すこと）もふまえる。 六 掛採り―とりどり。 七 裳裾を長く引いて。 八 姿を消した態（てい）で宮へ中入。 九 神巫の姿で現れた女神が「龍田姫は我なり」と告げたこと。 一〇 神は礼儀にはずれた事はお許しにならない。平家物語二・教訓状等に見える成句。廃曲「常陸帯」にも類似表現。 一一 掛付きね（巫）―つゞみ。 一二 掛明―朱。 一三 掛有り―有明。 一四 引回シがおろされシテが姿を現す。 一五 この世の始め。「常陸帯」の神霊の登場歌冒頭と同文。 一六 天逆矛の先が八葉であるため神木の紅葉も八葉となったという。 一七 宝剣を神体とする。廃曲「布留」にも「刃の験僧、行徳の法味に」とある。矛の刃（やい

龍田姫の来現

らかなり。

【八】〈クリ〉地へ抑《（そもそも）》[一九]瀧祭《たきまつり》の御神《（おんがみ）》とは則《（すなはち）》当社の御事なり　シテへ昔《むかし》天祖の詔勅《みことのり》　同へ末明《すゑあき》らかなる御国《（みくに）》とかや。

〈サシ〉女へしかれば当国宝山《（ほうざん）》[二〇]に到《いた》り　同へ天地治《あめつちおさ》まる御代《（みよ）》のためし、民安全《（たみあんせん）》[二一]に豊《ゆた》かなるも、偏《（ひとへ）》に当社の御故《（おんゆゑ）》なり　シテへ梢《こずゑ》[二二]の秋の四方《（よも）》の色　同へ千秋《（せんしう）》の御影《みかげ》目前たり。

〈クセ〉同へ年毎《（としごと）》[二三]に、もみぢ葉《（ば）》流《なが》る龍田《たつた》川、湊《みなと》や秋の泊《とま》りなる、山[二四]も動ぜず、海辺《（かいへん）》も浪静《しづ》かにて、楽《たの》しみのみの秋の色、名[二五]こそ龍田《たつた》の、山風も静《しづ》かなりけり、然《（しかれ）》ば世々《（よよ）》の歌人《（うたびと）》も、心《こころ》を染《そ》めて紅葉葉《（もみぢ）ば》の、龍田の山の朝霞《あさ（かすみ）》、春[二六]はもみぢにあらね共《（ども）》、ただ紅色《（こうしよく）》に愛《め》で給へば、今朝《（けさ）》[二七]よりは、龍田の桜色ぞ濃《こ》き、夕日や花の、時雨《しぐれ》なるらんと、詠《よ》みしもくれなゐ[二八]に、心を染《そ》めし詠歌なり　シテへ神備《（かみなミ）》[二九]の、御室《（みむろ）》の岸や崩《くづ》る覧《（らん）》　同へ龍田の河の、水は濁《にご》る共《（とも）》、和光の影《かげ》は明《あき》らけき、真如の月は猶《（なほ）》照《て》るや、龍田河[三〇]、もみぢ乱《みだ》れし跡なれや、いにしへは錦のみ、今は氷《こほり》[三一]のしたもみぢ、あら美《うつく》しや色々の、紅葉襲《もみぢがさね》[三二]の薄氷、渡《わた》らば紅葉も氷《こほり》も、重《かさ》ねて中絶《た》ゆべしや、いかで今は渡《わた》らん。

【九】〈裾グセ〉シテへ去程《（さるほど）》に夜神楽《（よかぐら）》の　同へ去程に夜神楽の、時移《うつ》り事去《ことさ》りて、宜禰《き（ね）》が鼓も数至《かずいた》りて、月も霜も白和幣《しらにぎて》[三三]、振《ふ》り上《あ》げて声澄《す》むや。

〈詠〉シテへ謹上[三四]　地へ再拝《さいはい》。　〔神楽[三五]〕

ば)に、刃のように鋭い効験をあらわす修験者の「刃の験者」(平家物語五・文学荒行)を言い掛けた。廃曲「泣不動」にも。 一八 夜中に太陽が明るく輝く。奇跡の描写。世阿弥の九位にも「新羅(しんら)、夜半日頭明なり」。夢中問答等に見える禅林の詩句。「日頭」は底本「神燈」。 一九 瀧祭の御神は伊弉諾・伊弉冉から天逆矛を預かった龍神。龍田明神と同神とする説が神皇正統記等に見える。この〈クリ〉は「逆矛」の〈クリ〉と同文。同曲からの借用か。

紅葉を讃美

二〇 葛城山。 二一 「国富み民豊かなり」(「呉服」)と同意。 二二 囲長月—梢の秋。「松尾」、廃曲「阿古屋松」にも。 二三 古今集・秋下・紀貫之の歌(第二句「もみぢば流す」)、末句「とまりなるらん」。 二四 山と海を対比させ、ともに静かな泰平の御代を象徴。 二五 「風吹けば沖津白波龍田山…」(伊勢物語・二十三段)で名高い龍田山の風も。龍田は風神でもある。 二六 春は紅葉はないけれども、龍田姫は紅色を好まれるから、一入色濃い龍田の桜花を「今朝よりは…」と紅葉を念頭において詠んだのも。 二七 藤原基家の歌(詞林采葉抄二)。

夜神楽

二八 囲暮—紅。 二九 拾遺集・物名・

〈ワカ〉シテ〽久方《かた》の、月[一]も落《お》ち来《く》る瀧祭　地〽波《なみ》の龍田の　シテ〽神の御前《(みまへ)》に　地〽神の御前に。

【10】〈ノリ地〉地〽散《ち》るはもみぢ葉　シテ〽すなはち神の幣《ぬさ》　地〽龍田《たつた》の山風の、時雨降《しぐれふ》る音《をと》は　シテ〽颯々《さつさつ》[二]の鈴の声　地〽立《た》つや川波《なみ》は　シテ〽それぞ白木綿《しらゆふ》　地〽神風《(かみかぜ)》松風《(まつかぜ)》、吹乱《みだ》れ、吹乱れ、紅葉々《(もみぢば)》散《ち》り飛《と》ぶ、[三]木綿付鳥《ゆふつけ(どり)》の、御祓《(みそぎ)》も幣《ぬさ》も、翻《ひるがへ》る小忌衣《(をみごろも)》、[四]謹上再拝、再拝再拝《さいはい》と、山河《(さんか)》草木《さうもく)》、国土《(こくど)》治《おさ》まりて、神は上《あ》がらせ給ひけり。

高向草春の歌(末句「水のにごれる」)。「逆矛」にも。「神備」「御室」はそれぞれ神が鎮座する山や森、神を安置する室のことをいう。三〇 これがあの、秋に紅葉の散り乱れていた龍田川か。昔は紅葉の錦とのみ称賛したが、今は氷に閉じ込められた紅葉の美しさに魅せられた。前出の家隆の歌をふまえる。心敬の「氷ばかり艶なるはなし」(ひとりごと)に通じる美意識。三一 「下」は上下に掛かる。三二 **襲**の色目の一つ。一般的には表が紅で裏が青。また表が紅で、裏が濃い蘇芳色とも。三三 囲白—白和幣。和幣は幣のこと。三四 祝詞の定型文句。底本「謹請」。三五 初めは幣を持ってのびやかに舞い、後は扇で軽やかに舞う。

以上三二三頁

一 月も西に傾くさまを、瀧の縁で「落ち」と表現し、「波」と続けた。「波の」は「立つ」に音通の「龍田」の序。以下、結末にかけて、時雨の音、龍田の川波、松風のさやけき響きを叙し、紅葉の乱れ飛ぶなかに女神が昇天する姿を描く。二 軽やかに吹く風の音の形容。三 鶏の異称で、龍田明神の神鳥。付 夕つけ鳥—龍田山。「龍田山ねぐらの木の葉散りはてて夕つけ鳥の色ぞ残れる」(玉吟集・藤原家隆)。四 「着」に通じ「小忌衣」の縁語。底本「謹請」を改めた。

清経（きよつね）

二番目物
公達物　　世阿弥作（申楽談儀）

場景　都。平清経の留守宅。物憂き秋の暮れ、時雨降る頃。ある日の夕刻から夜。

人物　シテ　平清経の霊〔中将・修羅物〕
ツレ　清経の妻〔小面・唐織着流〕
ワキ　淡津三郎〔掛素袍大口〕

梗概　遥か豊前国から主君の遺髪を携えた淡津三郎が忍び忍びに都の清経邸へ到着し、主君の自害を報告する。自分を置去りに自害した夫の行動を納得できぬ妻は、形見の黒髪に「見るたびに心づくしの髪なれば宇佐にぞ返すもとの社に」の歌を添え、手向け返し、「夢になりとも見え給へ」と泣き伏す。やがて泣き濡れた妻の夢に清経の霊が現れる。妻は、戦死か病死ならともかく自害とはと恨み嘆き、夫は、黒髪を手向け返すとはどうしたことかと恨み、死を選んだ理由を妻に語り出す。西国へ落ちのびた平家は巻き返しをはかるが、清経は追われる者の焦りと無益な戦いへの懐疑から死を決意し、ある夜、ひそかに舟端に立ち、横笛を音（ね）も澄みやかに吹き鳴らし、「この世とても旅ぞかし」と西に傾く月に向かい念仏を称（とな）え、投身したと。妻は感情をおさえかね、かきくどく。夫の行動を認めつつも薄き契りを恨まずにはいられない。清経は慰撫するように「言ふならく奈落も同じ泡沫（うたかた）のあはれは誰も変らざりけり」と歌い、修羅道での戦いのさまを見せ、入水せずにはおられなかった清い心と臨終正念によって成仏を遂げる。

素材・主題　平家物語八・太宰府落や、源平盛衰記三十三に見える清経の妻の話などに拠りつつ、大胆に脚色して、戦乱の世の、夫婦の愛の絆を描く。平家物語では、清経は都を出るとき途中で鬢（びん）の髪を切り、妻に送ったが、三年経ても夫から何の音信もないことを妻は恨み、鬢の髪に「見るたびに…」の歌を添えて西国の清経の許に送り返したため、清経は悲しみ、入水したとあり、入水の事も簡単に記すのみ。作者世阿弥は、生前に届けさせた髪を、入水直前に残した形見の黒髪とし、家来の淡津三郎（仮作の人物）に届けさせ、夢の中でも姿を見せてほしいと泣き伏す妻の枕がみに、清経の霊をひっそりと登場させたのである。普通の修羅能のようにシテを成仏に導くワキ僧も出さず、場所も清経入水の豊前の海ではなく都の清経の留守宅。前後二場とせず、簡潔な一場形式とし、事件を巧みに脚色して心打つ悲劇を創出した。結末近くに〈下ノ詠（げのえい）〉または〈上ノ詠（じようのえい）〉を用いて主題歌を配し情感の頂点を築いていく手法は、「忠度」「頼政」「船橋」「錦木」「鵺（ぬえ）」にも見られる世阿弥の方法で、一曲の主旋律をみごとに奏でている。

以下三二六頁

一 [付]八重―塩路。[縁]波―帰る。八重・九重と数を重ねた。九重は都のこと。 二 平重盛の三男。左近衛中将。 三 平家物語には見えない架空の人物。「粟津」と書く謡本もある。 四 「頼み奉る」は自分の主人である人をさす慣用表現。 五 以下、平家物語八・太宰府落による。 六 「道」は上下に掛かる。「道芝」は雑草のことで「雑兵」の序。 七 現在の福岡県東部と大分県北部の地域をさす。 八 更けていく月夜に、夜舟から。 九 鬢（耳の脇の髪）の毛を残してお置きになりましたので。 一〇 [付]ひな―すまひ。 一一 わが世の春だった昔に引きかえ、今は秋のつらい時世だ。ちょうど季節も物憂い秋の暮れで、もう時雨が降っている。平家の繁栄と没落を春・秋にたとえる。「今は物憂き」は上下に掛かる。 一二 [縁]衣―袖―身。 一三 取り次ぎを頼む

【一】〔次第〕〈次第〉ワキ 〽[一]八重の塩路の浦《うら》の波、八重《やえ》の塩路《しほぢ》の浦波《なみ》、九重《ここのへ》にいざや帰《かへ》らん。

〈名ノリ〉ワキ「是《これ》は左中将清経《さちうじやうきよつね》[二]の御内《みうち》に仕へ申《まうす》、淡津《あはづ》[三]の三郎と申《まうす》者にて候、扨《さて》も頼《たのみ》[四]奉り候清経は、過《す》ぎにし筑紫《つくし》[五]の軍《いくさ》にうち負《ま》け給ひ、都へは迚《とても》帰《かへ》らぬ道芝[六]の、雑兵《ざふひやう》の手に掛《か》からんよりはと思召《おぼしめし》けるか、豊前国《ぶぜんのくに》[七]柳が浦《うら》の沖にして、更行《ふけゆく》[八]月の夜船《よぶね》より、身を投《な》げ空《むな》しく成《なり》給ひて候、又船中《せんちう》を見奉れば、御《おん》形《かた》見の品々に鬢《びん》[九]の髪を残《のこ》し置《を》かれて候程に、かひなき命助《たす》かり、御形見をもち唯今《ただいま》都へ上り候。

〈上歌〉ワキ 〽此程《このほど》は、鄙《ひな》[一〇]の住居《すまひ》に馴々《なれなれ》て、鄙の住居に馴々て、たまたま帰《かへ》る故郷《ふるさと》の、昔の春[一一]に引替《か》へて、今は物憂《う》き秋暮《く》れて、はや時雨降《しぐれふ》る旅衣《たびごろも》、萎《しほ》る袖の身[一二]の果《は》てを、忍《しの》び忍《しの》びに上《のぼ》りけり、忍び忍びに上りけり。

〈着キゼリフ〉ワキ「急《いそぎ》候程に、是ははや都に着《つき》て候。

【二】〈問答〉ワキ「いかに案内申《まうし》候、筑紫《つくし》より淡津の三郎が参りて候、それそれ[一三]御申候へ。

ツレ女「何淡津《あはづ》の三郎と申《まうす》か、人迄《まで》[一四]もなしこなたへ来《きた》り候へ。（ワキは真中へ出て坐り、ツレに向かって両手をつく）

ツレ「扨《さて》只今はなにのための御使《おんつかひ》にてあるぞ　ワキ「面目《めんぼく》もなき御使に参りて候　女「面目《ぼく》もなき御使《つかひ》とは、もし御遁世《ごとんせい》にてあるか　ワキ「いや御遁世にてもなく候　女「過《すぎ》にし筑《つく》紫《し》の軍《いくさ》にも御《おん》恙《つつが》なきとこそ聞《きき》つるに　ワキ「さむ[一五]候《ザウラウ》過《すぎ》にし筑紫の軍にも御恙《つつが》御座なく候ひしが、清経心《こころ》に思《おぼ》しめすやうは、都へはとても帰《かへ》らぬ道芝の、雑兵の手に掛《か》からんよりは

時の慣用表現。一四 人に取り次ぎを乞うまでもない。一五 はい。応答語。一六 再会を約束した言葉も、偽りだったのか。一七 [掛]無き―亡き。「世」は、ここでは「夫婦仲」の意。一八 「垣穂」は垣根のこと。[縁]穂―包む―薄。[付]風―ふく笛・声。一九 [掛]有り―有明。二〇 「夜ただ」は夜通しの意。[縁]夜ただ―ほととぎす。[付]郭公―月・忍ね。

九州から都へ

二一 「ほととぎす名のりしてこそ知らるなれ尋ねぬ人に告げややらまし」（後拾遺集・夏・備前典侍）など、時鳥の鳴くのを「名のる」と表す表現をふまえた。何を忍ぶことがあろうか、身分が顕《あらは》になるのもかまわず、時鳥さながらに、声をあげて泣くことだ。二二 見るたびにかえって辛くなる髪なので宇佐八幡の社にお返しします。平家物語（八坂本・延慶本）、源平盛衰記では、形見として送られた髪を、妻が九州の清経に送り返したときに添えた歌だとされる。[掛]尽くし―筑紫、髪―神、宇佐―憂。二三 [縁]手向―社。二四 「つつめども枕は恋を知りぬらん涙かからぬ夜半しなければ」（千載集・恋二・源雅通）。二五 「聖人に夢なし」は大慧語録などに見られる成句。聖人は邪念妄想がないから夢など見ない。夢を見る凡人でも、誰がその夢を

と思召《(おぼしめ)》しけるか、豊前国《(ぶぜんのくに)》柳が浦の沖にして、更行《(ふけゆく)》月の夜舟より身を投《な》げ空《むな》しく成《(なり)》給ひて候

女 カヽル ＼何《(なに)》身を投《な》げ空《むな》しく成《(なり)》給ひたるとや。

〈クドキ〉女 ＼恨《うら》めしやせめては討《(うた)》れもしは又、病《やまふ》の床《(ゆか)》の露共《(とも)》消《(きえ)》なば、力なし共思《おも》ふべきに、我と身を投《な》げ給ふ事、[一六]偽《いつは》りなりつる予言《かねこと》かな、実《(げに)》恨みても其《(その)》かひの、[一七]なき世となるこそ悲《かな》しけれ。

〈下歌〉同 ＼何事も、はかなかりける世中《(よのなか)》の。

〈上歌〉同 ＼此程《(このほど)》は、人目を包《つつ》む我宿《(わがやど)》の、人目を包む我宿の、[一八]垣穂《かきほ》の薄《すすき》吹《(ふく)》風の、声をも立《た》てず忍び音《ね》に、鳴《(なく)》のみ成《(なり)》し身なれ共《(ども)》、今は誰《(たれ)》をか憚《(はばか)》りの、[一九]有明月《(ありあけづき)》の夜《よ》[二〇]ただ共、何か忍ばん[二一]ほととぎす、名をも隠《かく》さで鳴音《(なくね)》かな、名をも隠さで鳴音かな。

【三】〈問答〉ワキ「いかに申候、船中を見奉れば、御形見に鬢の髪を残《のこ》し置《(おか)》れて候、是を御覧じて御心を慰《なぐさ》められ候へ。

〈クドキ〉ツレ ＼これは中将殿の黒髪《くろかみ》かや、見れば目も昏《く》れ心消《き》え、なを《(ほ)》も思ひの増《ま》さるぞや、[二二]見るたびに、心づくしの髪《かみ》なれば、うさにぞ返《かへ》す本《もと》の社《やしろ》にと。

〈歌〉同 ＼[二三]手向《(たむけ)》返《かへ》して夜もすがら、涙とともに思《おも》ひ寝《ね》の、夢に成《(なり)》とも見《み》え給へと、寝《ね》られぬに傾《かたぶ》くる、[二四]枕や恋《こひ》を知《し》らすらん、枕や恋を知らすらん。

【四】〈サシ〉シテ ＼[二五]聖人《(せいじん)》に夢なし誰《(たれ)》あつて現《うつつ》と見る、[二六]眼裏《(がんり)》に塵《ちり》あつて三界《(さんがい)》窄《すぼ》く、心頭《(しんとう)》無事にし

清経の自害の報、妻の嘆き

現実だと思うだろうか。二六 夢窓国師語録による。眼に迷妄の塵があると広い世界も狭く感じ、心に迷いがなければ狭い床でも広く感じるのだ。シテの登場歌。憂き世の諦観と妻への愛執が静かに交錯する。「一床」は底本「一生」を訂正。

以下三二八頁

一 雲や水はいずれも跡を留めず、現世(閻浮)とは、かようにはかない世界なのだ。それをわかってい ながら娑婆に引かれ、行こうか帰ろうかと迷い出る心の愚かなこと。二 古今集・恋二・小野小町の歌。泣き濡れた妻の「夢になりとも見え給へ」を受ける。三 昔なじみ。四 夢でなくてどうして姿が見えるはずがありましょう。五 お見せになったのは。六 天命を待たないで自殺なさったことは。七 妻の恨みごとに対する応酬。掛有り―有明。序有明の―見。八 いや、そうではありません。形

形見の黒髪

見を返したのは思い余ってのこと、見るたびに心が乱れるからなのです。掛事―言。心づくし―筑紫。宇佐―憂さ。九 私に飽きたのでなかったら、ずっと留め置いてほしかった形見の品なのに。掛赤―

て一床《いつしやう》寛《ひろ》し、げにや憂《う》しと見し世も夢、辛《つら》しと思ふも幻《まぼろし》の、[一]何《いづ》れ跡ある雲水《くもみづ》の、行《ゆく》も帰るも閻浮《えんぶ》の故郷《こきやう》に、たどる心《こころ》のはかなさよ。

〈下ノ詠〉シテ＼[二]うたた寝《ね》に、恋しき人を見てしより、夢てふものは、頼《たのみ》初《そ》めてき。

【五】〈掛合〉シテ＼いかに[三]いにしへ人《びと》、清経こそ参りて候へ　女カヽル＼不思議やなまどろむ枕に見え給ふは、実《げに》清経《きよつね》にてましませ共《ども》、まさしく身を投《な》げ給へるが、[四]夢ならでいかが見ゆべきぞ、よし夢《ゆめ》成共《なりとも》御《おん》姿を見《み》[五]みえ給ふぞ有難き、去《さり》ながら[六]命を待《ま》たで我《われ》と身を、捨《すて》させ給ふ御事は、偽り成《なり》ける予言《かねこと》なれば、唯《ただ》恨めしう候　シテ＼[七]さやうに人をも恨《うら》み給はば、我も恨《うら》みは有明の、「見よとて贈《おく》りし形見《かた(み)》をば、なにしに返《かへ》させ給ふらん　女＼[八]いやとよ形見《かたみ》を返《かへ》すとは、思ひあまりし言《こと》の葉の、見るたびに心《こころ》づくしの髪《かみ》なれば　シテ「宇佐にぞ返《かへ》す本《もと》の社《やしろ》にと、さしも送《をく》りし黒髪を、[九]飽《あ》かずは留《と》むべき形見ぞかし　女＼[一〇]を《お》ろかと心得給へるや、慰《なぐさ》めとての形見なれ共《ども》、見れば思《おも》ひの[一一]乱《みだれ》髪《がみ》　シテ「[一二]別《わ》きて送《をく》りしかひもなく、形見《かた》を返《かへ》すはこなたの恨《うら》み　女カヽル＼我は捨《すて》にし命の恨《うら》み　シテ＼[一三]互《たが》ひに託《かこ》ち　女＼託《かこ》たるる　シテ＼形見《かたみ》ぞ辛《つら》き　女＼黒髪の。

〈上歌〉同＼[一四]恨《うらみ》をさへに言《い》ひ添《そ》へて、恨をさへに言ひ添へて、[一五]くねる涙の手枕《たまくら》を、並《なら》べてーふたりが[一六]逢《あ》ふ夜《よ》なれど、恨《うら》むればひとり寝《ね》の、ふしぶしなるぞ悲しき、実《げに》や[一七]形見こそ、中々憂《う》けれ是なくは、忘《わす》るる事も有《あり》なむと、思ふも濡《ぬ》らす袂かな、思ふも濡らす袂かな。

飽かず。[縁]赤—黒。 一〇 あさはかなお考えですこと。 一一「乱れ」は上下に掛かる。 一二 特別にお贈りしたかいもなく。[掛]分き—別きて。

清経の霊の出現

一三 互いに愚痴を言ったり、言われたりするのも、黒髪のせい。せっかくの形見もかえってつらいものとなってしまった。 一四 自ら捨てた命の恨みに、突返された黒髪の恨みまで言い添えて。 一五 すねて、涙を流しながら手枕を交わし。[掛]玉—手枕。 一六 せっかくの逢瀬の夜も、恨みのために、まるでひとり寝のように、心が離れ離れのままで臥しているのも悲しいことだ。[掛]臥し—節々。[縁]臥しぶし—ひとり寝。 一七「形見こそ今はあだなれこれなくは忘るる時もあらましものを」(古今集・恋四・読み人知らず)を転用。「花筐」「班女」「松風」、廃曲「経盛」など形見に見入る場面に多用。 一八 現福岡県遠賀郡芦屋町。芦屋の里の対岸で、遠賀川の河口。 一九 底の浅

尽きぬ恨み

い小舟。 二〇 [掛]波—並木。[縁]浦—波。 二一 [掛]糸—いと。[縁]柳—糸。 二二 豊前国一の宮。鎮護国家の神として厚く崇敬された。なお、柳へ到着後、宇佐参詣となるのは城方本平家物語、源平盛衰記で、参

【六】〈問答〉シテ「いにしへの事共《(ども)》語つて聞《き》かせ申《(まうし)》候べし、今は恨《うら》みを御《(おん)》はれ候へ。

〈サシ〉シテ へ偖《(さて)》も九州《キウシウ》山家《(やまが)》[一八]の城《(じやう)》へも、敵寄《かたきよ》せ来《(きた)》ると聞《(きき)》し程に、取《と》る物《もの》も取《と》りあへず夜もすがら、高瀬《たかせ》[一九]舟に取《と》り乗《の》つて、豊前国柳と云《(いふ)》所に着《つ》く　同 へ実《(げに)》や所も名を得《え》たる、浦は並《なみ》[二〇]木の柳陰、いと[二一]仮《かり》そめの皇居を定む　シテ へそれより宇[二二]佐八幡に御参詣有《(ある)》べしとて、神馬《(じんめ)》七疋《(しちひき)》其外金銀《(こんごん)》種々《(しゆじゆ)》の捧物《(ささげもの)》、すなはち奉幣《(ほうへい)》[二三]の為なるべし。

〈掛合〉[二四]女 へか様《(やう)》に申せば猶《(なほ)》も身の、恨《うら》みに似たる事なれ共《(ども)》、さすが[二五]にいまだ君まします、御《(み)》代《(よ)》のさかひや一門の、果《(はて)》をも見ずして徒《いたづら》に、御身《(おんみ)》ひとりを捨《(すて)》し事、誠によしなき事ならずや

シテ へ実々《(げにげに)》これも御理《(おんことわ)》り去《(さり)》ながら、頼みなき世の徴《しるし》の告《(つげ)》、語《かた》り申さむ聞《(きき)》給へ。

〈サシ〉同 へ抑《(そもそも)》宇佐八幡に参籠し、様々《(さまざま)》祈誓怠《をこた》らず、数の頼《たの》みをかけまく[二六]も、忝《かたじけな》くもみとしろの、錦の内《うち》よりあらたなる、御声《(みこゑ)》を出《(いだ)》してかくばかり。

〈上ノ詠〉シテ へ世[二七]の中の、憂《う》さには神もなき物を、何祈《いの》るらむ、心尽《こころづ》くしに。

〈詠〉地 へ去《(さり)》[二八]ともと、思ふ心も、虫の音《(ね)》も、弱《よは》り果《は》てぬる、秋の暮かな。

〈歌〉シテ へ扨《(さて)》は｜仏[二九]神三宝も　同 へ捨《す》て果《は》て給ふと心細《ぼそ》くて、一門は｜気《き》[三〇]を失《うしな》ひ力を落《お》として、足弱車《(あしよわぐるま)》[三一]のすごすごと、還幸《(くわんかう)》なし奉る、哀《(あはれ)》なりし有様。

〈クセ〉同 へかかりける処に、長門国《(ながとのくに)》へも、敵《(かたき)》向《む》かふと聞《(きき)》しかば、又船に取《(とり)》乗《の》りて、いづく共《(とも)》なく押《お》し出《(いだ)》す、心のうちぞ哀なる、実《(げに)》や世中《(よのなか)》の、移《うつ》る夢こそまことなれ、保元《(ほうげん)》[三二]の春の花、

詣を太宰府落の前とする諸本も多い。二三 神へ物を捧げること。

平家の敗走

二四 以下の〈掛合〉〈サシ〉は下掛になし。清経の物語が始まって語り進めているのに、突然妻が口をはさむ。上掛の形が劇的。

二五 まだ帝(安徳帝)はおいでていらっしゃるのに、御治世の際目や平家一門の行く末も見届けずに。

二六 〔掛〕掛け―かけまく。「みとしろ」は本来神に捧げる稲を作る田のこと。ここでは神前の垂れ幕をさす。

二七 「この世の辛さは宇佐の神でも救えないのに、筑紫まで来て何を懸命に祈るのか」という意の神詠。

二八 千載集・秋下・藤原俊成の歌。「砧」にも。平家物語では平宗盛が神詠を聞いて詠んだ歌とする。

二九 神も仏も。三宝は仏・宝・僧。

三〇 戦意を喪失し。

三一 足取りも弱々しく、車の歩みも重く、すごすごと還幸のお供を申しあげる。「足弱車」は車輪が弱く、進みの遅い車のこと。

三二 平家物語七による。保元には平家は春の花と栄え、寿永には秋の紅葉葉と散り落ち。

以下三三〇頁

一 〔付〕船―浮きたる・一葉。〔縁〕紅葉―散り―浮かぶ―一葉―舟―柳。

二 「白」は上下に掛かる。

三 八幡神は正直な者の頭にお宿り

寿永《じゆえい》の秋のもみぢとて、散《ち》り散《ぢ》りに成《なり》浮《う》かぶ、[一]一葉《いちえふ》の舟《ふね》なれや、柳が浦の秋風の、追手《おひて》ー顔《がほ》なる跡の波、[二]白鷺《しら》の群《む》れ居《ゐ》る松見れば、源氏の旗を靡《なび》かす、多勢《たせい》かと肝《きも》を消《け》す、爰《ここ》に清経は、心《こころ》に籠《こ》めて思ふやう、去《さる》にても八幡の、御《ご》託宣あらたに、心魂《しんこん》に残《のこ》ることは《わ》り、誠《まこと》正直の、[三]頭《かうべ》に宿《やど》り給ふかと、ただ一筋に思《おも》ひ取《と》り　シテ 〽あぢきなや、[四]迚《とても》消《き》ゆべき露の身を　同 〽猶《なほ》置《を》き顔《がほ》に浮《う》き草の、浪に誘《さそ》はれ、舟に漂《ただよ》ひていつまでか、[五]憂《う》き目《め》を水鳥の、沈《しづ》み果《は》てむと思ひ切《き》り、人には言《い》はで[六]岩代《いはしろ》の、待《ま》つことありや暁《あかつき》の、[七]月にー嘯《うそぶ》く気色にて、舟《ふね》の舳《へ》板《いた》に立《た》ち上《あ》がり、腰よりー横笛《やうでう》抜《ぬ》き出《いだ》し、音《ね》も澄《す》みやかに吹《ふ》き鳴《な》らし、今様《いまやう》を歌《うた》ひ朗詠し、来《こ》し方《かた》ー行末《ゆくすゑ》を鑑《かが》みて、[八]終《つひ》にはいつか徒《あだ》波の、帰《かへ》らぬはいにしへ、留《と》まらぬは心づくしよ、[九]此世とても旅ぞかし、あら思《おも》ひ残《のこ》さずやと、[一〇]余所目《よそめ》にはひたふる、狂人《きやうじん》と人《ひと》や見るらん、よし人《ひと》は何共《なにとも》、[一一]海松布《みるめ》を[一二]仮《かり》の夜《よる》の空、西にー傾《かたぶ》く月を見れば、いざやわれも連《つ》れむと、南無阿弥陀仏弥陀如来、迎《むか》へさせ給へと、ただ一声《ひとこゑ》を最後にて、船よりかつぱと[一三]落塩《おちじほ》の、底のー水屑《みくづ》と沈《しづ》み行《ゆ》く、[一四]浮身の果《は》てぞ悲《かな》しき。

【七】〈クドキグリ〉ツレ女 〽聞《きく》に心も[一五]呉織《くれはとり》、憂《う》き音《ね》に沈《しづ》む涙の雨の、恨《うら》めしかりける契り哉《かな》。

〈下ノ詠〉シテ 〽[一六]言《い》う《ふ》ならく、奈落《ならく》も同じ泡沫《うたかた》の、あはれは誰《たれ》も、変《か》はらざりけり。

〈中ノリ地〉シテ 〽扨《さて》修羅道に[一七]遠近《をちこち》の　同 〽扨修羅道に遠近の、[一八]立《た》つ木《き》は敵《かたき》雨《あめ》は矢先《さき》、[一九]月は精《せい》剣《けん》山は鉄城《てつじやう》、[二〇]雲の旗手《はたて》を突《つ》いて、憍慢《けうまん》の剣《つるぎ》を揃《そろ》へ、邪見の眼《まなこ》の光《ひかり》、[二一]愛欲貪恚痴《とのいち》[二二]通玄道場《つうげんだうぢやう》、

なさるというから、悪業を積んだ平家を加護しては下さらぬのかと、一心に思い込み。縁髪—頭・一筋・取る。「八幡大菩薩悉くも正直の者の頭に宿らむと誓はせ給ふ」(十訓抄・六)。四 どうせ死んでいく露のようにはかない身なのに、まだ未練がましく、浮草のように波にまかせ舟に漂い。縁露—置く—消ゆ—草。五 掛浮—憂。見—水鳥。六 掛言はじ—岩代松—待つ。「岩代の松」は紀伊国の歌枕。七 月を見ながら詩歌を吟詠する様子で。八 いずれ最後は徒波のように消える命なのだ。帰らぬは昔、

この世も旅

尽きぬは物思い。「徒」は上下に掛かる。掛返—帰。縁波—帰。九 この世とて仮の世、旅なのだ。一〇 世間の目にはまったくの狂人だと見えるだろう。一一 掛見る目—海松布。一二 掛刈—仮、世—夜。一三 「落」は上下に掛かる。一四 掛浮—憂。一五 掛昏—呉織—鳥。憂き音—浮き寝。「呉織」は「憂き音」の序。聞けば心は暗く沈み泣く涙は雨となる、思えば恨めしい夫婦の契り。一六 「いふならく奈落の底に入りぬれば刹利も首陀もかはらざりけ

修羅の苦患

り」(俊頼髄脳)に基づく。「いふな

二三 無明《(むみやう)》も－法性《(ほつしやう)》も乱《みだ》るる敵《かたき》、打《う》つは波引《ひ》くは潮《うしほ》、西海《(さいかい)》－四海《(しかい)》の因果を見せて、これ迄《(まで)》なりや誠は最後の、二四 十念乱《(みだれ)》ぬ御法《(みのり)》の舟《ふね》に、頼《たの》みし儘《(まま)》に疑《うたが》ひもなく、実《(げに)》も心《こころ》は二五 清経が、実も心《こころ》は清《きよ》経《つね》が、仏果《(ぶつくわ)》を得《え》しこそ有《あり》難けれ。

らく」(人の言うには)に恨み言を「言ふな」の意を掛けた。奈落(地獄)もこの世も同じこと。水の泡のような、はかなさ哀れさは、誰にとっても変わりはないのだ。

臨終正念

一七 [掛]落―遠近。「遠近のたづきも知らぬ山中に…」(古今集・春上)。「遠近の」は「立つ木」の序。

一八 以下、立木・雨・月・山・雲と、天空大地の事象をとらえて修羅道の苦しみを描く。立ち並ぶ木は襲いかかる敵、降りかかる雨は飛び来る矢、大地は身を突き刺す鋭い剣、山は堅固な鉄の城となる。

一九「月は精剣」は下掛の本文による。底本・上掛「土は清剣」を訂正。

二〇 [掛]旗手―楯。「雲の旗手」は「夕の雲の事也」(連珠合璧集)。

二一「愛欲」は物事、特に肉親への強い執着。「貪恚痴」は「貪欲」(対象を求めること)、「瞋恚」(怒り)、「愚痴」(真理を見失うこと)の、三つの煩悩。三毒とも。

二二 底本「通玄道場」は謡抄以来の宛字だが疑問。「痛患闘争」か。

二三 迷い(無明)も悟り(法性)も、入り乱れて敵対するのが修羅道だ。

二四 心乱れず南無阿弥陀仏と十遍唱えたため、衆生済度の舟に願い通り確かに乗ることができた。臨終正念(しょうねん)の姿。

二五「清」は上下に掛かる。

源氏供養(げんじくやう)

三番目物　古称、紫式部
本鬘物　作者不明(金春禅竹作とも)

場景　前場—近江国石山寺。ある春の日。後場—同じ所。翌日の夜半から夜明け。

人物
前ジテ　里の女〔若女・唐織着流〕
後ジテ　紫式部の霊〔若女・立烏帽子長絹女〕
ワキ　安居院(あぐい)の法印〔大口僧〕
ワキヅレ　随伴の僧〔大口僧〕(二人)
アイ　所の者〔長上下〕(現行ではこの役は出ない)

梗概　石山寺の観世音参詣のため都を立った安居院の法印と随伴の僧が、石山寺近くで里の女に呼びとめられる。女は法印に、石山寺に籠もって源氏物語を書いたが主人公光源氏の供養をしなかった罪で成仏できずにいるので回向してほしいと頼み、紫式部と匂わせて消える(中入)。所の者から紫式部の物語を聞き(現行はこの部分なし)、石山寺に詣で勤めを果たした深夜、供養を述べ紫式部の菩提を弔おうとするが、ためらう法印の前に、紫式部の霊が現れ、恥じらいつつ素姓を明かす。法印は源氏を供養し、布施に代えて舞を所望する。これに応えて紫式部は舞い、法印に、源氏供養を怠ったため迷妄の世界に沈んでいるので源氏物語の巻物の裏に法華経の写経を頼み、自ら源氏を供養する。以下源氏物語の巻名を織り込んだ、世の無常と浄土への弥陀の導きを願う曲舞を舞う。思えば、紫式部は石山の観世音の化現で、世の無常を知らせる方便の書として源氏物語を書いたのであった。

素材・主題　南北朝頃には成立していたとされる源氏供養草子に拠り、源氏物語を書いたため妄語戒を犯し成仏できずにいる紫式部の霊が、石山を信仰する安居院の法印の参詣を待って源氏供養を頼み、自分の冥福をも祈ってもらい、法謝の舞を舞う姿を描く。文学の営みを罪と考える仏教の立場から、紫式部堕地獄説話が生まれ(宝物集等)、中世にはそれを供養する一品経供養が行われ、澄憲の源氏一品経や、その子聖覚の源氏物語表白(ひょうびゃく)が作られた(澄憲・聖覚父子は説法唱導の名手でともに安居院法印と呼ばれた)。そして響きも調べも美しい源氏表白を取り入れて作られたのが源氏供養草子である。若く美しい尼が聖覚を訪れ、仏門に入ってもなお執着が残る源氏物語を料紙として法華経を書写したので供養してほしいと頼み、聖覚はその場で源氏の巻名を綴って表白を読みあげる、という構想その他から、本曲の直接的典拠として同書が比定されている。なお結びの紫式部が石山観音の化身であるとする説は今鏡などに見える。詞章の上で作者にちなむ「紫の色」の語と「恥づかし」が目立ち、〈クセ〉前の〈サシ〉の「成等正覚」の節扱いは、「芭蕉」の「諸法実相…」と同じで、自家伝抄の禅竹作説も注意される。

一 衣も苔の衣(僧衣の意)、辿る道も同じく苔の道。付厳—苔のむす。
二 現在滋賀県大津市にある寺。紫式部がここで源氏物語を書いたという伝承がある(源氏大鏡など)。
三 比叡山東塔北谷竹林院の里坊の名。藤原通憲(信西)の子の澄憲が住し、以後、その子孫が代々受け継いだ。澄憲の子の聖覚も父と同じく安居院法印と呼ばれた安居院流唱導の大成者で、源氏物語表白の作者と伝える。
四 時節もちょうど花の頃、花の都を出立し。
五 都の北東部を流れる清流、歌枕。以下、歌枕を綴る。
六 音羽山は山城国と近江国の境にある山。北は逢坂山に連なる。歌枕。その山にかかる瀧。付霞—関。
七 琵琶湖の異称。歌枕。
八 琵琶湖の西岸の岬で、歌枕。松で名高い。付一つ松—志賀のから崎、塩—焼・煙・からき。
九 シテは幕から呼び掛けつつ登場。

【一】〔次第〕〈次第〉ワキ・ワキツレ〽[一]衣《ころも》も同《おな》じ苔《こけ》の道、衣も同じ苔の道、[二]石山寺に参らん。

〈名ノリ〉ワキ「是《これ》は[三]安居院《あごゐ》の法印《ほふいん》にて候、我《われ》石山の観世音を信じ、常《つね》に歩《あゆ》みを運《はこ》び候、今日《けふ》も又参《まい》らばやと思《おも》ひ候。

〈上歌〉ワキ・ワキツレ〽[四]時も名も、花の都を立出《たちいで》て、花の都を立出て、嵐に連《つ》るる夕波の、[五]白川おもて過行《すぎゆけ》ば、[六]音羽の瀧《たき》をよそに見て、関のこなたの朝霞、されども残る有明の、影もあなたに[七]鳰《にほ》の海、実面《げに》白き気色《けしき》かな、実面白き気色かな。

〈下歌〉ワキ・ワキツレ〽ささ浪や、[八]志賀辛崎《からさき》の一松《ひとつまつ》、塩焼《や》かねども浦の波、立《た》つこそ水の煙《けぶり》なれ、立つこそ水の煙なれ。

【二】〈問答〉シテ女「[九]なふなふ安居院の法印に申《まうす》べき事の候　ワキ「法印とはこなたの事にて候か、何事にて候ぞ　女〽我《われ》石山に籠《こも》り、[一〇]源氏六十帖《でふ》を書《か》き記《しる》し、[一一]亡《な》き跡までの筆のすさび《ミ》、「名の形見とは成《なり》たれども、〽彼《かの》源氏に終《つひ》に供養をせざりし科《とが》により、浮《う》かぶ《ム》事なくさぶ《ム》らへば、[一二]然るべくは石山にて、源氏の供養をのべ、我《わが》跡弔《と》ひてたび給へと、此事《このこと》申さむとて、是まで参りて候　ワキ「是は思《おも》ひもよらぬ事を承《うけたまはり》候物かな、去《さり》ながら安き間《あひだ》の事、供養をばのべ候べし、扨《さて》[一三]誰と心ざして廻向《ゑかう》申候べき　女「先《まづ》石山に参《まゐり》つつ、源氏の供養をのべ給はば、其時《そのとき》我も現《あらは》れて、カヽル〽共に源氏をとぶ《ム》らふべし　ワキ〽嬉しやそれこそ奇特《きどく》なれ、いで源氏を書《か》きしは　女〽恥《は》づかしやこの身は憂《う》き世の土となれども　ワキ〽名

一〇 源氏物語が六十帖だったという説は広く流布していた(源氏一品経・源氏大鏡など)。
一一 私の死後も物語は残り名声は得ましたが。「いつ我も筆のすさびはとまりゐて又なき人のあととはれん」(拾遺愚草)を借りるか。
一二 出来ることならば。
一三 誰のために回向をすればよいのですか。「采女」にも(二四〇頁)。

安居院法師、石山寺へ

以下三三四頁

一 「色に出づ」はそれと分かる意。「紫の色に出づ」は後ジテの登場歌にも。紫式部であることを暗示し、恥じる心。
二 自分が誰だとはっきり名乗り得ずに。〔掛〕差—指。
三 本当のこととは思われないが。先刻の女の話についての感想。
四 しだいに夢の世界へ推移してゆくさま。「紫の色ある花」に紫式部の意をこめる。〔付〕世—夢、花—うつろふ。
五 「徒に消えにし…」の序。源氏物語はいかにも作り事のようで真実味が少なく思えるが。
六 囃子につれてシテが登場、巻物を懐中。
七 目に見えない松風も、紅葉を散らせばそれが風の形見となる。私も姿は見せまいと思っていたが、供養にひかれ、このように姿を見せる恥ずかしさ。「今日

源氏供養を頼む

をば埋《うづ》まぬ苔の下　女 〽石山寺に立《た》つ雲の　ワキ 〽紫式部にてましますな。

〈上歌〉女 〽恥《は》づかしや、色に出《い》[一]づるか紫《むらさき》の　同 〽色に出づるか紫の、雲もそなたか夕日影、[二]さしてそれ共《とも》名のり得《え》ず、かき消《け》すやうに失《う》せにけり、かき消すやうに失せにけり。　（中入）

【三】〈問答・語リ〉（アイの所の者がワキの求めに応じて、紫式部が源氏物語を書いた事情を物語る）

【四】〈オキゴト〉ワキ カヽル 〽扨《さて》石山に参りつつ、念願を勤《つと》め事終《ことをは》り、夜も更《ふ》け方《がた》の鐘の声、心も澄《す》める折節《おりふし》に　ツレ 〽ありつる源氏の物語《がたり》、[三]まことしからぬ事なれ共《ども》　ワキ 〽供養をのべて紫式部の　ツレ 〽菩提を深《ふか》く　ワキ 〽弔《と》ふべきなり。

〈上歌〉同 〽とは思へども徒《あだ》し世の、とは思へども徒し世の、夢[四]に移《うつ》ろふ紫の、色ある花も一《ひと》時《とき》の、徒《あだ》にも消《き》えしいにしへの、光《ひかる》源氏の物語《がたり》、聞《きく》につけても其真《まこと》[五]、頼《たの》み少《すく》なき心かな、頼み少なき心かな。

【五】〔一声〕[六]〈一セイ〉女 〽松風[七]も、散《ち》れば形見《かたみ》となる物を、思ひし山の下紅葉《したもみぢ》　地 〽名も紫の、色に出《いで》て　女 〽見えむ姿は、恥《は》づかしや。

【六】〈掛合〉ワキ カヽル 〽かくて夜も深更《しんかう》になり、鳥の声収《おさ》まり、心凄《すご》き折節、「燈《ともしび》の影《かげ》を見れば、さも美《うつく》しき女性《によしやう》、紫の薄衣《うすぎぬ》の稜《そば》[八]を取《とり》、　カヽル 〽影[九]のごとくに見《み》え給ふは、夢か現《うつつ》かおぼつかな　女 〽移《うつ》ろひやすき花色の、襲《かさね》の衣《きぬ》の下こがれ[一〇]、紫《むらさき》[一一]の色こそ見《み》えね枯《かれ》野の萩、本《もと》のあらまし末通《とを》らば、名のらずと知《し》ろしめされずや　ワキ 〽紫の色には出《いで》ずと有増《あらまし》の、

こそは岩瀬の森の下紅葉色に出づれば散りもしぬらめ」（金葉集・恋下・源兼昌）。[掛]思ひし―石山。
八 歩きやすくするために薄衣の襞（だひ）をたくし上げること。
九 この前後の霊の出現描写は「経政」（深更、燈火の影、影のごとく、夢か現か…）に似る。一〇 [掛]濃―焦。[付]紫―こき。襲の色目は下にいくほど濃いことから。
一一「春の夜の闇はあやなし梅の花色こそ見えね香やは隠るる」（古今集・春上・凡河内躬恒）を借用。[掛]香―枯。[付]萩―紫・もとの。もとあらの萩（萩の根本がまばらに）をふまえて「本のあらまし」と続け、本と末を対比させた。襲の色目の紫が見えなくても、先程申しあげた言葉の末から予想がついているなら、あえて名乗らずともお分りではありませんか。

供養へのためらい

一二 互いにうちとけあって。[掛]置き―起き。「起きもせず寝もせで夜を明かしては春のものとてながめ暮らしつ」（古今集・恋三・在原業平。伊勢物語・二段）。一三 真如の月よ心して照らせ、澄みゆく石山寺の鐘の声、迷妄の夢を覚ます風の音。「夢を誘ふ」は夢から誘い出すように目を覚まさせる意。

紫式部の霊の出現

言葉《ことば》の末《すゑ》とは心得ぬ、紫式部にてましますか　女 ＼恥《は》づかしながら我姿　ワキ ＼其面影
は昨日見《きのふ》し　女 ＼姿《すがた》に今も変《か》はらねば　ワキ ＼[一二]互《たが》ひに心を　女 ＼を《(お)》きもせず。
〈歌〉同 ＼寝《ね》もせで明《あ》かす此夜半《(よは)》の、[一三]月も心せよ、石山寺の鐘の声《こゑ》、夢をも誘《さそ》ふ風の前、消《き》え
しはそれか燈《ともしび》の、[一四]光源氏の跡弔《と》はん、光源氏の跡弔はん。
【七】〈掛合〉女 ＼あら有難の御事《(おんこと)》や、何をか布施に参らせ候べき　ワキ「いや布施などとは思《おも》
ひもよらず候、とても此世は夢の中《(うち)》、昔に[一五]返す舞の袖、カヽル ＼只今舞《ま》ふ《(う)》て見せ給へ　女
「恥《は》づかしながら去《(さり)》とては、仰《(おほせ)》をばいかで背《(そむく)》べき、いでいでさらば舞《ま》はむとて　ワキ カヽル
＼もとより其名も[一六]紫の　女 ＼色めづらしき薄衣《うすぎぬ》の　ワキ ＼[一七]日もくれなゐの扇を持《も》ち
女 ＼恥《は》づかしながら弱々《よはよは》と　ワキ ＼あはれ[一八]胡蝶の　女 ＼ひと遊《あそ》び。
〈[一九]次第〉同 ＼夢《ゆめ》の中《うち》なる舞の袖、夢の中なる舞の袖、現《うつつ》に返《かへ》すよしもがな。
〈一セイ〉女 ＼[二〇]花染衣《(はなぞめぎぬ)》の色襲《がさね》　地 ＼紫《むらさき》匂《にほ》ふ袂かな。　〔イロエ〕
【八】〈クリ〉女 ＼[二一]夫《(それ)》無常といつぱ、目の前なれ共《(ども)》形《かたち》もなし　同 ＼[二二]一生夢のごとし、誰《たれ》あつて
百年《(はくねん)》を送る、[二三]槿花一日《(きんくわいちじつ)》ただ同じ。
〈サシ〉女 ＼[二四]爰《(ここ)》に数ならぬ紫式部、頼《たの》みをかけて石山寺、[二五]悲願を頼み籠《こも》り居《ゐ》て、此物語を筆に
任《(まか)》す　同 ＼され共《(ども)》終《(つひ)》に供養をせざりし科《(とが)》により、妄執の雲も晴《は》れがたし　女 ＼[二六]今逢《あ》ひ
がたき縁《(えん)》に向《む》かつて　同 ＼心中《(しんぢう)》の所願を起《お》こし、ひとつの巻《まき》物に写《うつ》し、無明の眠《(ねむり)》を覚《さ》ます、

一四「光」は上下に掛かる。一五〔縁〕舞の袖―返す。一六「紫の色」と続け、「薄衣」と繋げた。〔付〕紫―うす。一七〔掛〕日も暮れ―紐紅。一八舞楽の名の「胡蝶」から「胡蝶の夢」(荘子が夢に胡蝶になって舞い戯れた故事)を響かせ、夢の中の舞姿を形容。一九この〈次第〉は廃曲「実方」の舞の前の〈下ノ詠〉の詞章と同文。二〇露草などの花で染めた衣。二一典拠あるか未詳。二二人の一生は夢のごとくはかないもの、誰も百年を生きる者はない。「人生無㆓百年㆒能有㆓幾一日㆒、況百年三万六千日矣」(謡曲拾葉抄所引・白玉蟾集)。「一生夢のごとし…」は「歌占」にも。二三「松樹千年終是朽、槿花一日自為㆑栄」(和漢朗詠集・秋・槿・白居易)。はかなさの常套表現。二四車屋本(喜多流も)はこの前に「然れば春の夜の、朧月夜とながめしに…世に汐じめる御住居」の一文が入る。後補か。二五観音の慈悲の誓願を頼み、参籠して源氏物語を執筆した。二六安居院法印に逢った縁をいう。

以下三三六頁

一 死者を供養する時の常套文句。「通小町」「求塚」等。二 以下は源氏物語表白に基づいた詞章。源氏物語の巻名が織り込まれている。三 桐壺の更衣はこの世を去って速

南無や光源氏の幽霊[一]成等正覚《(じやうとうしやうがく)》。

〈クセ〉同 〽[二]抑《(そもそも)》[三]桐壺の、夕《(ゆふべ)》の煙速《すみ》やかに、法性の空に到《いた》り、帚木《ははき(ぎ)》の夜《よる》の言《こと》の葉は、つゐ《(ひ)》に覚《かく》樹《じゆ》の花[四]散《ち》りぬ、[五]空蟬《うつせみ》の、空《むな》しき此世を厭《いと》ひては、夕顔《がほ》の、露の命を観じ、[六]わか紫の雲の迎《むか》へ、末《すゑ》－摘《つ》む花の台《(うてな)》に座せば、紅葉《もみぢ》の賀の秋の、落葉《(らくえふ)》もよしやただ、[七]たまたま－仏意《(ぶッチ)》に逢《あ》ひながら、榊葉《さかき》の、さして往生を願《ねが》ふべし　女 〽花散《ち》る里に住《す》むとても　同 〽愛別離苦の理《ことはり》、免《まぬか》れがたき道とかや、[八]ただすべからくは、生死流浪《(しやうじるらう)》の、須磨の浦を出《(いで)》て、四智円明《(しちゑんみやう)》の、明石《あかし》の浦に身をつくし、いつまでもありなん、ただ[九]蓬生《よもぎふ》の宿ながら、菩提の道を願《ねが》ふべし、松風の吹《(ふく)》とても、[一〇]業障《(ごふしやう)》の薄雲《うす(ぐも)》は、晴《は》るる事さらになし、秋の風消《き》えずして、[一一]紫磨忍辱《(しま)にんにく》の藤袴《ふぢばかま》、[一二]上品蓮台《(じやうぼんれんだい)》に、心《こころ》をかけて誠《まこと》ある、[一三]七宝荘厳《(しツぽうしやうごん)》の、真木柱《まき(ばしら)》の本《(もと)》に行《ゆ》かむ、[一四]梅枝《(うめ)がえ》の、匂ひに移《うつ》る我《(わが)》こころ、藤《ふぢ》の裏葉《うら》に置《を》く露の、その玉鬘《かづら》かけ暫《しば》し、朝顔《がほ》の光頼《たの》まれず　女 〽[一五]朝《あした》には[一六]栴檀《(せん)(だん)》の、陰《かげ》に宿《やど》り木《(ぎ)》名も高《たか》き　同 〽官位《つかさ(くらゐ)》を、東屋《あづまや》のうちに籠《こ》めて、[一七]楽《たの》しみ栄《さか(え)》へを、浮舟《うき》に喩《たと》ふべしとかや、是も[一八]蜻蛉《かげろふ》の身なるべし、夢の－浮橋《うき》をうち渡《わた》り、身の来迎《(らいかう)》を願《ねが》ふべし、南無や西方《(さいはう)》弥陀如来、[一九]狂言綺語《(きぎよ)》をふり捨《(すて)》て、紫式部が後《(のち)》の世を、助《たす》け給へともろ共に、鐘打《う》ち鳴《な》らして、廻向もすでに終《をは》りぬ。

【九】〈ロンギ〉地 〽実《(げに)》面白や舞人《(まひびと)》の、名残今はと鳴鶏《(なく)とり》の、夢をも返《かへ》す袂かな　女 〽光源氏の御跡《(おんあと)》を、とぶ《ム》らふ法の力《ちから》にて、われも生れん蓮《(はちす)》の花の、[二〇]縁《えん》は頼もしや　地 〽[二一]実《(げに)》や朝《(あした)》は秋

やかに真如の身となり、光源氏が

源氏物語の巻名尽くし

雨夜に人々と品定めした帚木のとりとめもない言の葉は終に正覚(悟り)を開くたよりとなった。四 表白は「花を開かん」。「散(らひ)く」の誤読等による間違いか。五 空しきこの世を厭い、人の命のはかなきことを観想し。六 紫雲の弥陀来迎を得て極楽の花の台に座すならば、紅葉の秋に木の葉と散るもよい。[掛]我—若、若紫—紫の雲、末—末摘花—花の台。七 たまたま逢いがたき仏法に逢えたことを機に、ひたすら往生を願うべきだ。「仏意」は謡抄以来の宛字。「仏智」か。[掛]挿—指。八 ただなすべきは、生死を流転する迷界を脱し、仏果に到達して得らるる四智の円明な境地に身を尽くして。「四智」は悟りに備わる四つの智(大円鏡智・平等性智・妙観察智・成所作智)。[掛]明—明石、身を尽くし—澪標。九 蓬生のいぶせき宿にあっても、仏果を得んと願うべし。一〇 罪障を作って正道を妨げることを雲に譬えた。一一 紫磨黄金(紫色を帯びた最も良質の黄金)の仏身には、忍辱(侮辱

欣求浄土

や苦しみを堪え忍ぶこと)・柔和の

の光　女〽夕《ゆふべ》には影もなし　同〽槿《あさがほ》[二二]の露稲妻《いなづま》の影《かげ》、いづれか徒《あだ》ならぬ、定めなの憂《う》き世や。

【一〇】〈キリ〉地〽能々《よくよく》物《もの》を案ずるに、能々物を案ずるに、紫式部と申は、彼《かの》[二三]石山の観世音、仮《かり》に此世に現《あらは》れて、[二四]かかる源氏の物語、是も思へば夢の世と、人に知《し》らせん御方便《ごはうべん》、げに有難き誓《ちか》ひかな、[二五]思へば夢の浮橋も、夢の間《あひだ》の言葉《ことば》なり、夢の間の言葉なり。

相があるということ。一二 極楽浄土の最上級の蓮華座。一三 七宝

源氏物語執筆の本懐

(経典に説く金・銀など七つの宝)を用いて仏堂・仏像を美しく飾ること。一四 梅の色香に惹かれるわが心、藤の末葉に置く露の玉は暫しの間に消え、朝顔の花も日の光に忽ちしぼみ、誠に頼みがたきもの。一五「朝顔の光」を受ける。一六 一時は名も高き栴檀の木陰に宿るような高位高官に上っても、それをうち捨てて質素な東屋に籠り。[掛]宿—宿り木。一七 世上の歓楽栄華を浮舟の定めなきに譬えた。一八 この身とて蜻蛉の命短き身、夢の浮橋にも似て、はかなきこの世を卒え。「ありと見て手にはとられず見ればまた行方も知らず消えしかげろふ」(源氏物語・蜻蛉)。一九 源氏物語が道理に合わない言と、巧みに飾った語によって書かれた作り事であること。二〇 [掛]縁—宴。二一 禅竹の五音三曲集所掲哀傷曲舞の「秋の光朝(あした)に増(ぞう)じ、夕(ゆふべ)に減ずとかや」と類似。二二「雷光朝露」。無常の譬え。二三 石山観音が紫式部として化現したこと(原中最秘抄・今鏡など)。二四 [掛]斯—書。二五 考えてみれば、夢の浮橋(夢の中の往来の道)で終る源氏物語も、夢の中の言葉であったのだ。

角田川《すみだがは》

四番目物　異表記、隅田川
狂女物　観世元雅作(五音)

場景　前半―武蔵国隅田川の渡し場。ある春の夕暮れ。中半―船中。後半―対岸。塚近く。夜から明け方。

人物　シテ　梅若丸の母(狂女)〔深井・水衣女〕
子方　梅若丸の霊〔水衣着流黒頭〕
ワキ　渡し守の男〔素袍上下〕
ワキヅレ　旅の男〔掛素袍大口〕

梗概　隅田川の渡し守が旅人を待っていると、旅の男が、あとから女物狂《おんなものぐるい》がやって来ることを知らせる。女物狂は都北白河の者で、わが子を人買いに取られて心乱れ、都から遥々子を尋ねて東国まで下って来たのだった。女は乗船を乞い、折節、飛び交う白き鳥を見て、業平の歌「名にし負はばいざ言問はん都鳥わが思ふ人はありやなしや」に想いをはせ、都鳥にわが子の安否を問いかけ、遥かな旅をふりかえる。渡し守は舟を出し、対岸の柳のもとの人だかりについての旅の男の問いに答えて哀れな物語をする。去年の春、無情な人買いが置き去りにした病気の少年があった。名を尋ねると、吉田の某《なにがし》の子梅若丸と言い、間もなく落命した。「都が恋しい」との少年の遺言にまかせ、都人の往来するこの路傍に葬って墓標に柳を植え、今日三月十五日が一周忌で、大念仏のために人々が集まっている、と。その少年こそわが子と知った女は絶望のあまり泣きくずれ、月に叢雲《むらくも》、花に嵐の、この世の無常をかみしめる。念仏を唱えると少年の声が聞こえ、塚から姿が現れる。母が近づこうとすると消え失せ、夜が明けてみると、わが子と思ったのは塚の草で、少年の墓標と泣きぬれた母の姿が春の暁闇に浮かぶ。

素材・主題　人買いが横行した中世の時代相を反映した作品で、人買いに子をかどわかされた話や子を尋ねて東へ下った女の話(巷説)を基に、子を慕う母親の切々たる心根を描く。伊勢物語・九段の業平東下りを背景とした都鳥の段は詩情豊かで、わが子を恋うる母親のいちずな思いがほとばしる。春の物狂という形をとるが、悲愁の色が濃く、塚の前での母の絶唱は哀傷の心が深い。一般に物狂能は最後に愛する者と再会するが、本曲のように悲劇の結末は他にない。再会の喜びにひたるでもなく、一周忌に死に場所にめぐりあわせ、念仏の声の中にわが子の幻と対面した母の悲しみに泣くほうが、どんなに感動的であろう。緊密な構成と詩情を劇化させたこの能は、早逝した作者元雅の人間理解の深さと独創力の豊かさを示している。近世に入り近松の双生隅田川ほか浄瑠璃や歌舞伎に多くの隅田川物を生んだ。ブリッテン作曲のオペラ「カーリュー・リバー」は一九六四年にロンドンで初演の教会劇に翻案した作品である。

一　後見が、柳枝を挿した塚の作リ物を大小前に据える。中に子方が入っている。
二　武蔵国と下総国の境を流れる川。
三　大勢の人が集まって念仏を唱える法会。下掛では、大念仏のことはここでは触れない。
四　掛旅―旅衣。縁衣―東(褄)―日も(紐)―遥々(張る)。「唐衣きつつ馴れにし妻しあればはるばる来ぬる旅をしぞ思ふ」(伊勢物語・九段)を響かせる。
五　「山遠雲埋二行客跡一」(和漢朗詠集・雲)。
六　掛行く―幾。縁関―越え―過ぎ。
七　非常に騒がしいのはどうしたこ

【一】[一]〔名ノリ笛〕〈名ノリ〉ワキ「これは武蔵《むさし》の国[二]角田河《すみだ》の渡《わた》し守《(もり)》にて候、今日《(こんにッタ)》は舟を急ぎ人々を渡《わた》さばやと存《(ぞんじ)》候、又この在所にさる子細有《(あり)》て、[三]大念仏を申《(まうす)》事の候間、僧俗を嫌《きら》はず人数《(にんじゅ)》を集《あつ》め候ぞ、其《(その)》よし皆々《みなみな》心得候へ。

【二】〔次第〕〈次第〉男〽末も[四]東《(あづま)》の旅衣、末も東の旅衣、日もはるばるの心かな。

〈名ノリ〉男「か様《(やう)》に候者は、都の者にて候、我東《あづま》に知《し》る人の候程に、彼《(かの)》者を尋《(たづね)》て只今罷下《(まかりくだ)》り候。

〈上歌〉男〽[五]雲霞《かすみ》、跡遠山《(とほやま)》に越《(こえ)》なして、跡遠山に越なして、[六]いく関々《せきぜき》の道すがら、国々過《す》ぎて行程《(ゆく)》に、爰《(ここ)》ぞ名に負《お》ふ角田河《すみだ》、渡りに早《はや》く着《(つき)》にけり、渡りに早く着にけり。

〈着キゼリフ〉男「急《いそ》ぎ候程に、是《(これ)》ははや角田川の渡《わた》りにて候、又あれを見《み》れば舟が出《(いで)》候、急ぎ乗《の》らばやと存《(ぞんじ)》候。

【三】〈問答〉男「いかに船頭殿舟《ふね》に乗《の》らふ《(う)》ずるにて候　ワキ「中々の事召《め》され候へ、先々《(まづまづ)》御出《(おんニで)》候後《あと》の、[七]けしからず物忩《(ぶつさう)》に候は何事にて候ぞ　男「さむ候《ザウラウ》都より[八]女物狂《(ものぐるひ)》の下《(くだり)》候が、[九]是非もなく面白《おも》う狂《くる》ひ候を見候よ　ワキ「さ様《(やう)》に候はば暫《しばら》く舟を留《と》めて、かの物狂を待《ま》たうずるにて候。

【四】〔一声〕〈サシ〉女〽実《(げに)》や[一〇]人の親《おや》の、心《こころ》は闇《やみ》にあらねども、子を思ふ道《みち》に迷《まよ》ふとは、今《いま》こそ思《おも》ひ[一一]白雪《しら》の、道行人《(みちゆきびと)》に言伝《(ことづて)》て、行ゑ《(ゆくへ)》を何と尋ぬらん。

とでしょうか。人のざわめきが事件の発端となる。旅の男は前触れの役でもある。

八 女の旅芸人。物狂には、神霊・死霊が憑いた「憑き物ゆえの物狂」と、生き別れた夫や子を慕い狂乱する「思いゆえの物狂」がある。ここは後者。「狂う」とは芸をすること。

九 われを忘れて。

一〇 親の心は元々盲目ではないけれど、子を思うあまり分別を失い、何も見えなくなるという古歌の心を、今こそ思い知った。後撰集・雑一・藤原兼輔の歌(末句「まどひぬるかな」)。「木賊」、廃曲「経盛」等にも。

一一 掛知―白雪。「道行人」は前の「道に迷ふ」を受け「白雪」と重韻。下掛は「道行きぶり」。「春来れば雁帰るなり白雲の道行きぶりにことやつてまし」(古今集・春上・凡河内躬恒)をふまえる。

女物狂のこと

以下三四〇頁

一 新古今集・恋三・宮内卿の歌(末句「ならひありとは」)。ほらお聞きですか。上空を吹く、あてにならぬ風でさえも、松に吹くときには音をさせる(訪れる)習いがあることを。 二 真葛が原に置く露のように消えやすくはかないこの世に、わが身の不幸を恨みながら月

〈一セイ〉シテ へ[一]聞《き》くやいかに、うはの空なる風だにも　地 へ松に音する慣《なら》ひあり。〔カケリ〕

女 へ[二]真葛《まくず》が原の露の世に　地 へ身を恨《うら》みてや、明《(あけ)く》暮れむ。

〈サシ〉女 へ是《(これ)》は都北白河[三]に、年経《へ》て住《す》める女なるが、思はざる外《(ほか)》にひとり子を、[四]人商人《(ひとあきびと)》に誘《さそ》はれて、行ゑ《(ゆくへ)》を聞《き》けば[五]相坂《(あふさか)》の、関の東《(ひがし)》の国遠き、東《あづま》とかやに下りぬと、聞《(きく)》より心乱《みだ》れつつ、そなたとばかり[六]思ひ子の、跡を尋《(たづね)》て迷《まよ》ふなり。

〈下歌〉同 へ[七]千里《(ちさと)》を行《(ゆく)》も親心、子を忘れぬと聞《(きく)》物を。

〈上歌〉同 へ[八]本《(もと)》よりも、契り仮《かり》なる一《ひと》つ世の、契り仮なる一つ世の、其《(その)》うちをだに添《そ》ひもせで、爰《(ここ)》や―かしこに親《おや》と子の、[九]四鳥《(してう)》の別《わか》れ是なれや、尋ぬる―[一〇]心の果《は》てやらむ、武蔵の国と、下総《しもつさ》の中《なか》にある、角田河にも着《(つき)》にけり、角田河にも着にけり。

【五】〈問答〉女「なふなふわれをも船に乗《の》せて給《(たまはり)》候へ　ワキ「おことは何《(いづ)》くよりいづかたへ下《くだ》る人ぞ　女「是は都より人を尋て下る者にて候　ワキ「都の人といひ狂人といひ、面白う狂《(う)》ふて見せ候へ、狂《くる》はずは此舟には乗《の》せまじひ《(い)》ぞとよ　女「[一一]うたてやな角田河の渡《わた》し守ならば、日も暮《く》れぬ舟に乗《の》れとこそ承《(うけたまはる)》べけれ、カヽル へ[一二]形《かた》のごとくも都《みやこ》の者を、舟に乗《の》るなと承はるは、角田川の渡《わた》し守共《(とも)》、覚えぬ事なのたまひそよ　ワキ「実々《(げにげに)》都の人《ひと》とて、名にし負《お》ひたる優《やさ》しさよ　女「なふ其言葉《ことば》もこなたは耳に留《と》まる物を、かの業平《なりひら》も此渡《わた》りにて。

日を送る運命なのか。〔縁〕葛―恨み。[二]「真葛が原」は京都東山山麓一帯の地名。歌枕。「露」の序。「わが恋は松をしぐれのそめかねて真葛が原に風さわぐなり」（新古今集・恋一・慈円）を介して恋・松・風・真葛が原と続けた。[三]京都東北部の地名。観世以外はキタジラカワ。[四]人買い。子供を誘拐もした。[五]山城国と近江国の境にある関。歌枕。東国への交通の要衝。[六]「思ひ」は上下に掛かる。以下、「思ひ子」（つまり「いとし子」）が要所で効果的に使われている。[七]諺らしい。「げにや親千里を行けども子を忘れず、子はありて千年(とせ)を経れども親を思はぬ習ひ」（廃曲「敷地物狂」）など世阿弥周辺の能に目立つ。

わが子を尋ねて角田川へ

[八]もともと親子の縁は一世のもので仮の縁にすぎないが、そのわずかな間すら、いっしょに暮らすことができないで。[九]親子の悲しい別れの喩え。「桓山之鳥、生二四子一焉。羽翼既成、将レ分二于四海一、其母悲鳴而送レ之」（孔子家語・顔回篇）に基づく。「敷地物狂」にも。[一〇]〔囲〕子―此心。「果て」は上下に掛かる。旅路の果ての意も。[一一]ああいやだ。角田川の渡し守なら日も暮れたか

乗船を乞う

〈上ノ詠〉女カヽル〽[一三]名にし負《お》はば、いざ言問《ことと》はん都鳥《みやこどり》、我《（わが）》思ふ人は、ありやなしやと。

〈問答〉女「[一四]なふ船人、あれに白き鳥の見えたるは、都にては見馴《な》れぬ鳥なり、あれをば何と申《（まうし）》候ぞ　ワキ「あれこそ沖の鷗候《ザウラウ》よ　女「うたてやな浦《うら》にては、千鳥共《（とも）》言《い》へ鷗《かもめ》とも言《い》へ、など此角田川《すみだ》にて白き鳥をば、都鳥《みやこどり》とは答《こた》へ給はぬ　ワキカヽル〽実々《（げにげに）》誤《あやま》り申《（まうし）》たり、名所《（めいしよ）》には住《す》めども心なくて、都鳥《みやこどり》とは答《こた》へ申さで　女〽沖の鷗《かもめ》と言《い》[一五]ふ波《なみ》の　ワキ〽昔にかへる業平も　女〽ありやなしやと言問《ことと》ひしも　ワキ〽都の人を思《おも》ひ妻《（つま）》　女〽わらはも東《あづま》に思《おも》ひ子の、行ゑ《（ゆくへ）》を問《と》ふは同じ心の　ワキ〽妻を忍び　女〽子を尋ぬるも　ワキ〽思ひは同《おな》じ　女〽[一六]恋路なれば。

〈上歌〉同〽我も又、いざ言問《ことと》はむ都《みやこ》鳥、いざ言問はむ都鳥、我思《おも》ひ子は東路《あづまぢ》に、有《（あり）》やなしやと、問《と》へ共《（ども）》問へ共、答《こた》へぬはうたて都鳥、鄙《ひな》の鳥とや言《い》ひてまし、実《（げに）》や[一七]舟競《ふなぎほ》ふ、堀《ほり》江の川の水際《みなぎは》に、来居《きゐ》つつ鳴《な》くは都鳥、それは[一八]難波江これは又、角田河の東《あづま》まで、[一九]思へば限《かぎ》りなく、遠くも来《き》ぬる物かな、[二〇]さりとては渡《わた》し守《もり》、[二一]舟こぞりて狭《せば》くとも、乗《の》せさせ給へ渡《わた》し守《もり》、去《（さり）》とては乗《の》せてたび給へ。

【六】〈問答〉ワキ「かかる優《やさ》しき狂女《（きやうぢよ）》こそ候はね、急《（いそい）》で舟に乗《の》り候へ、此渡《わた》りは[二二]大事の渡《（わたり）》にて候、かまへて静《しづ》かに召《（めさ）》れ候へ。

〈問答〉男「なふあの向《む》[二三]かひの柳の本に、人の多《おほ》く集《あつ》まりて候は何事にて候ぞ　ワキ「さむ

ら舟に乗れと勧めるべきなのに。伊勢物語・九段で、業平一行に向かって渡し守が「はや舟に乗れ、日も暮れぬ」と言ったことをふまえる。以下「名にし負はば…」の歌をはさんで、理を述べ、当意即妙な問答が展開される。これこそ狂女の芸。無風流な鄙人に対する風雅な都人の失望が以下に頻出する「うたてやな」にこめられている。

いざ言問はん都鳥

一三 私だって形ばかりは業平と同じ都の者なのに。 一三 伊勢物語・九段の歌。 一四 以下の問答は、伊勢物語・九段で、船頭から見慣れぬ白い鳥の名を都鳥と教わった業平たちが、都を思い出して涙をこぼす場面をふまえている。 一五 囲言ふ—夕波。縁返る—波。 一六 恋(の道)を、わが子を恋うる旅路に重ねた。 一七 舟がにぎやかに行き来する堀江の川の水際に来て鳴くのは都鳥。万葉集二十・大伴家持の歌(末句「都鳥かも」)を引く。「鄙の鳥」の連想で綴る。付都鳥—堀江の河。 一八 摂津国の歌枕。大阪湾の海の呼称。 一九 伊勢物語・九段「思ひやれば、限りなく遠くも来にけるかなとわびあへるに」を借りる。 二〇 どうか。懇願の心。 二一 「舟こぞりて泣きにけり」(伊勢物語・九段)をふまえるが、ここは「大勢の群衆などが重なり

候《ザウラウ》あれは大念仏にて候、それにつきて哀《あは》れなる物語の候、此舟の向《む》かひへ着《つき》候はん程に、語《かた》つて聞《きか》せ申さふ《う》ずるにて候。

〈語リ〉ワキ「扨《さて》も去年《きよねん》三月《さんぐわち》十五日、しかも今日《けふ》に相当《あひあたり》て候、人《ひと》商人《あきびと》の都より、年《とし》の程《ほど》十二三計《ばかり》なる幼《おさな》き者を買《かひ》とつて奥へ下《くだ》り候が、此幼《おさな》き者《もの》いまだ慣《なら》はぬ旅の疲《つか》れにや、以外《もつてのほか》に違《ゐ》[二]例《れい》し、今は一足《あし》も引《ひ》かれずとて、この川岸にひれ伏《ふ》し候を、[三]なんぼう世には情《なさけ》なき者の候ぞ、此幼《おさな》き者《もの》をば其まま路次《ろし》に捨《す》てて、商人は奥《おく》へ下《くだ》りて候、去間《さるあひだ》此辺《へん》の人々、この幼《おさな》き者の姿を見候に、由《よし》ありげに見え候程に、様々にいたはりて候へ共《ども》、前世《ぜんぜ》の事にてもや候ひけん、[四]たんだ弱《よは》りに弱《よは》り、すでに末期《まつご》と見えしとき、おことはいづくいかなる人ぞと、父の名字《みやうじ》をも国をも尋《たづね》て候へば、我は都北白河に、吉田の某《なにがし》と申《まうし》し人の唯独子《ひとりご》にて候が、父には後《をく》れ母計《ばかり》に添《そ》ひ参らせ候ひしを、人商人に拐《かど》[五]はされて、か様《やう》に成行《なりゆき》候、都の人の足《あし》手影《かげ》も懐《なつ》かしう候へば、此道の辺《ほとり》に築《つ》き込《こ》めて、しるしに柳を植《う》へ《ゑ》て給はれと、[六]おとなしやかに申《まうし》、念仏四五反《へん》唱《とな》へ終《つゐ》に事終《ことをは》つて候、なんぼう哀《あはれ》なる物語にて候ぞ。

〈問答〉ワキ「見申せば船中にも少々《せうせう》都の人も御坐ありげに候、[七]逆縁ながら念仏を御申候て御弔《とぶら》ひ候へ、よしなき長物語に舟《ふね》が着《つき》て候、疾《と》う疾《と》う御上《あ》がり候へ　オトコ「如何様《いかさま》今日は此所に逗留仕《つかまつり》候て、逆縁ながら念仏を申さふ《う》ずるにて候。

【七】〈問答〉ワキ「いかに是なる狂女、何とて舟よりは下《お》りぬぞ急《いそ》ひ《い》で上《あ》がり候へ、荒《あら》優《やさ》しや、

合うようにぎっしりと詰まって集まる」(日葡)意。廃曲「笛物狂」にも「舟こぞるともわれひとり、乗せさせ給へと…」。

人買いに拐かされた少年の悲話

二二 危険な渡なので、用心して静かにお乗りなさい。二三 対岸の柳の木のもとでのざわめきが後半の物語の端緒となる。ここでも旅の男が狂言回し的な役割をしている。

以上三四一頁

一 人買いは少年を買い取ったとしていたらしいが、真相は違った。→注五。
二 病気などで身体の具合がいつもと違うこと。
三 なんと。
四 「ただ」の強め。
五 誘拐されて。末期に少年の口から真相が明らかになる。
六 まるで大人びた口調で。
七 死者と縁のない者が、偶然の因縁で供養すること。
八 今までは、いくら消息がないとはいっても、それでもいつかは逢えるだろうと望みを持ち、見知らぬ東国の地にまで下ってきたのに。母親はワキに案内され墓の前に着座して謡う。
九 圏無匕。
一〇 「化為ニ路傍土一、年々春草生」(白氏文集二)。直接的には平家物

今の物語《がたり》を聞候て落涙し候よ、なふ急《いそい》で舟より上《あ》がり候へ　女「なふ船人《ふなびと》今の物語はいつの事にて候ぞ　ワキ「去年三月今日《けふ》の事にて候　女「扨《さて》其児《ちご》の年は　ワキ「十二歳　女「主《ぬし》の名は　ワキ「梅若丸　女「父の名字は　ワキ「吉田の某《なにがし》　女「扨《さて》其後《そののち》は親とても尋ねず　ワキ「親類とても尋《たづ》ね来《こ》ず　女「まして母《はワ》とても尋《たづね》ぬよなふ　ワキ「思《おも》ひもよらぬ事　女カヽル〽なふ親類とても親《おや》とても、尋《たづね》ぬこそ理《ことはり》なれ、其幼《おさな》き者《もの》こそ、此物狂が尋ぬる子にてはさぶ《ム》らへとよ、なふ是は夢かやあら浅ましや候《ザウラウ》　ワキ「言語道断の事にて候物かな、今迄はよその事とこそ存《ぞんじ》て候へ、扨《さて》は御身《おんみ》の子にて候ひけるぞやあらいたはしや候《ザウラウ》。

【八】〈クドキ〉女〽[八]今迄はさりとも逢《あ》はむを頼《たの》みにこそ、知《し》らぬ東《あづま》に下《くだ》りたるに、今は此世に[九]なき跡の、しるし計《ばかり》を見る事よ、扨も無慙《ざん》や死の縁《えん》とて、生所《しやうじよ》を去《さつ》て東《あづま》の果《はて》の、道の[一〇]辺《ほとり》の土と成《なり》て、春の草のみ生《お》ひ茂《しげ》りたる、此下にこそあるらめや。

〈歌〉同〽さりとては人々、此土を返して今一度、この世の姿《すがた》を、母《はワ》に見せさせ給へや。

〈上歌〉同〽[一一]残《のこ》りても、かひ有《ある》べきは空《むな》しくて、かひ有べきは空しくて、あるはかひなき[一二]帚木《はワき（ぎ）》の、見えつ―隠《かく》れつ面影の、[一三]定《さだ》めなき世の習ひ、[一四]人間―愁《うれ》ひの花盛《ざか》り、無常の嵐音《あらしをと》添《そ》ひ、[一五]生《しやう》死《じ》長夜《ちやうや》の月の影《かげ》、[一六]不定《ふぢやう》の雲覆《おほ》へり、げに目の前の憂《う》き世かな、げに目の前の憂き世かな。[一七]

【九】〈問答〉ワキ「今は何と御《おん》歎《なげ》き候てもかひなき事、ただ念仏を御申候ひて後世《ごせ》を御とぶ《ム》ら

語三・赦文や宝物集二に拠るか。

一一 生き残っていれば、生きがいのあるはずのわが子は亡くなり、残っているのは生きがいのない母。

一二 掛 母―帚木。帚木は、遠くから見るとほうきのような形をしているが、近付くと見えなくなるという伝説の木。「園原や伏屋に生ふる帚木のありとは見えて逢はぬ君かな」（新古今集・恋一・坂上是則）を介して「見えつ隠れつ」の序。また「母」の意も響かせ、母子の情愛と人間無常をも表現。

一三 「定めなき」は上下に掛かる。人間世界の定めなき姿を「花に嵐」の喩えで示した。

一四 人間の世界は、愁いばかり多く、嵐が花を散らすように、すべて無常。月に叢雲、花に嵐の心。「花発多[二]風雨[一]、人生足[二]別離[一]」（于武陵「勧酒」の第三・四句）を背景とするか。

一五 人間が生死を繰り返す迷いの世界から抜け出せないことを、長夜に譬えた成句。

一六 月を雲が覆うように不定なのが人間世界。わが子の死という現実に直面し、この世が憂き世だと痛切に感じる。

母の悲嘆、絶唱

一七 この〈上歌〉の間にワキは袖の中から鉦と撞木を持って地謡前に立つ。

ひ候へ。
〈掛合〉ワキ カヽル〽既《(すでに)》月出《(つきいで)》河風も、はやふけ過《(すぐ)》[一]る夜念仏《(よねぶつ)》の、時節なればと面々に、鉦鼓《しやうご》を鳴《な》
らし勧《すす》むれば　女〽母《(はワ)》はあまりの悲《かな》しさに、念仏《(ねんぶつ)》をさへ申さずして、ただひれ伏《ふ》して泣居《(なき)》
たり　ワキ「うたてやな、余《よ》の人多《おほ》くましますとも、母《(はワ)》のとぶらひ給はむ《ム》をこそ、亡者《(まうじや)》も
喜《よろこ》び給ふべけれと、カヽル〽鉦鼓《しやうご》を母《はワ》に参らすれば[二]　女〽我子の為と聞《き》けば実《(げに)》、此身も鳧《ふ》[三]
鐘《せう》を取《と》り上《あ》げて　ワキ〽歎《なげ》きを止《とど》め声《こゑ》澄むや　女〽月の夜念仏《(よねぶつ)》もろともに　ワキ〽心
は西へと一《(ひと)》すぢに　二人〽[四]南無や西方《(さいはう)》極楽世界、三十六万億、同号同名阿弥陀仏《(どうがうどうみやうあみだぶつ)》。
〈念仏〉同〽南無阿弥陀仏、南無阿弥陀仏、南無阿弥陀仏、南無阿弥陀仏　女〽角田川原《すみだがはら》の、
浪風も、声立《た》て添《そ》へて　地〽南無阿弥陀仏、南無阿弥陀仏、南無阿弥陀仏　女〽名にし
負《お》はば、都鳥も音《ね》を添《そ》へて　子〽[五]南無阿弥陀仏、南無阿弥陀仏、南無阿弥陀仏。
〈問答〉女「なふなふ今《いま》の念仏《(ねぶつ)》の声は、まさしく我子の声《こゑ》にて候、此塚の中《(うち)》にてありげに候よ
ワキ「われらも左様に聞《(きき)》て候、所詮[六]こなたの念仏《(ねんぶつ)》をば留《(とど)》め候べし、母御一人《(はワ)ご(いちにん)》御申《(おんまうし)》候へ
女〽[七]今一声《(ひと)こゑ》こそ聞《き》かまほしけれ。
【一〇】〈歌〉女〽南無阿弥陀仏　子〽南無阿弥陀仏、南無阿弥陀仏と　同〽声《こゑ》のうちより、
幻《まぼろし》に見えければ　女〽あれはわが子か　子〽母《はワ》にてましますかと　同〽互《たが》ひに―手[八]
に手を取《と》り交《か》はせば、又[九]―消《き》え消《き》えとなり行《ゆ》けば、いよいよ―思《おも》ひはます鏡[一〇]《かがみ》、面影も幻《まぼろし》も、

一　囲吹過―更過。

夜念仏

二　ワキは母親へ撞木を渡す。
三　鉦鼓。母親は鉦を取り持ち、〈念仏〉で鉦を叩く。
四　謡曲拾葉抄所引・龍舒増広浄土文四に「南謨《(む)》西方極楽世界三十六万億一十一万九千五百同名同号阿弥陀仏」とある。
五　子方の声が塚から聞こえる。
六　それでは、私たちの念仏をやめてみよう。
七　「行きやらで山地暮らしつほととぎす今ひと声の聞かまほしさに」（拾遺集・夏・源公忠）。
八　子方が塚から姿を現し、互いに手に手を取ろうとする。幽霊と現世の人物（親子）が手に手を交わす描写は少ない。本曲同様、夜念仏のうちに父の霊が登場し子と「袂を交はし、手をふれ」る廃曲「維盛」（元雅作か）が参照される。

わが子の声、姿

九　母は抱こうとするが、子方はすり抜け再び塚へ入る。
一〇　囲増す―真澄鏡。「ます鏡」は「面影」の序。

見えつ‐隠《かく》れつする程に、篠目《（しののめ）》の空《そら》もほのぼのと、明《（あけ）》行《ゆ》けば跡絶《あとた》えて、我子と見《み》えしは塚の上の、[二]草‐茫々《ばうばう》としてただ、しるしばかりの[三]浅茅《あさぢ》が原《はら》と、なるこそあはれ成《（なり）》けれ、なるこそあはれ成けれ。

二 「草茫々、土蒼蒼、蒼蒼茫茫在二何処一」（白氏文集四・新楽府下）に拠るか。
三 〔囲〕朝―浅茅。

舟弁慶《ふなべんけい》

五番目物
猛将物

観世信光作（能本作者注文）

場景 前場—摂津国大物《だいもつ》の浦。舟宿。早春のある日、ある時。中場—同じく海上。義経主従の舟。同じ日の夕暮れ。後場—海上。同じく、後刻。

人物
前ジテ　静御前〔若女・唐織着流〕
後ジテ　平知盛の霊〔三日月・鍬型頭法被半切〕
子方　源義経〔梨子打側次大口〕
ワキ　武蔵坊弁慶〔沙門帽子僧〕
ワキヅレ　随伴の郎等〔梨子打側次大口〕（二人）
アイ　船頭〔肩衣半袴〕

梗概 兄頼朝との不和により都を落ち行く源義経主従一行。頼朝の誤解が解け和睦の時を迎え帰洛できるのはいつのことか。流れる雲や水のように去来して定めないのが人の世の常、義経の心中の清らかさは、諂《へつら》いや曲ったことを許さぬ石清水《いわしみず》八幡が知ろしめすはずと高き御影を伏し拝み、やがて舟は大物の浦に到着した。遥か遠国まで判官を守る弁慶は身辺警護怠りなく、ひそかに宿主に舟の用意をさせ、主君の愛妾静御前も供をしてきたことを知るや、殊勝な心に感じつつも送り帰すよう進言し、静御前に告げる。静は弁慶を恨み、君の愛を失ったかと嘆き義経の前に進むが、義経の言葉に帰ることを決意。別れの悲しさを胸に秘めつつ、判官の行く末を案じ、海上の平穏を祈って舞う。会稽《かいけい》の恥を雪《すす》いだ中国の忠臣陶朱公を義経に擬して、静は捲土重来を予祝し、涙ながらに立ち去る（中入）。海上に出てしばらくすると、急に暴風雨になり、船頭が必死に舟を操るも波にもまれるうち、西海に沈んだ平家の怨霊たちが浮かび出る。なかでも猛将知盛の怨霊は薙刀《なぎなた》をふるって襲いかかるが、弁慶に祈られ、跡白波と退散する。

素材・主題 流浪の英雄義経を頂点に、判官の跡を慕う静と、義経の命を狙う平知盛の怨霊とを前後に配し（同じ役者に演じ分けさせ）、その中心軸に、悲運の主君を庇護し西海の波濤を凌ごうとする剛勇弁慶を据えた、変化と波瀾に富む作品。義経主従が鎮西へ下るため大物の浦から乗船したことは吾妻鏡・文治元年（一一八五）十一月六日の条、義経記四・義経都落の事、源平盛衰記四十六・義経行家都を出づる事并義経始終の有様の事などに見える。乗船後西風が吹いたことを、平家物語十二・判官都落では「平家の怨霊の故」と記している。人物処理や場面転換が鮮やかで、囃子による嵐の描写、ワキやアイの活躍など、加速度的にテンポを早めていき、観客を飽きさせない。応仁の乱後の、乱世の権守《ごんのかみ》として新境地を開拓した信光の作風が集約された、古今屈指の人気曲である。

一 掛今日—京。
二 掛立—裁、着—帰。縁衣—立（裁）・帰（着）。
三 比叡山延暦寺の西塔。義経記三に「義経の御内に聞えたる一人当千の剛の者あり。…西塔の武蔵坊弁慶とぞ申しける」とある。
四 京中の非法非違を検察する検非違使《けびいし》庁の第三等官「検非違使の尉」の通称。義経がその職にあったことから専ら義経の称となる。
五 代理の官。「義経、鎌倉殿の御代官として、院宣をうけ給はッて、平家を追討すべし」（平家物語十一・逆櫓）。
六 兄弟仲むつまじく、共存共栄すべきなのに。
七 言う値打ちがない者。梶原景時をさす。
八 兄に仕える道。
九 戦場などで、退却する意の忌詞。

【一】〔次第〕〈次第〉ワキ・ワキツレ ヘ[一]けふ思《おも》ひ立《た》[二]つ旅衣、けふ思ひ立つ旅衣、帰洛をいつと定《さだ》めん。

〈名ノリ〉ワキ「か様《やう》に候者は、[三]西塔《さいたふ》の傍《かたはら》に住《す》まゐ《ひ》する武蔵《むさし》坊弁慶にて候、扨《さて》も我君[四]判官殿《はうぐわんどの》は、頼朝の御《おん》[五]代官として、平家を滅《ほろ》ぼし天下《てんが》を御鎮《しづ》めあつて、[六]御《ご》兄弟の御中《おんなか》日月《じつげつ》のごとく御座候べきを、[七]いひかひなき者《もの》の讒言《ざんげん》により、御中違《たが》はれ候事、返《かへすがへす》々も口惜《お》しき次第にて候、然共《しかれども》我君[八]親兄《しんきやう》の礼を重《おも》むじ給ひ、一《ひと》まづ都を[九]御開《ひら》きあつて、西国《さいこく》の方《かた》へ御下向《おんげかう》あり、御身《おんみ》に誤《あやま》りなき通《とを》りを御歎《なげ》き有《ある》べき為、今日《こんにち》[一〇]夜をこめ淀より御舟《ふね》に召《め》され、津の国[一一]尼崎大《あまがさきだい》物《もつ》の浦へと急《いそぎ》候。

〈サシ〉立衆 ヘ比《ころ》は文治《ぶんち》の初《はじ》めつ方《かた》、頼朝義経[一二]不会《ふくわい》のよし、既《すでに》落居《らツきよ》し力なく
判官 ヘ判官都を《を》[一三]おちこちの、[一四]道狭《みちせば》くならぬ其《その》さきに、西国の方へと心《こころ》ざし
立衆・同 ヘまだ夜深《ふか》くも[一五]雲井の月、出《いづ》るも惜《お》しき都の名残、[一六]一年《ひととせ》平家追討の、都出《みやこいで》には引《ひき》かへて、ただ[一七]十余人すごすごと、さも[一八]疎《うと》からぬ友舟《ともぶね》の。

〈下歌〉ワキ・ワキツレ ヘ上《のぼ》り下るや[一九]雲水《くもみづ》の、身は定《さだ》めなき慣《なら》ひかな。

〈上歌〉ワキ・ワキツレ ヘ[二〇]世中《よのなか》の、人はなにとも石清水《いはしみづ》、人はなにとも石清水、澄《す》み濁《にご》るをば、神ぞ知《し》るらんと、高《たか》き御影《みかげ》を伏《ふ》し拝《おが》み、行《ゆ》けば程《ほど》なく旅衣、[二一]うしほも浪も[二二]共《とも》に引《ひ》く、大物の浦に着《つ》きにけり、大物の浦に着きにけり。

〈着キゼリフ〉ワキ「御《おん》急《いそ》ぎ候程に、是ははや大物の浦に御着《おんつき》にて候、某《それがし》存知《ぞんじ》の者の候間、御《おん》

一〇 夜も深いうちに。
一一 摂津国淀川旧河口にあった港。現在の兵庫県尼崎市大物町付近だが現存していない。
一二 仲違いが決定的となったので、やむなく。
一三 [掛]落ち—遠近。
一四 追手の追求が厳しくなって、忍んで行きにくくなる前に、西国(九州)へ落ち延びようと決めて。
一五 [縁]雲井—都。
一六 先年平家追討のため威風堂々と都を出発した時とはうって変わって。

都から大物の浦へ

一七 「安宅」の北国落ちの時の随従を取り合わせたか。「其勢五百余騎」(平家物語)、「その勢一万五千余騎なり」(義経記)とある。
一八 親しい友達のように連れ立って舟を進ませ。[掛]友—友舟。[縁]舟—上り—下り。
一九 [縁]雲—上り、水—下る。
二〇 世間の人から何と言われようとかまわない。私の心が澄んでいるか濁っているかは、石清水八幡の神こそがご存じのはず。[掛]言は—石清水。謡曲拾葉抄「此歌、日本風土記にあり。或曰、是は石清水八幡の御神詠と申伝云々」。
二一 [掛]憂—潮。
二二 [縁]共に引く—大物(大木・大石の意)。

宿《やど》の事を申付《(まうしつけ)》うずるにて候。

【二】〈問答〉ワキ「いかに此屋の主《あるじ》のわたり候か　狂言「誰《(たれ)》にてわたり候ぞ　ワキ「いや武蔵《むさし》にて候　狂言「扨《(さて)》只今は何のために御出候ぞ　ワキ「さむ候《ザウラウ》我君を是まで御供申て候、御宿を申《(まうし)》候へ　狂言「さらば奥《おく》の間《ま》へ御通《(ごとを)》り候へ、一御用心の事は御心安《(おんこころやすく)》思召《(おぼしめさ)》れ候へ。

【三】〈問答〉ワキ「いかに申上候、恐《をそ》れ多《おほ》き申事《(まうしごと)》にて候へ共《(ども)》、二まさしく静は御供と見《み》え申て候、今の折節《ふし》何とやらん似合《あ》はぬやうに御座候へば、あつぱれ是より御返《かへ》しあれかしと存候　判官「ともかくも弁慶計《はか》らひ候へ　ワキ「さらば静《しづか》の御宿へ参りて申候べし。

〈問答〉ワキ「いかに此屋のうちに静のわたり候か、君よりの御使《(おんつかひ)》に武蔵が参じて候　シテ「武蔵殿《むさし》とはあら思ひよらずや、何のための御使《つかひ》にて候ぞ　ワキ「さむ候《ザウラウ》、只今参《まい》る事余《よ》の儀にあらず、我君の御諚《(ごぢやう)》には、是までの御参り返《かへ》す返《がへ》す三も神妙《(しんべう)》に候去《(きり)》ながら、只今は何とやらん似合《あ》はぬやうに候へば、これより都へ御帰りあれとの御事にて候　シテ「是は思ひもよらぬ仰《(おほせ)》かな、いづく迄も御ともとこそ思ひしに、カヽル四へ頼《たの》みても頼《たの》みなきは人の心なり、五あら何ともなや候《ザウラウ》　ワキ「仰《(おほせ)》尤《(もつとも)》にて候、扨《(さて)》御返事《(おんぺんじ)》をば何と申候べき　シテ「六自《みづか》ら御供申《(まうし)》、君の御大事になり候はば留《とど》まり候べし　ワキ「七あら事々《ことごと》しや候《ザウラウ》、ただ御止《と》まり有《(ある)》が肝要にて候　シテ「よくよく物《もの》を案《あん》ずるに、是は武蔵殿の御計《はから》ひと思ひ候程に、わらは参り直《(ちき)》に御返事を申候べし　ワキ「八それはともかくもにて候、さらば御参《まい》り候へ。

一 ご身辺の警戒については、ご安心下さい。
二 義経の愛妾。京の白拍子(烏帽子・水干姿の男装で、歌い舞う)。義経記では、都より同行の女性十一人を送り帰すが、静は吉野まで同行する。大物の浦で静と別れる設定は脚色。
三 殊勝なことだ。
四 こちらが頼みに思っても、頼りにならないのが人の心よ。静は義経の寵愛を失ったかと誤解した。
五 ああ、どうしたことだ。がっかりだ、など、失望・落胆・自嘲・困惑の気持を表す語。
六 私が御供をすることで、本当に君に一大事が起こるのなら、ここにとどまりましょう。
七 何とおおげさなお言葉ですね。
八 どのようにでも、あなたのお考えしだいです。

〈問答〉ワキ「いかに申上《(まうしあげ)》候、静《しづか》の御参りにて候　判官「こなたへと申候へ。（ワキはシテを見やり地謡前に着座。シテは真中に出て跪く）　判官「いかに静《しづか》、此たび思はずも落人《(おちうど)》となり落《お》ち下《くだ》る処に、是まで遥々《はるばる》来《(きた)》る心ざし返々《(かへすがへす)》も神妙也、此まま伴《とも》ひたくは候へ共《(ども)》、[九]遥々《はるばる》の波濤《はたう》を凌《しの》ぎ下《くだ》らん事然るべからず、先《(まづ)》此度は都《みやこ》に上り、時節を待候へ　シテ「扨《(さて)》は誠に我君の仰《(おほせ)》にて候ぞや、[一〇]よしなき武蔵《むさし》殿を恨《うら》み申つる事の恥《は》づかしさよ、カヽル〽返《かへ》す返《がへ》すも面目なうこそ候へ　ワキ「いやいや是は苦《くる》しからず候、[一一]ただ人口《(じんこう)》を思召《(おぼしめ)》すなり、カヽル〽御《(おん)》心変《か》はるとな思《おぼ》しめしそと、涙《なみだ》を流《なが》し申けり　シテ〽いやとにかくに[一二]数ならぬ、身には恨《うら》みもなけれ共《(ども)》、これは舟路《ふなぢ》の門出《(かどで)》なるに。

〈上歌〉同〽波風も、[一三]静《しづか》を留《とど》め給ふかと、静を留め給ふかと、涙《なみだ》を流《なが》し木綿《ゆふ》[一四]しでの、神かけて変《か》はらじと、契《ちぎ》りし事も定《(さだめ)》なや、実《(げに)》や別《わか》[一五]れより、勝《まさ》りて惜《お》しき命かな、君にふたたび、逢《あ》はむとぞ思《おも》ふ行末《すゑ》。

【四】〈問答〉判官「いかに弁慶、静《しづか》に酒《(しゆ)》を勧《すす》め候へ　ワキ「畏《(かしこまつ)》て候。

〈掛合〉ワキ「実々《(げにげに)》是は御門出《かど(いで)》の、行末《(ゆく)すゑ》千代ぞと菊《きく》[一六]の盃《(さかづき)》、カヽル〽静《しづか》にこそは勧《すす》めけれ　シテ〽[一七]わらはは君の御別《わか》れ、遣《や》るかたなさにかき昏《く》れて、涙にむせぶばかりなり　ワキ「[一八]いや是は苦《くる》しからぬ、旅の舟路《ふなぢ》の門出《(かどで)》の和歌[一九]、カヽル〽ただ一《(ひと)》さしと勧《すす》むれば　シテ〽その時静《しづか》は立《た》ち上《あ》がり、[二〇]時の調子を取《(とり)》あへず。

九 女の身で遥かな波路を越えて西国まで下って行くのは不可能だ。

別離を告げられた静の悲嘆

一〇 怨む謂れもない武蔵殿を。
一一 (君は)ただ、人の噂をお気になさっているだけだ。
一二 とるにたらぬ身分。→「紅葉狩」一八九頁。
一三 「静」は上下に掛かる。これから船出をなさるのに、波風が静かであれと思うのに、その静をとめ置いてよろしいですかと。
一四 [掛]言ふ―木綿しで(「神かけて」の序)。
一五 千載集・離別・藤原公任の歌(末句「逢はんと思へば」)。別れよりもなお惜しく思われるのは命。生きてさえいれば、わが君に再会できると思うからです。
一六 [掛]聞く―菊。[付]盃―菊・涙おつる。君の行末を祈り気分を転じる心。
一七 私は君とのお別れのやる方なさに、心も暗く、涙に咽ぶばかり。
一八 いやいや、そのようにお案じになるより、平安な旅の船出を祝って、歌舞を一曲と勧めたので。
一九 舞の際の謡い物。具体的には次々行目の「渡口の郵船は…」の一節。
二〇 季節や時宜に相応じた楽音。

〈上ノ詠〉シテ 〽渡口《とこう》[一]の郵船《いうせん》は、風静《しづ》まつて出《い》づ　地 〽波頭《はとう》の謫所《たくしよ》は、日晴《は》れて見ゆ。

〈問答〉ワキ「これに烏帽子《ゑぼし》の候、召《めさ》れ候へ。　〔物着アシライ〕（シテは笛座前で烏帽子をつけ、ワキは手伝う心で側に着座）

〈一セイ〉シテ 〽立舞《たちま》[二]ふべくもあらぬ身の　同 〽袖うち振《ふ》るも、恥《は》づかしや。　〔イロエ〕

【五】〈サシ〉シテ 〽伝《つた》へ聞《きく》陶朱公《たうしゆこう》[三]は勾践《こうせん》を伴《ともな》ひ　同 〽会稽山《くはいけいざん》に籠《こ》もり居《ゐ》て、種々《しゆじゆ》の智略《ちりやく》を巡《めぐ》らし、終《つひ》に呉王《ごわう》を滅《ほろ》ぼして、勾践《こうせん》の本意を達《たつ》すとかや。

〈クセ〉同 〽然るに勾践《こうせん》は、二《ふた》たび世を取《と》り、会稽《くはいけい》の恥《はぢ》を雪《すす》ぎしも、陶朱功《たうしゆこう》[四]をなすとかや、されば越《ゑつ》の臣下にて、政《まつりごと》を身に任《まか》せ、功名富《こうめいと》[五]み貴《たつと》く、心のごとくなるべきを、功成《こうな》[六]り名遂《と》げて身退《しりぞ》くは、天の道と心得て、小船《せうせん》[七]に棹差《さほさ》して、五湖《ごこ》の煙濤《えんたう》[八]を楽《たの》しむ　シテ 〽かかる[九]例《ためし》も有明《ありあけ》の　同 〽月の都をふり捨《す》てて、西海《さいかい》の波濤《はたう》に赴《をもむ》き、御《おん》身の咎《とが》のなきよしを、歎《なげ》き、給はば頼朝も、終《つゐ》には靡《なび》[一〇]く青柳《あをやぎ》の、枝《えだ》を連《つら》ぬる御《おん》契《ちぎ》り、などかは朽《く》ちし果《は》つべき。

【六】〈ワカ〉地 〽ただ頼《たの》め。　〔序ノ舞〕

〈ワカ〉シテ 〽ただ頼《たの》め[一一]、標茅《しめぢ》が原《はら》の、さしも草　地 〽我世《われ》の中に、あらん限《かぎ》りは。

【七】〈ノリ地〉シテ 〽かく尊詠《そんえい》の、偽《いつは》りなくは　同 〽かく尊詠の、偽《いつは》りなくは、やがて御代《おんよ》に、出舟《いでぶね》[一二]の。

〈上歌〉同 〽舟子《ふな》ども、はや艫綱《ともづな》を疾《と》[一三]く疾《と》くと、はや艫綱《ともづな》を疾《と》く疾《と》くと、勧《すす》め申せば判官も、旅の宿《やど》りを出給《いで》へば　シテ 〽静《しづか》は泣《な》く泣《な》く　同 〽烏帽子直垂《ゑぼしひたたれ》脱《ぬ》ぎ捨《す》てて、涙にむせぶ御《おん》

一「渡口郵船風定出、波頭謫所日晴看」（和漢朗詠集・行旅・小野篁）。

前途を祝う別れの舞

篁が隠岐へ流された時の詩。船出にあたり、平穏を寿ぎ、召還を予祝した。二 別れの悲しさに舞を舞うことも叶わぬ身が、袖を翻して舞う恥ずかしさ。「もの思ふに立ち舞ふべくもあらぬ身の袖うち振りし心知りきや」（源氏物語・紅葉賀）。三 陶朱公は中国の春秋時代の列国越の重臣、范蠡《はんれい》の引退後の名。勾践は越の王。一度は越の敵国呉に囚われた勾践が、後に范蠡と謀って呉王を滅ぼした話は、「会稽山の恥を雪《すす》ぐ」という故事成語で名高い。会稽山は勾践が呉王夫差に降伏した山。四 囲公―功。五 手柄による名誉。六 胡曾詩抄（室町初期成立。玄恵作とも）に「功成名遂身退ハ天之道也ト心得テ…」。老子九にみえる成句。七 以下は、中国晩唐の詩人胡曾の「詠史詩」（中国歴史故事を、地名を題にして一五〇首の詩に詠じた）に注釈を施した胡曾詩抄の「五湖」の注による。八 胡曾詠史詩に「東上高山望二五湖一、雲濤煙浪起二天隅一」。底本「遠島」を改めた。九 陶朱公の故事を判官になぞらえ予祝した。囲有―有明。一〇 縁青柳―靡・朽。「枝を連ぬる

別《わか》れ、見る目《め》もあはれなりけり、見る目もあはれなりけり。　（中入）

【八】〈シャベリ・問答〉（船頭、判官との別れにむせび名残りを惜しむ静に同情する。舟の用意が出来たことを弁慶に告げる）

【九】〈□〉ワキ「静《しづか》の心中《(しんぢう)》察《さつ》し申て候、急《(いそい)》で御舟《ふね》を出《い》ださふ《(う)》ずるにて候。

〈問答〉ツレワキ「いかに申《(まうし)》候　ワキ「何事にて候ぞ　ツレワキ「君よりの御諚《(ごちやう)》には、今日は浪風荒《あら》ふ《(う)》候程に、御逗留《(ご)とうりう》と仰出《(おほせいだ)》されて候　ワキ「何《なに》と御逗留と候《ザウラウ》や　ツレワキ「さむ候《ザウラウ》

ワキ「是はそれがし推量申て候、静《しづか》に名残を御《(おん)》惜《お》しみあつて御逗留と存《(ぞんじ)》候、先《(まづ)》御心を静《しづ》めて御覧《(ご)らん》じ候へ、[一四]今此御《(おん)》身にてか様《(やう)》の事は御《(ご)》運も尽《つ》きたると存《(ぞんじ)》候、其上一年《(ひととせ)》[一五]渡辺福島を出《(いで)》し時は、以外《(もつてのほか)》の大風《(おほかぜ)》なりしを、君御《(おん)》舟《ふね》を出《(いだ)》し、平家を滅《ほろ》ぼし給ひし事、今もつて同事《(おなじ)》ぞかし、急《いそ》ぎ御《(お)》舟を出すべし　[一六]アヤカシ〽実々《(げにげに)》これは理《ことはり》なり、いづくも敵《かたき》と夕波《いふなみ》[一七]の、立《た》ち騒《さは》ぎつつ舟子共。

【一〇】〈問答・問答〉（船頭はすぐさま舟を出し、一行に乗船を促し、海上に漕ぎ出す。好天に判官の出世を予祝し、弁慶に将来の海上権の支配を予約する。にわかに海が荒れ風が強まる怪異に恐れ、必死に櫓を漕ぐが、波風はいよいよ激しくなる）

〈一セイ〉地〽えいやえいやと引塩《(ひく)》に、連《つ》れて舟《ふね》をぞ、出《(いだ)》しける。

〈問答〉ワキ「[一八]あら笑止《せうし》や風が変《か》はつて候、あの武庫《むこ》[一九]山颪《おろし》譲《ゆづ》り葉《は》が嶽《だけ》より吹下《お》ろす嵐に、此御《(おん)》船の陸地《ろく(ぢ)》に着《つ》くべきやうもなし、皆々《みなみな》心中《(しんぢう)》に御《(ご)》祈《き》念《ねん》候へ　アヤカシ「いかに武蔵《むさし》殿、此御《(おん)》舟には[二〇]怪士《あやかし》が付《(つい)》て候　ワキ「暫《しばら》く候《ザウラウ》、左様の事をば船中にては申さぬ事にて候。　[二一]シカ〳〵

御契り」は兄弟の意。ご自分の冤罪を嘆願なされればいずれ頼朝公も青柳が風に靡くようにわかってくれるでしょう。兄弟の契りが、そう簡単に朽ちるわけがありません。一二 新古今集・釈教歌(初句「なほたのめ」)。清水観音の神詠とされる。↓「田村」一〇二頁注三二。

出船を決行

一三 [掛]出—出舟。 一三 [掛]解—疾。 一四 このような追われる身となってさえも、まだ女性への未練を見せるようでは、もう君の御運も尽きたと思われる。 一五 「渡辺」「福島」はともに現在の大阪市にあった港。義経が梶原景時と逆櫓《さかろ》のことで争い、結局景時を押し切って強風の中を船出し、平家を滅ぼしたときのことをさす。 一六 従者のこと。↓注二〇。 一七 [掛]言ふ—夕波。 一八 ああ、困ったことだ。 一九 兵庫県神戸市・芦屋市の背後に連なる六甲山の旧称。 二〇 海の妖怪。舟幽霊。海上で死んだ者の魂が仲間を取るために出

嵐の海

現するという。底本は「あやかし」のことを口に出す従者を「アヤカシ」と表記。古写本にアヤカリとも。 二一 海上での忌詞を軽率にも口に出した従者を船頭(アイ)が叱責し、弁慶が取りなす場面。

【二】〈ノリコトバ〉ワキ カヽル 〽あら不思議や海上《かいしやう》を見れば、西国《さいこく》にて亡《ほろ》びし平家の一門、をの《お》を《お》の 一イロ 浮《う》かび出《いで》たるぞや、カヽル 〽かかる 二 イロ 時節を窺《うかが》ひて、恨《うら》みをなすも理《ことわり》也。

〈問答〉判官「いかに弁慶　ワキ「御前《おんまへ》に候　判官「今更驚《おどろ》くべからず、たとひ悪霊恨《うらみ》をなすとも、そも何事の有《ある》べきぞ。

〈イサミグリ〉判官 〽三悪逆無道《あくぎやくぶだう》の其積《つ》もり、神明仏陀《しんめいぶつだ》の冥感《みやうかん》に背《そむ》き、天命《てんめい》に沈《しづ》みし平氏《へいじ》の一類。

〈歌〉同 〽主上《しゆしやう》四を始《はじ》め奉り、一門の月卿《げつけい》五雲霞《うんか》のごとく、浪に浮《う》かびて見えたるぞや。

【三】〔早笛〕六〈名ノリグリ〉後シテ 〽抑《そもそも》これは、七桓武天皇九代《くだい》の後胤、平の知盛幽霊なり。

〈ノリコトバ〉シテ「あら珍《めづら》しやいかに義経《よしつね》、カヽル 〽思ひも寄《よ》八らぬ浦浪の。

〈ノリ地〉地 〽声《こゑ》九を知《し》るべに、出舟《いでぶね》の、声を知るべに、出舟の　シテ 〽知盛《とも》一〇が沈《しづ》みし、其有《あり》様に　地 〽又義経《よしつね》をも、海に沈めんと　シテ 〽夕浪《いふ》一一に浮《う》かべる、長刀取直《なを》し　地 〽一二巴《ともゑ》波の紋、あたりを払《はら》ひ、潮《うしほ》を蹴《け》立《た》て、悪風を吹かけ、眼《まなこ》もくらみ、心も乱《みだ》れて、一三前後を忘《ばう》ずる、ばかりなり。〔舞働〕

〈ノリ地〉判官 〽其時義経《よしつね》、少《すこし》も騒《さは》がず　同 〽其時義経、少も騒がず、打《う》ち物抜《ぬ》き持《も》ち、現《うつつ》の人に、向《む》かふがごとく、言葉《ことば》を交《か》はし、戦《たたか》ひ給へば、弁慶押《を》し隔《へだ》て、一四打《う》ち物業《わざ》にて、かなふまじと、一五数珠《じゆず》さらさらと、押《を》し揉《も》むで、一六東方《とうばう》降《がう》三世《ざんぜ》、南方《なんばう》軍《ぐ》荼《だ》利《り》夜《や》叉《しや》、西方大威徳《さいはうだいゐとく》、北《ほつ》方金剛夜叉明王《ばうこんがうやしやみやうわう》、中央大聖《ちうあうだいしやう》、不動《どう》明王の、索《さつく》にかけて、祈《いの》り祈《いの》られ、悪霊次第に、遠《とを》ざか

一 コトバとフシの中間的なもの。意味を強調し、語勢辞句に力を添えるため。
二 こういうこちらの悲運の時をねらって。
三 悪逆無道を重ねた末に、神仏の思召しに背き、天命によって没落した平家の一族。曲舞「西国下」の「悪逆無道のその積り、神明仏陀加護もなく…」を借りる。
四 安徳天皇。
五 【掛】雲客―雲霞。月卿雲客は公卿と殿上人。「雲霞のごとく」は物が多く集まってくることの譬え。

平家の怨霊の出現

六 急調な囃子につれて長刀を担いだシテが激しい勢いで登場、三ノ松で舟を見こみ舞台に走り入る。
七 平氏の祖は桓武天皇第五皇子葛原親王。知盛は桓武天皇より数えて十三代目。平家物語一・祇園精舎「桓武天皇第五の皇子、…九代の後胤讃岐守正盛が孫…」とある点に暗示を受けた脚色か。
八 【縁】浦―波―寄る。
九 波の音をたよりに、義経の出した舟の前に現れ出て、知盛が海中に沈んだのと同じように、義経を沈めてやろうと。【掛】出―出舟。知盛は壇ノ浦での合戦に、鎧二領を着て海中に沈んだが、ここは知盛の姿に、能登守教経が安芸太郎・次郎兄弟を両脇に挟んで海中に沈

れば、弁慶舟《ふな》子に、力を合《あ》はせ、御《(お)》舟《ふね》を漕《こ》ぎ退《の》け、汀《(みぎは)》に寄《よ》すれば、猶《(なほ)》怨霊は、慕《した》ひ来《(きた)》るを、追払《(おッ)ぱら》ひ祈《いの》り退《の》け、又引《(ひく)》塩に、揺《ゆ》られ流れ、又引《ひ》く塩《しほ》に、揺《ゆ》られ流《なが》れて、跡[一七]白《しら》浪とぞ、なりにける。

怨霊を祈り退ける

んだことを重合させているか。

一〇 [掛]艫―知盛。

一一 [掛]言ふ―夕波。

一二「巴波の紋」は波が渦巻く形を取り合わせた紋様。その紋様のようにぐるぐると長刀を振り回すさま。

一三 どうしてよいかわからぬ状態。

一四 相手が怨霊では武器よりも祈禱だと、の意。

一五 舞の本「四国落」に「苛高数珠を取り出し、さらさらと押し揉んで、東方には降三世明王…中央大聖不動明王」とある。

一六 以下「不動明王」まで、密教で信奉する五大尊明王に助力を乞う祈禱の句。→「葵上」一五三頁。

一七 [掛]知らず―白波。

賀《か》茂《も》

脇能物　古称、矢立賀茂（矢卓鴨）
荒神物　金春禅竹作（能本作者注文）

場景　前場―山城国糺(ただす)の森、下賀茂社の神域、ある初秋の一日。後場―同じ所。同じく、夜から深夜。

人物　前ジテ　里の女〔増・唐織着流女〕
後ジテ　別雷(わけいかづち)の神〔大飛出・大飛出〕
前ヅレ　里の女〔小面・唐織着流女〕
後ヅレ　御祖(みおや)の神〔小面・天女〕
ワキ　室明神の神職〔大臣〕
ワキヅレ　従者〔大臣〕（二人）
アイ　賀茂の末社の神〔末社〕

梗概　播磨国室明神と都の賀茂明神とは一体であるからと、室の神職が、清き流れの源たる賀茂社に参詣する。糺(ただす)の森、御手洗(みたらし)川の辺りでは二人の水汲む女が清く澄む川の音も涼しげな夏の木陰を謳っている。神職が川辺の新しい祭壇に白羽の矢を立ててある謂れを尋ねると、女は、昔、秦氏女(はだのうじによ)が川上から流れ来た白羽の矢を拾い帰ったところ思わず懐胎して男子を出産、その子が別雷神で、その母と矢とともに賀茂三所(みところ)の神となったと語る。女たちはなおも清冽な川水を汲み(川尽くし)、やがて自分はその神であると告げ、木綿四手(ゆうしで)に立ち紛れて消え失せた(中入)。末社の神が賀茂明神の来歴を述べ、舞を舞うと、天女姿の御祖神(みおやのかみ)が現れて神徳と曇らぬ御代を讃え舞の袖を翻し、袖を川水にひたして涼むや、山河草木動揺して別雷の神が登場。雨を降らし、とどろとどろと踏み轟かして五穀豊穣を予祝し、御祖神は糺の森へ、別雷神は虚空へと飛び去った。

素材・主題　賀茂の縁起は諸書に見えるが、本曲は秦氏本系帳（「本朝月令」所引）の所説が変型を伴いつつ天台系口伝のうちに流伝したとされる神道雑々集などの所説に拠り、荘厳たる賀茂の神域で、風も涼しく水清く澄みゆく夏から秋に移りゆく季節を背景に、御手洗川に水を汲む女たちの姿と賀茂の神秘、および御祖神と別雷神の来臨と祝福を描く。前場は、「清き水上・清き心に澄む水」「風も涼しき」などの表現に象徴される清冽な季節感が女たちの心象風景とも重なり、川水を汲む姿に神の心を汲む意もこめる。前ジテに対応するのは後ヅレの御祖神。別雷神は後場だけに登場する別役であろう。脚注でも触れたが詞章・修辞に禅竹の特徴が顕著で、禅竹作と認められる。なお、間狂言は特殊演出「御田(おんだ)」では、神主と早乙女たちが歌う田植のさまを見せる。

【一】[一]〔真ノ次第〕〈次第〉ワキ・ワキツレ　〽清《きよ》[二]き水上《みなかみ》尋《たづね》てや、清き水上尋てや、賀茂[三]の宮居に参《まい》らむ。

一　後見が、矢立台の作り物を正先(しょうさき)に出す。
二　「水上」（源流）に室明神の本社の意をこめる。「水」は本曲の鍵語で清澄さを象徴。以下「水」を軸に物語が展開する。「君がため三くに移りて清き川の流れにすめる賀茂の端垣」（風雅集・神祇・鴨祐光）。
三　賀茂別雷(かもわけいかづち)神社（上賀茂社）と賀茂御祖(かもみおや)神社（下賀茂社）。
四　この名ノリは賀茂明神の神職が明神と一体の葛城の明神へ参詣する「代主」（古名、矢立賀茂）に近似。
五　現兵庫県揖保郡御津町室津。播磨国での賀茂別雷神社領荘園の一。中世瀬戸内航路の重要港湾。
六　[付]室―とづる戸ぼそ。
七　[掛]（室の）と―扉、開―未明、裁―立。[序]とぼそ（樞）―未明(あけぼの)。
八　飾磨（現姫路市）地方特産の染料。以下、かちぢ行(ゆく)、行舟、舟も上る、上る雲井、久堅の月、月の都、都の山、山陰の賀茂、と続く。[掛]かちぢ（褐）―徒歩路。[縁]衣―播(はり)―栽―色―染むる、染むる―かちぢ（褐）、のぼる―舟―雲―月―山、月―雲―陰―宮。「都の山」は歌語。[付]鴨―山かげ。
九　囃子につれてツレを先立てシテが登場、二人とも水桶を持つ。
一〇　前ジテ・ツレの登場歌は「清き心に澄む水の」「心も澄める水(桶)」など、川の水の清澄さと心の清らかさを強調。　一一　真直ぐな

〈名ノリ〉[四]ワキ「抑是《そもそもこれ》は播州《ばんしう》[五]室《むろ》の明神に仕《つか》へ申《まうす》神職の者なり、扨《さて》も都の賀茂と、当社室の明神は御《ご》一体にて御座候へども、いまだ参詣申さず候程に、この度《たび》思ひ立《たち》都の賀茂へと急《いそぎ》候。

〈上歌〉ワキ・ワキツレ へ播磨潟《がた》、[六]室のとぼそ[七]の末明《あけぼの》に、室のとぼその末明に、たつ旅衣色染《そ》むる、[八]飾磨《しかま》のかちぢ行《ゆく》舟も、上《のぼ》る雲井や久堅《ひさかた》の、月の都の山陰《やまかげ》の、賀茂の宮居《みやゐ》に着《つき》にけり、賀茂の宮居に着にけり。

【二】[九]〔真ノ一声〕〈一セイ〉二人 へ[一〇]御手洗《みたらし》や、清き心に澄《す》む水の、賀茂の河原《かはら》に出《い》づるなり

ツレ女 へ[一一]直《すぐ》に頼まば人の世も　二人 へ神ぞ糺《ただす》の道《みち》ならむ。〔アシライ歩ミ〕

〈サシ〉シテ へ半《なかば》行《ゆ》く空水無月《みなづき》の影更《ふけ》て、秋程もなき御祓川《みそぎがは》[一二]　二人 へ風も涼しき夕波に、心[一三]も澄《す》める水桶の、[一四]もち顔《がほ》ならぬ身にしあれど、命の程はちはやぶる、神に歩《あゆみ》を運《はこ》ぶ身の、宮居曇《くも》らぬ心かな。

〈下歌〉二人 へ頼む誓ひは此神に、[一五]よるべの水を汲《く》まふ《う》よ。

〈上歌〉二人 へ[一六]御手洗の、声も涼《すず》しき夏陰《かげ》や、声も涼しき夏陰や、糺の森の梢より、[一七]初音《ね》古《ふ》り行《ゆく》郭公《ほととぎす》、[一八]猶過《なほす》ぎがてに行《ゆき》やらで、今《いま》一通村雨《ひととほりむらさめ》の、雲もかげろふ夕づく日《ひ》、[一九]夏《なつ》なき水の川隈《かはぐま》、[二〇]汲《く》まずとも影《かげ》は疎《うと》からじ、汲まずとも影は疎からじ。

【三】〈問答〉ワキ「いかに是なる水汲《く》む女性《によしやう》に尋《たづねまうす》申べき事の候　シテ女「これは此《この》あたりにて

は見馴《な》れ申さぬ御事なり、いづくよりの御参詣にて候ぞ　ワキ「実《げに》よく御《ご》覧じ候物かな、

心で信心するなら、この濁った人の世も、神が正しく導いてくれる。

室から賀茂へ

一二 御祓川は六月晦日に夏越《なごし》の祓が行われる川。ここは賀茂の御手洗川。掛水無月—月。

一三 心も澄む水を桶に汲み、重用される身ではないが、命の続く限り千年までも神に詣でる私の心は、この宮居と同様、少しの翳りもない。掛水桶—身、持ち—持ち顔、千早振—千。

一四 西行に「…陰もち顔に鳴く蛙かな」(山家集・中・雑)などとあるが未詳。

一五 掛依り—寄辺。「よりべの水とは、神社に瓶を置たるに溜れる水也」(袖中抄)。

一六「聞くたびに頼む心ぞ澄みまさる賀茂の社の御手洗の声」(玉葉集・神祇・藤原定家)。「夏陰」は万葉語。禅竹作「賀茂物狂」の「山陰の、賀茂の川波、糺の森の緑も夏木立、涼しき色は夏なれや」と似る。

一七「聞きあへず人に語ればわがための初音ふりぬる郭公かな」(草根集)。掛降り—古り。

一八「行きやらで山路暮らしつ郭公今一声の聞かまほしさに」(拾遺集・夏・源公忠)を借り「今一通村雨の」と続けた。

一九「山陰やうだの氷室のうたかたも夏なき水の上ぞ涼しき」(草根集)を借りる。「夏な

これは播州室の明神の神職の者《もの》にて候が、初《はじ》めて当社に参りて候、先々《まづまづ》是なる河辺《かはべ》を見れば、一新く壇を築《つ》き、白木綿《しらゆふ》に白羽《しらは》の矢を立《た》て、剰《あまつさ》へ二渇仰《かつがう》の気色《けしき》見《み》えたり、是はそも何と申たる事にて候ぞ　シテ「扨《さて》は室の明神よりの御参詣にて候ぞや、またこれなる御《おん》矢は当社の御神体とも御神物《ごじんもつ》とも、ただ此《この》御矢の御事なり、〽三あからさまなる御事なり共《とも》、渇仰《かつがう》申させ給ひ候へ　ワキ カヽル〽げに有難き御事かな、扨々《さてさて》当社の四神秘《じんぴ》にをひ《おい》て、様々有《ある》べき其中に、「分《わき》て此矢の御謂《いはれ》、委《くはし》く語《かた》り給ふべし　シテ「惣じて神の御事を、五あざあざしくは申さね共《ども》、あらあら一義《いちぎ》を顕《あらは》すべし。

〈語リ〉六 シテ「昔此《この》賀茂の里に、秦《はだ》の氏女《うぢによ》といひし人、朝な夕なこの河辺に出《いで》て水を汲《く》み神に手向《たむけ》けるに、有時《あるとき》河上より白羽の矢一《ひとつ》流れ来り、此水桶に止《と》まりしを、取《とり》て帰《かへ》り庵《いほり》の軒にさす、主《あるじ》思はず懐胎し男子《なんし》を産《む》めり、此子三歳と申《まうし》時、人々七円居《まとゐ》して、父はと問《と》へば此矢を指《さ》して向《む》かひしに、此矢すなはち鳴《な》る雷《いかづち》となり、天にあがり神となる、別雷《わけいかづち》の神《しん》是なり。

〈掛合〉ツレ女〽其《その》母御子《みこ》も神《かみ》となりて、八鴨三所《かもみところ》の神所《しんしよ》とかや　シテ〽さやうに申せば憚《はばか》りの、誠の神秘《じんぴ》は愚《をろ》かなる　二人〽身に弁《わきま》へはいかにとも、いさ九白真弓《しらま》やたけの人の、治めむ御《み》代《よ》を告《つ》げ白羽の、八百万代《やほよろづよ》の末までも、弓筆《ゆみふで》に残す心なり。

〈掛合〉ワキ カヽル〽能々《よくよく》聞《き》けば有難や、一〇扨々《さてさて》其矢は上《のぼ》る代の、今末の世に当《あ》たらぬ矢までも、

き水」は夏の暑さを覚えぬ清涼な川。　二〇「川隈」(水の流れが曲り淀む所)と連韻。

以上三五五頁

一 土を盛り上げ、そこに白木綿の幣帛と白羽の矢を立てた祭壇。　二 仰ぎ尊ぶ様子が見える。　三 卒爾ながら。　四「ジンピ 神の神秘」(日葡)。　五 はっきりとは申し上げないものですが、ざっと一通りのわけを説明しましょう。　六 この〈語リ〉の内容は神道雑々集・上・賀茂社の記事が近い。　七 団欒。　八 上賀茂の別雷命、下賀茂の玉依姫命(たまよりひめのみこと)、松尾(まつのお)の大山咋命(おおやまくいのみこと)。　九 [序]白真弓—やたけ。[掛]知らず—白真弓、矢—弥猛(やたけ)、知らず—白羽、矢—八百万代。[縁]矢—白真弓—やたけ—白羽—八百万代—弓筆。「弥猛の人」は勇ましい武者。武者が治め給う御代からここは将軍家をさし、文安六年(一四四九)四月二十九日将軍宣下のあった足利義成(義政)を讃美するか。　一〇 それにしても、その矢は上代に天に上り、今の末代には伝わらないのに、どうしてその時のものでない矢が御神体なのか。[縁]矢—当たらぬ。　一一 同じ賀茂川も川瀬によって名

賀茂の縁起

が変わることとの例。　一二「石川や瀬見の小川の清ければ月も流れを

御神体なる謂《(いはれ)》はいかに　シテ「実《(げに)》よく不審し給へ共《(ども)》、隔《へだ》てはあらじ何事も　ワキ カヽル へ心からにて清《す》むも濁るも　シテ へ同《おな》じ流れの様々に　ワキ へ賀茂の川瀬も変《か》はる名の

シテ へ下《(しも)》[一一]は白《しら》河　ワキ へ上《(かみ)》は賀茂川　シテ へ又そのうちにも　ワキ へ変《か》はる名の。

〈上歌〉同 へ石[一二]川や、瀬見《せみ》の小川の清《きよ》ければ、瀬見の小川の清ければ、月も流れを尋《(たづね)》てぞ、す[一三]むも濁《にご》るも同じ江の、浅からぬ心もて、何疑ひのあるべき、年[一四]の矢の、迅《はや》くも過《(すぐ)》る光陰《(くわういん)》、惜《お》しみても、帰《かへ》らぬは元《もと》[一五]の水、流れはよも尽《つ》きじ、絶《(たえ)》せぬぞ手向《(たむけ)》なりける。

【四】〈下歌〉同 へいざいざ水を汲《く》まふ《(う)》よ、いざいざ水を汲まふ《(う)》よ。

〈ロンギ〉地 へ汲《(くむ)》や心もい[一六]さぎよき、賀茂の川瀬の水上《(みなかみ)》は、いかなる所なるらん　シテ へいづくとか、岩[一七]根松が根《ね》凌《しの》ぎ来《く》る、瀧津流《なが》れは白玉の、音《(おと)》ある水や貴布禰川《(きぶねがは)》　地 へ水[一八]も無《な》く見《み》えし大井河、それは紅葉《(もみぢ)》の雨と降《ふ》る　シテ へ嵐[一九]の底《そこ》の戸難瀬《(となせ)》[二〇]なる、浪も名にや流《なが》るらん　地 へ清瀧川の水汲《く》まば、高[二一]根の深雪《(みゆき)》と融《と》けぬべき　シテ へ朝《あさ》日待《ま》ち居《ゐ》て汲《く》まふ《(う)》よ　地 へ汲《(くま)》ぬ音[二二]羽の瀧波《なみ》は　シテ へ受《う》けて頭《かしら》の雪《ゆき》とのみ　地 へ戴《(いただ)》く桶も　シテ へ身の上《うへ》と　同 へ誰《(たれ)》も知《し》れ老《お》ひ《(い)》らくの、暮《く》[二三]るるも同《おな》じ程なさ、今日《けふ》の日も夢の現《うつつ》ぞと、映《うつ》ろふ影《かげ》は有《(あり)》ながら、濁りなくぞ水掬《むす》[二四]ぶの、神の慮《こころ》汲《(くま)》ふ《(う)》よ、神の御慮《こころ》汲《く》まふ《(う)》よ。

【五】〈掛合〉ワキ「げに有難き御事かな、か様《(やう)》に委《(くはし)》く語《(かたり)》給ふ、御身はいかなる人や覧《(らん)》　シテ へ誰《(たれ)》とは今は愚《をろ》かなり、カヽル へ汝知《し》らずや神慮に赴《をもむ》き、迎《むか》へ給はば君を守《まも》りの、此《(この)》神徳を

尋ねてぞすむ」(新古今集・神祇・鴨長明)に基づく。　一三 澄むも濁るも同じ川の流れ、この和光同塵の深い心を知れば。[掛]住む―澄む、江―縁。[序]同じ江―浅からぬ。　一四 月日の流れの迅速なことをいう慣用表現。「矢のように過ぎ去る年、または時。詩歌語」(日葡)。　一五「行く川の流れは絶えずして、しかももとの水にあらず」(方丈記)に基づく。全て常住不変の意。　一六 以下、賀茂川の上流から始まる川尽くしの〈ロンギ〉は、川水を

川尽くしの水汲み

汲むわざに、神慮を汲む心象風景を重ねる。[掛]清き―潔き、言はね―岩根、滾つ―瀧津、知―白玉、緒―音、来―貴布禰川。[付]瀧―ひゞく・岩根・白玉。　一七「貴船川玉散る瀬々の岩波に氷を砕く秋の夜の月」(千載集・神祇・藤原俊成)。　一八「水もなく見えこそわたれ大井川岸の紅葉は雨と降れども」(後拾遺集・秋下・藤原定頼)。　一九 嵐山をふまえる。「嵐の底」は中世歌語。　二〇 戸無瀬の滝をふまえ清瀧川を導く。「戸無瀬川音には瀧と聞きつれど…」(続古今集・冬・源俊房)等。　二一「降りつみし高嶺の深雪とけにけり清瀧川の水の白波」(新古今集・春上・西行)に基づく。「嵐の底」と対。　二二 詞書に「比叡の山なる音羽の瀧を見てよめる」とし

告《つ》げ知《し》らしめむと、顕《あらは》れ出《(いで)》て。

〈上歌〉同 〽恥かしや我姿、恥《は》づかしや我姿の、誠を｜顕《あらは》さば浅猿《(あさまし)》[一]やな、あさまにや成《(なり)》なん、よし名ばかりはしら[二]真弓《まゆみ》の、やごとなき神ぞかしと、ゆ[三]ふしでに立《(たち)》紛《まぎ》れて、神隠《(かみがくれ)》に成《(なり)》にけりや、神隠に成にけり。 〔[四]中入来序〕

【六】〈名ノリ・語リ・舞〉（[五]アイの末社の神が賀茂明神の謂れを語り、舞を舞う）

【七】〔出端〕〈サシ〉天女 〽あら有難の折《おり》からやな、われ此《(この)》宮居に地を占《し》めて、[六]法界無縁の衆生をだに、一子《(いつし)》と思《おぼ》しみそなはす、御祖《みおや》の神徳、仰《あふ》ぐべしやな、曇《くも》らぬ御代《(みよ)》を守《まも》るなり。

【八】〈掛合〉地 〽守るべし守《まも》るべしやな、君の恵《めぐ》みも今此時《(この)とき》 天女 〽時至るなり時《とき》いたる。

〈ノリ地〉地 〽[七]感応《(かんおう)》あれば、[八]影向《(やうがう)》微妙《(みめう)》の、[九]相好《(さうがう)》荘厳《(しやうごん)》、まのあたりに、有難や。 〔天女ノ舞〕

【九】〈ノリ地〉同 〽賀茂の山並《なみ》、御手洗《(みたらし)》の影《かげ》、賀茂の山並、御手洗の影、[一〇]映《うつ》り映《うつ》ろふ、緑《みどり》の袖を、水に浸《ひた》して、[一一]涼《すず》みとる、涼みとる、裔《(もすそ)》を沾《うるほ》す、折からに。

〈キザシグリ〉同 〽[一二]山河《(さんか)》草木動揺《さうもくどうえう》して、まのあたりなる別雷《(わけいかづち)》の、神体来現し給へり。

【一〇】〔早笛〕〈名ノリグリ〉後シテ 〽[一三]我は是[一四]王城《(わうじやう)》を守《まも》る君臣《(くんしん)》の道、[一五]別雷《わけいかづち》の神《(しん)》なり。

〈ノリ地〉地 〽あるひ《(い)》は[一六]諸天、善神《(ぜんじん)》となつて、虚空に飛行《(ひぎやう)》し シテ 〽又は[一七]国土を、垂迹《(すいしやく)》の方便 地 〽[一八]和光同塵《(わくわうどうぢん)》、結縁《(けちえん)》の姿、あら有難の、御事やな。 〔舞働〕

〈ノリ地〉シテ 〽[一九]風雨《(ふうう)》随時《ずい(じ)》の、み空《そら》の雲井 同 〽風雨随時の、み空の雲井 シテ 〽別雷《わけいかづち》の、

て「落ちたぎつ瀧の水上《(みなかみ)》年積もり老いにけらし黒き筋なし」(古今集・雑上・壬生忠岑)をふまえ「受けて頭の雪とのみ」と続けた。[付]頭—雪・霜をいただく、白髪—瀧の糸。 三三 [掛]来—暮、移—映。 三四 [掛]見—水掬ぶ—産霊《(むすぶ)》—結ぶの神。奥義抄に「結ぶの神は産《(ぶう)》の神なり。産霊と書けり」。産霊の神は天地万物を生み出す神。

御祖の神の出現

——以上三五七頁

一 顕(あらわ)になることと朝になることを重ねる。「恥づかしやあさましや、あさまにもなりぬべし」(「葛城」)。 二 [掛]知—しら真弓。[序]しら真弓—や(矢)ごとなき。 三 [掛]言ふ—木綿四手(ゆふしで)。木綿で作った幣(ぬさ)。「白木綿」と同義。 四 厳かな来序の囃子でシテとツレは退場。そのあと軽快なリズムに変わりアイ(末社の神)が登場する。 五 間狂言の特殊演出「御田(おんだ)」の時は、神主と大勢の早乙女が登場、歌いつつ田植のさまを演じる。

別雷の神の来現

六 神仏には無縁の衆生でさえ、おしなべて子として慈悲を下さる。「一子」は「御祖」と対。 七 信心が神に通じたので。「感応垂れ給へば」(「志賀」)。 八 神仏の来現。 九 その身を飾った美しい容姿。御

雲霧を穿《うが》ち　地〽[二〇]光《ひかり》稲妻《いなづま》の、稲葉《いなば》の露にも　シテ〽宿《やど》る程だに、[二一]なる雷《いかづち》の　地〽雨を起《を》こして、降《ふ》り来《く》る足音《あしおと》は　シテ〽ほろほろ[二二]　同〽ほろほろ、とどろ、とどろと、踏《ふみ》轟《とどろ》かす、[二三]鳴神《なるかみ》の鼓の、時も至れば、[二四]五穀成就も、国土を守護し、治《おさ》まる時には、此神徳と、威光を顕《あらは》し、おはしまして、御祖《みおや》の神《しん》は、糺《ただす》の森に、飛去《とびさり》飛去、入《いら》せ給へば、なを《ほ》[二五]立《た》ち添《そ》ふや、雲霧《きり》を、[二六]別雷《わけいかづち》の、神《かみ》も[二七]天路《あまぢ》に、攀《よ》ぢ上《のぼ》り、神《かみ》も天路《あまぢ》に攀《よ》ぢのぼつて、虚空に上《あ》がらせ、給ひけり。

祖の神の端麗な姿の形容。「微妙の相好」は元来、仏の身体の表現。
二〇 賀茂の緑が御手洗川に映り、山と川の緑が天女の袖を緑に染め。[付]緑―空・水・野山。 二一 他流「すすみとる」。 二二 神仏の来現を予兆。「山河草木震動して」(「泰山府君」)。 二三 「抑これは王城(宝生・下掛)。 二四 賀茂社は「王城の鎮守」(賀茂皇太神宮記)とされた。 二五 [掛](君臣の道)別け―別雷。
二六 梵天・帝釈天など天上界の神や善神。ともに仏法守護の神。
二七 国土守護の方便として神と現れ。 二八 仏が威光を和らげ世俗の塵に交わり、衆生と結縁すること。
二九 雷神は風雨を自在に司る。[付]いかづち―あま雲・風はげし。「風雨随時」は後文の「五穀成就」と対。風雨それぞれ時に随って農に適し、五穀が豊かに稔ること。
三〇 「秋の夜に幾度ばかり照らすらん稲葉の露に宿る稲妻」(六百番歌合・秋上・藤原兼宗)。[付]稲妻―秋の始の物也・光のま・露に宿る・秋の田のほのうへ。 三一 [掛]成―鳴る。
三二 「ほろほろ」は小さい足音、「とどろとどろ」は大きい足音。雨足の音と鳴り響く雷の音に擬した。
三三 [縁]鳴神―鼓。 三四 別雷の神の雷鳴と雨水の恵みにより五穀成就も疑いない。 三五 [縁]立ち―雲霧。
三六 [掛](雲霧を)別け―別雷。
三七 天界に上ってゆく道。

兼平《かねひら》

修羅物
勇士物　作者不明(近江能か)

場景　前場—近江国矢橋(やばせ)から粟津までの舟の中。初夏のある日。後場—粟津の原。翌日の夜から深夜。

人物　前ジテ　柴舟の老船頭〔笑尉・着流尉〕
後ジテ　今井兼平の霊〔平太・修羅物〕
ワキ　旅の僧〔着流僧〕
ワキヅレ　随伴の僧〔着流僧〕
アイ　渡し守〔肩衣半袴〕

梗概　木曾の山家の僧が随伴の僧と木曾義仲の跡を弔うため、近江の粟津に向かう途中、矢橋(やばせ)の浦で、柴舟を漕ぎ近づいて来る老船頭に便船を頼む。一度は拒否されるが、出家の身とて老人は僧たちを舟に乗せ、舟上から見渡す比叡の名所を教え、山麓の日吉(ひえ)大宮の縁起を説くうちに、初夏の湖上を急ぎ粟津に送りとどけ、忽然と姿を消す(中入)。浦の渡し守が僧の問いに答えて義仲や兼平の事を語り、供養を勧める。夜、粟津の原で亡き跡を弔う僧の前に、甲冑姿の今井の四郎兼平の霊が現れ、我が名を明かす。夢かと尋ねる僧に対し、昨日の船頭であると告げ、この柴舟を法の舟として彼岸浄土へ渡してほしいと頼む。やがて兼平の霊はまず木曾殿の苦戦の有様と最期の様子を語り、主君の弔いを乞い願う。さらに僧の問いに答えて、一騎当千の秘術を尽くしたが多勢に無勢、ついに太刀を銜(くわ)えて馬より落ちた壮烈な兼平の最期を語る。

素材・主題　平家物語九の「木曾最期」にもとづき、主君義仲の最期を忠臣兼平の側から描く。戦いに敗れ、主従二騎で敗走し、自害せんとするも流れ矢に射落とされた義仲の最期と、壮絶な兼平の最期の仕儀を描く後場が主体。旅僧を乗せた柴舟が夏山の青葉が映る湖面を矢橋から粟津まで進みゆく前場は、舟上から眺める比叡の山容と縁起を述べ、独立性が強く、後場の合戦譚とは関連が薄い。舟の到着とともに船頭が姿を消す形も異例で、合戦場面に平家物語を丸取りする描写も、世阿弥の修羅能の手法とは異なる。そうした点からも近江猿楽の犬王が演じた「柴舟の能」(申楽談儀)の存在が気になり、ワキの詞章や間狂言も含め、現存本の形に整う前史も様々に想像される。

【一】〔次第〕〈次第〉ワキ・ワキツレ　＼始《はじ》めて旅を信濃路や、始めて旅を信濃路や、木曾の行ゑ《ゆくへ》を尋ねん。

一 初めての旅、信濃路を越え、木曾殿の跡を尋ねよう。下掛の〈次第〉は末句が「木曾の山家を出でうよ」。囲し(する)—信濃路。
二「山の中にある家」(日葡)。ここは山里の意。
三 源義仲。義賢の二男。木曾で成長、木曾左馬頭(さまのかみ)義仲とも。寿永三年(一一八四)正月、近江の粟津で討死(平家物語九・木曾最期)。
四 現大津市膳所粟津の辺。「木曾殿の御めのと子、今井の四郎兼平、生年卅三」(平家物語九・木曾最期)が義仲と共に奮戦し討死した場所。「めのと子」は乳兄弟。主従ながら兄弟同然の仲で、主従の義と兄弟の情で結ばれていた。本曲の背景。
五 木曾川峡谷にある桟道。歌枕。「名にし負ふ」(有名な)は上下に掛かる。
六 草の陰、陰野、陰野の仮枕、と続けた。道のべの草の陰野の宿りを重ねて旅する心。
七 現滋賀県草津市。「山田矢橋」と熟して言い、大津、湖西への名高い渡船場。
八 後見が柴舟の作リ物を常座に置く。
九 生業(なりわい)の辛さ(憂き)をも我が身に背負う柴積み舟の渡世、柴を焚かぬ先に世の憂きために胸焦がれつつ、今日も舟を漕いでいる。縁憂き(木)—柴。「積む」は「憂き」と「柴」を「積む」意を兼ねる。
一〇 囲焦—漕。付こがるゝ—舟・思。
一一 都合よく来合わせた船に乗る。
一二 私も柴船とお見うけしたので

〈名ノリ〉ワキ「是《これ》は木曾《きそ》の山家《やまが》[二]より出《いで》たる僧にて候、扨《さて》も木曾殿[三]は、江州《がうしう》[四]粟津《あはづ》が原にて果《はて》給ひたるよし承《うけたまはり》及《および》候程に、彼《かの》御跡をとぶらひ《ム》申さばやと思ひ、唯今《ただいま》粟津が原へと急《いそぎ》候。

〈上歌〉ワキ・ワキツレ〽信濃路や、木曾のかけ橋名にし負《お》ふ、木曾のかけ橋[五]名にし負ふ、其跡弔《と》ふや道の辺《べ》の、草[六]の陰野《かげの》の仮《かり》枕。夜《よ》を重《かさね》つつ日を添《そへ》て、行《ゆけ》ば程《ほど》なく近江路や、矢橋《やばせ》[七]の浦に着《つき》にけり、矢橋の浦に着にけり。

【二】〔一声〕[八]〈一セイ〉シテ〽世[九]の業《わざ》の、憂《う》きを身に積《つ》む柴舟《しばぶね》や、焚《た》かぬ前《さき》よりこがる[一〇]覧《らん》。

【三】〈問答〉ワキ「なふなふ其舟《ふね》に便船《びんせん》[一一]申さうなふ　シテ「是は山田矢橋の渡し舟にてもなし、御覧候へ柴積《つ》みたる舟にて候程に、便船は叶ひ候まじ　ワキ「こなた[一二]も柴船と見申て候へばこそ便船とは申候へ、折節《をりふし》渡《わた》りに舟もなし、出家の事にて候へば、別《べち》[一三]の御利益に、カヽル〽舟《ふね》を渡して賜《た》び給へ　シテ〽実《げに》も実《げに》も出家の御身なれば、「余の人には変《か》はり給ふべし、実《げに》御経にも如渡得船《によどとくせん》[一四]　ワキ〽舟待得《まちえ》たる旅行《りよかう》の暮　シテ〽かかる[一五]折《おり》にも近江[一六]の海の

二人〽矢橋《やばせ》を渡《わた》る舟ならば、それは旅人《りよじん》の渡《わた》し舟なり。

〈上歌〉同〽是[一七]は又、浮世[一八]を渡《わた》る柴舟の、浮世を渡る柴舟の、乾《ほ》[一九]されぬ袖も見馴《なれ》[二〇]棹《ざを》の、見馴《な》れぬ人なれど、法《のり》[二一]の人にてましませば、船[二二]をばいかで惜《をし》むべき、疾《と》く疾《と》く召《めさ》れ候へ、疾く疾く召れ候へ。

【四】〈問答〉ワキ「いかに船頭殿に申《まうす》べき事の候、見《み》え渡りたる浦山は皆名所にてぞ候らん

便船と申しあげました。諸本「…候へども、折節…」。一三 僧侶を助けると特別の功徳があるといわれた。「出家の事で御ざれば利益にもなりませう程に、何卒舟に乗せて下されい」（狂言「薩摩守」）。一四「如二子得一母、如二渡得一船」（法華経・薬王品）。仏の慈悲は渡りに

矢橋の浦

船を得たるが如しといわれる言葉が、今目前になったと興ずる心。一五 掛斯かる—掛かる。一六 掛逢身—近江。一七 舟は「旅人の渡し舟」と「浮(憂き)世を渡る柴舟」の両意。一八 縁浮(憂き)—渡—船。一九 涙と波に濡れ乾く間もない袖。二〇 掛見馴れ—水馴棹。「みなれ」と重韻。二一「法の人」は僧。「法」は「乗り」に音通で「舟」の縁語。二二 乗船をどうして惜しみましょうか。

以下三六二頁

一「山王」は日吉山王権現の略。日

柴舟の老舟人

吉神社の摂社の総称。上(かみ)七社・中(なか)七社・下(しも)七社の二十一社。二 日吉神社後方にある八王子山。三「坂本」は現滋賀県大津市。比叡山東麓、日吉神社の所在地。「戸津」は坂本の東方琵琶湖岸。四 都から東北の方角。鬼門。五 比叡山。鬼門を守り国家を鎮護

シテ「さむ候《ザウラウ》名所にて候、御尋《おんたづね》候へ教《をしへ》申候べし　ワキ「先《まづ》向《む》かひにあたつて、太山《たいさん》の見《み》えて候は比叡山候《ザウラウ》か　シテ「さむ候《ザウラウ》あれこそ比叡山にて候へ、麓《ふもと》に[一]山王二十一社、茂《しげ》りたる嶺《みね》は[二]八王子、[三]戸津《とづ》坂本の人家迄残《のこり》なく見えて候　ワキ「扨《さて》あの比叡山は、[四]王城より艮《うしとら》にあたつて候よなふ　シテ「中々の事それ[五]我山《わがやま》は、王城の鬼門《きもん》を守り、悪魔を攘《はら》ふのみならず、カヽル〽[六]一仏乗の峰と申《まうす》は、伝聞《つたへきく》[七]鷲の御山《みやま》を象《かたど》れり、[八]又天台山と号《かう》するは、[九]震旦《しだん》の四明《しめい》の洞《ほら》を模《うつ》せり、「[一〇]伝教《でんげう》大師桓武《くわんむ》天皇と御《おん》心を一《ひと》つにして、延暦年中《ねんぢう》の御《ご》草創、[一一]我《わが》立《た》つ杣《そま》と詠じ給ひし、〽[一二]根本中堂《こんぽんちうだう》の山上《さんじやう》まで、残りなく見《み》えて候　ワキ「扨々《さてさて》[一三]大宮の御在所《ございしよ》波止土濃《はしどの》とやらんも、あの坂本のうちにて候か　シテ「さむ候《ザウラウ》麓にあたつて、少《すこし》木深《こぶか》き陰の見《み》え候こそ、大宮の御在所波止土濃《はしどの》にて御入《おんニり》候へ　ワキ「有難や[一四]一切衆生悉有仏性如来《いつさいしゆじやうしつうぶつしやうによらい》と聞《きく》時は、我等が身までも頼《たの》もしうこそ候へ　シテ「仰《おほせ》のごとく仏《ほとけ》衆生通《つう》ずる身なれば、御《お》僧も我も隔《へだ》てはあらじ、カヽル〽[一五]一仏乗の　ワキ〽嶺には[一六]舎那《しやな》の梢《こずゑ》を並《なら》べ　シテ「麓に止《し》観《くわん》の海を湛《たた》へ　ワキ　カヽル〽又[一七]戒定恵《かいぢやうゑ》の三学《さんがく》を見《み》せ　シテ〽[一八]三塔と名づけ　ワキ〽人は又。

〈歌〉同〽[一九]一念三千の、[二〇]きを顕はして、三千人の衆徒を置《を》き、[二一]円融《ゑんいう》の法《のり》も曇《くも》りなき、月の横[二二]川も見《み》えたりや、扨又《さてまた》麓はささ波や、志賀唐崎《から》の一松《ひとつまつ》、七社《しちしや》の神輿《しんよ》の、御幸《みゆき》の木ずゑなるべし、[二三]さざ浪の、見なれ棹《さを》[二四]こがれ行《ゆ》く程に、遠《とを》かりし、向《む》かひの浦波の、[二五]粟津の森は近《ちか》く

する霊場。「この日域の叡岳も、帝都の鬼門に峙ッて、護国の霊地也」(平家物語二・座主流)。 六 一乗とも。唯一成仏の教法たる法華経の所説。「一仏乗の峰とは比叡山を云也」(謡曲拾葉抄)。 七 釈迦が法華経を説いた天竺の霊鷲山《りようじゆせん》。日本の霊鷲山として比叡山をいう。 八 比叡山の山号。 九 中国の異称。四明山は天台山に

舟上から見渡す比叡の名所

連なる山系、頂上に洞があり、日月星辰の光を通すゆえにこの名がある。それにならい比叡山を四明山または四明岳と呼ぶ。 一〇 比叡山草創縁起として神道雑々集、太平記、「白鬚の曲舞」(二五九頁注二二)などに見える。 一一 「阿耨多羅三藐三菩提《あのくたらさんみやくさんぼだい》の仏たちわが立つ杣《そま》に冥加あらせ給へ」(新古今集・釈教・伝教大師)。 一二 比叡山延暦寺の本堂。 一三 山王上社の大宮権現。 一四 全ての人間はみな生来仏性を具えている。「一切衆生悉有仏性如来、常住無有変易と打つ浪の音の、蘆の葉にとまる故に、大宮権現波止土濃と申し奉る」(廃曲「童堂」)。 一五 以下、仏に縁のある叙景を列挙。救済を願う心を暗示する。掛一仏乗―一仏乗の嶺。 一六 天台宗の観法の遮那業(護国の

成《(なり)》て、跡は遠《とを》きささ浪の、[二六]昔ながらの、山桜は青《あを》葉にて、面影も夏山[二七]の、[二八]うつり行《ゆ》くや青《(あを)》
海《(うみ)》の、柴舟《ぶね》[二九]のしばしばも、暇《いとま》ぞ惜《お》しきさざ波《なみ》の、寄《よ》せよ寄せよ[三〇]磯際《ぎは》の、粟津に早《はや》く着《(つき)》にけり、
粟津に早く着にけり。　（[三一]中入）（シテは到着するや姿を消した態で棹を捨てて中入りし、ワキは舟から下りて脇座へ行く）

【五】〈問答・語リ・問答〉（[三二]アイの渡し守は、当番の自分以外の者が船を渡して僧たちを到着させたことを不審。僧の求めに応じ、木曾義仲、兼平の最期を語る。僧が先刻の出来事を話すと、兼平の霊であろうといい、供養を勧める）

【六】〈上歌〉ワキ〽[三三]露を片敷《かたし》く草枕、露を片敷く草枕、日も暮《(くれ)》夜《(よ)》にもなりしかば、[三四]粟津の原の
あはれ世《よ》の、亡《な》き跡いざやとぶらはむ《ム》、亡き跡いざやとぶらはむ《ム》。

【七】〔一声〕〈サシ〉後シテ〽[三五]白刃《(はくじん)》骨《ほね》を砕《くだ》く苦《(くるし)》び《ミ》眼睛《(がんせい)》を破《やぶ》り、[三六]紅波《(こうは)》楯《(たて)》を流《なが》す粧《(よそほひ)》、[三七]胡簶《やなぐひ》に残花《(ざんくわ)》を
乱《みだ》す。
〈一セイ〉シテ〽雲水《(くもみづ)》の、[三八]粟津の原の朝風に　地〽鬨《とき》つくり添《そ》ふ、声々《こゑごゑ》に　シテ〽[三九]修羅の巷《ちまた》
は騒《さは》がしや。

【八】〈掛合〉ワキ カヽル〽[四〇]不思議《ふしぎ》やな粟津の原の草枕に、甲冑《(かつちう)》を帯《(たい)》し見《み》え給ふは、いか成《(なる)》人にて
ましますぞ　シテ カヽル〽愚《をろか》と尋《(たづね)》給ふものかな、御身《(おんみ)》是まで来《(きたり)》給ふも、我亡《な》き跡を弔《と》はむ
ための、御心《こころ》ざしにてましまさずや、[四一]兼平これまで参りたり　ワキ カヽル〽今井の四郎兼平
は、今は此世に亡《な》き人なり、扨《(さて)》は夢にてあるやらん　シテ「[四二]いや今見る夢《ゆめ》のみか、現《うつつ》にも
はや見馴《みな》れ棹の、舟にて見《(み)》えし物語《がたり》、早《はや》くも忘《わす》れ給へりや　ワキ カヽル〽そもや船にて見《(み)》

真言を念誦）を嶺の梢に、止観業（護国の大乗経を念誦）を海（琵琶湖）に譬える。一七 戒律・禅定・智慧。仏道修行者が修めるべき修行項目。

粟津へ到着

一八 比叡山の東塔・西塔・横川の三塔が戒定慧の三学を象徴する意。一九 一瞬一瞬の心（一念）の内に全宇宙（三千世界）がある。天台宗の根本義。二〇 諸流「機」（機縁）をあてるが、「人ハ一念三千ノ義ヲ以テ員《(カズ)》トス」（太平記十八）に照らし「義」であろう。二一 一切の諸法は悉く円満で障害がないことを曇りなき月に譬えた。二二 [掛]夜—横川—良。二三 [序]さざ波—志賀。二四 [掛]漕—焦。二五 [序]浦波—粟（泡）津。二六「さざ波や志賀の都は荒れにしを昔ながらの山桜かな」（平家物語七・忠度都落）。[掛]乍—長等。二七 [掛]無し—夏山。二八 [掛]映—移、青海—淡海。二九「柴舟」と連韻。三〇 [掛]急—磯際。粟津へ急ぐ心。三一 前場全体が矢橋の浦から粟津の原までの湖上の道行で、シテが素姓を暗示もせず中入するのは異色。新機軸。三二 アイが本当の船頭で、前ジテがそれに入れ替わった設定は「項羽」と同工。なお「八島」もアイが本当の塩屋の主で前ジテが入れ替わったかたち。三三 [縁]露—草枕。「片敷く」は旅寝。こ

みえしとは、矢橋《やばせ》の浦《うら》の渡守の　シテ「其《その》船人こそ兼平が、現《うつつ》に見《み》えし姿なれ　ワキ

カヽル へさればこそ始《はじめ》より、様《やう》[一]ある人と見《み》えつるが、扨《さて》は昨日《きのふ》の舟人は　シテ へ舟《ふな》人にもあらず　ワキ へ漁父《ぎよふ》にも　シテ へあらぬ。

〈上歌〉同 へ武士《もののふ》[二]の、矢橋《やばせ》の浦《うら》の渡《わた》し守、矢橋《やばせ》の浦《うら》の渡《わた》し守《もり》と、見《み》えしは我ぞかし、同じくは此舟を、御法《みのり》[三]の舟に引《ひき》かへて、我を又彼《か》の岸に、渡《わた》して賜《た》ばせ給へや。

【九】〈クリ〉地 へ実《げに》や有為《うゐ》[四]生死《しやうじ》の巷《ちまた》、来《きた》つて去《さる》事速《はや》し、老少《らうせう》[五]もつて前後不同、夢幻泡影《むげんはうやう》[六]何《いづ》れならむ。

〈サシ〉シテ へただ是槿花一日《きんくわいちじつ》[七]の栄《えい》　同 へ弓馬《きうば》[八]の家にすむ月の、わづかに残《のこ》る兵《つはもの》の、七騎[九]となりて木曾殿は、この近江路に下り給ふ、兼平勢田《せた》[一〇]より参りあひて、又三百余騎に成《なり》ぬ

シテ へ其後《そののち》合戦度々《たびたび》にて、又主従《シウジウ》二騎に討《う》ちなさる　同 へ今は力なし、あの松原に落行《おちゆき》て、御腹《おんはら》召《め》され候へと、兼平勧《すす》め申せば、心細《ぼそ》くも主従二騎、粟津《あはづ》の松原さして落《おち》給ふ。

〈クセ〉同 へ兼平申やう、後《うしろ》より御敵《おんかたき》、大勢《おほぜい》にて追《を》つかけたり、防矢《ふせぎや》[一一]仕《つかまつ》らむとて、駒の手綱を返せば、木曾殿御諚《ごぢやう》ありけるは、多《おほ》くの敵《かたき》を逃《のが》れしも、汝《なんぢ》[一二]一所にならばやの、所存ありつる故《ゆゑ》ぞとて、同じく返し給《たま》へば、兼平又申やう、こは[一三]口惜《くちをし》き御諚かな、さすがに木曾殿の、人手《ひとで》にかかり給はむ事、末代の御《おん》恥辱、ただ御《おん》自害あるべし、今井もやがて参らむとの、兼平に諫《いさ》められ、又引つ返し落給《たま》ふ、偖其後《さてそののち》に木曾殿は、心細《ぼそ》くもただ一騎、粟津の原《はら》のあ

の〈上歌〉は、義仲の側近く仕えた女武者を描く「巴」の待謡に同じ。下掛「袖を片敷く草枕」、現観世・宝生・下掛「亡き影いざや弔はん」。

甲冑姿の兼平の霊

三四「粟」が「あはれ」と重韻。三五 白刃が骨を砕く苦しみは瞳を突き破る程の苦しみ。「眼睛」は瞳。「血は涿鹿《たくろく》の川となり、紅波楯を流しつつ、白刃骨を砕く苦しみ」(「箙」)をふまえるか。三六「紅波」は血潮の譬え。三七 あたかも簗杭に残花が乱れかかったように、胡簶には血潮が飛び散って。[掛]簗杭―胡簶。三八 [掛]泡―粟津。[縁]花―雲―泡。[序]雲水―泡(粟)津。三九 六道の一。常に闘諍を事とする。合戦の巷の意。四〇 ワキ謡は「八島」(四五七頁)に似る。四一 義仲を弔うワキ僧の旅枕に義仲の忠臣兼平の霊が現れた。四二 今見ている夢だけではなく、現実の出来事として、最前、舟でお目にかかり言葉を交わしたことを。[掛]見馴れ棹―水馴れ棹。

以上三六三頁

一 何か謂れのある方だと思っておりましたが。二 [序]武士―矢橋。三 御法の舟に変えて私を彼岸の浄土へ渡して下さい。前場の柴舟と御法の舟が呼応。四 万物が生滅流転する無常の世では、生と死が瞬く間に去来する。五 老人が先

なたなる、松原さして落給ふ　シテ〽比《ころ》は－睦月《むつき》の末つ方《かた》　同〽春めきながら冴《さ》えかへり、比叡の山風の、雲行《ゆく》空も暮《く》[一四]れはとり、あやしや通路《かよひぢ》の、末しら[一五]雪の薄氷《うすごほり》、深田《ふかた》に馬を駆《か》け落《お》とし、引《ひ》け共《ども》あがらず、打《う》てども行《ゆ》かぬ望月の、駒[一六]の－頭《かしら》も見《み》えばこそ、こは何《なに》とならむ身の果《は》て、せんかたもなく呆《あき》れはて、此儘《このまま》自害せばやとて、刀に－手をかけ給ひしが、去《さる》にても兼平が、行ゑ《ゆくへ》いかにと遠方《をちかた》[一七]の、跡を見返《かへ》り給へば　シテ〽いづくより来《きた》りけん

同〽今ぞ命《いのち》は槻《つき》[一八]弓の、矢ひとつ来《きた》つて、内甲《うちかぶと》[一九]にからりと入《いる》、痛手《いたで》にてましませば、たまりもあへず馬上《ばしやう》より、をちこち[二〇]の土となる、所[二一]は爰《ここ》ぞ我《われ》よりも、主君の御《おん》跡を、先《まづ》とぶ《ム》らひて賜《た》び給へ。

【一〇】〈ロンギ〉地〽実《げに》痛《いた》はしき物語、兼《かね》平の御《ご》最後は、何とかならせ給ひける　シテ〽兼平は[二二]かくぞとも、知《し》らで戦《たたか》ふ其隙《そのひま》にも、御《ご》最後の御《おん》供を、心にかくるばかりなり　地〽扨《さて》其後に思《おも》はずも、敵の方《かた》に声立《たて》て　シテ〽木曾殿討《う》たれ給《たま》ひぬと　地〽呼《よ》ばはる声を聞《きき》しより　シテ〽今[二三]は何をか期《ご》すべきと　地〽思ひ定めて兼平は　シテ〽是ぞ最後の荒言《くわうげん》[二四]と。

〈中ノリ地〉地〽鐙踏《あぶみふ》んばり　シテ〽大音《だいおん》あげ、木曾殿の御内《みうち》に今井の四郎　同〽兼平と名乗《なのり》かけて、大勢《おほぜい》に割《わ》つて入《いれ》ば、もとより－一騎当千《いつきたうぜん》[二五]の、秘術をあらはし大勢を、粟津の－[二六]汀《みぎは》に追《を》つ詰《つめ》て、磯[二七]打《う》つ浪のまくり[二八]切《ぎ》り、蜘蛛手《くもで》[二九]十文字[三〇]に、打《うち》破り駆《か》け通《とを》つて、其後《そののち》－自害

に死に、若者が後まで生きるとは限らない。六 生死老少と夢幻泡影、人生の無常に何ら違いはない。金剛経「一切有為法、如夢幻泡影（にょむげんはうやう）」。七 栄華も花の盛りと同じように、はかなく短い。「槿花一日自為レ栄」（和漢朗詠集・秋・槿・白居易）。八 武士の家に生まれたが。「弓馬の家」は武門の意。［掛］住む―澄む。［序］澄む月―残る

義仲の最期

（残月―残兵）。［縁］月―弓。九 以下〈サシ〉〈クセ〉の描写は、平家物語九・木曾最期の文を借用し点綴。一〇 宇治川の上流、瀬田川の東岸。一一 襲いかかる敵を近づけないように防戦のために射る矢。一二 お前と一緒に討死しようと考えて。一三 木曾殿ともあろうお方が残念な言葉を仰せられる。一四 ［掛］暮れ―呉織。［縁］呉織（暮れ）―あや（漢織）。［序］暮れはとり―あやし。一五 ［序］しら雪（知らず）―薄氷。一六 馬の頭も隠れて見えない。望月の駒、駒の頭、と続けた。一七 ［掛］遠方―落ち方。一八 ［掛］尽き―槻弓。一九 冑の内側で、顔面のこと。二〇 ［掛］落ち―遠。二一 シテが自分以外の人物の救済を求めるのは異例。兼平の主君への忠義。二二 木曾殿が自害できずに死んだ事も知らずに戦っていたが。二三 主君も討たれ、守護する必要

の手本よとて、太刀を銜《くは》へつつ、さか様《(さま)》に落《(おち)》て、貫《つらぬ》[一]かれ失《(うせ)》にけり、兼平が最後の仕儀《しぎ》[二]、目を驚《おどろ》かす有様なり、目を驚かす有様[三]。

兼平の壮絶な最期

も失せた今となっては何の望みもない。 二四 広言。人を憚らず言い放った。 二五 一人で千人の敵に対抗できる。 二六 縁汀―磯―浪。 二七 序磯打つ波―まくり切り。 二八 手綱を使って馬を相手に近づけ斬りつける意か。 二九 蜘蛛の手足が八方に出ているように、縦横に太刀をふるい駆け回ること。 三〇 東から西、南から北へと馬を駆けめぐらせること。

以上三六五頁

一 「つらぬく」と同意。

二 振舞。

三 体言止は謡曲では稀で他に「融」「野宮」に廃曲「守屋」など。ただし、古写本は「〳〵」と記す例も多く、現行(宝生・金春・喜多)は「有様なり(有様かな)」。

江口(えぐち)

三番目物
本鬘物　　観阿弥原作、世阿弥改作

場景　前場―摂津国江口の里。石塔の見える岸辺。ある秋の夕暮れ。後場―同じ所。同じく、月影冴ゆる深夜。川には遊女たちの乗った舟が浮かぶ。

人物　前ジテ　　江口の里の女〔若女・唐織着流女〕
　　後ジテ　　江口の君の霊〔若女(増)・壺折大口女〕
ツレ(後)　　供の遊女の霊〔小面・唐織着流女〕
ツレ(後)　　供の遊女の霊〔小面・唐織脱下女〕
ワキ　　旅の僧〔大口僧〕
ワキヅレ　　随伴の僧〔大口僧〕(二人)
アイ　　江口の里の男〔長上下〕

梗概　諸国一見の僧が随伴の僧と都から天王寺へ参る途次、淀川上流の江口の里に着き、里の男から江口の遊女の旧跡を教えられる。僧が懐旧の念に西行法師の詠歌を口ずさむと、里の女が呼びかけながら現れ、西行の歌に対する江口の君の返歌の真意を説く。不審する僧に、女は自分が江口の君の幽霊であると告げ、黄昏(たそがれ)の中に消え失せた(中入)。里の男が再び僧にまみえ、遊女が普賢菩薩と変じた奇瑞を語り、供養を勧める。僧が弔いを始めるやいなや、月澄みわたる川面に舟を浮かべて江口の君が二人の遊女を伴い現れる。遊女の身のはかなさを嘆き、昔を今に、棹の歌を謡いつつ舟遊びを展開する。六道輪廻の有様を述べ、遊女の身と生まれた罪業の深さを嘆き、世の無常と執着の罪を説き、静かに舞う。やがて遊女は普賢菩薩に変じ、白象と化した舟に乗って西の空へ消えていった。

素材・主題　西行に宿を拒んだ江口の遊女と西行の、歌の応酬譚(山家集、新古今集、撰集抄)と、性空上人が遊女に生身(しょうじん)の普賢菩薩を見た話(古事談、十訓抄、撰集抄など)に拠り、悲惨な生活を送る遊女の境涯もそれに徹し切ることによって人生の無常を諦観し、仏菩薩に転じうることを描く。本鬘物の優美さと宗教的な荘厳さとが巧みに融和した崇高で華麗な能。川霧の中に浮かぶ飾り舟に乗った遊女たちが月の夜に棹の歌を謡い遊ぶ川逍遥(かわじょうよう)の場面は、華やかな中に哀感をたたえ、仏教語を駆使して遊女の身の罪業観と人世の無常観とを語る曲舞が眼目に据えられている。この曲舞が五音に亡父曲とあるので観阿弥作曲と知られ、この曲舞を中心に構想された作品で、応永三十一年(一四二四)の世阿弥自筆能本は、その時点での世阿弥による改作を示しているらしい。野上彌生子に「西行と遊女の応酬を、ギリシアの哲人とヘタイラにもなぞらへて見るのは一興であらうし、万人の弄びものとなる遊女の普賢菩薩への神格化は、マグダラのマリアの救ひ以上で、こんな観点から能に新しい眼を注ぐのも面白いと思ふ」という興味深い指摘もある。

以下三六八頁

一 世を捨てた今も月は俗世の昔からの友、世俗と隔絶した世界とは、いったい、いずくにあるのか。得悟を求める僧の心境。西行をワキとする廃曲「現在江口」のワキ〈次第〉も同文。「月」は本曲の鍵語。
二 現大阪市天王寺区。ワキが天王寺参詣を言うのは新古今集・羇旅の西行歌(→注一二)の詞書「天王寺に詣で侍りけるに、俄かに雨降りければ、江口に宿を借りけるに、貸し侍らざりければ詠み侍りける」に基づくか。
三 現京都市伏見区。中世には河港として繁栄。縁夜「夜」と「淀」の「よ」は頭韻。(「節」に音通)―蘆―ほ(「穂」に音通)、蘆(「足」に音通)―舟―波―江(「江」と「江口」を兼ねる)。
四 現大阪府高槻市。淀川の河港。蘆の名所。「淀の」と頭韻。
五 掛穂の見えし―微(ほ)の見えし。
六 松の煙、煙の波、と続けた。遠くにけむる松や打ち寄せる波。
七 現大阪市東淀川区。下流の神崎と共に河港・宿駅として栄えた。

【一】〔次第〕〈次第〉ワキ・ワキツレ〽[一]月は昔《むかし》の友ならば、月は昔の友ならば、世のほかいづくならまし。

〈名ノリ〉ワキ「是《これ》は諸国一見の僧にて候、我いまだ津[二]の国天王寺に参らず候程に、此《この》たび思《おも》ひ立《た》ち天王寺に参らばやと思ひ候。

〈上歌〉ワキ・ワキツレ〽都をば、まだ夜深《ふか》きに旅立《だ》ちて、まだ夜深きに旅立ちて、淀《よど》[三]の川舟行《ゆ》く末《すゑ》は、[四]鵜殿《うどの》の蘆《あし》の[五]ほの見《み》えし、[六]松の煙《けぶり》の波寄《よ》する、[七]江口の里に着《つ》きにけり、江口の里に着きにけり。

【二】〈問答〉（僧はアイの里の男に江口の君の旧跡を尋ねる）

【三】〈□〉ワキ カヽル〽抑《さて》は是なるは[八]江口の君の旧跡《きうせき》かや、痛《いた》はしや[九]其身は土中《どちう》に埋《うづ》むといへども、名《な》は留《とど》まりて今までも、昔語《むかしがた》りの旧跡《きうせき》を、今見る事のあはれさよ、「実《げに》[一〇]や西行法師此所《ところ》にて、一夜《いちや》の宿《やど》を借《か》りけるに、[一一]主《あるじ》の心なかりしかば、〽[一二]世の中を厭《いと》ふまでこそ難《かた》からめ、「仮《かり》の宿《やど》りを惜《お》しむ君かなと詠じけんも、此所《このところ》にての事なるべし、〽あら痛《いた》はしや候《ザウラウ》。

【四】〈問答〉シテ女「[一三]なふなふあれなる御《おん》僧、今の歌をば何と思《おも》ひ寄《よ》りて口ずさび《み》給ひ候ぞ

ワキ「不思議《ふしぎ》やな人家《じんか》も見《み》えぬ方《かた》よりも、[一四]女性一人《にようしやういちにん》来《きた》りつつ、今の詠歌《ゑいか》の口ずさび《み》を、いかにと問《と》はせ給ふ事、そも何故《ゆへ》に尋《たづ》ね給ふぞ

女「[一五]忘《わす》れて年を経《へ》し物を、又[一六]思《おも》ひ染《そ》む言《こと》の葉の、カヽル〽[一七]草の陰《かげ》野の露の世を、厭《いと》ふ迄こそ難《かた》からめ、仮《かり》の宿《やど》りを惜《お》しむとの、[一八]其言《こと》

貞治三年（一三六四）卯月、住吉社参の折に江口の里を訪れた足利義詮は、西行の昔を想い「惜しみしも惜しまぬ人もとどまらぬ仮のやどりを一夜ねましを」（住吉詣）と詠じた。
八「江口に居たる遊女」（謡抄）。

都から江口の里へ

九「埋レ骨不レ埋レ名」（和漢朗詠集・文詞・白居易）に拠る。「松風」にも。
一〇 →「西行桜」六九頁。 一一 宿の主の江口の君が無情に宿泊を断ったので。 一二 注一一参照。下句「かりの宿りを惜しむ君かな」。山家集にも。シテは僧が口ずさんだこの歌の真意を伝えたくて出現する。
一三 シテは幕から呼びかけつつ登場。 一四 底本「女姓」を訂正。
一五 出典未詳。「雲林院」「融」「関寺小町」など世阿弥関係曲に多い。
一六 しみじみと、思い出させる和歌ですこと。 一七 縁葉—草—陰—

西行の古歌を口ずさむ

野—露。序言の葉—草、草の陰（陰野の、を兼ねる）—露の世（無常なこの世）。 一八 僧の私になら遊女の宿を貸してもいいでしょう、という歌意を思えば、恥づかしく、顔も赤らみ。 一九 そのような意味で惜しんだのではなかった訳を申し上げるため。 二〇 遊女の返歌。世を捨てた人と伺いましたので、こんな仮りの宿（世）に執着なさる

の葉も恥《は》づかしければ、[一九]さのみは惜《お》しみ参らせざりし、其理《ことわ》りをも申さむ為に、是まであらはれ出《いで》たる也　ワキ「心得ず、仮《かり》の宿《やど》りを惜《お》しむ君かなと、西行法師が詠ぜし跡《あと》を、ただ何となくとぶ《ム》らふ所に、さのみは惜《お》しまざりにしと、理《ことわり》給ふ御身は扨《さて》、カヽル〽いかなる人にてましますぞ　シテ「いやさればこそ惜《お》しまぬよしの御返事《おんぺんじ》を、申《まうし》し歌をば何とてか、詠じもせさせ給はざるらん　ワキ カヽル〽実《げに》其返歌の言《こと》の葉《は》は世[二〇]を厭《いと》ふ　シテ〽人とし聞《き》けば仮《かり》の宿に、「心留《と》むなと思《おも》ふ計《ばかり》ぞ、心留《と》むなと捨《す》て人を、諫《いさ》め申せば女の宿《やど》りに、泊《と》め参らせぬも理りならずや　ワキ カヽル〽実《げに》理《ことはり》也《なり》西行も、仮《かり》の宿《やど》りを捨《す》て人と云《いふ》　シテ「こなたも名《な》[二一]に負《お》ふ色好《この》みの、家にはさしも埋《むも》れ木の、人知《し》れぬ事のみ多《おほ》き宿に

ワキ カヽル〽心留《と》むなと詠じ給《たま》ふは　女〽捨《す》て人を思《おも》ふ心なるを　ワキ〽ただ惜《お》しむとの

女〽言《こと》の葉《は》は。

〈上歌〉同〽惜《お》[二二]しむこそ、惜《お》しまぬ仮《かり》の宿なるを、惜しまぬ仮の宿なるを、などや惜《お》しむといふ波《なみ》の、返《かへ》らぬ｜いにしへは今とても、捨《す》て人の世語《がた》りに、心な留《とど》め給ひそ。

【五】〈ロンギ〉地〽実《げに》[二三]や憂《う》き世の物語、聞《き》けば姿《すがた》も黄昏《たそかれ》に、かげろふ人はいかならん　シテ〽黄昏《たそかれ》[二四]に、佇《たたず》む影《かげ》はほのぼのと、見《み》え隠《がく》れなる川隈《ぐま》[二五]に、江口の流《なが》[二六]れの、君とや見《み》えん恥《は》づかしや　地〽扨《さて》[二七]は疑《うたが》ひあら磯《いそ》の、波《なみ》と消《き》えにし跡《あと》なれや　女〽仮《かり》に住《すみ》こし我宿《やど》[二八]の　地〽梅の立《た》ち枝《え》や見《み》えつらん　シテ〽思《おも》ひの外《ほか》に　同〽君が来《き》ませるや、一樹《じゅ》[二九]の｜陰《かげ》にや

など思ったまでの事。二一 名に聞こえた江口の遊女宿、人知れぬ憚り多いこの宿に。古今集・仮名序「色好みの家に埋れ木の人知れぬこととなりて」を借用。「埋れ木」は世阿弥に多い表現。二二 一夜の宿を惜しむ事こそ仮の世を惜しまぬ故なのに、どうして惜しむと言うのでしょうか。[序]夕波の―返る。二三 以下、黄昏そむる川隈に佇む江口の君の姿を描写。[掛]言ふ―夕波。[掛]誰そ―黄昏。二四「見え隠れ」は上下に掛かる。二五 川の流れの折れ曲った所。二六 江口の君の幽霊である事を仄めかす。「流れの君」は遊女。二七 さては疑いもなく今は亡き江口の君なのですね。[掛]あらじ―荒磯。[序]荒磯の波―消え。二八 拾遺集・春・平兼盛の歌を引く。「梅の立ち枝や見えつらん」が下句「思ひの外に…」の序。二九 一樹の陰に宿る事、一河の水を汲む事さえも、皆前世からの因縁なのだ。[縁]梅の立ち枝―一樹。

贈答歌の真意

以下三七〇頁

一 前句と縁語。私が誰か推測なさって下さい。「知ろしめされよや、江口の君の…」と下にも続く。

二 後見が屋形舟の作り物を運び出し、橋懸りまたは常座に据える。

［一声］でシテがツレを前後に従えて登場し舟に乗る。後のツレは右

宿りけん、又は一河《が》の流《なが》れの水、汲《く》[一]みても知《し》ろしめされよや、江口の君の幽霊《ゆうれい》ぞと、声《こゑ》ばかりして失《うせ》にけり、声ばかりして失にけり。　（中入）

【六】〈問答・語リ・問答〉（アイの里の男が再び僧に会い、江口の長が普賢菩薩となって顕現する奇瑞を語る。僧が先刻の出来事を話すと、いにしえの江口の遊女であろうといい、供養を勧める）

【七】〈オキゴト〉ワキ「扨《さて》は江口の君の幽霊仮《ゆうれいかり》に顕《あらは》れ、われに言葉《ことば》を交《か》はしけるぞや、カヽル〽いざとぶ《ム》らひて浮《う》かべ《メ》んと。

〈上歌〉ワキ・ワキツレ〽いひもあへねば不思議《ふしぎ》やな、いひもあへねば不思議やな、月澄《す》みわたる川水に、遊女の歌《うた》ふ舟遊《あそ》び、月に見えたる不思議《ふしぎ》さよ、月に見えたる不思議さよ。

【八】[二]〔一声〕〈上歌〉同〽[三]河舟を、泊《と》めて逢瀬《あふせ》の波枕、泊めて逢瀬の波枕、憂《う》き世の夢を見慣《なら》はしの、驚《おどろ》かぬ身のはかなさよ、[四]佐用姫《さよ》が松浦潟《まつらがた》、片敷《し》く袖の涙の、[五]唐船《もろこしぶね》の名残なり、[六]又宇治の橋姫も、訪《と》はんともせぬ人を待《ま》つも、身の上とあはれなり。

〈下歌〉同〽[七]よしや吉野の、よしや吉野《よし》の、花も雪も雲も波も、あはれ世に逢《あ》はばや。

【九】〈掛合〉ワキ　カヽル〽不思議やな月澄《す》みわたる水の面《おも》に、遊女のあまた歌《うた》ふ謡《うたひ》、色めきあへる人影は、そも誰人《たれ》の舟やらん　シテ〽何《なに》此舟を誰《た》が舟とは、恥《は》づかしながらいにしへの、江口の君の[八]河逍遥《かはぜうえう》の、月の夜舟《よぶね》を御覧ぜよ　ワキ　カヽル〽そもや江口の遊女とは、それは去《さり》にしいにしへの　シテ「[九]いやいにしへとは御覧《ごらん》ぜよ、月は昔に変《か》はらめや　ツレ女〽我らもか様《やう》に見《み》え来《きた》るを、いにしへ人《びと》とは現《うつつ》なや　シテ「よしよし何かと宣《のたま》ふとも　ツレ〽

肩を脱ぎ棹を持つ。三 波を枕に、枕を交わす遊女の生業《なりわい》、それが憂き世の夢とも気づかず慣れてしまっている身のはかなさ。縁河—瀬—波—う(浮)、枕—夢—驚く。囲留めて—泊めて、浮き世—憂き世。四 夫の乗った唐へ行く舟に別れを惜しんだ松浦佐用姫(万葉集など)。「(はかな)さよ」と重韻。囲待つ—松浦潟。「潟」と「片」は重韻。五 囲渡る—唐船。縁涙—泡。六「さむしろに衣片敷き今宵もや我を待つらん宇治の橋姫」(古今集・恋四・読み人知らず)に基づき、訪れようともしない人を待つ遊女の境涯を歌う。七 どうせしかたのないこと、美しい花も雪も雲も波も、はかない泡。ああ、よい時世に逢いたいもの。「吉野」と連韻。縁花—雪—雲—波—泡。囲泡—あはれ。「あはれ」と「逢はばや」は重韻。八 舟遊び。九 いえ、昔の事ではありません。「月やあらぬ春や昔の春ならぬ…」(古今集・恋五・在原業平、伊勢物語・四段)。

月下の舟遊び

一〇「秋水漲来船去速、夜雲収尽月行遅」(和漢朗詠集・秋・月・郢展)。世阿弥本はここを「早歌節」と指定。
一一 舟歌。縁影さす—棹の歌。
一二「歌へ」と頭韻。囲泡—あはれ、遊女—言ふ。一三 遊女が歌う渡世の芸の歌の一節を。縁世(節)—一

いはじや聞《き》かじ　シテ へ六借《(むつかし)》や。

〈上ノ詠〉二人 へ秋の水[一〇]、漲《みなぎ》り落《お》ちて、去《さ》る舟の　シテ へ月も影さす、棹[一一]の歌。

〈歌〉同 へ歌《うた》へや歌《うた》へ泡沫《うたかた》[一二]の、あはれ昔の恋《こひ》しさを、今も遊女の舟遊び、世[一三]を渡《わた》る一節《(ひと)ふし》を、歌《うた》ひていざや遊《あそ》ばん。

【一〇】〈クリ〉地 へ夫《(それ)》[一四]十二因縁の流転は車の庭《には》に廻《(めぐ)》るがごとし　シテ へ鳥の林に遊《あそ》ぶに似たり

同 へ前生又前生《(ぜんじやうまたぜんじやう)》[一五]　シテ へかつて生々《(しやうじやう)》の前《さき》を知《し》らず　地 へ来世猶来世《(らいせなほらいせ)》、さらに世々《(せぜ)》の終《をは》りを弁《わきま》ふる事なし。

〈サシ〉シテ へ或《ある》ひ《(い)》は人中天上《(にんぢうてんじやう)》[一六]の善果を受《う》くといへども　同 へ顚倒迷妄《(てんだうめいまう)》して未《(いまだ)》解脱《(げだつ)》の種《たね》を植《う》へ《(ゑ)》ず　シテ へ或《ある》ひ《(い)》は三途八難《(さんづはつなん)》の悪趣に堕《だ》して　同 へ患《(くわん)》[一七]に碍《さ》へられて既に発心《(ほつしん)》の媒《なかだち》を失《うしな》ふ　シテ へ然るに[一八]我ら偶々《たまたま》受けがたき[一九]人身《(にんじん)》を受《う》けたりといへども　同 へ罪業《(ざいごふ)》[二〇]深《ふか》き身と生れ、殊に例少《ためしすく》なき河竹《かはたけ》の、流《なが》れの女となる、先《(さき)》の世の酬《(むくい)》まで、思ひやるこそ悲《かな》しけれ。

〈クセ〉同 へ紅花《(こうくわ)》[二一]の春の朝《(あした)》、紅錦繡《(こうきんしう)》の山、粧《よそほ》ひをなすと見《み》えしも、夕べの風に誘《さそ》はれ、黄葉《(くわうえふ)》[二二]の秋の夕《(ゆふべ)》、黄纐纈《(くわうかうけつ)》の林、色を含《ふく》むといへども、朝《あした》の霜にうつろふ、松風蘿月《(しようふうらげつ)》[二三]に、言葉《ことば》を交《か》はす賓客《(ひんかく)》も、去《(さつ)》て来《(きた)》る事なし、翠帳紅閨《(すいちやうこうけい)》[二四]に、枕を並《なら》べし妹背《いもせ》も、いつの間《ま》にかは隔つらん、を《(お)》よそ[二五]心なき草木《(さうもく)》、情《(なさけ)》ある人倫《(じんりん)》、いづれあはれを免《のが》るべき、かくは思《おも》ひ知《し》りながら

シテ へある[二六]時は色[二七]に染《そ》み、貪着《(とんぢやく)》の思ひ浅からず　同 へ又有《(ある)》ときは声を聞《き》き、愛執の心いと

棹の歌

節、舟―渡る。一四 衆生が過去・現在・未来にわたって輪廻する十二の因縁。「車…、鳥…」はその喩え。六道講式に「流転無窮、如二車廻一庭、昇沈不定、似二鳥遊一林矣」。〈クリ〉から〈サシ〉の前半まで、六道講式や愚迷発心集を引き、輪廻の姿を描く。一五 前世の先も、来世の先も知り得ない。愚迷発心集に基づく。一六 前果により人間界や天上界に生まれても、道を誤り得悟への種を植えず、あるいは悪業によって、迷の苦境の悪道に堕ち。一七 苦患のために菩提心を起こす機縁もない(愚迷発心集直談)。一八 以下、遊女の述懐。一九 滅多に生まれ得ぬ人間に生まれても。

遊女の身の罪業と無常

「適《(たま)》ま受け難き人身を受け、遇ひ難き仏法に遇ふて」(月菴法語)。謡曲に常用。二〇 仏教では女人は罪深い者と。二一 〈クセ〉の前半は和漢朗詠集の詩句と対句を多用した漢語主体の美文で無常の朗詠の「紅錦繡」(「春興」)、「黄纐纈林」(「紅葉」)を借用。二二 底本「紅葉」。二三 松に吹く風、蔦葛《(つたかずら)》の葉を漏れてくる月の光。「松風蘿月」(本朝文粋十一・源順)。二四 翡翠《(かわせみ)》の羽で飾った帳、紅色に飾った閨。「翠帳紅閨」(「遊

深《ふか》き、心に思《おも》ひ口に言《い》ふ、[一]妄染《まうぜん》の縁となる物を、実《げに》や皆人《みなひと》は、[二]六塵《ろくちん》の境《きやう》に迷《まよ》ひ、[三]六根《ろッこん》の罪《つみ》を作《つく》る事も、見る事聞《きく》事《こと》に、迷《まよ》ふ心なるべし。

【二】〈ワカ〉地 〽面白《しろ》や。　〔序ノ舞〕

〈ワカ〉シテ 〽[四]実相無漏《じッさうむろ》の大海《だいかい》に、五塵六欲《ごぢんろくよく》の風は吹《ふ》かねども　地 〽随縁《ずいえん》真如の浪の、立《たた》ぬ日もなし、立ぬ日もなし。

【三】〈ワカ受ケ〉シテ 〽[五]波の立《た》ち居《ゐ》も何故《なにゆゑ》ぞ、仮《かり》なる宿に。

〈ノリ地〉シテ カヽル 〽心留《と》むる故　地 〽心留《こころと》めずは、憂《う》き世もあらじ　シテ 〽[六]人をも慕《した》はじ　地 〽待暮《まつくれ》もなく　シテ 〽別《わか》れ路も嵐《あらし》吹《ふく》　地 〽[七]花よ紅葉《もみぢ》よ、月雪《つきゆき》の古言《ふること》も、あらよしなや。

〈歌〉シテ 〽思へば仮《かり》の宿　同 〽思《おも》へば仮《かり》の宿《やど》に、心―留《と》むなと人をだに、諫《いさ》めし我なり、是まで成《なり》や帰《かへ》るとて、則《すなはち》[八]普賢《ふげん》、菩薩とあらはれ、舟《ふね》は[九]白象《びやくざう》となりつつ、光《ひかり》と共に白妙《しろたへ》の、白雲《はくうん》にうち乗《のり》て、西の空に行給《ゆき》ふ、ありがたくぞ覚ゆる、有難くこそは覚《おぼ》ゆれ。

女」)。　二五「紅花」「黄葉」を承ける。「情ある人倫」は「賓客」「妹背」を承ける。紅花の春の朝…―黄葉の秋の夕…、松風蘿月…―翠帳紅閨…、心なき草木―情ある人倫、以上対句。　二六 以下、〈クセ〉の後半は「貪着」「愛執」「妄染」「六塵」「六根」の仏教語を用いて執着の罪を説示。　二七 男女容貌の美しさに溺れ貪欲の心深く、吟詠の美声に聞き惚れ愛欲の心強い。往生講式に「凡見レ色聞レ声皆見仏聞法之因縁」。

以上三七一頁

一 妄執に染まる縁となるものであるのに。　二 人間の心を汚す色・声・香・味・触・法の六境。　三 六塵を受け入れる眼・耳・鼻・舌・身・意の六感官。　四 煩悩を解脱した(無漏)万有の本体(実相)である清らかな大海には五塵(六塵から法を除く)六欲(六根から生じる欲望)の風は吹かないが、機縁に従って迷いを起こす真如の波の立たぬ日もない。ほぼ同文が十訓抄や古事談に見える。　五 迷いも現世に心を留めるから生じるのだ。心を留めなければ無常を嘆く事もない。以下、シテがワキを悟りに導く諫めの言葉で、返歌の真実を説示した前場と呼応。終曲近くに主題が鮮明となる。　六 囲あらじ―嵐。

遊女は普賢、舟は白象と化す

錦木《にしきぎ》

四番目物
執心男物　世阿弥作（五音）

場景　前場の前半―陸奥国狭布の里。ある秋の日。後半―錦塚の前。夕暮れ。後場―同じ塚の前。同じく、夜半から明け方。

人物　前ジテ　里の男〔掛素袍大口または水衣大口男〕
後ジテ　里の男の霊〔三日月・水衣大口痩男〕
前ヅレ　里の女〔小面・唐織着流女〕
後ヅレ　里の女の霊〔小面・唐織着流女〕
ワキ　旅の僧〔着流僧〕
ワキヅレ　随伴の僧〔着流僧〕（二人）
アイ　所の者〔長上下または肩衣半袴〕

梗概　陸奥《みちのく》狭布の里を訪れた諸国一見の僧たちの前に、彩り飾った錦木を携えた男と、織り幅の狭い細布を持った女の夫婦らしい男女が現れ、恋する身のつらさを歌う。市人《いちびと》の売物をいぶかる僧に、二人は錦木・細布ともこの里の名物で、「錦木は立てながらこそ朽にけれ狭布の細布胸合はじとや」の歌をはじめ様々の歌物語をする。僧の重ねての問いに、男は、思う女の家の前に夜毎に錦木を立てる風習や、女がそれを取り入れぬため三年も立て続けた男の事を語り、男の墓の錦塚へ案内すると、二人は塚の中に消えた(中入)。所の者から錦塚にまつわる悲しい恋の物語を聞いた僧が、その夜弔うと、男女の亡霊が現れ、読経に感謝する。やがて昔を今に現そうと、女は機を織り男は錦木を持って門を叩く。男は、三年も錦木を立て、懺悔を果たし妄執が晴れた今宵、望みがかなったと歓びの舞を舞い、「覚ぬさきこそ夢人」と、朝《あした》の原の野中に消えていった。

素材・主題　中世の歌学書、わけても俊頼髄脳に見える錦木と細布に関する恋の風習とその詠歌に取材し、三年間、「千束《ちつか》」になるまで錦木を立て続けた男の恋の執心と、結ばれた歓喜を描く。和歌説話をふまえつつ、先行の能「求塚」の悲恋塚、「女郎花」の比翼塚の趣向も摂取している。男と女を登場させ、二人の葛藤を軸とする劇の展開、前ジテが直面《ひためん》・後ジテが怪士《あやかし》系の面に黒頭《くろがしら》という姿の類似から、古作の「舟橋」に学んだと思われるが、「舟橋」ほど恨みや憤りが強くない。恋を語りながら暗さがなく、最後は成就の喜びを舞う。その舞事も含め男の友愛を描く「松虫」とも似るが、おびただしい古今の詩歌を巧みに引いた流麗な文辞や緊迫した語勢は群を抜く。世阿弥の五音に「錦木」の曲名と前ジテ登場の〈サシ〉「陸奥ノ信夫」を作曲者名なしに掲出し、申楽談儀にも「悔しき頼み」(【二】)の〈上歌〉の謡い方に言及し、主題歌ともいうべき【一〇】の〈上ノ詠〉の手法なども含め、素材や文章表現に世阿弥の特色が指摘できる。

[序]あらしふく―花。七花よ紅葉よ、月よ雪よと心動かすことも、そしてあの歌の贈答も、所詮つまらぬ事。[掛]降ること―古言(古事)。[序]花・紅葉・月雪―古言。このクライマックスで、冒頭のワキ〈次第〉は悟得へ導かれた。八普賢菩薩が江口の君として現れた態《てい》。九普賢菩薩の乗り物。[序]白妙の―白雲。白象、白妙、白雲が白光清浄たるイメージを強調する。

以下三七四頁

一後見が、引廻しをかけた塚の作リ物を大小前に出す。二その名を聞くだに慕わしき信夫山、昔の人の詠まれた陸奥の恋路を尋ねよう。「しのぶ山忍びて通ふ道もがな人の心の奥も見るべく」(伊勢物語・十五段、古今六帖、新勅撰集)。[掛]偲ぶ―信夫山。三行雲流水のように、一所にとどまらず執着を捨てた僧の心。四夕の雲の意。「夕暮れは雲のはたてに物ぞ思ふ天つ空なる人を恋ふとて」(古今集・恋一・読み人知らず)。日葡に「夜の雲」。五旅の日々を重ねて。[縁]重ね―衣。六「狭布」は幅と丈の狭く小さい布。「狭布の細布」は「みちの国の狭布の郡より出たる布也」(奥義抄)と理解された。地名に転用。七囃子につれて細布を左肘にかけたツレと、右手に錦木を持ったシテが登場。八狭布の細布を織ったり、折々錦木を立

【一】〔次第〕[一]〈次第〉ワキ ＼実《げに》[二]や聞《きき》ても信夫《しのぶ》山、実や聞ても信夫山、其通《かよ》ひ路《ち》を尋ねむ。

〈名ノリ〉ワキ 「是《これ》は諸国一見の僧にて候、我いまだ東国を見ず候程に、唯今思《おも》ひ立《たち》陸奥《みちのく》の果《は》て迄も修行せばやと思《おも》ひ候。

〈上歌〉ワキ ＼いづくにも、心留《こころと》[三]めじと行雲《ゆくくも》の、心留めじと行雲の、旗手《はたて》[四]も見えて夕暮の、空[五]も重なる旅衣、奥《おく》はそなたか陸奥《みちのく》の、狭布《けふ》[六]の里にも着《つき》にけり、狭布の里にも着にけり。

【二】[七]〔次第〕〈次第〉二人 ＼狭布《けふ》[八]の細布《ほそぬの》織り折《を》りの、狭布の細布織り折りの、錦木《にしき》や名立《た》てなるらん。

〈サシ〉シテ ＼陸奥《みちのく》[九]の、信夫《しのぶ》もぢずり誰故に、乱《みだ》れそめにし我《われ》からと　二人 ＼藻《も》[一〇]に住《す》む虫の音《ね》に鳴《なき》て、いつまで草《ぐさ》[一一]のいつか扨《さて》、思《おも》ひを干《ほ》さむ衣手《ころもで》の、森[一二]の下露おきもせず、寝《ね》もせで夜半を明《あか》しては、春の眺《なが》めもいかならん　シテ ＼あさましやそもいく程の身にしあれば　二人 ＼猶《なほ》待事《まつこと》のあり顔《がほ》にて、思[一三]はぬ人を思《おも》ひ寝《ね》の、夢か現《うつつ》か寝《ね》てか覚《さ》めてか、是や恋慕《れんぼ》の慣《なら》ひなる。

〈下歌〉二人 ＼いたづらに[一四]、過《す》ぐる心は多《おほ》けれど、身になす事は涙川、流《なが》れて早《はや》き月日哉《かな》、流れて早き月日哉。

〈上歌〉二人 ＼実《げに》[一五]や流《なが》れては、妹背《いもせ》[一六]の中の川と聞《き》く、妹背の中の川と聞く、吉野の山はいづくぞや、爰《ここ》は又、心の奥《おく》か陸奥《みちのく》の、狭布《けふ》の郡《こほり》の名にし負《お》ふ、細布《ほそ》の、色[一七]こそ変《か》はれ錦木《にしき》の、千

てたりすると、世の評判になることだ。[掛]織―折々。[付]錦木―たつる。二人して名を立てたことを背景に前場には「名」を組み込んだ表現が多い。

陸奥狭布の里へ

九 心が乱れ初めたのも私自身のせいだ。「陸奥のしのぶもぢずり誰ゆゑに乱れそめにしわれならなくに」(伊勢物語・初段)。

一〇 「海士の刈る藻に住む虫のわれからと音をこそ泣かめ世をば恨みじ」(伊勢物語・六十五段)等。

一一 [序]いつまで草―いつか。以下掛詞を多用。[掛]いつまで―壁生草、思ひ―火、置き―起き、眺め―長雨、幾程―生く程。[縁]草―干。

一二 [序]森の下露―置。「起きもせず寝もせで夜を明かしては春のものとてながめ暮しつ」(伊勢物語・二段)。

一三 「行く水に数かくよりもはかなきは思はぬ人を思ふなりけり」(伊勢物語・五十段)。「君や来しわれや行きけん思ほえず夢か現か寝てか覚めてか」(同・六十九段)。

恋慕と懐旧

死後もなお続く恋への執着という主題を暗示。

一四 「いたづらに過ぐる月日は思ほえで花見て暮らす春ぞ少なき」(古今集・賀・藤原興風)。[掛]無し―涙川。「昨日といひ今日と暮らしてあすか川流れて早き月日なりけり」(同・冬・春道列

度《たび》百夜《（ももよ）》いたづらに、悔《くや》しき頼《たの》みなりけるぞ、悔しき頼みなりけるぞ。

【三】〈問答〉ワキ「不思議やな是なる市人《（いちびと）》を見《み》れば、夫婦と思《おぼ》しくて、[一八]女性《（にょしやう）》の持《も》ち給ひたるは、[一九]鳥の羽《（は）》にて織《を》りたる布と見えたり、又男の持たるは美《うつく》しく色どり飾《かざ》りたる木也、何《（いづ）》れも何れも不《ふ》思《し》議《ぎ》なる売物かな、是は何と申たる物にて候ぞ　ツレ女「これは細布とて機《はた》[二〇]ばり狭《せば》き布《ぬの》なり　シテ「是は錦木《にしき》とて色どり飾《かざ》れる木也、いづれもいづれも当所の名物なり、是々召《め》され候へ　ワキ「げにげに錦木細布の事は承《（うけたまはり）》及《（および）》たる名物なり、扨《（さて）》何故の名物にて候やらん。

〈掛合〉女〽うたての仰候《ザウラウ》や、名に負《お》ふ錦木《にしき》細《ほそ》布の、其《（その）》かひもなくよそまでは、聞《（きき）》も及ばせ給はぬよなふ　シテ「いやいやそれも御理《ことはり》、[二一]其道々《みちみち》に縁なき事をば、何とて知《し》ろし召《め》さるべき　二人〽[二二]見奉れば世を捨《す》て人の、恋慕《れんぼ》の道の色に染《そ》む、此錦木や細布《ほそぬの》の、しろしめさぬは理《（ことわり）》なり　ワキ カヽル〽あら面白の返答やな、扨々《（さてさて）》錦木細《ほそ》布とは、恋路によりたる謂《（いはれ）》よなふ　シテ「中々の事、三年《（みとせ）》迄立置《（たておく）》数《かず》の錦木《にしき》を、日毎《（ひごと）》に立《た》てて千束《（ちつか）》とも詠《よ》み　女 カヽル〽又細布は[二三]機張《はたば》り狭《せば》くて、さながら身をも隠《かく》さねば、[二四]胸合《むねあ》ひがたき恋とも詠《よ》みて　シテ〽恨《うら》みにも寄《よ》せ　ツレ〽名をも立《た》てて　シテ〽逢《あ》はぬを種《たね》と　ツレ〽詠《よ》む歌の。

〈上歌〉同〽[二五]錦木《にしき》は、立《た》てながらこそ朽《（くち）》にけれ、立てながらこそ朽にけれ、狭布《けふ》の細《ほそ》布、胸《むね》合《あ》はじとやと、さしも詠《よ》みし細《ほそ》布の、[二六]機張《はたば》りもなき身にて、歌《うた》物語《がたり》恥《は》づかしや、実《（げに）》や－名

樹）。一五 前句「流れて早き月日哉」と呼応。一六「流れては妹背の山の中に落つる吉野の川のよしや世の中」（古今集・恋五・読み人知らず）。弘安十年古今集注に「此ノ歌ノ意ハ、永ラヘテ妹背ノ契モ侍シ事ノ難ケレバト読ム也」。〔掛〕見―陸奥。〔縁〕奥―陸奥。一七 錦木の色が変わる程、千度も立て続け百夜も通ったのに、心残りな頼み事であった。一八 底本「女姓」を訂正。

市人の売物への不審

一九 俊頼髄脳に「鳥の毛して織りける布なり」。二〇 織り幅の狭い布。二一 歌道と恋慕の道。二二 〔掛〕知―白。錦木・細布は主題の恋慕に関わる景物。二三 〔掛〕機張り―端張り。二四「陸奥の狭布の細布ほど狭ばみ胸合ひがたき恋もするかな」（俊頼髄脳など）。織り幅が狭く、胸前の合わぬことに、恋人同士の相逢わぬことを掛ける。二五 俊頼髄脳に見える歌。後拾遺集（恋一・能因）の歌とも。女が男に「逢はぬを種」に詠んだ歌。注二四の歌と対。二六 賤しく、歌道に縁のない身。「ハタバリモナイ身ギャ」（日葡）。

以下三七六頁

一 〔掛〕言はじ―岩代、松―待つ、西―錦木。〔縁〕松―言の葉、錦木―取り置き。二「錦塚」のことは俊頼髄脳などにはない。「女郎花」「求塚」の想を借用したか。三 狭布の

のみは[一]岩代《(いはしろ)》の、松の言《こと》の葉取《と》り置《を》き、夕日《(せきじつ)》の影《かげ》も錦木《にしき》の、宿《やど》りにいざや帰《かへ》らん、宿りにいざや帰らん。

【四】〈誘イゼリフ〉ワキ「猶々《(なほなほ)》錦木細布の謂《いは》れ御物語候へ。

〈語リ〉シテ「昔より此所の慣《なら》ひにて、男女《(をとこをんな)》の媒《(なかだち)》には此錦木を作《つく》り、女の家の門《(かど)》に立《た》つるしるしの木なれば、美《うつく》しく色どり飾《かざ》りて是を錦木といふ、去程《(さるほど)》に逢《あ》ふべき男の錦《にしき》木をば取入《(とりいれ)》、逢《あ》ふまじきをば取《と》り入ねば、あるひ《(い)》は百夜三年《(ももよみとせ)》までも立《た》てしによつて、三年《とせ》の日数《(ひかず)》重《かさ》なるをもつて千束《(ちつか)》共詠《よ》めり、又此《(この)》山陰《かげ》に[二]錦塚《にしきづか》とて候、是こそ三年迄錦《にしき》木立《た》てたりし人の古墳《(こふん)》なれば、取置《を》く錦《にしき》木の数ともに塚《つか》に築《つ》き籠《こ》めて、是を錦《にしき》塚と申候。

〈問答〉ワキ「さらば其錦塚《づか》を見て、故郷《(こきやう)》の物語にし候べし教《をし》へて給《(たまは)》り候へ　シテ「あふ《(おう)》いでさらば教《をし》へ申さむ　女カヽル〽こなたへ入《(いら)》せ給へとて　二人〽夫婦の者は先《さき》に立《た》ち、かの旅人《(たびびと)》を伴《ともな》ひつつ。

〈クセ〉地〽[三]狭布《けふ》の細道《ほそみち》分《(わけ)く》暮らして、錦《にしき》塚はいづくぞ、[四]かの岡《をか》に、草刈《か》る男《をのこ》心して、人の通《(かよひ)》路《(ち)》明らかに、教《をし》へよや[五]道芝の、露《つゆ》をば誰《(たれ)》に問《と》はまし、真如の珠はいづくぞや、求《もと》めたくぞ覚ゆる　シテ〽[六]秋寒《さむ》げなる夕まぐれ　同〽嵐木枯村時雨《あらしこがらしむら(しぐれ)》、露分《(わけ)》かねて[七]足《あし》引の、山の常陰《とかげ》も物寂《ものさ》び、[八]松桂《(しようけい)》に鳴《な》く梟《ふくろふ》、蘭菊《らんぎく》の花に蔵《かく》るなる、狐棲《きつねす》むなる塚《つか》の草、[九]もみぢ葉《(ば)》染《そ》めて錦《にしき》塚は、是ぞと云捨《(いひすて)》て、塚《つか》の内《うち》にぞ入《(いり)》にける、[一〇]夫婦は塚《つか》に入にけり。[一一](中入)

里の細い道を踏み分け。[掛]狭布―今日、暮―来。四「かの岡に草刈る男しかな刈りそありつつも君が来まさむみまくさにせむ」(拾遺集・雑下・柿本人麿、和漢朗詠集・草)等。錦塚への細道を踏み分けつつ、芝草の露が玉と散るのを見て真如の珠はどこにあるか、誰に尋ねようかと求める心。五「道芝の露」(無常の世)は「真如の珠」(真実不変の万物の実体)と対。「尋ぬべき草の原さへ霜枯れて誰に問はまし道芝の露」(狭衣物語二)に基づく。[付]露―あだなる・玉。[縁]珠―露。「舟橋」に「真如法身の玉」。

錦塚

六 風寒き秋の夕暮に、時雨さえ淋しく降る中を、錦塚に案内するさま。[付]時雨―山かきくもる・草葉を染める露・紅葉・鹿・木の葉。七「山」の枕詞。足をひきずる意も。山の常陰は日の当たらぬ山かげ。八「梟鳴㆓松桂枝㆒、狐蔵㆓蘭菊叢㆒」(白氏文集一・凶宅)。世阿弥は「蘭菊の花」と理解していたらしい。↓「忠度」二六七頁注二八。九[縁]もみぢ―錦。一〇 錦木伝説で語られた男女である事を暗示。一一 シテは塚の中へ中入し、ツレは後見座にくつろぐ。一二 牡鹿の角のように短い間も、どうして寝る事が出来ようか。松の下に臥しているが、一晩中吹きわたる松風

【五】〈問答・語リ・問答〉（アイの里の男が登場し、僧の尋ねに答えて、錦木・細布の謂れ、錦塚の古事を語る。僧が先刻の出来事を話すと、アイは供養を勧める）

【六】〈上歌〉ワキ へ[一二]牡《を》鹿《しか》の角の束《つか》の間《ま》も、牡鹿の角の束の間も、寝《ね》られん物か秋風の、松の下臥《ぶ》し夜もすがら、[一三]声《こゑ》仏事《(ぶつじ)》をやなしぬらむ、声仏事をやなしぬらむ。

【七】〔[一四]出端〕〈サシ〉ツレ女 へいかに御《(お)》僧、[一五]一樹一河の流《なが》れを汲《く》むも、他生の縁ぞと聞《(きく)》物を、ましてや[一六]値《ち》遇《ぐウ》のあればこそ、かく宿《やど》りする草の枕の、夢ばし覚《さ》まし給ふなよ、荒《(あら)》尊《たつと》の御法《(みのり)》やな。

〈サシ〉後シテ へ[一七]あら有難の御とぶ《ム》らひやな、[一八]二世《(にせ)》とかねたる契りだにも、さしも三年《(みとせ)》の日数積《つ》もる、此錦木の逢《あ》[一九]ひがたき、法《(のり)》の値《ち》遇《ぐウ》の有難《がた》さよ、いでいで姿を見せ申さむ。

〈一セイ〉シテ へ[二〇]今こそは、色に出《(いで)》なん錦木の　地 へ[二一]三年は過《す》ぎぬ古《いにしへ》の　シテ へ夢又夢《ゆめ》に、今《こ》宵《よひ》三年の、値《ち》遇《ぐウ》に今ぞ、帰るなれと。

〈ノリ地〉同 へ[二二]尾花が下《もと》の、思《おも》ひ草の、陰《(かげ)》より見えたる、[二三]塚《つか》の幻《まぼろし》に、顕《(あらは)》れ出《(いづ)》るを、御覧ぜよ。

〈詠〉シテ へ[二四]いう《(ふ)》ならく、奈《な》落《らく》の底《そこ》に、入《(いり)》ぬれば、刹利《(せつり)》も須陀《(しゅだ)》も、変《か》はらざりけり、変はらざりけり、[二五]あら恥《は》づかしや。

【八】〈[二六]掛合〉ワキ カヽル へ不思議やなさも古《ふる》塚と見えつるが、内《うち》は赫《かかや》く燈火《ともしび》の、影《かげ》明らかなる人家《(じんか)》の内《うち》に、機《はた》物を立《た》て錦木を積《つ》みて、昔をあらはすよそほひたり、[二七]是は夢《ゆめ》かや現《うつつ》かや
女 へかき昏《く》らす心の闇《やみ》に惑《まど》ひにき、夢現《うつつ》とは世人《(よひと)》定《さだ》めよ　シテ「実《(げに)》や昔に[二八]なり平《(ひら)》も、世人
定《さだ》めよと言《い》ひし物を、夢現《うつつ》とは旅人《(たびびと)》こそ、能々《(よくよく)》御覧じ給ふべけれ　ワキ カヽル へよし夢なり

の音もさながら読経のよう。[序]牡鹿の角―束の間。「夏野ゆく牡鹿の角の束の間も忘れず思へ妹が心を」(新古今集・恋五・柿本人麿。原歌は万葉集四)。「熊坂」の待謡とほぼ同文(二三四頁注三)。 一三「声仏事をなす」は「仏原」「山姥」などにも。 一四 囃子のうちに

法謝の姿

ツレが常座に立つ。 一五「宿二一樹下一、汲二一河流一…皆是先世結縁」(説法明眼論)など。 一六 めぐりあうべき因縁。以下「値遇」を重ね強調。 一七 シテは塚の中から声のみ。 一八 夫婦の縁は二世とされていた。 一九「何況人身難レ受、仏法難レ遇」(六道講式)など。「逢ひがたき」は「此錦木の」と「法の値遇」に掛かる。仏縁を受ける難しさを表す。 二〇 心の中の思いを表してしまおう。「今」はシテが僧に出会った現在のこと。[縁]色―錦木。 二一 錦木を立て続けた三年間、それは昔の夢また夢、今宵三年目のあの日に帰るのだ。 二二 [付]尾花―まねく。「顕れ出るを、御覧ぜよ」に対応。「とへかしな尾花がもとの思草萎るる野辺の露はいかにと」(新古今集・恋五・源通具)。 二三「束の間」の意を兼ねる。この謡のうちにシテは塚より出、後見は引回シをとる。 二四 俊頼髄脳などに説く古歌。よく言われるではないか、死後地

共現《うつつ》なりとも、はやはや昔をあらはして、夜すがら我に見せ給へ　シテ へいでいで 色 昔[一]をあらはさむと、夕[二]陰《かげ》草《(ぐさ)》の月の夜に　女 カヽル へ女は塚の内に入《(いり)》て、秋[三]の心も細布《ほそ》の、機《はた》物を立《(たて)》て機《はた》を織《お》れば　シテ「夫《おっと》は錦木取《と》り持《(もち)》て、鎖《さ》したる門《(かど)》を敲《たた》けども　女 へ内《うち》より答《こた》ふる事もなく、ひそかに音する物とては　シテ へ機《はた》物の音《をと》　女 へ秋の虫の音《(ね)》　シテ へ聞《き》けば夜声《(よごゑ)》も　女 へきり[四]　シテ へはたり　女 へちやう　シテ へちやう。

〈歌〉同 へきりはたりちやうちやう、きりはたりちやうちやう、機織《はたをり》[五]松虫《むし》きりぎりす、つづり[六]ーさせよと鳴《(なく)》虫の、衣《ころも》の為かな侘《わ》びそ、己《をの》[七]が栖《す》む野の千種《(ちぐさ)》の糸《いと》の、細布織《を》りて取《と》らせむ。

【九】〈クリ〉同 へ実《(げに)》や陸奥《みちのく》の狭布《けふ》の郡《(こほり)》の慣《なら》ひとて、所[八]からなる事業《ことわざ》の、世に類《たぐひ》なき有様かな。

〈サシ〉シテ へ申《(まうし)》つるだに憚《はばか》りなるに、猶《(なほ)》も昔をあらはせとの　同 へ御僧の仰《(おほせ)》に従《したが》ひて、織《を》る細布《ほそ》や錦木《にしき》の、千度百夜《(ちたびももよ)》を経《ふ》るとても、此執心はよもつきじ　シテ へ然共《(しかれども)》今遇《あ》ひがたき縁《えん》によりて　同 へ妙《(たへ)》[九]なる一乗妙典《(いちじようめうでん)》の、功力《くりき》を得《え》むと懺悔《さむげ》[一〇]の姿、夢中になを《(ほ)》もあらはすなり。

〈クセ〉同 へ夫《おっと》は、錦木《にしきぎ》を運《はこ》べば、女は内《うち》に細布《ほそ》の、機織《はたを》[一一]る虫《むし》の、音《ね》に立《た》てて、問《と》ふまでこそなけれども、互《たが》ひにー内外《(うちと)》にあるぞとは、知《し》られ知《し》らるる中垣《がき》[一二]の、草の戸《と》ざしは其《(その)》ままにて、夜《(よ)》はすでに明《(あけ)》ければ、すごすごと立《(たち)》帰《かへ》りぬ、去程《(さるほど)》に、思[一三]ひの数も積《つ》もり来《き》て、錦木《にしき》は色朽《く》ちて、さながら苔に埋木《むもれ(ぎ)》[一四]の、人知《し》れぬ身ならば、かくて思《おも》ひも止《と》まるべきに、錦木は朽《く》つれ

獄に落ちた人々にとって、生前いかに身分が高かろうが低かろうが、苦しみは全く変わらないのだと。二五 迷いの姿を恥じる心。二六 作り物は塚から女の部屋に転換する。二七 三七四頁注一三の歌をふまえ、業平の返歌「かき昏らす…」を導く。二八 囲成—業平。「世人定めよ」は世間の人が判断すればよい。

錦木・細布の物語

以上三七七頁

一 以下、本説世界の再現。二 夕日の微光を受けている草。「我が宿のゆふかげくさ(暮陰草)の白露の…」(万葉集四)。「言ふ」の掛詞、「月」の序。三 秋の心細さを細布に掛ける。四 機織りの擬音。「呉服」にも。五 機織(きりぎりす)、松虫(すずむし)、きりぎりす(こおろぎ)、の古称。六 綻びを繕え。「秋風に綻びぬらし藤袴つづりさせてふきりぎりす鳴く」(古今集・誹諧歌・在原棟梁)。七「妻恋ふる鹿ぞ鳴くなる女郎花己が住む野の花と知らずや」(古今集・秋上・凡河内躬恒)。「秋の野の花の露とも知らざりつ千草の糸にぬける白玉」(万代和歌集四・藤原公任)。囲千草—千種。八 この地にふさわしい機織る業(わざ)の営み。九 法華経の功徳の力を得ようと。一〇 過去の所業を再現する事が「懺悔」(罪の告白)。仏の救済を得る。

ども、名は立《た》ち添《そ》ひて逢《あ》ふ事は、[一五]なみだも色に出《いで》けるかや、[一六]恋の染木《そめぎ》とも、この錦《にしき》木を詠《よ》みしなり　シテ〽[一七]思《おも》ひきや、榻《しぢ》の端書《はしがき》かきつめて　同〽百夜《ももよ》も同じ丸《まろ》寝《ね》せんと、詠《よ》みしだにある物を、せめては一年《ひととせ》待《ま》つのみか、二年《ふたとせ》あまり有《あり》ありて、はや[一八]陸奥《みちのく》のけふ迄も、年くれなゐの錦《にしき》木は、千度《たび》になれば徒《いたづら》に、我も門辺《かどべ》に立《た》ち居《お》り、錦木と共に朽《く》ちぬべき、袖の涙《なみだ》のたまさかにも、などや見《み》みえ給はぬぞ、[一九]さていつか三年《みとせ》は満《み》ちぬ、あらつれなつれなや。

【二〇】〈上ノ詠〉地〽[二〇]錦《にしき》木は　シテ〽千《ち》束《つか》に成《なり》ぬ今こそは　地〽人に知《し》られぬ、閨《ねや》の内《うち》見め。

〈ワカ〉シテ〽嬉《うれ》しやな、今宵《こよひ》鸚鵡《あふむ》[二一]の盃《さかづき》の　地〽雪《ゆき》を廻《めぐ》らす、舞の袖かな、舞の袖かな。

〔黄鐘早舞〕（流儀により男舞・中ノ舞）

【二一】〈ノリ地〉シテ〽[二二]舞を舞《ま》ひ　地〽舞を舞ひ、歌を謡《うた》ふも、妹背《いもせ》[二三]のなかだち、立《た》つるは錦《にしき》木　シテ〽織《を》るは細布《ほそ》の。

〈ノリ地〉同〽取々様々《とりどりさまざま》の、夜遊《やいう》の盃《さかづき》[二四]に、映《うつ》りて有明の、影恥《は》づかしや、恥づかしや、あさまにや成《なり》なん、覚《さめ》ぬさきこそ、[二五]夢人《ゆめびと》なるもの、覚《さ》めなば錦《にしき》木も、細布も、夢も破《やぶ》れて、松風《しようふう》颯々《さつさつ》たる、朝《あした》の原《はら》の、野中の塚とぞ、成にける。

一二 [序]機織る虫—音に立てて問ふ。
一三 [付]垣—へだつる。[掛]仲—中垣。
一四 「埋れ木の人知れぬこととなりて」（古今集・仮名序）。
一五 涙も押さえ難い。[掛]無し—涙。
一六 「藻塩焼く海人のまくかたならねども恋のそめきもいと無かりけり」（六百番歌合・恋十・顕昭）。
一七 千載集・恋二・藤原俊成の歌。「榻の端書」は牛車の長柄を載せて置く台に毎夜通った数を書付ける。
一八 以下、掛詞を多用。[掛]陸奥—三、狭布—今日、暮れ—紅、玉—たまさか、見—三年。一九 さてそれでもいつかは逢えると信じているうちに、三年が経ってしまった。二〇 何と無情な人よ。二〇 俊頼髄脳などに引く古歌で恋の成就例の代表作。男は生前に恋を成就させた、とも解される。その喜びの再現が次句から舞まで。二一 [掛]逢ふ—鸚鵡、盃—月。「鸚鵡之盃」（本朝文粋十）、「鸚鵡之盃」（和漢朗詠集・酒・白居易）、「あふむのつき」（拾玉集）。二二 以下、恋は生前に、弔いは今宵、二つの値遇を果たした二人の心。二三 [掛]媒—仲。
二四 [掛]盃—月（「雪」を導く）、有—有明、あさま—朝。
二五 夢に現れた人。「海士」「夕顔」「遊行柳」にも。草根集十四にも。

恋の成就

善《ぜ》界《がい》

五番目物　異表記、是界（是害）
天狗物　竹田法印定盛作（能本作者注文）

場景　前場―山城国愛宕山、太郎坊の庵室。冬のある日。
後場―山城国比叡山、下り松の辺り。同じく、後刻。

人物　前ジテ　大唐の天狗の首領善界坊〔山伏〕
後ジテ　大唐の天狗の首領善界坊〔大癋見・天狗〕
ツレ　愛宕の天狗太郎坊〔山伏〕
ワキ　比叡山の僧正〔沙門帽子僧〕
ワキヅレ　従僧〔大口僧〕（二人）
アイ　比叡山の僧正に仕える能力〔能力〕

梗概　大唐の天狗の首領善界坊が日本国の仏法を妨げんと渡来し、愛宕山の太郎坊を訪れて協力を乞い、相談する。比叡山こそ仏法の霊地、日本の天台山であるとの太郎坊の勧めで、雲のかけ橋を渡って比叡山に向かう（中入）。比叡山飯室(いむろ)の能力が文(ふみ)を持って登場し、飯室の僧正が都で妨げをなす善界坊調伏のため勅令を受け、都へ赴くこととなった由を触れ、歩き出すが、俄の大風に引き返す。やがて勅を受けた僧正が車に乗って従僧と共に急ぎ禁中へ向かうが、突然嵐となる。雷鳴轟き、天狗姿の善界坊が現れ、雲中から僧を襲い、威嚇するが、僧正が祈禱すると、仏法守護の不動明王や山王権現などの神仏が出現し、神風に追い払われて敗北し退散する。

素材・主題　鎌倉時代に作られた絵巻「是害房絵」に取材し、高僧を魔道に引き入れ、仏法障碍を企てる天狗の威嚇と、仏法を守り魔軍をも焼き尽くす不動明王の威力に象徴される仏法の勝利を描く。全曲を通し、仏法と王法に対する讃美が強く、また絵巻ほど是害房を滑稽化していない。日本国の神々が現れ、神々の吹き起こす風に善界坊が通力を失って空から落ちる空中戦はシテの動きだけで表現される。作者の竹田法印定盛（一四二一―一五〇八）は足利義政の侍医をつとめた名医。謡や能を嗜んでいたとが実隆公記などから知られ、素人ながらかなりの腕前だったらしい。底本は書き題簽に「天台」とあるが、通行の名に従った。

【一】〔次第〕〈次第〉シテ　〽雲路[一]を凌《しの》ぐ旅の空、雲路を凌ぐ旅の空、出《いづ》る日の本《もと》を尋《たづ》ねん。

〈名ノリ〉シテ「是《これ》は大唐《たいたう》の天狗の首領善界《ぜがい》[二]坊にて候、扨《さて》も我国にをひて《おい》、育王山《いわうざん》[三]青龍寺《しやうりうじ》[四]、般《はん》[五]

一　雲路を分け行く空の旅、日出づる国の日本を尋ねよう。冒頭の「雲路を凌ぐ」は結びの「姿は雲路に、入にけり」と照応。縁雲―空―日。「出る日」に「日の本」を重ねる。
二　唐土の天狗。〈名ノリ〉は是害房絵・上を要約。
三　育王山阿育王寺（中国浙江省）。中国禅宗五山の一。
四　空海の師恵果(けいか)阿闍梨(あじやり)が住んだ名刹。唐の都長安（陝西省西安市）にあった。
五　中国浄土宗の創始者慧遠の修行地。中国江西省の廬山にある。
六　驕りたかぶっている者をば。
七　粟粒のように散在する多数の辺境の小国。中国から日本をみていう語。
八　「我国辺地粟散の境といへども、神国たるによって…」（流布本保元物語・上など）。
九　日本の美称。秋津島に同じ。その「国つ神」は伊弉諾(いざなぎ)・伊弉冉(いざなみ)尊。
一〇　「アマノトボコ」（日葡）。

若台《（にやたい）》に至《いた》るまで、少《（すこし）》も[六]慢心《（まんじん）》の輩《ともがら》は、みな我道《（わがみち）》に誘引《（いういん）》せずといふ事なし、誠や日本《（につぽん）》は、[七]粟散《（そくさん）》
辺地《（へんち）》の小国《（せうこく）》なれ共《（ども）》[八]神国《（しんこく）》として、仏法今に盛《さか》むなる由 承《（うけたまはりおよび）》及 候間、急ぎ日本《（につぽん）》に渡《わた》り、仏法
をも妨《さまた》げばやと存《（ぞんじ）》候。

〈上歌〉シテ〽名にし負《お》ふ、[九]豊蘆《あし》原の国津神《（くにつかみ）》、豊蘆原の国津神、青海原《あをうなばら》にさし下《お》ろす、[一〇]天《あま》の瓊《と》矛《ぼこ》の露なれや、秋津島根の朝《あさ》ぼらけ、そなたも[一一]著《しる》く浮《う》かぶ《ム》日の、神の御国《（みくに）》はこれかとよ、神の御国はこれかとよ。

〈着キゼリフ〉シテ「急《（いそぎ）》候程に、是ははや日本の地に着《つ》きたると存候、先 承《（まづうけたまはりおよび）》及たる[一二]愛宕《あたご》山に立《た》ち越《（こえ）》、[一三]太郎坊に案内を申さばやと存候。

〈着キゼリフ〉シテ「是《これ》ははや愛宕山にてありげに候、山の姿《すがた》木の木立《こだち》、是こそ我等が住《（すむ）》べき所にて候へ。

【二】〈問答〉シテ「いかに案内申《（まうし）》候　[一四]ツレ「案内とはいかなる者《もの》ぞ　シテ「是は大唐の天狗の首領善界《ぜがい》坊にて候が、御目にかかり申《（まうし）》談ずべき子細の候て、これまではるばる参りて候

ツレ「扨《（さて）》は 承《（うけたまはりおよび）》及 たる善界坊にて渡《（わたり）》候か、先《（まづ）》 某《（それがし）》が庵室《（あんじつ）》へ御入《（おんニり）》候へ。

〈問答〉ツレ「扨只今の御出は何のためにて候ぞ　シテ「さむ候《ザウラウ》、唯今参る事余《よ》の儀にあらず、我国にをひ《（おい）》て育王山《（いわうざんしやうりうじ）》青龍寺、般若台《（はんにやたい）》に至《いた》るまで、少《（すこし）》も[一五]慢心の輩《ともがら》をば、みな我道《（わがみち）》に誘引《（いういん）》せずといふ事なし、誠や日本は小国なれ共《（ども）》神国として、仏法今に盛《さか》むなるよし 承《（うけたまはりおよび）》及 候間、

善界坊飛来

一一 日の本の国の島影が海上に浮かぶ朝日に映えている。日本に渡来する海上の光景。「青海原・天の瓊矛・秋津島根・朝ぼらけ」と連韻。
一二 京都市右京区。修験道の霊場。
一三 是害房絵では愛宕山の天狗を「日羅坊」とするが、「花月」「車僧」廃曲「樒天狗」等、当時「太郎坊」が一般的で、それに従ったか。ただし車屋本は「日羅房」。
一四 底本は太郎坊をワキ(玉屋本等も)、僧正を「僧正」と表記。しばらく現行の役別に従いツレとする。
一五 仏法を妨げる天狗の性格。沙石集七「悪天狗ハ、一向憍慢偏執ノミ有テ、仏法ニ信ナキ物ナリ」。

以下三八二頁

一 我ら二人の仏法妨げの本意。
二 殊勝に思い立たれたことよ。
三 中国浙江省の天台山で智者大師が天台宗を開いた。日本では、最澄が比叡山延暦寺を建て天台宗を伝えたので、この名がある。

愛宕山の太郎坊をかたらう

四 それはいよいよ良きついでだ。
五 権教(一時的方便の教え)と実教(真実・究極の教え)。
六 加持祈禱による真言秘密の教法。法身・如来身・口意身の三秘密。
七 真言密教以外を指す。
八 我らのような

少《(すこし)》心に懸《かか》り是《(これ)》まで参りて候、同じくは御心をひとつにして、[一]自他の本意を達し給へ
ツレ「抑[二]はやさしくも思召立《(おぼしめしたち)》候物かな、夫《(それ)》我国は天地開闢《(てんちかいびやく)》よりこのかた、先以《(まづもつて)》神国たり、されば仏法今《いま》に盛《さか》むなり、まづまづ間近《まぢか》き比叡山、あれこそ日本《(にほん)》の天[三]台山候《ザウラウ》よ、カヽル 〽心のごとく窺《うかが》ひ給へ。
〈掛合〉シテ 〽抑《(さて)》[四]はいよいよ便《たよ》りあり、それ天台の仏法は、権実二教《(ごんじつにけう)》[五]に分《わ》かち ツレ 〽又密[六]宗の奥義を伝《つた》へ シテ 〽顕密兼学《けんみつけんがく》[七]の所なるを ツレ 〽われ[八]ら如《ごと》きの類《たぐひ》として シテ 〽たやすく窺《うかが》ひ ツレ 〽給はん事。
〈歌〉同 〽蟷螂《(たうらう)》[九]が斧《をの》とかや、猿猴《ゑんこう》[一〇]が月に相同《あひおな》じ、かくは—知《し》れどもさすがなを《(ほ)》、我慢増上慢《がまんぞう(じやう)まん》[一一]心《じん》の、便《たよ》りを得《え》むと思ふにも、大聖《(だいしやう)》[一二]の威力《(ゐりき)》を、弥々《(いよいよ)》案《あん》じ連《つら》ねたり。
【三】〈クリ〉地 〽夫《(それ)》明王《(みやうわう)》[一三]の誓約区々《せいやくまちまち》なりといへども、その利益余尊《よそむ》に越《こ》え、まさしく火生《(くわしやう)》[一四]三昧《ざんまい》に入《(いり)》給ひて、一切の魔軍《(まぐん)》を焚焼《ぼんせう》せり。
〈サシ〉シテ 〽外《(ほか)》[一五]には忿怒《(ふんぬ)》の相《(さう)》を現《(げん)》ずといへども 同 〽内心慈悲の御恵《めぐ》み、凝念不動《げうねんふどう》[一六]の理《(り)》をあらはし、但住衆生心想之中《(たんぢうしゆじやうしんさうし)ちう》、げにありがたき悲願かな。
〈クセ〉同 〽然りとはいへども、輪廻[一七]の道を去《(さり)》やらで、魔境《(まきやう)》[一八]に沈《しづ》む其歎《なげ》き、思《おも》ひ知《し》らずや我《われ》ながら、過去—遠々《(をんをん)》の間《(あひだ)》に、さすが見仏聞法《(けんぶつもんぼふ)》の、其結縁《(けちえん)》の功《(こう)》により、三悪道《(さんナくだう)》[一九]を出《(いで)》ながら、猶《(なほ)》も鬼畜の身を仮《か》りて、いとど仏敵、法敵となれる悲《かな》しさよ、今此事《(このこと)》[二〇]を歎《なげ》かずは、未来—永々《やうやう》を

天狗の分際ではとても仏法を妨げられそうにない。九「欲下以二蟷螂之斧一禦中降車之隧上」(文選四十四)に基づく。微力を省みず、かなわぬ事をする譬え。一〇 僧祇律七に基づく。不可能な事を望む愚かさの譬え。宝物集六「猿猴のとらんとする月に似たり」など成句化。一一 相手の慢心に乗じて天狗道に誘おう。一二 大聖不動明王。一三 不動明王を中心とする五大明王の衆生済度の誓願は様々だが、不動の功徳は他四明王を超え。以下、〈クリ〉〈サシ〉で不動明王の威力を讃嘆。一四 不動明王の三昧(一心不乱の行)により、身から炎を出し、全ての悪魔、煩悩を焼き尽くすこと(是害房絵に拠る)。一五「一切衆生、…或現二忿怒一…雖レ現忿怒一、内心慈悲」(聖無動経)。一六 一念を凝らし動かぬという道理を顕現し、ただすべての心の中に住むという(聖無動経「是大明王、住二不動一、無二其所居一、但住二衆生心想之中一…忽顕二凝念不動理一」)。一七 六道輪廻を流転し続けること。〈クセ〉では善界坊の境涯を慨嘆。一八 迷いの世界の一。天狗界。一九 地獄・餓飢・畜生道。二〇 今仏法を妨げる身である事を悲しみ、仏に従わねば、未来永遠得悟することも、火生三昧の業からも逃れ

天台の仏法

経《ふ》るとても、いつか般若の智水《ちすい》を得《え》て、火生三昧《くわしやうざんまい》の、焔《ほのほ》を遁《のが》れ果《は》つべき　シテ〽[二一]世中《よのなか》は、夢か現《うつつ》か現《うつつ》とも　同〽夢ともいさや[二二]白《しら》雲の、かかる−[二三]迷ひを翻《ひるがへ》し、帰服せんとは思《おも》はずして、いよいよ−我慢の[二四]幢《はたぼこ》の、靡《なび》きもやらで徒《いたづら》に、[二五]行者の床《ゆか》を窺《うかが》ひて、降魔《がうま》の利剣《りけん》を、待《ま》つこそはかなかりけれ。

【四】〈ロンギ〉地〽[二六]かくては時刻移《うつ》りなん、いざ諸共《もろとも》に立出《たちいで》て、比叡の山辺《やまべ》のしるべせん　シテ〽法《のり》のため、[二七]今《いま》ぞ愛宕《あたご》の山の名に、頼《たの》みをかけて思《おも》ひ立《た》つ、[二八]雲の梯《かけはし》うち渡《わた》り　地〽我《わが》名《な》やよそに[二九]高雄山、東を見《み》れば[三〇]大《おほ》比叡《びえ》や　シテ〽横《よ》川の杉の梢《こずゑ》より　地〽南に続《つづ》く[三一]如意《によい》が嶽《だけ》、[三二]鷲《わし》のお山《やま》の雲や霞《かすみ》も、嵐と共に失《うせ》にけり、嵐と共に失にけり。〔中入来序〕

【五】〈名ノリ・シャベリ〉（アイの比叡山飯室の僧正に仕える能力が登場し、善界坊が渡来し妨げをなすので、僧正が祈禱に赴く旨を告げ、使者として巻数（読誦の経文名や度数の書付け。願主に送る）を都に持参する途次、天狗の羽風に逢い退散する）

【六】〔[三三]一声〕〈一セイ〉僧正〽勅を受《う》け、[三四]我《わが》立《た》つ杣《そま》を出《いで》ながら、急ぐも同じ名に高《たか》き、[三五]大内《おほうち》山の道《みち》ならむ。[三六]

〈サシ〉僧正〽かくてやうやう大比叡《びえ》を、下《お》りつつ行《ゆけ》ば不思議《ふしぎ》やな、あれに見えたる[三七]さがり松の。

〈上歌〉同〽梢の嵐吹《ふ》きしほ《を》り、梢の嵐吹きしほ《を》り、[三八]雲《くも》となり雨となる、[三九]山河草木《さんかさうもく》震動《しんどう》し、天に輝《かかや》く稲光《いなびか》り、大地に響《ひび》く雷《いかづち》は、肝魂《きもたましゐ》を昏《くら》まかす、こはそも何の故《ゆゑ》や覧《らん》、こはそも何の故

得ない。「未来永々」は「過去遠々」と対。般若（智恵）を水に譬えて「智水」と表現。気弱な善界坊像。
二一「世の中は夢か現かうつつとも夢とも知らずありてなければ」（古今集・雑下・読み人知らず）を借用。
二二 [掛]知らず―白雲、懸かる―斯かる。
二三 仏敵になる身への迷いを捨て仏に帰依しようとはせず。
二四 幡をつけた矛。[序]幡幢―靡き。「情慢の幡《はたほこ》高して、遂に天魔の掌握の中《ちう》に落ぬべし」（太平記二一）。
二五「床」は仏道修行の場。
二六 いたずらに明王の威力を恐れ、魔境に沈むことを嘆き時が移ってはならぬと発奮し、比叡の山に乗り込む光景。
二七 [掛]（法のため今ぞ）仇―愛宕。
二八 [付]雲―たつ、梯―雲。
二九 [掛]高雄山―高し（有名だ）。京都市右京区。山上に神護寺がある。
三〇 比叡山の美称。その三塔の一が「横川」。
三一 東山

僧正、都へ急ぐ

連峰の主峰。
三二 霊鷲山の異称。ここは比叡山。
三三 後見が車の作り物を脇座に出す。
三四 比叡山を指す。新古今集・釈教・伝教大師の歌→「兼平」三六二頁注一一。
三五 皇居の異称。
三六 古態は〈一セイ〉と〈サシ〉の間に「〈サシ〉それ天台止観の窓の前にて、三諦即是の花薫じ、真言秘密の床の上にて、五智円満の月明らかなり、所から

や覧《らん》。

【七】〔大ベシ〕〈名ノリグリ〉後シテ 〽抑是《そもそもこれ》は、大唐の天狗の首領、善界坊とは我事也。〽[一]夫若作障碍即有《それにやくさしやうげそくいう》

〈ノリコトバ〉シテ「あら物々しやいかに御坊《おんばう》、今更なにの観念をかなせる、一仏《いちぶつ》、魔境《まきやう》と説《とけ》り、あら痛《いた》はしや。

〈一セイ〉シテ 〽[二]欲界の、内《うち》に生るる輩《ともがら》は 地 〽悟《さと》りの道や其《その》ままに、魔道の巷《ちまた》となりぬらん。

【八】〈ノリ地〉同 〽不思議《ふしぎ》や雲の、うちよりも、不思議や雲の、うちよりも、邪法を唱《とな》ふる、声すなり、本《もと》より魔[三]仏、一如にして、[四]凡聖不二《ぼんしやうふに》なり、[五]自性清浄《じしやうしやうじやう》、天然動《うご》きなき、これを不動と名づけたり。

[六]〔立回リ〕

〈祈リ〉僧正 〽[七]聴我説者得大智恵《ちやうがせつしやとくだいちゑ》、[八]吽多羅吒干満《うむたらたかむまん》。

【九】〈ノリ地〉地 〽其時御声《みこゑ》の、下《した》よりも、其時御声の、下よりも、明王《みやうわう》あらはれ、出給《いで》へば、[九]矜迦羅制多迦《こんがらせいたか》、十二天、をのを《お》《お》の降魔《がうま》の、力を合《あ》はせて、[一〇]御先《みさき》を払《はら》つて、おはします。

[一一]〔舞働〕

〈ノリ地〉シテ 〽明王諸天は、扨置《を》きぬ 同 〽明王諸天は、扨置きぬ、東風《こち》吹《ふ》く風に、東を見《み》れば シテ 〽[一二]山王権現 地 〽南に男山《おとこ》、西は松《まつ》の尾、北野や賀茂の、山風神風、吹《ふ》き払《はら》へば、さしもに飛行《ひぎやう》の、翅《つばさ》も地に落《お》ち、力《ちから》もつき[一三]弓の、[一四]八島の浪の、[一五]立去《さ》ると見えしが、

なる法の水、結ぶかひある流れかな、かかる眺めの折々や、心の玉も照らすらん。〈上歌〉桜花、咲くより散りし春も暮れ、〳〵、茂みの梢秋ふけて、落葉時雨る冬枯の、野山の雪の朝ぼらけ、何かは法のほかならん、〳〵」(上杉本乱曲)があったらしく、季節も冬と知られる。 三七 洛外一乗寺村にあったという。 三八「旦為二朝雲一、暮為二行雨一」(文選・高唐賦)に基づく歌語。 三九 神仏怪異の出現の予兆。

以上三八三頁

魔仏の戦い

一 出典未詳。仏道即魔道の意か。

二 色・無色・欲界の三界の一。欲望の強い衆生の住む世界。

三 魔も仏も、本性は同じ。「魔界如、仏界如、…」(摩訶止観・八下)。「魔界即仏界」(是害房絵・下)など。

四 凡人も聖人も本性は無差別平等。宝蔵論「凡聖不二、一切円満」。

五「一切衆生ノ自性清浄、天然無動ノ理体、称レ之名二不動尊一」(是害房絵・上)。

六 シテは僧正を魔道に誘引しようと車の轅《ながえ》に手をかける。「イロエ」とも。

明王諸天、神々の加勢

七 不動明王三弘願の偈文の一節。僧正が天狗の邪法を払わんと不動明王を祈念する。

又飛《と》び来《きた》り、さるにても、か程《ほど》に妙《たへ》なる、仏力神力《ぶつりきしんりき》、今より後は、来《きた》るまじと、言《い》ふ声ばかりは、虚空《こくう》に残《のこ》り、言《い》ふ声《こゑ》ばかり、虚空に残《のこ》つて、姿は雲路《くもぢ》に、入《いり》にけり。

八 不動明王の慈救呪。
九 不動明王の左右に侍す二童子。
一〇 不動明王の先駆けとなって。
一一 諸天に追われるさま。
一二 日吉大社。以下、明王や諸天部のみならず、石清水、北野、上賀茂、下賀茂の神々が現れたさま。
一三 囲槻弓—尽き。
一四 囲矢—八島。「八島」は日本の意。
一五 囲立—立去る。仏法を妨げる目的が逆に仏法の力を引き立たせる事になった。

呉服(くれは)

脇能物　古称、綾織(あやはとり)

女神物　世阿弥作か(素材・主題の項参照)

場景　前場―摂津国西宮、呉服の里の松原。ある秋の日の夕刻。後場―同じく、夜から暁にかけて。

人物
前ジテ　呉織(くれはとり)の女〔増・側次女〕
後ジテ　呉織の女の霊〔増・天女〕
前ヅレ　漢織(あやはとり)の女〔小面・側次女〕
ワキ　廷臣〔大臣〕
ワキヅレ　同行の朝臣〔大臣〕(二、三人)
アイ　呉服の里の男〔長上下〕(観世流ハ末社間ニモ)

梗概　時の帝に仕える臣下が摂津国住吉に詣で、西宮に向かう途中、呉服の里の松原で機織りの音が聞こえる。近づくと二人の蜑乙女が機を織っている。名を尋ねると、いにしえの呉織、漢織と名乗り、応神天皇の御代に呉国から渡来し綾の御衣(ぎょい)を織って帝に捧げたことや機織りの工(たくみ)の美を語り、善君に仕える賢臣の目の高さを讃える。錦を君に供えることを約束し、暁の空を待てと告げて帰る(中入)。里の男が臣下の問いに答えて、唐土より渡来した呉織・漢織の名の由来と、今も二人の織姫を神として祀っていることを語る。やがて夢の告げを待つ臣下の前に、呉織の神霊が現れ、代々の嘉例として、糸を引き縫う綾の紋のめでたさ同様に曇りなき聖代の長久をことほぎ、綾を織って帝に捧げ、めでたき御代を祝福する。

素材・主題　後撰集・恋三・清原諸実の歌「くれはとりあやに恋しくありしかばふたむらやまも越えずなりにき」をめぐる、日本書紀・応神天皇条の解釈をふまえた「くれはとり」の語義に関する歌学書の所説(袖中抄等)に拠りつつ、錦繡の技(わざ)を伝え神と祀られた二人の織姫による機織りの再現と、曇りなき御代の祝福を描く。むろん呉織穴織大明神略縁起等のような縁起も背景にあり、女神の能として構成されている。世阿弥伝書には見えないが、正長二年(一四二九)五月に室町第笠懸馬場で興行された多武峰様立合猿楽(とうのみねようたちあいさるがく)の観世方の脇能「綾織(あやはとり)」(建内記)が本曲に相違なく、世阿弥による立合(競演)用の新作と推測される。綾織の機の作リ物が大掛りで美しい。なお、古態は後場に呉織のほかに漢織も登場し、文字通り「二人の織姫」が舞を奏でたらしく、より華麗な女神の能であったらしい。

【一】〔真ノ次第〕〈次第〉ワキ・ワキツレ　〽道[一]の道《みち》たる時とてや、道の道たる時とてや、国々豊《ゆた》かなるらむ。

一　政道正しき御代とて、国々はいよいよ富み栄えている。「道」にはそれぞれの道(技術・技芸)に励んでいる意も含むか。
二　今上天皇。
三　現大阪市住吉区にある住吉大社。摂津国の一の宮として信仰を集めていた。
四　現兵庫県西宮市の西宮戎神社。
五　[掛]浅―浅香潟。浅香潟・難波潟は摂津国の歌枕。「玉藻刈るなる浅香潟」(「高砂」)。
六　[付]蜑―難波。
七　政道正しき治世の「直ぐなる道」に、道程の正しさも掛ける。
八　[掛]潟―方。
九　[掛]行く―行方。
一〇　現在の大阪府池田市。
一一　後見が五色の糸を掛けた機台と蔓桶を脇正面に置く(略すことも多い)。
一二　囃子につれて、シテが、素絹を手に掛けたツレを先立てて登場、ツレは一ノ松、シテは三ノ松に立つ。
一三　二人が古(いにしえ)の「くれはとり・あやはとり」なることを暗示。
一四　[縁]衣―裏。[掛]裏―浦里。
一五　[掛]寄る―縒る。
一六　[掛]白―白糸。
一七　この囃子のうちにツレ、シテの順に橋掛から本舞台へ入る。
一八　私たちは日本の国に住んでい

〈名ノリ〉ワキ「抑是《(そもそもこれ)》は当今《(たうぎん)》に仕《つか》へ奉る臣下也、われ此間は摂州住吉に参詣申て候、又是より浦伝ひし、西の宮に参《まい》らばやと存《(ぞんじ)》候。

〈上歌〉ワキ・ワキツレ〽住江《(すみのえ)》や、のどけき波《なみ》の浅香潟《あさかがた》、のどけき波の浅香潟、玉藻刈《か》るなる蜑人《(あまびと)》の、道も直《す》ぐなる難波潟《がた》、行ゑ《(ゆくへ)》の浦も名を得たる、呉服《(くれは)》の里に着《(つき)》にけり、呉服の里に着にけり。

〈着キゼリフ〉ワキ「急《(いそぎ)》候程に、是ははや呉服の里に着《(つき)》て候、又あの松原にあたつて、機《はた》物の音の聞《き》こえ候、立越《(たちこえ)》尋《(たづね)》ばやと存候。

【二】〔真ノ一声〕〈一セイ〉二人〽呉織《くれはとり》、綾《あや》の衣《(ころも)》の浦里に、年経《へ》て住《す》むや、蜑《(あま)》乙女　ツレ〽立寄《よ》る浪も白《しら》糸の　二人〽機織《はたを》り添《そ》ふる、音しげし。〔アシライ歩ミ〕

〈サシ〉シテ〽これは津の国呉服の里に、住《す》みて久しき二人《(ににん)》の者《もの》　二人〽われこの国にありながら、身は唐《(もろこし)》の名にし負《お》ふ、女工《(ぢよこう)》の昔を思ひ出《(いづ)》る、月の入《(いる)》さや西の海、浪路遥《はる》かに来《こ》し方《かた》の、身は唐人《(からびと)》の年を経て、爰《(ここ)》にくれはの里までも、身に知《し》られたる、名所《どころ》かな。

〈下歌〉シテ・ツレ〽是もかしこき御代《(みよ)》のため、送《をく》り迎《むか》へし機《はた》物の。

〈上歌〉シテ・ツレ〽やまとにも、織《を》る唐衣《から(ぎぬ)》の糸なみを、織る唐衣の糸なみを、今敷《しき》島の道《みち》かけて、言《こと》の葉《は》草の花までも、あらはしぎぬの色添《そ》へて、心《こころ》を砕《くだ》く紫《むらさき》の、袖も妙《(たへ)》なる翳《かざ》しかな、袖も妙なる翳しかな。

るが、唐土(もろこし)の呉国の名をもつ呉織(くれはとり)・漢織(あやはとり)の女工の昔が思い出される。
一九 月の入る西の海の遥か彼方から渡ってきた私たちは唐人だが、長い年月を経るうちに、この呉服の里も馴染み深い名所となった。「月の入さ」は「西の海」の序。
二〇 [掛]来し—来し方。
二一 他流「カラヒト」。日葡にも。
二二 [掛]来—呉服。
二三 唐から調物として贈られ、日本に迎えられた織物であったが、

機物の音が聴こえる呉服の里

今は大和(日本)でも山のように多くの織物を織るようになった。[掛]山—大和。
二四 [掛]糸—営み。
二五 日本の技術(道)となすべく。「敷島」は日本の異名。また「敷島の道」は和歌の意で、呉織が和歌に詠まれていることもいう。
二六 「顕し衣」は元来は喪服のこと。ここは織物の縁で、顕す意に使用。

女工の昔、今

「神の威光もあらはし衣(ぎぬ)の…」(廃曲「一夜天神」)。[掛]顕—顕し衣—絹。[縁]色添へて—花・衣。
二七 苦心する。紫草の根を砕いて染料とするので、「心を砕く」は「紫」の序。

【三】〈問答〉ワキ「われ此《この》松原に来《き》て見れば、一いとなまめける女性《にょしゃう》二人《ににん》有《あり》、一人《いちにん》は機《はた》を織《を》り、今一人は二糸を取《と》り引《ひ》き、互《たが》ひに常《つね》の里人《さと》とは見え給はず、そも方々《かたがた》はいかなる人ぞ　二人カヽル〽恥かしや、里離《ばな》れなる松陰の、三潮《うしほ》も曇《くも》る夕月の、影《かげ》に紛《まぎ》れて浦浪の、声に類《たぐ》へて機《はた》物の、音聞《き》こえじと思ひしに、知《し》られけるかや恥《は》づかしや　ワキカヽル〽何をか包《つつ》み給ふらん、其身は常《つね》の里人ならで、「此松陰に隠《かく》れゐて、機織《はたを》り給ふは不審なり、カヽル〽いかさま名のり給ふべし　シテ「是は四応神天皇の御宇に、めでたき御衣《ぎよい》を織初《そ》めし、五呉服《くれは》とり漢織《あやはとり》と申《まうし》し二人の者、今《いま》又めでたき御代《みよ》なれば、現《うつつ》に顕《あらは》れ来《きた》りたり　ワキカヽル〽不思議の事を聞《きく》物かな、それは昔の君が代に、唐国《からくに》よりも渡されし、「綾織《あやをり》二人の人なるが、今現在に顕《あらは》れ給ふは、カヽル〽何といひたる事やらん　シテ「六早《はや》くも心得給ふ物かな、先《まづ》この里を呉服《くれは》の里と、名付《なづけ》初《そ》めしも何故《なにゆゑ》ぞ、我此所にありし故なり　ツレカヽル〽又漢織《あやはとり》とは機《はた》物の、糸を取《と》り引《ひ》く工《たくみ》故、七綾《あや》の紋をもなす故に漢織《あやはとり》とは申也　シテ「呉織《くれはとり》とは機物《はたもの》の、糸引《ひ》く木をばくれはと謂《い》へば、くれは取手《とる》によそへつつ、カヽル〽呉織《くれはとり》とは申なり　ツレ〽されば二人《ふたり》の名に寄《よ》せて　シテ〽呉織《くれはとり》　ツレ〽綾《あや》とは申《まうし》伝《つた》へたり　二人〽然《しかれ》ば我らは唐《から》人なれば、八大和《やまと》言葉は知《し》らね共《ども》　シテ〽九呉服《くれは》とりあやに恋《こひ》しくありしかば、二村山《ふたむらやま》と詠《よ》みし歌も、二人《ふたり》を思ふ心《こころ》なり。

〈上歌〉同〽一〇呉織《くれはとり》、怪《あや》しめ給ふ旅人《たびびと》の、怪しめ給ふ旅人の、御《おん》目の程はさすが実《げに》、名にし負《お》ふ

一 実に美しい女性。下掛「姿は唐人なる女性」。二 糸で文様を織り縫うことらしい。三 潮曇りの朧な夕月に紛れ、波の音に紛れて機織る音も聞こえまいと。

四 呉国から機織りが来日したことは、日本書紀・応神天皇条にみえる。五「綾織る事、心も言葉も及びがたし…呉の国より参たる女なればとて、姉をばくれは鳥、妹をあやは鳥とは名を付け給ふ也」(梵燈庵袖下集)。宝生・下掛「クレハドリ・アヤハドリ」。

六 以下、地名の由来とその説明。七 綾織りの文様のこと。

善政讃美

八 和歌のことは知りませんが。九 一途に恋しく思われたので。後撰集・恋三・清原諸実の歌(下句「ふたむら山も越えずなりにき」)。「二村山」は尾張の歌枕。絹織物の単位である「二匹(ふたむら)」を掛ける。一匹は布二反。

一〇 以下、さすが聖代善君に仕える賢臣ですことと、その明察と眼識の高さを称讃。囲綾―怪、賢―畏。

一一 平家物語一・吾身栄花「…呉郡の綾・蜀江の錦、七珍万宝一つとして闕けたる事なし」。呉は中国江南地方に対する日本の呼び名。

一二 囲糸―営み。絹織物業が発達していた。

都人の、所《ところ》から唐人《(からびと)》と、我らを御覧《(ご)》ぜらるるは、実《(げに)》かしこしや善《よ》き君に、仕《つか》ふる人かありがたや、仕ふる人かありがたや。

【四】〈問答〉ワキ「猶々《(なほなほ)》呉織漢織《くれはとりあやはとり》 委《(くはしく)》御物語《がた》り候へ　シテ「委語つて聞《き》かせ参らせ候べし。

〈クリ〉地 〽夫《(それ)》綾と言《い》つぱ、唐土《もろこし》呉郡《(ごキン)》[11]の地より織初《そ》めて、女工の長《なが》き営《いとな》[12]みなり。

〈サシ〉シテ女 〽然《しか》るに神功皇后[13]、三韓[14]を従《したが》へ給ひしより　同 〽和国異朝の道広《ひろ》く、人の国まで靡《なび》く世の、我《(わが)》日《(ひ)》の本《(もと)》は長閑《のどか》なる、御代の光《ひかり》は普《あまね》くて、国富《と》み民豊《ゆた》かなり　シテ 〽東《(とう)》[15]南雲《(なん)》収《おさ》まりて　同 〽西北《(せいほく)》に風静なり。

〈クセ〉同 〽応神[16]―天皇の御宇かとよ、呉国の勅使此国に、初《はじ》めて来《(きた)》り給ひしに、漢女《あやめ》[17]糸女《いとめ》の女婦《(ぢよふ)》を添《そ》へ、万里の―滄波《(さうは)》を凌《しの》ぎ来《き》て、西日《(せいじつ)》[18] 影《(かげ)》残《のこ》りなく、呉服《(くれは)》[19]の里に休《やす》らひ、連日《(れんじつ)》に立《た》[20]つる織《はた》物の、錦《にしき》を織々《(おりおり)》の、綾《あや》の御衣《(ぎよい)》を奉る、勅使奏覧ありしかば、叡感殊に甚《はなは》だし、それより名付《(なづけ)》つつ、衮龍《(こんりよう)》[21]の御衣《(ぎよい)》の紋、いとなみも名高《たか》き、山鳩《やまばと》[22]色をうつしつつ、気色[23]―だつなり雲鳥《とり》の、羽総《はぶさ》を畳《たた》む綾《あや》となす、いとも[24]畏《かしこ》かりけり　シテ 〽然《(しかれ)》ば万代《(よろづよ)》に、絶《(たえ)》せぬ御調《(みつき)》[25]なるべしと　同 〽御定《(おんさだ)》めありしより、呉服《ごふく》の文字を和《やは》[26]らげて、呉織漢織《くれはとりあやはとり》と、名付《(づけ)》させ給へば、年を迎《むか》へて色をなす、綾の―錦《にしき》の唐衣《から(ころも)》[27]、返《かへ》す返《がへ》すも君が袖、古《ふる》[28]き―ためしを引《(ひく)》糸の、かかる[29]御代ぞめでたき。

【五】〈ロンギ〉地 〽是につけても此君の、是につけても此君の、目出度《(めでたき)》例《ためし》[30]有明の、夜すがら機《はた》

一三 仲哀天皇の皇后。応神天皇の母。「然るに神功皇后三韓を鎮め給ひしより」(「弓八幡」)。
一四 古代朝鮮の三国。新羅・高句麗・百済。
一五 天下泰平の比喩。「西北雲膚起、東南雨足来」(李嶠・百詠)。「志賀」「調伏曾我」にも。
一六 以下、機織りの道の渡来と、天皇の御衣をも織るに至った来歴を叙述。 一七 「漢女」は漢より渡来した女の意。機織りに従事した。呉織に対する漢織。「糸女」は綾糸を引く女工の意か。「女婦」は婦人の意。 一八 西に沈む日のすっかり暮れた光景を「呉服」の序とした。

呉織漢織の来歴

一九 [掛]暮れ―呉服。
二〇 [付]はた―をる・たつ・錦。[掛]織り―折々。 二一 龍などの縫い取りのある天子の礼服。
二二 天子の袍の色、黄色みがかった萌黄色のこと。麹塵《(きくじん)》とも。
二三 「気色だつなり」は上下に掛かる。雲鳥は雲の中を飛ぶ鳥。また雲と鶴を取り合せた模様のこともいう。[付]綾―雲鳥。
二四 [掛]糸―いとも。
二五 「貢ぎ」に同じ。朝廷への献上品。 二六 和訓にして。
二七 [付]唐衣―かへすがへす。
二八 [掛]振る―古。 二九 [掛]掛―斯。
三〇 [掛]有り―有明。

を織《(おり)》給へ　二人〽いざいざさらば機《はた》物の、錦を織て我君の、御調《(みつき)》に供《そな》へ申さむ　地〽げにや御調の数々《かずかず》に、[一]錦の色《いろ》は　二人〽小車《(をぐるま)》の　同〽丑《うし》三つの時過《(すぎ)》、暁《あかつき》の空を待《(まち)》給へ、姿を変《か》へて来《(きた)》らん、さらばと言《い》ひて呉織《くれはとり》、漢織《あやはとり》は帰れども、[二]庭《には》鳥はまだ鳴《(なか)》ずや、夜長なりと待給へ、夜長《なが》くとても待給へ。　（中入）

【六】〈問答・語リ・問答〉（アイの里の男が登場、ワキの求めに応じて、応神天皇の御宇に、唐土より呉織・漢織が渡来して技術を伝えたこと、その後、神として祀られていることを語り、ワキに重ねての奇特を待つよう勧める）

【七】〈上歌〉ワキ・ワキツレ〽[三]嬉しきかなやいざさらば、嬉しきかなやいざさらば、此《(この)》松陰に旅居して、風も嘯《うそぶ》く[四]寅《とら》の時、[五]神の告《(つげ)》をも待《(まち)》て見《み》ん、神の告をも待て見ん。

【八】［出端］[六]〈サシ〉後シテ〽[七]君が代は、天《(あま)》の羽衣稀《まれ》に来《き》て、撫《な》づとも尽《つ》きぬ巌《いはほ》ならなむ、千代に八千代《やちよ》を[八]松の葉の、散《ち》り失《う》せずして色は猶《なを》、真拆《まさき》の葛長《かづらなが》き世の、[九]例《ためし》に引《ひ》くや綾の紋、曇《くも》らざりける時とかや。

【九】〈一セイ〉地〽この君の、畏《かしこ》き代ぞと[一〇]夕波に、声立《た》て添《そ》ふる、機《はた》の音《をと》。

〈詠〉シテ〽[一一]錦を織《(おる)》機物《はたもの》のうちに、相思の字を顕《あらは》し、衣《(ころも)》擣《う》つ砧《きぬた》の上《うへ》に、怨別《(ゑんべつ)》の声。

〈一セイ〉シテ〽[一二]松の風、又は磯《いそ》打つ浪の音《をと》　地〽頻《しき》りに隙なき機《はた》物の。

〈ノリ地〉シテ〽取《と》るや呉服《くれは》の、手繰《ぐ》りの糸　地〽[一三]わが取《と》るはあやは　シテ〽[一四]踏《ふ》み木の足音《あしをと》

地〽[一五]きりはたりちやう　シテ〽きりはたり、ちやうちやうと。

一 付錦—小車、車—牛。掛多—小車、牛—丑三。
二 付鶏—あか月。
三 この〈上歌〉は「老松」「鵜羽」と同文。　四 掛虎—寅。「風も嘯く」が「虎うそぶいて風をなす」（名語記）、「寅の時」（午前四時ごろ）の序。「寅の時より必ず風出づるものなり」（譬喩尽）。
五 下掛「夢の告をも…」とあり、後場が夢中の奇瑞であることを予告。
六 現在は出ないが、末尾の「二人の織姫」からも元来は後ヅレも登場した可能性が大きい。
七 君が代は羽衣を着た天人がたまに地上に降りて来て、撫でても尽きぬ巌のように、限りなく長久であってほしい。拾遺集・賀・読み人知らずの歌。
八 掛待つ—松、増す—真拆。真拆の葛は定家葛の古名。付松—ちりうせぬ。「松の葉の散り失せずして、真栄の葛長く伝はり」（古今集・仮名序）。

君が代の長久

九 代々の嘉例として綾糸を引き縫う綾の雲紋、そのめでたさ同様に永く曇りなき治世。掛雲—曇。
一〇 掛言ふ—夕波。
一一 「織レ錦機中已弁ニ相思之字一、擣レ衣砧上俄添ニ怨別之声一」（和漢朗詠集・秋・十五夜）。上句は、遠国に赴いた竇滔《とうとう》が長い間帰らぬ

〈ノリ地〉地 ＼[一六]悪魔も恐《をそ》るる、声なれや、実《げに》織姫《をりひめ》の、翳《かざ》しの袖。 〔中ノ舞〕

【一〇】〈ノリ地〉同 ＼思ひ出《いで》たり、[一七]七夕の、思ひ出たり、七夕の、[一八]適逢《たまたまあ》へる、旅人の、夢の精《せい》霊《れい》、[一九]妙童《めうどう》菩薩の、影向《やうがう》成たる、夜もすがら、夜もすがら、宝《たから》の綾《あや》を、織たて織たて、我君に捧《ささ》げ物、御代《みよ》の例《ためし》の、二人《ににん》の織姫《ひめ》、呉服《くれは》あやはの、[二〇]とりどりに、呉服あやはの、とりどりの御調《みつき》物、供《そな》ふる御代こそ、めでたけれ。

夜もすがらの機織り

ため、妻が恋慕の心を廻文詩に作り錦に織りつけて送った故事(晋書)をふまえ、十五夜の月光に相思の文字が読みとれる、の意。下句は、胡国に囚われの蘇武を思い、妻が砧を打った故事をふまえ、砧の音に別れを恨む哀切の響きが加わっている、の意。廃曲「七夕」とほぼ同文。

一二 自然が奏でる松風や波の音が、機織る音に呼応するさま。[付]磯―松。

一三 この地謡の一句は元来、後ヅレが謡ったか。

一四 機織台の糸を足で踏み動かす木。

一五 機を織る音。「七夕」にも。

一六 「さす腕(かひな)には悪魔を払ひ、納むる手には寿福を抱き」(「高砂」)などと同じく祝福表現らしい。

一七 [付]七夕―袖つく夜・はた物のふみ木・一夜。

一八 七夕の牽牛・織女の一年に一度の逢瀬の連想から、稀に逢う意と偶然逢った旅人の夢に続けた。

一九 夢の中で如来真実の功徳を讃えた妙幢菩薩。旅の臣下の夢に妙幢菩薩が影向し、機織りや帝への捧げ物を一晩中見せたこと。

二〇 「とりどりに」は上下に掛かる。呉織・漢織の二人の織姫が、さまざまな献上品を。

藤戸《ふぢと》

四番目物　異表記、藤渡
執心男物　作者不明（観世元雅か）

場景　前場―備前国、児島、藤戸の浦。晩春のある日。
後場―同じく、明け方近く。

人物　前ジテ　漁師の母〔深井・唐織着流女〕
後ジテ　漁師の霊〔痩男・水衣着流痩男〕
ワキ　佐々木盛綱〔直垂上下〕
ワキヅレ　従者〔素袍上下〕（二、三人）
アイ　盛綱の下人〔長上下〕

梗概　晩春、藤戸の先陣の功により備前の児島を賜った佐々木盛綱が領主として初めて赴き、訴訟の事があらば申し出よと触れさせた。すると老母が来て、罪もない我が子が波の底に沈められたことを嘆き訴える。はじめは取り合わぬ盛綱も隠しきれず、寿永三年三月二十五日の夜、浦の漁師から藤戸の渡しの浅瀬を訊きだしたが、他人に口外するのを恐れて殺害して海に沈めたいきさつを語る。老母は殺された場所を聞き、二十《はたち》余りまで育て、杖柱とも頼む子に先立たれた悲しみを訴え、我が子を返せと迫る。自らの非を詫びた盛綱は弔いを約束し、下人に命じ老母に介添して帰宅させる（中入）。老母を送り届けた下人は深く同情、盛綱へ復命ののち管絃講《かげんこう》による供養のことを触れる。盛綱が大般若経を読誦し弔うと、暁の水上に漁師の亡霊が痩せ衰えた姿で現れる。理不尽にも殺された恨みと苦しみを述べ、盛綱に襲いかかろうとするが、弔いの功徳で成仏する。

素材・主題　平家物語十・藤戸に拠りつつ、その後日譚として脚色し、戦功の犠牲となった若い漁師とその母の怒りと恨みを鋭く突きつける。馬で渡れる浅瀬を教えたにもかかわらず、功を独占し機密漏洩をおそれた盛綱によって殺害された無名の漁師に焦点をあてた能作者のまなざしに共感する。男の母親が不当の所業をなじり怨嗟・痛恨する前場と、理不尽にも殺された男の亡霊が恨みを述べ往事を再現する後場から成り、前後のシテは別人。過度な修辞を排除し「科《とが》も例《ためし》も波の底」など平明な文章で綴る表現は元雅作「隅田川」と共通し、同人作の可能性も高い。前場で親の痛恨を描き、後場で亡き子の霊を登場させる手法は「天鼓」と酷似し、「老の浪」「苦しみの海」などの語句や類似表現も多い。

【一】〔次第〕〈次第〉ワキ・ワキツレ　〽一春の湊《みなと》の行末や、春の湊の行末や、二藤戸の渡りなるらん。

〈名ノリ〉ワキ「これは三佐々木の三郎盛綱にて候、扨《さて》も今度《このたび》四藤戸の先陣を仕《つかまつり》たる恩賞に、児

一 暮れゆく春の帰る湊は、暮春の花の藤に縁ある藤戸の渡りなのだろうか。「暮れて行く春の湊は知らねども霞に落つる宇治の柴舟」（新古今集・春下・寂蓮）の応用。付 暮春の心―春の湊・藤。
二 現在の岡山県倉敷市の地名。児島湾の西、児島（現在の児島半島。古くは離島だった）の対岸に位置していた。水島灘に通じる水路があり、渡しがあった。
三 源頼朝の家臣。
四 児島に陣をはった平資盛の軍を責めあぐねていた源氏軍だったが、佐々木の活躍によって打ち破ることができた（平家物語十・藤戸）。
五 領主が初めて領地に入ること。
六 秋津島に同じ。日本の異名。以下、天下泰平の慣用表現「波静か」「風のどか」を連ね、順風平安な春の航海を描写。
七 下掛「げに時めける朝ぼらけ、舟もうららに出づる日の、藤戸に…」。八 政道正しく、浦伝いの舟路も安全で。
九 領主に対して訴え出ること。
一〇 下掛はこの前にわが子を殺した領主の到着の由を聞き、参ろうとする意の謡がある。車屋本では老母は漁夫の子を連れて登場する。悲嘆と憤怒と老衰の錯綜した趣。
一一 年老いたこの身、涙にくれる藤戸の浦の明け暮れ、我が子の世に在りし昔の春の日々が再び帰っ

島を給《たまは》つて候、今日《こんにち》は日も能《よく》候程に、唯今《ただいま》入部[五]仕《にふぶつかまつり》候。

〈上歌〉ワキ・ワキツレ ＼秋津洲[六]の、波静《なみしづ》かなる島廻《めぐ》り、波静かなる島廻り、松吹《ふく》風も長閑《のどか》にて、実[七]《げに》春めける朝《あさ》ぼらけ、船も道[八]ある浦伝《づた》ひ、藤戸に早《はや》く着《つき》にけり、藤戸に早く着にけり。

【二】〈問答〉ワキ「いかに誰かある　トモ「御前《おんまへ》に候　ワキ「皆々訴訟[九]あらむ者は罷出《まかりいで》よと申候へ　トモ「畏《かしこまつ》て候。

〈触レ〉トモ「いかに皆々慥《たしか》に聞《きき》候へ、この浦の御主《おんぬし》佐々木殿の御入部にて有《ある》ぞ、何事も訴訟あらむ者は罷出て申候へ。

【三】［一声］〈一セイ〉[一〇] シテ ＼老《おい》[一一]の浪、越《こえ》て藤戸の明暮に、昔《むかし》の春の帰《かへ》れかし。

【四】〈問答〉ワキ「不思議やなこれなる女の、訴訟ありげに某《それがし》を見てさめざめと泣《なく》は何事にて有《ある》ぞ。

〈サシ〉シテ ＼蜑《あま》[一二]の刈《か》る藻《も》に住《すむ》虫の我《われ》からと、音《ね》をこそ泣《な》かめ世をばげに、何からうらみん本《もと》よりも、因果の廻《めぐ》る小車《をぐるま》の、や[一三]たけの人の罪科《つみとが》は、皆報《みなむく(い)》[一四]ひぞといひながら、我[一五]子ながらも余《あまり》げに、科[一六]《とが》も例《ためし》も波の底《そこ》に、沈《しづ》め給ひし御《おん》情なさ、申《まうす》につけて便《びむ》なけれ共《ども》、御《おん》前に参りて候なり。

〈問答〉ワキ「何と我子を浪に沈《しづ》めし恨《うらみ》とは更に心得ず　女「扨《さて》なふ我子を浪に沈め給ひし事は候《ザウラウ》　ワキ「あ[一七]あ音高《たか》し何と何と　女 ＼なふ猶《なほ》[一八]も人は知《し》らじとなふ。

〈クドキ〉シテ ＼中[一九]々に其《その》有様をあらはして、跡をもとぶら《ム》ひ又は世に、生《いき》残りたる母が身を

盛綱の入部、晩春の藤戸

てほしいものだ。[縁]波—越—帰れ、戸—明け。[掛]藤—藤戸。「老の波」は「天鼓」にも。「老いの波越えける身こそあはれなれ今年もいまは末の松山」(新古今集・冬・寂蓮)。

一二 海人の刈る藻に住むわれからという虫、我が身の不幸もそれと同じく自分が原因で招いたもの、声をあげて泣くことはあっても、世を恨むようなことは決してするまい。古今集・恋五・藤原直子の歌(末句「世をばうらみじ」)。[掛]われから—我から、恨—浦見。

一三 [掛]輻(や)—弥猛。輻は車輪の中央部と周囲の輪をつなぐ放射状に並んだ棒のこと。「小車」は「弥猛」の序。弥猛は勇み立つさまで、この場合盛綱を指し、盛綱による処刑の意。

一四 前世の報いだとはいえ。

息子を殺された老母の告発

一五 蜑に過ぎぬ我が子ながらあまりに無惨な仕打ち。[掛]蜑—余。

一六 そのような罰も前例もない。[掛]無—波。

一七 ああ、声が高い、いったい何だというのだ。狼狽の心。

一八 まだしらばっくれるつもりなのですね。

一九 包み隠さず逆に。

も、訪《と》ひ慰《なぐさ》めてたび給はば、少《（すこし）》の恨《（うらみ）》も晴《は》るべきに。

〈歌〉同 へ[一]いつまでとてか信夫《しのぶ》山、忍《（しの）》ぶかひなき世の人の、[二]扱《あつか》ひ草《（ぐさ）》も繁《しげ》き物を、何《なに》と隠《かく》し給ふらむ。

〈上歌〉同 へ住《（すみ）》果《は》てぬ、此世は仮《かり》の宿《やど》なるを、此世は仮の宿なるを、[三]親子とて何やらん、[四]幻《まぼろし》に生れきて、別《（わか）》るれば悲《かな》しび《ミ》の、思ひは世々を引《（ひく）》、絆《きづな》と成《（なッ）》て苦《くる》しみの、海に沈《しづ》め給ひしを、[五]せめては弔《と》はせ給へや、跡とぶ《ム》らはせ給へや。

【五】〈問答〉ワキ「言語道断、かかる不便《（ふびん）》なる事こそ候はね、今は何をか包《つつ》むべき、其時の有様語《かた》つて聞《（きか）》せ候べし、近《ちか》ふ《（う）》寄《よ》つて聞《（きき）》候へ。

〈語リ〉ワキ「扨《（さて）》も[六]去年三月廿五日の夜に入て、浦の男を一人《（いちにん）》近《ちか》づけ、此海を馬にて渡《わた》すべき所やあると尋《（たづね）》しに、彼者《（かのもの）》申様《（まうすやう）》、さむ候《ザウラウ》河瀬のやうなる所の候、[七]月頭《がしら》には東にあり、月の末《すゑ》には西にあると申《（まうす）》、即《（すなはち）》八幡大菩薩の御告と思《おも》ひ、[八]家の子若党にも深《ふか》く隠《かく》し、彼《（かの）》男とただ二人忍《しの》び出、[九]浅《あさ》みの通《（とほり）》をよくよく見置《を》きて帰りしが、盛綱心《こころ》に思ふやう、いやいや[一〇]下﨟は筋《すぢ》なき者《もの》にて、又もや人に語らむと思《おも》ひ、不便には存《（ぞんぜ）》しかども、取《と》つて引《（ひき）》寄《よ》せ二刀《（ふたかたな）》刺《さ》し、其まま海に沈めて帰りしが、扨《（さて）》は汝が子にて有《（あり）》けるよな、よしよし何事も[一一]前世《（ぜんぜ）》の事と思《おも》ひ、今は恨を晴《は》れ候へ。

【六】〈掛合〉女「扨なふ我子を沈《しづ》め給ひし、在所は取分《（とりわき）》いづくの程にて候ぞ　ワキ「あれに見《み》

一 いつまでも隠し通そうとするのか。[掛]忍—信夫山。信夫山は陸奥の歌枕。 二「扱ひ草」は話の種の意。すっかり世間の人の噂になっているのに、まだ隠そうとなさるのか。 三 親子の縁とても幻にほかならぬが、別れの悲しみは、現世ばかりか来世までも親を束縛し、苦海に沈めてしまう。あなたが海に沈めた我が子なのだから。「苦しみの海」は「天鼓」「春栄」にも。

四「善春、幻に来たつて、仮の親子の離別の思ひに…」(世阿弥・夢跡一紙)と同趣。 五 せめて菩提を弔ってもよいではないかと怨む心。

漁夫を殺害した事情

六 寿永三年(一一八四)のこと。平家物語十・藤戸によれば九月の事件とされる。 七 月の初め。

八 譜代の家来。

九 渡るべき浅瀬の有様。

一〇 下郎(身分の低い者)は節操がないので。「下﨟はどこともなき者にて」(車屋本)。 一一 前世からの因縁と思って。 一二 海面に浮かんだように見える洲。 一三 あのあたりだと人も言っていた。[掛]言ふ—夕波。「夜」(寄る)の序。

一四 すぐに知られてしまった、水底深く死骸を隠し、闇に葬ったと思っていたのに。[掛]無—亡。

一五 良い事はなかなか世間に伝わらぬが、悪い事はすぐに知れ渡る

えたる[一二]浮《う》き洲《す》の岩の、少《すこし》こなたの水の深みに、死骸を深《ふか》く隠《かく》ししなり　女〽扨は人の申《まうし》しも、少《すこし》も違《たが》はざりけり、[一三]あのほとりぞと夕波の　ワキ〽夜《よる》の事にて有《あり》し程に、人は知《し》らじと思ひしに　女〽[一四]やがて隠《かくれ》は亡《な》き跡を　ワキ〽深く隠《かく》すと思へども　女〽[一五]好事《かうじ》門《もん》を出《いで》ず。

〈歌〉同〽悪事[一六]千里を行《ゆ》けども、子をば忘れぬ親《おや》なるに、失《うしな》はれ参らせし、こはそも何の報《むくい》ひぞ。

〈クセ〉同〽実《げに》や[一七]人の親の、心は闇にあらね共《ども》、子を思《おも》ふ道に迷《まよ》ふとは、今こそ思《おも》ひ知《し》られたれ、本《もと》よりも定《さだめ》なき、世の理《ことわり》は目《ま》のあたり、[一八]老少《らうせう》―不定《ふぢやう》の境《さかひ》なれば、若《わか》きを先立《だ》てて、つれなく残る[一九]老鶴《おいづる》の、眠《ねむり》のうちなれや、夢とぞ思ふ親と子の、[二〇]二十《はたち》―余《あまり》の年《とし》なみ、かりそめに立離《はな》れしをも、待遠《どを》に思《おも》ひしに、またいつの世に逢《あ》ふべき　女〽[二一]世に住《す》めば、憂《う》き節繁《ふししげ》き河竹の　同〽杖柱《つゑはしら》とも頼みつる、蜑《あま》[二二]のこの世《よ》を去《さり》ぬれば、[二三]今はなにか、命の露をかけてまし、ありがひもあらばこそ、とても憂《う》き身なる物を、[二四]亡《な》き子と同じ道に、なして賜《た》ばせ給へと、[二五]人目も知《し》らず伏《ふ》し転《まろ》び、我子返《かへ》させ給へやと、現《うつつ》なき有様を、見《み》るこそ哀《あはれ》なりけれ。

【七】〈問答〉ワキ「あら不便や候《ザウラウ》、今《いま》は恨《うらみ》てもかひなき事にてあるぞ、彼者《かのもの》の跡をもとぶら《ム》ひ、又妻子《さいし》をも[二六]世に立《た》てうずるにて有《ある》ぞ、先《まづ》我屋に帰《かへり》候へ。

意の諺。「好事不レ出レ門、悪事行二千里一」(伝燈録・北夢瑣言・禅林句集等)。[一六] 千里の遠くへ行っても子を忘れぬのが親なのに。「千里を行くも親心、子を忘れぬと聞くものを」(「隅田川」)と同趣。[一七]「人の親の心は闇にあらねども子を思ふ道にまどひぬるかな」(後撰集・雑一・藤原兼輔)。「隅田川」にも。以下、親子の情の切なさを叙述。[一八] 年齢にかかわりなく死は訪れるこの世ゆえ、若い子を先立てて、老いた親がひとり生き残ったのも無常の世の現実。

子を失った悲しみと愛惜

[一九] 子を思う老鶴の眠りの夢の出来事でもあったかのように茫然たる思いだ。「老鶴心閑緩々眠」(和漢朗詠集・鶴・都良香)。付鶴―子をおもふ。[二〇] 親子が二十年以上も寄り添い。[二一] 憂き世に住んでいると、つらいことが多いが…。「今さらになに生ひ出づらん竹の子の憂き節繁き世とは知らずや」(古今集・雑下・凡河内躬恒)。付杖―竹・親の子。「河竹」は「杖柱」の序。[二二] 掛子―この。[二三] 今は何を頼りに、はかない露の命を生き長らえようか。[二四] 子と同じように殺して下さい。[二五] 人目を憚らず、つまずきころぶ。[二六] 扶持し立身させよう。

〈問答〉ワキ「いかに誰かある、余《(あまり)》に彼者《(かのもの)》不便《(ふびん)》に候程に、さまざまの弔《(と)》ひをなし、又今の母をも世に立《た》てうずるにて有《(ある)》ぞ、其よし申付候へ。

【八】〈シャベリ・問答・触レ〉（アイの盛綱の下人がシテを介添えしつつ私宅へ送り届けたのち、シテへの同情を述べ、盛綱へ復命し、漁師の霊を管絃講にて供養する旨を触れる）　（中入）

【九】〈上歌〉ワキ・ワキツレ＼さまざまに、とぶ《む》らふ法《(のり)》の声たてて、弔ふ法の声たてて、浪に浮寝《うきね》[一]の夜《よる》となく、昼《ひる》とも分《わ》かぬとぶ《む》らひの、般若[二]の船のを《(お)》のづから、其纜《ともづな》を説《と》[三]く法《(のり)》の、心を静《しづ》め声をあげ。

〈誦句〉ワキ＼[四]一切有情《(いつさいうじやう)》、殺害三界不堕悪趣《(せつがいさんがいふだあくしゆ)》。

【一〇】[五]［一声］〈サシ〉後シテ＼憂《う》しや[六]思《おも》ひ出《(いで)》じ、忘《わす》れむと思ふ心こそ、忘《わす》れぬよりは思ひなれ、去《(さる)》にても身は徒《あだ》浪の定めなくとも、[七]科《(とが)》によるべの水にこそ、濁る心の罪あらば、重《おも》き罪科《(ざいくわ)》もあるべきに、由《(よし)》なかりける海路《(かいろ)》のしるべ、思へば三途《(さんづ)》の瀬踏《(せぶみ)》なり。

【一一】〈掛合〉ワキ カヽル＼[八]不思議やなはや明《(あけ)》方《がた》の水上《(すいしやう)》より、化《け》したる人の見《み》えたるは、[九]彼亡者《(まうじや)》もや見《み》ゆらんと、奇異の思《(おもひ)》をなしければ　シテ「御《(おん)》弔ひは有難けれ共《(ども)》、恨《(うらみ)》は尽《つ》きぬ妄執を、申さむ為に来《(きた)》りたり　ワキ カヽル＼なにと恨を[一〇]夕月の、[一一]其夜にかへる浦浪の　シテ「藤戸の渡《わた》り教《をし》へよとの、[一二]仰《(おほせ)》も重《おも》き岩波《なみ》の、河瀬の様なる浅みの通《(とほり)》を　ワキ＼教《をし》へしままに渡《わた》りしかば　シテ＼弓矢の御名《(おんな)》を上《あ》ぐるのみか　ワキ＼昔より今に至るまで、馬にて海を渡《わた》す事　シテ＼希代《(きたい)》の例《ためし》なればとて　ワキ＼此島を御恩に給はる程の　シテ＼御よろこび

一 囲浮寝—憂き音、寄る—夜。
二 大般若経を読むことをいう。付法—舟・とく。後出する「御法の御舟」など、仏法を舟に譬える定型。
三 囲解く—説く。
四 「金剛手若有レ聞二此理趣一、受持

供養

読誦、殺二害三界一切有情一、不レ堕二悪趣一」(大般若経・五七八・理趣品)。全世界のあらゆる生類を殺しても、大般若経を読誦すれば地獄・餓鬼・修羅等の悪道に堕ちることはない。「イッセイウセイ」(宝生)、「イッセイイウセイ」(下掛)。
五 下掛は［出端］で登場し、シテの登場歌〈下ノ詠〉「うたかたの、あはれに消えし露の身の、何に残りの、心なるらん」。〈クリ〉「水湮波濤に暮れては閻浮の春を知らず、海月浮雲に沈んでは中有の衢《(ちまた)》茫々たり」)から〈サシ〉に続く。これが原型らしい。
六 「面影を忘れんと思ふ心こそ別れしよりも悲しかりけり」(続拾遺集・雑下・藤原実氏)に拠る。
七 科ありてこそ罰はあれ、罪があらば、厳罰に処せられても構わぬが、不当にも殺された我が身を思うと、浅瀬の道案内をしたのは、三途の川を渡る準備だったようなものだ。囲よる—寄る辺。
八 幽霊の出現描写は「天鼓」や「鵜

も我《われ》ゆへ《ゑ》なれば　ワキ 〽いかなる恩をも　シテ 〽賜《た》ぶべきに。

〈中ノリ地〉同 〽[一三]思の外《ほか》に一命を、召《め》されし事は馬にて、海を渡すよりも、これぞ希代の例《ためし》なる、さるにても忘れがたや、あれなる浮《う》き洲《す》の岩の上に、我を連《つ》れて行水《ゆくみづ》の、氷のごとくなる、刀を抜《ぬ》いて胸のあたりを、刺《さ》し通《とを》し刺《さ》し通《とを》さるれば、肝魂《きもたましゐ》も、消《き》え消《き》えとなる所を、其儘《そのまま》海に押《を》し入《いれ》られて、千尋《ちいろ》の底に沈《しづ》みしに　シテ 〽[一四]折節引塩《ひくしほ》に　同 〽折節引塩に、引《ひ》かれて行《ゆく》波の、浮《う》きぬ沈《しづ》みぬ埋木《うもれぎ》の、[一五]岩の狭間《はざま》に流《なが》れかかつて、藤戸の水底《みなそこ》の、[一六]悪龍の水神《すいじん》となつて、恨をなさむと思《おも》ひしに、思はざるに御《おん》とぶらひの、御法《みのり》の御舟《みふね》に[一七]法《のり》を得《え》て、すなはち[一八]弘誓《ぐぜい》の船に浮《う》かべば、水馴《みな》れ棹《ざを》、差《さ》し引《ひ》きて行程《ゆくほど》に、[一九]生死《しやうじ》の海を渡りて、願《ねがひ》のままに易々《やすやす》と、[二〇]彼岸《かのきし》に至《いた》り至《いた》りて、彼岸《かのきし》に至《いた》り至《いた》りて、[二一]成仏《じやうぶつ》得脱《とくだつ》の身となりぬ、成仏の身とぞ成《なり》にける。

理不尽な死、恨み

「実盛」と酷似。
九 例の亡者が現れたのかと、不思議に思っていると。
一〇 〔掛〕言ふ―夕月。
一一 以下、殺害されたその夜の再現。〔縁〕浦浪―かへる。
一二 〔縁〕岩波―重き。
一三 馬での渡海が希代の事件なら、恩を殺害で報じたのはそれ以上に希代のことだ。
一四 折柄の引き潮に引かれて、波に漂い、浮き沈みしつつ流されて沈み果て。
一五 岩と岩との狭い隙間。
一六 猛悪な龍神。
一七 〔掛〕乗り―法。
一八 仏が衆生を救って彼岸に渡そうとする誓いを、舟が人を渡すことに譬えた。
一九 衆生が三界に生死流転すること。生死の苦海とも。
二〇 彼岸。極楽浄土。
二一 迷妄を離れて仏となった身。

二人静（ふたりしづか）

三番目物
本鬘物
作者不明

場景　前場―大和国吉野の里。菜摘川の辺り。早春のある日。後場―同じく吉野勝手明神の社頭。夕刻から夜半。

人物　前ジテ　里の女〔若女・唐織着流女〕
後ジテ　静御前の霊〔若女・立烏帽子長絹女〕
ツレ　菜摘女〔若女・唐織着流女〕（物着後は後ジテと同装）
ワキ　勝手明神の神職〔風折狩衣大口〕
アイ　下人〔肩衣半袴〕

梗概　春まだ浅い、雪の消え残る吉野菜摘川の辺り、勝手明神の神職の命令で正月七日の神事に供える若菜を摘んでいる女の前に、一人の里の女が現れ、罪業消滅のため社家の人々に写経供養を頼む由を伝え、もし疑う人があれば、あなたに取り憑いて名を明かそうと告げて消え失せた(中入)。驚いて立ち帰った女が報告しながらも「誠しからず候程に…」と言いかけるや何者かの霊が憑き菜摘女の気色が変わり「何まことしからずとや、うたてやな…」と咎め悲しむ。神職の誰何に判官殿に仕えた者と答え、神職は次々に名をあげ、静の霊と察し、静なら舞の上手と所望すると、女は、昔着た舞の装束を勝手明神に納めてあるといい、宝蔵を開けるとその通りで、霊の憑いた女に着せる。すると同装の静御前の霊が現れる。影の形に添うごとく二人の女が並び立ち、判官失脚の次第、吉野落の有様を語り、頼朝の前で舞った昔を偲び、悲運の義経を追慕しつつ舞い、山の桜が松風に花の雪と吹き散らされるように、憂き事の多いのが世の習いと述べ、回向を頼んで消え去った。

素材・主題　吉野山中で、忠信と静が相謀り、勝手の社前での静の舞の面白さに衆徒僉議が長引き義経を無事脱出させた話が義経記に見える。その劇化が「吉野静」であるが、本曲はそれらをふまえて、菜摘女に静の霊が憑依し、不運の将義経の吉野落の昔を語り舞い、散り行く「花」(義経の暗喩)の跡を弔う静の姿を描く。〈クセ〉に頻出する「花」と結びの「思ふばかりぞ山桜、雪に吹なす花の松風」に着目するとき、世阿弥の五音に「静 亡父曲」として引く「花の跡弔ふ松風は、雪にも静なるらん」〈次第〉は、本曲にあったかと推測され、舞の衣裳を付けてから〈クセ〉を経て舞事に入る小段構成に改変の手が入っているらしい。申楽談儀に井阿作とある「静」との関係も未詳であるが、現行詞章・演出とも金春流が古態を伝えており、夕刻になっても未だ菜摘女が帰らぬと述べるワキの〈名ノリ〉が異変出来を予告させ、菜摘女に憑依して気色が変ったとき、ワキがその憑物が忠信か兼房かと尋ねる場面も上掛より詳しい。現実の人間に神や霊が憑いて舞を舞わせ合戦話をさせる曲は少数ながら、本曲のように死霊の憑いた者と死霊とを登場させるのは稀で、他に廃曲「春日神子」ぐらい。こうした構想に中国説話「倩女離魂」の影響を指摘する説もある。

一 勝手明神。蔵王堂の南に位置し、蔵王権現の付属神。
二 現在の吉野町菜摘のあたりで、吉野川にそそぐ小川。菜摘川。
三 下掛「当年はそれがしが番にて候ほどに、今朝より女どもを集め…若菜を摘ませ候が、未だ帰らず候」。
四 注三をふまえ、下掛は「女どもに疾う疾う帰れと申し候へ」とあり、時刻の経過と異変出来を予知させる。原型らしい。
五 囃子につれて、青葉を入れた籠を持ってツレが登場。
六 拾遺集・冬・平兼盛の歌(下句「幾世つもれる雪にかあるらん」)。
七 古今集・春上・読み人知らずの歌(末句「若菜摘みけり」)。この〈サシ〉は「求塚」の一部を借用。下掛は異文(「所から春立つ空のあしたの原、いつしかとのみうち霞む、松も若菜の色添へて、水も緑の菜摘川、名にし負ひける若菜かな」)で、これが元の形。
八 「霞立ち木の芽春雨ふる里の吉野の花も今や咲くらん」(続後撰

【一】〔名ノリ笛〕〈名ノリ〉ワキ「是《(これ)》は三吉野勝手《かつ》[一]の御前《(ごぜん)》に仕《つか》へ申者にて候、扨《(さて)》も当社にをひ《(おい)》て御《(ご)》神事《(じんじ)》さまざま御坐候中にも、正月七日《(しやうぐわちなぬか)》は夏身《(なつみ)》[二]川より若菜《わかな》を摘《つ》ませ、神前に供《そな》へ申候、今日《(こんにち)》[三]に相当《あひあ》たりて候程に、女どもに申付菜摘《なつみ》川へ遣《つか》はし候。

【二】〈問答〉ワキ「疾《と》[四]う疾《と》う女共に菜摘《なつみ》川へ出《(いで)》よと申候へ。

〈触レ〉（アイの神職の従者がワキの命を受け、橋掛口に立ち、幕の方へ向かって、女たちに菜摘みに出るよう触れる）

【三】〔一声〕[五]〈一セイ〉ツレ〽見渡《わた》[六]せば、松の葉白《しろ》き吉野山、幾重《(いくへ)》積《つ》もりし、雪ならむ。

〈サシ〉ツレ〽太山《(みやま)》[七]には松の雪だに消《(きえ)》なくに、都は野辺の若菜《わかな》摘《つ》む、比《(ころ)》にも今や成《(なり)》ぬらむ、思《おも》ひやるこそゆかしけれ。

〈上歌〉ツレ〽木《(こ)》[八]の芽《め》春雨《はるさめ》降《ふ》るとても、木の芽はるさめ降るとても、なを《(ほ)》消《き》えがたき此《(この)》野辺の、雪の下《した》なる若菜《わかな》[九]をば、今幾日《いくか》有《(あり)》て摘《つ》ままし、春立《た》[一〇]つと、いふばかりにや三吉野の、山《やま》も霞《かす》みて白雪の、消えし跡こそ道となれ、消えし跡こそ道となれ。

【四】〈問答〉シテ「なふなふ[一一]あれなる人《ひと》に申べき事の候　ツレ「如何なる人にて候ぞ　シテ「三吉野へ御帰り候はば言伝《こと(づて)》申候はん　ツレ「何事にて候ぞ　シテ「三吉野にては社家《(しやけ)》[一二]の人、其外の人々にも言伝《(ことづて)》申候、あまりにわらはが罪業の程悲《かな》しく候へば、一日経《(いちにちぎやう)》[一三]書《か》いて我跡弔《あとと》ひて賜《た》び給へとよくよく仰《(おほせ)》候へ　ツレ「あら恐《おそ》ろしの事を仰候や、言伝《ことづて》をば申候べし、扨《(さて)》御名《(おんな)》をば誰《(たれ)》と申候べきぞ　シテ「先々《(まづまづ)》此由《よし》仰候ひて、[一四]もしも疑《うたが》ふ人あらば、其時わらは

集・春中・後鳥羽院）による。掛張る—春雨。春浅き三吉野の、若菜摘みの光景。
九「春日野の飛火の野守出でて見よいま幾日ありて若菜摘みてん」（古今集・春上・読み人知らず）による。

神前供御の若菜摘み

一〇 拾遺集・春・壬生忠岑の歌（末句「今朝は見ゆらん」）による。
一一 シテが幕から呼びかけつつ登場。
一二 神職。世襲の神職の家柄。
一三 大勢で一部の経典を一日のうちに書写すること。現行「イチニチキヨオ」。今、古写本・下掛に従う。
一四 疑いある時は憑依すると予言。

以下四〇〇頁

一 菜摘女が帰路、夕暮れに出会った不思議。掛言ふ—夕風。
二 掛浮—憂き身—水茎。三 掛書き—かき消す。四 下掛「その様すさまじき女性の候しが、み吉野へ言伝て申し候はん、一日経を書いて…」とするほか小異あり。

里の女の伝言

五 ここからは菜摘女に憑いた静の霊の言葉となる。本当とは思えないと言うのか、ああ情けない。あれほど頼みに思ったかいもなく、疑うなんて。六 遠くから見ると、

おことに憑《つ》きて、委《くはし》く名をば名乗《の》るべし、〽かまひて能《よく》よく届《とど》け給へと。

〈歌〉同　〽[一]夕風迷《まよ》ふ徒《あだ》雲の、[二]うき水茎《ぐき》の筆の跡、[三]かき消《け》すやうに失《うせ》にけり、かき消すやうに失にけり。　（中入）

【五】〈□〉ツレ「かかる恐《おそ》ろしき事こそ候はね、急ぎ帰《かへ》り此由《よし》を申さばやと思ひ候。

〈問答〉ツレ「いかに申候、唯今帰《かへ》りて候　ワキ「何とて遅《をそ》く帰《かへ》りたるぞ　ツレ「不思議なる事の候ひて遅《をそ》く帰《かへ》りて候　ワキ「扨《さて》いかやうなる事ぞ　ツレ「菜《な》摘《つみ》川のほとりにて、[四]いづくともなく女の来《きた》り候ひて、あまりに罪業の程悲《かな》しく候へば、一日経書《か》ひ《い》て跡とぶらひて給はれと、三吉野の人、取《とり》わき社家の人々に申せとは候つれども、誠しからず候程に、申さじとは思へ共《ども》、[五]何まことしからずとや、うたてやなさしも頼《たの》みしかひもなく、まことしからずとや、[六]ただよそにてこそ三吉野《みよし》の、[七]花をも雲と思《おも》ふべけれ、近く来ぬれば雲と見し。

〈クドキグリ〉ツレ　カヽル　〽[八]桜は花に顕《あらは》るる物を、あら恨《うら》めしの疑《うたが》ひやな。

〈問答〉ワキ「言語道断、不思議なる事の候物かな、狂気して候はいかに、扨《さて》いかやうなる人の憑《つ》き添《そ》ひたるぞ名を名乗《なのり》給へ、跡をばねんごろにとぶらひて参《まい》らせ候べし　ツレ「何をか包《つつ》み参《まい》らせ候べき、[九]判官殿に仕《つか》へ申せし者也　ワキ「[一〇]判官殿の御内《みうち》の人は多中《おほきなか》にも、殊に[一一]衣川の御最後まで御供申たりし[一二]十郎権頭《ごんのかみ》。

〈クドキグリ〉ツレ　カヽル　〽兼房《かねふさ》は判官殿の御《おん》死骸、心静《しづ》かに取《と》り納《おさ》め、腹切《はらき》り炎《ほのほ》に飛《と》むで入《いり》、

吉野山の花もまるで山に掛かった雲のように見えるが、近くに来れば、それが花であるとはっきりとわかるものを。[掛]見—三吉野。七 古今集・仮名序「春のあした吉野の山の桜は人麿が心には雲かとのみなんおぼえける」による。八「深山木のその梢とも見えざりし桜は花に現れにけり」（詞花集・春・源頼政）。九 源義経。

一〇 下掛は異文（わき「判官殿の御内《みうち》の人ならば、忠信こそ聞こうる兵《つはもの》なれ、もし忠信にてましますか　つれ「おうその忠信は判官殿の防ぎ矢射、空腹《そらばら》切り遥かの谷に飛び落ちて、都に上りし大剛の者、さりながらそれにても候はず　わき「さては衣川の御最期まで…）。これが原型と思われる。一一 義経は奥州平泉の衣川の館で自刃した。

俄の憑依

一二 義経の北の方の傅《めのと》。十郎権頭兼房かと問いかけた形。兼房は義経の死を見届けた後に、館に火を放ち自害した（義経記八）。一三 厳しい追手の追跡に窮した義経が、静を吉野山中から都へ帰した（義経記五）。一四 判官への尽きせぬ恋心に袖を濡らす涙、その涙を包み隠し。一五 [掛]包—慎。[縁]袖

誰何

殊に哀《(あはれ)》なりし忠《(ちう)》の者、されどもそれにはなきものを。

〈クドキ〉ツレ へ誠は我は女なりしが、此《(この)》山までは御《(おん)》供申、爰《(ここ)》[一三]にて捨《(すて)》られ参らせて、絶《(たえ)》[一四]ぬ思《おも》ひの涙の袖。

〈歌〉同 へ[一五]つつましながら我名をば、静《しづ》[一六]かに申さむ恥《は》づかしや。

【六】〈問答〉ワキ「扨《(さて)》は静《しづか》御前にてましますかや、静にてわたり候はば、隠《かく》れなき舞の上手にてありしかば、舞を舞《ま》ふ《(う)》て御見せ候へ、跡《あと》をば懇《(ねむごろ)》にとぶ《ム》らひ申候べし ツレ「我《(わが)》着《き》し舞の装束をば、勝《かつ》[一七]手の御前に納《(をさめ)》しなり ワキ カヽル へ扨《(さて)》舞の衣裳は何色《いろ》ぞ ツレ カヽル へ袴《はかま》は精《せい》[一八]好《がう》 ワキ へ水干《すいかむ》[一九]は ツレ へ世を秋[二〇]の野の花尽《はなづ》くし ワキ「是は不思議《ふしぎ》の事成《(なり)》とて、宝蔵を開《ひら》き見《み》れば、実々《(げにげに)》疑《うたが》ふ所もなく舞の衣裳の候、是を召《(めさ)》れて疾《と》く疾《と》く御舞《ま》ひ候へ。[二一]〔物着アシライ〕

〈□〉ワキ「静[二二]御前の舞を御舞《ま》ひ有《(ある)》ぞ、皆々寄《みなみなよ》りて御覧候へ。

〈掛合〉ツレ カヽル へ実《(げに)》恥《は》づかしや我ながら、昔[二三]忘《わす》れぬ心とて ワキ へさも懐《なつ》かしく思出の ツレ へ時も来にけり ワキ へ静の舞《まひ》。

〈一セイ〉ツレ へ今[二四]みよしの河の名の シテ へ菜《な》[二五]摘《つみ》の女と、思《おも》ふなよ 地 へ川[二六]淀《よど》近き山陰《かげ》の、かも懐《なつ》かしき袂《たもと》[二七]かな。

【七】〈サシ〉二人 へ扨も義経《よしつね》[二八]凶徒《(きようと)》に準《じゆむ》ぜられ、既に討手向《む》かふと聞《き》こえしかば、小船《(せうせん)》に取乗《の》り、

―包。一六 掛静かに―静。静御前の名前をほのめかす。一七「吉野静」では、静は勝手の神前で法楽の舞を舞う。一八 精好織りのこと。絹織物の一種で、主に袴に用いられた。一九 紗・平絹などで作った

静を暗示

狩衣の一種。白拍子の舞の衣装。男装。二〇 掛飽―秋。二一 ツレは後見座で烏帽子・長絹をつける。金春は大口も穿かせ、白拍子姿を強調する。これが原型らしい。二二 下掛はワキのセリフなし。二三 舞の衣裳を着けると、白拍子の昔に立ち戻る心と、判官のためにこの勝手の社前で法楽の舞を奏したことが懐かしく思い出される、の意も重ねる。二四 今ごらんになっている私を、み吉野の川の名と同じ菜摘女とお思いなさいますな。掛み(見)―三吉野。この謡のあたりで幕があがる。二五 シテはツレと同装の舞姿で現れ、語り舞う。二六「吉野なる夏実の川の川淀に鴨ぞ鳴くなる山陰にして」(万葉集三・湯原王)。掛鴨―香。二七 このあとに〔イロエ〕が入る古演出もあ

静御前の霊の出現

った。二八 頼朝が後白河法皇より義経追討の院宣を賜った事をいう。

二人の静の語り舞

[一]渡辺《わたなべ》神崎より、押《を》し渡《わた》らんとせしに、海路心《こころ》に任《まか》せず難風吹《(ふき)》て、本《(もと)》の地に着《つ》きし事、[二]天命か
と思《おも》へば、科《(とが)》なかりしも。
〈下歌〉同 〽科《とが》ありけるかと、身を恨《うら》むるばかりなり。
〈クセ〉同 〽去程《(さるほど)》に、次第次第に道狭《せば》き、御身となりて此山に、分入《(わけいり)》給ふ比《(ころ)》は春、所は三吉《みよし》野
の、花に宿借《か》る下臥《ぶし》も、のどか－ならざる夜嵐[三]に、寝《ね》もせぬ夢と花も散《ち》り、誠に－[四]一栄一落、
目《ま》のあたりなる憂《う》き世とて、又この山を落《お》ちて行《(ゆく)》　二人 〽昔《むかし》－[五]清見原の天皇　同 〽[六]大友《とも》
の王子に襲《をそ》はれて、彼山《(かの)》に踏《ふ》み迷《まよ》ひ、雪[七]の木陰《かげ》を、頼給ひける、桜[八]木の宮、神の[九]宮瀧《みやだき》、[一〇]西《(にじ)》
河《かう)》の瀧《たき》、われこそ落行《ゆ》け、落《お》ちても波《なみ》は帰《かへ》るなり、さるにても三吉野《みよしの》の、頼む木陰《かげ》の花の雪、
雨も溜《た》まらぬ奥《おく》山の、音騒《をとさは》がしき春《はる》の夜の、月は朧《おぼろ》にて、なを足《(ほ)あし》引《(びき)》の山深《ふか》み、分《(わけ)》迷《まよ》ひゆく
有様は　二人 〽唐土《もろこし》の、[一一]祚《さ》国《こく》は花に身を捨《(すて)》て　同 〽遊子[一二]－残月《(ざんげつ)》に行《(ゆき)》しも、今身の上に白《しら》[一三]
雪の、花[一四]を踏《ふ》むでは、同《おな》じく惜《お》しむ少年の、春の夜も閑《(しづか)》ならで、騒《さは》がしき三吉《みよし》野の[一五]、山風に
散《ち》る花までも、追《を》ひ手の声やらんと、跡をのみみよし野[一六]の、奥深《おくふか》く急《いそ》ぐ山路哉《(かな)》。
【八】〈歌〉同 〽それのみならず憂《う》かりしは、頼朝に召《め》し出《(いだ)》され、静《しづか》は舞の上手也、[一七]とくとくと
ありしかば、心も解《と》けぬ舞の袖、[一八]返《かへ》す返《がへ》すも怨《うら》めしく、昔恋《むかしこひ》しき時[一九]の和歌。
〈ワカ〉二人 〽しづやしづ[二〇]。　〔[二一]序ノ舞〕
〈ワカ〉二人 〽しづやしづ、賤《(しづ)》の苧環《をだまき》繰り返《かへ》し　地 〽昔《むかし》を今に、なすよしもがな。

一 渡辺は現大阪市東区天満橋の辺り、淀川水運の発着点。神崎は神崎川河口をやや上った北岸の地、京から大物浦《(だいもつのうら)》へ行く途中の水駅。二 難儀をするのも天命かと思うと、科を受けるような逆心

判官の苦難

はなかったが、前世の罪によるのかと、我が身をただ恨むばかりだ。三 夜嵐の音に驚き、追手を恐れ、落ち着いて寝ることもできない夜は、夢も嵐に落ちる花のようにはかなく散り。[付]夢—はかなき・花。〈クセ〉に「花」(判官の隠喩)が多出。四「一栄一落是春秋」(菅家後集)の心。「ひとたびは栄ひとたびは衰ふること」(廃曲「重衡」)。「落」は底本「楽」を訂正。五 天武天皇。六 天智天皇の皇子。以下は皇位継承をめぐって起きた壬申の乱のことをいう。以下〈クセ〉は、世を忍ぶ身には花吹く風も追手かと思われ、戦々兢々として山路を落ち行くために、のどかな春の夜も静かならず、という心。七 [掛]行—雪、来—木陰。八 吉野山にある社。九 持統天皇の離宮があった所。景

恋しき昔

勝の地。一〇 宮瀧よりさらに上流の瀧。「ニジコオ」と謡う。[付]瀧—をつる・桜。一一 三流抄によれば、花の散るのを惜しんで徘徊し、岸

【九】〈ノリ地〉二人 ＼思ひ返《かへ》せば、いにしへも 同 ＼思ひ返せば、いにしへも、恋《こひ》しくもなし、憂《う》きことの、今もうらみの二二衣川、身二三こそは沈《しづ》め、名をば沈《しづ》めぬ。

〈中ノリ地〉二人 ＼武士《もののふ》の 同 ＼物ごとに憂《う》き世《よ》の慣《なら》ひなれば と、思《おも》ふばかりぞ二四山桜《ざくら》、雪に吹《ふき》なす花の松風、静《しづか》が跡を弔《と》ひ給へ、静が跡を弔ひ給へ。

から落ちて死んだ男。廃曲「祚国」の主人公。 一二「遊子猶行ニ於残月ニ」(和漢朗詠集・暁・賈島)。旅人が有明月の影を踏みつつ歩き道に迷った。 一三 今の私にはよくわかる。掛知—白雪。 一四 和漢朗詠集・春・春夜・白居易による。 一五 掛身—三吉野。 一六 掛み(見)—三吉野。 一七 吉野で捕えられた静は鎌倉に連行され、若宮八幡で舞を舞うことを強要された(義経記六)。掛疾—解。 一八「返す」は上下に掛かる。掛裏—怨。 一九 その時にふさわしい、舞の序歌や終歌。 二〇 伊勢物語・三十二段の歌(初句「いにしへの」)。「しづ」は麻などで縞を織り出した布。「苧環」は麻糸を巻いて玉にしたもの。苧環を繰るように昔を今に返す方法はないだろうか。 二一 シテとツレの相舞。影の形に添うごとき舞姿。 二二 掛根—裏見、頃—衣川。縁衣—裏。 二三 義経は衣川に身を沈めたが、武名は沈めはしなかった。 二四 山桜を雪のように吹き散らす松風よ、静かに静の跡を弔ってほしい。「雪に吹なす花の松風」以下の詞章は世阿弥の五音に「静 亡父曲」として掲出の〈次第〉「花の跡弔ふ松風は、雪にも静なるらん」と響き合う。本曲のシテ登場歌であったか。掛静か—静。

雪に吹きなす花の松風

柏崎《かしはざき》

四番目物
狂女物

榎並左衛門五郎原作、世阿弥改作(申楽談儀)

場景 前場─越後国柏崎の里。柏崎某の館。冬のある日。後場─信濃国善光寺。如来堂の近く。翌年の早春のある夜。

人物 前ジテ 柏崎某の妻(花若の母)〔深井・唐織着流女〕
後ジテ 狂女(同人)〔深井・水衣女〕
ワキ 柏崎某の家臣小太郎〔掛素袍大口〕
ワキヅレ 善光寺の住僧〔着流僧〕
子方 少年僧(花若)〔着流僧〕

梗概 越後国柏崎で、訴訟のため鎌倉に滞在中の夫の留守を守っていた妻のところへ、家臣小太郎が夫の病死と、これを悲しんだ我が子花若の出家遁世を知らせる。夫の形見と花若の文(ふみ)を受け取った妻は悲嘆にくれ、いったんは子を恨むが、今は無事安穏を神仏に祈る(中入)。一方、花若は信濃の善光寺の住僧と師弟の契約をなし養われていた。花若の母は物狂いとなって柏崎より善光寺へやって来て、如来堂の内陣へ入ろうとして住僧に女人禁制と止められるが、弥陀の誓いを引いて善光寺の如来堂の内陣こそ極楽世界と反論し、本尊を礼拝。夫の後生を祈って、夫の形見の烏帽子直垂を如来に捧げ、形見を身にまとい、諸芸に達者だった夫のありし日を追懐しつつ弥陀の浄土を讃美渇仰する心を舞う。やがて僧の引合わせで、我が子にめぐり逢い再会を喜ぶ。

素材・主題 越後の柏崎某(柏崎の領主)の妻が夫の病死と我が子の出家を知って狂女となった話の出所は不明ながら、柏崎氏をめぐる善光寺に関連した唱導の類を縦糸に、本尊阿弥陀如来が女人を救う仏として女人の参詣者も多かった善光寺信仰を横糸にして、死別した夫を追慕し我が子を尋ねる狂女の心根を劇的に描く。前後二場から成る古作の物狂能で、申楽談儀に榎並の左衛門五郎の原作を世阿弥が改作したとある。また同書や五音から、世阿弥作詞作曲の弥陀浄土鑽仰の曲舞(善光寺の曲舞)は、はじめ「土車」にあったのを転用したこともわかる。書写年月不明の世阿弥自筆本が伝存し、今は出ないアイ(寺近くの男)が狂女が来ることを触れ、「鳴るは瀧の水」のあと舞があるなど異同がある。「柏崎をば狂ひ出」から善光寺への物狂いの道行は、叙景に重ねて亡夫を恋い子を慕う狂女の心象風景が美しく、三界に流転する衆生の妄執と弥陀如来の利益を高唱する格調高い曲舞も、心地よい。総じて下掛の本文が古態を残している。

一 幾夜も夢を見ながら故郷への道をたどっているが、これは本当に現実なのだろうか。縁夢─現。悲しい現実を前にして、それを未だに信じられずにいる心持ちを表す。落胆と哀傷の心。世阿弥本は「心なるらん」。
二 越後国柏崎の領主の名らしいが、典拠未詳。
三 家来。世阿弥本は「小二郎」。
四 主君と仰ぎ頼む柏崎殿は。
五 鎌倉に滞在していること。夫が訴訟のため妻を故郷に残して、京や鎌倉に上るという設定は「砧」などにも。
六 ほんの少し風邪気味とおっしゃっていたが、そのままお亡くなりになってしまった。
七 出家し、どことも知れず姿を隠したこと。世阿弥本には「いづく共」の句なし。
八 世阿弥本は文には触れず、形見だけを言う。
九 濡れたものを乾かすはずの日の

【一】〔次第〕〈次第〉ワキ〽[一]夢路も添《そ》ひて故郷《ふるさと》に、夢路も添ひて故郷に、帰《かへ》るや現《うつつ》なるらむ。

〈名ノリ〉ワキ「かやうに候者は、越後国柏崎《かしはざき》[二]殿の御内《（みうち）》[三]に、小太郎と申者にて候、扨《（さて）》も頼《たの》[四]み奉りし人は、訴訟の事候て、在鎌倉《ざいかまくら》[五]にて御座候ひしが、只[六]かりそめに風の心地と仰《（おほせ）》候て、程なく空《むな》しく成《（なり）》給ひて候、また御子息花若殿も、同《おな》じく在鎌倉にて御坐候しが、父御《ちちご》の御別《わか》れを歎《なげ》き給ひ、[七]いづく共《（とも）》なく御遁世《とむせい》にて候、さるほどに花若《わか》殿の[八]御文に、御形《かた》見の品々《しなじな》を取添《そ》へ、只今故郷《ふるさと》柏崎へと急《（いそぎ）》候。

〈上歌〉ワキ〽[九]乾《ほ》しぬべき、日影《かげ》も袖や濡《ぬ》らすらん、日影も袖や濡らすらん、今[一〇]行道《（ゆく）みち》は雪の下《した》、一通《とを》り降《ふ》る村時雨《むらしぐれ》、山の内《うち》をも過行《（すぎゆけ）》ば、袖冴《さ》へ《（え）》増《ま》さる旅衣、碓氷《うすひ》[一一]の峠《たうげ》うち過て、越後に早《はや》く着《つ》きにけり、越後に早く着きにけり。

〈着キゼリフ〉ワキ「急《（いそぎ）》候程に、故郷《ふるさと》柏崎に着《つ》きて候、先々《（まづまづ）》案内を申さうずるにて候。

【二】〈問答〉ワキ「い[一二]かに申候、鎌倉より小太郎が参りて候それそれ御申候へ　シテ女「何《（なに）》小太郎と申は、もし殿の御帰《かへ》りありたるか、あら珍《めづ》らしや、何とて物をば申さぬぞ　ワキ「さん候《ザウラウ》これまでは参りて候へ共《（ども）》、〽何《なに》と申上《（まうしあぐ）》べきやらん、さらに思《おも》ひもわきまへず候　女「あら心もとなや、物をば申さでさめざめと泣《な》くは、扨《（さて）》花若が方《かた》に何事かある　ワキ「さむ候《ザウラウ》花若《わか》殿は御遁世《とんせい》にて御坐候　女「何《なに》と花若《はなわか》が遁世《とんせい》したるとや、扨《（さて）》は父の叱《しか》りけるか、など追手をばかけざりしぞ　ワキ「いやさやうにも御坐なく候、様[一三]々の御形見《かたみ》の物を持て

光なのに、わが袖だけは濡らすのか、涙に濡れまさるばかり。
一〇 思わぬ事件のため、帰郷する道中の、寂しく悲しい心。「雪の下」は鎌倉の南辺の、「山の内」は山北の地。掛止まぬ―山の内。縁一通り―道・時雨、過ぎ―時雨。「一通り降る…過行ば」の句、世阿弥本になし。
一一 現在の群馬県と長野県の境にある峠。中山道第一の険所。掛薄―薄日―碓氷峠。
一二 悲報を届けねばならぬ家来の、ためらいと悲涙、変事に心乱れる主君の妻。
一三 主君の死を遠回しに知らせる心。

鎌倉から柏崎へ

以下四〇六頁

一 この間中は夫の居る鎌倉の方から吹いて来る風も懐かしく便りも嬉しかったが。縁風―便り・音信。
二 ほんのちょっとした旅だからすぐに帰ると言って出かけたその主は、もはや昔語りの人になってしまった。 三 故郷におられる奥方様の事を心配され、そのお心を御最期の時も人知れず私に仰せになりました。 四「かなはぬ世」（世阿弥本）。 五 世阿弥本の〈文〉の冒頭は「恐れながら申し候さてもさて

花若の出家と夫の死

参《まい》りて候　女「何《なに》、様々の形見とは、扨《さて》は花若が父の空《むな》しく成《なり》たるな。
〈クドキ〉シテ へ一此程《ほど》はそなたの風も懐《なつ》かしく、便《たよ》りも嬉《うれ》しかりつるに、形《かた》見を届《とど》くる音信《をとづれ》は、中々聞《きき》ても恨《うら》めしきぞや、二唯かりそめに立出《たちいで》て、やがてと言《い》ひし其主《ぬし》は。
〈下歌〉同 へ昔語《むかしがたり》にはや成て、形《かた》見を見《み》るぞ涙《なみだ》なる。
〈ロンギ〉女 へ扨《さて》や最期《さいご》の折節は、いかなる事か宣《のたま》ひし、委《くはし》く語《かた》りおはしませ、せめては聞《き》いて慰《なぐさ》まむ　ワキ へただ三故郷の御事を、おぼつかなく思召《おぼしめし》、御最後までも人知《し》れず、ひそかに御諚《ごぢやう》ありしなり　シテ へ実《げに》やさこそはおはすらめ、三年《みとせ》離《はな》れて其後《そののち》は、われも御名残、いつの世にかは忘《わす》るべき　ワキ へ御理《ことはり》と思へ共《ども》、歎《なげ》きを止《とど》めおはしまし、形《かた》見を御覧《らん》候へ　女 へ実《げに》や歎《なげ》きても、四かひなき世ぞと思《おも》へば　同 へ形《かた》見を見《み》るからに、進《すす》む涙は塞《せ》きあへず。

【三】〈問答〉ワキ「花若殿の御文《おふみ》の候、是を御覧候へ。
〈文〉女 カヽル へ五扨《さて》も扨も父御前、労《いたは》りつかせ給ひ、程なく空《むな》しく成給へば、六心の中《うち》の悲《かな》しさは、唯《ただ》思召やらせ給へ、我も帰《かへ》りて御有様、見参らせたくは候へ共《ども》、七思ひ立《た》ちぬる修行の道《みち》、もしや留《と》められ申さんと、八思ふ心を便《たより》にて、心強《づよ》くも出《い》づるなり、九命つれなく候はば、三年《みとせ》が内《うち》には参るべし、様々の形見《かたみ》を御覧じて、御心を慰《なぐさ》みおはしませと、書《かき》たる文の恨《うら》めしや。

も沙汰のこと、喜びにもなり候はば、急ぎ帰らんとこそ思ひ候ひしに、父御前労(いたは)りつき給ひ、いかがと騒ぎ申せども、無常の慣らひ力なく、終に空しくなり給ふ、心のうちの悲しさは…」とあり、

形見、悲嘆

現行諸流と小異。 六 心中の悲しさは、どうぞお察し下さい。 七 父の死を契機として決心した仏道修行を、もしや母上に留められたら心が鈍るかもしれないので、お逢いするまいと決めた心を支えにして。 八「思ふ心にさへられて」(世阿弥本)。 九 死なずに生き長らえていたならば。 一〇 父との死別はさぞかし悲しかったであろうが、そのあまり出家してしまうなんて、なぜこうして生きている母に姿を見せようと思わないのか。 一一 見もし、見られもする意が「見みゆ」。ここは「見ゆ」(見せる)の強調表現。 一二 我が子の行末を神

花若の手紙

仏に、祈る親心のあわれさ。
一三 シテは涙をおさえつつ重い足取りで中入する。 一四 以下の〈名ノリ〉は世阿弥本と大幅に異なり、続いてアイが狂女のやって来たことを告げる場面がある(現行はアイが出ない)。 一五 長野市にある寺。本尊は阿弥陀如来。 一六 後ジ

〈下歌〉同 ＼亡《な》からん父が名残には、子程の形見有《(ある)》べきか。

〈上歌〉同 ＼父[一〇]が別《わか》れは如何《(いか)》なれば、父が別れは如何なれば、悲《かな》しみ修行に出《(いづ)》る身の、などや生《い》きてある、母に姿を見《(み)》[一一]みえんと、思ふ心のなかるらん、恨《うら》めしの我子や、憂《う》き時は、恨《うら》みながらもさりとては、我子の行ゑ《(ゆくへ)》安穏に、守《まも》らせ給へ神仏《(かみほとけ)》と、祈《いの》[一二]る心ぞ哀《あは》れなる、祈る心ぞ哀れなる。

〔アシライ中入[一三]〕

【四】〈名ノリ〉僧「是[一四]は信濃国善光寺[一五]の住僧にて候、又是にわたり候人は、いづく共知《し》らず愚僧を頼む由《よし》仰《(おほせ)》候程に、師弟の契約《けいやく》をなし申て候、さる間《あひだ》毎日如来堂へ伴《ともな》ひ申候、今日も又参《まい》らばやと思ひ候。

【五】〔一声[一六]〕〈ノリコトバ〉後女「是なる童《わらんべ》共《(ども)》は何《なに》を笑《わら》ふぞ、なに物に狂ふがおか《(を)》しひ《(い)》とや、うた[一七]てやな心あらん人は、とぶらひてこそ賜《た》ぶべけれ、それをいかにと言《い》ふに、夫《(つま)》[一八]には死して別《わか》れ、ただ独《(ひとり)》忘《わす》れ形見《がたみ》共《(とも)》思ふべき。

〈一セイ〉女 カヽル ＼子の行ゑ《(ゆくへ)》をも白[一九]糸の 地 ＼乱《みだ》れ心や狂《くる》ふ覧《(らん)》。

〔カケリ[二〇]〕

〈サシ〉女 ＼実《(げに)》[二一]や人の身のあだなりけりと、誰か云《(いひ)》けん虚《そら》事や、又思《おも》[二二]ひには死なれざりけりと、読《(よみ)》しも理《ことはり》や、今身の上に知《し》られたり、これもひとへに夫や子の、故《(ゆゑ)》と思《おも》へばうらめし[二三]や。

〈下歌〉同 ＼憂《う》き身はなにと楢《なら》[二四]の葉《は》の、柏崎をば狂《くる》ひ出《(いで)》。

テがするすると登場、手に笹の小枝を持っている。一七 ああ、いやだ。心ある人ならば、声を掛け慰めてくれるものなのに。一八 底本「妻」を訂正。以下同じ。一九 [掛]知らず—白糸。[付]糸—みだるる。二〇 狂女の心の浮き沈みを表現。二一 人の身ははかないものだと、いったい誰が言ったのだろう、そんな言葉はうそだ(現に私は、物狂いとなって生き長らえている)。

善光寺如来堂

二二 例えば「世とともに憂き人よりもつれなきは思ひに消えぬ命なりけり」(千五百番歌合・二宮)などの心。二三 下掛「しや」から同音。主人公は悲嘆のあまり思わず絶句。類例「葵上」、廃曲「横山」。二四 [掛]成—楢。「楢の葉」は「楢の葉柏」の縁で柏崎の序。

以下四〇八頁

一 国司の庁の所在地。越後の国府は直江津の南にあった。「国府」は底本「府」。二字分の節付け。「コオ」と謡う。二 いったい、いつまで狂い続けるか、人の見る目もかまわぬ狂乱の我が姿、心の浅ましさ。三 蔓草の一種。「いつまで」の序。四 [掛]浅—麻衣。五 [掛]裏—浦。六 [掛]張—遥々。七 現長野県下水内郡の地名。八 常磐の地名

物狂いの旅

〈上歌〉同 ＼越後の国府[一]《(こふ)》に着《つ》きしかば、越後の国府に着きしかば、人目[二]《め》も分《わ》かぬ我姿、壁生[三]《いつまで》草《(ぐさ)》のいつまでと、知《し》らぬ心は[四]あさ衣《(ごろも)》、[五]うら[六]はるばると行程《(ゆくほど)》に、松風遠《かぜとを》く淋《さび》しきは、常磐[七]《ときは》の里の夕かや、[八]われに類《たぐ》へて哀《(あはれ)》なるは此里。

〈歌〉同 ＼子ゆへ《(ゑ)》に身を焦《こ》がししは、野辺の[九]木《き》島《じま》の里とかや、降《ふ》れ共《(ども)》積《つ》もらぬ淡《あは》雪の、[一〇]浅野《あさの》といふは是かとよ、桐《きり》の花咲《さ》く[一一]井の上の、山を東《(ひがし)》に見なして、西に向《む》かへば善光寺、生身《(しやうじん)》の弥陀如来、[一二]わが狂乱は扨《(さて)》を《(お)》きぬ、死して別《わか》れし夫《(つま)》をみち引《(びき)》おはしませ。

【六】〈問答〉僧「いかに狂女、御堂《(みだう)》の内陣へは叶《かな》ふまじきぞ急《(い)》ひで出候へ　女「[一三]極重悪人無他《(ごくぢうあくにんむた)》方便《(はうべん)》、唯称弥陀得生極楽《(ゆいしようみだとくしやうごくらく)》とこそ見えたれ　ソウ「これは不思議の物狂かな、そもさ様《(やう)》の事をば誰《た》が教《をし》へけるぞ　女「教《をし》へはもとより弥陀如来の、御誓《ちか》ひにてはましまさずや、[一四]唯心《(ゆいしん)》の浄土と聞《(きく)》時は、この善光寺の如来堂の、内陣社《(こそ)》は極楽の、九品上生《(くほんじやうしやう)》の台《うてな》なるに、女人《(によにん)》の参るまじきとの御制戒《(ごせいかい)》とはそもされば、如来の仰《(おほせ)》ありけるか、[一五]よし人々は何ともいへ、

カヽル ＼声こそしるべ南無阿弥陀仏。

〈クルイ〉同 ＼頼《たの》もしや、頼もしや　女 ＼[一六]釈迦は遣《や》り　同 ＼弥陀はみち引《(びく)》一筋に、爰《(ここ)》を去《さ》る事遠《とを》からず、是ぞ西方極楽の、[一七]上品上生《(じやうぼんじやうしやう)》の、内陣にいざや参らん、[一八]光明‐遍照十方《(くわうみやう)(へんぜうじつぱう)》の、誓《ちか》ひぞ著《しる》き此寺の、常《つね》のともし火《(び)》影《かげ》頼《たの》む、夜念仏《(よねぶつ)》申せ人々よ、夜念仏いざや申さむ。[一九]

【七】〈問答〉女「いかに申候、如来へ参らせ物の候、此烏帽子《ゑぼし》直垂《ひたたれ》は、別《わか》れし夫《(つま)》の形《かた》見なれど

女人差別への抗議

から、昔、常磐御前が今若・乙若・牛若の三人の子を連れて苦難の旅をしたこと(平治物語)を想起し、花若を尋ねる我が身にたぐえた。九 掛雉—木島。巣のある野を焼かれ、我が身を焦がしても子を救おうとする雉の話(発心集・太平記など)をふまえる。木島は長野県下高井郡の地名。一〇 掛浅—浅野。浅野は長野県上水内郡の地名。一一 長野県上高井郡の地名。詩語「井桐」など桐と井戸とは漢詩の世界では縁語。一二 我が身よりも、一筋に夫の冥福を祈り慕う心。一三 往生要集の観無量寿経の説の要約。極重悪人である末世の衆生は他に救われる道はないが、ひたすら弥陀の名号を唱えれば、極楽に生まれ変わることができる。一四 極楽浄土は、ただ我が心のうちにあるものと聞くが、だとすればこの善光寺の如来堂の内陣こそが極楽の最上の場所のはずなのに、女人を入れてはならぬとは、本当に如来自身のお言葉なのか。九品上生は、極楽を上中下の三品に分け、さらにそれぞれを上中下の三生に分けた九階級のうちの最上階にあたる。一五 たとえ人々が何と言おうとも、念仏称名こそ浄土への道しるべだ。一六 釈迦は浄土へ行けと勧め、阿弥陀は浄土へ来い

も、〽[二〇]形《かたみ》見こそ今《いま》はあだなれ是なくは、忘るる隙もあらまし物をと、詠《よ》みしも思《(おもひ)》しられたり、是を如来に参らせて、夫《(つま)》の後生善所《(ごしやうぜんしよ)》をも、祈《いの》らばやと思ひ候。　〔[二一]物着アシライ〕

【八】〈□〉女〽あらいとふ《(ほ)》しや此烏《ゑ》帽《ぼ》子《し》直垂《ひたたれ》の主《(ぬし)》は、「万《よろづ》何事に付《(つけ)》ても暗《くら》からず、弓は[二二]三物《(みつもの)》とやらんを射揃《そろ》へ、[二三]歌《うた》連歌の道も達者なりし上《うへ》、又酒盛《さかも》りなどの折節は、いで人々に乱舞《(らんぶ)》舞《ま》ふ《(う)》て見せんとて、カヽル〽鎧直垂《よろひびたたれ》取出し、[二四]衣紋《(えもん)》美《うつく》しく着《き》なひ《(い)》て、[二五]縁塗取《へりぬりと》ってうちかづき、手拍子人に囃《はや》させて、扇《(お)》をつ取《と》り。

〈ワカ〉女〽[二六]鳴《な》るは瀧《たき》の水[二七]。

【九】〈クリ〉同〽それ[二八]一念称名の声《こゑ》の中《うち》には、摂取の光明を待《ま》ち、[二九]聖衆来迎《(しやうじゆらいかう)》の雲の上には

女〽九品蓮台《(くほん)れんだい》の花散《ち》りて。

〈ノリ地〉地〽異香《(いきやう)》満《み》ち満《み》ちて、人に薫《くん》じ、[三〇]白虹《(はツこう)》地に満《み》ちて、連《つら》なれり。

〈サシ〉女〽つらつら[三一]世間の幻相《(げんさう)》を観《くはん》ずるに、[三二]飛花落葉《(ひくわらくえふ)》の風の前には、有為《(うゐ)》の転変《てんぺん》を悟《さと》り

同〽電《でん》光石火の影《かげ》のうちには、生死《(しやうじ)》の去来《(きよらい)》を見る事、始《はじ》[三三]めて驚《おどろ》くべきにはあらねども、[三四]幾夜《いくよ》の夢と纏《まと》はりし、[三五]仮《かり》の親子の今をだに、添《そ》ひ果《は》てもせぬ道芝《みちしば》の、露の憂《う》き身の置《を》き所

シテ〽誰《たれ》に問《と》はまし旅[三六]の道　同〽これも憂《う》き世の慣《なら》ひかや。

〈クセ〉同〽[三七]悲《かな》しみの涙《ナンダ》、眼《まなこ》に遮《さへぎ》り、思ひの煙胸《けぶりむね》に満《み》つ、つらつら是を案づ《(ず)》るに、[三八]三界《(さんがい)》に流《る》転《てん》して、[三九]猶《(なほ)》人間の妄執の、晴《は》れがたき雲の端《は》の、月の御影《みかげ》や明《あき》らけき、真如‐平等の台《うてな》に、至《いた》

と迎えてくれる。一七 九品上生に同じ。一八 功徳の光明が十方世界を遍く照らすという、弥陀の誓願を象徴する、この寺の常夜燈の燈

夫への追慕

の下で。一九 世阿弥本、下掛では、このあと子方が母と知って驚き、人目の少なくなった頃に名乗ろうとの独白がある。上掛は省略形。二〇 古今集・恋四・読み人知らずの歌(三句「忘るる時も」)。二一 後見がシテに長絹を着せ烏帽子をかぶせ扇を持たせる。二二 騎射の三様式のこと。流鏑馬・笠懸・犬追物。二三 世阿弥本「歌連歌早歌(さうが)小歌も上手にて」。

弥陀浄土鑽仰の曲舞

二四 形よく、美しく装束を着こなして。二五 縁を漆で塗った烏帽子。二六 平安後期以来の流行歌謡の一句。梁塵秘抄などにみえ、「翁」に「鳴るは瀧の水、日は照るとも、絶えずとうたり…」の形でみえる。二七 世阿弥本はこのあと「マイアルベシ」と注記。「イロエ」や「舞」を入れる古演出もある。二八 一度念仏を唱えただけで、弥陀の導きを受けられること。二九 お迎えの諸仏の乗る雲の上には、極楽の蓮の花が散り、霊妙な香が辺りに満ち満ちて、地上には白き鳥が無数に羽を連ねている。三〇 底本・諸本

らんとだにも歎《なげ》かずして、煩悩の絆《きづな》に、結《むす》ぼほれぬるぞ悲《かな》しき、[一]罪障の山高《たか》く、生死《(しやうじ)》の海深《ふか》し、[二]いかにとしてか此生《(しやう)》に、此身を浮《う》かべんと、実《(げに)》歎《なげ》け共《(ども)》人間の、[三]身三口四意三《(しんさんくしいさん)》の、十《(とを)》の道多《おほ》かりき　女〽されば[四]初《(はじめ)》の御法《(みのり)》にも　同〽[五]三界一心なり、心外無別法《(しんげむべつぽふ)》、心仏及衆生《(しんぶつギッしゆじやう)》と聞《き》く時は、是三無差別《(ぜさんむしやべつ)》、なに疑《うたが》ひの有《(ある)》べきや、[六]己身《こしん》の弥陀如来、唯心《(ゆいしん)》の浄土なるべくは、尋《たづ》ぬべからず此寺の、御池《(みいけ)》の蓮《はちす》の、[七]得《え》んことをなどか知《し》らざらん、[八]唯《(ただ)》願《ねが》はくは影頼《かげたの》む、声を力《ちから》の済《たす》け舟、黄金《こがね》の岸に至《いた》るべし、[九]抑《(そもそも)》‐楽《たの》しみを極《きは》むなる、教《をし》へあまたに生れ行《(ゆく)》、道《みち》様々の品なれや、[一〇]宝《たから》の池の水、功徳池《くどくち》の浜《はま》の真砂《まさご》、数々《かずかず》の玉《たま》の床《(とこ)》、[一一]台《うてな》も品々《しなじな》の、楽《たの》しみを極《きは》め量《はか》り無《な》き、寿《いのち》の仏なるべしや、若我《(にやくが)》成仏、十方の世界なるべし　女〽本願‐あやまり給はずは　同〽今の我等が願《ねが》はしき、[一二]夫《(つま)》の‐行《(ゆくへ)》ゑをしら雲の、たなびく山や西の空の、彼《(かの)》国に迎《むか》へつつ、一《(ひとつ)》‐浄土の縁となし、望《のぞ》みを叶《かな》へ給ふべしと、称名も鐘《かね》の音《(ね)》も、暁《あかつき》かけてともし火《(ひ)》の、[一三]善《よ》き光りぞと仰《あふ》ぐなりや、南無帰命弥陀尊、願《ねが》ひを叶《かな》へ給へや。

【一〇】〈ロンギ〉地〽今は何をか包《つつ》むべき、是こそ御子《(おんこ)》花若と、言《い》ふにも進《すす》む涙《なみだ》かな　女〽我子ぞと、聞《(きけ)》ばあまりに堪《た》え《(へ)》かぬる、夢かとばかり[一四]思子《(おもひご)》の、いづれぞ扨《(さて)》も不思議やな　地〽ともにそれとは思へども、[一五]変《か》はる姿は墨染《すみぞめ》の　女〽見しにもあらぬ面忘《おもわす》れ　地〽母の姿《すがた》も現《うつつ》なき　女〽狂人といひ　地〽衰《おとろ》へといひ、互《たが》ひに‐呆《あき》れてありながら、よくよく見れば、[一六]園原《そのはら》や、伏屋《ふせや》に生《お》ふる帚木《ははき》の、ありとは見《み》えて逢《あ》はぬとこそ、聞《き》きし物を今《いま》ははや、

「白虹」とあるが「白鵠(ハクコウ)」(阿弥陀経等)か。世阿弥本「ハッコウ」。
二一 幻のようなこの世の有様を静かに思うに。以下、世間の無常転変を悟り悔恨し悲嘆する心。
二二 無常の譬えの常用句。廃曲「敷地物狂」など。
二三 いまさら驚く程のことではない、当たり前の道理だが。
二四 縁夜—夢・仮。
二五 かりそめの現世の間だけですら、子とともに暮らし得なかった。道芝に置く露のようにはかない我が身はどこに行けばよいのだろう。縁露—置き。
二六 付旅—うき世。
二七 以下、人間が煩悩に執着し解脱しがたきことを嘆く。
二八 欲界・色界・無色界。衆生はこの三界を輪廻するとされる。
二九 人間の妄執は晴れがたい雲のよう、その雲の端から差す明るい月の光に譬うべき悟りの境地に至れないことを嘆きもせず、煩悩にとらわれているのは悲しいことだ。

以上四〇九頁

一 罪業の大きさは山ほど高く、生死の苦しみは海ほど深い。
二 何とかしてこの世で苦しみから浮かび上がり、成仏したいと考えるが。

母子邂逅

三 身・口・意の三業によって十もの悪道が生ずる。
四 釈迦が最初に説いた華厳経のこと。
五 三界はすべて心のうちにある、

疑《うたが》ひもなき、その母《はは》や子に、逢《あ》ふこそ嬉《うれ》しかりけれ、逢ふこそ嬉しかりけれ。

心の外に法が存在しているのではない。心が悟れば仏に、迷えば衆生になるのだから、心も仏も衆生も差別はないのだ。 六 弥陀如来も我が身の中にあり、浄土も我が心のうちにあるのなら、他の場所を訪ねる必要はない。この寺の御池の蓮こそが極楽の蓮の台だとわかるはずだ。 七 [掛]縁―得。

八 ただ、弥陀の光明を頼みとし、念仏の声を力として救いの船に乗り、黄金の岸(極楽)に辿りつきたいものだ。[掛]漕―黄金。

九 そもそも、極楽へ至る教えは多くあり、修行の道にもさまざまな種類があるとか。 一〇 以下は極楽の様子の描写。 一一 極楽では、九品に応じた様々な楽しみを享受し、無限の命の仏となれる。み仏は、自分が成仏したら、十方世界の衆生をそこへ導くと言っておられる。

一二 [掛]知―白雲。「ここにありて筑紫やいづこ白雲のたなびく山の西にあるらし」(新古今集・羇旅・大伴旅人)を引く。 一三 善光寺の名を隠した表現。 一四 [掛]思―思ひ子。

一五 墨染めの衣を着た今の姿は、昔見た顔とあまりにも違うため、我が子だとわからないほどだ。[掛]身―見。 一六 新古今集・恋一・坂上是則の歌(末句「あはぬ君かな」)。園原の伏屋に生えている帚木は、遠くからは見えるのに近付くと姿が見えなくなると聞いていたが。

猩々(しやうじやう)

五番目物
本祝言物　作者不明

場景　唐の国金山(かねきんざん)の麓、揚子(ようず)の里。潯陽(しんよう)の江のほとり。ある秋の夜。

人物　シテ　猩々〔猩々・猩々〕

　ワキ　高風(こうふう)〔側次大口〕

梗概　揚子の里に住む孝子高風は、夢の教えに従い市に出て酒を売り富貴の身となった。また市ごとに来て酒を飲む童子があり、盃を重ねても面色変わらず、不思議に思い名を尋ねると、海中に棲む猩々と答え、潯陽の江のほとりで酒を湛えて待つなら必ず来よう、と告げたので、高風は今日は潯陽の江に行くと述べ、酒を湛えて待つ。秋風が芦の葉を吹き渡り、月や星が夜空に輝く頃、猩々が現れ、酒を飲み、舞い、戯れ、高風の直(すぐ)なる心を愛で、汲めども尽きぬ酒壺を与えて祝福する。

素材・主題　海中に棲む猩々は物を言い、酒を好み、舞い戯れるという(漢籍・和書の理解)。たとえば「大海のほとりの猩々は、酒にふけりて血をしぼられ…」(宝物集五)、「酒を好む猩々は樽(もたひ)のほとりに繋がれ…」(義経記二)などとあるが、本曲はそれらをふまえつつ、孝子酒泉譚、酒を讃える白居易の詩、老いせぬ酒徳を描き、遅速の変化の多い特殊なリズムの猩々舞を見せる。庭訓往来註に「市町之興行」の注として本曲に近い所説が見えるが(『謡曲大観』等)、完全には一致せず、同根の説話があったらしい。笑みをたたえた赤い童顔の専用面(猩々)を着け、赤頭(あかがしら)を被り、上着も袴も赤地という赤ずくめの姿は、酔いと無邪気な童心の象徴とされる。現在は高風の〈名ノリ〉を受けすぐ猩々(本体)が登場する一場形式であるが、元来は〈名ノリ〉のあと潯陽の江のほとりで童子(猩々の仮の姿)に会い、素姓や名を問い、酒徳を讃美し、再来を約して波に消える場面のある二場形式であった(「猩々前」「中入猩々」などと呼ぶ)。なお、常は〔中ノ舞〕を舞うが、波の上を戯れ舞い遊ぶ〔乱レ〕を舞うほうが曲是にもかなう。猩々を海に棲む超自然的妖精として楽しく描くこの作品は、三千番近い古今の謡曲のなかで最も短い。室町時代から江戸時代を通じ、俗に十六猩々と呼ばれるほど、様々な同工異曲や同名異曲などが生まれた。場所も潯陽の江のほとりにとどまらない。龍宮や、日本の尾張の海の番豆崎(はずがさき)の、航海安全を守る駒形明神に取材した「駒形猩々」をはじめ、日本各地の海岸を舞台に作られている。言経卿記・文禄四年(一五九五)九月一日の条に「ふじさん、いはほしやう〴〵借用了」と謡本貸借の記事が見え、その「厳猩々」は「駒形猩々」の別名である。

一 同音異字の径山(コミチキンザン)と区別する慣用呼称。下掛の古写本は「きんさん」。二 揚子江にちなんだ架空の里の名らしい。本曲の原型である前後二場から成る「猩々前」(「一番猩々」「中入猩々」とも)に「所は揚子河、湊へも程近し、かの太子の賓客白楽天、〳〵、楓樹荻花(ほうじゆてきくわ)と詠(なが)めける、潯陽の江と聞きし名も、この河の江のほとり」とある。三 古写本・底本「かうふう」。典拠未詳。諸流の宛字に従う。四 ちょうど時宜を得たのであろうか。「秋去秋来」(新撰朗詠集・蟬)等。五 下掛古写本「又爰に不思議なる事の候、童子のやうなる者、酒を買ひ取り飲み候…」。六 海に棲むという想像上の動物。人語を解し、酒を好むという。「大海のほとりの猩々は、酒にふけりて血をしぼられ…」(宝物集五)。七 現在の江西省九江付近を流れる揚子江の別名。「潯陽江頭夜送レ客、楓葉荻花秋瑟々」(白居易・琵琶行)。八 付菊—薬・酒(連歌付合の事)。掛湛—讃。九 付酒—三の友。白居易「北窓三友詩」による琴詩酒の三友などをふまえる。一〇 傾けた盃の中に月の光を映しながら待っている心。掛盃—月。一一 海の妖精の猩々にふさわしい、風流的気分の浮きやかな登場音楽。このあとの謡事小段は必ず、のど

【一】〔名ノリ笛〕〈名ノリ〉ワキ「是《これ》は唐土《もろこし》[一]かね金山《きむざん》の麓《ふもと》、揚子《やうず》[二]の里に住《す》まゐ《ひ》仕る高風《かうふう》[三]と申者にて候、我親に孝あるにより、有夜《あるよ》不《ふ》思議の夢を見る、揚子の市に出《いで》酒を売《う》るならば、富貴《ふつき》の家と成《なる》べしと、教《をし》へにまかせなす業《わざ》の、カヽル〽時《とき》[四]去《さり》時来《きた》りけるにや、次第次第に富貴の身となりて候、「又何《いづ》[五]くとも知《し》らず若《わか》き男の来《きた》り酒を飲《の》む者の候が、盃《さかづき》の数は重《かさ》なれども、面《めん》色《しよく》はさらに変《か》はらず候間、いかなる者ぞと名を尋《たづね》て候へば、海中に棲《す》む猩々[六]とかや申候程に、今日《こんにち》は潯陽《しんやう》[七]の江《え》に立越《たちこえ》、彼《かの》猩々を待《ま》たばやと存《ぞんじ》候。

〈上歌〉ワキ〽潯陽の江のほとりにて、潯陽の江のほとりにて、菊[八]を湛《たた》へて夜《よ》もすがら、月の前にも友待《ま》[九]つや、又傾《かたぶ》[一〇]くるさかづきの、影《かげ》を湛《たた》へて待居《まち》たり、影を湛へて待居たり。

【二】〈下リ端〉[一一]〈渡リ拍子〉地〽老《お》[一二]ひ《い》費せぬや、老ひ《い》せぬや、薬《くすり》の名をも菊の水[一三]、さかづきも浮《う》かび《ミ》出《いで》て、友に逢《あ》ふぞ嬉《うれ》しき、此友《とも》に逢《あ》ふぞ嬉しき　シテ〽三寸《みき》[一四]と聞《き》く　同〽三寸と聞く、名も理《ことは》りや秋風の　シテ〽吹《ふ》け共吹《ふ》けども　地〽さらに身には寒《さむ》からじ　シテ〽理《ことは》りや白《しら》菊の　地〽理《ことわ》りや白菊《しらぎく》の、きせ[一五]綿《わた》を暖《あたた》めて、酒をいざや汲《くま》ふ《う》よ　シテ〽客人《まれびと》[一六]も御覧ずらむ　地〽月星は隈《くま》もなし　シテ〽所《ところ》は潯陽の　地〽江[一七]の内《うち》の酒盛《も》り　シテ〽猩々舞を舞《ま》はふ《う》よ　地〽芦[一八]の葉の笛を吹《ふ》き、浪の鼓《つづみ》どうと打《う》ち。

【三】〈一セイ〉シテ〽声澄《す》みわたる浦風の　地〽秋の調《しらべ》べや残《のこ》るらん。　〔中ノ舞または乱レ[一九]〕

【四】〈□〉シテ〽有難《ありがた》や御身《おんみ》心すなほなるにより、この壺《つぼ》に泉《いづみ》を湛《たた》へ、只今《ただいま》[二〇]返し与《あた》ふるなり。

やかな〈渡リ拍子〉に接続する。
三 飲めば老いることもない、薬とも呼ばれている菊の水。付菊―おいせぬ・秋・ながれをくむ・綿きする・盃。 一三 掛聞く―菊。 一四 掛三寸―御酒。「三寸」は酒の異名。酒は「三寸《きみ》」ともいうが、なるほど秋風が吹いてもちっとも

孝行の徳

寒くはない。「酒ノミヌレバ風其身ニ三寸チカヅカズ。故ニ三寸ト云ヘリ」（毘沙門堂本古今集註）という酒の功徳をふまえた文飾。下掛古写本に「名もこそありや秋風の」とある。 一五 菊の着せ綿とは、重陽の節句の前夜に菊の花に綿をかぶせてその露と香をうつし取り、翌日その綿で体を拭き、長寿を願う風習のこと。 一六 「唐太子賓客

潯陽の江に友を待つ

白楽天亦嗜レ酒、作ニ酒功讃一以継レ之」（和漢朗詠集・酒・白居易）や注二をふまえる。 一七 掛江―酔。 一八 芦の葉ずれの音は吹きわたる笛の音《ね》、打ち寄せる波の音は鼓の音のよう。「どうと」（観世）は「どうど」（他流）が古型。 一九 酒に酔って波の上を舞い遊ぶ趣の、姿態描写的な舞。速度がたえず変化し、乱レ足・流レ足など

秋の夜の猩々舞

〈ノリ地〉シテ カヽル ヘよ一も尽《つ》きじ　同 ヘよも尽《つ》きじ、万代《（よろづよ）》までの、竹二の葉の酒、掬《く》めども尽《つ》きず、飲《の》めども変《か》はらぬ、秋の夜のさかづき、影《かげ》も傾《かたぶ》く入江に枯《か》れ立《た》つ、三あしもとはよろよろと、四よはり臥《（ふし）》たる、枕の夢の、醒《さ》むると思《おも》へば、五泉は其《（その）》まま、尽《つ》きせぬ宿こそ、めでたけれ。

酒泉、酒徳

の独特の所作を見せるのが特徴。

三〇「猩々前」の中入前の「帰る名残のあまりにや、また帰りこの酒の、樽うち抱きそのままに、川波に入りにけり」に対応する。

以上四一三頁

一 よもや尽きることはあるまい。

二 竹の葉は、酒の異名。「甕頭竹葉経レ春熟」（和漢朗詠集・夏・首夏・白居易）による。

三 [掛]芦—足。

四 [掛]弱—酔。現行諸流「酔ひに臥したる」。

五 [掛]何時見—泉。尽きせぬ酒泉と、尽きせぬ繁栄。

志（し）賀（が）

脇能物　古称、黒主・志賀黒主
男神物　世阿弥作か（素材・主題の項参照）

場景　前場―近江国、志賀の里。山桜の咲き匂う春のある日の午後。後場―同じく、夕刻から夜半。

人物　前ジテ　木樵の老人〔笑尉・着流尉〕
後ジテ　志賀明神（大伴黒主の霊）〔邯鄲男・透冠狩衣大口〕
ツレ　木樵の若者〔水衣男（大口）〕
ワキ　廷臣〔大臣〕
ワキヅレ　従臣〔大臣〕（二人）
アイ　志賀の里の男〔長上下〕

梗概　政道正しき御代の春、廷臣が従臣と共に桜を尋ねて志賀の山に赴くと、薪に桜の枝を折り添えた老若二人の木樵が現れ、花の陰に休むので、その理由を問うた。木樵は大伴黒主の歌「道の辺のたよりの桜折り添へて薪や重き春の山人」を引いて、そのわけを語り、「そのさまいやし」い山人が花陰に休むのは分不相応かもしれぬが、それも貫之が書き示した歌の道にかなう姿といい、和歌の徳を語る。やがて自分はその古（いにしえ）の大伴黒主、今は山神とも人は見るだろうと告げ、志賀の宮へ帰っていく（中入）。里の男が廷臣の問いに答えて志賀明神の謂れを語り、重ねて奇特を見ることを勧める。その夜、花陰に休む一行の前に志賀明神が姿を現し、月に照り映え、散る花吹雪の中、神神楽（かみかぐら）を奏し、のどけき春を讃える。

素材・主題　古今集・仮名序に「大伴の黒主は、その様賤し。いはば薪負へる山人の、花の陰に休めるがごとし」とある評言および中世古今序注の所説と、寺門伝記補録五・祠廟部に「黒主廟志賀庄 黒主。近州志賀司大友都堵牟麻呂之子。実大伴列躬之子也。弘仁天長歌仙。勅集呼曰㆓大伴黒主㆒者是也。後人崇㆑霊建㆓廟志賀庄㆒。以斎祭焉」等とある黒主志賀明神説に拠り、黒主の歌風の評言の劇化と明神と崇められた黒主の神霊による歌徳讃美と聖代祝福を描く。世阿弥の三道に「男体には業平・黒主・源氏、如㆑此遊士」とあり、黒主には業平・源氏と並ぶ風流士（みやびお）の一面があった。美貌の黒主を主人公とする「黒主」（廃曲。同名異曲あり）はその系譜に属するが、神に崇められる本曲にしても、死後、極楽の歌舞の菩薩となった光源氏の霊が、春の須磨の浦に現れ（前場は樵翁で柴を負う）、思い出の青海波を舞う「須磨源氏」（世阿弥作）と通じ合う風趣がある。素材・構想・文辞等に世阿弥の特色が認められ、同人作と考えられる。

【一】〔真ノ次第〕〈次第〉大臣　＼六道《みち》ある御代《みよ》の七花見月《づき》、道ある御代の花見月、都の山《やま》ぞのどけき。

六「今も道ある政（まつりごと）」（「弓八幡」）と同じく「道ある御代」は政道正しき御代。〈クセ〉の「敷島の道ある御代の翫（もてあそ）び」とも呼応し歌道隆盛の御代の意も。　七　陰暦三月の異称。「花」は以後「志賀」の基調となるイメージ。

以下四一六頁

一「志賀の山」は近江の歌枕。「桜ニハ、吉野、志賀」（連歌付合の事）。以後、歌枕を多用する。　二「志賀の山路」は歌語。歌枕・歌語の多用は「高砂」「難波」に共通。　三「音羽山」は歌枕。「音羽山今朝越え来れば時鳥梢はるかに今ぞ鳴くなる」（古今集・夏・紀友則）に拠る。囲音羽山―音。　四「志賀の山越」は歌語。琵琶湖を遥かに望む心。　五　滋賀県。北比叡・長等山の連峰。　六　囃子につれて、ツレを先立て桜の花を挿した柴を背負ったシテが杖を突いて登場、橋掛に立つ。　七「さざ波や志賀の都は荒れにしを昔ながらの山桜かな」（平家物語七・忠度都落）。「ささ浪や」は志賀の枕詞。他流「サザナミ」。

〈名ノリ〉ワキ「抑是《そもそもこれ》は当今《たうぎん》に仕《つか》へ奉る臣下也、さても江州《がうしう》[一]志賀の山桜、今を盛《さかり》なるよし承及《うけたまはりおよび》候程に、只今志賀[二]の山路《やまぢ》へと急《いそ》ぎ候。

〈上歌〉ワキ・ワキツレ〽春の色、たなびく雲の朝ぼらけ、たなびく雲の朝ぼらけ、のどけき風の[三]音羽《をとは》山、けさ越《こえ》くればこれぞこの、名に負《お》ふ[四]志賀の山越《やまごえ》や、湖《みづうみ》遠き眺《なが》めかな、湖遠き眺めかな。

〈着キゼリフ〉ワキ「急《いそぎ》候程に、[五]江州志賀の山に着《つき》て候、暫《しばらく》此所に候ひて、花を眺《なが》めふ《う》ずるにて候。

【二】〔真[六]ノ一声〕〈一セイ〉二人〽[七]ささ浪や、[八]志賀の都《みやこ》の名を留《と》めて、[九]昔ながらの山桜《ざくら》　ツレ〽[一〇]春に馴《な》れてや心なき　二人〽身にも情《なさけ》の残る覧《らん》。　〔アシライ歩ミ[一一]〕

〈サシ〉シテ〽[一二]山路《さんろ》に日暮《く》れぬ樵歌牧笛《せうかぼくてき》の声《こゑ》　二人〽[一三]人間万事様々の、世を渡《わた》りゆく身の有様、物ごとに遮《さへぎ》る眼《まなこ》の前、光の陰《かげ》をや送《をく》る覧《らん》。

〈下歌〉シテ・ツレ〽あまりに山[一四]を遠《とを》く来《き》て、雲又跡を立隔《たちへだ》て。

〈上歌〉シテ・ツレ〽入《いり》つる方も白波《しらなみ》[一五]の、入つる方も白波の、谷[一六]の川音雨とのみ、聞えて松の風もなし、げにや謬《あやま》[一七]つて半日《はんじつ》の客《かく》たりしも、今《いま》身の上に知《し》られたり、今身の上に知られたり。

【三】〈問答〉ワキ「不思議《ふしぎ》やな是なる山賤《やまがつ》を見れば、重《おも》かるべき薪《たきぎ》[一八]になを《ほ》花の枝を折《お》り添《そ》へ、休《やす》

都から花の志賀の山へ

八 天智帝の大津宮。付都―花。
九 志賀の都の名を偲ばせて、その昔と同様、桜が美しく咲き誇っている。掛ながら―長等。
一〇 無風流な我らでも美しい古都の景に馴れて、風雅な心となる。「心なき身」は賤の身の常用句。
一一 囃子につれて舞台に入り、ツレは真中、シテは常座に立つ。
一二「山路日落、満レ耳者樵歌牧笛之声」(和漢朗詠集・山家・紀斉名)。永済注に樵歌は木樵の歌、牧笛は草刈の笛。
一三 人間の渡世は様々ながら、所詮はその日の営みに追われ月日を送っている。
一四「山遠雲埋二行客跡一、松寒風破二旅人夢一」(和漢朗詠集・雲)に拠る。
一五 掛知らず―白波。
一六「夜久松声似二雨音一」(千載佳句・下・傅温)。「雨とのみ風吹く松は聞ゆれど声には人も濡れずありける」(貫之集)等を変形した。
一七「謬入二仙家一、雖レ為二半日之客一…」(和漢朗詠集・仙家・大江朝綱)。景観に目を奪われ時の過ぎるのを忘れる心。
一八「大伴の黒主は、その様賤し。いはば薪負へる山人の、花の陰に休めるがごとし」(古今集・仮名序)を借りる。風雅を解さぬ「山賤」が、花を折り花の下に休んでいる所をワキが不審する事で話が展開する。
一九「道の辺のたよりの桜折り添へ

む所も花の陰なり、これは心ありて休《やす》むか、只薪の重《おも》さに休《やす》み候か　シテ「仰《(おほせ)》畏《(かしこまツ)》て承
候ひぬ、先《(まづ)》薪に花を折《(をる)》事は、〽一九道野辺のたよりの桜折《お》り添《そ》へて、「薪や重《おも》き春の山人と、歌《(か》
人《じん)》も御不審ありし上《うへ》、今更なにとか答《こた》へ申さむ　ツレ カヽル 〽また奥深《ふか》き山路《(やまぢ)》なれば、松も
二〇檜原《ひばら》も多けれ共《(ども)》、とりわき花の陰《かげ》に休《やす》むを　シテ「ただ薪の重《おも》さに休《やす》むかとの、二一仰《(おほせ)》は面目
なきよなふ　二人 カヽル 〽去《(さり)》ながらかの黒《くろ》主が歌のごとく、二二其様《(さま)》賤《いや》しき山賤《がつ》の、薪を負《お》ひ
て花の陰に、休《やす》む姿はげにも又、二三其身に応《おう》ぜぬふるまひなり、許《ゆる》し給へや二四上臈《(じやうらふ)》たち　ワキ
「こはいかに二五優《まさ》るをも羨《うらや》まざれ、劣《をと》るをも卑《いや》しむなとの、故人の掟《をきて》はまこと成《(なり)》けり優《やさ》しくも、
古歌の喩《たとへ》の心をもつて、カヽル 〽今の返答申たり　シテ「いやいや古歌の喩《たとへ》とやらんも、
更々《(さらさら)》知《し》らぬ身なれ共《(ども)》、賤《いや》しき身にも思《(おもひ)》よりて　ワキ カヽル 〽彼《(かの)》大伴《(おほども)》の黒主が、心を寄《よ》する
老の浪　シテ 〽二六和歌の浦半《(うらわ)》の藻《も》塩《しほ》草　ワキ 〽二七かく喩《たと》へ置《を》く世語《(よがたり)》の　シテ 〽それは黒主《くろぬし》
ワキ 〽是は誠に　シテ 〽様《さま》も賤《いや》しき　ワキ 〽山賤《やまがつ》の。
〈上歌〉同 〽身には応《おう》ぜぬ事なれど、許《ゆる》させ給へ都人、とてもの思《おも》ひ出に、花の陰に休《やす》まん、
二八実《(げに)》や今迄も、筆を残して貫之《つらゆき》が、言葉の玉のを《(お)》のづから、古《いにしへ》今の道とかや、古今の道とか
や。
【四】〈クリ〉地 〽夫《(それ)》賢《かしこ》かつし時代《(ときよ)》を尋ぬるに、二九延喜《(えんぎ)》の聖代《(せいたい)》のいにしへ、三〇国を恵《めぐ》み民を撫《(なで)》て、万《(ばん)》
機《き)》の政《まつりごと》を治め給ふ。

薪に花を折り添えた山人

て薪や重き春の山人」(雲玉和歌抄・大伴黒主)。二〇 [付]檜原―杣。二一 山賤が花の陰に休むのは不似合いながら、風流心からここに休んでいるのですよ、という心。二二 →注一八。「その様賤し」という負の評価と「花の陰に休む」(風流心を持つ)という正の評価。二三 心なき山賤が花に心を寄せるのは不相応ですね、お許し下さい。二四 廷臣に対する敬称。二五 偉い人だからと追従せず、つまらぬ者だからと馬鹿にしてはいけない。前ジテが草刈や山人の、「敦盛」、廃曲「阿古屋松」にも見える諺。二六「かひもなき和歌の浦わの藻塩草かき置くまでを思ひ出にせん」(続後拾遺集・雑中・平貞直)。[掛]若―和歌の浦半―浦回。二七 [掛]播―斯。二八 いや全く今日までも伝わる貫之が遺した和歌の言葉は、文字通り古今の道を示したものというべきでしょう。[掛]緒―自。二九 醍醐天皇による理想的な聖代。三〇 古今集・仮名序などに拠る。

以下四一八頁

一 和歌が国を平和に治め、人心を穏やかにする。聖代即歌道の繁栄という中世歌学の世界を反映。二 延喜五年(九〇五)に古今集が撰進されたこと。三 二聖は柿本人麿

〈サシ〉シテ〽[一]しかれば其御時《おんとき》に至《いた》つて、和歌の道盛《さか》むにして、古《いにしへ》[二]今の詠歌《えいか》を撰《えら》び　同〽[三]二聖六歌仙《じせいりツかせん》を始《はじ》めとして、[四]其外の人々は、野辺の葛《かづら》の這《は》ひ広《ひろ》ごり、林《はやし》に繁《しげ》き木《こ》の葉の露の、[五]色に染《そ》み行《ゆく》歌人《うたびと》の、心は花になるとかや　シテ〽実《げに》[六]埋木《うもれぎ》の人知《し》れぬ　同〽事業《ことわざ》までの情《なさけ》とかや。

〈クセ〉同〽抑《そもそも》[七]—難波津浅香山《あさかやま》の、影見《かげみ》えし山の井の、浅《あさ》くは誰《たれ》か思ひ草《ぐさ》の、[八]露往《つゆゆき》—霜来《しもきた》る色なれや、[九]浜の真砂《まさご》より、数多き言《こと》の葉《は》の、[一〇]心の花の色香までも、妙《たへ》なりや敷島の、道ある御代の翫《もてあそ》び、然《しかれ》ば三十一文字《みそちひともじ》の、神も守護し給ひて、[一一]無見《むけん》—頂相《ちやうさう》の如来も、感応垂《た》れ給へば、[一二]君も安全《あんせん》に、万民時《とき》を楽《たの》しみて、都鄙—円満の雲の下《した》、四海八島《しかいやしま》の外《ほか》までも、浪の声万歳《ばんぜい》の、響《ひび》きはのどけかりけり　シテ〽今—すべらぎの御代《みよ》久《ひさ》に　同〽万《よろづ》の政《まつりごと》の、道直《す》ぐに渡《わた》る日の、[一三]東南に—雲収《おさ》まり、西北に風静《しづ》かにて、[一四]言葉の—林栄《はやしさか》ゆくや、[一五]花も常磐《ときは》の山松の、巷《ちまた》に謡《うた》ふ声までも、是《これ》和歌の詠に洩《も》るべしや、[一六]天地《てんち》を動《うご》かし、鬼神《きしん》も感をなすとかや。

【五】〈ロンギ〉地〽実《げに》や異《こと》なる山賤の、実や異なる山賤の、家路いづくの末ならん、床《ゆか》しき心なるべし　シテ〽今は何をか包《つつ》むべき、其いにしへは大伴《おほども》の、黒主と言《い》はれしが、時代《ときよ》とて此山の、神共人《とも》や見る覧《らん》　地〽そも此山《やま》の神ぞとは、不思議や扨《さて》は大伴の　シテ〽それは黒主が家の名の　地〽大伴か　シテ〽我はただ　同〽薪—負《お》[一七]ふ友《とも》もなくて独り、

聖代と和歌の栄え

と山部赤人。六歌仙は僧正遍昭・在原業平・文屋康秀・喜撰法師・小野小町・大伴黒主。以下は古今集・仮名序に拠る。四 歌道を讃美する。廃曲「実方」の〈サシ〉にも「そのほかの人々は野辺の葛の葉の、林の木の葉のごとく多けれども」とある。五 物事を賞美する歌人の心が花(和歌)になるとか。六 埋れ木のように人知れず詠まれたものも情ある和歌になるとか。七「難波津に…」や「安積山…」の歌が歌の父母《ちちはは》として詠まれて以来、誰もが歌道に浅からぬ思いを寄せ。以下、和歌の徳を叙述。八「露往き霜来たる折節には、心うちに催ほし、言《こと》ほかに現はさずといふことなし」(続古今集・序)。「露往霜来」(文選・呉都賦)。九「浜の真砂の数多くつもりぬれば」(仮名序)。浜の真砂よりも多く詠まれた和歌。一〇 優れた和歌。かくして和歌の道はありがたい御代の政道と一体となった。冒頭の〈次第〉と呼応。一一 無見頂相は仏三十二相の一相で見る事の出来ない相。和歌はこの一相を除いた相を三十一字に充てたという中世歌学の秘説の反映。一二 君が代は平らかで、民は太平を楽しみ、都も

大伴黒主と明かす

山路の花の陰に、長休《やす》みしつる恥《は》づかしやと、[一八]夕の雲に立《た》ち隠《かく》れて、[一九]志賀の宮路に帰《かへ》りけり、
志賀の宮路に帰りけり。　（中入）
【六】〈問答・語リ・問答〉（アイの里の男が登場、ワキの問いに答えて、志賀明神の謂れを物語り、重ねて奇特を見ることを勧める）
【七】〈上歌〉ワキ・ワキツレ 〽[二〇]いざけふは、春の山辺に交《ま》じりなん、春の山辺に交じりなん、暮《く》れ
なばなげの花の陰《かげ》、月に[二一]映《えい》じて天の原、時の調子に移《うつ》り来《く》る、舞歌の声こそあらたなれ、舞
歌の声こそあらたなれ。
【八】〔出端〕〈サシ〉後シテ 〽[二二]雪ならばいくたび袖を払《はら》はまし、花の吹雪《ふぶき》の志賀の山、越ても同じ
[二三]花園の、里も春《はる》めく近江の海の、[二四]志賀辛《から》崎の松風までも、[二五]千声《(ちこゑ)》の春ののどけさよ。
【九】〈一セイ〉シテ 〽海越《ご》しに、見えてぞ向《む》かふ[二六]鏡山　地 〽年経《へ》ぬる身は老が身《み》の　シテ 〽
[二七]それは老《おひ》が身《み》、是は志賀の。
〈ノリ地〉地 〽神の[二八]白木綿《しらゆふ》、かけまくも、忝《かたじけな》しや、神楽《(かぐら)》の舞《まひ》。　〔神舞〕
【一〇】〈ロンギ〉地 〽不思議なりつる山人の、不思議なりつる山人の、[二九]薪《たきぎ》の斧の永《なが》き日も、残る
和光のあらたさよ　シテ 〽[三〇]実《(げに)》惜《お》しむべし君が代の、長閑《(のどけ)》き色や春の花の、塵に｜交《まし》はる雪
ならば、踏跡《(ふむ)あと》までも心せよ　地 〽実《(げに)》心して春の風、声も添《そ》ふなり御《(み)》神楽の　シテ 〽[三一]小忌《(をみ)》
の衣の色映《は》へ《(え)》て　地 〽花は[三二]梢の白和幣《しらにぎて》　シテ 〽松は立《た》ち枝《え》の　地 〽青和幣《あおにぎて》、懸《か》くるや
｜かへるや[三三]梓弓、春の｜山辺を越くれば、[三四]道《みち》も去《(さり)》あへず[三五]散花《(ちるはな)》の、雲の羽《は》袖を返《かへ》しつつ、紅《くれなゐ》の

鄙も円満に治まり、威光は海外にまで及んで。「都鄙遠近」から「円満」に言い掛けた。一三 天下泰平の象徴。「呉服」にも。一四「発二其華於詞林一」（真名序）。一五「ひとたびは巷に歌ひ、里に喜び」（続古今集・序）。[掛]時―常磐、千―巷。一六「天地を動かし…」（仮名序）。一七 [掛]負ふ友―大伴。主人公が名を暗示して中入する手法は世阿弥たちに顕著。一八 [掛]言ふ―夕。[縁]雲―立ち。一九 志賀明神に通じる路。「志賀の郡に、大道より少し入りて山際に、黒主の明神と申す神います。これは昔の黒主が神になれるなり」（無名抄）。二〇 古今集・春下・素性の歌。二一 [掛]映―詠、移―映。二二「雪ならばいくたび袖をはらはまし花の吹雪の志賀の山越」（六花集・春・中務卿）。「三井寺」にも。黒主の霊が花の吹雪を受けつつ登場した姿。元来は老神か。

志賀明神の神神楽

二三「志賀の花園は誠の花の事也。宇治の花園には付所かはるべし」（梵燈庵袖下集）等。

二四「志賀の唐崎」は歌枕。

二五「千声万声無二了時一」（和漢朗詠集・秋・擣衣・白居易）。千年の声。

二六 大伴黒主の歌という「鏡山いざたちよりて見てゆかむ年経ぬる身は老いやしぬると」（古今集・雑上）。

二七 その歌は黒主が老年に詠んだ

御袴《(ぎよか)》の稜《そば》を取《と》り、一拍子を揃《そろ》へて神神楽《かぐら》、二実《(げに)》面白き奏《かな》でかな、実面白き奏でかな。

歌、今現れたのは志賀の神となった黒主。[掛]老が身—神。

二八 [序]白木綿—かけまくも。

二九 [序]薪の斧—永き日。「薪こることは昨日に尽きにしをいざ斧の柄はここに朽たさん」(拾遺集・哀傷・道綱母)など。[縁]日—和光。日の光と和光同塵による神の来現の姿。

三〇 長閑に治まる君が代の春を愛で、春を惜しむ心。落花を雪に譬え、花を惜しむ気持と神への崇敬。[縁]春—花—散り—雪。[掛]塵—散。

三一 神楽神事の舞装束を意味する。以下、花の白・松の青・袴の紅と視覚的表現を重ねる。三二 白和幣は青和幣と対。「和幣」は神事用の幣。「かくる・かへる」は重韻。[掛]梢—濃、翻—返(かへる)。[序]青和幣—懸くる、かへる—梓弓。

三三 「梓弓春の山辺を越えくれば道もさりあへず花ぞ散りける」(古今集・春下・紀貫之)。[掛]春—張る。

三四 道も通れない程花が散り敷き。

三五 「花の雲」は歌語。花の雲、雲の羽袖、と続く。

以上四一九頁

一 袴の股立(ももだち)を上げて帯に挟むこと。

二 拍子が合致する神楽は実に面白い奏楽奏舞だ。

三 いきなり〈問答〉で始まるのは異例。他に廃曲「守屋」ぐらい。劇性を重視した元雅の筆力を示す。

盛久《もりひさ》

四番目物
直垂舞物
観世元雅作(五音)

場景　前半―京の都。盛久幽閉の館。春のある日。同じく、東山。花盛りの清水寺。中半―東海道。都から鎌倉への旅路。後半―鎌倉。盛久幽閉の館。到着後間もないある夜。同じく、由比が浜。翌日の暁。頼朝の御所。同じく、後刻。

人物　シテ　主馬《しゅめ》の盛久〔大口モギドウ(後に梨打烏帽子・掛直垂大口)〕
ワキ　土屋某〔直垂上下〕
ワキヅレ　輿舁《こしかき》〔大口モギドウ〕(二人)
ワキヅレ　太刀取の侍〔烏帽子側次大口〕
アイ　土屋の下人〔長上下〕

梗概　源平の戦いで生捕られた平家譜代の侍主馬判官盛久は、輿に乗せられ、土屋某の手で関東へ護送される途次、清水観音へ別れの参拝を許されたのち、東海道を下った。逢坂山を越え、瀬田の橋を渡り、老蘇の森、熱田の浦を過ぎ、「命なりけり」と詠まれた小夜《さよ》の中山、「変はる淵瀬」の大井川を渡り、富士を仰ぎ箱根を越えて鎌倉に到着した。土屋から明日の処刑を知らされた夜、観音経を読誦し霊夢をこうむる。暁、由比が浜で斬られようとした時、太刀取の眼がくらみ、落とした太刀は二つに折れていた。この奇跡により盛久は頼朝の前に召し出され、霊夢について尋ねられる。それは、老僧が現れ、都の清水から汝のためにやって来た、安心するがよいというもので、頼朝も同じ夢を見たのだった。盛久は赦され盃を賜り、舞を所望され、めでたく舞いおさめ退出する。

素材・主題　長門本平家物語二十の観音利生説話(あるいはそれと同根・同内容の利生譚)に拠りつつ、虜囚の身となって刑死を待つ盛久の達観と、清水観音の霊験で刑死を免れた喜びを描く。「いかに土屋殿」と護送役の土屋との問答で始まる異例の発端、京から鎌倉への、捕われの旅路を綴る道行は虜囚の身の心情を巧みに表現した文章と美しい節付が盛久の悲しみをいっそう強く訴えかけ、処刑前夜の信仰に支えられた諦観と夢想、奇跡の法悦等々、盛久の心の動きを見事に劇化している。「無中に路あつて塵埃を隔つ」の禅林古典からの巧みな引用も光る。応永三十四年(一四二七)八月奥書の世阿弥筆能本が伝わる。観世・金春流以外は、冒頭にワキの〈名ノリ〉を前置するが、これは類型に合わせた後人の改訂。

【一】〈問答〉[三]　シテ「いかに土屋殿[四]に申《まうす》べき事の候

ワキ「何事にて候ぞ

シテ「唯今《ただいま》[五]関東に下

四 頼朝の家臣土屋三郎宗遠が盛久の処刑を命じられる(長門本平家物語二十・主馬八郎左衛門尉盛久事)。 五 盛久は京から鎌倉へ護送され処刑される身。

以下四二二頁

一 京都東山の清水寺で本尊は十一面千手観音。盛久の観音信仰の表れ。 二 「大慈大悲」は観音の慈悲を讃える常用語。 三 [序]さしも草(蓬)―さしも畏き。→「田村」一〇三頁注三二。 四 有難い御誓願により一度御名を唱えただけで救われるとか、まして私は多年参詣し御縁を結んでいるからきっと観音様が救って下さる。[縁]一念―多年。【六】の観音利生譚への伏線。「多年ハ年ト念トノ二ヲ兼タル詞也」(謡抄)。 五 いつかまた清水寺の花盛りを見られるだろうか。[掛]来・見―清水。 六 再びこの春に逢えないと思うと名残惜しく。 七 音を立てては泣かないが、心中の悲嘆は音羽山の瀧のようにたえず波立っているのを人は知るまい。「たきつ心とは、物思ひに心のわきかへれば、水のたぎりわくにたとへたる言なり」(了俊・師説自見集)。[縁]音―音羽山―瀧津(滾つ)。 [序]音羽山―瀧津。 八 「見渡せば柳桜をこきまぜて都ぞ春の錦なりける」(古今集・春上・素性)。[付]錦―家にかへる。 九 「思出」と「思ひ」

りなば是《(これ)》が限《かぎ》りなるべし、清水《(きよみづ)》[一]の方《かた》へ輿《(こし)》を立《(たて)》て給《(たまは)》り候へ　ワキ「それこそ安き間の御事、いかに面々、東山の方《かた》へ輿《こし》を立《(たて)》られ候へ。

【二】〈サシ〉シテ〽南無や大慈大悲[二]の観世音さしも草、[三]さしも畏《かしと》き誓《(ちかひ)》[四]の末、一称一念猶《(なほ)》頼《たの》み

あり、ましてや多年値遇《(ちぐ)》の御結縁空《むな》しからんや、あら御名残惜《お》しや。

〈一セイ〉シテ〽いつ[五]かまた、清水寺《(きよみづでら)》の花盛《(はなざかり)》　立衆　カヽル〽帰《かへ》[六]る春なき名残かな　シテ〽音[七]に

立《た》てぬも音羽山　立衆〽瀧津《(たきつ)》心を人知《し》らじ。

〈サシ〉シテ〽見[八]渡《わた》せば柳桜《(やなぎさくら)》をこき交《ま》ぜて、錦と見ゆる故郷《(こきやう)》の空　同〽又[九]いつかはと思出の、

限《かぎ》りなるべき東路《(あづまぢ)》に、思《おも》ひ立《た》つこそ名残なれ　シテ〽我[一〇]なまじゐ《(ひ)》に弓馬《(きうば)》の家に生れ、世上

に隠れなき身とて　同〽思はざる外《(ほか)》の旅行《(りよかう)》の道、関の東《ひがし》に赴《おも》むけば、跡[一一]白河を行《(ゆく)》波の、いつ

帰《かへ》るべき旅ならむ。

〈下歌〉同〽爰《(ここ)》はたれをか松坂[一二]や、四《し》の宮河原四《(よつ)》の辻。

〈上歌〉同〽是《(これ)》[一三]や此《(この)》、行《(ゆく)》も帰るも別《(わかれ)》ては、行も帰るも別ては、知《し》るも知《し》らぬも、逢坂の関守も、

今の我をばよも留《と》めじ、勢[一四]田の―長橋《(ながはし)》うち渡《わた》り、立[一五]寄《よ》る影《かげ》は鏡山、[一六]さのみ年経《としへ》ぬ身なれども、

衰《おとろ》へは老曾《(おいそ)》の、森を過《(すぐ)》るや美濃尾張。

〈下歌〉同〽熱[一七]田《あつた》の浦の夕塩の、道をば波に隠《かく》されて、回《まは》れば野辺に鳴海潟《なるみがた》、又八橋や高師山《(たかしやま)》、

又八橋や高師山。

は重韻。再びは帰れないであろう東国への死出の旅、最後の思い出となる都の景色が名残惜しい。一〇 なまじ武士と生まれ、人にも知られる身ゆえに、思いもよらぬ仕儀となり。一一 [掛]知らず―白河。[序]跡白河を行波の―帰る。以下、曲舞「海道下」をふまえ、心象風景と重ねた囚われの旅路。一二 [掛]待つ―松坂。松坂、四(死)の宮河原、四の辻、は逢坂への道筋。四の宮河原、四の辻は数韻。一三 後撰集・雑一・蟬丸の歌(末句「逢坂の関」)で「逢坂」の序。一四 瀬田川に架る橋。近江の歌枕。一五 大伴黒主の歌という「鏡山いざ立ち寄りて見てゆかん年へぬる身は老いやしぬると」(古今集・雑上)。[掛]鏡山―屈。鏡山は近江の歌枕。一六「老曾の森」は近江の歌枕。屈まった姿はそんなに年老いてもいないのに老衰し、死期が近いのか。[掛]老―老曾、身の終り―美濃尾張。一七 鳴海潟は尾張、八橋は三河、高師山は遠江の歌枕。一八 静岡県湖西市白須賀町。一九 浜名湖南岸の宿駅。現新居町。二〇「浜名の橋」は遠江の歌枕。二一 [掛]着―来(きて)。[縁]旅衣―きて。「年たけてまた越ゆべしと思ひきや命なりけり

盛久、清水参詣

鎌倉へ、囚われの旅路

〈ロンギ〉地 〽潮見《しほみ》[18]坂橋[19]本の、浜[20]名の橋を打渡り　シテ 〽旅衣、かくきて[21]見むと思《おも》ひきや、命なりけり、小夜《さよ》の‐中山はこれかとよ　地 〽変《か》はる淵瀬の大[22]井河、過行《すぎゆく》浪も宇津《うつ》の山　シテ 〽越《こえ》ても関に清見潟　同 〽三穂《みほ》の‐入海《いりうみ》田子《たご》[23]の浦、うち出《いで》てみれば真白《ましろ》なる、雪の‐富士の根箱[24]根山、猶明行《あけゆく》や星月夜、はや鎌倉に着《つき》にけり、はや鎌倉に着にけり。

【三】〈サシ〉シテ 〽無[25]中に道あつて塵埃《ちんナい》を隔《へだ》つ、実《げに》やそこ共知《し》らざりし、山を越《こえ》水を渡《わた》つて、此関東に着《つ》きぬ、百年《はくねん》[26]の栄花は塵中《ちんちう》の夢、一[27]寸の光陰は沙裏《しやり》の金《きん》、げにや故郷《こきやう》は雲井の余所《よそ》、千世もと契りし友人《ともびと》も、変《か》はる世なれや我ひとり、鎌倉山の雲霞、実《げに》[28]かかる身の慣《なら》ひかや。

〈□〉シテ「かくて存命《ながらへ》諸人に面《おもて》を曝《さら》さむより、カヽル 〽あつぱれ疾《と》う斬《き》られればやと思《おも》ひ候。

【四】〈□〉ワキ「あら痛はしや盛久の独言《ひとりごと》を仰《おほせ》候。

〈問答〉ワキ「いかに申候、土屋が参りて候　シテ「土屋殿と候《ザウラウ》やこなたへ御入候へ　ワキ「御下向の由を披露申て候へば、急[29]ぎ誅《ちう》し申せとの御事にて候　シテ「唯今《ただいま》独言《ひとりごと》に申《まうし》しごとく、かくてながらへ諸人に面を曝《さら》さむよりも、あ[30]つぱれ疾《と》う斬《き》られればやとの念願、扨《さて》は早《はや》叶《かな》ひて候よ、扨最後は只今にて候か　ワキ「いや御最後は此暁か、然《しか》らずは明夜《みやうや》かと仰《おほせ》出《いだ》されて候　シテ「偖《さて》[31]は暫《しばらく》の時剋にて候よ、扨も此程土屋殿の御芳志、申《まうす》[32]も中々を《お》ろかなり、又なからん跡、一返《いつぺん》の念仏をも御廻向《ゑかう》にあづからば、カヽル 〽二世《にせ》[33]までの御芳志たるべし、「我此年月《われこのとしつき》清水の観世音を信じ、彼[34]御経《おんきやう》を懈《おこた》ることなし、去《さり》ながら今日《けふ》はいまだ読誦《どくじゆ》

小夜の中山」(新古今集・羇旅・西行)。薄命の詠嘆。「小夜の中山」は遠江の歌枕。二二 遠江の歌枕。宇津の山・清見潟・三穂の入海・田子の浦は駿河の歌枕。囲多—大井河、打つ—宇津、塞—関、来—清見潟、見—三穂。二三「田子の浦ゆ打ち出でて見れば真白にぞ富士の高嶺に雪は降りける」(万葉集三・山部赤人)。二四 箱根山は相模の歌枕。囲開—明。縁箱—開、明行—星月夜(鎌倉の枕詞)。

刑死の覚悟、諦観

二五 無の境地にこそ悟道があるが、煩悩の塵埃が悟道を妨げる。「無中有レ路隔二塵埃一」(洞山悟本禅師語録・五位頌)。底本「夢中」(古写本も)。謡曲は夢心地にて塵にまみれた道中を続ける心も含む。二六 百年の栄華の暮らしとて俗塵の世で夢を見ているにすぎぬ。二七 ほんの僅かな時間でも真剣に思いを致すなら、砂中の金のごとく貴重なことなのだ。「沙裏淘レ金(沙金を水中でゆりわける)」(虚堂録三)。二八 囲掛—斯。二九 急ぎ処刑せよ。三〇 底本「あはれ」を訂正。三一 処刑までにはまだ時間がある。三二 言葉では言いようもありません。三三 現世と来世にわたる御厚情を受ける事になります。三四「観音経」(法華経・普門品)。

申さず候程に、彼御経《おんきやう》をそと読誦申度《まうしたく》候　ワキ「それこそ有難ふ《う》候へ、御心しづかに御《おん》読誦候へ、土屋も是にて聴聞申さうずるにて候。

〈□〉シテ「有難《がた》や[一]大慈大悲は薩埵《さつた》の悲願、定業亦能転《ちやうごふやくのうてん》は菩薩の直道《ちきだう》とかや、　カヽル へ願《ねが》はくは[二]無縁の慈悲を垂《た》れ、われを引導し給へ、[三]今生《こんじやう》の利益《りやく》もし欠《か》けば、後生善所《ごしやうぜんしよ》をも誰《たれ》か頼《たの》まむ、二世《にせ》の願望《ぐわんまう》もし空《むな》しくは、大聖《だいしやう》の誓約あに虚妄《こまう》にあらずや、[四]或遭王難苦《わくさうわうなんく》、臨刑欲寿終《りんぎやうよくじゆじゆ》、念《ね》彼《び》観音力刀尋段々《くわんのんりきたうじんだんだん》壊《ネ》。

〈問答〉ワキ「ありがたや此《この》御経を聴聞申せば、御《おん》命も頼《たの》もしうこそ候へ　シテ「実《げに》能《よく》御聴聞候物かな、此文《もん》と言《い》つぱ、たとひ人《ひと》王難《わうなん》の災《さい》に逢《あ》ふといふ共《とも》、其剣《つるぎ》段々に折《お》れ　ワキ カヽル へ又[五]衆怨悉退散《しゆをんしつたいさん》といふ文《もん》は、射る矢も其身に立《たつ》まじければ、　シテ へ実《げに》頼《たの》もしや去《さり》ながら、[六]全《まつた》く命の為に此文を誦《じゆ》するにあらず。

〈誦句〉二人 へ[七]種々諸悪趣地獄鬼畜生《しゆじゆしよあくしゆぢごくきちくしやう》、生老病死苦《しやうらうびやうしく》以《い》漸悉令滅《ぜんしつりやうめつ》。

〈下歌〉同 へ[八]この文のごとく《くン》ば、もろもろの悪趣をも、三悪道《さんナくだう》は免《のが》るべしや、ありがたしと夕《ゆふ》霧の、命は惜《お》しまず、唯《ただ》後生こそは悲《かな》しけれ。

〈上歌〉同 へ[九]昔在霊山《しやくざいりやうぜん》の、御名《みな》は法華一仏《ほつけいちぶつ》、今《いま》西方《さいはう》の主《あるじ》又、娑婆示現《じげん》し給ひて、われらがための観世音、三世《さんぜ》の利益同じくは、かく刑戮《けいりく》に近《ちか》き身の、誓ひにいかで洩《も》るべきや、盛久が終《つひ》の道、よも暗《くら》からじ頼もしや。

一 大慈悲心で衆生を救うのが観音の誓いで、前世の悪業のため現世で受ける報いすら転じ変えるのが観世音菩薩の功徳だとかいうことだ。「若其機感厚、定業亦能転」(法華文句記・十下・釈普門品)。 二 広大無辺の慈悲により、私をお導き下さい。 三 今生で利益がなければ、誰が後世での極楽往生を期待しようか。今生・後生(二世)での願いが叶わぬなら、観音の御誓願も偽りとなるのではないか。「汝等当レ信、仏之所説、言不ニ虚妄一」(法華経・譬喩品)。 四 観音経の偈文。王の逆鱗に触れ処刑される時でも観音の力を念ずれば刀は幾つにも折れる。 五 「念ニ彼観音力一、衆怨悉退散」(観音経)。観音を念じればもろもろの怨敵は退散する。 六 決して命が助かりたいために観音経を唱えるのではない。 七 観音経の偈文。三悪道(地獄道・餓鬼道・畜生道)や生老病死の苦は以て漸く悉く滅ぶ。 八 この偈文の通りなら、死後の悪しき世界も三悪道すらも、のがれることができる。誠に有難い。〔掛〕夕霧―言ふ。 九 孝養集等に見える。南岳大師慧思作という偈。→「朝長」一四頁注二二。昔霊山(りょうぜん)におられた時の御名は法華、その同じ仏が今は西方の主(あるじ)阿弥陀、そして娑婆

観音経読誦

〈□〉シテ「あら不思議や、少《すこし》睡眠《すいめん》の中《うち》にあらたなる[一〇]霊夢を蒙《かうむ》りて候はいかに、〽荒《あら》有がたや候《ザウラウ》。

【五】〈掛合〉ワキ カヽル〽既《すでに》[一一]八声《やこゑ》の鳥鳴《なき》て、御《ご》最後の時節只今なり、はやはや御出候《おんいで》へとよ

シテ「待設《まちまう》けたる事なれば、左には金泥《こんでい》の御経《おんきやう》、右には思ひの[一二]珠《たま》の緒《を》の、カヽル〽命《いのち》も今を限《かぎ》りなれば、是《これ》ぞ此世を門出《かどで》の庭に、足弱々《あしよはよは》と立出《たちいづ》る　ワキ カヽル〽武士《もののふ》前後を囲《かこ》みつつ、是も別れの鳥の声　シテ〽鐘も聞《き》こうる東雲《しののめ》に　ワキ〽[一三]籠《ろう》より籠の輿《こし》に乗《の》せ　シテ〽[一四]由比《ゆい》の汀《みぎは》に　ワキ〽急ぎけり。

〈次第〉同〽[一五]夢路を出《い》づる明《あけ》ぼのや、夢路を出づる明ぼのや、後《のち》の世の門出《かどで》なる覧。

【六】〈掛合〉ワキ カヽル〽扨《さて》由比《ゆい》の汀《みぎは》に着《つき》しかば、座敷を定め敷皮敷《し》かせ、はやはや直《なを》らせ給ふべし　シテ「盛久やがて坐に直《なを》り、清水の方《かた》はそなたぞと、[一六]西に向ひて観音の、御名《みな》を唱へて待ければ　タチトリ〽[一七]太刀取後《どりうしろ》に廻《まは》りつつ、称念の声の下《した》よりも、太刀振上《あ》ぐれば　色[一八]こはいかに、「御経の光《ひかり》眼《まなこ》に塞《ふさ》がり、取落《お》としたる太刀見れば、二《ふたつ》に折《お》れて段々となる、　カヽル〽こはそもいかなる事やらん　シテ「盛久も思《おも》ひの外なれば、ただ惘然《ばうぜん》とあきれ居たり　ワキ カヽル〽いやいやなにをか疑《うたが》ふべき、此《この》程読誦の御経の文　シテ〽臨刑欲寿終《りんぎやうよくじゆじゆ》　ワキ〽念彼観音力《ねびくわんのんりき》　シテ〽刀尋《たうじん》　ワキ〽段段壊《だんだんゑ》の。

〈歌〉同〽[一九]経文あらたに曇りなき、剣《つるぎ》段々に折《お》れにけり、[二〇]末世にてはなかりけり、あら有難

夢想

に姿をお見せになったのが私達を救う観世音菩薩である。このように三者は同一体で現在過去未来それぞれの利益は同じ。ならば、処刑の近い私がどうして観音の誓願に洩れることがあろうか。「刑戮に近き身」は曲舞「海道下」の表現をふまえる。

一〇〈クリ〉〈サシ〉〈クセ〉で語られる霊夢が【六】の奇跡の伏線。 一一 鶏のこと。 一二 囲珠—玉。玉の緒は命の枕詞。 一三 籠屋から護送用の輿に乗せ。 一四 鎌倉の海岸。鎌倉幕府の処刑場であった。 一五 夢が醒めれば処刑時刻の暁がた。この暁が後世への門出となる。「夢路を出づる」は添い霊夢を蒙って夢醒めたことに、迷夢からの覚醒の心も含む。 一六 由比の汀での観音利生は曾我物語三等にも類話が見える。世阿弥本は「南に向て」とあったのを「清水の方はそなたぞと、西に向かひて」と補訂。西は極楽の方向。

太刀が折れる奇跡

一七 首斬り役。 一八 コトバとフシの中間。意味を強調し語勢辞句に力を添える。 一九 あらたかで曇りなき観音経の功徳そのままに、白刃も二つに折れてしまった。「曇りなき」は上下に掛かる。 二〇 世は末世(仏法の衰退期)ではなかっ

の御経や、一頓而《やがて》此由聞召《きこしめし》、急ぎ御前《ごぜん》に参《まい》れとの、御使《おんつかひ》度《ど》々《ど》に重《かさな》れば、召《め》しに従《したが》ひ盛久は、
鎌倉殿に参りけり、鎌倉殿に参りけり。

【七】〈シャベリ・問答〉（アイの土屋の下人が登場、ただいまの奇跡は盛久の信仰の深さに因るのだろうと言いつつワキの前に出る。ワキが、盛久に烏帽子・直垂を着て頼朝の前に出るよう命じ、アイはその言葉を盛久に伝える。この間にシテは後見座で物着。梨打烏帽子と掛直垂を着ける）

【八】〈問答〉ワキ「二いかに盛久、君この暁不思議なる御霊夢の告あり、盛久も若《もし》夢《ゆめ》や見けるとの御事にて候　シテ「此上は何をか隠し申べき、今夜不思議の御霊夢を蒙《かうぶ》りて候　ワキ「さらば其霊夢の様《やう》を、御前《ごぜん》にて真直《まつす》ぐに申上られ候へ　シテ「畏《かしこまつ》て候。

〈クリ〉同〽夫《それ》三不取正覚《ふしゆしやうがく》の御誓ひ、今以《も》つて初《はじ》めならず、四過去久遠の大悲の光、何《いづ》く不到《ぶたう》の所ならむ。

〈サシ〉シテ〽然るに我《われ》五此光陰《このくわういん》を頼み、日夜朝暮《にちやてうぼ》に懈《おこ》たらず　同〽彼《かの》御経を修読《しゆどく》せしに、　シテ〽六初夜より後夜の一点まで　同〽蕭然《せうぜん》として座したりしに。

〈クセ〉同〽七六窓《りくさう》いまだ明《あけ》ざるに、耿然《かうぜん》たる一天《いつてん》、虚明《きよめい》なる内《うち》に思はずも、八旬《はつしゆん》に闌《た》け給ひぬと、見《み》えさせ給ふ老僧の、八香染《かうぞめ》の袈裟《けさ》を掛《か》け、水晶の数珠を爪繰《つまぐ》り、九鳩の杖に縋《すが》りつつ、妙一〇文‐正《ただ》しき御声《みこゑ》にて、我は洛陽東山《ひがしやま》の、清水《きよみづ》のあたりより、汝がために来りたり、もとより大慈大悲の、誓願などか空《むな》しからむ、一一唯‐一音《いちおん》なりとても、我を念ずる時節の、王難の災

た。通常、釈迦入滅後、一万年間を言い、日本では永承七年(一〇五二)以後がそれにあたるとされた。

以上四二五頁

一 すぐに頼朝がお聞きになって。
二 以下、頼朝の前に出た態《てい》。
三「衆生を救う誓願を成就せずば自分も正覚を取るまい(成仏すまい)」との阿弥陀の御誓い。「不取正覚」は阿弥陀仏の願文の結句。

頼朝の前で夢想を詳述

四 はるか久遠の昔から仏の慈悲の光は普く世を照らしているのだ。
五 慈悲の光の功徳を頼りに日夜朝暮に怠らず観音経を読誦し。現行諸流「修読」は他本に「誦読」。〔縁〕大悲の光―光陰(光明)―日夜朝暮。
六 戌の刻(午後八時頃)から寅の刻(午前四時頃)の一点の時まで、ひっそりと座していたところ。
七 眼・耳・鼻・舌・身・意の六根を窓に譬えた詞。窓外は夜明け前の暗がりなのに天は一面に明るく、その不思議な光明の中に思いもよらず八十歳にも達せられたかと見える老僧が現れ。
八 丁子《ちょうじ》の煮汁で染めた黄色を帯びた薄紅色の袈裟。
九「老人杖頭刻鳩形」(下学集)。鳩を刻んだ老人用の杖。
一〇 美しく清らかなみ声で。
一一 唯一声でも観音の名を念ずれば、その功徳により王の逆鱗に触れた罪による科も免れるのだ。

は免《のが》るべし　シテ〽況《(いはん)》や汝年月《(としつき)》　同〽[一二]多年の誠を抽《ぬき》むでて、発心《(ほっしん)》人に超《こ》えたり、心安く思ふべし、我汝が命に、代《か》はるべしと宣《(のたま)》ひて、夢は則《(すなはち)》覚《(さめ)》にけり、盛久尊《たつと》く思《おも》ひて、歓喜《(くわんぎ)》の心《こころ》限なし。

【九】〈ロンギ〉地〽頼朝是《(これ)》を聞召《(きこしめし)》、此暁の御夢想も、同じ告《つ》げぞとあらたなる、[一三]御神感は限《かぎ》りなし　シテ〽其時盛久は、夢の覚《さ》めたる心地《ち》して、感涙を留《と》めかね、御前を罷立《(まかりたち)》ければ　地〽いかに盛久暫《しば》しとて、御簾《(ぎよれん)》を上《あ》げて召《め》さるれば　シテ〽[一四]せんかたもなき盛久が　同〽[一五]命は千秋《(せんしう)》、万歳《(ばんぜい)》の春を祝《いは》ふぞと、御盃《さかづき》を下さるれば。

〈一セイ〉シテ〽[一六]種は千代ぞと菊の酒　地〽花をうけたる袂かな。

〈問答〉ワキ「いかに盛久、盛久《もりひさ》は[一七]平家譜代の侍武略《(ぶりやく)》の達者、そのほか[一八]乱舞《(らんぶ)》堪能《(かんのう)》の由聞《よしき》こし召《め》し及ばれたり、一年《(ひととせ)》[一九]小松殿北山にて茸狩《(たけがり)》の遊路《(いうろ)》の御酒宴にをひ《(おい)》て、[二〇]主馬《(しゆめ)》の盛久一曲一撫《(ひとかなで)》の事、関東までも隠《かく》れなし、殊更《(ことさら)》是は喜《よろこ》びの折なれば、[二一]唯一さしとの御所望なり急ひ《(い)》で仕《(つかまつり)》候へ。

〈□〉シテ「有難し有難し、[二二]得難《えがた》きは時、去《さ》り難《がた》きは貴命なり、盛久かかる時節に逢《(あふ)》事、[二三]世以《も》つて例《ためし》あるべからず、カヽル〽[二四]治《おさ》まり靡《なび》く時《とき》なれや、一天四海《(しかい)》の内《うち》のみか、人の国まで日《(ひ)》の本《(もと)》の、唐土《もろこし》が原も、この所《ところ》。〔男舞〕

【一〇】〈歌〉同〽[二五]酒宴半《なか》ばの春の興《(きよう)》、酒宴半ばの春の興、曇《くも》らぬ日影長閑《(のどか)》にて、君を祝《いは》ふ[二六]千秋の、

一二 [掛]多年—多念。一三 盛久の信心に対する観音の御感も、それを知った頼朝の感動も限りなく。頼朝が盛久を赦免したことを表す。頼底本「信感」を訂正。一四 やむなく盛久が御前に戻ると。再び死罪を申し渡されるかとの覚悟の心。

褒賞の盃

一五 盛久の命が末長き事を祝う頼朝よりの盃の下賜。「千秋万歳の、喜びの舞なれば」(「式三番」)等、祝言の常套句。一六 命の種は千代までもと聞く菊水の酒、花を袂に受けるめでたさ。種は「寿命の種となるべき歌占の言葉」(「歌占」)と同趣で命の意。[掛]聞—菊。一七「平家重代相伝の家人」(長門本平家物語)。一八 即興的な座興の歌舞に優れていること。一九 平重盛。この話、典拠未詳。二〇「主馬入道盛国が末子に、主馬八郎左衛門盛久」(長門本平家物語)。

舞の所望

二一「ただひと奏《(かな)》でとい ふ御所望にて候」(世阿弥本)。二二 得難いのは時、断り難いのは貴人の命令。「得がたきは時なりといへる今の御栄へ」(さかゆく花)。二三 世上に例のない事。二四 吾妻鏡に所載の今様。天下四海の国内だけでなく、異国までも従い靡く治まる御代。唐土が原は

鶴が岡の松の葉の、散《(ちり)》-失《う》せずして正木《(まさき)》の葛《(かづら)》　シテへ長居は恐《をそ》れあり　同へ長居は恐《をそ》れありと、罷《まか》り申仕り、退出しける盛久が、心《こころ》のうちぞゆゆしき、心のうちぞゆゆしき。

相模の歌枕(歌枕名寄)。
三五 酒宴もたけなわ春も半ば、尽きぬ歓び、翳りなき君が代。
三六 「声来ニ枕上ニ千年鶴」(和漢朗詠集・鶴・白居易)。囲千秋の鶴—鶴が岡(鶴岡八幡)。付岡—松の葉。

以上四二七頁

一 「松の葉の散り失せずして、真栄のかづら長く伝はり」(古今集・仮名序)。序松の葉—長居。
二 「嬉しき」(世阿弥本)。

仏原(ほとけのはら)

三番目物　古称、仏御前
本鬘物　作者不明(金春禅竹作か)

場景　前場―加賀国仏の原。晩秋のある日の夕刻。後場―同じく、夜から暁にかけて。

人物　前ジテ　里の女〔若女・唐織着流〕
　後ジテ　仏御前の霊〔若女・立烏帽子長絹女(大口)〕
　ワキ　旅の僧〔着流僧(大口僧)〕
　ワキヅレ　供の僧〔着流僧(大口僧)〕(二、三人)
　アイ　里の男〔長上下〕

梗概　都の僧が白山禅定を志し、供の僧と高い峰々を廻って参拝しつつ加賀国仏の原に来た。日も暮れたので、とある草葺きの小堂に泊まろうとした時、女が現れ、今日はこの国から出た白拍子仏御前の命日なので読経してほしいと頼み、僧の読誦の声が澄みわたる。やがて女は僧の乞うまま仏御前の事を物語る。平清盛は歌舞に優れ美女の誉れ高い白拍子祇王を寵愛したが、祇王の取りなしで推参した仏御前に心が移り、祇王は清盛の許を追い出された。寵を失った祇王は飛花落葉の無常を悟り、髪をおろし嵯峨の奥に庵を結んだ。ある日、同じく様(さま)を変えた仏御前の来訪を受け、祇王は恨みも消え感涙を流した。昔語りはともかくと重ねての僧の問いに、女は草堂の主は仏と言いさし消えた(中入)。里の男が僧に乞われて仏御前の事跡を物語り、供養を勧める。僧が夜もすがら回向をなし仮寝の夢を結ぶと、明け方近く仏御前の霊が在りし日の姿で現れ、舞を舞い、悟道を示し、「一歩挙げざる前(さき)をこそ、仏の舞とは言ふべけれ」と謡い捨てて消え失せる。

素材・主題　平家物語一・祇王(源平盛衰記十七・祇王祇女仏御前事)などに拠り、すでに仏性を得ている仏御前の、仏の舞による人仏不二(にんぶつふに)の真理を示し描く。仏御前が故郷の加賀国へ帰り同地で没したという話は平家物語には見えないが、地蔵菩薩霊験記五・現比丘身頓写事に加賀国宮ノ越近くに住む足部ノ尹直(まさなお)の三子の「末子ヲ女ナリシガ仏トゾ呼ケリ…都ニ上リ平相国清盛ニ見テ仕申ス。仏御前コレナリ」とあり、加賀の地にあった伝承に拠る構想のようである。詞章の巧妙さ、世阿弥・元雅・禅竹の能に見える語句の多用と類似表現から世阿弥周辺の作と推測される(禅竹か)。おそらく作者は「仏」「仏の原」の名に想を得て作ったのであろう。僧に回向を頼むものの妄執に苦しんでいる気配もなく、仏の原の草木まで悉有仏性の理を示すとともに、すでに仏性を得ている仏御前が、この世は夢の中間(ちゅうげん)で、悟って見れば仏もなく人間もないと観じている姿を描いている。そこには『謡曲大観』が指摘するごとく、今様の「仏も昔は凡夫なり、われらも終には仏なり、いづれも仏性具せる身を、隔つるのみこそ悲しけれ」の世界が投影されているのであろう。類曲「祇王」(仏祇王とも)は仏御前の出家までを脚色した現在能。

以下四三〇頁

一 秋深き長月、よそでは木々の梢が紅葉しているのに白山では雪が深く積もっている、その雪の白山を尋ねよう。秋深き、深き雪、雪の白、と続けた。紅と白の視覚的イメージが豊か。付長月―梢の秋。 二 加賀・越前・飛騨に連なる霊山。 三 霊山での修行。 四「君が行く越の白山知らねども雪のまにまに跡は尋ねん」(古今集・離別・藤原兼輔)。遥かかなたの、見知らぬ白山への意。掛来―越。「白山」と「知らざりし」は重韻。 五 さすが天照大神の母神を祀る山、空の雲は日に照り映え、柞の紅葉も美しく、神の御誓願をいや高く示している(加州石川郡白山縁起等)。掛母―柞。「柞の紅葉」は歌語で「逆矛」にも。 六 山伏修行者が高峰を

【一】〔次第〕〈次第〉ワキ・ワキツレ へ[一]よそは梢《こずゑ》の秋深《ふか》き、よそは梢の秋深き、雪の白山《(しらやま)》[二]尋《たづ》ねむ。

〈名ノリ〉ワキ「これは都方《がた》より出《(いで)》たる僧にて候、われいまだ白山禅定《(ぜんぢやう)》[三]せず候程に、此秋思《おも》ひ立《た》ち白山禅定と志《こころざ》して候。

〈上歌〉ワキ・ワキツレ へ遥々《はるばる》と、越《こし》[四]の白《しら》山知《し》らざりし、越の白山知らざりし、そなた[五]の雲も天照《あまて》らす、神の柞《ははそ》のもみぢ葉の、誓《ちか》ひの色もいや高《たか》き、峰々早《みねみねはや》[六]く廻《めぐ》り来《き》て、参詣するぞ有難き、参詣するぞ有難き。

〈着キゼリフ〉ワキ「急《(いそぎ)》候程に、是《(これ)》ははや加賀国仏[七]の原《はら》とやらん申候、日の暮《く》れて候程に、是なる草堂[八]に立《た》ち寄《よ》り、一夜を明《あ》かさばやと思《おも》ひ候。

【二】〈問答〉シテ女「[九]なふなふあれなる御僧、なにとて其草堂には御泊《と》まり候ぞ　ワキ「不思議やな道もなく里もなき方《かた》より、女性《(にょしやう)》一人来りつつ、われに言葉《ことば》をかけ給ふは、いかなる人にてましますぞ　シテ「是はこの仏の原に住《す》む女にて候、時[一〇]もこそあれ今宵《こよひ》しも、此草堂に御泊《と》まりこそ、有難き機縁《えん》にてましませ、今日《けふ》は思《おも》[一一]ふ日に当《あ》たれり、御経《(おんきやう)》を読《よ》み仏事をなしてたび給へ、へ[一二]さなきだに五障三従《(ごしやうさんじゆう)》のこの身なれば、迷ひの雲も晴《は》れがたき、心《こころ》の水の濁《にご》りを澄《す》まして、涼《すず》しき道に引導し給へ　ワキ「御経を読《よ》み仏事をなせと承る、それこそ出家の望みなれ、さてさてとぶらひ申べき、亡者は誰《(たれ)》にてましますぞ　シテ「いにしへ[一三]仏御前と申《(まうし)》し[一四]白拍子は、此国より出《(いで)》し人なり、都に上《のぼ》り舞女《(ぶぢよ)》[一五]の誉《ほま》れ世に優《すぐ》れ給ひしが、後に

白山禅定

廻る回峰行。七 現石川県小松市。「仏の原」はシテ仏御前を導く地名。八「草ブキノ堂」(謡抄)。九 幕から呼び掛けつつシテが登場。日暮れに里の女の出現は尋常の女でないことを暗示。一〇 折も折丁度この夜。「鵺」の〈ロンギ〉にも。一一 私が志す人の命日です。一二 ただでさえ罪深い五障三従の女人の身は、心の迷いも晴れがたい、どうか迷いを晴らし「心の水」

仏の原の草堂に仮泊

の濁りを清め、涼しき道(極楽)にお導き下さい。「心の水」は「実盛」「井筒」等にも。一三「また都に聞こえたる白拍子の上手一人出で来たり。加賀の国の者なり。名をば仏とぞ申しける。年十六とぞ聞えし」(平家物語一・祇王)。一四 院政期に流行した歌舞芸「白拍子」の舞い手。一五「舞女の誉れ」は同じく白拍子がシテの「檜垣」にも。一六「跡のしるし」(「井筒」「朝長」)。本曲には世阿弥関係の能に見られる語句が頻出する。一七 以下、仏の原・仏御前・成仏と「仏」を多出し、亡き仏御前の旧跡に仏の原の名を留めることを述べ、仏道に導かれ

里の女、仏御前への弔いを乞う

は故郷なればとて此国に帰《かへ》り、終《つゐ》に爰《(ここ)》にて空《むな》しくなる、[一六]跡《あと》のしるしも此草堂の、露と消《き》えにしその跡《あと》なり。

〈掛合〉ワキ カヽル へ不思議や扨《(さて)》はいにしへの、その名に聞《き》こえし[一七]仏御前の、亡《な》き跡までも名を留《と》めて シテ「仏の原といふ名所《(などころ)》も、昔《むかし》を留《とど》むる名残なれば ワキ カヽル へ今とぶらふ《ム》も疑《うたが》ひなき、成仏の縁《えん》ある其人の シテ へ名も頼《たの》もしや[一八]一仏成道《(いちぶつじやうだう)》 ワキ へ観見法界《(くわんけんほふかい)》

シテ へ草木国土 二人 へ悉皆成仏《(しつかいじやうぶつ)》と聞《き》く時《とき》は。

〈上歌〉同 へ仏の原《はら》の[一九]草木《(くさき)》まで、仏の原の草木まで、皆《みな》成仏は疑《うたが》はず、有難《がた》や折《おり》からの、[二〇]野もせにすだく、虫の音《(ね)》迄も、[二一]声《こゑ》仏事をやなしぬらん、山風も夜嵐も、声《こゑ》澄《す》みわたる此原の、草木も心《こころ》有《(ある)》や覧《(らん)》、草木も心有や覧。

【三】〈誘イゼリフ〉ワキ「猶々《(なほなほ)》仏御前の御事、委《(くはしく)》御物語候へ。

〈クリ〉地 へ昔《むかし》[二二]平相国《(へいしやうこく)》の御時、[二三]妓王妓女《(ぎわうぎぢよ)》仏刀自《ほとけとぢ》とて、[二四]音感《(おんかん)》舞曲花めきて、世上に名を得《え》し遊女《(いうぢよ)》ありしに。

〈サシ〉女 へ始《はじ》めは妓王を召《め》し置《お》かれて、遊舞《(いうぶ)》の寵愛甚《はなは》だしくて 同 へ色香を飾《かざ》る[二五]玉衣《ぎぬ》の、袖の白《しら》露[二六]おきふしの、御簾《(ぎよれん)》の中《(うち)》を立《た》ち去《さ》らで、さながら宮女《(きうぢよ)》のごとくなりしに シテ へ思《おも》はざるに折を得《え》て 同 へ仏御前を召《め》されしより、御心移《うつ》りていつしかに、妓王は出《(いだ)》され参《まい》らせて シテ へ世を[二七]秋風の音《をと》ふけて 同 へ[二八]涙の雨も、小止《をや》みもせず。

んことを切望する心。一八 一仏が仏道を極め、慈悲の眼で世を見渡せば草木も国土も皆成仏する。↓「鵺」三二頁注四。中陰経の文句として諸書に引かれる。一九 付草木―野べ・仏の種。「草木まで仏の種と聞きつればこのみのならむことも頼もし」(新勅撰集・釈教・深観)。二〇「野も狭(せ)」から転じ、野のおもて。廃曲「敷地物狂」にも同文。「かしがまし野もせにすだく虫の音よわれだに泣かで物をこそ思へ」(古今著聞集八)。二一「即声為ニ仏事一」は成句。「朝長」「錦木」にも。二二 太政大臣の唐名。平清盛。二三 妓王・妓女は姉妹の白拍子。刀自は姉妹の母。二四 世阿弥「拾玉得花」の「面白き音感」に従い、底本「恩顔」(謡抄に温顔「ニコヤカナル顔バセナリ」)を改めた。二五 付玉―露・衣・袖の上。二六 掛置―起臥。

妓王・妓女・仏御前の物語

二七 掛秋―飽、吹―更(ふけて)。二八 (祇王は寵を失い)涙の雨の止む時もなく。「涙の雨」は歌語。

以下四三二頁

一 思いのままにならないのが憂き世だ。「安宅」にも。掛憂―浮。以下は、妓王の内面描写。憂愁、悲観、そして無常転変を悟り、嵯峨野への隠棲と仏御前の来訪。

〈クセ〉同〽実《(げに)》や思[一]ふこと、叶《かな》はねばこそ憂《う》き世なれ、我はもとより有職《ゆうしよく》[二]の、花《はな》[三]―一時《(ひととき)》の盛《さか》りなれば、散《ち》るをなにと恨《うら》みんや、嵐《あらし》は吹《ふ》け共《(ども)》、[四]松はもとより常磐《ときは》なり、[五]いつ歎《なげ》き、いつ驚《おどろ》かん憂《う》き世ぞと、思《おも》へばかかる折節の、来《(きた)》るこそ教《をし》へなれ、しかも迷《まよ》ひを照《て》らすなる　女〽[六]弥陀の御国もそなたぞと　同〽頼みをかけて西山や、憂《う》き世の―嵯峨の奥深《おくふか》き、草の庵《(いほり)》に隠《かく》れがの、隠《かく》れて住《(すむ)》と思《おも》ひしに、思《(おもひ)》の―外《(ほか)》なる仏御前の、様《(さま)》を変《か》へ来《(きた)》りたり、こはそもさるにても、かく捨《す》つる身となりぬれど、猶《(なほ)》も御身のうらめしさの、執心は残るに、[七]そもかかる心持《も》つ人かや、今こそ―真《まこと》の、仏にてましませとて、妓王は手を合《あ》はせ、感涙を流すばかりなり。

【四】〈ロンギ〉地〽昔《むかし》語《(がたり)》はさてを《(お)》きぬ、扨《(さて)》今跡を弔《と》[八]ひ給ふ、御身いかなる人やらん　シテ〽我はたれとか岩代[九]の、松の葉結《むす》ぶ露の身の、行《(ゆく)》ゑ《(へ)》をなにと問《と》ひ給ふ　地〽行《(ゆく)》ゑ《(へ)》いづくと　シテ〽白《しら》雪の、跡を見よとは此原の　シテ〽草の庵《(いほり)》は爰《(ここ)》なれや　地〽露の身を置《を》く　シテ〽[一〇]草堂《(さうだう)》の　同〽主《あるじ》は―仏《ほとけ》よと言《い》ひ捨《(すて)》て、立《た》ち去《さ》る影《かげ》は草衣《(くさごろも)》[一一]、尾花《おばな》が袖の露分《わ》け、草堂の内に入《(いり)》にけり、草堂の内に入にけり。（中入）

【五】〈問答・語リ〉（アイの里の男が登場し、ワキに乞われて仏御前の事跡を語り、弔いを勧める）

【六】〈上歌〉ワキ〽松[一二]風寒《さむ》き此原《はら》の、松風寒き此原の、草の仮寝《かりね》[一三]の床《とこ》とはに、御法《みのり》をなして夜もすがら、彼《(かの)》跡弔《あとと》ふぞ有難き、彼跡弔ふぞ有難き。

二 諸芸堪能、容貌美麗の意。[掛]有職―遊女。諸本「遊職」(謡抄)、「優色」(観世)、「遊色」(金剛)を宛てるが疑問。三「花一時の栄花の桜」(「泰山府君」)と同じ。「秋の野になまめき立てる女郎花あなかしがまし花もひととき」(古今集・雑体・誹諧歌・遍昭)。四 飛花落葉の無常と松樹不変の仏道を対比。五「いつ嘆きいつ思ふべきことなれば後の世知らで人のすむらん」(新古今集・哀傷・西行)。人は無常を嘆く事も気付く事もなくいる、それを思えば、失寵の今こそ仏の教えを志す時なのだ。六 西方にある嵯峨を西方極楽浄土になぞる。[掛]嵯峨―性。[付]弥陀―西・御国。「所は嵯峨の奥なれども…うき世のさがになるものを」(「西行桜」)。七 私を追って尼になられるとは、何と気高いお心、あなたこそ真の仏です。八 [掛]問―弔。以下、露・身の語を多用。九 [掛]言はじ―岩代。岩代は紀伊の歌枕。[付]結―露・岩代の松。

草堂の主は仏

一〇 草堂の主は仏(仏御前)だ。一一 [縁]草衣―尾花の袖―露分(衣)。一二〈上歌〉は「松虫」と同文。一三 [掛]刈―仮寝、床とは―永久。一四「遠寺の鐘(の声)」は瀟湘八景の一「煙寺晩鐘」に拠る慣用語。「蟻通」にも。一五「…月落ちかかる淡路島山」(頼

【七】〔一声〕〈サシ〉後シテ ヘあら有難の御経やな、はや明《あ》け方《がた》にもなるやらん、[一四]遠寺《(ゑんじ)》の鐘も幽《かす》かに響《ひび》き、[一五]月落《(おち)》かかる山かづらの、嵐激《あらしはげ》しき仮寝《かりね》の床《(とこ)》に、[一六]夢ばし覚《さ》まし給ふなよ。

【八】〈掛合〉ワキ カヽル ヘ不思議《ふしぎ》やな仏の原《はら》の草枕に、遊女の影《かげ》の見《み》え給ふは、いか様聞《(きき)》つる仏御前の、幽霊にてぞましますらむ　シテ「恥《は》づかしながらいにしへの、[一七]仏と言《い》はれし名を便《たよ》りにて、輪廻の姿《すがた》も歌舞をなす　ワキ ヘ極楽世界の御法《(みのり)》の声　シテ ヘ仏事をなすや　ワキ ヘ此原《はら》の。

〈一セイ〉シテ ヘ仏の舞の妙《たへ》なる袖　地 ヘ草木も靡《なび》く、気色かな。　〔序ノ舞〕

〈ワカ〉シテ ヘ[一八]ひとりなを《(ほ)》、仏の御名を尋《(たづね)》みむ　地 ヘを《(お)》のを《(お)》の帰る、法《(のり)》の場人《には(びと)》、法《のり》の場《には》人の。

【九】〈ノリ地〉シテ ヘ法《のり》の教《をし》へも、いく程の世ぞや　地 ヘ[一九]前仏《(ぜんぶつ)》は過《す》ぎぬ　シテ ヘ後仏《(ごぶつ)》はいまだ也《(なり)》　地 ヘ夢の中間《(ちうげん)》は　シテ ヘこの世の内《うち》ぞや　地 ヘ鐘《かね》も響《ひび》き　シテ ヘ鳥も音《(ね)》を鳴《な》く　地 ヘ夜半《(よは)》の中《うち》なる、夢幻《まぼろし》の、[二〇]一炊《すい》の中《うち》ぞ、仏《ほとけ》もあるまじ、まして人間も。

〈歌〉シテ ヘ[二一]嵐《あらし》吹《(ふく)》雲水《(くもみづ)》の　同 ヘあらし吹雲水の、[二二]天《(てん)》に浮《う》かべ《メ》る浪の、[二三]一滴《てき》の露の始《はじ》めをば、なにとか返《かへ》す舞の袖、一歩《(いつぽ)》挙《あ》げざる前《さき》をこそ、仏の舞とは言《い》ふべけれと、謡《うた》ひ捨《す》てて失《(うせ)》にけりや、謡《うた》ひ捨《す》てて失にけり。

政集)を借りる。囲山―山葛。
一六 夢をお覚ましなさいますな。「難波」「八島」「錦木」等に見える類型表現。一七 仏と言われたことを便りに、再びこの世で輪廻の舞を舞おう。これこそ極楽世界の妙なる舞、それが仏御前の仏事。「輪廻の姿」は「檜垣」にも。ただし本曲は死後の苦患からの救いを求めるのではなく、仏果を得ているシテが仏の舞と仏法の理を見せる所に主題がある。一八 独りなお念仏を唱えよう、人々が説法聴聞の場から帰ろうとも。法門百首に類歌。「実盛」、廃曲「当願暮頭」にも。一九 前仏(釈迦如来)入滅後、五十六億七千万年後に後仏(弥勒菩薩)が現れ衆生を救済すると信じられていた。今はその中間《(ちゅうげん)》。二〇「一炊夢、倭俗推量而炊作レ睡、非也」(文明本節用集)。→「邯鄲」。二一 囲あらじ―嵐。二二 大海の水も一滴の露から起こる。「譬猶下…浮レ天之波起中於一滴之露上」(古今集・真名序)。二三 その露の始め以前は全くの無。この舞も同様、舞う以前は無、それこそが仏の舞なのである。人仏不二(無の段階では人も仏も区別はない)の主題を提示して終わる。

仏御前の法謝の舞

仏の舞とは

卒都婆小町《そとばこまち》

四番目物
特殊物

観阿弥原作・世阿弥改作(中楽談儀)

場景 京の南西、鳥羽の辺り。桂川の見える道。朽ち果てた卒都婆が路傍に。ある日の夕暮れから夜にかけて。

人物 シテ　小野小町(老女)〔姥・水衣女〕
ワキ　高野山の僧〔着流僧〕
ワキヅレ　随伴の僧〔着流僧〕

梗概 高野山の僧が仏教に逢い得た喜びを述懐しつつ供の僧と都に上る途中、鳥羽(ワキの流派により阿倍野)の辺りで、老醜の身を恥じ都をのがれ出た乞食の老女に出会う。朽木と思い倒れた卒都婆に腰をかけている老女を見とがめた僧は、老女を教化《きょうけ》してやろうと、仏体そのものである卒都婆の功徳を説き聞かせる。ところが老女は、僧の言葉にいちいち反論し、迷悟は心の問題であり、本来無一物と気付けば仏も衆生も隔りはないと論破する。教化するつもりが逆に言い負かされた僧は恐れ敬い頭《こうべ》を地につけ三拝する。勝ち誇る老女はさらに「極楽の内ならばこそ悪しからめそとはなにかは苦しかるべき」と戯れの歌を詠み立ち去ろうとするが、僧に名を問われ小野小町と答える。昔は世の男どもを魅了した才色兼備の小町も、今は乱れた白髪に破れ笠をいただき、汚れた袋を首にかけ、路頭にさすらい人に物を乞う身の上だった。突然、小町は狂乱し「小町の許へ通おう」と叫び「人恋しい」と訴える。小町を慕って九十九夜通い続けながら、思いを遂げずに死んだ四位少将《しいのしょうしょう》の霊が憑いたのだった。恨みを抱き小町に憑依した少将の怨霊は、月の夜も闇の夜も、雨の夜も風の夜も通い続けた百夜《ももよ》通いのさまを繰り返す。やがて憑いた霊も去り、小町は後生安穏を願う。

素材・主題 かつて艶麗驕慢を誇った小町が百歳《ももとせ》の姥となって老残落魄の身を路頭にさすらう話の源流は、平安末には成立していた玉造小町子壮衰書である(岩波文庫所収)。玉造小町と小野小町は別人であるが、中世には同一視されていた。同書の詩句を多用する本曲は、老残の小町が教化の僧と卒都婆問答を展開し、論破揶揄する姿を痛快に描くとともに、「通小町」に脚色された四位少将百夜通いの話(同曲参照)を、少将の霊が小町に憑依する形で描き、きわめて劇的変化に富む。乞食の老女が機鋒鋭く論破する教義問答は諧謔の歌とともに秀句的面白さがあり、美貌を誇った昔の追憶、突然襲う憑き物による狂乱(思い故の物狂いの要素もしのばせて)、百夜通いの再現と、いずれも描写にすぐれ、飽きさせない。中楽談儀によると観阿弥の原作はもっと長く、小町の登場歌がもう一段あり、後半には小町が「その辺りに玉津島の御座あるとて」幣帛《へいはく》を捧げると、玉津島明神の使者の鳥が出現する場面があった。老巫女が神楽を奏するや熊野権現の使者護法善神が来現する廃曲「護法」と同じ終結であったらしい。なお、男の亡霊が女に憑く曲例に、和泉式部に恋した賤の男の霊が式部の子の小式部に憑依する廃曲「稲荷」があるが少ない。

一 さほど深い山ではないが、そこに隠棲し修行する心の奥は深い。「捨る身の置所なる柴の庵　山も浅きやうき世なるらむ」(菟玖波集二十)。仏道修行の心境。 二 現和歌山県。空海創建の金剛峰寺(真言宗)がある霊場。なお古写本(妙庵本)には「われこのたび都に上り、只今わが山に帰り候」とある。 三 前仏は釈迦如来、後仏は弥勒菩薩。釈迦滅後、五十六億七千万年後に現れ衆生を救うのが弥勒菩薩。現在はその中間にある。 四 人間として生をうける事は難しく、まして仏縁に遇う事はさらに難しい。その釈迦の教えに遇えた事が悟りへの機縁になるのだ。「何況人身難ㇾ受、仏法難ㇾ遇」(六道講式)。「それ受けがたき人身を受け」(「高野物狂」)。 五 ひたすら信じ出家して。[掛]偏—一重。[序]ひとへなる—墨の衣。 六 生まれる以前の万物本来の実体を悟れば、すべて平等無差別で親子恩愛の情に迷う事もない。禅宗の慣用語「父母未生以前自己」(正法眼蔵・渓声山色)に基づく。この〈上歌〉は「花月」と同文。 七 一所不住の修行身こそ真の安住の境涯。 八 ワキは鳥羽(または阿倍野)に着いたという〈着キゼリフ〉の後、脇座に着く。 九 後見が朽ちた卒都婆に見立てた床几を舞台真中に据える。囃子につれてシテは笠を着、杖を

【一】〔次第〕〈次第〉ワキ・ワキツレ〽[一]山は浅《あさ》きに隠《かく》れがの、山は浅きに隠れがの、深《ふか》きや心なるらむ。

〈名ノリ〉ワキ「これは[二]高野山より出たる僧にて候、我此度《このたび》都に上《のぼ》らばやと思《おも》ひ候。

〈サシ〉ワキ〽夫《それ》[三]前仏《ぜんぶつ》はすでに去《さ》り、後仏《ごぶつ》はいまだ世に出《いで》ず、夢の中間《ちうげん》に生れきて、何を現《うつつ》と思《おも》ふべき、[四]適《たまたま》受《う》け難《がた》き人身《にんじん》を受《う》け、値《あ》ひ難《がた》き如来の仏教にあひ奉つる事、是ぞ悟《さと》りの種《たね》なると。

〈下歌〉ワキ・ワキツレ〽思ふ心の[五]ひとへなる、墨の衣に身をなして。

〈上歌〉ワキ・ワキツレ〽[六]生れぬ前《さき》の身を知《し》れば、生れぬ前の身を知れば、憐《あは》れむべき親もなし、親《おや》のなければ我ために、心を留《と》むる子もなし、[七]千里《ちさと》を行《ゆく》も遠《とを》からず、野に臥《ふ》し山に泊《と》まる身の、是ぞ誠の栖《すみか》なる、是ぞ誠の栖なる。[八]

【二】〔[九]習ノ次第〕〈次第〉シテ〽[一〇]身は浮《う》き草を誘《さそ》ふ水、身は浮き草を誘ふ水、なきこそ悲《かな》しかりけれ。

〈サシ〉シテ〽あはれや実《げに》いにしへは、[一一]憍慢《けうまん》最《もつと》も甚《はなは》だしう、[一二]翡翠《ひすい》の髪《かむ》ざしは婀娜《あだ》と嫋《たを》やかにして、楊柳《やうりう》の春の風に靡《なび》くがごとし、又[一三]鶯舌《あうぜつ》の囀《さえづ》りは、露を含《ふく》める糸《いと》萩の、かごとばかりに散初《ちりそ》むる、花よりも猶《なほ》愛《め》づらしや、今は民間賤《しづ》の目にさへ穢《きたな》まれ、諸人《しよにん》に恥をさらし、嬉《うれ》しからぬ月日身に積《つ》もつて、百年《ももとせ》の姥《うば》と成て候。

突きつつ静かに登場。一〇 浮き草のような寄るべなき憂き我が身、

求法の心境

昔と違い誘う男がいないのは悲しいこと。今なお驕慢な面影を残す老残の小町。「侘びぬれば身をうき草の根を絶えて誘ふ水あらばいなんとぞ思ふ」(古今集・雑下・小野小町、仮名序にも)。一一「壮時驕慢最甚」(玉造小町子壮衰書。以下、壮衰書と略す)。一二 翡翠(かわせみ)の羽のような髪はつややかで、春風に靡く楊柳のよう。「婀娜腰支誤[三]楊柳之乱[二]春風[一]」(壮衰書)。たおやかな腰つきの形容を髪に転用。一三 鶯の囀るような美声は、露に濡れた糸萩の花が散り初めた風情よりも愛らしい。「鶯囀三春之始」(壮衰書)。[付]露—閑言(かごと)。

以下四三六頁

一 都は人が多く気が引ける。もし

百年の姥の漂泊

も小町と噂されたら…。小町の自尊心。[掛]言ふ—夕。[序]夕—月。二 月の出とともに都を出たが、内裏の番人でも、こんな乞食をよもや咎め立てはすまいに。「雲井百敷」は宮中。[縁]月—雲井。[序]雲井百敷や—大内山。「人知れぬ大内山の山守りは木隠れてのみ月を見るかな」(千載集・雑上・源頼政)。三 前後に掛かり、恋塚や秋の山が

〈下歌〉シテ〽[一]都は人目つつましや、もしもそれとか夕間暮《ゆふまぐれ》。

〈上歌〉シテ〽[二]月もろともに出《いで》て行《ゆく》、月もろともに出て行く、雲井百敷《くもゐももしき》や、大内山の山守も、かかる憂《う》き身はよも咎《とが》めじ、[三]木《こ》隠《がく》れて由《よし》なや、鳥羽の恋塚秋の山、[四]月の桂《かつら》の川瀬舟《ぶね》、漕《こ》ぎ行《ゆ》く人は誰やらん、漕ぎ行く人は誰やらん。

〈着キゼリフ〉シテ「[五]余《あまり》に苦《くる》しう候程に、これなる朽木《くちき》に腰をかけて休《やす》まばやと思ひ候。

【三】〈問答〉ワキ「なふはや日の暮《くれ》て候、道を急《いそ》がふ《う》ずるにて候、や、是なる乞食《こつじき》の腰かけたるは、まさしく卒都婆にて候、[六]教化《けうけ》して退《の》けうずるにて候。

〈問答〉ワキ「いかに是なる乞丐人《こつがいにん》、おことの腰かけたるは、忝《かたじけな》くも[七]仏体色性《ぶつたいしきしやう》の卒都婆にてはなきか、そこ立退《の》きて余《よ》の所に休《やす》み候へ　シテ「仏体色性の辱《かたじけな》きとは宣《のたま》へ共《ども》、是程に文字も見《み》えず刻《きざ》める形もなし、唯朽木《くちき》とこそ見《み》えたれ。

〈掛合〉ワキ カヽル〽[八]たとひ深山《みやま》の朽木なりとも、花咲《さき》し木は隠《かくれ》なし、「況《いはん》や仏体に刻《きざ》める木、などか験《しるし》のなかるべき　シテ〽[九]我も賤《いやし》き埋木《うもれぎ》なれ共《ども》、心の花のまだあれば、手向《たむけ》になどかならざらん、「[一〇]扨《さて》仏体たるべき謂《いはれ》はいかに　ワキツレ〽[一一]夫《それ》卒都婆は金剛薩埵《さつた》、かりに出《しゆつ》[一二]仮《け》して三摩耶形《さまやぎやう》を行ひ給ふ　シテ「[一三]行《をこな》ひなせる形《かたち》はいかに　ワキ〽[一四]地水火風空《ちすいくわふうくう》　シテ〽[一五]五大五輪は人の体《たい》、なにしに隔て有《ある》べきぞ　ツレ〽形《かたち》はそれに違《たが》はず共《とも》、心《こころ》功徳は変《か》はるべし　シテ「扨卒都婆《そとば》の功徳はいかに　ワキ〽[一六]一見卒都婆《いつけんそとば》永離《やうり》三悪道《さんナくだう》　シテ〽[一七]一念発《いちねんほつ》

木の間に隠れて見えず残念だった。「鳥羽の恋塚」は現京都市伏見区。袈裟御前の墓という。「秋の山」は鳥羽離宮に接する山。四 月の桂(歌語)、桂川、川瀬舟、と重ねる。付 月—秋の夜、桂—舟。五 疲れから他意なく朽木に佇む。六 卒都婆に腰かけている乞食を教化してやろうという僧の尊大な態度。後で小町に論破される伏線。七 仏体の形象としての卒都婆。「故立二一基塔婆一者、即造二諸仏形像一也」(言泉集)。八 たとえ深山の朽木であっても、花が咲けば桜と分かる、ましてやそれは仏体に形どった板卒都婆。「深山木のその梢とも見えざりし桜は花にあらはれにけり」(詞花集・春・源頼政)に基づく。九「心の花」は歌語。以下、反問に転ずる。「埋れ木」は世阿弥作品に頻出。縁 花—手向け。一〇 卒都婆が仏体である理由とは。一一 卒都婆は金剛薩埵(真言密教で、法を相承した八祖の第二)が仮にこの世に現れ、大日如来(八祖の始祖。密教の本尊)の誓願を形に表したものだ。「密教意者、塔婆者大日如来三摩耶形也」(言泉集)。一二 下掛「出化」。一三 現した形とはいかなるものか。一四 卒都婆の五輪(方・円・三角・半月・宝珠)は万

卒都婆問答

起《き》菩《ぼ》提心《だいしん》、それもいかでか劣《をと》るべき　ツレ へ菩提心あらばなど浮世《うきよ》をば厭《いと》はぬぞ　シテ
へ[一八]姿が世をも厭《いと》はばこそ、心こそ厭《いと》へ　ワキ へ心《こころ》なき身なればこそ、仏体をば知《し》らざるら
め　シテ「仏体と知《し》ればこそ卒都婆には近付《ちかづき》たれ　ツレ へさらばなど礼《らい》をばなさで敷《し》きた
るぞ　シテ へ[一九]迚《とて》も臥《ふ》したる此卒都婆《そとば》、我も休《やす》むは苦《くる》しひ《い》か　ワキ へそれは順縁にはづれ
たり　シテ「[二〇]逆縁なりと浮《う》かぶ《ム》べし　ツレ へ[二一]提婆《だいば》が悪《あく》も　シテ「観音の慈悲　ワキ へ槃《はん》
特《どく》が愚痴《ぐち》も　シテ「文殊の智恵　ツレ へ[二二]悪《あく》といふも　シテ へ善なり　ワキ へ煩悩とい
ふも　シテ へ菩提なり　ツレ へ[二三]菩《ぼ》提《だい》もと　シテ へ[二四]樹《うへき》にあらず　ワキ へ明鏡《みやうきやう》又　シテ
へ台《うてな》になし。

〈歌〉同 へ実《げに》本来一物《いちもつ》なき時は、仏も衆生も隔《へだ》てなし。

〈上歌〉同 へ本《もと》より愚痴《ぐち》の凡夫《ぼんぶ》を、済《すく》はむ為の方便の、深き誓ひの願《ぐわん》なれば、逆縁なりと浮《う》か
ぶ《ム》べしと、懇《ねんごろ》に申せば、[二五]まことに悟《さと》れる非人なりとて、僧は頭《かうべ》を地に付《つ》けて、三度礼し給
へば　シテ へ我は此時力《ときちから》を得《え》、猶《なほ》戯《たはぶ》れの歌を詠《よ》む。

〈下ノ詠〉シテ へ[二六]極楽の、内《うち》ならばこそ悪《あ》しからめ、そとはなにかは、苦《くる》しかるべき。

〈歌〉同 へ[二七]むつかしの僧の教化《けうけ》や、むつかしの僧の教化や。

【四】〈問答〉ワキ「扨《さて》おことはいかなる人ぞ名を御名乗《おんなのり》候へ　シテ「恥かしながら名を名乗《なの》り
候べし。

物の形成要素である、地水火風空(五大)を象徴。一五 人間の五体もまた五大五輪にほかならぬ。卒都婆と人の体と何の違いがあるか。一六 ひとたび卒都婆を拝すれば、永く三悪道(地獄・餓鬼・畜生)の苦患を離れ得る。卒都婆造立供養の文。一七「一念発ニ起菩提心一、勝ヨ於造ニ立百千塔二」(菩提心論として流布)。一瞬でも菩提心を抱けば、その功徳は百千の塔を建立するのにも勝る。前句「一見…」に対し、経文の句を引いて反駁。一八 出家姿が世を厭う事ではない。心が問題なのだ。外見に拘泥する僧に反論。一九 どうせ倒れ臥した卒都婆、休むのに何の不都合があるものか。二〇 人倫にもとる悪しき事柄が、かえって仏縁となる。内容的には以下もシテの言葉。二一 仏法を妨げた提婆の

老女の勝利

悪も観音の慈悲も、槃特のような愚者(仏弟子中の愚者だが後に大悟)も、智恵の文殊も畢竟同じだ。二二 悟りの境地からすれば、善も悪も、煩悩も菩提も、迷いも悟りも同じなのだ。「此宗ニハ、善悪不二、邪正一如、煩悩即菩提、生死即涅槃ト心得テ」(峰相記)。二三 菩提樹に譬える身は樹木ではなく、明鏡台に譬える心も鏡台に

〈名ノリグリ〉シテ ＼是は[一]出羽《では》の郡司《ぐんじ》小野の良実《よしざね》が娘、小野小町がなれる果《は》てにてさぶ《ム》らふなり。
〈サシ〉二人 ＼痛はしやな小町は、さもいにしへは[二]遊女にて、[三]花の形曄《かかや》き、桂《かつら》の黛《まゆずみ》青ふ《(う)》して、
[四]白粉《はくふん》を絶《たえ》さず、[五]羅綾《らりよう》の衣《ころも》多《おほ(う)》ふして、桂殿《けいでん》の間《あひだ》に余《あま》りしぞかし[六] シテ ＼歌を詠《よ》み詩を作り
同 ＼[七]酔《ゑひ》を勧《すす》むる盃《さかづき》は、漢月袖に静《しづ》かなり。
〈下歌〉同 ＼まこと優《ゆふ》なる有様の、[八]いつその程に引かへて。
〈上歌〉同 ＼頭《かうべ》には、[九]霜蓬《さうほう》を戴《いただ》き、[一〇]嬋娟《せんげん》たりし両鬢《りやうびん》も、膚《はだへ》に憔《かし》けて墨《すみ》乱《みだ》れ、宛転《ゑんてん》たりし双蛾《さうが》も
遠山《ゑざん》の色を失《うしな》ふ。
〈下歌〉同 ＼[一一]百歳《ももとせ》に一歳《とせ》足《た》らぬつくも髪《がみ》、かかる思ひは有明の、影[一二]恥《は》づかしき我身かな。
〈ロンギ〉地 ＼[一三]頸《くび》に懸《か》けたる袋《ふくろ》には、いかなる物を入たるぞ シテ ＼今日《けふ》も命は知《し》らねども、
明日《あす》の飢《うへ》を助《たす》けんと、[一四]粟豆《ぞくとう》の餉《かれゐひ》を、袋に入て持たるよ 地 ＼後《うしろ》に負《お》へる袋《ふくろ》には シテ ＼
[一五]垢膩《くに》の垢《あか》づける衣あり 地 ＼臂《ひぢ》に懸《か》けたる[一六]簣《あじか》には シテ ＼白黒《はつこく》の烏芋《くわゐ》あり 地 ＼破《やぶ》れ
蓑 シテ ＼破《やぶ》れ笠《がさ》 地 ＼面《おもて》ばかりも隠《かく》さねば シテ ＼まして霜雪雨露《しもゆきあめつゆ》 同 ＼涙をだ
にも抑《をさ》ふべき、袂も袖もあらばこそ、今は路頭《ろとう》にさそらひ、往来《ゆきき》の人に物を乞《こ》ふ、乞《こ》ひ得《え》ぬ
ときは悪心、また[一七]狂乱の心つきて、声変《か》はりけしからず。
【五】〈問答〉シテ ＼なふ物賜《た》べなふ イロ [一八]御僧なふ ワキ「何事ぞ シテ「[一九]小町がもとへ通《かよ》は
ふ《(う)》よなふ ワキ「おことこそ小町よ、なにとて筋《すぢ》なき事をば申ぞ シテ「いや小町といふ

小町の今と昔

ありはしない。それらは本来無一物、菩提心とは仏も衆生も隔てなく、不二一体の境地なのだ。「菩提本非レ樹、明鏡亦非レ台、本来無一物、何処惹ニ塵埃一」(六祖法宝壇経等に見える慧能の偈)。卒都婆に腰かける事を正当化。二四 底本「うへ木」を訂正。二五 僧の敗北。「非人」は乞食。二六 極楽の内ならば仏(卒都婆)に無礼があってはならないが、外ならば仏も衆生も同じこと、卒都婆に腰かけても構わないはず。典拠未詳。囲外—卒都婆。二七 小町の勝利。僧を揶揄。老残の身になお残る自尊心。

以上四三七頁

一 小町の出自として最も有力な伝説。小野篁《たかむら》の二男良実の二女。
二 歌舞芸に長けた優雅な女。中世の小町像。世阿弥の三道に「女体には、伊勢・小町…、如レ此遊女」。
三 「桂の黛」は美貌の常套句。
四 「面不レ絶ニ白粉一」(壮衰書)。
五 沢山の薄物や綾絹の衣装は、香木でできた御殿に溢れる程だった。「羅綾之衣、多余ニ桂殿之間一」(壮衰書)。

憑依、狂乱

六 下掛は「歌を詠み…」の前にさらに美貌の形容が続く。
七 酔を勧める盃を手に取れば、天の川の月が袖に影さしているかの

人は、余《(あまり)》[二〇]に色が深《ふか(う)》て、あなたの玉章《(たまづさ)》こなたの文《ふみ》、カヽル ＼かきくれて降《ふ》る五月雨《(さみだれ)》の イロ そらごと成《(なり)》とも、一度の返事もなうて、カヽル ＼今百年《(いまももとせ)》になるが報《むく(う)》て、あら人恋《こひ》しや荒《(あら)》人恋しや ワキ「人恋《とひ》しひ《(い)》とは扨《(さて)》おことにはいかなる者の憑《つ》き添《そ》ひてあるぞ シテ「小町に心をかけし人は多《おほ》き中にも、殊[二一]に思ひ深草の四位《(しゐ)》の少将の。

〈歌〉同 ＼恨《うら》[二二]みの数の廻《めぐ》り来て、車の榻《(しぢ)》に通《かよ》はむ。

〈上歌〉同 ＼日は何時ぞ夕暮、月[二三]こそ友よ通路《(かよひぢ)》の、関守はありとも、留《と》まるまじや出《い》で立《た》たむ。

[二四]〔アシライ物着〕

【六】〈歌〉シテ ＼浄衣《(じやうえ)》[二五]の袴《はかま》かひ《(い)》取《と》つて 同 ＼浄衣の袴かひ《(い)》取《と》つて、立烏帽子《たてゑぼし》を風折《かざお》り、狩衣の袖をうち被《かづ(い)》ひて、人目-忍《しの》ぶの通路の、月にも行《ゆ》く闇《やみ》にも行《ゆ》く、雨の夜も風の夜も、木[二六]の葉の時雨《しぐれ》雪深《ふか》し。

〈□〉シテ ＼軒[二七]の玉水とくとくと。

〈歌〉同 ＼行《(ゆき)》ては帰《かへ》り、帰-りては行《ゆ》き、一夜二夜《(ひとよふたよ)》三夜《みよ》四夜《(よよ)》、七夜《(ななよ)》八夜《やよ》九夜《(ここのよ)》、豊《(とよ)》[二八]の-明《(あかり)》の節会《(せちゑ)》にも、逢《あ》[二九]はでぞ通ふ庭鳥《には》の、時をも更《か》へず暁の、榻[三〇]の端書《はしが》き、百夜までと通《かよ》ひ居て、九十九《(くじふく)》夜《よ》に成たり シテ ＼あら[三一]苦《くる》し目《め》まひや 同 ＼胸苦《くる》しやと悲《かな》しび《み》て、一夜《(ひとよ)》を待《ま》たで死したりし、深草の少将の、其怨念が憑《つ》き添《そ》ひて、かやうに物には、狂はするぞや。

【七】〈キリ〉同 ＼是につけても後《(のち)》の世を、願《ねが》ふぞまことなりける、沙《(いさご)》[三二]を塔と重ねて、黄金《(わうごん)》の膚《はだへ》

ようだ。「手取₂鸚鵡之觴₁、漢月落而影静」(壮衰書)。囲酔―影、盃―月。底本「寒月」を訂正。
一八 いつの頃からか、落ちぶれて。以下、昔と今の境遇の落差を対比。
一九 霜の置く雑草のように乱れた白髪。「頭如₂霜蓬₁」(壮衰書)。
二〇 つややかだった両鬢の毛も、墨を乱したような衰えた膚にまつわり、なだらかな遠山の翠のような両眉も美しさを失っている。「嬋娟両鬢秋蟬翼、宛転双蛾遠山色」(和漢朗詠集・妓女・白居易)。「膚似₂凍梨₁」(壮衰書)。
二一 「百年に一年足らぬつくも髪われを恋ふらし面影に見ゆ」(伊勢物語・六十三段)。「九十九髪」は諸説あるが、百に一足らぬ意(白)で白髪と解されている。囲懸―斯、有明―有。縁髪―かかる。序有―影。
二二 「…憂き世にめぐる影も恥かし」(落書露顕)。 二三 以下の〈ロンギ〉は壮衰書に拠る。このあたりの姿態は貞治六年(一三六七)の年記がある小町老衰図(陽明文庫蔵)に見える。 二四 粟や豆をたき乾燥させたもの。 二五 垢やあぶらで汚れた着物。 二六 竹籠に烏芋(くゎい カヤツリグサ科のクログワイ)。「白黒」は「田黒」(田の黒き)の誤解らしい。
二七 物に憑かれた様子で、声が変わり異様な状態になった。

四位の少将の百夜通い

こまやかに、花を仏に手向つつ、悟《さと》りの道《みち》に入《い》らふ(う)よ、悟りの道に入らふ(う)よ。

後生を願う供養の勧め

一八 フシとコトバの中間。語勢に力を添える。 一九 四位の少将の憑依。 二〇 恋心が深くて、あちこちの男からくる恋文は(少将の立場)、五月雨が降るごとく(小町の立場)、嘘でも良いのに一度の返事もなく(少将)、百歳の今その報いが来て、人恋しい(小町)。シテの心には小町と少将の人格が混在。[縁]文―書。[掛]書―播昏(かきくれ)、空―虚言(そらごと)。[序]かきくれて降る五月雨の―そらごと。 二一 [掛]深―深草。小町に恋した少将は百夜通いをする(「通小町」)。 二二 数々の恨みの報いが廻って来た。[付]車―めぐる。[縁]車―廻り。 二三 「人知れぬわが通ひ路の関守はよひよひごとにうちも寝ななむ」(古今集・恋三・在原業平)。 二四 シテは後見座にくつろぎ、烏帽子・長絹を着け、扇を持つ。 二五 白布仕立の袴。その裾をからげて。 二六 [付]時雨―木のは。 二七 雨垂れ。[掛]雪―行。秋と冬の対比。 歌語。[縁]雪―軒の玉水。[掛]とくとく―疾く疾く。[序]軒の玉水―とくとく。 二八 [掛]豊―十夜。新嘗祭の翌日に宮中で行われる儀式。 二九 豊の節会にも参会しない事と小町にも逢えない事を掛ける。[掛]庭―鶏。[縁]暁―庭鳥(鶏)。[序]庭鳥の―時をも更へず。 三〇 「暁のしぎの羽がき百羽がき君が来ぬ夜は

殺生石(せっしゃうせき)

五番目物
鬼　物

作者不明(自家伝抄に佐阿弥作とある)

場景　前場―下野国、那須野の原。路傍に大石。ある秋の日の夕暮れ。後場―同じ所。同じく、夜。

人物　前ジテ　里の女〔増(若女)・唐織着流女〕
後ジテ　石魂(野干)〔小飛出(野干)・小飛出〕
ワキ　玄翁(げんのう)和尚〔沙門帽子僧〕
アイ　能力〔能力〕

梗概　風も冷やかな那須野の原の夕べ、廻国修行の玄翁と供の能力は、大石の上空を飛ぶ鳥が落ちてくる怪異に驚き、石に近づこうとすると、里の女が現れ、危険だから近づいてはならぬと呼び掛け、殺生石の由来を語る。昔、鳥羽の院の寵愛はなはだしい美女がいて、仏典・和漢の知識、詩歌管絃に至るまで何を尋ねても曇りなく答えたので玉藻前(たまものまえ)と名付けられた。ある秋の雨の夜、吹く風に燈が消えたとき、玉藻前は身から光を放って御殿を照らし、以来、天皇は病となった。陰陽師安倍泰成の占いで化生(けしょう)の者と正体を見破られた玉藻前は、野干(狐)に変じ那須野に逃れ、その執心が石になった、と語り、自分こそその石魂であると明かし、夜に姿を見せようと告げて石の中に消える(中入)。能力が玉藻前の物語を詳しく語ったあと、玄翁が石に向かって仏事をなし偈(げ)を唱えると、大石は二つに割れ、石魂が妖狐の姿で現れ、自分の転生を物語る。天竺では千人の王の首を取って祭らせた斑足太子(はんぞくたいし)の塚の神、大唐では幽王の后褒姒(ほうじ)と現じて国を滅ぼし、日本に渡っては玉藻前となって王法を傾けようとするも安倍泰成によって見破られ、野干に変じて那須野へ逃げたが、勅命を受けた三浦介と上総介によって射殺された。しかし、その執心は殺生石となって近づくものの命を取っていたが、玄翁の法力で悪心が去った今より後は悪事をしないと約束して、消え失せた。

素材・主題　南北朝期の神明鏡(神武天皇より後花園天皇までの年代記)所収の、天竺・唐土・日本の三国にわたって仏法と王法に敵対した妖狐玉藻前の話と、実在の人物で、晩年示現寺を開き、応永三年(一三九六。応永七年とも)に七十一歳で没した禅僧玄翁(源翁)が那須野の殺生石を成仏させた話とが結合された玉藻前説話に拠り、三国にわたって王法に敵対し、死後も殺生石となって害をなす妖狐の執心を描く。この説話は室町期に玉藻前物語や玉藻の草子や絵巻として流布し、能も物語絵巻に基づくと考えられている。石の作リ物が二つに割れ、懺悔に姿を現し、転生、調伏、遁走、犬追物の起り、狩り立てられ射殺されるまでを、鮮烈な所作の連続で示す後場は小気味よい。

われぞ数かく」(古今集・恋五・読み人知らず)。三二 一夜を待たずに死んだ少将の苦しみ。三三 砂を集め仏塔を造り、仏の黄金の膚を磨き、花を仏に手向け、悟りの道に入ろう。「一念発起菩提心」の心。少将の霊が憑依した小町にもはや驕慢さはない。〈キリ〉は、同じく憑依した死霊が去る廃曲「太刀掘」と同文。

――以上四三九頁

以下四四二頁――

一 後見が一畳台を大小前に据え、石の作リ物を載せる。二 流れる雲や水に心誘われるまま、行脚の道に出よう。掛雲水(くもみず)―雲水(うんすい)行脚僧の喩)、憂―浮(うき世)。縁雲水―浮き世。「雨月」のワキ〈次第〉に酷似(下句「行方やいづくなるらん」)。車屋本は〈次第〉なし。三 「玄翁」は謡抄に拠り、玄翁心昭、玄翁玄妙とも。曹洞宗の峩山韶碩に師事。示現寺を開山。四 悟りを開いた高徳の僧(善知識)に就き仏法の悟りを開く修行の場。五 衆生を救う仏の出現が未だないことを嘆き。「諸仏世尊、唯以二一

【一】[一]〔次第〕〈次第〉ワキ ヘ[二]心を誘《さそ》ふ雲水《(くもみづ)》の、心を誘ふ雲水の、うき世の旅に出《い》でふ《(う)》よ。

〈名ノリ〉ワキ「これは玄翁《(げんノう)》[三]といへる道人《(だうにん)》なり、我《(われ)》[四]知識の床《(ゆか)》を立《た》ち去《さ》らず、[五]一大事を歎《なげ》き[六]一見《(いつけん)》所《(しよ)》を開《ひら》き、つゐ《(ひ)》に払子《(ほつす)》をうち振《ふ》つて世上に眼《(まなこ)》をさらす、此程《ほど》は奥州に候ひしが、都に上《のぼ》り[七]冬夏《(とうげ)》をも結《むす》ばばやと思ひ候。

〈上歌〉ワキ ヘ雲水の、身はいづく共定《さだ》めなき、身はいづく共定めなき、[八]うき世の旅に迷《まよ》ひ行《ゆ》く、心の奥《おく》を白《しら》河の、結《むす》びこめたる下野《(しもつけ)》や、那須《なす》野の原《はら》に着《つ》きにけり、那須野の原に着きにけり。

【二】〈問答〉（アイの能力が、大石の上を飛ぶ鳥の落ちるのを怪しみ、ワキに告げ、共に立ち寄ろうとする）

【三】〈問答〉シテ女「[九]なふ其石のほとりへな[一〇]立《た》ち寄《よ》らせ給ひそ　ワキ「そも此石のほとりへ寄《(よる)》まじき謂《(いはれ)》の候か　女「それは那須野の殺生石とて、人間は申に及ばず、鳥類畜類までも触《さは》るに命なし、ヘかく恐《おそ》ろしき殺生石とも、知《し》ろしめされで御《(お)》僧たちは、[一一]求《もと》め給へる命かな、「そこ立《た》ち退《の》き給へ　ワキ「扨《(さて)》この石はなにゆへ《(ゑ)》かく殺生をば致《いた》すやらん　女「[一二]昔鳥羽院《(とばのゐん)》の[一三]上童《うへわらは》に、玉藻の前《まへ》と申《(まうし)》し人の、執心の石と成《(なり)》たるなり。

〈掛合〉ワキ カヽル ヘ不思議《ふしぎ》なりとよ玉藻《も》の前は、殿上《(てんじやう)》[一四]の交《まじ》はりたりし身の、此遠国《(をんごく)》に魂《(たましひ)》を、留《とど》めし事は何故《(なにゆゑ)》ぞ　女「それも謂《いはれ》のあればこそ、昔《むかし》より申慣《(まうし)な》らはすらめ　ワキ「[一五]御身《(おんみ)》の風情言葉《(ふぜいことば)》の末《すゑ》、謂《いはれ》を知《し》らぬ事あらじ　女「いや委《(くはしく)》は[一六]いさ白露《しら》の玉藻《も》の前《まへ》と　ワキ カヽル

奥州から都へ

大事因縁ニ故、出ニ於現世一」（法華経・方便品）。六 宗旨に一見解を開悟し、諸国の衆生を教導している。「見所」は「見処（けんじよ）」であろう。「払子」は主に禅僧が使う法具。七 夏安居（夏九十日の禁足修行）に対し冬安居（雪安居）をいう。八 定めなき旅を迷い行く心の奥（悟り）を知るべく、白河（現福島県）の水を掬びつつ霜を結ぶ下野国、那須野の原（現栃木県）に着いた。圏憂―浮、奥―陸奥、知らず―白河、掬び―結び、霜―下野。

那須野の原の殺生石

縁うき世（浮）―雲―水。九 シテが幕より呼びかけつつ登場。一〇 殺生石ゆえ近寄るなとの忠告はシテがワキに危害を加える意志がないことを示す。一一 わざわざ求めて命を落とさるることよ。一二「（鳥羽の院の）仙洞の御時、一人の化女出で来たり。後日には玉藻の前とぞ申ける。天下無双の美人、わが朝第一の賢女なり」（文明本玉藻前物語。以下、物語と略記）。一三 宮中や貴族の家に召し使われる子供。中世では通常少女。一四 宮中社交界の人。一五 あなたの様子や言葉遣いから。一六「いや」と頭韻。圏白露―知らず、玉藻―玉。一七 都から遠く離れて。

〽聞《き》きし昔は都住《ず》まゐ《(ひ)》　シテ女 〽今魂《たましゐ》は[一七]天《あま》ざかる　ワキ 〽鄙《ひな》に残りて悪《あく》念を　女 〽なを《(ほ)》もあらはす此野辺《べ》の　ワキ 〽往《ゆ》き来の人に　女 〽仇《あた》を今。

〈上歌〉同 〽[一八]那須野の原《はら》に立《た》つ石の、那須野の原に立つ石の、[一九]苔《こけ》に朽《(くち)》にし跡までも、執心を残《のこ》し来て、[二〇]又立《た》ち返《かへ》る草の原《はら》、物すさましき秋風《あきかぜ》の、[二一]梟《ふくろう》松桂《(しようけい)》の、枝に鳴《な》き連《つ》れ狐《きつね》、蘭菊《らんぎく》の花に蔵《かく》れ棲《す》む、此原《はら》の時《とき》しも、物凄《すご》き秋の夕かな。

【四】〈クリ〉地 〽抑《(そもそも)》此玉藻《も》の前と申は、[二二]出 生出世《(しゆつしやうしゆつせ)》定《さだ》まらずして、いづくの誰とも白《しら》雲の、上人《うへ(びと)》たりし身なりしに。

〈サシ〉女 〽然《(しかれ)》ば[二三]紅色《(こうしよく)》を事《こと》とし　同 〽容顔《(ようがん)》美麗《びれい》なりしかば、御門《(みかど)》の叡慮浅《あさ》からず　女 〽ある時《ときたまも》玉藻の前《まへ》が智恵を計《(はかり)》給ふに、一事《(いちじ)》滞《とどこほ》る事なし　同 〽[二四]経論聖教和漢《(きやうろんしやうげうわかん)》の才、[二五]詩歌管絃に至《いた》るまで、[二六]問《と》ふに答《こた》への暗《くら》からず　女 〽心底《(しんてい)》曇《くも》りなければとて　同 〽玉藻の前とぞ召《め》されける。

〈クセ〉同 〽[二七]ある時《とき》御門は、清涼殿に御出《(ぎよしゆつ)》なり、[二八]月卿雲客《(げつけいうんかく)》の、堪能《かむのう》なるを召《め》し集《あつ》め、管絃の御《(ぎよ)》遊《(いう)》有しに、比《(ころ)》は秋の末、月まだ遅《をそ》き宵の空《そら》の、雲の気色《けしき》すさましく、うちしぐれ吹風に、御殿の燈《ともしき》消えにけり、雲の上人《(うへびと)》立《た》ち騒《さは》ぎ、松明疾《せうめいと》く進《すす》むれば、玉藻《も》の前《まへ》が身より、光を放《はな》して、清涼殿を照《て》らしければ、光《ひかり》ー大内に充《み》ち満《み》ちて、[二九]画図《(ぐわと)》の屏風萩《はぎ》の戸、[三〇]闇《やみ》の夜の錦《にしき》なりしかど、光《ひかり》に輝《かかや》きて、ひとへに月のごとくなり　女 〽御門《(みかど)》それよりも、[三一]御悩《(ごなう)》とならせ給ひ

鄙の枕詞。観世以外は「天さがる」。 一八 [掛]為す―那須野。本曲ではこの掛詞を多用する。 一九 [付]苔―巌・朽木、石―たつる(立つ石―立ち返る草)。[縁]原―石―苔―草。 二〇 再び執心が立ち返り、草原に葉を吹き返しつつ秋風が立ち。[掛]原―葉。 二一 秋風の吹く夕べ、梟が松や桂の枝で鳴き、狐が蘭や菊の叢《(くさむら)》に隠れ棲む那須野の原の

玉藻前の物語

荒涼たる有様。「梟鳴二松桂枝一、狐蔵二蘭菊叢一」(白氏文集一・凶宅)。[掛](秋風の)吹く―梟。 二二 氏素姓もはっきりせず、宮中に仕える身。[掛]知らず―白雲―雲の上人。 二三 「紅色トハ、不断身ヲタシナミ、紅粧《(コウサウ)》トテ色モクレナイニウツクシクヨソホヒヲナス也」(謡抄)。「類なき貴妃の紅色」(「皇帝」)と同意。 二四 仏典や和漢の古典の知識。 二五 詩を作り歌を詠み、音楽を奏する才。 二六 問うに答えの滞る事なく、胸中諸事に通暁し明晰なので玉藻前と名付けられた。物語には「化生の前」とも「いま光について玉藻の前とぞ申けり」とある。 二七 以下、物語の要約。 二八 公卿殿上人の音楽の上手を集め。 二九 清涼殿の東の孫廂に立てられた衝立。荒海の障子と昆明池の障子を置く。 三〇 美しい物が暗くて見えぬ譬え。 三一 御病気。

しかば　同〽安倍《あべ》[一]の泰成占《やすなりうらな》つて、勘状《(かんじやう)》[二]に申やう、是はひとへに、玉藻《も》の前が所為《しよゐ》なりや、[三]王法《(わうぼふ)》を傾《かたぶ》けんと、化生《(けしやう)》して来《(きた)》りたり、調伏《(てうぶく)》[四]の祭《まつり》あるべしと、奏《そう》すればたちまちに、叡慮[五]も変《か》はり引《ひ》きかへて、玉藻化生をもとの身に、那須野の草の露と、消《き》えし跡は是なり。

【五】〈問答〉ワキ「かやうに委《(くはしく)》語《かた》り給ふ、御身はいかなる人やらん　シテ「今はなにをか包《つつ》むべき、そのいにしへは玉藻《も》の前、今は那須野の殺生石、其石魂《せきこん》にて候也　ワキ「実《(げに)》やあ[六]まりの悪念は、かへつて善心となるべし、しからば衣鉢《(えはつ)》[七]を授《さづ》くべし、同じくは本体を、カヽル〽二たびあらはし給ふべし　女「あら恥《は》づかしや我姿《すがた》、カヽル〽昼《ひる》[八]はあさまの夕煙《けぶり》の。

〈上歌〉同〽立《た》ち帰《かへ》り夜《(よ)》になりて、立ち帰り夜になりて、懺悔《さむげ》[九]の姿《すがた》あらはさむと、夕闇《やみ》の夜《(よ)》の空なれど、[一〇]この夜《よ》は明《あ》かし燈火《ともし(び)》の、我影《かげ》[一一]なりとおぼしめし、恐れ給はで待給《たま》へと、石に隠《かく》れ失《(うせ)》にけりや、石に隠れ失にけり。　(中入)[一二]

【六】〈問答・語リ・問答〉(アイの能力が、玉藻前の転生と殺生石となった事などを詳しく語る)

【七】［ノット］〈勤メ〉ワキ　カヽル〽木石心《こころ》[一三]なしとは申せども、「草木国土悉皆成仏《(さうもくこくどしつかいじやうぶつ)》[一四]と聞《(きく)》時は、もとより仏体具足せり、況《いはむ》や衣鉢《(えはつ)》を授《さづ》くるならば、成仏疑《うたが》ひ有《(ある)》べからずと、カヽル〽花を手向《(たむけ)》焼香し、「石面に向《む》かつて仏事をなす。

〈□〉ワキ「汝《(なんぢ)》[一五]元来殺生石、問《(とふ)》石霊《せきれい》、何《(いづ)》れの所より来り、今生《(こんじやう)》かくのごとくなる、カヽル〽急々《きうきう》に去《さ》れ去《さ》れ、自今以後《(じこんいご)》汝を成仏せしめ、仏体真如の善身となさむ、摂取[一六]せよ。

一 安倍晴明の七世の孫。陰陽家。従四位上、大蔵少輔(尊卑分脈)。 二 占いの結果を勘案して記した文書。 三 天皇の政治。仏法と対。 四 邪鬼等を降伏させる祈禱。物語は泰山府君を祭る。 五 玉藻前に対する帝の御心もうって変わって。 六 「われと亡ぜし悪心を、翻す一念発起菩提心なるべし」(「鍾馗」)等と同趣。 七 師が仏教の奥義を伝授する印可として袈裟と鉢を与える事。ここは引導を授ける意。 八 昼はあからさまで恥ずかしいので。[縁]昼—朝—夕—夜。[序]夕煙の—立ち。[掛]あさまし—浅間。 九 本体を現しての罪業告白。それにより滅罪を得る。懺—夜—夕—闇—燈火、はそれぞれ、三、四、五、八、十、と数韻。[掛]言ふ—夕。 一〇 夜を明かす意と、燈火が明るい意を掛ける。[縁]燈火—夜—明し。 一一 燈火の影(光)と我が影(姿)を掛ける。[縁]燈火—影。 一二 シテは姿を消した態(てい)で石の作リ物の中へ入る。 一三 「非二木石一皆有レ情」(白氏文集・新楽府「李夫人」)などにより成句化。 一四 中陰経と伝えられる四句の偈「一仏成道、観見法界、草木国土、悉皆成仏」。

殺生石の石魂と明かす

引導を渡す

草木成仏説(天台本覚論)が石にも

【八】〔出端〕〈□〉シテ＼[一七]石に精《せい》あり。

〈ノリ地〉シテ＼水に音あり、[一八]風は大虚《たいきよ》に渡《わた》る　同＼形《かたち》を今《いま》ぞ、あらはす石の、二《ふた》つに割《わ》るれば、石魂《せきこむ》忽《たちま》ち、[一九]あらはれ出《い》でたり、恐《おそ》ろしや。

〈掛合〉ワキカヽル＼不思議《ふしぎ》やな此石二《ふた》つに割《わ》れ、光の中《うち》をよく見れば、[二〇]野干《やかん》の形《かたち》は有ながら、さも不思議なる人体《じんたい》也。

〈名ノリグリ〉シテ＼今は何をか包《つつ》むべき、[二一]天竺にては斑足太子《はんぞくたいし》の塚の神《かみ》、大唐《たいたう》にては幽王《いうわう》の后《きさき》褒姒《ほうじ》と現《げん》じ、我朝《わがてう》にては鳥羽院《とばのゐん》の、玉藻の前とは成《なり》たるなり。

【九】〈語リ〉シテ「我《われ》王法を傾《かたぶ》けんと、仮《かり》に[二二]遊女の形《かたち》となり、玉体《ぎよくたい》に近《ちか》づき奉れば御悩となる、すでに御命《おんいのち》を取《と》らむと、喜《よろこ》びをなしし処に、＼安倍《あべ》の泰成《やすなり》、「調伏の祭《まつり》を始《はじ》め、壇に[二三]五色《ごしき》の幣帛《へいはく》を立《た》て、＼玉藻にイロ[二四]御幣《へい》を持《もた》せつつ、カヽル＼[二五]肝胆《たん》を砕《くだ》き祈《いの》りしかば。

〈中ノリ地〉＼やがて五体を苦《くる》しめて、やがて五体を苦しめて、幣帛《へいはく》ヲを《お》つ取《と》り飛《と》ぶ空《そら》の、雲《くも》居《ゐ》を翔《かけ》り海山を、越《こ》えてこの野に隠《かく》れ棲《す》む　シテ＼其後《そののち》勅使立《た》て　同＼其後勅使立て、三浦の介、上総《かづさ》の介《すけ》両人に、[二六]綸旨《りんじ》をなされつつ、那須野の化生の者を、退治《たいぢ》せよとの勅を受《う》けて、[二七]野干は犬に似たれば、犬《いぬ》にて稽古《けいこ》あるべしとて、百日犬をぞ射たりける、これ[二八]犬追《いぬおふ》物《もの》の始《はじ》めとかや。

〈中ノリ地〉シテ＼[二九]両介は狩《かり》装束にて　同＼両介は狩装束にて、数万騎《すまんぎ》那須野を取《と》り籠《こ》めて、

及ぶことを言う。一五 以下、引導の文。汝、殺生石の石霊に尋ねるが…。「汝本泥瓦合成、聖従レ何来、霊従レ何起」(景徳伝燈録・破竈堕和尚)の変型。一六「此道理ヲヨク得心シ、会取セヨト示ス也」(謡抄)。

石が割れ、野干が姿を現す

一七 流水に音があり、風が空を渡るように、石にも精魂があるのだ。岩が割れて石魂が現れる廃曲「千引」とほぼ同文。廃曲「豊干」「河水」等にも。一八「風息ニ大虚兮一、動レ樹教レ之」(摩訶止観、和漢朗詠集・仏事)など。「月重山にかくれ、風大虚にやみぬ」(鹿苑院西国下向記)。「風者、仏ノ心性ノ月ヲ隠クス煩悩ノ雲ヲ吹キ払ハントテ説ニ法花理一…。息大虚者、法性ノ虚(空)ヲ指ス」(国会本和漢朗詠注)。「風」は「形」と頭韻。一九 石が二つに割れて後ジテが姿を現す。

調伏

二〇 野干(狐)の形をした恐ろしい人間の姿だ。二一 以下、物語に拠る。曾我物語七・斑足王、平家物語二・褒姒にも。底本「班」を訂正。二二「王法を傾けんため、遊女とあらはれ」(物語)。二三 御幣。「三重の高棚五色の幣」(「鉄輪」)。二四 フシと「立て」と「玉藻」は頭韻。二四 フシとコトバの中間。二五 真心を尽くし

草を分《わ》かつて狩《か》りけるに、[一]身をなにと那須野の原に、あらはれ出しを狩人の、[二]追《を》ふ《ツ》つまくつ《ツ》[三]つさくりにつけて、矢の下《した》に射《いツ》ぷせられて、即時に[四]命を徒《いたづら》に、なす野の原の、露と消《き》えても猶《なほ》執心は、此野に残《のこ》つて、殺生石となつて、人を取《と》る事多年なれ共《ども》、[五]今遇《いまあ》ひがたき御法を受《う》けて、此後《こののち》悪事をいたす事、有べからずと御僧《おんそう》に、約束堅《かた》き石と成《なつ》て、約束堅き石と成て、鬼神の姿は失《うせ》にけり。

化生退治の再現

て。 二六 勅命をお下しになられた。二七「狐は犬に似たりとて、犬を駆けさせて、百日の間犬射て、物あい、不思議の矢所を射出だしてけり」(物語)。 二八 竹垣で馬場を作り、馬に乗りながら中に放した犬を射る遊戯。 永和四年(一三七八)ごろ大流行した。 二九 三浦介と上総介。物語にも「両介」。

以上四四五頁

一 狐は身を隠すことも出来ず、那須野の原に現れたところを。

二「追ひつまくりつ」の音便。「まくると云は、犬と馬と間遠き時、犬に近くあはんとて、手綱をつかひて馬を寄する事を云也」(犬追物付紙日記)。

三 掘り穿った所。 ここは狐の足跡を追跡しての意。

四「命」と「徒」は頭韻。

五「人身難レ受、仏法難レ遇」(六道講式)。 懺悔による過去の罪の再現と告白と御法による成仏。

老松(おいまつ)

脇能物
老神物

世阿弥作(中楽談儀)

場景 前場―筑前国太宰府。安楽寺境内。神木の松と梅のほとり。ある早春の日暮れ前後。後場―同じく、夜半。

人物 前ジテ　木守りの老人〔小尉・大口尉〕
　後ジテ　老松の神霊〔皺尉・初冠狩衣大口〕
　前ヅレ　花守りの男〔水衣男〕
　ワキ　梅津の某(なにがし)〔大臣〕
　ワキヅレ　従者〔大臣〕(二人)
　アイ　所の男〔長上下〕

梗概 北野天満宮を深く信じる都の梅津の某が天神の霊夢を受け、菅原道真の菩提寺である筑紫の安楽寺を訪ねる。梅が咲き松の緑もいよいよ深い早春の景色を讃える木守りの老人と花守りの男に出会い、道真の歌に感じて都から安楽寺へ飛び移ったという飛梅と松のことを尋ねると、梅は紅梅殿(こうばいどの)、松は老松と言い、神木として崇(あが)められていると説明する。さらに天満宮の周囲の景観や、道真が愛した紅梅殿と老松が末社と現じたこと、好文木の謂れと松の叙爵の故事を語り、夕暮れの空に消え失せた(中入)。所の男が天神の謂れと松梅飛来の伝説を語り、逗留を勧める。夜も更け、松陰で神の告げを待つ梅津の前に、神さびた老松の神霊が気高い姿を現す。緑の空も澄みわたるなか、客人(まれびと)をもてなす舞楽を奏し、老松の長寿を君に授けると告げ、久しき春を祝福する。

素材・主題 太宰府に流された菅原道真の詠歌「東風吹かば匂ひおこせよ梅の花あるじなしとて春な忘れそ」に感激して都の旧苑の梅が謫居の庭へ飛来し、松も梅のあとを追って来たという飛梅・追松伝説(北野天神縁起、源平盛衰記三十二・北野天神飛梅事等)に取材し、春、諸木にさきがけて咲き匂う紅梅と、千秋の緑を湛える老松の姿を通して、松寿千年のめでたさを描く。菅公伝説に拠りながら菅公にはほとんど触れず、末社の神として現じた紅梅殿と老松(追松)を中心に据え、松梅のめでたき謂れ(十訓抄一・六等)を語り、松寿千年をことほぎ、清朗な中にもおごそかな気分がみなぎる。なお、通常、後場はシテ老松の神だけ出るが、織豊期の下間少進(しもつましょうじん)の童舞抄(とうぶしょう)に昔は紅梅殿を出したとあり、今も後ヅレ天女(紅梅殿)も出る形が特殊演出「紅梅殿」に残っている。後ジテが「いかに紅梅殿」と呼びかける詞章からもこれが原形で、前ヅレも花守りの男でなく女(あるいは稚児)であったろう。

以下四四八頁

一 国々がよく治まった平和な御代、関所の戸も開け放たれ自由に往来できる。「岩船」の〈次第〉と同文。 二 天下泰平の象徴。「放生川」等にも。[付]関戸―さす。 三 現京都市右京区の地名。天神ゆかりの梅にちなんだか。 四 京都市上京区にある菅原道真を祀る北野天満宮。 五 道真を葬った寺。太宰府天満宮の神宮寺。 六 この〈上歌〉は現行観世以外の「岩船」にほぼ同文。季節も秋で借用であろう。下掛の〈上歌〉は「上野に通ふ春風の、〳〵、音も吹飯(ふけひ)の浦伝ひ、明石のとよりかくよりて、げに定めなき旅の空、なほ遥かなる播磨潟、室の友君(ともぎみ)きぬぎぬの、浅妻舟やしらぬひの、筑紫の地にも着きにけり、〳〵」で、季節も春でこ

【一】〔真ノ次第〕〈次第〉ワキ・ワキツレ ＼実《(げに)》[一]治《おさ》まれる四方《(よも)》の国、実治まれる四方の国、関[二]の戸ささで通はむ。

〈名ノリ〉ワキ「抑是《(そもそもこれ)》は都の西[三]梅津《(うめづ)》のなにがしにて候、我《(われ)》[四]北野を信じ常《つね》に歩《あゆ》みを運《はこ》び候処に、ある夜の霊夢に、我を信ぜば筑紫《つくし》[五]安楽寺に参詣申せとの御事《(おんこと)》にて候間、唯今《(ただいま)》九州に下向《(げ)かう》仕《(つかまつり)》候。

〈上歌〉ワキ・ワキツレ ＼何[六]事も、心にかなふ此時《(このとき)》の、心にかなふ此時の、例《ためし》もありや日《(ひ)》[七]の本《(もと)》の、国豊かなる秋津洲《(あきつす)》の、浪[八]も音《をと》なき四《よ》つの海、高麗《こま》唐土《もろこし》も残りなき、御《み》[九]調《つき》の道の末《すゑ》爰《(ここ)》に、安[一〇]楽寺にも着《つ》きにけり、安楽寺にも着きにけり。

〈着キゼリフ〉ワキ「急《(いそぎ)》候程に、安楽寺に着《(つき)》て候、心静《(しづか)》に参詣申さばやと存《(ぞんじ)》候。

【二】〔真ノ一声〕〈一セイ〉二人 ＼梅[一一]の花笠《がさ》春もきて、縫《ぬ》ふてふ鳥の梢かな　ツレ ＼松の葉色もときめきて　二人 ＼十《(と)》[一二]回《かへ》り深《ふか》き緑かな。

〈サシ〉シテ ＼風《かぜ》[一三]を逐《(おつ)》て潜《ひそ》かに開く、年の葉守《はもり》の松の戸に　二人 ＼春を迎《むか》へてたちまちに、潤《うるほ》[一四]ふ四方《(よも)》の草木《(くさき)》まで、神の恵《めぐ》みに靡《なび》くかと、春《はる》めきわたる盛《さか》りかな。〔アシライ歩ミ〕

〈下歌〉二人 ＼歩《あゆ》みを運《はこ》ぶ宮寺《(みやでら)》[一五]の、光のどけき春の日に。

〈上歌〉二人 ＼松が根《ね》の、岩間を伝《つた》ふ苔筵《こけむしろ》[一六]、岩間を伝ふ苔筵、敷[一七]島の道までも、実《(げに)》末《すゑ》ありや此[一八]山の、天霧《あまぎ》[一九]る雪の古枝《ふるえ》をも、なを惜《(ほ)お》しまるる花盛《(はなざかり)》、手折《(た)お》りやすると守《も》る梅の、花垣《(はながき)》いざや囲《かこ》

れが原形らしい(「箱崎」の道行と同文)。七 [掛]日の本の国—国豊か—豊かなる秋—秋津洲。[縁]洲—浪—海。八 天下泰平の象徴。「四の

都から安楽寺へ

海、波の声聞えず」(後拾遺集・序)。九 高麗唐土をはじめ外国からの貢ぎ物が着く筑紫の安楽寺に到着した。一〇 [掛]安楽(路中無事の意)—安楽寺。一一「青柳を片糸に縒りて鶯の縫ふてふ笠は梅の花笠」(古今集・神遊の歌)。[掛]来—着(き)。[縁]笠—着—縫ふ。春の日の叙景。春の長閑さ、浪の静かさ、松の常緑が天下泰平の世を象徴する。一二「松花之色十廻」(新撰朗詠集・帝王)。松は千年に一度花が開くとされる(童蒙抄)。それを十度繰り返す長さ。一三「逐レ吹潜開…」(和漢朗詠集・春・立春・紀淑望)。春風が吹くにつれ、ひそやかに開く梅、年の始めに葉守の神として祀られた松の戸、その門口に春を迎えて。[掛]端—葉守、待つ—松。[縁]開く—戸。一四 神徳が草木までも及んでいることを仰ぐ心。一五 太宰府天満宮(安楽寺)を指す。

早春の宮寺

他流「ミヤテラ」と謡う。一六「敷」の縁語で「敷島」の序。[付]苔—松がね。一七 敷島の道(和歌)までも、まことに限りなく、これは此山天

はん、梅の花垣《がき》を囲《かこ》はん。

【三】〈問答〉ワキ「いかに是なる老人《らうじん》に尋《たづね》申《まうす》べき事の候　シテ「こなたの事にて候か何事にて候ぞ　ワキ「聞及《ききおよび》たる飛梅《とび》とはいづれの木を申《まうし》候ぞ　ツレ「あら事《こと》もをろ《お》かや我等《われら》はただ、二〇紅梅殿《こうばいどの》とこそ崇《あが》め申候へ　ワキ「実々《げにげに》紅梅殿とも申《まうす》べきぞや、〽忝《かたじけな》くも二一御詠歌《ごえいか》により、今神木《しんぼく》と成《なり》給へば、崇《あが》めても猶飽《なほあ》きたらずこそ候へ　シテ「二二扨《さて》こなたなる松をば、何とか御覧じ分《わけ》られて候ぞ　ワキ「実々《げにげに》是も垣結《ゆ》ひ回《まは》し御注連《みしめ》を引《ひ》き、誠に妙《たへ》なる神木と見えたり、カヽル〽二三如何様《いかさま》是は老松の　シテ「二四遅《をそ》くも心得給ふものかな　二人〽紅梅殿は御覧ずらむ、色も若木《わか》の花守《もり》までも、花やかなるに引《ひき》かへて。

〈歌〉同〽二五守《も》る我さへに老《おひ》が身《み》の、影古《かげふる》びたるまつ人《ひと》の、翁《おきな》さびしき木《こ》の本《もと》を、老松と御覧ぜぬ、神慮もいかが恐《おそ》ろしや。

【四】〈誘イゼリフ〉ワキ「猶々《なほなほ》当社の謂《いはれ》委《くはし》く御物語《おんものがたり》候へ。

〈サシ〉シテ〽先《まづ》社壇の体《てい》を拝み奉れば、二六北に峨々《がが》たる青山《せいざん》あり　同〽朧月《ろうげつ》松栢《しようはく》の中《なか》に映じ、南に寂々《せきせき》たる瓊門《けいもん》あり、斜日《しやじつ》竹竿《ちくかん》のもとに透《す》けり　シテ〽左《ひだり》に二七火焔《くわえん》の輪塔あり　同〽二八翠帳紅閨《すいちやうこうけい》の粧《よそほひ》昔《むかし》を忘《わす》れず、右に二九古寺《こじ》の旧跡あり、三〇晨鐘夕梵《じんじようせきぼん》の響《ひび》き絶《た》ふることなし。

〈クセ〉同〽実《げに》や心なき、草木なりと申せ共《ども》、かかる三一憂《う》き世の理《ことわ》りをば、知《し》るべし知るべし、諸木の中《なか》に松梅《まつうめ》は、殊に三二天神の、御《ご》自愛にて、紅梅殿も老松も、みな三三末社と現《げん》じ給へり。

満天神の御加護ゆえ。一八 天満天神(菅原道真)は人麿・赤人とともに和歌三神の一。一九 安楽寺の山号天原山から「天霧る」へ続けた。大空を曇らせて降る雪の中に咲きほこる梅は、古枝の花でさえも惜しまれる程。掛降—古枝。二〇 もと道真邸の名といい、飛梅伝説後、北野社の末社として祀られた。二一 「東風吹かば匂ひおこせよ梅の花あるじなしとて春を忘るな」(拾遺集・雑春・菅原道真)の歌を指す。二二 ワキの興味を松へ引く。二三 道真を追慕し、太宰府に行ったという伝説(典拠未詳)に拠る。掛老松—追松。二四 やっとお気付きになりましたね。二五 番をする私まで年老いているし、姿も古びた松、松も人も翁さびた(老人めいた)寂しい木陰、この松が名高き老松と気付かぬとは、神の御心《みこころ》もいかがかと恐ろしく思われますよ。掛影—陰、松—待つ、翁淋しき—翁さぶ。二六 以下、宮寺の周囲の光景。下掛「朧月松柏」に従う。底本「隴月」(謡抄)。「瓊門」は玉で飾られた門。「寂々たる」(物さびしい)形容と合わないが、しばらく底本や諸流に従う。「桂門」「荊門」説もある。二七 火焔を戴いた九輪塔か。「花園の林塘」(塘は堤)、「花園の林燈」、

紅梅殿と老松

[一]されば此二《ふたつ》の木は、我朝《わがてう》よりもなを《ほ》、漢家《かんか》に徳を顕《あらは》し、唐《たう》[二]の帝の御時《おんとき》は、国に文学《ぶんかく》盛《さか》むなれば、花の色を増《ま》し、匂ひ常《つね》より優《まさ》りたり、文学－廃《すた》れば匂ひもなく、其色も深《ふか》からず、扨《さて》こそ文を好《この》む、木なりけりとて梅をば、好文木《かうぶんぼく》とは付《つけ》られたれ、扨《さて》松を、大夫《たイウ》といふ事は、[三]秦の－始皇の御狩《みかり》の時、天俄《にはか》にかき曇《くも》り、大雨《たいう》頻《しき》りに降《ふ》りしかば、御門《みかど》雨を凌《しの》がむと、小松の陰により給ふ、此松－俄《にはか》に大木《たいぼく》となり、枝を垂《た》れ葉を並《なら》べ、木の間透《す》き間《ま》を塞《ふさ》ぎて、其《その》雨を洩《も》らさざりしかば、御門大夫といふ、爵《しやく》を贈《をく》り給ひしより、松を大夫と申《まうす》なり　シテ〽か様《やう》に－[四]名高《たか》き松梅の　同〽花も千世《ちよ》迄の、行末《ゆくすゑ》久《ひさ》に御垣守《みかきもり》、守《も》るべし守るべしや、[五]神は爰も同じ名の、天満空《あまみつ》も紅《くれなゐ》の、花も松ももろ共に、[六]神さびて失《うせ》にけり、跡《あと》神さびてうせにけり。

（中入）

【五】〈問答・語リ・問答〉（安楽寺門前の男がワキの尋ねに答えて、菅原道真と飛梅・老松の由来、道真が天満天神と崇められた話を物語り、重ねて奇特を見ることを勧める）

【六】〈上歌〉ワキ〽[七]嬉しきかなやいざさらば、嬉しきかなやいざさらば、此《この》松陰《かげ》に旅居して、風も嘯《うそぶ》く寅《とら》の時、神の告《つげ》をも待《まち》てみん、神の告をも待てみん。

【七】〔出端〕〈掛合〉後シテ〽[八]いかに紅梅殿、今夜の客《まれ》人《びと》をば、なにとか慰《なぐさ》め給ふべき　地〽[九]実《げに》珍《めづ》らかに春も立《た》ち　シテ〽梅も色添《そ》ひ　地〽松とても　シテ〽[一〇]名こそ老木《おいき》の若緑　地〽空澄《す》みわたる神[一一]かぐら　シテ〽歌をうたひ、舞《まひ》をまひ　地〽舞楽《ぶがく》を供《そな》ふる宮寺《みやでら》の、声も満《み》ちたる有難や。

〔真ノ序ノ舞〕

「花薗の輪塔」説もあるが、しばらく底本に従う。二八 和漢朗詠集の

松梅の徳

詩句(→三七一頁注二四)を建物の美しさの形容に転用。二九 安楽寺 西方の観世音寺。「観音寺只聴二鐘声一」(菅家後集、和漢朗詠集・閑居)。三〇 朝夕につく梵鐘の音。宝生・喜多は「シンショオ」と澄む。三一 諸行無常の鐘の響きに、憂き世の道理を知っているはず。「知るべし」は下の文にも続く。三二 天神(道真)の御愛木であったので。「慈愛」とする本も。観世以外は「ゴシアイ」と謡う。三三 末社は主神に属する小さな社。

以上四四九頁

一 以下、梅の好文、松の大夫の謂れ。二「唐国の御門《みかど》、文を好みて読み給ひければ開け、学文怠り給へれば散り凋《しぼ》みける梅あり、好文木とは言ひける」(十訓抄六)。「謡抄」は晋の起居注を引用。三 史記・秦始皇本紀にある故事。大夫は秦の爵位。十訓抄一にも見える説話。四 名高き松も梅の花も千代までのご神木。行く末久し

客人をもてなす神かぐら

く、御垣守として神垣を守り、君の御代を守ることにしよう。五 太宰府の神も、都の北野と同じ

【八】〈ノリ地〉シテ へ[一二]さす枝《えだ》の　同 へさす枝の、梢は若木[一三]の、花の袖　シテ へ是は老木《おいき》の、
神松の　同 へ是は老木[一四]の、神松の、千世《ちよ》[一五]に八千世《や》に、さざれ石の、巌《いはほ》と成《なり》て、苔のむすま
で。
〈□〉シテ へ苔のむすまで松竹、鶴亀《かめ》の。
〈ノリ地〉同 へ齢《よはひ》[一六]を授《さづ》くる、此君の、行末守《まも》れと、我《わが》神託の、告《つ》げを知《し》らする、松風も梅も、
久《ひさ》しき春こそ、めでたけれ。

く天満天神であると言って、紅に染まる夕暮の空に、紅梅殿も老松も、ともに神々しい姿となって消えてしまった。[序]天満―空。[掛]暮―紅。六 以下二句、徳川時代の中頃、将軍の松平姓にはばかって、「万代《よろづよ》の春とかや、千代万代の春とかや」と改めていた。宝生・金剛は現在もこのように謡う。七 この〈上歌〉は同じく九州を舞台とする世阿弥作の女神物の廃曲「鵜羽」「箱崎」と同文。八 小書「紅梅殿」に残るように、元来は紅梅殿がツレとして登場していたことを示す詞章。九 珍しいお客様の御光来、折しも新春。「紅梅殿」の時は地謡「実珍らかに…」「松とても」「空澄みわたる…」をツレが謡う。[縁]立ち―添ひ。一〇 名こそ老松であるが、葉色は若緑。[掛]負―老木。[縁]緑―空。一一 神自身による神楽の舞。「右近」「高砂」等にも。一二 さし出ている枝の意に、舞のさす手の意も含む。「紅梅殿」の時、〈ワカ〉の「さす枝の」はツレの謡。一三 梅の木。「花の袖」は紅梅殿の舞にふさわしい。一四 若木と対。一五 古今集・賀・読み人知らずの歌(初句「わが君は」)。一六 長寿を君に授け、行く末をお守りせよとの老松の神託。天満天神の神託と解することもできる。

君への献寿

八島(やしま)

二番目物　古称、義経
勇士物　世阿弥作か(素材・主題の項参照)

場景　前場―讃岐国八島の浦。塩屋。ある春の朧月夜。
後場―同じく、後刻。月の輝く深夜から暁。

人物　前ジテ　漁翁〔朝倉尉(笑尉)・着流尉〕
後ジテ　源義経の霊〔平太・修羅物〕
前ヅレ　漁夫〔水衣男〕(下掛は後場まで居残る)
ワキ　都の旅僧〔着流僧〕
ワキヅレ　供の僧〔着流僧〕(二、三人)
アイ　八島の浦の男〔長上下〕

梗概　都の僧が西国行脚の途次、八島の浦に到り、日が暮れたので塩屋で一夜を明かすことにする。月も海上に浮かぶ浦の夕景色を詠めつつ浦の老人と若者が塩屋に帰って来たので、一夜の宿を乞うが、老人は見苦しいからと断るものの、旅僧が都の人と知ると中に請じ入れ、都を懐かしみ落涙する。僧の所望に応えて老人は八島の浦での源平の戦いの話を語る。源氏の大将義経の勇姿、三保谷四郎(みおのやのしろう)と悪七兵衛景清の錣引(しころびき)の力競べ、主君の身代りに死んだ義経股肱の臣嗣信と教経の寵童菊王のことを語り終えた老人は、自分が義経の霊であることを仄めかし、春暁を待てと告げて消える(中入)。浦の男が自分の塩屋に無断で入っている旅僧を見つけ咎めるが、事情を聞き、その老人こそ義経の霊であろうと推量し、八島の合戦のさまを語る。暁におよび、僧の夢に義経の霊が昔の姿で現れ、現世での闘争心のため死後も消えぬ修羅の妄執を嘆き、八島の戦いのさまを物語る。合戦のさなか誤って海中に取り落とした弓を、名を惜しみ危険を冒して取り返した話を語るうち、修羅道の責め苦である戦いの時が来て、激しい舟戦さのさまを見せ、夜明けとともに姿は消え失せ、浦には朝嵐が吹いていた。

素材・主題　平家物語十一の嗣信最期・錣引・弓流などの話に拠りつつ、義経の八島の武勲と死後の修羅道の苦しみと迷妄とを描く。八島で義経軍に急襲された平家は船に乗り移り、戦いは船と陸との間で展開された。佐藤嗣信は判官の身代りとなって能登守教経の矢に討たれ、教経に仕える童の菊王は佐藤忠信の矢で討死。悪七兵衛景清は逃げる三保谷の兜の錣を摑み、引きちぎり、船で海に乗り入れた判官は誤って取り落とした弓を武名にかけて身を賭して拾いあげる。こうした合戦絵巻を義経の霊による語りを主軸として、ダイナミックに描写する。前場後場ともに五段とし、夢幻能の完備形式に貫かれた大作の修羅能で、世阿弥は「通盛・忠度・義経三番、修羅がかりにはよき能なり」と讃嘆している。後場で効果的な表現を見せる「生死(しやうじ)の海」「生死(いきしに)の海山」がキーワードで、それは海と陸で展開された源平の戦場であり、戦いに明け暮れた「この世(閻浮)」をさす。この世で戦い続けた義経は、死後もなお修羅の迷妄からのがれ得ず、「生死の海」に沈淪しているのである。構想や小段構成、引用、詞章などに世阿弥的特色は顕著で、世阿弥作とみて間違いあるまい。

一　月も南の海原の上を巡って行く、その南海道の八島の浦を尋ねよう。この〈次第〉は下掛古写本に有無両様、現行金春・喜多もなく、「名ノリ笛」で登場する。
二　現香川県高松市で今は陸続き。八島合戦(平家物語)の舞台。
三　都の人である事が後に塩屋の主が宿を貸す因となり話が展開する。
四　春霞も浪も浮き立つ。春の船路の面白きさま。[縁]春霞―浮き立つ、船―入。[掛]遥々―春。[付]入日―影をかくす。
五　下掛「照り添ひて」。
六　塩を焼く小屋。旅人が塩屋に宿を頼む設定は「松風」「藤栄」等にも。
七　月光が波間に揺らめきまるで野火のような光景。「野火」は底本・諸本「夜火」とするが、波濤が「やくわ」に似たりとする喩えなので「野火」(野原につける火。日葡)がよいか。
八　「漁翁夜傍二西巌一宿、暁汲二清湘一燃二楚竹一」(柳子厚詩。詩人玉屑十)。漁夫が湘江の西岸に仮泊し、暁に川の水を汲み楚竹を焚いて湯を沸かす、という詩の光景も、今のわが身には理解出来る。蘆を焚く火の影がほのかに見え初める情景、実に趣深い。湘江は洞庭湖にそそぐ川。楚竹は楚国の篠竹の意。[縁]蘆―ほ(穂)の見え。

【一】〔次第〕〈次第〉ワキ・ワキツレ〽月[一]も南の海原《(うな)ばら》や、月も南の海原や、八[二]島の浦を尋ねむ。

〈名ノリ〉ワキ「是[三]《(これ)》は都方《(みやこがた)》より出《(いで)》たる僧にて候、我いまだ四国を見ず候程に、此度《(このたび)》思《おも》ひ立《(たち)》西国行脚《(あんぎや)》と心ざし候。

〈上歌〉ワキ・ワキツレ〽春[四]霞《がすみ》、浮《う》き立《た》つ浪の奥津船《(おきつぶね)》、浮き立つ浪の奥津船、入日《(いりひ)》の雲も影[五]添《そ》ひて、そなたの空と行《(ゆく)》程に、遥々《はるばる》なりし船路経《へ》て、八島の浦に着《(つき)》にけり、八島の浦に着にけり。

〈着キゼリフ〉ワキ「急《いそ》ぎ候程に、是は讃岐国《(さぬきのくに)》八島の浦に着《(つき)》て候、日の暮《(くれ)》て候へば、是なる塩[六]屋に立《(たち)》より、一夜《(いちや)》を明《あ》かさばやと思ひ候。

【二】〔一声〕〈サシ〉シテ〽面白や月海上《(かいしやう)》に浮《う》かむでは、波濤《(はたう)》[七]野火《(やくわ)》に似たり　ツレ〽漁翁夜西《(ぎよおうよるせい)》[八]岸《(がん)》に傍《そ》ふ《(う)》て宿《(しゆく)》す　二人〽暁《あかつき》湘水《(しやうすい)》を汲《(くん)》で楚竹《(そちく)》を焚《た》くも、今に知《し》られて蘆火《(あしび)》の影《かげ》、ほの見《み》え初《そ》むる物凄《すご》さよ。

〈一セイ〉二人〽月[九]の出塩《(でじほ)》の沖《おき》つ波　ツレ〽霞[一〇]の小舟《(をぶね)》こがれ来《き》て　シテ〽海士《(あま)》の呼《よ》び声《こゑ》

二人〽里近《ちか》し。　〔アシライ歩ミ〕

〈サシ〉シテ〽一[一一]葉万里《(いちえふばんり)》の船の道、ただ一帆《(いつぱん)》の風に任《まか》す　ツレ〽夕の空の雲の波《なみ》　二人〽月の行ゑ《(ゆくへ)》に立《(たち)》消《き》えて、霞《かすみ》に浮《う》かぶ《ム》松原の、陰[一二]は緑《みどり》に映《うつ》ろひて、海岸そこともしらぬひの、筑《つく》紫《し》の海にや続《つづ》くらん。

〈下歌〉二人〽爰《(ここ)》[一三]は八島《やしま》の浦伝《づた》ひ、蜑《(あま)》の家居《(いへゐ)》も数々に。

都から八島の浦へ

九 以下、遠くの海上の霞める光景。
一〇 霞の中を小舟が漕ぎ寄せられ、漁師の呼び交わす声に、浦里の近い事が知られる。[掛]漕—焦。
一一 木の葉のごとき小舟で万里を行く境涯、それは吹く風に任せるほかない頼りなさ。「一葉舟中万里身」(和漢朗詠集・山寺・白居易)。「万里の波濤に赴くも、ただ一帆の道とかや、一葉の中には…」(世阿弥「金島書」)と同趣。
一二 「海岸遠き松原や、海の緑に続くらん」(曲舞「西国下」)と同趣。

春の夜の海

[掛]知らぬ—不知火。「不知火」は「筑紫」の枕詞で火(悪し火)に象徴される八島や壇の浦の海戦を暗示する。
一三 以下、浦の夕暮れの近景に転じる。

以下四五四頁

一 [掛]糸—暇、無—波。釣りの糸、暇も無し、波の上、と続く。
二 [掛]帆—ほのぼの。[縁]舟—帆。
三 以下の〈問答〉は旅僧が須磨の塩屋に宿を乞う「松風」に同趣。
四 都人と聞いて、はしなくも慕わしく思う心がわいてきたさま。
五 [掛]悪し—蘆。[縁]蘆の屋—草枕。
六 新古今集・春上・大江千里の歌。末句「しくものぞなき」。[掛]しく—

〈上歌〉二人 〽釣の暇《いとま》[一]も波《なみ》の上《うへ》、釣の暇も波の上、霞わたりて沖《おき》ゆくや、海士《(あま)》の小舟《(をぶね)》のほの[二]ぼのと、見えて残る夕暮、浦風までものどかなる、春や心を誘《さそ》ふらん、春や心を誘ふらん。

〈着キゼリフ〉シテ「先々《(まづまづ)》塩屋に帰《かへ》り休《やす》まふ《(う)》ずるにて候。

【三】〈問答〉[三] ワキ「塩屋の主《あるじ》の帰《かへ》りて候、立越《(たちこえ)》宿を借《か》らばやと思《(おもひ)》候、いかに是なる塩屋の内《うち》へ案内申《(まうし)》候　ツレ「誰《(たれ)》にて渡り候ぞ　ワキ「諸国一見の僧にて候、一夜の宿を御《(おん)》貸《か》し候へ　ツレ「暫御待《(しばらくおんまち)》候へ、主《(あるじ)》にその由申《(まうし)》候べし、いかに申候、諸国一見の御僧の、一夜の宿と仰《(おほせ)》候　シテ「御宿の事は安《(やすき)》事にて候へども、余《(あまり)》に見苦《(ぐるし)》く候程に、叶《かな》ふまじき由申候へ　ツレ「承《(うけたまはり)》候、御宿の事を申て候へば、余に見苦《ぐる》しく候ほどに、叶《かな》ふまじきと仰候　ワキ「いやいや、見苦《ぐる》しきは苦《くる》しからず候、殊に是は都方《がた》の者にて、此浦初《はじ》めて一見の事にて候が、日の暮《(くれ)》て候へば、ひらに一夜と重《かさ》ねて御申《(おんまうし)》候へ　ツレ「心得申候、唯今《(ただいま)》の由申て候へば、旅人《(たびびと)》は都の人にて御入《(おんニり)》候が、日の暮て候へば、ひらに一夜と重《(かさね)》て仰候　シテ「なに旅[四]人は都の人と申《(まうす)》か　ツレ「さむ候《ザウラウ》　シテ「実《(げに)》痛《いた》はしき御事かな、さらば御宿を貸《か》し申さむ

ツレ カヽル 〽本より栖《(すみか)》も芦[五]の屋の　シテ「ただ草枕とおぼしめせ　ツレ 〽しかも今宵は照《(てり)》も[六]せず　シテ 〽曇《くも》りも果《は》てぬ春の夜の　二人 〽朧《おぼろ》月夜にしく物もなき海士の苫《とま》[七]。

〈歌〉同 〽八[八]島に立《た》てる高松の、苔《こけ》の筵《むしろ》は痛はしや。

〈上歌〉同 〽扨《(さて)》慰《なぐさ》みは浦の名の、扨慰みは浦の名の、群《む》[九]れゐる田鶴《たづ》[一〇]を御覧ぜよ、などか雲井に

敷。作者は、春霞→夕暮→朧月夜の春の夜(前場)→月の冴える暁→夜明け、朝嵐(後場)と時間の流れと情景描写(及び心象風景)を描き分けている。七 苫屋(菅や茅で編んだ苫で葺いた小屋)を次句の「八島」に重ねる。八 掛屋—八島。高松に八島対岸の地名の高松(讃岐

一夜の宿を乞う

国山田郡)を言い掛ける。序高松の—苔の筵。九 掛群居—牟礼(讃岐国三木郡。高松の東)。〈キリ〉の「敵と見えしは群れゐる鷗」と呼応。一〇「あまつ風ふけゐの浦にゐるたづのなどか雲井にかへらざるべき」(新古今集・雑下・藤原清正)。背後に、鶴は雲井(空)に帰るが、自分はついに都に帰還できなかった悲しみをこめる。縁雲井—都。
一一 都を追われた義経の都への懐旧の情と悲しみから、私も元は都(の者)と言い掛け涙に咽んだ。
一二 出家の身として似つかわしくない頼み事。　一三 八島合戦は元暦二年二月十八日(平家物語)が正しい。　一四 以下、船上(海)の平家と、汀(陸)の源氏を鮮やかに描く。
一五 源義経の凜乎とした風姿。覚一本平家物語十一・嗣信最期による。着背長は大将着用の大鎧。
一六 鐙に足を掛け踏張り鞍壺から身を乗り出し。大将の意気を描写。
一七 同時に複数の上皇や法皇がい

帰らざらん、旅人の故郷《ふるさと》も、都と聞《き》けば懐《なつ》かしや、我ら[一一]も本《もと》はとて、やがて涙にむせびけり、やがて涙にむせびけり。

【四】〈問答〉ワキ「いかに申《まうし》候、何とやらん似合《あ》[一二]はぬ所望にて候へ共《ども》、いにしへ此所《このところ》にて合戦の有様承度《うけたまはりたく》候

シテ「安き間《あひだ》の事、語《かたツ》て聞《き》かせ申候べし。

〈語リ〉シテ「いで其比《そのころ》は元暦《げんりやく》[一三]元年三月十八日の事成《なり》しに、平家[一四]は海の面《おもて》一町ばかりに船を浮《う》かべ、源氏は此汀《みぎは》にうち出《いで》給ふ、大将軍《たいしやうぐん》[一五]の御《おん》出立《いでたち》には、赤地《あかぢ》の錦の直垂《ひたたれ》に、紫裾濃《すそご》の御着《き》背《せ》長《なが》、鐙《あぶみ》[一六]ふんばり鞍笠《くらかさ》に突《つ》つ立《た》ち上《あ》がり、一院《いちゐん》[一七]の御使《つかひ》、源氏の大将検非違使《けんビゐし》[一八]五位の尉《じよう》、源《みなもと》の義経《よしつね》と、カヽル〽名乗《なのり》給ひし御骨柄《こつがら》、あつぱれ大将やと見《み》[一九]えし、今のやうに思《おも》ひ出《いで》られて候。

〈掛合〉ツレ カヽル〽其時《そのとき》平家の方《かた》よりも、言葉戦《だたか》ひ[二〇]事終《ことをは》り、兵船一艘《ひやうせんいつさう》漕《こぎ》よせて、浪打《う》ち際《ぎは》に下《お》り立《た》つて、「陸《くが》の敵《かたき》を待《まち》かけしに

シテ「源氏の方《かた》にも続《つづ》く兵《つはもの》[二一]五十騎ばかり、中にも三保《みを》[二二]の谷《や》の四郎と名乗《なのツ》て、真先《まつさき》かけて見《み》えし所に

ツレ カヽル〽平家の方にも悪七兵衛景清《あくしちびやうゑかげきよ》と名のり、三保《みを》の谷《や》を目《め》がけ戦《たたか》ひしに

シテ「彼《かの》三保《みを》の谷《や》は其時に、太刀打《う》ち折《お》つて力《ちから》なく、少《すこし》汀に引退《ひきしりぞ》きしに

ツレ〽景清追懸《おつかけ》三保《みを》の谷《や》が

シテ「着たる甲《かぶと》の錣《しころ》[二三]を摑《つか》むで

ツレ〽後《うしろ》へ引《ひけ》ば三保《みを》の谷《や》も

シテ〽身を遁《のが》れんと前へ引《ひ》く

ツレ〽互《たが》ひにえいやと

シテ〽引《ひく》力に。

懐かしき都人

る時、上位の人をいう。ここでは後白河院による平家追討の院宣。一八 京都の警察と裁判を司った職。一九 伝聞でなく実際見たような感慨。二〇 戦場で互いに相手方をののしり合うこと。舌論。

二一 平家物語では五騎。この前後、平家物語の、義経名乗・言葉戦い・嗣信最期・菊王最期・扇の的・錣引・弓流、の順序を変え、錣引を前場の〈語リ〉の主眼目に、弓流を後場の山場に、脚色。二二「武蔵国の住人、三保の谷の四郎、同藤七、同十郎」(平家物語十一・弓流)。平家方屈指の勇士景清と錣を引き合ったのは十郎。二三 兜の鉢から左右後に垂らして首を覆う部分。

義経の雄姿

以下四五六頁

一 兜の鉢に付けた錣の一枚目。

二 以下、平家物語を要約。佐藤次信は義経の股肱の臣、佐藤三郎兵衛嗣信、その弟が忠信。能登殿は平教経。三 菊王丸。教経に仕えた童。忠信に射られ討死。十八歳。

景清の錣引、寵臣の戦死

四 源平ともにあいつぐ寵臣の戦死。合戦にも残る人の情。〈掛合〉では源平武者の生の躍動を、〈歌〉では

〈歌〉同 〽[一]鉢附《はちつけ》の板より、引《ひき》ちぎつて、左右《さう》へくはつとぞ退《の》きにける、是を御覧じて判官、御馬を‐汀にうち寄《よ》せ給へば、[二]佐藤次信、能登殿の矢先《さき》にかかつて、馬より下《しも》にどうと落《お》つれば、舟には‐[三]菊王も討《うた》れければ、[四]ともに‐あはれと思《おぼ》しけるか、舟は沖へ陸《くが》は陣へ、相引《あひ(びき)》に[五]引《ひ》く塩の、跡は鬨《とき》の声絶《た》えて、磯の浪松風計《ばかり》の、音淋《さび》しくぞ成《なり》にける。

【五】〈ロンギ〉地 〽[六]不思議なりとよあま人《びと》の、余委敷物語《あまりくはしきものがたり》、其名を名乗《なのり》給へや シテ 〽我名《わがな》を何と[七]夕波《いふなみ》の、引《ひ》くや夜塩《よじほ》も[八]朝倉《あさくら》や、木《き》の丸殿《まるどの》にあらばこそ、名乗をしても行《ゆ》かまし 地 〽実《げに》や言葉を聞《きく》からに、其名床《ゆか》しき老人《おいびと》の シテ 〽昔《むかし》を語《かた》る[九]小忌衣《をみごろも》 地 〽ころしも今は シテ 〽[一〇]春の夜の 同 〽潮《うしほ》の‐落《お》つる暁ならば、修羅の時になるべし、其時は‐我名や名のらん、[一一]たとひ名のらずとも名《な》のるとも、よし常《つね》の浮世の、夢ばし覚《さ》まし給ふなよ、夢ばし覚まし給ふなよ。（[一二]中入）

【六】〈問答・語リ・問答〉（所の男が旅僧の所望に応じて、八島の合戦、とりわき景清と三保谷の錣引の話を語る。なお特殊演出に仕方を伴って語る「那須」（奈須与市語）がある）

【七】〈オキゴト〉ワキ「不思議《ふしぎ》や今の老人《らうじん》の、其名を尋《たづね》し答《こた(へ)》えにも、[一三]義経の世の夢心、覚《さ》まさで待《ま》てと聞《き》こえつる。

〈上歌〉ワキ・ワキツレ 〽声も[一四]更行《ふけゆく》浦風の、声も更行浦風の、松が根《ね》枕そばだてて、懐《おもひ》をのぶる苔筵《むしろ》、重《かさ》ねて夢を待《ま》ち居たり、重ねて夢を待ち居たり。

【八】〔一声〕〈サシ〉後シテ 〽[一五]落花《らくくわ》 枝《えだ》に帰《かへ》らず、破鏡《はきやう》 二《ふた》たび照《て》らさず、[一六]然《しかれ》ども猶《なほ》妄執の瞋恚《しんゐ》とて、

死の哀れさを対照させる。
五 ［掛］退く―引く。［序］引く塩の―跡。源平ともに陣を引く意に、引塩を言いかけた。鬨の声・浪・松風の音は結びの「鬨の声と聞えしは、浦風なりけり高松の」と呼応。
六 「とよ」は強意。→「唐船」五六四頁注四。「あま人」「余り」は頭韻。
七 ［掛］言ふ―夕波。［序］夕波の―引く。［縁］夜―朝。［掛］浅し―朝倉。［序］引くや夜塩も―朝(浅)倉や。八 「朝倉やきのまろどのにわがをれば名のりをしつつ行くはたが子ぞ」(新古今集・雑中・天智天皇)。九 ［掛］小忌衣―御身。［序］小忌衣―ころしも。「衣」と重韻で「春」(張る)と縁語。
一〇 潮の引く春の暁方になると修

名を仄めかす

羅道での苦しみが始まる時になるでしょう。一一 いや、たとい名乗らずとも名乗っても、どちらでもよいこと。つらいのはこの世の常。［掛］よし常―義経。一二 下掛ではツレは中入せず、笛座前にクツログ。
一三 ［掛］よし常―義経、世―夜。
一四 ［掛］延―暢(のぶる)。［縁］松が根枕―苔筵―重ね。［付］風―吹・声、松風―浦、松がね―枕、枕―そばだつる、苔―衣、衣―重ぬる。縁語、掛詞を多用した連歌寄合的作詞法は世阿弥の特色の一。
一五 「破鏡不二重照一、落花難レ上レ枝」(伝燈録十七)。一六 しかし死後も

鬼神《きしん》魂魄《こんぱく》の境界《きやうがい》に帰《かへ》り、我と此身を苦《くる》しめて、修羅の巷《ちまた》に寄《よ》り来《く》る波[一七]の、浅からざりし業因かな。

【九】〈掛合〉ワキ カヽル 〽不思議やなはや暁にも成《なる》や覧《らん》と、思《おも》ふ寝覚《ねざめ》の枕より、甲冑《かつちう》を帯《たい》し見《み》え給ふは、もし判官にてましますか シテ「我《われ》義経が幽霊なるが、瞋恚《しんゐ》に引《ひ》かるる妄執にて、なを《ほ》西海の浪に漂《ただよ》ひ、カヽル 〽生死《しやうじ》[一八]の海に沈淪《ちんりん》せり ワキ カヽル 〽愚《をろ》[一九]かやな心からこそ生死《いきしに》の、海共《とも》見《み》ゆれ真如の月の シテ 〽春の夜《よ》なれど曇りなき、心《こころ》も澄《す》める今宵《こよひ》の空 ワキ 〽昔を今に思《おも》ひ出《いづ》る シテ 〽船と陸《くが》との合戦《かせん》の道 ワキ 〽所からとて シテ 〽忘《わすれ》[二〇]得《え》ぬ。

〈上歌〉同 〽武士《もののふ》[二一]の、八島に入《い》るや月弓の、八島に射《い》るや月弓の、本《もと》[二二]の身ながら又爰《またここ》に、弓箭《きうせん》[二三]の道は迷《まよ》はぬに、迷《まよ》ひけるぞや、生死《しやうじ》の海山を離《はな》れやらで、帰《かへ》る八島のうらめしや、兎《と》にかくに執心の、残[二四]りの海の深《ふか》き世に、夢物語《がたり》申《まうす》也、夢物語申也。

【一〇】〈クリ〉地 〽忘《わす》[二五]れぬ物を閻浮《えんぶ》の故郷《こきやう》に、去《さ》つて久しき年[二六]なみの、よるの夢路に通《かよ》ひ来《き》て、修羅道の有様顕《あらは》すなり。

〈サシ〉シテ 〽思ひぞ出《いづ》る昔の春、月も今宵《こよひ》に冴《さ》えかへり 同 〽本《もと》の渚《なぎさ》は爰《ここ》なれや、源平互《たが》ひに矢先を揃《そろ》へ、船を組《くみ》駒を並《なら》べて、打入《うちいれ》打入足並《あしなみ》[二七]に、轡《くつばみ》を浸《ひた》して攻《せ》め戦《たたか》ふ。

〈掛合〉シテ「其[二八]時何《なに》とかしたりけん、判官弓を取《と》り落《お》とし、浪に揺《ゆ》られて流《ながれ》しに 地 〽其折しもは引塩《ひくしほ》にて、遥《はる》かに遠《とを》く流《なが》れ行《ゆく》を シテ「敵《かたき》に弓を取《と》られじと、駒を波間に泳《をよ》がせ

甲冑姿の義経の霊

この世への妄執ゆえに忿怒の心が燃え、それが即魂魄となって我と我が身を苦しめ、修羅の巷に再び寄り来る、現世での罪業の何と深かったことよ。「魄霊の魂にうつりて」(「箙」)。一七 以下、瞋恚の妄執の宿る場所をかつての戦場の八島・壇の浦の波や海が象徴。一八 生死流転の苦患の深さを海に譬える。以下、「生死《いきしに》の海」「生死《しやうじ》の海」「生死《しやうじ》の海山」と畳みかけ、この世の修羅の巷を描く。一九 愚かなこと、そのような迷妄ゆえに、生死の海と見えるが、(迷いを捨てれば)そこには真

生死の海

如の月(悟り)も照らしているのだ。二〇 義経の妄執が去らぬことをいう。二一 武士として八島で戦った、その元のままの姿で再びここに来たが。囲(忘れ得ぬ)ものを—武士八島—矢、入—射。縁射—槻弓(月)。序八島に入るや—月弓の。二二 囲本(弓の下部)—元。序槻弓の—本。二三 弓矢(武人)の道に迷わなかった(戦い抜いた)が、生死の道に迷い、迷いを去れず、八島の海に帰ってくるとは、何と恨めしいこと。囲来—弓箭。二四 序残りの海の—深き世に。海に象徴される妄執の深さ。

て、敵船《てきせん》近《ちか》く成《なり》し程に　地へ敵《かたき》は是を見しよりも、舟を寄《よ》せ熊手に掛《か》けて、既に危《あやう》く見《み》え給ひしに　シテ「されども熊手を切《き》り払《はら》ひ、終《つひ》に弓を取《と》り返《かへ》し、本の渚《なぎさ》にうち上《あ》がれば。

〈サシ〉地へ其時兼房《かねふさ》一申やう、二口惜《お》しの御振舞《おんふるまひ》やな、三渡辺にて景時が申《まうし》しも、是にて社《こそ》候へ、たとひ千金を延《の》べたる御《おん》弓なり共《とも》、御《おん》命には替《か》へ給ふべきかと、涙を流《なが》し申ければ、判官是を聞召《きこしめし》、いやとよ弓を惜《をし》むにあらず。

〈クセ〉地へ四義経《よしつね》源平に、弓箭《ゆみや》を取《と》つて私《わたくし》なし、しかれ共《ども》、佳名《かめい》はいまだ半《なかば》ならず、されば此弓を、敵《かたき》に取《と》られ義経は、五小兵《こひやう》なりと言《い》はれむは、無念の次第なるべし、よしそれ故に討《う》たれんは、力なし義経が、運の極《きは》めと思ふべし、さらずは六敵《かたき》に渡さじとて、浪に引《ひ》かる弓取の、名は末代にあらずやと、語《かた》り給へば兼房、扨《さて》其外《そのほか》の人迄も、みな感涙を流《なが》しけり　シテへ七智者は惑《まど》はず　同へ勇者《ヨうしや》は懼《をそ》れずの、八矢《や》猛《たけ》心の梓弓、敵《かたき》には取《とり》伝《つた》へじと、惜むは名の為、惜《お》しまぬは一命なれば、九身を捨《すて》てこそ後記《こうき》にも、佳名を留《とど》むべき、弓筆《ゆみふで》の跡《あと》なるべけれ。

【二】〈詠〉シテへまた修羅道の鬨《とき》一〇の声　地へ矢叫《さけ》びの音震動せり。〔カケリ〕

〈ノリコトバ〉シテ「一一けふの修羅の敵《かたき》は誰《た》そ、何能登守教経《のとのかみのりつね》とや、あら物々しや手並《な》みは知《し》りぬ、カヽルへ思ひぞ出《い》づる壇《だん》の浦の。

〈中ノリ地〉同へ一二其舟軍《そのふないくさ》今ははや、其舟軍今ははや、闇浮《えんぶ》に帰《かへ》る一三生死《いきしに》の、海山一同に震動し

二五 忘れられぬこの娑婆、この世を去って久しいが、今宵は夢の中に現れて、修羅道の様を示すのだ。以下、生と死、昔と今、閻浮の故郷と修羅の巷、を対比させて描写。二六 掛年並―年波、寄る―夜。序年なみの―よる。波による文飾。二七 掛波―並、沓―轡(くつばみ)。二八 以下、平家物語十一・弓流に拠る。下掛はシテとツレの〈掛合〉。

弓流の話

以上四五七頁

一 増尾十郎兼房の主君を思う諫言。平家物語では諫めたのは「おとなども」。兼房は謡曲の脚色。二 遺憾な御行動ですぞ。三 摂津の港。義経と景時が逆櫓の論争をした所。四 源平の戦(いくさ)において、自分は私心なく戦っているが、武勇の名はまだ不十分。五 弓を射る力の弱いこと。六 敵に渡すまいと浪に引かれてゆく弓を取ったのだ。武士たる者の名は末代迄も残るのだから。「浪に引かるる」は中世歌語。縁引―弓。掛弓取(武士)―弓。七「子曰、智者不レ惑、仁者不レ憂、勇者不レ懼」(論語・子罕《しかん》)。八 弓を敵に渡すまいとしたのは、命よりも名を惜しんだためであり。掛矢猛心(猛り立つ心)―矢竹。縁矢竹―梓弓。九 義経のこうした行動こそ武士の誉れとして書き残

て、船よりは鬨《とき》の声　シテ〽陸《(くが)》には浪の楯《たて》　地〽月に白《しら》むは　シテ〽剣《つるぎ》の光《ひかり》　地〽潮《うしほ》に映《うつ》るは　シテ〽一四甲《(かぶと)》の星《ほし》の影《かげ》　同〽一五水や空《そら》、空《そら》行《(ゆく)》も又雲の波の、一六討《う》ち合《あ》ひ刺《さ》し違《ちが》ふる、一七船軍の駆《か》け引《ひ》き、浮沈《しづ》むとせし程に、春の夜の波より明《(あけ)》て、敵《かたき》と見《み》えしは一八群《む》れゐる鷗《かもめ》、鬨《とき》の声と聞《(きこ)》えしは、浦風なりけり高《たか》松の、浦風なりけり高松《たかまつ》の、朝嵐《あらし》とぞ成《(なり)》にける。

修羅の戦い

さるべきものであろう。「時の面目、後記のためし」(「二度懸」)。「弓筆の跡」は武勇の士の「筆のあと」。一〇 [掛]時—鬨。合戦の様を音で表現。「カケリ」は戦いのさまを表す。一一 平家物語十一・能登殿最期によれば、平家の勇将教経は長門国壇の浦で奮戦、義経の舟に乗り移ったが、義経は飛び移って逃げたため、もはやこれまでと、両脇に敵をかかえて海中に沈んだ。一二 その舟戦《(ふないくさ)》同様の修羅の戦いが、今、生死に迷いこの娑婆に立ち帰った八島の海で始まった。一三「生死の海」をふまえる。[序]生死の—海山。海山は海と陸を対置し平家と源氏を象徴。一四 兜の鉢に打った銀の鋲。それを月光に対する星影に表現。[縁]月—星。この前後、海・山・陸、月・星、波・潮といった自然の主題的景物が、海と陸と空の激戦の修羅世界をスケール大きく描きだす。一五 水か空か(さだかならず)、空を行くのも波かと見紛う雲。「水や空そらや水とも見え分かず…」(新後拾遺集・秋上・読み人知らず)。一六 [掛]打—討。[序]雲の波—うち。一七 [縁]船—浮沈。一八 [掛]群れ—牟礼、敵—鷗。鬨の声、浦風と叙景を合戦の情景に絡め、朝嵐の空しさに勝者の孤独を描いて終える。

井筒（ゐづつ）

三番目物
本鬘物　　世阿弥作（五音）

場景　前場―大和国石上（いそのかみ）の里。在原寺の旧跡。井戸のある辺り。ある秋の月の夜。後場―同じく、夜半から暁にかけて。

人物　前ジテ　里の女〔若女（増）・唐織着流女〕
　後ジテ　井筒の女の霊〔若女（増）・初冠長絹女〕
　ワキ　旅の僧〔着流僧〕
　アイ　里の男〔長上下〕

梗概　諸国一見の僧が奈良の寺々を拝み巡り、初瀬に参る途中、在原寺に立ち寄り、業平夫婦の旧跡と知り二人を弔う。その夜、美しい里の女が現れ、廃寺のさびしい情景や昔の思い出、仏の救いを求める心を述べつつ古き塚に水を手向ける。女は僧に問われて、この塚が在原業平の墓と教え、業平と紀有常の娘との筒井筒の物語などを語ったのち、自分こそ井筒の女とも呼ばれた紀有常の娘と明かし、かたわらの井筒の陰に姿を消す（中入）。里の男が僧の問いに答えて、業平と紀有常の娘のことを語り弔いを勧める。夜更け、夢に見ることを期待する僧の仮寝の夢の中に、業平の形見の装束を身につけた井筒の女の霊が現れる。澄みゆく月の光の下、恋慕の舞を舞い、恋の思い出の井筒にわが姿を映して夫の面影を懐かしみ、やがて夜明けとともに消えうせる。

素材・主題　伊勢物語・二十三段の筒井筒の挿話を中心に、四・十七・二十四段の話を合わせ、人待つ女とも井筒の女ともいわれた紀有常の娘の、夫業平への一途な思慕と、恋の追憶を描く。伊勢物語が業平の一代記的歌道の聖典として尊重された中世では、歌学の家で様々の注釈書が作られた。本曲も冷泉流伊勢物語抄（片桐洋一『伊勢物語の研究・資料篇』）などの理解が根底にあり、現代の伊勢物語理解とは隔たりがあるが、古注に拠りつつも「井筒」には、作者世阿弥が創造した新たな詩劇の世界があり、秋の夜の古寺を背景に、井筒の女の恋心をしみじみと描く。前場では、幼い頃互いに影をうつした水鏡の昔、大人になり男の求婚の歌に女が承諾の歌を返した幸福な昔を回想する〈クセ〉が、後場では夫の形見の衣装を身にまとい男装した美女が業平の舞をまねて舞う追慕の舞が中心で、構成も穏やかで首尾整っている。終り近く、井筒をのぞき込み水鏡に業平の面影を幻視する場面が、唯一の破調であり、かつクライマックスでもある。世阿弥が完成させた夢幻能の極北を示す傑作で、世阿弥自身「井筒、上果なり」と自讃している（申楽談儀）。

一 後見が薄をつけた井筒の作り物を正面先に据える。
二 下掛「一所不住の僧」。
三 奈良七大寺のこと。東大寺・元興寺・西大寺・薬師寺・大安寺・興福寺・法隆寺をさす（拾芥抄・下など）。
四 大和の長谷寺。初瀬観音の霊場。→「玉鬘」二七〇頁。
五 現行ではアイは出ないが、「松風」のようにアイが出ていたか。
六 在原業平建立の寺というが、謡曲拾葉抄の「石上在原山本光明寺」説をはじめ所在に諸説あり未詳。中世には荒廃していた。「かたばかりその名残とて在原の昔の跡を見るもなつかし」（玉葉集・雑五・従三位為子）。
七 在原業平（八二五―八八〇）。平安初期の歌人。伊勢物語の主人公。
八 紀有常（八一五―八七七）。伊勢物語・十六段に業平との交友が描かれる。
九 在原寺の所在地。
一〇 伊勢物語・二十三段の歌（下句「夜半にや君がひとりこゆらむ」）。物語を業平と有常の娘の事とするのが中世古注釈書の理解（冷泉家流伊勢物語抄）。

【一】[一]〔名ノリ笛〕〈名ノリ〉ワキ「是《これ》は[二]諸国一見の僧にて候、我《われ》此程は[三]南都七堂に参りて候、又是より[四]初瀬《はつせ》に参《まい》らばやと存《ぞんじ》候、[五]是なる寺を人に尋《たづね》て候へば、[六]在原寺《ありはらでら》とかや申《まうし》候程に、立寄《よ》り一見《いつけん》せばやと思《おも》ひ候。

〈サシ〉ワキ カヽル〽抑《さて》は此《この》在原寺はいにしへ[七]業平《なりひら》[八]紀《き》の有常《ありつね》の息女、夫婦住《すみ》給ひし[九]石上《いそのかみ》なるべし、[一〇]風吹《ふけ》ば沖《おき》つ白《しら》浪龍田《たつ》山と詠じけんも、此所《このところ》にての事なるべし。

〈下歌〉ワキ〽昔語《むかしがたり》の跡訪《と》へば、其《その》業平の友とせし、[一一]紀の有常の常《つね》なき世《よ》、[一二]妹背《いもせ》をかけてとぶらはん、妹背をかけてとぶらはん。

【二】〔次第〕〈次第〉女〽[一三]あかつきごとの閼伽《あか》の水、あかつきごとの閼伽の水、月も心や澄《す》ますらむ。

〈サシ〉女〽[一四]さなきだに物の淋《さび》しき秋の夜《よ》の、人目《め》稀なる古寺《ふるてら》の、庭の松風更《ふ》[一五]け過《す》ぎて、月も[一六]傾《かたぶ》く軒端の草、忘《わす》れて過《す》ぎしいにしへを、忍《しの》ぶ顔《がほ》にていつまでか、待《ま》つことなくてながらへん、実《げに》何事も思出《おもひで》の、人には残《のこ》る世中《よのなか》かな。

〈下歌〉女〽ただいつとなく一筋《すぢ》に、頼む[一七]仏の御手《みて》の糸、導《みちび》き給へ法《のり》の声。

〈上歌〉女〽[一八]迷《まよ》ひをも、照《て》らさせ給ふ御誓《おんちか》ひ、照らさせ給ふ御誓ひ、げにもと見えて有明の、行ゑ《ゆくへ》は西の山なれど、眺《なが》めは四方《よも》の秋の空、[一九]松の声のみ聞《きこ》ゆれども、嵐はいづくとも、定めなき世《よ》の夢心、何の音にか覚《さ》めてまし、何の音にか覚めてまし。

一一 有常の名とは反対の無常のこの世。[序]有常の—常なき(無常)。一二 夫婦一緒に弔おう。[縁]妹背—世。
一三 暁ごとにここに来て仏前に供える水を汲む。「閼伽の水」は「暁」と頭韻。月(常住不変の象徴)は本曲のキーワード。
一四 深き懐旧と哀感の情。
一五 [掛]吹—更。
一六 「傾く」は前後に掛かる繫詞。[掛]偲—忍。[縁]軒端の草(忍ぶ草の別名)—忘れ(草)—忍ぶ(草)—いつまで(草)。
一七 [縁]一筋—糸—導く。一途に弥陀の力を頼み願う心。
一八 衆生の迷いを照らしなされ、極楽へ導く阿弥陀仏の御誓願は、いかにもその通りと見えて、有明の月の行くえも西の極楽浄土。

淋しき秋の夜の古寺

一九 聴覚的表現が古寺の静けさを強調。「定めなき」は「嵐」と「世」に掛かる。[縁]嵐—音。

以下四六二頁

一 板で周りを囲った井戸。終曲で業平の面影を映し出す。二 仏に花を供える時の水。三 底本「姓」を訂正。四 伊勢物語各段冒頭の「昔、男ありけり」に基づき、「昔男とは在原の中将業平」(和歌知顕集)と理解されていた。この段、今と昔を対比した描写。五 主人

【三】〈問答〉ワキ「我此寺《このてら》に休《やす》らひ心を澄《す》ます折節《をりふし》、いとなまめける女性《にょしやう》、庭の板井《いたゐ》[一]を結びあげ花水[二]とし、是なる塚に廻向《ゑかう》の気色《けしき》見《み》え給ふは、いかなる人にてましますぞ　女「是は此あたりに住《すむ》者なり、此寺の本願在原の業平は、世に名を留《と》めし人也、されば其跡のしるしも是なる塚の陰やらん、わらはも委《くはしく》は知《し》らず候へ共《ども》、華水《はなみづ》を手向《たむけ》御《おん》跡を弔《とむら》ひ参《まい》らせ候　ワキ「実々《げにげに》業平の御《おん》事は、世に名を留《と》めし人なり去《さり》ながら、今は遥《はる》かに遠き世の、昔語《むかしがたり》の跡なるを、しかも女性[三]の御身《おんみ》として、か様《やう》に弔《とむら》ひ給ふ事、其在原の業平《なりひら》に、カヽル〽如何様《いかさま》故《ゆゑ》ある御身《おんみ》や覧《らん》　女「故《ゆへ》ある身かと問《と》はせ給ふ、其業平は[四]その時だにも、昔男《むかしをとこ》といはれし身の、ましてや今は遠《とを》き世に、故も縁《ゆかり》もあるべからず　ワキ カヽル〽尤《もつと》も仰《おほせ》はさる事なれ共《ども》、爰は昔の旧跡にて、[五]主《ぬし》こそ遠く業平の　女〽跡は残りてさすがにいまだ　ワキ〽聞《きこ》えは朽《くち》ぬ世語《よがたり》を　女〽語《かた》れば今も　ワキ〽昔男の。

〈上歌〉同〽[六]名ばかりは、在原寺の跡古《あとふ》りて、在原寺の跡古りて、松も老《お》[七]ひ《い》たる塚の草、是こそそれよ亡《な》き跡の、一村《ひとむら》薄《ずすき》[八]の穂に出《い》づるは、いつの名残なるらん、草[九]茫々《ばうばう》として、露深々《しんしん》と古塚《ふるつか》の、まことなるかないにしへの、跡なつかしき気色かな、跡なつかしき気色かな。

【四】〈誘イゼリフ〉ワキ「猶々《なほなほ》業平の御事、委《くはしく》御物語候へ。

〈クリ〉地〽昔《むかし》在原の中将、年経て爰《ここ》に石上《いそのかみ》[一〇]、古《ふ》りにし里も花の春、月の秋とて住《す》み給ひし

古塚に回向する女

公の業平は遠い世の人となってしまったが、その跡は残り、いまだ、その評判は朽ちもせず、世の語りぐさとして語られている。囲成り—業平。六 名だけは残されているが在原寺、その古跡も荒れ果てて。「名はあり原の跡ふりにけり雨露にしぼめる花の色見えて」(菟玖波集十二)。囲有り—在。七 囲生—老。八 付薄—穂に出る(薄の穂の出る意と、よそ目にあらわれるの意)。九「草茫々土蒼々」(白氏文集四・草茫々)。一〇 囲居—石上。「石上」は在原寺のある地名、「古り」の枕詞。以下、「日の光藪しわかねば礒の神古りにし里に花も咲きけり」(古今集・雑上・布留今道)に基づく。一一 夫婦の情愛。一二 現大阪府八尾市。高安山麓の古称。一三 別の恋人がいて、そちらへも忍んで通っていた。縁道—通ふ。一四 序風吹けば奥津白浪—龍(立つ)田山。〈サシ〉〈クセ〉は伊勢物語・二十三段に拠るが、物語では〈クセ〉の筒井筒の話は〈サシ〉の高安通いより前にある。一五 不安な夜道を行く夫を案じた真心が通じ、高安の女との契りは途絶えがちになった。序おぼつかなみ(波)—夜(寄る)。囲無—波、離々—枯々。一六 まことに人の情

に。

〈サシ〉女〽其比《(そのころ)》は紀の有常《ありつね》が娘《むすめ》と契り、[一一]妹背の心浅《あさ》からざりしに　同〽又河内の国[一二]高安《たかやす》の里に、[一三]知《し》る人ありて二道《(ふたみち)》に、忍《しの》びて通ひ給ひしに　女〽[一四]風吹《ふ》けば奥津《(おきつ)》白《しら》浪龍田《たつた》山　同〽夜半《(よは)》にや君がひとり行《ゆ》くらんと、[一五]おぼつかなみの夜《よる》の道、行ゑ《(ゆくへ)》を思ふ心とけて、よその契りは枯々《(かれがれ)》なり　女〽[一六]実《(げに)》情知《し》るうたかたの　同〽あはれを述《の》べしも、理《ことはり》なり。

〈クセ〉同〽昔此国に、住《す》む人のありけるが、宿を並《なら》べて門《(かど)》の前、井筒に寄《よ》りて[一七]うなひ《(ゐ)》子《こ》の、友だち語《かた》らひて、[一八]互《たが》ひに影《かげ》を水鏡《かがみ》、面《(おもて)》を並《なら》べ袖を掛《か》け、心の水も底ゐ《そこ(ひ)》なく、移《うつ》る月日も重《かさ》なりて、大人《おとな》しく恥《は》ぢがはしく、互《たが》ひに今は成《(なり)》にけり、其後｜かの[一九]まめ男《おとこ》、[二〇]言葉の露の玉章《づさ》の、心の花も色添《そ》ひて　女〽[二一]筒《つつ》井筒、井筒《づつ》にかけしまろが丈《たけ》　同〽[二二]生《(おひ)》にけらしな、妹《いも》見ざる間《ま》にと、詠《よ》みて贈《をく》りける程に、其時｜女も[二三]比《くら》べ来《こ》し、振《ふ》り分《(わけ)》髪《がみ》も肩過《かたす》ぎぬ、君ならずして、誰《(たれ)》か上《あ》ぐべきと、[二四]互《たが》ひに詠《よ》みし故《(ゆゑ)》なれや、[二五]筒《つつ》井筒の女とも、聞《(きこ)》えしは有常が、娘《むすめ》の古《ふる》き名なるべし。

【五】〈ロンギ〉地〽実《(げに)》や古《ふ》りにし物語、聞《(きけ)》ば妙《(たへ)》なる有様の、怪《あや》しや名乗《(なのり)》おはしませ　女〽まことは我は[二六]恋衣《(こひごろも)》、紀の有常が娘《むすめ》共、いさ｜白《しら》浪の龍田《たつた》山、夜半に紛《まぎ》れて来《(きた)》りたり　地〽不思議や扨《(さて)》は龍田《たつた》山、色にぞ出《(いづ)》る[二七]もみぢ葉《ば》の　女〽紀の有常が娘《むすめ》とも　地〽又は井筒の女共　女〽恥《は》づかしながら我なりと　同〽[二八]結《い》ふや｜注連《しめ》縄《なは》の長《なが》き世《よ》を、契りし年は筒《つつ》井筒、

を知るのは歌、その歌に託して深い愛情を述べたのももっともなこと。

業平の高安通いの話

〔掛〕歌—泡沫。〔序〕うたかたの—あはれ(泡)。一七 垂れ髪姿の幼児。一八 互いに姿を水鏡に映して見合い、心の底深く想いをかわすうちに、年は移り月日も重なり成人して、恥ずかしく思うようになった。

筒井筒の物語

終曲で井戸の中に業平を見出す事への伏線。〔掛〕見—水鏡、映る—移る。〔縁〕影—面—底—移る(映る)。一九 伊勢物語・二段の「かのまめ男」による業平の異名。二〇 美しい言葉で綴った恋文に想いを籠めた歌を添え。〔掛〕言葉—葉の露—露の玉—玉章。〔縁〕心—言葉、花—葉—色。二一 伊勢物語・二十三段の男の贈歌で「井筒」の主題歌。後場で、シテが回帰を望む昔となる。二二 底本「老」を訂正。二三 女の返歌。結婚の意志を表す。二四 「互ひに影を…」「互ひに今は…」「互ひに詠みし…」と〈クセ〉に三度使われている点も注意したい。相思相愛の物語。二五 古注に基づく有常の娘の異名。二六 〔掛〕着—紀、知らず—白浪、立つ—龍田山。〔序〕恋衣—紀(着)、白浪—龍(立つ)田山—夜半。有常の娘であることをほのめかす。二七 「もみぢ葉」(黄葉)の

井筒《づつ》の陰《かげ》に隠《かく》れけり、井筒の陰に隠れけり。　（中入）

【六】〈問答・語リ・問答〉（里の男が旅僧の尋ねに答えて、業平と有常の娘との恋物語、業平河内通いのことなどを物語り、供養を勧める）

【七】〈上歌〉ワキ〽更行《ふけゆく》や、在原寺の夜《よる》の月、在原寺の夜の月、昔[一]を返《かへ》す衣手《ころもで》に、夢待《まち》添《そ》へて仮《かり》枕、苔の筵《むしろ》に臥《ふ》しにけり、苔の筵に臥しにけり。

【八】[二]〔一声〕〈サシ〉女〽徒《あだ》[三]なりと名にこそ立《た》てれ桜花《さくらばな》、年に稀なる人も待《まち》けり、か様《やう》に詠《よ》みしも我なれば、人待《まつ》女ともいはれしなり、我筒《つつ》井筒の昔より、真《ま》[四]弓槻《ゆみつき》弓年《とし》を経《へ》て、今は亡《な》き世に業平の、形見《かたみ》の直衣《なほし》身に触《ふ》れて。

【九】〈一セイ〉シテ〽恥《は》[五]づかしや、昔《むかし》男に移《うつ》り舞《まひ》　地〽雪[六]を廻《めぐ》らす花の袖。　〔序ノ舞〕

〈ワカ〉女〽ここ[七]に来《き》て、昔《むかし》ぞ返《かへ》す、在原の　地〽寺井に澄《す》める、月ぞさやけき、月ぞさやけき。

【一〇】〈ワカ受ケ〉女〽月[八]やあらぬ、春や昔《むかし》と詠《なが》めしも、いつの比《ころ》ぞや。

〈ノリ地〉女カヽル〽筒《つつ》井筒　同〽筒《つつ》井筒《づつ》、井筒にかけし　女〽まろが丈《たけ》　地〽生《おひ》[九]にけらしな　女〽おひにけるぞや　地〽さ[一〇]ながら見々《みみ》えし、昔《むかし》男の、冠直衣《かぶりなをし》は、女とも見えず、男《おとこ》なりけり、業平の面影《かげ》。

〈歌〉女〽見《み》れば懐《なつ》かしや　同〽我ながら懐《なつ》かしや、亡夫《ばうふウ》[一一]―魄霊《はくれい》の姿は、萎《しぼ》[一二]める花の、色無《な》うて匂《にほ》ひ、残りて在原《ありはら》の、寺の鐘もほのぼのと、明《あ》くれば古《ふる》寺の、松風[一三]や芭蕉葉《ばせうば》の、夢も―

「黄」と音通の「紀」の序。 二六 末永い夫婦の約束をした年が十九の時を示すあの筒井筒の陰に姿を消した。「つづ」（十のこと）は

夢待ち

中世には誤って十九歳の意にも。「つづはたち」（狂言「枕物狂」）。

業平の形見を着た女の霊

「注連縄の」までが「長き」の序。掛言ふ―結ふ、十九（つづ）―筒。契りし年を「五つ」とする説もある（冷泉家流伊勢物語抄・夏）。

以上四六三頁

一「いとせめて恋しき時はむばたまの夜の衣を返してぞ着る」（古今集・恋二・小野小町）。 二 後ジテは初冠に巻纓追懸という業平の形見の武官姿（業平が中将であったから）で現れる。 三 伊勢物語・十七段の歌。作者を和歌知顕集などの古注は「桜に人待ちえたる女、有常女」とする。 四 業平との睦まじい時も、長い年月を経て今は遥か

懐かしき業平の面影

昔のこととなってしまった、その業平の形見の直衣を身に着けて。「梓弓真弓槻弓年を経てわがせしがごとうるはしみせよ」（伊勢物語・二十四段）をふまえる。掛業平―成。序梓弓真弓槻（月）弓―年を

破《やぶ》れて覚《(さめ)》にけり、夢は破《やぶ》れ明《(あけ)》にけり。

経て。直衣は貴族の平服。形見の着用は「松風」に同趣。五 恥ずかしいこと。昔男業平の舞をまねての移り舞、風に吹きなす雪さながらに花の袖を翻して舞おう。「移り舞」は「賀茂物狂」「山姥」、廃曲「阿古屋松」などの例に照らし、人の舞をまねて舞う意にとりたい。「乗り移る」とする見方もある。六 美しく軽やかな舞姿の形容。「廻雪」の訓読。七 今ここに到り、時は業平の昔へ帰り、在原寺の井戸に映る月影がさやかに澄んでいる。八「月やあらぬ春や昔の春ならぬ我が身ひとつはもとの身にして」(伊勢物語・四段)。九「生い」(成長した)で、「筒井筒…」の歌を詠んだ最も幸福だった時をさすのであろう。底本「老」を訂正。[縁]老—昔男。シテは業平の姿を幻覚。一〇 相逢うた時そのままの、昔男の冠直衣、それをまとうた我が姿は、女とも見えず、まさしく男、水に映るのは業平の面影。「さながら」は「男なりけり」にもかかる。一一 亡夫業平の姿を重ねた女の幽霊。底本「亡婦」を改めた。一二 業平歌評「その心あまりて言葉足らず。しぼめる花の色なくて匂ひ残れるがごとし」(古今集・仮名序)を転用。[掛]有り—在原。一三 [縁]風—芭蕉—夢。[序]松風や芭蕉葉の—夢も破れ。列子・周穆王の蕉鹿の夢の故事をふまえる。

俊寛(しゅんくわん)

四番目物　異称、鬼界島
人情物　観世元雅作か(素材・主題の項参照)

場景　前半―絶海の孤島、鬼界島(硫黄島)。山路。九月のある日。後半―同じく、渚。後刻。

人物
シテ　俊寛僧都〔俊寛・俊寛〕
ツレ　平判官康頼〔着流僧〕
ツレ　丹波少将成経〔水衣男〕
ワキ　赦免使〔掛直垂〕
アイ　船頭〔肩衣半袴〕

梗概　中宮御産の祈願のため大赦が行われ、平家討伐の陰謀が発覚し鬼界島に流されていた流人のうち丹波少将成経と平判官入道康頼が赦され、赦免使が都を出発する。鬼界島では康頼と成経が今日も島に勧請した熊野三社に詣で、一方、俊寛は絶望的な境涯を慨嘆しつつ、成経と康頼を迎えに出、谷水を酒に見立てて汲み交わし、都での昔の栄華をしのび、今の身の上を嘆く。そこへ赦免使が到着。俊寛は赦免状を受け取り康頼に読ませたが、僧都の名がなく「罪も同じ罪、配所も同じ配所」なのに、なぜ自分だけ赦されぬのかと悲嘆にくれ、絶望にうちふるえる。舟出の時が来て、赦免使は二人を乗せる。せめて向こうの薩摩の地までと哀願するも許されず、纜(ともづな)に取りつくが船頭は綱を切って舟を出す。力尽きた俊寛は渚にひれ臥し、寂しく舟影を見送る。

素材・主題　平家物語二・康頼祝言、三・赦文、足摺などに拠りつつ、孤島にただ一人残される流人俊寛の悲哀、屈折した心理を描く。詞章は概して八坂流本文に近いが特定できず、むしろ巧みかつ有効に利用し、こなれており秀抜だ。三人の運命を決する赦免状を読む場面が劇的頂点をなし、帰洛の願いも空しく絶望の淵に落とされた俊寛の驚愕、愁嘆、激昂、慟哭は痛ましい。赦免使の無情、康頼・成経の喜び、俊寛の孤独。それらがすべて交じりあって明と暗のコントラストを形成していく。赦免状読み上げの前の、成経・康頼と谷水を菊水に見立てて汲み交わし懐旧にふける場面は、背景にある慈童説話が七百歳の長寿を保った慈童(彭祖仙人)の配所生活を我が身にたぐえ、帰洛の願望と公家の優雅さを感じさせる。孤独な俊寛の心境を詠嘆する登場歌の禅林詩句の巧みな引用、「滅色(めっしき)」なるきわめて特殊な語が他には元雅作「歌占」にのみ見え、「隅田川」と通う「聞くやいかに…」の新古今和歌の使い方、乗船する二人に縋り拒絶される俊寛の姿と心情を描く結末の、相互に畳みかけて緊迫感を盛りあげてゆく問答の手法、平明率直な文章で作中人物の心情を丹念に描き、そして極限状況にある人間を描く主題的関心から、伊藤正義の指摘するように観世元雅の作と考えてよいだろう。〈クドキ〉〈クセ〉で示される悲哀は、最後に救いの船から見放されたとき、登場歌「寒蟬(かんせん)枯木を抱ひて鳴き尽くして頭(かうべ)を回(めぐ)らさず」の詩境が現実のものとなる。なお諸流・古写本間に異同も多く、演出にも幅があり、後人による改変の手が加わっている。

一 太政大臣の唐名。平清盛のこと。
二 高倉天皇の中宮。清盛の娘徳子。後の建礼門院。以下、平家物語三・赦文に拠る。
三 罪を問わず一切の罪人の赦免。
四 重罪人の流刑地。現鹿児島県大島郡三島村。硫黄島の異称。上掛は始めに俊寛が赦免に洩れていることを告げるが、下掛は名に言及しない。
五 藤原成経。丹波守右近衛少将。
六 平康頼。検非違使尉。鹿ヶ谷の陰謀に加担。俊寛、成経らと流罪。
七 現行諸流ともワキが一度中入し、後ワキは舟子(狂言方)を伴って〔一声〕で出るが、車屋本ではワキは中入せず後座にクツロギ、狂言方は登場しないらしい。古型か。
八 神を斎(わい)うという名の硫黄島、私達の願いも熊野三山の加護によって叶えられることだろう。[斎]ふ―硫黄、満つ―三(みつ)。成経・康頼の熊野信仰は以下の〈サシ〉に詳述。
九 せめて、この島に三熊野を勧請申し上げ、都から熊野への道筋の九十九所の王子の社まで、ことごとくなぞらえ作り、祀っている。
一〇 順次参拝の道筋。「神路」は底本のまま。「信路」か。
一一 [掛]見―三熊野。「み熊野の浦の浜木綿百重なる心は思へどただに逢はぬかも」(拾遺集・恋一・柿本人麿。万葉集、夫木抄など)。

【一】〔名ノリ笛〕〈名ノリ〉ワキ「是《(これ)》は[一]相国《(しやうこく)》に仕へ申《(まうす)》者にて候、扨《(さて)》も此《(この)》たび[二]中宮《(ちうぐう)》御産《(ご)さむ》の御祈《(おんいのり)》のために、[三]非常の大赦《(だいしや)》行《(をこな)》はるるにより、国々の流人《(るにん)》赦免《しやめん》ある、中にも[四]鬼《き》界《かい》が島の流人《(るにん)》のうち、[五]丹波の少将成経《なりつね》、[六]平判官《(へいはんぐわん)》康頼《やすより》二人《(ににん)》赦免《しやめん》の御使《(おんつかひ)》をば、それがし承《(うけたまは)》つて候間、只今鬼《き》界《かい》が島へと急《いそ》ぎ候。

〈問答〉（[七]ワキは船頭に舟の準備を命じ、二人とも中入する）

【二】〔次第〕〈次第〉二人〽[八]神を斎《いは》ふが島《しま》なれば、神を硫黄《いはふ》が島なれば、願《ねが》ひもみつの山ならむ。

〈名ノリザシ〉二人〽是は九州薩摩《キウシウさつま》潟《がた》、鬼界が島の流人の中《(うち)》、丹波の少将成経、平判官入道康頼、二人《(ににん)》が果《は》てにて候なり。

〈サシ〉二人〽我等《(われら)》都にありし時、熊野《(くまの)》参詣三十三度の、歩《あゆ》みをなさむと立願《(りふぐわん)》せしに、其半《なか》ばにも数足《た》らで、かかる遠流《(をんる)》の身となれば、所願も空《むな》しくはや成《(なり)》ぬ、[九]せめての事の余《(あまり)》にや、此島に三熊野《(みくまの)》を勧請申《(くわんじやうまうし)》、都よりの道中《(だうちう)》の、九十九所《(く じふく しよ)》の、王子迄。

〈下歌〉二人〽[一〇]ことごとく順礼の、神路《(しんろ)》に幣《ぬさ》を捧《ささ》げつつ。

〈上歌〉二人〽爰《(ここ)》とても、同じ宮居《みやゐ》と三熊野の、同じ宮居と[一一]三熊野の、浦《うら》の浜木綿《はまゆふ》一重《ひとへ》なる、[一二]麻衣《あさ(ぎぬ)》の萎《しほ》るるを、ただ其ままの白衣《(はくえ)》にて、真砂《(まさご)》を取《と》りて散米《さん(まい)》に、白木綿花《しらゆふばな》の御禊《みそぎ》して、神に歩《あゆ》みを運《はこ》ぶなり、神に歩みを運ぶなり。

【三】〔一声〕〈一セイ〉シテ〽[一三]後《(のち)》の世を、待《ま》たで鬼界が島守《もり》と

地〽なる身の果《は》ての、[一四]暗《くら》きより

一二 麻衣を浄衣に、砂を神前にまく米に、浜木綿の白い花を幣に見立て。

赦免使、鬼界が島へ急ぐ

一三 死後を待たず冥途同然の鬼界が島の島守となった我が身の果ては、暗黒の世界へ沈み行くばかりだ。救いを信じ帰洛を祈る成経・康頼と、既に絶望しているかのような俊寛との登場歌の対比が、俊寛の運命を暗示する。

一四 「暗きより暗き道にぞ入りぬべき遥かに照らせ山の端の月」(拾遺集・哀傷・和泉式部)をふまえる。

以下四六八頁

一 玉兎(月)は昼、雲母の地(仙界)に眠り、金鶏(日輪)は夜、不萌の枝に宿る。日も月もその光を発しない心か。禅林の詩句か。未詳。

二 秋の蟬は枯木にとまって鳴き尽くし首を回らす力もない。「寒蟬抱二枯木一、泣尽不レ回レ頭」(五燈会元二十)。

成経・康頼の三熊野詣

三 参詣の帰路の旅人を道で迎え、饗応すること。酒迎えとも。竹葉・薬の水・菊水、ともに酒の異称。

四 こした酒。

五 赦免状の到着は長月(平家物語三)。重陽の節句(九月九日)には重陽の宴(菊花の宴)が開かれた。

六 菊水を飲み七百歳の長寿を得た

シテ　へ暗《くら》き道にぞ入《(いり)》にける。

〈サシ〉シテ　へ[一]玉兎《(ぎよくと)》昼眠《ひるねむ》る雲母《(うんぼ)》の地、金鶏夜《きんけいよる》宿《(しゆく)》す不萠《(ふばう)》の枝《(し)》、[二]寒蟬《かんせん》枯木《(こぼく)》を抱《いだ》ひ《(い)》て、鳴《(なき)》つくして頭《かうべ》を回《めぐ》らさず、俊寛が身の上《うへ》に知《し》られて候。

【四】〈問答〉ヤスヨリ「あれなるは俊寛にてわたり候か、是までは何の為に御出《(おんいで)》にて候ぞ　シテ「はやくも御《ご》覧じ咎《とが》めたり、[三]道迎《だうむか》への其ために、一酒《(いつしゆ)》を持《も》ちて参りて候　ヤスヨリ「そも一酒とは竹葉《(ちくえふ)》の、此島にあるべきかと立《た》ち寄《よ》り見れば、や、是は水なり　シテ「これは仰《(おほせ)》にて候へ共《(ども)》、それ酒《(さけ)》と申事《(まうす)》は、本《(もと)》これ薬《くすり》の水なれば、[四]醽酒《れい(しゆ)》にてなどなかるべき　二人カヽル　へ実々《(げにげに)》是は理《ことはり》なり、比《(ころ)》は[五]長月《(ながづき)》　シテ　へ時は重陽《(ちようやう)》　二人　へ所は山路《(さんろ)》　シテ　へ谷水《(こくすい)》の　三人　へ[六]彭祖《(はうそ)》が七《(しち)》百歳を経《へ》しも、心《こころ》を汲《く》み得《え》し深谷《(みたに)》の水。

〈上歌〉同　へ飲《の》むからに、実《(げに)》も薬《くすり》と[七]菊水《きくすい》の、実も薬と菊水の、心の底《そこ》も白衣《しらぎぬ》の、[八]濡《ぬ》れて干《ほ》す、山路《(やまぢ)》の菊の露の間《ま》に、我も千年《とせ》を、経《ふ》る心地《ち》する、配所《はい》は扨《(さて)》もいつまでぞ、春過《す》ぎ－夏闌《なつた》けて又、秋暮れ冬の来《(きた)》るをも、草木《(くさき)》の色ぞ知《し》らするや、あら恋しの昔や、思《おも》ひ出《で》は何につけても。

〈歌〉同　へあはれ－都に有《(あり)》し時は、[九]法勝寺《ほつしようじ》[一〇]法成寺《ほふじやうじ》、ただ[一一]喜見城《(きけんじやう)》の春の花、今は－いつしか引《(ひき)》かへて、[一二]五衰－[一三]滅色《(めつしき)》の秋なれや、落《お》つる木《(こ)》の葉の盃《さかづき》、飲《の》む酒は[一四]谷水《(たにみづ)》の、流《なが》るるも又涙川、水上《みなかみ》は－我《(われ)》なるものを、物思ふ時《とき》しもは、今こそ限《かぎ》りなりけれ。

絶望の俊寛

中国の仙人(「彭祖」に脚色されている)。以下、慈童説話に拠る。「列仙伝曰、彭祖服₂菊長寿其年七百余歳」(和漢朗詠集私注)。七 掛聞く(利く)－菊、知(らる)－白衣。付菊－白妙の袖。「心の底」は前文の「心を汲み得し」と呼応し、菊水の徳の意。以下、二人の流人仲間と、仙郷さながらに谷水を汲みかわして懐旧にふける一段は、この能の中で唯一、公家の優雅さを伺わせる場面。八 仙界の、山路の菊に置く露に濡れた衣を干す僅かの間(露の間)が、人間界の千年にもあたるというが、今の私に

配所での風雅

も、この島での僅かの間が千年を経た程に長く感じられる。「濡れて干す山路の菊の露の間にいつか千年をわれは経にけん」(古今集・秋下・素性)。九 白河天皇建立。俊寛はこの寺の執行(寺務を執り行う僧)だった。都にいた昔と今の境遇の落差を描く。分離のトリを多用し、切々たる懐旧と千々に乱れる流人の胸中を描く。一〇 藤原道長建立。平安時代の代表的大寺。法勝寺と法成寺は頭韻。一一 帝釈天の居城。歓楽の尽きぬ所とされている。都での栄華を「春の花」咲く喜見城に譬え、下句

[一五]【五】〔一声〕〈一セイ〉ワキ ＼早舟《はやぶね》[一六]の、心にかなふ追手《(おひて)》にて、舟《ふな》子やいとど勇《いさ》むらん。[一七]

〈問答〉（ワキが流人の行方を探すよう船頭に命じる）

【六】〈問答〉ワキ「いかに此島に流《なが》され人《(びと)》の御座候か、都より赦免状を持《(もち)》て参りて候、急《いそ(い)》ひで御《(ご)》拝見《(はいけん)》候へ

シテ「あら有難や候《ザウラウ》、[一八]やがて康頼《やすより》御覧候へ

ヤスヨリ「なになに[一九]中宮御産の御祈の為に、非常の大赦《(だいしや)》行はるるにより、国々の流人赦免《しやめん》ある、中にも鬼界が島の流人のうち、丹波の少将成経、平判官入道康頼二人《(ににん)》赦免《しやめん》ある所也

シテ「何とて俊寛をば読《よ》み落《お》とし給ふぞ

ヤスヨリ「[二〇]御名は候はばこそ、赦免状の面《(おもて)》を御覧候へ

シテ「扨《(さて)》は筆者の誤《あやま》りか

ワキ「いやそれがし都にて承《(うけたまはり)》候も、康頼《やすより》成経二人は御供申せ、俊寛一人《(いちにん)》をば此島に残し申せとの御事にて候。

【七】〈クドキグリ〉シテ ＼こはいかに罪[二一]も同じ罪《つみ》、配所《はいしよ》も同《おな》じ配所、非常も同じ大赦なるに、ひとり誓《ちか》[二二]ひの網《あみ》に洩《も》れて、沈《しづ》[二三]み果《は》てなん事はいかに。

〈クドキ〉シテ ＼此程《(このほど)》は三人一所に有《(あり)》つるだに、さも恐《おそ》ろしく凄《すさ》ましき、荒磯《あらいそ》島《(じま)》に唯《(ただ)》ひとり、離《はな》れて蜑《(あま)》[二四]の捨《すて》草《(くさ)》の、浪の藻《も》屑《くづ》の寄《よ》る辺《べ》もなくて、あられむものかあさましや、歎《なげ》くにかひ[二五]も渚《(なぎさ)》の千鳥、鳴《(なく)》ばかりなる有様かな。

〈クセ〉同 ＼時[二六]を感《かん》じては、花も涙を濺《そそ》ぎ、別《わか》れを恨《うら》みては、鳥も心を動《うご》かせり、もとよりも此島は、鬼界《きかい》が島と聞《(きく)》なれば、鬼《おに》ある所にて、今生《(こんじやう)》よりの冥途《めいど》なり、たとひ｜いかなる鬼な

の滅々とした「秋…木の葉」と対比。一二 天人の死に際し現れる五種の死相。「天人の五衰も」（「羽衣」）。一三 万木凋落の淋しい秋の譬えらしい。「歌占」（元雅作）に易の占卦に関連するらしい「命期立爻（めいどりうかう）滅色にて」とあるが未詳。一四 谷水の流れ、それは流す涙の涙川、その源はこの私（身から出た流人の境遇）、思えば今を限りの命か。「涙川なに水上を尋ねけん物思ふ時のわが身なりけり」（古今集・恋一・読み人知らず）。〔付〕涙―流るる・川。一五 囃子のうちにアイが舟の作リ物を運び出し一ノ松に据え舟の艫に乗って棹を持つ。ワキは赦免状を懐中して登場、舟の中央に乗る。一六 舟足早く、心のままの追い風が吹き、舟人もいっそう勇み立つだろう。この〈一セイ〉（廃曲「百合草若」と同文）は下掛や脇方諸流に小異。〈一セイ〉がなく赦免使の問答に入る古写本の形が古型らしい。一七 このあと狂言〈一セイ〉が続く形もある。一八 待望の赦免状を受取りながら、わざわざ康頼に渡し読ませ、やがて自分の名がない事を知る。一九 以下、「…赦免ある所也」まで

赦免状読み上げ、俊寛の驚愕

悲嘆

りと、此あはれなどか知《し》らざらん、一天地《(てんち)》を動《うご》かし、鬼神《(きしん)》も感《かむ》をなすなるも、人のあはれなるものを、此島の鳥獣《けだもの》も、鳴《な》くは我《(われ)》を訪《と》ふやらん二　シテ へ三せめて思《おも》ひの余《(あまり)》にや　同 へ先《(さき)》に読《よ》みたる巻《まき》物を、又引《ひ》き開《ひら》き同じ跡を、繰《く》り返し繰《く》り返し、見れども見れども、只《(ただ)》成経康頼《やすより》と、書《か》きたる其名ばかりなり、もしも四礼紙《(らいし)》にや有《(ある)》らんと、巻《ま》き返して見れども、僧《(そう)》都《(づ)》共《(とも)》俊寛とも、書《か》ける文字は更になし、こは夢か扨《(さて)》も夢ならば、覚《さ》めよ覚めよと現《うつつ》なき、俊寛が有様を、見るこそあはれなりけれ。

【八】〈掛合〉ワキ カヽル へ五時刻移《うつ》りて叶《(かな)》ふまじ、成経康頼二人《(ににん)》ははや、御《(お)》船に召《め》され候へとよ

二人 カヽル へかくてあるべき事ならねば、六よその歎《なげ》きを振《(ふり)》捨《す》てて、七二人は船に乗《の》らむとす

シテ 「僧都も舟に乗《の》らむとて、康頼の袂《たもと》に取《と》り付《つ》けば　ワキ カヽル へ僧都は舟に叶《かな》ふまじと、さも荒《あら》けなく言《い》ひければ　シテ 「うたてやな八公《おほやけ》の私《(わたくし)》と云《(いふ)》事のあれば、せめて向《む》かひの地までなり共《(とも)》、情《(なさけ)》に乗《の》せて賜《た》び給へ　ワキ カヽル へ情《なさけ》も知《し》らぬ船子ども、櫓櫂《ろかい》を振《ふ》り上《あ》げ打《う》たんとすれば　シテ へさすが命の悲《かな》しさに、又立《(たち)》帰《かへ》り出《(いで)》船《ぶね》の、「纜《ともづな》に取《と》り付《つ》き引留《と》むる

ワキ 「船人纜《ともづなを》押し切《き》つて、舟を深《ふか》みに押《を》し出《(いだ)》す　シテ へせん方九波《なみ》に揺《ゆ》られながら、ただ手を合《あ》はせて舟《ふね》よなふ　ワキ へ舟《ふね》よと言《い》へど乗《の》せざれば　シテ へ力及《をよ》ばず俊寛は。

〈歌〉同 へもとの渚に一〇ひれ伏《ふ》して、一一松浦《(まつら)》佐《さ》用《よ》姫も、わが身にはよもまさじと、声も惜《お》しまず泣《な》き居たり。

が赦免状の文面。梅若本は〈状〉と指定。なお喜多流は(車屋本も)成経が赦免状を読む。二〇 上掛古版本はワキのセリフ。二一「月も同じ月、空も同じ空のいかなれば今夜の空の照りまさるらん」(長門本平家物語五・成経被参詣大隅正八幡宮事)を借りたか。二二 仏の衆生済度の御誓願。ここでは俊寛が大赦に洩れた事を指す。「誓ひの網」は「実盛」「放生川」「弱法師」「盛久」等にも。二三 鳥を苦しみの海と見なした表現。二四 蜑が捨てた藻屑のように寄るべなき身の私が、どうして独りで生きて行けようか。序蜑の捨草・浪の藻屑—寄る辺もなくて。二五 囲効も無—貝も無、鳴く—泣く。付汀—なぎさ—千鳥。二六 時節に感ずれば非情の花さえも涙を流し、別離の恨みには鳥までも心を動かす。「感レ時花濺レ涙、恨レ別鳥驚レ心」(杜甫「春望」)。付涙—鳥の鳴く。

船出、懇願、拒絶

以上四六九頁

一「天地ヲ動カシ、鬼神ヲ感ゼシメ、…和歌ヨリ宜シキハナシ」(古今集・真名序)を借り、歌徳の代わりに人の悲哀が鬼の心を感じさせる意に転用。二 私を訪ね慰めてくれるのか。三 赦免状に名のない事に、思いあまってか。以下の俊寛の狼狽・落

【九】〈ロンギ〉三人〽痛《いた》はしの御事や、我等《(われら)》都に上《のぼ》りなば、[一二]よきやうに申《(まうし)》直《なを》しつつ、やがて帰洛は有《(ある)》べし、御《(おん)》心強《づよ》く待《ま》ち給へ　シテ〽[一三]帰洛を待《ま》てよとの、呼《よ》ばはる声も幽《かす》かなる、頼《たの》みを松陰《かげ》に、音《(ね)》を泣《な》きさして聞《(きき)》居たり　三人〽聞《き》くやいかにと[一四]夕波の、皆声《みなこゑ》々《ごゑ》に俊寛を　シテ〽申《(まうし)》直《なを》さば程もなく　三人〽必《かなら》ず帰洛あるべしや　シテ〽是はまことか　三人〽中々に　シテ〽頼《たの》むぞよ頼《たの》もしくて　同〽待《ま》てよ、待てよと言《い》ふ声《こゑ》も、姿も、次第《しだひ》に―遠《とを》ざかる沖《おき》つ浪の、幽《かす》かなる声《こゑ》絶《た》えて、舟影《ふなかげ》も人影《かげ》も、消《き》えて見《み》えず成《(なり)》にけり、跡《あと》消《き》えて見えずなりにけり。

胆のさまは写実的な描写。
四 書状の上に巻く白紙の紙。そこに俊寛の名の有無を確認した。
五 舟出の時刻を遅らせることはできない。
六 俊寛の嘆きを振り捨てて。
七 以下〈掛合〉から〈ロンギ〉にかけて「船に乗らむとす」「舟に乗らむとて」、「情に乗せて」「情も知らぬ…」のように、句を繰り返しつつ場面を描写していく。
八 公の事にも、私情を挿む余地はある、という諺。俊寛の赦免使への嘆願。「公の私とかや申すこと」(「盛久」)。「春栄」(宝生)にも。
九 [掛]無―波。
一〇 [掛]ひれ伏―領巾。
一一 唐へ渡る夫の乗った舟に、領巾《(れひ)》を振り別れを惜しんだ故事。
一二 うまくお取りなし致しますから、すぐ帰洛出来るでしょう。三人ともに俊寛に同情しながらも、赦免状通りに俊寛を置いて行く。
一三 帰洛を頼もしく待てとの声もやがて幽かになり、沖へ遠ざかるが、その声に幽かな頼みを待ち続けよう。「幽かなる」は上下に掛かる。[掛]待つ―松。
一四 [掛]言ふ―夕波。

慟哭、孤影

東岸居士《とうがんこじ》

四番目物　芸尽物

作者不明（世阿弥周辺の作か）

場景　京の都。東山、清水寺境内。ある春の日。

人物　シテ　東岸居士〔喝食・水衣大口喝食〕
ワキ　旅人〔素袍上下〕
アイ　清水寺門前の男〔長上下または肩衣半袴〕

梗概　都に上り見物している遠国の男が、清水へ参詣し、門前の男から東岸居士という喝食《かつしき》の説法と曲舞の面白さを聞き、居士の出現を待つ。緑の松さえも散る花に桜木となす嵐、無常の世、橋立ての勧進の忙しさ、を詠嘆しつつ居士が登場。旅人の問いに答えて、一切の真理は森羅万象を目前に見る人間の心にあること、橋は先師自然居士が架けたことを述べ、出自を尋ねられると、三界不定と答え、仏道に入る身を説き、勧進に加わるよう勧める。やがて旅人の所望にまかせ、歌舞のわざが仏法を讃嘆し帰依することとなる「狂言綺語の理」によせて歌い舞う。生死流転、六道輪廻、三業十罪などを語り舞い、羯鼓を打ち、歌舞は極楽の歌舞の菩薩の御法《みのり》であり遊びであると説き、「何とただ、雪や氷と隔つらん、万法みな一如なる、実相の門《かど》に入らふよ」と導く。

素材・主題　世阿弥の三道に「東岸居士・西岸居士などの遊狂」とあり、説経芸能者東岸居士は遊狂の風体として恰好の人物らしく、典拠未詳ながら謡曲拾葉抄所引の伝に、東山雲居寺《うんごじ》に住し自然居士の弟子で弘安六年(一二八三)没と伝える。実否はともかく、本曲の意図は、半僧半俗の青年東岸居士による説法芸を描くことにあったと思われる。「自然居士」と違い、格別の事件もなく、旅人に答える形で教義を説き、彼岸に到る橋立て勧進を勧め、「生死《しようじ》の転変《てんぺん》」の相を説示する。中心の曲舞は〈次第〉(「御法の舟の水馴棹、皆かの岸に到らん」)で始まり、〈クセ〉の終りが〈次第〉と同文の本格的な曲舞で、〈サシ〉〈クセ〉の詞章は一遍上人絵詞伝の第三に基づいている。元は独立の曲舞かもしれない。

世阿弥の「能本三十五番目録」に見え、「万事は皆目前の境界」など「山姥」とも通い、世阿弥周辺の作らしい。なお、シテ登場の段は〈一セイ〉のあとに〈サシ〉〈上歌〉と続く車屋本等の形が古型らしく(観世流の小書「橋立」に残る)、アイも門前の者でなく清水参詣の者とし、案内を頼み同道する形の古写本があるなど、現行諸流の本文は整理省略されているようである。

【一】〔名ノリ笛〕〈名ノリ〉ワキ「是《これ》は[一]遠国《をんごく》より出《いで》たる者にて候、我《われ》此程《このほど》は都に上《のぼ》り、かなたこな

一 上掛古本は「東国方の者」。二 上掛古本は「清水」。三 清水参詣のアイに案内を頼んで、同道する古写本もある。四 吹く風は花を吹き散らし、落花は緑の松までも桜色に染め、松に音立てて吹く松嵐はまるで花に声があるようだ。[縁]嵐—松—花。五 このあと、「〈サシ〉それ憂世の常なきこと、電光朝露もなほ喩へがたく、人間有為の世のありさま、芭蕉泡沫また同じ、はかなかりける世の中かな〈上歌〉めぐる日影も小車の、〳〵、道を定かに白川の、心にかけて橋柱、たちゐ隙なき心かな、〳〵」の登場歌のある形が古型。六 謡曲拾葉抄に「東岸居士、自然居士弟子。名玄寿、字東岸。東山雲居士之僧也」とあるが典拠不明。七 悟りを得る種は森羅万象を目前に見る人の心の中にある。「山姥」にも見える禅林の慣用句。八 蘇軾の句「柳緑花紅真面目」に基づき、ありのままの姿が仏法の真理である事の慣用表現。シテは悟道の真諦が目前に躍々たるを見て興じている。「柳は緑、花は紅なる、その色々を現せり」(「放下僧」)。九 →「自然居士」素材・主題の項。一〇 仏縁のない者をも救う仏法の功力。自然居士による白川橋架橋を指すが、その事実は未詳。

たを一見仕《つかまつ》りて候、又今日《こんにツタ》[二]は清水寺へ参らばやと存《ぞんじ》候。

【二】〈問答〉（ワキに呼び出された清水寺門前の男が、東岸居士の芸[三]の面白きことを教え、ワキの所望で居士を呼び出す）

【三】〔一声〕〈一セイ〉シテ 〽松[四]をさへ、みな桜木《さくらぎ》に散《ちり》なして、花に声ある嵐かな。[五]

【四】〈問答〉ワキ「これは承《うけたまはり》及《および》たる東岸居士[六]にて渡《わたり》候か、扨《さて》今日は如何様《いかやう》なる聴聞の御座候ぞ

シテ「事新《あたら》しき問《と》ひ事《ごと》かな、聴聞といつぱ、万事[七]は皆目前《もくぜん》の境界《きやうがい》なれば、カヽル 〽柳[八]は緑花は紅《くれなゐ》、あら面白の春の気色《けしき》やな

ワキ「荒《あら》面白《おもしろ》の答《こたへ》や候《ザウラウ》、扨《さて》此橋はいかなる人の架《か》け給ひたる橋《はし》にて候ぞ

シテ「これは先師《せんし》[九]自然居士《じねんこじ》の、法界無縁《ほふかいむえん》[一〇]の功力《くりき》を以《も》つて、渡し給ひし橋なれば、今又か様《やう》に勧《すす》むるなり[一一]

ワキ カヽル 〽偖々《さてさて》[一二]東岸西岸《せいがん》居士の、「郷里はいづくいかなる人の、カヽル 〽父母《ぶも》を離《はな》れし御出家ぞや

シテ「むつかしの事を問《とひ》給ふや、本《もと》より来《きた》る所もなければ、出家といふべき謂《いは》れもなし、出家にあらねば髪《かみ》をも剃《そ》らず、衣《ころも》を墨に染《そ》めもせで、ただ自《をの》づから道《だう》に入《いつ》て

ワキ カヽル 〽善[一三]を見ても

シテ 〽進まず

ワキ 〽智を捨《すて》ても

シテ 〽愚《ぐ》ならず

ワキ 〽折《をり》にふれ

シテ 〽事《こと》にわたりて白川[一四]に

ワキ 〽かかれる橋は

シテ 〽西《にし》

ワキ 〽東《ひがし》の。

〈歌〉同 〽東岸[一五]―西岸の柳の、髪は長《なが》く乱るる共《とも》、南枝《なんし》―北枝《ほくし》の梅の花、開《ひら》くる法《のり》の一筋に、渡《わた》らん為の橋なれば、勧《すす》めに入《いり》つつ、彼岸《かのきし》に到《いた》り給へや。

【五】〈問答〉ワキ「いかに申《まうし》候、又いつものごとく謡《うた(う)》ふて御聞《おんきか》せ候へ

シテ「実々《げにげに》是も狂言[一六]綺《き》

二 修復のための寄付の勧誘。

三 世阿弥の三道に「東岸居士、西岸居士の遊狂」とあるが未詳。廃曲に「西岸居士」がある。

花の清水寺

一三 善を見ても進んで行わず、智を捨てても愚かではなく、折りに触れ事につけ、あるがままの万象に真理があると知る。典拠あるか。

一四 掛知―白川。縁わたり―白川。「橋」「東」「西」は「し」が脚韻。

一五 岸の柳が風に乱れるように、居士の長き髪は乱れているが、花開くが如き仏法開悟の僧。人々を

橋立の勧め

一筋に仏道に導くための橋だから、勧めに応じ、悟りの彼岸への橋を渡りなさい。「東岸西岸之柳、遅速不㆑同。南枝北枝之梅、開落已異」、「気霽風梳㆓新柳髪㆒」（和漢朗詠集・春・早春・都良香）。眼前の橋を提げ、工案を断じ去るところに無限の禅機がある。付柳―岸・髪、髪―ながき・みだるる・柳。掛人―一筋。縁一筋―髪―法―橋。序髪は長く―乱るる、梅の花―開くる。

一六 狂言綺語（文芸や歌舞のわざ）は、讃仏開悟の縁になる。「願以㆓今生世俗文字之業狂言綺語之誤㆒、翻為㆓当来世世讃仏乗之因転法輪之縁㆒」（白氏文集・朗詠）。「自然居士」「山姥」等にも。「転法輪」は仏

語《ぎよ》をもつて、讃仏転法輪《さんぶつてんぼふりん》の真《まこと》の道《みち》にも入《いる》なれば、[一]人の心の華の曲《きよく》、カヽル 〽いざや謡《うた》はんこれとても。

〈次第〉同 〽御法《みのり》[二]の舟《ふね》の水《み》馴棹《なれざほ》、御法の舟の水馴棹、皆彼《か》の岸に到らん。

〈一セイ〉シテ 〽面白や、是も胡蝶[三]の夢のうち　地 〽遊《あそ》び戯《たはぶ》れ舞《ま》ふとかや。　〔中ノ舞〕

【六】〈クリ〉シテ 〽鈔《せう》[四]に又申《まう》さく、あらゆる所の仏法の趣《をもむき》　同 〽箇々円成《ここゑんじやう》[五]の道直《みちす》ぐに、今に絶《たえ》せぬ跡とかや。

〈サシ〉シテ 〽但《ただし》正像《しやうざう》[六]すでに暮《く》れて、末法《まつぼふ》に生《しやう》を受《う》けたり　同 〽[七]かるが故《ゆへ》に春過《すぎ》秋来《きた》れども、進《すす》みがたきは出離《しゆつり》[八]の道　シテ 〽花を惜《お》しみ月を見ても、起《お》こりやすきは妄念也　同 〽[九]罪障《ざいしやう》の山にはいつとなく、煩悩《ぼんなう》の雲厚《あつ》ふして、仏日《ぶつにち》の光《ひかり》晴《は》れがたく　シテ 〽生死《しやうじ》の海には永久《とこしなへ》に　同 〽無明《むみやう》の波荒《あら》くして、真如の月宿《やど》らず。

〈クセ〉同 〽[一〇]生を享《う》くるに任せて、苦《くる》に苦しび《み》を受重《かさ》ね、死に[一一]帰《かへ》るに従《したが》つて、暗《くら》きより、暗《くら》きに赴く、六道《ろくだう》[一二]の巷《ちまた》には、迷《まよ》はぬ所もなく、生死《しやうじ》の梱《とぼそ》には、宿らぬ栖《すみか》もなし、生死の転変《てんぺん》をば、夢とや言《い》はん、又現《うつつ》とやせむ、これらありと、言《い》はむとすれば、雲と昇《のぼ》り、煙と消《きえ》て後《のち》、其跡を留《とど》むべくもなし、無《な》しと言《い》はんとすれば又、恩愛《おんあい》の中《なか》、心留《とど》まつて、腸《はらわた》を断《た》ち魂《たましゐ》を、動《うご》かさずといふ事なし、彼芝蘭《かのしらん》[一三]の契りの袂《たもと》には、屍《かばね》をば、愁歎《しうたん》の炎《ほのほ》に焦《こ》がせ共《ども》、紅蓮大《ぐれんだい》[一四]、紅蓮《ぐれん》の氷をば、終《つひ》に解《と》かす事なし、鴛鴦《ゑんあう》の、衾《ふすま》の下《した》に眼《まなこ》をば、慈悲の涙に潤《うるほ》せ共《ども》、焦熱大《せうねつだい》、

法が邪を破ること。

一 人の心に花を咲かせ楽しませる曲。「人の心の華」は古今集(→三

東岸居士の説法、曲舞

○九頁注一九)による文飾。以下に繰り広げられる居士の曲舞と羯鼓が本曲の眼目。 二 仏法を舟に譬える。枯木藁に類似句あり、禅林でも用いた。御法・水馴棹・皆は「み」が頭韻。〈クセ〉の末句が〈次第〉と同文。これが本格的な曲舞。

三 荘周が夢に胡蝶になった故事をふまえる(荘子)。「百年は花に宿りて過ぐしてきこの世は蝶の夢にざりける」(詞花集・雑下・大江匡房)。 四 抜き書き、注釈書の類。

五 個々人は生来仏性を完備(円成)している。「モトヨリ人々具足シ、箇々円成シテ」(塩山和泥合水集・上)。底本「箇々縁生」を訂正。

六 仏滅後を、正法・像法・末法に区分し、人間の生きる現在が末法。

七 以下、〈クセ〉「終に湿す事なし」まで一遍上人絵詞伝に拠る。

八 迷界を離脱し菩提心を起すこと。

九 罪障の山には、いつともなく煩悩の雲が厚くかかって、仏のような太陽は迷いで晴れがたく、生死の海は深く、煩悩を起す無明の波は荒れ、悟りの月は宿ることもない。 一〇「悪人行レ悪、従レ苦入レ苦、従レ冥入レ冥」(無量寿経)。「人間八

焦熱《せうねつ》の炎《ほのほ》をば、終《つひ》に湿《しめ》す事なし、かかる拙《つたな》き身を持《もち》て　シテ〽[一五]殺生《せつしやう》、偸盗邪婬《ちうたうじやいん》は　同〽身《み》にをひ《おい》て作《つく》る罪なり、妄語《まうご》－綺語《きご》、悪口両舌《あツくりやうぜつ》は、口にて作《つく》る罪なり、貪欲瞋恚愚痴《とんよくしんゐぐち》は又、心にをひ《おい》て絶《た》えせず、御法《みのり》の舟の水馴棹《みなれざほ》、みな彼岸《かのきし》に到《いた》らん。

【七】〈誘イゼリフ〉ワキ「[一六]とてもの事に羯鼓を打《う》つて御《おん》見せ候へ。　〔物着アシライ〕

〈掛合〉シテ「[一七]面白や松吹《ふ》く風颯々《さつさつ》として、波の声茫々《ばうばう》たり　ワキ カヽル〽[一八]所は名に負《お》ふ洛陽の、詠《ながめ》も近《ちか》き白河の　シテ「浪の鼓や風の簓《ささら》　ワキ カヽル〽[一九]うち連《つ》れ行《ゆく》や橋の上　シテ〽男女《なんによ》の往《ゆ》き来《き》　ワキ〽貴賤上下の　シテ〽袖《そで》を連《つら》ねて[二〇]玉衣《ぎぬ》の、さひ《ゐ》さひ《ゐ》沈《しづ》み浮《う》き波《なみ》の、ささら八撥《やつばち》打《うち》つれて。

〈ワカ〉シテ〽百千鳥《ももちどり》。　〔羯鼓〕

〈ワカ〉シテ〽[二一]百千《ももち》鳥《どり》、囀《さへづ》る春は、ものごとに　地〽あらたまれども、我ぞふりゆく。

【八】〈ノリ地〉シテ〽行《ゆく》は白河　地〽行は白《しら》川の、橋を隔《へだ》てて、向《む》かひは　シテ〽東岸　地〽こなたは　シテ〽西岸　地〽さざ波《なみ》は　シテ〽簓《ささら》　地〽打《う》つ波《なみ》は　シテ〽鼓《つづみ》　同〽何《いづ》れも何れも、[二二]極楽の、歌舞の菩薩の、御法《みのり》とは、聞《き》くは知《し》らずや、旅人《たびびと》よ旅人よ、荒《あら》面白や。

〈歌〉シテ〽[二三]あふ《おう》南無三宝　同〽げに太鼓も羯鼓も笛篳篥《ふえひちりき》、[二四]絃管《けんくわん》ともに極楽の、お菩薩《ぼさつ》の遊《あそ》びと聞《きく》物を　シテ〽なにとただ　同〽何とただ、[二五]雪や氷と隔《へだ》つらん、[二六]万法《まんぼふ》みな一如なる、

苦天上五衰、総輪廻之間、受ニ如レ是苦一幾」(往生講式)。
一一「哀哉、再帰ニ三途之故郷一、重ニ受悪趣之苦果一」(往生講式)。
一二 六道(地獄・餓鬼・畜生・修羅・人間・天)輪廻のこと。「与ニ善人居一、如レ入ニ芝蘭之室一」(孔子家語・六本)に拠る。
一三 善き友との交わり。「断金契深、芝蘭談芳」(往生講式)。なお「彼芝蘭の契りの袂には」の一句は元はシテが謡ったか。
一四「或咽ニ焦熱大焦熱之炎一、或閉ニ紅蓮大紅蓮之氷一」(往生講式)。
一五 仏教の十悪を三業(身・口・意)に分けた。殺生・偸盗・邪淫は身の、妄語・綺語・悪口・両舌は口の、貪欲・瞋恚・愚痴は意の罪。六道講式に拠る。

羯鼓の遊狂

一六 曲舞を舞われたついでに。
一七 面白いことよ、松には風がさっと吹き海原には波音が響く。
一八 以下、京白川の橋上・橋下の光景を描写。
一九 縁うち(打ち)―浪―鼓。
二〇 新しい衣のさわさわと鳴るさま。「玉衣のさゐさゐしづみ家の妹にもの言はず来て思ひかねつも」(万葉集四・柿本人麿)。序玉衣の―浮き波。掛沈―静、ささら―簓、打―うち。八撥は鼓の異称。
二一 古今集・春上・読み人知らずの歌。
二二 この歌舞は極楽の歌舞の菩薩の奏する音楽と同じとお聞きなさい。
二三 ああ、

実相《じつさう》の門《かど》に入《い》らふ《う》よ、実相の門に入らふ《う》よ。

そうだ。仏法僧の三宝に帰依する心の発露から転じて感動詞的に用いられた。二四「糸竹の遊び」に同じ。絃楽器・管楽器の演奏も極楽の歌舞の菩薩の遊びと聞いていたが。二五 典拠未詳。参考「雨あられ雪や氷と隔つらん解くれば同じ谷川の水」(一休水鏡)。二六 この世に存在するもの全ての真実は一つで、それが諸法実相である。その悟りの門に入ろう。万法一如の真理を説示して終わる。「而今覚㆓知法界唯真万法一如㆒、無㆓煩悩可㆒㆑断、煩悩即菩提、無㆓生死可㆒㆑断、生死是涅槃」(往生十因)。

――以上四七五頁

玉井（たまのゐ）

脇能物
異神物

観世信光作（能本作者注文）

場景 前場の前半―海底の都、龍宮の玉の井のほとり、桂の木の木陰。ある日。後半―龍宮の宮殿の中。その後の三年間。後場―同じく、龍宮。三年後のある日。

人物
前ジテ　龍宮の女豊玉姫〔増女・唐織着流女〕
後ジテ　龍王〔鼻瘤悪尉・龍神（老体）〕
前ヅレ　豊玉姫に同伴の女玉依姫〔小面・唐織着流女〕
後ヅレ　豊玉姫〔小面・天女〕
後ヅレ　玉依姫〔小面・天女〕
ワキ　彦火火出見尊（ひこほほでみのみこと）〔唐冠狩衣大口〕
オモアイ　いたら貝の精〔鼻引・精〕
アドアイ（立衆）　貝の精〔賢徳・精〕（一人は女体）
他にワキヅレ　尊の随行者〔洞烏帽子狩衣大口〕を出すことも

梗概 兄から借りた釣針を魚に取られた彦火火出見尊は、剣を砕き針に作りなして返したが許されず、元の釣針を探して海洋（わだづみ）の都へやって来た。龍宮の門前の、銀色に輝く玉の井と枝葉の繁った桂の木のもとで様子を窺っていると、豊玉姫と玉依姫が霊水を汲みに現れ、井戸に映る雅な尊の姿に気づく。名を尋ね訳を聞き、姉と妹であることを明かして龍宮へ案内する。事情を聞いた姫たちの父龍王は、釣針の探索と潮満潮涸（しおみつしおひる）二つの玉の贈呈を約束。尊は豊玉姫と結婚し、三年の月日が経った。帰国の時が来て海路のしるべを尋ねる尊に、豊玉姫は海中の乗物は様々あり安心するよう告げる（中入）。いたら貝の精が現れて事の仔細を述べ、仲間の貝の精たちを呼び出し、尊と姫の夫婦仲を祝福し酒宴をなす。やがて二人の姫が玉を捧げ、続いて海神の宮主の龍王が釣針を携えて現れ、尊に奉呈。姫たちは袖を返して舞い、龍王も静かに重々しく舞ううち時が移り、尊を五丈の鰐に乗せ、二人の姫に玉を持たせ、遥かな陸地に送り届けた。

素材・主題 日本書紀や古事記にある海幸山幸神話に拠り、釣針を求めて「わだつみのいろこの宮」を訪れた天孫地神四代の高貴な皇子を敬い慕い援助する龍宮の姫たちと父の姿を明るく楽しく描く。日本書紀の記述そのままに脚色し、脇能を現在進行形で描いた信光の野心作と思われ、構成・人物設定に「高砂」「弓八幡」など世阿弥の脇能とは異なる点が多く、物語性が強い。前場の〈クセ〉で三年の時間が経過するのも異例。前ジテの豊玉姫が後場では後ヅレに引き継がれ、別人の龍王が後ジテで登場し、ワキも勅使でなく古代神話の皇子。〈次第〉はなく〈名ノリ〉で始まるため信光の創案らしい〔半開口（はんかいこう）〕という特殊な登場楽で出る。井戸と桂木の作リ物、姫たちが捧げる銀と青の玉、床に届くほどある大龍戴に白頭、悪尉の面に鹿背杖（かせづえ）という物々しい扮装の龍王が携える巨大な釣針等、舞台装置や小道具の色彩も美しく、のびやかな姫たちの相舞と厳かな龍王の舞の対照も鮮やかで、貝の精たちの賑やかな酒宴も楽しい。

以下四七八頁

一 後見が桂の立ち木を運び出し、正面脇座寄りに据え、次に玉の井を正先中央に据える。
二 〔半開口置鼓（はんかいこうおきつづみ）〕は〈次第〉の脇能などのワキの登場に用いる置鼓。威容気高く凛々しく登場。
三 記紀神話に伝える七代の神々。初代国之常立（くにのとこたち）尊から七代伊奘諾（いざなぎ）尊・伊奘冉（いざなみ）尊まで。
四 神武天皇の前に日本を統御していた四代の神々。天照大神・天忍穂耳（あめのおしほみみ）尊・瓊瓊杵（ににぎ）尊・彦火火出見（ひこほほでみ）尊に、鸕鷀草葺不合（うがやふきあえず）尊を加えて地神五代と呼ぶ。
五 彦火火出見尊のこと。
六 兄の古語。以下、典拠とした日本書紀に見える古語を多用する。
七 釣針の古語。 八 責め促すこと。
九 大海原の海底へ、限り知られぬ潮（うしお）を越えて、誰とも知らぬ塩土男の翁の教えにまかせ、竹籠で海に乗り出す勇ましさ。「ワダヅミ」（宝生・下掛）に従う。現観世は「ワタヅミ」。囲そこ―底。
一〇 海の潮を司る神。囲塩―潮。
一一 細かく編んだ、すき間のない竹籠。塩土男が彦火火出見尊のた

【一】[一]〔半開口置鼓〕[二]〈名ノリ〉ワキ ＼それ天地《あめつち》開《ひら》け始《はじ》まりしより、天神七代《てんじんしちだい》[三]地神四代《ぢじんしだい》[四]に至《いた》り、火《ほ》々《ほ》[五]出《で》見《み》の尊《みこと》とは我事《わがこと》也、「扨《さて》も兄《このかみ》[六]火闌降《ほのすそり》の釣針《つりばり》を、かりそめながら海辺《かいへん》に釣《つ》りを垂《た》れしに、かの釣針《つりばり》を魚《うを》に取《と》られぬ、此由《よし》を兄尊《あにみこと》に申せ共《ども》、唯もとの針を返《かへ》せと宣《のたま》ふ間、剣《けん》をくづし針に作《つく》りて返《かへ》すといへども、猶《なほ》元《もと》の鉤《ち》[七]を徴《はた》[八]る、さらば海中に入《いり》、彼《かの》釣針《つりばり》を尋《たづね》むと思立《おもひたち》て候。

〈サシ〉ワキ カヽル ＼海洋《わだづみ》[九]のそこ共《とも》知《し》らぬ塩土男《しほづつを》[一〇]の、翁《おきな》の教《をし》へに従《したが》ひて、目無籠《まなしかたま》[一一]の猛《たけ》き心。

〈上歌〉ワキ ＼直《すぐ》[一二]なる道《みち》を行《ゆ》くごとく、すぐなる道を行くごとく、波路はるかに隔《へだ》て来て、爰《ここ》ぞ名に負《お》ふ海洋《わだづみ》の、都と知《し》れば水もなく、広《ひろ》き真砂《まさご》に着《つき》にけり、広き真砂に着にけり。

〈着キゼリフ〉ワキ「扨《さて》も我塩土男《しほづつを》の翁が教《をし》へに従《したが》ひ、海洋《わだづみ》[一三]の都に入《いり》ぬ、是《これ》に瑠璃《るり》の瓦《かはら》を敷《し》ける皐《くはう》門《もん》[一四]あり、門前に玉[一五]の井有《あり》、此《この》井の有様、銀色輝《ぎんしきかかや》き世《よ》の常《つね》ならず、又湯津《ゆつ》[一六]の桂の木あり、木《こ》の下《もと》に立寄《よ》り暫く事《こと》の由《よし》をも窺《うかが》はばやと思《おも》ひ候。

【二】〔真ノ一声〕[一七]〈一セイ〉女二人 ＼量《はか》[一八]りなき、齢《よはひ》を延《の》ぶる明暮《あけくれ》の、長き月日の光かな ツレ ＼営《いとな》む業《わざ》も手ずさみに 二人 ＼掬《むす》ぶも清き水ならん。〔アシライ歩ミ〕[一九]

〈サシ〉シテ女 ＼濁《にご》[二〇]りなき心の水の泉まで、老《おい》せぬ齢《よはひ》を汲《くみ》て知《し》る 二人 ＼薬の水の故《ゆゑ》なれや、[二一]老せぬ門《かど》に出入《いでいる》や、月日曇《くも》らぬ久堅《ひさかた》の、天《あめ》にも増《ま》すや此国の、行末《ゆくすゑ》遠き住《す》まゐ《ひ》かな。

〈下歌〉二人 ＼繰《く》[二二]り返《かへ》す、玉の釣瓶《つるべ》の掛縄《かけなは》の。

〈上歌〉二人 ＼長き命を汲《くみ》て知る、長き命を汲て知る、心の底《そこ》も曇《くも》[二三]りなき、月の[二四]―桂《かつら》の光添《そ》ふ、

めに作ったと書紀にある。「マナシカタマ」(宝生)に従う。観世は「マナシカダマ」。囲竹―猛。縁籠―竹。 一二 縁心―直―竹。
一三 海の都。海神の宮居。
一四 王城の高い門のこと。広門・衡門・高門・光門をあてる説も。

尊、釣針を求めて龍宮へ

一五 美しい井戸。 一六 枝葉の繁った桂の木。日本書紀一書に「百枝杜樹《ももえかつらのき》」。「斎《ゆ》つ」は神聖な、清浄なの意とも。 一七 荘重な囃子につれてツレ・シテの順に静かに登場。ツレは一ノ松に、シテは三ノ松にとまる。二人とも水桶をもつ。 一八 不老長寿を享楽する心に、海の都では一日の時間が常の世よりも長い意も重ねる。
一九 この囃子で舞台に入り、ツレは真中、シテは常座に立つ。
二〇 清らかな泉の水を飲む者は心の底まで澄み、不老長寿を保つのは、この泉が薬の水のせいなのでしょう。「濁りなき心の水に影とめて…」(新拾遺集・大僧正良信)。
二一 水を汲みに出入りするこの門はさながら不老門、日月は曇りな

不老不死の仙境

く天上界にもまして、行末久しきこの海洋の国の暮らしです。「長生殿裏春秋富、不老門前日月遅」(和漢朗詠集・祝・慶滋保胤)による。

[二五]枝を連《つら》ねてもろともに、朝夕馴《な》るる玉[二六]の井の、深き契りは頼《たの》もしや、深き契りは頼もしや。

【三】〈問答〉ワキ「我《(われ)》玉井のほとりに佇《たたず》む処に、其様気《け》高《たか》き女性《(にょしやう)》[二七]二人《(ににん)》来り、玉の釣瓶《つるべ》を持《も》ち水を汲《く》む気色《(けしき)》見えたり、言葉《ことば》をかけんもいかがなれば、是なる桂《かつら》の木陰に立寄《たちよ》り、身を隠《かく》しつつ佇《たたず》みたり　シテ女「人ありとだに白《しら》[二八]露の、玉の釣瓶《つるべ》を沈《しづ》めんと、玉の井に立寄《よ》り底《そこ》を見れば、桂木《(けいぼく)》の陰《かげ》に人見えたり、カヽル〽是は如何成《(いかなる)》人やらん　ワキカヽル〽忍《しの》ぶ姿も顕《あらは》れて、

[二九]あさまになりぬさりながら、なべてならざる御《(おん)》姿、いかなる人にてましますぞ　シテ〽荒恥《(あら)は》づかしや我姿の、見《み》えける事も我ながら、忘《わす》るる程の御気色、容《かたち》も殊《こと》に雅《みやび》やかなり、常人《ただ(びと)》ならず見奉る、御名を名乗《なの》りおはしませ　ワキ「今は何をかつつむべき、我は天孫地《(てんそんち)》神四代《(じんしだい)》、火々出見《ほほでみ》の尊《みこと》とは我事也　ツレ女〽あら有難《がた》や天《(あめ)》[三〇]の御神《みかみ》の御孫《みまご》の尊《みこと》を目《ま》のあたり、見奉るぞ不思議なる　シテ「[三一]いやさればこそ始《はじ》めより、天孫の光隠《ひかりかく》れなし、扨《(さて)》これまでの臨幸《(りんかう)》は、そも何事の故《(ゆゑ)》やらん　ワキ「げに御不審は御理《(おんことわり)》、我釣針《つりばり》を魚に取《と》られ、遥々《はるばる》これまで尋来《(たづねきた)》る、爰《(ここ)》をばいづくと申やらん、カヽル〽委《(くはし)》く語《かた》り給ふべし　シテ「知《し》ろしめされぬは御理《(ことわ)》り、是は龍宮[三二]海洋《わだづみ》の宮　ワキカヽル〽かく言《こと》の葉を交《か》はし給ふ、二人《(ににん)》の御名《(おんな)》は　シテ〽豊《とよ》[三三]玉姫　ツレ〽われはせうと[三四]の玉《(たま)》依姫《よりひめ》。

〈歌〉地〽互《たが》ひに―連枝《(れんし)》[三五]の名乗《(なのり)》して、つつましながら御神《(おんがみ)》の、雅《みやび》やかなるに、はやうち解《と》けて[三六]木綿《ゆふ》しでの、神《かみ》にぞ靡《なび》く大幣《(おほ)ぬさ》[三七]の、引手《(ひくて)》あまたの心かな、引手あまたの心かな。

「出入る」は月日をも形容。二二 美しい釣瓶の縄を繰り返し手繰って汲んだ水が、長き命の根源、の心。二三 心と月の両方を形容。二四 中国の伝説で、月に生えているとされる桂の大木。ここでは、井戸の水に映った桂の木に月が光を添えているさま。二五 縁桂―枝。連枝は兄弟姉妹のこと。二六「深き」の序。二七 底本「女姓」を訂正。二八 掛知らず―白。露の玉、玉の釣瓶と続けた。二九 はっきりと知られてしまった。三〇「天孫」をやわらげた表現。高天原の神々の後裔。三一 ツレの驚きを制止した言い方。始めから天孫に間違いないと思える程の御威光。三二 廃曲「鵜羽」にも「その父の御神釣針を魚に取られ、龍宮まで尋ね行き給ひ、豊玉姫と契りをこめ」とある(二九一頁)。仏説の龍宮と神話の海神の宮を同一視。三三 海神の子。→「鵜羽」二八九頁。三四 ここは女性からその姉妹を呼ぶ称。妹の意。玉依姫はのちに神武天皇の母。三五 互いに姉妹であると名乗り明かし、恥ずかしく思いつつ、尊の上品な風姿に早くも心を許し、うちとけ。三六 掛言ふ―木綿。三七「大幣の引く手あまたになりぬれば思へどえ

心ひかれる豊玉・玉依姫

【四】〈問答〉シテ「いかに中上候、[一]うちつけなる御事なれ共《ども》、やがて[二]父母《かぞいろ》に逢《あ》はせ奉り、彼《かの》釣《つり》針《ばり》を尋ぬべし、御《おん》心安く思召《おぼしめさ》れ候へ　ワキ「さらば頓而《やがて》伴《ともな》ひ申《まうし》宮中《きうちう》へ参《まゐり》候べし。

〈クリ〉地〽忝《かたじけな》くも天《あめ》の御神《みかみ》の御孫《みまご》、海洋《わだづみ》の都に至《いた》り給ふ事、有難かりける御影《みかげ》かな。

〈サシ〉シテ〽然《しかれ》ば[三]高垣姫垣整《たかがきひめがきととの》ほり　同〽高殿屋《たかどのや》照《て》り輝《かかや》き、[四]雲の八《や》重畳《へだたみ》を敷《し》き、尊《みこと》を請《しやう》じ入《いれ》奉る　シテ〽父母《かぞいろ》の神斎《かみいつ》きかしづき　同〽[五]臨幸の意趣を語《かた》り給ふ。

〈クセ〉同〽我《われ》兄《このかみ》の釣針《つりばり》を、[六]かりそめながら波間行《ゆく》、魚に取《と》られて無《な》き由《よし》を、歎《なげ》き給へど其針に、あらずは取《と》らじとにかくに、[七]せうとを痛《いた》め様々に、猛《たけ》き心のいかならんと、語《かた》り給へば父《かぞ》の神《かみ》、御心安く思召《おぼしめ》せ、先《まづ》釣針《てうしん》を尋《たづね》つつ、御国《おんくに》に返し申べし　シテ〽猶《なほ》兄《このかみ》の怒《いか》りあらば　同〽[八]潮満潮涸《しほみつしほひる》の、ふたつの玉を尊《みこと》に、奉りなば[九]御《み》心に、まかせて国も久かたの、天《あめ》より下《くだ》る御神《おんがみ》の、[一〇]外祖《ぐわいそ》となりて[一一]豊《とよ》姫も、ただならぬ姿[一二]有明の、月日程《ほど》なく三年《とせ》を送《をく》り給へり。

【五】〈掛合〉ワキ「[一三]かくて三年に成《なり》ぬれば、我国に帰《かへ》り上《のぼ》るべし、海路《かいろ》のしるべ如何ならん

シテ女「御心安く思召せ、〽[一四]海洋《わだづみ》の宮《みや》主《ぬし》伴《ともな》ひて、海中の乗物《もの》様々あり。

〈イサミグリ〉同〽大鰐《おほわに》に乗《ぜう》じ疾風《はやて》を吹《ふ》かせ、陸地《ろくぢ》に送《をく》りつけ申さむ、その程は待《また》せおはしませ。

[一五]〔中入来序〕

【六】〈名ノリ・シャベリ・問答・ノリ地〉（[一六]オモアイのイタラ貝の精（またはウロクズの精）が登場し、先刻の出来事を語り、ハマグリ、アワビ、アカ貝、ホラ貝、サザエの精ら（立衆）

こそ頼まざりけれ」（古今集・恋四・読み人知らず）。豊玉姫と玉依姫が尊に心惹かれるさまの表現。

以上四七九頁

一 急な、突然の。 二 父母の古語。 三「雉堞整頓（たかがきひめがきととのえそなはり）、台宇玲瓏（たかどのやてりかかやけり）」（日本書紀）。[縁]高殿屋―雲。 四 敷物を幾重にも敷いて、丁重に尊をお招き申し上げる。[序]雲の―八重。 五 尊は、ここへ来られた理由をお話しなさる。 六 ほんのちょっとのつもりで借りて。[掛]かりそめ―借り。 七 ここは弟。弟の私をいろいろと責めて苦しめる兄の怒りの激しさをどうすればよいものか。 八 自由に、潮を満ちさせる玉と潮を引かせる玉。 九 思い通りに、末長く国を治めることができましょうと約束して。

豊玉姫との結婚

一〇 豊玉姫を尊にめあわせたので、海神は天孫たる尊の舅親となった。 一一 豊玉姫の懐妊した様子。 一二 [掛]あり―有明（「月日」の序）。 一三 ここで舞台上の時間が三年経過したことになる。 一四 海洋の宮主すなわち父海神がご一緒しますし、数ある海中の乗り物の中から、大鰐にお乗せして。

帰国の準備

一五 おごそかな囃子のうちにシテ・ツレともに幕に中入。続いて軽や

を呼び出し、尊と豊玉姫の婚儀を祝って小舞を舞い小謡を謡う）

【七】〔出端〕〈一セイ〉[一七]天女二人 ＼光散《ひかりち》る、潮満玉《しほみつたま》のを《(お)》[一八]のづから、[一九]曇《くも》らぬ御影《(みかげ)》仰《あふ》ぐなり。

〈ノリ地〉地 ＼を《(お)》のを《(お)》の玉を、捧《ささ》げつつ、を《(お)》のを《(お)》の玉を、捧げつつ、豊姫玉依《とよひめたまより》、二人《(ににん)》の姫宮、[二〇]金銀椀裏《きんぎんわむり》に、玉を備《そな》へ、尊《みこと》に捧《(ささげ)》、たてまつり、彼《(かの)》釣針《つりばり》を、待《(まち)》給ふ、海洋《わだづみ》の宮主、持参せよ。

【八】〔[二一]大べシ〕〈名ノリグリ〉後シテ ＼[二二]客人《まうと》の君の命《(めい)》に従《したが》ひ、海洋《わだづみ》の宮主釣針《てうしん》を尋《(たづね)》て、天孫《(てんそん)》の御前《(みまへ)》に奉《たてまつ》る。

〈ノリ地〉地 ＼潮満潮涸《しほみつしほひる》、ふたつの玉を、潮満潮涸、ふたつの玉を、釣針《てうしん》に取添《そ》へ、捧げ申《(まうし)》、舞楽を奏《そう》し、豊姫玉依《より》、袖を返して、舞《(まひ)》給ふ。 〔天女ノ舞〕

【九】〈ノリ地〉地 ＼何《(いづ)》れも妙なる、舞の袖、何れも妙なる、舞の袖、玉の簪《かむざし》、[二三]桂《かつら》の黛《(まゆずみ)》、月も照《(てり)》添《そ》ふ、花の姿《すがた》、[二四]雪を廻《めぐ》らす、袂かな。

〈ノリ地〉シテ ＼海洋《わだづみ》の宮主。 〔[二五]静カナル舞働〕 シテ ＼海洋の宮主 同 ＼姿は老龍《らうれう》の、雲に[二六]蟠《わだかま》り、[二七]桛杖《かせづえ》に縋《すが》り、[二八]左右《(さいう)》に返《かへ》す、袂も花やかに、足踏《あしぶ》みはとうとうと、拍子を揃《そろ》へて、時移《うつ》れば、尊《みこと》は御座《(ご)》を、立《た》ち給ひ、帰《(かへり)》給へば、袂に縋《すが》り、海洋《わだづみ》の乗物を、奉らんと、[二九]五丈の鰐《わに》に、乗《の》せたてまつり、二人《(ににん)》の姫に、玉を持《(もた)》せ、龍王立《(たち)》来《く》る、波を払《はら》ひ、潮《うしほ》を蹴立《けた》て、遥《(はるか)》に送《をく》り、付《(つけ)》奉り、遥に送《(おくり)》、付奉て、又龍宮にぞ、帰《かへ》りける。

かなリズムに変りオモアイが登場。一六 以下は賑やかな「貝尽くし」の形だが、現在ではアイが一人だけ登場する演出も行われている。一七 囃子につれて天女二人（豊玉姫・玉依姫）登場。各々珠玉を捧げ持っている。二人の姫を子方にすることもあり、それは童話的雰囲気をかもし出し、後ジテ（老龍王）の姿を引き立てる効果がある。

潮満・潮涸玉と釣針を献呈

一八 [掛]おのづから—緒。一九「玉」を受けて尊の美しく高貴な姿をいう。二〇 金や銀の椀の中に潮満潮涸の玉を収め。二一 後ジテが太い撞木杖《(しゆもくづえ)》を突きながら重々しく登場。左手に大きな釣針を持っている。二二 客人の尊称。彦火火出見尊のこと。二三 三日月形の美しい眉のこと。二四 美しく軽やかな舞姿の形容。「髣髴兮若軽雲之蔽月、飄飄兮若流風之回雪」（文選十九・曹植・洛神賦）。二五 老龍王の威厳を示すように、杖を突きながら重々しく舞台を立回る。二六 龍や蛇がとぐろを巻くさま。

尊の帰国

二七「恋重荷」の後ジテなど老翁の役が持つことが多い。頭が撞木の形をした杖。二八 舞の形容。二九 日本書紀一書に「一尋《(ひとひろ)》鰐」。

三井寺（みゐでら）

四番目物
狂女物　　作者不明（世阿弥周辺の作か）

場景　前場—京の都、東山。清水寺の境内。ある秋の日。
後場—近江国大津の里。三井寺の境内。鐘楼の近く。秋、八月十五日の望月の夜。

人物　前ジテ　千満の母〔深井・唐織着流女〕
後ジテ　同人（狂女）〔深井・水衣女〕
子方　千満〔児袴〕
ワキ　三井寺の住僧〔大口僧〕
ワキヅレ　随行の僧〔着流僧〕（数人）
オモアイ　三井寺の能力〔能力〕
アドアイ　清水寺門前の男〔長上下〕

梗概　清水寺に参籠し一心に祈る女が、我が子との再会を望むなら三井寺へ行けという霊夢を蒙り、門前の男の夢判断に力を得、告げにまかせて三井寺へ急ぐ（中入）。頃しも中秋名月、三井寺では住僧が少年を伴い、随行の僧たちと月見をしている。月見の興に能力が小舞を舞い、面白く狂う狂女が来ると知って境内へ入れることを僧に相談するが反対され、一存で呼び入れることにする。狂女は道を急ぎ志賀の山を越え、清らかな月光に照り映える琵琶湖を望む三井寺へ到着。湖上に響く、能力の撞く鐘の音に誘われ、鐘楼に近づき狂女も鐘を撞こうとするが咎められる。すると、鐘にちなむ中国の詩人の故事を引いて許しを求め、鐘を撞き、鐘を詠んだ和漢の歌や詩を引いて興じ、静かに澄みゆく月下の景色に見入る。やがて住僧が少年に頼まれて女の国里を尋ねると、女は駿河国清見が関の者と答え、少年は狂女が母であると気付き、狂女も少年の声に、人商人に連れさられた我が子千満であると知る。母と子は再会を喜び、連れ立って故郷へ帰り、富貴の家となった。

素材・主題　特に典拠はなく、世阿弥が三道にいう「本説もなき事を新作にして、名所旧跡の縁に作りなし」た、いわゆる作り能と思われる。二条良基の連歌の発句二首をはじめ月にちなむ和漢の詩歌や故事を引きつつ、湖をわたる鐘の音や月明の清光に魅せられてうち興ずる狂女の姿を描く。思いつめた結果の参籠という趣の冒頭、霊夢を吉と判断してくれた夢合せ、冴えゆく中秋の名月と月見の宴、志賀の山越えと月下の湖、湖上に鳴り響く鐘の音、能力との軽妙な応答、中国の詩狂の故事を引き住僧の制止を説破して鐘を撞く中心部分、夜更けの鐘や暁の鐘を詠んだ和歌、など緩急起伏に富む構成と達意の詞章は狂女物の中でも群を抜く。申楽談儀に見える「鐘の能」が本曲と思われ、世阿弥時代の作品であるが、先行作品（「盛久」「姨捨」「志賀」「融」「柏崎」「桜川」など）に学びつつ、格調高く詩情豊かな月光曲に仕立てた力量は非凡で、世阿弥周辺の作と思われる。なお上掛と下掛では詞章の異同がやや多い。

一　数珠を手にシテが静かに登場、本舞台に入って正先に着座。思いつめての仏参という趣で、仏前に祈願をこめ、合掌し慎み深く謡う。
二　清水観音への祈り。「…ましてや」まで「盛久」と同文。ほかにも同曲に酷似の表現が目に立つ。
三　雑草の意で衆生をさす。→「舟弁慶」三五〇頁。
四　かくもありがたい御誓願。序さしも草—さしも。
五　一度お名を称え、一度心に念じただけでも、御利益があるという。
六　「夜を重ね」「重ねたる頼み」と続けた。
七　憐れんで教えてください。愛しい我が子がどうなったのかを。「哀なる」「憐み給へ」と重ねていう。
八　枯れ木にさえ花が咲くという観音の御利益。それが真実ならば、若木のような我が子に再会しない

【一】〈サシ〉シテ女[一]〽南無[二]や大慈大悲の観世音さし[三]も草《ぐさ》、[四]さしもかしこき誓《ちかひ》の末《すゑ》、[五]一称一念《いつしよういちねん》猶頼《たの》みあり、ましてや此程《このほど》日を送り、[六]夜を重《かさ》ねたる頼《たの》みの末《すゑ》、などか其《その》かひなからむと、思《おも》ふ心ぞ哀《あはれ》なる。

〈下歌〉シテ〽[七]憐《あは》れみ給へ思ひ子《ご》の、行《ゆく》末《すゑ》何《なに》となりぬらん、行末何となりぬらん。

〈上歌〉シテ〽[八]枯《かれ》たる木にだにも、枯たる木にだにも、花咲《さ》くべくはを《お》のづから、いまだ若木《わか》の緑《みどり》子《こ》に、二度《ふたたび》などか逢《あは》ざらん、二度などか逢ざらん。

〈□〉シテ「[九]あら有難や候《ザウラウ》、少《すこし》睡眠《すいめん》のうちにあらたなる霊夢を蒙《かうぶ》りて候はいかに、わらはをいつも訪《と》ひ慰むる人の候、[一〇]あはれ来《きたり》候へかし語《かた》らばやと思《おも》ひ候。

【二】〈名ノリ〉（アドアイの清水寺門前の男が登場し、宿泊させた女性を迎えに行く由を言う。シテと会い、夢想があったかと問う）

〈問答〉シテ「唯今少《すこし》睡眠のうちにあらたなる御霊夢を蒙《かうぶ》りて候、我子に逢《あ》はむと思はば、[一一]三井寺へ参れとあらたに御霊夢を蒙りて候。　シカ〳〵　（アドアイは、「[一二]尋ぬる人に近江国、我が子を三井寺」などと夢合せをする）

シテ「荒《あら》嬉《うれ》しと御合《あは》せ候物かな、告《つげ》に任《まか》せて三井寺とやらんへ参り候べし。　〔[一三]アシライ中入〕

【三】〔[一四]次第〕〈次第〉ワキ・ワキツレ〽[一五]秋も半《なかば》の暮待《まち》て、秋も半の暮待て、月に心や急ぐらむ。

〈名ノリ〉ワキ「是は江州園城寺《がうしうをんじやうじ》の住僧《ぢうそう》にて候、又是に渡《わたり》候幼《おさな》き人は、愚僧を頼《たの》む由仰《おほせ》候間、[一六]力なく師弟の契約をなし申て候、又今夜は八月十五夜《はちぐわちじふごや》明月《めいげつ》にて候程に、幼《おさな》き人を伴《ともな》ひ申、皆々講堂の庭に出《いで》て、月を眺《なが》めばやと存《ぞんじ》候。

清水観音への祈り

はずはない。掛緑—嬰児（みどりこ）。縁枯れ木—若木。序若木の—緑。
九「あら不思議や少し…蒙りて候」（下掛）は「盛久」に似る。
一〇 ああ、来てほしいよ。
一一 園城寺の通称。現滋賀県大津市。天台宗寺門派の総本山。
一二 夢占い。「近江」に「逢ふ」、「三井」に「見」を掛け、吉夢と判じた。
一三 囃子につれてシテは中入、アイもあとについて退場。

霊夢と夢合せ

一四 後見が鐘楼の作り物を目付柱近くに据える。〔次第〕で子方を先立てて一同登場。
一五 秋も半ば、中秋の今日の日暮れが待ち遠しい。
一六 やむなく。

以下四八四頁

一 →「姨捨」二七九頁。掛持—望月。
二 名月に雲が掛からないようにと、雲を払ってくれることを今のうちから日光に願っていることだ。
三 これが本当の雪だったら、なんど袖を払うことだろう、桜吹雪のこの志賀の山越えの道は。「雪ならばいくたび袖を払はまし花の吹雪の志賀の山越」（六花集・中務卿）。「志賀」、廃曲「雪女」にも。
四 歌枕。大津から志賀峠を越えて北白川に出る道。諸説ある。

〈上歌〉ワキ・ワキツレ 〽類《たぐひ》なき、名を[一]望月《もち》の今宵《こよひ》とて、名を望月の今宵とて、夕《ゆふべ》を急《いそ》ぐ人心《ひとごころ》、知《し》るも知《し》らぬももろ共に、[二]雲を厭《いと》ふやかねてより、月の名頼《たの》む日影かな、月の名頼む日影かな。

【四】〈問答・小舞・問答〉（ワキがオモアイの三井寺の能力を呼び出し、月見の宴に舞を所望すると、アイは小舞「いたいけしたる物……」を舞ううち、女物狂いの来るのを知る。呼び入れようとワキヅレに相談するが反対され、自分の心得で通そうと決める）

【五】〔一声〕〈サシ〉後女 〽[三]雪ならばいくたび袖を払《はら》はまし、花の吹雪《ふぶき》と詠じけん、[四]志賀の山越《やまごえ》うち過《すぎ》て、[五]眺《なが》めの末《すゑ》は湖《みづうみ》の、鳰照《にほて》る比叡の山高《たか》み、[六]上《うへ》見ぬ鷲の御山《おやま》とやらんを、今目の前に拝《おが》む事よ、あら有難の御事や、「か様《やう》に[七]心あり顔《がほ》なれ共《ども》、我は物《もの》に狂《くる》ふよなふ、いや我ながら理《ことわ》りなり、あの鳥類や畜類だにも、[八]親子の哀《あはれ》は知《し》るぞかし、〽ましてや人の親《おや》として、いとおし《ほ》愛《かな》しと育《そだ》てつる。

〈一セイ〉女 〽子の行衛《ゆくへ》をも[九]白糸《しら》の　地 〽乱れ心や狂ふらむ。　〔[一〇]カケリ〕　女 〽[一一]都の秋を捨《すて》てゆかば。

〈段歌〉同 〽月見ぬ里に、住《す》みや慣《な》らへると、さこそ人の笑《わら》はめ、[一二]よし花も紅葉《もみぢ》も、月も雪もふる里に、我子のあるならば、田舎《ゐなか》も住《す》みよかるべし、いざ古里《ふるさと》に帰らん、いざ古里に帰らん、[一三]帰《かへ》ればさざ波や、志賀‐辛崎《からさき》のひとつ松《まつ》、緑子《みどりご》の類《たぐひ》ならば、松風に言問《こととと》はむ、[一四]松風《かぜ》も、今は厭《いと》はじ桜咲《さく》、春ならば花園の、里をも早《はや》くすぎ[一五]間吹《まふく》、[一六]風冷《すさ》ましき秋の水の、[一七]三井寺に

三井寺での月見の宴

五 見晴るかす鳰の湖（琵琶湖）、こちらには比叡のお山が高く聳え、釈迦如来が法を説かれた霊鷲山（りょうじゅせん）を、いま目の前に拝むようで。囲湖の鳰—鳰照る。序鳰照る—比叡（「日」を掛ける）。六 鷲は強いため上空を警戒する必要がないことから、「上見ぬ」が「鷲」の序。「鷲の御山」は霊鷲山。七 分別のあるような顔にみえるけれど。八 親子の情愛。→「天鼓」二二五頁。廃曲「敷地物狂」等にも。九 囲知らず—白糸。付糸—乱る。一〇 狂女の心の興奮と沈潜を表現。一一 「春霞立つを見捨ててゆく雁は花なき里に住みやならへる」（古今集・春上・伊勢）を転用。

子を尋ねる狂女

一二 それも構わない。風雅な花も紅葉も月も雪もいらない。我が子さえいてくれれば。囲降る—古里。一三 付帰—浪、さざ浪—志賀のうら、一松—志賀のから崎。一四 春には桜を散らす憎い松風ですが、我が子の行方を知らせてくれるならもう嫌いますまい。春なら桜の美しく咲く花園の里ですが、今はその里を早くも過ぎ、杉間を吹く秋風も冷たく、秋の水のみなぎる三井のお寺に着きました。花園は琵琶湖畔の地。「志賀」にも。

着《つき》にけり、三井寺に早《はや》く着《つ》きにけり。

【六】〈掛合〉ワキ カヽル 〽桂[一八]は実《みの》る三五《さんご》の暮《くれ》、名高《たか》き月にあこがれて、庭の木陰に休《やす》らへば

女 〽実々《げにげに》今宵は三五夜中《さんごやちう》[一九]の新月の色、二千里《じせんり》の外《ほか》の故人の心《こころ》、[二〇]水の面《おもて》に照る月なみを数《かぞ》ふれば、秋も最中《もなか》夜《よ》も半《なかば》、所からさへ面白や。

〈上歌〉同 〽月は山、[二一]風ぞ時雨《しぐれ》に鳰《にほ》の海、風ぞ時雨に鳰の海、波も粟津[二二]の森見えて、海越《ご》しの、幽《かす》かに向《む》かふ影なれど、月は真澄《ますみ》の鏡《かがみ》[二三]山、山田《やまだ》[二四]ー矢橋《やばせ》の渡《わた》し船《ぶね》の、よるは通《かよ》ふ人なく共《とも》、月の—誘《さそ》はばを《お》のづから、舟も—こ[二五]がれて出《いづ》らん、舟人《ふなびと》もこがれ出覧《いづらん》。

【七】〈□・問答[二六]〉（オモアイは酒宴で酔って鐘の時刻を忘れかけたといい、鐘を撞くさまをしながら「じゃんもんもんもん」などと鐘の音を口で唱える。シテはじっと聴き入り、やがてするすると舞台へ入り、笹でオモアイを打つ。オモアイは「蜂が刺いた」とおどけて飛びのく）（シテは自分も鐘を撞こうと言う。オモアイはこれは人の撞かぬ鐘と答えるので、それならなぜあなたは撞くのかとシテが尋ねると、アイは自分はこの寺の鐘つく法師だなどと答える。以上の問答のない流儀では、シテは鐘を聴いてすぐ「面白の」と謡い「わらはも鐘を」と舞台へ入る）

〈□〉女「面白の鐘の音《ね》やな、わが故郷《ふるさと》にては清見寺《きよみでら》[二七]の鐘をこそ常《つね》は聞馴《ききなれ》しに、是は又さざ波[二八]や、〽三井の古寺《ふるてら》鐘はあれど、「昔に帰《かへ》る声は聞《き》こえず、誠やこの鐘は秀郷《ひでさと》[二九]とや覧《らん》の、龍宮より、取て帰りし鐘なれば、カヽル 〽龍女が成仏の縁にまかせて、わらはも鐘《かね》を撞《つ》くべきなり。

〈次第〉同 〽影《かげ》はさながら霜夜《しもよ》[三〇]にて、影はさながら霜夜にて、月にや鐘《かね》は冴《さ》えぬらん。

【八】〈問答〉（狂女が鐘を撞こうと鐘に近付くのを見付けたオモアイは、この事をワキに告げる）

一五 〔掛〕過—杉間。一六 〔付〕秋の心—すさまじ・ひややかなる。「すさまじき」(観世以外)。

中秋の名月、鳰の海

一七 〔縁〕水—(三)井。〔掛〕三井—三井寺。三井寺には御井(みい)とよばれた霊泉があり、「三井の水」は歌語。一八 以下、月下の湖の叙景。月を詠じた詩・和歌・連歌を列挙。「桂生三五夕」(百二十詠詩・李嶠)。月宮の桂が実る十五夜の晩。一九 和漢朗詠集・秋・十五夜・白居易の詩。諸曲に引用。二〇 拾遺集・秋・源順の歌(下句「今宵ぞ秋の最中なりける」)。「月なみ」は月日の数。二一 石山百韻の二条良基の発句。月は山上に照っているのに、風の音は時雨のような、この鳰の海の夜の面白さ。〔掛〕似—鳰。二二 以下、琵琶湖の名勝を列挙。二三 現在の滋賀県蒲生郡と野洲郡

湖面を渡る鐘の音

との境にある山。歌枕。三井寺の対岸。〔序〕真澄の—鏡。〔縁〕影—鏡。二四 山田も矢橋も琵琶湖東岸の、大津通いの船便の港。二五 月の美しさが人を誘惑する心。次の、月光に照り映える湖上を渡る鐘の音に心誘われる場面への用意。〔掛〕焦—漕。二六 後半の主題的景物の「鐘」が描出。オモアイが重要な働きをする。二七 現清水市興津にあ

〈問答〉ワキ「やあやあ暫く、狂人の身にて何とて鐘をば撞《つ》くぞ、急いで退《の》き候へ　女「[一]夜《よる》庾《(ゆ)》公《(こう)》が楼に登《のぼ》りしも、月に詠ぜし鐘《かね》の音《(ね)》なり許《ゆる》さしめ　ワキ「それは[二]心ある古人の言葉《ことば》、狂人の身として鐘撞《つ》くべき事思ひもよらぬ事にて有《(ある)》ぞとよ。

〈語リ〉女「今宵《こよひ》の月に鐘撞《つ》く事、狂人とてな厭《いと》ひ給ひそ或《ある》詩に曰《いは》く、〽[三]団々《(だんだん)》として海嶠《(かいけう)》を離《はな》れ、「漸々《(ぜんぜん)》として雲衢《(うんく)》を出《い》づ、此後句なかりしかば、明月に向《む》かつて心を澄《す》まひ《(い)》て、〽今宵《こよひ》一輪満《(みて)》り、清光いづれの所にかなからんと、「此句を設《まふ》けてあまりの嬉《うれ》しさに心乱《みだ》れ、高楼《(かうろう)》に登《のぼ》つて鐘を撞《つ》く、人々いかにと咎《とが》めしに、[四]是は詩狂と答《こた》ふ、か程《(ほど)》の[五]聖人《(せいじん)》なりしだに、月には乱るる心有《(あり)》、〽ましてや拙《つたな》き狂女なれば。

〈歌〉同〽許《ゆる》し給へや人々よ、煩悩の夢を覚《さ》ますや、法《(のり)》の声も静《しづ》かに、[六]先《(まづ)》初夜の鐘を撞《つ》く時は

シテ〽諸行無常と響《ひび》くなり　地〽後夜《(ごや)》の鐘を撞《つ》く時は　女〽是生《(ぜしやう)》―滅法《(めつぽふ)》と響《ひび》くなり

地〽晨朝《(じんでう)》の響《ひび》きは　女〽生滅々已《(しやうめつめつい)》　地〽入逢《(いりあひ)》は　女〽寂滅《(じやくめつ)》　同〽為楽《(ゐらく)》と響《ひび》きて、菩提の道の鐘の声、[七]月も数添《そ》ひて、百八《(ひやくはち)》―煩悩の眠《ねぶ》りの、驚《おどろ》く―夢の夜《(よ)》の迷《まよ》ひも、早《はや》[八]つきたりや後夜の鐘《かね》に、我《われ》も―五障の雲晴《は》れて、真如の月の影を、眺《なが》めお《(を)》りて明《あ》かさん。

【九】〈クリ〉地〽[九]夫《(それ)》長楽《(ちやうらく)》の鐘の声は、花の外《ほか》に尽《つ》きぬ　女〽又龍池《(りようち)》の柳の色は　同〽雨の中《(うち)》に深《ふか》し。

〈サシ〉女〽其外《(そのほか)》爰にも世々の人、[一〇]言葉《ことば》の林《はやし》の兼《(かね)》て聞《き》く　同〽名も高砂の尾上《おのへ》の鐘《かね》、暁かけ

古事を引き鐘を撞く遊狂

る禅寺。三井寺の鐘の音に端なくも故郷清見寺の鐘を連想。

二六 新撰歌枕名寄に園城寺大僧都定円(鎌倉初期の歌人)の歌とある。

二九 三井寺の鐘は俵藤太秀郷が百足退治の礼に龍神より贈られた鐘という話(太平記十五等)から、龍女成仏にあやかって私も鐘を撞こうとする心。

三〇 月影皎々として霜夜のごとき今宵、鐘の響きもひときわ冴える。

付 霜―鐘・月。縁 霜―冴ゆ。

以上四八五頁

一 以下、鐘に誘発され興奮した狂女が面白く鐘と戯れる。鐘ノ段。「夜登二庾公之楼一、月明二千里一」(和漢朗詠集・冬・雪・謝観)。 二 詩心のある昔の有名な人。底本「故人」を訂正。 三 まんまるな月が海辺の山を離れ、おもむろに雲の路に出てゆく。謡抄に「賈島ガ詩也。緇苑残芳ト云本ニアリ」と指摘。この詩話は五燈会元十六・江隣幾雑志などに所見。→「姥捨」二七九頁注一六。 四 「おれは詩狂さ」と答えた。 五 詩聖。 六 以下、初夜・後夜・晨朝・入相の折々に撞く鐘の音に涅槃経の四句の偈を宛て、功徳を説示。大意は、諸行(すべての現象)に不変のものはない、生じては滅するが、生滅輪廻の境

て秋の霜、曇《くも》るか月も[一一]こもりくの、初瀬も遠《とを》し難[一三]波寺　女へ名所《などころ》多《おほ》き鐘《かね》の音《おと》　同へつ[一二]きぬや法《のり》の声ならん。

〈クセ〉同へ山[一四]寺の、春の夕暮来《き》て見れば、入逢《いりあひ》の鐘に、花ぞ散《ちり》ける、実《げに》惜《お》しめ共《ども》、など夢の春と暮《く》れぬらん、其外暁[一五]の、いもせを惜《お》しむきぬぎぬの、恨[一六]みを添《そ》ふる行ゑ《ゆくへ》にも、枕の鐘《かね》や響くらん、又待宵[一七]《まつよひ》に、更《ふ》けゆく鐘の声聞《き》けば、あかぬ‐別《わか》れの鳥は、物かはと詠ぜしも、[一八]恋路の便《たよ》りの、音《をと》づれの声と聞《き》くものを、又は老《おひ》[一九]らくの、寝覚《ねざ》め程経《ほどふ》るいにしへを、今思《おも》ひ寝《ね》の夢だにも、涙‐心のさびしさに、此鐘のつ[二〇]くづくと、思ひを尽《つ》くす暁を、いつの時にか比《くら》べまし　女へ月落[二一]《つきおち》鳥鳴て　同へ霜‐天に満《み》ちてすさましく、江村《かうそん》の漁火《ぎよくわ》もほのかに、半夜《はんや》の鐘《かね》の響《ひび》きは、客《かく》の‐舟《ふね》にや通ふらん、篷窓[二二]《ほうさう》雨《あめ》しただりて、なれし塩路の楫《かぢ》枕、うきねぞ変《か》はる此海は、波《なみ》風も静《しづ》かにて、秋の‐夜《よ》すがら月澄《す》む、三井寺の鐘ぞさやけき。

【一〇】〈問答〉子「いかに申べき事の候　ワキ「何事にて候ぞ　子「是なる物狂の国里《くにさと》を問《とう》て給《たまは》り候へ　ワキ「これは思ひもよらぬ事を承《うけたまはり》候物かな、去《さり》ながら安き間の事尋《たづね》て参《まい》らせうずるにて候。

〈問答〉ワキ「いかに是なる狂女、おことの国里はいづくの者にてあるぞ　女「是は駿河国清[二三]《きよ》見《み》が関の者にて候　子カヽル へ何なふ清見が関《せき》の者と申候か　女「あら不思議《ふしぎ》や、今の物仰《おほせ》られつるは、まさしく我子の千満殿《せんみつどの》[二四]ごさめれあらめづらしや候《ザウラウ》　ワキ「暫《しばらく》、是なる狂

地を離れて、完全な静寂な無(涅槃)の境地に入った時に、真の楽しみが生まれる。七 鐘を撞く数に月も光を添え、百八の煩悩の迷いが晴れていくように、夢の世の迷いもなくなった。今撞いた後夜の鐘のおかげで私の五障の雲も晴れた、真如の月影を眺めながら夜を明かそう。八 ［掛］尽―撞。九 以下、〈クリ〉で漢、〈サシ〉〈クセ〉で和の鐘の故事を引きつつ、静かな秋の夜の情趣と、鐘の音の、聞く者の境遇によって起こる種々の思いを描く。「長楽鐘声花外尽、龍池柳色雨中深」(和漢朗詠集・春・雨・李嶠)。長楽は漢の高祖の宮殿。龍池は唐の玄宗の宮殿内の池。一〇「言葉の林」は林鐘(陰暦六月)をふまえ「兼て」の序。［掛］兼―鐘。一一「こもりくの」は「初瀬」の枕詞。［掛］籠―隠口。一二 ［掛］撞―尽。一三 天王寺のこと。一四 新古今集・春下・能因の歌(初句「山里の」)。「道成寺」にも。一五 暁に、男女が別れを惜しむ後朝《きぬぎぬ》の折にも、恨めしく別れを促す鐘の音が枕元に響くとか。［付］暁―鐘・ね覚・きぬぎぬ(男女の朝の別れ)。一六 ［掛］恨―裏。［縁］きぬぎぬ―裏。一七 新古今集・恋三・小侍従の歌。来ない恋人を待ちながら聞く夜明けの鐘の音は、つらい別れの時を告げる鶏の鳴き声など比べものにならないほど悲しい。［掛］明―飽。

女は粗忽《そこつ》なる事を申者かな、さればこそ物狂《ものぐるひ》にて候　女〽なふ是は物には狂はぬものを、物に狂《くる》ふも別《わか》れ故《(ゆゑ)》、一逢《あ》ふ時《とき》は何しに狂ひ候べき、是はまさしき我子にて候　ツレワキ「さればこそ我子と申か筋《すぢ》なき事を申候、急《いそ(い)》ひで退《の》き候へ　子「あら悲《かな》しやさのみな御打《う》ち候ひそ　ワキ「言語道断、二はや色に出給ひて候、此上はまつすぐに御名乗候へ。

〈クドキ〉子〽今は何をかつつむべき、われは駿河国清見が関の者なりしが、人商人《(ひとあきびと)》の手に渡り、今此寺に有《(あり)》ながら、母上我を尋《(たづね)》給ひて、か様《(やう)》に狂出《(くるひいで)》給ふとは、夢にもわれは知《し》らぬなり　女〽又わらはも物に狂ふ事、あの児《(ちご)》に別《わか》れし故なれば、たまたま逢《あ》ひ見《み》る嬉しさの儘《(まま)》、やがて母よと名乗《の》る事、我子の三面伏《おもてぶ》せなれど。

〈下歌〉女カヽル〽四子ゆへ《(ゑ)》に迷《まよ》ふ親の身は、恥《はぢ》も人目も思《おも》はれず。

〈ロンギ〉地〽荒《(あら)》痛はしの御事や、よそめも時による物を、逢《あ》ふを悦《よろこ》び給ふべし　女〽嬉《うれ》しながらも衰《おとろ》ふる、姿はさすが五恥かしの、もりてあまれる涙かな　地〽実《(げに)》逢《あ》ひがたき親と子の、縁《(えん)》はつきせぬ契りとて　女〽日こそ多《おほ》きに今宵《こよひ》しも　地〽此三井寺に廻《(めぐ)》り来《き》て　女〽親子に逢《あ》ふは　地〽何ゆへ《(ゑ)》ぞ、此鐘《かね》の声《こゑ》たてて、物狂のあるぞとて、お咎《とが》めありし故なれば、六常《つね》の契りには、別《わか》れの鐘と厭《いと》ひしに、親《おや》子の為の契りには、鐘ゆへ《(ゑ)》に逢《あ》ふ夜《よ》なり、嬉《うれ》しき鐘の声かな。

【二】〈キリ〉地〽かくて伴《ともな》ひ立《た》ち帰り、かくて伴ひ立ち帰り、親子の契《ちぎ》り尽《つ》きせずも、富貴《(ふつき)》の

一八 鐘の音を、訪れを知らせる恋文と聞いていたからにほかならない。掛音信―訪。一九 老いの寝覚に過ぎにし昔を懐(おも)うけれど、すべて茫々。思い寝の夢にさえも浮かばぬ、涙もろき老いの身の淋しさ。付老―ねざめ・涙もろき・古・昔を恋。二〇 掛撞―つくづく。縁鐘―つくづく。二一 →「道成寺」五五頁注一七。二二 苫で蔽われた窓から雨が滴り、慣れてもつらい舟の旅寝だが、この湖は波風も静かで。掛浮寝―憂寝(音)。二三 月に寄せた歌が多く、月のイメージからの設定。歌枕。「忘れずな出でし都の夜半の月きよみが関にめぐり逢ふまで」(秋篠月清集)など。二四「にこそあるめれ」の約。らしい。

母子再会

以上四八七頁

一 我が子に逢えたなら、どうして狂うはずがありましょう。
二 もう顔の色に現しておられる。
三 不面目。「我が子の面ぶせなれども」(廃曲「武俊」)。
四「人の親の心は闇にあらねども子を思ふ道にまどひぬるかな」(後撰集・雑一・藤原兼輔)などをふまえる。
五 掛恥かし―羽束師、森―洩。「羽束師の森」は山城の歌枕。
六 男女の契りでは、暁の別れを告

家と成《（なり）》にけり、げに有難《がた》き孝行の、威徳ぞめでたかりける、威徳ぞめでたかりける。

げる鐘として嫌われるが。

軒端梅(のきばのむめ)

三番目物　異称、好文木・東北院・東北(現行諸流)
本鬘物　作者不明(世阿弥周辺の作か)

場景　前場―京の都、東北院。軒端の梅の木陰。梅の盛りの早春のある日。後場―同じく、夜から夜半。

人物　前ジテ　都の女〔若女・唐織着流女〕
後ジテ　和泉式部の霊〔若女・長絹大口女〕
ワキ　旅の僧〔着流僧〕
ワキヅレ　同伴の僧〔着流僧〕(二、三人)
アイ　東北院門前の男〔長上下〕

梗概　新春、東国の僧が都の東北院を訪ね、美しく咲き匂う梅に見入り、門前の男から和泉式部の梅と教えられ眺めていると、女が呼びかけながら現れる。そしてこの梅は東北院がまだ中宮上東門院(しょうとうもんいん)藤原道長の娘彰子)の御所であったとき、そのころ仕えていた和泉式部が植えて飽かず眺めた軒端の梅であると告げ、自分こそこの花の主と言い、夕暮れの梅の花陰に消える(中入)。門前の男が再び現れ、東北院の謂れや和泉式部のことを語り、読経を勧める。夜に入り、僧が梅の陰にやすらい法華経を読誦すると、和泉式部の霊が現れ、法華経・譬喩品(ひゆほん)読誦に感謝し、昔、門前に車で来かかった道長の法華経読誦の声にひかれ、「門(かど)の外(ほか)法(のり)の車の音聞けばわれも火宅を出でにける哉」と詠んだ功徳で歌舞の菩薩になったと述べる。さらに和歌の徳や、都の東北の鬼門を守るこの寺の澄明な風光を讃えながら、舞の袖を返し、春の夜の梅の香に誘われて恋多き昔を思い出し、式部の臥所(ふしど)であったという方丈に消え、僧の夢も覚める。

素材・主題　東北院が和泉式部の旧跡であるという巷説(蔭涼軒日録・文正元年二月十八日の条の記事、及び応仁記)と、御堂関白道長の法華経読誦にひかれて和泉式部が詠んだという「門の外…」の歌徳説話(沙石集、及び月刈藻集・下)に拠りつつ、和泉式部の花心と、歌徳によって歌舞の菩薩となった姿を描く。式部ゆかりの軒端の梅が歌舞の菩薩の花の台(うてな)であり、シテが梅花の精でもあるような二重性を持ち、法華経を讃嘆し、「法身説法の妙文」たる和歌の徳と、梅花の徳(好文木・鶯宿梅)を説くなど趣向の重合も特色といえる。〈クセ〉も霊地東北院の叙景で「井筒」などとは異質であるが、全体に、春の夜の闇に流れる梅の香と王朝の艶が漂う。流派により結末の詞章が異なり、上掛(底本)の〈ノリ地〉が〈ロンギ〉に変わる金春・喜多流の形は祝言性が強くなる。能本三十五番目録に「ノキバノムメ」とあり、世阿弥時代の存在は確められ、作者は世阿弥周辺の人物と思われる(禅竹か)。

一 年も改まり再び春を迎えた、さあ花の都へ急ごう。「花」は都の美称で春の縁語。
二 武蔵の歌枕。春と霞は縁語。
三 「武蔵野や行けども秋の果てぞなきいかなる風か末に吹くらん」(新古今集・秋上・源通光)。
四 道を踏み分け踏み分け進むうちに、武蔵野は遥か後方に遠ざかり。
五 都の空が近づくにつれ、つらい旅路までのどかなものに思われる。
六 大永ごろの下掛古写本に「やうやう急ぎ候程に都に着きて候、このあたりをば一条京極とかや申候、ここに庭の面に池水を湛へたる寺あり、方丈の軒とおぼしきに、色美しき梅の花、今を盛りと見えて候、いかさまこの梅に名のなきことは候まじ、人に尋ねばやと思ひ候」(遊音抄)とある。以下にも異同が少なくない。
七 下掛は「さてはこの梅は和泉式部の植ゑ給ふによつて、花の名をも和泉式部と申し候や、げにや昔の春を残し、色香妙なる花盛り、あら面白や候」(車屋本)。
八 平安中期の歌人。貞元二年(九七七)頃の生れか。大江雅致の娘。和泉守橘道貞と結婚し和泉式部と呼

【一】〔次第〕〈次第〉ワキ 〽[一]年立《た》ち返《かへ》る春なれや、年立ち返る春なれや、花の都に急《いそ》がん。

〈名ノリ〉ワキ「是《(これ)》は東国方《がた》より出《(いで)》たる僧にて候、我いまだ都を見ず候程に、此春思《おも》ひ立《た》ち都《みやこ》に上り候。

〈上歌〉ワキ 〽春立《はるた》つや、[二]霞《かすみ》の関を今朝《(けさ)》越《(こえ)》て、霞の関を今朝越て、[三]果《(はて)》はありけり武蔵野を、[四]分《(わけ)》暮しつつ跡遠《とを》き、山又山《やま》の雲を経《へ》て、[五]都の空も近《ちか》づくや、旅までのどけかる覧《(らん)》、旅までのどけかる覧《(らん)》。

〈着キゼリフ〉ワキ「[六]急《(いそぎ)》候程に都に着《(つき)》て候、又これなる梅を見候へば、今を盛《(さかり)》と見えて候、如何《(いか)》様《さま》名のなき事は候まじ、此あたりの人に尋《(たづね)》ばやと思《おも》ひ候。　シカ〳〵

【二】〈問答〉（ワキはアイの門前の男を呼び出し、梅について尋ねると、アイは、この梅の名を和泉式部という由を教える）

〈□〉ワキ「[七]扨《(さて)》は此梅は[八]和泉式部と申候ぞや、暫《(しばらく)》眺《なが》めばやと思ひ候。

【三】〈問答〉シテ女「なふなふあれなる御《(おん)》僧、其梅を人に御尋候へば、何と教《(をしへ)》まい《(ゐ)》らせて候ぞ

ワキ「さむ候《ザウラウ》人に尋《(たづね)》て候へば、和泉式部《いづみしきぶ》とこそ教《をし》へ候ひつれ　女「いや左様にはいふべからず、梅の名は[九]好文木《(かうぶんぼく)》、または[一〇]鶯宿梅《(あうしゆくばい)》などとこそ申《(まうす)》べけれ、知《し》らぬ人の申せばとて用ひ給ふべからず、此寺いまだ[一一]上東門院《(しやうとうもんゐん)》の御《(おん)》時、[一二]和泉式部此梅を植《う》へ《(ゑ)を》置き、軒端《ば》の梅と名付《(なづけ)》つつ、[一三]目離《が》れせず詠《(なが)》め給ひしとなり、カヽル 〽か程《(ほど)》に[一四]妙なる花の縁《えん》に、御経をも読誦し給《たま》はば、逆縁の御利益ともなるべき也、「是こそ和泉式部《いづみしきぶ》の植《う》へ《(ゑ)》給ひし軒端の梅にて候へ　ワキ「扨《(さて)》は

東国から花の都へ

ばれる。夫と離れ、冷泉天皇の皇子為尊親王・敦道親王との恋愛と死別後、中宮彰子(上東門院)に出仕、さらに藤原保昌と結婚するが、没年等未詳。

九 梅の異名。→「老松」四五〇頁。

一〇「勅なればいともかしこし鶯の宿はと問はばいかが答へむ」(拾遺集・雑下)。大鏡では、この歌を村上天皇が紀貫之の娘の家の梅を召された時貫之の娘が詠んだとする。

一一 一条天皇中宮彰子の院号。「東北院、是ハ上東門院ヲリ居玉フ寺ナレバ、和泉式部ガ軒端ノ梅アリ」(応仁記)。

一二 下掛「和泉式部はあの方丈の西の端(ま)を休み所と定め、この梅を…」。

東北院の梅

一三 愛情をこめて眺め続けた。

一四 梅花の妙なる美しさに「妙法蓮華経」を言い掛ける。

以下四九二頁

一 梅の花が主を慕うという発想。「東風吹かば匂ひおこせよ梅の花あるじなしとて春を忘るな」(拾遺集・雑春)など、菅原道真の飛梅伝説と重なる。　二 囲経—古。

三 囲久—久方。「梅の花それとも見えず久方の天霧る雪のなべて降れれば」(古今集・冬)による。白梅

和泉式部の植《(ゑ)》へ給ひし軒端《ば》の梅にて候ひけるぞや、又あの方丈は和泉式部の御休所《(おんやすみじよ)》にて候か　女「中々の事和泉《いづみ》式部の臥所《ふしど》成《(なり)》しを、作《(つくり)》も更《か》へず其ままにて、今に絶《た》えせぬ眺《なが》めぞかし　ワキ カヽル〽不思議や扨《(さて)》はいにしへの、名を残し置《を》く筐《(かたみ)》とて　女〽一花も主《あるじ》を慕《した》ふかと、年々《(としどし)》色香《いろか》もいやましに　ワキ〽さも雅《みやび》たる御気色　女〽猶《(なほ)》も昔を　ワキ〽思《おも》ふかと。

〈上歌〉同〽年月《(としつき)》を、二ふるき軒端《ば》の梅の花、古《ふる》き軒端の梅の花、主《あるじ》を知《し》れば三久かたの、天霧《あまぎ》る雪のなべて世に、聞えたる名残かや、四和泉《いづみ》式部の花ごころ。

【四】〈ロンギ〉地〽実《(げに)》やいにしへを、聞《(きく)》につけても思出の、五春や昔の春ならぬ、我身ひとりぞ心なき　女〽独《(ひとり)》とも、いさ六白《しら》雪の七ふることを、八誰《(たれ)》に問《と》はまし道芝の、露の世になけれども、九此花に住《す》むものを　地〽そも此花に住《(すむ)》ぞとは、一〇とぶさに散《ち》るか花鳥《(はなとり)》の　女〽同《おな》じ道にと帰《かへ》るさの　地〽先立《さきだ》つ跡《あと》か　女〽一一花の陰《かげ》に　同〽休《やす》らふと見えしままに、我こそ梅の主《あるじ》よと、夕ぐれなゐの花の陰《かげ》に、木隠《こがく》れて見えざりき、木隠《こがく》れて見《み》えず成《(なり)》にけり。

(中入)

【五】〈問答・語リ・問答〉（門前の男が再度登場し、僧の質問に答えて、東北院のこと、和泉式部の軒端の梅の由来などを語る。僧は先刻の出来事を話すと、門前の男は和泉式部の亡霊であろうと教え、重ねての供養を勧めて退場する）

【六】〈上歌〉ワキ〽一二夜もすがら、軒端の梅の陰《(かげ)》に居《ゐ》て、軒端の梅の陰に居て、一三花も妙《(たへ)》なる法《(のり)》の

和泉式部と軒端の梅の話

の咲くさまを雪に譬えた。四和泉式部の風雅な心が花に示されている。「花心」は「右近」「当麻」「砧」「小塩」「芭蕉」等にも。[掛]何時見―和泉式部。五「月やあらぬ春や昔の春ならぬわが身ひとつはもとの身にして」(古今集・恋五・在原業平)。六[掛]知―白雪。七[掛]降る事―古言。八昔のことを誰に尋ねればよいのだろう。もはやこの世には、そんな人はいないけれど、実はこの梅の花に住んでいるのだ。「たづぬべき草の原さへ霜枯れて誰に問はまし道芝の露」(狭衣物語二)。[序]道芝の―露の世。九梅の異称。一〇梢に散る花や飛び交う鳥が根に帰り古巣に帰るとて先立った跡がこの花の陰なのだろうか、と思っていると。「とぶさ」は梢のこと。「花」は上下に掛かる。「根に帰り古巣を急ぐ花鳥の同じ道にや春も行くらむ」(新千載集・春下・二条為定)をふまえる。一一花陰にたたずんでいると見えたが、やがて私こそ梅の主人よと言って。[掛]言ふ―夕暮―紅。一二「軒端の梅」を「散るや桜の」に、「法の道」を「法の庭」に置き換えると花盛りの清水寺を舞台とする「田村」の待謡に同じ。一三法華経の意をこめる慣用表現。

道《みち》、迷《まよ》はぬ月の夜《よ》と共に、此御経《おんきやう》を読誦《どくじゆ》する、此御経を読誦する。

【七】〔一声〕〈アラヤナ〉後女 ヘあら有難の御経やな、あら有がたの御経やな。

〈サシ〉女 ヘ唯今《ただいま》読誦し給《たま》ふは譬喩品《ひゆほん》[一四]よなふ、「思出《おもひいで》たり閻浮《えんぶ》[一五]の有様、この寺いまだ上東門院の御時、御堂《みだう》[一六]の関白此《この》門前を通り給ひしが、御《おん》車のうちにて法華経の譬喩品を高《たか》らかに読《よ》み給ひしを、式部此門《このかど》のうちにて聞《きき》。

〈上ノ詠〉女 ヘ門《かど》[一七]の外《ほか》、法《のり》の車《くるま》の音《をとき》聞けば、我も火宅《くわたく》を、出《いで》にける哉《かな》と。

〈クドキ〉女 ヘかやうに読《よみ》し事、今の折から思《おも》ひ出《いで》られて候ぞや。

【八】〈掛合〉ワキ カヽル ヘ実々《げにげに》此歌《うた》は、和泉式部の詠歌《えいか》ぞと、田舎《でんじや》までも聞及《ききおよび》しなり、「扨《さて》は詠歌の心《こころ》のごとく、カヽル ヘ火宅[一八]をばはや出給《いで》へりや 女「中々の事火宅は出《いで》ぬ去《さり》[一九]ながら、読[二〇]置《を》く歌舞の菩薩と成《なり》て ワキ ヘ猶《なほ》此寺にすむ[二一]月の 女 ヘ出《いづ》るは火宅 ワキ ヘ今ぞ

シテ ヘ已《すで》に。

〈歌〉同 ヘ三界[二二]無安のうちを去《さり》て、三《みつ》の車に法《のり》の道《みち》、すはや火宅の門を今ぞ、和泉[二三]式部は成等《じやうとう》[二四]、正覚《しやうがく》を得《う》るぞ有難《がた》き。

【九】〈クリ〉地 ヘそれ和歌と云《いッパ》は、法身説法《ほつしんせつぽふ》[二五]の妙文《めうもん》たり、たまたま後世《こうせい》[二六]に知《し》らるる物はただ、和歌の友《とも》なりと、貫之もこれを、書《か》きたるなり。

〈サシ〉女 ヘかるがゆへ《ゑ》に天地《てんち》[二七]を動《うご》かし鬼神《きしん》を感《かむ》ぜしむる事業《ことわざ》 同 ヘ神明仏陀《しんめいぶつだ》[二八]の冥感《みやうかん》に至

[一四] 法華経の第三品。 [一五] 人間世界・現世。 [一六] 上東門院の父、藤原道長。 [一七] 道長が牛車に乗って譬喩品を読誦しつつ通ったことを、車によって火宅を出た話によせた。この歌を含む話は月刈藻集・下にみえるが本曲との先後関係は不明。広本沙石集には道命と式部のこととして語られている。[掛]乗—法。 [一八] 苦しみ多い火宅から、お出になり、成仏なさったのですか。 [一九] 文脈上から「去ながら」は次々句「猶此寺にすむ」に続く。 [二〇] 詠み置く歌の功徳によって和泉式部は極楽の歌舞の菩薩となった。 [二一] [掛]住—澄。 [二二] 休まることなきこの世を去って。「三界無レ安、猶如二火宅一」(譬喩品)。 [二三] [掛]出づ身—和泉式部。 [二四] 「成等正覚」は完全な悟りの意。 [二五] 仏の法を説かれた、妙なる経文そのものなのだ。→「杜若」。底本「発心」を訂正。 [二六] 古今集・真名序の一文。真名序は紀淑望撰。ただし末尾に「臣貫之等謹序」とある。 [二七] 「動二天地一、感二鬼神一」(古今集・真名序)。事業は詠歌の意。

法謝、和泉式部の詠歌

和歌の徳

和歌の徳を称讃。 [二八] 人の知らないうちに神仏が感応して利益を下さるのだ。

る、ことに時ある花の都、雲井の春の空までも、のどけき心を種《たね》として、天道《てんたう》に叶《かな》ふ詠吟たり。

〈クセ〉同 へ所は九重《ここのへ》[一]の、東北《とうぼく》の霊地にて、王城《わうじやう》の鬼門を守りつつ、悪魔を払《はら》ふ雲水《くもみづ》の、水上《みなかみ》は山陰《かげ》の賀茂川[二]や、末《すゑ》白河[三]の波風も、いさぎよき響《ひび》きは、常楽《じやうらく》[四]の縁をなすとかや、庭には池水《ちすい》を湛《たた》へつつ、鳥は宿《しゆく》[五]す池中《ちちう》の樹《き》、僧は敲《たた》く月下の門《もん》、出入《いでいる》[六]人跡《じんせき》数々《かずかず》の、袖をつらね裳裾《もすそ》を染《そ》めて、色めく有様は、実々《げにげに》花の都なり　女 へ見仏《けんぶつ》[七]聞法《もんぼふ》の数々《かずかず》　同 へ順逆の縁はいやましに、日夜《にちや》朝暮《てうぼ》に懈《おこた》らず、九夏三伏《きうかさんぷく》[八]の夏闌《なつた》けて、秋来《き》[九]にけりと驚《をどろ》かす、澗底《かんてい》[一〇]の松の風、一声《いつせい》の秋を催《もよほ》して、上求《じやうぐ》[一一]菩提の機《き》を見せ、池水《ちすい》に映《うつ》る月影は、下化衆生《げけしゆじやう》の相《さう》を得《え》たり、東北院陽《とうぼくいんやう》[一二]の、時節も実《げに》と知《し》られたり。

【一〇】〈ワカ〉女 へ春の夜《よ》の。〔序ノ舞〕

〈ワカ〉女 へ春[一三]の夜の、闇《やみ》はあやなし梅の花　地 へ色こそ見《み》えね、香《か》やは隠《かく》るる、香やは隠《かく》るる、香《か》やは隠《かく》るる。

【一一】〈ノリ地〉[一四]女 へ実《げに》[一五]や色に染《そ》み、香に愛《め》でし昔を　同 へよしなや今更に、思出《おもひいづ》れば、我ながら懐《なつ》かしく、恋《こひ》しき涙《なみだ》を、遠近人《をちこちびと》[一六]に、洩《も》らさんも恥《は》づかし、暇《いとま》申さむ。

〈歌〉女 へ是までぞ花は根に　同 へ今はこれまでぞ花[一七]は根に、鳥は古巣《ふるす》に帰《かへ》るぞとて、方丈の燈火《ともしび》を、火宅とや猶《なを》人は見む、爰《ここ》こそ花の台《うてな》に、和泉式部[一八]が臥所《ふしど》よとて、方丈の室《しつ》に

一　以下、東北院が都の東北にあって王城の鬼門鎮護の寺たること、その景勝や林泉の姿がすべて仏法の理にかなっていることを述べる。

霊地東北院

東北の方角は陰陽道で忌み嫌う鬼門。

二　[掛]賀茂―鴨。[付]鴨―山かげ。

三　現京都市左京区を流れる川、祇園付近で賀茂川と合流。[掛]知―白。

四　常住安楽の悟りの境地。「大井の波の音までも、常楽我浄の結縁」(「松尾」)。

五　賈島の詩句。→「融」二五二頁。

六　上東門院御所として貴顕の往来の絶えぬ東北院の賑わいのさま。

七　数々の仏事が行われ、仏縁のある人も通りすがりの人も、日夜勤行する人々は増え。

八　暑い夏の九十日。「天鼓」にも。「池冷水無㆓三伏夏㆒、松高風有㆓一声秋㆒」(和漢朗詠集・夏・納涼・源英明)。

春の夜の闇はあやなし

九　「秋来ぬと目にはさやかに見えねども風の音にぞ驚かれぬる」(古今集・秋上・藤原敏行)。

一〇　谷底の松。白居易の詩にみえる詩語。

一一　松風に上求菩提(上に向かって悟道を求め)、月影に下化衆生(下に向かって衆生を済う)を示す。

入《いる》と、見えし夢は覚《さめ》にけり、見し夢は覚《さ》めて失《う》せにけり。

「西行桜」「敦盛」にも。
一二 圏東北院—陰陽。
一三 古今集・春上・凡河内躬恒の歌。春の夜の闇はわけのわからぬものだ、梅の花は、たしかに姿は見えぬが、そのかぐわしい香りは隠れようがないのに。
一四 金春・喜多は異文の〈ロンギ〉で、祝言性が強い。「同げにや色よりも、〱、香こそあはれに思ほゆれ、誰が袖ふれし梅の花 して袖ふれて、舞人の返すは花衣、春鶯囀といふ楽は、これ春の鶯 同鶯宿梅はいかにや してこれ鶯の宿りなり 同好文木はさていかにしてこれ文を好む木なるべし 同唐《うた》の、みかどの御時は、国に、文学《ぶんかく》さかんなれば、花の色もますます、匂ひ常よりみちみち、梅風四方《よも》に薫ずなり。これまでなりや花は根に、鳥は…」(車屋本)。
一五 「色よりも香こそあはれと思ほゆれ誰が袖ふれし宿の梅ぞも」(古今集・春上・読み人知らず)を引く下掛の詞章を変形し、梅の香の闇にも隠されず包みかねたるさまから懐旧の心を描く。
一六 圏落—遠近。
一七 「花は根に鳥は古巣に帰るなり春のとまりを知る人ぞなき」(千載集・春下・崇徳院)。「忠度」にも。
一八 圏(花の台に)居—和泉式部。

雲林院《うんりんゐん》

三番目物
美男物

作者不明(世阿弥原作・金春禅竹改作か)

場景　前場―山城国紫野。桜の盛りの雲林院。ある春の夕暮れ。後場―同じく、夜から明け方。

人物　前ジテ　所の老人〔阿古父尉・着流尉〕
後ジテ　在原業平の霊〔中将・初冠狩衣指貫〕
ワキ　蘆屋の公光《きんみつ》〔掛素袍大口〕
ワキヅレ　従者〔素袍上下〕（二人）
アイ　北山辺の男〔長上下〕

梗概　幼いころから伊勢物語を愛読する蘆屋の公光が霊夢に導かれて桜の花盛りの都紫野の雲林院を訪ねる。しかし夢に現れた雅な男も女も、老人の姿も見えないので帰ろうと土産に桜を一枝手折ると、老人が現れて咎め、二人は花を折ることの是非を古歌で争う。やがて老人は公光に夢の中で伊勢物語の秘事を伝えると約束し、自分は昔男(在原業平の異名)と言いさして夕霞の空に消える(中入)。花見に来た北山辺の男が公光の尋ねに答えて在原業平のことを語り、逗留を勧める。その夜、公光の夢に在原業平の霊が優美な姿を見せ、業平と二条の后の恋の逃避行を語り、月の光さす花の下で夜遊の曲を舞ううち、公光の夢も覚め業平の姿も消える。

素材・主題　和歌知顕集や冷泉家流伊勢物語抄など中世に流布した伊勢物語の古注釈に拠り、恋愛詩人業平と二条の后の出奔、芥川を越えての恋の道行を中心に伊勢物語の秘事を舞台化した作品。月下の花陰に「雲の上人匂やか」な遊士業平が現れ、恋の道行に見える日本の名所は実は内裏の中にあるという解釈(秘事の一端)を示しつつ、幽玄に語り追憶の舞を舞う。業平と二条の后の秘かな逢瀬を、弘徽殿の細殿での光源氏と朧月夜との密会によそえる(〈サシ〉)など、風流貴公子の姿に業平と光源氏を重合させた描写と、落ち行く業平の姿を描く道行(〈クセ〉)に装束の色彩表現の多用などは作者推定の手掛りになろう。というのも実は本曲には前場はほぼ同じだが後場がまったく異なる応永三十三年(一四二六)奥書の世阿弥自筆本の原作が伝わっていて、現行曲はこの原作の改作曲だからである。原作の後場は、高貴な姿の二条の后が忽然と現れて秘事を語りはじめるや、后の兄の藤原基経の霊が鬼姿で現れ、業平が盗み出して武蔵塚に隠した妹を奪い返すありさまを中心に、「武蔵塚というも実は春日野の内である」といった秘事を明かし、やがて花のもとの夢と消える。つまり、自筆本は后を「鬼一口」に食った鬼は実は兄基経であるという解釈を前面に出し、執拗な男女の愛欲を視覚的に描くのに対し、現行曲は公家物に座標軸を移し、業平一人に集約して王朝の幽玄優艶な情趣を描いた作品なのである。なお、前場の花折りの是非をめぐる風雅な争いは、能ではしばしば用いる題材で(「女郎花」など)、「龍田」の紅葉の龍田川の渡河をめぐる争いも(三二〇頁)同趣。

一 後見が桜の立木を正先に置く。
二 藤の花が咲き匂う松はさながら紫の雲、その雲の林の紫野の雲林院を尋ねよう。[縁]松―藤。紫の(紫野)雲、雲の林(雲林院をこめる)と続けた。
三 現京都市北区大徳寺付近一帯。雲林院はもと淳和天皇の離宮。桜の名所。南北朝期に荒廃。
四 仮作の人物か。未詳。
五 平安中期成立の最古の歌物語。歌道の聖典として最も流布し、中世には本曲や「杜若」等に説くような種々の秘事・口伝が生まれた。
六 「花新開日初陽潤、鳥老帰時薄暮陰」(和漢朗詠集・春・雨・菅原文

【一】[一]〔次第〕〈次第〉ワキ・ワキツレ〽藤[二]咲《(さく)》松も紫《むらさき》の、藤咲松も紫野《むらさきの》[三]、雲の林を尋《たづ》ねむ。

〈名ノリ〉ワキ「これは津の国蘆《あし》屋の里に、[四]公光《(きんみつ)》と中者にて候、我《(われ)》稚《いとけな》かりし比《ころ》よりも、[五]伊勢物語を手馴《な》れ候処に、ある夜不思議の霊夢を蒙《かうぶ》りて候程に、只今都に上らばやと存《(ぞんじ)》候。

〈サシ〉ワキ・ワキツレ〽[六]花の新《あら》たに開《(ひら)》くる日、初陽《(そやう)》潤《うるほ》へり、鳥の老《お》ひ《(い)》て帰《かへ》る時《とき》、薄暮《(はくぼ)》くもれる春の夜の、月の都《みやと》に急ぐなり。

〈下歌〉ワキ・ワキツレ〽蘆《あし》屋の里を立出《(たちいで)》て、[七]我は東《(ひがし)》に赴《おもむ》けば、名残の月の西の海、塩の[八]ひるこの浦遠《とを》し、塩の蛭子《ひるこ》の浦遠し。

〈上歌〉ワキ・ワキツレ〽松陰に、煙《けぶり》[九]をかづく蜑《あま》がさき、煙《けぶり》を被《かづ》く尼《あま》が崎《さき》、暮《く》れて見《み》えたる漁火《いさり》の、あたりを問《と》へば[一〇]難波津《なにはづ》に、咲《(さく)》やこの花冬籠《(ごも)》り、今は現《うつつ》に[一一]都路の、遠かりし、程は[一二]桜に紛《まぎ》れある、雲《くも》の林に着《(つき)》にけり、雲の林に着にけり。

【二】〈添エノサシ〉ワキ　カヽル〽[一三]遥《はる》かに人家《(じんか)》を見て花あれば便《(すなは)》ち入《(いる)》なればと、木陰に立寄《よ》り華を折《お》れば。

【三】〈□〉シテ「誰《た》そやう《(よ)》花折《お》るは、[一四]今日《けふ》は朝《(あした)》の霞消《き》えしままに、夕の空は春の夜の、殊に長閑《(のどか)》に眺《なが》めやる、嵐の山《やま》は名にこそ聞《き》け、〽誠の風は吹《ふ》かぬに、「[一五]花を散《ち》らすは鶯の、羽風《(はかぜ)》に落《(おつ)》るか松の響《ひびき》か人か、カヽル〽それかあらぬか木《(こ)》の下風か、あら心もとなと散《(ちら)》しつる花や。

【四】〈問答〉シテ「や、さればこそ人の候、[一六]落花狼籍《(らくくわらうぜき)》の人そこ退《の》き給へ　ワキ「それ花は乞《と》ふ

蘆屋から雲林院へ

時）。陽春の風光、とりわけ眺めも麗しい朝暮の美景と、都の春に憧れつつ急ぐ心。

七 残月を後に見て東に向かって旅する暁の光景。

八 囲干—蛭子。蛭子の浦は、現在の兵庫県西宮市あたりの海岸。

九 囲被—潜、蜑—尼が崎。

一〇 →「難波」九六頁。

一一 囲見—都。

一二 縁桜—雲。「雲」は上下に掛かる。

一三 白居易の詩にあるのだからとの心。→「鞍馬天狗」八九頁注一九。

一四 今日は、朝方の霞が消えてからは、そのまま雲ひとつかからぬのどかな夕の空で。囲晴—春。

一五 花を散らしたのは鶯の羽風か、松風の響きか、人か、はたまた木の下を吹く風か、ああ気掛りなこと。「木伝へばおのが羽風に散る花を誰におほせてここら鳴くらん」（古今集・春下・素性）。

一六 花を散らす乱暴者よ、そこを立退きなさい。「落花狼藉風狂後」（和漢朗詠集・春・落花・大江朝綱）。

古歌を引いての花折りの是非

以下、互いに古歌を引き、花折ることの是非を争う風雅な問答が展開される。

も盗《ぬす》むも心《こころ》あり、[一]とても散《ち》るべき花な惜《（をし）》み給ひそ　シテ「とても散《（ちる）》べき花《はな》なれ共《（ども）》、花に憂《う》きは嵐《あらし》、それも花ばかりをこそ散《ち》らせ、おことは枝ながら手《（た）》折《お》れば、風よりも猶《（なほ）》憂《う》き人よ　ワキ「何とて[二]素《そ》性《せい》法師は、見てのみや人に語らん桜花《（さくらばな）》、手ごとに折《（をり）》て土産《（いへづと）》にせんと詠《よ》みけるぞ　シテ「左様《（さやう）》に詠《よ》むもあり又ある歌に、[三]〽春風は花のあたりを避《よ》きて吹《ふ》け、「心《こころ》づからや移《うつ》ろふと見む、実《（げに）》や[四]春の夜の一時《（ひととき）》を千金に換《か》へじとは、花に清香《（せいきやう）》月に陰《かげ》、[五]千顆万顆《（せんくわばんくわ）》の玉よりも、宝《たから》と思ふ此花を、カヽル〽折《お》らせ申事は候まじ　ワキ カヽル〽実々《（げにげに）》これは御理《ことはり》、花物《もの》言《い》はぬ色なれば、人にて花《はな》を恋衣《こひ（ごろも）》　シテ「[六]軽漾激《けいやうげき》して影唇《かげくちびる》を動《うご》かせば、カヽル〽我は申さず共《（とも）》　ワキ〽花も惜《お》しきと　シテ〽言《い》ひつべし。

〈歌〉同〽実《（げに）》枝を惜《お》しむは又春のため、手折《（たをる）》は見ぬ人のため、[七]惜《お》しむも乞《こ》ふも情有《なさけ（あり）》、ふたつの色の争《あらそ》ひ、柳桜《（やなぎさくら）》をこき交《ま》ぜて、都ぞ春の錦《（にしき）》なる、都ぞ春の錦なる。

【五】〈問答〉シテ「いかに旅人、御身はいづかたより来《（きた）》り給ふぞ　ワキ「これは津の国蘆《あし》屋の里に、公光と中者にて候が、我稚《いとけな》かりし比《（ころ）》よりも、伊勢物語を手馴《な》れ候ところに、ある夜の夢に、とある花の陰《かげ》よりも、[八]紅《くれなゐ》の袴《はかま》召されたる女性《（によしやう）》、[九]束帯《そくたひ》給へる男《おのこ》、伊勢物語の草子《さうし》を持《も》ち佇《たたず》み給ふを、あたりにありつる翁《おきな》に問《と》へば、あれこそ伊勢物語《がたり》の[一〇]根本《（こんぽん）》、[一一]在中将《（ざいちうじやう）》業《なり》平、女性は[一二]二条《（にでう）》の后《（きさき）》、所は都北山陰《かげ》、紫野《むらさきの》雲の林と語《かた》ると見て夢覚《さ》めぬ、余《（あまり）》にあらたなる事にて候ほどに、是まで参りて候　シテ「扨《（さて）》は御身の心《こころ》を感じつつ、伊勢物語《がたり》を授《さづ》けんとなり、

一　どうせ散る花なのだから、そんなに惜しみなさいますな。
二　雲林院に住んだ平安前期の歌人。以下の歌は古今集・春上に見える。
三　古今集・春下・藤原好風の歌。春風よ、花を避けて吹いてほしい、花が、自らの意志で散るものかどうかを確かめたいから。
四　→「西行桜」七四頁。
五　底本「千貨万貨」を訂正。
六　→「西行桜」七三頁。
七　惜しむも乞うも、ともに風雅な心から出たことで、この争いは柳と桜が妍を競うごときもの。その柳と桜を織りまぜて都はまさに錦さながらの美しさ。→「西行桜」七三頁。
八　緋の袴を着けられた女の方。底本「女姓」を訂正。以下同じ。
九　動詞「そくたふ」の連用形。公卿の礼服に整えられた男の方。
一〇　根源。伊勢物語を業平の自伝とする説の反映。

霊夢の説明

一一　在原業平の通称。在五中将とも。
一二　藤原高子《（たかいこ）》。藤原長良の娘で、清和天皇の女御。中世では伊勢物語に登場する女性の多くを二条の后と解する説が有力だった。

今宵《こよひ》は爰《(ここ)》に臥《ふ》し給ひ、別《わか》[13]れし夢を待給へ　ワキ へ嬉しやさらば木《(こ)》のもとに、袖を片敷《かたし》き臥《(ふし)》て見《み》む　シテ「其[14]花衣を重《かさ》ねつつ、又寝《またね》の夢を待《ま》ち給《たま》はば、などかしるしのなかるべき
ワキ カヽル へか様《(やう)》に委《(くはし)》く教《をし》へ給ふ、御身《(おんみ)》はいかなる人やらん　シテ「其様《(そのさま)》年の古《ふる》びやう、昔《(むかし)》[15]男《(をとこ)》など知《し》らぬ　ワキ カヽル へ扨《(さて)》は業平《なりひら》にてましますか　シテ へい[16]や。
〈上歌〉同 へ我名を何とゆふ[17]ばへ《(え)》の、我名を何と夕映の、花をし思ふ心ゆへ《(ゑ)》、木隠《がく》れの月に顕《あらは》れぬ、誠に昔《むかし》を恋衣、一[18]枝《えだ》の花の陰《かげ》に寝《ね》て、我有様を見給はば、其時《とき》不審を晴《は》らさむと、夕べの空のひと霞《かすみ》、思《おも》[19]ほえずこそなりにけれ、思ほえずこそなりにけれ。　（中入）

【六】〈問答・語リ・問答〉（アイの北山辺の男が登場、ワキの尋ねに答えて、在原業平のことや伊勢物語の作者についての諸説があることを語る。ワキが夢の一件や先刻の老人との出来事を話すと、業平の霊であろうと告げ、重ねて奇特を待つよう勧める）

【七】〈上歌〉ワキ・ワキツレ へいざさらば、木陰の月に臥《ふ》して見《み》む、木陰の月に臥して見む、暮《く》[20]れなばなげの花衣、袖を片敷《かたし》き臥《ふ》しにけり、袖を片敷き臥しにけり。

【八】〔一声〕〈下ノ詠〉後シテ[21] へ月[22]やあらぬ、春《はる》や昔の春ならぬ、我身ひとつは、もとの身にして。

【九】〈掛合〉ワキ カヽル へ不思議《ふしぎ》やな雲の上《うへ》人匂《にほ》やかに、花に映《うつ》ろひあらはれ給ふは、いかなる人にてましますぞ　シテ「今は何をかつつむべき、昔男のいにしへを、語《かた》らん為に来《(きた)》りたり　ワキ カヽル へさらば夢中《(むちう)》に伊[23]勢物語の、其品々《しなじな》を語《(かたり)》給へ　シテ「いでいでさらば語《かた》覧《(らん)》と、カヽル へ花の嵐も声添《そ》へて　ワキ へ其品々《しなじな》を　シテ へ語《かた》りけり。

一三 見残して覚めた夢の続き。
一四 花の散りかかる衣を重ね。
一五 業平の異名。
一六 「いーや」と謡い、否定も肯定もせぬ心。
一七 [掛]言ふ―夕。
一八 [掛]一重―一枝。[縁]衣―一重。
一九 はっきりとは分からなくなってしまった。夕霞の中に融けこんだ姿。
二〇 「いざ今日は春の山辺にまじりなむ暮れなばなげの花の陰かは」（古今集・春下・素性）。詞書に「雲林院の親王のもとに、花見に北山のほとりにまかれりける時によめる」とある。
二一 艶麗典雅な殿上人の姿の業平の霊が登場して常座で謡い出す。
二二 伊勢物語・四段にある歌。古今集・恋五にも。→「軒端梅」四九二頁注五。
二三 伊勢物語のさまざまな秘事を語ってください。

【一〇】〈クリ〉シテ 〽抑《(そもそも)》此物語は、いかなる人のなに事によつて　同 〽思《おも》ひの露を染《(そめ)》けるぞ
と、言《い》ひけん事も理《ことはり》なり。
〈サシ〉シテ 〽まづは弘徽殿《こうき(でん)》の細殿《ほそどの》に、人目《め》を深《ふか》く忍び　同 〽心《こころ》の下簾《したすだれ》のつれづれと人は佇《たたず》
めば、我も花に心を染《そ》みて、共《とも》に憧《あくが》れ立《た》ち出《(いづ)》る。
〈クセ〉同 〽如月《きさらぎ》や、まだ宵《よひ》なれど月は入《(いり)》、我らは出《(いづ)》る恋路かな、抑《(そもそも)》日の本《もと》の、うちに名所
といふ事は、わが大内にあり、彼《(かの)》遍昭が連《つら》ねし、花《はな》の散《ち》り積《つ》もる、芥川《あくた》を打渡《わた》り、思《おも》ひ知《し》
らずも迷ひ行《(ゆく)》、被《かづ》ける衣《きぬ》は紅葉襲《(もみぢ)がさ》ね、緋《ひ》の袴踏《はかまふ》みしだき、誘《さそ》ひ出《(いづ)》るやまめ男、紫《むらさき》の、ひと本《もと》
結《ゆ》ひの藤袴《ふぢばかま》、萎《しほ》るる裾《すそ》をかひ取《(い)と》つて　シテ 〽信濃路や　同 〽園原茂《そのはらしげ》る木賊《とくさ》色の、狩衣《かり(ぎぬ)》の
袂《たもと》を、冠《かぶり》の巾子《(こじ)》にうち被《かづ》き、忍び出《(いづ)》るや如月《(きさらぎ)》の、黄昏月《たそかれ(づき)》もはや入《(いり)》て、いとど朧《おぼろ》夜に、降《ふ》る
は春雨《さめ》か、落《お》つるは涙かと、袖うち払《はら》ひ裾《すそ》を取《(とり)》、しほしほすごと、たどりたどりも迷《まよ》ひ
行《ゆ》く。
【一一】〈詠〉シテ 〽思ひ出《(いで)》たり夜遊《(やいう)》の曲　地 〽返《かへ》す真《ま》袖を月や知《し》る。　〔序ノ舞〕
【一二】〈ノリ地〉同 〽夜遊の舞楽も、時移《うつ》れば、夜遊の舞楽も、時移れば、名残の月も、山藍《あひ》の
羽袖《はそで》、返《かへ》すや夢の、黄楊《つげ》の枕《まくら》、此物語《がたり》、語《かた》るとも尽《つ》きじ。
〈歌〉シテ 〽松の葉の散《ち》り失《う》せず　同 〽松の葉の散り失せず、末《(すゑ)》の世までも情《(なさけ)》知《し》る、言《(こと)》の
葉草《(ぐさ)》のかりそめに、かく顕《あらは》せるいにしへの、伊勢物語、語《かた》る夜《よ》もすがら、覚《さ》むる夢となりに

伊勢伝授

一 誰がどんな目的で、恋の思いを書きつけたのだろうかと。和歌知顕集(書陵部本)の文に基づく。「杜若」の〈クリ〉にも。→三〇三頁注七。
二 清涼殿の北にあり、後宮の一つ。以下、源氏物語・花宴で、光源氏が朧月夜と密会した情景を、業平と二条の后とのひそやかな逢瀬にとりなした。
三 牛車の簾の内側に掛ける絹の帳。「釣れ」に音通の「つれづれ」の序。
四 心も空に浮かれ出てしまった。
五 以下〈クセ〉で業平と二条の后の恋の逃避行を、二人の装束の色彩表現を多用して優麗に描く。
六 平安時代の歌人。「散りぬれば後は芥になる花を思ひ知らずもまどふてふかな」(古今集・物名)は遍昭の作。
七 伊勢物語・六段による。芥川は現在の大阪府と京都府との境から

月下の遊舞

高槻市へと流れる川。伊勢古注釈では、内裏を流れる川と解釈している(冷泉家流伊勢物語抄など)。
八 「紫のひともとゆゑに武蔵野の草はみながらあはれとぞみる」(古今集・雑上・読み人知らず)と「結びつる心も深きもと結ひに濃き紫の色しあせずは」(源氏物語・桐壺)を

けりや、覚《さ》むる夢となりにけり。

取り合せ、「藤袴」の序とした。
九 信濃国園原は木賊の名産地。木賊色は鈍い緑色。
一〇 冠の頂上後部にある突起。髻《もとどり》を入れる。
一一「春雨の降るは涙か桜花散るを惜しまぬ人しなければ」（古今集・春下・大伴黒主）。
一二 昔を物語るにつけて、ふと昔奏でた夜の遊舞を想起し、昔を今に左右の袖を翻して舞う心。
一三［序ノ舞］のあと〈ノリ地〉になるのは稀で、現行では「葛城」のみ。
一四 残月も山々の間に。掛山間―山藍。「山藍の衣。又山藍の袖とも。…豊明の節会に着る装束の事也」（藻塩草）。「山藍の袖」（「定家」）、「山藍に」（「賀茂物狂」）など禅竹詞。
一五 掛告げ―黄楊。
一六 古今集・仮名序の「松の葉の散りうせずして、真栄のかづら長く伝はり」による。
一七 後々まで深い情愛を説示した伊勢物語のその秘事を、かりそめながらこのように現したのだ。「情知る言の葉」は伊勢物語のこと。掛斯―書。「いにしへの」は伊勢物語と頭韻。
一八 夢が覚めるとともに結ばれる縹渺たるラスト・シーンは、春の朧月夜のごとく美しく、また暁の夢のごとく淡い。

黒塚《くろづか》

四・五番目物　異称、糸繰、安達原（観世）
鬼女物　　作者不明（近江能という）

場景　前場―岩代国安達原。人里遠き野中の一軒屋。月影の冷たい秋の夜。後場―同じく、荒れ野。深夜。

人物　前ジテ　庵の女〔深井（近江女）・唐織着流女〕
　後ジテ　鬼女〔般若・般若〕
　ワキ　祐慶阿闍梨《あじゃり》〔山伏〕
　ワキヅレ　同行の山伏〔山伏〕
　アイ　伴の能力〔能力〕

梗概　那智の東光坊の阿闍梨祐慶と同行の山伏は廻国行脚の途次、陸奥《みちのく》の安達原に着くが日が暮れ、遠くに見える火影をたよりに野中の一軒屋を訪ねる。庵では一人の女が世を侘びつつ住んでいる。女は宿を乞う祐慶たちを一旦は拒絶するが、痛わしさに宿を貸す。見馴れぬ枠桛輪《わくかせわ》について祐慶が尋ねると、女は糸を繰る道具と答え、憂き世に生きる辛さ、仏道に無縁の身を嘆きつつ、糸繰り歌を歌いながら糸を紡ぐ業《わざ》を見せてもてなし、賤《しず》の女の繰る糸の長さ、命のつれなさを嘆く。夜が更け寒さが増すと、女は留守中、閨《ねや》の内を見ないように告げて薪を取りに出る（中入）。女の言葉が気になった能力は、祐慶の制止を聞かず、ひそかに覗き、夥しい死骸に驚き、報告する。膿血《のうけつ》流れ、臭穢《しゅうえ》満ち、爛《ただ》れ腐った死体の山の、凄惨な閨の内を見た一行は、女が音に聞く黒塚の鬼女であることを知って逃げ出す。女は信頼を裏切られ、隠していた閨の内を露《あらわ》にされたことを恨み怒り、鬼女の姿を現して追い迫り、襲いかかる。祐慶たちは必死に祈禱で対抗し、ついに鬼女は祈り伏せられ、夜嵐の中に消える。

素材・主題　拾遺集・雑下の平兼盛の歌「陸奥の安達原の黒塚に鬼こもれりと聞くはまことか」、および、この歌の背景にある安達原の鬼女伝説に拠りつつ、世を侘び淋しく暮らす賤の女の、糸を繰る生業《なりわい》の辛さ、行き暮れた山伏をもてなす優しさと、山伏の破約を恨み本体を現して襲いかかる鬼女の姿を描く。柴囲いの小屋と枠桛輪の作リ物が効果的に使われ、囃子座前に置かれた小屋は、はじめは一軒屋を示し、やがて閨となる。枠桛輪は賤の女の営む仕事道具で、糸尽くしの糸繰り歌を歌いつつ繰り続ける姿に、帰らぬ昔、渡世の辛さ、憂き世に生を享けた輪廻の身、深い孤独と業といった女の運命が象徴され、観客の視線を集める。人間の心の二面性を描いた能とも言われ、また禁忌を犯して見たために不幸が起る説話は、ギリシア神話のオルフェウス等、世界に共通している。なお、中入場で、アイは他の能のように語リでなく、軽みの演技でつなぎ、後場の凄まじさを強調する手法もうまい。作者付能本作者注文に「近江能」とし、自家伝抄にも「くろつか　江州へ遣す　世阿弥」とあり、確証はないものの近江能の可能性はある。

一　篠掛は山野跋渉用の上着。この〈次第〉は「安宅」「摂待」などと同文で山伏専用の登場歌。
二　山伏の修行地熊野三山の一。
三　未詳。謡曲作者の仮作か。
四　断崖から身を投ずる行法と、峰入り修行が山伏修行のよりどころだ。「沙門抖擻」（宝生・下掛）。
五　ところで。
六　以下、熊野から陸奥への道行き。「紀の路方」は紀伊の南の海。[掛]方―潟。
七　潮の岬。[縁]潟―浦、塩―さし。
八　紀伊の東海岸で伊勢国に接する辺の浜。[掛]織―折。[縁]錦―折々。
九　枝を折って道標にしながら進むうちに、旅衣は潮に濡れしおれていく。[掛]萎―枝折。[縁]枝折―折々。
一〇　[掛]紐―日も。[縁]衣―（紐）日も―重。
一一　現在の福島県安達太良山東麓。陸奥の歌枕。
一二　ああ困ったことだ。
一三　「侘び人は憂き世の中に生けらじと思ふことさへ叶はざりけり」（拾遺集・雑上・源景明）を借りるか。
一四　[掛]飽―秋。
一五　「秋来れば朝けの風の手を寒み

【一】〔次第〕〈次第〉ワキ・ワキツレ ∧[一]旅の衣《ころも》は篠掛《すずかけ》の、旅の衣は篠掛の、露けき袖や霑《しほ》るらん。

〈名ノリ〉ワキ ∧是《これ》は[二]那智の[三]東光坊《とうくわうばう》の阿闍梨《あじやり》、祐慶《いうけい》とは我事也。

〈サシ〉ツレ ∧それ[四]捨身抖擻《しやしんとそう》の行体《ぎやうたい》は、山伏修行の便《たより》なり ワキ ∧熊野《ゆや》の順礼廻国は、みな釈門《しやくもん》の習《なら》ひなり 二人 ∧[五]然るに祐慶此間《このあひだ》、心に立《たつ》る願《ぐわん》あつて、廻国行脚に赴かむと。

〈上歌〉二人 ∧[六]我《わが》本山を立《た》ち出《いで》て、我本山を立ち出て、分行末《わけゆくすゑ》は紀の路方《ぢがた》、[七]塩崎の浦をさし過て、[八]錦の浜の折々は、猶《なほ》[九]しほりゆく旅《たび》衣、[一〇]日も重《かさ》なれば程《ほど》もなく、名にのみ聞《きき》し陸奥《みちのく》の、[一一]安達原《あだちがはら》に着《つき》にけり、安達原に着にけり。

〈着キゼリフ〉ワキ「急《いそぎ》候程に、是ははや陸奥の安達原《あだちがはら》に着《つ》きて候、[一二]あら咲止《せうし》や日の暮《くれ》て候、此あたりには人《ひと》里もなく候、あれに火の光の見《み》え候程に、立寄《よ》り宿《やど》を借《か》らばやと存《ぞんじ》候。

【二】〈サシ〉女 ∧[一三]実《げに》侘《わ》び人《びと》のならひ程、悲《かな》しき物はよもあらじ、[一四]かかる憂《う》き世に秋《あき》の来て、[一五]朝けの風は身にしめども、胸を休《やす》むる事もなく、[一六]昨日《きのふ》も空《むな》しく暮《くれ》ぬれば、[一七]まどろむ夜半《よは》ぞ命なる、荒《あら》定めなの生涯やな。

【三】〈問答〉ワキ「いかに此屋の内へ案内申候 シテ「そもいかなる者ぞ。

〈掛合〉ワキ カヽル ∧いかにや主《あるじ》聞給へ、我等始《はじ》めて[一八]陸奥《みちのく》の、安達原に行暮《ゆきくれ》て、宿《やど》を借《か》るべき便《たより》もなし、願《ねが》はくは我等を憐《あは》れみて、一夜《ひとよ》の宿を貸《か》し給へ シテ ∧人里遠《とを》き此野辺の、松風烈《はげ》しく吹《ふ》き荒《あれ》て、[一九]月影《かげ》たまらぬ閨《ねや》のうちには、いかでか留《とど》め申べき ワキ ∧[二〇]よしや旅《たび》

山田の引板(ひた)をまかせてぞ聞く」(新古今集・秋下・大江匡房)による。

一六「昨日も過ぎ今日も空しく」(「大原御幸」)などと同じ心。

熊野から陸奥へ

一七 眠りにつく夜半になって、ふりかえる命、ああはかない生涯。「まどろみてさてもやみなばいかがせむ寝覚めぞあらぬ命なりけり」(千載集・雑中・西住)の心。下掛は「…涙なる」。

一八 [掛]見—陸奥。

一九 月の光が遠慮なく、さし込む粗末な家。

二〇 よしんば草を枕の野宿同様でも構いません、今夜だけ仮寝をさせてほしいのです。

以下五〇四頁

安達原の侘人

一 なんとしても泊まろうとなさるのを、柴の戸を固く閉ざして入れないというのも、さすがにいたわしくて。[掛]し—柴、鎖す—さすが。

二 お気の毒に、雑草も交じる粗末な茅筵を敷いて、今夜はお眠りになるのか。シテの同情心でありワキの述懐でもある。[付]席—しく。[縁]袖—露、露—草。

三 [掛]敷—強、借—狩衣。

四 狭い旅寝の床は落ち着かず安眠もできない。旅寝はつらいことだ。[掛]せはしなき—狭。

五 この〈上歌〉の間に後見が枠桛輪

寝《ね》の草枕、今宵ばかりの仮寝《かりね》せむ、ただただ宿を貸《か》し給へ　女 ＼我《(われ)》だにも憂《う》き此庵《(このいほ)》に

ワキ ＼一ただ泊《と》まらんと柴の戸を　女 ＼さすが思《おも》へば痛《いた》はしさに。

〈歌〉同 ＼さらば留《とど》まり給へとて、樞《とぼそ》を開《ひら》き立出《(たちいづ)》る。

〈上歌〉同 ＼二異《こと》草も交《ま》じる茅筵《かやむしろ》、うたてや今宵《こよひ》敷きなまし、三強《し》い《(ひ)》ても宿をかり衣《(ごろも)》、片敷《かたし》く袖の露深《ふか》き、四草の庵《(いほり)》のせはしなき、旅寝《たびね》の床《(とこ)》ぞ物憂《ものう》き、旅寝の床ぞ物憂き。五

【四】〈問答〉ワキ「今宵《こよひ》の御宿《やど》返《(かへすがへす)》々も有難《がた》うこそ候へ、またあれなる物は見馴《な》れ申さぬ物にて候、是はなにと申たる物にて候ぞ　シテ「さむ候《ザウラウ》是は六枠桛輪《わくかせわ》とて、卑《いや》しき賤《(しづ)》の女《(め)》の営《いとな》む業《わざ》にて候　ワキ「あら面白や、さらば夜もすがら営《いとな(う)》ふで御見せ候へ。

〈掛合〉シテ カヽル ＼げに恥《は》づかしや旅人の、見る目《め》も恥《は》ぢずいつとなき、賤《しづ》が業《わざ》こそ物憂《う》けれ

ワキ カヽル ＼今宵留《こよひとど》まる此宿の、主《あるじ》の情《(なさけ)》七深《ふか》き夜《よ》の　女 ＼月もさし入《い》る　ワキ ＼閨《(ねや)》のうちに。

〈次第〉同 ＼八真緒《(まそほ)》の糸《いと》を繰《く》九り返し、真緒の糸を繰り返し、昔を今《いま》になさばや。

〈一セイ〉シテ ＼一〇賤《しづ》が績麻《うみそ》のよるまでも　地 ＼世渡《わた》る業《わざ》こそ物憂《う》けれ。

【五】〈クドキグリ〉女 ＼あさましや一一人界《(にんがい)》に生《(しやう)》を受《う》けながら、かかる憂《う》き世に明《(あけ)》暮《く》らし、身を苦しむる悲《かな》しさよ。

〈サシ〉ワキ ＼はかなの人の言《こと》の葉や　同 ＼一二先《(まづ)》生《(しやうじん)》身を助《たす》けてこそ、仏身を願《ねが》ふ便《たよ》りもあれ、かかる憂《う》き世にながらへて、明《(あけ)》暮《く》れ隙《ひま》なき身なり共《(とも)》、一三心だに誠《まこと》の道に叶《(かな)》ひなば、祈らずと

を目付柱近くに置く。女の運命を象徴するような枠桛輪。山伏のみならず観客の視線も集める。六 糸を繰る道具。七「深き」は上下に掛かる。八 糸繰り車で糸を繰り返し繰り返す賤が業(ざわ)、月日も繰り返せるものなら若かった昔を今に返そうものを。以下、糸繰る業に輪廻の苦しみを表現。「真緒」は底本「麻草」。真麻苧とも。原義の真赭(赤土)から誤解を重ね、麻草、薄の穂など、種々に理解された。ここは糸の意。九「古のしづのをだまき繰り返し昔を今になすよしもがな」(伊勢物語・三十二段)による。一〇 賤の女が夜中までも糸をつむぐ世渡りの仕事は本当につらく悲しい。績麻は糸としてよった麻糸。「うみお」とも。掛 縒る―夜。一一 せっかく人間界に生まれながら。人間に生まれること自体、稀であり幸せな因縁によるという心。一二 まずは現在生きているその身を大事にしてこそ、後世の成仏を期待できるのだ。一三 北野天神の神詠ともいう古歌(末句「神や守らん」)の転用。身のはかなさを嘆く老女に、祐慶が一筋に仏道に帰依すれば必ず得道することを説く。一四 人間は、万物を構成する四大元素の地水火風が、ただ仮初にしばらく寄り集まった

賤の女の糸繰り

ても終《(つひ)》になど、仏果の縁《えん》とならざらん。
〈片グセ〉同 〽[一四]唯是《(ただこれ)》地水火風《(ちすいくわふう)》の、かりに暫《しばら》くもまとはりて、[一五]生死《(しやうじ)》に輪廻し、五道六道《(ごだうろくだう)》に廻《めぐ》る事、唯《ただ》一心の迷《まよ》ひなり、を《(お)》よそ人間の、徒《あだ》なる事《こと》を案ずるに、[一六]人更に若《わか》き事なし、終には老《(おい)》と成《(なる)》物を、[一七]か程｜はかなき夢の世を、などや厭《いと》はざる我ながら、徒《あだ》なる心こそ、恨《うら》みてもかひなかりけれ。
〈ロンギ〉地 〽抑《(さて)》そも[一八]五条あたりにて、夕顔《がほ》の宿を尋《(たづね)》しは 女 〽日影の糸の冠着《かぶりき》し、それは[一九]名高《たか》き人やらん 地 〽[二〇]賀茂の御生《みあれ》に飾《かざ》りしは 女 〽[二一]糸毛《いとげ》の車《くるま》とこそ聞《き》け 地 〽[二二]糸桜《(いとざくら)》、色も盛《さか》りに咲《さ》く比《ころ》は シテ 〽[二三]来《く》る人多《おほ》き春の暮《く》れ 地 〽[二四]穂《ほ》に出《(いづ)》る秋の糸《いと》 薄《(ずすき)》 シテ 〽月によるをや待《(まち)》ぬらん 地 〽今は[二五]た賤が繰《く》る糸の 女 〽長《なが》き命《(いのち)》のつれなさを 同 〽ながき｜命《いのち》のつれなさを、[二六]思ひ明石の浦《うら》千鳥、音《(ね)》をのみひとり泣《な》き明《あ》かす、音をのみひとり泣きあかす。
【六】〈問答〉シテ「いかに客僧たちに申候 ワキ「承《(うけたまはり)》候 シテ「余《(あまり)》に夜寒《(よさむ)》に候程に、上《うへ》の山にあがり木を採《と》りて、焚《たき》火をしてあて申さうずるにて候、暫《(しばらく)》御待候へ ワキ「[二七]御志有難うこそ候へ、さらば待申さうずるにて候、頓而《(やがて)》御帰《(かへり)》候へ 女「さらばやがて帰候べし、や、いかに申候、わらはが帰らんまで此閨《(ねや)》のうちばし御覧じ候な ワキ「心得申候、見申事は有《(ある)》まじく候、御心安思召《(おんこころやすくおぼしめさ)》れ候へ 女「荒《(あら)》嬉しや候《ザウラウ》、かまへて御覧じ候な、此方《(こなた)》

だけのもの。一五 人間が生死を繰り返し、五道六道を輪廻するのは、ただ心の迷いがあるからだ。一六「人無二更少一時須惜」(和漢朗詠集・春・暮春・小野篁)による。一七 こんなにはかない夢のような世なのに、どうして世を厭い出家しないのだろう。我ながら、ふつつかな心を恨んでもしようがない。一八 以下は糸繰るわざに寄せた糸尽くしの仕事歌。ここは源氏物

糸繰り歌

語・夕顔をふまえる。「日影の糸の冠」は神事の際に被る、笄《(こうがい)》の左右に青や白の糸を掛けた冠。日影は日陰に通じ、夕顔と縁語。一九 光源氏をさす。二〇 葵祭の別名。源氏物語・葵の葵上や六条御息所が牛車を立てて見物したことをふまえる。二一 牛車の車箱を色染めの糸で飾ったもの。高貴な身分の人が乗った。葵上の車をさす。二二 しだれ桜。二三 花見に来る人。[縁]糸—繰る(来る)。二四 穂の出た秋の糸薄は、月が待ち遠しく夜を待っているのだろう。[縁]糸—縒る(夜)。二五 [掛]はた—機。二六「つくづくと思ひあかしの浦千鳥浪の枕になくなくぞ聞く」(新古

約束

今集・恋四・西園寺公経)。[掛]明かし—明石。以上、女は若かった頃

の客僧も御覧《らん》じ候な　ツレワキ「心得申候。　（[一]中入）

【七】〈問答〉（[二]アイの伴の能力が登場、シテの言葉が怪しいので閨を見ようとワキへ言うが、ワキは約束だからと制止し、寝よと言う。アイはワキの眠ったすきをうかがい、ひそかに閨をのぞいて夥しい死骸に驚き、ワキへ報告する）

【八】〈□〉ワキ カヽル へ不思議や主《あるじ》の閨《ねや》のうちを、物の隙より能《よく》見《み》れば、[三]膿血《のうけつ》[四]たちまち融滌《ゆうてき》し、臭穢《しうゑ》は満《み》ちて[五]肪脹《はうチヤウ》し、膚膩《ふに》ことごとく爛壊《らんゑ》せり、人の死骸《しがい》は数知《し》らず、軒と等《ひと》しく積《つ》み置《を》きたり、[六]いか様《さま》これは音《をと》に聞《き》く、[七]安達原の黒塚に、籠《こも》れる鬼《おに》の住処《すみか》なり　ツレ へ恐《おそ》ろしやかかる憂《う》き目《め》をみちの[八]くの、安達原の黒塚に、鬼籠《こも》れりと詠じけん、歌《うた》の心もかくやらんと。

〈上歌〉同 へ心《こころ》も惑《まど》ひ肝《きも》を消《け》し、心も惑ひ肝を消し、行《ゆく》べきかたは知《し》らねども、足《あし》に任《まか》せて逃《に》げて行《ゆ》く、足に任せて逃げて行く。

【九】〔[九]出端〕〈□〉後シテ へ[一〇]いかにあれなる客僧、「止《と》まれとこそ、[一一]さしも[一二]隠《かく》し閨《ねや》のうち、あさまになされ参《まい》[一三]らせし、恨《うら》み申《まうし》に来《きた》りたり。

〈キザシグリ〉シテ へ[一四]胸を焦《こ》がす焔《ほのほ》、咸陽宮《かんやうきう》の煙《けぶり》、紛々《ふんぶん》たり　地 へ野《の》風山《かぜやま》風《かぜ》吹《ふき》落《お》ちて　シテ へ鳴神稲妻天地《なるかみいなづまてんち》に満《み》ちて　地 へ空かき曇《くも》る雨の夜《よ》の　シテ へ[一五]鬼一口《ひとくち》に食《く》はむとて　地 へ歩みよる　イロ[一六]　足音　シテ へ振《ふ》り上《あ》ぐる[一七]鉄杖《てつちやう》の勢《いきほ》ひ　同 へあたりを払《はらッ》て恐《おそ》ろしや。

【一〇】〔[一八]祈リ〕〈ツトメ〉ワキ へ[一九]東方《とうばう》に降三世明王《がうざんぜみやうわう》　ツレ へ南方《なんばう》に軍荼利《ぐんだり》夜叉《やしや》明王　ワキ へ西方《さいはう》に大威徳《だいゐとく》明王　ツレ へ北方《ほつばう》に金剛夜叉明王　ワキ へ中央に大日大聖《だいにちだいしやう》不動明王　二人 へ

の都での生活を思い出しているのかもしれない。　二七 宝生・下掛は「いやいや女性の御身と申し、ことさら夜陰の事にて候ほどに、かたがた思ひもよらぬ事にて候」と驚き、これを受けて女が「いやわらはいつも通ひ慣れたる山路なれば苦しからず候」と答える。

夥しい死骸の閨

以上五〇五頁

一 女はあとに心が残る様子をみせつつ、やがて思い切り、足早に中入りする。　二 能力の軽妙な演技でつなぎ、後場の凄じさを強調。　三 観世以外は、このあと次行の「人の死骸は数知らず、軒と等しく積み置きたり」が入り、句順に異同あり。　四 九相詩「膿血忽流爛壊腸」（第三・血塗想）、「朝見二肪脹爛壊貌一」（第五・噉食想）に基づくか。仏教では、人の死体が腐乱して骨になるまでに九段階があると説かれる。　五 底本「胞脹」を訂正。　六 さてはこれが噂に名高い。「音に聞く」は下掛「陸奥の」。　七 「陸奥の安達原の黒塚に鬼こもれりと聞くはまことか」（拾遺集・雑下・平兼盛）。　八 掛見—陸奥。　九 激怒の態（てい）で勢いよく出る。〔早笛〕にもする。　一〇 女は信頼を裏切られた怒りに、本体を現し、

違約の怒り、追跡

二〇 唵《おむ》呼《こ》嚕《ろ》呼《こ》嚕《ろ》旋《せん》茶《だ》利《り》摩《ま》登枳《とうぎ》、唵《おむ》阿毘《び》羅吽欠《(うんけん)》娑婆呵《そはか》、吽多《(うんた)》羅吒《た》干給《かむまん》。

〈中ノリ地〉同〽二一見我身者発菩提心《(けんがしんしやほつぼだいしん)》、見我《けんが》身《しん》者発菩《ほつぼ》提心《だいしん》、聞我名者断悪修善《(もんがみやうしやだんナくしゆぜん)》、聴我《ちやうが》説者《(せつしや)》得《とく》大智恵《(だいちゑ)》、知《ち》我《が》身者即身成仏《(しんしやそくしんじやうぶつ)》、即身成仏と二二明王の、繫縛《けばく》にかけて責《せ》めかけ責めかけ、祈《いの》り伏《ふ》せにけり二三扨《(さて)》懲《こ》りよ　シテ〽今迄はさしもげに　同〽今迄はさしもげに、怒《いか》りをなしつる鬼女なるが、たちまちに弱《よは》り果《は》てて、天地《(てんち)》に、身を縮《つづ》め眼《(まなこ)》眩《くら》みて、足《あし》もとはよろよろと、漂《ただよ》ひ廻《めぐ》る二四安達原《あだちがはら》の、黒塚に二五隠《かく》れ住《す》みしも、あさまになりぬ浅ましや、恥《は》づかしの我姿やと、言《い》ふ声は猶《なを》物すさましく、云《(いふ)》こゑは猶、二六冷《(すさま)》しき夜嵐の、音《(おと)》に立《た》ち紛《まぎ》れ失《う》せにけり、二七夜嵐の音に失《(うせ)》にけり。

客僧を激しく追跡し、荒々しく叫びかける。二一 命令の強調表現。

鬼女と山伏の闘争

一二 あれほど隠していた閨の内を、すっかりむき出しにされた恨みを。一三 観世以外「申しつる」。一四 以下、怒りと恨みを炎に譬え、三か月間燃え続けたという咸陽宮の炎上を引く。→「咸陽宮」二一九頁。「紛々」は入り乱れるさま。一五 伊勢物語・六段で、ある夜にひそかに女を連れ出したが、雷が鳴り雨が降り、女を「鬼はや一口に食ひてけり」とするのをふまえた。付雨夜―鬼一口。一六 フシとコトバの中間。一七 地獄の鬼や鬼神等が持つ鉄の杖。一八 鬼女と山伏の激しい闘争。一進一退を繰り返す。一九 以下、四方と中央の五大尊に祈る言葉。→「葵上」一五三頁。二〇 以下、薬師如来・大日如来・不動明王の真言(梵語の呪文)を連ねる。二一 以下、不動明王が衆生を救う四か条の誓い。二二 不動明王の縄で縛っていただくことを念じて。二三 さあ参ったか。二四「わだち」(車輪の跡)に通わせ、「廻る」の縁語。二五「あさま」と「浅まし」と重韻。二六 鬼女の声の物凄さと、夜嵐が激しいさまを重ねた。二七 観世以外は「音に立ち紛れ…」と前句を繰り返す。観世は江戸極初期に改定。

春日龍神（かすがりゅうじん）

五番目物
鬼　物
金春禅竹作か（素材・主題の項参照）

場景　前場―大和国、春日の里。春日明神の社頭。ある春の日。後場―同じく、夕方から深夜。

人物　前ジテ　宮守の老人〔小尉・癩宜〕
後ジテ　龍神〔黒髭・龍神〕
ワキ　明恵上人〔大口僧〕
ワキヅレ　随伴の僧〔大口僧〕（二、三人）
アイ　末社の神〔登髭・末社〕（社人の場合は長上下）

梗概　栂尾の明恵上人は入唐渡天を思い立ち、暇乞いのために春日明神に参詣する。宮守の老人が現れ、明神が上人を格別大切に思っている由を告げ、釈迦入滅後の今ではここ春日の山こそ釈迦説法の霊鷲山(りょうじゅせん)に等しく、神慮に叶うべく入唐渡天を思い留まるよう促す。さらに天台山を拝したくば比叡山を、五台山を望むなら吉野・筑波を拝すべし、春日の地こそ仏跡にほかならぬと説く。上人が渡天の志を翻すと、老人はこの「三笠の山に五天竺を移し、摩耶の誕生、伽耶(がや)の成道、鷲峰(じゅぶう)の説法、双林の入滅まで」ことごとく見せると約束し、自分は時風秀行(ときふう ひでゆき)と明かして消える（中入）。春日明神に仕える末社の神が現れ、明神が明恵上人の渡航を秀行に留めさせたこと、上人の目的が仏跡を拝むためなので三笠山に五天竺を移すことになった旨を語り、その時は山河大地も震動するので、各々心を澄まして拝むようにと触れる。やがて神託あらたかに大地が震動し、八大龍王をはじめ仏世界の諸王が百千の眷属を引連れて仏の会座(えざ)に参列し聴聞する。龍女は波瀾の袖を返し、龍神は威勢を示し、「摩耶の誕生、鷲峰の説法、双林の入滅」と釈迦の一生をすべて目前にした上人の渡天翻意を確かめた後、龍女は雲に乗って南方に、龍神は猿沢の池の青波を蹴立てて千尋(ちひろ)の大蛇となって飛び去った。

素材・主題　喜海編の明恵上人神現伝記（高山寺蔵本写、東京大学史料編纂所蔵）などに見える説話に拠りつつ、春日明神が仏跡巡礼を思い立った明恵上人の入唐渡天の志を翻意させ、その代償として、春日野に釈迦の一代記を顕現し、とくに霊鷲山の説法に八大龍王の参集する奇跡を描く。時空を超えたこの奇跡劇の背景には、奈良の春日山を釈迦が法華経を説いた霊鷲山と見做す中世における思想がある。明恵上人に対する春日明神の篤い愛護はたとえば金玉集の「春日大明神御事」に見え、前ジテの宮守の老人が告げる明神の神慮と響き合う。その老人、時風秀行は、春日明神が鹿島から春日山に移るとき供奉した人物。霊山説法に八部衆が列座した法華経・序品の所説をふまえ、八大龍王が姿を顕してパノラマが展開する趣のラストシーンの描写や、文中の「果てしなの心」「四方にかすが野」など禅竹詞の用法から、作者は金春禅竹と考えられる。【三】の〈上歌〉前の「心なき」の節扱いが「白楽天」の同部分の「心尽くしに」と同じである。詞章や演出は下掛が古型を伝えている。

一　月の行方も入唐渡天の方角も同じく西の方、いざ、日の入る国を尋ねよう。月は日と対。「日の入る国」は唐土。
二　現京都市右京区の高山寺。
三　成弁、後に高弁とも。栂尾を再興して高山寺を建立した。寛喜四年（一二三二）に六十歳で没。ワキが特定人物の曲は多くない。
四　唐（中国）に入り天竺（インド）に渡る事。
五　奈良春日神社。
六　山城国（現京都市右京区）にある。
七　愛宕山西側中腹の地名。付しきみ―しきみが原・あたご山。
八　山城の歌枕。掛並―双の岡。
九　「緑の空」は歌語。付緑―空・松。以下、緑・都・見・南・都路・三笠山と、ミを重ねた文飾。掛南―皆。
一〇　京から奈良へ入る坂。以下「釆女」の道行と同文。
一一　晴れ渡る空を見わたすと、光が満ち春日明神の御威光があらたかだ。異格の〈一セイ〉で、簡潔で明るいイメージを与える。「和光の光」は和光同塵を和らげた表現。
一二　春日の山は動かぬ形を眼前に

【一】〔次第〕〈次第〉ワキ・ワキツレ〽月[一]の行ゑ《ゆくへ》もそなたぞと、月の行ゑ《へ》もそなたぞと、日の入国《いるくに》を尋《たづね》む。

〈名ノリ〉ワキ「是《これ》は栂尾《とがのお》[二]の明恵法師《みやうゑほつし》[三]にて候、我《われ》入唐渡天《につたうとてん》[四]の心ざしあるにより、御《おん》暇乞《いとまご》ひのために、春日[五]の明神に参らばやと思《おも》ひ、唯今《ただいま》南都に下向 仕《つかまつり》候。

〈上歌〉ワキ・ワキツレ〽愛宕《あたご》[六]山、樒《しきみ》[七]が原をよそに見て、樒が原をよそに見て、月に双《ならび》[八]の岡の松、緑《みどり》[九]の空も長閑《のどか》なる、都の山を跡《あと》に見て、是も南の都路《みやこぢ》や、奈良坂《ならざか》[一〇]越《こえ》て三笠山、春日の里に着《つき》にけり、春日の里に着にけり。

【二】〔一声〕〈一セイ〉シテ〽晴《はれ》[一一]たる空に向《む》かへば、和光《わくわう》の光《ひかり》あらたなり。

〈サシ〉シテ〽それ[一二]山は動《どう》ざる容《かたち》を現《げん》じて、古今にいたる神道《しんたう》を表《あらは》し、里[一三]は平安の巷《ちまた》を見せて、人間長久《ちやうきう》の声満《み》てり、誠[一四]に御名《みな》も久方《かた》の、天《あめ》の児屋根《こやね》の世々《よよ》とかや。

〈下歌〉シテ〽月[一五]に立《た》つ、影《かげ》も鳥居の二柱《ふたばしら》。

〈上歌〉シテ〽御社《みやしろ》[一六]の、誓《ちか》ひもさぞな四所《よところ》の、誓ひもさぞな四所の、神の代よりの末承《う》けて、澄《す》める水屋《みづや》[一七]の御影《みかげ》まで、塵《ちり》に交《まじ》はる神慮《ごころ》、三笠の森の松風も、枝[一八]を鳴《な》らさぬ気色哉《かな》、枝を鳴らさぬ気色哉。

【三】〈問答〉ワキ「いかに是なる宮つ子《こ》[一九]に申べき事の候　シテ「や、これは栂尾の明恵上人にて御坐候ぞや、唯今の御参詣、さこそ神慮《しんりよ》に嬉《うれ》しく思召《おぼしめし》候らむ　ワキ「さむ候《ザウラウ》ただいま参

見せ、それは古今不変の神道を示している。「動ざる」は「動ぜざる」(車屋本)の意であろう。

一三 春日の里は太平安穏の姿を見せ。

明恵、入唐渡天の暇乞いに春日明神へ

一四 春日の神の御名も、神代から久しく崇め奉る天の児屋根の命(みこと)、その神徳により代々栄えている。掛久—久方。枕久方の—天。

一五 月の光に立つ影は二柱の鳥居。以下、二・三・四と数韻。

一六 衆生を救う春日四所明神の御誓願の有難さもさぞかしと思われるこの春日社では。掛御社—見(三に音通で数韻)。四所は春日四所明神(鹿島・香取・平岡・伊勢)。

一七「水屋」は春日社の末社。縁末—澄む—影—水。「塵に交はる神慮」も和光同塵を和らげた表現。次の〈問答〉〈上歌〉に「神慮」を多用。

一八「枝を鳴らさぬ」は泰平の慣用表現。「風不ﾚ鳴ﾚ条」(論衡)。

一九 神官。

春日の神慮

以下五一〇頁

一 藤原貞憲の子の貞慶。建暦三年(一二一三)に五十九歳で没。

二「汝ト解脱房ヲ以、我太郎次郎子息トスルニ、我ヲ捨テ西天ノ遥ノ境ヘ趣カン事ノ悲サヨ」(春日大

詣申事余《よ》の儀にあらず、我《われ》入唐渡天の志《こころざし》あるにより、御暇乞《おんいとまごひ》のためにただいま参りて候

シテ「是は仰《おほせ》にて候へ共《ども》、さすが上人の御事は、年始《ねんし》より四季折々の御参詣の、時節の少《すこし》の遅速《ちそく》をだに、待《まち》かね給ふ神慮ぞかし、されば上人をば太郎と名付《づ》け、笠置《かさぎ》の解《げー》脱《だつ》上人をば次郎と頼《たの》み、二左右《さう》の眼《まなこ》両《りやう》の手のごとくにて、三昼夜《ちうや》各参《かくさん》の擁護《おうご》懇《ねんご》ろなるとこそ承りて候に、日本を去《さ》り入唐渡天し給はむ事、いかで神慮に叶《かな》ふべき、ただ思召《おぼしめし》止《と》まり給へ

ワキ「実《げに》々仰《おほせ》は去事《さること》なれ共《ども》、入唐渡天の志《こころざし》も、四仏跡を拝《おが》まむ為なれば、なにか神慮に背《そむ》くべき

シテ「是又《これまた》仰とも覚えぬ物哉《かな》、五仏在世の時ならばこそ、見聞の益《やく》もあるべけれ、今は春日の御山こそ、すなはち六霊鷲山《りやうじゆせん》なるべけれ、其うへ上人初参《しよさん》の御時《おんとき》、カヽル へ七奈良坂のこの手を合《あ》はせて礼拝《らいはい》する、人間は申《まうす》に及ばず心なき。

〈上歌〉同 へ八三笠の森の草木《さうもく》の、三笠の森の草木の、風も吹《ふ》かぬに枝を垂《た》れ、春日山、野辺に九朝立《あさた》つ鹿までも、皆ことごとく出向《いでむか》ひ、膝《ひざ》を折《をり》角《つの》を傾《かたぶ》け、上人を礼拝する、一〇か程《ほど》の奇特《きどく》を見ながらも、誠の浄土はいづくぞと、問《と》ふは一一武蔵野の、果《は》てしなの心や、ただ返々《かへすがへす》我頼《たの》む、神のまにまに留《とど》まりて、神慮を崇《あが》めおはしませ、神慮を崇めおはしませ。

【四】〈一二誘イゼリフ〉ワキ「猶々《なほなほ》当社の御事委《くはしく》御物語候へ。

〈サシ〉シテ へ一三然るに入唐渡天といつ《ツ》ぱ、仏法流布の名をとめし　同 へ古跡を尋《たづ》ねん為ぞかし、一四天台山を拝むべくは、比叡山にまいる《ゐ》べし、一五五台山の望《のぞみ》あらば、一六吉《よし》野筑波《つくば》を拝すべし

明神御事)。三「各参」は謡抄の「各日各夜ニ参（ﾘ ｲﾀ）タマヒテ」に拠るが疑問。下掛「昼夜各三返の擁護殊に懇ろにして、いとほしかなしと思し召すとこそ」等から推して「昼夜かく三返の影向」か。四 釈迦の遺跡。五 釈迦在世の時ならば直接見聞出来る利益もあるだろうが。「見聞」は「見仏聞法」の意。上人の入唐渡天に対し翻意を促す態（てい）。六 霊鷲山は釈迦が説法を行った山。三笠山をそれと見做す。七「奈良山の児手柏（このてがしは）の二面（ふたおもて）とにもかくにもねぢけ人かも」（古今和歌六帖六など）。八（心なき）身、三笠の森と続けた。九 付鹿―たちど（立つ所）。一〇 これ程の霊験を見ながらも。明恵・解脱の両上人が参詣の折、大明神や鹿などが出迎えたことは春日大明神御事など諸書に見える。一一 果てしない信仰心だろう。武蔵野は春日の意。序武蔵野の―果てしな。「果てしなの心」は禅竹詞。一二 この小段は観世のみ。下掛は〈クリ〉「それ仏法東漸とて後五の時代に至りつつ、三国流布の妙道、いま我朝の時節とかや」が入る。一三 いったい入唐渡天というのは、仏法流布の上で名高い古跡を尋ねるためでしょう。一四 中国浙江省

宮守、入唐の翻意を促す

シテ〽昔は霊鷲山　同〽今は衆生を度《ど》せむとて、大明神と示現し、此山に宮居《みやゐ》し給へば

シテ〽すなはち鷲の御《(み)》山とも　同〽春日の御《(お)》山を拝《おが》むべし。

〈クセ〉同〽[一七]我を知《し》れ、釈迦牟尼仏《(ほとけ)》世に出《(いで)》て、さやけき月の、世を照《て》らすとはの、御神詠もあらたなり、しかれば[一八]誓《(ちかひ)》ある、慈悲万行《(まんぎやう)》の神徳の、迷《まよ》ひを照《て》らす故《(ゆゑ)》なれや、[一九]小機の―衆生の益《(やく)》なきを、悲《かな》しび《み》給ふ御姿《すがた》、瓔珞《(やうらく)》、細軟《さいなん》の衣《(ころも)》を脱《ぬ》ぎ、麁《そ》弊《(へい)》の―散衣《(さんゑ)》を着《(ちやく)》しつつ、四諦《(したい)》の―御《(み)》法《(のり)》を説《と》き給ひし、鹿野苑《(ろくやをん)》も爰《(ここ)》なれや、春日野に、起《お》き臥《(ふす)》は鹿《しか》の苑《その》ならずや　シテ〽其外―当社の有様の　同〽山は三笠に影《かげ》さすや、春日《はる(び)》―そなたに顕《あらは》れて、[二〇]誓ひを四方《(よも)》にかすが野の、宮路《みやぢ》も―末《すゑ》あるや[二一]曇《くも》りなき、西の大寺《(おほてら)》月澄《す》みて、光ぞまさる七大寺、[二二]御法《(みのり)》の花も八重桜《ざくら》の、都《みやこ》とて春日野の、春こそのどけかりけれ。

【五】〈問答〉ワキ「げに有難き御事かな、即《(すなはち)》これを御神託と思《おも》ひ定《(さだめ)》て、此度《(このたび)》の入唐をば思ひ止《と》まるべし、扨々《(さてさて)》御身はいかなる人ぞ、御名を名《な》のり給ふべし　シテ「入唐渡天を留《とど》まり給はば、三笠の山に[二三]五天竺を移《うつ》し、[二四]摩耶《まや》の誕生伽耶《がや》の成道《(じやうだう)》、カヽル〽鷲峰《(じゆぶう)》の説法。

〈歌〉同〽[二五]双林《(さうりん)》の入滅《(にふめつ)》まで、ことごとく見《み》せ奉《たてまつ》るべし、暫《しばら》く爰に待給へと、[二六]木綿四手《(ゆふしで)》の神の告《つげ》、われは[二七]時風秀行《(ときふうひでゆき)》ぞとて、かき消《け》すやうに失《(うせ)》にけり、かき消すやうに失にけり。〔中入来序〕

【六】〈名ノリ・シャベリ〉（アイの末社の神（または社人）が登場し、明恵上人の入唐渡天を思い留めたのは春日明神の神慮によるものと、そのいきさつを語り、ここ春日野に五天竺現出を予告する）

【七】〈上歌〉ワキ・ワキツレ〽[二八]神託まさにあらたなる、神託まさにあらたなる、声のうちより光《ひかり》さ

にある山。智者大師が天台宗を開いた。比叡山をそれと見做す。

春日の地こそ仏跡

一五 中国山西省にある清涼山。文殊菩薩の霊地。一六「李部王記曰、吉野山は五台山の片端乗レ雲飛来」（詞林采葉抄）。一七 我を知れ、春日明神は釈迦がこの世に化現して現れたもので、月が世を照らすように衆生の迷いを照らす。続古今集・神祇歌（第二句「釈迦牟尼仏の」）に拠る。左注に「これは春日大明神の御歌となむ」とある。囲世―夜。一八 衆生済度の御誓願で全ての慈悲の行法を行う神徳。「慈悲万行大菩薩」は春日明神の菩薩号。一九 小機は大機と対（自利と他利の心）。利己心に拘り成仏の機縁の薄い衆生の無益さを悲しまれた仏が美しい衣を脱ぎ粗末な衣を着て、平易な小乗の法をお説きになった鹿野苑も春日での事だ。

入唐の志を翻す

「四諦の御法」は苦・集・滅・道の四真理。「鹿野苑」は中インド、波羅奈国の庭園。春日野をそれに見做す。底本「宛」を訂正。「即脱瓔珞、細軟上服、厳飾之具、更著麤弊、垢膩之衣」（法華経・信解品）。二〇 禅竹作「佐保山」の「御影を四方に春日山」と類似。二一「曇りなき」は前後に掛かる。二二 西大寺（南都

し、春日[一]の野山金色《（こんじき）》の、世界となりて草も木も、仏体となるぞ不思議《ふしぎ》なる、仏体となるぞ不思議なる。

【八】〔早笛〕〈中ノリ地〉地 ＼時に大[二]地震動《しんどう》するは、下[三]界の、龍神の参会か　シテ ＼すは八大龍王よ　地 ＼難陀《なんだ》[四]龍王　シテ ＼跋難陀《ばつなんだ》龍王　地 ＼娑伽《しやか》羅龍王　シテ ＼和《わ》修《しゆ》吉龍王　地 ＼徳叉迦《とくしやか》龍《りう》王　シテ ＼阿那婆《ば》達《だつ》多《た》龍《りう》王　同 ＼百千眷属《けんぞく》引《ひ》き連《つ》れ引き連れ、平地《（へいぢ）》[五]に波瀾《はらん》を立《（たて）》て、[六]仏《ほとけ》の会坐《（ゑざ）》に出来《（しゆつらい）》して、御法《（みのり）》を聴聞《ちやうもむ》する　シテ ＼其外妙法緊那羅王《（そのほかめうほふきんならわう）》　地 ＼また持法《（ぢほふ）》緊那羅《きんな》王　シテ ＼楽乾闥婆《がくけんだつば》王　地 ＼楽音乾闥婆《がくをむけんだつば》王　シテ ＼婆稚《ばち》阿修《しゆ》羅王　地 ＼羅睺《ご》阿《あ》修羅《しゆら》王の、恒沙《（がうじや）》[七]の眷《けん》属引《（ひき）》連《つ》れ引連れ、是も同じく座列せり。

【九】〈ノリ地〉同 ＼龍[八]女が立《た》ち舞《ま》ふ、波瀾の袖、龍女が立ち舞ふ、波瀾の袖、白[九]妙なれや、和《わ》田《だ》の原の、払《はら》ふは白《しら》玉、立《た》つは緑《みどり》の、空色《（そらいろ）》も映《うつ》る、海原《（うなばら）》や、沖行《おきゆ》[一〇]くばかり、月の御舟《みふね》の、佐保の河面《づら》に、浮《う》かび出《（いづ）》れば。

〈ノリ地〉シテ ＼八大龍王。〔舞働〕　シテ ＼八大龍王は　同 ＼八《やつ》の冠《かぶり》を、傾《かたぶ》け、所は春日《かすが》野の、月の三[一一]笠の、雲に上《のぼ》り、飛《とぶ》[一二]火の野守も、出《い》でて見よや、摩耶《まや》の誕《たん》生、鷲峰《（じゆぶう）》の説《せつ》法、双《（さう）》林《りん》の入滅、ことごとく終《をは》[一三]りて、是までなりや、明恵上人、さて入唐は　ワキ ＼止《と》まるべし　地 ＼渡天はいかに　ワキ ＼渡《わた》るまじ　地 ＼扨《（さて）》仏跡は　ワキ ＼尋《たづ》ぬまじや　同 ＼尋《たづ》ねても尋《たづ》ねても、此上あらし[一四]の、雲に乗《の》りて、龍女は南方[一五]に、飛去《さ》り行《ゆ》けば、龍神は猿沢《さるさは》[一六]の、

奇瑞、金色の世界

七大寺の一」と月を西方(極楽浄土)に言い掛ける。三 法華経。縁月—曇りなき—光—花。「三笠・四方・七大寺・八重桜・都(九重)」と数韻。三三 東西南北中の五つに分かれる天竺の総称。三四 摩耶から釈迦が誕生して、伽耶の菩提樹の下で悟りを得て、霊鷲山で説法を説いた。三五 沙羅双樹の下での入滅。三六 掛言ふ—木綿四手。

三七 春日明神が鹿島から春日に移った時に供奉した二人の供の名。本曲は一人の名に扱っているが、その先行例に春夜神記などがある。三八 下掛はこの〈上歌〉なし。末社間(いあ)の時は上掛もこれを省く。

以上五一一頁

一 野も山も金色の光を放ち、荘厳無比の光景が現前した。「眉間光明、照于東方、万八千土、皆如金色」(法華経・序品)。
二 以下、釈迦の説法聴聞に多くの

八大龍王の参会

龍王が大地を震動させて出現した光景。大地震動は「地皆柔軟、令衆生和悦」(大品般若経)等。
三 龍宮のある海中世界。
四 以下の六龍王に摩那斯龍王、優鉢羅龍王を加えて八大龍王とする。
五 「等閑平地起波瀾」(劉禹錫「竹枝詞」)等。「平地に波瀾を、立て

池の青浪《あをなみ》、蹴立《けた》て蹴立てて、其丈《たけ》千尋《ちいろ》の、大蛇《だいじや》となつて、一七天にむらがり、地に蟠《わだかま》りて、
池水《ちすい》を覆《かへ》して、失《う》せにけり。

寄せ立て寄せ」(廃曲「鵜羽」)。
六 釈迦法華説法の座。そこに八大龍王・四緊那羅王(楽神)・四乾闥婆王(歌神)・四阿修羅王が聴聞(法華経・序品)。 七 「恒河沙」(ガンジス河の砂)の略で無数の譬え。
八 龍王の娘。舞の形容「回雪の袖」を龍女にふさわしく「波瀾の袖」と表現。縁立—波。 九 「わだの原」は海原の意。「緑の空」は歌語。掛波浪—払ふ。縁払ふ—袖。 一〇 沖を行く月の舟は佐保川の水面に棹をさすかのごとく浮かび出ると。「月の御舟」は月を舟に見立てた歌語。「佐保山」にも。掛佐保の河—棹。
一一 雲を「月の御笠」に見做した。「天の原ふりさけ見れば春日なる三笠の山に出でし月かも」(古今集・羇旅・安倍仲麿)をふまえる。掛三笠—御笠。 一二 「春日野の飛火の野守出でて見よ今幾日ありて若菜摘みてむ」(古今集・春上・読人知らず)。 一三 説法はむろんのこと、釈迦の八相のことごとくを現した。 一四 掛あらじ—嵐。序あらし—雲。 一五 龍女が変成男子となって南方無垢世界へ往き、龍女成仏を遂げた話(法華経・提婆達多品)に拠り「南方」と言う。
一六 興福寺南大門前の池。
一七 大蛇の勢いの形容。「天地にむらがる大蛇のかたち」(「竹生島」)などと類似。

張良（ちやうりやう）

四・五番目物
霊験物

観世信光作（能本作者注文）

場景 前場—唐土、下邳（かひ）の土橋のほとり。ある秋の朝。後場—同じ所、五日後の深更から早暁にかけて。

人物 前ジテ　尉〔小尉（阿古父尉）・着流〕
後ジテ　黄石公〔鼻瘤悪尉・唐帽子狩衣半切〕
ツレ　龍神〔黒髭・龍神〕
前ワキ　張良〔側次大口〕
後ワキ　張良〔張良〕
アイ　張良の下人〔肩衣括袴〕

梗概 漢の高祖の臣張良は、ある夜不思議な夢を見た。下邳の土橋で行き逢った馬上の老人が左の沓を落とし、取って履かせよと言う。無礼な者と思いつつも老人を敬い、拾って履かせると、老人は張良の心に感じ入り、五日後にここで兵法の大事を伝えようと告げて夢さめた。今日がその日に当たるので下邳の土橋に赴くと、すでに老人は来ていて遅参を叱責し、もし誠の志があるならさらに五日後に来いと告げ、怒りをなして消え失せた（中入）。驚きつつも張良は我が志を見んための試練と勇み立つ（中入）。張良の下人が現れ、張良の見た霊夢と遅参のことなどを語った後、当日は伴は不用の由を触れる。五日後、夜明け前に到着し待っていると、駒を早める気配のなか威儀を正した老人が馬でやって来て黄石公と名乗り、張良の志に感心するが、今一度心を試さんと履いている沓を川へ落とす。すかさず張良は飛び下り拾おうとするが、激流に阻まれて取ることができない。その時、川波が立ち返り大蛇が現れ、張良に挑みかかり沓を拾いあげるが、剣を抜いて立ち向かう張良の剣の光に恐れて沓を差し出す。張良はその沓を黄石公に履かせると、石公は大いに喜び、兵法の秘書を授ける。大蛇は実は観音菩薩の再誕で、爾来、張良の守護神となると告げて雲井に上り、石公は高山に登るや金色の光を放ち、その姿は「黄石」となった。

素材・主題 「鞍馬天狗」にも見える、軍師張良が黄石公の試練にたえ兵法の大事を授かる物語（漢書・張良伝、史記・留侯世家など）の舞台化だが、直接的には中世の日本で広まった御伽草子「張良」や舞曲「張良」、および和漢朗詠集永済注や胡曾詩抄（玄恵法印の作と伝える）などの注釈書に拠る。張良伝に見えぬ龍神（蛇体）の登場や観音との関わりも御伽草子や舞曲の理解に基づくようである（黒田彰『中世説話の文学史的環境』ほか）。張良と黄石公との最初の出会いを夢中の事とするのは、早くに佐成謙太郎『謡曲大観』が指摘するように劇化に際しての工夫であろう。張良の決意を秘めての中入に〔早鼓〕を用いて緊張感を出し、後場の冒頭に「瑶台霜満テリ…」（和漢朗詠集）を引いて霜置く土橋の暁の光景と老人の出現を待つ張良の清々しく凜とした姿、激流に揉まれる張良、微動だにせず見守る黄石公との対比など、作者信光の手腕はなかなかのものである。

一 沛公劉邦。秦を滅ぼし楚の項羽と覇権を争いこれを討ち、前漢の初代皇帝となる。

二 高祖の功臣で三傑の一人。秦に怨みを抱いて下邳に潜伏中、黄石公に兵法を授かり、のち劉邦を助けて漢の軍師となり武名をあげた。玄恵法印の作と伝える胡曾詩抄の「圯橋」の注に「張良、自ㇾ元聡明ニシテ、賢才アリ。…黄石公カ一巻書ヲ伝シ問、弥建ニ大功ニ云也」とある。

三 私は公務に忙しい身であるが。「公庭」「公廷」とする本も。

四 かつて秦の始皇帝の暗殺に失敗した高祖が逃れた地。江蘇省邳県。

五 以下の張良譚は史記などに散見するが、和漢朗詠集永済注、胡曾詩抄、御伽草子「張良」、舞曲「張良」などで流布。「時ニ一人ノ老翁ノ褐ノ衣ヲ着タルガ、履ヲ土橋ノ下ニ落トシテ…」（永済注）。

六 「鞍馬天狗」にも「ある時馬上に行き逢ひたりしに」とあり、胡曾詩抄に「或時、老翁ノ馬ニ乗テ圯（ツチハシ）上ヲスグルガ」とある。

七 老翁の人品骨柄が只者ではなく、その上老人を敬い親のように思うのが礼儀と。諺「老たるを父母」。

【一】〔名ノリ笛〕〈名ノリ〉ワキ「これは[一]漢の高祖《(かうそ)》の臣下[二]張良とは我事《(わがこと)》なり、我[三]公程《(こうてい)》に隙《(ひま)》なき身なれ共《(ども)》、ある夜不思議の夢を見る、これより[四]下邳《(かひ)》といふ所に土橋《(つちはし)》あり、彼《(かの)》土橋《はし》に何となく休らふ処に、[五]一人《(いちにん)》の[六]老翁馬上《(ばしやう)》にて行逢《あ》ふ、彼者《(かのもの)》左の沓《(くつ)》を落し、某《(それがし)》に取《と》つて履《は》かせよと云《い》ふ、何者なれば我《(われ)》にむかひてかく云《(いふ)》らんとは存《(おもひ)》つれ共《(ども)》、[七]かれが気色《(けしき)》ただ者《もの》ならず、其上老《(おい)》たるを尊《(たつと)》み親と思《おも》ひ、沓を取て履《は》かせて候、其時彼者《(かのもの)》申様、汝誠の志《こころざし》あり、[八]けふより五日にあたらん日爰《(ここ)》に来《(きた)》れ、[九]兵法《(ひやうはふ)》の大事を伝《つた》ふべき由申て夢覚《さ》めぬ、漸《(やうやう)》[一〇]日を勘《かむが》へ候へば、今日《(こんにち)》五日に相《(あひ)》当《あ》たり候程に、唯今彼所《(かのところ)》へと急《(いそぎ)》候。

〈上歌〉ワキ〽[一一]五更《(ごかう)》の天も明行《(あけゆけ)》ば、五更の天も明行ば、[一二]時や遅《をそ》しと行程《(ゆくほど)》に、道は遥《はる》かに山の端《(は)》も、白《しら》みわたれる河浪や、下邳《(かひ)》の土橋《(どけう)》に着《(つき)》にけり、下邳の土橋に着にけり。

【二】〈□〉シテ〽[一三]あら遅《をそ》なはりやいかに張良、年老《(としおい)》たる者と契り置《(おき)》し、其言の葉もはや違《たが》ひぬ、「我は先刻より爰《(ここ)》に来て、[一四]暁鐘《(げうしよう)》を数《かぞ》へ待《(まち)》つるに、カヽル〽はや其時刻も[一五]杉の門《かど》。

〈上歌〉同〽待《(まつ)》かひもなし早《はや》帰れ、待かひもなし早帰れ、[一六]汝誠の志《こころざし》、あらば今より五日に、当《あ》たらむ其日夜深《(よふか)》く、来《き》たらば我も又爰に、必《かなら》ず出《(いで)》会《あ》ひ、約束のごとく伝《つた》へん、後《をく》れ給ふな張良と、怒《いかり》をなして老翁は、かき消《け》すやうに失《(うせ)》にけり、かき消すやうに失にけり。

(中入)

【三】〈オキゴト〉ワキ「[一七]言語道断、以外《(もつてのほか)》の機嫌にて候はいかに、又我ながらかくのごとく、行《(ゆく)》[一八]

霊夢の説明

「老人をば、父のごとくに敬ふが礼儀なりと」(御伽草子「張良」)。張良が忍耐をする理由。

八「今ヨリ五日トイハム平旦ニココニ来会へ…」(永済注)。

九 兵法の秘事を授けよう。

一〇 日数を数えるに。

一一 寅の刻。今の午前四時頃。山の端がやや白み初める暁天に下邳の土橋へと急ぐ光景。

一二 約束の時刻に遅れはしまいかと心配しながら。

一三「後五日トイフニ、マタ早朝カノ所ニ行キテ見レバ、翁サキヨリアリテ、怒リテ曰ク、カク年老ヒタルモノト契リヲ結ビナガラ遅キコト、イト怪シ…」(永済注)。シテは呼び掛けながら登場。

張良、遅参

一四 暁を告げる鐘の音を数えながら待っていた。

一五 掛 待—松、過ぎ—杉。縁 松—杉。

一六 張良の違約を憤り、帰れと言い放ちつつ、なおも志を試そうとする石公。「後五日アリテ疾ク来タルベシトイヒケレバ…」(永済注)。

一七 これは驚いたことだ、何とひどい憤り方であろう。

一八 誰とも素姓の分からない人に。

ゑ《(へ)》も知《し》らぬ御事に、か様《(やう)》に恐れ従《したが》ふ事、其故《(そのゆゑ)》なきに似たれ共《(ども)》、大[一]事を伝《(つたへ)》て末世に遺《のこ》し、カヽル
〽兵法の師と言《い》はれむと。
〈上歌〉同 〽思[二]ふ心《こころ》を見ん為と、思ふ心を見ん為と、知《し》れば帰《かへ》るも憾《うら》みなし、又こそ爰に来《(きた)》らめと、勇《いさ》みをなして帰《かへ》りけり、勇みをなして帰りけり。

〔早鼓中入〕

【四】〈名ノリ・シャベリ〉 （アイの張良の下人が登場、張良の見た霊夢のこと、遅参したことなどを語り、いよいよ今日が当日となったが供はいらない、との由であると触れて、退場する）

【五】[三]〔一声〕〈一セイ〉ワキ 〽瑶台《(えうたい)》[四]霜《(しも)》満《み》てり、一声《(いつせい)》の玄鶴《(げんかく)》空《(そら)》に唳《な》き、巴狭《(はかふ)》秋深《ふか》し、五夜《(ごや)》の哀猿《(あいゑん)》月に叫《さけ》ぶ、物すさましき山路《(やまぢ)》かな。
〈上歌〉同 〽有[五]明の、月も隈《(くま)》なき深更《(しんかう)》に、月も隈なき深更に、山[六]の峡《かひ》より見渡《わた》せば、所は下邳《(かひ)》の河波に、渡[七]《わた》せる橋に置《を》く霜の、白[八]きを見れば今朝はまだ、渡《(わたり)》し人の跡もなし、嬉しや今ははや、念《おも》ふ願《ねが》ひも満[九]《み》つ潮《しほ》の、暁[一〇]《あかつき》かけて遥《(はるか)》に、夜馬《(やば)》に鞭打《むちう》つ人影の、駒を‐駛《はや》むる気色あり。

【六】〔大ベシ〕[一一]〈名ノリ〉後シテ 〽抑是《(そもそもこれ)》は黄[一二]石公といふ老人なり、「爰に漢の高祖の臣下張良といふ者、ただ[一三]公程を見て君臣を重《をも》むじ、義を全《(まつたう)》して心猛《たけ》く。
〈ノリ地〉シテ カヽル 〽賢[一四]才人に超《こ》え、器量勝《すぐ》れ 地 〽国を治《おさ》め、民《たみ》をあはれむ 志《こころざし》 シテ 〽天道《(てんたう)》に通じて、たちまちに 地 〽諸仏も感応、まのあたり シテ 〽大事を伝へて、高祖に仕《つか》へ 地 〽敵[一五]《(かたき)》を平《たい》らげ、味方《みかた》をいさめ、天下《(てんが)》を治《おさ》めん、計事《はかりこと》、汝に伝《(つたへ)》むと、駒を駛《はや》めて、来《(きた)》り給ふを、張良はるかに、見奉れば、あ[一六]りしに変《か》はれる、石公《(せきこう)》の粧《(よそほひ)》、眼《まなこ》の光《ひかり》も、あ

一 兵法の秘事を伝授して、末代に伝え兵法の師と言われたい。 二 志を試すだけだということが分かれば、何も恨みに思う事はない。 三 後見が一畳台を大小前に置く。 四 「瑶台霜満、一声之玄鶴唳ㇾ天、巴峡秋深、五夜之哀猿叫ㇾ月」(和漢朗詠集・猿・謝観)。玉の台一面に秋の霜が降り、老いた鶴が寂しげに天に向かって鳴く。巴峡(湖北省)は秋が深まり、夜明け方に猿が月に向かって泣き叫ぶ。和漢朗詠集永済注に「瑶台霜満」の詩句を引き、「張良トイヒテ、漢ノ高祖ノ臣ニ、カシコキ人ノアリシガ、アカツキニ巴郡ノ三巴峡トイフトコロヲスギシニ、アリアケノ月ノサヤケカリシニ、サルノミコヱナキタリシガ、イトアハレニテ…」とある。 五 [序]有明の―月。下邳の土橋の暁の光景。 六 山あい。 七 「鵲の渡せる橋に置く霜の白きを見れば夜ぞ更けにける」(新古今集・冬・大伴家持)を借りる。 八 「ソノ度ハ、マダ夜中ニ出デ行キタレバ、ソノ度ハ翁見ヘズ」(永済注)。 九 [掛](願ひも)満つ―満つ潮。[序]満つ潮の―暁。 一〇 暁の静寂を破って駒を駛め来たるさま。 一一 異相の老神の登場

有明、老人を待つ張良

黄石公の姿

たりを払ひ、姿も輝《かかや》く、威勢に懼《をそ》れて、橋本に畏《かしこ》まり、待居《(まちゐ)》たり。

【七】〈問答〉シテ「いかに張良、い[一七]しくも早《はや》く来《(きた)》る物かな、近付《(ちかづき)》給へ物言《い》はむ　ワキ「[一八]其とき張良立《た》ちあがり、衣冠《(いくわん)》[一九]正《ただ》しく引繕《つくろ》ひ、カヽル＼土橋《(つちはし)》を遥《はる》かに登《のぼ》りゆけば　シテ＼[二〇]あつぱれ、「器量の仁体かなと、思ひながらも今一度、カヽル＼心を見むと石公は。

〈上歌〉同＼[二一]履《は》ひ《(い)》たる沓《(くつ)》を馬上《(ばしやう)》より、履ひ《(い)》たる沓を馬上より、遥《(はるか)》の河に落《お》[二二]とし給へば、張良続《つづ》いて飛《と》むで下《お》り、流るる沓を取《と》らむとすれ共《(ども)》、所は下邳《(かひ)》の岩石巌《がむせきいはほ》[二三]に、足《あし》[二四]もたまらず湍《はや》き瀬の、矢を射るごとく落来《おちく》る水に、[二五]浮《う》きぬ沈《しづ》みぬ流るる沓を、取《(とる)》べき様《(やう)》こそなかりけれ。

【八】〈ノリ地〉同＼不思議《ふしぎ》や河浪、立返《かへ》り。〔早笛〕[二六]　同＼不思議や河浪、立返り、俄《(にはか)》に河霧、たち暗《くら》がつて、浪間[二七]にいづる、蛇体の勢《いきほひ》、紅《くれなゐ》の舌を、振《ふ》り立《(たて)》振り立、張良を目がけて、かかりけるが、流るる沓を、をつ《(お)》取上《とりあ》げて、面《おもて》も振《ふ》らず、かかりけり。〔舞働〕[二八]

【九】〈ノリ地〉[二九]ワキ＼張良騒《さは》がず、剣《(つるぎ)》を抜持《(ぬきもち)》　同＼張良騒がず、剣を抜持、蛇体にかかれば、大蛇は剣《つるぎ》の、光《ひかり》に怖《をそ》れ、持《(もち)》たる沓を、さし出《(いだ)》せば、沓《くつ》をを《(お)》つ取《(とり)》、剣を斂《おさ》め、又河岸《(かはぎし)》に、えいやと上《あ》がり、扨彼《(かの)》沓《くつ》を、取出《(とりいだ)》し、石公に履《は》かせ、奉れば。

〈ノリ地〉シテ＼石公馬より、静《しづ》かに下《お》り立《た》ち　同＼石公馬より、静かに下り立ち、去《(さる)》にても汝、[三〇]善哉《よきかな》善哉と、彼《(かの)》[三一]一巻を、取出し、張良に与《あた》へ、給ひしかば、則《(すなはち)》披《ひら》き、ことごとく拝見し、秘曲口伝、残《のこ》さず伝《つた》へ、又かの大蛇《じや》は、観音[三二]の再誕、汝が心《こころ》を、見《み》むためなれば、今

にふさわしく、どっしりと重々しく奏される。一二 張良に兵法を授ける老翁。超自然的仙人として描かれている。「黄石公ト云者、太公望也。仙術之仁ナルガ、待レ時、鷲峰山ノ下、穀城山之黄石公ト成テ居セラル也」(内閣文庫本聖徳太子伝記)。一三 ひたすら公務専一で君臣の道を重んじ義理を尽くして、心勇猛。一四 知恵に勝れ、才幹は人に秀で。張良の器量人物を賞し、大事を伝えるに足る人物である由を述べる。一五 敵を倒し味方を鼓舞し、天下を治める兵法を汝張良に伝授せんと。一六「此老人のことがら、まなこのひかりかゝやき、たゞ人ならぬよそほひなるうへ」(御伽草子「張良」)。一七 いみじくも。一八 張良が敬虔かつ謹厳な態度で進み出るさま。一九 衣装をきちんと整え。二〇 ああ、才幹の優れた人物だと思ったが、もう一度張良の心を試してみようと。二一「八十に余りたる老翁、太くたくましき馬に乗りて来たりけるが、はきたる沓を、馬の上より、河の中に落としつ」(御伽草子「張良」)。二二 後見がシテの左の裾より目付柱下をめがけて沓を投げ、ワキの激しい所

試練

兵法伝授

より後《(のち)》は、守護神《(じん)》となるべしと、大蛇は雲井に、攀《よ》ぢのぼれば、石公遥《(はるか)》の、高山に上《あ》がり、
金色《(こんじき)》の光を、虚空に放《はな》し、たちまち姿を、黄石と顕《あらは》し、残し給ふぞ、有難《がた》き。

作が展開される。 亖 語調を整えるため漢語読みと和訓を重ねて表現。 亖 足を留めることもできぬ急流で。「流るる水、矢を射るがごとくなれば」(御伽草子「張良」)。 亖 縁水―浮く―沈む―流る。 亖 勢いよく大蛇が登場。 亖 浪間から勢いよく大蛇が現れ紅の舌を振りたてて、張良めがけ襲いかかった。「たちまちに、水の底より、そのたけ二十丈もあるらんとおぼゆる大蛇、うかび出て、流る沓をとつて、張良にむかひて、流るる沓をとつて、張良にむかひて、進み来たる」(御伽草子「張良」)。 六 張良と大蛇との闘争。信光は鬼や龍神を活躍させる傾向が強く、後輩の金春禅鳳は「余五将軍(「紅葉狩」の古称)・張良、あまりに鬼・龍をこなし過ごし候て、沁まず候」(禅鳳雑談)と批判した。 元 〔舞働〕から〈ノリ地〉に続く描写は「紅葉狩」に酷似。 三〇 石公が張良の誠意と勇気と忍耐に感じ深く賞讃して兵法の秘書を与えるさま。 三一 兵法の秘術書。「懐ヨリ一巻ノ書ヲ取リ出デテ授ケケリ」(永済注)。「匡房云、張良一巻ノ書ハ日本ニ渡レル也」(永済注)とある。 三二 観世音菩薩。舞曲「張良」では黄石公を観音の化身としている。同書との関わりが深い御伽草子「判官みやこばなし」にも、張良が観音に祈ったことが見える。

以上五一七頁

女郎花(をみなめし)

四番目物　古称、頼風
執心男物　世阿弥周辺の作(金春禅竹作か)

場景　前場―山城国男山の麓の野辺、石清水八幡宮の社頭。男塚・女塚の前。八月十五日、放生会の日の午後から夜。後場―同じく、男塚・女塚の前。深夜。

人物　前ジテ　花守の老人〔笑尉・着流尉〕
後ジテ　小野頼風の霊〔邯鄲男・風折狩衣大口〕
後ヅレ　頼風の妻の霊〔小面・唐織着流女〕
ワキ　旅の僧〔着流僧〕
アイ　男山の麓の者〔長上下〕

梗概　九州松浦(まつら)の僧が都へ上る途中、石清水八幡に参詣のため男山の麓の野辺に来てみると、咲き乱れる千草のなかでも、今を盛りと咲き誇る女郎花に心ひかれ、一本(ひともと)手折ろうとした。すると花守の老人が現れて、女郎花にまつわる古歌を引いて咎める。僧も古歌を引いて応酬するうち、老人も心なごみ花を折ることを許し、石清水八幡宮へ案内する。帰りかける老人に女郎花と男山との謂れを僧が問うので、先刻の問答も無駄だったかと失望しつつ老人は、女郎花の謂れを示す男塚・女塚に案内し、自分はこの塚の主小野頼風と明かして、月影に消え失せた(中入)。麓の者が僧の尋ねに答えて頼風の妻の亡魂が女郎花となった物語を語り、供養を勧める。深夜、読経する僧の前に頼風夫婦の霊が昔の姿で現れる。頼風は八幡山の人で女は都の者だったが、女はしばらく訪れぬ夫を心変りと恨み、放生川に身を投げた。頼風は死骸を土中に埋め、塚から女郎花が生い出たので妻の魂の姿と思い懐しさに近づくと、恨む風情で靡き退き、離れると元のようになった。頼風は哀れみ、後を追って入水したと語り、今なお地獄で苦しんでいるさまを示し、回向を頼んで消えて行った。

素材・主題　古今集・仮名序の「男山の昔を思ひ出でて女郎花の一時をくねるにも、歌をいひてぞ慰めける」に関する古今和歌集序聞書三流抄等の古注にみえる頼風説話に拠りつつ、男山に咲き乱れ秋風にくねる女郎花の風情を背景として、男の心変りを疑い入水した女と女の後を追い身を投げた男の恋慕の妄執を描く。花守の老人と旅僧との女郎花をめぐる風雅で諧謔な詩歌問答は「雲林院」などと同趣向で、さやけき月の桂の男山八幡の風光を愛でる名所教えと共に前場は明るく長く、中入直前の男塚・女塚の話を転換点として、地獄での責め苦を描く後場は暗く短く、その対照は鮮烈だ。後場は「求塚」に学んだらしいが、類曲「舟橋」に比べ優雅な趣なのはシテ頼風の貴公子姿に拠るものだろう。世阿弥の五音や申楽談儀所引の「女郎花」(田楽喜阿弥作曲の古曲)とは別曲ながら、詞章の一部の借用や、女郎花の詠歌を多用した文飾など古曲の影響が看取される。文辞・作曲から禅竹の可能性もある。死者の魂が草花に変じ墓から生じた話はギリシア神話や中国の虞美人草説話(「項羽」に脚色)など、洋の東西に共通する。

以下五二〇頁

一 現佐賀県松浦郡の地名。歌枕「松浦潟」に通わせ、筑紫潟を導く。二 囲知らぬ―不知火。枕不知火―筑紫(九州の総称)。簡素な道行文。三 摂津国三島郡にあり、淀川を隔てて男山(現京都府八幡市)を眺望。四 男山八幡宮とも。貞観一年(八五九)に行教和尚が九州の宇佐から男山に遷し祀った。五 九州の宇佐八幡宮。石清水八幡宮と一体である事がワキが参詣する契機となる。六 歌枕。山頂に石清水八幡宮。男(男山)と女(女郎花)と対で、次第に劇空間を作り上げていく。以下、女郎花が叢生し、花影揺らめき、秋風に吹き乱れる光景。七「露を含みて」は高音に張り上げていく耳立つ旋律で、禅竹作「玉鬘」の「木の間の月」(二七二頁)に似て共に扱い難い節付。八 咲き乱れる野の草花は、まるで蜀の錦を連ねたように美しく、桂の林を吹きぬける風は雨の雫を吹き払い、松風(琴の音)のような音を奏でる。詩句か。後出「月の桂の男山」の縁で「桂林」を出したか。九〈問答〉で展開される古歌による花争いは「雲林院」などと同趣向。一〇 花を

【一】〔名ノリ笛〕〈名ノリ〉ワキ「是《(これ)》は九州[一]松浦《(まつら)》がたより出《(いで)》たる僧にて候、我いまだ都を見ず候程に、此秋思《おも》ひ立《(たち)》都に上《(のぼり)》候。

〈上歌〉ワキ〽住《す》み馴《な》れし、松浦の里を立《た》ち出《(いで)》て、松浦の里を立ち出て、[二]末《すゑ》しらぬひの筑紫《つくし》潟《がた》、いつしか跡に遠《とを》ざかる、旅の道こそ遥《はる》かなれ、旅の道こそ遥かなれ。

〈着キゼリフ〉ワキ「急《(いそぎ)》候程に、是は[三]津の国山崎とかや申候、むかひに拝《おが》まれさせ給ふは、[四]石清《(いはし)》水《みづ》八幡宮にて御座候、[五]我国の宇佐の宮と御一体なれば、参らばやと思《おも》ひ候、又是なる野辺に女郎花の今を盛《さか》りと咲乱れて候、立《(たち)》より詠《(なが)》めばやと存《(ぞんじ)》候。

【二】〈サシ〉ワキ カヽル〽偖《(さて)》も[六]男山麓《ふもと》の野辺に来《き》てみれば、千種《(ちぐさ)》の花盛《さか》むにして、色を飾《かざ》り[七]露を含《ふく》みて、虫《むし》の音《(ね)》までも心《こころ》あり顔《がほ》なり、[八]野草《(やさう)》花《(はな)》を帯《お》びて蜀錦《(しよくきん)》を連《つら》ね、桂林《(けいりん)》雨《(あめ)》を払《はら》つて松風《(しようふう)》を調《しらム》ぶ。

〈添エゴト〉ワキ「此男山の女郎花は、[九]古歌にも詠《よ》まれたる名草なり、是もひとつは家苞《いへづと》なれば、[一〇]花一《(ひと)》もとを手折《たを》らむと、此女郎花の辺《(ほとり)》に立寄《よ》れば。

【三】〈問答〉シテ「[一一]なふなふ其花な折《(をり)》給ひそ、[一二]華の色は蒸《む》せる粟のごとし、[一三]俗《(しよく)》呼《よ》ばつて女郎《(ぢよらう)》とす、[一四]戯《たはぶ》れに名を聞《き》いてだに偕老を契るといへり、〽ましてやこれは男山の、名を得《え》て咲《さ》ける女郎花の、[一五]多《おほ》かる花に取分《(とりわき)》て、など情《(なさけ)》なく手折給ふ、あら心なの旅人やな

ワキ「扨御身《(さて)》は如何なる人にてましませば、是程咲乱《(さきみだれ)》たる女郎花《をみなめし》をば惜み給ふぞ

シテ「惜《お》しみ申こそ

折ろうとした事がシテの出現を導く。家苞は土産。素性の「見てのみや人に語らん桜花、手ごとに折りて家苞にせん」(→「雲林院」)をふまえ、桜ならぬ女郎花なれどの心。一一 その花を折ってはいけません。シテは幕から呼び掛けつつ登場する。一二「花色如ニ蒸粟一、俗呼為ニ女郎一。聞レ名戯欲レ契ニ偕老一、恐悪ニ衰翁首似レ霜」(和漢朗詠集・秋・女郎花・源順)。一三 俗に女郎花と呼んでいる。現行観世・金剛流はゾク、古写本・宝生・金春・喜多流はショク。一四 戯れに名を聞いただけでさえ共白髪の契りを結ぶという。まして男山の名を得て(既に男と契って)咲いている女郎花なのに。一五 古今集・秋上・平貞文の歌に拠る。「あら心なの旅人やな」は文句・節付とも「杜若」に同じ。一六「菅原の神木」は飛梅。「なさけなく折る人つらしわが宿のあるじ忘れぬ梅の立枝を」(新古今集・神祇)に拠るか。一七 折り取ったら人の手で穢れるから生えているまま、全ての諸仏に供えるのだ。後撰集・春下・遍昭の歌(初句「折りつれば」)。「三世」は過去・現在・未来。一八 古今集・秋上・遍昭の歌の上句。下句「我落ちにきと

松浦から男山へ

男山の女郎花

理《(ことわ)》りなれ、此野辺の花守にて候　ワキ「縦《(たとひ)》花守《もり》にてもましませ、御覧候へ出家の身なれば、仏に手向《(たむけ)》と思《おぼ》しめし一本《(ひともと)》御許《ゆる》し候へかし　シテ「実々《(げにげに)》出家の御身なれば、仏に手向と思ふべけれども、一六彼《(かの)》菅原《すがはら》の神木《しんぼく》にも折《お》らで手向よと、其外古《ふる》き歌にも、カヽル〽一七折《お》り取《と》らば手《た》ぶさに穢《けが》る立《た》てながら、「三世《(みよ)》の仏に花奉るなどと候へば、殊更出家の御身にこそ、なを《(ほ)》しも惜《お》しみ給ふべけれ　ワキ「左様に古《ふる》き歌を引《ひ》かば、何とて僧正遍昭《(へんぜう)》は、一八名に愛《め》でて折《お》れる計《(ばかり)》ぞ女郎花《をみなめし》とは詠《よ》み給ひけるぞ　シテ「いやさればこそ我落《われお》ちにきと人に語《かた》るなと、一九深《ふか》く忍《しの》ぶの摺衣《すり(ごろも)》の、女郎と契《ちぎ》る草の枕を、ならべし迄は疑ひなければ、其御譬《(おん)たと》へを引給はば、出家の身にては御誤《あやま》り。

〈掛合〉ワキ カヽル〽か二〇様《(やう)》に聞《き》けば戯《たはぶ》れながら、色香《(いろか)》に愛《め》づる花心《はなごころ》、「とかく申に由《よし》ぞなき、暇申て帰《かへ》るとて、カヽル〽もと来《き》し道に行過《す》ぐる　シテ「あふ《(おう)》やさしくも所の古歌をば知《し》ろしめしたり、〽二一女郎花憂《う》しと見つつぞ行過《ゆき(すぐ)》る、男山にし立《た》てりと思《おも》へば。

〈歌〉同〽やさしの旅人《たび》や、花は二二主《(ぬし)》ある女郎華、由知《よしし》る人の名に愛《め》でて、許《ゆる》し申也、一《(ひと)》もと折《お》らせ給へや。

〈上歌〉同〽二三なまめき立《た》てる女郎花、なまめき立てる女郎花、うしろめたくや思ふらん、二四女郎《(ぢよらう)》と書《か》ける花の名に、誰《たれ》偕老を契りけん、二五彼《(かの)》邯鄲の仮《かり》枕、夢は五十《(いそぢ)》のあはれ世《よ》の、例《ためし》も誠なるべしや、例も誠なるべしや。

古歌の応酬

人に語るな」。仮名序古注には詞書「…馬より落ちて詠める」とあり、「落馬」に「堕落」の意を掛け、女色戒を破る意を隠す。一九 人目を忍んで女郎と契ったが、枕を並べたのは疑いないから。[掛]忍―信夫。「しのぶの摺り衣」に「信夫摺」を掛け、摺衣を着る心で「女郎」の序。[縁]草―女郎。二〇 このように聞くと、戯れ事を言ったのも、花の色香を愛でる風流心から。[縁]色香―花。二一 古今集・秋上・布留今道の歌。二二 男山に咲き夫を持っている女郎花だが、この花の故事を知っている事に免じて許そう、一本折りなさい。[掛]よし―由。旅僧が古歌そのままに自分の行動を「行過ぐる」と歌った風雅をめでた。二三「秋の野になまめきたてる女郎花あなかしがまし花もひととき」(古今集・雑体・誹諧歌・遍昭)。なお謡物「古き女郎花の謡」に「なまめき立てる女郎花」から「契りけん」まで同文が見える。二四 花の名は女郎花と書くので偕老の契りを結ぶと言ったのは誰であったか。注一二三の和漢朗詠集をふまえる。二五 蒸せる粟から想起する、かの邯鄲の夢枕に結んだ五十年の栄華のはかなき例(ためし)も、偕老の契りのはかなさと同じだ。[掛]あはれ―泡。彼・邯鄲・仮枕は頭韻。

【四】〈問答〉ワキ「此野辺の女郎花に詠《なが》め入《(いり)》て、八幡宮に参《まい》らず候上《(じやう)》する者にて候へ、八幡《(やはた)》への御道しるべ申候べし、此方《(こなた)》へ御入候へ。　シテ「此尉こそ唯今[一]山《(さん)》

〈サシ〉ワキ　カヽル　へ聞《(きき)》しに越《こ》えて尊《たつと》く有難かりける霊地かな　シテ　へ山下《(さんげ)》の人家《(じんか)》軒《のき》をならべ

二人　へ[二]和光《(わくわう)》の塵《ちり》も[三]濁江《(にごりえ)》の、河水《(かすい)》に浮《う》かぶ鱗《うろくづ》は、実《(げに)》も生《(いけ)》るを放《はな》つかと、深き契《ちか》ひもあらたにて、恵《めぐ》みぞ茂《しげ》き[四]男山、栄行《(さかゆく)》道のありがたさよ。

〈歌〉同　へ比《(ころ)》は[五]八月半《(はちげつなかば)》の日、神の御幸《(みゆき)》なる、御旅所《(おたびどころ)》を伏《ふ》し拝《おが》み。

〈上歌〉同　へ[六]久堅の、月の桂《かつら》の男山、月の桂の男山、さやけき影《かげ》は所から、紅葉《(こうえふ)》も照《(てり)》添《そ》ひて、日も[七]かげろふの石清水《(いはしみづ)》、苔《こけ》の－衣《(ころも)》も妙なりや、三《み》つの袂に影映《かげうつ》る、璽《しるし》の箱《はこ》を納《おさ》むなる、法《(のり)》の[八]神宮寺《(じんぐうじ)》、有難かりし霊地かな。

〈歌〉同　へ岩松《(がんしよう)》峙《そばだ》つて、山聳《そび》え谷廻《めぐ》りて、諸木枝を連《つら》ねたり、[九]鳩の－嶺越来《みねごしき》てみれば、[一〇]三千－世界もよそならず、千里《(ちさと)》も同じ月の夜の、朱《あけ》の玉垣みとしろの、錦かけまくも、忝《かたじけな》しと伏《ふ》し拝《おが》む。

【五】〈問答〉シテ「是こそ石清水八幡宮にて御座候へ、よくよく御拝み候へ、はや日の暮《(くれ)》て候へば、[一一]御暇申候べし　ワキ「なふなふ女郎花と申事は、[一二]此男山に付《(つき)》たる謂《(いはれ)》にて候か　シテ「[一三]あら何共なや、さきに女郎花の古歌《(こか)》を引《ひ》いて戯《たはぶ》れを申候も徒事《いたづらごと》にて候、女郎花と申社《(まうすこそ)》此男山に付たる謂にて候へ、又此山の麓に、男塚女塚《づか》とて候を見《み》せ申候べし、こなたへ御入候

一 山の上の寺社に参詣すること。以下、男山八幡宮の神徳と男山の秀麗を描写。 二「和光同塵」と同意。神が威光を和らげて交わる俗世の塵は濁っているが、この濁った川に浮かぶ魚類は生き生きとして、放生会の功徳と思われ、衆生を救う神の深い御誓願が現れていて。 三 男山の麓を流れる放生川。[掛]濁り—濁り江。「水の濁りも神徳の、誓ひは清き石清水の」(「放生川」)。 四「今こそあれわれも昔

男山八幡宮の光景

は男山さかゆく時もありこしものを」(古今集・雑上・読み人知らず)。[掛]栄—坂。 五 今日八月十五日は放生会、神輿の渡御されたお旅所を拝し。「御旅所」は神輿を一時安置する所で男山にある。 六 八月十五夜の月光が美しく冴えるのは、月の桂の男山という所柄のせいだ。続古今集・神祇・卜部兼直の歌(末句「所がらかも」)。月の異名「桂男」から「月の桂の男山」と続けた。[枕]久堅の—月。 七 [掛]陰—かげろふ。[枕]かげろふの—石(清水)。[序]石清水—苔。[縁]苔の衣(僧衣)—三つの袂。行教が宇佐参詣の折、神の告げを受け、三衣に三尊が移り男山へ遷した説話をふまえる(八幡愚童訓など)。 八 ここは石清水八幡宮を指す。 九「鳩の嶺」は男山の異称。[付]鳩—

へ。

【六】〈問答〉シテ「是なるは男塚《おとこづか》、又此方《こなた》なるは女塚、この男塚女塚《づか》に付て女郎花《をみなめし》の謂も候、これは夫婦《ふうふ》[一四]の人の土中《どちう》にて候 ワキ「扨《さて》其夫婦の人《ひと》の国はいづく、名字《みやうじ》はいかなる人やらん シテ「女[一五]は都の人、男は此八幡山に、へ小野頼風《をののよりかぜ》と申せし人。

〈歌〉同 へ恥かしやいにしへを、語《かた》るもさすがなり、申さねば又亡《な》き跡を、誰《たれ》か稀《まれ》にもとぶら《ム》ひの、便《たよ》りを思ひ[一六]より風《かぜ》の、更行月《ふけゆく》に木《こ》隠《がく》れて、夢のごとくに失《う》せにけり、夢のごとくに失せにけり。 （中入）

【七】〈問答・語リ[一七]・問答〉（アイの男山の麓の者が登場し、ワキの尋ねに答えて、女郎花の謂れ、頼風夫婦の事を物語る。ワキが先刻の出来事を話すと、さだめて頼風の幽霊であろうといい、供養を勧めて消える）

【八】〈上歌〉ワキ へ一夜《ひとよ》[一八]臥《ふ》す、男鹿《をしか》の角《つの》の塚の草、男鹿の角の塚の草、陰《かげ》より見《み》えし亡魂《ばうこん》を、とぶら《ム》ふ法《のり》の声立《た》てて。

〈誦句〉ワキ へ南無《なむ》[一九]幽霊出離生死頓証菩提《いうれいしゆつりしやうじとんしようぼだい》。

【九】〔出端〕〈サシ〉後シテ へあふ《おう》曠野《くわうや》[二〇]人稀《ひとまれ》なり、我《わが》古墳ならで又何者《なんもの》ぞ 女 へ屍《かばね》を争《あらそ》ふ猛獣は禁ずるにあたはず。

〈一セイ〉シテ へなつ[二一]かしや、聞《き》けば昔の秋の風 女 へうらむらさきか葛《くず》の葉の シテ へかへらば連《つ》れよ妹背の波。

嶺・八幡山。一〇 全世界は視界の中にあり、千里までも隈なく照らす月の光の明るさに、朱の玉垣や錦の御戸帳《みとしろ》もはっきりと見え。[掛]明―朱、掛―かけまくも。一一 帰りかける態《てい》。一二 この男山に関係する謂れがあるのですか。一三 ああ何ということか。相手の無理解を嘆く言葉。一四 夫婦が土中に埋められている墓。

男塚・女塚

一五「平城天皇ノ御時、小野頼風ト云人アリ。八幡ニ住ケルガ、京ナル女ヲ思テ互ニカチコチ行通フ」(三流抄)。一六 [掛]寄―頼風―風、更―吹。[序]よりかぜ(頼風)―ふけ(吹け)。本曲の中入は苦患と救済を強く訴えず幻のように消えるのが特異。「夢」は幻の意。一七 前場では頼風の事は殆ど語られておらず、アイの〈語リ〉で物語の背景が知られる。一八「夏野行く牡鹿の角の束の間も忘れず思へいもが心を」(新古今集・恋五・柿本人麿)を変形。[縁]男鹿―臥。[掛]束―塚。[序]男鹿の角の―塚。以下、「求塚」と同文。一九 幽霊よ得悟して迷界を脱し、すみやかに成仏せよ。二〇「外野人稀何物有、争レ屍猛獣不レ能レ禁」(九相詩・五・噉食相)。「求塚」にも。底本「広野」を訂正。

読経

〈ノリ地〉地 ＼消《(きえ)》[一]にし玉の、女郎花、花の夫婦は、顕《あらは》れたり、荒《(あら)》有難《がた》の、御法《(みのり)》やな。

【一〇】〈掛合〉ワキ カヽル ＼影《かげ》[二]のごとくに亡魂の、顕《あらは》れ給ふ不思議さよ　女 ＼わらはは都に住《(すみ)》し者、彼《(かの)》頼風に契りをこめしに　シテ「[三]少契《(すこしちぎり)》の障《さは》りある、人間《(ひと)ま》を誠と思《おも》ひけるか　女 ＼女心のはかなさは、都をひとり憧《あくが》れ出《(いで)》て、猶《(なほ)》も恨みの思《おも》ひ深《ふか》き、放生川に身を投《な》ぐる　シテ「頼風是を聞付《(ききつけ)》て、驚き騒《さは》ぎ行《(ゆき)》見れば、カヽル ＼あへなき死骸ばかりなり　女 ＼泣々《(なくなく)》死骸を取あげて、此山本の土中《(どちう)》に籠《こ》めしに　シテ「其塚より女郎花一本《(ひともと)》生出《(おひいで)》たり、頼風心に思ふやう、＼扨《(さて)》は我妻の女郎花に成《(なり)》けるよと、猶《(なほ)》華色《(はないろ)》もなつかしく、草[四]の袂も我袖《(わがそで)》も、露触《ふ》れ初《そ》めて立《た》ち寄《よ》れば、此花恨《うら》みたる気色《(けしき)》にて、夫《をつと》の寄《よ》れば靡《なび》き退《の》き、又立退《の》けば元《もと》のごとし。

〈歌〉同 ＼爰によつて貫之《つらゆき》も、[五]男山の昔を思つて、女郎花の一時《(ひととき)》を、[六]くねると書《か》きし水茎《ぐき》の、跡の世までもなつかしや。

【一一】〈クセ〉同 ＼頼風其時に、彼《(かの)》哀《あは》れさを思《おも》ひとり、無慙《ざん》やな我《(われ)》ゆへ《(ゑ)》に、よしなき水の泡と消《き》えて、徒《いたづら》なる身となるも、偏《(ひとへ)》に我《(わが)》科《とが》ぞかし、若《し》かじ－浮世に住《す》まぬ迄と、[七]同じ道《みち》にならんとて　シテ ＼続《つづ》ひ《(い)》て、此河に身を投《な》げて　同 ＼ともに－土中に籠《こ》めしより、女塚に対して、又男山と申なり、[八]其塚は是《(これ)》ぬしは我《(われ)》、幻《まぼろし》ながら来《(きた)》りたり、跡とぶらひてたび給へ、跡とぶらひてたび給へ。

頼風夫婦の昔物語

三 懐かしいこと、聞けば昔の秋風と同じ音。恨めしいこと、娑婆に帰るなら私も一緒に連れて行ってほしい、妹背の仲なのだから。[掛]恨―裏―うら紫、返―帰。[縁]秋の風―うら紫、帰―波―消。

以上五二三頁

一 [掛]玉―魂、女郎花―緒（「玉の緒」で命を隠す）。

二 幽霊（亡魂）の出現を「影のごとく」、消滅を「夢のごとく」と表現。以下の過去再現は成仏の機縁となる懺悔（告白再現による滅罪）の効果も。

三 少し障りがあって逢えなかったのを本当に心変わりしたのだと思って。以下、三流抄に拠る。「人間」は人のいない間、ここは男が暫く通ってこなかったこと。

四 草葉に置く露は涙のよう。涙で袖を濡らしつつ、ちょっと花に触れようと近づくと、恨んだ様子で靡いては避け、立退けば元に戻る。夫婦間の微妙な心のすれ違い。草の露を袂の露（涙）に見たてる。

五 「男山の昔を思ひ出でて女郎花の一時をくねるにも、歌を言ひてぞ慰めける」（古今集・仮名序）。

六 「女郎花ノ男ヲクネリタリシ事ヲ、女ノ物クネリスルニ云ヒナシ

恋しき閻浮

【三】〈一セイ〉地へあら閻浮[九]恋《こひ》しや。〔カケリ〕

〈ノリ地〉地へ[一〇]邪婬の悪鬼は、身を責《せ》めて、邪婬の悪鬼は、身を責めて、其[一一]念力の、道も嶮《さが》しき、剣《つるぎ》の山の、上に恋しき、人は見えたり、嬉しやとて、行《ゆき》のぼれば、剣は身を通《とを》し、磐《ばん》石《じゃく》は骨を砕《くだ》く、こはそもいかに、恐《おそ》ろしや、剣[一二]の枝の、撓《たはム》ぶまで、如[一三]何なる罪の、なれる果《は》てぞや、よしなかりける。

〈歌〉地へ花[一四]の一時《ひととき》を、くねるも夢ぞ女郎花、露[一五]の台《うてな》や花の縁に、浮《う》かべ《メ》てたび給へ、罪を浮《う》かべ《メ》てたび給へ。

テ書ケルナリ」(三流抄)。「クネル」は恨みすねる意。囲跡—後。「水茎の跡」は筆跡の意でここは古今集・仮名序。

七 私も同じく冥途へ行こうと。

八 冒頭から第三人称で語られてきた〈クセ〉がここで第一人称に転じた。

九 閻浮提。人間世界が恋しい。

一〇 娑婆に残した邪婬の妄執によって地獄に堕ち。「邪婬の悪鬼となつて、我と身を責め苦患に沈むを」(「舟橋」)と同工。

一一 一途に女を思う欲心。「剣の山」は宝物集等に見える。ここは往生要集にいう八大地獄のうち第三衆合地獄を説く描写が投影。

一二 詞書に「地獄絵に剣の枝に人の貫かれたるを見てよめる」とある金葉集・雑下・和泉式部の歌「あさましや剣の枝のたわむまでこは何の身のなれるなるらん」。

一三 いかなる罪による報いであろうか、つまらぬ事をしたものよ。

一四 花盛りの「一時をくねる女郎花」に心を奪われたのも今ははかない夢。

一五 極楽の蓮の台に座れるように、女郎花も同じ花の縁で成仏させて下さい。露の台は「蓮ノ台ヲ女郎花ノ露ニナゾラヘ」(謡抄)た表現。

阿漕《あこぎ》

四番目物
執心男物　作者不明

場景　前場—伊勢国阿漕が浦。ある秋の日の午後から夕暮れにかけて。後場—同じく、深夜。

人物　前ジテ　漁翁〔笑尉・着流尉〕
　後ジテ　漁師阿漕の霊〔痩男・水衣着流痩男〕
　ワキ　旅の男〔素袍上下〕（旅の僧〔着流僧〕）
　アイ　浦の男〔長上下〕

梗概　伊勢参宮を思い立った九州日向の男が伊勢国阿漕が浦で、釣竿を肩にした、海士とおぼしき老人に出会う。老人に所の名を尋ねた男は、阿漕が浦にちなむ古歌を口ずさみ、老人も古歌を引いて興じ合い、心なき海士も名所に住むと自然に風雅が身につき、和歌に心寄せる人々と同じと答える。やがて老人は、この浦は伊勢大神宮の御膳調進の網を引くための禁漁区であるのに、阿漕という男が毎夜隠れて網をおろしていたのが露顕し海中に沈められた話を語り、この世ばかりか地獄においても苦しみを重ねていると告げて弔いを乞い、罪多き我が身を嘆く。この老人こそ阿漕の霊だった。やがて老人は罪障懺悔のため、男に逗留を頼む。俄に海が荒れ、燈火も消えた闇の中に、老人の姿は消え失せた(中入)。旅の男の問いに答えて浦の男が阿漕が浦の謂れを語り、供養を勧める。男が法華経を読誦し弔いをすると、やつれ果てた面ざしの幽霊が現れ、死後もなお「執心の網」を操って魚を捕る密漁のさまを再現し、その罪の報いを受け続ける陰惨な地獄の苦しみを見せ、旅人に助けを乞うて再び海底に消えた。

素材・主題　浦の名に縁ある古歌の応酬場面で、老人が「彼(かの)六帖の歌に」として応じた「逢ふ事も阿漕が浦に引網も度重ならば顕れやせん」を軸に、源平盛衰記八・讃岐院事の歌人西行にまつわる忍び妻の一首の伝説(「伊勢の海阿漕が浦に引く網も度重なれば人もこそ知れ」)をも取り入れ、漁(すなどり)への執心と、密漁が露顕して殺された怨念と殺生の罪により地獄で呵責(かしゃく)の責めに苦しみ続ける男の姿を描く。古今和歌六帖三の歌は「逢ふことをあこぎの島に引く鯛のたび重ならば人も知りなん」で、本曲はこの歌から発展した伝説に拠るものらしく、漁夫の密漁は作者の創案になるものであろう。和歌の多用が目立ち、同じく狩猟への執心を鋭く描く「善知鳥」や漁撈の興奮を見せる「鵜飼」に比べて、本曲は凄惨味がやや稀薄だが、暗い海の不気味なうねりさながらに、生きる者の罪業と永遠の業苦を深々と描いている。観世流のみがワキを旅の男とするが、江戸初期以前までは他流と同じく旅の僧(西国方より出でたる僧)で、これが原型。執心の網に魚を追い込む演技は他になく、見せ場の一つ。永正(一五〇四—二一)頃の能の衣装付「舞芸六輪之次第」に見えるが、作者は分からない。

一 物思いに誘う秋風が吹き始め、まだ葉を落とさぬ木の間から洩れる月光もかすか。「木の間より洩り来る月の影見れば心づくしの秋は来にけり」(古今集・秋上・読み人知らず)を借りる。
二 現宮崎県。西海道十二か国の一。観世のみ「日向の男」とするが、「西国方より出でたる僧」(古写本・下掛)が原型であろう。
三 伊勢大神宮。現三重県伊勢市。
四 日向国を言い換えた。古写本・下掛の〈上歌〉は「舟出する、八重の塩路の遥々と、〳〵、難波の浦に着きしかば、しばし都の月影も、雲居の跡にうつり来て、伊勢や日向もへだてなき、阿漕が浦に着きにけり、〳〵」と別詞章。
五 浪が幾重にも重なる遥かな海路を遥々と。以下の二句「箙」に近似。
六 「淡路島通ふ千鳥の鳴く声に幾夜ねざめぬ須磨の関守」(金葉集・冬・源兼昌)をふまえる。掛泡—淡路潟。
七 掛す—須磨、開—明。付関戸—開。
八 伊勢国の歌枕。現三重県津市東方の海岸。
九 波ならぬ涙に濡れて乾かす隙もない私の海士衣。「須磨の浦に玉藻刈りほす海士衣袖ひつ汐のひる時やなき」(続古今集・恋一・読み人

【一】〔次第〕〈次第〉ワキ ヘ心[一]づくしの秋風に、心づくしの秋風に、木《(こ)》の間《(ま)》の月ぞすくなき。

〈名ノリ〉ワキ「是《(これ)》は[二]九州日向《(ひうが)》国の者にて候、われいまだ太[三]神宮に参《まい》らず候程に、只今思《おも》ひ立《(たち)》て候。

〈上歌〉ワキ ヘ日[四]に向《む》かふ、国の浦船漕《こ》ぎ出《(いで)》て、国の浦船漕ぎ出て、八[五]重の塩路を遥々《はるばる》と、分《わ》け来《こ》し浪の[六]淡路《あはぢ》潟《がた》、通ふ千鳥の声《こゑ》聞《(きき)》て、旅の寝覚《ねざめ》を[七]須磨の浦《うら》、関の戸ともに明暮《(あけくれ)》て、[八]阿漕が浦《うら》に着《(つき)》にけり、阿漕が浦に着にけり。

〈着キゼリフ〉ワキ「急《(いそぎ)》候程に、是ははや伊勢国阿漕が浦に着て候、暫《(しばらく)》人を相待《(あひまち)》、所の名所をも尋《(たづね)》ばやと思《おも》ひ候。

【二】〔一声〕〈一セイ〉シテ ヘ[九]波ならで、乾《ほ》す隙もなき海士衣《(あまごろも)》、[一〇]身の秋いつと限《かぎ》らまし。

〈サシ〉シテ ヘそ[一一]れ世を渡《わた》る慣《なら》ひ、我一人《(いちにん)》に限《かぎ》らねども、せめては職《しょく》を営《いとな》む田夫《(でんぷ)》ともならず、[一二]かく浅猿《(あさまし)》き殺生の家に生れ、明《あ》け暮《く》れ物の命《いのち》を殺《ころ》す事の悲《かな》しさよ。

〈□〉シテ「[一三]つたなかりける殺生かなとは思へども、憂《う》き世の業《わざ》にて候程に、けふも又釣《つ》りに出《(いで)》て候。

【三】〈問答〉ワキ「いかに是なる尉殿《(じようどの)》に尋申べき事の候　シテ「此方《(こなた)》の事にて候か何事にて候　ワキ「この浦をば阿漕《あこぎ》が浦と申候か　シテ「さむ候《ザウラウ》此所をば阿漕が浦と申候　ワキ「扨《(さて)》は承《(うけたまはり)》及《(および)》たる阿漕が浦《うら》にて候ひけるぞや古《ふる》き歌に、カヽル ヘ[一四]伊勢の海阿漕《あこぎ》が浦に引《ひ》く

知らず)と同想。
一〇 秋は悲しみを誘うが、絶えず涙に濡れている私にはいつと限らずいつも秋だ。以後の展開を暗示する暗いイメージ。
一一 渡世の辛さは自分一人に限ったことではないが、せめて正業に励む農夫ならまだしも。

日向から阿漕が浦へ

一二 このような浅ましい殺生を業とする家に生まれ、明けても暮れても物の命を殺す我が身が悲しい。
一三 前世の戒行により、浅ましい殺生を業とする身の上。類曲「鵜飼」にも「つたなかりける身の業と」。類曲「善知鳥」の〈サシ〉に似る。
一四「伊勢の海阿漕が浦に引く網も度重なれば人もこそ知れ」(源平盛衰記八)の末句を変形。「逢ふことをあこぎの島に引く鯛のたび重ならば人も知りなん」(古今和歌六帖三)が本歌。以下、和歌を巧みに引用して構成する。

殺生に明け暮れる身の上

以下五二八頁
一 前頁注一四の古今和歌六帖の歌。
二 シテの正体を暗示する。
三 風流心のない伊勢の海士で、見た目も賤しいからと言って軽蔑なさいますな。付海人—みるめなき。

網《あみ》も、「度重《たびかさ》なれば顕《あらは》れにけり、か様《(やう)》に詠《よ》まれし浦なるぞや、へあら面白や候《ザウラウ》　シテ「あらやさしの旅人や、所の和歌なればなどかは知《し》らで候べき、彼［一］六帖《(かの)(ろくでふ)》の歌に、へ逢《あ》ふ事も阿漕が浦に引網も、「度重《たびかさ》ならば顕れやせん、か様［二］《(やう)》に詠《よ》まれし蜑人《(あま)びと》なれば、さも［三］心《こころ》なき伊勢男《お》の蜑《あま》の、みるめも軽《かろ》き身なればとて、賤《いや》しみ給《たま》ひ候なよ。

〈掛合〉ワキ　カヽル　へ実《(げに)》や名所旧跡に、馴《な》れて年経《へ》ば心なき　シテ　へあ［四］まの焚《た》く藻《も》の夕煙《けぶり》

ワキ　へ身を焚《た》くべきにはあらねども　シテ　へ住《す》めば所による浪の　ワキ　へ音《をと》も変《か》はるか

シテ　へ聞《(きき)》給へ。

〈上歌〉同　へ物［五］の名も、所によりて変《か》はりけり、所によりて変はりけり、難波の蘆《あし》の浦風も、ここには伊勢の浜荻の、音《をと》を変《か》へて聞給へ、藻［六］《も》塩焼《しほや》く、煙も今は絶《た》えにけり、月《つき》見むとての、蜑《あま》のしわざにと、ゆるされ申《(まうす)》蜑衣《(あまごろも)》、しき島によりくる、人なみにいかで洩《も》るべき。

【四】〈誘イゼリフ〉ワキ「此浦を阿漕が浦《うら》と申謂《いは》れ、御物語候へ。

〈語リ〉シテ「総《そう》じて此浦を阿漕《あこぎ》が浦と申は、伊［七］勢太神宮御光臨よりこのかた、御［八］膳調進《(ごぜんてうしん)》の網《あみ》を引《ひ》く所也、されば神［九］の御誓《ちか》ひによるにや、海辺《(かいへん)》の鱗《うろくづ》此所に多《おほ》く集《あつ》まるによりて、憂《う》き世を渡るあたりの蜑人《(あまびと)》、此所に漁《すなどり》を望《のぞ》むといへども、神前の恐れあるにより、堅《かた》く戒《いまし》めて是《(これ)》を許《ゆる》さぬ処に、［一〇］阿漕と云《(いふ)》蜑人《あま》、業［一一］《わざ》に染《そ》む心の悲《かな》しさは、夜々忍《よるよるしの》びて網《あみ》を引《ひ》く、暫《しば》しは人も知《し》らざりしに、度重《(たび)かさ》なれば顕《あらは》れて、阿漕を縛《いまし》め所をもかへず、此浦の沖に沈《しづ》めけり。

古歌に興じ合う

[掛]見る目—海松布。四 海士の藻を焼く夕煙を見ても、風雅な心がわいてくるようで、名所に住めば自然と風雅が身につき、寄せる波までも他所と違うように聞こえてくる。お聞きなさい。「あま」は前後を繋ぐ。[掛]見—身、依る—寄る。[縁]あま—焚く藻—煙。五「草の名も所によりて変るなり難波の蘆は伊勢の浜荻」(菟玖波集・雑三・救済)の初句を改めて引く。「芦刈」にも。六「塩竈の浦の煙は絶えにけり月見んとての海士のしわざに」(続後撰集・秋中・後嵯峨天皇)を変えて引く。塩焼く煙が絶えてしまったのは、煙に遮られずに月を見たいと望む海士の仕業、とその風雅な心を歌に詠まれている海士ゆえ。[掛]蜑—蜑衣、敷—敷島、波—人並。[序]蜑衣—しき(敷き)しま。[縁]しま(島)—より(寄)—なみ(波)。敷島は日本と和歌の両意。

阿漕が浦の謂れ

和歌の引用による海士の風流心が次の段の〈語リ〉以下の悲惨さを和らげる。七 垂仁天皇二十五年、大和笠縫邑(かさぬいのむら)から伊勢度会(わたらい)郡五十鈴(いすず)川上に遷る。八 大神宮に供える神饌の漁場。九 神の御誓願が魚類に迄及ぶのか、この浦に魚が多く寄って来て。

〈サシ〉シテ〽[一二]さなきだに伊勢男《お》の蜑《あま》の罪深《ふか》き、身を苦《くる》しび《み》の海の面《おも》、かさねて重《おも》き罪科《(つみとが)》を、受《う》くるや冥途の道までも。

〈歌〉同〽[一三]娑婆にての名にし負《お》ふ、今も阿《あ》漕《こぎ》がうらめしや、呵責《(かしやく)》の責《せめ》も隙なくて、苦び《ミ》も度重《たびかさ》なる、罪《つみ》とぶ《ム》らはせ給へや。

〈片グセ〉同〽恥《は》づかしやいにしへを、語《かた》るもあまりげに、[一四]阿《あ》漕《こぎ》が憂《う》き名洩《も》らす身の、[一五]亡《な》き世語《がたり》のいろいろに、[一六]錦木の数積《つ》もり、千束《(ちつか)》の契《(ちぎ)》り忍ぶ身の、阿漕がたとへうき名たつ、[一七]憲清《のりきよ》と聞えし、その歌人《(うたびと)》の忍《しの》び妻《(づま)》、阿《あ》漕《こぎ》阿《あ》漕《こぎ》と云《(いひ)》けむも、責《せめ》一人《(いちにん)》に、度重《たびかさ》なるぞ悲《かな》しき。

【五】〈ロンギ〉地〽不《ふ》思《し》議《ぎ》や扨《(さて)》は幽霊の、[一八]幻《まぼろし》ながらあらはれて、[一九]執心の浦波の、あはれなりける値遇《(ちぐう)》かな　シテ〽[二〇]一樹の宿《やど》りをも、他生の縁《えん》と聞《(きく)》ものを、御身も前《(さき)》の世の、値遇を少《(すこし)》[二一]松陰に、うらぶれ給へ墨《すみ》衣　地〽[二二]日も夕ぐれの塩煙、立《た》ち添《そ》ふ方《(かた)》や漁《いさり》火《(び)》の　シテ〽影《かげ》もほのかに見えそめて　地〽海辺《(うみべ)》も晴《は》るる村霧《(むらぎり)》に　シテ〽すはや手《(て)》繰《ぐ》りの　地〽網《あみ》の綱《つな》、繰《く》り返し繰り返し、浮《う》きぬ沈《しづ》むと見しよりも、俄《(にはか)》に疾風《はやて》吹《ふ》き、海面《づら》暗《くら》くかき昏《く》れて、[二三]頻波《しきなみ》も立《た》ち添《そ》ひ、[二四]漁《いさ》りの燈《ともしき》消え失《う》せて、こはそもいかにと叫《さけ》ぶ声の、浪に聞えしばかりにて、跡はかもなく失《(うせ)》にけり、跡はかもなく失にけり。（中入）

【六】〈問答・語リ・問答〉（アイの浦の男が登場し、ワキの尋ねに答えて阿漕が浦の謂れを語る。ワキは先刻の出来事を話すと、きっと阿漕の幽霊であろうと言い、供養を勧めて退場する）

【七】〈上歌〉ワキ〽いざとぶ《ム》らはん数々の、いざとぶ《ム》らはん数々の、[二五]法《(のり)》の中にも一乗《(いちじよう)》の、妙な

一〇 前頁注一四の古今和歌六帖の歌に拠り、度重なる意を含む。
一一 漁撈への執心から禁を犯して夜々忍んで網を引く。阿漕が浦で漁をする事は、殺生と、神前ゆえの禁漁を破る二重の罪がある。
一二 そうでなくても殺生を生業とする罪深い我が身は、苦しみの元となったこの海で、殺生の罪を重ね、死後も生前の罪により苦しみを受けている。面・重は重韻。
一三 娑婆での名は阿漕、今も地獄で阿漕の名の通り苦しみが度重なることが恨めしい。
一四 「憂き名洩らす」は歌語。「あまり」「阿漕」は頭韻。以下、度重なれば露見する事(阿漕)の例。
一五 亡くなった人の過去の噂話が色々あり。縁 いろいろ―錦木。
一六 序 錦木の―数積もり、千束の契り―忍ぶ。掛 憂―浮き名。「錦木は千束になりぬ今こそは人に知られぬ閨の内見め」に基づく錦木説話(俊頼髄脳など)に拠る。→「錦木」。
一七 憲清(西行)といわれた歌人の隠し妻が度重なれば露見するのを恐れて阿漕阿漕と言ったのも、度重なる罪を阿漕という名の私に負わせいろいろな罪まで積み重なるのは辛く悲しい。「修羅の苦患は

阿漕の幽霊と告げる

弔い

る華のひもときて、苔《こけ》の衣《(ころも)》の玉ならば、終《つゐ》に光《ひかり》は暗《くら》からじ、終に光は暗からじ。

【八】〔出端〕〈下ノ詠〉後シテ〽[一]蜑《あま》の刈《か》る、藻に棲《す》む虫のわれからと、音《(ね)》をこそ泣《な》かめ、世をば恨《うら》みじ。

〈サシ〉シテ〽今宵《こよひ》はすこし波荒《あ》れて、[二]御膳の贄《(にへ)》の網《あみ》はまだ引《ひ》かれぬよなふ、「よき隙なりと夕[三]月なれば、宵《よひ》よりやがて入塩の、〽みちを変《か》へ人目を、忍び忍びに引《ひ》く網《あみ》の、沖にも磯にも舟は見えず、ただわれのみぞあごの[四]海。

〈一セイ〉シテ〽阿《あ》[五]漕《こぎ》が塩木こりもせで　地〽猶《なを》[六]執心の網置《あみを》かむ。〔立回リ〕[七]

【九】〈一セイ〉シテ〽伊[八]勢の海《うみ》、清き渚《なぎさ》のたまたまも　地〽弔《と》[九]ふこそたより法《(のり)》の声《こゑ》　シテ〽耳には聞《き》けども、猶《なを》心には。

〈ノリ地〉同〽ただ罪をのみ、持網《もちあみ》[一〇]の、波はかへつて、猛火《(みやうくわ)》となるぞや、荒《(あら)》熱《あつ》や、堪《た》へがたや。

【一〇】〈中ノリ地〉同〽丑三《うしみ》[一一]つ過《す》ぐる夜《よる》の夢、丑三つ過ぐる夜の夢、見よや因果の廻《めぐ》[一二]り来《く》る、火《(くわ)》車《(しや)》に業《(ごふ)》積《つ》む数、苦《くる》しめて目の前《まへ》の、地獄もまことなり実《げに》、恐《おそ》ろしの気色や　シテ〽思[一三]ふも恨《うら》めしいにしへの　同〽思ふも恨めしいにしへの、娑婆の名を得《え》し、阿漕が此浦に、猶《(なほ)》執心の、心引《ひ》く網の、手馴し鱗《うろくづ》今はかへつて、悪魚《(あくぎよ)》毒蛇と成《(なつ)》て、紅蓮《ぐれむ》[一四]大紅蓮《ぐれん》の氷に、身を傷《いた》め骨《ほね》を砕《くだ》けば、叫《さけ》ぶ息《いき》は、焦熱《(せうねつ)》[一五]大焦熱《せうねつ》の、焔《ほのほ》煙《(けむり)》雲《(くも)》霧《きり》、立居に隙《ひま》もなき、冥途《めいど》の責《せめ》も度《(たび)》重なる、阿漕が浦の罪科《つみとが》を、助《たす》け給へや旅人よ、助《たす》け給へや旅人とて、又浪に入《(いり)》にけり、又波の

責め一人」(廃曲「維盛」)。　一八「幻ながら来りたり」(「女郎花」)と近似。　一九 執心の恨みを聞くとは、可哀相な人に出会ったことだ。　掛 恨—浦波、哀れ—泡。

二〇 俄雨に同じ樹の下で雨宿りをするのも前世からの因縁によるという。「宿二一樹下一、汲二一河流一…皆是先世結縁」(説法明眼論)。

執心の密漁

二一 掛 待—松陰、浦—裏。縁 裏—墨衣。哀れと思い弔って下さい。

二二 掛 紐—日も、結—夕。

二三 後から後から打ち寄せる波。

二四 この場面は「鵺」の中入と同工。

二五 一乗妙典である法華経を開き苔の衣(僧衣)を着た玉の衣(法華経七喩の一。人が備えているが気付かぬ仏性の譬えで、最後には悟りを得る)なら、その玉が暗くなることはあるまい。「苔の衣」と「華の紐」は対。掛 緒—紐解。縁 玉—光。成仏への望みを暗示。

以上五二九頁

一 古今集・恋五・藤原直子の歌。「世をば厭はじ」(宝生・喜多)。掛 われから—我から(自分のせい)。

地獄の呵責

二 神前へ供えるための網はまだ引かないようだ。以下、過去の再現は僧の前での懺悔(罪の告白・再現による滅罪)。　三 掛 言ふ—夕月。

底《そこ》に入にけり。

四 続く「忍び忍び」は「人目を忍ぶ」と「忍び忍びに引く網」を掛ける。[掛]網子―英虞。英虞は志摩国(現三重県)。英虞(阿漕と重韻)。五 [掛]樵る―懲る。[序]阿漕が塩木樵る。「塩木」は塩を焼くための薪。「塩木樵る」は歌語。「塩木つむ阿漕が浦に寄る波のたび重ならば人もこそ知れ」(歌枕名寄)。六 なお執心の網を置こう。前場の〈語リ〉の「業に染む心の悲しさは」と呼応。漁への執心。七 観世以外は「カケリ」。八 催馬楽(伊勢海)の「伊勢の海の清き渚の…」に拠る「たまたま」(玉)の序。[掛]玉―偶々。九 偶然にも弔いの声を聞くのは、成仏の縁となるはずなのに。一〇 [掛]持―持網、返―却。一一 午前二時頃。一二 [縁]廻る―積む―火車(罪人を乗せて地獄へ運ぶ火の車)。一三 思い出すのも恨めしい、昔の娑婆での阿漕のとおり阿漕が浦に漁への執心は残り、今まで手馴れていた魚類が今は却って悪魚毒蛇となって。死後も残る執心。一四 八寒地獄の中の紅蓮地獄と大紅蓮地獄。寒さで皮肉が裂け紅蓮のようになる。一五 八熱地獄の中の焦熱地獄と大焦熱地獄。熱さで皮肉が焦げ爛れる。「紅蓮大紅蓮」と対。「或咽二焦熱大焦熱之炎一、或閉二紅蓮大紅蓮之氷一」(往生講式)。

景清(かげきよ)

四番目物　古称、目闇景清
人情物　作者不明(世阿弥周辺の作か)

場景　日向国宮崎の里。山陰の草庵。ある秋の日の午後から夕刻にかけて。

人物　シテ　悪七兵衛景清〔景清・景清〕
ツレ　景清の娘人丸〔小面・唐織着流女〕
ツレ(又はワキヅレ)　人丸の従者〔素袍上下〕
ワキ　里人〔素袍上下〕

梗概　平家の侍悪七兵衛景清の娘人丸は、日向の宮崎に流された父の存命を聞き、従者を伴い、鎌倉から宮崎の地を訪ねる。屋島の合戦に剛勇を馳せた景清も、今は見る影もなくやつれ果て、「日向の勾当(こうとう)」と名乗る盲目の平家語りとして露命をつなぐ境涯にある。庵から思いがけず美声の平家節が聞こえる。父とは知らず声の主景清にむかって所在を尋ねる娘に、景清は娘と気付くが、知らぬと答えて立ち去らせた。従者が里人に景清の行方を尋ねると、先程の草庵の乞食が景清と教えられ、姫が景清の娘であることを明かし、父に引き合わせてくれるよう頼む。景清の心中を察した里人は、二人を庵へ案内し景清の名を声高に呼ぶ。景清は昔の我が名を呼ばわる里人に苛立つが、里人に扶持されている境涯を思い、短慮を詫びる。やがて里人の取りなしで親子は対面。父の無情を怨む人丸、現在の落魄の境涯ゆえに名乗らぬことが親の情と諭す景清、万感の思いが二人の心を流れる。里人は娘の希望を取りつぐ形で景清に屋島の戦いでの手柄話を所望し、景清は娘の帰国の計らいを里人に頼み、名残りに敵方の三保谷(みおのや)と錣引(しころびき)をした武勇談を語る。老残の身に甦る過去の栄光、深まる現実の暗さ。語り終えた景清は死後の弔いを頼み、娘に別れを告げる。

素材・主題　流され人の父景清を娘人丸が訪ねる作品であるが、劇中で語られる錣引の話(平家物語十一・弓流)以外、平家物語諸本には見えず、平家物語とは異なる、日向の盲僧集団などによって育てられ伝承された景清説話に拠ったものらしい。親子の恩愛の絆、その再会と別離を描き、敗残の武将の末路の痛ましさを深く刻む本曲の悲劇性は他に比類なく、「景清」ほど能が人間の心の葛藤を描く劇であることを強く感じさせる作品もない。屋島の戦いで武名をあげ、平家滅亡後も生きのびて頼朝を狙った平家の勇将悪七兵衛景清だが、日向に流され今は平家を語る盲法師として乞食同様の境涯にある。落魄の身を恥じ、里人に失言を詫びる場面は、怒りと悲しみ、剛毅と柔順の間を揺れ動く景清の複雑な心理が描かれ、特に「目こそ暗けれど…」以下は味わい深く、松風や波の音を聞く型も圧巻だ。恩愛の情を断ち切って永遠の別れを告げ、娘の肩に手を置くその姿に、景清の敗残の人生が象徴される。見事な結びだ。文正二年(一四六七)二月の演能記録があり(飯尾宅御成記)、金春禅竹時代に存在した能であるが作者はわからない。廃曲「苅萱(かるかや)」「土車」など、ある理由によって本心を語れぬ親が我が子を突き放す心底劇の系譜につながる。

一 後見が引回シをかけた藁屋の作リ物を大小前に据える。二 御存命との噂も風の便り、風に散る露のような父上の身が案じられる。[付]風—便り、露—消・風をまつ・命。[縁]消—露。「消えぬ便りは玉の緒の、露の憂き身をいかにせん」(廃曲「百合草若」冒頭の〈次第〉と酷似)。「垂乳根の消えやらで待つ露の身を風より先にいかで訪はまし」(増鏡・新島守)と同趣。三 相模国(神奈川県)、鎌倉の地名。亀が谷(つや)。四 景清の娘。仮作の人物。五 伊勢武者、上総守忠清の第四子。平家の侍大将。景清が平家物語の合戦譚の成立に関わったとする伝承があった(臥雲日件録抜尤・文明二年正月四日の条)。六 道中の辛さは旅の常、それも父に逢うためと心励まし。道は前後に掛かる。七 父を思いつつ涙で濡れた袖を片敷く旅寝の床は、草枕の露も加わり、いっそう袂が濡れる。[掛]思ひ—思ひ寝。[縁]草の枕—露。「草の枕」は旅の心。八 誰に行方を問おうかと思う内に遠江国に着いた。遠き江は遠江と同意。[掛]問ふ—遠江。九 [掛]見—三河。[序]八橋の—雲(蜘蛛)井。[縁]旅舟—河。伊勢物語・九段を背景。一〇 「草枕仮寝の夢にいくたびか馴れし都に行き帰るらむ」(千載集・羇旅・藤原隆房)を借用。

【一】[一]〔次第〕〈次第〉ヒメ・トモ 〽消《き》[二]えぬ便《たよ》りも風なれば、消えぬ便りも風なれば、露の身いかになりぬらん。

〈サシ〉ヒメ カヽル 〽是《(これ)》は鎌倉亀《かまくらかめ》[三]が江が谷《やつ》に、人丸《(ひとまる)》[四]と申女にて候《(さむらふ)》、扨《(さて)》も我父悪七兵衛《(あくしちびやうゑ)》[五]景清《かげきよ》は、平家の味方《みかた》たるにより、源氏に憎《にく》まれ、日向《(ひうが)》の国《くに》宮崎とかやに流《なが》されて、年《とし》月を送《をく》り給ふなる、[六]いまだ慣《な》らはぬ道《みち》すがら、物憂《う》き事も旅の習《なら》ひ、又父故《ゆへ》と心強《づよ》く。

〈下歌〉カヽル 二人 〽[七]思《おも》ひ寝《ね》の涙片敷《かたし》く、草の枕露を添《そ》へて、いと滋《しげ》き袂かな。

〈上歌〉二人 〽相模《さがみ》の国を立出《(たちいで)》て、相模の国を立出て、[八]誰《(たれ)》に行ゑ《(ゆくへ)》を遠江《(とほたふみ)》、げに遠《とを》き江《(え)》に旅舟《(たびぶね)》の、[九]三河に渡《わた》す八橋《はし》の、[一〇]雲井の都いつか扨《(さて)》、仮寝《かりね》の夢に馴《な》れて見む、仮寝の夢に馴れて見む。

〈着キゼリフ〉トモ 「やうやう御《(おん)》急《いそ》ぎ候程に、是はや日向国宮崎とかやに御着《(おんつき)》にて候、是にて父御《ご》の御行ゑ《(ゆくへ)》を御尋《たづ》ねあらふ《(う)》ずるにて候。

【二】〈□〉シテ 〽松門《(しようもん)》[一一]独《ひと》り閉《と》ぢて年月《(ねんげつ)》を送り、みづから、清光《(せいくわう)》を見ざれば、時の移《うつ》るをも弁《わきま》へず、[一二]闇々《(あんなん)》たる庵室《(あんじつ)》に徒《いたづら》に眠《ねぶ》り、衣《(ころも)》寒暖に与《あた》へざれば、膚《はだへ》は尭骨《(げうこつ)》と衰《おとろ》へたり。

〈上歌〉同 〽[一三]とても世を、背《そむ》くとならば墨《すみ》にこそ、背くとならば墨にこそ、染《そ》むべき袖のあさましや、窶《やつ》れ果《は》てたる有様を、我だに憂《う》しと思ふ身を、[一四]誰《(たれ)》こそありて憐《あは》れみの、憂《う》きを訪《とぶら》ふ由《よし》もなし、憂きを訪ふ由もなし。

【三】〈掛合〉ヒメ カヽル 〽不思議やなこれなる草の庵《(いほ)》古《ふ》りて、誰《(たが)》住《す》むべくも見《み》えざるに、声[一五]め

二「松門到レ暁月徘徊」(新楽府・陵園妾)。ここは古来、平家節と呼ばれている。 三「闇々」と「庵室」は頭韻。底本

鎌倉から宮崎へ

「寒暖」は諸流も同じだが、元来カンタンと清音らしい。底本「尭骨」は諸流「髐骨・嶢屼」とするが疑問。日葡「ギョウコツ 寒さのためにこごえてかじかむこと。文書語」。「布儒零落し、面貌枯衰して膚(はだえ)脛骨と衰へ」(廃曲「豊干」)。廃曲「天王寺物狂」にも同文。 一三 どうせ世に背くなら、墨染の衣を着れば良いのに、出家もせず浅ましい麻衣を着て、やつれ果てているこの姿は自分でさえいやだ。[縁]染む—袖。染むと袖は頭韻。[掛]麻—あさまし。この謡のうちに後見が引回シを取る。中にシテが坐している。 一四 誰が憐れと思おう

平家語り景清

か、我が身の憂さを慰めるすべもない。[掛]あはれ身—憐。「ありて」と「あはれ」は頭韻。 一五 平家節の妙なる声が聞こえるとは、もしや乞食の住処かと。先の「松門…」が平家節で謡われたことをさす。[掛]めづらか(珍)—愛(めづらか)、軒端—退。

それぞれの感慨

づらかに聞ゆるは、もし乞食《こつじき》の在処《ありか》かと、軒端も遠《とを》く見えたるぞや　シテ「一秋来《き》ぬと目にはさやかに見《み》えねども、風の音信《をとづれ》いづちとも　ヒメ〽二知《し》らぬ迷《まよ》ひのはかなさを、暫《しば》し休《やす》らふ宿もなし　シテ「三げに三界は所なし、ただ一空《（いつくう）》の身、誰《たれ》とかさして言問《ことと》はむ、〽またいづちとか答《こた》ふべき。

【四】〈問答〉トモ「いかに此藁《わら》屋の内へ物問《と》はふ《（う）》　シテ「そもいかなる者ぞ　トモ「流《なが》され人の行ゑ《（ゆくへ）》や知《し》りてある　シテ「四流され人にとりても、名字をば何と申候ぞ　トモ「平家の侍悪七兵衛景清と申候　シテ「げに左様の人をば承及《（うけたまはりおよび）》ては候へ共《（ども）》、本《（もと）》より盲目なればみる事なし、〽五さもあさましき御有様、うけたまはりそぞろに哀《（あはれ）》を催《もよほ》すなり、委《くは》しき事をば、よそにて御尋《（おん）たづ》ね候へ　トモ「扨《（さて）》は此あたりにては御坐なげに候、是より奥《おく》へ御出有て尋《たづ》ね申され候へ。

〈□〉シテ「六不思議やな唯今《（ただいま）》の者をいかなる者《もの》ぞと思《おも》ひて候へば、此盲目なる者《もの》の子にて候はいかに、七我《（われ）》一年《（ひととせ）》尾張国熱田《あつた》にて遊女と相馴《あひな》れ一人《ひとり》の子を儲《まふ》く、女子《（によし）》なれば何の用に立《た》つべきぞと思ひ、鎌倉亀《かめ》が江《え》が谷《やつ》の八長《（ちやう）》に預《あづ》け置《を》きしが、〽九馴《な》れぬ親《おや》子を悲《かな》しび、父に向《む》かつて言葉を交《か》はす。

〈上歌〉同〽声をば聞《き》けど面影を、見ぬ盲目ぞ悲《かな》しき、名乗《の》らで過《（すぎ）》し心こそ、中々《（なかなか）》親《おや》の絆《きづな》なれ、中々親の絆なれ。

景清、所在を訪ねられるが偽る

一 秋が来たと目にははっきり見えないが、吹く風の音から秋の訪れは分かる、そのように今、人の気配を感じたが、どちらか分からない。古今集・秋上・藤原敏行の歌（下句「風の音にぞ驚かれぬる」）に拠る。囲音づれ―音信。二 父を尋ね見知らぬ土地でさ迷う身を、暫し休める宿もない。ツレの述懐。いづちとも知らぬ、知らぬ迷ひ、と重ねた。次句のシテの述懐に続けると、悟り得ぬ迷いゆえに心休まる場所はどこにもない、の意で、互いにそれと知らずしての境遇を。三「三界無安、猶如二火宅一」（法華経・譬喩品）等。三界は衆生が生死輪廻する欲界・色界・無色界。なるほど一切の衆生が生死流転する三界には安住の地はなく、すべて皆空なのだ。だから誰と名をさして尋ねようか、またどちらの者と答えられようか。「一空の身」は「五蘊もとより皆空」（「生田敦盛」等）と同じ思想。なお「一空のみ」と解する説もある。四 流人の中でも、名字は何という方ですか。五 たいそう落ちぶれた姿と伝え聞き。六 以下、我が子と感じ知りながら父と名乗れぬ景清の断腸の思いが観客の心を打つ。七 以下の話、典拠不明。幸若舞曲

【五】〈問答〉トモ「いかに此あたりに里人の渡り候か　ワキ「里人とは何《なに》の御用にて候ぞ
トモ「流され人の行ゑ《ゆくへ》や御存《ごぞんじ》候　ワキ「流《なが》され人にとりてもいかやうなる人を御尋候ぞ
トモ「平家の侍悪七兵衛景清《かげきよ》を尋《たづ》ね申候　ワキ「唯今こなたへ御出候あれなる山陰《かげ》に、藁《わら》屋の候に人は候はざりけるか　トモ「その藁《わら》屋には盲目なる乞食《こつじき》こそ候ひつれ　ワキ「なふ其盲目《まうもく》なる乞食こそ、御尋候景清候《ザウラウ》よ、あら不《ふ》思《し》議《ぎ》や、景清《かげきよ》の事を申て候へば、一〇あれなる御事の御愁傷の気《け》色見《しきみ》え給ひて候は、何と申たる御事にて候ぞ　トモ「御不審尤《もつとも》にて候、何《なに》をかつつみ申候べき、これは景清の息女にてわたり候が、今一度父御《ご》に御対面ありたき由仰《おほせ》られ候て、これまではるばる御下向にて候、一一とてもの御事に然《しかる》べきやうに仰られ候ひて、景清に引合《ひきあはせ》申されて給《たまは》り候へ　ワキ「言語道断、さては景清《かげきよ》の御《ご》息女にて御坐候か、まづ御心をしづめて聞《き》こしめされ候へ、景清は両眼盲《し》ひましまして、せむかたなさに髪《かみ》をおろし、日向《ひうが》の一二勾当《こうたう》と名を付《つ》き給ひ、一三命をば旅人《りよじん》を頼《たの》み、我等ごときの者の憐《あは》れみをもつて身命《しんみやう》を御つぎ候が、昔に引かへたる御有様を恥《は》ぢ申されて、御名乗《の》りなきと推量《すいりやう》申て候、某《それがし》只今御供《とも》申、景清《かげきよ》と呼《よ》び申べし、我名ならば答《こた》ふべし、其時御対面あつて昔《むかし》今の御物語《がたり》候へ、此方《こなた》へわたり候へ。

【六】〈問答〉ワキ「なふなふ景清のわたり候か、悪七兵衛景清の渡候か　シテ「一四喧《かしま》し喧《かしま》しさなきだに、故郷の者とて尋《たづね》しを、此仕《し》儀《ぎ》なれば身を恥《は》ぢて、名乗《の》らで帰《かへ》す悲《かな》しさ、〽一五千行《せんかう》の悲

「景清」では、熱田の大宮司の姫を妻とし二人の息子がいたとする。八 遊女宿の女主人。九 馴染みの薄い父子の間を悲しんで。一〇 先の乞食が父景清であったことを知った娘の驚きと悲しさ。一一 いっそのこと、然るべくお声をかけていただいて、景清との対面を取り成して下さい。一二 琵琶法師等の盲人に与えられた官職の名(検校の下、座頭の上)。景清を平家を語る盲目の琵琶法師と設定し、その立場からの合戦の語りが後半の中心趣向となる。一三 日々の糧《かて》は旅人の恵みや、私らのような者の施しで命を保っておられるが、昔の勇姿とうって変わった衰えた有様を恥じて名乗らぬのでしょう。名乗らぬ理由を里人が推量。一四 ああ、やかましい。思いがけぬ娘の訪問を、偽って帰し心を乱している景清は、突然の呼び掛けに、むっとして怒った。一五 とめどなく流れる悲しみの涙は袂を朽ちさせる程。この世は万事夢の中。この身もまたはかない身だと悟り、今はこの世にないものと思い切ったこの乞食を、

父との対面の計らいを頼む

旧名を呼ばれて苛立つ景清

涙袂《たもと》をくたし、「万事はみな夢のうちの徒《あだ》し身なりとうち覚《さ》めて、今は此世になき物と、思ひきりたる乞食を、悪七兵衛景清なんどと、呼《よ》ばばこなたが答《こた》ふべきか、カヽル〽[一]其上我名は此国の。

〈段歌〉同〽[二]日向とは日に向《む》かふ、日向とは日に向《む》かふ、向かひたる名をば呼《よ》び給はで、力なく捨《(すて)》し梓弓《あづさ》、昔《むかし》に返《かへ》る己《をの》が名の、悪心は起《を》こさじと、思へども又腹立《た》ちや シテ〽所に住《す》みながら、同〽所に住みながら、御扶持ある方々《かたがた》に、憎《にく》まれ申物ならば、偏《(ひとへ)》に[三]盲《めくら》の、杖を失《うしな》ふに似たるべし、片輪《かたわ》なる身の癖《くせ》として、腹悪《あ》しくよしなき言《い》ひごと、ただ許《ゆる》しおはしませ シテ〽[四]目こそ暗《くら》けれど 同〽目こそ暗《くら》けれ共《(ども)》、人の思はく、一言《(いちごん)》のうちに知《し》るものを、[五]山は松風、すは雪よ見ぬ花《はな》の、覚《さ》むる夢の惜《お》しさよ、扨又《(さてまた)》浦《うら》は荒磯《あら》に、寄《よ》する波も聞《き》こゆるは、夕塩もさすやらん、[六]さすがに我も平家なり、物語《がた》り始《はじ》めて、御慰《なぐさ》みを申さむ。

【七】〈問答〉シテ「いかに申候、唯今はちと心《こころ》にかかる事の候て、短慮《たんりよ》を申て候御免《めん》あらふ《(う)》ずるにて候 ワキ「いやいやいつもの事にて候程に苦《くる》しからず候、又我らより以前に、景清を尋申《(たづねまうし)》たる人はなく候か シテ「いやいや御尋《(おんたづね)》より外《(ほか)》に尋《たづ》ねたる人《ひと》はなく候 ワキ「あら偽《(いつはり)》を仰《(おほせ)》候《ザウラウ》や、まさしう景清《かげきよ》の御息女と仰《おほ》せられ候ひて、御尋候ひしものを、何とて御つつみ候ぞ、あまりに御痛《いた》はしさに是まで御供《とも》申て候、急ぎ父御《ご》に御対面候へ ヒメ「なふみづからこそ是まで参りて候へ。

悪七兵衛景清などと呼んだとて、こちらが返事出来ようか。「離レ家三四月、落涙百千行、万事皆如レ夢、時々仰ニ彼蒼一」(菅家後草)等に拠る。縁夢—覚。

以上五三五頁

一 その上私の名はこの国の名と同じ日向の勾当。

二 日向とは日に向かうと書く。今の私に相応しい日向の勾当の名をお呼びにならず、やむなく捨てた武士の、昔の名の悪七兵衛でお呼びになるとは。荒々しい心など、今は起こすまいとは思うけれど、腹が立つ。序梓弓—返る(帰る)。

三 「盲目の杖を失ひ、幼少の乳母《(めのと)》に離れたらんごとく」(体源抄)等に見られる諺。

四 目は見えずとも、人の気持ちは一言聞いただけで分かる。そのように、と次句へ続く。「子貢曰、君子一言以為ニ不知一、言不レ可レ不レ慎也」(論語・子張篇)に拠る。

五 肉眼では見えぬが、吹く風や寄せる波の音、山や浦の風光は味わい得るという心。波音を聴く型もある。縁松—雪、雪—花。「山は…」は「浦は…」と対。

六 そうは言っても私も盲目の平家語りの身。ともかく物語を始めてお慰みにしましょう、といって短慮を詫びる。「さすやらん」と「さすが」は重韻。

七 人丸が景清の無情な仕打ちを恨

〈クドキ〉ヒメ カヽル へ[七]恨めしやはるばるの道《みち》すがら、雨風露霜《(あめかぜつゆしも)》を凌《しの》ぎて参りたる志《こころざし》も、いたづらになる恨《うら》めしや、扨《(さて)》は親《おや》[八]の御慈悲も、子によりけるかや情《なさけ》なや　シテ へ今まではつつみ隠《かく》すと思《(おもひ)》しに、[九]顕《あらは》れけるか露の身の、置《を》き所なや恥《は》づかしや、[一〇]御身は花の姿にて、親子と名乗給ふならば、ことに我名も顕《あらは》るべしと、思《おも》ひ切《き》りつつ過《(すご)》すなり、我を恨《うら》みと思《おも》ふなよ。

〈歌〉同 へあはれ実《(げに)》いにしへは、疎《うと》き人をも訪《と》へかしとて、恨み謗《そし》る其報《むく(い)》ひに、まさしき子にだにも、訪《と》はれじと思《おも》ふ悲《かな》しさよ。

〈上歌〉同 へ[一一]一門の船のうち、一門の舟のうちに、肩《かた》を並《なら》べ膝《ひざ》を組《く》みて、[一二]所狭《せ》く澄《す》む月の、景清は誰《たれ》よりも、[一三]御座船になくて叶《かな》ふまじ、[一四]一類其以下《(そのいげ)》、武略様々に多《おほ》けれど、[一五]名を取楫《とりかぢ》の舟《ふね》に乗《の》せ、[一六]主従隔《シウジウへだ》てなかりしは、さも羨《うらや》まれたりし身の、[一七]麒麟《きりむ》も老《(おい)》ぬれば、駑馬《(どば)》に劣《をと》るがごとくなり。

【八】〈問答〉ワキ「あら痛《いた》はしや、まづからうわたり候へ、いかに景清に申候、御《(おん)》女御《むすめご》の御所望の候　シテ「何事にて候ぞ　ワキ「[一八]八島にて景清《かげきよ》の御高名《(ごかうみやう)》のやうが聞《き》こしめされたき由仰られ候、そと御物語有て聞《き》かせ申され候へ　シテ「これは何とやらん似合《(にあは)》ぬ所望にて候へ共《(ども)》、是まではるばる来《(きた)》りたる志《こころざし》、余《(あまり)》に不便《ふびむ》に候程に、語て聞《(きか)》せ候べし、[一九]此物語過《(すぎ)》候はば、かの者を頓而《(やがて)》故郷《(ふるさと)》へ帰《かへ》して給はり候へ　ワキ「心得申候、御物語《ものがたり》過候はば、やがて帰《かへ》し申さふ《(う)》ずるにて候　シテ「あら嬉しやさらば語《かた》つて聞《き》かせうずるにて候。

父子対面

む場面。
八 親のお慈悲も子によって違うからでしょうか。諺か。
九 縁顕—露—置。
一〇 名乗りたくても名乗れぬ景清の苦衷。
一一 西海における平家一門の舟の中で。「大仏供養」の〈上歌〉も同文。以下、往時の武勇と栄誉を回顧。
一二 掛住—澄、景清—影清。序すむ月の—景(影)清。
一三 天子(安徳帝)が乗っておられる舟になくてはならない人だった。
一四 平氏一族や続く諸氏にも、武勇知略に長けた武者は多かったが。
一五 武勇の高名を得る意の「名を取る」に「取楫」(舟の左舷)を言い掛け「舟」の序とした。
一六 総大将宗盛との主従の隔ても無く、人に羨まれる身であったが。この記事は平家物語に見えない。
一七 「麒麟之衰也、駑馬先レ之」(戦国策)等に拠る諺。往時と現在の境遇を対比。
一八 落魄の身を恥じる景清を思いやる娘の心を取りついだ言葉。
一九 この物語が終わったら娘を故郷へ帰して下さい。〈語リ〉は景清の思い出話であり語り手としての物語芸、後半の頂点をなす。

〈語リ〉シテ「いでその比《(ころ)》は[一]寿永三年三月《(さんぐわち)》下旬の事成《(なり)》しに、平家は船源氏は陸《(くが)》、両陣を海岸に張《は》つて、互《たが》ひに勝負を決せんと欲《ほつ》す、カヽル〽[二]能登守 イロ[三]教経宣《のりつねのたま》ふやう、〽[四]去年播磨の室《むろ》山、備中の水島、鵯越《ひよどりごえ》に至《いた》るまで、一度も味方《みかた》の理《(り)》なかつし事、ひとへに義経《よしつね》が計事《はかりこと》いみじきによつて也、いかにもして九郎を討《う》たむ、計事《はかりこと》こそあらまほしけれと宣《のたま》へば、「景清心《かげきよこころ》に思《おも》ふやう、判官なればとて鬼神《(おにかみ)》にてもあらばこそ、命を捨《(すて)》ば易《やす》かりなんと思《おも》ひ、教経に最後の暇乞《こ》ひ、陸《(くが)》に上《あ》がれば源氏の兵《(つはもの)》、カヽル〽[五]あますまじとて駆《か》け向《む》かふ。

〈中ノリ地〉同〽景清是を見て、景清是を見て、[六]物々しやと、夕《ゆふ》日影《かげ》に、打物閃《うちものひらめ》かひ《(い)》て、斬《き》つてかかれば堪《こら》へずして、刃向《はむ》ひ《(い)》たる兵《(つはもの)》は、四方へばつとぞ逃《に》げにける、遁《の》がさじと〽[七]様憂《さまふ》しやかたがたよ　同〽様憂しやかたがたよ、源平―互《たが》ひに見る目《め》も恥《は》づかし、シテ[八]一人《(いちにん)》を止《と》めん事は、案《あむ》のうち物、小脇《こわき》に掻《か》ひ《(い)》込《こ》んで、[九]何某《なにがし》は平家の侍、悪七兵衛、景清と、名乗かけ名乗《なの》りかけ、[一〇]手捕《ど》りにせんとて追《を》ふ《(う)》てゆく、[一一]三保《みほ》の谷《や》が着《き》たりける、甲《(かぶと)》の[一二]鐚《しころ》を、取《と》りはづし取《(とり)》はづし、二三度逃《に》げ延《の》びたれども、思《おも》ふ―敵《(かたき)》なれば遁《のが》さじと、飛《と》びかかり甲をを《(お)》つ取《と》り、えいやと引《(ひく)》程に、鐚《しころ》は切《き》れてこなたに留《と》まれば、主《ぬし》は先《さき》へ逃《に》げ延《の》びぬ、遥《はる》かに隔《へだ》てて立《た》ち帰《かへ》り、さるにても汝恐《おそ》ろしや、腕《うで》の強《つよ》きといひければ、景清は三保《みほ》の谷《や》が、頸《くび》の骨《ほね》こそ強《つよ》けれと、笑《わら》ひて左右《(さう)》へ退《の》きにけり。

【九】〈歌〉同〽[一三]昔忘《むかしわす》れぬ物語《ものがたり》、衰《おとろ》へ果《は》てて心《こころ》さへ、乱《みだ》れけるぞや恥《は》づかしや、[一四]此世はとても

八島の合戦譚

一 史実では屋島合戦は寿永四年(一一八五)二月十八日。
二 清盛の弟の教盛の子。平家屈指の猛将。
三 「教経宣ふやう」までイロ詞。コトバとフシの中間。
四 室山は現兵庫県揖保郡御津町室津の丘陵。水島は現倉敷市玉島柏島の地。「かくて室山・水島、所々の戦ひに勝ちしかば、人々少し色直って見えさぶらひし程に…」(平家物語・灌頂巻・六道之沙汰)等とあるように、室山・水島は平家の勝ち戦の代表例。本曲が敗戦とするのは、劣勢の誇張表現か。
五 一人も討ち洩らすな。
六 何とも物々しい事と言って、夕日に太刀をきらめかせ。圏言ふ―夕日影。
七 見苦しいぞ。「さまうしや」の転訛らしい。

鐚引

八 景清一人を食い止める事など簡単な事ではないか。圏案の内(思いのまま)―打ち物。景清の勇猛を際立たせる。
九 我こそは。へりくだった自称。
一〇 素手で生け捕りにしようと。
一一 「武蔵国の住人、三保の谷の四

永遠の別れ

いくほどの、命のつらさ末近《すゑちか》し、はや立帰《かへ》り亡《な》き跡《あと》を、とぶらひ給《ム》へ[一五]盲目の、暗き所《ところ》の燈火《ともしび》、悪《あ》しき道橋《みちはし》と頼《たの》むべし、[一六]さらばよ留《と》まる行《(ゆく)》ぞとの、ただ一声《こゑ》を聞残《(きき)のこ》す、是ぞ親《おや》子の形見《かたみ》なる、是ぞ親子の形見なる。

郎、同藤七、同十郎」(平家物語十一・弓流)とあり、「三穂屋」「水尾谷」「三尾谷」などとも書く。武蔵国比企郡三保谷の住人と思われるが系譜、実名とも未詳。

三 兜の鉢の下に垂らして首を保護する部分。綴引の話は「八島」にも描かれている。

一三 衰残の景清に帰った心。

一四 この世は所詮幾ばくかの命、生きている辛さも終りが近い。囲生―幾程。いくほどの命、命のつらさ、とを続けた。

一五 そなたの弔いを、盲目の身にとっての冥途の闇を照らす燈火、悪道を渡る橋として頼りにすることにしよう。「如ニ渡得レ船、如ニ病得レ医、如ニ暗得レ燈」(法華経・薬王品)。「くらき所にはともし火ともなり、悪しからん道には橋とも成らんずるぞと申」(長門本平家物語二)等。「悪しき道」は「悪趣」に同じく死後の世界。

一六 「さらば、ここに残るぞ」と父が、「私は帰ります」と娘が、互いに交わした最後の一声を互いに耳に残し、それが親子の形見となった。父子が再会し、やがて別れる話は能では決して多くはない。

白楽天(はくらくてん)

脇能物
老神物
作者不明(世阿弥原作、観世信光改作とも)

場景　前場―肥前国、松浦潟。ある日の暁から日中。後場―同じ所。同じく、夕刻から夜半。

人物　前ジテ　漁翁〔笑尉・着流尉〕
後ジテ　住吉明神の神霊〔皺尉・初冠狩衣大口〕
前ヅレ　漁夫〔水衣男または着流男〕
ワキ　白楽天〔唐冠狩衣大口〕
ワキヅレ　随行の臣〔洞烏帽子狩衣大口〕(二人)
アイ　末社の神〔登髭・末社〕

梗概　唐の詩人白楽天が日本の智恵を計れとの君命により筑紫の海に到着する。美しい朝ぼらけ。小船に乗り釣をする漁翁と若者に出会い、白楽天の旅の目的まで言い当て、「言さやぐ唐人」(うるさい外国人)よと言って、再び釣をしようとする。白楽天は船を近付けさせ、詩歌問答をしかけ、目前の景色を「青苔(せいたい)衣を帯びて巌の肩に懸かり、白雲帯に似て山の腰を囲(めぐ)る」と詩に詠む。すると漁翁も「苔衣着たる巌はさもなくて衣(きぬ)着ぬ山の帯をするかな」と和歌で応じた。喫驚する楽天に、漁翁は日本では漁夫はおろか「生きとし生けるもの」、「花に鳴く鶯、水に棲める蛙まで」和歌を詠むと答え、楽天は和国の風俗に感じ入る。やがて漁翁は舞楽を見せようと告げて消える(中入)。住吉明神の末社の神が登場、先刻の出来事を語り、歌を詠み舞を舞う。やがて山影の映る青い海の波間から住吉明神が姿を現し、荘重に海青楽を舞い、わが神力の尽きぬ限り日本は服従しないと告げ、楽天に帰国を促す。ついで伊勢・石清水ほかの諸神や八大龍王も示現して舞曲を奏し、神々の起こす神風に楽天の船は唐土へ吹き帰されてしまった。

素材・主題　白楽天が来日し、和歌の神住吉明神の化現の漁翁と、唐の詩賦と日本の大和歌を応酬した話の典拠は未詳ながら、古今和歌集序聞書(三流抄)ほかの中世古今集序注に拠りつつ、筑紫の海上で文芸競技を挑んだ楽天が逆にやり込められる姿を通して、和歌の優越性と歌徳を称揚し、「神と君が代の、動かぬ国」のめでたさを描く。漢詩と和歌の唱和の典拠に江談抄四の都在中(みやこのありなか)の詩と女房の歌が指摘されているが、在中の詩は白楽天に仮託される平安末期成立の仲文章・学業篇第二に類詩が見え、江談抄の詩の原拠かともいう。さらに仲文章を度々引用する金玉要集の内閣文庫本の余白記事から、明州の津での詠詩という伝承も知られる。一方、世阿弥は金島書に「青苔衣帯びて巌の肩に懸り、白雲帯に似て山の腰を廻(まわ)ると、白楽天が詠(なが)めける、東の船西の舫(ふね)、出で入る月に影深き、潯陽の江のほとり…」と記し、「琵琶行」をふまえて潯陽江での詩と理解していたらしく、唐土での詠詩を来日時の詠に脚色したとの推測もある(伊藤正義)。なお本曲成立の背景に応永二十六年(一四一九)の外寇を指摘し、軍事を文事に置き換えたと見る久米邦武の説もある(『能楽』大正五年一月号)。

一 上掛は〔置鼓〕で登場し〈名ノリ〉〈次第〉となる半開口の形、下掛は〔真ノ次第〕で出て〈次第〉〈名ノリ〉となる通常の脇能の形。
二 白氏文集七十「唐太子賓客白楽天」。賓客は唐の官名で太子教導役。白楽天は中唐の詩人で「文道の大祖」(謡物「六代の歌(うたい)」)。
三 航海の旅に出かけるところです。敬宗の時代に太子賓客となった。
四 日出づるもと(東)にある国。日本を「東海姫氏(きし)国」と呼ぶこと(廃曲「吉備」の野馬台詩など)から、次の〈上歌〉の初句に続く。
五 波・入日・雲・空・月・山を点綴し、東海の波濤を凌ぎ日本に到着する海上の光景を描く。付入日―豊旗雲(本来は果ての意)。
六 下掛「海上に船をうかべ四方のけしきをながめうずるにて候」(六徳本)など。
七 果てしなく広がる筑紫の海の暁の光景。「しらぬひ」は筑紫の枕詞。「月のみ残る」は「月また出づる」(ワキの〈上歌〉)と呼応。
八 下掛はこのあと「ツレ松風よりの浦の秋　二人一葉(ひとは)や船を見せつらん」と二ノ句がある。季節

【一】〔半開口置鼓[一]〕〈名ノリ〉ワキ カヽル〽抑《そもそもこれ》是は唐《たう》[二]の太子の賓客《ひんかく》、白楽天とは我事《わがこと》也、「扨《さて》も是より東にあたつて国あり、名を日本《につぽん》と名《な》づく、急《いそぎ》彼土《かのど》に渡り、日本の智恵を計《はか》れとの宣旨に任《まか》せ、只今海路《かいろ》[三]に赴《おもむき》候。

〈次第〉ワキ・ワキツレ〽船漕出《こぎいで》て日《ひ》の本《もと》の、船漕出て日[四]の本の、そなたの国を尋《たづね》む。

〈上歌〉ワキ・ワキツレ〽[五]東海の、波路《なみぢ》遥《はる》かに行舟《ゆくふね》の、波路遥かに行舟の、跡に入日《いりひ》の影《かげ》残る、雲の旗手《はたて》の天津空《あまつそら》、月また出《いづ》るそなたより、山見え初《そ》めて程もなく、日本《につぽん》の地にも着《つき》にけり、日本の地にも着にけり。

〈着キゼリフ〉ワキ「海路を経《へ》て急《いそぎ》候程に、是ははや日本の地にて候、暫《しばらく》[六]此所に碇《いかり》を下《お》ろし、日本のやうを眺《なが》めばやと存《ぞんじ》候。

【二】〔真ノ一声〕〈一セイ〉二人〽[七]しらぬひの、筑紫《つくし》の海の朝《あさ》ぼらけ、月のみ残る気色《けしき》かな[八]。〔ア[九]シライ歩ミ〕

〈サシ〉シテ〽湖水《こすい》[一〇]漫々《まむまむ》として碧浪《へきらう》天を浸《ひた》し　二人〽越《ゑつ》[一一]を辞せし范蠡《はむれい》が、扁舟《へんしう》に棹を移《うつ》する　二人〽五湖の煙《けぶり》の波の上、かくやと思《おも》ひ知《し》られたり、荒《あら》面白の海上《かいしやう》やな。

〈下歌〉二人〽松浦《まつら》[一二]潟《がた》、西に山なき有明の。

〈上歌〉二人〽月の入《いる》、雲も浮《う》かぶや《ム》奥津舟《おきつぶね》[一三]、雲も浮かぶや《ム》奥津舟、互《たが》ひにかかる朝《あさ》まだき、海はそなたか唐土《もろこし》[一四]の、舟路の旅も遠《とを》からで、ひと夜泊《どま》りと聞《き》くからに、月も程なき名残かな、

白楽天、日本へ

も明瞭となるが原形かどうか未詳。

九 橋掛で〈一セイ〉を謡ったあと、この囃子で舞台に入り、ツレは舞台真中、シテは常座に立つ。

一〇 底本「湖水」(謡抄)は現行諸流「巨水」を宛てるが疑問。「海漫々」(白氏文集三)に拠る「雲の波、煙の波」(「海士」)をふまえ、筑紫の海の秀麗な景色から中国の名勝「五湖」の状景を連想した。

一一 「海道下り」の曲舞に同趣。「范蠡収二責勾践一、乗二扁舟於五湖一」(和漢朗詠集・述懐)。越の官職を辞した范蠡(はんれい)が小舟に棹さして遊んだという煙波渺々たる五湖風景もこうであったかと想像される。

一二 松浦潟(肥前の歌枕)の西は山がなく海、有明の月が雲に入り。[縁]なき—有。[付]其暁—在明の月。

一三 下掛「沖つ波」。

筑紫の海の暁

一四 唐からの舟路も遠くなく一夜泊りと聞いている(白楽天も程なく着くらしい)、残月も間もなく隠れ入るようだから。白楽天の来訪を予知して待つ態(てい)。以上の叙景は「月の入る」が【一】のワキの叙景「月また出づる」(〈上歌〉)に反論的に対応するなど、後の詩歌応酬の伏線が感じられる。[付]一夜—唐舟の泊り。

月も程なき名残かな。

【三】〈問答〉ワキ「我《(われ)》万里の波濤を凌《しの》ぎ、日本《(につぽん)》の地にも着《つ》きぬ、是に小船《(せうせん)》一艘浮《う》かべり、見れば漁翁なり、いかにあれなるは日本《(につぽん)》の者か[一]　シテ「さむ候《ザウラウ》これは日本《(にほん)》の漁翁にて候、御身は唐の白楽天にてましますな。

〈掛合〉ワキ カヽル〽不思議やな始《はじ》めて此土《(このど)》に渡《わた》りたるを、白楽天と見る事は、何の故《(ゆゑ)》にてあるやらん　ツレ〽其身は漢土の人なれ共《(ども)》、[二]名は先立《さきだ》つて日本《(にほん)》に聞《(きこ)》ゆ、隠《かく》れなければ申《(まうす)》なり

ワキ カヽル〽たとひ其名は聞《(きこ)》ゆるとも、それぞとやがて見知《し》る事、あるべき事共《(とも)》思はれず

シテ〽[三]日本の智恵を計《はか》らんとて、楽天来《(きた)》り給ふべきとの、聞えは普《あまね》き[四]日《(ひ)》の本《(もと)》に、西を眺《なが》めて沖の方《かた》より、舟《ふね》だに見ゆれば人ごとに、[五]すはやそれぞと心づくしに。

〈上歌〉同〽今や今やと松浦船《(まつらぶね)》[六]、今や今やと松浦船、沖より見《み》えて隠《かく》れなき、唐土船《もろこし(ぶね)》の唐人《から(びと)》を、楽天と見る事は、[七]何か空目《そらめ》成《(なる)》べき、[八]むつかしや言《こと》さやぐ、唐人《(からびと)》なれば御《(お)》言葉をも、とても聞《(きき)》も知《し》らばこそ、あらよしな釣《つ》り棹の、いとま惜《お》しや釣垂《た》れん、いとま惜しや釣垂れん。

【四】〈問答〉ワキ「[九]なを《(ほ)》なを《(ほ)》尋ぬべき事あり、船を近《ちか》づけ候へ、いかに漁翁、[一〇]扨《(さて)》この比《(ごろ)》日本には何事を翫《もてあそ》ぶぞ　シテ「さて唐土《(たうど)》には何事を翫《もてあそ》び給候ぞ　ワキ「唐《たう》には詩を作《つく》つて遊《あそ》ぶよ

シテ「日本《(にほん)》には歌を詠《よ》みて人の心《こころ》を慰《なぐさ》み候　ワキ「そも歌とはいかに　シテ「[一一]それ天竺の霊《(れい)》文《(もん)》を唐土の詩賦とし、唐土の詩賦をもつて我朝《(わがてう)》の歌とす、されば三国《(さんごく)》を和《やは》らげ来《(きた)》るをもつて、

一 白楽天のセリフには候体を用いず尊大に、漁翁には謙辞を用いて語調を書き分けている。二 文名が広まっている。三 名はもちろん、来日の目的まで知っていることで楽天の胆を奪う。四 [縁]普き―日。[序]日の本に―西。五 あれが白楽天かと思い巡らし。[掛]付―尽―筑紫。六 万葉集に見る松浦佐用姫伝説をふまえる。[縁]筑紫―松浦船―唐土船。[掛]待つ―松浦船。[序]松浦(待つ)―沖。七 どうして白楽天と見間違えましょうか。八 相手をするのも厄介だし、唐の言葉も分かるはずもない。つまらぬ時間をつぶしたもの。問答無益の態度。[掛]糸―暇。[枕]言さやぐ―唐(から)。「言さへく」の訛で「言葉の定かにも聞こえぬ心」(仙覚抄)。九 下掛は「船を近づけ候へ」までなし。以下もワキは「候体」を用いない。一〇 以下、詩賦と大和歌について鸚鵡返し的に応答を展開する。

白楽天の来日と目的を看破

詩歌の応酬

一一 「天竺の霊文」はインド経典の陀羅尼(真言)のこと。三流抄によるが、沙石集等にも見える。世阿弥の六義に「古今注云、天竺礼文、唐詩賦、日本和謌、三国和来、依て大和歌云々」とある。和歌陀羅

大《(おほき)》に和《やは》らぐと書《(かき)》て大和《やまと》歌とよめり、知《し》ろしめされて候へ共《(ども)》、翁[一二]が心《こころ》を御覧ぜむ為候《ザウラウ》な

ワキ「いや其義にてはなし、いでさらば目前の気色《けしき》を詩に作《つく》って聞《(きか)》せう、青苔《(せいたい)》[一三]衣《(ころも)》を帯《お》びて、巌《いはほ》の肩《かた》に懸《か》かり、白雲《(はくうん)》帯《おび》に似て山の腰を囲《めぐ》る、[一四]心得たるか漁翁　シテ「青苔《せいたい》とは青《あを》き苔《こけ》の、巌《いはほ》の肩《かた》に懸《か》かれるが、衣に似たると候《ザウラウ》な、白雲帯《おび》に似《に》て山の腰《こし》を囲《めぐ》る、面白し面白し、[一五]日本の歌もただ是《(これ)》候《ザウラウ》よ、〽[一六]苔衣《(こけごろも)》着《き》たる岩ほはさもなくて、衣着《きぬき》ぬ山《やま》の帯をするかな。

〈掛合〉ワキ　カヽル〽不思議やなその身は賤《(いやし)》き漁翁なるが、かく心《こころ》ある詠歌を連《つら》ぬる、其身はいかなる人やらん　シテ「[一七]人がましやな名もなき者なり、され共《(ども)》歌を詠《よ》む事は、人間のみに限《かぎ》るべからず、生《(いき)》とし生《い》けるものごとに、歌を詠《よ》まぬはなき物を　ワキ　カヽル〽そもや生《い》[一八]きとし生《い》けるものとは、扨《(さて)》は鳥類畜類までも　シテ〽和歌を詠ずる其例《ためし》　ワキ〽和国にを《(お》ひ《(い)》て　シテ〽[一九]証歌《(しようか)》多《おほ》し。

〈上歌〉同〽花に鳴《な》く鶯、水に棲《す》める蛙《(かはづ)》まで、唐土《(たうど)》は知《し》らず日本《(にほん)》には、歌を詠《よ》み候ぞ、翁も―[二〇]大和歌をば、形《かた》[二一]のごとく詠《よ》むなり。

〈クセ〉同〽抑《(そもそも)》[二二]鶯の、歌を詠《よ》みたる証歌には、孝謙《(かうけん)》―天皇の御宇《(ぎよう)》かとよ、大和国《(やまとのくに)》、高天寺《(たかまのてら)》[二三]に住人《(すむひと)》の、式年《しきねん》[二四]の春の比《(ころ)》、軒端の梅に鶯の、来《(きた)》りて鳴《な》く声《こゑ》を聞《き》けば、初陽毎朝来《(しようやうまいてうらい)》[二五]、不相還本《(ふさうげんぼん)》栖《(せい)》と鳴《な》く、文字《(もじ)》に写して是を見《み》れば、三十一文字《(みそぢひともじ)》の、詠歌の言葉《ことば》成《(なり)》けり　シテ〽初陽《はつはる》の、朝毎《あしたごと》には来れ共《(ども)》　同〽遭《あ》はでぞ帰る、本《もと》の―栖《すみか》にと聞えつる、鶯の声《こゑ》を始《はじ》めとして、其外《(そのほか)》

尼説は中世に流布、本曲の眼目の一。　一二 私の知識を試すのだな。
一三 青苔は衣のように巌の肩に懸かり、白雲は帯のように山腹を囲んでいる。直接の典拠未詳。「白雲似レ帯囲ニ山腰一、青苔如レ衣負ニ巌背一」(江談抄四・都在中)を変形したか。白楽天仮託の仲文章・学業篇第二にも類詩。世阿弥の金島書にも同趣の歌を引く。
一四 この詩の意味がわかるか。
一五 日本の歌もそれと全く同じだ。
一六 注一三の都在中の詩に昌和する女房の歌に「苔衣着たる巌はま広けて衣着ぬ山の帯するはなぞ」。漢詩と和歌の応酬。「唐土の詩賦をもつて我朝の歌とす」に呼応。
一七 「いかなる人」とお尋ねなのは光栄ですが名乗る程でもなく。
一八 生ある者すべて和歌を詠まぬことはない。古今集・仮名序による。　一九 証拠の歌。〈クセ〉の「鶯の歌を詠みたる証歌」の和歌説話が「生きとし…」に呼応。
二〇 下掛「腰折れ歌」(つたない歌)。
二一 まがりなりにも詠むのだ。

鶯や蛙も歌を詠む日本

二二 鶯までも和歌を詠んだという説話は広く流布(三流抄、曾我物語五など)。　二三 葛城山(現在の金剛山)東麓にあった寺。下掛「葛城や、高間の寺の梅が枝に、来ゐる鶯声聞けば…」。　二四 定まり廻り

一鳥類畜類の、人にたぐへて歌を詠《よ》む、例《ためし》は多《おほ》く[一]ありそ海の、浜《はま》の真砂《まさご》の数々《かずかず》に、生《いき》とし生《い》けるもの、何《いづ》れも歌を詠《よ》むなり。

【五】〈ロンギ〉地 ＼実《げに》[二]や和国《わこく》の風俗の、実や和国の風俗の、[三]心ありける海士人《あまびと》の、げに有《あり》がたき慣《なら》ひかな シテ ＼迚《とても》[四]和国の翫《もてあそ》び、和歌を詠じて舞歌《ぶが》の曲、其《その》色々を顕《あらは》さむ 地 ＼そもや舞楽の遊《あそ》びとは、其役々《やくやく》は誰《たれ》ならん シテ ＼誰なくとても御覧ぜよ、我《われ》だにあらば此《この》舞楽の 同 ＼鼓[五]は波の音《をと》、笛は龍《りよう》[六]の吟ずる声《こゑ》、舞人《まひびと》は此尉《じよう》が、老《おい》[七]の波の上《うへ》に立《た》つて、青《あを》[八]海《うみ》に浮《う》かびつつ、海青楽《かいせいらく》を舞《ま》ふべしや。

〈詠〉シテ ＼葦《あし》[九]原の 地 ＼国も動《うご》かじ、万代《よろづよ》までに。 〔中入来序〕

【六】〈名ノリ・シャベリ〉（アイの住吉明神の末社の神が登場し、先刻の詩歌の応酬と、鶯や蛙が歌を詠むことを語り、舞う）

【七】〔出端〕〈一セイ〉後シテ ＼山陰[一〇]の、うつるか水の青《あを》き海の 地 ＼波《なみ》の鼓の、海青楽。

〔真ノ序ノ舞〕

〈ワカ〉シテ ＼西[一一]の海《うみ》、檍《あをき》が原の、波間より 地 ＼顕《あらは》れ出《いで》し、住吉の神、住吉《よし》の神、住吉《すみよし》の。

【八】〈□〉シテ ＼顕れ出《いで》し。

〈歌〉シテ ＼住吉の 同 ＼住吉の、神[一二]の力《ちから》のあらむ程は、よも日本をば、従《したが》へさせ給はじ、すみやかに浦[一三]の波、立《たち》帰《かへ》り給へ楽天。

〈中ノリ地〉同 ＼住吉現じ給へば、住吉現じ給へば、伊[一四]勢石清水《いはしみづ》賀茂春日《かすが》、鹿島《かしま》三島《みしま》諏訪《すは》熱田《あつた》、

住吉の神の来現、舞

神々の奇瑞

来る年の意か。世阿弥の二曲三体人形図に「以㆓梅花㆒式年之為㆓初花㆒」等。三五 三流抄に「…鶯来テ鳴ク。其声ヲ聞バ、初陽毎朝来、不相還本栖ト啼ク。是ヲ文字ニ書テ見レバ哥ナリ」。

以上五四三頁

一 [囲]有り—荒磯海（古今集・仮名序「わが恋はよむとも尽きじありそ海の浜の真砂はよみつくすとも」）。[序]ありそ海の—浜。[付]歌—浜の真砂。 二 忠岑十体に「夫和歌者、我朝之風俗也」。詠歌が日本の習わし。 三 漁翁までが歌心があるとは他国にはない習慣だ。 四 和歌は舞に伴う謡物の意も含む。「四季の和歌を上げ、その品かへて舞ひ給へ」（「放生川」）。 五 波の音を鼓の音に擬することは定型。「鼓は自ら磯打つ波の声」（「白鬚」）。以下筑紫の青海の叙景と舞楽の有様を描写。 六 笛の音は龍の鳴く声に似るという（和漢朗詠集・春・鶯など）。 七「老の波」（老境の意）を海上の波の上の奏舞に言いかけた。[縁]尉—老。[序]老の—波。 八 [縁]青海—海青楽。雅楽の名。 九「葦原の国」は日本の異称。この〈詠〉は本来、舞事の序歌らしく、

安芸《あき》の厳《いつく》島の明神は、娑竭羅龍王《しやかつらりうわう》[一五]の、第三の姫宮にて、海上《かいしやう》に浮《う》かむで、海青楽を舞給《まひ》へば、八大龍王《はつだいりうわう》は、八《はち》[一六]りんの曲を奏《そう》し、空海《くうかい》に翔《かけ》りつつ、舞遊《あそ》ぶ小忌衣《をみごろも》の、手風《てかぜ》[一七]神風《かみかぜ》[一八]に、吹《ふ》き戻《もど》されて唐船《たうせん》は、爰《ここ》より漢土に帰《かへ》りけり、実《げに》有《あり》がたや神と君、げに有がたや、神[一九]と君が代の、動《うご》かぬ国ぞ久しき、動かぬ国ぞ久しき。

シテは中入せず(物着程度で)、後半の舞に続いたか(横道萬里雄)。なお「国も動かじ、万代までに」は結びの「動かぬ国ぞ久しき」と呼応し首尾整う。
一〇 山の姿が映る青々と澄んだ海で波の鼓に乗って海青楽を舞おう。元来この〈一セイ〉は無く直ぐ舞になったのであろう。
一一 良遍の日本書紀第一聞書に「西の海檍が原の波間より現はれ出でし住吉の神」とあり「高砂」にも。[掛]青—檍。住吉明神の出現と一体の詞章。
一二 和歌の神住吉明神は航海の守護神であり外敵調伏の軍神。白楽天の来朝を日本の危難ととらえた。
一三 [序]浦の波—立ち帰り。[掛]返り—帰り。 一四 爽快な語調とイ・カ・シマの連韻が神々の参集をイメージさせ神国日本の威勢を示す。諏訪・熱田も外敵を征討する神。底本「諏方」を訂正。
一五 八大龍王の一。厳島第三の姫宮説は平家物語二等に所見。
一六 八音(はちいん・はっちん)の訛か(謡抄)。八種の楽器、また調子。数韻。
一七 舞の手を動かすにつれて起こる風。 一八 住吉明神が起こす風ながら、文永・弘安そして応永の外寇に吹いた大風をふまえるか。
一九 「神と君との道すぐに」(「高砂」「弓八幡」「采女」)に同趣で、神徳と君主の徳は一体とする思想。

誓願寺《せいぐわんじ》

三番目物
本鬘物
作者不明

場景　前場―都、小川一条の誓願寺の境内。ある春の弥生の一日。後場―同じく、夜から夜明け。

人物　前ジテ　里の女〔小面(若女)・唐織着流〕
後ジテ　和泉式部の霊〔小面(若女)・天女(舞衣)〕
ワキ　一遍上人〔大口僧〕
ワキヅレ　従僧〔大口僧〕(二、三人)
アイ　所の者〔長上下〕

梗概　念仏の行者一遍上人が熊野証誠殿に参籠して権現の霊夢を受け、六十万人決定(けつじょう)往生の札を弘めようと都の誓願寺に到着し、「南無阿弥陀仏決定往生六十万人」の算(ふだ)を賦(くば)っていると、一人の女が現れて念仏の算を受け「六十万人」とあるからそれ以外は結縁に漏れるのかと質問する。上人がこれは霊夢の四句の文「六字名号一遍法、十界依正一遍体、万行離念一遍証、人中上々妙好華」の頭字をつないだものと答えると、女は不審も晴れ、誠に妙なる教えと仰ぎ、念仏の功徳によって極楽往生すべきことを喜ぶ。が、突然、誓願寺の額を南無阿弥陀仏の六字の名号に書き換えるよう頼み、訝る上人に、和泉式部の霊と告げて石塔の陰に消えた(中入)。所の者が誓願寺の本尊を讃え寺と和泉式部との結びつきを述べ、皆が見た、六字の名号の額をかけるべしとの霊夢を上人に告げる。ついで上人自筆の名号の額をかける旨を触れる。上人が額をかけると、妙なる香りが漂い、天から花が降り音楽が聞こえる奇瑞が起こる。上人は合掌し、「南無阿弥陀仏弥陀如来」と唱えると、和泉式部の霊(歌舞の菩薩)が現れ、額を讃嘆し、二十五菩薩も来迎して極楽世界となった誓願寺の光景を讃え、寺の由来を語る。やがて、弥陀の来迎引摂、弥陀の悲願と極楽往生の道を説き、雪と降る花の袖を翻して舞を舞い、諸菩薩も六字の名号の額を礼拝する。

素材・主題　洛陽誓願寺縁起(続群書類従所収など)と同種の当時流布した誓願寺縁起に拠りつつ、聖衆来迎し紫雲たなびく極楽世界さながらの誓願寺を舞台に、歌舞の菩薩となった和泉式部の霊が弥陀を鑽仰し、浄土を謳歌する姿を壮麗に描く。貴賤群集し、「南無阿弥陀仏決定往生六十万人」の念仏札を配る賦算の場面から最後まで「有難や」の語が多出し、念仏鑽仰の心が強調されている。浄土曼荼羅図が展開される世阿弥作の「当麻」と曲趣も座標も近似し、本曲は「当麻」に学んでいることは確実である。作者不明ながら寛正五年(一四六四)四月の糺河原勧進猿楽が上演記録としては最も早く、この頃成立の可能性もある。

一 仏の教えは唯一つ、南無阿弥陀仏の一声、この念仏の御法を世に弘めん。「一声」は「六字之中、本無生死、一声之間、即証無生」(一遍聖絵三)という。「当麻」の〈次第〉に同趣。
二 時宗の開祖(一二三九―一二八九)。
三 熊野三所権現(本宮・新宮・那智)。証誠殿は本宮のこと。
四 「此中に、惣じて六人の弘誓を標して、一乗の機法を明す」(一遍聖絵三)。
五 「神勅に任せ急ぎ花洛へ登られける。比は建治二年の春なり」(洛陽誓願寺縁起。以下、縁起と略す)。
六 「普く念仏の符を授け、自他同生の悲願をみつべしとて四句の偈を演給へり」(縁起)。[掛]満つ―三つ(弥陀と頭韻)。
七 [掛]立―裁、着―紀、手束弓―立、射―出、日―日数、張る―春。[縁]裁―着―重なり―張る、紀の関守―手束弓。[序]手束弓―出(射)。
八 「抑当寺は人皇三十九代天智天皇の御草創」(縁起)。
九 ワキは脇座で床几にかかり、ワキヅレは地謡前に着座。
一〇 [掛]種々―色々。「道俗男女をわかたず、肩をならべ…」(縁起)。
一一 南無阿弥陀仏を称えること。
一二 この囃子事でシテは登場し常座に立つ。

【一】〔次第〕〈次第〉ワキ・ワキツレ へ教《をし》[一]への道も一声《こゑ》の、教への道も一声の、御法《みのり》を四方《よも》に弘《ひろ》めん。

〈名ノリ〉ワキ「是《これ》は念仏の行者一遍《べん》[二]と申《まうす》聖《ひじり》にて候、我《われ》此度《このたび》三熊野《みくまの》[三]に参り、一七日《いつしちにち》参籠申《まうし》、証誠殿《しようじやうでん》に通夜申て候へば、あらたに霊夢《れいむ》を蒙《かうむ》りて候、六十万人決定往生《けつぢやうわうじやう》[四]の御札《みふだ》を、あまねく国土に弘《ひろ》めよとの霊夢に任《まか》せ、まづ[五]都へと心ざして候。

〈上歌〉ワキ・ワキツレ へ弥陀頼《たの》む、願《ねが》[六]ひも満《み》つの御山《おんやま》を、願ひも三つの御山を、けふ[七]立出《たちいづ》る旅衣、紀の関守が手束《たつか》弓、出入《いでいる》日数重《かさ》なりて、時もこそあれ春の比《ころ》、花の都に着《つき》にけり、花の都に着にけり。

〈着キゼリフ〉ワキ「急《いそぎ》候程に、これは早《はや》都誓願寺[八]に着《つ》きて候、告《つ》げに任《まか》せて札を弘《ひろ》めばやと思《おも》ひ候[九]。

【二】〈サシ〉ワキ カヽル へ有難《がた》や実《げに》仏法の力とて、貴賤群集《くんじゆ》の色々[一〇]に、袖を連《つら》ね踵《くびす》を接《つ》いで、知《し》るも知《し》らぬもをし並《な》べて、念仏三昧[一一]の道場に、出入《いでいる》人の有難《がた》さよ。

【三】〔アシライ出シ[一二]〕〈サシ〉女 へ所は名《な》に負《お》ふ洛陽の、花[一三]の衣《ころも》の今さらに、心《こころ》は空に墨染《すみぞめ》の

ワキ へ夕[一四]の鐘《かね》の声々《こゑごゑ》に称名[一五]の御法《みのり》　女 へ鳧《ふ》鐘《せう》の響《ひび》き　ワキ へ聴衆《ちやう(じゆ)》の人音《をと》　女 へ軒の松風　ワキ へをのれ《(お)》をのれ《(お)》と　女 へ変《か》はれども。

〈上歌〉同 へ弥陀頼《たの》[一六]む、心は誰《たれ》も一声《こゑ》の、心は誰も一声の、うちに生るる蓮葉《はちすば》[一七]の、濁《にご》りに染《し》まぬ心もて、何疑《うたが》ひの有《ある》べき、有難や此教《をし》へ、漏《も》[一八]らさぬ誓《ちか》ひ目《ま》のあたり、受《う》け悦《よろこ》ぶや上人《しやうにん》の、

一三 以下、シテとワキの各々の述懐をつらねつつ、諸人の念仏の声、打ち鳴らす鐘が尊く響く寺院の光景を描く。[縁]洛陽—花。[掛]頃—衣、澄み—墨染。[枕]墨染の—夕。

一遍上人の霊夢、都へ

一四 [付]鐘—ゆふべ・ひゞき・こゑ・花。

一五 「後夜の鐘の音、鳧鐘の響、称名の妙音」(「当麻」)。[縁]声—響き—音—松風。

一六 念仏の一声で極楽の蓮台に往生する。[掛]一声—一つ。「南無阿弥陀仏の御名のいづる息いらば蓮の身とぞなるべき」(一遍上人語録)。「御法はこれぞ一声の」(「当麻」)。

一七 古今集・夏・遍昭の歌(下句「なにかは露を玉と欺く」)。「濁りにしまぬ蓮の糸の」(「当麻」)。

誓願寺での賦算

一八 念仏の衆生を洩らさず救う阿弥陀の誓願の示す札を頂き大切に保持しよう。算《ふだ》を賦《くば》る「賦算」の光景。

以下五四八頁

一 六十万人が必ず極楽往生する。女はそれだけの数字と理解し、不審した。「授け給ふ符を見奉るに、六十万人決定往生とあり、然らば其外の衆生は摂取の利益に漏るべきや」(縁起)。 二 「いかで六十万人に限るべき。但此の文は、神託

御札《みふだ》をいざや保《たも》たん、御札をいざや保たん。

【四】〈問答〉女「いかに上人に申《まうす》べき事の候　ワキ「何事にて候ぞ　女「此御札《おんふだ》を見奉れば、[一]六十万人決定往生《けつぢやうわうじやう》とあり、扨々《さてさて》六十万人より外《ほか》は往生に漏《も》れ候べきやらむ、返々《かへすがへす》も不審にこそ候へ　ワキ「げによく御不審候もの哉《かな》、これは三熊野の御夢想に[二]四句《しく》の文《もん》あり、其《その》四句の文の上の字を取《と》りて、証文の為に書《か》き付《つけ》たり、唯《ただ》決定往生南無阿弥陀仏と、この文ばかり御頼《たの》み候へ　女「扨々《さてさて》四句の文とやらんは、いかなる事にてあるやらん、カヽル〽愚痴《ぐち》の我らに示《しめ》し給へ　ワキ「いでいで語《かた》つて聞《きか》せ申さん、[三]六字名号一遍法《ろくじみやうがういつぺんぽふ》、十界依正一《じつかいゑしやういつ》遍体《べんたい》、万行離念一遍証《まんぎやうりねんいつぺんせう》、人中上々妙好華《にんぢうめうかうげ》、此《この》四句の文の上《うへ》の字なれば、カヽル〽六十万人とは書《か》きたるなり。

〈掛合〉女「今こそ不審[四]春の夜の、闇《やみ》をも照《て》らす弥陀の教《をし》へ　ワキ〽[五]光明遍照十方世界《くわうみやうへんぜうじつぱうせかい》に、洩《も》るる方《かた》なき御法《みのり》なるを、僅《わず》かに六十万人と、人数《にんじゆ》をいかで定むべき　女〽[六]扨《さて》は嬉しや心得たり、此《この》御札の六十万人、[七]その人数をばうち捨《す》てて　ワキ〽決定往生南無阿弥陀仏と　女〽ただ一筋に念ずならば　ワキ〽それこそ即《すなは》ち決定する　二人〽往生なれや何事も、皆うち捨《す》てて南無阿弥陀仏と。

〈上歌〉同〽[八]称《とな》ふれば、仏も我《われ》も無《な》かりけり、仏も我も無かりけり、南無阿弥陀仏の声《こゑ》ばかり、[九]至誠心深心廻向《しじやうしんじんしんゑかう》、[一〇]発願《ほつぐわん》の鉦《かね》の声《こゑ》、耳に染《そ》みて有難《がた》や、誠に妙《たえ》なる此教《をし》へ、[一一]十声《とこゑ》一声《こゑ》数分《わ》

の四句の偈一字づゝを摘んで証明の為に題するのみ也」(縁起)。 二 これも縁起に見える。大意は、南無阿弥陀仏の名号を称える事は遍く往生の法であり、全世界の物質と精神(依正)は弥陀を本体とする。あらゆる行業に妄念を離れ証悟すれば、それこそ人間の中での最上位の花(蓮華)ともいうべきだ。各句の冒頭が六・十・万・人。 四 囲晴れ―春。 五 弥陀の光明は遍く十方世界を照らす。「光明遍照、十方世界、念仏衆生、摂取不捨」(観無量寿経)。 六 以下、上人の説明を聞き、御札の文句を理解し、決定往生を願い称名をなさんとする心。 七 その人数とは関係なく。 八 縁起に見える一遍の歌(末句「声ばかりして」)。 九 至誠心(真実心)・深心(深く弥陀の本願を信じる心)・廻向発願心(極楽往生を願う心)が浄土の三心。観無量寿経に「具二三心一、必生二彼国一」。 一〇「廻向発願心」と「発願の鉦」を繋いだ。 一一 十度でも一度でも念仏を称えればその数に関係なく、悟りの人も迷いの人も皆極楽に迎えられる。「一声・十声、倶ニ浄土ニ生マル」(往生要集・大文十)。 一二 囲映―移。「西」は西方極楽浄土。 一三 六時念仏のうちの夜の念仏。以下、上人を景仰して念仏通

御札の謂れ

かで、悟《さと》りをも迷《まよ》ひをも、迎《むか》へ給ふぞ有難《がた》き。

【五】〈下歌〉同〽さる程に、夕陽《(せき)やう》雲に映《うつ》[一二]ろひて、西にかげろふ夕月の、夜《よる》の念仏《(ねぶつ)》を急《いそ》がむ、夜《(よ)》念仏《(ねぶつ)》をいざや急《いそ》がむ。

〈ロンギ〉地〽はや更《ふ》け行《ゆ》くや夜[一三]念仏の、聴衆《ちやうじゆ》の眠《ねぶ》り覚《さ》まさむと、鉦《かね》打《う》ち鳴《な》らし念仏《(ねんぶつ)》す　女〽有難《がた》や、[一四]五障の雲のかかる身を、助《たす》け給はば此世[一五]より、二世《(にせ)》安楽の国《(くに)》にはや、生れ往《ゆ》かむぞ嬉しき　地〽[一六]実《(げに)》安楽の国なれや、安く生るる蓮葉《はちすば》の、台《うてな》の縁《えん》ぞまことなる　女〽ありがたや、ありがたや、さぞな始《はじ》めて[一七]弥陀の国、涼《すず》しき道《みち》ぞ頼《たの》もしき　地〽頼《たの》みぞまこと此教《をし》へ、あるひ《(い)》は[一八]利益無量罪《(りやくむりやうざい)》　女〽又は[一九]余経《よきやう》の後の世も　地〽弥陀一教《(いつけう)》と　女〽聞《(きく)》物《(もの)》を　同〽有難《がた》や有難や、[二〇]八万諸聖教《(しよしやうげう)》、皆是阿弥陀仏《(かいぜあみだぶつ)》なるべし、此御本尊《(ごほぞん)》も上人も、ただ同じ[二一]御誓願寺ぞと、仏《ほとけ》と上人を、一体《たい》に拝《おが》み申《(まうす)》なり。

【六】〈問答〉女「いかに申《(まうす)》べき事の候　ワキ「何事にて候ぞ　女「[二二]誓願寺と打《う》ちたる額《がく》を除《の》け、上人の御手跡にて、六字の名号になして給《(たまは)》り候へ　ワキ「是は不思議なる事を承《(うけたまはり)》候物かな、昔《むかし》より誓願寺と打《う》ちたる額を除《の》け、六字の名号になすべき事、思ひもよらぬ事にて候　女「いや是も御本尊の御告《つ》げと思《おぼ》し召《め》せ　ワキ「そも御本尊《ぞん》の御告《つ》げとは、御身はいづくに住人《(すむ)》ぞ　女「わらはが住処《すみか》はあの石塔《せきたう》にて候　ワキ「不思議《ふしぎ》やなあの石塔は、和泉《いづみ》式部の御墓《(み)はか》とこそ聞《(きき)》つるに、カヽル〽御住処《(おん)すみか》とは不審なり　女「さのみな不審し給ひ

夜する光景。一四 女性に生まれつき備わっているという五つの障り(法華経・提婆達多品)。妨げを雲に譬えるのは定型。[掛]懸かる—斯かる。縁起に同趣。

夜念仏、弥陀一教を讃嘆

一五 安楽国は極楽浄土の異称。「此寺二世安楽の勅願寺」(縁起)。一六 いかにも安楽国の名の通りだ、念仏の縁でたやすく極楽往生出来るのは本当だから。一七「弥陀の国・涼しき道」は極楽浄土。[掛]見—弥陀。一八「云何称念仏号、滅無量罪」(往生要集・下)。念仏の利益は衆生の量り知れない罪を滅する。一九 他の経文が滅びた後の世でも阿弥陀の教えは唯一、残る。二〇 八万諸聖教もみな阿弥陀仏に帰依する。「阿字十方三世仏、弥字一切諸菩薩、陀字八万諸聖教、皆是阿弥陀仏」(二蔵義)。「当麻」にも。二一 御誓願と誓願寺を言い掛けた。

六字の名号

二二「当寺の正面に誓願寺の額あり。此外に上人手づから六字の名号を書添させ給へ。是私の好に非ず。忝も本尊の御告也とぞ…」(縁起)。

一「値遇の縁」(出逢うべき前世からの縁。ここは住んだこと)。和

そよ、カヽル 〽我も昔《むかし》は此寺に、値遇《ちぐ》[一]のあればすむ水の、春にも[二]秋や通《かよ》ふらし。

〈歌〉同 〽掬《むす》[三]ぶ泉《いづみ》のみづからが、名[四]を流《なが》さむも恥《は》づかしや、よし―それとても上人よ、我偽《わがいつは》[五]りはなき跡に、和泉《いづみ》式部は我ぞとて、石塔《せきたふ》[六]の石の火の、光《ひかり》とともに失《うせ》にけり、光とともに失にけり。

（中入）

【七】〈問答・語リ・触レ〉（アイの所の者が登場し、不思議な夢物語を上人に告げ、和泉式部は弥陀如来の使いとする誓願寺縁起などを語り、上人が六字の名号を掛けることなどを触れる）

【八】〈□〉ワキ 「仏説《ぶつせつ》[七]に任《まか》せ誓願寺と打《う》ちたる額を除《の》け、六字の名号を書《か》きつけて、カヽル 〽仏前に移《うつ》し奉れば。

〈上歌〉ワキ・ワキツレ 〽不[八]思議《ふしぎ》や異香《いきやう》薫《くん》じつつ、不思議や異香薫じつつ、花降《ふ》り下《くだ》り音楽の、声《こゑ》する事のあらたさよ、是に付《つけ》ても称名[九]の、心ひとつを頼《たのみ》つつ、鉦《かねう》打ち鳴《な》らし同音に。

〈誦句〉ワキ 〽南無阿弥陀仏弥陀如来。

【九】〔出端〕〈サシ〉後シテ 女 〽あら有難《がた》の額の名号や[一〇]な、末世の衆生済度《しゆじやうさいど》のため、仏の御名《みな》をあらはして、仏前に移《うつ》すありがたさよ、我も仮《かり》[一一]なる夢の世に、和泉《いづみ》式部といはれし身の、仏果を得《う》るや極楽の、歌舞《かぶ》の菩薩《ぼさつ》となりたるなり。

〈一セイ〉シテ 〽二[一二]十五の　地 〽菩薩聖衆《しやうじゆ》の御法《みのり》には、紫雲《しうむ》たなびく夕日影《かげ》　女 〽常《つね》[一三]のともし火影《びかげ》清く　地 〽さながら爰《ここ》ぞ極楽世界に、生れけるかと有難《がた》さよ。

【一〇】〈クリ〉地 〽抑《そもそも》[一四] 当寺誓願寺と申《まうし》奉るは、天智《てんぢ》天皇の御願《ごぐわん》、御本尊《ごほぞん》は慈悲万行《じひまんぎやう》の大菩薩、

泉式部が誓願寺に住したことは「和泉式部往生事」（鎌倉期。筑土鈴寛『復古と叙事詩』所引）に「誓願寺ニ菴室ヲ結テ、専ラ弥陀ニ帰シ、偏ニ往生ヲ欣ブ」とするのが早いらしい。縁起にも敷衍した形で見える。[掛]住む―澄む。二「したくぐる水に秋こそかよふらしむすぶ泉の手さへ涼しき」（和漢朗詠集・夏・納涼・中務）。[縁]春―秋。

和泉式部の霊と明かす

三 和泉式部であることをほのめかす。[掛]泉―和泉、水―自ら。[序]掬ぶ―泉、泉の―自ら。四 名が知られるのは恥ずかしいが、それならそれでも構いません。[縁]水―流。「名を流す」は歌語。五「偽りのなき世なりせばいかばかり人の言の葉嬉しからまし」（古今集・恋四・読み人知らず）をふまえ、わが言葉に偽りなし、という心。[掛]無き―亡き、何時見―和泉。「なき跡の」（上掛古本・下掛）。六 石塔の蔭に瞬く間に消えてしまった。[序]石の火―光。七 縁起に「額を除け」「仏前に移す」の記述なく、作者の脚色らしい。八「虚空に花降り音楽聞こえ、霊香四方に薫ず」（「羽衣」）等と同趣。極楽さながらの目前の光景。九 阿弥陀の御名を称え。一〇 南無阿弥陀仏の名号。

式部、額の名号を讃嘆

春日《かすが》の明神の御作《ごさく》とかや。

〈サシ〉女 〽神といひ仏といひ、ただ是水波《すいは》[一五]の隔《へだ》て也 地 〽然《しかれ》ば和光[一六]の影広《かげひろ》く、一体分身《ふんじん》顕《あらは》れて、衆生済度の御本尊たり 女 〽されば毎日一度《たび》は 同 〽西方浄土に通《かよ》ひ給ひて、来迎引摂《らいかういんぜふ》[一七]の、誓《ちか》ひをあらはしおはします。

〈クセ〉同 〽笙歌《せいが》[一八]-遥《はる》かに聞ゆ、孤雲《こうむ》の上なれや、聖衆来迎す、落《らく》日の前とかや、昔在《しやくざい》[一九]霊山《りやうぜん》の、御名《みな》は法花《ほつけ》一仏《いちぶつ》、今西方《さいはう》の弥陀《みだ》如来、慈眼《じげん》-視《じ》衆生顕《あらは》れて、娑婆《しやば》示現《じげん》観世音、三世利益同一体、ありがたや、我等がための悲《ひ》願なり 女 〽若我成仏《にやくがじやうぶつ》[二〇]の、光《ひかり》を受《う》くる世《よ》の人の 同 〽我力《わがちから》[二一]には行《ゆき》がたき、御法《みのり》の-御船《みふね》の水馴棹《みなれざほ》、ささでも渡《わた》る彼《か》の岸《きし》に、到《いた》り-到《いた》りて楽《たの》しみを、極《きは》むる国の道なれや、十悪八邪《じふあくはつじや》[二二]の、迷《まよ》[二三]ひの雲も空晴《は》れ、真如の月の西方《さいはう》も、爰《ここ》[二四]を去《さ》る事遠からず、唯心《ゆいしん》[二五]の浄土とは、此誓願寺を拝《おが》むなり。

【二】〈詠〉女 〽歌舞《かぶ》の菩薩《ぼさつ》も様々の 地 〽仏事[二六]を為《な》せる心かな。 〔序ノ舞〕

〈ワカ〉女 〽ひとり[二七]なを《ほ》、仏《ほとけ》の御名を尋《たづね》みん 地 〽を《お》のを《お》の帰《かへ》る、法《のり》の場人《にはびと》、法の場人、法の場人《には》の。

【三】〈ノリ地〉女 〽実《げに》[二八]も妙《たへ》なる、称名《しようみやう》の数々《かずかず》 地 〽虚空《こくう》に響《ひび》くは 女 〽音楽の声《こゑ》 地 〽異香薫《くん》じて 女 〽花降《ふ》る雪の 同 〽袖[二九]を返《かへ》すや、返々《かへすがへす》も、貴《たつと》き上人の、利益かなと、菩薩聖衆は、面々《めんめん》に、御堂《みだう》に打《う》てる、六字の額を、みな一同に、礼《らい》し給ふは、あらた[三〇]なりけ

一二 私も仮りの現世では和泉式部と言われた身でしたが、死後仏果を得て極楽の歌舞の菩薩となったのです。「東北」にも。囲出—和泉。 一三 弥陀来迎の時、衆生を守る二十五体の菩薩。「仏壇の裏板には観音勢至二十五の菩薩を図して…」(縁起)。囲御法—御乗。

極楽、即誓願寺

一三 仏前の常燈明。 一四「抑当寺は人皇三十九代天智天皇の御草創…帝都誓願寺の本尊は慈悲万行の大菩薩、春日大明神の御作、西方浄土の如来也」(縁起)。 慈悲万行は春日明神の菩薩名。→「采女」二三九頁注二五。 一五 神と仏は水と波のように本来は一体だ(和光同塵説に基づく)。 一六 ここも和光同塵説に拠る。「西方浄土の弥陀如来、一体分身ましまして、衆生済度のために」(縁起)。 一七 臨終の際、阿弥陀如来が来迎し極楽浄土に往生させる。ここまで縁起とほぼ同文。 一八 極楽世界の光景。「彼大江の定基もろこしの杭州において終をとるの時、まのあたり来迎を感じ、即一絶を挙して曰、笙歌遥聴弧雲上、聖衆来迎落日前」(縁起)。 一九「昔在二霊山一名二法華一、今在二西方一名二弥陀一、娑婆示二現観音一、三世利益同一体」(南

る、奇瑞かな。

岳大師慧思)に「慈眼視衆生、福聚海無量」(法華経・普門品)を合わせた。 二〇 他人往生の功徳を讃美。「若我成仏、十方衆生、称我名号、下至十声」(往生礼讃偈)。→「柏崎」の〈クセ〉(四一〇頁)。
二一 自力では往生し難いが弥陀の他力の船に乗って極楽の彼岸に渡り。仏法を船に譬えることは定型。「御法の舟の水馴棹」(「当麻」「東岸居士」)。[掛]身—御法。[縁]御法(乗)—船—水馴棹—渡る—岸。御法・御船・水馴棹は頭韻。 二二 邪婬等の十悪と邪見等の八邪。[序]十悪八邪の—迷ひ。 二三 迷いの雲も晴れ、真如の月の光さす西方極楽浄土も。
二四 遠くにあるのではなく、ここ誓願寺がそれだ。「去レ此不レ遠」(観無量寿経)。 二五 浄土とは唯自分の心中にある。「唯心の浄土経」(「当麻」)。 二六 慣用句「声為ニ仏事ニ」に基づく。 二七 人々が帰り去る後に、和泉式部のみが熱心に弥陀の教えを聞こうとするさま。「ひとりただ仏の御名やたどるらんおのおの帰る法の場人」(一遍上人語録)。「実盛」「仏原」、廃曲「敷地物狂」等にも。 二八 以下、目の前に極楽世界を見る奇瑞に、随喜渇仰する光景。 二九 雪と降る花の袖を翻しつつ舞う姿。[序]袖を返す—返す返す。 三〇 霊験あらたかで、めでたいしるしだ。

以上五五一頁

熊野（ゆや）

三番目物　異表記、湯谷・遊屋
現在鬘物　作者不明（観世元雅作か金春禅竹作か）

場景　前半―⑴都、六波羅、平宗盛邸。春の弥生の一日。⑵都、熊野の私宅。中半―⑴宗盛邸。⑵清水への道中。後半―花盛りの清水寺境内。同じく、後刻。

人物　シテ　熊野〔若女（深井）・唐織着流〕
ツレ　侍女槿（あさがお）〔小面・唐織着流〕
ワキ　平宗盛〔風折狩衣大口〕
ワキヅレ　従者〔素袍上下〕

梗概　平宗盛は遠江国池田の宿の長（ちょう）の熊野を寵愛し、久しく都にとどめていた。ある春の日、熊野の国許から侍女の槿が病気の老母からの手紙を携えて上京する。熊野はその手紙を持って宗盛の所へ行き、読み、病気の切迫を訴え暇を乞うが許されず、宗盛は憂いに沈む熊野を励ます心やりもあって東山の花見への同行を命ずる。のどかな都の春。二人を乗せた牛車は花やかな都大路を進むが、熊野の心は重く、移り行く車窓の寺々に母の命を祈る。やがて清水寺に着き、観音に祈念していると、花見の酒宴が始まる。宗盛に所望されるまま舞を舞うが、折しも村雨が降り花を散らすのを見て、熊野は母の身の上を案じ、短冊に「いかにせん都の春も惜しけれど馴れし東（あづま）の花や散るらん」と和歌をしたため宗盛に差し出す。この歌に感動した宗盛は帰国を許し、熊野は観音の御利生と喜び、そのまま東へと下って行った。

素材・主題　平家物語十・海道下に見える簡略な記述にすぎない宗盛と愛妾熊野の挿話に拠りつつ、花の盛りの春のただなか、故郷に病臥する老母を思いやる熊野の心を詩情豊かに描く。病篤い母を思う娘の心の動き―不安・焦燥、祈り、悲しみ、詠嘆、解放―と、事件とを劇的に展開させていく脚色は非凡の一語につきる。病の重さを知らせ娘の心を曇らせる、対句も美しい「文」の手法も効果的で、桜花爛漫の都大路から清水への道行は、憂いに沈む熊野の心象風景と重なり、元雅作の「盛久」の道行と共に謡曲文の達成度の高さを示している。舞の途中で村雨が降り、歌を詠むという設定は、本曲の頂点をなすとともに、結びを円滑にしている。咲きほころぶ花、それは命の脆さの象徴でもある。驟雨が散らしたその瞬間、熊野の悲しみは抑えきれず、一首の歌を詠み、宗盛の心を動かす。一曲を貫くのは、自分を育み慈しんだ「たらちね」の母への愛であり、観音の慈悲も母の無事を願う子の祈りに感応したのだった。康正二年（一四五六）の奥書のある金春禅竹の歌舞髄脳記に女体の代表曲の一つとして本曲をあげ、「ことにこの風姿、春の曙のごとし」と述べ、秋の夕暮れの「松風」とともに絶讃している。近年、作者に関し、金春禅竹説が言われているが、歌舞髄脳記の高い讃辞は自己の作品よりは先人たちに向けられていると思われる。一曲を貫く「母への愛」を考えるとき、観世元雅やその周辺の人物が浮かんでくるのを禁じ得ない。

以下五五四頁

一 平家の公達を強調し〔置鼓〕で出る古演出もあった。 二 清盛の第三子。平治元年（一一五九）遠江守となる（公卿補任）。 三 天龍川西岸の東海道の宿駅。「長」は遊女宿の女主人。 四 平家物語十・海道下に池田の宿の長者として名が見える。 五 病気。 六 せめてこの春だけでもともに花見をしたいと。【五】の老母からの文にも「今年ばかりの花」とあり【九】で熊野の歌にも「桜花」を詠むように、「花」はそれぞれの心を映している。 七 夢を見る間さえも惜しい値千金の春、花が散らぬ先に急いで花の都を訪ねよう。散りやすき花から主人の命の旦夕に迫っていることの焦燥も込める。 八 世阿弥作「砧」のツレ夕霧の道行にほぼ同文。「槿」の名も夕霧をふまえるか。 圏紐―日も。 縁衣―紐。 付旅―宿・都・仮寝・仮枕・日数ふる。 九 このお邸（やしき）が熊野のおられる所らしい。

【一】[一]〔名ノリ笛〕〈名ノリ〉ワキ「これは[二]平《(たひら)》の宗盛《(むねもり)》なり、扨《(さて)》も[三]遠　江国池田《(とほたふみのくにいけだ)》の宿《(しゆく)》の長《(ちやう)》をば[四]熊野《ゆや》と申候、久《ひさ》しく都に留《とど》め置《を》きて候が、老母《(らうぼ)》の[五]所労《いたはり》とて、たびたび暇《(いとま)》を乞《こ》ひ候へ共《(ども)》、[六]此春ばかりの花見の友《とも》と思《おも》ひ留《とど》め置《を》きて候。

〈問答〉ワキ「いかに誰《(たれ)》かある　トモ「御前《(おんまへ)》に候　ワキ「熊野《ゆや》来《(きた)》りてあらば此方《(こなた)》へ申候へ

トモ「畏《(かしこまつ)》て候。

【二】〔次第〕〈次第〉ツレ女〽[七]夢の間《ま》惜《を》しき春なれや、夢の間惜しき春なれや、咲《(さく)》ころ花を尋ねん。

〈名ノリ〉ツレ　カヽル〽是《(これ)》は遠江国池田の宿、長者の御内《(みうち)》に仕《つか》へ申《(まうす)》、槿《あさがほ》と申《(まうす)》女にて候、「扨《(さて)》も熊野《ゆや》久敷《(ひさしく)》都に御入《(おんニり)》候が、此程《(このほど)》老母の御《(おん)》所労《いたはり》とて、たびたび人を御上《(おんのぼ)》せ候へ共《(ども)》、更に御下《(おんくだ)》りもなく候程に、此度《(このたび)》は槿《あさがほ》が御迎《むか》ひに上《(のぼ)》り候。

〈上歌〉ツレ〽[八]此程の、旅の衣の日も添《そ》ひて、旅の衣の日も添《そ》ひて、いく夕暮の宿《(やど)》ならむ、夢も数添《そ》ふ仮《かり》枕、明《あ》かし暮《く》らして程もなく、都に早《はや》く着《(つき)》にけり、都に早く着にけり。

〈着キゼリフ〉ツレ「荒《(あら)》嬉《うれ》しや急《(いそぎ)》候ほどに、都に着《つ》きて候、[九]是なる御内《(みうち)》が熊野《ゆや》の御入《(おんニり)》候所にてありげに候、先々《(まづまづ)》案内を申さばやと思ひ候。

〈問答〉ツレ「いかに案内申《(まうし)》候、池田の宿より槿《あさがほ》が参りて候それそれ御申《(おんまうし)》候へ。

【三】[一〇]〔アシライ出シ〕〈サシ〉シテ〽[一一]草木《(さうもく)》は雨露《(うろ)》の恵《めぐ》み、養《やしな》ひ得《え》ては花の父母《(ふぼ)》たり、況《(いはん)》や人間にを《(お》ひ《い)》てをや、あら御《(おん)》心もとなや何とか御入《(おんニり)》候らむ。

宗盛、熊野を待つ

一〇 憂いに沈んだ熊野が静かに登場、三ノ松に立つ。 一一 以下、故郷の老母を思う熊野の独白。草木は雨露の恵みによって育つ、花を養う雨露は花にとって父母に等しい。まして人間において、養育された父母の恩は、はかりしれない。「草樹皆告雨露之恩」(本朝文粋十一・源順)、「養得自為二花父母一」(和漢朗詠集・春・雨・紀長谷雄)。老母への恩と病気を気遣う娘の情が本曲の主調音をなす。

槿、池田の宿から都へ

一二 はなはだ御重態でいらっしゃいます。 一三 見ましょう。ここで熊野は文を受取り、披き見る。 一四 困ったこと、このお手紙の様子でも望み少ない命と思われます。シテは再び憂愁困惑の中に沈む。 一五 シテは常座へ入って立ち、ツレはその後に立つ。場面は宗盛の所に移る。 一六 恐縮に存じますが。 一七 下掛「さらばもろともに読み候べし」とし、冒頭をワキ、「驪山宮…」以下をシテとワキが同吟する。 一八 平家物語十・維盛入水に「かの驪山宮の秋の夕の契りも、終には心をくだく端となり、甘泉殿の生前の恩も、終りなきにしもあらず」とあるを引く。甘泉殿における武帝と李夫人との春の短か夜の

【四】〈問答〉ツレ「池田の宿より槿が参りて候　シテ「なに槿《あさがほ》と申かあらめづらしや、扨《さて》御所労《いたはり》は何と御入あるぞ　ツレ「[一二]以外《もつてのほか》に御入候、是に御文《おんふみ》の候御覧候へ　シテ「あら嬉《うれ》しや先々《まづまづ》御文を見う[一三]ずるにて候、あら咲止《せうし》[一四]や、此御文のやうも頼《たの》み少《すく》なう見《み》えて候　ツレ「さやうに御入候　シテ「此上《うへ》は槿をも連《つ》れて参り、又此文をも御目《おんめ》にかけて、御暇《いとま》を申さふ《う》ずるにてあるぞこなたへ来り候へ。[一五]

【五】〈問答〉シテ「誰か渡《わた》り候　トモ「や、熊野《ゆや》の御参りにて候　シテ「わらはが参りたるよし御申候へ　トモ「心得申候。

〈問答〉トモ「いかに申上《まうしあげ》候、熊野《ゆや》の御参にて候　ワキ「此方《こなた》へ来れと申候へ　トモ「畏《かしこまつ》て候。

〈問答〉トモ「こなたへ御参りあれとの御事にて候。

〈問答〉シテ「いかに申上候、老母の所労《いたはり》以外《もつてのほか》に候とて、此度《このたび》は槿に文を上《のぼ》せて候、便《びむ》[一六]なう候へ共《ども》、そと見参《げざん》に入《いれ》候べし　ワキ「[一七]何と故郷《ふるさと》よりの文と候《ザウラウ》や、見《み》るまでもなしそれにて高《たか》らかに読《よ》み候へ。

〈文〉シテ〽[一八]甘泉殿《かんせんでん》の春の夜《よ》の夢、心《こころ》を砕《くだ》く端《はし》となり、驪山宮《りさんきう》の秋の夜《よ》の月、終《をは》りなきにしもあらず、[一九]末世《まつせ》一代教主《いちだいけうしゆ》の如来も、生死《しやうじ》の掟《おきて》をば免《のが》れ給はず、過《すぎ》にし二月《きさらぎ》の比《ころ》申《まうし》しごとく、何とやらん此春は、年《とし》経《ふ》り増《ま》さる朽木桜《くちきざくら》、今年ばかりの花をだに、待《まち》もやせじと心弱《よは》き、

夢のような歓楽も、夫人の死後は武帝の心を痛める思いの種となり、

老母の病を案じる熊野

驪山宮における玄宗と楊貴妃との、秋の長夜の月下での永遠の契りも、貴妃の死によって終りを迎えた。

一九 末世の衆生のため一生涯、教えを説かれた釈迦如来でさえも、生者必滅の定めから逃れることはおできにならなかった。「生死必滅、釈尊未レ免ニ栴檀之煙一」(和漢朗詠集・無常・大江朝綱)。

以下五五六頁

一 老母の譬え。「老の鶯」は「老い」と頭韻で「鶯(うあ)」と音通の「逢ふ(オオ)」の序。老いた鶯のように、そなたに会うこともなく世を去るのかと、涙に咽ぶばかりです。掛無し—涙。付涙—鶯。
二 諺。親子は一世、夫婦は二世、主従は三世の契り。
三 伊勢物語・八十四段の業平の母の歌。「避(さ)らぬ別れ」は死別。手紙の末に古歌を添えた。
四 朝廷の勤めに忙しくて。
五 山城国乙訓郡。
六 注三に続く業平の返歌(初句「世の中に」、末句「人の子のため」)。

故郷よりの文

文の段の情調を余韻豊かに結んで、熊野の感懐を綴る。
七 はかない人の命ゆえ、母とは永遠の別れになるかもしれません。序玉の緒

[一]老《(おい)》の鶯《(うぐひす)》逢《あ》ふ事も、涙に咽《むせ》ぶばかりなり、唯《(ただ)》然《(しか)》るべくはよきやうに申《(まうし)》、暫《しば》しの御暇《(おんいとま)》を給はりて、今一度《(いちど)》まみえおはしませ、さなきだに[二]親子は一世《(いつせ)》の中《なか》なるに、同じ世《(よ)》にだに添《そ》ひ給はずは、孝行にも外《はづ》れ給ふべし、ただ返々《(かへすがへす)》も命の中《うち》にいま一たび、見参《まい》らせたくこそ候へとよ、[三]老《(おい)》ぬればさらぬ別《(わかれ)》のありといへば、いよいよ見まくほしき君かなと、古言《ふること》までも思《(おもひ)》出《で》の、涙ながら書《か》き留《とど》む。

〈上歌〉同 ＼そも此歌と申《(まうす)》は、そも此歌と申は、在原の業平の、其身は[四]朝《(てう)》に隙《(ひま)》なきを、[五]長岡に住《す》み給ふ、老母の詠《よ》める歌なり、扨《(さて)》こそ業平も、[六]さらぬ別《わか》れのなくもがな、千世《(ちよ)》もと祈《いの》る子の為と、詠《よ》みし事こそあはれなれ、詠みし事こそあはれなれ。

【六】〈問答〉シテ ＼今はかやうに候へば、御暇《いとま》を給はり、東《あづま》に下り候べし　ワキ「老母の所労《いたはり》はさる事なれ共《(ども)》去《(さり)》ながら、この春ばかりの華見《(はなみ)》の友、いかでか見捨《す》て給ふべき　シテ ＼御言葉《ことば》を返《かへ》せば恐《をそ》れなれ共《(ども)》、花は春あらば今に限《かぎ》るべからず、[七]是は徒《あだ》なる玉の緒《を》の、長《なが》き別《わか》れとなりやせむ、ただ御暇《(おんいとま)》を給はり候へ　ワキ「いやいや左様に心弱《よは》き、身に任《まか》せては叶《かな》ふまじ、いかにも心を慰《なぐさ》めの、花見の車《くるま》同車にて、カヽル ＼共に心を慰《なぐさ》まんと。

〈上歌〉同 ＼[八]牛飼《(うしかひ)》車寄《よ》せよとて。〔[九]車出シアシライ〕 牛飼車寄せよとて、[一〇]是も思《(おもひ)》の家の内《うち》、はや御出《(おんいで)》と勧《すす》むれど、心はさきに行《(ゆき)》かぬる、[一一]足弱《よは》車の、力《ちから》なき花《はな》見なりけり。

【七】〈一セイ〉シテ ＼[一二]名も清《きよ》き、水のまにまに尋《と》め来《く》れば　地 ＼川は[一三]音羽《をとは》の山桜《ざくら》　シテ ＼[一四]東《(あづま)》

（「命」の意）―長き。八 牛飼童よ、車を寄せよ。九 この囃子のうちにワキがワキヅレに車の用意を命じる問答があり、後見が花見車を角に置く。一〇「思ひ（火）の家」は上下に掛かり、火宅のこと。この世を燃えさかる家に譬えた（法華経・譬喩品）。一一「行きかぬる」の縁語、「力なき」の序。心が進まない様を車輪の弱い、進みの遅い車に譬えた。一二 以下、六波羅の宗盛邸から清水寺までの道行は、途中の名所や寺々を点描しつつ、熊野の不安と嘆きの心を描く。「花散れる水のまにまに尋め来れば山には春もなくなりにけり」（古今集・春下・清原深養父）を引き「清水」の名を隠す。一三 清水寺背後の山。東山の一部。一四 母のおられる東路も、この東山の方角ですから、そう思うだけでたまらなく東の空が懐かしい。一五 断腸集之抜書の詩句「春前有レ雨花開早、秋後無レ霜落葉遅」「山外有レ山山不レ尽、路中有レ路路無レ窮」「山青山白雲来去、人楽人愁酒有無」（百聯抄解にも）に拠る、車窓から見渡した東山の光景と、その所懐。「山外に山あって…」は廃曲「融通

暇を乞うが許されず

宗盛、熊野を同道し花見へ

路《ち》とても東《ひがし》山、せめてそなたの懐《なつ》かしや。

〈サシ〉地〽一五春前《(しゆんぜん)》に雨あつて花《はな》の開《ひら》くること早《はや》し、秋後《(しうご)》に霜なうして落葉《(らくえふ)》遅し、山外《(さんと)》に山あつて山尽《つ》きず、路中《(ろちう)》に路多《みちおほ(う)》ふして路《みち》きはまりなし　シテ〽山青く山白くして雲《(くも)》来去す

同〽人楽《たの》しみ人愁《うれ》ふ、是《(これ)》みな世上の有様なり。

〈下歌〉同〽一六誰《(たれ)》か言《い》ひし春の色、実《(げに)》のどかなる東山。

〈上歌〉同〽一七四条五条の橋の上、四条五条の橋の上、老若男女貴賤都鄙《(らうにやくなんによきせんとひ)》、一八色めく花衣《(はなごろも)》、袖を連《つら》ねて行末《(ゆくすゑ)》の、雲かと見《み》えて八重一重《(やへひとへ)》、咲《さ》く九重《(ここのへ)》の花盛《ざか》り、名に負《お》ふ春の気色かな、名に負ふ春の気色かな。

〈ロンギ〉地〽一九河原面《(かはら)おもて》を過《(すぎ)》ゆけば、急《いそ》ぐ心の程《ほど》もなく、車大路《(くるまおほぢ)》や二〇六波羅の、地蔵堂《(ぢざうだう)》よと伏《ふ》し拝む　シテ〽観音も同坐《(どうざ)》あり、二一闡提救世《(せんだいぐせ)》の、方便あらたに、たらちねを守り給へや　地〽実《(げに)》や守りの末直《すゑすぐ》に、頼む命は二二白《しら》玉の、愛宕《をたぎ》の寺も打過《(うちすぎ)》ぬ、二三六道の辻とかや　シテ〽実《(げに)》恐《おそ》ろしや此道《みち》は、冥途に通ふなるものを、心細《ぼそ》二四鳥部山　地〽煙《(けぶり)》の末《すゑ》も二五薄霞《うすがす》む、声《こゑ》も旅雁《(りよがん)》の横《よこ》たはる　シテ〽二六北斗の星《ほし》の曇《くも》りなき　地〽二七御法《(みのり)》の華も開《ひら》くなる　シテ〽二八経書堂《(きやうかくだう)》は是かとよ　地〽其《(その)》たらちねを尋ぬなる、二九子安《(こやす)》の塔を過《す》ぎ行《ゆ》けば　シテ〽三〇春の隙行《(ひまゆく)》駒の道《みち》　地〽はや程もなく是《(これ)》ぞ此《(この)》　シテ〽三一車宿り　地〽馬留《とど》め、爰《(ここ)》より花車《(はなぐるま)》、三二おりゐの衣《(ころも)》播磨《はりま》潟《がた》、飾磨《しかま》の徒歩路《かちぢ》清水《(きよみづ)》の、仏《(ほとけ)》の御前《(おんまへ)》に、念誦《ねんじゆ》して、母の祈誓《きせい》を申さむ。三三

鞍馬」にも。　一六「誰言春色従レ東到」(和漢朗詠集・春・梅・菅原文時)に基づき「東山」の序。長閑かな東山の春の情景と、沈みがちな熊野の心。　一七以下、貴賤の別なく花に浮かれる都の春の華麗なさま。　一八「花衣」は歌語。四・五・八・一・九と数韻。四・五、八・一で九重を導く。　一九賀茂川の川原沿いの路。[縁]急ぐ—車。[掛]来る—車。「車大路」はここでは大和大路のこと。　二〇六波羅蜜寺で本尊は十一面観音。その一角に地蔵堂がある。　二一すべての衆生を救うまでは成仏しないという観音の悲願。「闡提」は成仏し得ない者の意。　二二[掛]知らず—白玉—玉の緒—愛宕。「白玉」は「緒」と音通の「愛宕」の序。「愛宕の寺」は六道珍皇寺の別称。　二三珍皇寺門前をいう。小野篁《(たかむら)》がここから冥府へ通ったという。　二四清水寺の南にある平安京以来の火葬場。病状の切迫した母の命を心配する熊野の心。　二五「薄霞む」は繋詞で前後に続く。　二六「北斗星前横ニ旅雁ニ」(和漢朗詠集・秋・擣衣)。珍皇寺の東にあった北斗堂の名を隠す。　二七法華経の名を隠す。　二八清水坂にある来

都大路から清水へ、春興と愁い

観音への祈り

【八】〈問答〉ワキ「いかに誰かある　トモ「御前《(おんまへ)》に候　ワキ「熊野《ゆや》はいづくにあるぞ　トモ
「いまだ御堂《(みだう)》に御坐候　ワキ「何とて熊野《ゆや》は遅《をそ》なはりたるぞ、急《いそ(い)》ひでこなたへと申候へ
トモ「畏《(かしこまつ)》て候。

〈問答〉[一]トモ「いかに槿《あさがほ》に申候、はや花の下《もと》の御酒宴の始《はじ》まりて候、急《(いそい)》で御参《まい》りあれとの御事
にて候、其由仰られ候へ　ツレ「心得申候。

〈問答〉ツレ「いかに申候、はや花の下《もと》の御酒宴の始《はじ》まりて候、急《いそ(い)》ひで御参りあれとの御事に
て候　シテ「なにと御酒宴の始《はじ》まりたると申か　ツレ「さん候《ザウラウ》　シテ「さらば参らふ《(う)》ずる
にて候。

〈□〉シテ「なふなふ皆々近ふ《(う)》御参《まい》り候へ、あら面白の花や候《ザウラウ》、今《いま》を盛《さか》りと見《み》えて候に、何と
て御当座《(おんたうざ)》[二]などをも遊《あそ》ばされ候はぬぞ。

〈クリ〉シテ＼実《(げに)》や思《おも》[三]ひ内《うち》にあれば、色外《いろほか》にあらはる　同＼[四]よしやよしなき世の慣《なら》ひ、歎き
ても又余《あま》りあり。

〈サシ〉シテ＼花前《(くわぜん)》[五]に蝶《(てふ)》舞《ま》ふ紛々《(ふんぷん)》たる雪　同＼柳上《(りうしやう)》に鶯《うぐひすと》飛ぶ片々《(へんぺん)》たる金《(きん)》、花は流水《(りうすい)》に随《したが》つ
て香《(か)》の来《(きた)》る事疾《と》し、鐘は閑雲《(かんうん)》[六]を隔《へだ》てて声《こゑ》の至る事遅《をそ》し。

〈クセ〉同＼清水寺《(せいすいじ)》の鐘の声、祇園[七]精舎をあらはし、諸行無常の声《こゑ》やらん、地主権現《(ちしゆごんげん)》の花の色、
娑羅双樹《(しやらさうじゆ)》の理《ことはり》なり、生者《(しやうじや)》必滅《(ひつめつ)》の世の慣《なら》ひ、実《(げに)》例《ためし》あるよそほひ、仏[八]も本《(もと)》は捨《す》てし世の、

迎院の別称。 元 清水寺門前の子安観音の三重塔。 囲子―子安。 三〇 春の日―隙行く駒―駒の道、と続く文飾で、全体が「はや程もなく」の序。「隙の駒」は時が早く過ぎて行くことの譬え。 三一 駐車場と厩舎。 三二 車を降りて徒歩で清水寺へ参詣し、観音の前で母の無事を祈る熊野。「観音の御利生」への伏線。 囲下居―織、張―播磨潟、褐―徒歩路、来―清水。 序下り居―衣、播磨潟―飾磨、飾磨―徒歩。「飾磨の褐」は歌語で飾磨(現姫路市)産の染料またはそれで染めた布。 三三 下掛は、次に「南無や大慈大悲の観世音、母に逢はせてたび給へ」のシテ謡が続く。

以上五五七頁

一 下掛は〈問答〉に異同が多い。 二 その場で即題の和歌を詠むこと。 三 心中の思いは顔色言動に現れる意の成句。「松風」「小塩」「千手」「野宮」、廃曲「敷地物狂」等にも。 四 まあいい、どうせままならぬはこの世の常、いくら嘆いても嘆ききれない。 五 うち沈む熊野がしいて思い直して詠ずる詩句。断腸集之抜書の詩句「花前蝶舞紛々雪、柳上鶯飛片々金」「花随㆓流水㆒香来速、鐘隔㆓閑雲㆒声到遅」に基

花の下の酒宴

花の春の清水

半《(なかば)》は雲に九上見《うへみ》えぬ、鷲の御山《(おやま)》の名を残《のこ》す、一〇寺は桂《かつら》の橋柱《(はしばしら)》、一一立《た》ち出《(いで)》て嶺の雲、花やあらぬ初《はつ》
桜《(ざくら)》の、一二祇園林《(ぎをんばやし)》一三下河原《しもがはら》　シテ へ南を一四遥《はる》かに詠《(なが)》むれば　同 へ一五大悲《(だいひ)》擁護《(おうご)》の薄《うす》霞《(がすみ)》、熊野《ゆや》権
現の移《うつ》ります、御名《(みな)》も同じ新熊野《(いまぐまの)》、一六稲荷の山の薄紅葉《うすもみぢ》の、青《あを》かりし葉の秋、又花の春は清《(きよ)》
水《みづ》の、一七ただ頼《たの》め頼《たの》もしき、春も一八千々《ちぢ》の花盛《ざか》り。
【九】〈一セイ〉シテ へ山一九の名の、音はあらしの花の雪　地 へ深《ふか》き情《(なさけ)》を、人や知《し》る。
二〇〈問答〉シテ「わらは御杓《(おしやく)》に参《まい》り候べし　ワキ「いかに熊野《ゆや》一《(ひと)》さし舞候へ。
〈一セイ〉地 へ深き情《なさけ》を、人や知る。　〔中ノ舞〕
【一〇】〈問答〉シテ「なふなふ俄《(にはか)》に村雨のして、花の散《(ちり)》候はいかに　ワキ「実々《(げにげに)》村雨のして花の
散《ち》り候よ　シテ へあら心《こころ》なの村雨《むらさめ》やな。
〈一セイ〉シテ へ春雨二一の　地 へ降《(ふる)》は涙《なみだ》か、降《ふ》るは涙か桜《さくら》花《(ばな)》、散《ち》るを惜《お》しまぬ、人やある。
〔イロエ〕（シテは袂から短冊を出し、扇を筆に見立てて和歌をしたため、開いた扇の上に短冊をのせて、ワキの前へ行き渡した後、真中へ戻って着座）
【一一】〈問答〉ワキ「よしありげなる言葉《ことば》二二の種《たね》取上《あ》げ見《み》れば、へいかにせん、都二三の春も惜《お》しけれど
シテ へ馴《な》れし東《あづま》の花や散《ち》るらん　ワキ「実《(げに)》道理なり哀《(あはれ)》なり、はやはや暇《(いとま)と》取らするぞ東《(あづま)》に下
り候へ　シテ へなに御暇《(おん)いとま》と候《ザウラウ》や　ワキ「中々の事、疾《と》く疾《と》く下《(くだ)》り給《たま》ふべし　シテ へあ
ら嬉《うれ》しや尊《たうと》やな、二四是《(これ)》観音の御利生《(ごりしやう)》也。
〈歌〉シテ カヽル へ是までなりや嬉しやな　同 へ是迄なりや嬉しやな、かくて都に御供《(おとも)》せば、

づく。六 底本「寒雲」を訂正。七 平家物語の冒頭「祇園精舎の鐘の声、諸行無常の響あり、娑羅双樹の花の色、盛者必衰の理を現す」に基づく。生者必滅の理はこの世の習い、その姿を眼前に見るような清水寺の趣。八 その昔、釈迦牟尼仏も世を捨てて、雲に覆われた霊鷲山《(りようじゆせん)》で説法をされたが、その山の名を残す霊鷲山桂橋寺。九「鷲」の枕詞。掛(世の)中―半。一〇 霊鷲山桂橋寺。もと雲居寺(→六三〇頁注三)の一字だった桂橋寺の名を込める。縁柱―立ち。掛見(る)―嶺。「桂」は「橋」と「立つ」の繋詞。

驟雨、落花、悲唱

一一 立ち出て眺めると、嶺の雲かと見紛う花のかなたに初桜の祇園林や下河原が見渡せる。一二 祇園社の森林。一三 祇園社門前一帯の称。一四 南方遥か春霞の中に熊野権現と今熊野神社が見える光景。一五「大悲擁護の霞は熊野山《(ゆやさん)》にたなびき」(平家物語十・熊野参詣)。シテと同名の意を込める。

観音の利生、帰郷

一六 清水寺の南、伏見の稲荷山。「時雨する稲荷の山のもみぢ葉は青かりしより思ひそめてき」(十訓抄十)。「葉の秋」と「花の春」が対。

またもや御意の変《か》はるべき、ただ此ままに御暇《(お)いとま》と、一ゆふつけの鳥が鳴《(なく)》、東路《(あづまぢ)》さして行道《(ゆくみち)》の、やがて休《やす》らふ相坂《(あふさか)》の、二関の戸ざしも心《こころ》して、明行《(あけゆく)》跡《あと》の山見《み》えて、三花《はな》を見捨《す》つる雁《かりがね》の、それは四越路《(こしぢ)》我は又、東《あづま》に五帰《かへ》る名残かな、東に帰る名残かな。

一七 清水観音の託宣歌「ただ頼めしめぢが原のさしも草われ世の中にあらん限りは」(沙石集五等)。
一八 「遅々たる春の日」(和漢朗詠集・夏・蟬・白居易)を響かせた掛詞。
一九 花で名高い音羽山、その名にも似ず音もなく舞い散る花の雪、その雪のように深い母への思いを人は知っているでしょうか。落花に母の落命をイメージ。[掛]音—音羽、あらじ—嵐。[縁]雪—深き。
二〇 下掛は異文。 二一 古今集・春下・大伴黒主の歌(末句「人しなければ」)による。 二二 [縁]種—取。
二三 「都の春」を宗盛に、「東の花」を母に譬えた。平家物語十・海道下に見える熊野の和歌。
二四 村雨が花を散らし、それを読んだ歌の徳によって帰国が許されたのも観音の利生とする心。

以上五五九頁

一 [掛]言ふ—木綿《(ゆふ)》附の鳥(鶏の異称)。[枕]鳥が鳴—東。[縁]休らふ—関。[付]夕つけ鳥—相坂の関(近江の歌枕)・別。
二 [付]関戸—あくる・さす。[掛]開—明。
三 「春霞立つを見捨てて行く雁は花なき里に住みやならへる」(古今集・春上・伊勢)をふまえる。
四 雁の帰って行く北国。花を見捨てて雁は越路に、私は東路へと帰る、都の春の名残惜しさ。
五 [縁]帰る—雁—名残。

唐船（たうせん）

四番目物　古称、祖慶官人
唐物　作者不明（観世元雅作か）

場景　前半(1)―筑前国箱崎。箱崎某の邸。ある初秋の一日。(2)―中国、明州の津から日本へ。(3)―箱崎郊外の野。後半―箱崎某の邸、箱崎の浦。同じく、初秋の一日。

人物　シテ　祖慶官人〔阿瘤尉・着流尉（物着後、白垂・唐帽子）〕
子方　唐の子〔側次大口〕（二人）
子方　日本の子〔腰巻モギドウ〕（二人）
ワキ　箱崎の某〔直垂上下〕
アイ　箱崎の従者〔肩衣半袴〕
アイ　唐船の船頭〔官人〕（通辞にも）

梗概　九州箱崎の某は、十三年前、中国との船の争いで唐人祖慶官人を捕虜とし牛を飼育させていた。一方、中国に残された二人の子は父の生存を知り、代償金を携えて明州を出帆し箱崎の浦に到着。高官を奴隷としている箱崎は、官人は仏詣に出たと言い繕う。野飼に出ていた官人は日本で儲けた二人の子と牛を牽きながら、身の上を嘆き、祖国の広大なことを語りつつ家路に着く。成人した中国の子たちとの思いがけぬ再会に喜ぶ官人。帰国を許され、日本の子も一緒に乗ろうとするのを、日本の子は日本の所属と箱崎が制止し、間に挿まれ進退きわまった官人は海に身を投げようとするが、四人の子は取りつき官人は泣き伏す。この事態に箱崎も感動。日本の子の乗船も許し、五人を乗せて走り出す船中で官人は喜びの楽を舞い、帆を揚げた唐船は故国へと向かった。

素材・主題　明人の捕虜問題という当時の巷説を巧みに脚色し、子供を枷（かせ）に心は二つ身は一つという極限状況を設定して、子を思う年老いた父親の心の浮沈を描く。文章は平明ながら縁語や掛詞等を適度に用い、とくに七夕を背景に、秋の草花が咲く野を牛を牽きつつ家路を急ぐ場面は牧歌的詩趣を漂わせ、言葉の花に溺れることなく筋を運んでいる。日本と中国の子に挿まれての悲嘆を頂点に、虜囚の境涯から解放された喜びを船中での異国情緒豊かな楽に表して終曲とした手法も心憎い。世阿弥時代の能本目録の「ウシヒキノ能」が本曲の古称と推測されている。永享二年（一四三〇）天河弁財天社へ観世元雅が奉納した尉面の裏書に、年記とは別筆ながら「唐船」とある。「船の争い」が応永二十六年（一四一九）の応永の外寇をさすなら、十三年後が明との国交を再開した永享四年に当たり、成立の背景に関わるかもしれない（山中玲子）。一方、戦国期の後期倭寇時代の能とみる説もある（脇田晴子）。室町後期の作者付は外山（ひと）作（自家伝抄）・作者不明（能本作者注文）とするが、父子再会の主題、戯曲性に富む脚色、平明な文体、詩情の豊かさなど、元雅作の可能性もある。なお翰林葫蘆集四に、僧宜竹とも交流のあった「大明朱素卿」のことが見えるが、本曲との関連は不明。本曲以後、日本の母が我が子を尋ねて明州に渡る「箱崎物狂」、唐人の夫が日本人妻よりも祖国の妻を恋うる狂言「茶盃拝（ちゃさんばい）」などが生まれた。

以下五六二頁

一 筑前国糟屋郡。現福岡市箱崎町。古来箱崎の津と呼ばれ博多と共に中国・朝鮮との交易の要港。
二 倭寇をさすか。応永十二年（一四〇五）から明との勘合貿易が始まる。同十三年には明船が兵庫に来航。
三 「蘇経」（光悦本）とも。作者仮作の人物か。永正から大永にかけて起こった日明貿易をめぐる疑獄事件「寧波（にんぽう）の乱」の立て役者、宋素卿と関わるか。
四 十三年。唐子が成長し父を訪ねて来日するには十分な期間。
五 牛馬を放牧し飼うこと。
六 アイ（舟子）が舟の作り物を運び出し橋掛りに置き、艫に乗る。〔一声〕で唐子が登場、舟に乗って謡い出す。
七 船旅また船中の旅寝。恋しい父を夢に見るが、程なく覚める夢の名残惜しさ。「梶」と「夢路」は脚韻。「舟ぢかな」（車屋本）。
八 現浙江省寧波付近。寧波は古来日本との交易の

【一】〔名ノリ笛〕〈名ノリ〉ワキ「か様《(やう)》に候者は、九州箱崎《はこざき》[一]の何某《(なにがし)》にて候、扨《(さて)》も一年《とせ》[二]唐土《(もろこし)》と日本《(にほん)》と舟の争《あらそ》ひ有《(あり)》て、日本の舟をば唐土《もろこし》に留《(とど)》め、唐土《もろこし》の舟《ふね》をば日本に留《とど》め置《(おき)》て候、某《(それがし)》も船を一艘留《(とどめ)》置《を》きて候、其舟に祖《そ》[三]慶《けい》官人《(くわんにん)》と申者を留置《(とどめおき)》て候が、はや十三[四]廻《(くわい)》に成《(なり)》候、某《(それがし)》は牛馬《(ぎうば)》を数多《あまた》持《(もち)》て候程に、彼《(かの)》祖《そ》慶《けい》官人に申付《(まうしつけ)》[五]野飼《がひ》をさせ候、今日《(こんにち)》も申付ばやと存《(ぞんじ)》候。

【二】〈問答・触レ〉（アイの箱崎の従者がワキの命令で、祖慶官人に野飼に出るよう触れる）

【三】[六]〔一声〕〈一セイ〉二人〽唐土船《(もろこしぶね)》の梶《かぢ》[七]枕、夢路程なき、名残かな。

〈名ノリ〉ソンシ〽是は唐土《もろこし》明州《(みやうじう)》[八]の津《(つ)》に、そんしそゆう[九]と申《(まうす)》兄弟の者なり。

〈サシ〉二人〽扨《(さて)》も我父《(わがちち)》官人は、一年《とせ》日本の賊船に捕《とら》はれ、昨日今日《(きのふけふ)》とは思へども、十三廻《(くわい)》に早《はや》なりぬ、余《(あまり)》に父の恋《こひ》しさに、未《いま》だ此世にましまさば、今一度《(いちど)》対面申さむと。

〈下歌〉二人〽思《おも》[一〇]ひ立《た》つ日を吉日《(きちにち)》と、船《ふね》の纜《ともづな》[一一]解《と》きはじめ。

〈上歌〉二人〽明州河を押《を》し渡《わた》り、明州河を押し渡り、海漫々《かいまむまむ》[一二]と漕《こ》ぎ行《(ゆけ)》ば、はや日《(ひ)》の本《(もと)》もほの見《み》えて、心[一三]づくしの果《(はて)》にある、忍びし夫《(つま)》を松浦《(まつら)》[一四]潟《がた》、浪路《(なみぢ)》遥《はる》かに行程《(ゆくほど)》に、名にのみ聞《(きき)》し筑紫《つくし》路《ち》や、箱崎[一五]に早《はや》く着《(つき)》にけり、箱崎に早く着にけり。

【四】〈着キゼリフ・問答〉（ソンシ・ソユウの二人はアイの舟子を使者として、ワキの従者に案内を乞い、来訪の目的を告げる）

【五】〈問答〉ワキ「唐土《もろこし》の人のわたり候か

ソンシ「是《(これ)》に候、祖《そ》慶《けい》官人未《いま》だ存生《(ぞんじやう)》にて、箱崎殿に召《め》し使《つか》はれ候由承《(うけたまはり)》候程に、数[一六]の宝《たから》に代《か》へ、連《つ》れて帰国仕《(つかまつる)》べきために、只今此所《(このところ)》に渡《わた》

抑留されている祖慶官人

要港。九 作者仮作の人物。字の宛て方は孫子・祖有、存糸・素有など、諸本区々。一〇 前句から「申さむと思ふ」「思ひ立つ」と続ける。「思ひ立つ日を吉日」は諺。一一「纜」と「解き」は重韻。一二 以下、恙なき海路、ほの見える日本の海山、筑紫へ着船したさま。「海漫々」(白氏文集)。

中国の子、父を訪ねて箱崎へ

一三 掛 心づくし—筑紫、待つ—松浦潟。序 忍びし夫を—松浦潟。底本「妻」を「夫」に訂正。一四 現佐賀県唐津市付近の海。万葉集以来名高い佐用姫伝説の地。一五「早く」と頭韻。一六 数多くの宝と代えて。一七 神仏への参詣。「ブッケイ」(日葡)。祖慶官人を牛馬の飼育に従事させていることを隠す口実。一八 子方(二人)を先立ててシテが登場。三人とも引綱と鞭を持ち、牛を牽く態(てい)。一九 日本子をさす。以下、官人が二人の子と牛を集めつつ、美しく咲き出した秋草を眺め語らいながら家路に帰る光景。二〇 いやそのように嘆くでな

来訪の目的

い、牛牽きの業は我らばかりか天

りて候　ワキ「さむ候《ザウラウ》祖慶《けい》官人未《いま》だ存生にて候、唯今[一七]物詣《(ぶっけい)》とて御出《(おんいで)》候、暫《(しばらく)》それに御待《(おんまち)》候へ、御帰《(おんかへり)》候はば引合申《(ひきあはせまうし)》候べし　ソンシ「さらば是に待《(まち)》申さふ《(う)》ずるにて候。

〈問答〉（ワキは官人が賤しき業に従事していることを兄弟の者に知らせないために、物詣と言い繕ったので、裏道から帰るよう従者に命ずる）

【六】［[一八]一声］〈掛合〉シテ　へいかに[一九]あれなる童《わらん》べ共、野飼《がひ》の牛を集《あつ》めつつ、はやはや家路に急《いそ》ぐべし　子二人　へかかる業《わざ》こそ物憂《う》けれ　シテ　へよし[二〇]我のみか天《(あま)》の原。

〈一セイ〉シテ　へ七夕《(たなばた)》の、譬《たと》へにも似ぬ身の業《わざ》の　三人　へ牛牽《ひ》く星《ほし》の、名ぞ著《しる》き　子二人　へ[二一]秋咲《(さく)》花《はな》の野飼《がひ》こそ　三人　へ老《(おい)》の心の、慰《なぐさ》めなれ。

〈サシ〉シテ　へ是は唐土《もろこし》明州の津に、祖慶官人と申《(まうす)》者なり、「我《(われ)》図《はか》らざるに日本に渡《わた》り、へ牛馬を扱《あつか》ひ[二二]草刈笛《かり(ぶえ)》の、高麗《こま》唐土《もろこし》をば名にのみ聞《(きき)》て過《す》ぎし身の、あら故郷《(こきやう)》恋しや、「かくて年月《(としつき)》を送る程に二人《ふたり》の子を持《も》つ、カヽル　へ又唐土《もろこし》にも二人《(ににん)》の子あり、彼《かれ》らが事を思ふ時《とき》は、それも恋しく、又是もいとを《(ほ)》しし、一方《ひとかた》ならぬ[二三]箱崎の、ふたりの子供《ども》なかりせば。

〈下歌〉シテ　カヽル　へ[二四]老木《(おいき)》の松は雪折《を》れて、この身《み》の果《は》てはいかならん。

〈上歌〉三人　へあれを見よ、[二五]野飼《がひ》の牛の声々に、野飼の牛の声々に、子故《(ゆゑ)》に物や思ふらん、況《いはむ》や、人倫にをひ《(おい)》てをや、我身ながらも愚《おろ》かなり、我身ながらも愚かなり。

【七】〈下歌〉三人　へいざや家路に帰らん、いざや家路に帰らん。

〈ロンギ〉二人　へいかに父御《ちちご》よ聞《き》こしめせ、扨《(さて)》住《す》み給ふ唐土《もろこし》に、牛馬《(ぎうば)》をば飼《か》ふやらん、御物語《(おんものがたり)》

上の星も、牽牛星の名のごとく牛を牽いておられる。「七夕」と「譬へ」は頭韻。[掛]憂し—牛。 二一 人間界にも秋には牽牛花（朝顔）が咲く、野で野飼いをする事が老いの心のせめてもの慰め。[縁]

牛を牽きつつ家路を急ぐ

牛牽く星—秋。[掛]野—野飼。 二二 牧童が吹く草笛。草刈笛から高麗笛の縁で「高麗唐土」と続け、望郷の念を描く。 二三 [縁]箱—ふたり（蓋）。 二四 現行上掛「老木の枝」は徳川氏の松平姓を憚った江戸初期の改訂。 二五 「里近く山路の末はなりにけり野飼の牛の子を思ふ声」（夫木抄二十七）。

以下五六四頁

一 そうであるとも。 二 泰平の世を形容した「帰二馬于華山之陽一、放二牛于桃林之野一」（書経・武成）を引き、「華・桃」の文字から花の名所にとりなした。華山は陝西省南部、桃林はその東にある。「絵馬」にも。 三 比較できないほど僅かなことの譬え。「四海一滴、九牛一毛」（禅林句集）、「九牛が一毛大海の一滴なり」（太平記五）。 四 そなたたちが生まれてからは唐土《(もろこし)》に帰国したいとも思っていない。「いやとよ」は「いや」を強め

中国と日本の比較

候へ　シテ 〽[一]中々なれや唐土《もろこし》の、花山《くわさん》[二]には馬を放《はな》し、桃林《たうりん》に牛をつなぐ、是《これ》花の名所《めいしよ》也
二人 〽扨《さて》唐土《もろこし》と日《ひ》の本《もと》は、何《いづ》れ優《まさ》りの国やらん、委《くはし》く語《かた》り給へや　シテ 〽愚《をろ》かなりとよ唐土《もろこし》に、日の本を喩《たと》ふれば、只今尉《じよう》が牽《ひ》いて行《ゆく》、[三]九牛《きうぎう》が一毛《いちもう》よ　二人 〽さ程《ほど》楽《たの》しむ国ならば、痛《いた》はしやさこそげに、恋しく思召《おぼしめす》らめ　シテ 〽[四]いやとよ方々《かたがた》を、儲《まう》けて後《のち》は唐《から》衣《ころも》、帰国の事も思はずと　三人 〽語《かた》り―慰《なぐさ》み行《ゆく》程に、[五]嵐の音の少《すく》なきは、松原や末《すゑ》に成《なり》ぬらん、箱崎に早《はや》く着《つき》にけり、箱崎に早く着にけり。

【八】〈問答〉ワキ「いかに祖慶官人、何とて遅《をそ》く帰《かへ》りて有《ある》ぞ　シテ「さん候《ザウラウ》あまりに多《おほ》き牛馬にて御座候程に、扨《さて》遅《おそ》く罷帰《まかりかへり》て候　ワキ「尤《もつとも》にて候、又尋ぬべき事の候隠《かく》さず申《まうす》べき　ワキか　シテ「[六]是は今めかしき事を承《うけたまはり》候物かな、何事にてもあれ申上《まうしあげ》うずるにて候
ワキ「扨《さて》おことは唐土《もろこし》に二人《ふたり》の子を持《もち》てあるか　シテ「さむ候《ザウラウ》子を二人《ににん》持て候　ワキ「其名をそんしそゆうと申か　シテ「あら不思議や、何とて知《し》ろし召《め》されて候ぞ、左様に申候
ワキ「其そんしそゆう、汝未《いま》だ存生の由《よし》を聞《きき》、数の宝《たから》に代《か》へ、連《つ》れて帰国すべき為に、唯今此所に渡《わた》りて候　シテ「是は思ひもよらぬ事にて候ものかな、扨《さて》其舟はいづくに御座候ぞ
ワキ「こなたへ来《きた》り候へ、あれに[七]係《かか》りたる舟こそ、彼両人の舟[八]にて候へ　シテ「実《げに》是は某《それがし》が船にて候　ワキ「さらば対面し候へ　シテ「[九]見苦《みぐるし》く候へ共《ども》対面仕《つかまつり》候べし。
〈問答〉シテ「やあいかにあれなるは唐土《もろこし》に留置《とどめおき》たる二人《ふたり》の者か　二人 〽さむ候《ザウラウ》童《わらは》名《な》そんし

た言い方。[掛]唐衣―唐。[序]唐衣―帰(着)国。五 秋草の咲き続く松原づたいに箱崎へ帰る光景。箱崎の松原は駿河の三保・丹後の橋立と共に日本三松原の一。「箱崎」と「早く」は頭韻。六 これはまた今更妙に改まった事をおっしゃいますな。七 係留している舟。
八 底本「の」脱。九 現行観世「シテ余りに見苦しく候程に、引き繕ひて賜はり候へ　ワキ心得申し候」、宝生「シテ余りに異躰(いてい)に候程に、対面はいかがにて候　ワキ何の苦しう候べき、急いで対面し候へ」等と異同あり。一〇 これは夢だろうか、もし夢ならばこの地は箱崎、明けて夢が覚めはしないか。「箱」の縁語「開く」を夜が明くに言い掛けた。一一 夢の縁で、蘇軾・春夜詩「春宵一刻直千金、花有二清香一月有レ陰」を引く。一二 前句「千金」から「白銀も黄金も玉も何せむにまされる宝子にしかめやも」(万葉集五・山上憶良)を引く。
一三 車屋本のみ「唐土はもとよりも、孝ある国と聞きつるに」と異文。
一四 忝くも箱崎の神も孝心に感応し、願いを聞き入れて下さったのだろう。箱崎の神は箱崎八幡宮。
一五 追風(おいて)。舟を吹き送る風。
一六 是非のない、致し方ない事。
一七 父の跡を継ぎ労役に服すべき

中国の子との再会

そゆうなり　シテ〽是[一〇]は夢かや夢ならば　二人〽所は箱崎　シテ〽明《あけ》やせん。

〈歌〉同〽春宵一刻其《しゅんせういっこくその》[一一]値《あたひ》、千金《せんきん》もなにならず、子程[一二]の宝《たから》よもあらじ、唐土《もろこし》[一三]は心なき、夷《ゑびす》の国と聞《きき》つるに、か程《ほど》の孝子《けうし》ありけるよと、日本人《にほんびと》も随喜《ずいき》せり、尊《たうと》[一四]や箱崎の、神《しん》も納受《なふじゅ》し給ふか。

【九】〈問答〉ソンシ「いかに申候、追手《おひて》[一五]が下《お》りて候、急《いそい》で御舟に召《め》され候へ　シテ「いかに箱崎殿へ申候、追手《をひ》がおりて候程に、舟《ふね》に乗《の》れと申候、御暇《おんいとま》申候べし　ワキ「めでたうやがて御帰国候へ　日本子二人「あら悲《かな》しや我等をも連《つ》れて御出《おんいで》候へ　シテ「実々《げにげに》出船《でふね》の慣《なら》ひとてはたと忘《わす》れて候、こなたへ来《きたり》候へ　ワキ「暫《しばらく》、祖慶《そけい》官人の事は力なき事[一六]、此幼《おさな》き者共は、此所にて生れ相続《さうぞく》[一七]の者にて候程に、いつまでも某《それがし》召使《めしつか》はふ《う》ずるにて有《ある》ぞ、こなたへ来《きた》り候へ。

〈掛合〉日本子二人〽あら[一八]情なの御事《おんこと》や、大和撫子《なでしこ》の花だにも、同《おな》じ種《たね》とて唐土《もろこし》の、から[一九]紅《くれなゐ》に咲物《さく》を、淡《うす》[二〇]くも濃《こ》くも花は花《はな》、情《なさけ》なくこそ候へとよ　唐子〽時[二一]剋移《うつ》りて叶《かな》ふまじ、急《いそ》ぎ御舟に召《め》されよと、はや纜《ともづな》[二二]をとくとくと　シテ〽呼《よ》[二三]ぶ子もあれば　日本子〽とり留《と》むる　シテ〽中にとどまる　唐子〽父ひとり。

〈クリ歌〉同〽たづき[二四]も知《し》らず鳴《なき》居たり、身もがな二《ふた》つ箱崎の、うらめしの心づくしや、たとへば、親の子を思《おも》ふ事、人倫《じんりん》に限《かぎ》らず、焼野《やけ》[二五]の雉子夜《きぎすよる》の鶴、梁《うつばり》[二六]の燕《つばめ》も、みな子故《ゆゑ》こそ物思《おも》へ。

〈クセ〉同〽況《いはむ》[二七]や我等さなきだに、明日《あす》をも知《し》らぬ老《おい》の身の、子ゆへ《ゑ》に消《き》えん命は、なに中々に

者。一八 日本で生まれた子でも父は同じ。生まれた国は違っても同じ父の子であるのに、あまりに無情な仕打ちです。一九 唐紅。唐の文字から同じ唐人の血筋であるのに、の意に譬えた。二〇 薄くも濃くも同じ父の血を引く兄弟ではありませんか。二一 時刻が過ぎてはいけません。二二 [掛]解く―疾く。召されよと、ともづな、とくとくと、とり留むる、とどまる、「と」の重韻。二三 [縁]急(磯)ぎ―舟、纜(友)―呼ぶ、とり(鳥)―留むる―ひとり(鳥)。二四 揺れる父親の心。

日本の子の帰国を許さず

「をちこちのたづきも知らぬ山中におぼつかなくも呼ぶ子鳥かな」(古今集・春上・読み人知らず)。ひとり、身(三)、ふたつは数韻。二五 子を思う親の情愛の深さの譬え。古諺。「焼野の雉の残る叢を命にて、雛を育む風情にて」(太平記十三)。二六 親が子を思う譬え。「梁の燕に至るまで、子ゆゑ命を捨つるなり」(廃曲「丹後物狂」)。前句と合

親子の情愛

わせた形で、「切兼曾我」、廃曲「島廻」にも。「先人有レ言、燕雀処レ居、子母相哺、呴呴然其相楽也、自以為レ安矣、竈突炎上、棟宇将

惜《お》しからじと　シテ〽今は｜思へばとにかくに　同〽舟にも｜乗《のる》まじ留《と》まるまじと、巌《いはほ》に｜あがりて[一]十念し、すでに憂《う》き身を投《な》げんとす、唐土《もろこし》や日の本の、子共《こども》は左右《さう》に取付《とりつき》て、これをいかにと悲《かな》しめば、さすが｜心も弱々《よはよは》と、成行《なりゆく》事ぞ悲しき。

【一〇】〈問答〉ワキ「能々《よくよく》物を案ずるに、[二]物の哀《あはれ》を知《し》らざるは、唯《ただ》木石《ぼくせき》に異《こと》ならず、殊更出船《でふね》の障《さは》りなれば、はやはや暇《いとま》とらするぞ、疾《と》く疾《と》く帰国を急《いそ》ぐべし　シテ「余《あまり》の事の不思議さに、さらに誠と思はれず　ワキ「こはそも何の疑《うたがひ》ぞや、[三]当社八幡《たうしやはちまん》も御知見《ごちけん》あれ、偽《いつはり》さらにあるべからず、とくとく舟に乗《のり》給へ　シテ〽これは誠か　ワキ〽[四]中々に。

〈歌〉同〽有難《がた》の御事や、まことに[五]諸天《しよてん》納受して、此子を我等に、与《あた》へ給ふか有難[六]や。

〈歌〉同〽かくて｜余《あまり》の嬉《うれ》しさに、時剋を移《うつ》さず、暇申《いとままうし》て唐人《から(びと)》は、舟にとり乗押《のりを》し出《いだ》す、喜《よろこ》びの余《あまり》にや、楽《がく》を奏《そう》し舟子共《ふなこども》、[七]棹《さほ》のさす手も舞の袖、折《おり》から浪の鼓の、舞楽につれておもしろや。　[八]〔楽〕

【一一】〈ノリ地〉同〽[九]陸《くが》には舞楽を、乗《ぜう》じつつ、陸には舞楽を、乗じつつ、名残を《お》してる、海づら遠《とを》く、成行《なりゆく》ままに、招《まね》くも追風《おひかぜ》、舟には舞の、袖の羽風《はかぜ》も、追手《をひ》とやならん、帆を引《ひ》きつれて、舟子《ふな》ども、[一〇]帆《ほ》を引つれて、舟子どもは、喜《よろこ》び勇《いさ》みて、唐土《もろこし》さしてぞ、急ぎける。

ㇾ焚、燕雀顔不ㇾ変、不ㇾ知ニ禍之及ㇾ己也」(孔叢子・論勢)に拠るか。
二七 ましてや人間、明日の命も分からぬ老いの身、我が子のために捨てる命は少しも惜しくない。

以上五六五頁

一 進退きわまった父が念仏を唱え身を投げようとする緊迫した場面。

帰国許可

「今は」「舟にも」「巌に」と分離のトリを多用し、心の揺れを表現。
二 「恩愛のあはれを知らざらんは、木石に異ならず」(「木賊」)。
三 筥崎八幡。軍神たる八幡に対して弓矢にかけて誓う。武士が用いた誓言。「知見」は神仏などの見そなわす意。「御照覧」とも。「諏訪八幡も御知見あれ」(「籠太鼓」)。
四 そうだ。五 諸々の天部。ここは神仏の意。六 この謡の間にアイ(舟子)は舟を脇正面に据え、帆柱を立て、帆をあげる用意をする。
七 棹をさす手も舞い手のように軽

喜びの舞楽

やかに動き。[縁]舞—折。波音を鼓の音に擬した。八 シテは帰国の喜びに船中で楽を奏する。
九 以下、楽の音につれて順風に帆を上げ、中国めざして喜び急ぐさま。[掛]惜し—をしてる。[枕]おしてる—海。
一〇 子供を引き連れの意を兼ねる。

梅枝(うめがえ)

四番目物 執心女物

作者不明(世阿弥周辺の作か)

場景 前場—摂津国、住吉の里。ある秋の日の夕暮れ。月の出る頃。後場—同じく、夜半から夜明け。

人物 前ジテ　里の女〔深井の類・唐織着流〕
後ジテ　楽人富士の妻の霊〔深井・鳥甲長絹女(腰巻)〕
ワキ　身延山の僧〔着流僧〕
ワキヅレ　随伴の僧〔着流僧〕
アイ　里の男〔肩衣半袴〕

梗概 身延山の僧が廻国行脚の途次、摂津国住吉の浦で俄雨にあい、粗末な庵に宿を求めた。室内に舞楽の太鼓と舞の衣装があるのを不思議に思い、主の女に尋ねると、昔、天王寺の伶人浅間(あさま)と住吉の伶人富士が内裏での管絃の役を争い、富士が太鼓の役を賜わったことを恨んだ浅間は、富士を襲わせ殺害した、富士の妻は嘆き悲しみ、形見の太鼓を打って心を慰めていたが、その妻も空しくなってしまった、と物語り、弔いを勧める。詳しい物語に、僧は富士の妻の縁りの人かと尋ねると、それは遠い昔の世語りと答えつつ、女は恋慕の執心の深いことを告げ、執心の救済を頼んで消えた(中入)。里の男が僧の質問に答えて、萩原の院の時に起こった浅間と富士の芸道遺恨による殺害事件を語り、富士夫婦の回向を勧める。その夜、僧は女人成仏を約束する法華経を一心に手向けると、夫さながらに舞楽の衣装を着けた妻の霊が幻のごとく現れ、恋慕のあまり亡夫の形見をまとい太鼓を打った生前を回想する。僧が、夫を恋うる執心に迷う女に懺悔(げさん)の舞を勧めると、女は妄執の雲霧を払うように、夜半楽を奏し越天楽今様を歌い、楽を舞い、夜明けとともに消えていった。

素材・主題 本説未詳ながら、管絃の太鼓の役を争い殺害された伶人富士の妻の悲しみと夫への思慕を描く能は二つある。夫の身を案じ内裏を訪ねた妻が夫の横死を知らされ、遺された夫の衣装を身に着けて狂乱の楽を舞う、現し身の「富士太鼓」と、その後日談として妻の霊を登場させた本曲である。殺害の事情説明が簡略な点からも、本曲は「富士太鼓」の理解を前提に作られたものと推測されるが、太鼓に残る執心と亡夫への恋慕の情は、妻の霊に回想を凝縮する夢幻能の手法による本曲の方が深く、情思綿々、しっとりとしている。和歌に詠まれた名勝住吉の浦を舞台に、驟雨に宿を借りるも間もなく晴れて月が出、月天心の夜半に舞楽を奏し、終曲に月も入る描写も秀抜である。曲名の由来であり中心趣向である「梅が枝にこそ、鶯は巣をくへ、風吹かばいかにせむ、花に宿る鶯」は、旋律もろとも「越天楽今様(えてんらくいまよう)」を摂取したものであることが横道萬里雄によって証明された(「能における越天楽今様の摂取」『能劇の研究』所収)。素材等については「富士太鼓」の同項参看。

以下五六八頁

一 後見が引回シをかけた萩藁屋の作リ物を大小前に置く。二 世を捨てて諸国を廻っても、輪廻の世を離れ得ぬ身、世を捨て切れぬ思いが心に残る。三 甲斐(山梨県)にある日蓮宗の本山久遠寺。「沙門」は出家の僧の称。四 「縁」は仏の教えを聞いて悟りを得る機縁のある「有縁の衆生」の意。その逆が「無縁の衆生」。下掛「無縁の衆生…」。「済度」は迷いにある衆生を救い悟りに導くこと。五 定めなき雲や水にも行き着く先はあるのに、廻国行脚の我が身は行く末知らぬ旅の空。「雲水(くもみず)」に廻国修行僧「雲水(うんすい)」を掛ける。六 世を捨てた我が衣の色の墨染に寄せて住の江(摂津住吉。現大阪府)という。七 掛墨—住の江。八 村雨が通りすがりの僧とシテを結ぶ機縁の伏線。九 後見が萩藁屋の引回シを下ろすと、中にシテが坐っている。一〇 粗末な草壁を吹き抜ける松風以外訪れる人もない宿に、心も澄む折節、案内を乞うのは誰ですか。訪い来る人もなく寂しく暮らす寡婦の述懐から問

【一】[一]〔次第〕〈次第〉ワキ・ワキツレ へ捨《(すて)》[二]ても廻《めぐ》る世中《(よのなか)》は、捨ても廻る世中は、心の隔《へだ》てなりけり。

〈名ノリ〉ワキ「是《(これ)》は[三]甲斐国《(か)ひのくに》身延山《しんえんざん》より出《(いで)》たる沙門にて候、我《(われ)》縁《(えん)》[四]の衆生を済度《(さいど)》せむと、多年の望みにて候程に、此度《(このたび)》思ひ立《た》ち廻国《(くわいこく)》に赴《(おもむき)》候。

〈上歌〉ワキ・ワキツレ へ[五]いづくにも、住《す》みは果《は》つべき雲水《(くもみづ)》の、住みは果つべき雲水の、身は果《(はて)》知《し》らぬ旅の空、月日程《(ほど)》なく移《うつ》り来《き》て、所を問《と》へば世[六]を厭《いと》ふ、我衣手《(わがころもで)》や住《(すみ)》[七]の江の、里にも早《はや》く着《つ》きにけり、里にも早く着きにけり。

〈着キゼリフ〉ワキ「是ははや津の国住吉に着《(つき)》て候、あら咲止《(せうし)》や村雨[八]の降《(ふり)》候、これなる庵《(いほり)》に宿を借《か》らばやと思《おも》ひ候[九]。

【二】〈問答〉ワキ「いかに此屋の内へ案内申候　シテ女 へ実《(げに)》[一〇]や松風《(しようふう)》草壁《(さうへき)》の宿に通ふといへども、まさきの葛《(かづら)》くる人もなく、心も澄《す》める折節《(をりふし)》に、言問《こと》ふ人は誰《(たれ)》やらん　ワキ「是は無縁[一一]の沙門にて候、一夜《(いちや)》の宿を御《(おん)》貸《か》し候へ　女「実々《(げにげに)》出家の御事、一宿《(いつしゆく)》[一二]は利益なるべけれども、さながら傾《かたぶ》く軒《のき》の草、埴生《はにふ》[一三]の小屋《こや》のいぶせくて、なにと御身を置《を》かるべき　ワキ カヽル へよしよし内はいぶせく共《(とも)》、降来《(ふり)く》る雨に立《た》ち寄《よ》る方《かた》なし、唯さりとては貸《か》し給へ　女 へ実《(げに)》や雨降《ふ》り日[一四]も暮《く》れ竹の、一夜《(ひとよ)》を明《(あか)》させ給へとて。

〈下歌〉同 へはやこなたへといふ露[一五]の、葎《(むぐら)》[一六]の宿はうれたくとも、袖を片敷《かたし》きて、御泊《(お)と》まりあれや旅人《(たびびと)》[一七]。

答に入る。[序]まさき(真拆)の葛—繰る(来る)。一一 なんらゆかりも

甲斐より住の江へ

ない僧。一二 僧を泊めることが功徳になるとの思想。同じく日蓮宗の旅僧が登場する「鵜飼」にも「一僧一宿の功力」とある。一三 貧しい小屋。「旅の空埴生の小屋のいぶせきに…」(平家物語十・海道下)等。一四 [縁]日—暮れ、暮れ竹(呉れ竹)—一夜(一節)。一五 [掛]言ふ—夕露。[縁]露—葎。一六 葎の生い茂る粗末な宿はいとわしいが。「葎生ひて荒れたる宿のうれたきは」(伊勢物語・五十八段)。一七 地謡のうちにシテは戸を開い

村雨に宿を借りる

て出、着座。舞台は室内の心。一八 以下、村雨が風に吹き晴れ、月さえ顔を出した住吉の浦の凄婉な夜景。月も松も住吉の景物。「西北雲膚起、東南雨足来」(李嶠「百詠」雨)に基づく。一九「早くも」は繋詞。雨足の早さと降る雨が早くも晴れる意。二〇 [掛]住良し—住吉。二一 「松寒風破旅人夢」(和漢朗詠集・雲)。「住吉の松」は歌枕。ワキがいつの間にかシテの夢幻譚の中に居ることを暗示。二二 地謡のうちに後見が舞衣に鳥甲を添えた羯鼓台を正先に置く。二三 よくお尋ね下さいました。筐

〈上歌〉同〽[一八]西北に雲起《を》こりて、西北に雲起こりて、東南に来《きた》る雨の脚《あし》、[一九]早《はや》くも吹《ふき》霽《は》れて、月
にならむ嬉しや、所は[二〇]住吉《すみよし》の、[二一]松吹風《まつふく》も心して、旅人《りよじん》の夢を覚《さま》すなよ、旅人の夢を覚すなよ。[二二]

【三】〈問答〉ワキ「いかに主《あるじ》に申べき事の候　女「何事にて候ぞ　ワキ「是に飾《かざ》りたる太鼓、
同じく舞の衣裳の候、不審にこそ候へ　女「[二三]実《げに》よく御不審候、これは人の筐《かたみ》にて候、是に
つき哀《あはれ》なる物語の候、語《かた》つて聞《きか》せ申候べし　ワキ「さらば御物語《おんものがたり》候へ。

〈語リ〉女「[二四]昔当国天王寺に、浅間《あさま》といひし[二五]伶人《れいじん》あり、同《おなじ》く此住吉にも富士と申《まうす》伶人ありしが、
[二六]其比《そのころ》内裏に管絃《くわげん》の役を争《あらそ》ひ、互に都に上《のぼ》りしに、富士この役を給はるによつて、浅間安《やす》か
らずに思ひ、[二七]富士を傷《あや》まつて討《うた》せぬ、[二八]其後《そののち》富士が妻、夫《おつと》の別《わかれ》を悲《かな》しみ、常は太鼓を打《う》つて
慰《なぐさみ》候しが、それも終《つゐ》に空《むな》しく成《なり》て候、[二九]逆縁ながら弔《とムらひ》て給《たまは》り候へ。

【四】〈問答〉[三〇]ワキ「か様《やう》に委《くはし》く承り候は、其いにしへの富士《ふじ》が妻の、ゆかりの人にてましますか
女「[三一]いやとよそれは遥《はる》かのいにしへ、思《おも》ふも遠き世語《よがたり》の、ゆかりといふ事有《ある》べからず　ワキ
カヽル〽さらば何とて此物語、深《ふか》き思《おも》ひの色に出《いで》て、涙を流《なが》し給ふぞや　女「なふいづれも
[三二]女は思《おも》ひ深《ふか》し、殊に恋慕の涙に沈《しづ》むを、などか哀《あは》れと御覧ぜざらん。

〈掛合〉ワキ カヽル〽猶《なほ》も不審は残るなり、筐の太鼓筐《かたみ》の衣《きぬ》、[三三]爰《ここ》には残《のこ》し給ふらむ　女〽主《ぬし》は
昔に成行共《なりゆけども》、[三四]太鼓は朽《くち》ず苔むして　ワキ〽鳥驚《おどろ》かぬ　女〽この御代に。

〈上歌〉同〽[三五]住《す》むも詮《かひ》なき池水の、すむも詮なき池水の、[三六]忘れて年を経し物を、[三七]又立帰《かへ》る執心

の使用は「井筒」「杜若」等に同趣。二四 摂津国(現大阪市)天王寺舞楽は「天王寺の舞楽のみ都に恥ぢず」(徒然草・二二〇段)などと古来より名高い。二五 雅楽の奏者。同材異曲の「富士太鼓」六三七頁参照。二六 内裏での楽所設置は天暦二年(九四八)八月五日以来(日本紀略)。二七 富士を襲わせ殺してしまった。二八 妻は夫との死別を悲しみ、形見の太鼓を打って慰めていたが。二九 かりそめの縁ながらお弔い下さい。三〇 以下〈問答〉は「井筒」に似る。三一 「いや」を強めた口調。三二 「女は人に見ゆることを稀にして、一念深く」(廃曲「雪鬼」)。三三 どうしてここにお残しになったのか。三四 「諫鼓苔深鳥不ㇾ驚」(和漢朗詠集・帝王・小野国風)に基づきつつ、形見の太鼓が苔むして残っている意と、上訴の心が今も残る意を兼ねた。三五 掛住—澄。序池水の—忘れ。三六 懐旧の心。「江口」「関寺小町」「融」、廃曲「濡衣」などにも見える。三七 掛帰—返。太平の御代に住みながら、憂愁に沈む女は、富士の妻であることを暗示し、執心を脱することを願いつつ消える。

伶人富士の物語

女、回向を頼んで消える

を、助《たす》け給へと言《い》ひ捨《す》てて、かき消《け》す｜ごとくに失《うせ》にけり。　（中入[一]）

【五】〈問答・語リ・問答〉（アイの里の男が登場し、僧の求めに応じて浅間と富士の争いのことを語り、供養を勧める）

【六】〈サシ〉ワキ　カヽル　〽夫《それ》[二]仏法様々なりと申せども、法華はこれ最第一《さいだいいち》　ツレ　〽三世《さんぜ》[三]の諸仏の出世の本懐、衆生成仏の直道《ぢきだう》なり　ワキ　〽なかむづく女人[四]成仏疑《うたが》ひ有《ある》べからず。

〈誦句〉ワキ・ワキツレ　〽一者不《いつしやふ》[五]得作《とくさ》梵天王《ぼんでんわう》、二者帝釈《にしやたいしやく》三者魔王《さんじやまわう》、四者転輪聖王《ししやてんりんじやうわう》、五者仏身《ごしやぶつしん》云何《うんが》女身《によしん》。

〈下歌〉同　〽速得成仏《そくとくじやうぶつ》[六]、なに[七]疑ひかありそ海の、深《ふか》き執心を、晴《は》らして浮《う》かび《ミ》給へや。

〈上歌〉同　〽或《あるい》は若有聞法者《にやくうもんぽふしや》[八]、或は若有聞法者、無一《むいち》｜不成仏《ふじやうぶつ》と説《と》き、一度《ひとたび》、此経を聞人《きくひと》、成仏せずといふ事なし、唯[九]頼《たの》め頼《たの》もしや、弔《とむら》ふ、燈《ともしび》の影よりも、化《け》[一〇]したる人の来《きた》りたり、夢か現《うつつ》か、見たり共《とも》なき姿かな。

【七】〈掛合〉ワキ　カヽル　〽不思議やな見れば女性《によしやう》の姿なるが、舞の衣裳を着《ちやく》し、さながら夫《おつと》の姿なり、「扨《さて》は有《あり》つる富士が妻の、其幽霊にてましますか。

〈クドキグリ〉女　〽実《げに》[一一]や碧玉《へきぎよく》の寒き芦《あし》、錐《きり》嚢《ふくろ》に脱《だつ》すとは、今身の上に知《し》られさぶ《ム》らふぞや。

〈クドキ〉女　〽去《さり》ながら妙なる法《のり》[一二]の受持《じゆち》に遇《あ》はば、変成男子《へんじやうなんし》[一三]の姿とは、などや御覧じ給はぬぞ、しからば御弔《おんとむら》ひの力《ちから》にて。

〈下歌〉同　〽憂《う》[一四]かり｜し身の昔を、懺悔《さんげ》[一五]に語《かた》り申さむ。

一　後見は舞衣・鳥甲・萩藁屋を舞台から引く。　二　法華経が他に勝れて尊きことを述べる。「薬王今告レ汝、我所レ説ニ諸経一、而於ニ此経中一、法華最第一」(法華経・法師品)。

法華経読誦

三　三世は過去・現在・未来。「諸仏出世の本意、衆生成仏の直道の一乗をこそ信ずべけれ」(日蓮遺文)。　四　「然るに当世の女人は、即身成仏を祈らんには、法華を憑(たの)まば疑ひなし」(法華題目抄)。　五　以下、法華経・提婆達多品の句を讃美諷誦する。　六　以下、経文の利益を述べ、女人成仏を強調し、弔う。他曲に比し回向の場面が長い。　七　どうして女人成仏の疑いがあろうか。〔掛〕有—荒磯海。〔縁〕ありそ海—深き—浮かび(成仏の意も)。　八　「若シ法ヲ聞クコト有ラン者ハ、一トシテ成仏セズトイフコト無カラン」(法華経・方便品)。　九　「ただ頼めたとへば人のいつはりを重ねてこそはまたも恨みめ」(新古今集・恋三・慈円)。

舞衣鳥甲姿の女

一〇　幽霊が人の姿をして現れた、夢か現実か、見た事もない姿だよ。　一一　「碧玉寒蘆錐脱レ嚢」(和漢朗詠集・春・早春・小野篁)。隠した我が姿が見顕されたさまに譬えた。　一二　妙法蓮華経の題目を唱える事。

〈クセ〉同 〽去《さる》にても我ながら、よしなき、恋路に侵《をか》されて、永《なが》く－悪趣《あくしゆ》[一六]に堕《だ》しけるよ、さればにや、女心《をんなごころ》の乱れ髪[一七]、いひかひなくも恋衣《こひごろも》の、夫《つま》の－筐《かたみ》を戴《いただ》き、此狩衣《かりぎぬ》を着《ちやく》しつつ、常には打《う》ちし此太鼓の、寝[一八]もせず起《お》きもせず、涙[一九]－敷妙《しきたへ》の枕上《がみ》に、残る－執心を晴《は》らしつつ、[二〇]仏所《ぶつしよ》に至るべし、嬉《うれ》しの今の教《をしへ》や　女 〽思[二一]ひ－出《いで》たる一念の　同 〽発《おこ》るは－病《やま(う)》ふとなりつつ、続《つ》がざるは是薬《くすり》なりと、故人の教《をし》へなれば、思はじ思はじ、恋忘《こひわす》れ[二二]草《くさ》も住吉の、岸に生《お》ふてふ花なれば、手折《たをり》やせまし我心、契り－あさぎぬ[二三]のかたおもひ、執心を助《たす》け給へや。

【八】〈ロンギ〉地 〽実《げに》面白《おもしろ》や同じくは、懺悔《さんげ》の舞を奏《かな》でて、愛着《あいぢやく》の心を捨《すて》給へ　女 〽いざいざさらば妄執[二四]の、雲霧《くもきり》を払《はら》ふ夜《よ》の、月[二五]も半《なか》ばなり、夜半楽《やはんらく》を奏《かな》でん　地 〽心も共に住吉[二六]の、松の隙《ひま》より眺《なが》むれば　女 〽浪もて結《ゆ》へる淡路潟《がた》　地 〽沖も－静《しづ》かに青海《あをうみ》の　女 〽青海《せいがい》[二七]波《は》の浪返《がへ》し　地 〽かへすや袖の折《おり》[二八]を得《え》て　女 〽軒端の梅に鶯《うぐひす》の　地 〽来鳴《きな》くや花の[二九]越天楽《ゑてんらく》　女 〽うたへやうたへ梅が枝《え》　地 〽梅[三〇]が枝《えだ》にこそ、鶯は巣をくへ、風吹《ふ》かばいかにせむ、花に宿《やど》る鶯《うぐひす》。　〔楽〕

〈歌〉女 〽面白や鶯《うぐひす》の　同 〽面[三一]白や鶯の、声に誘引《いういん》せられて、花の陰に来《きた》りたり。

〈ノリ地〉地 〽我《われ》も御法《みのり》に、引《ひ》き誘《さそ》はれて、我も御法に、引き誘はれて、今目前《もくぜん》に、立舞《ま》ふ舞の袖、これこそ女の、夫《おつと》を恋《こ》ふる、想夫恋《さうぶれん》[三二]の、楽《がく》の鼓、うつつなの我《わが》、有様やな。

【九】〈歌〉女 〽思[三三]へばいにしへを　同 〽思へばいにしへを、語《かた》るは猶も執心ぞと、申せば月[三四]

恋しき夫

一三 富士の妻ではなく、変成男子の姿とどうして御覧下さらないのですか。→「采女」二四一頁注二四。 一四 以下、夫との別れを悲しむ執着の心を述べ、迷妄を晴らしてほしいと願う。 一五 過去の罪業を告白し悔い改めること。 一六 三悪趣(地獄・餓鬼・畜生)は死後に赴く苦界。恋は三毒(三種の煩悩)の中の貪欲に属する。 一七 [縁]乱れ髪―結ひ。[掛]結ひ―言ひ。「恋衣」は恋を衣に譬えた歌語。[縁]衣―褄(夫)。底本「妻」を訂正。 一八 「起きもせず寝もせで夜をあかしては春のものとてながめ暮らしつ」(古今集・恋三・在原業平。伊勢物語・二段にも)。[掛]音―寝。 一九 頻りに落ちる涙で枕を濡らす独寝の寂しさ。[掛]頻り―敷妙。[枕]敷妙の―枕。 二〇 極楽。憂愁のうちに一筋の光明を見出したさま。

越天楽今様

二一 一念が起こるのは病、思い続けぬのが何よりの薬、との古人(達磨)の教えがある。「先聖云、瞥起是病、不レ続是薬、不レ怕ニ念起一、唯恐ニ覚遅一」(大慧書・答汪内翰第一書)。 二二 摘むと恋の憂いを忘れるという草。「道知らば摘みにもゆかむ住の江の岸に生ふてふ恋忘れ草」(古今集・墨滅歌・紀貫之)。

も入《いり》、音楽の音《をと》は、松風《しようふう》にたぐへて、有《あり》し姿は暁闇《あけぐれ》に、面影ばかりや残るらん、面影ばかりや残るらん。

暁闇に残る面影

二三 [掛]浅―麻衣、肩―片思。 二四 真如・菩提を月に、迷妄・執着を月を隠す雲や霧に譬える。 二五 真夜中の月。「夜半」から「夜半楽」(雅楽の名)を導いた。 二六 [掛]澄み―住吉。無明抄等に見える源頼政の歌(下句「月落ちかかる淡路島山」)に「わたつみのかざしにさせる白妙の波もてゆへる淡路島山」(古今集・雑上・読み人知らず)の下句を配した。 二七 雅楽の曲名。「浪返し」は太鼓の秘曲とも(実鑑抄)。 [縁]波―返―袖。 二八 袖を折ると時節の両意。 二九 花の枝と越天楽(今様)の両意。 三〇 越天楽今様の詞章を旋律ごと摂取。 三一 「鶯声誘引来二花下一、草色拘留坐二水辺一」(和漢朗詠集・春・鶯・白居易)。 三二 雅楽の名。 [掛]打―現。平家物語六・小督に「夫を思ふて恋ふとよむ想夫恋といふ楽なり」。 三三 なお残る執心を恥じて姿を消し、松風とその面影だけが残る暁闇の光景。 三四 僧が宿に入った時は「月にならむ」頃、「月も半ば」に舞が始まり、「月も入る」夜明けに一曲が終る。月の運行にそった展開で、首尾整った終曲。

―――以上五七一頁

一 明け方のほの暗い頃。

海（あ）士（ま）

五番目物　異表記、海人・蜑・白水郎
女菩薩物　作者不明（金春権守作とも）

場景　前場―讃岐国志度の浦。ある春の日。満月の夜。
後場―同じく、志度寺。数日後。管絃講の日。

人物　前ジテ　海士の女〔深井・水衣女〕
後ジテ　龍女（房前の母の霊）〔泥眼・龍女〕
子方　藤原房前（ふさざき）〔風折長絹大口〕
ワキ　房前の侍者〔素袍上下〕
ワキヅレ　従者〔素袍上下〕（数人）
アイ　志度の浦の男〔長上下又は肩衣半袴〕

梗概　生母が讃岐の志度の浦の海士と知った藤原房前の大臣は、母の追善のために志度の浦へ下った。来かかった海士に旧跡を尋ねると、海士は母の死の経緯を知っていた。それは、昔、唐の后となった淡海公（藤原不比等）の妹から贈られた宝珠「面向不背の珠」が、途中で龍神に奪われた時、淡海公はこの地まで下り、契りを交わした海士に宝珠の奪還を命じた。海士は生まれた子を世継ぎにするとの約束に、海底に入り、龍宮から宝珠を奪い返し、乳の下を切り裂いて珠を押し込め潜（かず）き上げたことを仕方語リで物語る。そして自分こそその海士の幽霊と名乗り、筆跡を残し、弔いを頼んで海中に消えた（中入）。房前の侍者に呼び出された浦の男が、唐から贈られた三つの宝物のこと、海士の玉取りの話などを語り、管絃講による追善供養執行を述べ、その旨を触れる。房前が亡母の跡を丁重に弔うと、母の霊は成仏を喜び法華経を手に龍女の姿となって現れ、讃仏の舞を舞う。この讃州志度寺が今に至るまで仏教の霊地として繁昌するのも、すべてこれ房前大臣の孝心と経文の功力に依ると結ぶ。

素材・主題　志度寺縁起や大鏡底容抄・邦有神珠事等に取材し、讃岐志度寺の縁起として伝えられる玉取り説話の舞台化で、わが子のために海底に飛び入り、命に代えて宝珠を奪い返した母親の愛情と、亡母を慕い遥々海を渡った貴公子の子心を描く。大織冠鎌足を主人公とする幸若舞曲「大織冠（たいしょかん）」とは同工であるが、先後関係は不明。母が生前のままの海士の姿で、龍宮から宝珠を潜き上げる場面の仕方語リ（玉ノ段と呼ばれる）が眼目で、写実性が強く、親子の恩愛の深さを見せ、母子の絆という主題が全曲を貫いている。後場は、法華経による龍女成仏の説話に基づき龍女となった母の姿を描き、宗教的な華麗さと法悦を表現する「早舞」がここちよい。中楽談儀に、観阿弥とほぼ同世代の役者で金春禅竹の祖父にあたる金春権守（ごんのかみ）の所演記事があり、節付にも「金春が節なり」とあって、本曲が金春系統の古作能であることは確実。禅竹も歌舞髄脳記で「親子のあはれ」について、「みるめかりの海人の風体、猶俗に似て、また秀でたる処あるかな。祖父骨風の妙所…」と讃えている。玉取り説話の部分が人気に投じ、後世、謡曲と舞曲の双方をないまぜた多くの大織冠物を生んだ。

以下五七四頁

一 名残を惜しみつつ都（奈良）を出で立ち西国への旅を急ぐ心。「三日月の」は「月の都」を導く序。[付]三日月―西の空。 二 [掛]久しい―久方。[枕]久方の―天。 三 藤原氏の祖神。天の岩戸の前で祝詞を奏し天照大神の出現を祈った（日本書紀・神代下・一書第二）。「自ニ天児屋根命一至ニ于房前大臣二十三代一也」（讃州志度道場縁起と略）。 四 藤原鎌足の孫。以下、藤原四家のうち最も栄えた北家の祖。 五 讃岐国（香川県）大川郡志度町。「南海道讃岐国寒河郡房前浦」（縁起）。房前は志度の別名。 六 馴れぬ旅路の心細きさま。[掛]慣―奈良坂。頭韻も。 七 [掛]見―三笠。「山かくす春の霞ぞ恨めしきいづれ都のさかひなるらん」（古今集・羇旅・壬生乙）。 八 「三笠山今ぞ栄へむ」は「此岸」の序。藤原氏の栄えの意をも込める。藤原氏の氏神たる三笠山の春日明神の神詠「補陀落の南の岸に堂建てて今ぞ栄えん北の藤浪」（新古今集・神祇）をふまえる。 九 南は前後を繋ぐ。「南の海」は南海道すなわち四国。 一〇 摂津国。[掛]昆陽（歌枕）―こや（此や）。 一一 「（伊弉諾・伊弉冉二神の）鉾ノ滴リ凝堅リテ一ツノ島トナル。是

【一】〔次第〕〈次第〉ワキ・ワキツレ 〽出《い》[一]づるぞ名残《(なごり)》三日月の、出づるぞ名残三日月の、都の西に急《いそ》がむ。

〈サシ〉ワキ 〽天地《(あめつち)》の開《ひら》けし恵《(めぐみ)》[二]久方《かた》の、[三]天児屋根《(あまのこやね)》の御《(おん)》譲《ゆづ》り 大臣 〽[四]房崎《(ふさざき)》の大臣《(だいじん)》とは我事《(わがこと)》也、抑《(さて)》もみづからが御母《(おんはは)》は、[五]讃州志《(さんしうし)》渡《ど》の浦《うら》、房崎と申所にて、空《むな》しくなり給ひぬと、承はりて候へば、急ぎ彼《(かの)》所に下り、追善をもなさばやと思《おも》ひ候。

〈下歌〉立衆 〽[六]ならはぬ旅に奈良坂《(ざか)》や、返《かへ》り[七]三笠の山隠《かく》す、春の霞《かすみ》ぞ恨めしき。

〈上歌〉立衆 〽三笠《かさ》山、[八]今ぞ栄《さか(え)》へむ此岸《(このきし)》の、今ぞ栄《(え)》へむ此岸の、[九]南の海に急《いそ》がむと、行《ゆ》けば程なく津[一〇]の国の、こや日《(ひ)》の本《(もと)》の初《(はじ)》[一一]めなる、淡路の渡《わた》り末近《ちか》く、[一二]鳴門《なると》の沖に音するは、泊《とま》り定めぬ海士小舟《あまをぶね》、泊り定めぬ海士小舟[一三]。

〈着キゼリフ〉ワキ「御急《(いそぎ)》候程に、是《(これ)》ははや讃州志渡の浦に御着《(つき)》にて御座候、又あれをみれば、男女《(なんによ)》の差別《(しやべつ)》は知《し》らず、ひと一人《(いちにん)》来《(きたり)》候、彼者《(かのもの)》を相待《(あひまち)》、此所の謂れを委御尋《(くはしくおんたづね)》あらふ《(う)》ずるにて候。

【二】〔一声〕[一四]〈一セイ〉女 〽蜑《(あま)》[一五]の刈《か》る、藻に住《す》む虫にあらね共《(ども)》、われから濡《ぬ》らす袂かな。

〈名ノリザシ〉女 〽これは讃州志渡の浦、[一六]寺近《ちか》けれども心《こころ》なき、あまのの里の海人《(かいじん)》にて候。

〈サシ〉女 〽実《(げに)》や名に負《お》ふ[一七]伊勢おの《(を)》海士《(あま)》は[一八]夕波の、うちとの山の月を待《(まち)》、[一九]浜荻の風に秋を知《し》る、又[二〇]須磨の蜑人《あま(びと)》は、塩木にも[二一]若木の桜を折持て、春《はる》を忘《わす》れぬ便《(たより)》もあるに、[二二]此浦にては慰《なぐさ》みも、

奈良から志渡の浦へ

ヲ淡路島ト云フナリ」(三流抄)等。一二「誰ぞこの鳴門の浦に音するは　泊り求むる蜑(あま)の釣舟」(俊頼髄脳等所収の連歌)。「通盛」にも。掛成—鳴門。一三 下掛はさらに道行が続き、雪空を越えて到着。一四 囃子につれてシテが登場、手には鎌と海松布(みる)を持っている。一五 我から種々の憂きめを求め見る意を述べ、憂愁悲哀の心を謡う。「海士の刈る藻に住む虫のわれからと音をこそ泣かめ世をば恨みじ」(古今集・恋五・藤原直子)。掛われから(藻に住む虫)—我から。一六 寺近くに住むのに仏道にも帰依せず、殺生を業に日を送る天野の里の海士です。掛海士—あまの(天野)。「讃岐国志度荘内寺領天野村」(志度寺文書)。一七 伊勢の海士を言う歌語。掛内—内外。一八 序夕波の—うちとと。一九 伊勢の名物。蘆の異称。「草の名も所によりて変るなり　難波の蘆は伊勢の浜荻」(菟玖波集・雑三・救済)。二〇 須磨の海士は塩を焼く薪にも光源氏が植えたという若木の桜の

蜑の身の上

枝を折り添え、春の到来を忘れぬ便りもあるのに。二一「須磨には年かへりて、日ながくつれづれなるに、植ゑし若木の桜ほのかに咲

名のみあま野の原にして、花の咲《さ》く草もなし、〽何をみるめ刈《か》らふ《(う)》よ。

〈下歌〉女 〽刈《か》[二三]らでも運《はこ》ぶ浜河の、刈らでも運ぶ浜河の、潮《しほ》海かけて流芦《(ながれ)》の、世を渡《わた》る業《わざ》なれば、心なし共《(とも)》いひがたき、海士野《(あまの)》の里に帰《かへ》らん、海士野の里に帰らん。

【三】〈問答〉ワキ「いかに是《(これ)》なる女、おことは此浦の蜑《(あま)》にて有《(ある)》か　シテ「さん候《ザウラウ》此浦《うら》の潜《かづ》[二四]きの海士にて候　ワキ「潜《かづ》きの海士ならば、あの水底《みなそこ》の海松《(みるめ)》を刈《か》りて参らせ候へ　シテ「痛はしや旅づかれ、餓《う》え《(ゑ)》に臨《のぞ》ませ給ふかや、我住《(わがすむ)》里と申に、かほど賤《(いやし)》き田舎《(でんじや)》の果《は》てに、〽不思議や雲の上人をみるめ[二五]召《(めさ)》れ候へ、「刈《か》るまでもなし、此みるめをめされ候へ　ワキ「いやいや左様の為にてはなし、あの水底《(みなそこ)》の月を御覧ずるに、みるめ繁《しげ》りて障《さは》りとなれば、刈《か》り除《の》けよとの御諚《(ごぢやう)》なり　シテ「扨《(さて)》[二六]は月の為刈《か》り除《の》けよとの御諚かや、昔[二七]もさる例《ためし》あり、明珠《(めいしゆ)》[二八]を此沖にて龍宮へ取《と》られしを、カヽル〽潜《かづ》き上《あ》げしも此浦の。

〈次第〉同 〽天満《あまみ》[二九]つ月も満《み》ち潮《じほ》の、天満つ月も満ち潮の、みるめをいざや刈《か》らふ《(う)》よ。

【四】〈問答〉ワキ「暫く、何と明珠を潜《かづ》き上《あ》げしもこの浦の海士にてあると申か　シテ「さん候《ザウラウ》此浦の蜑《あま》にて候、又あれなる里をば天《あま》野の里と申て、彼蜑人《(かのあまびと)》の住《す》み給ひし在所《(ざいしよ)》にて候、又これなる島をば新珠島《(しんじゆじま)》[三〇]と申候、かの玉を取《と》り上《あ》げ初《はじ》めて見初《そ》めしによつて、新《あたら》しき珠島《たましま》と書《(かい)》て新珠島と申候　ワキ「扨《(さて)》その玉の名をば何と申けるぞ　シテ「玉中《(ぎよくちう)》に釈迦の像まします、いづかたより拝《おが》み奉れ共《(ども)》、同じ面《(おもて)》なるによつて、面《おもて》を向《む》かふに背《そむ》かず

きそめて」(源氏物語・須磨)。

二二 この浦には何の慰みもない。名こそ海士に縁のありそうな天野原だが、花の咲く草もなく見る物とて何もない。囲無―名、海士―あまの(天野)、見―みるめ(海松)。付海士―みるめなき・みるめかる。

二三 以下、「流芦の」までが「世」の序。

海松刈の所望

海松と違い刈らずとも流れ蘆は海へ注ぐ川が運んでくれる。その流れよる蘆を拾う、これも渡世の業なのだから、心なき海士とは言いがたい。伊勢の海士の浜荻に、蘆を軽く対比させた。囲節(よ)―世、海士野―天野。

二四 海に潜って業をする海士。

二五 囲見る―海松。

二六 海松をめぐる会話が明珠を潜き上げた昔語りを導く。

二七 ここは下掛の「たとひ千尋の底の海松(みるめ)なりとも、仰せならばさこそあるべけれ、天智天皇の御時、唐士より一つの明珠を渡されしを…」とあるのが古形らしい。

蜑が潜き上げた玉の話

二八 明るく光り輝く珠。面向不背の玉。以下の説話は縁起に基づく。

二九 天には満月が輝き、海は潮が満ちてきた。さあ海松を刈ろう。囲海士―天満つ、月も満ち―満ち潮。ミの連韻を多用。

三〇 縁起に「真珠島」。

と書《か》いて、[一]面向不背《めんかうふはい》の玉と申候　ワキ カヽル 〽か程《ほど》の宝《たから》を何とてか、[二]漢朝《かんてう》よりも渡しけるぞ。

〈語リ〉シテ女「今の大臣[三]淡海公《たんかいこう》の御妹は、唐《もろこし》高宗皇帝の后に立《た》たせ給ふ、されば[四]其御氏寺《そのおんうぢでら》なればとて、興福寺《こうぶくじ》へ三の宝を渡《わた》さるる、[五]花原磬《くわげんけい》泗浜石《しひんせき》、面向不背の玉、二つの宝《たから》は[六]京着《きやうちやく》し、明珠は此沖にて龍宮へ取《と》られしを、大臣御身をやつし此浦に下《くだ》り給ひ、いやしき海士乙女と契《ちぎ》りをこめ、ひとりの御子を儲《まう》く、今の房崎《ふさざき》の大臣是《これ》なり。

【五】〈問答〉大臣「[七]やあいかに是こそ房前《ふさざき》の大臣よ、あら懐《なつ》かしの海士人や、猶々《なほなほ》語《かた》り候へ

女「あら何共なや、今までは余所《よそ》の事とこそ思ひつるに、扨《さて》は御身の上にて御坐候ぞや、[八]荒便《あらびむ》なや候《ザウラウ》。

〈クドキグリ〉大臣 カヽル 〽みづから大臣の御子と生《むま》れ、[九]恵《めぐみ》開《ひら》けし藤の門《かど》、され共《ども》[一〇]心《こころ》にかかることは、この身残りて母知《し》らず。

〈クドキ〉大臣 〽ある時《とき》[一一]傍臣語《かた》りていはく、忝《かたじけな》くも御《おん》母は、讃州志渡の浦、房崎の[一二]あまり申せば恐《をそ》れありとて言葉を残《のこ》す、扨《さて》は賤《いや》しき海士の子、賤《しづ》の女《め》の腹《はら》に宿《やど》りけるぞや。

〈上歌〉同 〽[一三]よしそれとても箒木《ははきぎ》に、よしそれとても箒木に、しばし宿《やど》るも月の光、[一四]雨露《うろ》の恩にあらずやと、思へば尋来《たづねきた》りたり、あら懐《なつ》かしの海士《あま》人やと、御涙を流《なが》し給《たま》へば　女 〽実《げに》心なき海士衣《あまごろも》　同 〽さらでも濡《ぬ》らす我袖を、重《かさ》ねてしほれとや、かたじけなの御事

一 縁起に「真向珠」「不向背珠」。二 中国一般をさす。三 房前の父不比等の諡《おくりな》。四「興福寺は是れ淡海公の御願、藤氏累代の氏寺也」(源平盛衰記二十四・南都合戦)。五 中国、華原産の石と泗浜産の石で作った磬(楽器の一種)。「華原磬、華原磬、古人不レ聴、泗浜石、泗浜石、今人不レ撃古人撃」(白氏文集三)。六 京都に到着する意の成語。七 あまりに懐かしい物語にこらえ切れず我が名を告げた。八 具合の悪い事を申しあげました。

房前と名乗り、母を懐かしむ

九 藤原氏の一門として繁栄の道の開けた身。縁開く—門。一〇 心にかかるのは見ぬ母のこと。縁藤—かかる。一一 側近の臣の意か。底本「亡心」。下掛「功臣(侯臣)」。一二「房崎の海士」と言い掛け「余り」と言葉を濁した。掛海士—余。一三 たとえ賤の女であっても母は母。母の胎内にしばらく宿ったのも、月の光(父親)が雨露(母親)に映って、しばしその姿をとどめたようなもの。掛箒木—母。縁宿る—月、月—光—雨露。一四 こうして人となったのも、草木が雨露の恵みで育つのと同様、母の恩愛によるのではないか。「迎レ春乍変、将希二雨露之恩一」(和漢朗詠集・春・立春・紀淑望)。一五 この世だけで

や。

〈片グセ〉同 へかかる貴人《きにん》の、賤《いやし》き海士《あま》の胎内に、宿《やど》り給ふも一五一世ならず、たとへば日月《じつげつ》の、一六潦《にはたづみ》に映《うつ》りて、光陰を増《ま》すごとくなり、われらも其海士の、子孫と答へ申さむは、一七事もを《お》ろかや我君の、縁《ゆかり》に似たり紫《むらさき》の、藤咲門《ふぢさくかど》の口を閉《と》ぢて、言《い》はじや水鳥《みづとり》の、御主《おシウ》の名をば朽《く》たすまじ。

【六】〈問答〉ワキ「一八とても事に彼《かの》玉を潜《かづ》き上《あ》げし処を、御前《おんまへ》にて一九そとまなふ《う》で御目《おんめ》にかけ候へ二〇

シテ「さらばそとまなふ《う》で御目に懸《かけ》候べし。

〈語リ〉シテ「二一其時蜑人申様《あまびとまうすやう》、若《もし》此玉を取《と》り得《え》たらば、此御子《おんこ》を世続《よつぎ》の御位《おんくらゐ》になし給へと申《まうし》かば、二二子細あらじと領掌《りやうじやう》し給ふ、扨《さて》は二三我子ゆへ《ゑ》に捨《す》てん命、露程も惜《お》しからじと、千尋《ちイろ》の縄を腰につけ、もし此玉を取得《とりえ》たらば、此縄《なは》を動《うご》かすべし、その時人々力を添《そへ》、引上《ひきあげ》給へと約束し、カヽル へひとつの二四利剣を抜《ぬ》き持《もつ》て。

〈段歌〉同 へ彼海底《かのかいてい》に飛入《とびいれ》ば、二五空はひとつに雲の波、煙の波を凌《しの》ぎつつ、海《かい》漫々《まんまん》と分入《わけいり》て、直下《ちよくか》と見れ共《ども》底《そこ》もなく、辺《ほとり》も知《し》らぬ海底に、二六そも神変《じんぺん》はいさ知《し》らず、取得《え》ん事は不定《ふぢやう》なり、角《かく》て龍宮に到《いた》りて、宮中《きうちう》を見れば其高さ、三十丈《ぢやう》の玉塔《ぎよくたふ》に、彼玉《かのたま》を籠《こ》め置《を》き、香華《かうげ》を供《そな》へ守護神《しゆごじん》に、二七八龍並《な》み居たり、其外二八悪魚《あくぎよ》鰐《わに》の口、逃《のが》れがたしや我命、さすが二九恩愛の、故郷《ふるさと》のかたぞ恋《こひ》しき、あの波のあなたにぞ、我子はあるらん、父大臣もおはすらん、去《さる》に

の縁ではありません。一六 庭にたまった水。「日月」を父、「潦」を母、「光陰」を子に譬えた。一七 口にするのも恐れ多いことながら、賤しい私が、我が君(房前)の縁の者で藤原一門につながる者となってしまいますから、口を閉じて何も申しますまい、あなたのお名をけがしますまい。縁縁―紫。序紫―藤、藤咲門の(繁栄する藤原氏)―口、水鳥の―鷲。掛見ず―水鳥、鷲―御主―唖。一八 いっそのこと。一九 その時の有様を仕方話で再現すること。二〇 このあと下掛は「してさきに申して候だにも憚りに候に、何としてまなふで御目に掛候べき わき いやいや苦しからぬ事、ただまなふで御目に掛候」(六徳本)の詞章が続く。上掛では光悦本・擬光悦本に同意の文句がある。二一 以下、縁起にある往時の再現。決死の海士の悲壮な働き。二二 異存はないとご承諾なさった。二三 縁命―露―玉。二四 よくきれる剣。二五「海漫々、直下無底傍無辺、雲濤烟浪最深処、人伝中有三神山二」(白氏文集三)に基づく。「カイマンマントシテホトリモナシ」(日葡)等。二六 神通力でならともかく、人の力では取れるか否か分からず。二七 玉を守護する神。

玉取りの昔を再現

ても此儘《このまま》に、別《わか》れ果《はて》なん悲《かな》しさよと、涙ぐみて立《た》ちしが、又[一]思《おも》ひ切《き》りて手を合《あ》はせ、南無や志渡寺の[二]観音薩埵の、力を合《あ》はせてたび給へとて、[三]大悲の利剣を額《ひたい》にあて、龍宮のなかに飛入ば、左右《さう》へばつとぞ退《の》いたりける、其隙に宝珠を盗《ぬす》み取《と》つて、逃《に》げんとすれば守護神追《を》つかく、かねて企《たく》みし事なれば、持たる剣《つるぎ》を取直《なを》し、乳《ち》の下《した》をかき切《き》り、玉を押《お》しこめ、つるぎを捨《すて》てぞ伏《ふ》したりける、[四]龍宮の慣《なら》ひに死人《しにん》を忌《い》めば、あたりに近《ちか》づく悪龍なし、約束の縄《なは》を動《うご》かせば、人々喜《よろこ》び引上《あ》げたりけり、[五]珠は知《し》らず海士《あま》人は、海上《かいしやう》に浮《う》かび《み》出《い》でたり。

【七】〈クドキ〉女 ＼かくて浮《う》かび《み》は出《い》でたれ共《ども》、悪龍の業《わざ》と見《み》えて、[六]五体も続《つづ》かず朱《あけ》に成《なり》たり、珠《たま》も徒《いたづら》になり、主《ぬし》も空《むな》しくなりけるよと、大臣歎《なげ》き給ふ、其時息《いき》の下《した》より申やう、我乳《わがち》のあたりを御覧ぜとあり、実《げに》も剣《つるぎ》のあたりたる跡あり、其《その》なかより光明赫奕《かくやく》たる玉を取《と》り出《いだ》す、[七]扨こそ御身も約束のごとく、此浦の名に寄《よ》せて、房崎の大臣とは申せ、今は何《なに》をかつつむべき、 カヽル ＼是こそ御身の母、海士人の幽霊よ。

〈歌〉同 ＼[八]此筆の跡を御覧じて、不審をなさでとぶら《ム》へや、[九]今は帰《かへ》らんあだ波《なみ》の、夜《よる》こそ契《ちぎ》れ夢人《ゆめびと》の、開《あ》けて悔《く》やしき浦島が、親子の契り朝潮《あさじほ》の、浪の底に沈《しづ》みけり、立《た》つ波の下に入《いり》にけり。　（中入）

【八】〈問答・語リ・触レ〉

[一〇]（ワキがアイの浦の男を呼び出し、同行を求め、地謡前に着座。真中に座したアイはワキの問いに答えて、昔中国から日本へ送られた三つの宝にまつわる蜑の玉取り説話を

「八大龍王」(法華経説法の座に列したという八体の龍王)の意ではなく、多くの龍の意であろう。 二八 恐ろしい魚どもが口を開けている危険な状況。 二九 掛女—恩愛。

以上五七七頁

一 以下、思い返し決然として志度寺の観音を心に念じ、龍宮へ飛び入るさま。

二 観世音菩薩。「本尊者十一面観世音」(縁起)。 三 観音の慈悲心が添えられた剣。 四「龍宮の…」から「…悪龍なし」までのことは縁起に見えず、謡曲での脚色らしい。

五 珠はどうなったか分からないが。「珠」と「蜑」は連韻。 六 五体は切り裂かれ血に染まっている。

七 この一句、下掛「さてこそ約束のごとく御身も世継の位をうけ」。

八 手紙。文書。筆跡を残し供養を頼む設定は、謡曲での脚色。

九 今はもう波の下に帰ります。夜の夢にだけ逢える幽霊の身、夜が明けては残念でも姿を消さねばなりません。

母と明かし弔いを頼む

掛帰—返、寄る—夜。 序あだ波の—寄る、浦島が—親子。「夢人」は夢に逢う人。ここは幽霊としての海士を言う。 一〇 ワキがアイを呼び出すのは異例で脇能に準ずる形式。貴人の一行ゆえの形。

一一 縁起に地底よりの声として「魂去二黄壌一、一十三年、冥路悄々無

語る。やがてワキから房前が亡母の追善の管絃講を行う由を聞き、ワキの命令で触れる）

【九】〈問答〉ワキ「いかに申上候、あまりに不思議なる御事にて候程に、御手跡《（おんしゆせき）》を披《ひら》いて御覧ぜられうずるにて候。

〈オキゴト〉大臣 へ扨《（さて）》は亡母《（ばうも）》の手跡かと、披《ひら》きて見れば魂《（たましひ）》[一一]黄壌《（くわうじやう）》に去《さ》つて一十三年、[一二]骸《かばね》を白沙《（はくさ）》に埋《うづ》むで日月《（じつげつ）》の算《さむ》を経《ふ》、[一三]冥路《（めいろ）》昏々《（こんこん）》たり、我をとぶ《ム》らふ人なし、君孝行《（かうかう）》たらばわが[一四]冥闇《（めいあん）》を[一五]助《たす》けよ、実《（げに）》それよりは十三年。

〈歌〉同 へ扨は疑《うたが》ふ所なし、いざとぶ《ム》らはん此寺の、[一六]志《こころざし》ある手向草《ぐさ》、花の蓮《はちす》の妙経、色々の善をなし給ふ、色々の善をなし給ふ。

【一〇】〔出端〕[一七]〈誦句〉地 へ[一八]寂莫無人声《（じやくまくむにんじやう）》。

〈サシ〉後シテ へあら有難《がた》の御弔《（おんとむら）》ひやな、此御経《（おんきやう）》に引《ひ》かれて、[一九]五逆《（ごぎやく）》の達多《（だつた）》は天王記別《（てんわうきべつ）》を蒙《かうぶ》り、八歳の龍女《（りうによ）》は南方無垢《（なんばうむく）》世界に生《（しやう）》を受《う》くる、猶々《（なほなほ）》[二〇]転読し給ふべし。

〈誦句〉地 へ[二一]深達罪福相《（じんたつざいふくさう）》、遍照於十方《（へんぜうおじつぱう）》 シテ へ微妙浄法身《（みめうじやうほつしん）》、具相三十二《（ぐさうさんじふに）》。

〈ノリ地〉地 へ以《（い）》八十種好《（はちじつしゆがう）》 シテ へ用荘厳法身《（イうしやうごんほつしん）》 地 へ天人所戴仰《（てんにんしよだいがう）》、龍神咸恭敬《（りうじんげんくぎやう）》、あら有難の、御経《（おんきやう）》やな。

〔盤渉早舞〕[二二]

【一一】〈ノリ地〉シテ へ今此経の、[二三]徳用《（とくイう）》にて 同 へ今此経の、徳用にて、[二四]天龍八部《（てんりうはちぶ）》、人与非人《（にんよひにん）》、皆遥見彼《（かいえうけんぴ）》、龍女成仏、[二五]さてこそ讃州、志渡寺と[二六]号《（かう）》し、[二七]毎年《（まいねん）》八講《（はつかう）》、朝暮《（てうぼ）》の勤行《（ごんぎやう）》、仏法繁昌の、

レ人レ訪レ我、君有二孝行一助二我永冥一」とあるのを、亡母の手跡に脚色した。「黄壌」は底本「江上」を訂正。冥途の意。現行観世は「コオショオ」と発音。 一二 縁起に、屍を「海浜の沙」に埋めたことをふま

母の手跡の披見

える。 一三 冥途の路の暗きさま。 一四 冥き道に迷える身を救ってほしい。下掛「永闇」。 一五「助けよ」までが亡母の手跡。 一六 この志度寺の名にふさわしく志をこめた手向けをし、花の蓮の妙経(法華経)を読み、色々の追善をなさるのだ。 縁 草―花―色々。 一七 母の霊が経巻を手に登場。後述の龍女成仏の縁で、龍女の姿。 一八 法華経・法師品の偈文。弔いの読経。「寂莫

龍女、法華経の読誦

トシテ人声無シ」。法悦の境地。 一九 無間地獄に堕ちる五つの悪業。法華経・提婆達多品にある説話。法華経の功徳で、五逆の罪を犯した提婆達多も、天王如来になりうる予言を得た。娑竭羅龍王の娘は八歳の時、男子に生まれ変わり、南方の無垢世界に行った。 二〇 大部の経典の要所を読むこと。 二一 以下「龍神咸恭敬」まで、提婆達多品にある龍女の釈迦礼讃の文。

寺の繁栄

霊地となるも、この孝養《けうやう》と、うけたまはる。

仏の徳の広さ、姿の美しさ尊さ、諸衆の宗教の深さを説く。海士の霊が龍女の姿ゆえ、「龍神咸恭敬」(龍神もみな、つつしみ敬う)の句で切った。宝生・下掛「ジンダツ」。三 成仏の喜びを、敬虔に、かつノリよく舞う。三 功徳のはたらきによって。三四 龍女の成仏をあらゆる者が歓喜敬礼したこと。「天龍八部ト人ト非人トハ、皆遥カニ彼ノ龍女ノ成仏スルヲ見タリ」(法華経・提婆達多品)。天龍八部は仏法を賛美する八部衆(天・龍・夜叉・乾闥婆・阿修羅・迦楼羅・緊那羅・摩睺羅迦)。三五 以下、寺の縁起を説く一種のあとがき。三六 現行観世は「ゴオ」と発音。「コオ」(宝生・下掛)が古型。三七 法華八講。法華経八巻を朝夕に一巻ずつ修し四日に終る。

——以上五七九頁

蟬丸（せみまる）

四番目物　古称、逆髪
狂女物　作者不明（金春禅竹か、観世元雅か）

場景　前半—近江国逢坂山、ある秋の一日。中半—都から逢坂山へ。後半—逢坂山。

人物　シテ　逆髪〔十寸髪（ますかみ）・唐織脱下女〕
ツレ　蟬丸〔蟬丸・蟬丸（物着後、大口僧）〕
ワキ　侍従清貫（きよつら）〔風折長絹大口〕
ワキヅレ　輿舁（こしかき）〔大口モギドウ〕（二人）
アイ　博雅の三位（はくがのさんみ）〔能力〕

梗概　延喜の帝は侍従の清貫に命じて、盲目の第四の皇子蟬丸を逢坂山に捨てさせる。逢坂山に着いた清貫は宮を出家させ、蓑と笠と杖を与えて立ち去る。すべて前世の報いと運命を受け入れる宮。それを憐んだ博雅の三位が藁屋を用意し、中へ導き、重ねて見舞うことを約束して去り、蟬丸はただ一人、琵琶に心を慰めている。一方、第三の宮逆髪は、髪が逆立つ病気のうえ心も乱れ宮中を逐われ諸方をさまよいつつ逢坂山へやって来る。水鏡に映るあさましい姿、しかし狂女なれど心は清らかな逆髪の宮は、蟬丸が弾ずる美しい琵琶の音にひかれ藁屋に近づき聞き入る。思いがけず弟と知り姉と知った姉弟は互いに手を取り、再会を喜び、宿業を嘆きあう。やがて流浪することが宿命であるかのごとく、逆髪は別れを告げて立ち去り、涙にくれる蟬丸は見えぬ眼で姉宮を見送る。

素材・主題　平家物語や三国伝記等に見える蟬丸説話と、三井寺の寺門伝記補録〈応永年間〈一三九四—一四二八〉頃〉に蟬丸と共に関明神二所として記す逆髪の宮の巷説に拠りつつ、蟬丸の歌で名高い逢坂山を舞台に、数奇な運命の逆髪・蟬丸を姉弟とし、落魄した貴種の流浪と再会、そして別離を描く。構成は㈠蟬丸の剃髪、㈡逆髪の狂乱、㈢姉弟の再会と述懐・別離、の三部に分けられる。㈠では、皇子蟬丸の境遇の激変を物着（ものぎ）によって印象づけ、父帝への恨みを封じ込め運命を甘受する姿には静かな諦観が漂う。㈡の狂女逆髪の道行は文章も節付も流麗で型も美しく、世阿弥の言う見（けん）聞（もん）が同時に開いた妙所ともいえる。「それ花の種は地に埋もつて千林の梢にのぼり、月の影は天にかかつて万水の底に沈む、是らをばみな何れをか順と見、逆なりといはん」と順逆の理（ことわり）を説く姿に、万物の哲理を洞察する確かな眼が感じられる。㈢の邂逅は琵琶の名手蟬丸の妙音を契機とし、共に庶人（そじん）へと身を落とした姉弟の感懐が語られるが、やがて逆髪が別れを告げ、両人の孤独をきわだたせる。高貴な皇女皇子を最下層の人物に設定した特異な脚色、苦境に立つ人間へのまなざし、詞章・節付の流麗さなど、名曲と評しても過言ではない。申楽談儀に所演記事が見えるが、室町末期までは謡のみが伝存、能としては江戸中期以降の復活。昭和二年三月、近代の名手野口政吉・松本長（ながし）の「蟬丸」を見た野上彌生子は日記に「政吉の逆髪の美しさと高貴さと憂愁は何にたとへやうもなかつた。弟の蟬丸との不意な邂逅の瞬間における型はエレクトラとオレステスをふと思ひ起こさせた」と記している。

以下五八二頁
一 まず後見が幕から藁屋の作リ物を運び出して、脇座に据える。
二 定めなき世では、現在の辛い事がかえって未来の頼みともなる。「中々に」に世の中と、かえっての意を掛ける。
三 醍醐天皇。
四 蟬丸を延喜第四の皇子とする伝承は、平家物語十・海道下にある。今昔物語集二十四には宇多天皇の皇子敦実親王に仕えた雑色（ぞうしき）で、琵琶をよくし、のち盲目となって逢坂の関の辺に庵を作って住したとある。
五 ワキ清貫の感懐。【二】の〈問答〉での蟬丸の諦念「前世の戒行つたなき故」と対比される。
六 お生まれになられた時から。
七 大空に輝く月や日の光も見ることなく、暗黒の闇に沈み、悲しみの涙もやむ事はない。「暗夜に燈消えて五更の雨に向ふが如

【一】[一]〔次第〕〈次第〉ワキ・ワキツレ〽定《さだ》[二]めなき世の中々に、定めなき世の中々に、憂《う》き事や頼《たの》みなるらん。

〈サシ〉ワキ カヽル〽是《(これ)》は延喜《(えんぎ)》[三]第四《(だいし)》の御子《みこ》蟬《せみ》[四]丸の宮にておはします　同〽実《(げに)》や何事も報《むく(い)》ひありける憂《う》き世かな、前世《(ぜんぜ)》[五]の戒行《(かいぎやう)》いみじくて、今皇子《(わうじ)》とは成《(なり)》給へ共《(ども)》、襁褓《きやうぼう》[六]のうちよりなどや覧《(らん)》、両眼盲《し》ひましまして、蒼《さう》[七]天に月日の光なく、闇夜《あむや》に燈火暗《ともしびくら》ふして、五更《(ごかう)》の雨もやむ事なし

ワキ〽明《(あか)》し暮《(くら)》させ給《たま》ふ処に、御門《(みかど)》いかなる叡《えい》慮やらん　同〽ひそかに具足《ぐそく》し奉り、逢坂山に捨《(すて)を》置き申《(まうし)》、御髪《(おん)ぐし》をおろし奉れとの、綸言《(りんげん)》[八]出《(いで)》て帰らねば、御痛《いた》はしさは限《かぎ》りなけれども、勅定《(ちよくぢやう)》なれば力なく。

〈下歌〉同〽足弱車《あしよは(ぐるま)》[九]忍び路を、雲井のよそにめぐらして。

〈上歌〉同〽し[一〇]ののめの、空《そら》も名残の都路を、空も名残の都路を、今日出《けふ(いで)》初《そ》めてまたいつか、帰らん事もかた糸《いと》の、寄《よ》るべなき身の行《(ゆく)へ》、さなきだに世中《(よのなか)》は、浮木《うき》[一一]の亀《かめ》の年を経《へ》て、盲亀《(まうき)》の闇路《やみち》たどり行《(ゆく)》、迷《まよ》ひの雲も立《(たち)》のぼる、逢坂《あふさか》山に着《(つき)》にけり、逢坂山に着にけり。

【二】〈問答〉せみ丸「いかに清貫《きよつら》[一二]　ワキ「御前《(おんまへ)》に候　せみ丸「さて我をば此山に捨《(すて)を》置くべきか

ワキ「さむ候《ザウラウ》宣旨にて候程に、是迄は御《(おん)》供申て候へ共《(ども)》、いづくに捨《す》て置《を》き申べきやらん、

カヽル〽去《(さる)》にても我君は、尭舜《(げうしゆん)》[一三]よりこのかた、国を治《おさ》め民を憐《あは》れむ御事《(おんこと)》なるに、か様《(やう)》の叡慮は何と申たる御事やらん、かかる思《おも》ひもよらぬ事は候はじ　せみ「あら愚《おろ》かの清貫がいひ

都から逢坂山へ

し」(太平記二十一)。五更は午前四時。八 天皇のお言葉は、一度出れば再び元へ戻ることがない汗のように、取り消すことができないの意。九 前の「力なく」を受け、足が進まぬ心。「足弱車の力なき」(「熊野」)。[縁]足弱車—めぐらし。一〇 [掛]身—都路、難し—かた糸。[縁]都路—忍路—出。[序]かた糸—寄る(縒る)べなき。「帰らん・かた糸」は頭韻。一一 盲亀の浮木(ふぼく)。出会うのが容易でないこと。「如三大海中盲亀値二浮木孔一」(涅槃経)。[縁]迷ひ—闇路。一二 未詳。醍醐天皇に仕えた大納言藤原清貫か(帝王編年記)。一三 中国古代の聖天子。一四 悪業によってもたらされた障り。一五 蟬丸の髪をおろす心で、後見が狩衣を脱がせ、角帽子・水衣を着せて僧形となす。一六 唐の李賀の詩「西施暁夢綃帳寒、香鬟堕髻半沈レ檀」(美人梳頭歌)による。沈を枕と誤用。美しい結び髪を切って、檀を枕にする、の意。一七 呉王夫差の愛寵した美人。一八「雨により田蓑の島を今日行けど名には隠れぬものにぞありける」(古今集・雑上・紀貫之)。以下、蟬丸は古歌を偲びつつ蓑・笠・杖を受取る。風雅を忘れぬ皇子の心がいっそう哀れを誘う。作業用に藁などで作った雨具の「田ミノ」を地

ごとやな、もとより盲目の身と生るる事、前世《ぜんぜ》の戒行《かいぎやう》つたなき故《ゆへ》なり、 カヽル へされば父御《み》門《かど》も、山野《さんや》に捨《すて》させ給ふ事、[一四]御情なきには似たれ共《ども》、此世にて過去の業障《ごつしやう》を果《は》たし、後の世を済《たす》けんとの御《おん》はかりこと、是こそまことの親の慈悲よ、あら歎《なげ》くまじの勅定《ちよくぢやう》やな。

〈問答〉ワキ「宣旨にて候程に御髪《ぐし》おろし奉り候　せみ「是は何といひたる事ぞ　ワキ「是は御出家とて目出度《めでたき》御事にてわたらせ給ひ候。　〔物着〕[一五]

【三】〈掛合〉せみ へ実《げに》や[一六]香鬟髻《こうくはんもとひ》を堕《き》り、半《なかば》檀《だん》に枕《まくら》すと、唐土《もろこし》の[一七]西施《せいし》が申けるも、かやうの姿《すがた》にてありけるぞや　ワキ へ此御有様にては中々盗人《たうじん》の恐《おそ》れも有《ある》べければ、御衣《ぎよい》を給はつて蓑《みの》といふ物を参らせ上《あげ》候　せみ へこれは[一八]雨による田蓑《たみの》の島と詠《よ》み置《を》きつる、蓑《みの》といふ物か　ワキ「又雨露《あめつゆ》の御為《おんため》なれば、同《おなじ》く笠を参らする　せみ へこれは[一九]御侍《みさぶらひ》御笠《かさ》と申せと詠《よ》み置《を》きつる笠《かさ》といふものよなふ　ワキ「又此杖は御道《みち》しるべ、御手《おんて》に持《もた》せ給ふべし　せみ へ実《げに》々《げに》是も[二〇]突《つ》くからに、千歳《ちとせ》の坂をも越《こ》えなんと、かの遍昭《へんぜう》が詠《よ》みし杖か　ワキ へそれは千年《とせ》の[二一]栄《さか》ゆく杖　せみ へ爰《ここ》は所も[二二]逢坂山の　ワキ へ関の戸ざしの[二三]藁《わら》屋の竹の　せみ へ杖柱《つゑはしら》とも頼《たの》みつる　ワキ へ父帝《みかど》には　せみ へ捨《す》てられて。

〈歌〉同 へかかる憂《う》き世に[二四]逢《あふ》坂の、知《し》るも知《し》らぬもこれ見《み》よや、延喜《えんぎ》の皇子《わうじ》の、成行《なりゆく》果《は》てぞ悲《かな》しき、[二五]行人《かうじん》‐征馬《せいば》の数々、上《のぼ》り下《くだ》りの旅衣、袖を[二六]しほりて村雨の、降《ふ》りすてがたき名残哉《かな》、ふり捨《す》てがたき名残哉。

名「たみの(の島)」に掛ける。一九「御侍ひ御笠と申せ宮城野の木の下露は雨に勝れり」(古今集・東歌)。「御侍ひ」はお仕えする者。二〇「ちはやぶる神や伐りけむ突くからに千年の坂も越えぬべらなり」(古今集・賀・遍昭)。二一 掛 栄―坂。縁 逢坂山―坂。二二 縁 逢坂山―栄(坂)ゆく、逢坂山―関の戸ざし。二三 藁屋の竹(竹の柱。わびずまいのさま)、竹の杖、杖柱(頼みとする意)、と続けた。二四 掛 逢ふ―逢坂。「これやこの行くも帰るも別れつゝ知るも知らぬも逢坂の関」(後撰集・雑一・蟬丸)を借りる。二五「行人征馬駱〻駅於翠簾之下〻」(和漢朗詠集・山家・源順)。「行人征馬」という叙事詩的響きが往き来する関所の雑沓を浮かび上がらせる。二六 縁 しほり―村雨。序 村雨の―降り(振り)。

蟬丸の落飾

以下五八四頁

一 さて。「驚きを示したり、物事を強調したりする語」(日葡)。二 掛 あらん―有明、月―つき(尽き)。序 有明の―つき(月)。

孤独、友は琵琶

三 唐織脱掛の狂乱の姿で手には笹の小枝を持つ。四 伝承に想を得た仮作の人物。寺門伝記補録第五の関明神祠の項に「補曰。社記云。

〈歌〉同 ＼去《(さり)》[一]とては、いつをかぎりに有明[二]の、つきぬ涙を抑《おさ》へつつ、はや帰《かへ》るさに成《(なり)》ぬれば、皇子は跡に唯独《(ただひとり)》、御身に添《そ》ふ物とては、琵琶を抱《いだ》きて杖を持《も》ち、臥《(ふし)》まろびてぞ泣《な》き給ふ、臥まろびてぞ泣き給ふ。

（蟬丸は孤独にうち沈む。清貫は心を残しつつ退場。ついでアイの博雅の三位が出て、逢坂山に貴人の捨てられたことを聞き、見舞いに来た由を言い、あまりの労しさに蟬丸を藁屋の内へ助け入れ、やがて退場する）

【四】〔一声〕〈サシ〉シテ[三] ＼是は延喜第三の尊《(みこ)》、逆髪《さかがみ》[四]とは我事《(わがこと)》也、我皇子《(わうじ)》とは生《(うまる)》れども、いつの因果の故《(ゆゑ)》やらん、「心よりより狂乱して、カヽル ＼辺土遠境《(へんどゑんきやう)》の狂人となつて、緑《みどり》[五]の髪《かみ》は空《そら》さまに生《お》ひ上《(のぼ)》つて撫《な》づれども下《くだ》らず。

〈ノリコトバ〉シテ「[六]いかにあれなる童《わらむべ》どもは何を笑《わら》ふぞ、なに我髪《かみ》の逆《さか》様成《(なる)》がおかし《(を)》ひ《(い)》とや、実《(げに)》逆《さか》様なる事はおかし《(を)》ひ《(い)》よな、カヽル ＼扨《(さて)》は我髪《かみ》よりも、汝等が身にて我を笑《わら》ふこそ逆《さか》様なれ、「面[七]白し面白し、これらはみな人間目前の境界《(きやうがい)》なり、そ[八]れ花の種《たね》は地に埋《うづ》もつて千林《(せんりん)》の梢にのぼり、月の影は天にかかつて万水《(ばんすい)》の底《そこ》に沈《しづ》む、是らをばみな何《(いづ)》れをか順と見、逆なりといはん。

〈クリ〉シテ カヽル ＼われは皇子なれども庶人《(そじん)》[九]に降《くだ》り、髪《かみ》[一〇]は身《しん》上《(しやう)》より生《(おひ)》のぼつて星霜《(せいざう)》を戴《いただ》く、是みな順逆の二《(ふたつ)》[一一]なり、面白や。〔カケリ〕

〈一セイ〉地 ＼柳[一二]の髪《かみ》をも風は梳《けづ》るに　シテ ＼風にも解《と》かれず、手にも分《わ》けられず　地 ＼かなぐり捨《(すつ)》る御手《みて》の袂　シテ ＼抜頭《ばとう》[一三]の舞かや、あさましや。

関明神者。朱雀院御宇。天慶九年九月二十四日。延喜第四子。蟬丸之霊。皇姉宮逆髪（サカガミ）之霊祟二祭于当社一云云。又或説云。下祠者。祭二蟬丸宮一。上祠者祭二逆髪宮一とある。 五「髪は空さまへおひあがり」（平家物語三・有王）。「白髪は乱れ逆髪の」（「歌占」）。 六 往来の童たちの嘲笑に対する反駁と説諭。「柏崎」と同一手法。 七「万箇目前の境界」（「山姥」）と同趣。 八 花の種は地に埋もれるが、やがて成長し梢となって上にのび、月は天にあるが、月光は深い水の底に影を映す。禅林の詩句か。自然界の現象を例に順逆の理を説く。

狂女逆髪、順逆の理

九 平民の身分に降り。 一〇 髪は身から空に向かって生い上り、まるで天上の星や天より降る霜を受けとめているかのようだ。 一一「人生半哀楽、天地有順逆」（杜甫）。「これ皆順逆の二つなり」（「東北」）。 一二「気霽風梳二新柳髪一」（和漢朗詠集・春・早春・都良香）を借用。 一三 舞楽の曲名。長髪を振り乱して舞う特異な曲。 一四 以下、逆髪のイメージを重ねた。京から逢坂の関への道行は歌枕を点綴し一曲中の眼目。「花の都を出でしより、音（ね）に鳴き初めし賀茂川や…」（曲舞「東国下」。琳阿弥作詞・南阿弥作曲）。 一五 掛憂き

〈段歌〉同 〽花[一四]の都を立出《(たちいで)》て、花の都を立出て、う[一五]きねに鳴《(なく)》か賀茂《かも》川や、末《すゑ》白河をうち渡《わた》り、粟田《あはた》口にも着《(つき)》しかば、今は誰をか松坂《(まつざか)》や、関[一六]の—こなたと思ひしに、跡になるや音羽山の、名残惜《お》しの都や、松[一七]虫—鈴虫《すずむし》きりぎりすの、鳴《(なく)》や—夕陰《かげ》の山科《しな》の、里人も咎《とが》むなよ、狂[一八]女なれど心は、清瀧川と知《(しる)》べし シテ 〽逢[一九]坂の、関の清水に影見《かげみ》えて 同 〽今や引《(ひく)》らん望月の、駒の—歩《あゆ》みも近づくか、水[二〇]も—走《はしり》[二一]井の影見《み》れば、我ながらあさましや、髪《かみ》は荊《をどろ》[二二]を戴《いただ》き、黛《まゆずみ》も乱《みだ》れ黒《くろ》みて、実《(げに)》逆《さか》髪の影映《かげうつ》る、水を—鏡《かがみ》と夕[二三]波の、うつつなの我姿や。

【五】〈サシ〉せみ丸 〽第[二四]一第二の絃《(けん)》は索々《さくさく》として秋の風、松を払《はら》つて疎《そ》韻《いむ》おつ、第三第四《(だいし)》の宮は、我《(われ)》蟬丸が調《しらべ》べも四《よ》つの、折から成《(なり)》ける村雨かな、あら心凄《すご》の夜すがらやな。

〈上ノ詠〉せみ丸 〽世[二五]の中は、とにもかくにもありぬべし、宮も藁《わら》屋も、果《は》てしなければ。

〈掛合〉シテ 〽不思議《ふしぎ》やなこれなる藁《わら》屋の内よりも、撥《ばち》音気高《けたか》き琵琶の音《(ね)》聞ゆ、そもこれ程の賤《(しづ)》が屋にも、かかる調《しらべ》べの有《(あり)》けるよと、思ふに付《(つけ)》てなどやらん、世《よ》に懐《なつ》かしき心地《ち》して、藁《わら》屋の雨[二六]の足《あし》音もせで、ひそかに立寄《よ》り聞《(きき)》居たり せみ 〽誰《た》そや此藁《わら》屋の外面《(そとも)》に音《をと》するは、此程折々訪《おりおりとぶら》はれつる、博雅《はくが》の三位《(さんみ)》にてましますか シテ「近づき声をよくよく聞《き》けば、弟《(おとと)》の宮の声《こゑ》なるぞや、カヽル 〽なふ逆《さか》髪こそ参りたれ、蟬《せみ》丸は内にましますか せみ 〽何逆《さか》髪とは姉《あね》宮かと、驚《おどろ》き藁《わら》屋の戸を明《(あく)》れば シテ 〽さもあさましき御《(おん)》有様 せみ 〽互《たが》ひに手に手を取《と》り交《か》はし シテ 〽弟の宮か せみ 〽姉宮《あねみや》かと。

都から逢坂へ

—浮き、音—寝、鴨—賀茂、知らず—白河、待つ—松坂。〔縁〕粟(泡)田口—川。一六「音羽山音に聞きつつ逢坂の関のこなたに年を経るかな」(古今集・恋一・在原元方)。〔掛〕成る—鳴る。名残と頭韻。一七「我のみや哀れと思はんきりぎりす鳴く夕陰の大和撫子」(古今集・秋上・素性)を引き、大和から山科へ転じた。松虫と松坂は頭韻。〔掛〕山—山科。一八 狂女なれど心は清瀧川のように清い。一九「逢坂の関の清水に影見えて今や引くらん望月の駒」(拾遺集・秋・紀貫之)。〔序〕駒の—歩み。二〇 水面に映る姿は。二一 近江の歌枕。現大津市大谷町。逢坂の関近くにあった湧水。

藁屋から聞こえる琵琶の音

二二 逆立ち乱れた逆髪の姿で。注五に引く有王にも見える表現。二三 〔掛〕言ふ—夕波。〔序〕夕波の—うつつ(打つ)。二四 以下、蟬丸が心すごき秋の夜、折柄の村雨に琵琶を調べ心を慰む姿。「第一第二絃索々、秋風払レ松疎韻落、第三第四絃冷々…」(和漢朗詠集・管絃・白居易)を引く。詩の第三句を第三の宮(逆髪)第四の宮(蟬丸)に言い

姉弟の思いがけぬ邂逅

〈歌〉同 〽共に御名《おんな》を夕つけの、鳥も音《ね》を鳴《な》く逢坂《あふさか》の、せきあへぬ御涙《おんなみだ》、互《たが》ひに袖やしほ《を》るらん。

【六】〈クリ〉地 〽夫《それ》栴檀《せんだん》は二葉《ふたば》より芳《かう》ばしといへり、増《まし》てや一樹《いちじゆ》の宿《やど》りとして、風たちばなの香《か》をとめて、花も連《つら》なる枝とかや。

〈サシ〉シテ 〽遠《とを》くは浄蔵浄眼早離速離《じやうざうじやうげんさうりそくり》、近《ちか》くは又応神天皇の御子《みこ》 同 〽難波《なには》の皇子《わうじ》菟道《うち》の尊《みこと》、互《たが》ひに即位謙譲《けんじやう》の御心ざし、皆是《みなこれ》連理の情《なさけ》とかや シテ 〽去《さり》ながら爰《ここ》は兄弟《せうと》の宿《やど》りとも 同 〽思はざりしに藁《わら》屋の内の、一曲《いつきよく》なくはかくぞとも、いかで調《しら》べの四《よつ》の緒《を》に

シテ 〽引《ひ》かれて爰に、寄《よ》るべの水の 同 〽浅からざりし、契《ちぎり》かな。

〈クセ〉同 〽世は末世《せ》に及《をよ》ぶとても、日月《にちぐわつ》は地に墜《お》ちぬ、習《なら》ひとこそ思ひしに、我等《ら》いかなれば、皇氏《わうじ》を出《いで》てかくばかり、人臣《しん》にだに交《まじ》はらで、雲井の―空をも迷ひ来《き》て、都鄙《とひ》遠境《ゑんきやう》の狂人、路頭《とう》山林の賤《しづ》と成《なつ》て、辺土《へんど》閭人《りよじん》の、憐《あは》れみを頼《たの》むばかりなり、去《さる》にても昨日《きのふ》までは、玉楼金殿《ぎよくろうきんでん》の、床《ゆか》を磨《みが》きて玉衣《たまぎぬ》の、袖引かへて今日《けふ》は又、かかる所の臥所《ふしど》とて、竹の―柱に竹の垣《かき》、軒も樞《とぼそ》も疎《まばら》なる、藁《わら》屋の―床《とこ》に藁《わら》の窓、敷《し》く物とても藁筵《わらむしろ》、是ぞ古《いにしへ》の、錦の褥《しとね》成《なる》べし シテ 〽たまたま、こと訪《と》ふ物とては 同 〽峰《みね》に木《こ》伝《づた》ふ猿の声《こゑ》、袖を―うるほす村雨《むらさめ》の、音《をと》に類《たぐ》へて琵琶の音《ね》を、弾《ひ》き鳴《な》らし弾き鳴らし、我音《わがね》をも鳴涙《なく》の、雨だにも音《をと》せぬ、藁《わら》屋《や》の軒の隙々《ひまびま》に、時々《ときどき》月は洩《も》りながら、目に見る事の叶《かな》はねば、月にも疎《うと》く雨をだに、聞《き》か

掛け「四つの緒」（琵琶の異称）、「折から」と続けた。二五 琵琶歌の心。「世の中はとてもかくてもおなじこと宮も藁屋もはてしなければ」（新古今集・雑下・蝉丸など）。以下、「藁屋・藁」の語の多用が目立つ。二六 雨の足、足音と続けた。

以上五八五頁

一 掛言ふ―夕つけの鳥、関―せきあへぬ。二 ここは高貴な人は自ずから分かるの意に転用。三 前世の宿縁から姉弟として生まれた間柄ですから、懐かしさにすぐ姉と分かったのです。「一樹の陰に宿るも前世の契り浅からず」（「千手」）。「五月待つ花橘の香をかげば昔の人の袖の香ぞする」（古今集・夏・読み人知らず）。縁風―橘（立ち）―花。「連なる枝」は連枝（兄弟）の意をこめた。四 法華経・妙荘厳王品に見える兄弟の名。仏法を信じ、法を信じない父王の心を翻えさせた。五 浄土本縁経に見える兄弟の名。継母のため孤島に捨てられ、死後、白骨となって父に逢う。平家物語などにも。六 大鷦鷯尊（おおさざきのみこと）。仁徳天皇。七 仁徳天皇の弟、菟道稚郎子（うじのわきいらつこ）。底本「宇治」を訂正。八 帝位につく事を譲り合った。九 兄弟の仲が睦まじいこと。一〇 ここは弟の意。一一 掛知らん―調。縁緒

ぬ－藁《わら》屋の起臥《おきふし》[二一]を、思《おも》ひやられて痛《いた》はしや。
【七】〈ロンギ〉[二二]地〽是迄成《(なり)》やいつまでも、名残はさらにつきすまじ、暇《いとま》申て蝉《せみ》丸　せみ〽一[二三]
樹の陰《かげ》の宿《やど》りとて、それだにあるにましてげに、兄弟《せうと》の宮の御《(おん)》わかれ、留《と》まるを思《おも》ひやり給
へ　地〽実《(げに)》痛《いた》はしや我《われ》ながら、行《(ゆく)》[二四]は慰《なぐさ》むかたもあり、留《と》まるを、さこそと夕雲《(ぐも)》[二五]の、立《た》ち
休《やす》らひて泣《な》き居《ゐ》たり　せみ〽鳴《(なく)》や関路の夕烏《がらす》[二六]、浮《う》かれ心《(ごころ)》は烏《う》羽《ば》玉《たま》の　地〽我《(わが)》黒髪《くろかみ》のあか
で行《(ゆく)》　せみ〽別路《(わかれぢ)》とめよ逢坂の　地〽関の杉村《むら》過《(すぎ)》ゆけば　せみ〽人声遠《ごゑとを》く成《(なる)》ままに
地〽藁屋《わらや》の軒に　せみ〽たたずみて　地〽互《たが》ひにさらばよ、常《つね》には訪《と》はせ給《たま》へと、幽《かす》か
に声のするほど、聞《(きき)》送《をく》り回《かへ》り見置《を》きて、泣《な》く泣《な》く別《わか》れおはしま
す。

－引く。琵琶の音に誘われて。
一二 [掛]寄る－寄るべの水。[序]寄るべの水の－浅からざりし。
一三 「末代なれども、日月はいまだ地におち給はず」(平治物語・上)など成句。「花筐」「安宅」にも。
一四 皇子の身分を奪われ。
一五 宮中。[縁]雲－空－迷ひ。
一六 田舎や村里の人に施しを頼むだけである。底本「旅人」を訂正。
一七 美しい宮殿に住み、美しい衣の袖を翻した昔と違い。[縁]玉－磨き、袖－引。
一八 「わづかに事とふ物とては、峰に木づたふ猿の声」(平家物語・灌頂巻・大原御幸)を借りる。

永訣

一九 「大絃嘈嘈如㆓急雨㆒」(白氏文集・琵琶行)。
二〇 撰集抄に見える連歌「月は漏れ雨はたまれと思ふには　賤がふせやを葺きぞわづらふ」をふまえる。月と雨の風雅は「雨月」に見える。
二一 起居。「思ひ」と頭韻。
二二 以下、再会の喜びも束の間、別れを惜しみつつ訣別の時を迎えた姉弟。断腸の一節である。
二三 知らぬ者同士が同じ木陰に雨宿りする縁でさえ名残惜しいのに、ましてや姉宮とのお別れですもの。
二四 諺か。「摂待」にも。
二五 [掛]言ふ－夕雲。[序]夕雲の－立ち。
二六 [縁]烏－浮かれ－烏羽玉、黒髪－赤(飽かで)。[枕]烏羽玉の－黒。

松風(まつかぜ)

三番目物　古称、松風村雨
本鬘物　世阿弥作(観阿弥原作)

場景　前半―摂津国須磨の浦。古跡の松のある磯辺。月明の秋の夕暮れから夜。中半―同じ磯辺の蜑(あま)の塩屋。同じ日の深夜。後半―もとの磯辺。夜半から暁。

人物　シテ　松風の霊〔若女(小面)・水衣女(後に風折長絹女)〕
ツレ　村雨の霊〔小面・水衣女〕
ワキ　旅の僧〔着流僧〕
アイ　須磨の浦の男〔長上下〕

梗概　秋、一人の旅僧が須磨の浦を訪れる。寂しい磯辺に由(よし)ありげな一本の松を見つけた僧は、浦の男から、昔、行平中納言が須磨に流されていた時に愛された松風村風という姉妹の蜑の墓標と教えられ、跡を弔うと、いつの間にか秋の日も暮れる。やがて月が美しく輝き、二人の蜑が浜辺に現れる。寂しさゆえに名高い須磨、しかしさすがは須磨の秋、澄みわたる月の光を浴びて、乙女たちは蜑の身を嘆きながら浦の月景色を歌い、潮(うしお)に映る月影に興じつつ塩を汲み、塩汲車に月影を乗せて塩屋へ帰ってくる。出家の身ゆえに一夜の宿を許された僧が、磯辺の松のことを話し、行平の和歌を口ずさむと、二人は涙ぐみ、松風村雨の霊であると告げ、行平に寵愛されたこと、三年後に行平は都に帰り早世、自分たちもこの世の者ではなくなったが、行平への思慕は死後もつのるばかりと語る。やがて二人は僧に回向を願い、なおも昔を物語るうち、懐しさがつのり松風は行平の形見の衣を抱きしめて涙し、これを身につけ、恋い慕い心乱れ、行平の面影を求めるように松に走り寄る。村雨の制止に、松風は行平の「立ち別れ…」の歌の心を思えばあの松こそ行平と、恋心を舞に託す。やがて二人は弔いを頼み、波風の音にまぎれて消え失せ、夜明けの浦には松風の音のみが残っていた。

素材・主題　古今集の在原行平の「わくらばに問ふ人あらば須磨の浦に藻塩たれつつわぶと答へよ」(雑下)、同じく「立ち別れ因幡の山の峰に生ふる松とし聞かばいま帰り来ん」(離別)の歌を主材に、流謫(るたく)の貴公子を慕う蜑乙女のいちずな恋心を美しく詩情豊かに描く。須磨は摂津の歌枕で、「わくらばに…」の詩境が示すように寂しき所として詠まれ、源氏物語・須磨の巻がいっそうこのイメージを強めた。本曲はこうした文学的伝統を背景に、「波ここもと・四方の嵐・うしろの山」といった「源氏詞」や古歌を巧みに綴り、言葉の響きや連想を自在に駆使して、詩情豊かな劇を創出している。作者は、田楽能「塩汲」(散佚曲)に学んだ観阿弥の原作を基に、世阿弥が新しく創作したものとされている。「月」の語が前半の「月下の塩汲み」に集中し、恋の思いに涙し、松を行平と見てからは「月」は消え、代わりに「まつ(松・待つ)」が多用されることにも注目したい。近代の詩人野口米次郎は「景情兼ね備はる詩劇の逸品は松風の一番に止(とど)めを刺す」と絶讃している。

一　まず後見が松の立木の作り物を運び、正先に据える。〔名ノリ笛〕で僧が登場。
二　摂津の歌枕。現神戸市須磨区。在原行平(撰集抄)や、光源氏(源氏物語・須磨)の配所として名高い。以下、詞章に源氏寄合が頻出。
三　「遺文三十軸、軸々金玉声、龍門原上土、埋レ骨不レ埋レ名」(和漢朗詠集・文詞・白居易)に基づく。「江口」にも。
四　秋にも色変えぬ姿が松風村雨の行平への操を暗示。
五　後見が塩汲車の作り物を目付柱近くに置く。囃子につれて、水桶を手に、シテがツレを先立てて登場、橋掛で謡い出す。脇能以外で〔真ノ一声〕での登場は異例。
六　塩汲車を引き、短い命のこの憂き世を、生きていく身のはかなさ。縁車―(輪)わづか―めぐる。掛浮世―憂き世。「忘れてはからくも物を思ふかな塩汲車わづかなる世に」(雲玉和歌抄)。
七　ここ須磨の浦では、波だけでなく月までもが涙を誘い、袂を濡らす。「波ただここもとに立ちくる心地して」(源氏物語・須磨)。
八　この囃子でシテ、ツレは本舞台に入る。
九　物悲しい気持ちにさせる秋風が

【一】[一]〔名ノリ笛〕〈名ノリ〉ワキ「是《これ》は諸国一見の僧にて候、われ未《いま》だ西国《さいこく》を見ず候ほどに、此度《このたび》思《おも》ひたち西国行脚と心ざして候。

〈着キゼリフ〉ワキ「急《いそぎ》候程に、是ははや津の国須磨[二]の浦とかや申候、又是なる磯辺を見れば、様《やう》ありげなる松の候、如何様《いかさま》謂《いは》れのなき事は候まじ、此《この》あたりの人に尋《たづね》ばやと思《おも》ひ候。

【二】〈問答〉（ワキはアイの浦の男を呼び出し、磯辺の松の謂れを問い、松風村雨の旧跡と知る。アイは弔いを勧め退場）

【三】〈オキゴト〉ワキ カヽル〽扨《さて》は此松は、いにしへ松風村雨とて、二人《ににん》の海士《あま》の旧跡かや、いたはしや其[三]身は土中に埋《うづ》もれぬれ共《ども》、名は残る世のしるしとて、変《か》[四]はらぬ色の松一木《ひとき》、緑《みどり》の秋を残す事の哀《あはれ》さよ、「かやうに経念仏《きやうねんぶつ》してとぶらひ候へば、実《げに》秋の日の慣《なら》ひとて、程なふ《う》暮《くれ》て候、あの山本の里までは程遠く候程に、是なる海士の塩屋に立寄《よ》り、一夜《いちや》を明《あ》かさばやと思《おも》ひ候。

【四】〔真[五]ノ一声〕〈一セイ〉二人〽塩[六]汲車わづかなる、浮世にめぐる、はかなさよ　ツレ〽波[七]こもとや須磨の浦　二人〽月さへ濡《ぬ》らす、袂かな。〔アシライ歩ミ[八]〕

〈サシ〉シテ〽心[九]づくしの秋風に、海はすこし遠けれ共《ども》　二人〽彼《かの》[一〇]行平の中納言、関吹《せき(ふき)》越《こ》ゆると詠《なが》め給ふ、浦半《うらわ》の波のよる[一一]よるは、実《げに》音近《ちか》き海士の家、里離《ばな》れなる通路《かよひぢ》の、月[一二]より外《ほか》は友もなし　シテ〽実《げに》[一三]や浮世の業《わざ》ながら、ことにつたなき蜑小舟《あま(をぶね)》の　二人〽渡《わた》りかねたる夢の世に、住《す》むとやいはん泡沫《うたかた》の、塩汲車寄《よ》るべなき、身は蜑人《あま》の袖共に、思《おも》ひを干《ほ》さぬ心《こころ》

西国行脚、須磨へ

吹いて。以下、「須磨にはいとど心尽くしの秋風に…」（源氏物語・須磨）に拠る。一〇 在原行平。業平の兄。寛平五年（八九三）、七十六歳で没。「旅人は袂涼しくなりにけり関吹き越ゆる須磨の浦風」（続古今集・羇旅・在原行平）。

松風村雨の旧跡

二 掛寄―夜。「海士の家」「里離れ」も源氏寄合。三「草枕この旅寝にぞ思ひ知る月よりほかの友なかりけり」（金葉集・秋・忠命）。三 憂き世を渡る業とはいえ、とりわけ賤しい海士の身で、渡世もむつかしい夢の憂き世。とても世に住むとは言えぬ有様。縁小舟―渡。「蜑小舟―渡りかねたる夢の世」、「塩汲車―寄るべなき身」が対。序住（澄）―泡沫―塩、泡沫の塩汲車―寄る。

以下五九〇頁

一 拾遺集・雑上・藤原高光の歌（末句「すめる月かな」）を引く。掛住―澄、出―出塩。底本「うら山しくも」を訂正。ニ 引き潮あとの溜り水同然の身を嘆く。掛姿忍び―

蜑の身の嘆き

忍び車、曳―引。縁溜り水―（澄）

かな。
〈下歌〉同 〽角《(かく)》[一]ばかり、経《へ》がたく見ゆる世中《(よのなか)》に、羨《うらやま》しくも澄《す》む月の、出塩《(でじほ)》をいざや汲《く》まふ《(う)》よ、出塩をいざや汲まふ《(う)》よ。
〈上歌〉同 〽影[二]恥《は》づかしき我姿、影恥づかしき我姿、忍《しの》び-車《ぐるま》を引《(ひく)》潮《しほ》の、跡に残れる溜《たま》り水、いつまですみは果《は》つべき、野中の草の露ならば、日影に消《き》えも失《う》すべきに、是は磯辺に寄藻《よりも》掻《か》く、蜑《あま》[三]の捨《すて》草いたづらに、朽増《(くち)ま》さりゆく袂かな、朽増さりゆく袂かな。
【五】〈サシ〉シテ 〽[四]面白や馴《な》れても須磨《すま》の夕間暮《(ゆふまぐれ)》、蜑《あま》[五]の呼《よ》び声幽《こゑかす》かにて　二人 〽沖[六]に小《ちい》さき漁《いさ》り舟《(ぶね)》の、影幽《かげかす》かなる月の顔《かほ》、雁《かり》の姿や友千鳥、野分《(のわき)》塩風いづれも実《(げに)》、かかる[七]所の秋なりけり、あら心凄《すご》の夜すがらやな。
〈掛合〉シテ 〽いざいざ塩を汲《く》まむとて、汀《(みぎは)》に満《み》ち干《ひ》の塩衣《しほ(ごろも)》[八]の　ツレ 〽袖を結《むす》んで肩《かた》に掛《か》け
シテ 〽塩汲《く》むためとは思へ共《(ども)》　ツレ 〽よしそれとても　シテ 〽女車《ぐるま》[九]。
〈上歌〉同 〽寄《よ》[一〇]せては帰る片男浪《かたを》、寄せては帰る片男浪、蘆《あし》べの-田鶴《(たづ)》こそは立騒《たちさは》げ、四方《(よも)》[一一]の嵐も音添《をとそ》へて、夜寒《(よさむ)》何と過《す》ごさむ、更行《(ふけゆく)》[一二]-月こそさやかなれ、汲《く》むは影なれや、焼塩《(やくしほ)》煙《けぶり》心せよ、さのみなど蜑人の、憂《う》き秋のみを過《す》ごさむ。
〈下歌〉同 〽松[一三]島や、小島《(をじま)》の蜑《あま》の月にだに、影[一四]を汲《く》むこそ心あれ、影を汲むこそ心あれ。
〈ロンギ〉[一五]地 〽運《はこ》[一六]ぶは遠き陸奥《みちのく》の、其名や千賀《(ちか)》の塩竈　シテ 〽賤《しづ》[一七]が塩木を運《はこ》びしは、阿漕《あこぎ》が

住。三「捨て草」と「袂」の両方に掛かる。歌語「海士の捨て舟」を変型。私達は海士さえも捨て去る藻屑同然の身、ただ徒に朽ちるだけ。四 住み馴れ見馴れていても、すばらしい須磨の夕暮れ。[掛]住—須磨。五「網子ととのふる海士の呼び声」(万葉集三)。「八島」「忠度」にも。六 ここも源氏物語・須磨の詞章を借りる。「雁の列《らつ》・月の顔・友千鳥」など、源氏寄合。[縁]顔—姿。七「またなくあはれなるものは、かかる所の秋なりけり」(源氏物

浦の月景色

語・須磨)に拠る。八 [掛]塩—塩衣。九 所詮は女の引く塩汲車…、能率の上がらぬ事を嘆く。[縁]女車—寄。それとても女、女車、寄せ、とつなぐ。一〇「和歌の浦に潮満ち来れば潟を無み蘆べをさして鶴鳴き渡る」(万葉集六・山部赤人)。[掛]片男浪—潟を無み。一一 身に沁む秋の夜寒の心。「四方の嵐」は源氏寄合。一二 憂愁から月下に塩を汲む興趣へ転じた。塩焼く煙も月の光を遮らぬよう心してほしい。一三 [序]松島や小島の—蜑。松島は陸奥の歌枕。雄島は松島内の島。一四 水に映る月影を汲む風雅な心。一五 以下、潮に縁のある浦づくしの歌。千賀の塩釜(松島付近)・阿

塩汲み

浦に引《(ひく)》塩　地〽其[一八]伊勢の海の二見《ふた》の浦、二度《(ふたたび)》世にも出《(いで)》ばや　シテ〽松[一九]の村立《(むらだち)》霞《かす》む日に、
塩路や遠《とを》く鳴海潟《なるみがた》　地〽それは鳴海潟《なるみがた》、爰《(ここ)》は鳴尾《なるお》[二〇]の松陰に、月こそ障《さは》れ蘆《あし》の屋　シテ〽
[二一]灘《なだ》の－塩汲《しほく》む憂《う》き身ぞと、人にや誰《(たれ)》も黄楊《つげ》の櫛《くし》　地〽さしくる塩を汲《く》み分《わ》けて、見れば
月こそ桶にあれ　シテ〽是にも月の入《(いり)》たるや　地〽嬉《うれ》しやこれも月有《(あり)》　シテ〽月[二二]は
ひとつ　地〽影はふたつ、みつしほの、よるの車に月を載《の》せて、憂《う》し共《(とも)》思《おも》はぬ、塩路か
なや。

【六】〈□〉ワキ「塩屋《しほ》[二三]の主《あるじ》の帰りて候、宿を借《か》らばやと思《おも》ひ候。
〈問答〉ワキ「いかに是なる塩屋《しほや》の内《うち》へ案内申候　ツレ「誰にてわたり候ぞ　ワキ「是は諸国
一見の僧にて候、一夜の宿を御貸《か》し候へ　ツレ「暫く御待候へ、主《あるじ》に其由《よし》申候べし、いか
に申候、旅人の御入候が、一夜の御宿と仰《(おほせ)》候　シテ「あまりに見苦《(みぐるし)》き塩屋にて候程に、
御宿は叶《かな》ふまじき由申候へ　ツレ「主《あるじ》に其由申て候へば、塩屋の内《うち》見苦く候程に、御宿は
叶ふまじき由《よし》仰候　ワキ「いやいや見苦きはくるしからず候、出家の事にて候へば、ひら
に一夜を明《(あか)》させて給《(たまは)》り候へと、重《かさ》ねて御申候へ　ツレ「いや叶《かな》ひ候まじ　シテ色[二四]暫《しばら》く、
カヽル〽月の夜影に見奉れば世を捨人、よしよしかかる蜑の家、松[二五]の木柱に竹の垣、夜寒《(よさむ)》さ
こそと思へ共《(ども)》、蘆《あし》火にあたりて御泊《とま》りあれと申候へ　ツレ「こなた へ御入候へ　ワキ「あ
ら嬉しやさらばから参らふ《(う)》ずるにて候。

瀆が浦(伊勢)・二見の浦(同)・鳴海潟(尾張)・鳴尾・芦屋・灘(以上須磨付近)と列挙。申楽談儀に昔の「藤栄」の〈ロンギ〉の転用とある。
一六 囲道—陸奥、近—千賀。塩竈、賤、塩木、塩、と頭韻。→「融」二五二頁。
一七「逢ふ事をあこきの島に曳くたびのたびかさならば人も知りなん」(古今和歌六帖三)。→「阿漕」五二七頁注一四。
一八 二見の浦の名のように再びあの頃の生活がしたい。
一九「玉くしげふたみのうらの貝しげみ蒔絵に見ゆる松の叢立ち」(金葉集・雑上・大中臣輔弘)を介して前句に続けた。囲成—鳴海潟。
二〇 ここは鳴尾の浜、蘆葺きの小屋は月光が松に遮られている。
二一「蘆の屋の灘の塩焼きいとまなみ黄楊の小櫛もささず来にけり」(伊勢物語・八十七段)をふまえる。囲告—黄楊。憂き業を人に告げないでほしい。序黄楊の櫛—さし。
二二 月光は雲の上人行平の暗喩。以下、ひとつ・二つ・満つ(三)・夜(四)と数韻。囲挿し—差し。縁塩—寄る(夜)。
二三 塩焼き小屋。源氏詞。
二四 フシとコトバの中間。

旅僧、宿を借りる

二五「竹編める垣、松の柱」は源氏寄合。蘆火(蘆を薪とした焚火)は歌語。付世—捨・竹・蘆、水辺のの き所—蘆屋・とまや・蘆火。

【七】〈問答〉シテ「始《(はじめ)》より御宿参らせたくは候ひつれ共《(ども)》、余《(あまり)》に見苦《ぐる》しく候ほどに、扨否《いな》と申て候

ワキ「御心ざし有難《がた(う)》ふ候、出家と申《(まうし)》旅といひ、泊《とま》[一]り果《は》つべき身ならねば、いづくを宿と定むべき、其上《(そのうへ)》此《(この)》須磨の浦に心あらん人は、態《(わざ)》とも侘《わ》びてこそ住《(すむ)》べけれ、へ[二]わくらはに問《と》ふ人あらば須磨の浦に、「藻《も》塩垂《しほた》れつつ侘《わ》ぶと答へよと、行平も詠じ給ひしとなり、又あの磯辺に一木《(ひとき)》の松の候を、人に尋《(たづね)》て候へば、松風村雨二人《(ににん)》の蜑《あま》の旧跡とかや申候程に、逆縁[三]ながら弔《(とムら)》ひてこそ通り候つれ、あら不思議や、松風村雨《まつかぜむらさめ》の事を申て候へば、二人《(ににん)》共に御愁傷候、これは何と申たる事にて候ぞ

二人へ実《(げに)》や思《おも》[四]ひ内《うち》にあれば、色外《ほか》にあらはれさぶらふ《ム》[五]ぞや、わくらはに問《と》ふ人あらばの御物語《がたり》、余《(あまり)》に懐《なつ》かしう候ひて、なを《(ほ)》[六]執心の閻浮《(えんぶ)》の涙、二《(ふた)》度《(たび)》袖を濡《ぬ》らしさぶらふ《ム》。

【八】〈問答〉ワキ「猶《(なほ)》執心の閻浮の涙とは、今は此世に亡《な》き人の言葉《ことば》なり、又わくらはの歌も懐《なつ》かしひ《(い)》などと承り候、旁々《(かたがた)》不審に候へば、二人共に名を御名乗《なの》り候へ。

〈クドキグリ〉二人へ恥《(はづ)》かしや申さむとすれば[七]わくらはに、言問《こととと》ふ人も亡《な》き跡の、世に塩染《しほじ》みて懲《こ》りずまの、恨《うら》めしかりける心かな。

〈クドキ〉二人へ此上は何をかさのみつつむべき、是は過《(すぎ)》つる夕暮に、[八]あの松陰の苔の下、亡《な》き跡弔《と》はれ参《まい》らせつる、松風村雨二人の女の幽霊是《(これ)》まで来《(きた)》りたり、扨《(さて)》も[九]行平三年《(みとせ)》が程、御《(おん)》つれづれの[一〇]御舟《(み)》遊《あそ》び、月に心は須磨の浦、[一一]夜塩《(よじほ)》を運《はこ》ぶ蜑乙女に、[一二]姉妹《おとどひ》撰《えら》はれ参らせつつ、折に

一 一所不住の身ですから、どんな宿でもかまいません。「泊まりも果てぬ旅の慣らひ」(「忠度」)など。二 行平が須磨に流された折の歌。三 死者とは無縁ながら。四 心の中に物思いがあれば、顔に現れる意の成句。「しのぶれど色に出でにけりわが恋は物や思ふと人の問ふまで」(拾遺集・恋一・平兼盛)。

蜑の落涙

「千手」「熊野」「野宮」、廃曲「敷地物狂」等にも引く。五「候」の女性語。六 この人間世界に残る執心の涙。七 たまさかに訪れる人もなく、死後も恋を懐かしむ心。掛 無—亡き、懲りずま—須磨、浦—恨。「世にしほじみて」は源氏寄合。「こりずまの浦のみるめのゆかしきを塩焼く海士やいかが思はん」(源氏物語・須磨)。八 あの松陰の苔の下で、亡き跡をお弔いいただいた松風村雨の幽霊なのです。九 行平の配流期間は不明。光源氏が須磨に三年間いた事の借用か。一〇「御舟遊び」は源氏寄合。「融」にも。付 月—舟。掛 澄—須磨。一一 夜伽《(よとぎ)》に侍る意を含ませた。

名を明かす

一二 海士の中から私達姉妹が選ばれ、月の秋にふさわしい名とて、松風村雨と名付け召されて。付 村雨—松風。一三 月に馴れた須磨の

ふれたる名なれやとて、松風村雨と召《め》されしより、月[一三]にも馴《な》るる須磨の蜑の、塩焼《やき》衣《(ごろも)》色かへて、[一四]縑《かとり》の衣《きぬ》の空炷《そらだ》きなり　シテ へかくて三年《(みとせ)》も過行《(すぎゆけ)》ば、行平都に上《(のぼ)》り給ひ　ツレ へ幾《いく》程なくて世を早《はや》う、去《(さり)》給ひぬと聞《(きき)》しより　シテ へあら恋《こひ》しやさるにても、[一五]又いつの世の音信《をとづれ》を。

〈歌〉同 へ松風も村雨も、袖のみ濡《ぬ》れて[一六]よしなやな、身にも及ばぬ恋[一七]をさへ、須磨のあまりに罪深《ふか》し、跡とぶらひてたび給へ。

〈上歌〉同 へ[一八]恋種《(こひぐさ)》の、露も思《おも》ひも乱《みだ》れつつ、露も思ひも乱れつつ、[一九]心狂気に馴《な》れ衣《(ごろも)》の、巳《(み)》の日の祓《(はらひ)》や木綿《ゆふ》しでの、神の助《たす》けも波《なみ》の上《うへ》、哀《(あはれ)》に消《き》えし浮《(うき)》身なり。

〈クセ〉同 へあはれいにしへを、思出《(おもひいづ)》れば懐《なつ》かしや、行平の中納言、三年《(みとせ)》は爰《(ここ)》に須磨[二〇]の浦、都へ上《(のぼ)》り給ひしが、此程の形見とて、御立烏《ゑ》帽《ぼ》子《し》狩衣《(かりぎぬ)》を、遺《のこ》し置《を》き給へ共《(ども)》、是を見るたびに、いや増《ま》しの[二一]思種《(おもひぐさ)》、葉末《ずゑ》に結《むす》ぶ露の間も、[二二]忘《わす》らればこそあぢきなや、[二三]形見こそ、今は徒《あだ》なれ是なくは、忘《わす》るる隙もありなんと、詠《よ》みしも理《(ことわ)》りや、なを《(ほ)》思《おも》ひこそは深けれ　シテ へ[二四]宵々《よひよひ》に、脱《ぬ》ぎて我《わ》が寝《ぬ》る狩《かり》衣《(ごろも)》　同 へかけてぞ頼む同じ世に、住《(すむ)》かひあらばこそ、忘れ形《がた》見も由《よし》なしと、捨《(すて)》ても置《を》かれず、取《と》れば面影に立《た》ちまさり、起臥《(おきふし)》わかで[二五]枕より、跡より恋の責《(せめ)》来《く》れば、せむ方《かた》涙に、伏《ふ》し沈《しづ》む事ぞ悲《かな》しき。　［[二六]アシライ物着］

【九】〈下ノ詠〉シテ へ[二七]三瀬河、絶《た》えぬ涙の憂《う》き瀬《せ》にも、乱《みだ》るる恋の、淵《ふち》はありけり。

海士が、高貴な方にも馴れ親しむ身となり。「須磨の蜑の塩焼衣」は歌語。〔掛〕馴―褻《(なれ)》。「潮風の波かけ衣秋を経て月になれたる須磨の浦人」(新後撰集・秋下・二条為氏)。一四 縑は絹織物の一種。「縑の衣」は源氏寄合。「空炷き」はどこからともなく匂うように香を炷きくゆらすこと。塩焼と対比。一五 感慨をこめて、言葉のつなぎに挿入する慣用表現。一六 よしないこと。一七 〔掛〕す(為)―須磨、海士―あまり。一八 つのる恋心を繁る草に譬えた歌語。〔縁〕種(草)―露。〔序〕露も思ひも―乱。一九 〔掛〕成―馴、身―巳、無―波、泡―哀、浮―憂。「巳の日の祓」は三月上巳の日に、

つのる慕情

人形《(ひとかた)》に穢れを移して河海に流し、厄を祓う事で、源氏寄合。「神の助け」も源氏詞(明石)。二〇 〔掛〕住―須磨。二一 「思ひ草」は恋の思いの種となる意の歌語。「思ひ草葉末に結ぶ白露のたまたま来ては手にもかゝらず」(金葉集・恋上・源俊頼)。〔縁〕思種(草)―葉末―露。二二 片時も忘れられぬ、いったい、どうしようか。「ばこそ」は希望に反した否定をする時の慣用語。二三 古今集・恋四・読み人知らずの歌。下句「忘るる時もあらましものを」。「班女」等。二四 古今集・恋二・紀友則の歌。下

〈掛合〉シテ〽あら嬉《うれ》しや、あ[一]れに行平の御立《た》ちあるか、松風と召《め》されさぶ《ム》らふぞや、いで参《まい》らふ《(う)》

ツレ〽あさましや其[二]御心故《(ゆゑ)》にこそ、執心の罪にも沈《しづ》み給へ、娑婆にての妄執を猶《(なほ)》忘《わす》れ給はぬぞや、あれは松にてこそ候へ、行平は御入も 色[三] さぶ《ム》らはぬ物を

シテ「うたての人の言《い》ひ事《ごと》や、あの松こそは行平よ、〽たとひ暫《しば》しは別《わか》るる共《(とも)》、待《ま》[四]つとし聞《き》かば帰《かへ》り来《こ》んと、つらね給ひし言《こと》の葉はいかに

ツレ〽げになふ忘《(わすれ)》てさぶ《ム》らふぞや、縦《(たとひ)》しばしは別《わか》るる共《(とも)》、または来《こ》んとの言の葉を

シテ〽こ[五]なたは忘《わす》れず松風の、立《た》ち帰《かへ》り来《こ》ん御音信《をとづれ》

ツレ〽終《(つひ)》にも聞《(きか)》ば村雨の、袖暫《しば》しこそ濡《ぬ》るる共《(とも)》

シテ〽待《ま》[六]つにかはらで帰《かへ》り来《こ》ば

ツレ〽あら頼《たの》もしの

シテ〽御歌や。

【一〇】〈ワカ〉同〽立[七]別《わか》れ。 〔中[八]ノ舞〕 シテ〽いなばの山の、峰に生《(おふ)》る、まつとし聞《(きか)》ば、今帰《かへ》り来《こ》む。

【一一】〈ノリ地〉シテ カヽル〽そ[九]れは因幡《いなば》の、遠《とを》山松 同〽是は懐《なつ》かし、君ここに、須磨の浦半《(うらわ)》の、松の行平、立《た》ち帰《かへ》り来《こ》ば、われも木陰に、いざ立《た》ちよりて、磯馴《そなれ》松の、懐《なつ》かしや。

〔破[一〇]ノ舞〕

〈ノリ地〉同〽松に吹《ふ》き来《く》る、風[一一]も狂じて、須磨の高浪、激《はげ》しき夜すがら、妄[一二]執の夢に、見《(み)》みゆるなり、我《(わが)》跡《あと》弔《と》ひて、たび給へ、暇《いとま》申て。

〈歌〉同〽帰[一三]る波の音《をと》の、須磨の浦かけて、吹《(ふく)》や後《うしろ》[一四]の山颪《おろし》、関[一五]路の鳥も声々《(こゑごゑ)》に、夢も跡なく夜

句「かけて思はぬ時の間もなし」。
二五 古今集・雑体・誹諧歌・読み人知らず(下句「せんかたなみぞ床中《(とこなか)》にをる」)。〔掛〕無―涙。
二六 シテは大小前に着座、後見が形見の烏帽子・長絹をつける。
二七 冥途への三途の川には、絶えず涙にくれる辛い瀬も、乱れ心の種となる恋の淵もある。〔縁〕河―瀬―淵。〔付〕恋―淵。

以上五九三頁

一 松の木を行平の立ち姿と見て発した言葉。このあと詞章から「月」の文字が消える。
二 文目《(あやめ)》も分かぬお心ゆえ執着の罪が地獄へ導くのです。
三 フシとコトバの中間。強調の心。

狂乱、恋慕の舞

ただしこの部分は底本節付あり。
四 注七の行平の歌の第四・五句。〔掛〕待―松。
五 〔掛〕待―松風、起―立。〔序〕松―立。以下、二人の心の高ぶりから詞章がだんだん短くなる。
六 「待つ」に「松」の意もこめ、松の緑の変わらぬことも含む。
七 古今集・離別・在原行平の歌。〔掛〕往―因幡(いなば)、松―待つ。
八 この舞は特殊な形式で始まる〔イロエ掛リ中ノ舞〕。やや急テンポな導入部(イロエ)の囃子で、松

夢の夜明け

も明《あけ》て、[一六]村雨と聞《きき》しも今朝《けさ》見れば、松風ばかりや残るらん、松風ばかりや残るらん。

風は泣きながら橋掛へ行き、本舞台に戻るとテンポが緩やかになり主部(中ノ舞)に移る。狂乱かつ恋慕の舞。
九 その歌に詠まれたのは遠い因幡の山の松、これはわが君が住まわれた須磨の浦の懐かしい行平の松。囲住―須磨、松―待、来―木陰、添―磯馴松。縁松―雪(行平)。
一〇 涙をおさえていた松風は、再び舞い始める。松を回ったりする狂乱の態(いて)。
一一「落花狼藉風狂後」(和漢朗詠集・春・落花・大江朝綱)。「風狂じ」と「浪激し」が対。
一二 妄執の夢さめぬ私達がお僧の夢に昔の姿をお見せしたのです。
一三 囲帰―返、澄―須磨。序帰る―波。
一四 四方の嵐の名残の後(ろうし)の山の山颪。「後の山」は源氏寄合。
一五 鶏の意の歌語。縁鳥―声。付関―こゆる・鶏。
一六 松風の音のみ颯々と吹きわたる暁の情趣。付村雨―松風。

小原御幸《おはらごこう》

三番目物　異表記、大原御幸
現在鬘物　作者不明（世阿弥周辺の作か）

場景　前場―(1)京の都。宮廷。(2)都の北郊大原の里、寂光院。後場―同じく、寂光院。青葉隠れにわずかに咲残る遅桜の頃のある一日。

人物　前ジテ　建礼門院〔若女・尼(小袖)〕
後ジテ　建礼門院〔若女・尼(水衣)〕
前ヅレ　大納言の局〔小面・尼(小袖)〕
前ヅレ　阿波の内侍〔曲見・尼(小袖)〕
後ヅレ　後白河法皇〔法皇〕
後ヅレ　大納言の局〔小面・尼(小袖)〕
ワキ　万里小路《までのこうじ》中納言〔風折狩衣大口〕
ワキヅレ　廷臣〔大臣〕
ワキヅレ　輿舁《こしかき》〔大口モギドウ〕
アイ　従者〔長上下〕

梗概　後白河法皇の廷臣が法皇の大原へ御幸の由を告げ、従者に行幸の道を清めるよう命ずる。一方、清盛の娘で高倉天皇の中宮建礼門院は、平家滅亡に際し、幼帝安徳天皇とともに入水したが源氏の武士に助けられ、都に帰って仏門に入り、今は寂光院で、安徳帝をはじめ平家一門の冥福を祈っている。初夏のある日、仏前に供える樒《しきみ》などを取りに大納言の局と山へ出かけ、阿波の内侍が一人居残る(中入)。法皇が万里小路中納言を従えて大原の寂光院を訪れ、女院の帰りを待つ。山から戻った建礼門院は思いがけぬ法皇の御幸《みゆき》に驚き、喜び、法皇の尋ねに応じて、みずから体験した西海での平家滅亡の有様を、恐ろしい六道の苦しみになぞらえて語る。先帝入水のさま、一門の人々の最期の様子を涙ながらに語り、やがて名残を惜しみつつ還幸される法皇を、女院は柴の戸にたたずみ心寂しく見送る。

素材・主題　平家物語・灌頂巻などに拠りつつ、戦乱の世に数奇な運命をたどった建礼門院の半生、苦悩と悲しみを静かに描く。昨日まで安徳帝の御母として高貴な身の上にあった女院も、運命に翻弄され、今は深山の柴の庵に、寂光の仏の都を思いつつ尼僧として侘しく暮らしている。思いがけぬ法皇の御幸を通して、平家没落の時に体験し、生きながら六道を経験した恐ろしい物語を女院自身に語らせる動きの少ない作品。文治二年(一一八六)、平家滅亡直後のこととて、幼き先帝の面影も、先帝を抱いて入水した御母二位殿の姿も、そして一門の武者たちの悲惨な最期の光景も、女院の心にはありありと生きている。原文を巧みに引用しつつ、初夏の大原寂光院の物寂しい叙景、全曲に流れる憂愁悲愴の情、涙を誘う先帝入水の光景など、初めは謡い物として作られたと伝えられるだけに聴覚に訴える力がある。観世流の小書「寂光院」(観世長俊が作ったという)の時は、〈クセ〉のあとの法皇の言葉以下終曲まで別詞章の〈ロンギ〉〈一セイ〉〈ノリ地〉となり、御幸が夢の中の出来事であったかのような結びになる。世阿弥周辺の作か(禅竹か)。

一　後見が大藁屋《おおわらや》の作リ物に引回シをかけて大小前に置く。続いて登場の囃子なく、大臣(ワキヅレ)と従者(アイ)が登場する。
二　鳥羽天皇第四皇子(一一二七―九二)。久寿二年即位。院政三十余年。嘉応元年出家して法皇となる。
三　安徳天皇。高倉天皇第一皇子。母建礼門院徳子。寿永四年(一一八五)三月、平家滅亡と運命をともにし、壇の浦に入水。八歳。
四　平清盛の妻。孫にあたる安徳天皇を抱いて入水。
五　壇の浦西南の関門海峡の東端部。
六　建礼門院。平清盛の娘徳子。高倉帝中宮で安徳帝の母。壇の浦で入水したが源氏の兵に救われ京へ送られ出家。大原の寂光院に入る。
七　源義朝の第六子。義経と共に平家討伐に活躍。従五位下三河守。
八　九郎判官。
九　皇位のしるしとして歴代天皇が継承する三種の神器。
一〇　現京都市左京区にある天台宗の尼寺。「大原山のおく、寂光院と申す所こそ閑《しづか》にさぶら〈へ〉」(平家物語・灌頂巻・大原入。以下、章段名のみを記す)。
一一　後見が作リ物の引回シを下ろ

【一】[一]〈名ノリ〉ワキ「是《これ》[二]は後白河院に仕へ奉る臣下也、扨《さて》も此度《このたび》先帝《せんてい》[三]二位殿《にゐどの》[四]を始《はじ》め奉り、平家の一門九州長門国早鞆《はやとも》[五]の浦《うら》にて、悉《ことごと》く果《は》て給《たま》ひて候、女院《にようゐん》[六]も御身を投《な》げさせ給ひ候を取上《とりあげ》奉り、かひなき御命助《たす》かりおはしまし候、三河守《みかはのかみ》[七]範頼《のりより》、九郎大夫《たいふ》[八]の判官《はうぐわん》義経《よしつね》兄弟供奉《ぐぶ》し申《まうし》、三種《さんじゆ》[九]の神宝《じんぽう》事故《ことゆゑ》なく都に納《おさ》まり給ひ候、去程《さるほど》に女院は都に移《うつ》らせ給ふべかりしを、先帝安徳天皇の御《ご》菩提、并《ならび》に二位殿の御跡《おんあと》御とぶらひの為に、小原《おはら》[一〇]の寂光院《じやくくわうゐん》に憂《う》き世を厭《いと》ひ御坐候を、法皇御幸《ごかう》をなされ、御《おん》訪《とぶら》ひ有《ある》べきとの勅定《ちよくぢやう》にて候程に、御幸《ごかう》の山路《やまぢ》をも申付ばやと存《ぞんじ》候。

〈問答〉大臣「いかに誰《たれ》かある。（アイ「御前に候」と答える）大臣「小原へ御幸有《ある》べきなれば、行幸《ぎやうがう》の道をも作り、其浄《きよ》めを仕《つかまつり》候へ。（アイ「畏つて候」と承り、大臣の命令を触れる）

【二】〈サシ〉[一一]女院へ山里[一二]は物の寂《さび》しき事こそあれ、世の憂《う》きよりは中々に　二人[一三]へ住《すみ》よかりける柴《しば》[一四]の樞《とぼそ》、都[一五]の方の音信《をとづれ》は、間《ま》[一六]遠《どを》に結《ゆ》へる籬《ませ》[一七]垣や、憂《う》[一八]き節《ふし》繁《しげ》き竹柱《ばしら》、立居《ゐ》につけて物思《おも》へど、人目なきこそ安《やす》かりけれ。

〈下歌〉二人へ折々に、心なけれど訪《と》ふものは。

〈上歌〉二人へ賤《しづ》[一九]が爪木《つま(ぎ)》の斧《をの》の音、賤が爪木の斧の音、梢の嵐猿の声《こゑ》、これらの音ならでは、真《ま》[二〇]—拆《さき》の葛《かづら》青《あを》つづら、来《く》る人稀《まれ》に成果《なりはて》て、草[二一]—顔淵《がむえん》が巷《ちまた》に、滋《しげ》き思ひの行ゑ《ゆくへ》とて、雨原憲《げんけん》が樞《とぼそ》共、湿《うるほ》ふ袖の涙かな、湿ふ袖の涙かな。

す。中央の建礼門院は床几に腰をかけ、左右に大納言の局と阿波の内侍が着座。一同右手に数珠を持ち、局の前に手籠を置く。

一二「山里は物のさびしき事こそあるなれども…」(大原入)に拠る。

一三 現行観世流はシテとツレ二人の三人による連吟。以下同じ。

一四 柴で編んだ扉。[縁]柴の樞—音信。

一五「都の方のことづては、間遠に結へる籬垣や…」(大原御幸)に拠る。以下、平家物語の文章をほぼそのまま引用し曲を構成。

一六 [掛](音信は)間遠—間遠。

一七 竹や木で作った目の粗い垣。間遠と頭韻。

一八 辛いことの多い日々の暮らし。「竹柱」は侘住まいのさまをいう。

寂しき山里

[縁]ふし—竹。[序]竹柱—立居。

一九 山人が薪を作る斧の音。斧の音、梢の嵐、猿の声、と聴覚的に人里離れた山里の情景を描く。

二〇 常緑の蔓草の類。[序]真拆の葛・青つづら—繰る(来る)。底本「まさ木」を訂正。

二一「瓢簞屢空、草滋二顔淵之巷一、藜藿深鎖、雨湿二原憲之樞一」(和漢朗詠集・草・橘直幹)。顔淵・原憲はともに孔子の弟子で清貧の賢人。草は顔淵の家のように繁茂し、雨は原憲の家のように扉を濡らす。

【三】〈問答〉女院「いかに大納言[一]の局、後《うしろ》の山に上《のぼ》り樒《しきみ》を摘《つ》み候べし　局「わらはも御共申、爪木《つま(ぎ)》蕨《わらび》を折《お》り供御《(ぐご)》[二]に供《そな》へ申候べし。

〈サシ〉女院へ譬《たと》[三]へは便《びむ》なき事なれ共《(ども)》、悉達《(しつだ)》[四]太子は浄飯王《(じやうぼんわう)》[五]の都を出《(いで)》　二人へ檀特山《だむとくせん》[六]の嶮《さが》しき路《みち》を凌《しの》ぎ、菜《な》[七]摘《つ》み水汲《く》み焚《た》き木《(ぎ)》。

〈歌〉地へとりどり[八]、様々に難行《(なんぎやう)》し、仙人に、仕《つか》へさせ給ひて、終《(つひ)》に成道《(じやうだう)》なるとかや、我も仏の為なれば、御《(おん)》花筐とりどり、猶《(なほ)》山深《ふか》く入《(いり)》給ふ、猶山深く入給ふ。　［アシライ中入］

【四】［一声］[九]〈一セイ〉法王へ九[一〇]重の、花の名残を尋《(たづね)》てや、青[一一]葉を慕《した》ふ、山路かな。

〈次第〉立衆へ分行《(わけゆく)》露も深見《み》[一二]草、分行露も深見草、小原の御幸《(みゆき)》急《いそ》がむ。

〈着キゼリフ〉ワキ「行幸《(ぎやうがう)》を早《はや》め申候間、小原へ入御《(じゆぎよ)》候。

【五】〈サシ〉ワキ カヽルへかく[一三]て小原に御幸《(みゆき)》なりて、寂光院の有様を見渡せば　立衆へ露結《むす》ぶ庭の夏草茂《しげ》りあひて、青柳《(あをやぎ)》糸《いと》を乱《みだ》しつつ、池の浮《うき》草波に揺《ゆ》られて、錦をさらすかと疑《うたが》はる、岸《きし》の山吹[一四]咲《ぶきさ》き乱《みだ》れ、八重立《た》つ雲の絶《た》え間《ま》より、山郭公《ほととぎす》の一声《こゑ》も、君の御幸《(みゆき)》を、待顔《がほ》なり。

〈□〉法王へ法皇池の汀《(みぎは)》を叡覧有《(あり)》て。

〈上ノ詠〉法王へ池[一五]水《(いけみづ)》に、汀の桜散《ち》り敷《し》きて、浪の花こそ、盛《(さかり)》なりけれ。

〈上歌〉同へ古《ふ》りにける、岩の隙《ひま》より落《お》ちくる、岩の隙より落ちくる、水の音さへ由《よし》有て、緑《りよく》蘿《ら》の垣翠黛《かきすいたい》の山、絵にかく共《(とも)》、筆にも及《(および)》がたし、一宇の御堂《(みだう)》あり、甍《いらか》[一六]破《やぶ》れては霧不断の、

一　五条大納言藤原邦綱養女輔子。平重衡の室。安徳帝の乳母。
二　天皇・上皇・皇后・皇子の食事。
三　例とするには適当ではありませんが。
四　釈迦出家前の名。
五　釈迦の父。中インド迦毘羅衛国の王。
六　インドのガンダーラ国にある山。釈迦自身の修行地と誤伝。
七　「即随二仙人一、供二給所須一、採レ菓汲レ水拾レ薪設レ食」（法華経・提婆達多品）に拠る。

御幸

八　掛取り―とりどり。〈歌〉のうちにシテと局は作リ物より出て、［アシライ中入］で静かに中入。
九　輿に乗った法皇が万里小路中納言を従えて登場。
一〇　年若き女院の出家を花に喩え、惜しむ心。「青葉に見ゆる梢には、春の名残ぞ惜しまるる」（大原御幸）を借りる。
一一　平家物語では法皇の御幸は文治二年（一一八六）卯月二十日余り、初夏の頃。

寂光院の光景

一二　掛（露）深し―深見草（牡丹の異名）。序深見草―小原（多し）。縁露―深見草―原。
一三　以下〈上歌〉の終りまで「西の山の麓に一宇の御堂あり。即ち寂光

香《(かう)》を炷《た》き、樞落《とぼそお》ちては月も又、常住の、燈火《ともし(び)》を挑《かか》ぐとは、かかる所か物凄《ものすご》や、かかる所か物凄や。

【六】〈□〉ワキ「是なるこそ女院《(にようゐん)》の御庵室《(ごあんじつ)》にてありげに候、へ軒には蔦《つた》槿《(あさがほ)》這《は》ひかかり、藜藋《れいでう》[一七]深《ふか》く鎖《とざ》せり、荒《(あら)》物凄《すご》の気色《(けしき)》やな。

〈問答〉ワキ「いかに此庵室の内《うち》へ案内申候　内侍「誰《(たれ)》にてわたり候ぞ　ワキ「是は万里《(まで)》[一八]の小路の中納言にて候　内侍「それは扨《(さて)》人目稀《まれ》なる山中《(さんちう)》へは、何とて渡り候ぞ　ワキ「さむ候《ザウラウ》　女院の御住《す》まゐ御訪《(ひ)とぶら》ひの為、法皇これまで御幸《(ごかう)》にて候　内侍「女院は上《(うへ)》の山へ花摘《つ》みに御出《(おんいで)》にて、今は御《(おん)》留守にて候。

〈問答〉ワキ「御幸の由申て候へば、上の山へ花摘《つ》みに御出《(おんいで)》にて、今は御《(おん)》留守の由《よし》候《ザウラウ》、暫く此所に御坐《(ござ)》をなされ、御《(おん)》帰《かへ》りを御待《(おんまち)》あらふ《(う)》ずるにて候。

〈問答〉法王「やあいかに尼前《あまぜ》[一九]、汝はいかなる者ぞ　内「実々《(げにげに)》御《(おん)》見忘れは御《(おん)》理り、是は信西《(しんせい)》[二〇]が娘、阿波の内侍がなれる果《は》てにて候、へかくあさましき姿ながら、あすをも知《し》らぬ此身なれば、恨《うら》[二一]みとはさらに思《おも》はずさぶらふ《ム》　法王「女院はいづくに御《(おん)》わたり候ぞ　内「上《うへ》の山へ花摘《つ》みに御出にて候　法「扨《(さて)》御供には　内「大納言の局、今少《(すこし)》待《ま》たせおはしまし候へ、頓而《(やがて)》御帰《(おんかへり)》にて候べし。

【七】〔アシライ出シ〕[二二]〈サシ〉女院へ昨日《(きのふ)》も過《す》ぎ今日《(けふ)》も空《むな》しく暮《(くれ)》なんとす　二人へ明日《あす》をも知《し》らぬ

院是なり…」(大原御幸)に拠る。

一四 [縁]山吹―八重。

一五 後白河法皇の御製(千載集・春下の詞書によると皇子の頃の詠)。

女院の庵室を訪ねる

一六 平家物語の詩句は弘長三年(一二六三)八月十三日宣旨・十一条「棟甍半破、秋霧代ニ不断之香ニ」に拠るか。

一七 藜藋は「あかざ」。

一八 平家物語には見えぬ人物。

一九 尼御前の略。尼への軽い敬称。

二〇 俗名、藤原通憲。後白河側近として権勢をふるう。

二一 法皇がお見忘れなさいましたのを、少しも恨みには思いません。

二二 シテは左手に木の葉を入れた手籠を持ち、右手に数珠。局は爪木・蕨を持つ。

女院、花摘みから帰る

此身ながら、ただ先帝の御《(おん)》面影、忘《わす》るる隙はよもあらじ、[一]極重悪人無他方便《(ごくぢうあくにんむたはうべん)》、唯称弥陀得《(ゆいしようみだとく》生極楽《しやうごくらく)》、主上《(しゆしやう)》を始《はじ》め奉り、二位殿《(にゐどの)》一門の人々[二]成等正覚《(じやうとうしやうがく)》、南無阿弥陀仏。

〈問答〉シテ「や、庵室のあたりに人音の聞え候　局「しばらくこれに御休《(おん)やす》み候へ。

〈問答〉内「唯今こそあの[三]岨伝《そはづた》ひを女院の御帰《(おんかへり)》にて候へ　法王「抑何《(いづ)》れが女院、大納言の局はいづれぞ。

〈クリ〉内侍〽花筐《がたみ》臂《ひぢ》にかけさせ給ふは、女院にてわたらせ給ふ、爪木《つま(ぎ)》に蕨《(わらび)》折添《そ》へたるは、大納言の局なり。

〈問答〉内「如何に法皇の御幸《(ごかう)》にて候。

〈サシ〉女院〽[四]中々に猶《(なほ)》妄執の閻浮の世を、忘《(わすれ)》もやらで憂《う》き名を又、漏《も》らせば漏《も》るる涙の色、袖の気色もつつましや。

〈下歌〉同〽[五]とは思《おも》へ共《(ども)》法《(のり)》の人《ひと》、同《おな》じ道にと頼《たの》むなり。

〈上歌〉同〽[六]一念の窓の前、一念の窓の前に、摂取の光明《(くわうみやう)》を期《(ご)》しつつ、十念の柴《(しば)》の[七]樞《とぼそ》には、聖衆《(しやうじゆ)》の来迎《(らいかう)》を待《(まち)》つるに、[八]思はざりける今日《けふ》の暮、古《いにしへ》に帰《かへ》るかと、なを思《(ほ)おも》ひ出の涙かな。

【八】〈下歌〉同〽実《(げに)》や君爰《(ここ)》に、叡慮の恵《めぐ》み末懸《(かけ)》て、あはれもさぞな[九]大原や、[一〇]芹生《(せりふ)》の里《さと》の細道《ほそみち》、[一一]朧《おぼろ》の清水《(しみづ)》月ならで、御影《(み)かげ》や今に残るらん。

〈ロンギ〉地〽抑《(さて)》や御幸《(ごかう)》の折しもは、如何成《(なる)》時節なるらん　女〽[一二]春過《す》ぎ夏もはや、[一三]北祭《まつり》の折《おり》

一 極めて重き罪人たる末世の衆生は他の方便では救われない、ただ阿弥陀仏の御名を称えることによってのみ極楽に生まれ得る。往生要集・大文八に見える。
二 成仏を祈念いたします。
三 山の険しい所。崖や急坂。
四 法皇にお目にかかると却って、妄執の残るこの世をいよいよ忘れることもできず、(入水したのを助けられた)つらい評判に加えて、法皇にお目にかかったという噂を世に漏らすことになると思うと、耐えがたく涙がこぼれます。縁色―袖―つつまし(包む)。「中々」

法皇行幸の報告

「猶」は頭韻。
五 とは思うけれど、法皇も仏門に帰依した人ですから。
六 平家物語・灌頂巻・六道之沙汰に拠る。
七 底本「戸ぼそ」。
八 思いもよらぬ今日の暮方の行幸は昔に帰ったかのようで、往時を思い出し涙にくれるばかりです。
九 掛多し―大原。
一〇 大原の西の地。セリョオと謡う。
一一 朧の清水は山城の歌枕。水に映ずる月の縁で「月ならで」と続く。
一二 「春過ぎ夏きたッて北まつりも過ぎしかば…」(大原御幸)に拠る。
一三 陰暦四月の酉の日に行われる賀茂神社の例大祭。掛来―北。
一四 大原御幸に拠る。
一五 道の果てのこととても、寂光浄土さなが

なれば、[一四]青葉に交《ま》じる夏木立《こだち》、春の名残ぞ惜《お》しまるる　地 〽遠山《とほやま》にかかる白雲は　女 〽散にし花の形《かた》見かや　地 〽夏草の、茂《しげ》みが原《はら》のそことなく、分入《わけいり》給ふ道[一五]の末《すゑ》　女 〽爰《ここ》とてや、爰とてや、実《げに》寂光の寂《しづ》かなる、光《ひかり》の陰《かげ》を惜《お》しめただ　地 〽光の影《かげ》も明《あき》らけき、玉[一六]松が枝《え》に咲添《さきそ》ふる　女院 〽池の藤[一七]波《なみ》夏かけて　地 〽是も御幸《みゆき》を　女 〽待顔《がほ》に　同 〽青[一八]葉隠《がく》れの遅《をそ》桜、初花よりもめづらかに、中々様変《やうか》はる有様を、哀《あはれ》[一九]と叡慮にかけまくも、かたじけなしや此御幸《みゆき》、柴の樞《とぼそ》[二〇]の[二一]しばしが程も、有《ある》べき住《す》まゐ《ひ》なるべしや、有べき住まゐ《ひ》なるべしや。

【九】〈下ノ詠〉女院 〽思[二二]はずも、深山《みやま》の奥《おく》の住居《すまひ》して、雲井の月を、よそに見んとは。

〈問答〉女院 〽か様《やう》に思《おも》ひ出《いで》しに、此山里までの御幸《みゆき》、かへすがへすも有難《がた》ふ《う》こそ候へ　法王 「[二三]近曾《さいつごろ》ある人の申《まうせ》しは、女院は六[二四]道の有様まさに御覧じけるとかや、仏菩薩《ぶつぼさつ》の位ならでは見給ふ事なきに不審にこそ候へ　女院 「勅諚《ちよくちやう》はさる御《おん》事なれ共《ども》、つらつら我身を案《あん》じみるに。

〈クリ〉女 〽それ身[二五]を観ずれば岸の額《ひたい》に根を離《はな》れたる草　同 〽命《いのち》を論ずれば、江の頭《ほとり》に繋《つな》がざる舟。

〈サシ〉女院 〽されば天[二六]上の楽《たの》しみも　同 〽身に白《しら》[二七]露の玉[二八]葛《かづら》、ながらへ果《は》てぬ年月《としつき》も、終《つひ》に[二九]五衰のおとろへの　シテ 〽消《きえ》[三〇]もやられぬ命のうちに　同 〽六道の巷《ちまた》に迷《まよ》ひしなり。

らに寂静の光射す寂光院。過ぎ行く光陰(月日)を惜しむべし。「寂かなる光」は寂光を訓読。[縁]光—陰(影)。一六 松の美称。[縁]光—明らけき—玉。一七 藤の花。[縁]池—波—かけて。「中島の松にかかれる藤波の…」(大原御幸)に拠る。一八 平家物語・大原御幸に拠るが、「夏山の青葉まじりの遅桜初花よりも珍らしきかな」(金葉集・夏・藤原盛房)をふまえる。一九 大原の風情を趣き深く法皇が思われるのも畏れ多く、こんな庵への行幸もまた誠に畏れ多い。[掛](叡慮に)かけ—かけまく。二〇 底本「戸ぼそ」。

女院、法皇と対面

二一 柴と重韻。本曲は重韻の多用が目立つ。二二 女院の歌「思ひきやみ山のおくにすまひして雲ゐの月をよそに見むとは」(大原御幸)。雲井を離れて閑居する女院の感慨に〈下ノ詠〉が効果的。二三 「さきつころ」の音便。二四 衆生が死後に赴く六つの境界。修羅・人間・天上・地獄・餓鬼・畜生。二五 人間の運命の危うく、はかなき心。「観ㇾ身岸額離ㇾ根草、論ㇾ命江頭不ㇾ繋舟」(和漢朗詠集・無常・羅維)に拠る。二六 「天上の果報も是には過ぎじ…」(六道之沙汰)。[序]天上—玉葛—五衰。二七 [掛]知られ—白露。[序]白露—玉。[縁]白露—露の玉—玉葛。二八 [序]玉

〈クセ〉同ヘ先《まづ》一門、[一]西海の浪に浮《う》き沈み、寄《よ》[二]るべも知《し》られぬ舟の上、海に臨《のぞ》め共《ども》、潮《うしほ》なれば飲水《いんすい》せず、[三]餓鬼道のごとくなり、又ある時は、汀《みぎは》の浪の[四]荒《あら》磯に、打《う》ち返《かへ》すかの心地して、舟挙《こぞ》りつつ泣《な》き叫《さけ》ぶ、声《こゑ》は叫喚《けうくはん》の、罪人もかくやあさましや　女ヘ陸《くが》の争《あらそ》ひある時は

同ヘ是ぞ誠に目の前《まへ》の、修羅道の戦《たたか》ひ、あら恐《おそ》ろしや数々の、駒の蹄《ひづめ》の音聞《き》けば、[五]畜生道の有様を、見聞《みきく》も同じ人道《にんだう》の、苦《くる》しみと成果《なりは》つる、憂《う》き身の果《は》てぞ悲《かな》しき。

【一〇】〈問答〉法王「誠に有難《がた》き事共かな、先帝の御最後の有様何とわたらせ候ひつる、御物語《ものがた》り候へ。

〈語リ〉女「其時の有様申に付て恨《うら》めしや、長門国早鞆《はやとも》とやらんにて、筑紫《つくし》へ一先落行《ひとまづおちゆく》べきと一門申あへしに、[六]緒方の三郎《さむらう》心変《が》はりせし程に、薩摩がたへや落《お》とさんと申《まうし》し折節、上《のぼ》り塩に障《さ》へられ、今はかうよと見えしに、[七]能登守教経《のりつね》は、[八]安芸の太郎兄弟を左右《さう》の脇《わき》に挟《はさ》み、最後の供せよとて海中に飛で入《いる》、ヘ[九]新中納言《しんぢうなごん》知盛は、「沖なる舟の碇《いかり》を引上《ひきあげ》、甲《かぶと》とや覧《らん》に戴《いただ》き、乳母子《めのとご》の家長が、弓と弓とを取《と》り交《か》はし、其まま海に入《いり》にけり。

〈クドキ〉女ヘ其時二位殿鈍《にぶ》[一〇]色の二《ふた》つ衣《ぎぬ》に、[一一]練袴《ねりばかま》の稜高《そばたか》く挟《はさ》むで、我身は女人成《なり》とても、敵《かたき》の手には渡《わた》るまじ、主上《しゆしやう》の御供申さむと、安徳天皇の御手《おんて》を取《とり》舷《ふなばた》に臨《のぞ》む、いづくへ行《ゆく》ぞと勅定ありしに、此国と申に逆臣《げきしん》多《おほ》く、かくあさましき所なり、極楽世界と申て、めでたき所の此浪の下にさぶらふなれば、御幸成《みゆきなし》奉らんと、泣々《なくなく》奏《そう》し給へば、扨《さて》は心得たりとて、東

平家没落の光景の物語

葛—ながらへ。　二九 天人臨終時の五種の衰相。　三〇 壇の浦で入水しながら、源氏に救われたこと。
——以上六〇一頁

一 早鞆の浦付近。
二 緣浪—寄る。
三 以下、六道之沙汰をふまえた記述。
四 荒は浪と磯に掛かる繫詞。波打ち際に寄せる荒波が、舟を荒磯に転覆させるかと思われて。
五 次句の「人道」と共に六道の一つ。こうした餓鬼・地獄・修羅・畜生道を生きながら見聞きした境遇を悲しむ。
六 平重盛の家臣緒方三郎維義。平家の西国落ちに際し源氏方につく。底本「岡田」を訂正。
七 平家の勇将。二十六歳で討死。
八 土佐の国安芸郷の武士。源氏方。「安芸太郎を弓手の脇にとッてはさみ、弟の次郎をば馬手のわきにかいはさみ…」(平家物語十一・能登殿最期)。
九 平清盛の第四子。建礼門院の兄。「新中納言、「見るべき程の事は見つ。いまは自害せん」とて…」(内侍所都入)。碇を抱き入水するのは「能登殿最期」では教盛・経盛兄弟。謡曲「碇潜」は知盛。
一〇 薄墨色で喪服や尼僧の服。「二衣」は同色の袿《うちき》や衵《あこめ》を二

に向《む》かはせ給ひて、[一二]天照太神《(あまてるおほんがみ)》に御《(おん)》暇《いとま》申させ給ひて　同 〽また。

〈下歌〉同 〽[一三]十念の御為《(おんため)》に、西[一四]へ向《む》かはせおはしまし。

〈上ノ詠〉女 〽[一五]今ぞ知《し》る。

〈クリ歌〉同 〽[一六]御《み》裳《も》濯《すそ》川の流れには、浪の底《そこ》にも、都ありとはと、是を最後の御製《(ごせい)》にて、千尋《(ちイろ)》の底《そこ》に入《(いり)》給ふ、みづからも、続《つづ》ひ《(い)》て沈《しづ》みしを、源氏の‐武士《(ぶし)》取上て、かひなき命ながらへ、二《(ふた)》たび‐[一七]龍顔《(りようがん)》に逢《あ》ひ奉り、不《ふ》覚《かく》の涙に、袖をしほ《(を)》るぞ恥《は》づかしき。

【二】〈下歌〉同 〽いつまでも、御《(お)》名残はいかで尽《つ》きぬべき。

〈歌〉同 〽はや還幸《(くわんかう)》と進《(すすむ)》れば、はや還幸と進れば、御輿《(おこし)》を[一八]早《はや》め遥々《はるばる》と、寂光院を出《(いで)》給へば

女 〽女院は柴の戸に　同 〽[一九]しばしが程は、見送《をく》らせ給ひて、御《(おん)》庵室に入《(いり)》給ふ、御庵室に入給ふ。

枚重ねて着ること。以下「先帝身投」「六道之沙汰」とほぼ同文。

先帝入水

一一 練絹で作った袴の股立ち。
一二 皇室の祖神。伊勢の方角。
一三 南無阿弥陀仏を十度称えること。
一四 西方極楽浄土の方角。
一五 延慶本・長門本、源平盛衰記に見える二位殿の歌(第四句「波の下にも」)。今こそ知った、天照大神の子孫たる天子のためには波の底にも皇都があることを。
一六 伊勢内宮の前を流れる五十鈴川。

尽きぬ名残

一七 天子の顔。ここは法皇の顔。
一八 遥々と頭韻。
一九 柴と重韻。

舟橋(ふなばし)

四番目物　古称、佐野舟橋
執心男物　世阿弥作(もと田楽の古能)

場景　前場―上野国佐野の里。舟橋の古跡。ある春の日の夕暮れ。後場―同じく、月の冴える深夜。

人物　前ジテ　里の男〔水衣男〕
後ジテ　舟橋で死んだ男の霊〔怪士・法被半切〕
前ヅレ　里の女〔小面・唐織着流女〕
後ヅレ　契りをかわした女の霊〔小面・唐織着流女〕
ワキ　旅の山伏〔山伏〕
ワキヅレ　同行の山伏〔山伏〕
アイ　里の男〔肩衣半袴または長上下〕

梗概　熊野の山伏が陸奥平泉への旅の途中、上野国佐野の里の川辺で、橋建立の勧進をする若い男女に出会う。二人は、佐野の舟橋の謂れを万葉集の歌を引いて語り、山伏の祖役(えん)の行者が葛城の神に命じた岩橋説話を背景に、山伏こそ橋の勧進に応ずべきと強く勧める。やがて山伏が万葉集の「東路の佐野の舟橋とりはなし親し離(さ)くれば妹に逢はぬかも」の歌につき、「取り放し」か「鳥は無し」か、いずれが正しいかを尋ねると、歌にまつわる話として、昔ここに住む男が河を隔てた恋人のもとへ、人目を忍び夜ごと舟橋を渡って通っていたが、二人の親が橋板を取り放しておいたのを、男は夢にも知らず渡り、踏み外し川に落ちて死んだと語る。そしてその男女こそ自分たちと明かし、弔いを頼み夕暮れの空に消え(中入)。里の男が山伏の所望に答えて「鳥は無し」の話を語り弔いを勧める。その夜、加持をする山伏たちの前に二人の霊が顕れ、女は救いを喜ぶが、男は今も消えぬ妄執ゆえに成仏できずにいると訴える。山伏は懺悔(さんげ)に生前の出来事を再現するように促すと、男は忍び妻との逢瀬を前に心はずむも束の間、親が放した板間を踏み外し川に沈んで死んだ無念さや、三途の川での重き苦患を仕方語りに語り、山伏の法力によって成仏する。

素材・主題　前掲万葉歌の原歌は「上野(かみつけ)の佐野の舟橋取り放し親は離(さ)くれど我(わ)は離かるがへ」(巻十四)であるが、本曲は中世歌学書等に見える理解(例、新撰歌枕名寄、釣舟)と岩橋説話に拠りつつ、通い路の舟橋を親に断たれて溺死した男と恋仲をさかれた女の恋慕の妄執を描く。前場の「途絶えた橋」を媒介に「途絶えた恋」を導き出す葛城の岩橋説話、「取り放し・鳥は無し」の二様の解釈をめぐる歌問答の展開、後場で、恋の執心のため八寒地獄の苦しみを受けている二人が「其執心を振り捨てて、猶々昔を懺悔し給へ」と山伏に促されて昔を再現し、その演技の頂点に主題歌「東路の…」を〈上ノ詠〉に配した構成その他、前・後場とも和歌的色彩が強く、因果応報の懺悔物語からの飛躍が見られる。この点、元来、田楽の古能を世阿弥が改作したという申楽談儀の記事も納得される。

一　山々を越えて行く旅路の果ては雲の彼方、雲の行方が道標なのだ。
二　熊野三所権現。
三　松島(現宮城県)は歌枕。
四　「遥かなる三上の岳を目にかけて幾瀬渡りぬ野洲の川波」(新勅撰集・雑四・藤原良経)に基づく。野洲川は近江の歌枕。安の川(天の川)に音通。[縁]野洲の川―七夕。[付]七夕―やすの川原・一夜。
五　[掛]覚―醒が井。醒が井・伊吹山は近江の歌枕。
六　「大空をながめぞくらす吹く風の音はすれども目にも見えねば」(拾遺集・雑上・凡河内躬恒)の心から「音にのみ」と続け、「老眼…明らかならず」(「実盛」)の意で「霞む」を導く。[掛]美濃尾張―身の終。

【一】〔次第〕〈次第〉ワキ・ワキツレ ＼山[一]また山の行末《すゑ》や、山また山の行末や、雲路のしるべなるらん。

〈名ノリ〉ワキ「是《これ》は本山《ほんざんみ》[二]三熊野《くまの》より出《いで》たる客僧にて候、われいまだ松島平泉《ひらいづみ》[三]を見ず候程に、此春思《おも》ひ立《た》ち松島平泉《ひらいづみ》へと急《いそ》ぎ候。

〈上歌〉ワキ・ワキツレ ＼幾瀬《いくせ》[四]渡《わた》りの野洲《やす》の川、いくせ渡りの安《やす》の川、彼《かの》七夕の契《ちぎ》り待《ま》つ、年《とし》に一《ひと》夜《よ》は徒夢《あだ》の、醒《さめ》[五]が井《ひ》の宿《しゆく》を過《す》ぎ、伊吹颪《いぶきおろし》[六]の音《をと》にのみ、月の霞《かす》むや美濃《みの》尾張、老を知《し》れとの心かな、老を知れとの心かな。

〈着キゼリフ〉ワキ「急《いそぎ》候程に、是は上野《かうづけ》の国、佐野[七]と中所に着《つ》きて候、此所にて宿を借《か》らばやと存《ぞんじ》候。

【二】〔一声〕〈一セイ〉二人 ＼法による、道《みち》ぞと作《つく》る船橋《ふなばし》[八]は、後《のち》の世かくる頼みかな[九]。

〈サシ〉シテ ＼往事《わうじ》[一〇]眇茫《べうばう》として何事も、見残《のこ》す夢[一一]の浮橋《うき》に　二人 ＼猶《なほ》数添《そ》[一二]へて舟競《ふなぎほ》ふ、堀江の川の水際《みなぎは》に、よるべ定《さだ》めぬ徒浪《あだ》[一三]の、憂《う》き世に帰《かへ》る六《むつ》の道、逃《のが》れ兼《かね》たる心かな。

〈下歌〉二人 ＼恋[一四]しき物をいにしへの、跡遥々《はるばる》と思《おもひ》やる。

〈上歌〉二人 ＼前《さき》の世の、報《むく》ひ《い》の儘《まま》に生れ来て、報ひの儘に生れ来て、心にかけばとても身の、生死《しやうじ》の海を渡《わた》るべき、舟橋《ふねはし》を作《つく》らばや、二河《にが》[一五]の流れはありながら、科《とが》[一六]は十《とを》の道多《おほ》し、まことの橋を渡《わた》さばや、まことの橋を渡さばや。

七 現群馬県高崎市。万葉以来の歌枕。
八 舟を並べ、板を渡して作った橋。付橋—舟ばし作る。以下、橋が鍵語となる。
九 車屋本・喜多流等は二ノ句「つれ佐野の川波立ち隔て　二人たれ憂き名のみ残すらん」が続く。
一〇 「往時眇茫都似ㇾ夢」(和漢朗詠集・懐旧・白居易)をふまえ、「夢の浮橋」を導く。
一一 夢の中にかかっていた浮橋。
一二 縁数添へ—舟競ふ。序堀江の川の水際に—よるべ。「舟競ふ堀江の川の水際に…」(万葉集二十・大伴家持)をふまえる。
一三 縁徒浪の—帰る。掛浮—憂。「六の道」は六道輪廻の迷界。
一四 それでも恋しさは募り舟橋の古跡の遠い昔を遥かに思うのです。「思ひやる」は前後に続く。

現世に帰った男女の霊

一五 火河(瞋恚)と水河(貪欲)の間に浄土へ導く白道があるが…。二河と科は脚韻。
一六 十悪の科が多く、浄土への道を妨げる。二・十と数韻。

以下六〇六頁

一 橋勧進。架橋のための寄付。
二 建立。下掛「建立」。
三 「上毛野佐野の舟橋取り放し親は離(さ)くれど我は離かるがへ」(万

【三】〈問答〉シテ「いかに客僧、橋《はし》一の勧《すす》めに入て御通り候へ　ワキ「見申せば俗体の身として、橋興立《こうりふ》二の心ざし、かへすがへすも優《やさ》しうこそ候へ　シテ「是は仰《おほせ》とも覚《おぼ》えぬ物哉《ものかな》、必《かなら》ず出家にあらねばとて、志《こころざし》の有《ある》まじきにても候はず、先《まづ》勧《すす》めに入て御通り候へ　ワキ「橋《はし》の勧《すす》めには参り候べし、扨《さて》此橋《はし》はいつの御宇より渡《わた》されたる橋《はし》にて候ぞ　シテ「万三葉集の歌に、東路《あづまぢ》の佐野の舟《ふな》橋《ばし》取《と》り放《はな》しと、詠《よ》める歌の心をばしろしめし候はずや　ツレ カヽル〽いや左様に申せば恥《は》づかしや、身のいにしへも浅間《あさま》四山　シテ「焦《こ》がれ沈みし此川の　二人 カヽル〽さ五のみは申さじさなきだに、苦《くる》しび《ミ》多《おほ》き三瀬川《みつせがは》に、浮《う》かぶ《ム》便《たよ》りの船橋《ふなばし》を、渡《わた》してたばせ給へとよ。

〈掛合〉ワキ「実々《げにげに》親《おや》し離《さ》くればの物語、カヽル〽さては古《ふ》りにし船橋《ばし》の、主《ぬし》を済《たす》けん其《その》ためか　シテ「殊六更これは山伏の、橋《はし》をば渡《わた》し給ふべし　ワキ カヽル〽そも山伏の身なればとて、とりわき橋を渡《わた》すべきか　シテ「七さのみな争《あらそ》ひ給《たまひ》そとよ、役《えん》八の優婆塞《うばそく》葛城《かづらき》や、祈《いの》りし久米路《くめぢ》の橋はいかに　女 カヽル〽譬《たと》ふべき身にあらねども、われも女の葛城《かづらき》の神　シテ「一言葉《ひとことば》九にて止《や》むまじや、ただ幾《いく》度も岩《いは》橋の　女〽など御心《おんこころ》にかけ給はぬ　二人〽去《さり》ながらよそ一〇にて聞《き》くも葛城《かづらき》や、夜作《よるつく》るなる岩橋《はし》ならば、渡《わた》らんことも難《かた》かるべし。

〈歌〉同〽是は永《なが》き春の日の、長閑《のどけ》き水の船橋一一に、さして柱もいるまじや、徒《いたづら》に朽《くち》果《は》てんを、作《つく》り給へ山伏。

葉集十四)を変形。初句「東路の」の形は古今和歌六帖以降に流布。
四 駿河または信濃の歌枕。囲浅ま(し・あさまになる)—浅間山。序

佐野の舟橋の謂れ

浅間山—焦がれ(恋心)。
五「さのみ」に佐野を隠す。「三瀬川」は三途の川。万葉歌に基づく「親し離くればの物語」の主人公たることを仄めかす。囲身—三瀬川。
六 以下、山伏による架橋を強調し、後出の岩橋説話の伏線とする。
七 そのように理屈っぽいことを仰しゃいますな。
八 岩橋説話に拠る。岩橋・葛城の橋・久米路の橋は歌枕。
九 一言主(葛城の神の異称)ではないけれども、一言では止めません。囲言—岩橋。幾度と岩橋は頭韻。
一〇「よそにのみ見てや止みなん葛城や…」(新古今集・恋一・読み人知らず)を変形。一一 囲徒—板。縁船—さして、橋—柱—板。
一二「駒とめて袖うち払ふ陰もなし佐野のわたりの雪の夕暮」(新古今集・冬・藤原定家)に拠る。佐野のわたりは大和の歌枕(八雲御抄)。
一三 山伏の法衣。囲衣—比も、張る—春。序篠懸の—衣。
一四 仏法へ帰依する道をお造り下さい。囲乗—法。縁乗—往来。
一五 前出の「作り給へ山伏」と重複させ「幾度も言」う。一六 廻峰修行。

〈上歌〉同 〽[一二]所は同じ名の、所は同じ名の、佐野のわたりの夕暮に、袖うち払《はら》ひて、御通《とを》りあるか[一三]篠懸《(すずかけ)》の、[一四]比《(ころ)》も－春也《(なり)》河風の、花吹《ふ》き渡《わた》せ船橋の、法に往来《(ゆきき)》の、[一五]道作《つく》り給へ山伏、[一六]峰々巡《みねみねめぐ》り給ふとも、渡《わた》りを通らでは、いづくへ行《ゆ》かせ給ふべき。

【四】〈問答〉ワキ「扨々《(さてさて)》万葉集の歌に、東路の佐野の船橋取《と》り放《はな》し、又鳥は無《な》しと二流に詠《よ》まれたるは、[一七]何と申たる謂《いは》れにて候ぞ　シテ「さむ候《ザウラウ》それに付て物語の候、語《かた》つて聞《(きか)》せ申候べし。

〈語リ〉シテ「昔此所に住《(すみ)》ける者、[一八]忍《しの》び妻にあこがれ、所は河を隔《へだ》てたれば、此舟橋を道として夜な夜な通ひけるに、二親《(ふたおや)》此事を深《ふか》く厭《いと》ひ、橋《はし》の板を取放《はな》す、それをば夢にも知《し》らずして、[一九]かけて頼《たの》みし橋の上より、かつぱと落《(おち)》て空《むな》しくなる、カヽル〽[二〇]妄執といひ因果といひ、其《(その)》まま[二一]三途《(さんづ)》に沈《しづ》み果《は》てて、[二二]紅蓮大紅蓮《(ぐれんだいぐれん)》の氷に閉《と》ぢられて。

〈歌〉同 〽[二三]浮《う》かぶ《ム》世もなき苦び《ミ》の、海《うみ》こそあらめ河橋や、磐《ばん》石《(じやく)》に押《を》され苦を受《う》くる。

〈クセ〉同 〽さらば－沈みも果《は》てずして、[二四]魂《(たましひ)》は身を責《せ》むる、心の鬼となり変《か》はり、なを《(ほ)》恋種《(こひぐさ)》の事繁《ことしげ》く、邪婬の－思《おも》ひに焦《こ》がれゆく、船橋《ばし》も古《ふる》き物語、まことは身の上なり、我跡弔《あとと》ひたび給へ　シテ 〽夕日《(せきじつ)》－漸《やうや》く傾《かたぶ》きて　同 〽[二五]霞の空もかき昏《く》らし、雲となり雨となる、[二六]中《(ちう)》有《う》の道も近《ちか》づくか、橋と見えしも中絶《(たえ)》ぬ、爰《(ここ)》は－まさしく東路の、佐野の[二七]船橋鳥は無《な》し、鐘《かね》こそ響《ひび》け夕暮《ぐれ》の、空も別《わか》れに成《(なり)》にけり、空も別れに成にけり。　（中入）

一七 山伏は話を転換したがそれが物語の核心を導く事になる。「いづれが本説にて候ぞ」(宝生・下掛)。どちらが典拠の正しい読みですか。 一八 同趣の説話が歌学書の釣舟に見える。 一九 逢瀬を約束し、頼みとしていた橋。[縁]かけて—橋。 二〇 この世に残した迷妄の深さといい、因果の報といい。 二一 三悪道(地獄・畜生・餓鬼)をいうが、三途の川の意を重ねた。 二二 紅蓮も大紅蓮も八寒地獄の一。「或閉二紅蓮大紅蓮之氷一」(往生講式)。

舟橋で死んだ男の話

二三 成仏できず苦しみの海(苦悩の絶えぬ迷界)ばかりか河の橋の下でも、責め苦を受けているのです。 二四 [掛]思ひ—思ひ(火)、焦—漕。[序]焦がれゆく—船。 二五 「旦為二朝雲一、暮為二行雨一」(文選十九・高唐賦)に拠る。 二六 死後、次の生を受けるまでの間。ここは冥途への道。「中有の道」は「弱法師」にも。 二七 船橋の板は外され、鶏も居ないのか、聞こえるのは入相の鐘の音。二人の姿も消え、今日の日も暮れてしまった。[掛]取り放し—鳥は無し。

以下六〇八頁

一 船橋の古跡を今新たに供養の場(わに)として。橋改修の意も。 二 仏法僧の三宝の加護を祈る祈禱で、五道の罪も消えるだろう。

【五】〈問答・語リ〉（アイの里の男が登場し、ワキの問いに答えて、「佐野の舟橋取り放し」「…鳥は無し」の古伝説を物語る。ワキが先刻の出来事を話すと、アイは弔いを勧めて退場する）

【六】〈上歌〉ワキ・ワキツレ 〽[一]古《ふ》りにし跡をあらためて、古りにし跡をあらためて、[二]三宝加持《(さんぼうかち)》の行《(おこなひ)》に、[三]五道の罪も消《き》えぬべき、法《(のり)》の力ぞ有難《がた》き、法の力ぞ有難き。

【七】〔出端〕〈サシ〉ツレ女 カヽル 〽[四]いかに行者有難《がた》や、徒《いたづら》に三途に沈《しづ》みし身なれ共《(ども)》、法の力《ちから》か船《ふな》橋《ばし》の、浮《う》かぶ《ム》身となる有難《がた》さよ シテ 〽いかに行者我は猶《なを》し、此妄執の故により、浮《う》かび《ミ》かねたる橋柱の、重《おも》き苦患《(くげん)》を見せ申さむ。

〈上ノ詠〉シテ 〽[五]泣涙《(なくなみだ)》、雨と降《ふ》らなん[六]渡《わた》り川、水増《ま》さりなば。

〈一セイ〉シテ 〽帰《かへ》り来《く》るがに 地 〽[七]帰れや帰《かへ》れ徒浪《あだ》の シテ 〽柱をいただく磐石《(ばんじやく)》の苦患《(くげん)》

地 〽これこれ見給へ、あさましや。

〈サシ〉シテ 〽[八]見我《(けんが)》身者《しんしやほつぼ》発菩提《だい)》の、功力《(くりき)》を受《う》けて[九]言《い》う《(ふ)》奈落《(ならく)》、奈落《ならく》の底の水屑《みくづ》となりしも、知《(ち)》我《が》心者《(しんしや)》、即身成仏《(そくしんじやうぶつ)》、ありがたや。

【八】〈掛合〉ワキ カヽル 〽痛はしやいまだ[一〇]邪婬の業深《ふか》き、其執心を振《ふ》り捨《す》てて、猶々《(なほなほ)》昔を懺悔《さんげ》[一一]し給へ 女 カヽル 〽何事も懺悔に罪の雲[一二]消《き》えて、真如の月も出《(いで)》つべし シテ カヽル 〽[一三]五障の霞の晴《は》れ難《がた》き、[一四]春の夜の一時《(ひととき)》、[一五]胡蝶の夢《ゆめ》の戯《たはぶ》れに、いでいで姿《すがた》を見せ申さむ ツレ女 〽よ[一六]しや吉《よし》野の山ならねど、是も妹背の中河の シテ「[一七]橋の途絶《とだ》へ《(え)》のありけるとは、いさ白浪の夜《よる》ごとに ツレ 〽通《かよ》ひなれたる浮《うき》舟の シテ 〽共に焦《こ》がるる思ひ妻《づま》[一八]。 〔[一九]立回リ〕

三 地獄・餓鬼・畜生・人間・天上の世界。下掛「五障」。 四 ツレが救済を喜び、シテは未だ救われぬ苦しみを訴える。「通小町」「錦木」と同趣。[縁]法（乗り）―船。[序]船橋の―浮かぶ。 五 古今集・哀傷・小野篁の歌。「がに」は願望表現。観世以外は「かに」と澄み、「…するばかりに」と解している。 六 三途の川。 七 現世に帰りたい。[縁]帰―徒浪。 八 不動明王の本誓の偈文。山伏の経文により成仏できることへの感謝。宝生流はこの〈サシ〉がない。 九「いふならく奈落の底に入りぬれば刹利も首陀もかはらざりけり」（俊頼髄脳）に拠る。[序]言ふならく―奈落（地獄）。 一〇 業因。「邪淫の業」は「砧」にも。 一一 過去の罪業を告白し再現する事を通して滅罪を得る。 一二 罪業を雲に、真如（悟り）を月に譬える。 一三 前句の雲・月の縁から「五障」を霞に譬える。 一四「春宵一刻直千金、花有㆓清香㆒月有㆑陰」（蘇軾・春夜）。

懺悔、成仏

一五 [序]胡蝶の―夢。[縁]春―胡蝶。荘子が夢で胡蝶になった故事をふまえる。 一六 吉野の妹背山ではないけれども、ここ佐野の中河も仲を隔て妹背の契りは儚なく。「よしや吉野」は連韻。[掛]仲―中河。 一七 妹背の仲が絶えることを橋に

〈ワカ〉シテ 〽[二〇]宵々《よひよひ》に　シテ 〽通《かよ》ひ慣《な》れたる船橋[二一]の。

〈ノリ地〉シテ カヽル 〽冴《さ》えわたる夜《(よ)》の、月も半《(なかば)》に、更《ふ》け静《しづ》まりて　同 〽人も寝《ね》[二二]に臥《ふ》し、丑三《うしみ》つ寒《さむ》き、河風も厭《いと》はじ、逢《あ》ふ瀬《せ》の向《む》かひの、岸[二三]に見えたる、人影はそれか、心嬉《うれ》しや、頼《たの》もしや。

〈ノリ地〉同 〽[二四]互《たが》ひにそれぞと、見《(み)》えし中の、互ひにそれぞと、見えし中の、橋を隔《へだ》てて、立《た》ち来《く》る浪の、[二五]寄《よ》り羽《ば》の橋《はし》か、[二六]鵲《かささぎ》の、行《ゆ》き合《あ》ひの間近《まぢか》く、成行《(なりゆく)》ままに、放《はな》せる板間《(いたま)》を、踏《ふ》み外《はづ》し、かつぱと落《(おち)》て、沈みけり。

〈上ノ詠〉シテ 〽[二七]東路の、佐野の舟橋取《と》り放《はな》し、親《おや》し離《さ》くれば、妹《いも》に逢《あ》はぬかも。

〈中ノリ地〉シテ 〽執心の鬼と成《(なつ)》て　同 〽執心の鬼と成て、共《とも》に三途の河橋の、橋柱に立《た》てられて、悪龍《(あくりよう)》の気色《けしき》に変《か》はり、程なく生死《(しやうじ)》娑婆の妄執、[二八]邪婬の悪鬼となつて、我と身を責《せ》め苦患に沈むを、行者の法味功力により、[二九]真如法身の玉橋の、真如法身の玉橋《はし》の、浮《う》かべ《メ》る身とぞ成《(なり)》にける、浮かべ《メ》る身とぞ成にける。

寄せた。〔付〕橋—たゆ。〔掛〕知らず—白浪、艫—共、漕—焦、妻—夫。〔序〕白浪の—夜(寄る)。〔縁〕妹背の仲—途絶へ、舟—艫—漕。

一八 このあとにも「宵々に」とシテの謡が入る(宝生・下掛)。

一九 恋する男の心の不安を示すかのよう。宝生・下掛は「カケリ」。

二〇 古今集・恋三・在原業平に拠る。

二一 〔縁〕橋—わたる(渡る)。

二二 〔掛〕寝—子(子の刻)。〔縁〕子—丑三つ(ともに真夜中の時刻)。

二三 〔掛〕樹—岸。「見二彼樹頭一、有二好端正厳飾婦女一」(往生要集・上・衆合地獄)。逢瀬の心の昂り。「上に恋しき、人は見えたり、嬉しやとて、行き登れば」(「女郎花」)。

二四 〔掛〕仲—中。 二五 「鵲ノ橋トハ、乗タル鵲烏ノ羽ヲ並ベテ彦星ヲ乗セテ渡シテアハス」(三流抄)ため「寄り羽の橋」ともいう。七夕の逢瀬のイメージから【一】の〈上歌〉の野洲の川と呼応。〔掛〕寄—寄り羽。〔縁〕寄り羽の橋—鵲。〔序〕鵲の—行き合ひ。 二六 「夜や寒き衣や薄きかたそぎの行き合ひの間より霜や置くらん」(新古今集・神祇)。

二七 逢瀬と永訣をもたらした「佐野の船橋」の悲恋物語の主題歌。

二八 「邪婬の悪鬼は、身を責めて」(「女郎花」)。

二九 「真如法身の玉(橋)」は悟り。〔序〕真如法身の玉橋の—浮かべる。底本「発心」(下掛も)を訂正。

蟻通（ありどほし）

四番目物
特殊物　　世阿弥作（申楽談儀）

場景　和泉国蟻通明神の社頭。ある秋の日の日暮れ。降りしきる雨の夜半から、空白む明け方まで。

人物　シテ　　宮守の老人（蟻通明神の化身）〔小尉・禰宜〕
ワキ　　紀貫之〔風折長絹大口〕
ワキヅレ　従者〔素袍上下〕（二、三人）

梗概　和歌の心を則（のり）として歌道をきわめようと和歌の神玉津島明神参詣のため旅立った紀貫之が、和泉国の、とある里近くまで来たとき、俄に日が暮れ大雨となり、乗った馬が倒れ伏してしまった。進退窮まり途方にくれる貫之の前に、一人の宮守の老人が松明（たいまつ）を持って現れ、そのかかげる燈火の光で、ここが蟻通明神の神域であることを知る。宮守は貫之が下馬せずに通ったため、神の怒りに触れたのだと説明する。神への不敬を詫び恐懼する貫之に、歌人貫之なら和歌を捧げるよう勧める。貫之が謹んで神に歌を手向けると、宮守は復唱し「面白し」と誉める。ついで和歌の徳や風体と変遷を語り合い、歌は人の至誠から出ずる感動の声だから、必ず神も納受するだろうと告げる。神慮に叶った験（しるし）に、馬はいなないて起き上がる。貫之の所望にまかせ宮守が祝詞（のっと）を奏するうち、宮守は明神の化現で、貫之の和歌の妙なるを感じて姿を顕したことを明かし、鳥居に消え、貫之は再び旅路につく。

素材・主題　俊頼髄脳などで名高い、紀貫之の詠歌による蟻通明神の神感説話に拠りつつ、「目に見えぬ鬼神をもあはれと思はせ」（古今集・仮名序）、怒りをも鎮め、祝福をも招く、和歌の徳を描く。暗闇に、神前をも弁えず下馬の礼を欠いた貫之の馬が倒れ伏す異変、詠歌を促す宮守の登場と劇的に進行し、神慮を鎮めた和歌「雨雲の立ち重なれる夜半なればありとほし共思ふべきかは」は本曲の主題歌である。貫之集や古今和歌六帖等に見える歌は「掻曇りあやめも知らぬ大空にありとほしをば思ふべしやは」（古今和歌六帖は、末句「いかがしるべき」）で、謡曲は俊頼髄脳に見える形が近い。紀貫之が和歌の神玉津島明神への参詣の途次、和歌によって「目に見えぬ鬼神をもあはれ」と感動させた歌徳説話をそのまま舞台化した作品であるが、巧みな漢詩の引用による情景描写もうまい。宮守に蟻通明神を重ね合わせた一場形式の霊験能の構成・脚色は、脇能の古形を想像させる。結末に明神が宮守に憑依したと見る意見もある。世阿弥が「蟻通」の演技・演出・作曲について、詳しく語っており（申楽談儀）、田楽能の喜阿弥の節を積極的に摂取した作曲のようである。雨中に宮守が松明を持ち傘をさして登場する演技は、世阿弥時代からのもの。世阿弥の五音に闌曲の例に引いており、世阿弥作は確実視していい。なお、貫之の道行は〈サシ〉〈下歌〉〈上歌〉と続く形が古態らしく（今は〈上歌〉のみ）、それにより季節も秋と知られる。

一 歌道の道を旅路の道に言い掛けた。
二 現在の和歌山市和歌の浦にある神社。衣通姫（そとおりひめ）が祀られ、和歌の神として信仰されていた。
三 平安時代の歌人。古今和歌集の撰者の一人。
四 古態は〈名ノリ〉のあと〈サシ〉〈下歌〉が続いた。季節も秋と知れる。
五 「夢に寝て」から「都の」まで廃曲「侍従重衡」の道行と同文。
六 付関戸―あくる、都―月。掛開―明、見―都。
七 ああ、困った。
八 「燈暗数行虞氏涙」（和漢朗詠集・詠史・橘広相）。闇夜の雨中、貫之の馬が動かなくなり難儀するさまを、項羽の敗戦の夜を詠んだ史記などの詩句を引いて表現した。「騅」は愛馬の名。涙の雨、雨の脚、脚、引く、と続けた。
九 項羽の愛妾。謡曲では「グイー

【一】〔次第〕〈次第〉ワキ・ワキツレ〽[一]和歌の心《こころ》を道として、和歌の心を道として、[二]玉津島に参らん。

〈名ノリ〉ワキ「是《これ》は[三]紀貫之にて候、我《われ》和歌の道に交《まじ》はるといへども、未《いま》だ住吉玉津島に参らず候程に、唯今《ただいま》思ひ立《た》ち紀の路の旅にと志《こころざし》[四]候。

〈上歌〉ワキ・ワキツレ〽[五]夢に寝《ね》て、現《うつつ》に出《いづ》る旅枕、現に出る旅枕、[六]夜《よる》の関戸の明暮《あけくれ》に、都の空の月影を、さこそと思ひやるかたも、雲井は跡に隔《へだ》たり、暮《くれ》わたる空に聞ゆるは、里近げなる鐘の声、里近げなる鐘の声。

【二】〈□〉ワキ「[七]あら咲止《せうし》や、俄《にはか》に日暮《く》れ大雨《たいう》降《ふ》り、しかも乗たる駒さへ臥て、前後をわきまへず候はいかに。

〈サシ〉ワキ カヽル〽[八]燈《ともしび》暗うしては数行《すかう》虞氏《ぐし》が涙《なんだ》の雨の、脚《あし》をも引《ひ》かず騅《すい》逝《ゆ》かず、[九]虞《ぐ》い奈《い》如《か》がすべき便《たよ》りもなし、あら咲止や候《ザウラウ》。

【三】[一〇]〔アシライ出シ〕〈サシ〉シテ〽[一一]瀟湘《せうしやう》の夜《よる》の雨しきりに降《ふ》つて、遠寺《ゑんじ》の鐘の声も聞《き》こえず、なにとなく[一二]宮寺《みやてら》は、深夜の鐘《かね》の声、御燈《ごとう》の光りなんどにこそ、神さび心も澄《す》み渡《わた》るに、社頭を見れば燈もなく、[一三]すずしめの声も聞《き》こえず、[一四]神は宜禰《きね》が慣《なら》はしとこそ申《まうす》に、宮守独《ひとり》もなき事よ、よしよし御燈は闇《くら》くとも、[一五]和光の影《かげ》はよも暗《くら》からじ、[一六]あら無沙汰の宮守共《ども》や。

【四】〈問答〉ワキ「なふなふ其火の光について申べき事の候　シテ「此《この》あたりには御《お》宿もなし、今少《いますこし》先《さき》へ御通りあれ　ワキ「今の暗《くら》さに行先《さき》も見えず、しかも乗たる駒さへ臥て、前後

貫之、都から玉津島へ

イカガ」と謡う。廃曲「横山」にも「雖逝かず、〱、虞い如何せん」。

一〇 囃子につれて松明を振りながら静かに登場、一ノ松に立つ。

一一 瀟湘八景の瀟湘夜雨、煙寺晩鐘によそえて綴る。「遠寺」は煙寺をふまえた表現。「遠寺の鐘も幽かにて」(廃曲「鼓瀧」)等。

一二 宮や寺。

一三 神を慰める神楽などの音。

一四 神慮は神官の作法によって示される、の意の成句。「神は宜禰が習ひを受け、人は神の徳を知るべし」(廃曲「護法」「熊野詣」)。

俄に馬が倒れ、困惑

一五 和光は【六】の〔立回リ〕あとの「和光同塵」のこと。

一六 ほんとに怠惰な宮守たちだ。

以下六一二頁

一 それでは下馬でお通りになったわけではないのですか。下馬は表敬のため馬をおりること。

二 大阪府泉佐野市にある神社。「蟻通の明神と申して物咎めいみじくさせ給ふ神なり」(俊頼髄脳)。

三 囲見—宮人。　四 囲有—蟻通。

五 縁柱—立つ—雲。

六 「馬上折残江北柳、舟中開尽嶺南花」(許渾「丁卯集」上)。「馬上」

雨夜の蟻通明神の社頭

を忘《(ばう)》じて候也　シテ「[一]さて下馬はわたりもなかりけるか　ワキ「そもや下馬とは心得ず、
爰《(ここ)》は馬上《(ばしやう)》のなき所か　シテ「あら勿体《(もつたい)》なの御事《(おんこと)》や、蟻通《ありどほし》[二]の明神とて、物咎《とが》めし給ふ御神《(おんかみ)》の、
かくぞと知《し》りて馬上あらば、よも御命《(おん)》は候べき　ワキ カヽル ＼是は不思議の御事哉《(かな)》、扨《(さて)》御《(おん)》
社《やしろ》は　シテ ＼此森のうち　ワキ ＼実《(げに)》も姿は宮人[三]の　シテ ＼燈《(ともし)》の光の影《かげ》より見《み》れば
ワキ ＼実《(げに)》も宮居は　シテ ＼蟻通《ありどほし》[四]の。
〈歌〉同 ＼神の鳥井の二柱《(ふたばしら)》[五]、立《た》つ雲透《す》きに、見れば忝《かたじけな》や、実《(げに)》も社壇のありけるぞ、馬上[六]に折《お》り残す、江北《(かうほく)》の柳陰の、糸[七]もて繋《つな》ぐ駒、かく[八]とも知《し》らで神前を、恐[九]れざるこそはかなけれ、恐れざるこそはかなけれ。

【五】〈問答〉シテ「いかに申べき事の候　ワキ「何事にて候ぞ　シテ「扨《(さて)》御身はたれにて渡り候ぞ　ワキ「是は紀貫之にて候が、住吉玉津島に参り候　シテ「貫之にてましまさば、歌を詠《よ》ふ《(う)》で神慮をすずしめ御申候へ　ワキ「是は仰《(おほせ)》にて候へども、それは得たらん人にこそあれ、我等が今の言葉の末《すゑ》、いかで神慮に適《かな》ふべきと、思[一〇]ひながらも言の葉の、末《すゑ》を心に念願し、＼雨雲《あま》の立《た》ち重《かさ》なれる夜半《(よは)》なれば、あり[一一]とほし共《(とも)》思ふべきかは。
〈掛合〉シテ ＼雨雲《あま》[一二]の立重《かさ》なれる夜半なれば、ありとほしとも、思ふべきかは、「面白し面白し、我ら叶《(かな)》はぬ耳にだに、面白《おもしろ》しと思《おも》ふ此歌を、などか納受《(なふじゆ)》なかるべき　ワキ カヽル ＼心に知《し》らぬ咎《とが》なれば、なにか神慮に背《(そむ)》くべきと　シテ ＼万《(よろづ)》[一三]の言葉は雨雲《あま》の　ワキ ＼立重《かさ》なりて暗《くら》

の縁で引く。［縁］柳—糸。 七 古歌「くものい(糸)に荒れたる

物咎めする神

駒はつなぐとも…」など慣用表現。 八 ［掛］駆—斯。 九 慎まなかったのは実に愚かなことだった。 一〇 思いつつ、よい歌ができるよう願いをこめて。 一一 星が有るなどと思いましょうか(ここが蟻通明神の神前とは少しも知りませんでした)。謡曲では「アリト　ホシトモ」と謡う。［掛］有と星(「星有と」の倒置)—蟻通。この貫之和歌説話は貫之集の歌「掻曇りあやめも知らぬ大空にありとほしをば思ふべしやは」の詞書にもみられるが、本曲の典拠は俊頼髄脳。 一二 シテが貫之の和歌を復唱し、心に適いたる様子で、釈然として面白しと感吟する光景。 一三 神に奉納する歌は、あたかも立ち重なる雨雲のように多いでしょうが。「やまと歌は…よろづの言の葉とぞなれりける」(古今集・仮名序)をふまえる。 一四 詩経の

貫之の献歌

六義にならい古今集・仮名序に立てた六種の歌の表現形式。 一五 六道世界になぞらえて六種の詠みぶりを定めたのだ。直接の典拠は未詳ながら和歌知顕集に、長歌を人道に、旋頭歌を修羅道、混

き夜《(よ)》なれば　シテ　〽ありとほしとも思ふべきかはとは、荒《(あら)》面白の御歌《うた》や。
〈下歌〉同　〽凡《(およそ)》歌には六義《(りくぎ)》一四あり、これ六道《(ろくだう)》一五の、巷《ちまた》に定め置《を》ひ《(い)》て、六《(むつ)》の色をみする也。
〈上歌〉同　〽されば和歌の言業《ことわざ》は、神代《(かみよ)》よりも始《はじ》まり、今人倫に普《あまね》し、誰《(たれ)》か是を褒《ほ》めざらん、中にも貫之《つらゆき》は、御書所《(ごしよどころ)》一六を承《(うけたま)》はりて、古《いにしへ》今までの、歌の品《しな》を撰《えらミ》びて、喜《よろこび》を《の》一七延べし君が代の、直《す》ぐなる道を顕《あらは》せり。
〈クセ〉同　〽を《(お)》よそ惟《おも》つて見れば、歌の心すなほなるは、是もつて私《わたくし》なし、人代《(にんだい)》に及むで、は一八なはだ興《をこ》る風俗《(ふうぞく)》、長歌短歌《(ちやうかたんか)》旋頭《(せんどう)》、混本《(こんぽん)》のたぐひこれなり、雑体《(ざつてい)》—一つにあらざれば、源流—漸《やう》く繁《しげ》る木の、花一九のうちの鶯《うぐひす》、又秋の蟬の吟の声、何《(いづ)》れか和歌の数ならぬ、されば今の歌、わが邪《よこしま》をなさざれば、などかは神も納受の、心に適《かな》ふ宮人も　二〇シテ　〽かかる奇特に逢《あ》二一ふ坂の　同　〽関二二の清水《(しみづ)》に影見《み》ゆる、月毛《(つきげ)》のこの駒を、引立《た》て見《み》れば不思議やな、もとのごとくに歩《ゆ》み行く、越鳥《(ゑつてう)》二三—南枝《(なんし)》に巣を懸《か》け、胡馬《(こば)》北風《(ほくふう)》に嘶《いば》へ《(え)》たり、歌に—和《やは》らぐ神ごころ、誰《(たれ)》か神慮の、誠を仰《あふ》がざるべき。

【六】〈問答〉ワキ「いかに申候、宮人にて御坐候はば、祝詞《のつと》を読《よ》ふ《(う)》で参らせられ候へ　シテ「承《(うけたまはり)》候。
〈掛合〉シテ カヽル　〽いでいで祝詞《のつと》を申さむと、神の白木《しらゆ》二四綿《ふ》二五かけまくも　ワキ　〽同《おな》じ手向《(たむけ)》とい二六ふ花《(ばな)》の　シテ　〽雪を散《(ちら)》して　ワキ　〽再拝す。

本歌を畜生道、廻文歌を餓鬼道、誹諧歌を地獄道にあてる説が見える。「俊成忠度」の〈サシ〉にも。
一六 宮中の書物を管理した役所。

和歌の繁栄

一七 掛述—延。「貫之らがこの世に同じく生まれて、このことの時にあへるをなむ喜びぬる」(古今集・仮名序)による。古今集撰進時の年号「延喜」が言い掛けられている。
一八 「爰及ニ人代一。此風大興。長歌短歌旋頭混本之類。雑体非レ一。源流漸繁」(古今集・真名序)。
一九 「若夫春鶯之囀ニ花中一。秋蟬之吟ニ樹上一。雖レ無ニ曲折一。各発ニ歌謡一」(古今集・真名序)。 二〇 ワキ(宝生・下掛)が原形で(観世流古写本も)、歌物語の主は貫之がふさわしい。同工の廃曲「吉野」もワキ貫之が謡う。 二一 掛逢—逢坂。
二二 「逢坂の関の清水に影見えて今や引くらん望月の駒」(拾遺集・秋・紀貫之)による。

馬が立つ

二三 「胡馬依ニ北風一、越鳥巣ニ南枝一」(文選二十九・古詩)。前半は「胡馬嘶ニ北風一」(玉台新詠一)の形で流布していた。「胡馬北風に嘶《(いばひ)》、越鳥南枝に巣をかくる」(平治物語・下)など。故郷を恋う気持ちの譬えだが、ここは起き上がった馬が元気にいななくさま。「越鳥」は、

〈ノット〉シテ〽謹一上再拝、敬白《(うやまってまうす)》　神主《(かみ)づかさ》、二八人《(はちにん)》の八乙女《(やをとめ)》、五人の神楽男子《(かぐら)おのこ》、雪の袖を返《かへ》し、白木《しらゆ》綿《ふ》花を捧げつつ、神慮をすずしめ奉る、三御神託に任《(まか)》せて、なを《(ほ)》も四神忠を致《いた》さむ、有難や、

五抑《(そもそも)》　神慮をすずしむる事、和歌よりもよろしきはなし、其《(その)》中にも神楽《(かぐら)》を奏《そう》し乙女の袖、六かへすがへすも七面白《おもてしろ》やな、神の岩戸の古《(いにしへ)》の袖、思ひ出《(いで)》られて。〔八立回リ〕

〈□〉シテ〽九和光同塵《(わくわうどうぢん)》は結縁《(けちえん)》の始《はじ》め　ワキ〽八相成道《(はつさうじやうだう)》は利物《(りもつ)》の終《をは》り　シテ〽一〇神の代《(よ)》七代

ワキ〽質《すなほ》に人淳《あつ(う)》ふして　シテ〽情欲《(せいよく)わ》分かつ事なし　地〽天地《(あめつち)》開《ひら》け始《はじ》まりしより、舞歌《(ぶが)》の道こそ、すなほなれ。

【七】〈ノリ地〉シテ〽今貫之が詞《(ことば)》の末の　同〽今貫之が詞の末の、妙なる心を、感ずるゆへ《(ゑ)》に、仮《かり》に姿を、見ゆるぞとて。

〈歌〉同〽鳥居の｜笠木《かさ(ぎ)》に立隠《かく》れ、あれはそれかと見しままにて、かき消《け》す様に失《(うせ)》にけり、貫之も是を喜《よろこ》びの、名残の神楽夜は明《あ》けて、旅立《だ》つ空に立帰《(たち)かへ》る、旅立つ空に立帰る。

祝詞、神楽を奏する

謡曲では「ヱッテ ウ」と謡う。二四 幣帛《(へい)(はく)》として榊《(さかき)》にたらすのが「木綿」。それを用いた造花が「木綿花」。二五 掛懸—かけまくも。「かけまくも」は神を斎う慣用句。二六 掛言ふ—木綿花。

以上六一三頁

一 以下、次行「有難や」までが祝詞の本文。二 神楽の奏楽をいう成句。三 神の御託宣にまかせ、これからも一層忠誠を尽くそう。四 現行観世「心衷」。五 底本「神盧」を訂正。六 掛袖を返す(舞うこと)—かへすがへすも。七 中世神楽の起源は天の岩戸の舞とされ、岩戸が開かれ天照大神の面が白く見えたのが「面白」の語源とされた。世阿弥も古本別紙口伝や拾玉得花で引用する。

蟻通明神の姿

八 神楽を奏する心。九 仏が光を和らげて神と現じ、俗世に交わるのは衆生と結縁する最初、成道の八種の相(姿)を示すのは衆生を利益する最終の道。摩訶止観では最後が「以論₌其終₌」であるが、「利物の終り」の形で流布していた(声明要略集所載・訓伽陀など)。「松尾」の〈クセ〉冒頭に同文。一〇「然而神世七代、時質人淳、情欲無ㇾ分」(古今集・真名序)による。

実盛(さねもり)

修羅物
老武者物　世阿弥作(申楽談儀)

場景　前場—加賀国篠原の里。実盛の首を洗ったという池近く。他阿弥上人の法談の場。ある日の夕暮れ。後場—同じく、池の辺り。真夜中。

人物　前ジテ　老人〔笑尉(朝倉尉)・着流尉〕
　後ジテ　斎藤実盛の霊〔笑尉(朝倉尉)・修羅物〕
　ワキ　遊行上人〔大口僧〕
　ワキヅレ　随伴の僧〔大口僧〕(二、三人)
　アイ　篠原の里の男〔肩衣半袴〕

梗概　里の男が登場し、念仏を勧める遊行上人が、いつも日中の前後、独り言を言うのが不審だと告げる。念仏の功徳を讃嘆する上人の前に、老人の姿が浮かびあがる。念仏に合掌し、鉦の音や念仏に耳を澄まし聴聞する老人に、上人が名を尋ねるが、名乗らない。罪障懺悔(さんげ)のためにも名乗るよう重ねて促されると、老人は人払いを頼み、「昔長井の斎藤別当実盛は…」と戦物語(いくさものがたり)をし始める。実はこの老人こそ実盛の霊であった。弔いを頼み、姿を消す(中入)。里の男が上人に、実盛の出身、最期の有様、木曾殿の首実検などを語り、上人から先刻の老人の事を聞き、独り言の理由を納得し、上人に弔いを勧める。その夜、池の辺で別時の踊り念仏が行われ、「鬢鬚白き老武者なれ共」、はなやかな甲冑姿の実盛の霊が姿を現す。念仏に加わって和讃を称え、弥陀を鑽仰する。やがて修羅の苦患(くげん)の救いを願い、懺悔に物語を始める。㈠老武者と侮られるも口惜しく、白髪を染め若武者の姿で合戦に臨むも首打たれ、篠原の池で首を洗われ、墨は流れ白髪となった事、㈡故郷での合戦なので宗盛に乞い、大将の着る錦の直垂を着て出陣した事、㈢義仲と組もうとしたが手塚めに隔てられ無念の討死を遂げた事などを語り、回向を願って消える。

素材・主題　満済准后日記・応永二十一年(一四一四)五月十一日の条に、篠原で法談している遊行上人の前に実盛の幽霊が出現した事を記しており、世阿弥はこのニュースに構想を借り、平家物語七・真盛の本文をほぼそのまま取り入れて作劇した。老武者と侮られるのも口惜しく、鬢鬚を黒く染め、故郷での戦さゆえ錦の直垂姿で出陣し、討死した老武者斎藤別当実盛の武名と気概を描く。演技の序破急を配慮した世阿弥は冗長に陥ることを避け、首実検、出陣、戦死と、物語の順序を意図的に前後させて劇的頂点を構えている。この時間を倒置する手法は世阿弥の得意とするところだった。残酷な首洗いの場を、和漢朗詠集の詩句を引いて、枝垂(しだ)れし柳、清らかな池水、白髪の首、流れ行く墨と、数々の連想を麗しく潔く形容しているのも見事である。実盛の霊が上人にしか見えないという導入も劇的で、第三者には上人の独り言と思われたのである。特定の人物にしか幽霊の姿が見えないという手法は、井上ひさし作「頭痛肩こり樋口一葉」でも成功している。

以下六一～六頁

一 以下、仏の誓願に漏れじと、説法の場に貴賤群集する光景。
二 弥陀の国も自身の中に存在すると説かれているから、こうして念仏を唱えれば、ここも浄土と同じことなのだ。「己心の弥陀、唯心の浄土」は成句。底本「己身」を訂正。宝生・下掛は「ここも己心の…」の一句はワキヅレの謡。
三 念仏を唱える衆生をすべて浄土に迎えようという阿弥陀の誓いがあるのだから、誰も残されることはないはずだ。
四 法門百首、一遍上人語録に類似歌がある。「誓願寺」「仏原」、廃曲「敷地物狂」等にも。この〈上歌〉のうちにシテは静かに登場、一ノ松に立つ。合掌の心。
五 底本「を」を誤脱。

【一】〈名ノリ・触レ〉（登場の囃子なくワキの遊行上人とワキヅレの従僧が登場、脇座へ行き、ワキは床几にかけ、ワキヅレは着座する。続いてアイの篠原の里の男が登場し、加賀国篠原の里で、毎日遊行僧他阿弥上人の法談が行われているが、いつも日中の前後に独り言を仰せられるので、人々が不審に思っている由を触れる）

【二】〈サシ〉ワキ へ[一]それ西方《さいはう》は十万億土、遠《とを》く生るる道ながら、[二]ここも己心《こしん》の弥陀の国、貴賤群集《くんじゆ》の称名の声《こゑ》　ワキツレ へ日々夜々の法《のり》の場《には》　ワキ へ[三]実《げに》も誠に摂取不捨《せつしゆふしや》の　ツレ へ誓に誰《たれ》か　ワキ へ残《のこる》べき。

〈上歌〉ワキ・ワキツレ へ[四]ひとりなを《ほ》、仏《ほとけ》の御名《みな》[五]を尋《たづね》見《み》ん、仏の御名を尋見ん、をの《お》をの《お》の帰《かへ》る法の場《には》、知《し》るも知《し》らぬも心引《ひ》く、[六]誓ひの網《あみ》に洩《も》るべきや、[七]知《し》る人も、知《し》らぬ人をも渡《わた》さばや、彼国《かのくに》へ行《ゆ》く法の船、浮《う》かぶ《ム》も易《やす》き道《みち》とかや、浮かぶ《ム》も易き道とかや。

【三】〈サシ〉シテ へ[八]笙歌《せいが》遥《はる》かに聞ゆ孤雲《こうん》の上《うへ》、聖衆来迎《しやうじゆらいかう》す落日《らくじつ》の前、あら尊《たうと》や今日《けふ》も又紫雲の立《た》つて候ぞや、「鉦《かね》の音《おと》念仏《ねぶつ》の声の聞え候、扨《さて》は聴聞《ちやうもん》も今《いま》なるべし、[九]さなきだに立《た》ち居《ゐ》苦《くる》しき老《おい》の浪の、寄《よ》りも付《つ》かずは法の場《には》に、余所《よそ》ながらもや聴聞せん、　カヽル へ一念称名の声の中《うち》には、[一〇]摂取の光明曇《くも》らねども、老眼の通路なを《ほ》もつて明《あき》らかならず、よしよし少《すこし》[一一]は遅く共《とも》、爰《ここ》を去事《さること》遠かるまじや南無阿弥陀仏。

【四】〈問答〉ワキ「いかに翁《おきな》、扨《さて》も毎日の称名に怠《をこた》る事なし、されば志の者と見るところに、お[一二]ことの姿余人《よじん》の見《み》る事なし、誰に向《む》かつて何事を申ぞと皆人不審し合《あ》へり、今日《けふ》はおことの名を名乗《なのり》候へ　シテ「是は思《おも》ひもよらぬ仰《おほせ》かな、本《もと》より所《ところ》は天《あま》[一三]ざかる、鄙《ひな》人なれば人がま

上人のひとりごとへの疑問

六 付網―引・もるゝ。「誓ひの網」は衆生を救おうとする仏の誓願。七 廃曲「住吉橋姫」に見える古歌（下句「極楽へ行く舟の便りに」）。付法―舟。八 寂昭（大江定基）が臨終の際に作った詩。遥かな孤雲のかなたから笙の音がきこえ、落日を背にしつつ極楽の聖衆たちが私を迎えにやってくる。宝物集七、続本朝往生伝三十三等。法門に随喜渇仰して毎日この道場に来る翁の目に浮かぶ、極楽世界の有様。九 ただでさえ立ち居の苦しい老人だから、なかなか説法の場に近付けないが、せめて遠くからでも聴聞しよう。縁寄り―浪。掛藻―も。一〇 摂取の誓いの光明は明るいが老いた目には法の場への道がはっきりと見えない。煩悩のために浄土への道が曇っている心もこめる。一一 少し遅くなっても法の場はここからそう遠くはないはずだ、の意に、きっと極楽浄土へ行けるはずだ、の意を掛ける。一二 親しみをこめた対称代名詞。一三 遠く離れた意をも生かしつつ「鄙」の枕詞。現行観世以外はアマサガル。シテは忘れようとする妄執を再び喚起することの苦しさに名乗ることを

念仏の功徳

しやな、名もあらばこそ名のりもせめ、ただ上人《しやうにん》の御下向《おんげかう》、ひとへに弥陀の来迎なれば、＼[一四]かしこうぞ長生《ながいき》して、「此《この》称名の時節に逢《あ》ふ事、＼[一五]盲亀《まうき》の浮木《ふぼく》[一六]優曇華《うどんげ》の、花待《まち》得《え》たる心地《ち》して、老の[一七]幸《さいはひ》身に越《こ》え、喜《よろこ》びの涙袂《たもと》に余《あま》る、されば此身ながら、[一八]安楽国《あんらくこく》に生るるかと、無比の歓喜《くわんぎ》をなす処に、[一九]輪廻妄執の閻浮の名を、又改《あらた》めて名のらむ事、口惜《お》しうこそ候へとよ

ワキ「実々《げにげに》翁の申《まうす》処理《ことわ》り至極せり去《さり》ながら、一つは[二〇]懺悔《さんげ》の廻心《ゑしん》共なるべし、唯《ただ》おことの名を名《な》のり候へ

シテ「[二一]扨《さて》は名のらでは叶《かな》ひ候まじきか

ワキ「中々の事急《いそい》で名乗《なのり》候へ

シテ「さらば御前なる人を退《の》けられ候へ、近ふ《う》参りて名乗候べし

ワキ「本《もと》より翁の姿余人《よじん》の見る事はなけれ共《ども》、所望ならば人をば退《の》くべし、近う寄《よ》りて名を名《な》のり候へ。（シテは默って真中へ出て座す）

シテ「[二二]昔《むかし》長井の[二三]斎藤別当実盛は、此《この》篠原の合戦《かせん》に討《うた》れぬ、聞召《きこしめし》及《をよ》ばれてこそ候らめ

ワキ「それは平家の侍、弓取《とつ》ての名将、其軍物語《いくさものがたり》は無益《むやく》、ただおことの名を名《な》のり候へ

シテ「いやさればこそ其実盛は、此御前《おんまへ》なる[二四]池水《いけみづ》にて鬢鬚《びんひげ》をも洗《あらは》れしとなり、されば其執心残りけるか、今も此あたりの人には幻のごとく見ゆると申候

ワキ「扨《さて》今も人に見《み》え候か

シテ＼[二五]深山木《みやまぎ》の、其梢とは見えざりし、桜は花にあらはれたる、老木《おいき》をそれと御覧ぜよ

ワキ カヽル＼不思議やさては実盛の、昔を聞《きき》つる物語、人の上《うへ》ぞと思ひしに、身のうへ成《なり》ける不思議さよ、「扨《さて》はおことは実盛の、其幽霊にてましますか

シテ「われ実盛が幽霊なるが、[二六]魂《こん》は冥途にありながら、魄《はく》は此世に留《とど》まりて

ワキ カヽル＼猶《なほ》執心の閻浮の

謝絶した。一四 よくもまあ長生きして。一五 →「百万」八六頁注五。一六 →「鵜飼」二九頁注八。
一七 「老の幸ひ望みに超え、喜びの涙袂にあまれり」(新葉集・序)。
一八 極楽浄土のこと。一九 輪廻妄執に苦しんだ現世での名を、改めて名乗るのは何とも口惜しいこと。
二〇 罪業の告白(懺悔)が悪心を善心に改めることにもなろう。
二一 上人に懺悔のためにと強いられ余儀なく名乗ろうと発した言葉。
二二 改めて正面へ出たシテは、長々と語るかと思いきやこの一句のみで、意表をついた書き方。しかも第三者のような口ぶり。

余人に姿が見えぬ翁

二三 斎藤実直の子。生国は越前。後に武蔵の長井に住し、長井荘の別当(荘園を管轄する荘官)。初め源義朝に、後に平宗盛に仕え、寿永二年篠原合戦に討死。年七十三。
二四 篠原の池。実盛の首を洗った池のことは、八坂流城方本平家物語に「加賀の国なりあひの池にて洗はせて見給へば」とある。
二五 詞花集・春・源頼政の歌。花が咲かなければ桜とは分からぬ深山木のように人に知られずに現れ出た老人をそれとお察しください。
二六 「魂」は陽の霊魂のこと。「魄」は陰の霊魂。「朝長」の〈ロンギ〉にも類似表現あり。

世に　シテ「[一]二百余歳の程は経《ふ》れ共《ども》　ワキ へ浮[二]び《ミ》もやらで篠原の　シテ へ池のあだ波よ[三]るとなく　ワキ へ昼共《とも》分《わ》かで心の闇の　シテ へ夢ともなく　ワキ へ現《うつつ》ともなき　シテ へ思ひをのみ。

〈上歌〉シテ へ篠[四]原の、草葉《くさば》の霜の翁《おきな》[五]さび　同 へ草葉の霜の翁さび、人な咎《とが》めそかりそめに、あらはれ―出《いで》たる実盛が、名を洩《も》らし給ふなよ、亡《な》き世語《よがたり》も恥かしとて、御前《おんまへ》を立《たち》さりて、行《ゆく》かと見れば篠原の、池の辺《ほと》りにて姿は、幻《まぼろし》と成《なり》て失《うせ》にけり、幻と成て失にけり。

（中入）

【五】〈問答・語リ・問答〉（アイの里の男が登場し、ワキ上人の独り言につき尋ねるが、ワキが逆に実盛の最期の様子を尋ねるので、実盛の出身・討死・首実検のさまなどを語る。ワキから先刻の老人の事を聞き、独り言の理由を納得）

〈触レ〉（ワキが弔いのため別時の踊り念仏を行うとの意を受け、その由を触れる）

【六】〈□〉ワキ カヽル へいざや別時《べちじ》[六]の称名にて、彼《かの》幽霊をとぶ《ム》らはむと。

〈上歌〉ワキ・ワキツレ へし[七]の原の、池の辺《ほとり》の法《のり》の水、池の辺の法の水、深くぞ頼《たの》む称名の、声澄《す》みわたるとぶ《ム》らひの、初夜《しよや》より後夜《ごや》にいたるまで、心[八]も西へ行月《ゆくつき》の、光と共に曇なき、鐘を鳴《な》らして夜もすがら。

〈誦句〉ワキ へ南[九]無阿弥陀仏南無阿弥陀仏。

【七】〔出端〕[一〇]〈□〉後シテ へ極[一一]楽世界に行《ゆき》ぬれば、永《なが》く苦海《くかい》[一二]を越過《こえすぎ》て、輪廻の故郷《ふるさと》隔《へだ》たりぬ、

一 満済准后日記・応永二十一年（一四一四）五月十一日の条に、実盛の幽霊が篠原に出現した事が見える。寿永二年（一一八三）の実盛戦死より二三一年目。 二 縁浮び―池・波。 三 掛寄る―夜。縁夜―闇―夢。「心の闇」は「鵜」にも。 四 掛為―篠原。以下、名乗ったものの、妄

名を明かして消える

執の残る身を恥じる心。 五 掛置―翁。霜の白さと実盛の白髪とを重ねている。「翁さび人な咎めそ狩衣《かりごろも》今日ばかりとぞ鶴《たづ》も鳴くなる」（伊勢物語・一一四段）の上句を借り、「狩衣」を「かりそめ」に転じる。 六 特に日時を定めて通常の念仏とは別に行う念仏。臨時の別時念仏。 七 掛為―篠原。 八 別時念仏の称名の光景。心も西方浄土へ、月も西へと向かう、その澄んだ月光のように、曇りのない

別時の念仏

い音で一晩中、鐘を鳴らして念仏を唱える。 九 下掛はこの念仏を四遍唱える。 一〇 修羅能で太鼓の入る曲（「朝長」「通盛」「実盛」）はいずれも仏事の音楽のうちに後ジテが登場する形。 一一 浄業和讃・極楽讃による。踊念仏に唱和された。実盛の霊もそれに加わっての出現。以下、シテと地謡の対話は、念仏往生を願う実盛の霊と称名念仏に

歓喜《くわんぎ》の心いくばくぞや、所は[一三]不退の所、命は[一四]無量寿仏となふ頼もしや。

〈一セイ〉シテ 〽[一五]念々相続する人は　地 〽念々ごとに往生す。

〈ノリ地〉シテ 〽南無と言《い》つぱ　地 〽即是帰命《すなはちこれきみやう》　シテ 〽阿弥陀といつぱ　地 〽其行此《そのぎやうこの》義《ぎ》を、以《もつて》の故《ゆゑ》に　シテ 〽必《かなら》ず往生を得《う》べしとなり　同 〽有がたや。

【八】〈掛合〉ワキ カヽル 〽不思議やな白《しら》みあひたる池の面《おも》に、幽《かすか》に浮《う》かびよる者を、見ればありつる翁なるが、甲冑《かつちう》を帯《たい》する不思議さよ　シテ 〽埋木《うもれぎ》の人知《し》れぬ身と沈《しづ》め共《ども》、[一六]心《こころ》の池の言《い》ひがたき、[一七]修羅の苦患《くげん》の数々を、浮《う》かべて賜《た》ばせ給へとよ　ワキ 〽是程《これほど》に目《ま》のあたりなる姿言《こと》葉を、余人はさらに見も聞《きき》もせで　シテ「ただ上人のみ明らかに　ワキ カヽル 〽見るや姿も残り[一八]の雪の　シテ 〽[一九]鬢鬚《びむひげ》白《しろ》き老武者《らうむしや》なれ共《ども》　ワキ 〽其出立《いでたち》は花《はな》やかなる　シテ 〽よそほひ殊《こと》に曇なき　ワキ 〽月の光　シテ 〽燈《ともしび》の影。

〈上歌〉同 〽暗《くら》からぬ、夜《よる》の錦[二〇]の直垂《ひたたれ》に、夜の錦の直垂に、[二一]萌黄《もよぎ》匂《にほ》ひの鎧着《き》て、金作《こがねづくり》の太刀刀《かたな》、今[二二]の一身にてはそれとても、何か宝《たから》の、池の蓮《はちす》の、台《うてな》こそ宝なるべけれ、実《げに》や疑《うたが》はぬ、法の教《をし》へは朽《くち》[二三]もせぬ、[二四]金《こがね》の言葉おほくせば、などかはいたらざるべき、などかはいたらざるべき[二五]。

【九】〈クリ〉シテ 〽それ[二六]一念弥陀仏即滅無量罪《いちねんみだぶつそくめつむりやうざい》　同 〽即《すなはち》[二七]廻向発願心《ゑかうほつぐわんしん》、心《こころ》を残す事なかれ。

〈サシ〉シテ 〽時至つて今宵《こよひ》値《あひ》がたき御法《みのり》を受《うけ》　同 〽慚愧《ざんぎ》懺悔《さんげ》の物語、なを《ほ》も昔を忘《わすれ》かねて、

弥陀の鑽仰

ついての質問と、上人の説明。

一二 底本「苦界」を訂正。「苦しみの海、苦難の海、すなわち現世」(日葡)。一三「不退の土」(平家物語十・維盛入水)とも。一四「(命は)無量」と続けた。永遠の生命の仏。阿弥陀仏の名号の一。一五 絶えず念仏を続けている人は、ひと声ごとに極楽往生する。浄業和讃・光陰讃。廃曲「空也」にも。一六 心に物思いの多いのを池の水の深いことに譬えた。囲井樋(ひ)―言ひ。「小山田の苗代水は絶えぬとも心の池のいひは放たじ」(後撰集・恋三・読み人知らず)。「綾鼓」にも。

花やかな鬢鬚白き老武者

一七 言葉では言えないほどの修羅道の苦しみの数々から、どうぞ浮かび上がらせてください。一八「残り」は上下に掛かる。一九 他流はビンピゲ。二〇 花やかに出で立った老武者の風姿。付錦―夜・闇。二一 匂い縅(おどし)。萌黄色の縅糸を濃色から淡色にぼかした。実盛が大将同然の萌黄縅の鎧を着たことは、平家物語七・真盛に見える。二二 死後の今の身にとっては、それとて何の宝なものか、極楽の宝の池の、蓮の台こそが宝なのだ。二三「朽もせぬ」は上下に

一しのぶに似たる篠原の、草の陰野《(かげ)(の)》の露と消《き》えし、有様《(ありさま)》語《かた》り申べし。

〈語リ〉シテ「二抔《(さて)》も篠原の合戦《(かせん)》敗《やぶ》れしかば、源氏の方《(かた)》に三手塚の太郎光盛《みつもり》、木曾殿の御前《まへ》に参りて申《(まうす)》やう、光盛こそ奇異の曲者《(くせもの)》と組《く》むで首取《くびと》つて候へ、大将かと見《み》れば続《つづ》く勢《(せい)》もなし、又侍かと思へば錦《にしき》の直垂《(ひたたれ)》を着《き》たり、名のれ名のれと責《せ》むれ共《(ども)》終《(つひ)》に名のらず、声は坂東声《(ばんどう)ごゑ》にて候と申《(まうす)》、木曾殿あつぱれ長井の斎藤別当実盛にてやあるらん、しからば鬢鬚《(びんひげ)》の白髪《(はくはつ)》たるべきが、黒《くろ》きこそ不審なれ、四樋口《(ひぐち)》の次郎は見知《(しり)》たるらんとて召《め》されしかば、樋口参りただ一目見て、涙をはらはらと流《なが(い)》ひて、〽あな無慚《むざむ》やな、斎藤別当にて候けるぞや、実盛常《つね》に申《(まうし)》しは、六十に余《あま》つて戦《いくさ》をせば、若殿《わか(との)》ばらと争《あらそ》ひて、先を駆《か》けむも大人気《おとなげ》なし、又老武者とて人々に、侮《あなづ》られんも口惜《お》しかるべし、鬢鬚《びむひげ》を墨に染《そ》め、若《わか》やぎ討死《(うちじに)》すべきよし、常々《つねづね》申候ひしが、誠に染《(そめ)》て候、五洗《あら》はせて御覧候へと、申《(まうし)》もあへず首を持《(もち)》

同〽御前《(おんまへ)》を立《た》つてあたりなる、此池波の岸に臨《のぞ》みて、六水の緑《みどり》も影映《かげうつ》る、柳の糸の枝垂《た》れて。

〈上歌〉同〽七気霽《(き)(はれ)》ては、風新柳《(しんりう)》の髪を梳《(けづ)》り、氷消《こほりき》えては、波旧苔《(きうたい)》の、鬚を洗ひて見《み》れば、墨は流れ落《お》ちて、本《(もと)》の白髪となりにけり、実《(げに)》八名を惜《(をし)》む弓取《(ゆみとり)》は、誰もかくこそ有《(ある)》べけれや、あら優《やさ》しやとて、皆《みな》感涙をぞ流しける。

〈クセ〉同〽九また実盛が、錦の直垂を着《き》る事、一〇私《(わたくし)》ならぬ望《のぞ》みなり、実盛都を出《(いで)》し時、宗盛公に申《(まうす)》やう、一一故郷へは錦を着《き》て、帰《かへ》るといへる本文有《(あり)》、一二実盛《さねもり》生国《(しやうこく)》は、越前の者にて候ひ

掛かる。二四 ありがたい念仏をこんなに唱えてもらったのだから、

実盛、篠原合戦の話

どうして浄土にたどりつけないことがあろうか。金春・喜多「重くせば」。二五 下掛は次にワキのセリフ「見申せばなほも輪廻の姿なり、その執心をふり捨てて、弥陀即滅の台《うてな》に至り給ふべし」が入る。二六 ひとたび阿弥陀仏を念ずれば、即ち無量の罪を滅す。一遍上人語録・下等。二七 念仏をはじめすべての功徳を一切の衆生にふり向けて、共に往生したいと願う心。

以上六一九頁

一 掛偲ぶ—忍ぶ。

髪を染めて出陣

二 通常〈クリ〉〈サシ〉のあとは〈クセ〉となるが、修羅物では〈語リ〉を置いて〈クセ〉に続くことも(「八島」)。以下、平家物語の本文によるが時間を倒置させつつ進める。
三 木曾殿(義仲)の家来。信濃国の住人手塚太郎金刺《かねさし》(の)光盛。
四 今井四郎兼平の兄。
五 樋口次郎が池水で首を洗ったとするのは謡曲の脚色。
六 付緑—水・髪。以下、しだれ柳に譬えた髪を、緑・黒・白で形容。
七「気霽風梳二新柳髪一、氷消浪洗二旧苔鬚一」(和漢朗詠集・春・早春・都良香)。

しが、近年御領《ごりやう》に付《つけ》られて、武蔵の長井に居住《きよぢう》つかまつり候き、此度《このたび》北国《ほつこく》に、罷下《まかりくだ》りて候はば、定《さだめ》て討死仕《つかまつ》るべし、老後の思出是《これ》に過《す》ぎじ、御免あれと望《のぞみ》しかば、[一三]赤地の錦の、直垂を下[一四]し給《たまは》りぬ　シテ〽然《しかれ》ば古歌にももみぢ[一五]葉《ば》を　同〽分《わけ》つつ行《ゆ》けば錦着《き》て、家に帰ると、人や見るらんと詠《よ》みしも、此本文の心なり、さればいにしへの、朱買臣《しゆばいしん》[一六]は、錦の袂を、会稽山《くわいけいざん》に翻《ひるがへ》し、今《いま》の実盛は、名を北国の巷《ちまた》に揚《あ》げ、隠《かく》れなかりし弓取の、名は末代に有[一七]明の、月の夜すがら、懺悔《さんげ》物語《がた》り申さむ。

【一〇】〈ロンギ〉地〽実《げに》や懺悔の物語、心[一八]の水の底清《そこきよ》く、濁《にごり》を残し給ふなよ　シテ〽其《その》執心の修羅の道《みち》、巡《めぐ》り巡《めぐ》りて又爰《ここ》に、木[一九]曾と組《く》まむとたくみしを、手塚めに隔《へだ》てられし、無念は今にあり　地〽続《つづ》く兵《つはもの》たれたれと、名のる中《なか》にも先《まづ》進《すす》む　シテ〽手塚の太郎光盛

地〽郎等《らうどう》は主《しう》を討《う》たせじと　シテ〽駆《か》け隔《へだ》たりて実盛と　地〽押《おし》ならべて組《く》む所を

シテ〽あつぱれを《お》のれは日本一《につぽんいち》の、剛《かう》の者と組《く》[二〇]むじやうずよとて、鞍[二一]の前輪《まへわ》に押《を》し付《つ》けて、頸《くび》掻《か》き切《き》つて捨《すてテン》[二二]てげり。

〈中ノリ地〉地〽其後《そののち》手塚の太郎、実盛が弓手《ゆんで》[二三]に回《まは》りて、草摺《くさずり》[二四]を畳《たた》み上《あ》げて、二刀《ふたかたな》刺《さ》す所を、むずと組《くん》で二匹《にひき》が間《あひ》に、どうど[二五]落《おち》けるが　シテ〽老武者の悲《かな》しさは　同〽軍《いくさ》には為《し》疲《つか》れたり、風に縮《ちぢ》める、枯木《こぼく》[二六]の力《ちから》も折《お》れて、手塚が下《した》になる処《ところ》を、郎等は落合《おちあひ》て、終《つひ》に頸をば掻《か》き落《お》とされて、篠原の土となつて、影も形《かたち》[二七]もなき跡の、影も形《かたち》も南[二八]無阿弥陀仏、とぶ《ム》らひ

八 名誉を重んじる武士は誰もがこうありたいものだ。「ユミトリ　身分のある勇敢な武人」(日葡)。

赤地錦の直垂

九 以下、錦の直垂を着た事の説明。
一〇 自分の希望で勝手にしたわけではない。　一一 立身出世して故郷に帰る意の諺。
一二 典拠とすべき文句。後出(注一六)の朱買臣の伝など。　一三 赤い織地に、金糸・銀糸で模様を織り出した華麗な錦で仕立てた鎧直垂。
一四 着用を許された事を下賜された事に脚色。　一五 後撰集・秋下・読み人知らずの歌。この歌の引用も平家物語にはない。
一六 前漢武帝時代の人。貧苦・苦学の末故郷会稽の太守となり、錦を着て帰った(漢書六十四・朱買臣伝)。宝生・古写本はシユバイジン。
一七 [掛]有り―有明。
一八 澄んだ池の水底のように、心の底までもすっきりとすべて懺悔し、心残りなさいますな。
一九 [掛]来―木曾。
二〇 組もうとするのだな。「組みてんずよ」(「組みてんとす」の約)の転。グンデウズヨ(宝生・下掛)。

戦死の有様

二一 鞍の前部の、山形に高くなった所。　二二 「捨ててけり」の転。
二三 弓を持つ手。左手。

てたび給へ、跡とぶ《ム》らひてたび給《たま》へ。

二四 鎧の胴の下に垂れた板、腰部を守る。 二五 観世のみ「どうと」。「どうど」が古形。
二六 縁枯木―折。 二七 掛無―亡。
二八 掛無―南無阿弥陀仏。

――以上六二二頁

野宮（ののみや）

三番目物
本鬘物

金春禅竹作（素材・主題の項参照）

場景　前場―都、嵯峨野、野宮の旧跡。秋風が吹く九月七日の夕刻。後場―同じく、月の美しい夜半から明け方。

人物　前ジテ　里の女〔若女（深井）・唐織着流〕
後ジテ　六条御息所の霊〔若女（深井）・長絹大口〕
ワキ　旅の僧〔着流僧〕
アイ　嵯峨野の里の男〔長上下〕

梗概　洛西嵯峨野を訪れ、小柴垣に囲われた黒木の鳥居の立つ野宮の旧跡にたたずむ諸国一見の僧の前に、一人の女が物寂しい情景を歌いつつ現れる。この森は昔斎宮に立たれた人の仮に移られた野宮で、今日は長月七日、神事を行う日に当たるので、速やかに帰れと告げる。僧が神事の謂れを尋ねると、九月七日は昔光源氏がここに六条御息所を訪れた日で、源氏の愛を失った御息所が娘の斎宮とともに野宮から伊勢へ下ってゆく話を語り、自分こそ御息所の霊と明かし、夕月の影かすかな木の下の黒木の鳥居の陰に消えた（中入）。里の男から光源氏が野宮へ御息所を訪ねた時のことを聞いた僧が、夜もすがら跡を弔っていると、どこからともなく車の音が聞こえ、御息所の霊が美しい花車に乗って現れる。そして妄執の因となった葵上との車争いのやる方なき恥ずかしさと痛恨を述べ、源氏の訪問を回想しつつ懐旧の舞を舞い、再び車に乗って、迷妄の世界を出てゆくかに見えて消え失せた。

素材・主題　源氏物語・賢木および中世源氏物語梗概書（光源氏一部連歌寄合之事・源氏物語大概真秘抄等）の理解に拠りつつ、「裏枯の草葉に荒るる野の宮の跡」を舞台に、六条御息所の光源氏に対する感情、恨みつつも恋しさがつのる屈折した女心を描き、それを月光が森の下露に淋しげに宿る、物寂しく美しく悲しい秋に象徴させている。寂寥感漂う蕭々たる叙景は、そのまま御息所の心象風景と重なる。構成は世阿弥の「井筒」に学び、「葵上」をふまえつつ、物語本文を巧みに点綴しながら、高貴な女性の激しい愛憎、その果ての憂いと悲しみ、懐旧と艶を秘めた寂寥を見事に描いている。後世の作者付資料に世阿弥作とあるが、詞章や表現の細部に禅竹の特徴が認められ、ことに「心の色・身に沁む色・かはらぬ色・思ひの色・同じ色・露の色」など「色」の表現は禅竹の能に顕著とする伊藤正義説（新潮日本古典集成『謡曲集』下）に従いたい。また、結びの詞章が「火宅の門をや、出ぬらん、火宅の門」（観世流。他流も小異）で終るのも異例で、御息所の霊がはたして迷いの世界（火宅）を出たかどうか、解決を示さぬ描写も、御息所の人物像と禅竹の作風を反映しているようである。なお、後場に車の作リ物を出す特殊演出もある。

以下六二四頁

一 後見が柴垣のついた鳥居の作リ物を正先に置く。 二 山城の歌枕。京都市右京区の西部一帯の地。地名と「性（さが）」に言い掛けた「嵯峨の秋」や、花薄・萩・女郎花など秋の風情が詠まれた。 三 心引かれて。 四 斎宮、斎院が、潔斎のためにこもるところ。斎宮は嵯峨、斎院は紫野。 五 通りすがりの縁。 六「黒木の鳥居」は皮のついたままの丸木を組んだ鳥居。付野宮―秋の草・浅茅原・小柴垣・黒木の鳥ゐ・榊・火焼屋・長月・さがの山。以上の景物は源氏物語・賢木に基づく。 七 伊勢の神は神仏の隔てをなさらず。付垣―へだつる。 八 法の教へ、教への道（仏道）、道直ぐに、と続けた。仏道正しき心。 九 掛見―宮所。 一〇 囃子につれて、シテが左手に木の葉を持って登場。 一一 かつては花に見馴れて風雅に住みなしたこの野宮も、秋が過ぎた後はどん

【一】〔名ノリ笛〕〈名ノリ〉ワキ「是《これ》は諸国一見の僧にて候、我此程《このほど》は都に候ひて、洛陽の名所旧跡残りなく一見仕《つかまつ》りて候、又秋も末に成《なり》候へば、嵯峨野[二]の方床《ゆか》[三]しく候間、立越《たちこえ》一見せばやと存《ぞんじ》候、是なる森を人に尋《たづね》て候へば、野[四]の宮の旧跡とかや申《まうし》候程に、逆縁[五]ながら一見せばやと思《おもひ》候。

〈サシ〉ワキ カヽル 〽我《われ》此森に来て見《み》れば、黒[六]《くろ》木の鳥居小柴垣、昔《むかし》に変《か》はらぬ有様なり、こはそもなにと言《い》ひたる事やらん、よしよしかかる時節に参りあひて、拝み申ぞ有難き。

〈下歌〉ワキ 〽伊[七]勢の神垣隔《へだて》なく、法[八]の教《をし》への道直《す》ぐに、爰《ここ》に尋《たづね》て宮所《みやどころ》[九]、心も澄《す》める夕哉《ゆふべかな》、心も澄める夕哉。

【二】〔次第〕[一〇]〈次第〉女 〽花[一一]に馴《な》れ来《こ》し野の宮の、花に馴れ来し野の宮の、秋[一二]より後《のち》はいかならん。

〈サシ〉シテ 〽折《をり》しもあれ物[一三]のさびしき秋暮《く》れて、猶《なほ》萎《しほ》り行《ゆ》く袖の露[一四]、身を砕《くだ》くなる夕まぐれ、心[一五]の色はを《お》のづから、千種《ちくさ》の花に移《うつ》ろひて、衰《おとろ》ふる身の慣《なら》ひかな。

〈下歌〉シテ 〽人こそ知《し》らね今日《けふ》ごとに、昔《むかし》の跡に立《たち》帰《かへ》り。

〈上歌〉シテ 〽野の宮の、森の木枯《こがらし》秋更《ふけ》[一六]て、森の木枯秋更て、身[一七]に沁《し》む色の消《きえ》かへり、思《おも》[一八]へばいにしへを、何としのぶの草衣《ごろも》、きてしもあらぬ仮《かり》の世に、行《ゆ》き帰るこそ恨《うら》みなれ、行き帰るこそ恨みなれ。

なに淋しくなることだろうか。囲野—野宮。

野宮の旧跡

一二 囲秋—飽。光源氏の寵愛を受けた華やかな時が過ぎ去ってしまったことを淋しく思う気持ちがこめられている。

一三「山里はものの侘しきことこそあれ世の憂きよりは住みよかりけり」(古今集・雑下・読み人知らず)。

一四 縁露—身—砕く。「恋心身を砕きてもいやましの」(「小督」)。

一五 私の気持ちは、花々が色褪せるように自然としぼんでしまった。このように衰えるのは、人の世のならい。光源氏の心が「千草の花」(他の女人たち)に移ったことも重ねる。「心の色はおのづから、思ひ内より言の葉の」(「小塩」)。

一六 囲吹—更。一七 身にしみいるような秋の風情はすっかり消え果てて。「白妙の袖の別れに露落ちて身にしむ色の秋風ぞ吹く」(新古今集・恋五・藤原定家)。「消えかへり」は露などの状態をいう歌語。廃曲「重衡」にも。

一八 思えば昔をどうやって偲べばよいのだろう。来てもしかたのない仮の世に、往来するこの身の執念が恨めしい。囲偲—忍、着—来。

身に沁む色

一九 そのあなたをこそ、どなたかとお尋ねいたさなければなりませ

【三】〈問答〉ワキ「我《われ》此森の陰に居《ゐ》ていにしへを思《おも》ひ、心を澄《す》ます折節、いとなまめける女性《にょしやう》一人《いちにん》忽然《こつぜん》と来《きたり》給ふは、いかなる人にてましますぞ　女「いかなる者《もの》ぞと問《と》はせ給《たま》ふ、そ[一九]なたをこそ問参《とひまゐ》らすべけれ、是《これ》はいにしへ斎宮《さいくう》に立《た》たせ給ひし人の、仮《かり》に移《うつ》ります野の宮なり、しかれども其後《そののち》は[二〇]此事絶《た》えぬれ共《ども》、長月七日《ながづきなぬか》の今日《けふ》は又、昔《むかし》を思《おも》ふ[二一]年々に、〽人こそ知《し》らね宮所《みやどころ》を清《きよ》め、御神事《ごじんじ》をなすところに、[二二]行ゑ《ゆくへ》も知《し》らぬ御事《おんこと》なるが、来《きた》り給ふは憚《はばか》りあり、疾《と》く疾《と》く帰《かへ》り給へとよ。

〈掛合〉ワキ「いやいや是は苦《くる》しからぬ、身の行《ゆく》末《すゑ》も定めなき、世を捨人《すてびと》の数なるべし、扨々《さてさて》爰は古《ふ》りにし跡を今日《けふ》ごとに、昔を思《おも》ひ給ふ、カヽル〽謂《いは》れはいかなる事やらん　女「光源氏此所に詣《まふ》で給ひしは、長月七日の日今日《けふ》に当《あ》たれり、其時《とき》いささか持《もち》給ひし榊《さかき》の枝を、[二三]斎垣《いがき》の内《うち》に差《さ》し置《を》き給《たま》へば、御息所《みやすどころ》取あへず、〽[二四]神垣はしるしの杉もなきものを、「いかにまがへて折《お》れる榊ぞと、読《よみ》給ひしも今日《けふ》ぞかし　ワキ〽実《げに》面白《おもしろ》き言《こと》の葉の、今持《も》ち給ふ榊の枝も、昔に変《か》[二五]はらぬ色よなふ　女「昔《むかし》に変《か》はらぬ色ぞとは、[二六]榊のみこそ常盤《ときは》の陰《かげ》の　ワキ〽森の下路《したみち》秋暮《く》れて　女〽紅葉《もみぢ》かつ散《ち》り　ワキ〽浅茅《あさぢ》が原も。

〈上歌〉同〽裏枯《うらがれ》の、草葉に荒《あ》るる野の宮の、草葉に荒るる野の宮の、跡なつかしき爰《ここ》にしも、其《その》｜長月の七日の日も、今日《けふ》に廻《めぐ》り来にけり、[二七]物｜はかなしや小柴垣《こしばがき》、いとかりそめの御《おん》住居《すまひ》、[二八]今も[二九]火《ひ》焚屋《たきや》の幽《かす》かなる、光は｜わが[三〇]思《おも》ひ内《うち》にある、色や外《ほか》に見《み》えつらん、あら淋《さび》し宮

ん。廃曲「恋松原」にも同じ口吻。 二〇 伊勢斎宮。 二一 [掛]と―年々。 二二 どこの誰ともわからぬあなたのような僧侶が来るのは、さしさわりがあります。見ず知らずとはいえ、シテが来訪者に早く帰れと言うのは稀。

長月七日の神事

二三 源氏物語・賢木では、御簾の内へ「さし入れて」とするが、謡曲では斎垣の内へ「差し置き」と変型。 二四 賢木で、野宮を訪れた源氏に対して詠んだ御息所の歌。「しるしの杉」は三輪明神の杉を歌った「わが庵は三輪の山もと…」を背景。 二五「変はらぬ色」は源氏詞。シテはこの言葉にこだわる。 二六 あなたの言葉は賢く気が利いています。[掛]賢―榊。 二七 以下、「ものはかな・小柴垣・いとかりそめ・火焚屋・かすかに光り」等、源氏詞をつらねる。 二八 御息所の源氏への思いを「幽かなる火」と重ねた。 二九 野宮で、神饌(神に供する食物)を整えるための火を、消さずに保っている小屋。 三〇 成句「思ひ内にあれば色外にあらはる」「小塩」「千手」「熊野」等にも。[掛]思ひ―火。

以下六二六頁

一 会う者は必ず離れる。現世の無常をいう。「楊貴妃」にも。 二「程なく」の序。[付]夢―驚く。 三 いつまでそのままでもいられぬ

所、荒《あら》淋《さび》し此宮所。

〈誘イゼリフ〉ワキ「猶々《なほなほ》御息所の謂《いはれ》懇《ねんごろ》に御物語候へ。

【四】〈クリ〉地〽抑《そもそも》此御息所と申は、桐壺の御門《みかど》の御弟《おんおとと》、前坊《せんばう》と申奉りしが、時めく花の色香まで、妹背《いもせ》の心浅《あさ》からざりしに。

〈サシ〉女〽会者定離《ゑしやぢやうり》[一]の慣《なら》ひもとよりも　同〽驚《おどろ》くべしや夢の世と、[二]程なく遅《をく》れ給ひけり　女〽[三]扨《さて》しもあらぬ身の露の　同〽[四]光源氏のわりなくも、忍《しの》び忍《しの》びに行通《ゆきかよ》ふ　女〽[五]心の末《すゑ》のなどやらん　同〽又絶々《たえだえ》の中《なか》なりしに。

〈クセ〉同〽[六]辛《つら》きものには、さすがに思《おも》ひ果《は》て給はず、[七]遥《はる》けき野の宮に、分入《わけいり》給ふ御心《おんこころ》、いとゞ物あはれなりけりや、秋の花みな衰《おとろ》へて、虫の声もかれがれに、[八]松吹風《まつふくかぜ》の響《ひびき》までも、さび《み》しき道すがら、秋の悲《かな》しみも果《は》てなし、かくて君爰《ここ》に、詣《まふ》でさせ給ひつつ、情《なさけ》をかけて様々の、言葉《ことば》の露も色々の、御心のうちぞあはれなる　女〽其後《そののち》[九]桂《かつら》の御祓《おんはら》ひ　同〽白木綿《しらゆふ》かけて川波の、[一〇]身は浮《う》き草の寄《よ》るべなき、心の水に誘《さそ》はれて、[一一]行衛《ゆくへ》も[一二]鈴鹿河、八十瀬《やそせ》の浪に濡《ぬ》れ濡《ぬ》れず、伊勢迄《まで》誰《たれ》か思はんの、言の[一三]葉は添《そ》ひ行《ゆく》事も、例《ためし》なき物を親と子の、[一四]竹《たけ》の都路に赴きし、[一五]心こそ恨みなりけれ。

【五】〈ロンギ〉地〽実《げに》や謂《いはれ》を聞《きく》からに、ただ人《びと》ならぬ御気色《おんけしき》、其名を名乗《なのり》給《たま》へや　女〽名のりても、かひなき身とては[一六]づかしの、もりてや余所《よそ》に知《し》られまし、よしさらば其名も、[一七]なき

身。「さてしも」は「楊貴妃」「玉鬘」等にも。四「光」は上下に掛かる。五その後、源氏の心がどうしたわけか変わって。六さすがに御息所

六条御息所の履歴

を、会いたくない女だと見限ったりはなさらず。源氏物語の本文では御息所が源氏を薄情者と思う設定。七以下、源氏物語の「遥けき野辺・分け入り給・いとものあはれなり・秋の花みなおとろへ・かれがれなる虫の音・松風…吹きあはせ」を点綴し、秋の悲しみを強調。この〈クセ〉には分離のトリ(例「秋の-花みな…」)が多く、屈折した御息所の心を巧みに表現している。八 掛凋—枯。九 伊勢下向の前に桂川で行われる潔斎。一〇「わびぬれば身を浮草の根を絶えて誘ふ水あらばいなんとぞ思ふ」(古今集・雑下・小野小町)。一一 掛行—行方。一二 源氏物語・賢木で、御息所が源氏に贈った返歌。一三 掛葉—母。一四 伊勢の斎宮の御在所、多気の宮。付都—竹、い

伊勢下向のこと

つきの宮—竹の宮と。一五〈クセ〉の冒頭から第三者の立場で語り進めてきたが、終りに感極まって一人称に転じたともとれるセリフ。一六 掛恥づかし—羽束師の森—浅。一七 掛無—亡。

身ぞと問《(とは)》[一八]せ給へや　地〽なき身と聞《(きけ)》ば不思議やな、扨《(さて)》は此世をはかなくも　女〽去《(さり)》て久しき跡の名の　地〽御息所は　女〽我なりと　同〽夕[一九]暮の秋の風、森[二〇]の—木《(こ)》[二一]の間《(ま)》の夕《(ゆふ)》月夜《づくよ》、影幽《かす》かなる木《(こ)》[二二]の下《(した)》の、黒木《(くろぎ)》[二三]の—鳥井の二柱《(ふたばしら)》に、立隠れて失《(うせ)》にけり、跡《(あと)》立隠《かく》れ失にけり。

（中入）

【六】〈問答・語リ・問答〉（アイの里の男が登場し、ワキに乞われて、光源氏が野宮に六条御息所を訪れたことを語り、弔いを勧める）

【七】〈上歌〉ワキ〽片敷《かたし》くや、森の木陰の苔衣《(こけごろも)》[二四]、森の木陰の苔衣、同じ色なる草莚《(くさむしろ)》、思ひを述《の》[二五]べて夜もすがら、かの御跡《(おんあと)》を弔《と》ふとかや、かの御跡を弔ふとかや。

【八】〔一声〕[二六]〈下ノ詠〉後女〽野の宮の、秋[二七]の千種《(ちくさ)》の花車《(はなぐるま)》、われも昔に、廻《めぐ》り来にけり。

【九】〈掛合〉ワキ　カヽル〽不思議やな月の光も幽《かす》[二八]かなる、車の音《(おと)》の近《ちか》づくかたを、見れば網代《あじろ》[二九]の下簾《(した)すだれ》、思ひかけざる有様なり、如何様《(いかさま)》疑ふ処もなく、御息所にてましますか、さ[三〇]もあれいかなる車やらん　女「いかなる車と問《と》はせ給へば、思《おも》ひ出《(いで)》たり其《(その)》昔、カヽル〽賀[三一]茂の祭《まつり》の車争《あらそ》ひ、主《ぬし》は誰共《(たれとも)》白《しら》[三二]露の　ワキ〽所狭《せ》き迄《(まで)》立《た》て並《なら》ぶる　女〽物見車《(ものみぐるま)》の様々に、殊に時めく葵《あふひ》[三三]の上の　ワキ〽御車《(おんくるま)》とて人を払《はら》ひ、立騒《さは》ぎたる其中《(そのなか)》に　女〽身[三四]は小車《(をぐるま)》のやるかたも、なしと答《(こたへ)》て立《た》て置《を》きたる　ワキ〽車の前後に　女〽ばつと寄《よ》りて。

〈歌〉同〽人々轅《ながえ》に取付《つ》きつつ、ひとだま[三五]ゐ《(ひ)》の奥《おく》に押《を》しやられて、物見車の力《ちから》もなき、身の程ぞ思《おも》ひ知《し》られたる、よしや[三六]—思へば何事も、報《むく》ひの罪によも漏《も》れじ、身[三七]はなを《(ほ)》牛の小車の、

一八 掛問—弔。一九 掛言ふ—夕暮。二〇 掛洩—森。二一 悲秋の心。「木の間よりもり来る月の影見れば心づくしの秋はきにけり」（古今集・秋上・読み人知らず）。二二 掛木の—此の。二三 付鳥井—黒木・野宮・柱・杜の陰。縁柱—立。二四 掛苔—苔衣。「苔衣」は僧衣。二五 掛延—述。後出の「草莚」と対。二六 囃子につれて後ジテが登場。心ゆくばかりに、昔を思いつつ。特殊演出「車出《(くるま だし)》」の時は、車の作リ物を常座に出す。二七 秋のさまざまな花で飾られた花車に乗って、私

月下の御息所の霊

も旧跡に巡り帰ってきた。縁野—秋—千草—花、車—輪（われ）—廻り。二八「幽かなる」は上下に掛かる。二九「網代」は網代車のこと。源氏物語・葵で描かれる御息所と葵上との車争いの場面で、御息所の乗っていた車。縁簾—かけざる。三〇 それにしても、いったいどういういわれの車なのだろう。三一 以下は源氏物語・葵の車争いをふまえる。三二 掛知らず—白露。

車争い

三三 源氏の正妻。屈辱を味わった車争いのことは「葵上」（一四九頁）を参照。三四 私の方は小さい車で、退きようもなく、そのまま立て置

廻《めぐ》り廻《めぐ》り来《き》ていつまでぞ、妄執を晴《は》らし給へや、妄執を晴らし給へや。

【一〇】〈詠〉女 ＼昔[一]を思《おも》ふ花の袖　地 ＼月にと返す気色かな。　〔序ノ舞〕

〈ワカ〉女 ＼野の宮の、月も昔や思ふらん　地 ＼陰[二]寂《さび》しくも、森の下露、森の下露。

【一一】〈ノリ地〉女 ＼身の置《を》き所も、哀《あはれ》昔《むかし》の　地 ＼底のたたずまゐ《ひ》　女 ＼余所《よそ》にぞ変《か》はる

地 ＼気色《けしき》も仮《かり》なる　女 ＼小柴垣《がき》　同 ＼露うちはらひ、訪《と》[三]はれし我も、其人も、ただ夢の世と、古《ふ》り行《ゆく》跡なるに、たれ松《まつ》[四]虫の音《ね》は、りんりんとして、風茫々《ばうばう》たる、野の宮の夜すがら、なつかしや。　〔破ノ舞〕

〈ノリ地〉地 ＼爰《ここ》[五]はもとより、忝《かたじけな》くも、神風や伊勢の、内外《うちと》の鳥井に、出入《いでいる》姿《すがた》は、生死《しやうじ》の道を、神は享《う》けずや、思ふ覧《らん》と、又車に、打乗《うちのり》て、火宅《くわたく》[六]の門《かど》をや、出ぬらん、火宅の門。[七]

いたのでしたが。〔縁〕車―やる(遣る)。三五 副車(そえぐるま)。お供の女房などが乗る牛車。三六 ままよ、思えば何事も前世の罪の報い。三七 わが身はなおもつらい輪廻の境涯から抜けられず、めぐりめぐって、いつまで同じ苦しみを繰り返すのでしょうか。〔掛〕憂し―牛。〔縁〕(牛の)小車―廻り。

懐旧の袖

以上六二七頁

一 花に月に寄せる懐旧の心。後ジテの出から「昔」の語が効果的に使われ、舞の前後に集中。「返す」には舞袖廻雪の心も。月下の夜遊を想起。二 淋しき月影と人影。「森の下露」(中世歌語)は「錦木」にも。「露」は次行の「置き」と縁語。三 〔掛〕訪―問。四 〔掛〕待つ―松虫。五 この黒木の鳥居はもともと、かたじけなくも伊勢の内外の神(内宮・外宮)の鳥居と同じだが、その鳥居を出入する姿は生死の道に迷う姿なので。六 迷いの世界(火宅の門)を出て成仏したかどうか。→「葵上」一五〇頁注一一。七 上掛古写本等は前句の繰返しで、現行観世・宝生は底本と同じ。「火宅」(金春・喜多)、「火宅の門を」(金剛)、と小異あるが謡曲では珍しい結び。

火宅の門

自然居士(じねんこじ)

四番目物
芸尽物

観阿弥原作・世阿弥改作(中楽談儀)

場景　前半―京の都、東山。雲居寺(うんごじ)の境内。ある日の夕刻。後半―近江国大津の里。琵琶湖のほとり。同じく、後刻。

人物　シテ　自然居士〔喝食・水衣大口喝食(かつしき)〕
　子方　少女〔唐織着流女〕
　ワキ　人商人〔素袍上下〕
　ワキヅレ　同輩〔素袍上下〕
　アイ　雲居寺門前の男〔肩衣半袴または長上下〕

梗概　雲居寺造営の資を募るため、導師自然居士による七日間の説法が行われている、その結願の日、少女がやって来て小袖に状を添えて両親追善の諷誦文(ふじゅもん)を捧げた。居士をはじめ一同、その孝心に感じ入る。そこへ東国方の人商人がやって来て、門前の男の制止も聞かず少女を連れ去った。報告を受けた居士は、状(諷誦文)に「みのしろ衣」とあることから、少女が身を売って小袖に代え、連れ去った男たちは人買いと気付き、少女を救うべく、決然と説法を切り上げ男たちの跡を追う。琵琶湖のほとり大津で、船出しかけた人買い舟に裾をぬらして追い付いた居士は、話術巧みに男たちとわたりあい、小袖を投げ返し、少女を戻すよう要求する。初めは応じなかった男たちも、居士の弁舌に言い負かされ、舟に座り込んで動かぬ居士の気迫に圧倒され、舞を見せたら返そうと言う。芸達者な居士がかつて説法の折、聴衆の眠りを覚まさんと舞を舞って喜ばせたことが、男たちの住む奥州まで知れ渡っていたのだ。居士は中(ちゅう)ノ舞、船の起源を語る曲舞、簓(ささら)、羯鼓(かっこ)と、様々に芸を尽くし、少女を連れて帰洛する。

素材・主題　自然居士は永仁二年(一二九四)から延慶三年(一三一〇)ごろに活躍した実在の説経芸能者で、ささら太郎とも呼ばれた簓の名手(天狗草紙)。法衣こそまとうが肩まで垂らした黒髪に烏帽子を着け、髭をはやし、既成宗派の顰蹙(ひんしゅく)排斥を浴びつつ、庶民の人気を集めた風狂の人であったらしい。作者観阿弥はこの自然居士像を少年僧に転換させ、身を捨て骨を砕いて人買いから少女を救う居士の、たくましい行動力、知勇と弁説で大の男たちをやりこめ、次々と芸を尽くす姿を描く。中楽談儀に観阿弥の名演を讃えた足利義満の評があり、大男の観阿弥が十二、三歳に見えたといい、現行詞章にはない「それ一代の教法は…」以下の説法の謡を緩急自在に歌い進めたという。人買いが横行した中世の時代相を描く作品で、男たちとの軽妙かつ痛快な会話と、なぶられつつもしだいに興じていく芸尽くしは観客の心をとらえてはなさない。「狂言ながらも法(のり)の道」すなわち芸尽くしは狂言綺語の戯れながら仏道に叶うもの。その功徳で悟りの彼岸同然の湖の岸に着いたと結ぶ終局の心地良さ。海千山千の男を少年がやりこめる意外さ痛快さこそ本曲を貫くドラマツルギーであろう。

以下六三〇頁――

一 上掛は狂言の口開(くちあけ)狂言のセリフで曲が始まること)から始まるが、下掛はまずワキが登場し、【四】の〈名ノリ〉から始まるなど、冒頭部に詞章の異同が多い。
二 私は、の意。
三 東山の高台寺辺にあった寺。平安初期の創建後一時衰微したのを、天治元年(一一二四)瞻西(せんさい)上人が再興、金色の阿弥陀像で名高かったが、応仁・文明の乱に焼失廃寺。
四 鎌倉後期に実在した説経者。素材・主題の項参照。
五 禅宗で大衆読経の後、大衆に食事を知らせる役僧のこと。
六 七日間の説法(仏法をわかりやすく説き聞かせること)。

【一】[一]〈名ノリ〉狂言「[二]かやうに候者は、東山雲居《(うんご)》寺《(じ)》[三]のあたりに住居《(すまひ)》仕《(つかまつ)》るものにて候、爰《(ここ)》に自然《(じねん)》[四]居士《(こじ)》と申《(まうす)》[五]喝食《(かつしき)》の御坐候が、一七日《(いつしちにち)》[六]説法を御《(おん)》演《の》べ候、今日《(こんにち)》[七]結願《(けちぐわん)》にて御座候、皆々参《(まゐり)》て聴聞申候へ。

【二】〈□〉シテ「雲居寺造営の札《(ふだ)》[八]召《(めさ)》れ候へ[九]。

〈□〉シテ「[一〇]夕《(ゆふべ)》の空《そら》の雲井寺《(くもゐ)でら》、月待《(つきまつ)》程の慰《なぐさ》めに、説法一座演《の》べんとて、導師《(だうし)》高座《(かうざ)》[一一]に上《あ》がり、発《(ほつ)》願《(ぐわん)》の鉦《かね》打鳴《な》らし、〽謹《つつし》[一二]み敬白《(うやまつてまうす)》一代教主釈迦《(いちだいけうしゆしやか)》牟《む》尼《に》宝号《(ほうがう)》、三世《(さんぜ)》の諸仏《(しよぶつ)》十方《(じつぱう)》の薩埵《(さつた)》に申て白《まう》さく、[一三]惣神分《(そうじんぶん)》に般若心経《(はんにやしんぎやう)》[一四]。

【三】〈問答〉シテ「や、これは諷誦《(ふじゆ)》[一五]を御《(おん)》上《あ》げ候か　狂言「げにこれは美《うつく》しき小袖にて候、急《いそ(い)》ひでこの諷誦文を御覧候へ。

〈諷誦〉シテ「[一六]敬白《(うやまつてまうす)う》請くる諷誦《ふじゆ》の事、[一七]三宝衆僧《(さんぼうしゆぞう)》の御布施《(おんふ)せ》一裹《(いつ)くは》、右心《こころ》ざす処《(ところ)》は、[一八]二親精霊《(にしんしやうりやう)》頓証仏果《(とんしようぶつくわ)》のため、[一九]身の代衣《(しろごろも)》一重《(ひとかさね)》、〽三宝に[二〇]供養じ奉る、[二一]彼西天《(かのさいてん)》の貧女《ひむ(ぢよ)》が、一衣《(いちえ)》を僧に供《(くう)》ぜしは、身の後《(のち)》の世の逆善[二二]、今の貧女は親《おや》のため。

〈上歌〉同〽[二三]身の代衣恨《うら》めしき、身の代衣恨めしき、憂《う》き世の中を疾《と》く出《(いで)》て、[二四]先考先妣《(せんかうせんぴ)》諸《もろ》共に、同じ台《うてな》に生れんと、読《よ》み上《あ》げ給ふ自然居士、[二五]墨染《すみぞ》めの袖を濡《ぬ》らせば、数の聴衆《(ちやうじゆ)》もいろいろの、袖を濡《ぬ》らさぬ人はなし、袖を濡らさぬ人はなし。

【四】〈名ノリ〉ワキ「か様《(やう)》に候者は、東国方《がた》の[二六]人商人《(ひとあきびと)》にて候、此度《(このたび)》都に上《(のぼ)》り、[二七]あまた人《ひと》を買取《(かひとり)》て

七 今日が最終日。 八 雲居寺造営のための寄進の札をお求めください。シテは幕から囃子なしで登場。金品を寄進して札を受ける希望者を募りながら説法の場へ行く態（てい）。 九 シテは舞台へ入り、正中で男が据えた葛桶に腰をかける。 一〇 夕空の雲が美しい。ちょうど

居士、説法を始める

所の名も雲居寺、月を待つ間のお慰みに、説法を一つ演べましょう、などと言って。囲雲居—雲居寺。 一一 以下の説法の描写は廃曲「丹後物狂」とほぼ同文。 一二 法会の最初に読み上げられる表白文の冒頭。定型。法会の趣旨を諸仏に申告するもの。 一三 すべての神々を勧請するため、般若心経を読誦する。

少女が捧げた諷誦

法会の場を守護する神々に祈念する意。宝生はゾオジブ、金春・喜多はソオジブン、金剛はソオジンブン。 一四 この謡のうちに少女が小袖と状を携えて登場する。 一五 追善のために供物を捧げ、供養の志を述べて僧に読経を請う文。 一六 以下「供養じ奉る」まで諷誦文の冒頭部。廃曲「敷地物狂」にも。 一七 仏・法・僧の三宝と大勢の僧侶たちへのお布施のひと包み。 一八 亡き両親の霊のすみやかな成仏のため。底本「聖霊」を訂正。

候、又十四五ばかり成《なる》女を買取《と》りて候が、昨日《きのふ》少《すこし》の間《あひだ》暇《いとま》を乞《こ》ふ《う》て候程に遣《や》りて候が、未《いまだ》帰《かへ》らず候。

〈問答〉ワキ「なふわたり候か、昨日の幼《おさな》き者は、親の追善とや覧《らん》申《まうし》て候ひつる程に、説法の座敷にあらふ《う》ずると存《ぞんじ》候、自然居士の雲居寺に御坐候程に、[二八]たち越《こえ》見うずるにて候

ツレワキ「[二九]然《しかる》べう候。

【五】〈問答〉ワキ「や、[三〇]さればこそ是に候、なふ急《いそい》で連《つ》れて御入候へ。（ワキヅレが子方に近付き、立たせて連れて行く。ワキも続く。アイが驚いて立つ）　狂言「[三一]やるまひ《い》ぞ　ワキ「[三二]様《やう》があるぞ　狂言「様《やう》があらば連《つ》れてゆけ。

〈問答〉シテ「何事にて候ぞ　狂言「さむ候《ザウラウ》只今《ただいま》諷誦を上《あ》げて候女を、あらけなき男の来《きた》り候て、追立《おつた》て行《ゆき》候程に、やるまじきと申候へば、様《やう》があると申候程に、やりて候　シテ「[三三]あら曲《きよく》もなや候《ザウラウ》、始《はじ》めより彼女《かのをんな》は、様有《やうあり》げに見えて候、其上《そのうへ》諷誦を上《あ》げ候にも、唯《ただ》小袖共書《か》かず、身の代衣と書《か》ひ《い》て候より、ちと不審に候しが、居士が推量《つかまつり》候は、彼者《かのもの》は親の追善の為に、我身を此《この》小袖に代《か》へて諷誦に上《あ》げたると思ひ候、さあらば唯今《ただいま》の者は人商人にて候べし、[三四]かれは道理こなたは僻《ひが》事にて候程に、[三五]御身《おんみ》の止《とど》めたる分にては成《なり》候まじ　狂言「人商人ならば、東国方《がた》へ下り候べし、[三六]大津松本へ某《それがし》走《はし》り行《ゆき》止《とど》めうずるにて候　シテ「暫《しばらく》、御出《おんいで》候分《ぶん》にては成《なり》候まじ、居士此《この》小袖を持て行《ゆき》、女に替《かへ》て連《つ》れて帰らふ《う》ずるにて候　狂言「いやそれは今日《けふ》までの御説法が無に成候べし　シテ「いやいや説法は百日千日聞《き》こし

一九 [掛]身代―蓑代。
二〇「供養じ」が古形(宝生・金春・喜多)。現行観世は「供養し」。
二一 以下、居士の感慨。天竺の貧女がたった一枚の衣を僧に供養し、そのおかげで死後天上界に生まれた話が雑宝蔵経等にみえる。
二二 来世のために、あらかじめ善を積むこと。底本「逆縁」を訂正。
二三 以下、諷誦文の続き。この蓑

人買い、少女を連れ去る

代衣の入手にさえ(身を売るようなこと)、つらいこの世を早く離れて。
二四 [縁]衣―(裏)恨―(解)疾く。亡き父母と一緒に、同じ極楽の蓮の台《うてな》に生まれ合わせたいものです。底本「先孝」を訂正。
二五 [縁]墨―色々。[掛]色々―種々。
二六 人買い。中世、開拓地であった東国地方が主な市場。能・狂言には合法・非合法の人買話が少なくない。人買いが出る曲に廃曲「信夫《しのぶ》」「婆想天《ばそうてん》」、狂言「磁石」などがある。
二七 下掛「幼き者を一人買取って候が」とし、子方の扮装は男児。
二八 出かけて行っては探してみよう。　二九 それがよろしい。
三〇 やはりここにいた。以下、短

居士の追跡

い切迫した応対に、舞台には俄に

めされても、善悪の二《(ふたつ)》を弁《わきま》へむためぞかし、今の女は善人、商人は悪人、[一]善悪の二道《(にだう)》爰《(ここ)》に極《きは》まつて候はいかに。

〈□〉シテ ヘ今日《(けふ)》の説法はこれ迄なり、[二]願以此《(ぐわんにし》功徳普《くどくふ》及於《ぎふお》一切《いつさい)》、我等与《(がとうよ》衆生《しゆじやう》皆共成《かいぐじやう)》。[三]

〈一セイ〉シテ ヘ[四]仏道修行のためなれば　地 ヘ身を捨《(すて)》人《(ひと)》を助《たす》くべし。

【六】〈一セイ〉ワキ ヘ[五]今出《(いで)》て、そこともいさやしらなみの、この船路をや急ぐらむ　シテ ヘ船《ふね》なくとても説《と》[六]く法《(のり)》の　地 ヘ道に心《こころ》を留《と》めよかし。

【七】〈問答〉シテ「なふなふあれなる御舟へ物申さふ《(う)》　ワキ「これは[七]山田矢橋《(やばせ)》の渡《わた》し船にてもなき物を、何しに招《まね》かせ給ふらん　シテ「こなたも旅人《(りよじん)》にあらざれば、[八]渡りの舟とも申さばこそ、其御舟へ物申さふ《(う)》　ワキ「扨《(さて)》此舟《ふね》をば何舟《(なにぶね)》と御覧じて候ぞ　シテ「[九]其人買船《かひ》に物申さう　ワキ「ああ音高《をとたか》し何《なに》と何《なに》と　シテ「道理道理よそにも人や[一〇]白波《(しらなみ)》の、音高《をとたか》しとは道理なり、人買《ひとか》い《(ひ)》と申《(まうし)》つるは、其船漕《こ》ぐ櫂《かい》の事[一一]候《ザウ》よ　ワキツレ ヘ櫓《ろ》には[一二]唐櫓《からろ》といふ物あり、「ひと櫂《かい》といふ櫂《かい》はなきに　シテ「水の煙《けぶり》の霞《かすみ》をば、[一三]一霞《かすみ》二霞《かすみ》、一入《しほ》二入《しほ》なんどと言《い》へば、カヽル ヘ今漕《こ》ぎ初《そ》むる舟《ふね》なれば、[一四]ひとかい舟とは僻事《ひが(こと)》か　ワキ「実《(げに)》面白くも[一五]陳《の》べられたり、扨々《(さてさて)》何の用やらん　シテ「是は自然居士と申《(まうす)》説経《せつきやう》者《(じや)》にて候が、[一六]説法の場冷《にはさ》まされ申《(まうす)》、恨《うら》み申に来りたり　ワキ カヽル ヘ説法には道理を演《の》べ給ふ、「[一七]我らに僻《ひが》事なき物を　シテ [一八]「御僻事《(おんひがこと)》と申さばこそ、兎《(と)》に角《(かく)》に本《(もと)》の小袖は参らする、船に離れて叶《かな》はじと、裳裾《もすそ》を波に浸《ひた》

緊張がみなぎる。 三一 行かせまいぞ。能の中ではアイの役だけが使う。 三二 理由があるのだぞ。人買いにすごまれ、男は「用事があるなら…」と秀句で逃げ口上を言う。 三三 何と、しようのないことよ。「曲もない」は落胆した時の慣用語。 三四 あちらは買ったものを連れて

人買いの出船

いくゆえ道理にかなっているが、こちらはただ引き止めようとするのだから言い分に無理がある。 三五 あなたが止めたぐらいでは成功しますまい。 三六 ともに琵琶湖西岸の渡し場で、交通の要所。

以上六三一頁

一 善悪二つのけじめを。女と人商人の実例がはっきり示しているではありませんか。それが分かったら以上説法は完結したも同然です。

二 以下、回向文《(えこうもん)》。法華経・化城喩品の偈文で、仏事の最後に唱え、最終句は「皆共成仏道」。

三 この謡の間にアイは小袖を畳み、シテの襟にかける。シテは小袖を左手で押さえて立ち上がる。

四 「仏道」の二字は前の回向文(注二)の終りの二字を掛けている。「身を捨て」は捨身行をふまえる。

五 場面転換の歌。登場歌に多い

わたり合う居士

〈一セイ〉を応用し、舟出の騒々し

しつつ、舷《ふなばた》に取付《つ》き引留《とど》む　ワキ「あら腹《はら》立《(だち)》や去《(さり)》ながら、[一九]衣《(ころも)》に恐《をそ》れてえは打《う》たず、是も汝が咎ぞとて、[二〇]櫓《ろ》櫂《かい》をもつて散々《さんざん》に打《う》つ　シテ「打《う》たれて声の出《(いで)》ざるは、[二一]もし空《むな》しくや成《(なり)》つらん　ワキ カヽル〽何しに空《むな》しく成《(なる)》べきと　シテ〽引立《た》て見れば　ワキ〽身には縄。

〈歌〉同〽口には綿《わた》[二二]の轡《くつは》を嵌《は》め、泣《な》け共《(ども)》声が出《い》でばこそ。

【八】〈問答〉シテ「あら[二三]不便《(ふびん)》の者や連《つ》れて帰らふ《(う)》ずるぞ、心安く思《おも》ひ候へ。

〈問答〉ワキ「なふ自然居士、舟《ふね》より御《(おん)》下《お》り候へ　シテ「此者を給《(たまは)》り候へ、小袖を召《(めさ)》れ候上は、返し給はらふ《(う)》ずるにて候　ワキ「参らせたく候へども、[二四]爰《(ここ)》に咲止《(せうし)》が候　シテ「何事にて候ぞ　ワキ「さむ候《ザウラウ》我等が中《(なか)》に大法《(たいはふ)》の候、それをいかにと申《(まうす)》に、人を買取《と》つて二度《(ふたたび)》返さぬ法《(はふ)》にて候程に、え参らせ候まじ　シテ「委細承《(うけたまはり)》候、又我等が中《(なか)》にも堅《かた》き大法の候、かやうに[二五]身を徒《いたづら》になす者に行《(ゆき)》逢《あ》ひ、もし助《たす》け得《え》ねば二度庵室《(あんじつ)》へ帰《かへ》らぬ法にて候程に、そなたの法をも破《やぶ》り申まじ、又こなたの法をも破られ申まじ、所詮此者と連《つ》れて奥陸奥《おくむつ》の国へは下《(くだ)》るとも、舟《ふね》よりは下《お》りまじく候　ワキ「舟より御下《お》りなくは[二六]拷訴《(がうそ)》を致《いた》さふ《(う)》　シテ「[二七]拷訴といつぱ捨身《(しやしん)》の行《(ぎやう)》　ワキ「命を取《と》らふ《(う)》ぞ　シテ「命《いのち》を取《と》る共《(とも)》[二八]ふつつと下《お》りまじひ《(い)》　ワキ「なにと命を取《と》る共ふつつと下《お》りまじひ《(い)》と候《ザウラウ》や　シテ「中々の事　ワキ「[二九]いや此《(この)》自然居士にもてあつかふ《(う)》て候よ。

【九】〈問答〉ワキ「なふ渡《わた》り候か　ツレワキ「何事にて候ぞ　ワキ「扨《(さて)》是は何と仕《(つかまつり)》候べき

さと追跡の急迫感を描写。ワキ・ワキヅレは棹に手をかけ、舟を漕ぐ態（てい）。〔掛〕知らず―白波。
六 仏法を舟に譬えるのは慣用表現。〔掛〕疾く乗り―説く法。七 ともに琵琶湖東岸の渡し場。先述の大津松本と対。八 渡し船だなどとは言っていない。相手の「渡し船にてもなき物を」の言葉尻をとらえて応対し、だんだん自分のペースにまき込む。九 人買いが買った子女を運ぶ船。一〇 知らん、白波、音高し、と続けた。一一 ことですよ。「ザウ」は「候（ざうらふ）」の約。
一二 中国風の長い柄の櫓。「又湊へ舟が入やらう、唐艪の音が、ころりからりと」(閑吟集)。櫓を水中に浅く入れて漕ぐ空櫓とも。
一三 一筋の霞。程度がいっそう深まる意から、「一入（ひとしほ）」と続けた。一四 〔掛〕人買―一櫂。一五 底本「も」誤脱。
一六 説法の興を冷まされた(邪魔された)恨み。追跡の真の目的を直言しない。一七 私らに筋の立たぬ行為はない筈。一八 あなたが間違っているとは申しませんよ。シテは実力行使に出る。「ばこそ」は希望に反した否定の慣用語。

勝利

一九 相手は法衣を着た僧なので、恐れ多くて打ち得ない。
二〇 少女を折檻の態（てい）。能では、

ツレワキ「是は御返《(お)かへ》しなふ《(う)》ては叶ひ候まじ、よくよく物を案じ候に、奥より人商人の都に上《(のぼ)》り、[一]人に買《(かひ)》かねて、自然居士と申説経者《(まうすせつきやうじや)》を買取《と》り下りたるなんどと申候はば、一大事にて候程に、御返しなふ《(う)》ては叶ひ候まじ　ワキ「我らも左様《(さやう)》に存《(ぞんじ)》候去《(さり)》ながら、ただ返せば無念に候程に、いろいろに弄《なぶ》つて其後《(そののち)》返《かへ》さふ《(う)》ずるにて候　ツレ「尤《(もつとも)》然《しかる》べう候。

【一〇】〈問答〉[二]ワキ「なふ自然居士急《いそ(い)》ひで舟より御上《あ》がり候へ　シテ「ああ船[三]頭殿の御顔《かほ》の色こそ直《なを》つて候へ　ワキ「いやちつとも直《なを》り候まじ、又是なる人の申され候は、今度《(こんど)》初《はじ》めて都へ上りて候が、自然居士の舞の事を承及《(うけたまはりおよび)》て候、一《(ひと)》さし舞《ま》ふ《(う)》て御見せあれと申され候　シテ「惣じて自然居士は舞《(まひ)》まふ《(う)》たる事はなく候　ワキ「それは御偽《(おんいつはり)》にて候、一年今《(ひととせ)》のごとく説法御演《の》べ候ひしとき、いで聴衆《(ちやうじゆ)》の眠覚《さ》まさんと、高座の上にて一さし御舞ありし事、奥までも其聞え候程に、一さし御舞候へ　シテ「あふ《(おう)》それは狂言綺語《(きやうげんきぎよ)》[四]にて候程に、左様の事も候べし、舞を舞《ま》ひ候はば此者を給《(たまは)》り候べきか　ワキ「先《(まづ)》御舞を見て其[五]時の仕儀《しぎ》によつて参らせ候べし、是に烏帽子《ゑぼし》の候、是を召《め》して御舞候へ。

【一一】〈問答〉シテ「能々《(よくよく)》物を案ずるに、終《(つひ)》には此者を給はり候はむづ《(ず)》れ共《(ども)》、ただ返せば無念なり、居士を色々に弄《なぶ》つて恥を与《あた》へうと候《ザウラウ》な、[六]あまりにそれはつれなふ《(う)》候　ワキ「なにのつれなふ《(う)》候べき。

〈一セイ〉シテ〽志[七]賀辛崎《から》の一《(ひとつ)》松　地〽つれなき人の心かな。　〔中ノ舞〕

手にした櫂竿を扇で激しく打つ。 二一 ひょっとして、死んだのではないかと。 二二 木綿(きわた)の猿轡。 二三 可哀相に、すぐ連れて帰ってやるぞ。 二四 観世以外はワダ。 二四 ここに困ったことがある。 二五 人買いに身を売った者、の意。 二六 痛い目にあわせるぞ。 拷問の意か。「強訴」か。 二七 拷訴といっても、仏門でいう捨身の行さ。 二八 絶対に。 二九 この自然居士には、ほとほとまいってしまったよ。

——以上六三三頁

一 人ひとり買うのに手こずり、買いそこねて。

舞の所望

二 以下は、すでに双方の緊張がとけての会話。
三 ここは揶揄とも、安堵しての言葉ともとれる。
四 「狂言綺語(遊芸文戯)も讃仏乗の因」と言いますから、そんなこともあったでしょう。
五 その時の様子次第で。
六 それはあまりにも薄情な仕打ちですよ。
七 琵琶湖の西岸の辛崎にある一本松のこと。囲一松—志賀のから崎。一本松だから「連れ無し」で、次の「つれなき」の序。
八 以下、舟の起源を語る曲舞。他流は〈クリ〉がなく〈問答〉がある。〈サシ〉〈クセ〉は「藤栄」と同じ。

【三】[八]〈クリ〉同 ＼抑《(そもそも)》舟《ふね》[九]の起《を》こりを尋《たづ》ぬるに、水上《みなかみ》黄帝《(くわうてい)》の御宇《(ぎよう)》より事起《ことを》こつて、流[一〇]れ貨狄《(くわてき)》[一一]が
計《はか》り事《こと》より出《(いで)》たり。
〈サシ〉シテ ＼爰《(ここ)》に又蚩尤《(しいう)》[一二]といへる逆臣《(げきしん)》あり　同[一三] ＼かれを滅《ほろ》ぼさむとし給ふに、烏江《(をうかう)》[一四]といふ
海を隔《へ》てて、攻《せ》むべきやうもなかりしに。
〈クセ〉同 ＼黄帝の臣下に、貨狄といへる士卒《(しそつ)》あり、ある時貨狄庭上《(ていしやう)》の、池の面《(おもて)》を見渡《わた》せば、
折節秋の末なるに、寒き嵐に散《ち》る柳の、一葉《(ひとは)》水に浮《う》かび《み》しに、又蜘《(くも)》といふ虫、これも虚空に
落けるが、其一葉の上に乗《の》りつつ、次第次第に[一五]ささがにの、いとはかなくも柳の葉を、吹《(ふき)》く
る風に誘《さそ》はれ、汀《(みぎは)》に寄《よ》りし秋霧《(あきぎり)》[一六]の、立《(たち)》くる蜘《(くも)》[一七]のふる舞、実《(げに)》もと思《おも》ひ初《そ》めしより、工《たく》みて船を
作れり、黄帝是に召《め》されて、烏江を漕《こ》ぎ渡《わた》りて、蚩尤を易《やす》く滅《ほろ》ぼし、御代《(おんよ)》を治《おさ》め給《たま》ふ事、一[一八]
万八千歳《(ざい)》とかや　シテ ＼然《(しかれ)》ば舟《ふね》の舩《(せん)》[一九]の字を　同 ＼公《きみ》[二〇]に舟《すす》むと書《か》きたり、扨又《(さてまた)》ー天子の
[二一]御《(おん)》舸《が》を、龍舸《(りようが)》と名付《(なづけ)》奉り、舟《ふね》をー一葉《(いちえふ)》といふ事、この御宇より始《はじ》まり、又君の御座船《(ござぶね)》を、
[二二]龍頭鷁首《(りようとうげきしゆ)》と申も、此御代《(みよ)》より起《を》これり。
【三】〈問答〉ワキ「いかに申候、我らが舟《ふね》を龍頭鷁首と御《(おん)》祝《いは》ひ候事過分に存《(ぞんじ)》候、迚《(とて)》もの事に簓《ささら》[二三]
を擦《す》つて御《(おん)》見せ候へ　シテ「さらば竹を給《(たまは)》り候へ　ワキ「折節船中に竹が候はぬよ　シテ
「苦しからず候。
〈語リ〉シテ「彼仏《(かのほとけ)》の難行苦行し給ひしも、一切衆生を助《たす》けん為ぞかし、居士も又其《(その)》ごとく、

舟の曲舞

九 舟の起こりを尋ねると、その起源は黄帝の時代にあり、貨狄の考案によってできたものだ。黄帝は古代中国の皇帝。
一〇「水上」と対。「舟」の縁語で源流の意。
一一 黄帝の臣。舟の発明者とされる。
一二 黄帝と涿鹿(たくろく)の野で戦い敗れたとされる人物。
一三 底本はシテ謡の続きだが、観世流に従い地謡(同音)とした。
一四 項羽が漢の高祖に討たれた「涿鹿の川」を「烏江」にあてたか。
一五 [序]ささがにの—(糸)いと。「ささがに」は蜘(くも)を言う歌語。
一六 [付]霧—立、立—雲・秋風。
一七 [掛]雲—蜘。
一八 典拠未詳。
一九「舩」は「船」に同じ中世通用の字体。
二〇 諸流、ここから同音(地)。底本の「扨又…」から同音を訂正。
二一 大船の意。「龍舸」は天子の船。底本「天子の御がほを龍顔」を訂正。
二二 貴族の遊宴用の舟。二隻一対で、各々の舳先に龍と鷁(水鳥の名)の首をかたどる。
二三 楽器の名。表面に鋸(のこぎり)状の刻みをつけた細い棒を、先をこまかに割った竹でこすって音を出す。前者は「簓の子」、後者は「簓の竹」。

身を[一]こつかに砕《くだ》きても、彼者《(かのもの)》を助《たす》けん為也、夫《(それ)》簓《ささら》の起こりを《を》尋《(たづぬ)》るに、東山に有《(ある)》御《(おん)》僧の、扇の上《うへ》に木《(こ)》の葉の懸《(かか)》りしを、持たる数珠にてさらりさらりと払ひしより、簓《ささら》と云《(いふ)》事始《(はじま)》りたり、居士も又其ごとく、簓《ささら》の子《こ》には百八の数珠、簓《ささら》の竹には扇の骨《ほね》、を《(お)》つ取合《(とりあは)》せてこれを擦《す》る、

カヽル へ所は志賀の浦なれば。

〈ノリ地〉同 へささ浪や、ささ浪や、志賀《が》辛崎《から》の、松の上葉《(うはば)》を、さらりさらりと、簓《ささら》の真似《まね》を、数珠にて[二]すれば、簓《ささら》よりなを《(ほ)》手をも摩《す》るもの、今は助《たす》けてたび給へ。

【四】〈問答〉ワキ「手を摩《す》るなどと承《(うけたまはり)》候程に、[三]参らせうずるにて候、迚《(とても)》の事に[四]羯鼓《(かつこ)》を打《(うつ)》て御見せ候へ。

〈ノリ地〉同 へ[五]本《(もと)》より鼓《つづみ》は、[六]波の音。〔羯鼓〕同 へもとより鼓は、波の音、寄《よ》せては岸《きし》を、[七]どうとは打《う》ち、雨《あま》雲迷《まよ》ふ、[八]鳴《な》る神《かみ》の、とどろとどろと、鳴《な》る時は、降《ふ》りくる雨は、はらはらはらと、小《を》笹《ざさ》の竹の、簓《ささら》を擦《す》り、[九]池の氷《(こほり)》の、とうとうと、鼓を又打《(うち)》、簓《ささら》を猶《(なほ)》摺《(すり)》、[一〇]狂言ながらも、法《(のり)》の道《みち》、[一一]今は菩提の、へ岸に寄《よ》せ来《く》る。

〈歌〉同 へ船の中《うち》より、[一二]ていとうと打連《つ》れて、ともに都に上《のぼ》りけり、ともに都に上りけり。

一 字義未詳。谷下、刻下、梏下等諸説あり。下掛「身を捨て骨を砕くべし」。「粉レ身、灰レ骨」(遊仙窟)に関連するか。骨解（骨折り）か。二 懇願する。[掛]す(為)れば―擦れば。

簓と羯鼓

三 女をお渡しいたしましょう。
四 簓とともに放下の芸能の一。能では腰前に着け両手の撥で打つ鼓。
五 「本より鼓は…」から「小笹の竹の」まで「藤栄」と同文。
六 [掛]無み―波。岸打つ波の音を鼓の音にたぐえるのは謡曲の常用表現。
七 以下、擬音語を多用しノリよく進める。
八 [付]鳴神―ふみとゞろかし、いかづち―あま雲・つゞみのおと・なる。
九 「池凍東頭風度解」(和漢朗詠集・春・立春・藤原篤茂)。[掛]東頭―とうとう。
一〇 戯れの芸能ではあるが、それが仏道に通じるものだ。
一一 今はその功徳で、菩提(悟り)の岸に近づいて来たぞ。少女を助ける機会の到来の意をこめる。

救出

「菩提」は「法の道」の縁語、「岸」の序。
一二 「てい」「とう」は鼓の音の形容。「打ち」の序。[掛]打―うち連れ。

富士太鼓(ふじたいこ)

四番目物
狂女物　　作者不明

場景　京の都、内裏。ある秋の一日。

人物　シテ　富士の妻〔深井・水衣女(物着後に鳥甲舞衣女)〕
子方　富士の娘〔唐織着流女〕
ワキ　廷臣〔風折長絹大口〕
アイ　従者〔肩衣半袴(または狂言上下)〕

梗概　摂津国住吉社の楽人(がくにん)富士は宮中で管絃の催しがあると聞き、太鼓の役を志願して都に上ったが、不吉な夢を見た富士の妻は夫の安否を気づかって娘とともに都に上り、内裏に赴いて臣下から夫の死を知らされる。すでに勅命で召されていた天王寺の楽人の浅間(あさま)が、押しかけた富士の行動を憎み討ち殺したのだった。臣下より夫の形見の鳥甲・舞衣を手渡された妻は、夫の自負心の強さと高望みを恨み嘆き、何としてでも引き留めるべきだったと悔やむ。やがて形見の装束を身に着け、狂乱の態(てい)で、夫を奪ったこの太鼓こそ敵(かたき)と、娘ともども太鼓を打つ。すると、いつしか富士の霊が妻に憑依し、舞楽を舞う。やがて夫の霊は去り、再び太鼓を打って恨みを晴らし、太鼓の名手であった夫を偲びつつ、もはやこれまでと舞の装束を脱ぎ、太鼓を形見と見置き、住吉へ帰っていった。

素材・主題　後撰集・離別羇旅の「信濃へまかりける人に、薫物(たきもの)遣はすとて」と詞書きして詠んだ駿河の歌「信濃なる浅間の山も燃ゆなれば富士の煙のかひやなからん」に拠る。太鼓の名手の伶人の名前を浅間と富士とし、煙比べをすれば浅間が優るとする勅裁を核に、なお思いの煙のつのる心を詠んだ藤原家隆の歌「富士のねの煙もなほぞ立ちのぼる上なきものは思ひなりけり」(新古今集・恋二)などを配して、芸道遺恨により殺された富士の妻の恨みと夫への思慕を描く。鳥甲・舞衣を身に着けた男装の妻が、形見の太鼓を敵と見立て、太鼓を打ち(討ち)、恨みを晴らすという異風の仇討ちであるが、和歌を構想の核に漢の周公・藩郎の故事をもふまえて雅な作品に仕立てている。芸道の世界で名手が己れの芸に命を賭けたことはよくある。本曲の場合も背景となった芸道上の殺人事件を指摘する説もある。すなわち看聞日記・嘉吉元年二月十九日、同じく二十二日の条の記事に着目し、「舞人同志の確執による夫の死と、妻の自殺と放火というショッキングな事件」による時事能という(堂本正樹『世阿弥』)。こうした巷説が成立や背景にあるかもしれないが、直接の関係には結びつかないようである。作者は自家伝抄に金春禅竹とし「但異作、金剛大夫所望」とあるのが注意されるが、確証はない。本曲の後日譚を夢幻能に仕立てたのが「梅枝」で死後もなお慕る夫への恋慕の情を描く(同曲参照)。なお、夫や恋人の形見の装束を着けた女が、狂乱し、「移り舞」を舞う構想は、能にしばしば見られる。

以下六三八頁

一 花園天皇(一二九七―一三四八)のこと。時代を萩原院に設定する背景に、増鏡・秋のみ山に見える清暑堂神楽の折の事件が指摘されている。**二** 現在の大阪市天王寺区にある四天王寺。住吉社(現大阪市)とともに楽所があった。**三** 以下の事件の経過説明は古写本・下掛諸本に比し整理・要約が過ぎて、二人の伶人の芸道の意地と遺恨の事情が分かりにくい。車屋本の〈名ノリ〉は「…浅間と申して隠れなき太鼓の上手にて候。これは召しにて罷り上り候、同じく住吉の楽人に、富士と申してこれも劣らぬ太鼓の上手にて候、これは望み申して罷り上りて候、君この事をきこしめされ…」(適宜表記を変えた)。**四**「浅間だに召され上るに、なにとて富士をば召されぬやらんと都に上り、ある方より縁をもつて、かの太鼓の役を望み申し候」(上掛

【一】〔名ノリ笛〕〈名ノリ〉ワキ「これは一萩原《はぎはら》の院に仕《つか》へ奉る臣下なり、扨《さて》も内裏《だいり》に七日《なぬか》の管絃《くわげん》の御坐候により、二天王寺より浅間《あさま》と中楽人《まうすがくにん》、三これは双《なら》び無《な》き太鼓の上手にて候を召《め》し上《のぼ》せられ、太鼓の役を仕《つかまつり》候処に、住吉より富士《ふじ》と中楽人、これも劣《おと》らぬ太鼓の上手にて候が、四管絃の役を望《のぞ》み罷上《まかりのぼ》りて候、此由聞《き》こしめされ、富士浅間《ふじあさま》いづれも面白き名なり、去《さり》ながら古き歌に、〽五信濃なる浅間《あさま》の嶽《だけ》も燃《も》ゆるといへば、「富士《ふじ》の煙のかひやなか覧《らん》と聞《きく》時は、名こそ上《うへ》なき富士《ふじ》なり共《とも》、あつぱれ六浅間《あさま》は優《ま》そふ《う》ずる物をと勅諚《ちよくぢやう》ありしにより、重《かさ》ねて富士と中者《もの》もなく候、七去程《さるほど》に浅間《あさま》此由を聞《きき》、憎《にく》き富士《ふじ》が振舞《ふるまひ》かなとて、彼宿所《かのしゆくしよ》に押《お》し寄《よ》せ、八あへなく富士を討《う》つて候、誠に不便の次第にて候、定《さだ》めて富士《ふじ》がゆかりのなき事は候まじ、もし尋来《たづねきた》りて候はば、形見《かた》を遣《つか》はさばやと存《ぞんじ》候。

〈問答〉（ワキの廷臣がアイの従者を呼び、富士の由縁の者が尋ねて来たら報告せよと命じ、アイはその由を触れる）

【二】〔次第〕〈次第〉二人〽九雲の上《ほ》なを遥《はる》かなる、雲の上《ほ》なを遥かなる、富士《ふじ》の行《ゆくへ》ゑを尋《たづね》む。

〈サシ〉女カヽル〽是は津の国住吉の楽人、富士と中人《まうす》の妻や子にて候、扨《さて》も内裏に七日《なぬか》の管絃のましますにより、天王寺より楽人召《め》され参るよしを聞《きき》、わらはが一〇夫《つま》も太鼓の役　二人〽世に隠《かく》れなければ、望み申さむ其為《そのため》に、一一都へ上りし夜《よ》の間《ま》の夢、心にかかる月の雨。

〈下歌〉二人〽一二身を知《し》る袖の涙かと、明《あ》かしかねたる終夜《よもすがら》。

〈上歌〉二人〽寝《ね》られぬままに思《おも》ひ立《た》つ、寝られぬままに思ひ立つ、雲井やそなた故郷《ふるさと》は、あ

住吉の楽人富士の不慮の死

古写本妙庵本）。五 後撰集・離別羇旅・駿河の歌による。原歌では、作者の名にちなんで、贈る薫物を富士の煙にたとえて詠んでいる。六 浅間の方が富士より優っているだろうとの勅諚があったので。七「さる間富士は面目を失ひて候ふところに、浅間このことを聞き、憎き富士が振舞かな、われは召しにて参りたるに、重ねて上りこの役を望むこと不思議の振舞かなと、人を語らひ富士が小宿に押し寄せ…」（妙庵本）。八 古写本・下掛「念なう」（やすやすと）。九 雲の上よりも高い富士の峰、遥々雲居（内裏）へ上ったわが夫富士の行方を尋ねよう。一〇 底本「妻」を訂正（以下同じ）。一一 夫が都へ上った夜に、月に雨が降りかかるという

富士の妻子、都へ

不吉な夢を見たのが、気にかかって。一二 もはや夫が帰ってこないのだと思い知らされ、涙で袖を濡らす予兆ではないかと、一晩中寝付かれず。「忘らるる身を知る袖のむら雨につれなく山の月は出でけり」（新古今集・恋四・後鳥羽院）など。付雨―身を知る。一三 囲住良―住吉。「住吉の松の木間より見渡せば月落ちかかる淡路

となれや住吉[一三]の、松の隙《ひま》より詠《(ながむ)》れば、月落《(おち)》かかる山城[一四]も、はや近づけば笠を脱《ぬ》ぎ、八幡[一五]に祈《いの》り掛帯《かけおび》[一六]の、結《むす》[一七]ぶ契《ちぎ》りの夢ならで、現《うつつ》に逢《あ》ふや男山[一八]、都《みやこ》に早《はや》く着《(つき)》にけり、都に早く着にけり。

【三】〈問答・問答〉（シテは案内を乞い、アイに富士との対面を乞う。アイは富士の由縁の者が尋ねて来て、対面を乞うていることをワキへ告げる。ワキは内へ通すよう命じ、アイはその旨をシテに伝える）

〈問答〉ワキ「富士《ふじ》がゆかりと申はいづくにあるぞ　女「是に候　ワキ「扨《(さて)》是は富士《ふじ》がため何にてあるぞ　女「恥かしながら妻や子にて候　ワキ「なふ富士は討《う》たれて候ぞ　女「何[一九]と富士《ふじ》は討《(うた)》れたると候《ザウラウ》や　ワキ「中[二〇]々の事、富士は浅間《あさま》[二一]に討《(うた)》れて候。

〈クドキグリ〉女〽されば こそ思《おも》ひ合《あ》はせし夢の占《うら》、重《(かさね)》[二二]て問《と》はば中々に、浅間に討《う》たれ情《なさけ》なく。

〈歌〉同〽さしも名高《たか》[二三]き富士《ふじ》はなど、煙《けぶり》とは成《(なり)》ぬらん、今《いま》は―歎《なげ》くにそのかひも、なき跡[二四]に残る思ひ子[二五]を、見るからにいとどなを《(ほ)》、進《すす》む涙は堰《せ》きあへず。

〈問答〉ワキ「今[二六]は歎《なげ》きてもかひなき事にて有《(ある)》ぞ、是《(これ)》こそ富士の舞の装束候《ザウラウ》よ、それ人の歎《(なげき)》には、形見《かたみ》に過《(すぎ)》たる事あらじ、是を見て心を慰め候へ[二七]。

【四】〈クドキ〉女〽今迄《(いままで)》は行ゑ《(ゆくへ)》も知《し》らぬ都人[二八]の、わらはを田舎の者と思《おぼ》しめして、偽《(いつはり)》給ふと思ひしに、まことに[二九]著《しる》き鳥兜《とりかぶと》、月日[三〇]も変《か》はらぬ狩衣の、疑《うたが》ふ所もあらばこそ、痛《いた》はしや彼《(かの)》人《(ひと)》出給ひし時《とき》、みづから申やう、天王寺の楽人は召《(めし)》にて上りたり、御身は勅諚《(ちよくぢやう)》なきに、押《を》[三一]して参れば下《(しも)》として、上《(かみ)》を付《はか》るに似たるべし、其上《うへ》御身は当[三二]社地給《(ちきふ)》の楽人にて、明神に仕へ申上《うへ》は、なにの望《(のぞみ)》のあるべきぞと申《(まうし)》しを、知《し》らぬ顔《がほ》にて出《(いで)》給ひし。

島山」(頼政集)。[一四] [掛]山―山城。[一五] 山城国の石清水八幡宮のこと。男山(現在の京都府八幡市にある)に鎮座することから男山八幡とも。[一六] [掛]掛―掛帯。赤い絹の帯。社寺参詣の時に女性が用いた。[一七] 夫との再会を祈る。[縁]帯―結ぶ契り。[一八] [掛]夫―男山。[一九] 驚いて聞き返す感動詞。[二〇] その通り。[二一] [掛]あさま―浅間。[二二] あらためて問い直したなら、かえって浅間に討たれたことが、はっきりしてしまうでしょう。

夫の死を知り、涙にくれる

[二三] 名高き富士の山と、太鼓の名手としての富士を掛ける。「煙となる」は死んだ意。[二四] [掛]無き―亡き。[二五] [掛]思ひ―思ひ子。[二六] 以下、古写本間に異同が多い。[二七] ワキは形見をシテに渡す。[二八] [掛]身―都人。[二九] 夫のものだとはっきり分かる鳥兜。[三〇] 鳥兜に日月の飾りある故に言い掛く(『謡曲評釈』)という。[三一] 押しかけ参内すれば臣下として主上の裁定の是非を付るかのようであろう。「下として上を付る」は諺か。[三二] 住吉社から扶持を受けているという意。底本「地久」を訂正。

以下六四〇頁

一 夫を思う心を届かせて、途中からでも引戻すべきであった。「捜

〈下歌〉同 ＼其面影《(その)》は身に添《そ》へど、まことの主《(ぬし)》はなき跡の、忘《わす》れ形見《がたみ》ぞよしなき。

〈上歌〉同 ＼かねてより、かく有《(ある)》べきと思《おも》ひなば、かく有べきと思ひなば、一周公《しうこう》が手を出し、二潘郎《はむらう》が涙にても、留《と》むべきものを今更《さら》に、神《かみ》ならぬ身を恨《うら》みかこち、歎くぞ哀《(あはれ)》なる、歎《なげ》くぞ哀《あは》れなりける。　〔三アシライ物着〕

【五】〈掛合〉女「四あら恨《うら》めしやいかに姫、あれに夫《(つま)》の敵《かたき》の候ぞや、いざ討《う》たふ《(う)》五

ヒメ カヽル ＼あれは太鼓にてこそ候へ、思ひの余《あま》りに御《(おん)》心乱《みだ》れ、条《すぢ》なき事を仰《(おほせ)》候ぞや、あら浅猿《(あさまし)》や候《ザウラウ》

女「うたての人の言《い》ひ事や、飽《あ》かで別《わか》れし我夫《(わがつま)》の、失《う》せにし事も太鼓ゆへ《(ゑ)》、カヽル ＼ただ恨《うら》めしきは太鼓《たいこ》なり、夫《つま》の敵《かたき》よ、いざ撃《う》たふ《(う)》

ヒメ ＼実《(げに)》理《(ことわり)》や父御前《ごぜ》に、別れし事も太鼓ゆへ《(ゑ)》、さあらば親の敵《かたき》ぞかし、撃《う》ちて恨《うら》みを晴《は》らすべし

女 ＼わらはが為には夫《(つま)》の敵、いざや狙《ねら》はむもろ共に

ヒメ ＼男の姿六かり衣《(ぎぬ)》に、七物の具《ぐ》なれや鳥兜《(とりかぶと)》

女 ＼恨《うら》みの敵《かたき》討《(うち)》お《(を)》さめ

ヒメ ＼八鼓を苔《こけ》九に

女 ＼埋《うづ》まむとて。

〈一セイ〉地 ＼寄《よ》するやとき一〇の声立《た》てて、秋の風より、冷《(すさま)》しや

ヒメ ＼一一打《う》てや打てやと一二攻《せ》め

鼓

地 ＼一三あら扨《(さて)》懲《こ》りの、鳴音《(なくね)》やな。

〈上歌〉同 ＼一四猶《(なほ)》も思へば腹立《はらた》ちや、猶も思へば腹立ちや、一五化《け》したる姿に引替《か》へて、心―言葉《ことば》も及ばれぬ、一六富士《ふじ》が幽霊来《(きた)》ると見《み》えて、よしなの恨《うら》みや、もどかしと太鼓打《う》ちたるや。　〔楽〕

【六】〈中ノリ地〉女 ＼持たる撥《ばち》をば剣《(つるぎ)》と定《さだ》め

同 ＼持たる撥をば剣と定め、一七瞋恚《しんゐ》の焔《ほのほ》は太鼓

神記曰、周暢少孝、独与母居、毎㆓出入㆒、母欲㆑呼㆑之、常自齧㆓其手㆒、暢即覚㆓手痛㆒而至」(太平御覧・手)に基づくらしい(伊藤正義)。廃曲「菊池」の〈クセ〉にも「母はその時、立尾に向ひいひけるは、哀

形見の衣装を着し狂乱

れ千若をば、しうこうが手を出し、はんらうが涙にても、とどめたくこそ思へ共」とある。蒙求の「周公握髪」の故事をふまえるとする説もあるが疑問。

二 藩郎(潘岳。字は安仁)は晋の人。夫を亡くした妻の「孤寡之心」を詠じた「寡婦賦」(文選十六)がある。現行謡本は「斑狼・班婁」等。蒙求の「潘岳望塵」の故事によるとの説もあるが疑問。 三 舞台の真中に着座のまま鳥兜と舞衣をつける。 四 以下、悲嘆のあまり、楽の太鼓を見て俄に狂乱し、夫の敵ぞと打とうとする妻の切なる心。 五 [掛]討―打。 六 [掛]借―狩衣。 七 鳥兜も武具だ。 八 →「難波」九八頁注一三。 九 墓に葬る心に、憂悶を晴らす心を重ねる。 一〇 [掛]関―時。時の音は雅楽で用いられる六種の音。 一一 「打てや打てやとせめ鼓…あらさて懲りやさて懲りや」(「綾鼓」)を借りた。

敵の太鼓を打つ

一二 [掛]責―攻め鼓。「攻め鼓」は攻

の烽火《ほうくわ》の、天に上《あ》がれば雲の上人《うへびと》、誠の富士颪《ふじおろし》一八に、絶《た》えず揉《も》まれて裾野一九の桜、四方《しはう》へばつと散《ちる》かと見えて、花二〇衣《ごろも》さす手も引《ひ》く手も、伶人の舞なれば、太鼓二一の役《やく》はもとより聞ゆる、名の下空《したむな》しからず、類《たぐ》ひなやなつかしや。

【七】〈ロンギ〉地 〽実《げに》二二や女人《によにん》の悪心は、煩悩の雲晴《は》れて、五常楽《ごしやうらく》を打《う》ち給へ　女 〽修羅の太鼓は打《う》ち止《や》みぬ、此君の御命《おんいのち》、千秋楽と打《う》たふよ《う》　地 〽扨又《さてまた》千代《ちよ》や万代《よろづよ》と、民も栄《さか》へ《え》て安穏に　女 〽太平楽を打《う》たふよ《う》　同 〽日もすでに傾《かたぶ》きぬ、日もすでに傾きぬ、山の端《は》を眺《なが》めやりて、招《まね》二三き返《かへ》す舞の手の、嬉しや今こそは、思《おも》ふ敵《かたき》は討《うち》たれ、討《う》たれて音《ね》をや出《いだ》すらん、我には晴《は》るる胸の煙《けぶり》、富士《ふじ》二四が恨《うら》みを晴《は》らせば、涙こそ上《うへ》なかりけれ。

【八】〈歌〉同 〽是までなりや人々よ、是までなりや人々よ、暇《いとま》申てさらばと、伶人の姿《すがた》二五とりかぶと、みな脱《ぬ》ぎ捨《す》てて我心、乱《みだ》れ笠《がさ》乱《みだ》れ髪《がみ》、二六かかる思《おも》ひは忘れじと、又立帰《かへ》り太鼓こそ、憂《う》き人の形《かた》見成《なり》けれと、見置《を》きてぞ帰りける、跡見置《を》きてぞ帰《かへ》りける。

撃の時、合図に打ち鳴らす鼓。　一三 さあ懲りよ、と太鼓を打てば、太鼓は音(ね)を上げ。掛懲—孤嫠(孤児寡婦の意)。　一四 以下、太鼓を存分に打ち狂った女が、わずかに本心に立ち帰って夫を懐しく思い慕うさま。　一五 男装した姿とはうって変わって。　一六 富士の幽霊が乗り移ったと思われて。　一七 怒り・恨みの炎は太鼓の飾りの烽火のように燃え上がり、天にまで届く。　一八 富士の山颪に絶えず翻弄されて、裾野の桜は四方へばっと散った。　一九 底本「末野」。　二〇 散った桜が降りかかった衣は美しく、撥(剣)を刺し引きしていた手も伶人の舞の手になった。　二一 太鼓の役はもちろん有名な富士が受け持ち、評判どおりのすばらしい演奏は比類なくなつかしい。　二二 妻の妄執も晴れ、君を祝い、めでたく楽を奏する心。千秋万歳、天下太平の寿詞をこめる。「千秋楽」は雅楽の、「太平楽」は舞楽の名。　二三「入り日を招き返す手」(「難波」)とも。舞楽「蘭陵王」の心。　二四「富士のねの煙もなほぞ立ちのぼる上なきものは思ひなりけり」(新古今集・恋二・藤原家隆)に拠る。　二五 掛取—鳥兜。　二六 掛掛—斯。

本懐を遂げる

帰郷

付録

1 能舞台図
2 能楽面図録
3 出立図録
4 用語一覧
5 古今曲名一覧

1 能舞台図

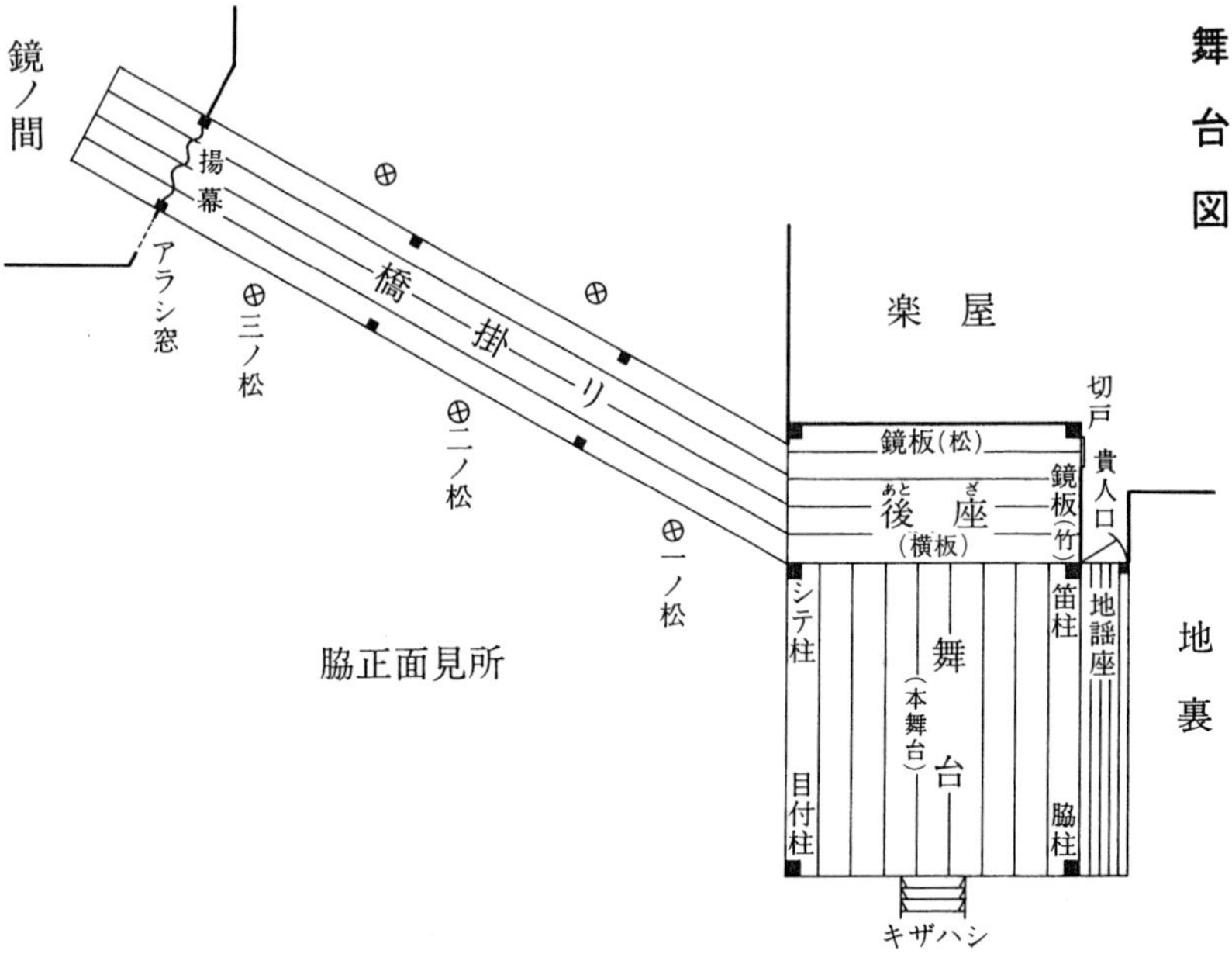

舞台・橋掛り平面図

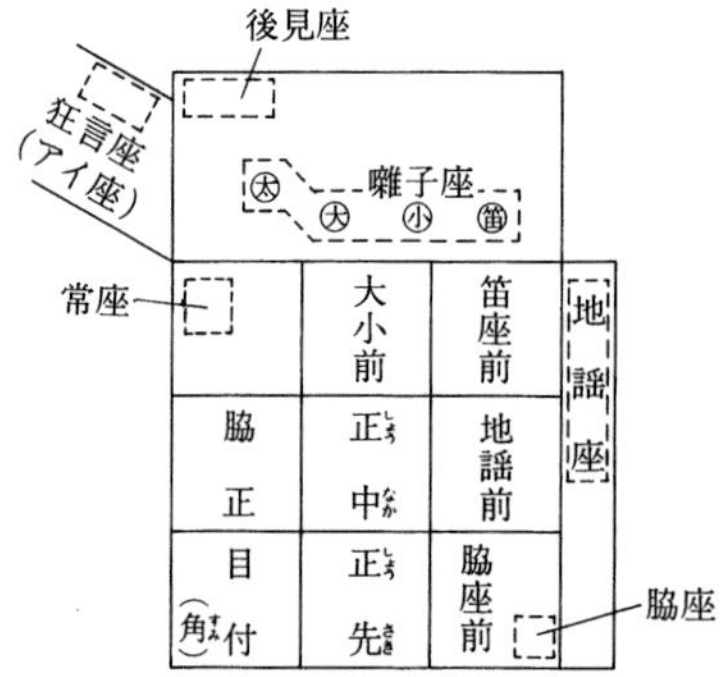

舞台の位置の名称

2 能楽面図録

凡　例

一　この図録は、面種の主なものについて、その形態を具体的に知る資料として作成した。
二　この図録は『岩波講座 能・狂言 別巻 能楽図説』(横道萬里雄編)から転載した。
三　掲載した図には、面種名称を記し、主な異称および用途等に関する簡単な注記を添えた。

A 能面

一 老体面

1 双髭尉類

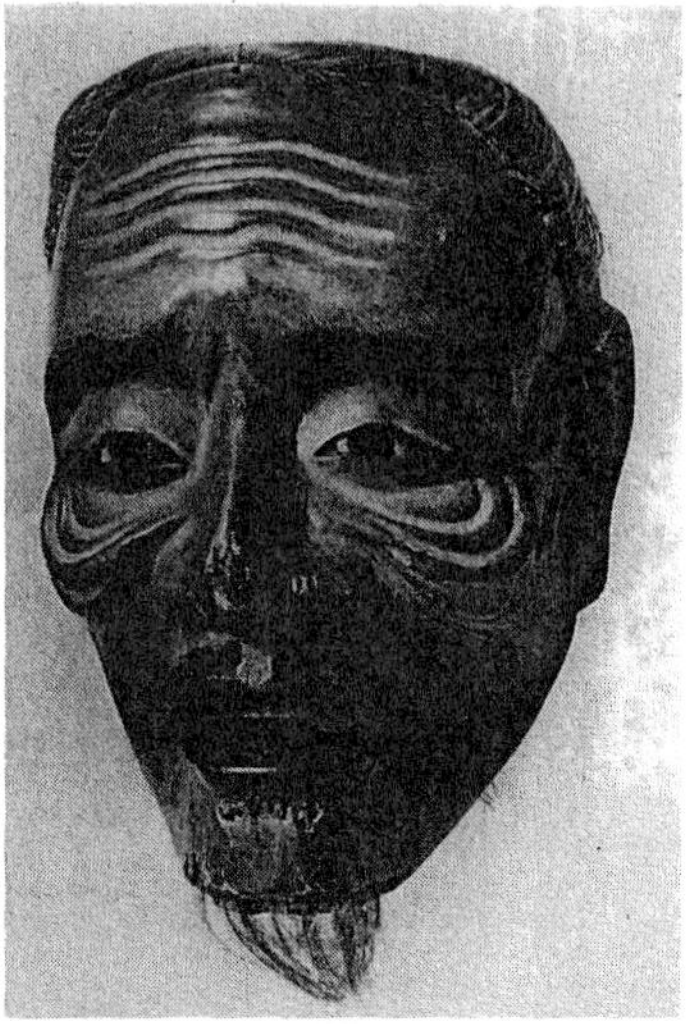

三光尉《さんこうじよう》
卑賤な老人の全般(宝生は脇能の場合小尉)

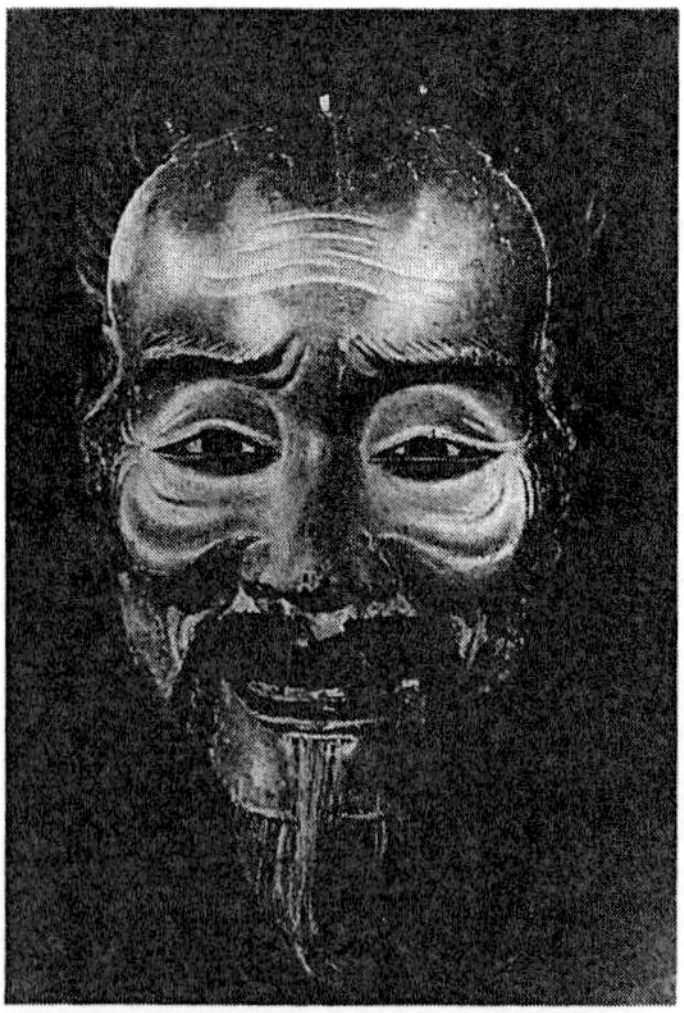

笑《わらい》 尉《じよう》
卑賤な老人の全般(宝生は脇能の場合小尉)

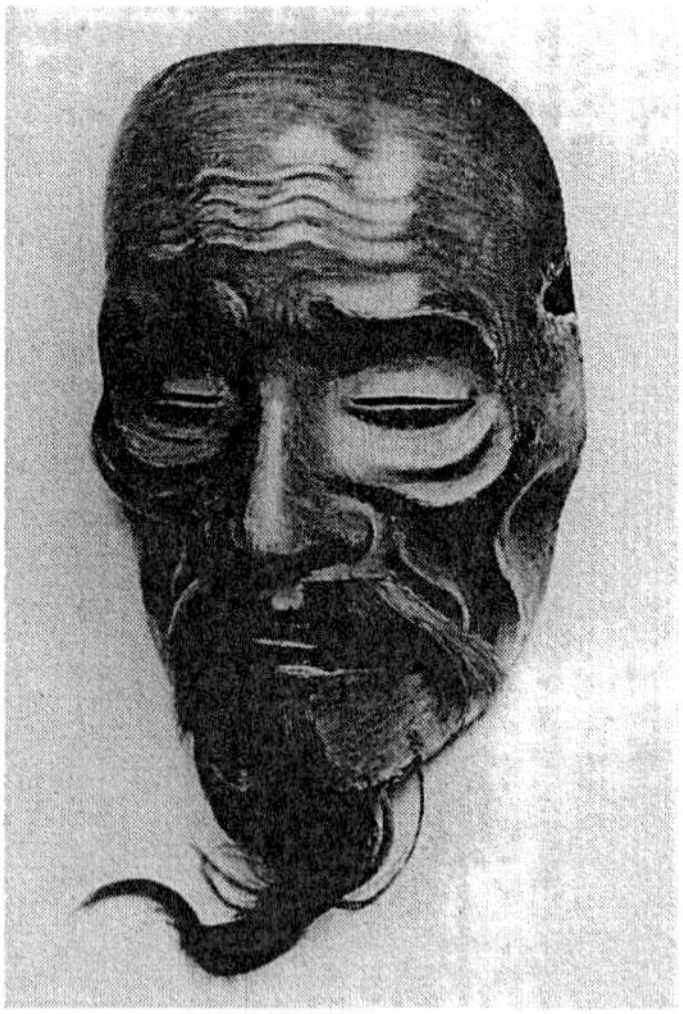

景清《かげきよ》 A
盲目の老人(景清に専用)

2 小尉類

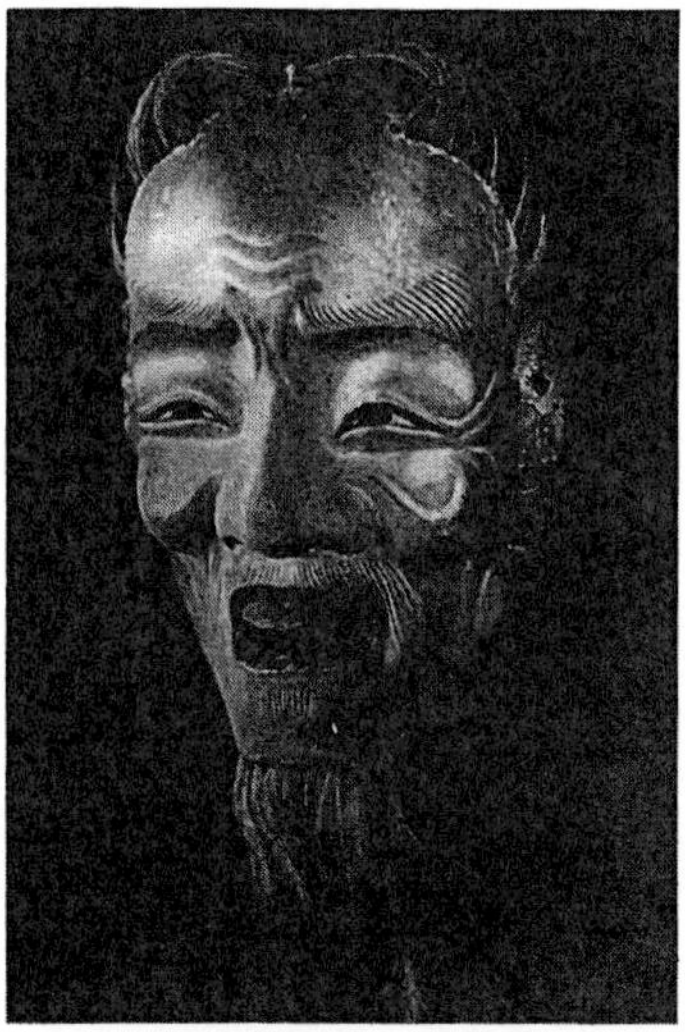

阿瘤尉《あこぶじよう》(阿古父尉)
異風の老人・物思う老人など

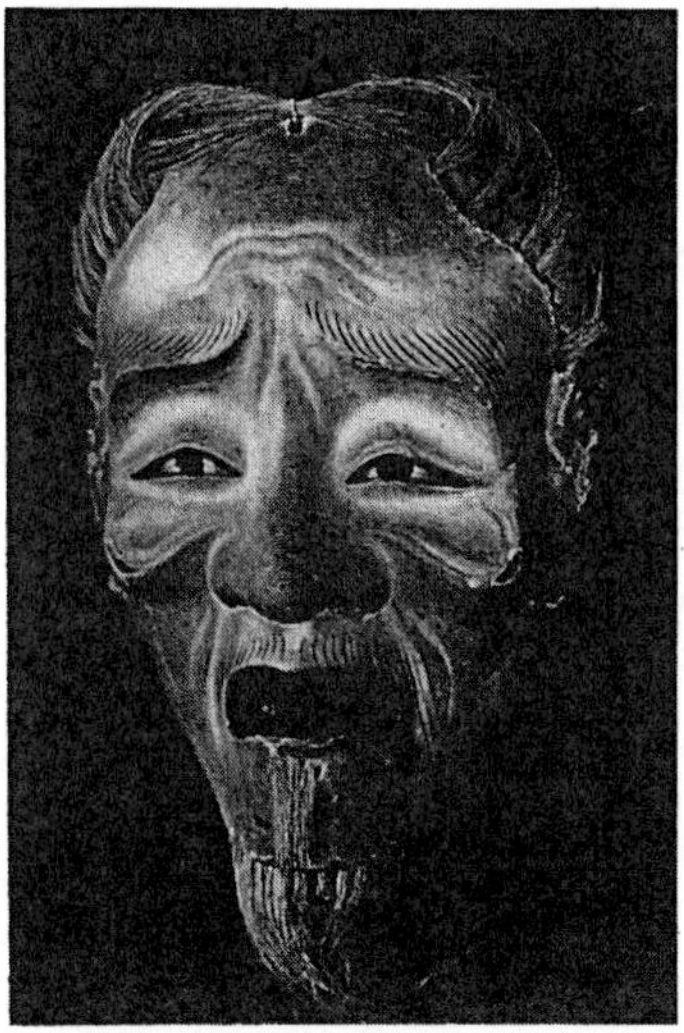

小尉《こじよう》(小牛尉《こうしじよう》)
品位ある老人・唐土の老人の全般

3 舞尉類

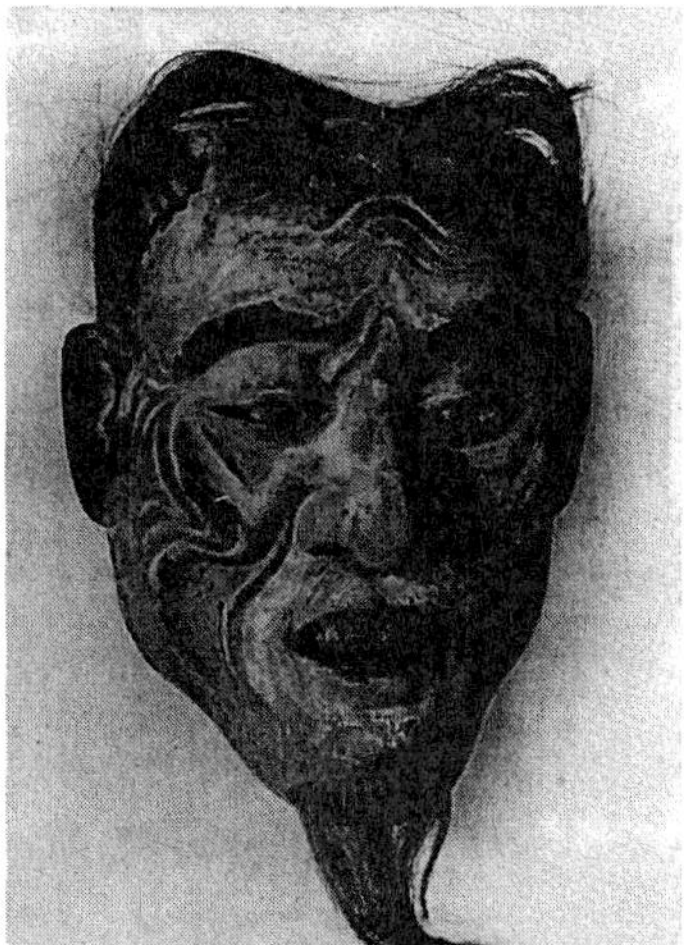

皺《しわ》 尉《じよう》
舞事を舞う老体の神・精の全般(観世が主用)

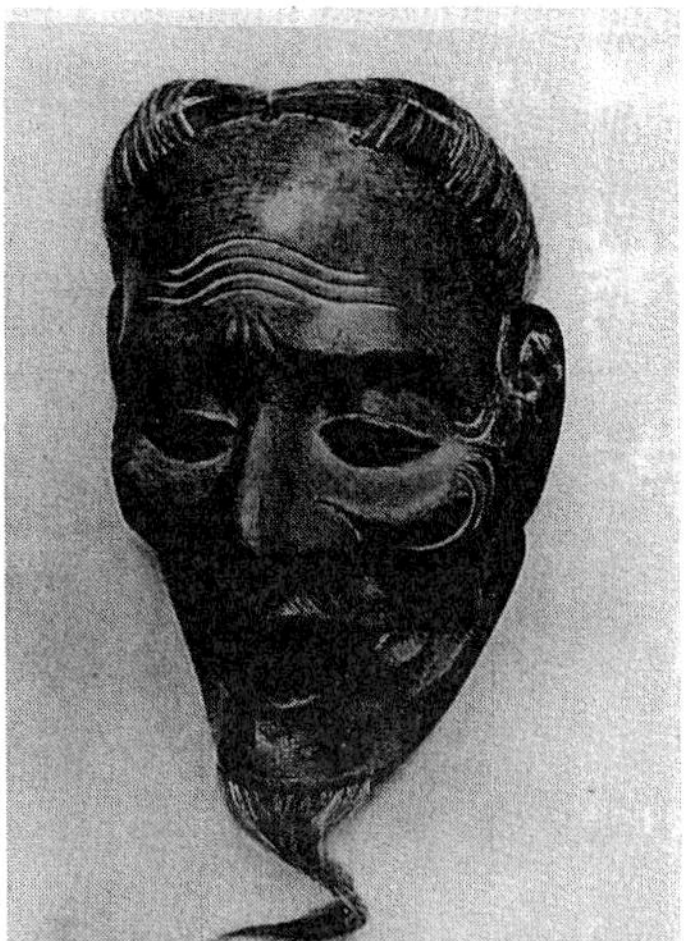

舞《まい》 尉《じよう》
舞事を舞う老体の神・精の全般(宝生が主用)

二　女体面

1　若女類

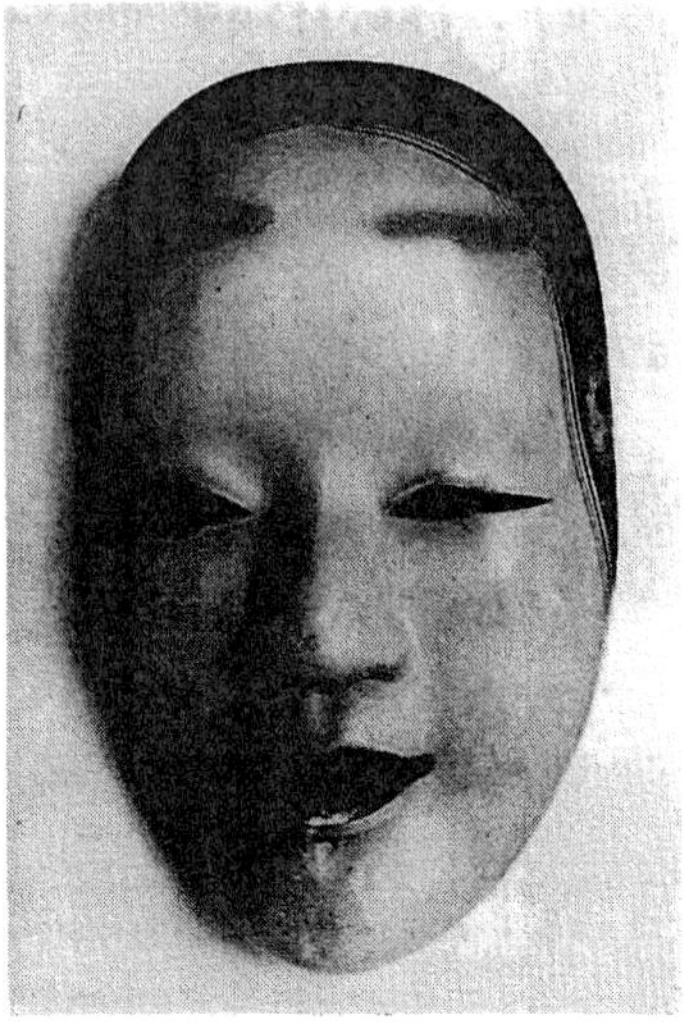

若《わか》　女《おんな》
色入リ役の女の全般(観世が主用)

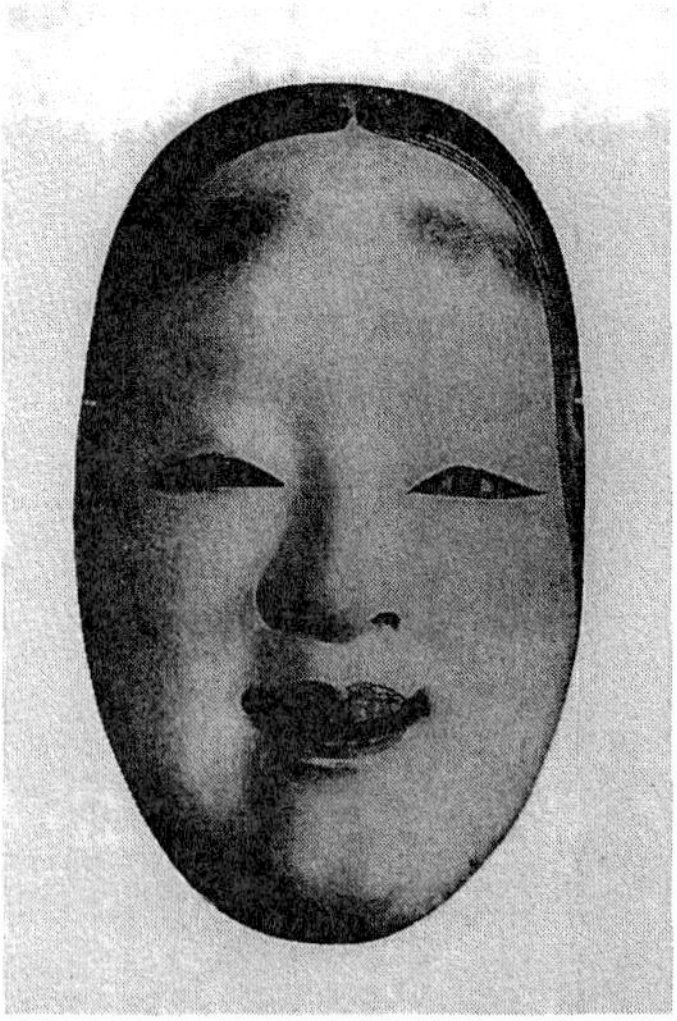

小《こ》　面《おもて》
色入リ役の女の全般(金春・喜多が多用)

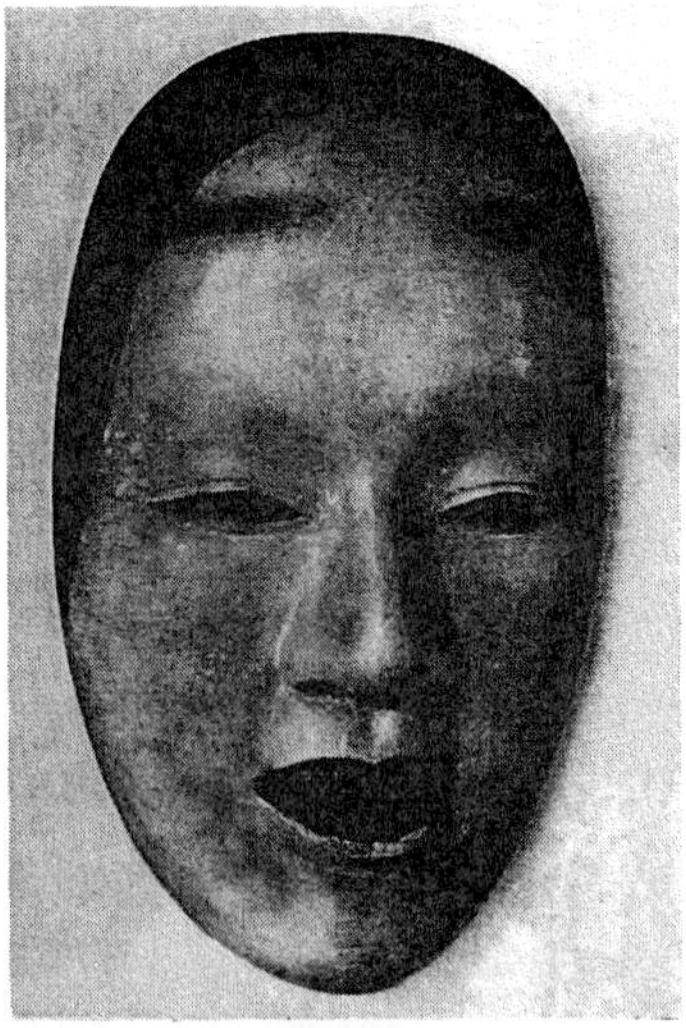

泣《なき》　増《ぞう》
女体の神・天人など

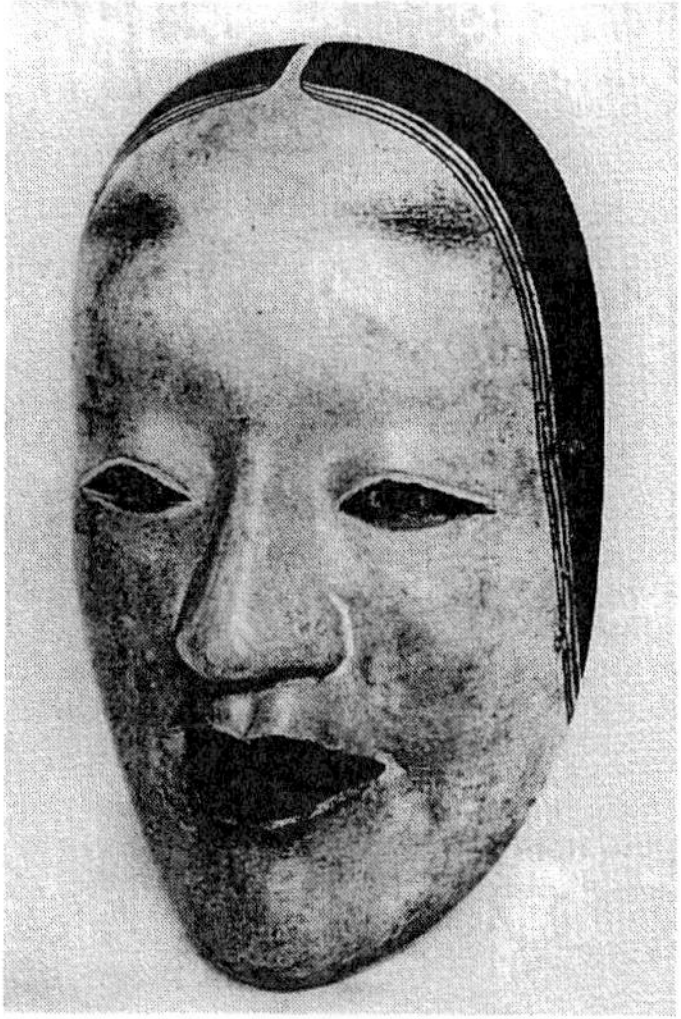

近江《おうみ》女《おんな》
色入リ役の異風の女

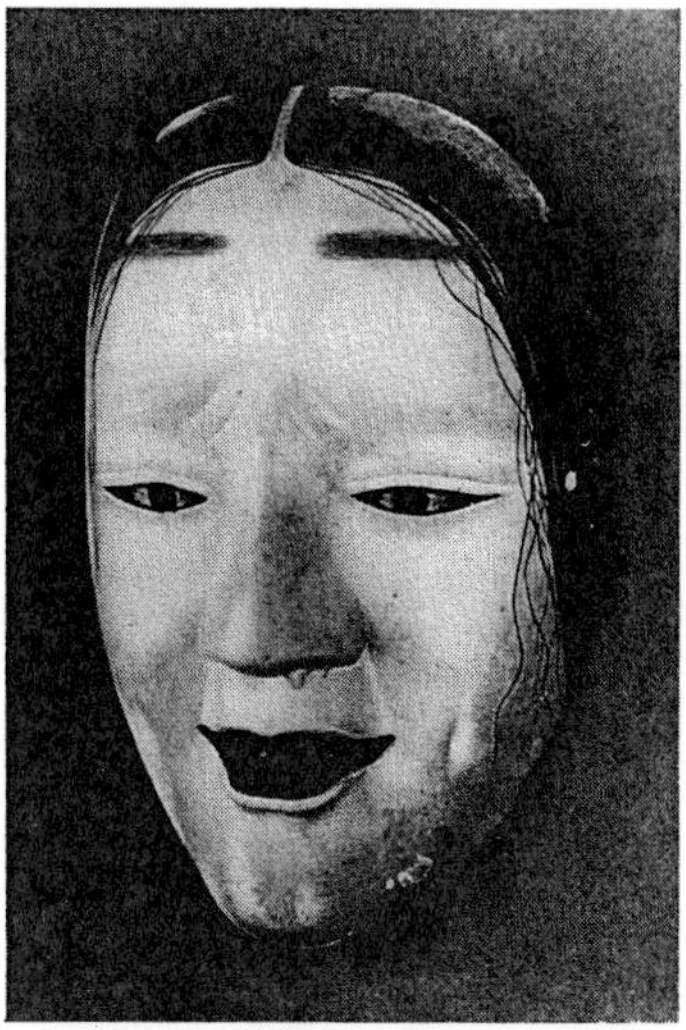

増髪《ますかみ》(十寸神《ますかみ》)
女体の神・女巫子・異風の女物狂など

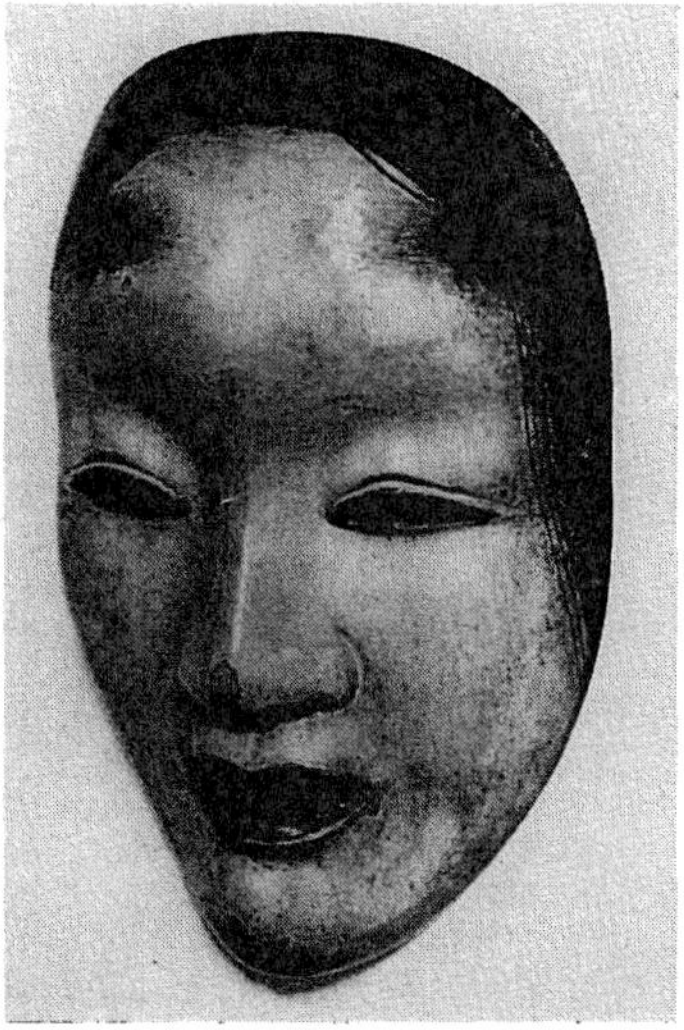

曲《しゃく》見《み》
色無シ役の女の全般

2 更女類

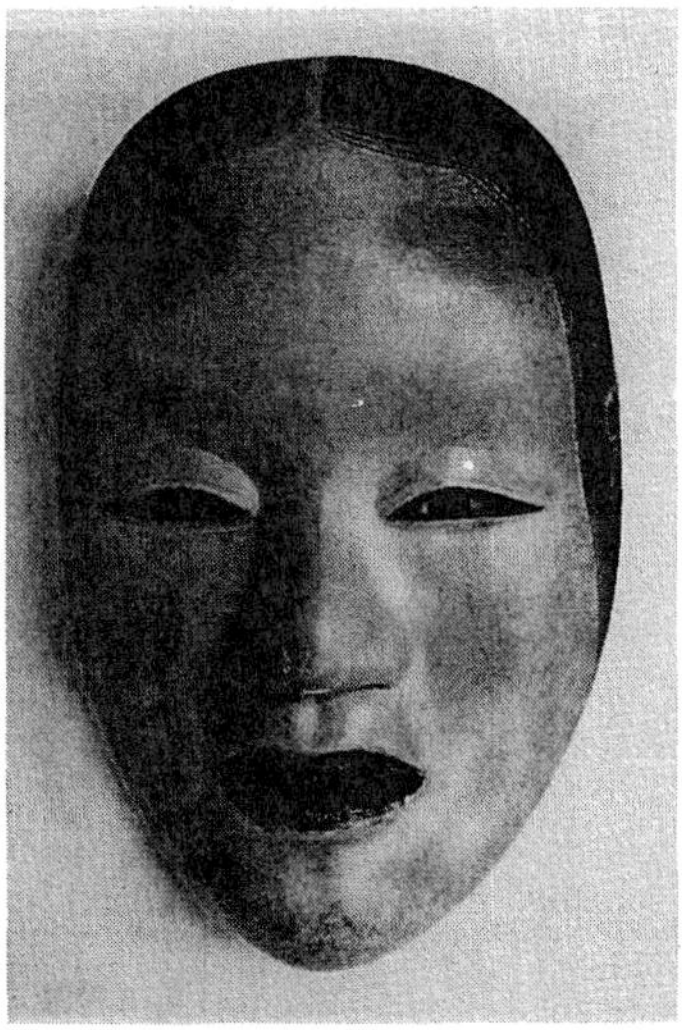

深《ふか》井《い》
色無シ役の女の全般

3 泥眼類

泥《でい》眼《がん》
龍女・恨みを秘めた女など

4 橋姫類

橋《はし》姫《ひめ》
龍女・恨みに燃える女など

5 瘦女類

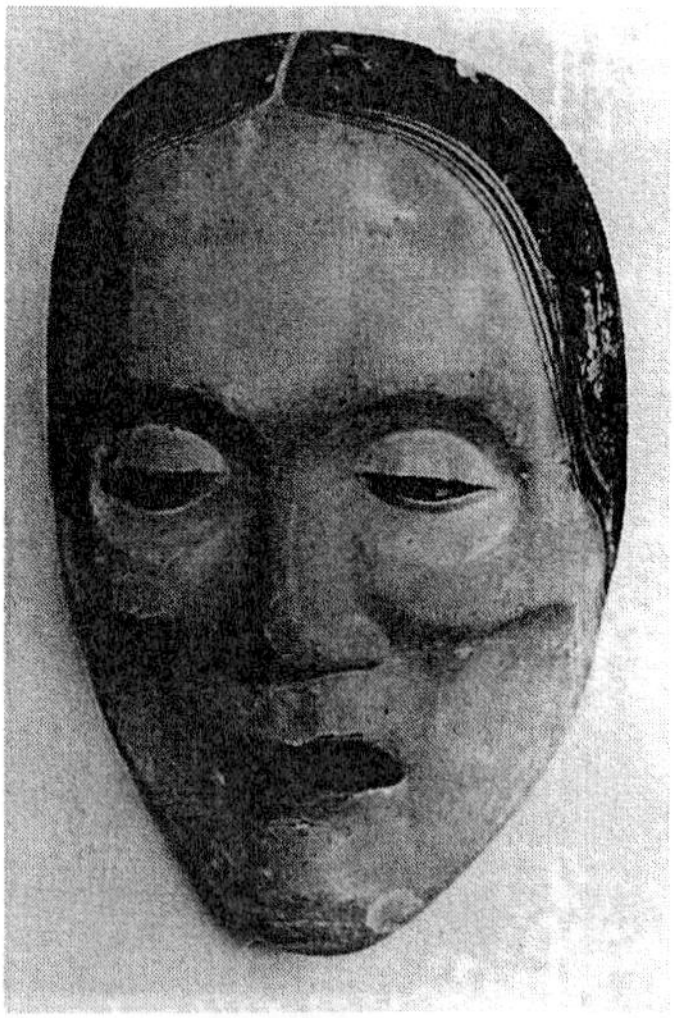

瘦《やせ》女《おんな》
地獄の苦しみでやつれた女など

6 老女類

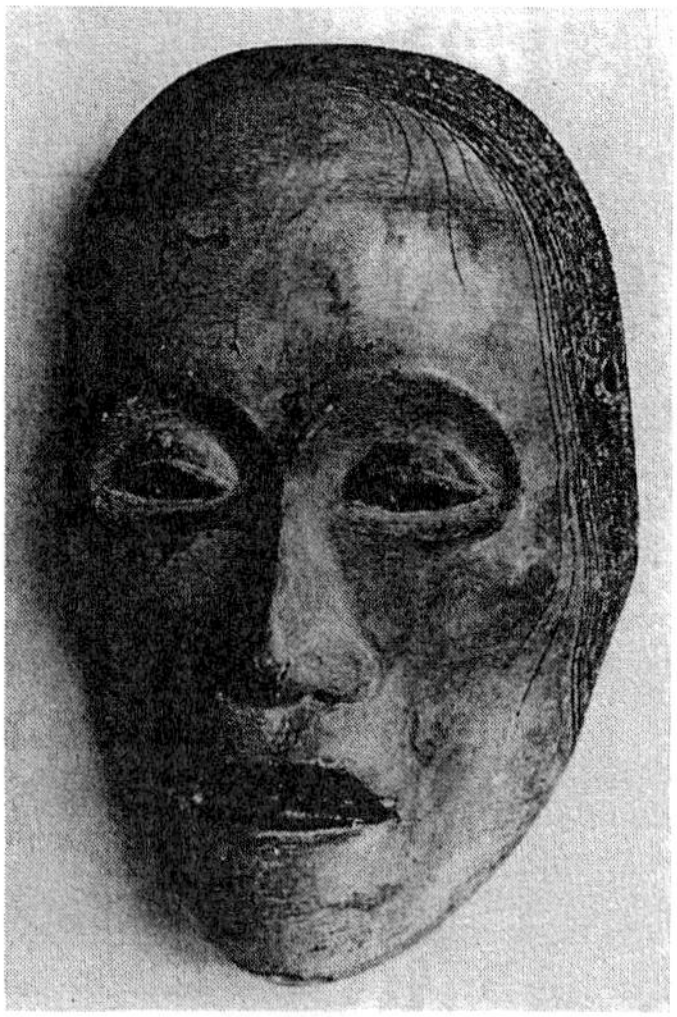

老《ろう》女《じょ》
極老の女

7 山姥類

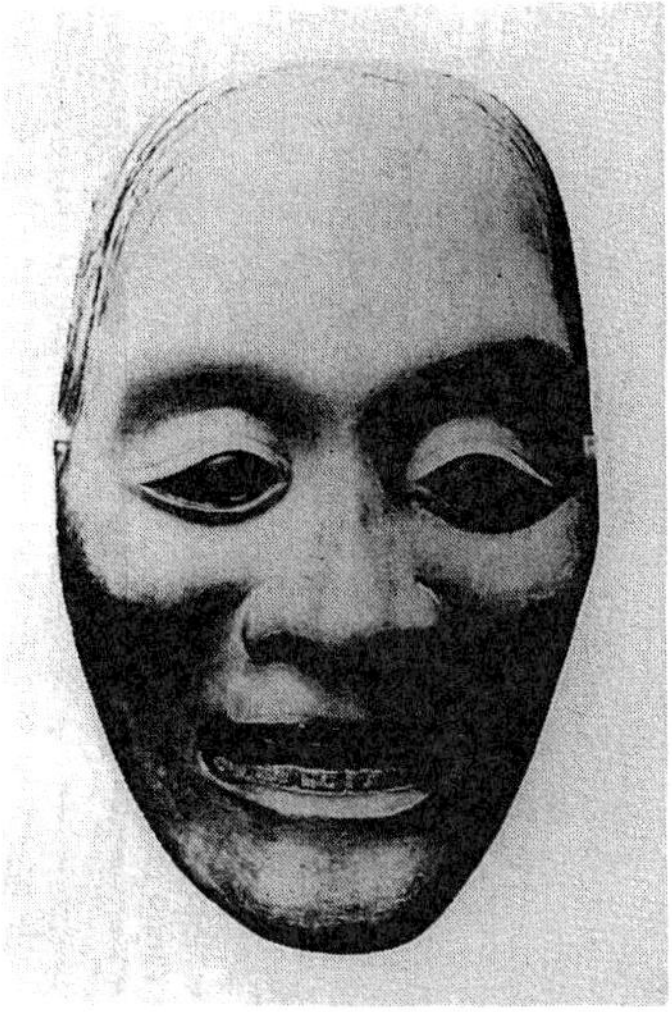

山《やま》姥《んば》
人間を助ける老体異相の女(山姥に専用)

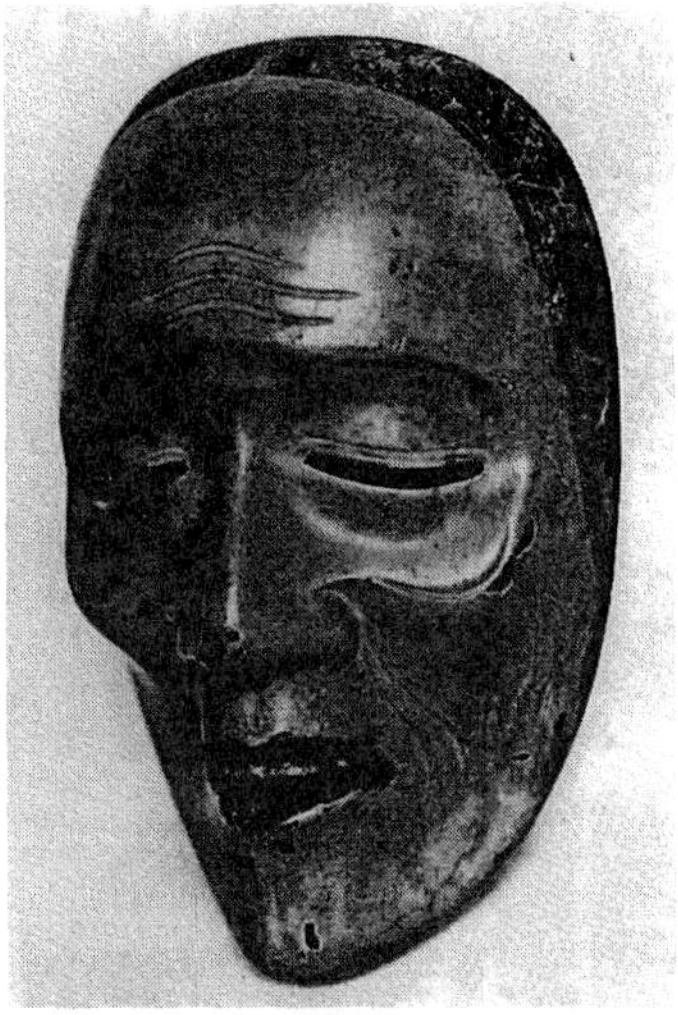

姥《うば》
老体の女(ツレに多用)

三 男体面

1 喝食類

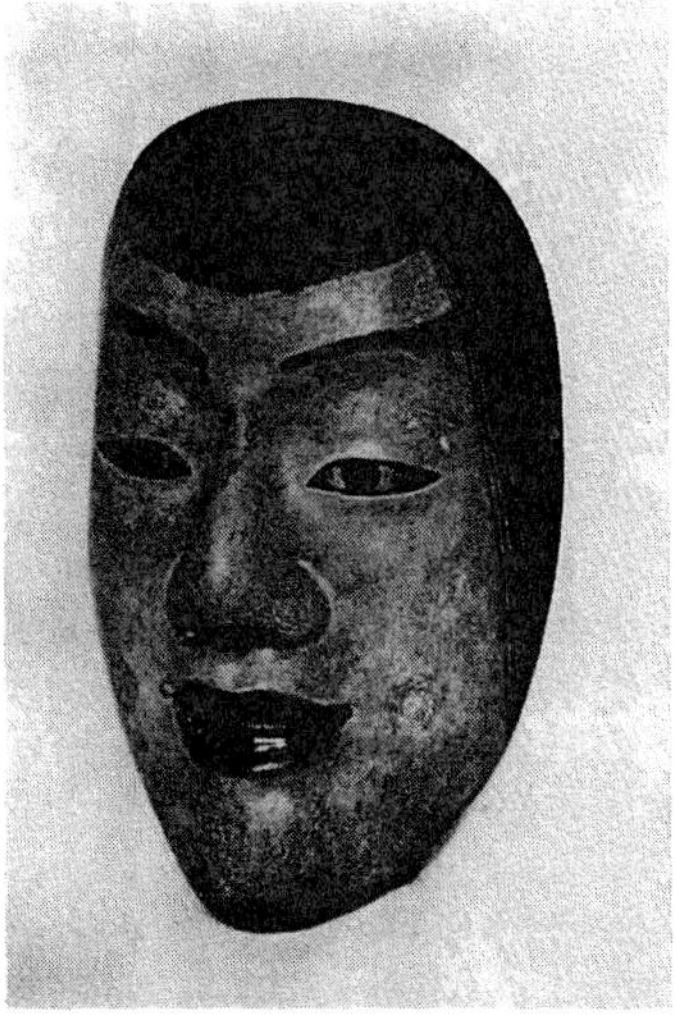

大喝食《おおかつしき》
美男子で俗体の寺院芸能者など

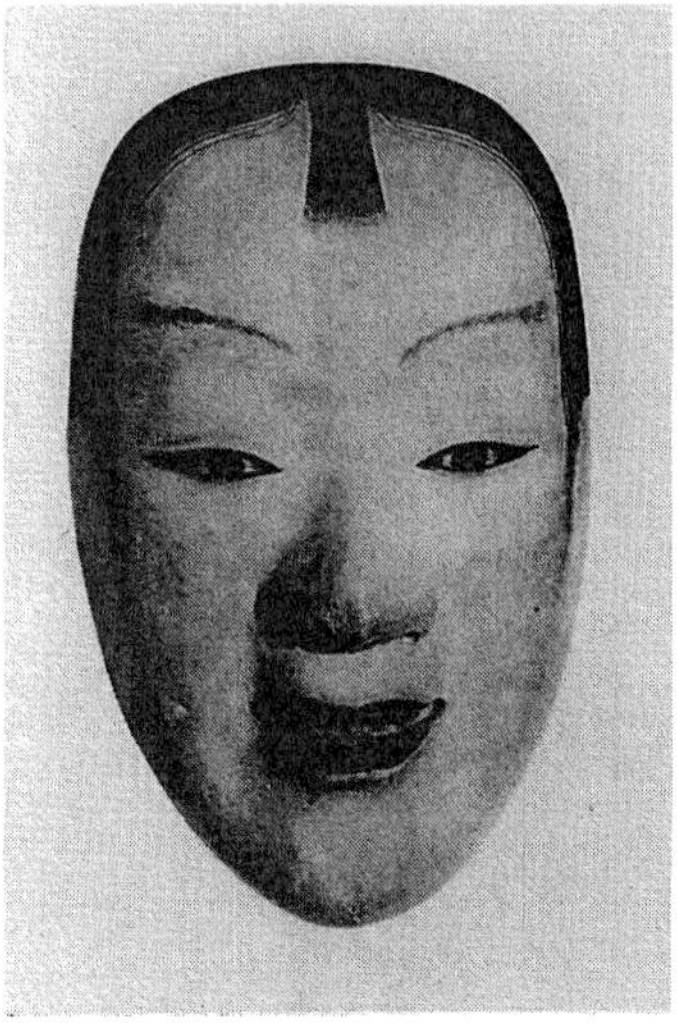

小《こ》喝食《かつしき》
美男子で俗体の寺院芸能者など

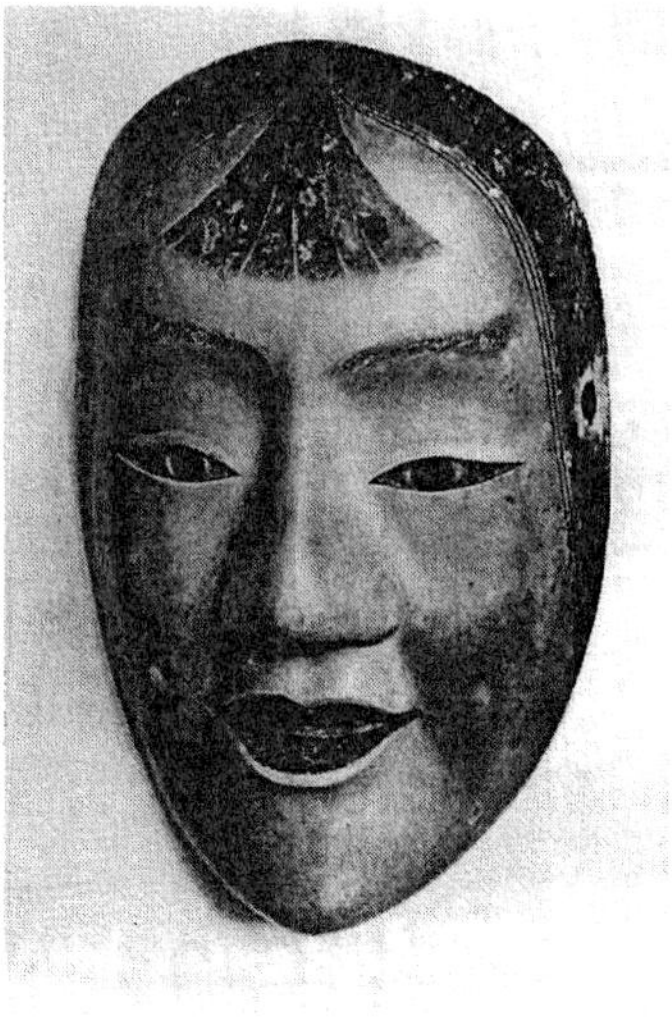

中《ちゆう》喝食《かつしき》
美男子で俗体の寺院芸能者など

2 若男類

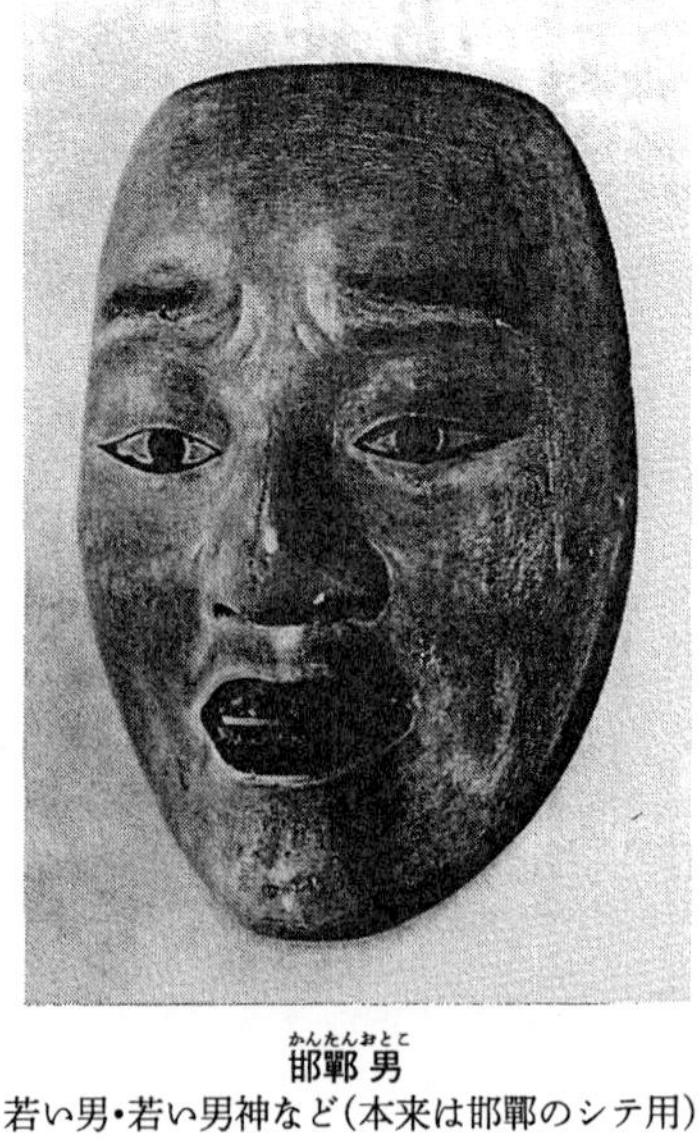

邯鄲《かんたん》男《おとこ》
若い男・若い男神など（本来は邯鄲のシテ用）

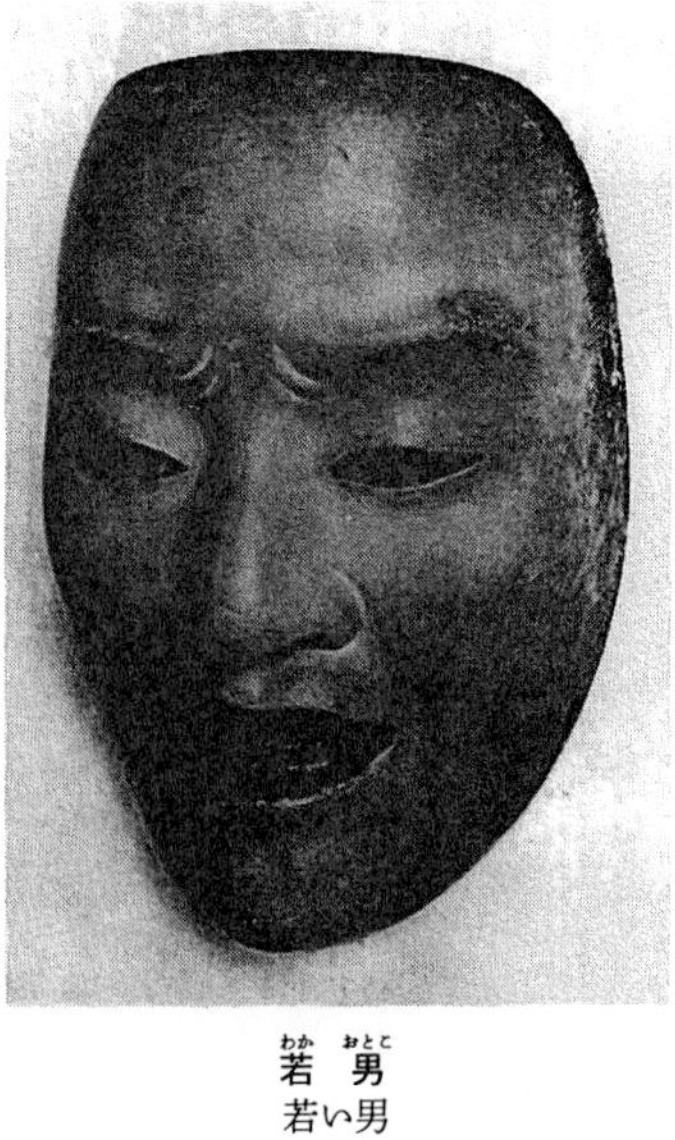

若《わか》 男《おとこ》
若い男

3 荒男類

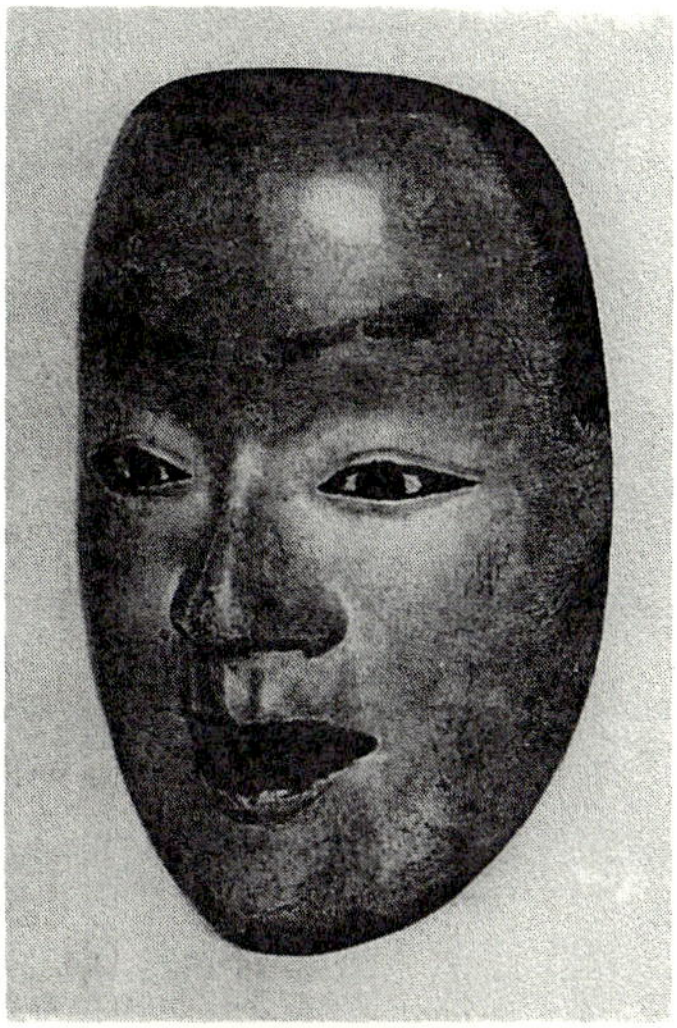

十《じゅう》六《ろく》
年少の貴公子

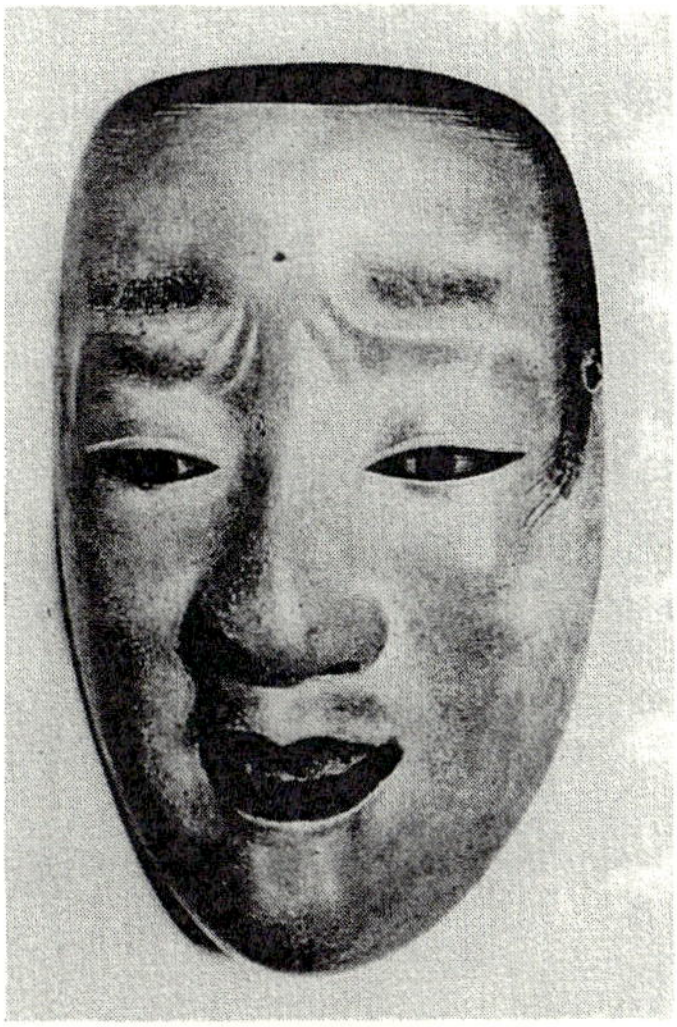

中《ちゅう》将《じょう》
貴公子

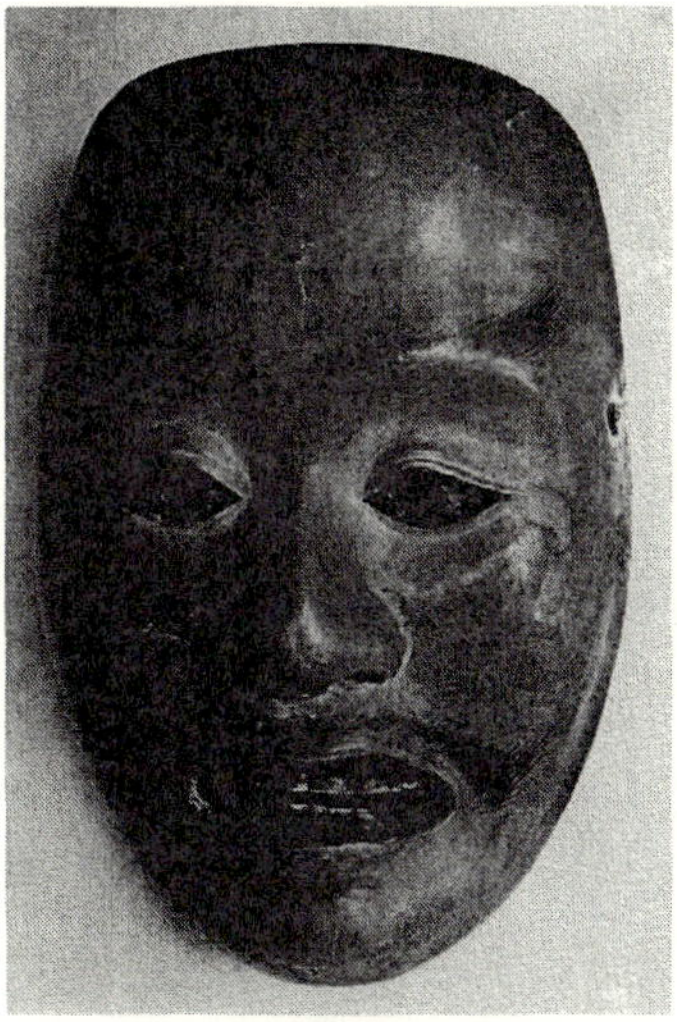

平《へい》太《た》
勇壮な武士

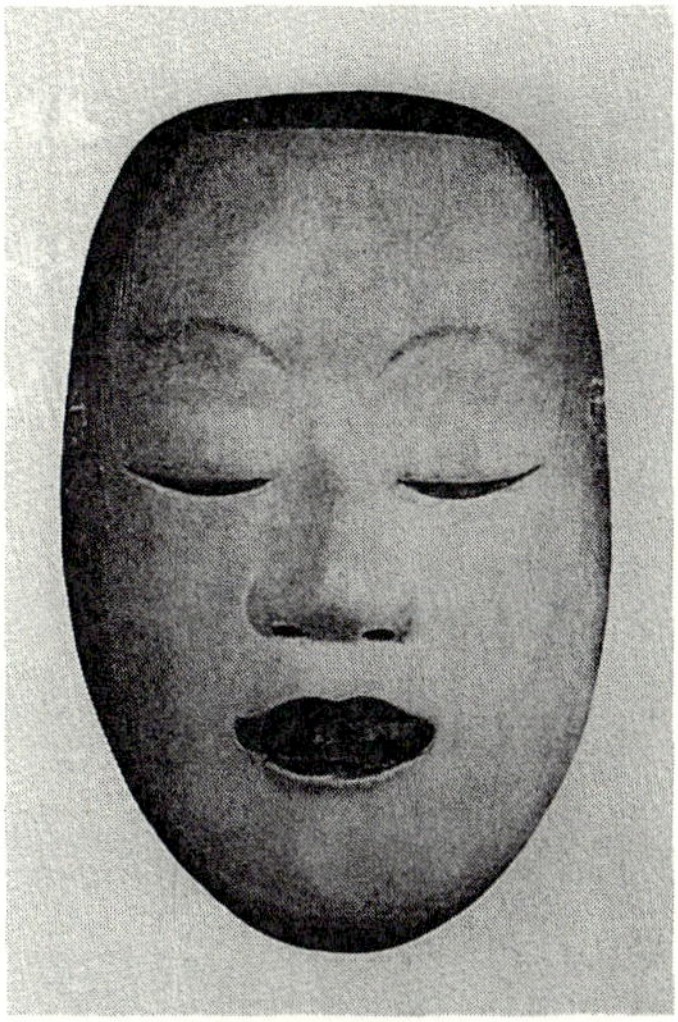

蟬《せみ》丸《まる》
盲目の年少貴公子(蟬丸のツレに専用)

4 怪士類

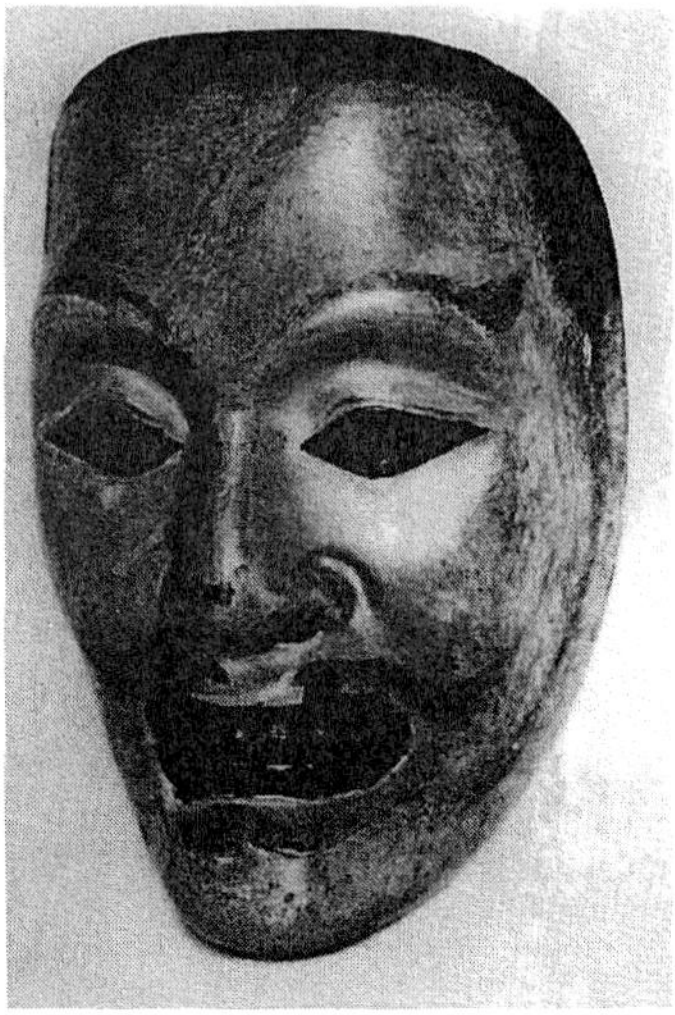

怪士《あやかし》(霊神《あやかし》・似《あやかし》)
猛々しい男体の霊

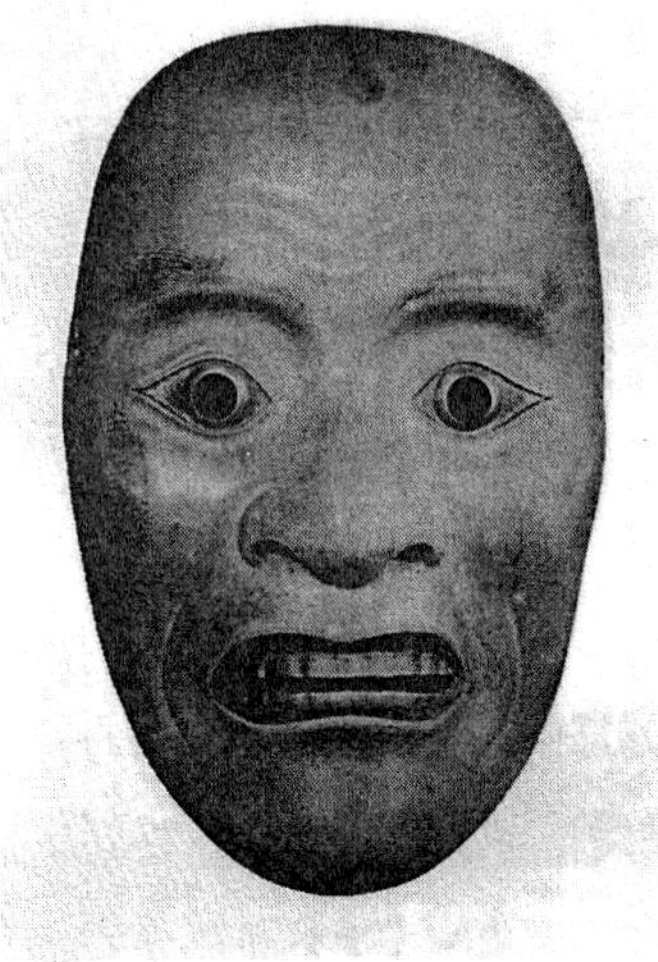

頼《より》政《まさ》
老年の法体の武士(頼政に専用)

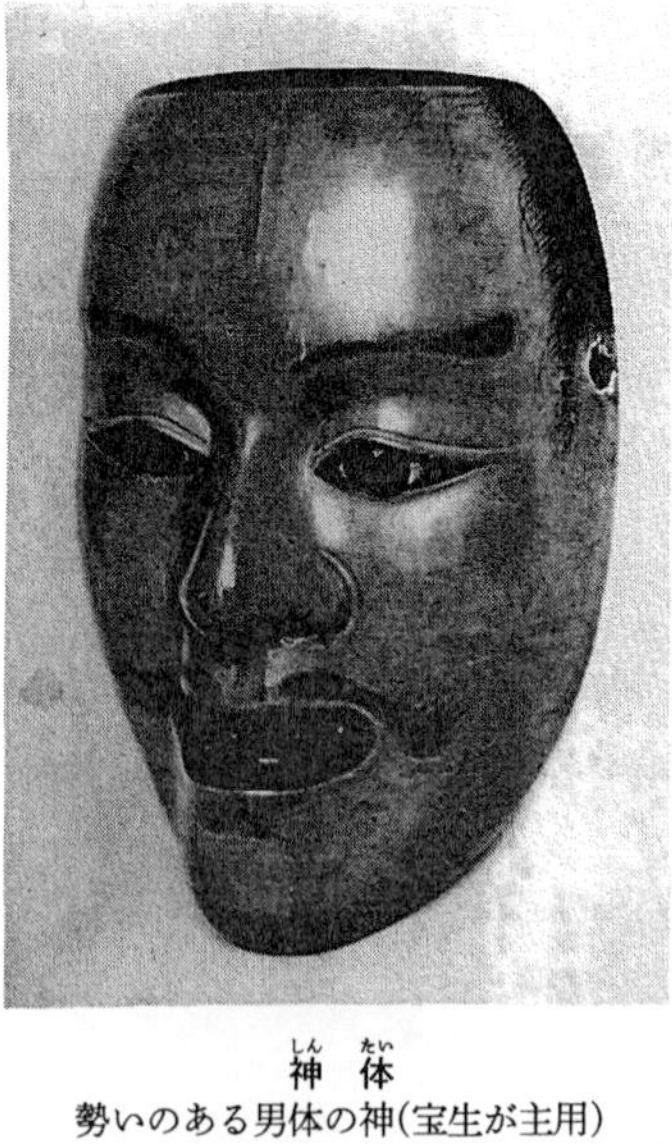

神《しん》体《たい》
勢いのある男体の神(宝生が主用)

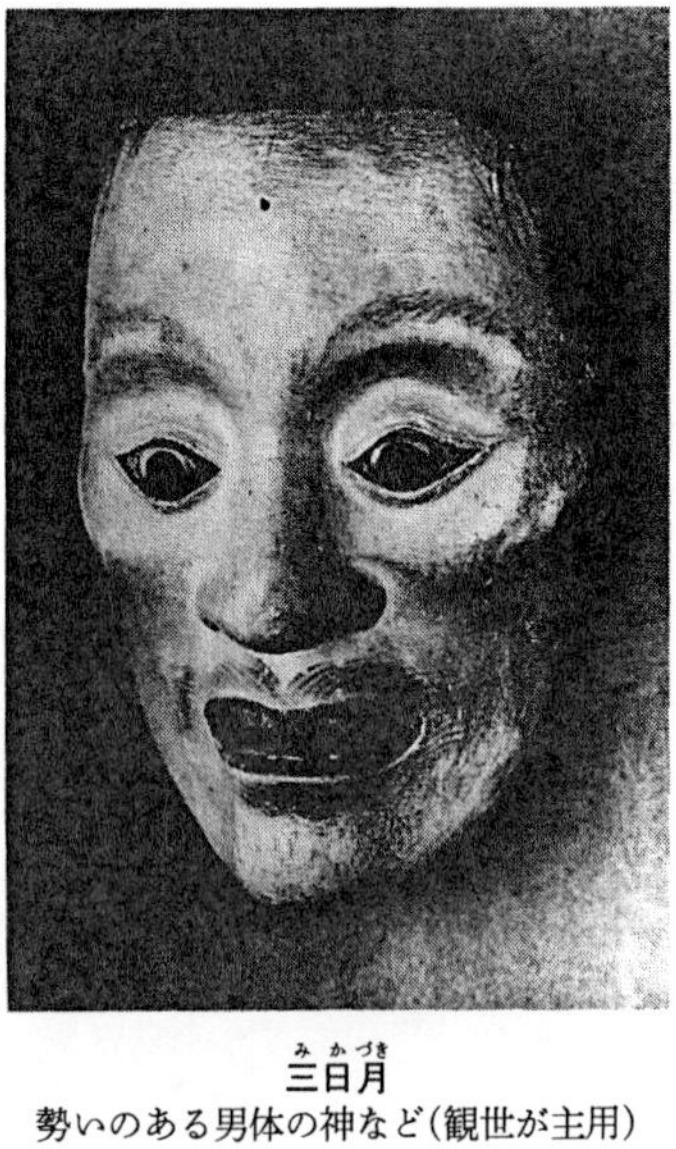

三日月《みかづき》
勢いのある男体の神など(観世が主用)

5 瘦男類

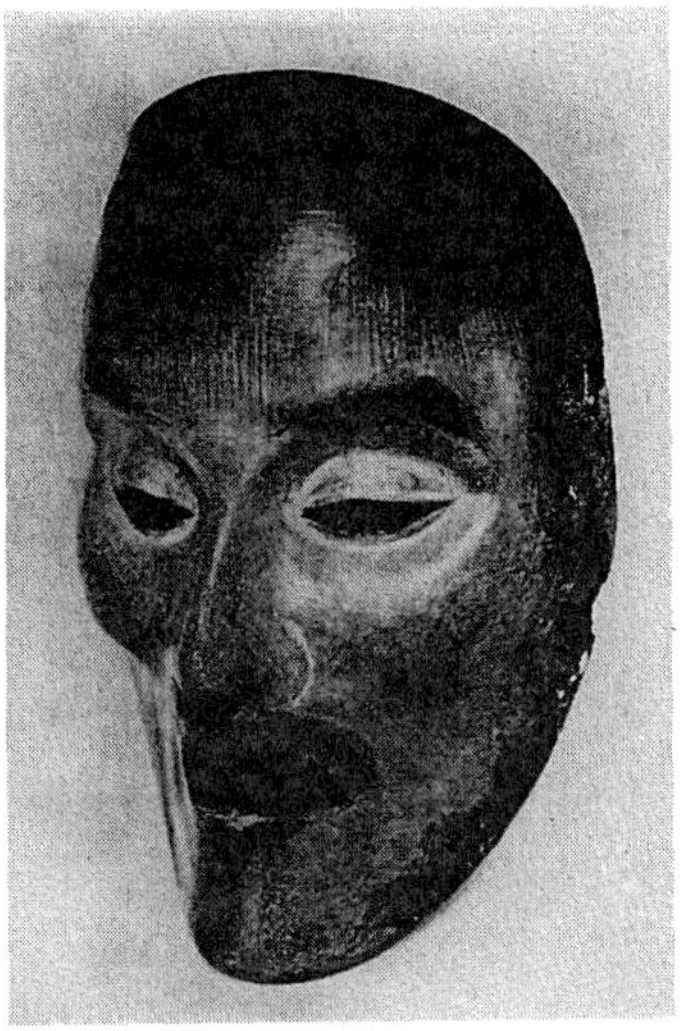

二十余《はたちあまり》
瘦男の変換種

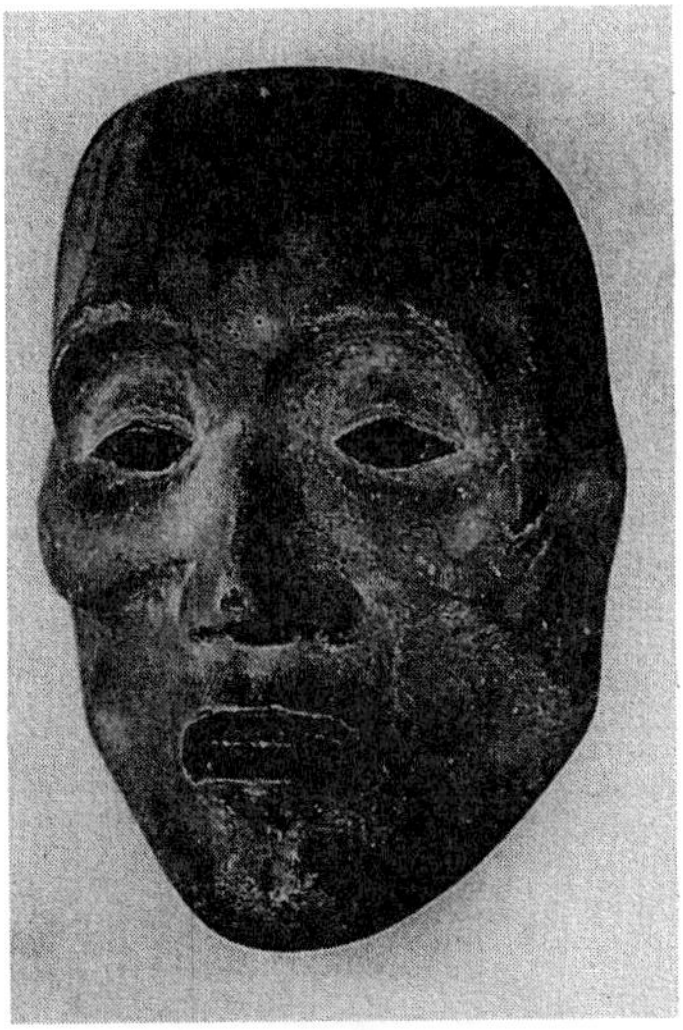

瘦《やせ》 男《おとこ》
地獄の苦しみでやつれた男

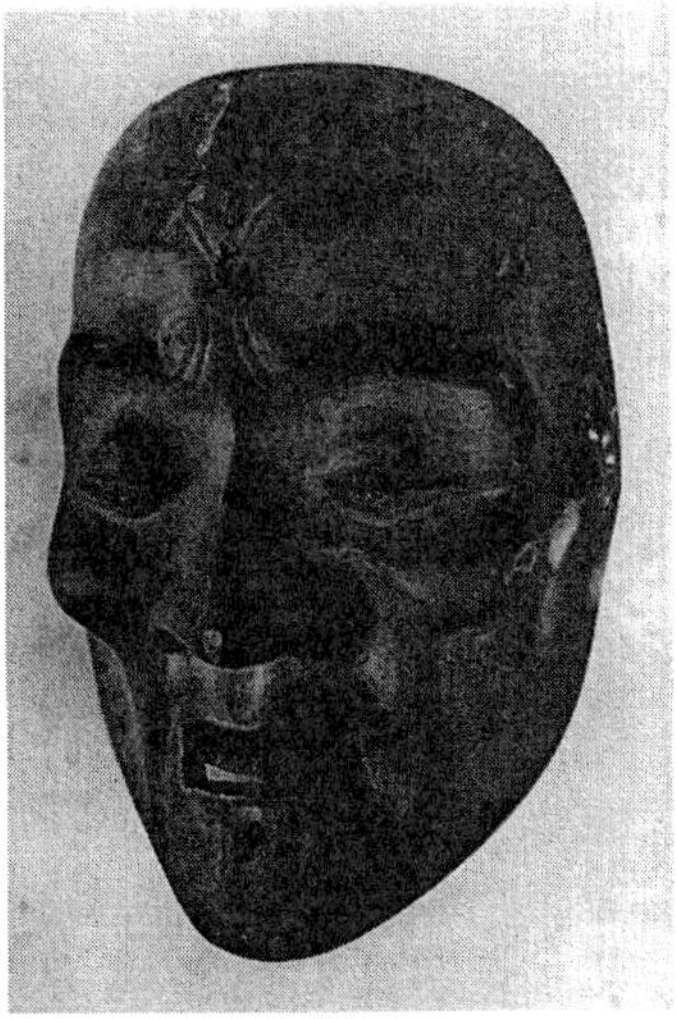

景清《かげきよ》 B
やつれた盲目の男(景清に観世・金剛が使用)

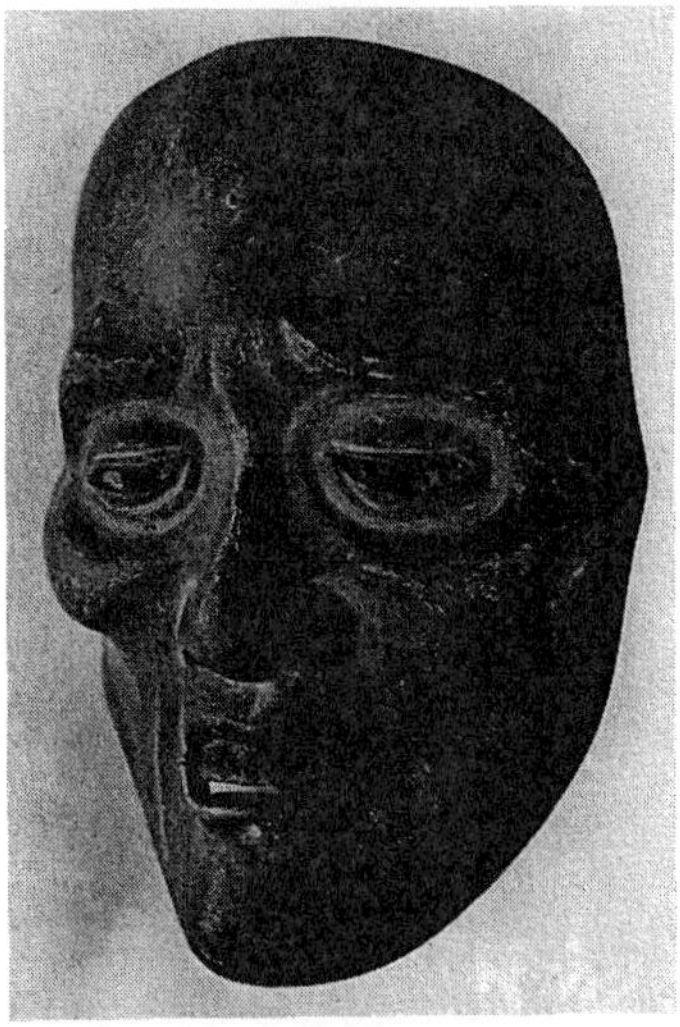

俊《しゅん》 寛《かん》
苦しみでやつれた男(俊寛に専用)

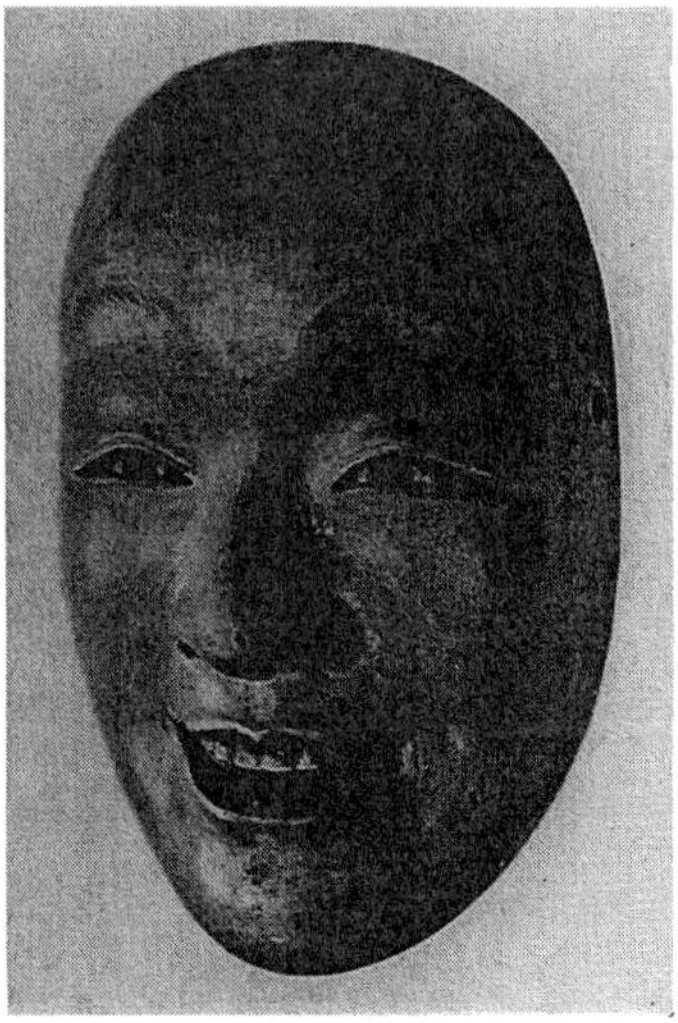

猩《しよう》々《じよう》
酒を好む童体の霊獣(猩々・大瓶猩々に専用)

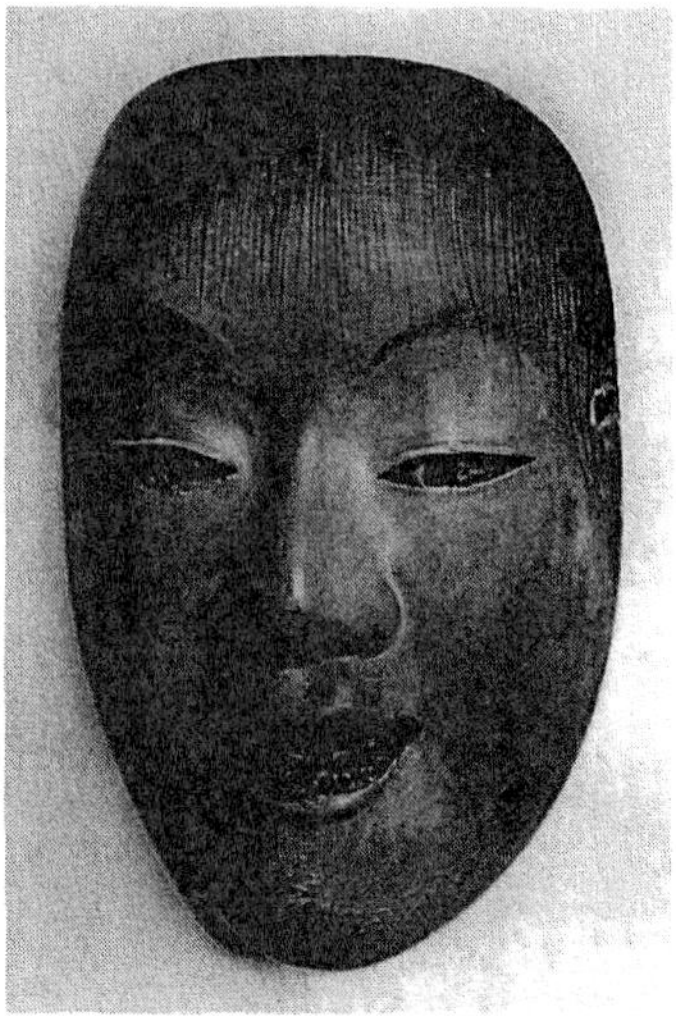

童《どう》子《じ》
神性のある童体の男

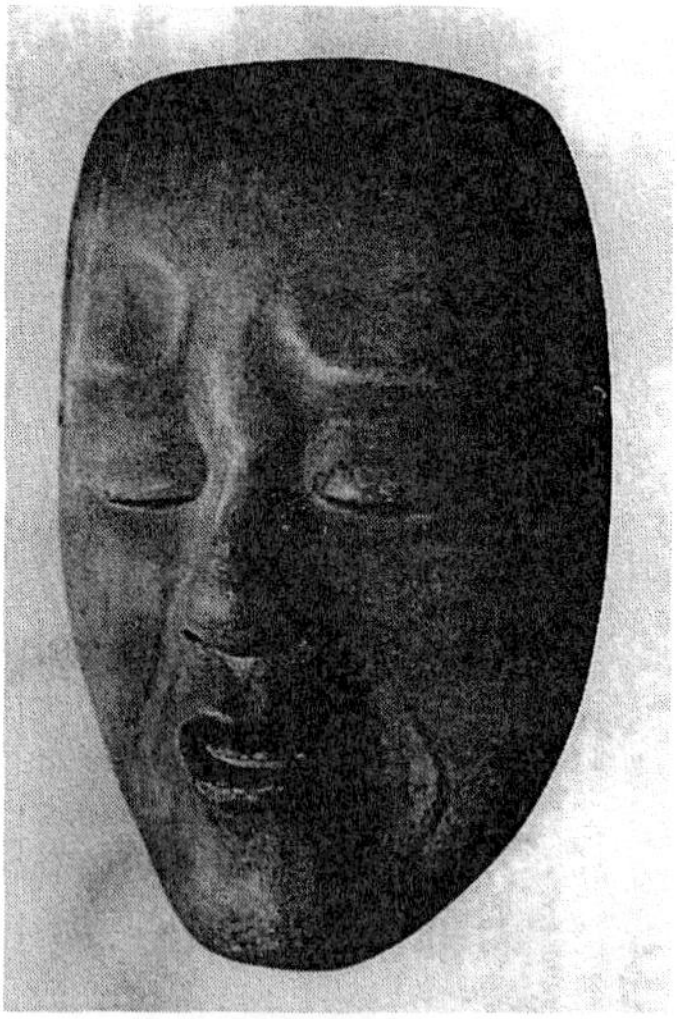

弱法師《よろぼし》
盲目の少年(弱法師に専用)

四　異相老体面

1　悪尉類

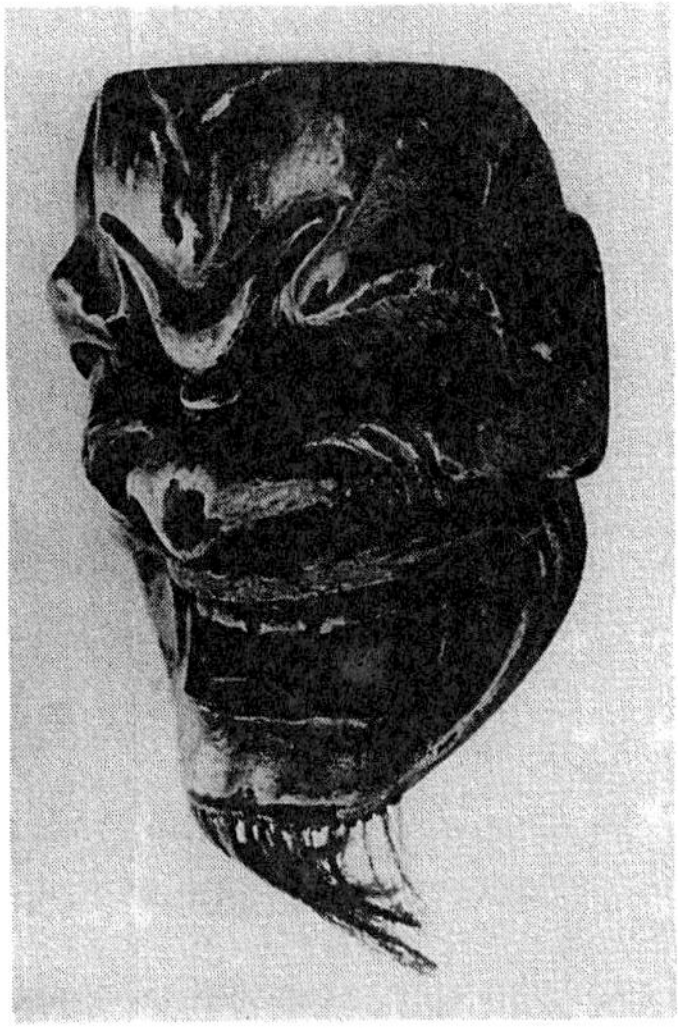

大悪尉《おおあくじよう》
猛々しい老体の神・老体の怨霊など

2　癋見悪尉類

癋見悪尉《べしみあくじよう》
老体の天狗・異相の老体の神など

鼻瘤悪尉《はなこぶあくじよう》
大悪尉などの変換種

五 異相女体面

1 蛇類

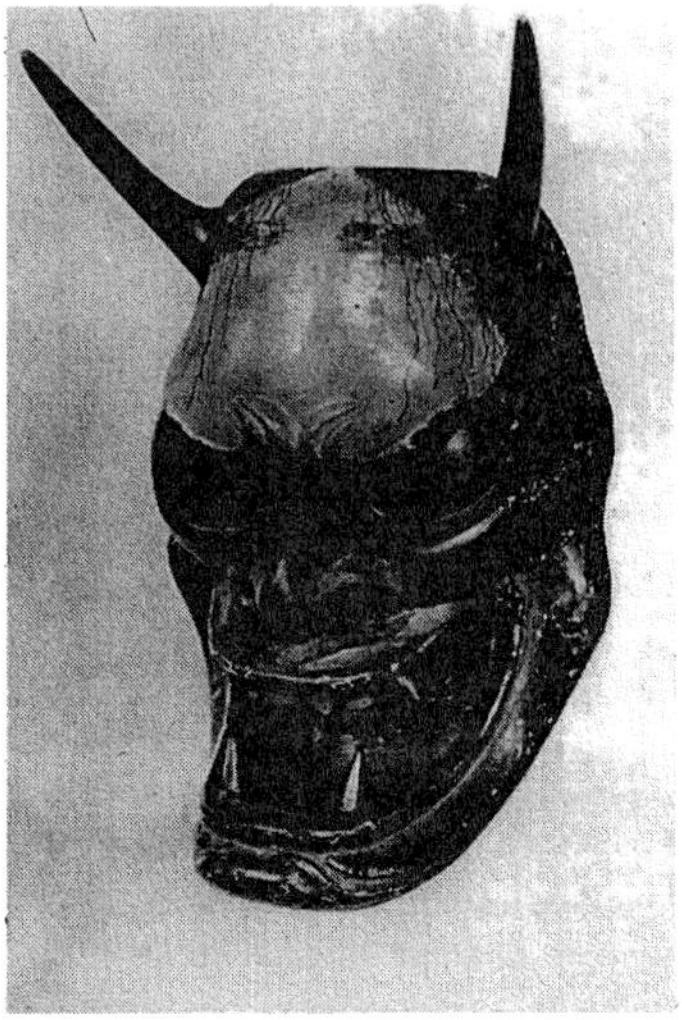

蛇《じゃ》
女体の怨霊・鬼女など

般《はん》若《にゃ》
女体の怨霊・鬼女など

六　異相男体面

1　癋見類

大癋見《おおべしみ》
天狗・魔王など

長霊癋見《ちょうれいべしみ》
異相の武者(熊坂などに使用)

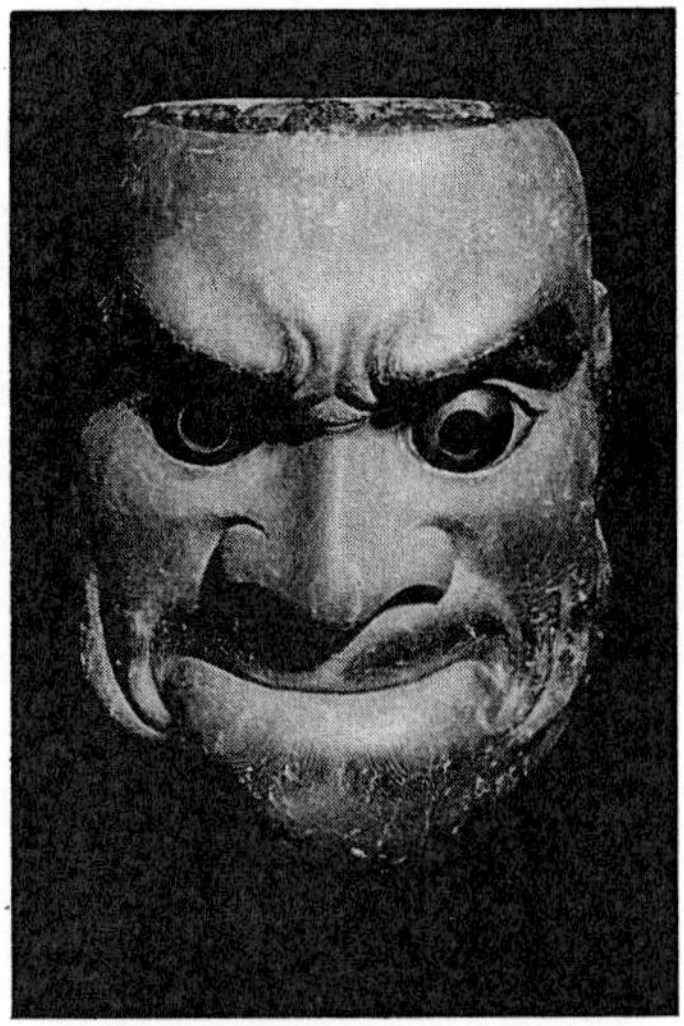

小癋見《こべしみ》
異相の神・人間に祝福を授ける鬼など

2 飛出類

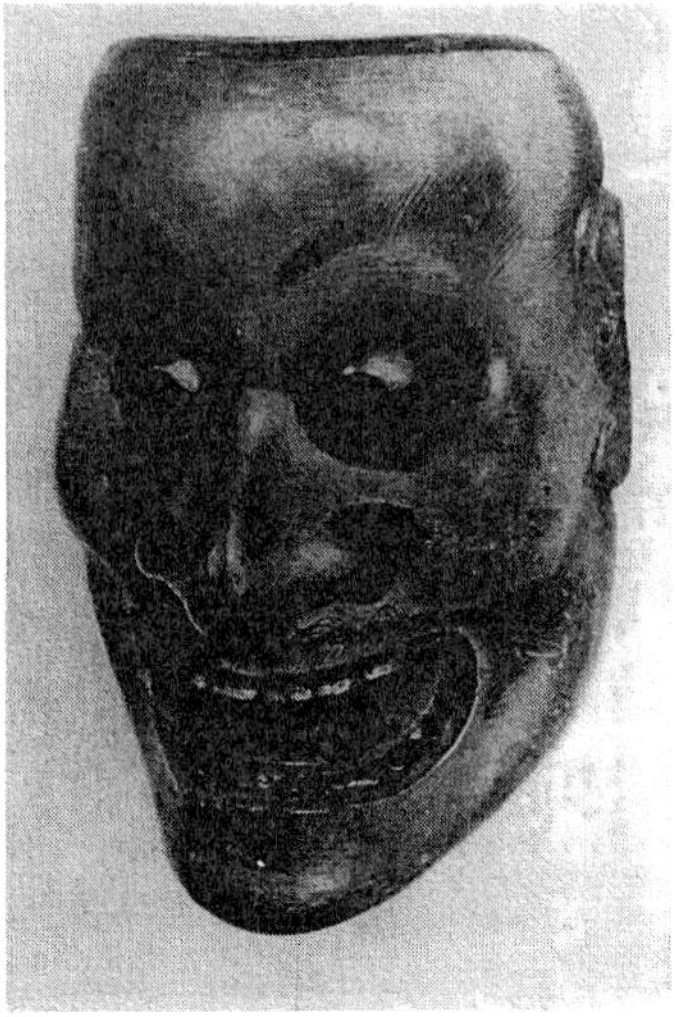

大飛出《おおとびで》
活動的な異相の神

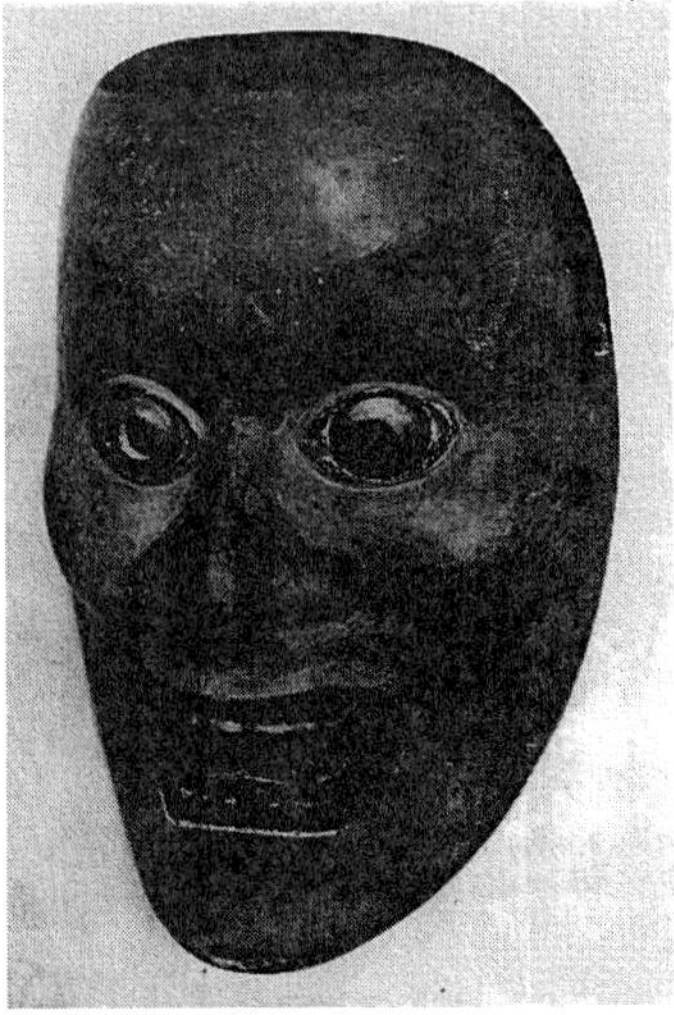

小飛出《ことびで》
畜類など

黒《くろ》 髭《ひげ》
龍神・蛇体など

3 顰類

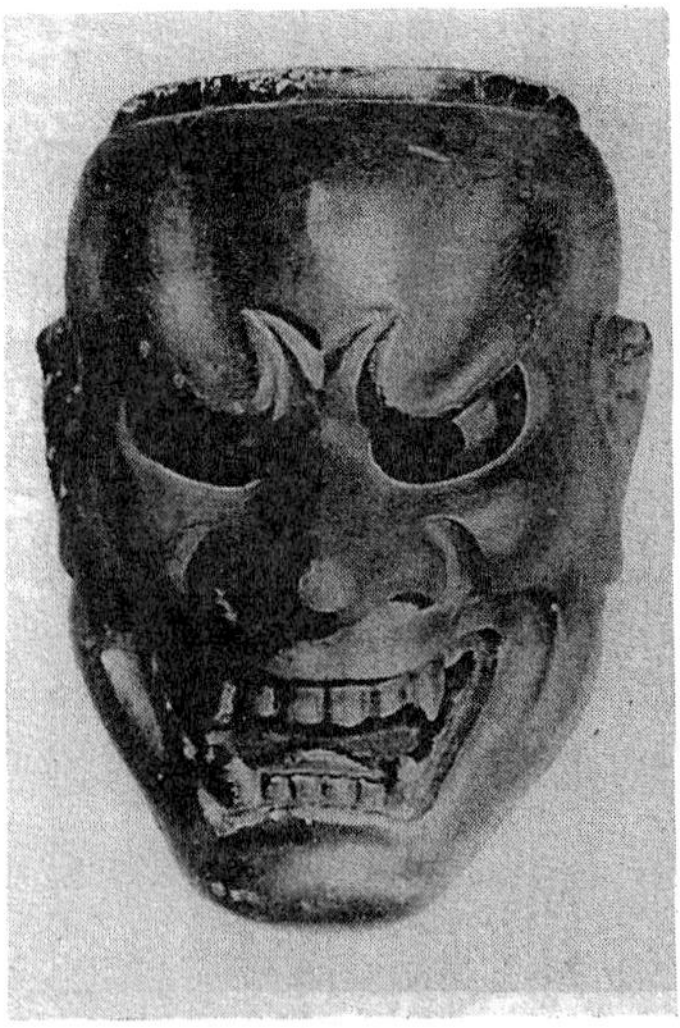

顰《しかみ》
人間に危害を及ぼす悪鬼など

獅子口《ししぐち》
霊獣の獅子など(石橋などに使用)

七 畜類面

1 野干類

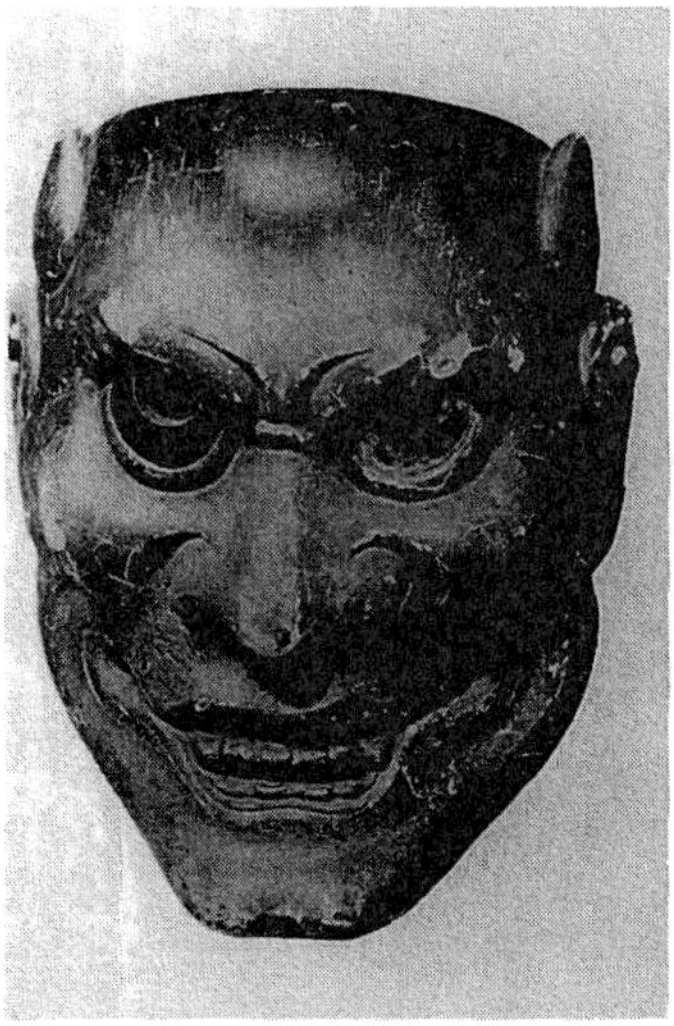

野干《やかん》
人間に危害を及ぼす悪狐(殺生石に専用)

八 仏体面

1 天神類

大天神《おおてんじん》
悪鬼を退治する天部の神など

2 明王類

不《ふ》動《どう》
不動明王など（調伏曾我などに使用）

3 如来類

釈《しゃ》迦《か》
釈迦如来（大会に専用）

B 狂言面

一 老体面

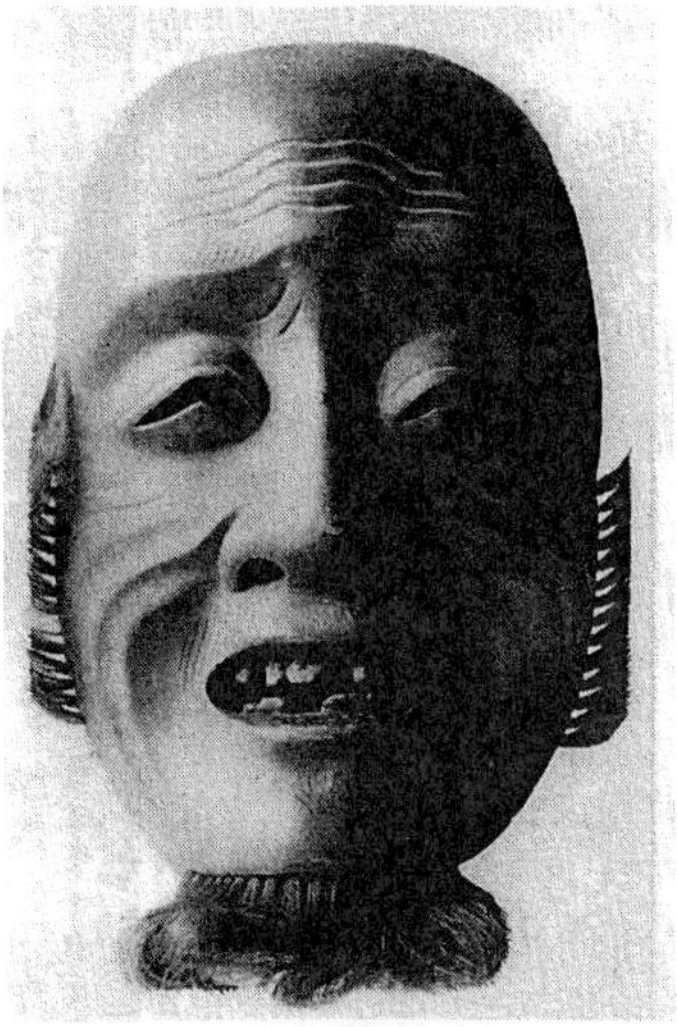

登《のぼり》髭《ひげ》
老体の神・仙人などの全般(アイに主用)

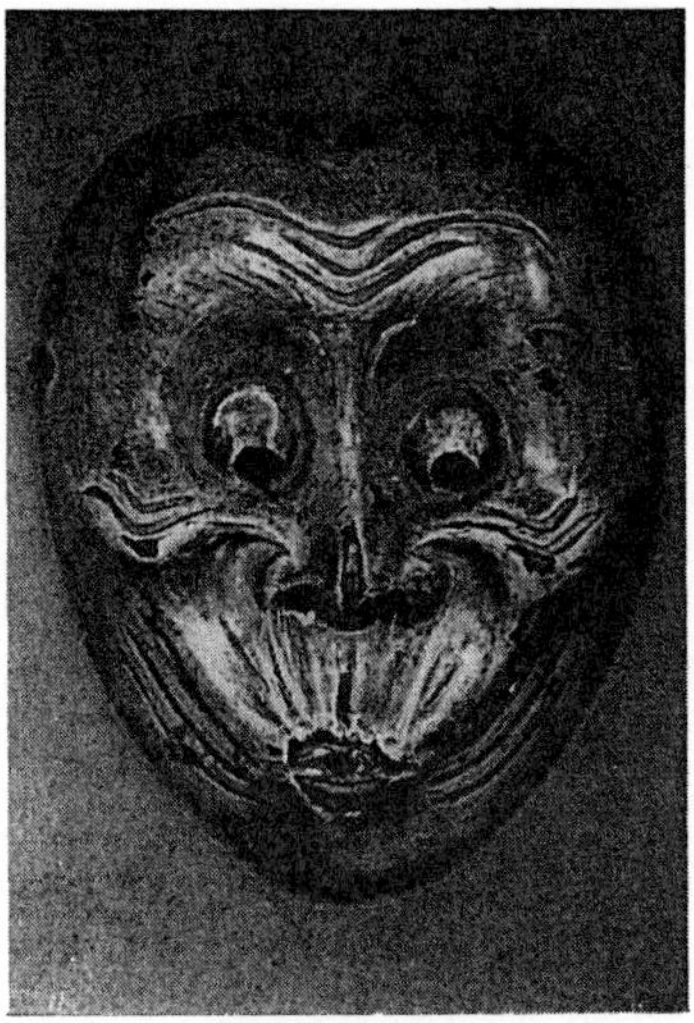

嘯《うそふき》(嘘吹)
異風の神・畜類など

二 女体面

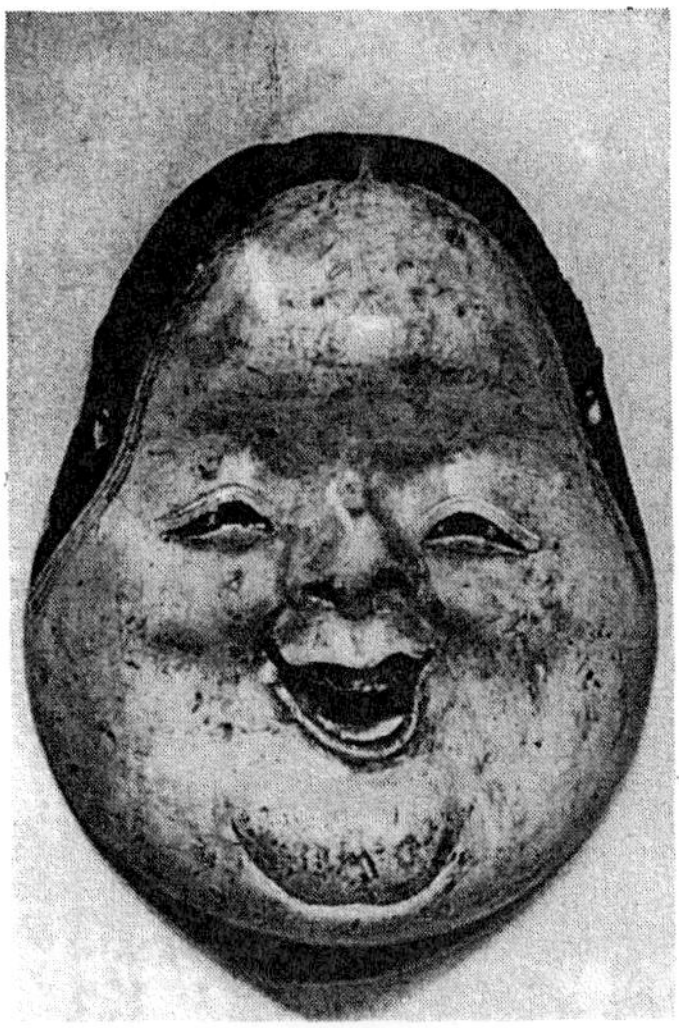

乙《おと》(乙御前《おとごぜ》)
若くて不美人の女

三 男体面

賢徳《けんとく》(見徳)
畜類・小天狗・物の精など

四 異相面

武《ぶ》 悪《あく》
鬼・閻魔など

五 畜類面

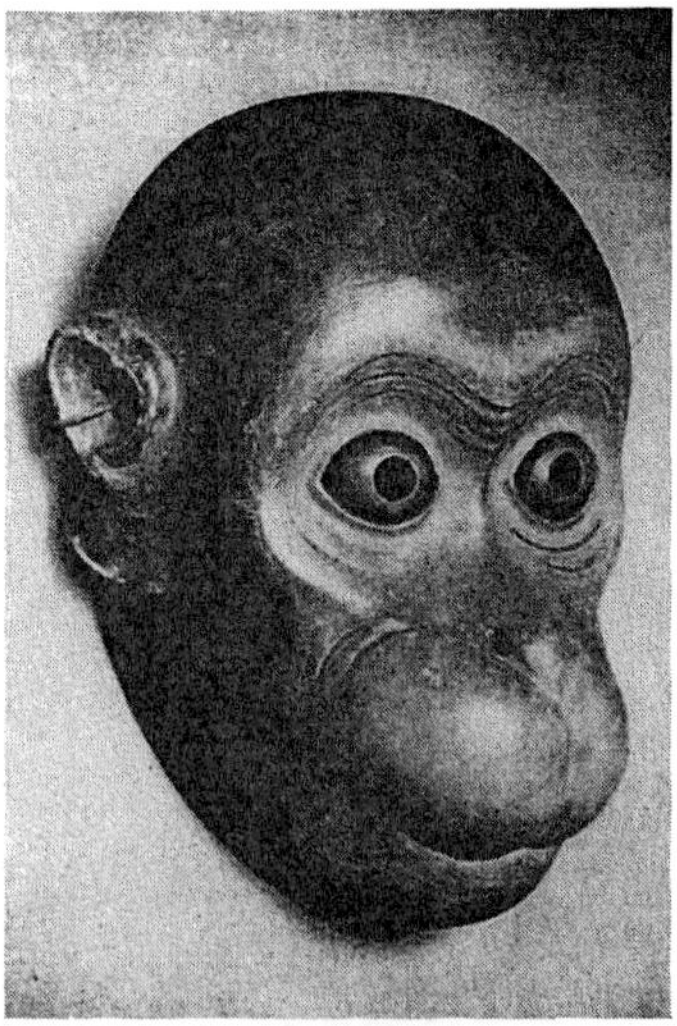

猿《さる》
猿

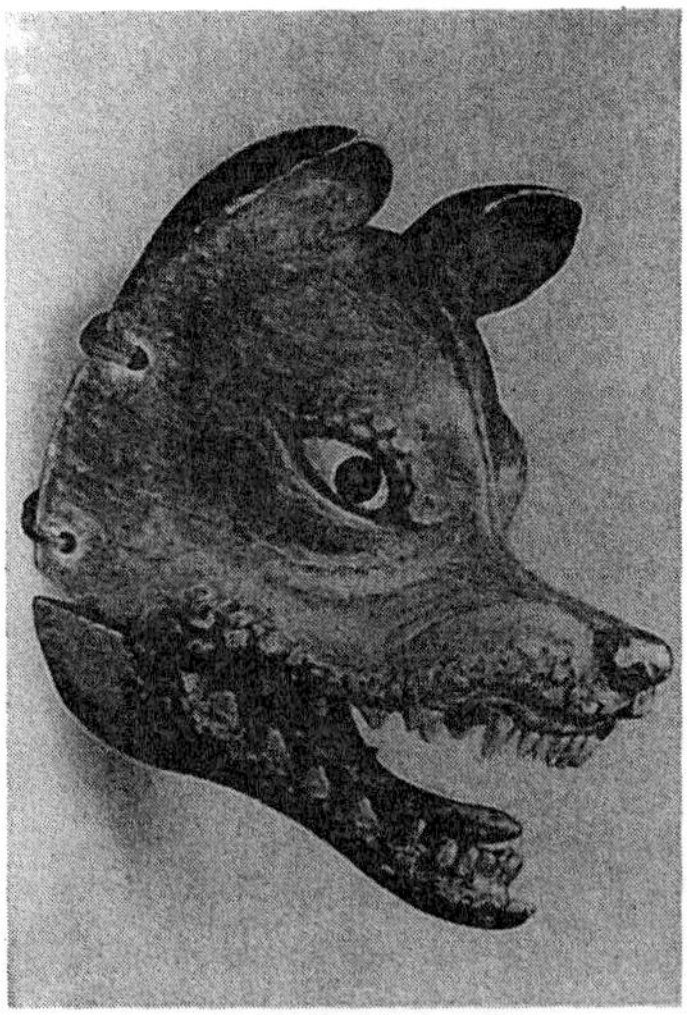

狐《きつね》
古狐(釣狐の後ジテ専用)

六 仏体面

大《だい》黒《こく》
大黒天

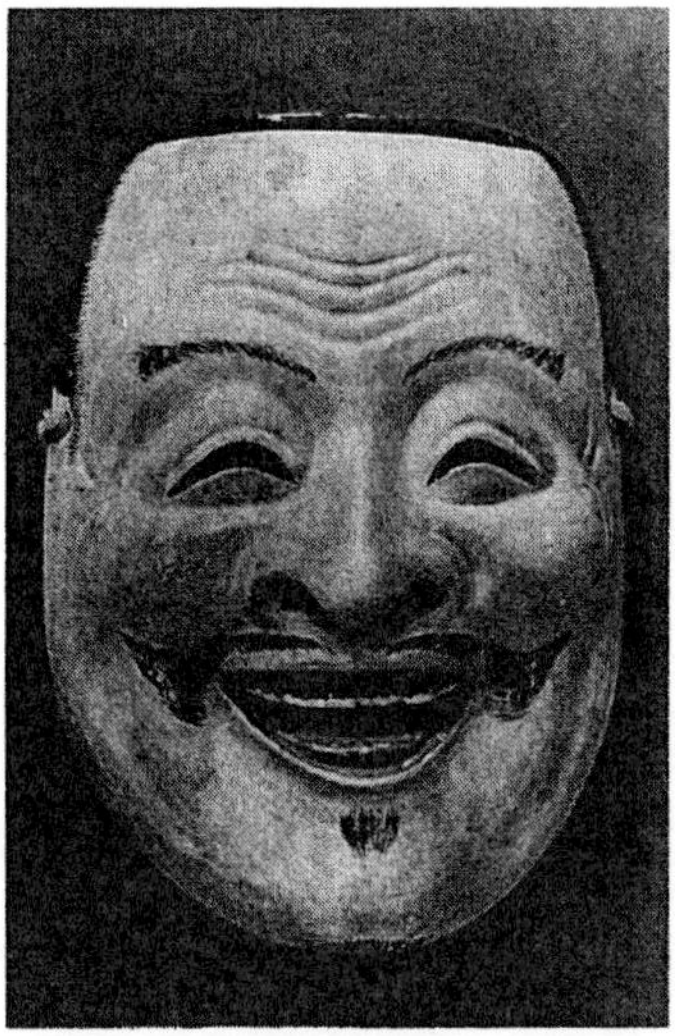

夷《えびす》(蛭子)
夷の神

C 式三番面

一 老体面

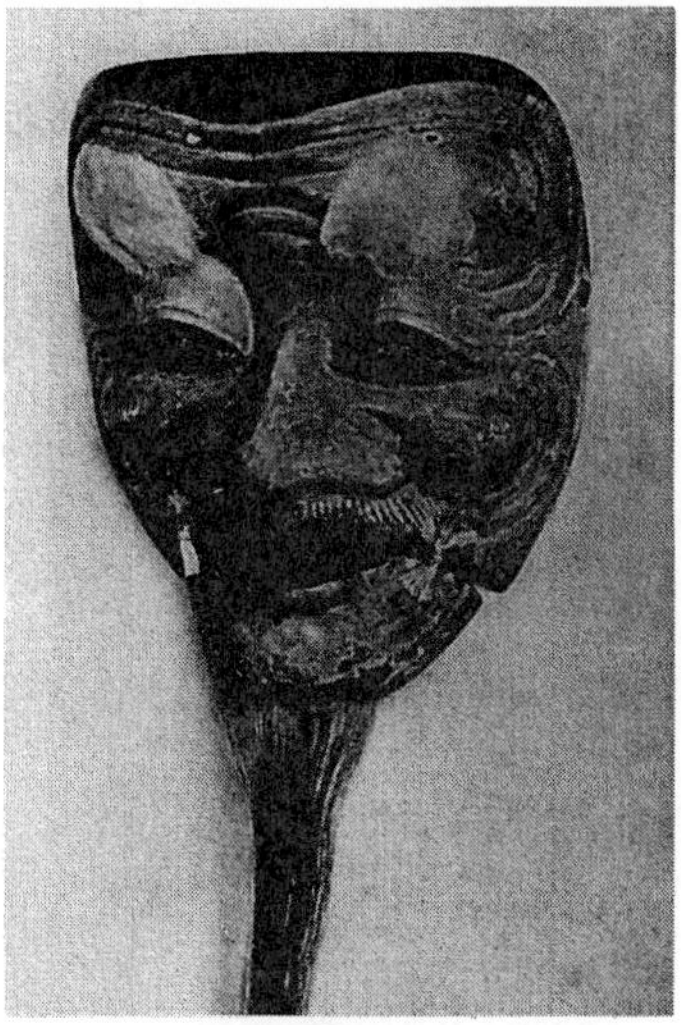

白式尉《はくしきじょう》(白色尉)
翁に専用

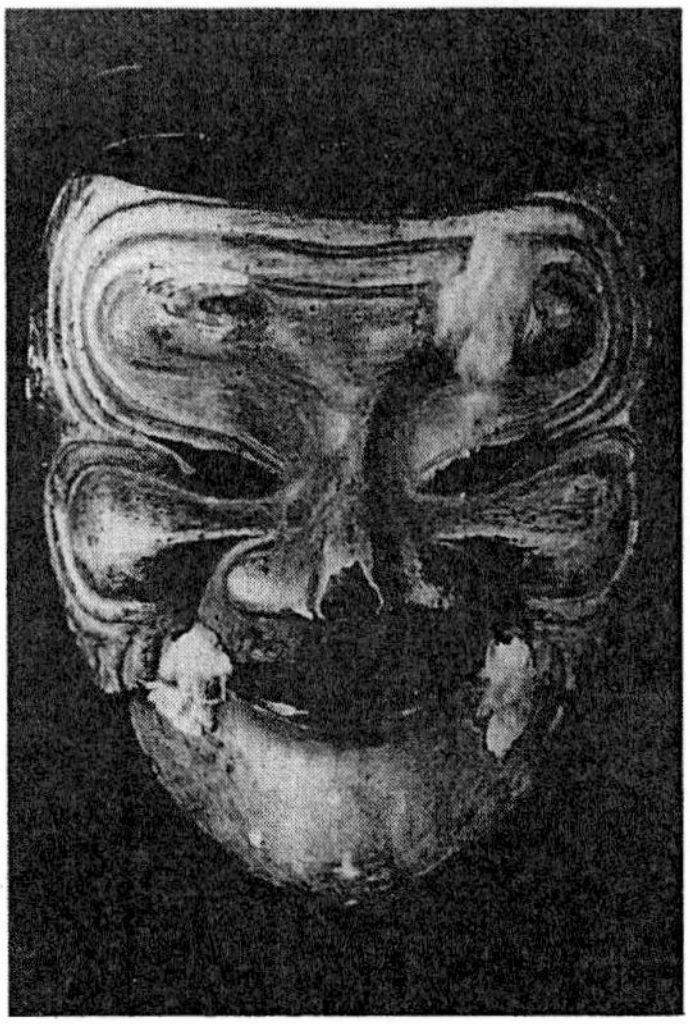

父《ちちの》尉《じょう》
父尉に専用

黒式尉《こくしきじょう》(黒色尉)
三番叟に専用

二　男体面

延命冠者《えんめいかんじゃ》(笑《えめい》冠《か》者《じゃ》)
父尉と連れ立つ延命冠者に専用

3 出立図録

凡例

一　この図録は、出立（いでたち）の主なものについて、その印象を具体的に理解するための資料として作成した。

二　それぞれの図には、三桁の通し番号（Aは001、Bは101から始めた）と出立名称を添記した。なお、その下に用途等に関する簡単な注記を加えた。

三　同じ出立でも、表着（うわぎ）の肩を上げるか上げないかといった違いや、持道具の種類やその有無などで、見た目の印象が変わるが、この図録では、その出立の基本となる形だけを示すことにした。ただし、「001着流尉出立A」については、水衣の肩を上げないものと上げたものの二図を掲げて、理解の助けとした。

四　この図録は『岩波講座 能・狂言 別巻 能楽図説』（横道萬里雄編）から転載した。

五　右の図録には次の九種の出立図が省略されている。それらについては同書を参照されたい。
044紫衣僧出立（ごく身分の高い僧。043参照）　071脱下女出立（妄執に苦しむ女の霊。008参照）　103乙御前出立A（不美人の若い女。104参照）　105御寮出立（剃髪した老女）　107素袍上下出立B（106参照）　117布羽織括袴出立（仕事着の庶民など。114・115参照）　121酔狂人出立（盗賊）　133鬼出立B（下級の鬼。132参照）　134閻魔出立（閻魔王）

A　シテ方・ワキ方の出立

一　現在体

1　老体

001　着流尉出立 A
（卑賤な老人）

001　同　右
（肩上ゲの姿）

002　着流尉出立 B
（異風の老人）

003　唐人尉出立
（唐人の老人）

004　大口尉出立
（脇能のシテの
品位ある老人）

005　老禰宜出立
（老人の神職）

2　女体

006　着流女出立
（貴賤一般の女）

007　唐人女出立
（唐人の女）

008 脱下女出立
（狂女など）

009 水衣女出立
（仕事着・旅装の女）

010 小壺折出立
（外出姿の女）

011 大壺折出立
（上臈）

012 妃出立
（王妃）

013 前折長絹出立 A
（舞の女）

014 前折長絹出立 B
（正装の白拍子）

015 姥出立
（老人の妻）

016 尼出立
（剃髪した女）

3 男体

017 老尼出立
（剃髪した老女）

018 水衣男出立 A
（卑賤の男）

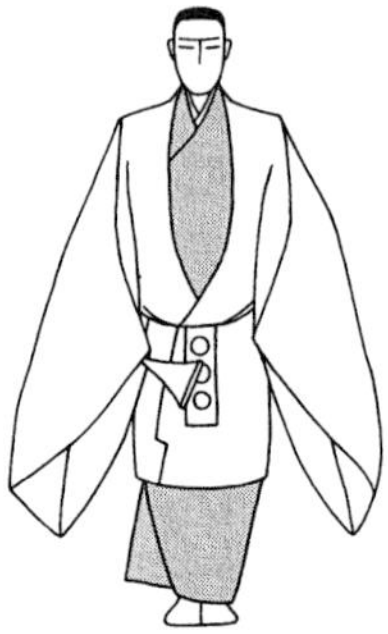
019 水衣男出立 B
（卑賤の男）

020 素袍上下出立
（従者・庶民）

021 掛素袍出立
（旅装などの男）

022 掛直垂出立
（一般の武士）

023 直垂上下出立
（役職の武士）

024 警護出立
（貴人の警護役）

025 輿舁《こしかき》出立
（輿の担い手）

026 陣立《じんだて》出立 A
（軍装の武将）

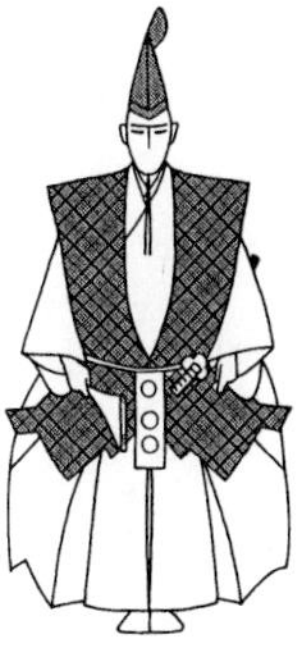

027 陣立出立 B
（軍装の武士）

028 斬組出立 A
（戦場の武士）

029 斬組出立 B
（戦場の武士）

030 風折長絹出立
（公家・高位の武将）

031 風折狩衣出立
（公家・高位の武将）

032 初冠狩衣出立
（帝王・高位の公家）

033 大口モギ胴出立
（身分ある囚人）

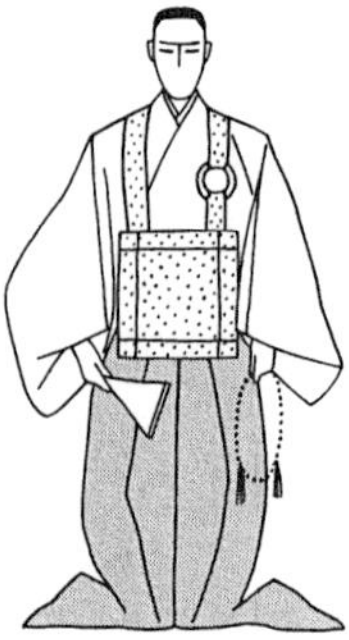

034 長袴モギ胴出立
（仏事を営む男）

035 大臣出立
（脇能のワキの廷臣・
脇能のワキの神職）

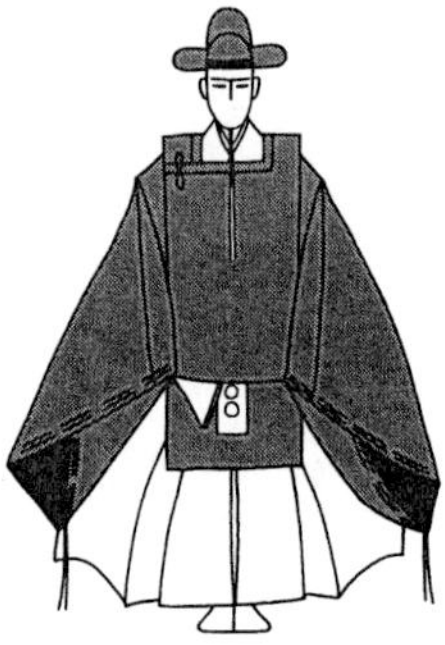

036 唐冠出立
（唐土の貴人・
神代の貴人）

037 洞烏帽子出立
（廷臣）

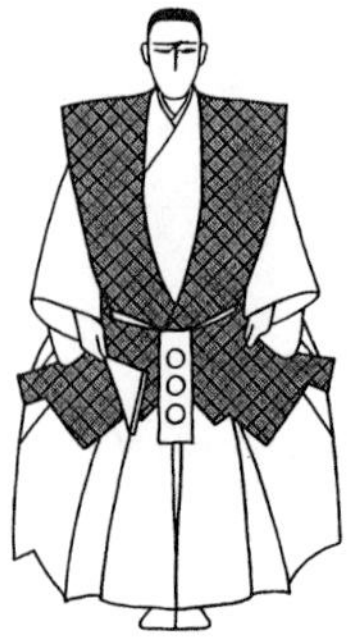

038 唐人出立 A
（一般の唐人）

039 唐人出立 B
（品位のある唐人）

040 禰宜出立
（神職）

4 法体

041 着流僧出立
（一般の僧）

042 大口僧出立
（品位のある僧）

043 沙門僧出立
（身分の高い僧）

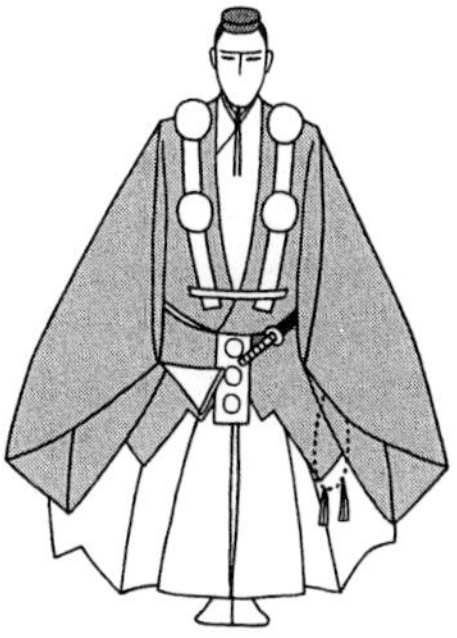

045 山伏出立
（山伏）

046 沙門法被出立
（武装した僧体の男）

047 頭巾法被出立
（武装した僧体の男）

5 童形体

048 喝食大口出立
（美男子の寺院芸能者）

049 喝食腰巻出立
（神性ある美男子）

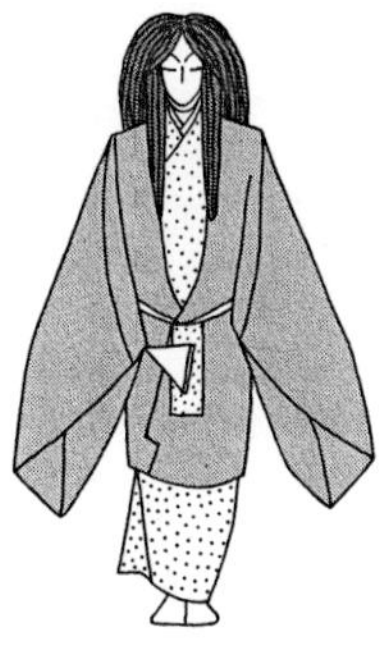

050 着流童子出立
（神性ある童形の化身）

6 異形体

051 怪士着流出立
（異形の化身）

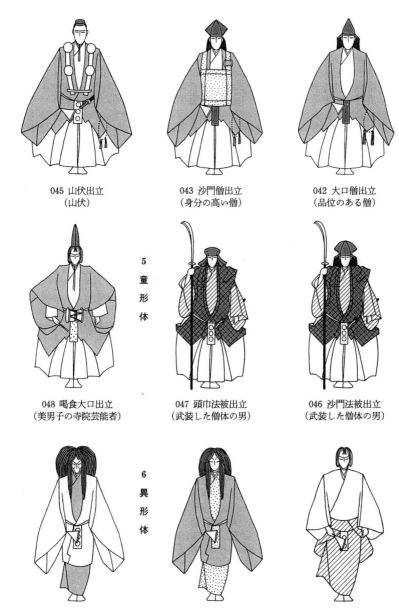

7 少童体（子方出立）

052 唐織着流出立
（貴賤一般の少女）

053 大口モギ胴出立
（強さのある少年）

054 長袴モギ胴出立
（貴賤一般の少年）

055 長絹大口出立
（貴公子の少年）

056 小結《こゆい》長絹出立
（貴公子の少年）

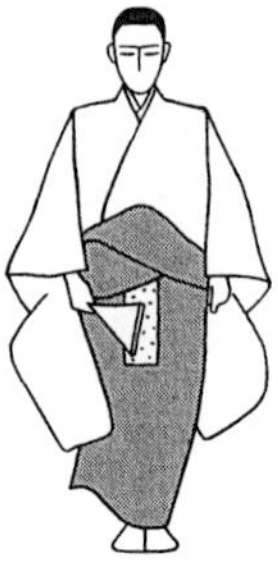

057 腰巻モギ胴出立 A
（卑賤の少年）

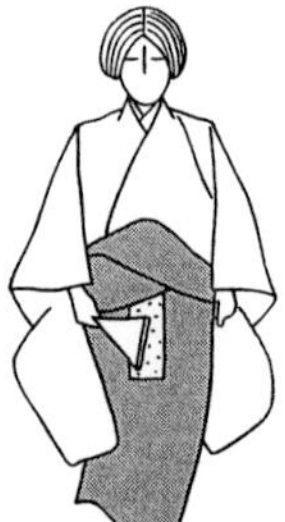

058 腰巻モギ胴出立 B
（卑賤の少年）

二 常相の霊体

1 老体

059 老神出立
（老体の神）

2 女体

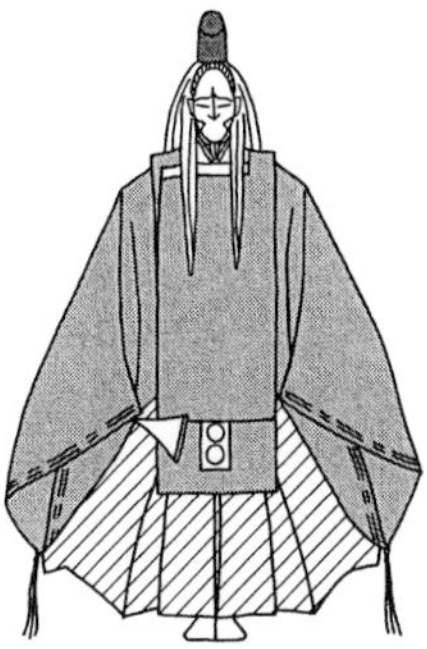

060 老精出立
（老体の草木の精）

061 唐帽子狩衣出立
（唐土の高僧などの霊）

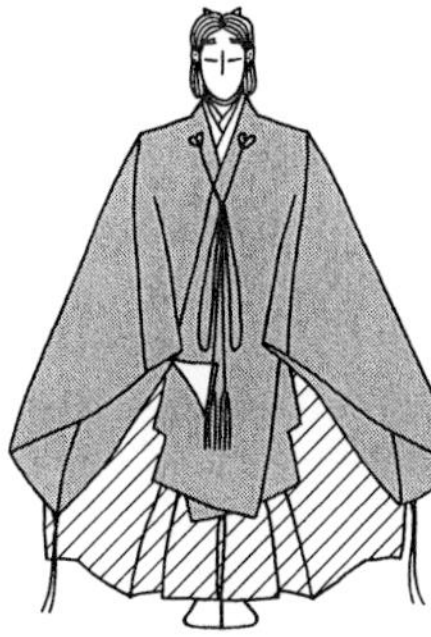

062 長絹大口出立
（貴族女性の霊）

063 前折長絹出立
（白拍子の霊）

064 初冠長絹出立
（男装した霊体の女）

065 風折長絹出立
（男装した霊体の女）

066 女神出立
（女体の神・天女）

067 龍女出立
（龍女）

068 天人出立
（天人）

069 大壺折出立
（遊女などの霊）

070 妃出立
（王妃の霊）

072 痩女出立
（地獄の苦を受ける女）

3 男体

073 男神出立 A
（若い男体の神）

074 男神出立 B
（優美な男体の神）

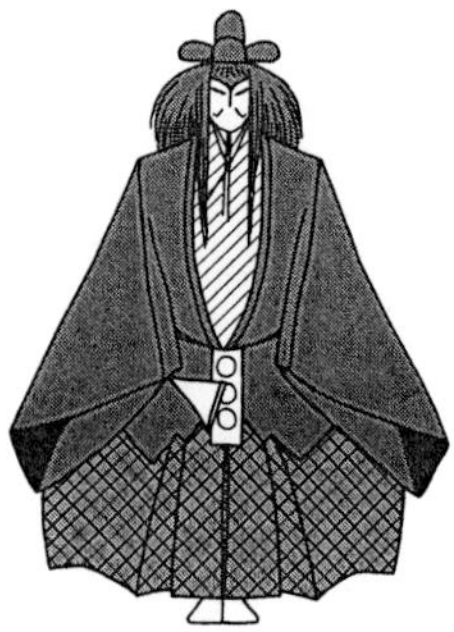

075 力神出立
（荒々しい男体の神）

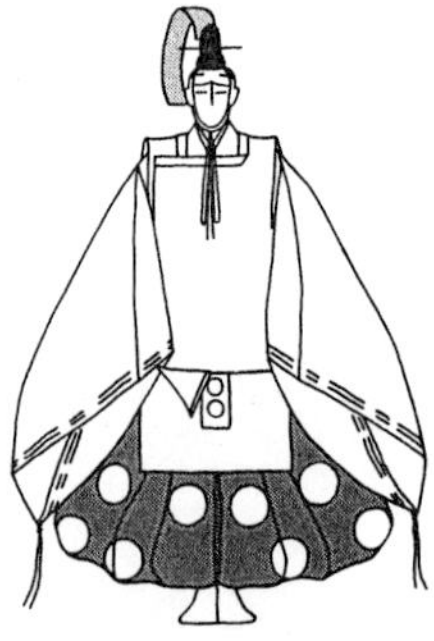

076 遊士出立
（帝王・公家の霊）

077 天神出立
（天部の神・神代の神）

4 軍体

078 荒武者出立
（勇壮な武者の霊）

5 童形体

079 優武者出立
（優美な武者の霊）

6 砕動体

080 慈童出立
（不死の仙童）

081 痩男出立
（地獄の苦を受ける男）

三 異相の霊体

1 老体

082 怪士法被出立
（地獄の苦を受ける男）

083 鳥兜出立
（厳めしい老体の神）

2 女体

084 悪尉法被出立
（地獄の苦を受ける老人）

085 老龍出立
（老体の龍神）

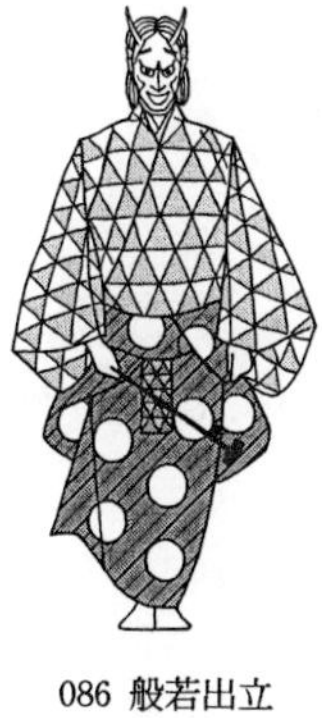

086 般若出立
（人を襲う鬼女）

3 力動体

087 小飛出出立
（異相の畜類）

088 大飛出出立
（豪快な異相の神）

089 龍神出立
（龍神）

090 小癋見出立 A
（威力ある異相の神）

091 小癋見出立 B
（善意の鬼・猛
者の異人の霊）

092 天狗出立
（天狗）

093 顰《しかみ》出立
（人を襲う悪鬼）

B 狂言方の出立

1 老体

101 祖父出立
（老人）

2 女体

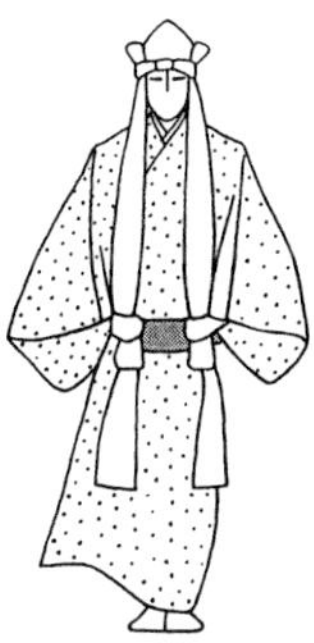

102 女出立
（一般の女）

3 男体

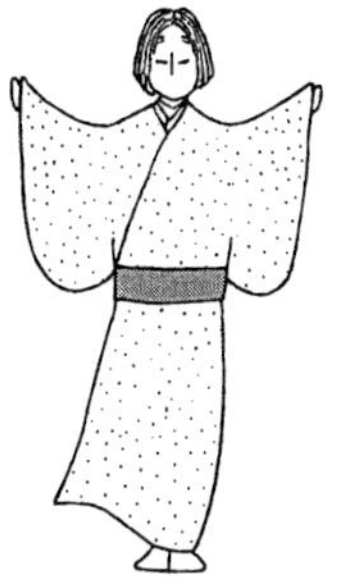

104 乙御前《おとごぜ》出立 B
（不美人の若い女）

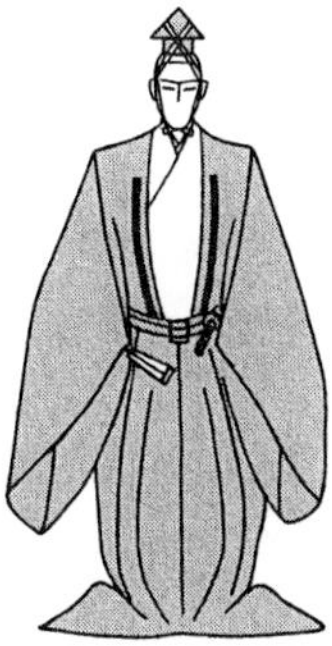

106 素袍上下出立 A
（正装の武士など）

108 大名出立
（大名）

109 下袴モギ胴出立
（衣服を脱いだ大名）

110 官人出立
（下級の廷臣）

111 禰宜出立
（下級の神職）

112 年貢役出立
（年貢上納の百姓）

113 長上下出立
（武士・上級の庶民）

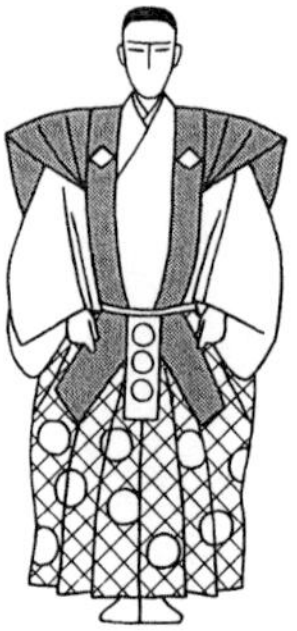

114 半上下出立
（下人・庶民）

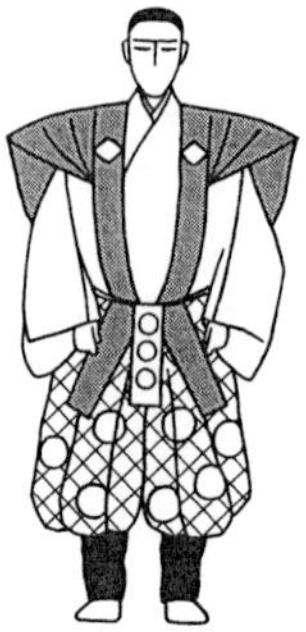

115 肩衣括袴出立
（旅装の庶民など）

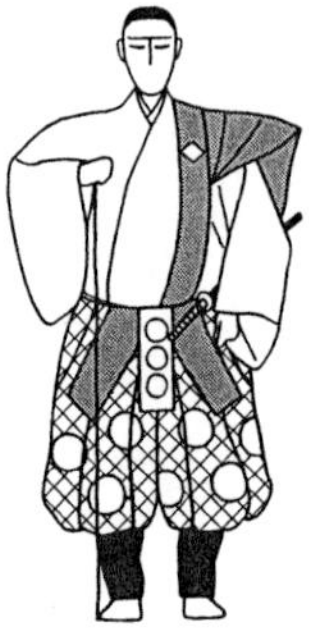

116 早打出立
（布令役の下人）

118 山立《やまだち》出立
（盗賊・仕事着の百姓など）

119 布羽織半袴出立
（遊民ふうの男）

120 小袖壺折出立
（風雅めいた男）

4 法体

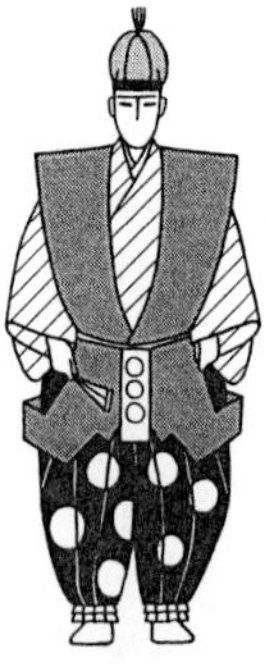

122 唐官人出立
（唐土の下級廷臣）

123 長衣《ながごろも》出立
（寺の住持）

124 十徳出立
（一般の僧）

125 能力《のうりき》出立
（旅僧・寺男）

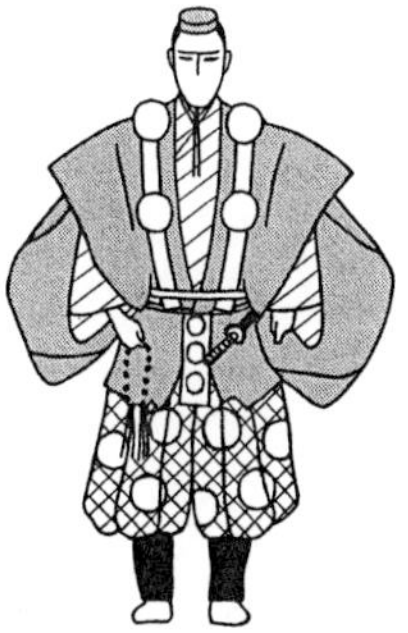

126 山伏出立
（山伏）

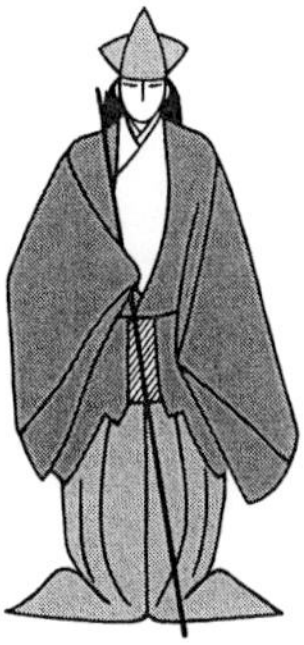

127 勾当出立
（身分のある盲人）

5 異形体

128 座頭出立
（一般の盲人）

129 末社出立
（末社の神）

130 精出立
（物の精・畜類）

131 小天狗出立
（天狗の配下）

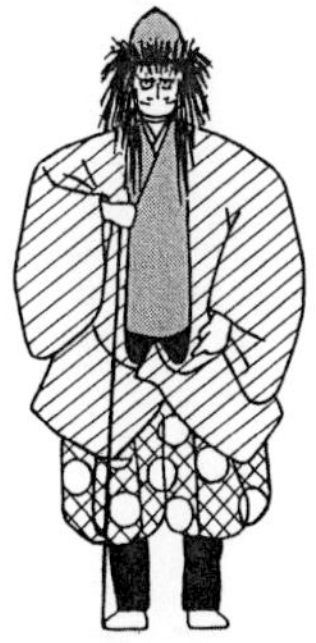

132 鬼出立 A
（一般の鬼・閻魔）

4 用語一覧

一　能に関する用語について、基礎的なものを取り上げ、以下に簡単な解説を付して、一覧とした。
二　項目は現代仮名遣いによる五十音順に配列した。
三　演目名は代表的なもののみを記した。

あ　行

間狂言《あいきょうげん》　能の演目で狂言役者が登場人物に扮する役。アイとも言う。古くは「ヲカシ」とも言った。語リ間のように前場と後場を繋ぐ中入間（なかいりあい）と、戯曲進行に直接関係する会釈間（あしらいあい）に大別される。

相舞《あいまい》　二人またはそれ以上の役が同時に同じ舞をまう演出。

赤頭《あかがしら》　赤く染めた長い仮髪。天狗や鬼など超人的な役に用いる。

悪尉《あくじょう》　老人の面。いかめしい老体の神や霊に用いる。

悪尉物《あくじょうもの》　シテが悪尉面をつける演目の総称。例、「白鬚」「難波」など。

上歌《あげうた》　高音域の旋律を主とした小段。リズムは明確(平ノリ型)で、囃子は大鼓、小鼓中心。代表的な小段のひとつ。謡う役や一曲中の位置などはさまざまで、一曲中に数回用いられるのが普通。文章は七五調が中心。登場人物の心情や感慨を述べたり、叙景的な内容が多い。

上ゲ扇《あげおうぎ》　顔の前に出した開いた扇を、三歩下がりながら引き上げ、右に下ろす所作。舞などの初段や、舞グセの上ゲ端（あげは）などで用いられる。基礎単元のひとつ。

上ゲ端《あげは》　地謡が歌い進めていくクセの中程で、シテ(まれにワキ)が高音で謡う一句。

揚幕《あげまく》　橋掛リと鏡ノ間との境に垂らした緞子の幕。切幕ともいう。

朝倉尉《あさくらじょう》　鼻下、唇下、顎と三段に植毛のある尉面。「阿漕」などの庶民的な老人の役に用いる。

足拍子《あしびょうし》　舞台の床を音を立てて踏む所作。基礎単元のひとつ。

アシライ歩ミ《あしらいあゆみ》　脇能の前ジテ・前ヅレが橋掛リから本舞台に入る時奏される小段。一セイ二ノ句の後に位置し、主に大鼓、小鼓で奏する。

アシライ出シ《あしらいだし》　女の役などが静かに登場する小段。主に大鼓、小鼓で奏する。例、「大原御幸」など。

アシライ中入《あしらいなかいり》　女の役などが静かに中入りする小段。主に大鼓、小鼓で奏する。例、「柏崎」「班女」など。

アシライ物着《あしらいものぎ》　女の役が舞台上で静かに扮装を変える小段。主に大鼓、小鼓で奏する。「杜若」や「柏崎」などで用いる。

梓《あずさ》　梓巫女が清めのために謡う小段。現行曲では「葵上」だけに用いる。

厚板《あついた》　厚板の生地を用いた小袖。男女ともに、主として着付に用いる。

後座《あとざ》　本舞台と鏡板の間の囃子方や後見(こうけん)が座る部分。幅三間、奥行一間半というのが平均値。板が本舞台とは直角に張られているので横板ともいわれる。

怪士《あやかし》　武将の霊や異形の化身役に用いる男面。例、「鵺」など。

荒神物《あらがみもの》　荒々しい神を主人公とする演目の総称。脇能物の一種。例、「賀茂」「竹生島」など。

アラヤナ《あらやな》　感嘆の気持ちを表す謡の小段。リズムが明確でない。例、「芭蕉」「山姥」など。

安座《あんざ》　両膝を平らにして座る所作。基礎単元のひとつ。

居語リ《いがたり》　間狂言が舞台中央に座って物語をする演出。「井筒」「夕顔」など例が多い。→夢幻能。

居グセ《いぐせ》　シテなどが舞台中央に座ったままでクセを演じる演出。

イサミグリ《いさみぐり》　勇躍した気分などを表すクリ形式の謡を主とした小段。「忠度」などで用いる。

一畳台《いちじょうだい》　高さ八寸、広さ一畳の台形の道具。山や宮殿、壇などさまざまなものを表す。基礎の能道具のひとつ。

一ノ松《いちのまつ》　橋掛リ前方の松のうち、一番舞台に近い松。

一セイ《いっせい》　高音域で七五調の謡を主とした小段。リズムが明確でなく、大鼓、小鼓で奏する。謡う役や一曲中の位置などはさまざま。一声の直後に位置することが多い。代表的な小段のひとつ。

一声《いっせい》　さまざまな役の登場に用いる小段。笛、小鼓、大鼓でリズミカルに奏する。代表的な小段のひとつ。

一セイ崩シ《いっせいくずし》　一セイの末尾のフシを崩した小段。舞の直前などに多い。例、「高砂」など。

井筒《いづつ》　「井筒」や「玉井」に用いる、井戸をあらわす道具。

出立《いでたち》　被り物、仮髪、面、装束、持チ物で構成される扮装類型。→出立図録。

祈リ《いのり》　怨霊や鬼女と、それを祈り伏せようとする山伏や僧侶の闘争を示す激しい小段。笛、小鼓、大鼓、太鼓で奏する。例、「葵上」「道成寺」など。

入端事《いりはごと》　役が中入りするときの囃子事小段の総称。

イロ《いろ》　フシとコトバとの中間的な節扱いを示す記号。「色」とも。また、綾をつけるように謡う技法。

色入《いろいり》　赤い色の入った装束。若い女性役であることを示す。紅入(いろいり)とも書く。

イロエ《いろえ》　女物狂などが静かに舞台を一巡する小段。笛、小鼓、大鼓で奏する。「花筐」や「楊貴妃」で用いる。流派によってはカケリや立回リとも呼ぶ。

イロエ出端《いろえでは》　異相の神などが登場する小段。笛、小鼓、大鼓、太鼓で奏し、笛はイロエに準じ、打楽器は出端に準ずる。「白鬚」などで用いる。

イロエ物着《いろえものぎ》　太鼓入りの物着で、現行曲では「現在七面」だけに用いる。

色無《いろなし》　赤い色の入らない装束。中年の女性であることを示す。紅無(いろなし)とも書く。

初冠《ういかんむり》　公家などの役が用いる冠。

動キ事《うごきごと》　役が感情を表現する小段の総称。抽象的な動きの舞事と、写実的な動きの働事がある。

謡事《うたいごと》　謡を主とし、囃子と所作で表現される小段(囃子や所作を伴わないものを含む)の総称。リズムが明確なもの、リズムが明確でないもの、コトバを主とするものがあり、全小段の半数以上を占めている。→囃子事。

打合働《うちあいばたらき》　天狗や鬼などが相互に格闘したりする小段。笛、小鼓、大鼓、太鼓で奏する。「皇帝」や「第六天」などで用いる。

打杖《うちづえ》　鬼や龍神などが持つ、相手を打ち据えるための小さな杖。

姥《うば》　品の良い老女の面。「高砂」のツレなど、神の化身である老女役などに用いる。

詠《えい》　詠吟風の、リズムが明確でない謡を主とした小段。

追打ノカケリ《おいうちのかけり》　「善知鳥」で、シテが杖をふるって鳥を打ち落とす様子を再現する小段。

老神物《おいがみもの》　老体の神を主人公とする演目の総称。脇能物の一種。例、「老松」「白楽天」など。

扇《おうぎ》　畳んだときに先が拡がる中啓(ちゅうけい)と、すぼまった鎮扇(しずめおうぎ)とがある。基礎の道具のひとつ。

黄鐘《おうしき》　能の笛の基本の調子。笛の七つの指孔のうち、下から四番目または五番目の孔で毎句終わるような旋律。→盤渉(ばんしき)。

黄鐘早舞《おうしきはやまい》　ものすさまじげな男の霊などが舞う小段。常の演出では観世流の「松虫」「錦木」のみに用いる。笛、小鼓、大鼓で奏する。

大口《おおくち》　前にひだがあり後ろは平らな袴。武将や僧侶などさまざまな役に用いる。

大鼓方《おおつづみかた》　大鼓を専門とする役者集団の総称。現在、葛野《かどの》流、高安流、石井流、大倉流、観世流の五流がある。

大ノリ《おおのり》　一字一拍を基本とする拍の位置が明確なリズム形式。

大ベシ《おおべし》　天狗や超人的な役が重々しく登場する小段。笛、小鼓、大鼓、太鼓で奏する。

男神物《おがみもの》　若い男神を主人公とする演目の総称。脇能物の一種。例、「高砂」「志賀」「養老」など。

オキゴト《おきごと》　さてはそうか……といった趣の短い謡を主とした小段。

置鼓《おきつづみ》　脇能などの冒頭に奏される小段。小鼓単独で奏し、必ず笛の音取(ねとり)を伴う。例、「玉井」など。→半開口。

置キ道具《おきどうぐ》　舞台上に一時的に置かれる能道具。作リ物の一種。

オクリ《おくり》　二個の拍で一句とする地。→本地(ほんじ)。

送リ込ミ《おくりこみ》　間狂言が悲嘆にくれる前ジテを幕まで送り届ける演出。例、「天鼓」「藤戸」など。

送リ笛《おくりぶえ》　夢幻能のシテなどが静かに中入りする小段。笛のみで奏する。例、「忠度」「浮舟」など。

お調べ《おしらべ》　囃子方が、開演前に鏡ノ間でそれぞれの楽器を奏し、調子を調べること。

男舞《おとこまい》　武士が颯爽と舞う小段。笛、小鼓、大鼓で奏する。例、「安宅」「盛久」など。

男物狂物《おとこものぐるいもの》　男物狂を主人公とする演目の総称。四番目物の一種。例、「蘆刈」「高野物狂」「歌占」など。

鬼退治物《おにたいじもの》　鬼退治を舞台化した演目の総称。五番目物の一種。例、「大江山」「紅葉狩」など。

鬼物《おにもの》　鬼畜類を主人公とする演目の総称。五番目物の一種。例、「鵜飼」「殺生石」「鵺」など。

面《おもて》　能面のこと。→能楽面図録。

女武者物《おんなむしゃもの》　女武者を主人公とする演目。二番目物の一種。現行曲では「巴」のみ。

か行

開口《かいこう》　脇能の冒頭で、ワキが当代賛美の特別な謡を独吟する特別演出で、以下「名ノリ・次第・上歌(道行)」と順序を入れ替えて進行する。→半開口。

替間《かえあい》　通常の演出とは異なる特殊な間狂言。大勢物や寸劇的なものが多い。

鏡ノ間《かがみのま》　橋掛リの奥にある部屋。大きな鏡があるのでこの名前がある。装束は楽屋で付けるが、面だけはこの部屋の鏡の前でつけ、心の準備をする。

カカル《かかる》　コトバからフシにかかることを示す記号。「カヽル」とも。なお、フシのなかで拍子不合から拍子合に移る場合にも用いる。

楽《がく》　唐人や異相の老神などが舞楽を模して舞う小段。笛、小鼓、大鼓で奏する大小物と、太鼓が加わる太鼓物がある。リズミカルで足拍子を数多く踏むのが特徴。「邯鄲」や「天鼓」などで用いられる。

神楽《かぐら》　巫女や女神が舞う小段。笛、小鼓、大鼓、太鼓で奏し、純神楽部分(前半)と準神舞部分(後半)からなる形式が普通。例、「三輪」「龍田」など。

掛合《かけあい》　役と役が交互に謡う、リズムが明確でない小段。非常に例が多い。

カケリ《かけり》　物狂いや武士の霊などが高ぶる心を示す小段。笛、小鼓、大鼓で奏し、途中で急激な速度の変化があるのが特徴。例、「隅田川」「花筐」「三井寺」「通盛」「八島」など。

風折烏帽子《かざおりえぼし》　立烏帽子の上部を斜めに折った烏帽子。黒色と金色の二種があり、さまざまな役に用いる。

鬘桶《かずらおけ》　漆塗りの円筒形の桶。登場人物の腰掛けなどに用いる。

鬘帯《かずらおび》　鬘の上から締める、金箔地に刺繡や縫いを施した細い帯。

鬘物《かずらもの》　三番目物の別称。美しい女性を主人公とするためという。→五番立。

鹿背杖《かせずえ》　超人的な役が用いる撞木杖。「恋重荷」「山姥」などで用いる。

伽陀《かだ》　声明の伽陀になぞらえて経文を唱える、拍子不合の小段。「当麻」などにある。

片グセ《かたぐせ》　クセと歌の中間的な形式の小段。例、「海士」「黒塚」(安達原)「竹生島」などにある。

片地《かたじ》　六つの拍で一句となる地。→本地(じぼん)。

語リ《かたり》　演目の背景にある物語をする、コトバを主とした小段。「朝長」「求塚」「隅田川」など例が多い。

語リ間《かたりあい》　シテが中入りしたのち、事件の概況や所に伝わる物語などをする間狂言。

羯鼓《かっこ》　遊芸人などが腰につけた羯鼓を打ちながら軽やかに舞う小段。笛、小鼓、大鼓で奏する。例、「花月」「自然居士」など。

羯鼓台《かっこだい》　羯鼓を乗せる台。例、「梅枝」「天鼓」など。

喝食《かっしき》　銀杏型の前髪の男面。「花月」「自然居士」「東岸居士」など半僧半俗の少年役に用いる。

鐘《かね》　「道成寺」で用いる釣り鐘の大型の道具。

上掛リ《かみがかり》　シテ方五流のうち、観世流と宝生流の総称。→下掛リ。

神舞《かみまい》　若い男神が明るく颯爽と舞う小段。笛、小鼓、大鼓、太鼓で奏する。脇能の代表的な舞のひとつ。例、「高砂」「志賀」など。

唐織《からおり》　綾織地に模様を浮織にした小袖。中国から渡来したのでこの名がある。代表的な装束のひとつ。

唐物《からもの》　中国の人物を主人公とする演目の総称。四番目物の一種。例、「邯鄲」「咸陽宮」「天鼓」など。

狩衣《かりぎぬ》　神や精、皇帝などが用いる丸襟・広袖の上衣。代表的な装束のひとつ。

キザシグリ《きざしぐり》　天変地異など異変を示すクリ形式の小段。例、「紅葉狩」など。

鬼女物《きじょもの》　鬼女を主人公とする演目の総称。四・五番目物の一種。例、「葵上」「黒塚」(安達原)「道成寺」など。

着付《きつけ》　上衣の下に着る小袖の総称。熨斗目、厚板、箔などがある。

貴人物《きにんもの》　天皇や風流貴公子などを主人公とする演目の総称。五番目物の一種。例、「融」「松山天狗」など。

砧《きぬた》　「砧」で用いる、布を叩いて伸ばす道具を模した能道具。

急ノ舞《きゅうのまい》　もっとも速度が速い舞の小段。笛、小鼓、大鼓で奏する大小物と、太鼓も加わる太鼓物がある。例、「道成寺」など。

狂言方《きょうげんかた》　能のアイや狂言のシテ・アド・後見などを担当する役者集団。現在、大蔵流と和泉流の二流がある。

狂女物《きょうじょもの》　狂女を主人公とする演目の総称。四番目物の一種。例、「柏崎」「隅田川」「班女」など。

キリ《きり》　演目の最後に置かれる謡を主とする小段。リズムは明確(平ノリ型)で、大鼓、小鼓が中心。後日談など結語的内容で、中音域を主とし、旋律の幅が少なく平板。

斬合物《きりあいもの》　斬り合いを趣向とした演目の総称。四番目物の一種。例、「烏帽子折」「夜討曾我」など。

斬組ミ《きりくみ》　武士達が斬り合う小段。主に大鼓、小鼓で奏する。流派によってはカケリともいう。例、「正尊」など。

切戸《きりど》　舞台右奥にある出入口。切戸口とか臆病口(おくびょうぐち)ともいう。

切能物《きりのうもの》　五番目物の別称。フィナーレ用のにぎやかでテンポの早い演目が多い。

公達物《きんだちもの》　源平の公達を主人公とした演目の総称。二番目物の一種。例、「敦盛」「清経」「俊寛」「朝長」など。

クセ《くせ》　南北朝時代の流行芸の曲舞を取り入れた定型の小段。リズムは明確(平ノリ型)で、大鼓、小鼓が中心。文章は七五調を基準とした叙事的韻文の楽曲で、一曲の中心部分に位置する。シテが舞台中央に座ったままの居グセと、立って舞う舞グセとがある。楽節は三節から成ることが多い。代表的な小段のひとつで、役柄もさまざま。能の見せどころ・聞かせどころのひとつ。

クツログ《くつろぐ》　後見座や常座などで客席に背を向け、一息つく所作。持チ物を取り替えたり、装束の乱れを直したりする。

クドキ《くどき》　嘆息・苦悩などを表す謡を主とした、拍子不合の小段。例、「葵上」など。

クリ《くり》　高音域で歌い上げる拍子不合の小段。普通四、五句から成り、サシ・クセの前に置かれることが多い。

クルイ《くるい》　狂乱を表す謡を主とする小段。リズムは明確(平ノリ型)だが、変化が豊か。例、「柏崎」「花筐」など。

車《くるま》　牛車を模した大型の道具。

車出シ《くるまだし》　「熊野」で車を舞台に運び出す小段。主に大鼓、小鼓で奏する。

黒頭《くろがしら》　黒く長い仮髪。男の幽霊や鬼、神霊的な少年役などに用いる。

黒垂《くろたれ》　神や武将の霊などが用いる仮髪。

芸尽物《げいづくしもの》　曲舞や羯鼓などさまざまな芸を見せる演目の総称。四番目物の一種。例、「花月」「自然居士」など。

劇能《げきのう》　人間の心理や葛藤などを中心に描いた演目の総称。例、「清経」「井筒」「砧」など。→風流能。

下ノ詠《げのえい》　和歌を低音域でしみじみと吟唱する、拍子不合の小段。例、「清経」「松風」など。

現在鬘物《げんざいかずらもの》　現し身の女性を主人公とする演目の総称。三番目物の一種。例、「千手」「熊野」など。

現在能《げんざいのう》　現実の時間の流れに従って物語が進行する演目の総称。→夢幻能。

後見《こうけん》　舞台後方に控えて、シテの演技や進行を補助する役。

後見座《こうけんざ》　向かって左奥の舞台上の位置。後見が座る場所。

小面《こおもて》　若い女性や高貴な女性役に用いる女面。代表的な能面のひとつ。

小書《こがき》　常の演出とは異なる特殊演出。曲名の左下に小さく書くことから、この名がある。

子方《こかた》　子供が演じる役種。ただし「船弁慶」の義経のように扮する役柄が子供とは限らない。

輿《こし》　貴人を乗せる輿を模した道具。輿舁二人が両脇から貴人の頭上に被せる。例、「海士」「蟬丸」など。

小尉《こじょう》　神の化身など、品格の高い老人や唐土の老人に用いる面。例、「高砂」「唐船」など。

小鼓方《こつづみかた》　小鼓を専門とする役者集団の総称。現在、幸流、幸清流、大倉流、観世流の四流がある。

小道具《こどうぐ》　木などで作り、保存して用いる能道具の総称。

異神物《ことがみもの》　異国の神を主人公とする演目の総称。初番目物の一種。例、「難波」「玉井」など。

五番立《ごばんだて》　江戸時代の上演形態等に準拠し、主に近代に通称された番組編成。翁・能五番・祝言能に狂言四番という構成。初番目脇能、二番目修羅能、三番目鬘能、四番目現在能、五番目鬼能などと、演能順に合った演目の分類にも用いられる。

五番目物《ごばんめもの》　五番立の五番目にふさわしい演目の総称。

小屋《こや》　萩小屋を表す大型の道具。例、「梅枝」「雲雀山」など。

金剛杖《こんごうづえ》　「安宅」の山伏が持つ杖。

さ 行

下リ端《さがりは》 神仙や大勢の人間が浮きやかに登場する小段。笛、小鼓、大鼓、太鼓で奏する。例、「猩々」「藤栄」など。

下リ端ノ舞《さがりはのまい》 「国栖」で、女体の神仙がのどかに舞う小段。笛、小鼓、大鼓、太鼓で奏する。

鷺乱《さぎみだれ》 「鷺」のシテが池辺を舞い遊ぶ趣の小段。笛、小鼓、大鼓、太鼓で奏する。

下歌《さげうた》 低音域の旋律の短い小段。リズムは明確(平ノリ型)で、囃子は大鼓、小鼓中心。代表的な小段のひとつで、非常に例が多い。上歌の前に位置することが多い。

サシ《さし》 文意を主にさらさらと謡う拍子不合の小段。七五調の韻文で、旋律やリズム感に乏しい。西洋音楽のレシタティーヴに近い趣き。代表的な小段で、例が多い。

誘イゼリフ《さそいぜりふ》 シテの物語などを誘い出す役割の、コトバを主とした小段。例、「井筒」など。

侍烏帽子《さむらいえぼし》 武士の役が用いる烏帽子。

侍物《さむらいもの》 現実の武士を主人公とする演目の総称。四番目物の一種。例、「安宅」「盛久」など。直垂舞物とも。

左右《さゆう》 左右の手を上げて左右に出る所作。基礎単元の一つ。

三ノ松《さんのまつ》 橋掛リ前方の松のうち、揚幕に一番近い松。

三番目物《さんばんめもの》 五番立の三番目にふさわしい演目の総称。

三老女《さんろうじょ》 能の最奥に位置すると言われる秘曲。流派により異同があるが「檜垣」「姥捨」「関寺小町」の三番をさすことが多い。

地謡《じうたい》 いわゆるコーラスに相当する役種。常に斉唱なのが特徴で、その統率者を地頭(じがしら)という。

汐汲車《しおくみぐるま》 「松風」で用いる汐汲みの桶を乗せる能道具。

シカケ《しかけ》 前に出ながら右手を目の高さにまで上げる所作。基礎単元の一つ。

四・五番目物《しごばんめもの》 四番目物と五番目物の中間的な性格の演目の総称。霊験物と鬼女物。例、「張良」「山姥」など。

獅子《しし》 霊獣獅子が戯れ遊ぶ様子を見せる豪快な小段。笛、小鼓、大鼓、太鼓で奏する。「石橋」「望月」「内外詣」の三番。うち「望月」「内外詣」の二番は獅子の芸能で、やや異なる。

無言事《しじまごと》 謡も囃子もなく、所作だけで構成される小段。

静カナル舞働《しずかなるまいばたらき》 「玉井」の老体の龍神が威厳を示して立ち働く小段。笛、小鼓、大鼓、太鼓で奏する。

次第《しだい》 代表的な小段のひとつで、謡事と囃子事の二種がある。①〔次第〕主としてさまざまな役の登場に用いる小段。リズムは明確ではなく、笛、小鼓、大鼓で奏する。直後に必ず②を伴う。②〈次第〉高音域で始まる謡を主とした短い小段。リズムは明確(平ノリ型)で、囃子は大鼓、小鼓が中心。登場歌のほか、クセの前などに序歌として用いられる。文章は七五調で、内容は行動意図や感慨などが多い。

シテ《して》　能や狂言の主役をさす述語。

シテ方《してかた》　能のシテやツレ、地謡、後見などを担当する役者集団の総称。観世流、宝生流、金春流、金剛流、喜多流の五流がある。

シテ柱《してばしら》　舞台四隅の柱のうち、向かって左奥の柱。シテがその傍らに常に立つため。

地拍子《じびようし》　謡や囃子のリズムを規制する法則。八個の拍で一句（一クサリ）とするのを原則とする。

下掛リ《しもがかり》　シテ方五流のうち、金春流、金剛流、喜多流の総称。→上掛リ。

シャベリ《しやべり》　間狂言で、末社の神や精、家来などの役が常座で立ったまま前場の経過などを独白する。

祝言物《しゆうげんもの》　「猩々」など祝言専一の趣の能。

執心物《しゆうしんもの》　現世に執心を残す霊を主人公とした演目の総称。四番目物の一種。例、「阿漕」「浮舟」など。

誦句《じゆく》　読経・念仏などの、拍子不合の小段。例、「実盛」など。

拄杖《しゆじよう》　僧侶が持つ杖。

修羅物《しゆらもの》　二番目物の別称。修羅道に堕ちた武者の霊を主人公とする。→五番立。

鐘楼《しゆろう》　鐘楼を模した道具。「三井寺」に用いる。

常座《じようざ》　舞台上の位置。シテ柱の傍らで、シテやツレなど一人で登場した役はここで謡い出すことが多い。名乗座とも言う。

正先《しようさき》　舞台上の位置。正面前方の白洲梯子の前。

猩々乱《しようじようみだれ》　「猩々」のシテが酔って海上を舞い遊ぶ趣の小段。笛、小鼓、大鼓、太鼓で奏する。

小段《しようだん》　脚本構造の基礎となる単位。謡事・囃子事・無言事（しじまごと）の三種がある。→小段解説一覧。

正中《しようなか》　舞台の中央。

上ノ詠《じようのえい》　和歌を高らかに吟唱する、拍子不合の小段。例、「葵上」「頼政」など。

序ノ舞《じよのまい》　女性や老人などが物静かに舞う小段。笛、小鼓、大鼓で奏する大小物と、太鼓も加わる太鼓物がある。例、「江口」や「西行桜」など。代表的な小段のひとつ。

序破急《じよはきゆう》　能の構成・演出などの基本理念。もとは雅楽用語。

白頭《しろがしら》　超人間的な存在で、年功を積んだ役に用いる白く長い仮髪。

皺尉《しわじよう》　頰に深い皺がある老人面。「西行桜」「放生川」など草木の精や老神などに用いられる。

真ノ一声《しんのいつせい》　脇能の前ジテ・前ヅレが荘重に登場する小段。主に大鼓、小鼓で奏する。

真ノ次第《しんのしだい》　脇能の大臣や神職などが颯爽と登場する小段。主に大鼓、小鼓で奏する。

真ノ序ノ舞《しんのじよのまい》　老神などが荘重に舞う小段。笛、小鼓、大鼓、太鼓で奏する。例、「白楽天」など。

真ノ来序《しんのらいじよ》　唐人の帝王が荘重に登場する小段。笛、小鼓、大鼓、太鼓で奏する。例、「邯鄲」など。

据道具《すえどうぐ》　舞台上に据え置く能道具。作リ物の一種。

素袍《すおう》　地模様の麻の単衣(ひとえ)装束。広袖の上着と長袴の上下一対からなる。

裾グセ《すそぐせ》　クセを承けた中音域主体の小段。リズムは平ノリ型。例、「紅葉狩」「采女」など。

角《すみ》　舞台上の位置で、向かって左前の場所。

角帽子《すんぼうし》　上部が三角形に尖り、背に長く垂らし、後頭部を紐で締めた帽子。僧侶の役に用いる。

精天仙物《せいてんせんもの》　草木の精や天仙を主人公とする演目の総称。三番目物の一種。例、「杜若」「芭蕉」「羽衣」など。

増女《ぞうおんな》　気高く品位のある女面。増とも。

総神楽《そうかぐら》　巫女や女神が舞う神楽形式の小段。笛、小鼓、大鼓、太鼓で奏する。例、「巻絹」など。↓神楽。

添エゴト《そえごと》　独白風に感慨を述べる拍子不合の小段。例、「通小町」など多数。

た　行

太鼓方《たいこかた》　太鼓を専門とする役者集団の総称。現在、観世流と金春流の二流がある。

太鼓物《たいこもの》　笛、小鼓、大鼓、太鼓で奏する演目の総称。ただし太鼓が入るのは一部分。

大小前《だいしようまえ》　舞台上の位置。大鼓と小鼓の前。

大小物《だいしようもの》　笛、小鼓、大鼓で奏する演目の総称。

大臣烏帽子《だいじんえぼし》　大臣役のワキが用いる烏帽子。

大臣柱《だいじんばしら》　脇柱の別称。

立チ方《たちかた》　演目の中で役に扮して演技をする役者の総称。シテ方、ワキ方、狂言方がある。

立チ木《たちき》　松や桜などの樹木をあらわす道具。

立衆《たちしゆう》　軍勢や随行人など、数人連れ立って登場する役。

立回リ《たちまわり》　女や武士などが静かに舞台上を回るイロエ以外の小段。笛、小鼓、大鼓で奏する大小物と、太鼓が加わる太鼓物がある。例、「百万」「夜討曾我」など。

立物《たてもの》　天冠や輪冠の上に載せ、その役の性格をあらわす品物。日輪や白蓮、龍、狐などがある。

段歌《だんうた》　上歌などいくつかの歌の類を数個つらねた小段。一曲の謡いどころ、舞いどころで、「枕ノ段」などと呼ばれることが多い。例、「海士」「葵上」など。

中上歌《ちゆうあげうた》　中音域で謡い出す上歌形式の小段。リズムは明確(平ノリ型)。例、「浮舟」など。「歌」とも。

中啓《ちゆうけい》　閉じたときにも先端が扇状に開いている扇。代表的な持チ物で、さまざまな役に用いる。

中将《ちゅうじょう》　貴人の霊や公達の霊に用いる若い男面。例、「融」「清経」など。

中ノ舞《ちゅうのまい》　さまざまな役に用いられる中庸な舞の小段。笛、小鼓、大鼓で奏する大小物と、太鼓も加わる太鼓物がある。すべての舞の基本とみなされる。例、「松風」「呉服」など多数。

中ノリ《ちゅうのり》　八八調、十六音節を基調とする詞章。二字一拍のリズム様式。勢いをつけて、サクサクと運ぶリズム的効果がある。世阿弥は「ハヤフシ」と呼んだ。

中ノリ地《ちゅうのりじ》　八八調を基準とする二字一拍のリズムの小段。武士などの霊が地獄の苦しみを見せたりする内容が多い。代表的な小段のひとつ。

長絹《ちょうけん》　舞を舞う女性や公達役に用いる広袖の上衣。代表的な装束のひとつ。

塚《つか》　墓や蜘蛛の塚などを現す作リ物。

着キゼリフ《つきぜりふ》　目的地に到着したことなどを述べる、短いコトバの小段。非常に例が多いが謡本では省略されていることが多い。

作リ物《つくりもの》　竹などを素材に作成する能道具の総称。

繋ギ事《つなぎごと》　小段と小段とを繋ぐ役割の小段の総称。

強吟《つよぎん》　主として厳粛・勇壮などの感情を表現するときに用いる謡の音階・発声法。流派によっては剛吟とも。→弱吟。

ツレ《つれ》　シテに連れ立つ役。

泥眼《でいがん》　上下の歯列と白眼に金泥を施した女面。「葵上」などのような怨霊や、「海士」の菩薩の役などに用いる。

出入事《でいりごと》　立チ方が舞台に登場、または退場する小段の総称。出端事（ではごと）と入端事（いりはごと）がある。

出端《では》　神仙や霊などの登場に用いる小段。笛、小鼓、大鼓、太鼓で奏する。「賀茂」「白鬚」「殺生石」「女郎花」など非常に例が多い。古く「太鼓一声」とも呼んだ。

出端事《ではごと》　立チ方が舞台に登場する小段の総称。

天冠《てんがん》　女神や天女などが用いる冠。役により日輪や白蓮など立物（たてもの）が異なる。

天狗物《てんぐもの》　天狗を主人公とする演目の総称。五番目物の一種。例、「鞍馬天狗」「善界」など。

天女ノ舞《てんにょのまい》　女体の神仙などが軽やかに舞う小段。笛、小鼓、大鼓、太鼓で奏する。例、「竹生島」「玉井」など。

唐冠《とうかんむり》　皇帝や鬼神などの役に用いる黒い冠。

トメ拍子《とめびょうし》　演目の最後に踏む足拍子。常座でシテが二つ踏むことが多い。

トリ《とり》　四個の拍で一句とする地。文意を強調する場面などに多い。→本地（ほんじ）。

鳥居《とりい》　鳥居を模した大型の道具。例、「野宮」など。

鳥甲《とりかぶと》　楽を舞う役などが用いる錦製の被り物。例、「梅枝」「富士太鼓」など。

な　行

中入《なかいり》　複式能で、前ジテなどが幕や作リ物に入る演出。

中入場《なかいりば》　複式能で、前場と後場とを繋ぐ部分。間場（あいば）とも。

中入来序《なかいりらいじょ》　→来序。

名ノリ《なのり》　登場した人物が、名前や登場理由・行動予告を述べるコトバの小段。

名ノリグリ《なのりぐり》　内容的には名ノリの、クリ形式の小段。

名ノリザシ《なのりざし》　内容的には名ノリの、サシ形式の小段。

名ノリ笛《なのりぶえ》　冒頭のワキの登場を笛だけで奏する小段。直後に名ノリがある。「鸚鵡小町」や「三輪」「張良」「熊坂」など非常に例が多い。

習イ《ならい》　奏演に特別の技法の伝授を必要とすること。

習ノ一声《ならいのいっせい》　「定家」「檜垣」などの後ジテが作リ物の中から謡い出す前に奏する小段。

習ノ次第《ならいのしだい》　「卒都婆小町」などのシテが物静かに登場する小段。

二重詠《にじゅうえい》　低音域一句、高音域一句からなる詠形式の小段。舞の序歌に多い。

二段グセ《にだんぐせ》　上ゲ端が二カ所ある長大なクセ。例、「山姥」「杜若」など。

二ノ松《にのまつ》　橋掛リ前方の松のうち、真ん中の松。

二番目物《にばんめもの》　五番立の二番目にふさわしい演目の総称。

女菩薩物《にょぼさつもの》　菩薩を主人公とする演目の総称。五番目物の一種。例、「海士」「当麻」など。

人情物《にんじょうもの》　親子の再会など人情を主題とする演目の総称。四番目物の一種。例、「景清」「俊寛」など。

縫箔《ぬいはく》　無地の平絹に色糸で刺繡した小袖。

脱下ゲ《ぬぎさげ》　小袖の右袖を脱いで後ろに下げた着装法。旅姿や仕事姿をあらわす。

音取《ねとり》　冒頭に笛だけで奏する一種の序曲。必ず小鼓の置鼓が併奏される。音取置鼓とも。

念仏《ねんぶつ》　念仏を唱える形式の小段。例に「隅田川」など。

能道具《のうどうぐ》　面、装束、小道具、作リ物など舞台で用いる道具の総称。

能舞台《のうぶたい》　能および狂言の専用舞台。三間四方の本舞台に、地謡座、後座、橋掛リが接続し、鏡ノ間を経て後方に楽屋がある。観客が三方から舞台を囲む張り出し舞台が特徴。

熨斗目《のしめ》　生糸と練り糸で織った小袖。主に着付に用いる。

後ジテ《のちじて》　複式能の後半部のシテ。→前ジテ。

後場《のちば》　複式構造の演目の後半部分。

ノット《のっと》　神職が祝詞を奏する、拍子不合の小段。例に「蟻通」など。

ノリコトバ《のりことば》　狂女などが興奮して「いかに……」と言いかけ

る趣の、コトバを主とした小段。例に「柏崎」など。

ノリ地《のりじ》　リズムが明確な四四調の謡を主とした小段。神や鬼などの登場部分や舞の前後などに例が多い。代表的な小段のひとつ。

乗リ道具《のりどうぐ》　輿や車、舟などの乗り物を現す能道具。作リ物の一種。

は　行

箔《はく》　小袖装束のひとつ。無地の平絹に金や銀の箔で模様を摺りだした摺箔(すりはく)と、色糸で刺繡を加えた縫箔(ぬいはく)とがある。

運ビ《はこび》　最も基本的な所作。歩くこと。運歩。

橋掛リ《はしがかり》　舞台向かって左側、鏡ノ間に繋がる場所。単なる通路ではなく、演技をする場所でもある。

働事《はたらきごと》　狂乱や闘争などを現す表意的な動きを主とした小段。

法被《はっぴ》　鬼神や霊役などに用いる広袖の上衣。

破ノ舞《はのまい》　女の霊や女体の神仙などが軽やかに舞う短い小段。笛、小鼓、大鼓で奏する大小物と、太鼓も加わる太鼓物がある。例、「野宮」「羽衣」など。

囃子方《はやしかた》　楽器を担当する役者の総称。笛、小鼓、大鼓、太鼓の楽器ごとに専門が分かれている。

囃子事《はやしごと》　囃子と所作とで表現される小段の総称。舞台への登場・退場である出入事、抽象的な動きの舞事、表意的な動きの働事、短い繋ギ事がある。→謡事。

早鼓《はやつづみ》　武士が決意を秘めて中入りし、入れ代わりに別役が急いで登場する小段。大鼓と小鼓で奏する。例、「張良」「夜討曾我」など。

早笛《はやふえ》　龍神や異相の神などが勇壮に登場する小段。笛、小鼓、大鼓、太鼓で奏する。例、「船弁慶」「夜討曾我」など。

早舞《はやまい》　公家の霊や女の霊がのびやかに舞う小段。笛、小鼓、大鼓、太鼓で奏する。笛が盤渉基調なのが特殊。例、「融」など。

半開口《はんかいこう》　脇能の冒頭で、ワキが置鼓で登場してすぐ名ノリを謡う演出。例、「玉井」(観世流)など。

半切《はんぎり》　緞子や金襴地に大模様を織りだした短い袴。天狗や鬼、武将の霊などに用いられる。

盤渉《ばんしき》　黄鐘より高い笛の調子。常の演出では早舞のみ。→黄鐘(おうしき)。

般若《はんにゃ》　角の生えた鬼面。例、「道成寺」「葵上」「黒塚」(安達原)の鬼女に用いる。

半能《はんのう》　脇能・切能などの前半を省略する演出。

引立大宮《ひきたておおみや》　一畳台の四隅に竹柱を立てた、宮殿や宿屋をあらわす道具。舞台上で組み上げるのでこの名がある。例、「邯鄲」など。

引回シ《ひきまわし》　塚や小屋などの周囲を覆う緞子の布。所定の箇所で後見が静かに下ろして、中にいるシテの姿を見せることが多い。

直垂《ひたたれ》　礼装の武士の装束。広袖の上衣と長袴からなる上下で、背中と両袖に菊綴がある。

直垂舞物《ひたたれまいもの》　現し身の武士を主人公とする演目の総称。例、「安宅」「小督」「小袖曾我」「盛久」など。

直面《ひためん》　面をつけず、素顔で演じること。

美男物《びなんもの》　「小塩」のように美男子を主人公とする演目の総称。三番目物の一種。

ヒラキ《ひらき》　後方へ下がりながら腕を左右に開く所作。基礎単元の一つ。

平ノリ《ひらのり》　七五調一句、十二音節を基調とする各句を八拍子に割り当てる謡のリズム法則。能独特のリズムで、変化に富む。基本のリズム。

拍子合《ひょうしあい》　謡の拍の位置が明確に意識されるリズム様式。

拍子不合《ひょうしあわず》　謡の拍の位置が明確でないリズム様式。

笛方《ふえかた》　笛を専門とする役者集団の総称。現在、一噌流、森田流、藤田流の三流がある。

笛座前《ふえざまえ》　舞台上の位置。笛の前。

笛柱《ふえばしら》　舞台四隅の柱のうち、向かって右奥笛の傍らの柱。

深井《ふかい》　中年の女性を示す女面。

複式能《ふくしきのう》　中入りをはさんで前後二場以上に分かれる演目の総称。

諷誦《ふじゅ》　諷誦文を読み上げる趣の謡を主とした小段。例、「自然居士」など。

舟《ふね》　三尺四方の台輪の前後にU字形に竹をつけ、舟を模した作り物。帆掛け舟や篝火付きなど数種ある。例、「船弁慶」「通盛」「唐船」など。

文《ふみ》　手紙の文面を読む形式の、コトバを主とした拍子不合の小段。例に「熊野」など。

風流能《ふりゅうのう》　人間の心理や葛藤などを描くことよりも、見た目の面白さや舞台上の華麗な動きを中心とした演目の総称。例、「花月」「玉井」など。

触レ《ふれ》　禁令や予告・通告などを触れ知らせるコトバを主とした小段。通常はアイの担当。

分離ノトリ《ぶんりのとり》　韻律上一句であるべきものの一部分を、曲節の変化のために、わざわざ引き離して別の句としたもの。例、「鳥は-池辺の樹に宿し」(「融」)。

本鬘物《ほんかずらもの》　美女の霊を主人公とする演目の総称。三番目物の一種。例、「井筒」「野宮」など。

本地《ほんじ》　八個の拍を一句とする地。基本の地。

本祝言物《ほんしゅうげんもの》　祝言専一の内容をもつ演目の総称。五番目物の一種。例、「石橋」など。

本舞台《ほんぶたい》　能舞台のうち、四隅の柱で囲まれた部分。単に舞台ともいう。京間三間四方が標準とされる。

ま行

舞グセ《まいぐせ》　クセの全部または一部を舞う演出。

舞事《まいごと》　囃子と所作から成る純粋な形式舞踊の小段の総称。

舞働《まいばたらき》　異相の神や鬼畜などが激しく立ち働く小段。笛、小鼓、大鼓、太鼓で奏する。例、「玉井」「賀茂」など。

前ジテ《まえじて》　複式能の前半部のシテ。→後ジテ。

前場《まえば》　複式構造の演目の前半部分。→後場（のちば）。

幕離レ《まくばなれ》　シテが幕からでること。

孫次郎《まごじろう》　﨟たけた色気のある女面。

待謡《まちうたい》　後ジテの登場を待ち受ける趣の小段。上歌の一種。

水桶《みずおけ》　水を入れる桶。「井筒」や「檜垣」などで用いられる。

水衣《みずごろも》　もっとも用途が広い広袖の上衣。労働着や旅姿を示すことが多い。

道行《みちゆき》　地名を織り込みながら道中の経過を謡う小段。上歌形式が多い。

宮《みや》　宮殿や社殿をあらわす大型の道具。幅三尺の小宮と一間の大宮がある。

夢幻能《むげんのう》　過去の物語の主人公の霊がワキの夢や幻想の中に現れる形式の演目の総称。舞台上の時間が、過去へ遡って行くのが特徴。能を代表する様式。→現在能。

女神物《めがみもの》　女神を主人公とする演目の総称。初番目物の一種。例、「右近」「呉服」など。

目付《めつけ》　舞台上の位置。向かって左前方の柱の傍ら。角ともいう。

目付柱《めつけばしら》　舞台四隅の柱のうち、向かって左前方の柱。

猛将物《もうしょうもの》　猛将を主人公とする演目の総称。五番目物の一種。例、「熊坂」「船弁慶」など。

持チ道具《もちどうぐ》　扇や刀など立チ方が手に持つ道具の総称。小道具と作リ物がある。

物着《ものぎ》　立チ方が舞台上で衣装を取り替える演出。

物狂能《ものぐるいのう》　恋慕や哀傷の気持ちが高じて狂乱状態になった人間を主人公とする演目の総称。男物狂と女物狂がある。

問答《もんどう》　コトバが主体の対話形式の謡の小段。

や行

屋形舟《やかたぶね》　屋形舟を模した道具。小宮または大宮の前後にU字型に竹をつけたもの。

役柄《やくがら》　皇帝、貴族、僧侶、猟師、芸人など、能に登場するさまざまな人物の総称。

役種《やくしゅ》　シテ、ツレ、ワキ、ワキツレ、立衆、子方、アイ。

八拍子《やつびょうし》　七五調一句を八個の拍に当てはめる、能のリズムの基本形式。

山《やま》　山や御陵、墓、塚などをあらわす作リ物。多くはシテが中入りする。「定家」や「隅田川」など例が多い。

勇士物《ゆうしもの》　勇士を主人公とする演目の一種。二番目物の一種。例、「兼平」「田村」「八島」など。

夜神楽物《よかぐらもの》　女神などが夜神楽を奏する演目の総称。四番目物の一種。例、「龍田」「三輪」など。

横板《よこいた》　後座(あとざ)の別称。

四番目物《よばんめもの》　五番立の四番目にふさわしい演目の総称。

読ミ物《よみもの》　漢文調の文書を読み上げる形式の、平ノリの特殊な小段。現行曲では「安宅」「木曾」「正尊」の三番。

弱吟《よわぎん》　主として優美・哀傷などの感情を表現する謡の音階および発声法。→強吟(つよぎん)。

ら　行

来序《らいじょ》　脇能や天狗物などの前ジテが中入りし、入れ代わりに末社の神などが登場する小段。笛、小鼓、大鼓、太鼓で奏する。「養老」や「竹生島」「大会」など例が多い。中入来序とも。

乱序《らんじょ》　獅子が豪快に登場する小段。笛、小鼓、大鼓、太鼓で奏する。

乱拍子《らんびょうし》　「道成寺」で白拍子が舞う特殊な小段。

乱拍子謡《らんびょうしうたい》　「道成寺」乱拍子の後半で謡い込む特殊な謡。

呂中干《りょちゅうかん》　笛の地の一種。呂、中、干、干ノ中の四種を繰り返すもので、舞に用いられる。

霊験物《れいげんもの》　神仏の霊験を見せる演目の総称。四・五番目物の一種。例、「国栖」「張良」など。

老女物《ろうじょもの》　老女を主人公とする演目の総称。三番目物の一種。例、「姥捨」「檜垣」「関寺小町」など。

老精物《ろうせいもの》　老人の草木の精を主人公とする演目の総称。三番目物の一種。例、「西行桜」「遊行柳」など。

老武者物《ろうむしゃもの》　老武者を主人公とする演目の総称。二番目物の一種。例、「実盛」「頼政」など。

ロンギ《ろんぎ》　役と役または役と地が交互に謡う小段。リズムは平ノリ型で、囃子は大鼓、小鼓が主。会話形式となるが、内容的には会話だけでなく、物尽くしや、道行、叙事などさまざまである。また一曲中の位置も、中入り前や終曲部などさまざま。

わ　行

ワカ《わか》　和歌を歌い上げる趣の短い、拍子不合の小段。代表的な小段のひとつで、舞の前後などに多い。

ワカ受ケ《わかうけ》　舞事後のワカに続く、中音主体の拍子不合の小段。

若女《わかおんな》　若い女面の一つ。

ワキ《わき》　役種の一つ。僧侶、大臣、武士など現在体の男性役。

ワキ方《わきかた》　ワキ、ワキツレ、後見などを担当する役者集団の総称。現在、福王流、宝生流、高安流の三流がある。

脇座《わきざ》　舞台上の位置。ワキが座る場所。

脇正《わきしよう》　舞台上の位置。向かって左側中央部分。

ワキヅレ《わきづれ》　ワキに連れ立つ役。

脇留《わきどめ》　ワキの演技で一曲を終了する演出。

脇能《わきのう》　初番目物の別称。番組上「翁」の脇に位置するためという。→五番立。

脇柱《わきばしら》　舞台四隅の柱のうち、向かって右手前の柱。大臣柱（だいじんばしら）ともいう。

脇前《わきまえ》　舞台上の位置。脇座の前。

渡リ拍子《わたりびようし》　謡・囃子のリズム様式。平ノリ型で太鼓が入る特殊な小段。

藁屋《わらや》　藁葺きの小屋をあらわす大型の道具。「蝉丸」などで用いる。

5　古今曲名一覧

一　本稿は、室町時代成立と確定し得る曲ならびに室町時代成立と推定し得る曲(室町末から江戸時代初期へかけての曲も含む)のうち、謡本や解題などによって本文の存在が確実なものの曲名一覧である。同時に翻刻(または影印)曲目所在一覧をも兼ねる。

二　配列は現代仮名遣いによる五十音順とした。

三　同曲の別名は必要に応じて別々に掲出し、↓印で示したが、それ以外は「藍染川(染川)」などの形で掲出した。

四　「朝顔」と「槿」、「海人」と「海士」など同訓の異表記は、顕著な分についてのみ記した。

五　現行曲はゴシック体とした。なお、喜多流の参考曲も準現行曲とした。

六　内容の一端を最も簡単に知る便法として五番立に分類し、曲名の下に㈠―㈤の漢数字で示した。ただし、曲籍が二つにまたがる作品や演出の示されていない廃曲の分類は困難で、あくまで参考にすぎないことをおことわりしておく。

七　曲名に付した甲・乙などは、同名異曲等を区別するため私に付けたものである。

八　江戸時代の版本の、いわゆる百番本から五百番本までの所収曲を、イからホまでの記号を用い、版イのような形で示した。

イ　元和卯月本(内組。百番本)所収曲

〔翻刻〕『元和卯月本謡曲百番』(後藤淑他校訂　笠間書院　一九七七年)

〔影印〕『版本文庫5謡曲百番』(伊藤正義解説　国書刊行会　一九七四―八一年)

ロ　明暦外組本(二百番本)所収曲〔明暦三年刊〕

ハ　三百番本所収曲〔貞享三年刊〕

〔翻刻〕『国民文庫　謡曲全集　下』(古谷知新校訂　国民文庫刊行会　一九一一年)

〔影印〕『版本番外謡曲集一　三百番本』(伊藤正義編　臨川書店　一九九〇年)

ニ　四百番本所収曲〔元禄二年刊〕

〔翻刻〕『国民文庫　謡曲全集　下』(古谷知新校訂　国民文庫刊行会　一九一一年)

〔影印〕『版本番外謡曲集二　四百番本』(伊藤正義編　臨川書店　一九九〇年)

ホ　五百番本所収曲〔元禄十一年刊〕

〔翻刻〕『宴曲十七帖附謡曲末百番』(早川純三郎校訂　国書刊行会　一九一二年)

〔影印〕『版本番外謡曲集三　五百番本』（伊藤正義編　臨川書店　一九九〇年）

九　翻刻または影印されている曲は、その所在がわかるよう、曲名の下に所収書目を略号を用い、翻車1のような形で示し、検索に便ならしめた。書目の略号は以下の通りである。なお、原本にある上・中・下などの表記は便宜上1・2・3に置き換えた。

翻刻

評　『謡曲評釈』〔評1―9〕（大和田建樹校注　博文館　一九〇七年）
対　『四流対照謡曲二百番』〔対1―3〕（芳賀矢一校訂　金港堂　一九〇八―〇九年）
学　『学生文庫 新訂謡曲全集』〔学1―3〕（大町桂月・丸岡桂校訂　至誠堂　一九一一―一二年）
新　『新謡曲百番』（佐佐木信綱校訂　博文館　一九一四年）
叢　『校註謡曲叢書』〔叢1―3〕（芳賀矢一・佐佐木信綱校訂　博文館　一九一四年）
拾　「古曲拾遺四十番」『校注日本文学大系　謡曲 下』（西村紫明校注　国民図書　一九二七年）
名　『日本名著全集　謡曲三百五十番集』（野々村戒三校訂　日本名著全集刊行会　一九二八年）
観　『謡曲大観』〔観1―5〕（佐成謙太郎校注　明治書院　一九三〇―三一年）
解　『解註謡曲全集』〔解1―6〕（野上豊一郎校注　中央公論社　一九三五―三六年）
車　車屋本。〔車1―3〕『日本古典全書　謡曲集』（野上豊一郎解説・田中允校注　朝日新聞社　一九四九―五七年）
国　『新註国文学叢書　謡曲名作集』〔国1―3〕（川瀬一馬校注　講談社　一九五〇―五一年）
番　『番外謡曲』（角淵本。田中允校訂　古典文庫　一九五〇年）
番続　『番外謡曲　続』（角淵本。田中允校訂　古典文庫　一九五七年）
大　『日本古典文学大系　謡曲集』〔大1―2〕（横道萬里雄・表章校注　岩波書店　一九六〇―六三年）
未　『未刊謡曲集』〔未1―31〕（田中允校訂　古典文庫　一九六三―八〇年）
未続　『未刊謡曲集　続』〔未続1―〕（田中允校訂　古典文庫　一九八七年―）
潮　光悦本。『新潮日本古典集成　謡曲集』〔潮1―3〕（伊藤正義校注　新潮社　一九八三―八八年）
集　『新編日本古典文学全集　謡曲集』〔集1―2〕（小山弘志・佐藤健一郎校注　小学館　一九九七―九八年）
世　『世阿弥自筆能本集　影印篇　校訂篇』（表章監修　月曜会編　岩波書店　一九九七年）

影印

擬光　擬光悦本。〔擬光1―4〕『日本古典文学全集　謡曲百番』（正宗敦夫編　日本古典全集刊行会　一九二七―二八年）

あ

相生《あいおい》 ㈠ 版イ 翻車1 →高砂《たかさご》
愛寿《あいじゅ》(愛寿忠信) ㈣ 版ニ 翻叢1 未19 未続20
藍染川《あいそめがわ》(染川甲) ㈤ 版ロ 翻評7 対1 学2 叢1 名 観1 解6
相羽《あいば》(饗庭) ㈣ 翻未3 18
葵上《あおいのうえ》 ㈣ 版ロ 翻評7 対1 学2 叢1 名 観1 解 4 車2 国2 大1 集2 潮1 影擬光2
赤沢曾我《あかざわそが》 ㈡ 版ホ 翻叢1
赤間ヶ関甲《あかまがせき》 ㈡ 翻未8
悪源太《あくげんた》(石山・材木悪源太・義平・兵揃) ㈣ 版ハ 翻評7 叢1 拾
阿黒王《あくろおう》 ㈤ 翻新
明智討《あけちうち》(明智) ㈣ 翻評9 叢1 名 未続6
総角《あげまき》(薫君) ㈣ 版ハ 翻叢1
阿漕《あこぎ》 ㈣ 版イ 翻評7 対1 学1 叢1 名 観1 解 4 車2 国2 潮1 影擬光2
阿古屋《あこや》 ㈣ 翻未8
阿古屋松甲《あこやのまつ》 ㈣ 翻名 大1 世
阿古屋松乙《あこやのまつ》 ㈠ 翻未1 19
朝顔《あさがお》(槿・蕣) ㈢ 版ロ 翻評7 叢1 拾 名 車1 潮 1 影擬光4
朝比奈甲《あさひな》 ㈣ 翻未1 →門破《もんやぶり》
蘆刈《あしかり》 ㈣ 版ロ 翻評7 対1 学2 叢1 名 観1 解 3 車2 国3 大1
足引甲《あしびき》(足引山甲) ㈣ 翻新
蘆屋弁慶《あしやべんけい》 ㈣ 版ホ 翻叢1 →四国落甲《しこくおち》
飛鳥川甲《あすかがわ》 ㈣ 翻未1 18
飛鳥川乙《あすかがわ》 ㈣ 版ニ 翻評7 対1 叢1 名 観1 解3
飛鳥寺甲《あすかでら》(飛鳥) ㈤ 版ハ 翻叢1
安宅《あたか》(安宅判官) ㈣ 版イ 翻評6 対1 学2 叢1 名 観1 解5 車2 国1 大2 集2 潮1 影擬光4
愛宕空也《あたごくうや》(愛宕・愛宕龍神) ㈤ 版ハ 翻評6 対1 叢1 名
安達原《あだちがはら》(安達・糸操黒塚) ㈣ 版イ 翻対1 学1 叢1 観1 潮1 →黒塚《くろづか》
安達静《あだちしずか》(若宮静・御前静・大夫鼓) ㈢ 版ニ 翻叢1 名 未21
熱海《あたみ》 ㈠ 翻評6 叢1
敦盛《あつもり》(草刈敦盛) ㈡ 版ロ 翻評6 対1 学2 叢1 名 観1 解2 車3 大1 集1
阿仏《あぶつ》 ㈣ 翻未8
海人《あま》(海士) ㈤ 版イ 翻評7 対1 学2 叢1 名 解6 車3 国2 大1 集2 潮1 影擬光2
甘糟《あまかす》(甘糟太郎・忠綱) ㈡ 翻未1 17
天橋立甲《あまのはしだて》(祝言橋立) ㈠ 版ホ 翻叢1 →橋立甲《はしだて》
天橋立乙《あまのはしだて》 ㈤ 翻新
天橋立丙《あまのはしだて》 ㈤ 翻未21
阿弥陀峯《あみだがみね》(将軍塚乙) ㈤ 翻番

綾鼓《あやのつづみ》 (四) 版ニ 翻評7 対1 叢1 名 観1 解4 集
2
嵐山《あらしやま》 (一) 版ロ 翻評7 対1 学3 叢1 名 観1 解
1 大2 集1
蟻通《ありどおし》 (四) 版イ 翻評6 対1 学1 叢1 名 観1 解
4 車2 国2 大1 集2 潮1 影擬光4
淡路(淡路島・楪葉)《あわじ》 (一) 版ニ 翻評6 叢1 名 観1
解1 未続18
粟津采女(粟津原)《あわずうねめ》 (三) 版ニ 翻叢1
あはでの森《あわでのもり》 (四) 版八 翻叢1 拾 →反魂香《はんごんこう》
安の字(字売り)《あんのじ》 (四) 版ニ一 翻叢1
安禄山《あんろくざん》 (四) 翻未18

い

飯野《いいの》 (一) 版ホ 翻叢1
硫黄島 甲《いおうがしま》 (四) 翻未8 18
硫黄島 乙《いおうがしま》 (四) 翻番 未25
育王山《いおうさん》 (一) 翻未1 21
菴六代《いおりろくだい》 (四) 翻番 未21
碇潜《いかりかずき》 (五) 翻評1 対1 名 観1 解5
生卒都婆(燈台鬼)《いきそとば》 (四) 翻未3
生田敦盛(生田)《いくたあつもり》 (二) 版ロ 翻評1 対1 学3 叢1
名 観1 解2 大2
生田忠度《いくたただのり》 (二) 翻新
生捕盛久《いけどりもりひさ》 (四) 翻番
生贄《いけにえ》 (五) 版ロ 翻評1 叢1 拾 名
異国退治《いこくたいじ》 (一) 版ニ 翻叢1
石山義衡《いしやまよしひら》 (二) 翻新
和泉式部 甲《いずみしきぶ》 →稲荷 甲《いなり》
和泉式部 乙《いずみしきぶ》 →貴船《きぶね》
和泉式部 丙(書写・書写詣)《いずみしきぶ》 (三) 翻新
出雲龍神《いずもりゆうじん》 (一) 版ホ 翻叢1
磯崎 甲《いそざき》 (四) 翻未1
磯崎 乙《いそざき》 (四) 翻新
磯松(親知らず・磯の松山・磯山)《いそまつ》 (五) 翻未1 18
磯屋《いそや》 (四) 翻未続19 →治親《はるちか》 →籠破 甲《ろうやぶり》
韋駄天(律師)《いだてん》 (五) 版ハ 翻叢3 未続18
一夜天神(星天神)《いちやてんじん》 (一) 翻番
一来法師 甲(一来・浄明坊)《いちらいほうし》 (四) 版ニ 翻叢1
一来法師 乙(浄明坊)《いちらいほうし》 (四) 翻未続1
一角仙人《いっかくせんにん》 (四) 版ロ 翻評1 対1 叢1 名 観1 解
4 車3
厳島《いつくしま》 (一) 版ニ 翻叢1 未21
井筒(井筒女)《いづつ》 (三) 版イ 翻評1 対1 学1 叢3 名
観5 解2 車1 国1 大1 集1 潮1 影擬光3
井手詣曾我(井手詣)《いでもうでそが》 (四) 翻未3
田舎夕顔(玉縄)《いなかゆうがお》 (三) 翻番
稲舟(定世・最上川)《いなふね》 (四) 版ハ 翻叢1
稲荷 甲(和泉式部 甲)《いなり》 (四) 翻評1 叢1 拾
稲荷 乙(稲荷山・弘法)《いなり》 →龍頭太夫《りゅうとうだゆう》

犬寺甲《いぬでら》 ㈣ 翻末21 未続20
江豚《いるか》(鰻) ㈤ 版ホ 翻叢1
伊呂波《いろは》(空海) ㈤ 版ホ 翻叢1 未続20
巌猩々《いわおしょうじょう》 ㈤ 翻末21 →駒形猩々甲《こまがたしょうじょう》
岩瀬《いわせ》(清龍寺) ㈣ 版ハ 翻叢1
岩戸猩々《いわとしょうじょう》 ㈤ 翻末21
岩根山《いわねやま》 ㈠ 版ホ 翻叢1
岩船《いわぶね》 ㈠ 翻評1 対1 学3 叢1 名 観1 解1

う

植田《うえだ》(入間) ㈣ 版ニ 翻叢1
右衛門桜《うえもんざくら》 ㈣ 翻新
鵜飼《うかい》 ㈤ 版イ 翻評4 対1 学1 叢1 名 観1 解 5 車3 国3 大1 潮1 影擬光2
浮舟《うきふね》(宇治浮舟) ㈣ 版イ 翻評4 対1 学1 叢1 名 観1 解3 車2 大1 潮1 影擬光2
雨月《うげつ》 ㈣ 版ロ 翻評4 対1 叢1 名 観1 解4 車 3 大1
右近《うこん》(右近の馬場) ㈠ 版イ 翻評4 対1 学2 叢1 名 観1 解1 潮1 影擬光2
宇治橋姫《うじはしひめ》 →鬼橋姫《おにはしひめ》 →橋姫乙《はしひめ》
臼杵《うすき》 ㈡ 翻末1 19 21
鈿女《うずめ》(玉椿・椿) ㈣ 版ホ 翻叢1
歌占《うたうら》 ㈣ 版ロ 翻評4 対1 叢1 名 観1 解3 車 2 国3 大1
歌屏風《うたびょうぶ》(基頼) ㈢ 翻新
歌薬師《うたやくし》 ㈤ 版ホ 翻叢1
内外詣《うちともうで》 ㈠ 翻対1 叢1 名 観1 解1 未22
空蟬《うつせみ》 ㈢ 版ニ 翻評4 対1 叢1 拾 名
空隠《うつぼかくれ》 ㈤ 翻新
善知鳥《うとう》(烏頭) ㈠ 版イ 翻評4 対1 学2 叢1 名 観1 解4 車2 大2 集2 潮1 影擬光1
釆女《うねめ》 ㈢ 版イ 翻評4 対1 学1 叢1 名 観1 解 2 車1 集1 潮1 影擬光3
鵜羽《うのは》(鸕鷀羽) ㈠ 版イ 翻評4 叢1 拾 名 車1 未 続9 潮1 影擬光1
鵜祭《うのまつり》(初午) ㈠ 版ホ 翻叢1
鵜の丸《うのまる》 ㈠ 版ホ 翻叢1
梅枝《うめがえ》 ㈣ 版イ 翻評4 対1 学1 叢1 名 観1 解 3
梅若丸《うめわかまる》(梅若) ㈣ 翻末8
浦上《うらかみ》(浦下部) ㈣ 版ニ 翻叢1 未21 未続20
浦島甲《うらしま》(水江) ㈠ 版ニ
浦島乙(龍神浦島)《うらしま》 ㈣ 翻評4 叢1 拾 名 未続18
瓜盗人《うりぬすびと》(瓜) ㈣ 翻末8 21
鱗形(時政・いろこがた)《うろこがた》 ㈣ 版ニ 翻評4 対1 叢1 名 観1 解1 未続18
雲林院甲《うんりんいん》 ㈣ 翻大1 世
雲林院乙《うんりんいん》 ㈢ 版イ 翻評4 対1 学2 叢1 名 観1 解3 車3 大1 集1

雲林院小町《うんりんいんこまち》 ㈢ 翻末1

え

栄芳《えいほう》 ㈤ 版ハ 翻末21 →八幡甲《やわた》

江口(江口女・江口遊女)《えぐち》 ㈢ 版イ 翻評6 対1 学1 叢1 名 解2 車1 観1 国1 大1 集1 潮1 世 影擬光3

江島《えのしま》 ㈠ 翻評6 対1 学3 叢1 名 観1 解1

江島童子《えのしまどうじ》 ㈠ 版ホ 翻叢1

箙(箙梅)《えびら》 ㈡ 版ロ 翻評6 対1 学3 叢1 名 観1 解2 車3

烏帽子折(東下り)《えぼしおり》 ㈤ 翻評8 対1 学3 叢3 名 観5 解6 大2 未21

絵馬(斎宮絵馬)《えま》 ㈠ 版ロ 翻評8 対1 叢3 名 観5 解1

煙巌山《えんがんざん》 ㈤ 翻末18 →鳳来寺《ほうらいじ》 →薬師《やくし》

延喜(延喜帝)《えんぎ》 ㈣ 翻末8

猿通寺(豊寺)《えんつうじ》 ㈣ 翻末4

塩谷(塩谷判官)《えんや》 →高貞乙《たかさだ》

お

笈捜甲(石こつみ)《おいさがし》 →刀《かたな》

笈捜乙(富樫笈捜)《おいさがし》 ㈣ 翻末4

老松《おいまつ》 ㈠ 版イ 翻評5 対1 学1 叢1 名 観1 解1 車3 国2 大1 集1 潮1 影擬光3

逢坂物狂(逢坂・逢坂盲)《おうさかものぐるい》 ㈣ 翻末1 未続20

鶯宿梅《おうしゅくばい》 ㈢ 翻新 →琴《こと》

往生院《おうじょういん》 ㈢ 翻評2 叢1

近江八景《おうみはっけい》 ㈠ 翻末4 8

鸚鵡小町《おうむこまち》 ㈢ 版イ 翻評7 対1 学1 叢1 名 観1 解2 車1 潮1

大磯甲《おおいそ》 ㈢ 版ホ 翻新 叢1

大江山(酒呑童子・朱点童子)《おおえやま》 ㈤ 版ロ 翻評5 対1 学3 叢1 名 観1 解5

大河下《おおかわくだし》 ㈤ 版ホ 翻叢1

大坂落去《おおさからつきよ》 ㈡ 翻未続2

大原詣《おおはらもうで》 ㈣ 翻新

大森彦七《おおもりひこしち》 ㈤ 翻新

大社甲《おおやしろ》 ㈠ 版ロ 翻評5 対1 学3 叢1 名 観1 解1

岡崎甲《おかざき》 ㈤ 版ニ 翻叢3 未続18 →花小汐《はなおしお》

岡崎乙《おかざき》 ㈣ 翻拾 →吉水《よしみず》

隠岐《おき》 ㈣ 翻末8 →治時《はるとき》

翁(式三番)《おきな》 翻評5 叢1 名 観1 解1 集1

翁草《おきなぐさ》 ㈢ 版ホ 翻叢1

隠岐院(隠岐物狂)《おきのいん》 ㈣ 版ハ 翻評5 叢1 拾 名

奥院(木食)《おくのいん》 ㈣ 翻末4

小倉御幸(花鳥・一字題)《おぐらごこう》 ㈢ 翻末1

小塩《おしお》 ㈢ 版イ 翻評2 対1 学2 叢3 名 観5 解3 車2 潮1 影擬光2

か

柏木《かしわぎ》　(四)　翻新

柏崎(柏崎物狂)《かしわざき》　(四)　版イ　翻評3　対1　学1　叢1　名　観1　解3　車2　大1　潮1　世

梶原座論(梶原・梶原座敷論・座敷論・座論甲)《かじわらざろん》　(四)　版ハ　翻叢1　拾

河水《かすい》　(四)　版ハ　翻叢1　拾　大2

春日野の露《かすがののつゆ》　(三)　版ホ　翻叢1

春日神子《かすがのみこ》　(四)　翻番　未9

春日龍神(明慧上人・龍神春日)《かすがりゅうじん》　(五)　版イ　翻評3　対1　学2　叢1　名　観1　解6　車3　潮1

霞ヶ関《かすみがせき》　(三)　翻未16

葛城(雪葛城)《かずらき》　(三)　版イ　翻評2　対1　学1　叢1　名　観1　解2　車1　国2　集1　潮1　影擬光4

葛城天狗《かずらきてんぐ》　(五)　版ロ　翻評2　対1　叢1　名

方浦(新山)《かたうら》　(四)　翻未4

刀(刀の庄・石こつみ・刀殿・笈捜甲)《かたな》　(四)　版ロ　翻叢1　未続18

筐敦盛《かたみあつもり》　(四)　版ホ　翻叢1

記念糸繰《かたみいとくり》　(四)　翻未9

筐巴(記念巴・扇巴)《かたみともえ》　(二)　翻未16

語酒呑童子《かたりしゅてんどうじ》　(五)　版ホ　翻叢1

語鈴木(鈴木・御前鈴木・重家・縄鈴木・生捕鈴木)《かたりすずき》　(四)　版ニ　翻叢1

花鳥風月《かちょうふうげつ》　(三)　翻新

郭巨甲《かっきょ》　(四)　翻未1

郭巨乙《かっきょ》　(四)　翻未続18

合浦甲(合浦の玉甲？)《かっぽ》　(五)　版ニ　翻評2　対1　学3　叢1　名　観1　解6

合浦乙(合浦の玉乙？)《かっぽ》　(五)　翻未21

鉄輪《かなわ》　(四)　版ロ　翻評2　対1　学3　叢1　名　観1　解4　車2　国2　大2　潮1　影擬光2

蟹蛇《かにへび》　(五)　翻未16

鐘引(園城寺・新三井寺)《かねひき》　(五)　版ロ　翻評2　→引鐘《ひきがね》

兼平《かねひら》　(二)　版イ　翻評2　対1　学1　叢1　名　観1　解2　車1　潮1　影擬光4

鐘巻(鐘巻道成寺・田舎道成寺)《かねまき》　(四)　版ニ　翻叢1　未続12

兼元《かねもと》　(五)　版ニ　翻叢1　未16　→熊野詣《くまのもうで》

歌舞伎(名古屋甲)《かぶき》　(三)　翻新

禿物狂《かぶろものぐるい》　(四)　版ホ　翻叢1

鎌倉山(鎌足)《かまくらやま》　(四)　翻新

鎌田甲《かまた》　(二)　翻新

鎌田乙(菊若？)《かまた》　(四)　翻未4

神有月(大社乙)《かみありつき》　(一)　版ニ　翻叢1　未続18

紙屋川《かみやがわ》　(三)　翻未4

神渡《かみわたり》　(一)　版ホ　翻叢1

亀井《かめい》　(二)　翻未4

賀茂(矢立賀茂)《かも》　(一)　版イ　翻評3　対1　学1　叢1　名　観2　解1　車1　集1　影擬光1

鴨長明《かものちょうめい》　(四)　翻評3　叢1

賀茂物狂《かもものぐるい》　(四)　版ロ　翻評3　対1　叢1　名　観2　解

3　未続19
通小町《かよいこまち》(四位少将)　(四)　版イ　翻評2　対1　学1　叢1
名　観2　解4　車2　国1　大1　集2　潮1　影擬光4
烏羽《からすはね》　(四)　翻評3
辛崎《からさき》　(二)　版ホ　翻叢1
狩場重光《かりばしげみつ》　(四)　翻新
狩場曾我《かりばそが》(狩場祐成)　(四)　翻未9
苅萱《かるかや》(禿高野)　(四)　版ハ　翻評2　叢1　名　未続4
蛙《かわず》甲(住吉蛙)　(三)　版ハ　翻評2　叢1
革袴《かわばかま》(喜見長者)　(四)　翻未4
河原太郎《かわらのたろう》(高直)　(二)　翻未4
神崎時雨《かんざきしぐれ》　(四)　翻未続2　→時雨物狂《しぐれものぐるい》
寒山《かんざん》(寒山拾得)　(四)　翻未9
菅丞相《かんしょうじょう》　(五)　版ニ
韓信《かんしん》(瓜田)　(四)　翻未9
勧進文覚《かんじんもんがく》甲　(五)　翻未9
勧進文覚《かんじんもんがく》乙　(五)　翻未4
邯鄲《かんたん》(邯鄲枕)　(四)　版イ　翻評3　対1　学2　叢1　名
観2　解4　車2　国2　大2　集2　潮1　影擬光2
咸陽宮《かんようきゅう》　(四)　版イ　翻評3　対1　学2　叢1　名　観2
解5　影擬光1
甘楽太夫《かんらのたゆう》　(四)　翻新

き

祇王《ぎおう》(仏祇王)　(三)　版ロ　翻評7　対1　叢1　名　観2
解3　→二人祇王《ふたりぎおう》
祇園《ぎおん》甲(武塔天神)　(五)　版ホ　翻叢1
祇園《ぎおん》乙(祇園沙汰)　(四)　翻未4
帰雁《きがん》(飛雁)　(四)　版ニ　翻叢1
菊《きく》　(三)　翻新
菊士童《きくじどう》甲(慈童甲・彭祖仙人甲)　(四)　版ハ
菊慈童《きくじどう》乙(酈懸山・てっけん山)　(四)　翻評5　叢3　名　観
2　解4　→枕慈童《まくらじどう》甲
菊慈童《きくじどう》丙　(四)　翻未続13
菊水慈童《きくすいじどう》(菊水)　(四)　翻叢1
菊地《きくち》甲(島津)　(四)　翻未1　→立尾《たておう》
菊地《きくち》乙　(二)　翻未続17
喜慶《きけい》(白魚)　(五)　版ホ　翻叢1
鬼骨寺《きこつじ》(鬼神往生・鬼神往来・兵庫源空)　(五)　翻未4　未続
6
木曾《きそ》(木曾願書乙)　(四)　翻叢1　名　観2　解5
木曾願書《きそがんしょ》甲(埴生・埴生八幡)　(四)　版ロ　翻評7
北野《きたの》　(五)　翻新
北野物狂《きたのものぐるい》　(四)　翻未1
吉次《きちじ》(信高)　(二)　翻未4
鬼同丸《きどうまる》　(五)　翻未9
衣潜巴《きぬかずきともえ》　(二)　版ホ　翻叢1　未続3
砧《きぬた》(碪女)　(四)　版ロ　翻評7　対1　学3　叢1　名　観2
解4　車3　国1　大1　集2
木引善光寺《きびきぜんこうじ》(木引)　(四)　翻新

吉備津宮《きびつのみや》甲　(四)　[翻]末4
貴船(和泉式部乙)《きぶね》　(四)　[翻]末1　19
九日(九日橋)《きゅうじつ》　(四)　[翻]番
京落葉《きょうおちば》　(三)　[翻]末続19　→落葉《おちば》甲
経書堂(家継)《きょうかくどう》　(四)　[版]ハ　[翻]叢1
行幸(聚楽・聚楽行幸)《ぎょうこう》　(四)　[翻]末4
尭舜(重華)《ぎょうしゅん》　(四)　[版]ホ　[翻]叢1
京妻《きょうづま》　→恋草《こいぐさ》乙
漁翁発心(網持)《ぎょおうほっしん》　(四)　[翻]末5
清重《きよしげ》　(四)　[翻]叢1　末19
清経《きよつね》　(二)　[版]イ　[翻]評7　対1　学1　叢1　名　観2　解
　2　車1　国3　大1　集1　潮2　[影]擬光1
清時田村(清時・現在田村乙)《きよときたむら》　(五)　[版]ニ　[翻]叢1　拾　未
　続19　→田村清時《たむらきよとき》
清水小町甲(市原小町甲・音羽小町・瀧見小町)《きよみずこまち》　(三)　[版]ホ
　[翻]叢2(しみずこまち)　未21
許由(巣父)《きょゆう》　(四)　[翻]新
切兼曾我《きりかねそが》　(四)　[版]ニ　[翻]評7　対1　叢1　名
金札(伏見乙)《きんさつ》　(一)　[版]ロ　[翻]評7　対1　学3　叢1　名
　観2　解1　大1
径山寺《きんざんじ》　(五)　[翻]末1
禁野《きんや》　(四)　[翻]末1

く

九穴(九穴玉・鶴岡詣)《くけつ》　(五)　[版]ハ　[翻]叢1　未続9
草薙(草薙剣)《くさなぎ》　(四)　[版]ハ　[翻]評5　対1　叢1　名　観2
　解5
九十賀(俊成九十賀)《くじゅうのが》　(三)　[版]ホ　[翻]叢1
国栖《くず》　(五)　[版]ロ　[翻]評5　対1　叢1　名　観2　解6　車3
　国3　大2　集2
楠(千早・追善楠甲)《くすのき》　(二)　[翻]末1
楠花櫓《くすのきはなやぐら》　(四)　[翻]末22　→花櫓《はなやぐら》
九世戸《くせのと》　(一)　[版]ニ　[翻]評5　対1　学3　叢1　名　観2
　解1
国玉《くにたま》　(一)　[版]ホ　[翻]叢1
久能《くのう》　(四)　[翻]新
熊坂(幽霊熊坂)《くまさか》　(五)　[版]ロ　[翻]評5　対1　学3　叢1　名
　観2　解6　大2　集2
熊手判官(八島判官乙・弓流)《くまでほうがん》　(二)　[版]ニ　[翻]叢1　未続3
熊野詣《くまのもうで》　(五)　[版]ニ　→兼元《かねもと》
久米仙人(久米・久米寺)《くめせんにん》　(四)　[翻]番　未19
鞍馬(鞍馬源氏)《くらま》　(五)　[翻]末1　未続18
鞍馬天狗《くらまてんぐ》　(五)　[版]イ　[翻]評5　対1　学2　叢1　名　観2
　解6　車3　国1　大1　集2　潮2
狂獅子《くるいじし》　(四)　[翻]末10
栗栖桜(久留須野)《くるすざくら》　(四)　[翻]末22　未続4　→常縁《つねより》
車僧《くるまぞう》　(五)　[版]ロ　[翻]評5　対1　学3　叢1　名　観2　解
　6　車3
呉服《くれは》　(一)　[版]イ　[翻]評5　対1　学1　叢1　名　観2　解
　1　車1　潮2　[影]擬光2

黒池龍神《くろいけりゅうじん》 (五) 翻新 未続3
黒川甲(黒川延年?)《くろかわ》 (五) 翻未1 19
黒塚(糸繰黒塚)《くろづか》 (四) 版イ 翻評5 解5 車3 大2 集2 →安達原《あだちがはら》

け

荊軻《けいか》甲 (四) 翻番
荊軻《けいか》乙 (四) 翻未10
現在善知鳥《げんざいうとう》 (四) 版ホ 翻叢1 未18
現在江口(小野江口・門江口)《げんざいえぐち》 (三) 版ニ 翻叢1
現在箙(景季・梅源太)《げんざいえびら》 (四) 翻新
現在女郎花《げんざいおみなめし》甲 →嵯峨女郎花《さがおみなめし》
現在女郎花乙(頼風・生頼風)《げんざいおみなめし》 (四) 翻番
現在熊坂《げんざいくまさか》 (四) 版ニ 翻叢1 未続3
現在実盛《げんざいさねもり》 (四) 翻新
現在七面(身延乙)《げんざいしちめん》 (四) 版ハ 翻評6 対1 叢1 名 観2 解6
現在殺生石(那須狐)《げんざいせっしょうせき》 (五) 版ホ 翻叢1
現在忠度《げんざいただのり》丙 (四) 翻解5 未続3
現在千方《げんざいちかた》 (五) 翻新 名
現在張良(鷲峯張良)《げんざいちょうりょう》 (五) 翻未18
現在道成寺《げんざいどうじょうじ》 (五) 翻新
現在巴乙(今生巴乙)《げんざいともえ》 (四) 翻対1 叢1 名
現在鵺(現世鵺)《げんざいぬえ》 (五) 版ロ 翻対1 叢1 名 解6
現在檜垣(釣瓶)《げんざいひがき》 (三) 版ホ 翻叢1 未続3
現在松風《げんざいまつかぜ》 (三) 翻番
源氏供養(紫式部乙)《げんじくよう》 (三) 版イ 翻評6 対1 学2 叢1 名 観2 解3 車1 潮2 影擬光3
剣珠《けんじゅ》 (一) 版ホ 翻叢1 未17
顕昭(豊明)《けんしょう》 (四) 翻未続3
絃上(師長甲)《けんじょう》 (五) 版ロ 翻評6 対1 学3 叢1 名 観2 解6
源太夫(熱田)《げんだゆう》 (一) 版ロ 翻評5 対1 叢1 名 観2 解1
元服曾我《げんぷくそが》 (四) 版ロ 翻評5 対1 叢1 名 観2 解5 車2 未続3

こ

碁(碁空蟬・軒端萩)《ご》 (三) 版ロ 翻評6 叢1 未続4
恋草乙(浜田・思妻甲・京妻)《こいぐさ》 (三) 版ホ 翻叢1 →恋妻《こいづま》
恋塚《こいづか》 (四) 版ホ 翻叢1
恋妻(浜田)《こいづま》 (三) 翻新 →恋草乙《こいぐさ》
恋重荷《こいのおもに》 (四) 版ハ 翻評6 対1 学3 叢1 名 観2 解4 車3 大1
恋松原《こいのまつばら》 (四) 版ニ 翻叢1 拾 名
項羽(美人草)《こうう》 (五) 版ロ 翻評6 対1 学3 叢1 観1 解5 名 潮2 影擬光4
鴻津(国府津・勧堂)《こうづ》 (五) 翻未10
皇帝(明王鏡・御悩楊貴妃)《こうてい》 (五) 版イ 翻評5 対1 学2 叢1 名 観2 解5 車3 潮2 影擬光2

勾当内侍《こうとうのないし》 (四) 翻未10
厚婦《こうふ》 (三) 版ホ 翻叢1 未18
降魔《ごうま》 (五) 版ニ 翻叢1
光明皇后《こうみょうこうごう》 (五) 翻未10
空也(空也上人・赤間空也・筑紫空也・空盲)《こうや》 (四) 版ニ 翻叢1
高野敦盛(蓮生)《こうやあつもり》 (二) 版ニ 翻叢1 未続4
高野参詣(高野詣)《こうやさんけい》 (三) 翻評9 叢1 名
高野巻《こうやのまき》 (四) 翻未5
高野物狂《こうやものぐるい》 (四) 翻評3 対1 叢1 名 観1 解3
竈馬《こおろぎ》 (三) 版ホ 翻叢1
小鍛冶《こかじ》(小狐) (五) 版ロ 翻評6 対1 学3 叢1 名 観2 解6 国3 大2
粉川寺《こかわでら》 甲(粉川) (四) 版ニ 翻評6 叢1 拾 名
小督《こごう》(仲国) (四) 版ロ 翻評6 対1 学3 叢1 名 観2 解5 車2 国3
小式部《こしきぶ》 甲 (三) 翻未5
小侍従《こじじゅう》 (三) 翻番
吾子胥《ごししょ》(西施) (五) 翻未続19 →范蠡《はんれい》
小尉《こじょう》(住吉小尉) (一) 翻未5
五節《ごせち》 (三) 版ホ 翻叢1 未18
小袖曾我《こそでそが》 (四) 版イ 翻評6 対1 学1 叢1 名 観2 解5 車2 国3 集2 影擬光3
小大進《こだいしん》 (三) 翻未10
木玉浮舟(樹神浮舟)《こだまうきふね》 (四) 翻未1
胡蝶《こちょう》 (三) 版ニ 翻評6 対1 叢1 名 観2
琴《こと》 (三) 翻番 未19 →鶯宿梅《おうしゅくばい》
小林(内野合戦・桐の小林・氏清)《こばやし》 (二) 版ハ 翻叢1 未続4
五筆(筆論)《ごひつ》 (一) 版ハ 翻叢1 未続4
護法(護王・名取嫗・名取老女)《ごほう》 (四) 版ロ 翻評6 対1 叢1 拾 名 未続17
御菩薩(菩薩・廿五菩薩)《ごぼさつ》 (四) 版ホ 翻叢3 (みぼさつ)
駒形猩々 甲(狛形猩々)《こまがたしょうじょう》 (五) 版ハ 翻叢1 →巌猩々《いわおしょうじょう》
小松教訓(教訓)《こまつきょうくん》 (四) 翻未22 →内府《だいふ》
駒牽《こまひき》 (三) 翻新
維盛(惟盛・入水)《これもり》 (二) 版ハ 翻叢1 未続7
木幡(木幡の里・小袖乙)《こわた》 (四) 版ハ 翻評6 叢1 未続20
欣求浄土《ごんぐじょうど》 (五) 翻未5
金剛山《こんごうせん》 (五) 版ニ 翻叢1 未続4
今生巴(現在巴 甲)《こんじょうともえ》 (四) 版ハ
金王丸(内海金王)《こんのうまる》 (四) 翻未16
権守(権之頭・暇北條)《ごんのかみ》 (四) 版ハ 翻叢1 未続4

さ

犀(犀川・和泉小次郎 甲)《さい》 (五) 版ハ 翻叢2
西行西住《さいぎょうさいじゅう》 (四) 翻未1 未続5
西行桜《さいぎょうざくら》 (三) 版イ 翻評7 対2 学1 叢2 名 観2 解3 車2 大1 集1 潮2 影擬光4

西行塚《さいぎょうづか》 ㈣ 翻未10
西行物狂（大峯西行）《さいぎょうものぐるい》 ㈣ 翻未続5
斎宮《さいぐう》 ㈣ 翻未1
再現道成寺（撞鐘）《さいげんどうじようじ》 ㈣ 翻未18 22
西国下《さいごくくだり》 ㈣ 翻未5
西寂（河野四郎）《さいじやく》 ㈣ 版ハ 翻叢2
財世太子《ざいせたいし》 →太施太子《たいせたいし》
斎藤五（六代・斎藤五六代・文覚・富士文字）《さいとうご》 ㈣ 版ニ 翻叢2 名 未続5
斎藤丸（斎藤）《さいとうまる》 ㈣ 翻未18
材木義平（材木・材木悪源太）《ざいもくよしひら》 ㈣ 翻新
佐保川《さおがわ》 ㈤ 版ハ 翻叢2
佐保山《さおやま》 ㈠ 版ロ 翻評7 叢2 名 観2 解1
嵯峨女郎花（現在女郎花甲）《さがおみなめし》 ㈢ 版ホ 翻新 叢2
逆矛（逆鉾・天逆鉾）《さかほこ》 ㈠ 版ニ 翻評7 対2 学3 叢3 名 観2 解1 未22
鷺（五位鷺）《さぎ》 ㈣ 版ハ 翻評7 対2 学3 叢2 名 観2 解6
桜川《さくらがわ》 ㈣ 版イ 翻評7 対2 学2 叢2 名 観2 解3 車3 国2 潮2
桜の池《さくらのいけ》 ㈤ 翻未5
桜間《さくらま》 ㈣ 版ハ 翻叢2
祚国《さこく》 ㈢ 版ハ 翻叢2 未続5
狭衣（嵯峨の原）《さごろも》 ㈢ 版ハ 翻叢2 名 未続20
佐々木（馬乞佐々木・馬乞・馬争・駒競・磨墨生食？）《ささき》 ㈣ 版ハ 翻評7 叢2 拾 名
貞任（衣川甲）《さだとう》 ㈡ 版ニ 翻叢2 名
真田（文蔵・俣野・石橋山）《さなだ》 ㈣ 版ハ 翻叢2
実方（立元）《さねかた》 ㈢ 版ニ 翻叢2 拾 名 未続5 17
実盛（篠原）《さねもり》 ㈡ 版イ 翻評7 対2 学1 叢2 名 観2 解2 車1 大1 集1 潮2 影擬光4
小夜碪《さよぎぬた》 ㈣ 翻新
小夜衣甲 （高貞甲）《さよごろも》 ㈣ 版ホ 翻叢2 新
小夜の中山《さよのなかやま》 ㈣ 翻番
佐用姫（松浦姫甲）《さよひめ》 ㈣ 翻未続13 →松浦鏡《まつらかがみ》
更科（更科物狂）《さらしな》 ㈣ 翻番
更科祐近（真光寺）《さらしなすけちか》 ㈤ 翻新
早蕨（蕨折）《さわらび》 ㈢ 翻新
三社託宣《さんじゃのたくせん》 ㈣ 版ホ 翻叢2
三十三間（三十三間堂）《さんじゅうさんげん》 ㈠
三笑（陶淵明甲）《さんしよう》 ㈣ 版ロ 翻評7 対2 叢2 名 観2 解4
三蔵法師《さんぞうほうし》 ㈤ 翻未19 →大般若《だいはんにや》

し

志賀（大伴・黒主・志賀黒主）《しが》 ㈠ 版イ 翻評8 対2 学1 叢2 名 観2 解1 潮2 影擬光3
慈覚大師（慈覚）《じかくたいし》 ㈤ 版ホ 翻叢2
志賀忠度（志賀忠則）《しがただのり》 ㈡ 版ニ 翻叢2 未続5
信貴山（毘沙門信貴山）《しぎさん》 ㈤ 版ハ 翻叢2 未続19

敷地物狂《しきじものぐるい》(敷地・鷹物狂・菅生物狂) ㈣ 版ニ 翻叢2
樒塚《しきみづか》 ㈣ 版ニ 翻叢2 拾
樒天狗《しきみてんぐ》(樒原) ㈣ 版ハ 翻叢2 拾 名 未続17
時雨《しぐれ》 ㈢ 翻番 未19
時雨物狂《しぐれものぐるい》 ㈣ 翻未5 22 →神崎時雨《かんざきしぐれ》
重衡《しげひら》(卒都婆重衡・幽霊重衡・重衡桜) ㈡ 翻未続5 →笠
卒都婆《かさそとば》
四国落《しこくおち》 甲 ㈣ 翻未続5 →蘆屋弁慶《あしやべんけい》
地獄廻《じごくめぐり》(地蔵・木地蔵) ㈤ 翻番
獅子《しし》 甲(優塡王) ㈤ 版ハ 翻叢2
獅子王《ししおう》 ㈣ 翻番
宍戸《ししど》 ㈣ 版ホ 翻叢2
侍従重衡《じじゅうしげひら》(侍従) ㈢ 版ハ 翻評8 叢2 拾
信田《しだ》 ㈣ 翻新
七騎落《しちきおち》 ㈣ 版ロ 翻評8 対2 学3 叢2 名 観2
解5
七人猩々《しちにんしようじよう》 甲(和泉猩々 乙・寄合猩々) ㈤ 版ハ 翻叢2
七人猩々《しちにんしようじよう》 乙(和泉猩々 甲) ㈤ 翻番 →孫次猩々《そんじしようじよう》
七人猩々《しちにんしようじよう》 丙 →大瓶猩々《たいへいしようじよう》
七人猩々《しちにんしようじよう》 丁 ㈤ 翻未続6
実検実盛《じつけんさねもり》 ㈣ 版ハ 翻叢2
自然居士《じねんこじ》 ㈣ 版イ 翻評8 対2 学2 叢2 名 観2
解4 車2 大1 集2 潮2 影擬光3
信夫《しのぶ》 甲(現在信夫・松崎) ㈣ 版ニ 翻叢2 未続6
信夫《しのぶ》 乙 →景利《かげとし》 →幽霊信夫《ゆうれいしのぶ》

柴田《しばた》(柴田討・勝家) ㈡ 翻評9 叢2 名
島廻《しまめぐり》 甲 ㈠ 翻未1
島廻《しまめぐり》 乙 ㈣ 翻新 名
清水冠者《しみずかじや》 ㈣ 翻新
石橋《しやつきよう》(獅子 甲) ㈤ 版ロ 翻評8 対2 学3 叢2 名
観2 解6 車3 国1 大2 集2
舎利《しやり》(足疾鬼) ㈤ 版ロ 翻評8 対2 学3 叢2 名
観2 解5
祝言猩々《しゆうげんしようじよう》 ㈤ 翻未22
十番切《じゆうばんぎり》 甲 ㈣ 翻評8 叢2 拾 名 未20
十番切《じゆうばんぎり》 乙 ㈣ 翻未続6
酒宴曾我《しゆえんそが》 ㈣ 翻未続7 →和田酒盛《わださかもり》 甲
朱雀門《しゆじやくもん》(都良香) ㈤ 版ホ 翻叢2
呪詛顕光《じゆそあきみつ》 ㈤ 翻未11
春栄《しゆんえい》 ㈣ 版ロ 翻評8 対2 学2 叢2 名 観2 解
5 車2 大1 潮2
俊寛《しゆんかん》(鬼界ヶ島・法勝寺執行) ㈣ 版イ 翻評8 対2 学
1 叢2 名 観3 解4 車2 国3 大2 集2 潮2
俊成忠度《しゆんぜいただのり》(俊成・五条忠度) ㈡ 版ロ 翻評8 対2 学
3 叢2 名 観3 解2
鍾馗《しようき》 ㈤ 版ロ 翻評8 対2 学3 叢2 名 観3 解
5 影擬光4
正儀世守《しようぎせいしゆ》 ㈣ 版ロ 翻評8 叢2 拾
承久《じようきゆう》 ㈣ 版ニ 翻叢2 →千葉助《ちばのすけ》
上宮太子《じようぐうたいし》 甲 ㈣ 版ホ 翻評8 叢2 拾 名

上宮太子《じょうぐうたいし》 乙 (四) 翻末1
昭君《しょうくん》(王昭君) (五) 版ロ 翻評9 対2 叢2 名 観3 解5 車3 大1 集2
猩々《しょうじょう》 (五) 版ロ 翻評8 対2 学2 叢2 名 観2 解6 国2 大2 集2 潮2 影擬光4
猩々前《しょうじょうまえ》(一番猩々・中入猩々・本末猩々) (五) 翻末1 未 続10
浄蔵貴所《じょうぞうきしょ》(臥塚・青塚 甲) (五) 版ホ 翻叢2
正尊《しょうぞん》(昌俊・土佐坊・土佐正存) (四) 版ロ 翻評8 対2 学3 叢2 名 観2 解5 大2
上人流《しょうにんながし》(上人払・神崎) (三) 版ハ 翻叢2
式子内親王《しょくしないしんのう》 (三) 版ホ 翻叢2
書写性空《しょしゃしょうくう》 (三) 翻末22 →素拝桜《そばいざくら》
白菊《しらぎく》 甲(児ヶ淵) (四) 翻末11
白髭《しらひげ》(白鬚) (一) 版イ 翻評8 対2 学2 叢2 名 観3 解1 車1
代主《しろぬし》(葛城鴨) (一) 版ハ 翻評8 対2 学3 叢2 名 観3 解1
真都《しんいち》(教経 乙) (二) 翻末11
真如堂《しんにょどう》 甲 (一) 翻末5

す

末の松山《すえのまつやま》 (四) 翻末1 20 22
周防の内侍《すおうのないじ》 (四) 翻末5
祐氏《すけうじ》(伊東祐氏) (四) 翻新
鈴落《すずおとし》 (四) 版ホ 翻叢2
鈴鹿《すずか》(鈴鹿姫・鈴鹿田村・巌洞・現在田村 甲) (五) 版ハ 翻叢2
薄《すすき》(増穂薄) (三) 版ニ 翻叢2
鈴虫《すずむし》 (三) 翻新
硯破《すずりわり》 (四) 翻末11
須磨源氏《すまげんじ》(光源氏) (五) 版ロ 翻評9 対2 叢2 名 観3 解6
須磨猩々《すましょうじょう》 (五) 翻末11
須磨寺《すまでら》 (四) 翻末11 →筑紫物狂《つくしものぐるい》 乙 →松浦物狂《まつらものぐるい》 乙
墨染桜《すみぞめざくら》(岑雄) (三) 版ホ 翻評9 対2 叢2 名 車2 観3 国1 大1 影擬光4
隅田川《すみだがわ》 (四) 版イ 翻評9 対2 学2 叢2 名 観3 解3 車2 国1 大1 集2 潮2 影擬光4
住吉橋姫《すみよしはしひめ》(橋姫 甲) (三) 版ニ 翻叢2
住吉詣《すみよしもうで》 (三) 版ニ 翻評9 対2 学3 叢2 名 観3 解2
住吉物狂《すみよしものぐるい》(花園少将) (四) 翻末5

せ

西王母《せいおうぼ》 (一) 版ロ 翻評9 対2 学3 叢2 名 観3 解2 車1
西岸居士《せいがんこじ》 (四) 版ホ 翻叢2 拾
誓願寺《せいがんじ》 (三) 版イ 翻評9 対2 学1 叢2 名 観3

解2 車1 潮2 影擬光3
青塚甲《せいちょ》 →浄蔵貴所《じょうぞきしょ》
政徳西王母(松鶴西王母・聖徳)《せいとくせいおうぼ》 ㈠ 版ニ 翻叢2 未続19 →鶴西王母《つるせいおうぼ》
善界(是害・是界坊)《ぜがい》 ㈤ 版イ 翻評9 対2 学2 叢2 名 観3 解6 車3 集2 潮2 影擬光4
関寺小町(関寺)《せきでらこまち》 ㈢ 版イ 翻評9 対2 学2 叢2 名 車1 観3 解2 大2 潮2 影擬光4
関戸(関戸早川・早川)《せきど》 ㈣ 版ニ 翻叢2 未22 未続20
関原乙(関ヶ原行者・黒田ヶ淵・俊春)《せきがはら》 ㈣ 未11 18
関原与一(関原甲)《せきがはらよいち》 ㈣ 版ハ 翻評9 対2 叢2 名 観3 解5
赤壁《せきへき》 ㈣ 翻評9 叢2
殺生石《せっしょうせき》 ㈤ 版イ 翻評9 対2 学2 叢2 名 観3 解6 車3 国3 潮2 影擬光4
摂待《せったい》 ㈣ 版ロ 翻評9 対2 叢2 名 観3 解4 車2 国2
蝉丸(逆髪)《せみまる》 ㈣ 版イ 翻評9 対2 叢2 名 観3 解3 車3 国3 集2
瀬良田《せらた》 ㈣ 翻新 未22
禅師曾我(久上)《ぜんじそが》 ㈣ 翻評9 対2 学3 叢2 名 観3 解5
撰択集《せんじゃくしゅう》 ㈣ 翻未16
千手(千手重衡)《せんじゅ》 ㈢ 版イ 翻評9 対2 学1 叢2 名 観3 解2 車1 潮2 影擬光3
千手寺(千寿寺)《せんじゅじ》 ㈤ 版ハ 翻叢2 未続7
先帝(教経甲)《せんてい》 ㈡ 翻未2 未続7
千人伐(大熊川)《せんにんぎり》 ㈣ 版ハ 翻叢2 未続7

そ

象《ぞう》 ㈣ 翻未11
草紙洗(草子洗小町)《そうしあらい》 ㈢ 版ロ 翻評7 対2 学3 叢2 名 観2 解3 車3 国3 大1
桑露杉《そうろさん》 ㈤ 翻未5 →寄辺の水《よるべのみず》
楚佐(素盞桜)《そさ》 ㈢ 翻未続7 →素拝桜《そばいざくら》
袖の湊《そでのみなと》 ㈣ 翻番
卒都婆子《そとばご》 ㈣ 翻未11
卒都婆小町(卒都婆)《そとばこまち》 ㈣ 版イ 翻評4 対2 学1 叢2 名 観3 解3 車2 国2 大1 集2 潮2 影擬光2
卒都婆流(康頼・蘇武)《そとばながし》 ㈣ 翻未2 22
園田《そのだ》 ㈣ 版ハ 翻評4 叢2 拾
素拝桜(素拝・楚佐・素盞桜)《そばいざくら》 ㈢ 版ハ 翻叢2 →書写性空《しょしゃしょうくう》 →楚佐《そさ》
染衣《そめぎぬ》 ㈣ 翻未11
空腹(吉野忠信)《そらばら》 ㈣ 版ハ 翻叢2 未続7 →忠信《ただのぶ》
孫次猩々(和泉猩々甲)《そんじしょうじょう》 ㈤ 翻未11 →七人猩々乙《しちにんしょうじょう》
孫思邈(水蒔龍神)《そんしばく》 ㈤ 版ニ 翻叢2 未続19

た

戴安道《たいあんどう》 ㈣ 翻未11

大会《だいえ》 (五) 版イ 翻評3 対2 学2 叢2 名 観3 解
6 車3 潮2 影擬光3
大黒《だいこく》(大黒天) (五) 版ホ 翻叢2
泰山府君《たいさんぶくん》 (五) 版ロ 翻評3 対2 叢2 名 観3 解
6
太子《たいし》(四天王寺甲・天王寺) (一) 版ハ 翻叢2
大聖寺《だいしようじ》 (四) 版ニ 翻叢2 →親任《ちかとう》
太施太子《たいせたいし》(財世太子・施世太子) (五) 版ハ 翻叢2 未続7
大内裏《だいだいり》 (四) 翻新 未続7
大塔宮《だいとうのみや》(熊野落) (五) 翻新 未続18
大般若《だいはんにゃ》(三蔵・玄奘) (五) 版ロ 翻叢2 拾 未19 →三蔵
法師《さんぞうほうし》
内府《だいふ》(重盛甲・教訓・教訓状) (四) 版ニ 翻叢2 名 未続
7 →小松教訓《こまつきようくん》
大仏供養《だいぶつくよう》(奈良詣) (四) 版ロ 翻評3 対2 学3 叢2
名 観3 解5
大瓶猩々《たいへいしようじよう》(泰平猩々・駒形猩々丙・七人猩々丙) (五) 版ロ
翻評3 対2 学3 叢2 名 観3 解6 未22
太平楽《たいへいらく》(泰平楽) (一) 版ホ 翻叢2 未続7
大木《たいぼく》(杉) (五) 版ハ 翻叢2 未続7
対面曾我《たいめんそが》 (四) 翻未11
第六天《だいろくてん》甲(二見浦甲) (五) 版ニ 翻対2 学3 叢2 名
観3 解6 未続7
当麻《たえま》(当麻寺) (五) 版イ 翻評3 対2 学1 名 観3
解6 車3 国2 潮2 影擬光2

鷹《たか》(諏訪性空) (一) 翻未2 22
高雄《たかお》 (四) 翻未6 22
鷹飼《たかがい》 (四) 翻未11 22
高砂《たかさご》 (一) 版イ 翻評3 対2 学1 叢2 名 観3 解
1 車1 国1 大1 集1 潮2 →相生《あいおい》
高貞《たかさだ》甲 →小夜衣《さよごろも》甲
高貞乙(塩谷判官・小夜衣乙)《たかさだ》 (四) 翻未続8
高館《たかだち》 (二) 翻番 未22
高辻《たかつじ》(幽霊光季) (四) 翻未16
篁《たかむら》(小野篁) (四) 翻未2 18
高安《たかやす》(高安女・河内通・高安廻・笛吹松) (三) 版ハ 翻叢2
名 未続8
高安小町《たかやすこまち》 (三) 翻評3 名 未11 未続8
瀧籠文覚《たきごもりもんがく》(瀧文学甲・文学瀧籠・那智文学) (五) 版ホ 翻
叢2 新
瀧見小町《たきみこまち》 →清水小町《きよみずこまち》甲
焼火山《たくびやま》(雲上寺・石神) (一) 翻新
涿鹿《たくろく》(貨狄・蚩尤) (四) 版ハ 翻叢2 未続19
武俊《たけとし》 (四) 翻未12
竹雪《たけのゆき》 (四) 版ロ 翻評4 対2 叢2 名 観3 解4 国
2 未続19
武文《たけぶん》(秦武文) (四) 版ニ 翻叢2 未続8
田鶴《たず》 (三) 翻新
タヾツノサエモン(多度津・高野の物狂)《ただつのさえもん》 (四) 翻未続8
世

ち

親任《ちかとう》 (四) [版]ハ [翻]大2 未続9 ↓大聖寺《だいしょうじ》
親衡(泉・和泉小次郎乙・籠破乙)《ちかひら》 (四) [翻]末2 20 未続9
竹生島《ちくぶじま》 (一) [版]イ [翻]評2 対2 学1 叢2 名 観3
　解1 車3 国3 大2 集1
竹生島経正《ちくぶじまつねまさ》 (四) [翻]末20
血熊川《ちくまがわ》 (三) [翻]末16
児塚《ちごつか》 (四) [翻]末6
千里浜(垢離竿)《ちさとのはま》 (五) [翻]末続9
秩父甲《ちちぶ》 (四) [翻]末16
秩父乙《ちちぶ》 (四) [版]ホ [翻]叢2 未続9
千葉助《ちばのすけ》 (四) [翻]末続9 ↓承久《じょうきゅう》
千引(千引石)《ちびき》 (五) [版]ニ [翻]評2 叢2 拾 名
仲算《ちゅうざん》 (四) [版]ハ [翻]叢2
長卿寺(長興寺・南部)《ちょうきょうじ》 (五) [版]ハ [翻]叢2 未続9
重耳(老子・李老君)《ちょうじ》 (五) [翻]末16
長伯仙人(長伯坊・風草・巣父)《ちょうはくせんにん》 (四) [翻]末6
長兵衛尉(長兵衛・長谷部信連・長谷部尉)《ちょうひょうえのじょう》 (四) [版]ハ
　[翻]評2 叢2 拾 未続9
調伏曾我《ちょうぶくそが》 (五) [翻]評6 対2 叢2 名 観3 解6 大
　2
張良《ちょうりょう》 (五) [版]ロ [翻]評2 対2 学3 叢2 名 観3 解
　6 [影]擬光1

つ

月少女《つきおとめ》 (三) [版]ホ [翻]叢2
築島(兵庫築島)《つきしま》 (五) [翻]末18
次信甲《つぎのぶ》 (二) [翻]番続
月見(待宵小侍従乙)《つきみ》 (三) [版]ホ [翻]新 叢2
筑紫物狂甲《つくしものぐるい》 (四) [翻]末12
筑紫物狂乙《つくしものぐるい》 (四) [翻]末続9 ↓須磨寺《すまでら》 ↓松浦物狂乙《つまらものぐるい》
江沢藻甲《つくもがみ》 (四) [翻]末2
江沢藻乙《つくもがみ》 (三) [翻]新
土蜘蛛《つちぐも》 (五) [版]ロ [翻]評4 対2 学3 叢2 名 観3
　解5 国3 大2
土車(善光寺物狂)《つちぐるま》 (四) [版]ロ [翻]評4 叢2 名 観3 解
　3 車3 未続19
躑躅《つつじ》 (三) [版]ホ [翻]叢2
躑躅岡《つつじがおか》 (二) [翻]番続
鼓瀧《つづみのたき》 (一) [版]ハ [翻]評4 叢2 名 未続9
綱《つな》 (五) [影]擬光2 ↓羅生門《らしょうもん》
経政(経正)《つねまさ》 (二) [版]ロ [翻]評4 対2 学3 叢2 名 観
　3 解2 車3 国2 大2 [影]擬光1
経盛(恒盛・形見送)《つねもり》 (四) [翻]末2 20 未続9
常縁《つねより》 (四) [翻]末12 ↓栗栖桜《くるすざくら》
露(武蔵野の露)《つゆ》 (三) [版]ニ [翻]叢2
露の宮《つゆのみや》 (三) [翻]新

鶴岡(鶴岡静)《つるがおか》 (三) 版ハ 翻評4 叢2 拾 未続9

鶴亀(月宮殿・玄宗)《つるかめ》 (四) 版ロ 翻評4 対2 学3 叢2 名 観3 解1 国3 大2 集1

剣曾我《つるぎそが》 (四) 翻未12

鶴次郎(兼忠)《つるじろう》 (四) 翻未2

鶴西王母《つるせいおうぼ》 (一) 翻未続19 →政徳西王母《せいとくせいおうぼ》

鶴若《つるわか》 (四) 版ニ 翻叢2

連獅子《つれじし》 (四) 版ハ 翻叢2

て

定家(定家葛)《ていか》 (三) 版イ 翻評6 対2 学2 叢2 名 観3 解2 車1 国2 大2 集1 潮2 影擬光3

丁固松甲(多宝寺丁固)《ていこのまつ》 (三) 翻未2

天鼓《てんこ》 (四) 版イ 翻評6 対2 学1 叢2 名 観4 解4 車2 大2 潮2 影擬光1

天王寺物狂《てんのうじものぐるい》 (四) 翻評6 叢2

天目山甲《てんもくざん》 (五) 翻未12

と

藤栄《とうえい》 (四) 版ロ 翻評2 対2 叢2 名 観4 解4

陶淵明乙《とうえんめい》 (四) 翻未12

東海寺《とうかいじ》 (三) 版ニ 翻叢2

東岸居士《とうがんこじ》 (四) 版イ 翻評2 対2 学2 叢2 名 観4 解4 車2 潮2 影擬光4

当願暮頭(当願・当願暮当・小仏猟師)《とうがんぼとう》 (四) 翻未2 未続18

東光坊《とうこうぼう》 (五) 翻未続10

道成寺《どうじょうじ》 (四) 版ロ 翻評4 対2 学2 叢2 名 観3 解4 車2 国2 大2 集2 潮2 影擬光4

東心坊《とうしんぼう》 (五) 版ハ 翻叢2 未続10

唐船(祖慶官人)《とうせん》 (四) 版イ 翻評4 対2 学2 叢2 名 観3 解4 車2 影擬光2

唐反魂香(利生・現在反魂香)《とうはんごんこう》 (四) 翻番

東方朔《とうぼうさく》 (一) 版ロ 翻評2 対2 学3 叢2 名 観4 解1 集1

東北(軒端梅・好文木)《とうぼく》 (三) 版イ 翻評2 対2 学2 叢2 名 観4 解2 国3 集1 影擬光3

道明寺(白太夫・土師寺)《どうみょうじ》 (一) 版ロ 翻評4 対2 学3 叢2 名 観3 解1 潮2 影擬光2

遠矢《とおや》 (四) 版ホ 翻叢2

融(塩竈甲)《とおる》 (五) 版イ 翻評2 対2 学1 叢2 名 観4 解6 車3 国2 大1 集2 潮2 影擬光3

時秋(加茂次郎・義光)《ときあき》 (四) 翻未6

時有《ときあり》 (二) 版ホ 翻叢2

常盤《ときわ》 (三) 翻未続10

常盤問答《ときわもんどう》 (三) 翻未6 18

土偶神(将軍塚甲)《どぐうじん》 (四) 翻未6

木賊《とくさ》 (四) 版ロ 翻評2 対2 学2 叢2 名 観4 解3

徳山《とくさん》 (五) 翻未16

俊基《としもと》 (二) 翻未12 20 23

十握の剣《とつかのけん》 (五) 翻末12
渡唐空海《ととうくうかい》 (四) 翻番続
鳶(鳶窟・鳶の岩)《びと》 (五) 版ニ 翻叢2 未続10
泊磯《とまりのいそ》 (三) 翻末12
鞆(鞆源左衛門・承久・正氏)《もと》 (四) 版ニ 翻叢2 未23
知章《ともあきら》 (二) 版ロ 翻評2 対2 学3 叢2 名 観4 解
2 世
巴《ともえ》 (二) 版ロ 翻評2 対2 学3 叢2 名 観4 解2
国3 大2 集1
友鳥《ともがらす》 (四) 翻末12 13
知忠《ともただ》 (四) 翻末6
朝長《ともなが》 (二) 版イ 翻評2 対2 学1 叢2 名 観4 解
2 車1 集1 潮2
朝盛《とももり》 (四) 翻末6 →追掛朝比奈《おっかけあさひな》
豊国詣(豊国)《とよくにもうで》 (四) 翻評9 叢2 未続10
虎送(虎送曾我)《とらおくり》 (四) 版ニ 翻叢2 未続10
都藍仙《とらんせん》 (五) 翻末18
鳥追舟(鳥追)《とりおいぶね》 (五) 翻評2 対2 叢2 名 観4 解4

な

直家甲《なおいえ》 (四) 翻末23
直江(五十嵐)《なおえ》 (四) 翻末17
中尾《なかお》 (二) 翻末12
仲綱《なかつな》 (四) 翻末12
長治(別所・別所長治)《ながはる》 (二) 翻末12
仲光《なかみつ》 (四) 翻叢3 名 観4 →満仲《まんじゅう》
長柄甲(長柄橋甲・長柄人柱)《ながら》 (四) 翻末2 23
長柄乙《ながら》 (四) 翻新
泣鬼《なきおに》 (五) 版ホ 翻叢3
渚の桜《なぎさのさくら》 (三) 翻末12
泣不動(不動)《なきふどう》 (五) 版ニ 翻叢3 拾 名 未続19
名越祓(六月祓・名越)《なごしのはらい》 →水無月祓《みなづきばらい》
名古屋乙(高家)《なごや》 (二) 翻末6
那須(母衣那須・母衣乙)《なす》 (四) 翻番続
那須与一乙(延年那須与一)《なすのよいち》 (四) 翻末2
夏の雪《なつのゆき》 (一) 翻末12
七面甲(身延詣)《ななおもて》 (四) 版ハ 翻叢3 未続19
七草甲(若草)《ななくさ》 (五) 翻末7
難波(難波梅甲)《なにわ》 (一) 版イ 翻評4 対3 学1 叢3 名
観4 解1 車1 国2 潮3 世 影擬光3
難波梅乙《なにわうめ》 (三) 翻末13 世
難波猩々《なにわしょうじょう》 (五) 翻新
滑川《なめりかわ》 (五) 翻末13
成経《なりつね》 (二) 版ホ 翻叢3
業平《なりひら》 (三) 版ホ 翻叢3
鳴渡(鳴門・鳴渡舟？)《なると》 (四) 版ホ 翻叢3

に

二位の尼(二位殿)《にいのあま》 (二) 翻末13
錦織(錦)《にしきおり》 (三) 版ホ 翻叢3

錦木（錦塚）《にしきぎ》 (四) 版イ 翻評2 対3 学2 叢3 名 観4 解4 車2 集2 潮3 影擬光2

錦戸（和泉三郎）《にしきど》 (四) 版ロ 翻評2 対3 叢3 名 観4 解5

西の宮 甲《にしのみや》 (一) 版ニ 翻叢3 未23

日光山（日光）《につこうさん》 (一) 翻未6

新田《にった》 (四)

二度掛 甲（坂落・梶原二度懸）《にどのかけ》 (四) 版ハ 翻叢3

如来善光《にょらいぜんこう》 (一) 翻未16

鶏龍田（鶏）《にわとりたつた》 (四) 版ロ 翻評1 対2 叢3 拾 名

人形（人形文覚・伊豆文学）《にんぎよう》 (四) 翻未2 13 23

仁慶《にんけい》 (四) 翻新

ぬ

鵺《ぬえ》 (四) 版イ 翻評2 対3 学1 叢3 名 観4 解6 車3 大1 集2 潮3

布引滝《ぬのびきのたき》 (五) 翻番続

布引松（壁生草）《ぬのびきのまつ》 (一) 翻番続

沼捜 甲《ぬまさがし》 (五) 翻新

沼捜 乙《ぬまさがし》 (五) 翻未23

濡衣 甲（染川乙）《ぬれぎぬ》 (四) 版ニ 翻叢3

ね

寝覚（三帰・三帰翁・寝覚の床）《ねざめ》 (一) 版ロ 翻評4 対3 学3 叢3 名 観4 解1

根芹《ねぜり》 (一) 版ホ 翻叢3

妬の絵馬《ねたみのえんま》 (三) 翻未16

の

農龍《のうりよう》 (五) 版ホ 翻叢3 未18

納涼《のうりよう》 (四) 翻未13 23

野上物狂《のがみものぐるい》 (四) 翻未2

軒端草《のきばぐさ》 (三) 翻未2

野口判官（野口・野口天狗・高館・判官・天狗）《のぐちほうがん》 (二) 版ハ 翻叢3 未23 未続10

野寺《のでら》 (四) 版ホ 翻叢3

野中清水《のなかしみず》 (四) 版ホ 翻叢3

野宮《ののみや》 (三) 版イ 翻評4 対3 学2 叢3 名 観4 解2 車1 国2 大2 集1 潮3 影擬光3

野守（野守鏡）《のもり》 (五) 版ロ 翻評4 対3 学3 叢3 名 観4 解5 車3 大1 影擬光3

範頼《のりより》 (四) 版ホ 翻叢3 未16 18 未続10

は

梅花《ばいか》 (三) 翻未20

梅閑《ばいかん》 (二) 翻番続

巴園《ばえん》 (五) 版ハ 翻叢3 拾

巴園橘 甲《ばえんのたちばな》 (五) 翻未2

巴園橘 乙《ばえんのたちばな》 (五) 翻未23

博多物狂《はかたものぐるい》 (四) 翻未2 未続11

白楽天《はくらくてん》 (一) 版イ 翻評1 対3 学1 叢3 名 観4
解1 車1 大2 潮3 影擬光3
箱崎(箱崎松)《はこざき》 (一) 版ハ 翻叢3 名 未続11
箱崎物狂(後唐船・二十四孝・祖班)《はこざきものぐるい》 (四) 翻新 未続11
箱根曾我《はこねそが》 (四) 翻番続
箱根龍神(箱根・善信・親鸞)《はこねりゅうじん》 (五) 翻未6
羽衣《はごろも》 (三) 版ロ 翻評1 対3 学2 叢3 名 観4 解
2 車1 国1 大2 集1 影擬光3
橋供養(相模川)《はしくよう》 (五) 翻評1
橋立甲(橋立龍神・祝言橋立)《はしだて》 (一) 翻新 未続19 ↓天橋立
甲《あまのはしだて》
橋立乙《はしだて》 ↓丹後物狂《たんごものぐるい》
半蔀(半蔀夕顔)《はしとみ・はじとみ》 (三) 版ロ 翻評1 対3 学3 叢3
名 観4 解2 車3 集1
橋姫甲《はしひめ》 ↓住吉橋姫《すみよしはしひめ》
橋姫乙(宇治橋姫・貴船橋姫)《はしひめ》 (四) 版ニ 翻叢3 未続3
↓鬼橋姫《おにはしひめ》
橋弁慶《はしべんけい》 (四) 版ロ 翻評1 対3 学3 叢3 名 観4
解5 車3 国3
橋弁慶前《はしべんけいのまえ》 (四) 翻未2 未続11 ↓笛之巻《ふえのまき》
芭蕉《ばしょう》 (三) 版イ 翻評1 対3 学2 叢3 名 観4 解
2 車1 大2 集1 潮3 影擬光3
愧川(千歳川)《はずかしがわ》 (三) 翻未13
婆相天(身売兄弟・二艘舟)《ばそうでん》 (五) 版ニ 翻叢3 未続11
鉢木《はちのき》 (四) 版ロ 翻評1 対3 学2 叢3 名 観4 解

4 車3 国3 大2
初瀬西行甲《はつせさいぎょう》 (三) 翻未続11
初瀬西行乙《はつせさいぎょう》 (三) 翻新
初瀬詣(初瀬寺・初瀬)《はつせもうで》 (四) 翻未2 未続11
初瀬六代(初瀬物語)《はつせろくだい》 (三) 翻未続11
初花《はつはな》 (四) 翻未13
初雪《はつゆき》 (四) 版ニ 翻評1 叢3 名 観4 解3 大2 未
23
初雪鶏《はつゆきにわとり》 (四) 翻未13
馬頭涙《ばとうるい》 (四) 翻未13
花軍《はないくさ》 (四) 版ニ 翻対3 叢3 名
花小汐《はなおしお》 (五) 翻新 ↓岡崎甲《おかざき》
花筐(花形見・花籠)《はながたみ》 (四) 版イ 翻評1 対3 学2 叢3
名 観4 解3 車3 大1 集2 潮3
花自然居士《はなじねんこじ》 (四) 版ホ 翻叢3 新 未続11
花の宴《はなのえん》 (四) 翻未6
花丸《はなまる》 (四) 翻新
花見曾我甲《はなみそが》 (四) 翻未続11
花見曾我乙《はなみそが》 (四) 翻未6
花櫓(正行甲・楠桜・楠)《はなやぐら》 (四) 版ニ 翻叢3 未続11 ↓楠
花櫓《くすのきはなやぐら》
浜川(宮崎甲)《はまかわ》 (四) 版ニ 翻叢3 拾 未23
浜田《はまだ》 ↓恋草乙《こいぐさ》 ↓恋妻《こいづま》
浜土産《はまづと》・《はまみやげ》 (一) 版ホ 翻叢3 未続11
浜ならし(浜平直・高津・忠助・浜球)《はまならし》 (四) 版ニ 翻叢3

未続11
馬融《ばゆう》 (四) 版ニ 翻叢3 未続11
治国《はるくに》(島渡) (五) 版ホ 翻叢3
治親《はるちか》(春近・磯屋十郎) (四) 版ロ 翻叢3 拾 名 未続19
→磯屋《いそや》 →籠破《ろうやぶり》 甲
治時《はるとき》(秦の治時) (四) 翻未2 17 →隠岐《おき》
樊噲《はんかい》 (四) 翻番続
反魂香《はんごんこう》 (四) 版ハ 翻名 未続11 →あはでの森《あわでのもり》
班女《はんじょ》 (四) 版イ 翻評1 対3 学1 叢3 名 観4 解
3 車2 国2 大1 集2 潮3 影擬光2
范蠡《はんれい》(西施) (五) 版ハ 翻叢3 →吾子胥《ごししょ》

ひ

飛雲《ひうん》 (五) 翻評8 対3 叢3 名 観4 解5
比叡山《ひえいざん》 (一) 翻未13
檜垣《ひがき》(檜垣の女・釣瓶) (三) 翻評8 対3 学2 叢3 名
観4 解2 車1 大1 集1 潮3 影擬光4
飛賀美《ひかみ》(氷上・景見) (五) 翻未2 13 17
引鐘《ひきがね》(引鐘前) (五) 版ハ 翻叢3 未続11 →鐘引《かねひき》
髭切《ひげきり》 (四) 翻未2 23 未続11
美人揃《びじんぞろい》 (四) 版ロ 翻叢3 →舞車《まいぐるま》
日高川《ひだかがわ》 甲 (四) 翻新
常陸帯《ひたちおび》 (四) 版ロ 翻評8 対3 叢3 拾 名 影擬光4
飛騨匠《ひだのたくみ》 (五) 翻未6
櫃切曾我《ひつきりそが》 (四) 翻番続
羊《ひつじ》 (四) 版ハ 翻叢3 未続11
秀顕《ひであき》(大坂真田) (二) 翻未17
秀次《ひでつぐ》 (四) 翻未17
秀頼《ひでより》 (四) 翻未13
人穴《ひとあな》 甲 (五) 版ホ 翻新 叢3
一言主《ひとことぬし》 (一) 版ホ 翻叢3 未続11
一本菊《ひとほんぎく》(菊合) (三) 翻番続 未23
人丸西行《ひとまるさいぎょう》 (三) 翻番続
火鉢《ひばち》(鬼丸) (五) 翻番続 未18
雲雀山《ひばりやま》 (四) 版ロ 翻評8 対3 学3 叢3 名 観4
解1 車3
氷室《ひむろ》(氷) (一) 版イ 翻評8 対3 学2 叢3 名 観4
解1 潮3
姫切《ひめきり》(川蟬・川蟬綱) (五) 版ホ 翻叢3
百万《ひやくまん》 (四) 版イ 翻評8 対3 学2 叢3 名 観4 解
3 車2 国2 大1 集2 潮3
比良《ひら》(国久・乙若) (四) 版ニ 翻叢3 未続11
広元《ひろもと》(広基・津軽六郎) (四) 版ハ 翻叢3 評8

ふ

笛之巻《ふえのまき》 (四) 翻拾 名 観4 解5 →橋弁慶前《はしべんけいのまえ》
笛物狂《ふえものぐるい》(笛狂) (四) 翻新 名 未続12
武王《ぶおう》 (四) 翻未2
豊干《ぶかん》(豊干禅師) (四) 版ハ 翻対3 叢3 拾 名 未続12
福井瀧口《ふくいたきぐち》(馬乞瀧口) (四) 翻新

藤甲(多胡の藤)《ふじ》 (三) 翻対3 解2 未18
藤乙《ふじ》 (三) 翻評6 対3 叢3 名 観4
伏木曾我《ふしきそが》 (二) 版ハ 翻評6 叢3 名
藤崎《ふじさき》 (一) 翻未続12
富士山(富士・浅間大菩薩)《ふじさん》 (一) 版ニ 翻評6 対3 叢3 名 観4 解1
富士太鼓《ふじだいこ》 (四) 版イ 翻評6 対3 学2 叢3 名 観4 解3 車2 集2 潮3 影擬光1
藤戸《ふじと》 (四) 版イ 翻評6 対3 学1 叢3 名 観4 車2 国2 大2 集1 潮3 影擬光1
藤波《ふじなみ》 (三) 版ホ 翻叢3
藤房甲《ふじふさ》 (四) 翻未13 未続12
藤房乙《ふじふさ》 (四) 翻未続12
藤房丙《ふじふさ》 →笠置山《かさぎやま》
伏見甲《ふしみ》 (一) 版ハ 翻評6 対3 叢3 名 未続18
富士見小町(富士詣小町)《ふじみこまち》 (三) 翻未6 23 未続12
二見浦乙《ふたみのうら》 (一) 版ニ 翻叢3
補陀洛山《ふだらくせん》 (五) 翻未13
二人祇王《ふたりぎおう》 (三) 翻対3 →祇王《ぎおう》
二人静《ふたりしずか》 (三) 版イ 翻評6 対3 学1 叢3 名 観4 解2 車1 国3 大2 集1 潮3 影擬光3
二人神子(内海)《ふたりみこ》 (四) 翻番続
不断桜《ふだんざくら》 (四) 版ハ 翻叢3 未続18
舟岡《ふなおか》 (三) 翻番続
舟魂《ふなだま》 (五) 翻未13
船橋(佐野船橋)《ふなばし》 (四) 版イ 翻評6 対3 学2 叢3 名 観4 解4 車2 大1 潮3 影擬光2
船弁慶《ふなべんけい》 (五) 版イ 翻評6 対3 学2 叢3 名 観4 解5 車3 国1 大2 集2 潮3 影擬光4
舟戻《ふなもどし》 (四) 翻新
文物狂《ふみものぐるい》 (四) 翻未13
布留《ふる》 (一) 翻拾 名 世
古井《ふるい》 (五) 翻未13

へ

変化信之(変化退治)《へんげのぶゆき》 (五) 版ホ 翻新 叢3
弁内侍《べんのないし》 (三) 翻評2 叢3

ほ

法海寺(法界寺)《ほうかいじ》 (一) 翻未2 未続12
放下僧《ほうかぞう》 (四) 版ロ 翻評1 対3 叢3 名 観4 解4 車3 国3 大2
法事静《ほうじしずか》 (三) 翻新
北条(氏政)《ほうじよう》 (二) 翻評9 名 未23
放生川(八幡放生会・八幡乙)《ほうじょうがわ》 (一) 版ロ 翻評1 対3 叢3 名 観4 解1 車1 潮3
彭祖《ほうそ》 (四) 翻未続12
望夫山(望夫石？)《ほうふざん》 (四) 翻未14
鳳来寺《ほうらいじ》 (五) 版ニ 翻叢3 未23 →煙巌山《えんがんざん》 →薬師《やくし》

丸子《まるこ》(みうへが嶽?) ㈤ 翻末14
満仲《まんじゅう》(美女御前) ㈣ 翻評5 対3 叢3 解5 未続13
→仲光《なかみつ》
万葉菊《まんようぎく》 ㈢ 翻末14

み

三井《みい》(三井水) ㈠ 翻末3 18
三井寺《みいでら》 ㈣ 版イ 翻評8 対3 学1 叢3 名 観5
解3 車2 大2 集2 潮3 影擬光4
身売《みうり》(神原) ㈣ 版ニ 翻叢3 未続14
三尾《みお》甲(三尾龍神) ㈠ 版ホ 翻叢3
澪標《みおつくし》(住吉源氏) ㈣ 翻番続
水尾山《みおのやま》 ㈠ 版ホ 翻叢3 未続14
三笠龍神《みかさりゅうじん》(三笠山龍神) ㈤ 翻末14
三河猩々《みかわしょうじょう》 ㈤ 翻末14
三河千手《みかわせんじゅ》(御室千手・児千手) ㈣ 翻末14
御輿振《みこしぶり》 ㈣ 翻末3
御佐尾《みさお》(二本杉) ㈢ 翻番続
御崎《みさき》(十羅刹・叢雲) ㈤ 版ハ 翻叢3 拾 未続14
三島《みしま》(三島詣?) ㈠ 翻末18
水潜《みずくぐり》 ㈤ 翻末20
水汲《みずくみ》(地主・水汲桜) ㈢ 翻末7
御菩薩池《みぞろがいけ》甲(六地蔵甲) ㈢ 翻続
御田植《みたうえ》 ㈣ 翻末14
通盛《みちもり》 ㈡ 版イ 翻評7 対3 学2 叢3 名 観5 解
2 車1 大1 潮3 影擬光1
光季《みつすえ》(承久退治) ㈣ 版ニ 翻叢3
三山《みつやま》(桂子・耳無山) ㈣ 版ロ 翻評7 対2 叢3
名 観5 解3
水無月祓《みなづきばらい》(六月祓・名越・御祓川) ㈣ 版ニ 翻評8 対
3 叢3 名 観5 解3
水無瀬《みなせ》甲 ㈣ 版ハ 翻叢2
水無瀬《みなせ》乙 ㈣ 翻評8 対3 名 観5 解4 →為世《ためよ》
湊川《みなとがわ》甲(湊川楠・現在楠) ㈣ 翻新
身延《みのぶ》甲(身延山・七面乙) ㈢ 版ロ 翻評8 対3 叢3
名 観5 解2 未続19
壬生寺《みぶでら》 ㈢ 翻末7 未続14
御裳濯《みもすそ》(御裳濯川・石の鏡甲・鏡御裳濯) ㈠ 版ハ 翻評8
対3 叢3 名 観5 解1 未続19
宮川《みやがわ》(山田) ㈠ 版ニ 翻叢3
宮城野《みやぎの》甲(萩) ㈢ 翻末3 未続14
宮城野《みやぎの》乙 ㈢ 翻名 未続14
妙顕寺《みょうけんじ》 ㈤ 翻新
明静《みょうじょう》(明星定家) ㈢ 翻末3 未続14
明星山《みょうじょうさん》(依智・星降り乙・越の梅) ㈣ 翻末7
三輪《みわ》(三輪小手巻) ㈣ 版イ 翻評7 対3 学2 叢3 名
観5 解4 車2 大2 集1 潮3 影擬光3
三渡り《みわたり》甲 ㈢ 翻末続14
御渡《みわたり》(諏訪・神渡) ㈣ 翻末7 未続18
三輪童子《みわどうじ》(行賀) ㈣ 翻新

来寺《ほうらいじ》
薬性論(南山)《やくしょうろん》 (四) 翻未18
櫓忠信乙《やぐらただのぶ》 (二) 翻未続15
八島(八島判官甲・義経甲)《やしま》 (二) 版イ 翻評5 対3 学1 叢3 名 観5 解2 車1 国1 大2 集1 潮3 影擬光1
屋島寺(次信乙)《やしまでら》 (二) 翻未7
安犬(安犬丸・小山)《やすいぬ》 (四) 版ハ 翻叢3 未続15
休天神《やすみてんじん》 (一) 版ホ 翻叢3
康頼《やすより》 (五) 翻未15
八剣(八剣宮)《やつるぎ》 (五) 版ホ 翻叢3
柳津甲《やないづ》 (一) 翻新
柳瀬《やながせ》 (四) 翻未15
柳(宇治柳)《やなぎ》 (三) 版ニ 翻叢3
山家翁《やまがのおきな》 (五) 翻未15
山崎猩々《やまざきしょうじょう》 (五) 翻未15
山住《やまずみ》 (三) 版ホ 翻叢3
山鳥《やまどり》 (三) 翻未7
山中常盤《やまなかときわ》 (二) 翻番続 未24
款冬甲(酴醾)《やまぶき》 (三) 翻新
山本小町《やまもとこまち》 (三) 翻未3
山姥《やまんば》 (五) 版イ 翻評5 対3 学2 叢3 観5 解6 車3 国2 大2 集2 潮3 影擬光4
破来頓等《やれことんとう》 (四) 翻未13
八幡甲(八幡山)《やわた》 (五) 版ハ 翻叢3 未続15 →栄芳《えいほう》
八幡弓《やわたゆみ》 (一) 版ホ 翻叢3 未24

ゆ

湯浅《ゆあさ》 (四) 翻未24 →盛近《もりちか》
維摩居士(維摩)《ゆいまこじ》 (一) 翻未15
夕顔(夕顔上・源氏夕顔)《ゆうがお》 (三) 版イ 翻評7 対3 学2 叢3 名 観5 解2 車1 潮3 影擬光3
幽霊楠《ゆうれいくすのき》 (二) 翻新
幽霊信夫(信夫乙・信夫の太郎・信夫景利)《ゆうれいしのぶ》 (二) 翻未15 20 →景利《かげとし》
幽霊酒呑童子甲(千丈嶽)《ゆうれいしゅてんどうじ》 (五) 翻未3
幽霊酒呑童子乙《ゆうれいしゅてんどうじ》 (五) 翻未17
幽霊曾我甲(草刈曾我)《ゆうれいそが》 (二) 翻番 未24
行家《ゆきいえ》 (四) 翻叢3 未20
雪翁(雪女・雪折竹・四季)《ゆきおきな》 (三) 翻番続
雪鬼《ゆきおに》 (三) 版ニ 翻新 叢3 拾 未続16
遊行柳《ゆぎょうやなぎ》 (三) 版イ 翻評7 対3 学1 叢3 名 観5 解3 車2 国2 大2 潮3 影擬光4
雪頼朝(雪隠)《ゆきよりとも》 (四) 翻未3 15 19
融通鞍馬(融通・鞍馬詣)《ゆずうくらま》 (五) 版ハ 翻叢3 未続18
弓八幡《ゆみやわた》 (一) 版ロ 翻評7 対3 学2 叢3 名 観5 解1 車3 国1
夢の一字《ゆめのいちじ》 (四) 翻未7 15
夢見小町(不寝小町)《ゆめみこまち》 (三) 翻未7
熊野《ゆや》 (三) 版イ 翻評7 対3 学1 叢3 名 観5 解3

車1　国2　大2　集1　影擬光3
由良物狂　甲《ゆらものぐるい》　(四)　翻末3
百合草若(百合草大臣)《ゆりわか》　(四)　翻末3

よ

楊賀(陽嘉)《ようか》　(四)　翻末3 24
楊貴妃《ようきひ》　(三)　版イ　翻評5　対3　学1　叢3　名　観5
解2　車1　国2　集1　潮3　影擬光3
夜討曾我(打入曾我・富士巻狩)《ようちそが》　(四)　版イ　翻評3　対3
学2　叢3　名　観5　解5　車3　国3　大2
養老(養老瀧)《ようろう》　(一)　版イ　翻評5　対3　学1　叢3　名
観5　解1　車3　国3　大1　集1　影擬光1
横笛　甲(瀧口・瀧口横笛・衞ヶ淵)《よこぶえ》　(三)　翻末3
横笛　乙(幽霊横笛甲)《よこぶえ》　(三)　翻末17
横笛　丙(幽霊横笛乙)《よこぶえ》　(三)　翻末16
横山(草刈り・治直)《よこやま》　(四)　翻名　未続16
義興《よしおき》　(二)　版ホ　翻新　叢3
義貞(足羽川)《よしさだ》　(二)　翻末15
吉助(六浦)《よしすけ》　(四)　翻末続16
義経　乙《よしつね》　(二)　翻新
義経　丙《よしつね》　(二)　翻末24
義朝《よしとも》　(二)　翻末15
吉野(吉野参詣・吉野貫之・木守)《よしの》　(一)　版ハ　翻評3　叢3
名
吉野優婆塞《よしのうばそく》　(一)　翻末続16
吉野琴(吉野山甲)《よしのごと》　(三)　版ニ　翻叢3　未続16
吉野桜《よしのざくら》　(一)　翻末15
吉野三位《よしのさんみ》　(四)　翻末3 15　未続15
吉野静(静)《よしのしずか》　(三)　版ロ　翻評3　対3　叢3　名　観5　解
2　車2　大1　影擬光3
吉野静前《よしのしずかのまえ》　(三)　翻末3 17
吉野天狗　甲(伊賀局)《よしのてんぐ》　(五)　翻末3
吉野天人《よしのてんにん》　(三)　版ハ　翻評3　対3　学3　叢3　名　観
5　解3
吉野判官《よしのほうがん》　(四)　翻末15
吉野詣(吉野花見)《よしのもうで》　(一)　翻評9　叢3　名
吉水(花菊)《よしみず》　(四)　版ニ　翻叢3　↓岡崎　乙《おかざき》
頼方《よりかた》　(四)　翻末15
頼政(源三位・宇治頼政)《よりまさ》　(二)　版イ　翻評3　対3　学1
叢3　名　観5　解2　車1　国2　大1　集1　潮3　影擬
光1
寄辺の水《よるべのみず》　(五)　翻末15　↓桑露杉《そうろさん》
鎧《よろい》　(四)　翻新
弱法師　甲《よろぼし》　(四)　翻大1　未続16　世
夭霊星　乙《よろぼし》　(四)　翻末続16
弱法師　丙《よろぼし》　(四)　翻評3　対3　学3　叢3　名　観5　解3
国3　未続16　集2

ら

雷電　甲《らいでん》　(五)　版ロ　翻評4　対3　叢3　名　観5　解5

羅生門《らしようもん》 ㈤ 版ロ 翻評4 対3 学3 →綱《つな》
蘭奢待(名香)《らんじやたい》 ㈣ 翻未15
乱舞猩々《らんぶしようじよう》 ㈤ 翻新

り

鯉魚(鯉)《りぎよ》 ㈤ 翻未7
龍(褒姒)《りゆう・りよう》 ㈣ 翻番続
柳原《りゆうげん》 翻未続16
龍宮猩々 甲(三人猩々)《りゆうぐうしようじよう》 ㈤ 翻新
龍宮猩々 乙(海中猩々)《りゆうぐうしようじよう》 ㈤ 版ホ 翻叢3
留春《りゆうしゆん》 ㈣ 翻新
龍神七夕(七夕龍神・星合龍神)《りゆうじんたなばた》 ㈠ 翻新 未24
龍神玉津島(玉津島乙)《りゆうじんたまつしま》 ㈠ 翻未17 →玉津島龍神《たまつしまりゆうじん》
龍頭太夫(龍頭・稲荷山・稲荷乙・弘法・額稲荷)《りゆうとうだゆう》 ㈤ 版ハ 翻叢3 未続19
龍門寺《りゆうもんじ》 ㈢ 翻未15
龍虎《りようこ》 ㈤ 版ロ 翻評2 対3 学2 叢3 名 観5 解6
呂后《りよこう》 ㈤ 翻評2 叢3 拾
輪管《りんかん》 ㈣ 版ホ 翻新 叢3
輪蔵(傅大士)《りんぞう》 ㈠ 版ロ 翻評2 対3 学2 叢3 名 観5 解1 大2

る

類仙香《るいせんこう》 ㈣ 翻未17

瑠璃君《るりぎみ》 ㈢ 翻未15
留林寺《るりんじ》 ㈤ 版ニ 翻叢3

れ

霊昭女《れいしようじよ》 ㈢ 翻未15
伶倫《れいりん》 ㈤ 翻番続

ろ

籠祇王(粉川祇王)《ろうぎおう》 ㈣ 翻評1 対3 叢3 名 未24
籠尺八《ろうしやくはち》 ㈣ 版ニ 翻叢3 未24
籠太鼓《ろうたいこ》 ㈣ 版ロ 翻評1 叢3 名 観5 解3 車2 潮3 影擬光2
朗弁《ろうべん》 ㈣ 翻未3
籠破 甲《ろうやぶり》 ㈣ 翻未続19 →磯屋《いそや》 →治親《はるちか》
六地蔵《ろくじぞう》 →御菩薩池 甲《みぞろがいけ》
六代(六代文学・文覚・局六代・富士文覚)《ろくだい》 ㈣ 版ニ 翻叢3 未24 →鞭文覚《むちもんがく》 →文覚《もんがく》
六角堂《ろつかくどう》 ㈤ 版ホ 翻叢3

わ

和歌の浦(和歌天神)《わかのうら》 ㈣ 翻番続
和国《わこく》 ㈣ 版ホ 翻評2 叢3 名
和田酒盛 甲(和田宴 甲)《わださかもり》 ㈣ 版ハ 翻評2 叢3 拾 →酒宴曾我《しゆえんそが》
和銅(和銅銭?)《わどう》 ㈣ 翻未15

解説

解説

西野春雄

はじめに

肉体をもって表現される芸術は、肉体の滅びとともに霧消してしまう。今様の名手後白河院は『梁塵秘抄口伝集《りょうじんひしょうくでんしゅう》』に、後世に伝え得ぬ嘆きを、

おほかた、詩を作り、和歌を詠み、手を書く輩《ともがら》は、書きとめつれば、末の世までも朽つることなし。こゑわざの悲しきことは、我が身隠れぬるのち、とどまることのなきなり。その故に、亡からむ跡に人見よとて、いまだ世になき今様の口伝を作りおくところなり。

と綴った。

詩や和歌や物語などの言語芸術、絵画・彫刻・建築などの造形芸術は、天災や人災で消滅散佚しないかぎり朽ちることなく、そのままの姿で後世に伝わる。後の世の人々は、何度も読み鑑賞するうち、理解が深まり感銘することも

ある。たとえ発表当時不評でも、作者の死後に多くの理解者を得ることもあろう。

だが、送り手(役者)と受け手(観客)が現実にひとつの空間・時間を共にし、歌や舞や所作による送り手の肉体表現と、受け手の想像力の、共同の幻想の上に、ただ一度きりに成立する能や狂言などのような体現芸術は、演じられた瞬間、瞬間に消えていく。まさに一期一会の世界である。芸能が本質的に有するこの一座性ないし一期一会性を最も色濃くもつ能では、観客の参加が何よりも必須であった。世阿弥《ぜあみ》(一三六三?—一四四三?)が説くように、書き手(作者)と為手《して》(役者)と見手《みて》(観客)の三者がみごとに「相応」したとき、はじめて能は「成就」(成功)する。世阿弥が常に観客を重んじ、深い関心を示したのも、この一点にあった。世阿弥が『風姿花伝』奥義で、「この芸は心より心に伝ふる花なれば」と綴って、能の魅力や感動を「花」にたとえて演能の指標にしたのも、芸の伝承、遺風の継承の大切さとともに、能が見る人の心に訴えかける芸であることを認識していたからにちがいない。

舞台芸術に固定はない。体で表現する芸術は、言語芸術や造形芸術と違い、時とともにその姿を変えてゆく。猿楽能の大成者観阿弥《かんあみ》が生まれた元弘三年(一三三三)から数えても六百六十余年を越える能の歴史は、常に変革の歩みであった。その時代の精神を映し、そのときどきの観客の好尚を反映させてきた。

ところで、詩の発生は遥か遠く記紀歌謡の時代に求められ、物語の誕生もその出《い》で来はじめの祖《おや》なる『竹取物語』をはじめとして古代に見られるのに対し、猿楽の能や狂言に代表される劇は、なぜ中世において生まれたのであろう。猿楽の能や狂言ばかりでなく、田楽《でんがく》・白拍子《しらびょうし》・平家語り・早歌《そうが》・曲舞《くせまい》などの芸能が一時に花開き流行した中世は、大勢が一座して共に享受し、共に楽しむ芸能の時代であり、寄合《よりあい》の時代であった。

後醍醐天皇の建武の新政を批判した「此比《このごろ》都ニハヤル物」で始まる「二条河原落書《らくしょ》」(『建武年間記』)に「京鎌倉ヲコ

キマゼテ、一座ソロハヌエセ連歌《れんが》、在々所々《ざいざいしょしょ》ノ歌《うた》連歌、点者《てんじゃ》ニナラヌ人ゾナキ、……犬田楽ハ関東ノ、ホロブル物ト云ナガラ、田楽ハナヲハヤル也、茶香十炷《じっしゅ》ノ寄合モ、鎌倉釣《つれ》ニ有鹿《ありしか》ド、都ハイトド倍増ス……」とあるように、都《と》鄙《ひ》・貴賤《きせん》を問わず、おびただしい人たちが花の下《もと》の連歌につどい、闘犬に夢中になり、田楽に魅せられた。一味同心の茶をすすり、香をたて、踊り念仏に我を忘れて踊り狂った。平家語りに共感し、曲舞に拍子を合わせ、猿楽の能に魂を奪われ、狂言に笑いころげた。そこには何よりも寄合の精神が脈々と流れている。

中世文芸の多くは、文字で書かれた冊子を繙いて、ひとり静かに鑑賞するというよりも、大勢が一所《ひとつどころ》に集まり、語られ謡われ、耳に聴いて楽しむものに変わっている。座の文芸である。文字に縁の薄い者にも、耳に響く快い韻律の美しさは感得できるし、美しい風姿や演技を鑑賞する感性はある。耳に心地よく響く声や音、目に映じる姿の美しさに、さらに演劇的な筋立てが加わって新しい歌舞劇(能)が確立されたとき、その享受者の層は格段にひろがっていく。権力者を揶揄《やゆ》し、庶民生活の一齣《ひとこま》をとりあげ、笑いを誘う滑稽なセリフ劇(狂言)が形成されたとき、微笑・哄笑・嘲笑の輪はたちまち広がる。能や狂言が中世において確立し発達した背景のひとつには、こうした庶民層の文学への参加があった。在地の人々に支持され育てられた新しい芸能の猿楽の能や狂言は、この広い庶民層に迎えられ、新しい享受者層をその基盤においたのである。

一 詩と劇と音楽の出会い

1 戯曲としての能本

南北朝時代に成立した能は、登場人物および多人数合唱形態の地謡《じうたい》や同音《どうおん》が発する言葉と、登場人物の動き(所作)と、謡・囃子などの音楽から成り立っている。言葉すなわち詞章を音楽的に「謡《うたい》」(声楽部分)ともいい、世阿弥時代から能の台本のことを「うたひの本」と呼んでいた。能の中に占める謡の重要性を示す呼称であるが、同時に世阿弥は「能の本を書く事、この道の命なり」(『風姿花伝』第六花修)と述べているように、台本を「能の本(能本)」とも呼んでいる。また能の詞章を謡曲ともいい、広く使われている。能本という呼称は、声楽の謡だけに限定されがちな謡本《うたいぼん》よりもっと広い響きを持つ言葉なので、近年、復活しつつあり、本書でも、謡曲と能本の語を合わせ用いていく。

私たちは、「熊野《ゆや》」「松風《まつかぜ》」などの絢爛の美をきわめ波瀾の妙をつくした作品を鑑賞するにつけ、戯曲としての能本の詩的な美しさに感動する。イメージを喚起する言葉の力、その詩法や修辞のうまさと韻律の美しさに魅了され、語彙の豊かさにも感嘆する。和歌・連歌・漢詩等の古歌名句から、物語や説話や軍記の文章、今様・朗詠・早歌、和讃・講式・伽陀等の一節、漢語・仏教語の一句、はては諺や口語や俗語まで、能本は貪欲に摂取している。

いま、その能本の言葉に着目してみると、横道萬里雄「能本の戯曲性」(『能劇の研究』岩波書店、一九八六年)が指摘するように、能本には、一時代前の鎌倉時代の口語である「候体の散文」と、小説や語り物の文体である「ナリ体の散文」と、詩の文体と考えてよい「韻文」の三つが入り交じって使われていて、散文(候体・ナリ体)と韻文(詩)とが程よく融合している。登場人物やその代弁者ともなる地謡(今日では八人編成が一般)が、この三つの文体を用いていることは、とりもなおさず能が演劇と語りと詩の混合体であることを示している(前掲書)。

日本文学史上、最初の劇を形象させた能の言葉は、あくまでも、劇として、歌い、語り、対話することを前提に作詞・作曲されている。世阿弥は「音曲にて働く能あるべし。これ一大事なり。真実面白しと感をなすは、これなり。聞く所は耳近に、面白き言葉にて、節のかかりよくて、文字移りの美しく続きたらんが、ことさら、風情を持ちたる詰めを嗜みて書くべし」(『風姿花伝』第六花修)と主張する。観客が耳で聞いてすぐ理解できる言葉を選び、ときには旋律を犠牲にしても文意を正しく伝えるようアクセントを重視しなければならなかった。雅楽の催馬楽や朗詠などのように旋律の流れを第一目的とした「歌物」とは違い、言葉の意味をより優先させる「語り物」の系統をひく音楽であるから当然である。また、言葉に花を咲かせようとすれば句長になる危険が待ち構えているし、事件の順序通りに脚色しても冗長になってなお悪い。世阿弥は、演技の流れや序破急に配慮し、言葉の響きや余韻を大切にするとともに、「文章の法は、言葉をつづめて理のあらはるるを本と」し、簡潔を心がけ、「ただ、能には、耳近なる古文・古歌、和歌言葉もよきなり。あまりに深きは、当座には聞こえず。草子にては面白し」と主張している(『申楽談儀《さるがくだんぎ》』)。韻文であれ散文であれ、草子(読む文章)とは決定的に異なる、あくまでも劇としての配慮が不可欠であった。

このように、能には語り物的要素と劇的要素と音楽的要素がみごとに融合している。それは次のように整理できるであろう。

劇＝役(人物)の対立、葛藤 → 主題 → 観客の心に訴える。

詩＝観客を溶け込ませる → 知性に訴え、韻律の美しさは観客を魅惑し、主題を鮮明にする。
音楽＝感性に訴え、意味を越えて聴き手を非日常的な世界に連れ去る、一種の呪力をも持っている。

2 積層構造

能本(謡曲)の構造は、小さな構造単位が数個集まって次の構造単位をつくり、さらに集まって大きな単位をつくるというように、層を積み重ねた構造になっている(モザイク構造)。小さな単位から大きな単位への流れを概観すれば、「句→節→小段→段→場→能一番」という構造になるが、このうち最も重要な構造単位が小段《しようだん》である。すなわち、能本にはかなり明確な類型性があり、たとえば謡を例にとると、「高砂《たかさご》」の神職の登場歌「今を始めの旅衣、今を始めの旅衣、日も行く末ぞ久しき」(七五、七五、七四)と、「安宅《あたか》」の弁慶一行の登場歌「旅の衣はすずかけの、旅の衣はすずかけの、露けき袖やしほるらん」(七五、七五、七五)とは、詩型も旋律型もほぼ共通し、これと同じ類型の小段が他の能にも多く、古くからこれを次第《しだい》と呼んでいる(既に世阿弥時代には存在した)。こうした類型は、ほかにも数十種あり、これら能本(謡曲)の最小構造単位を小段と呼んでいる。

小段には、謡が中心となる謡事《うたいごと》の小段と、囃子のみで演奏される囃子事《はやしごと》の小段と、動きのみの小段とがある。その種類の数は、どこまで細かく分類するかで変わってくるが、おおまかにとらえると、謡事、囃子事それぞれに約五十種が見られる。おもな謡事の小段に、次第、下歌《さげうた》、上歌《あげうた》、クルイ、クセ、ノリ地、中《ちゆう》ノリ地、一セイ、ワカ、クリ、サシ、クドキなどがあり、囃子事の小段に、序ノ舞、中《ちゆう》ノ舞、早舞《はやまい》、男舞、神舞、神楽、楽《がく》、羯鼓《かつこ》、獅子など(以上舞事《まいごと》)、イロエ、カケリ、祈リ、舞働《まいばたらき》、立回《たちまわ》リなど(以上働事《はたらきごと》)、早笛、大《おお》ベシ、下《さが》リ端《は》、一声《いっせい》、出端《では》、次第、名ノリ笛など(以上出端事《ではごと》・入端事《いりはごと》)がある。これら小段の内容と機能については「小段解説一覧」を参照していただきたい。

3 諸調と連続感

ところで、能の詞章は、いわゆる旋律的に歌われる「フシ」の部分と、節付されていない「コトバ」の部分に大別される。コトバは、先述の候体の散文に多く、役と役とで交わされる会話や問答などで用いられ、男女、老若など、役柄の違いによって、抑揚や緩急のつけ方が工夫されている。蒲生美津子「音楽としての能」(『週刊朝日百科・日本の歴史 中世 能と狂言』一九八六年)によると、「その独自性は、同じ中世の平曲や幸若などには見当たらず、むしろ古代の僧侶たちの間で行われた問答や論義という仏教音楽にその源をたどれそうである」という。

フシを拍律(拍子)の面からみてゆくと、歌詞の各音節が「八拍子《やつびょうし》」という八拍を一フレーズとする拍節の、第何拍にあたるかが意識されているかいないかの違いによって、「拍子合《ひょうしあい》」と「拍子不合《ひょうしあわず》」に大別され、歌詞の内容や気分に応じて巧みに使い分けられている。しかも「拍子合」は、

a 平《ひら》ノリ=三字を二拍に配するのを原則とする独特のリズム法。一フレーズは七五調を基準とするが(八拍子の長さに、七五の一句十二音をあてる)、字足らずや字余りの句も多い。

b 中《ちゅう》ノリ=二字一拍で、リズムにはっきり乗せてサクサクと歌う。一フレーズは八八調が基準。

c 大《おお》ノリ＝一字一拍で、リズムにはっきり乗せてノリよく歌う。一フレーズは四四調が基準。

の三種のノリ型(リズム型)に分類される。aが伸縮に富み、奥行きのあるリズムで、拍子合部分のほとんどに用いられるのに対し、b・cは使用範囲が狭く、bが戦闘場面や地獄の描写等に、cが舞踊的な部分や鬼神天狗などの登場や立ち働きの場面等に用いられる。このノリ型も世阿弥以前から存在し、作者は作詞の段階で、ノリ型をはじめとする作曲面を思い描きながら綴っているのである。謡曲は七五調を基調としながらも、五七調、七七調もあり、四音、九音、八音、六音等を一句とするなど、さまざまな律が混淆し、それらがすべて八拍子に配されて謡われていく美しさは、まさに韻律の宝庫といえる(本書では、謡曲の韻律を味読していただくよう配慮した)。

　こうしてみると、能の詞章(謡曲)は、大きな意味でリズムのある詩、諧調ある文章といえる。

　そして、掛詞・縁語・序詞・付合(寄合)、押韻(頭韻・脚韻、連韻・重韻、数韻)、対語・対句、反復、比喩、引用等の修辞・詩法も、畢竟、この諧調を保持するために工夫されたものといってよい。たとえば「露しんしんと降る古塚」「奥は暗き鞍馬の山道の」「心を尽くしし筑紫の果て」などとせず、「露しんしんと古(降る)塚の」(「井筒《いづつ》」)、「奥は鞍(暗)馬の山道の」(「鞍馬天狗」)、「心筑紫(尽くし)の果てにある」(「唐船《とうせん》」)などと同音異義を武器として二意兼用をねらい、簡潔を求めている。「越の白山しらねども」(「歌占《うたうら》」)、「粟津の原のあはれ世を」(「兼平」)、「柴の樞のしばしばも」(「大原御幸」)などと同音を重ねて調べを整えるのも、「旅衣、末はるばるの都路を、けふ思ひたつ浦の浪」(「高砂」)と「衣」に縁のある「張る」「断つ」「裏」の語を集中させて一句を綴り、あるいは「今はた賤が繰る糸の(以上、「長き」の序詞)、長き命のつれなさを」(「黒塚」)などと綴るのも、すべては諧調を保ち表現するための工夫であった。

　同時にそれは、文章が断《き》れようとして断れず、起伏を刻みながら連続していく、快い流れを現出させることでもあった。この連続感を能(謡曲)は基調とする。謡曲の詩法・修辞は文章を美しく飾りたてるためにのみあるのではなく、むしろこうした連続感を出すためにある。横道萬里雄は、

能は連続感を大切にする。一つの小段が終わりかけたところへかぶせて、次の小段の囃子が始まるとか、一つの動きが終わったときに、その呼吸を切らずに次の所作に移行するとかいう扱いが、いたるところで見られる。詞章の上でも、核心となるナリ体韻文では、なるべく終止形を用いないなどの配慮がある。掛言葉は、文章のそうした連続感を保持する機能を果たしているのであり、他の修辞も、掛言葉との関連で用いられることが多い。

と述べており(『岩波講座　能・狂言Ⅲ　能の作者と作品』一九八七年)、大事な指摘であろう。

4　能本の作成——創作・模作・改作・翻案

観阿弥・世阿弥父子が活躍した当時、能本の多くは役者自身が書き、演じる自作自演が普通で、一座の成功と繁栄の鍵は、観客を魅了する、新鮮で面白い能をたくさん常備し、それらを演じこなすスターがいるかどうかにかかっていた。ことに各座の優劣を競う立合勝負《たちあいしょうぶ》では、何よりも自作の能を持つことが肝要で、世阿弥は「芸能の作者別なれば、いかなる上手も心のままならず。自作ならば、言葉・振舞、案の内なり。されば、能をせんほどの者の和才あらば、申楽《さるがく》を作らん事、やすかるべし。これ、この道の命なり」(『風姿花伝』第三問答条々)と言い切っている。

能を書くことはこの道の命なのだ。和才、即ち和歌・連歌・和文の才があれば、能の創作は比較的容易であったらしい。しかも、この場合の創作は必ずしも書き下ろし＝オリジナルに限らない。先行作品を模倣した模作、原作の趣

向を移し換えた翻案、構想や構成を改変した改作も含み、場面や詞章などの借用も、あるいは原作に部分的に手を加えた改訂・潤色や、編曲＝アレンジも含んでいた。

これらの具体例は世阿弥の作劇論『三道《さんどう》』(一四二三年成立)や芸談の『申楽談儀《さるがくだんぎ》』(一四三〇年成立)などから知られる。

凡《およそ》、近代作書《さくしょ》する所の数々も、古風体《こふうてい》を少しうつし取りたる新風なり。昔の嵯峨物狂の狂女、今の百万、これなり。静、本風あり。丹後物狂、昔、笛物狂なり。松風村雨、昔、汐汲《しおくみ》なり。恋の重荷、昔、綾の太鼓なり。自然居士、古今あり。佐野の船橋、古風あり。如レ此《かくのごとく》、いづれもいづれも、本風を以て再反《さいへん》の作風なり。その当世当世によりて、少々言葉を変へ、曲を改めて、年々去来《ねんねんきょらい》の花種《かしゅ》をなせり。(『三道』)

鵜飼・柏崎などは榎並《えなみ》の左衛門五郎作なり。さりながら、いづれも悪き所をば除き、よきことを入れられければ、皆、世子《ぜし》(世阿弥のこと)の作なるべし。今の柏崎には、土車の能世子作の曲舞を入れられる。四位少将《しいのしょうしょう》は、根本《こんぽん》、山徒に唱導《しょうどう》のありしが書きて、金春権《こんばるごん》の守多武峰《かみとうのみね》にてせしを、後《のち》、書き直されしとなり。佐野の船橋は、根本、田楽の能なり。然《しか》るを書き直さる。昔能なりしを、田楽もしければ、久しき能なり。(『申楽談儀』)

昔の「嵯峨物狂《さがものぐるい》」が「百万《ひゃくまん》」に改作され、「静」(「吉野静」ではなく「二人静」らしい)、「自然居士《じねんこじ》」「船橋《ふなばし》」は古作の改作であること、「丹後物狂《たんごものぐるい》」は「笛物狂《ふえものぐるい》」の、「松風」は「汐汲《しおくみ》」の、「恋重荷《こいのおもに》」は「綾《あや》の太鼓《たいこ》」の翻案であること、「鵜飼《うかい》」と「柏崎《かしわざき》」は榎並の原作に世阿弥が手を加え、その「柏崎」には世阿弥作「土車《つちぐるま》」のクセを挿入したこと、「四位少将」(「通小町《かよいこまち》」の古名)は元来、唱導師(説経者)が書いて、それを金春権守(金春禅竹の祖父)が大和の多武峰で初演し、さらに観阿弥が書き直したものであることなどが知られる。観阿弥や世阿弥たちは他ジャンルの田楽能や先輩諸座の演目でも、面白いものは、積極的に摂取し、改作・翻案して時代の好尚に応えていったのである。

二　謡曲が描く世界

1　雅俗の共存

演劇は時代を映す鏡と言われるが、謡曲も生まれ育った中世という時代をみごとに反映している。観阿弥・世阿弥父子が活躍した室町時代は、典雅な王朝文化や王朝美への憧れが著しく、幽玄(優美)な風趣を追い求めてやまない動きがあった。その一方で、それとは反対に、現実生活に根を下ろした平俗と滑稽を求める気風も強く、文学や芸能に雅と俗の両面が共存していた。

たとえば、風雅な連歌に対する滑稽な俳諧連歌であり、幽玄な能に対する諧謔な狂言である。狂言が、当時の庶民の日常生活に取材し、失敗や粗忽や諷刺の一齣を軽妙な仕草と口語による台詞で演じているのに対し、謡曲は、『伊勢物語』や『源氏物語』『平家物語』などの先行文芸や『古今集』などの歌集や歌学書・古注釈、あるいは『志度寺縁起』『道成寺縁起』など寺社縁起や和漢の故事に題材を求め、典雅な歌舞や音楽とによる、荘重で詩的な歌舞劇の道を歩み、優艶な王朝美や夢幻的情趣を表現している。その題材を時代順に配列すれば、あたかも古代から室町時代にいたる文芸史・伝説史が形成される謡曲、中世の庶民生活の諸相をリアルに描き出して見せる狂言、この二つの演劇が表現する世界は広く、かつ深い。

2　中世の現代劇

きわめて大づかみにいえば、謡曲は、神や罪の問題を、愛と死の姿を、そして人の心のたゆたいを、美しい詩劇のかたちで訴える。現実社会を描く謡曲のほとんどは、当時の現代劇であり、大勢の観客に愛され、熱狂的に支持された。世阿弥たちがめざしたもの、それは都鄙上下の大勢の人々に愛されること、すなわち「衆人愛敬《しゆにんあいぎよう》」であり、みんなを幸福にさせ、命を延ばす、すなわち「寿福増長《じゆふくぞうちよう》」「遐齢延年《かれいえんねん》」であった(『風姿花伝』第五奥義)。中世の時代精神や芸術思潮・美意識を反映させ、時代の要求を全面的に受け容れた総合芸術であった。祝言・幽玄・恋慕・哀傷・神祇・武勇・無常を謡った。当時の世相を反映した劇が多く作られ、巷説やニュース・事件も恰好の題材であった。敵討ちや刃傷沙汰《にんじようざた》があれば、早速、能に仕組んでいるし、人買いの横行した中世の世相を反映して、「自然居士」「桜川」「隅田川」や廃曲の「婆相天《ばそうてん》」(「二艘舟」とも)など、人買いを扱った能も生まれた。いたいけな少年少女ばかりか、廃曲「浜均《はまならし》」のように夫婦や廃曲「信夫《しのぶ》」のように立派な若者までが甘言や計略にかかって売られている。

むろん、孤島に一人残された流人《るにん》の悲哀を描く「俊寛」や、盲目の流され人の悲劇を娘人丸の訪問を通して描き、敗残の勇者の痛ましさを深く刻む、出会いと別離の能「景清《かげきよ》」などのように、時代を過去に取るものもあるが、あくまで、生きた現実の人間世界を描いている。合戦にまきこまれ戦乱の世に生きる当時の観衆にとって、俊寛の悲嘆も、景清と娘との邂逅《かいこう》と永遠の別れも、逢坂山に棄てられた弟宮蟬丸と流浪の姉宮逆髪《さかがみ》との思いがけぬ再会と永訣も、遠い昔の物語である以上に、わが身の上に切実な出来事であったろう。能も狂言も中世の現代劇であったのである。

涙もあれば笑いもある。斬組みもあれば論争もあり、スリルもサスペンスもスペクタクルも、そしてショウもあった。冒険も奇跡も、純愛も悲哀も、別離も邂逅もある。神の祝福も、地獄での呵責もあった。こころみに能の主題を分類してみると、次のごとくである。

＊ 主な作品をあげる。 △＝廃曲 無印＝現行曲。
＊ 二つ以上の主題にわたる作品もある。（ ）内は異称。

1 神仏・精・天仙が影向し、御代を称え、祝福する（神徳の讃美）
弓八幡（八幡） 放生川（八幡放生会） 高砂（相生） 佐保山（佐保姫） 龍田（龍田姫） 養老 白楽天 難波（難波梅） 呉服（綾織） 右近（右近馬場） △吉野琴（吉野山） △箱崎 △鼓瀧 △住吉小尉など
そのほか寺社の縁起＝白鬚 志賀（志賀黒主） 御裳濯 竹生島 松尾 代主（葛城賀茂） 逆矛 三輪 賀茂（矢立賀茂）
九世戸 江島 大社 輪蔵 嵐山 金札（伏見） 三輪 草薙（草薙剣） 源太夫（熱田） 富士山 氷室 和布刈 鵜祭 △伏見 △布留など

2 神霊・貴人・歌人などが和歌・音楽の徳を讃え、遊楽する
蟻通 融 小塩 雨月 東北（軒端梅） 鸚鵡小町 △阿古屋松 △吉野貫之 △和泉式部（貴船）など

3 仏教の教義を説き、仏法を讃嘆、また高僧聖賢に取材し教義を宣伝する
当麻 江口 山姥 誓願寺 東岸居士 卒都婆小町 芭蕉 春日龍神（明恵上人） △伊呂波（空海） △空也（空也上人）
△融通鞍馬など

4 神仏の霊験・奇跡を描く
谷行 小鍛冶 檀風（擅風） 国栖 石橋 猩々 木曾（木曾願書） △兼元（熊野詣） △大般若（三蔵法師） △河水など

5 中世武士の倫理・道徳・気質等を描く
鉢木 藤永（藤栄） 満仲（仲光） 七騎落 摂待 望月 △横山（草刈） △浦上（浦壁）など

6 武名・智略・武勇・戦闘・合戦等を描く
頼政（宇治頼政・源三位） 実盛 忠度（短冊忠度） 通盛（通盛卿小宰相事） 箙（箙梅） 敦盛（草刈敦盛） 知章 八島（義

経）忠信　安宅　正尊（堀河夜討）　夜討曾我（打入曾我）　烏帽子折（現在熊坂）　羅生門（綱）　大江山（現在酒呑童子）
紅葉狩（維茂）　飛雲　巴　現在巴（今生巴）　△衣潜巴　△御台巴　△葵（葵巴　太刀堀）　△教経など
7 戦いの悲惨さ空しさ等を描く
清経　朝長　俊寛（鬼界島）　藤戸　△重衡（笠卒都婆）　△維盛　△経盛（形見送）など
8 親子の恩愛を描く
海人　藍染川（宰府）　竹雪　唐船　景清（盲景清）　土車　△苅萱（禿高野）　△敷地物狂など
9 男女の愛を描く
船橋（佐野船橋）　錦木（錦塚）　通小町（四位少将）　女郎花　求塚　班女　△恋松原　△玉水（井手玉水）など
10 女の恋慕の情、思慕、純愛、嫉妬などを描く
井筒　葵上　野宮　定家（定家葛）　松風（松風村雨）　砧　浮舟　夕顔　玉鬘　二人静　熊野　仏原　千手（千手重衡）　小督（仲国）　鉄輪　三山　恋重荷　綾鼓　△松浦佐用姫（松浦鏡）など
11 老いの美、孤独を描き、老精の風姿に惜春・懐旧の情などを描く
檜垣　姨捨（姨捨山）　関寺小町　木賊　西行桜　遊行柳など
12 稚児賞翫、男色を描く
松虫　鞍馬天狗　△粉河寺　△花丸　△白菊（児ヶ淵）など
13 貧困・労働を描く
鳥追舟（鳥追）　△千引（千引石）　△千手寺　△浜均など
14 人身売買を描き、人買いを扱う
自然居士　桜川　隅田川　△信夫（現在信夫）　△婆相天（二艘舟）　△稲舟　△逢坂物狂（逢坂盲）　△隠岐院　△身売など
15 生活のため殺生を業とする身と仏法との相克を描く
鵜飼　阿漕　善知鳥　△当願暮頭など
16 人生に対する懐疑・苦悩・諦観等を描く
弱法師　盛久　蟬丸　邯鄲（邯鄲枕）など
17 疎外された運命の中で生きるものの嘆きを描く
鵺など

18　物狂・曲舞々・白拍子・巫女・物売りなどの芸の面白さを描く
百万　花形見（花筐）　柏崎　歌占　蘆刈　雲雀山　高野物狂　水無月祓　三井寺　△多度津左衛門　△丹後物狂　△松浦物狂など

19　神話・伝説等の劇化
玉井　大蛇　羽衣　雷電　道成寺　△鵜羽　△御崎（叢雲）　△守屋　△菅丞相　△一夜天神　△かぐや姫　△鐘巻など

20　唐土・天竺の故事・説話の劇化
西王母　東方朔　昭君（王昭君）　天鼓　楊貴妃　咸陽宮　鍾馗　皇帝（明王鏡　御悩楊貴妃）　張良　三笑　龍虎　一角仙人　△韋駄天　△范蠡（吾子胥）　△橘　△武王　△呂后　△馬融　△太施太子　△降魔など

3　『平家物語』と謡曲との交渉

前節であげた主題別分類のなかで、たとえば6・7の作品群の背景にある『平家物語』と謡曲との交渉をみてみよう。南北朝から室町初期にかけて、当時の貴族や武士や民衆に広く愛され、人々が喜んで聴聞した『平家物語』は、潑剌たる生気をもって当代の人々の心をゆさぶった語り物である。

和漢混淆文のここちよいリズム、哀調を帯びた語り口、馬のひづめの音や刀の打ち合う音さえ聞こえてきそうな臨場感、清盛・義仲・義経たち英雄の活躍はもとより、主従の義のもとに戦い、父子の絆のもとに、武名のために戦った武士たちの壮烈な最期は、聴衆の心をとらえて離さない。そして動乱の世の中で運命に翻弄される女性たちの悲しみ、心にしみる琵琶の音《ね》、鎮魂の賦、全体を流れる無常感。能にとって、これほどの好素材はない。『平家物語』はまず素材を供給し、文字を提供した。さらに曲節をも与えた。

世阿弥は『風姿花伝』第二物学条々「修羅」で、

これ又、一体の物なり。よくすれども、面白き所稀なり。さのみにはすまじきなり。ただし、源平などの名のある人の事を、花鳥風月に作り寄せて、能よければ、何よりもまた面白し。ことに花やかなる所ありたし。

と説く。修羅の迷妄や罪業を描く暗い修羅能から飛躍して、風雅な修羅をめざした。たしかに世阿弥たちが書いた作品には、たとえば「敦盛《あつもり》」の笛、「箙《えびら》」の梅、「忠度《ただのり》」の花(桜)と和歌、「清経《きよつね》」の恋など、風流韻事を借りた曲が多い。

さらに『三道』では、

軍体の能姿、仮令、源平の名将の人体の本説ならば、ことにことに平家の物語のままに書くべし。

と述べている。「平家の物語のままに書くべし」というのは、謡曲に脚色するにしても、平家の物語で知られた人物の形象を恣意的に変改してはならないということである。しかしながら詞章の順序まで物語どおりに運べというのではない。世阿弥の主張は、舞台劇としての時間と空間を十分に生かし、滞らぬ演技の流れを心がけよというのである。

4　風雅な修羅

修羅能は、源平の武人たちを主人公に、戦いの再現や、勝者も敗者も落ちていく修羅道の苦しみを描くのが本来の行き方であるが、世阿弥は夢幻能(後述)の手法を駆使して、風雅・恋・武名・気概を主題に、詩趣あふれる詩劇に発展させていった。須磨の浦を舞台に「木陰を旅の宿とせば、花こそ主なりけれ」と結ぶ、武勇と風雅の「忠度」をはじめとして、戦乱の世、死を共にと誓いあいながら、自ら命を絶った清経のやむにやまれぬ心と、愛の違約を恨む妻の心情を描く「清経」など、世阿弥は修羅能にも数々の傑作を書いている。

たとえば鬢鬚を黒く染め、錦の直垂姿で出陣し、討死した老武者斎藤別当実盛の武名と気概を描く「実盛《さねもり》」は、『三道』に当時の人気曲として見え、『申楽談儀』に世阿弥作とある。

場面は、加賀国篠原の里、実盛の首を洗ったという池のほとり、念仏を勧める他阿弥上人の法談の場。里の男（アイ）が最初に登場し、上人が独り言を言うのが不審だという。上人が誰かと言葉を交わしている様子であるが、上人以外には姿が見えないという設定である（なお、狂言が冒頭に登場して事件の発端を触れるのを狂言口開《きょうげんくちあけ》といい、修羅能では異例である）。上人（ワキ）が念仏の功徳を讃嘆していると、老人（前ジテ）の姿が浮かびあがる。たなびく紫雲に合掌し、鉦の音や念仏に耳を澄まし聴聞する老人に、上人は名を尋ねるが、名乗らない。罪障懺悔《ざいしょうさんげ》のためにも隠さず名乗り給えと促されると、老人は人払いを頼み、昔長井の斎藤別当実盛は……と他所事《よそごと》のように言う。この老人こそ、この地で戦死した実盛の霊であった。老人は弔いを願い、姿を消す（中入）。

里の男が上人に実盛の合戦の有様を語り、その夜、池のほとりで別時《べつじ》の念仏（日々の念仏では怠りがちとなるため、特定の期間を設けて、不断に念仏を行ずること）が行われると、鬢鬚白き老武者なれども華やかな甲冑姿の実盛の霊（後ジテ）が顕れて、念仏に加わり、和讃を唱え、弥陀を鑽仰する。そして修羅の苦患《くげん》の救いを願い、懺悔に物語を始める。それは、①老武者と侮られるも口惜しく、白髪を染め、若武者の姿で合戦に臨むが首打たれ、篠原の池で首を洗われ、墨は流れ落ち白髪となったこと（語リ・上歌《あげうた》）、②故郷での合戦なので、宗盛に乞い大将の着る錦の直垂を着て出陣したこと(クセ)、③義仲と組もうとするも手塚めに隔てられ無念の討死を遂げたこと(ロンギ・中《ちゅう》ノリ地)などで、やがて回向を願って消える(後場)。

　ところで、『満済准后日記』応永二十一年(一四一四)五月十一日の条に「斎藤別当真盛霊於加州篠原出現、逢遊行上人、受十念云々、去三月十一日事歟、卒都婆銘令一見了、実事ナラバ希代事也」とあり、実盛の幽霊出現のニュースが都に届けられている。世阿弥はこの事件に構想を借り、『平家物語』巻七「真盛」の本文をほぼそのまま取り入れて作劇したのである。『満済准后日記』に実盛の幽霊出現の記事があることを早く指摘したのは斎藤香村「実盛雑話」(『大観世』一九二七年二月号)で、右の記事を引き、世阿弥の作曲のヒントが当時の巷説であることを報告している。続いて筑土鈴寛「謡曲に現れたる怨霊思想」(『古典研究』一九三八年一月号)も同書の記事に着目している。この記事は戦後も報告されているが、すでに戦前に指摘されていたのである。

　さて、演技の序破急を配慮した世阿弥は、冗長に陥ることを避け、首実験、出陣、戦死、と物語の順序を意図的に前後させている。この時間を倒置する手法は世阿弥の得意とするところであった(『申楽談儀』)。そして残酷な首洗いの場を、

〈語リ〉…申しもあへず首を持ち、御前《おんまへ》を立つてあたりなる、この池波の岸に臨みて、水の緑も影映る、柳の糸の枝垂れて。

〈上歌〉気霽れては、風新柳の髪を梳り、氷消えては、波旧苔の、鬚を洗ひて見れば、墨は流れ落ちて、元の白髪となりにけり、げに名を惜しむ弓取りは、誰もかくこそあるべけれや、あらやさしやとて、皆感涙をぞ流しける。

と、枝垂《しだ》れし柳、清らかな池水《ちすい》、白髪《はくはつ》の首、流れ行く墨と、数々の連想を朗詠の詩句によって、うるわしく潔く形容している。みごとな描写だ。

実盛が敵方の手塚の太郎光盛や、地水で首を洗った樋口次郎になったり、実盛自身に戻ったりと、語り進めてゆく手法は、能が「語り物」の立体化といわれるゆえんでもあるが、いくつかの角度からの映像を連続的に重ね合わせ、一つのイメージを合成していく、映画のカット・バックの手法を先取りしているといえよう。こうした映画的手法は「忠度」ほか世阿弥たちの夢幻能に多く見られる。

5 夢幻能と現在能

能を脚色法から分類すると、夢幻能と現在能に大別される。夢幻能は、ゆかりの土地を訪れた旅人(ワキ)の前に、古人の霊や神霊(シテ)などが現実の人間の姿(化身)で顕れ、その土地にまつわる物語や身の上を語って、一旦姿を消し(中入)、後《のち》に古人の在りし日の姿や神霊(本体)の姿で登場し、自分の過去を仕方話で語り、奇瑞《きずい》を示し、舞を舞う能をいう。普通、前場と後場の二場から成る。夢幻能の名称は、大著『謡曲大観』全七冊(明治書院、一九三〇―三一年)を著わした佐成謙太郎の命名で、結末が「夢も破れて覚めにけり、夢は破れ明けにけり」(「井筒」)とか、「和泉式部が臥所《ふしど》よとて、方丈の室に入ると見えし、夢は覚めにけり、見し夢は覚めて失せにけり」(「東北《とうぼく》」)などと表現されるように、全体がワキの見た夢や幻想だと考えられることから名付けられたが、必ずしも夢や幻に限定する必要はない。

夢幻能形式を完成させたのは世阿弥で、主人公の回想を主軸とし、死の時点からその人物の生きて来た時間を凝縮してみせた。過去の出来事を回想することによって、主人公の内面が動かされ、その思いがさらに過去を呼び起こすという、過去と現在が自由に交錯しつつ、そこに波打つ心の動きそのものが劇となる夢幻能の手法を駆使し、シテひとりの演技に回想を凝縮することにより、美しい詩劇を創造したのである。

在原寺を訪れた旅僧の夢に現れた井筒の女の霊が、業平の形見の衣裳を身にまとい、月下の荒れ寺に恋の追憶を舞う「井筒」。肥後の白川を舞台に、昔は美女の誉れ高かった年老いた白拍子の霊が、死後も猛火の釣瓶《つるべ》にすがって因果の水を汲む「檜垣《ひがき》」など、『伊勢物語』や『大和物語』の女たちが現れ、優雅な歌舞で、人間の心の内を歌い、舞う。これら王朝美への憧れは『平家物語』に取材した修羅能にも結実した。須磨の浦の若木の桜を背景に文武二道に優れていた平忠度の歌道への思いを描く「忠度」、宇治に布陣した老武者源三位頼政の奮戦と無念の死を描く「頼政《よりまさ》」などのように、『平家物語』を彩る源平の武将たちが登場し、風雅、誉れ、愛執、恩愛を、美しく、悲しく語る。

一方、過去の回想ではなく、現世の人間世界を扱い、現実の時間に即して物語が進行するのが現在能で、横道萬里雄の命名である。時間の流れのままに、対立する人物の葛藤を軸として展開する劇といってよく、夢幻能のように時間が過去へ回帰することはない。時間軸の点では普通一般の劇と何ら変らない。愛する者との別れから物狂いとなり、探し求める旅を続ける物狂能なども現在能の形態をとる。

一方、現在能と夢幻能の両方にまたがる作品群もある。前場が現在能、後場が夢幻能（幽霊能）という構成の能で、女御に恋をした菊守りの老人が、一途の思いをもてあそばれたと知って自殺し、悪鬼の姿となって女御を責める「恋《こいの》重荷《おもに》」、青墓の宿《しゆく》で自決した朝長《ともなが》を弔う宿の長《ちよう》（女主人）の優しさを描き、弔いのうちに朝長の霊が姿を顕し昔を語る「朝長」、戦功の犠牲となり息子を殺害された老母の怒りと悲しみを鋭く突きつけ、後場に殺された若い漁師が顕れて恨みを述べる「藤戸《ふじと》」、裁判のため永々在京している夫を恋い慕いつつ死んでいった遠国の妻、帰国した夫の前に顕れた妻の霊は地獄での呵責に頬も落ち痩せ衰えて、夫の不実と忘れ得ぬ思慕を訴える「砧《きぬた》」など、すぐれて劇的な作品が多い。現在能と夢幻能のそれぞれの長所を生かした新しい手法である。

夢幻能がどのような経路から生まれたか、その成立事情については様々の角度から考察されてきた。早く、芳賀矢一は「複式能と時代思想」(『能楽』一九〇七年一月)のなかで、

老翁とあらはれたのは実は神様である。山賤《やまがつ》とあらはれたのは実は古人の霊である。神も霊も、もとより人間界のものでは無い。それが仮托した形で人間の姿にあらはれ、現世に立ち交り、忽ち復《また》神となり、霊となつて消え失せて仕舞ふ。(略)前後のシテが変つた形であらはれて来ることが面白いのである。(略)余はかくの如き能を名づけて複式能といふ。複式能は能の醇乎《じゅんこ》として醇なるものである。

と述べ、これは能の新発明ではなく、本地垂迹説《ほんじすいじゃくせつ》や権現信仰、本地縁起物等に見られる現象で、『源平盛衰記』巻四十三の住吉明神について「形は皓皓《こうこう》たる老翁《ろうおう》なり、幾万世《いくよろずよ》を経《へ》給《たま》ひけん」とある記述などを例に、神が人に現ずることも、死者の霊が再び人間に現れることも、時代一般の思想であろうとした。

その後、①憑物《つきもの》の形で過去の人物を描く形式が先行し、やがて過去の人物そのものを登場させるようになった、②罪障懺悔のために過去を語り演じる形態が徐々に宗教色を薄め、夢幻能の特徴である過去再現の構想が完成した、③古人や神仙を尋ね、神霊が影向《ようごう》する形式の延年風流《えんねんふりゅう》からの影響、④現世で合戦に従事した者の亡霊が死後の苦しみを訴える内容の説話類が、修羅能の成立に影響を与えた、⑤遍歴の僧の前に化身が出現し、過去の罪業を語り、僧が供養すると、夢の中に再び現れる、『今昔物語集』巻十四の第七話などのような夢幻説話からの発展、などの説が諸家

により提示されている。また木下順二「複式夢幻能をめぐって」(『日本文化のかくれた形《かた》』同時代ライブラリー、岩波書店、一九九一年)は、劇作家の立場から問題を提起している。

ともあれ、対立する人物の葛藤を軸に展開する劇(現在能は多少なりともこうした手法をとる)に対し、夢幻能は舞台上にワキなどの誘導役はいても、対立者のいないシテ一人の劇であり、一焦点主義の劇である。過去を回想する主人公の語りを通じて、主人公の内面をも描き、心のたゆたいそのものが劇となっているのである。

以後、世阿弥の後継者観世元雅(一四〇一?—一四三二)や金春禅竹(一四〇五—一四七一以前)、観世信光(一四三五—一五一六)、金春禅鳳(一四五四—一五三二?)、観世長俊(一四八八—一五四一)や、宮増《みやます》(生没年不明)たちによって、多彩な作品が生まれた。室町時代末までに作られた謡曲の総数は八百番前後と推測されるが、それらについては付録の「古今曲名一覧」を参照していただきたい。

三　近世における謡曲

1　式　楽　化

室町時代に大和猿楽の観阿弥や世阿弥、近江猿楽の犬王(道阿弥)を後援した足利義満をはじめとして、田楽の増阿弥の深みのある芸を支援した足利義持、音阿弥を寵愛した足利義教・義政の例に顕著なように、能は武士によって育てられた芸能である。応仁の大乱や戦国乱世を経て、天下を統一した徳川幕府は豊臣秀吉の政策を継承し、観世・金春・宝生・金剛の猿楽四座（のち元和四年〔一六一八〕ごろに喜多が一流樹立を認められ五座）に俸禄を与えて保護し、幕府御用の芸能、いわゆる武家式楽とした。地方の諸藩も幕府にならい、偃武《えんぶ》の姿勢を示す必要もあって、五座の分家筋や弟子筋の役者を召しかかえ、江戸藩邸や国許で演能させた。

能が幕府の儀礼に深く浸透していったことは、将軍宣下《せんげ》、世嗣誕生、日光社参、公家衆饗応、官位昇進、元服婚礼など、幕府の慶事には、数日間にわたって能が催されたことからも知られる。幕府の年頭行事として名高い正月三日（承応三年〔一六五四〕以前は二日）の謡初《うたいぞめ》も式楽としての能の地位を象徴していよう。幕府と諸藩は、扶持を与える保護者であると同時に、厳重な監督者である。技芸の錬磨と伝統の保持を求め、なかでも正保四年（一六四七）六月、将軍家光は「猿楽の徒への条約」を下し、技芸怠らず、家業の古法を守り、万事一座の大夫の指揮に従い、猿楽の催しには事前の稽古を徹底し、落ち度のなきように、また倹約を旨とすることなどを命じている。

大夫（またはそれに準ずる家格の者）は流儀の統制と芸統の保持、弟子の養成など流内のことはもちろん、幕府・諸侯の御用に事欠かぬよう、常に準備を怠らなかった。さらに能楽諸家は、時折、幕府が下す質問に対し、報告の書上《かきあげ》を提出する義務があった。質問の内容も時代により異なるが、総合すると、家の由緒、上演曲目（伝承演目）、座衆名、謡作者、所蔵の面、拝領物、伝授事・習い事（特別に伝授を受けなければ上演を許されない事項）などで、自家で上演しない曲目にまで及ぶこともあった。これらも幕府による能楽社会の掌握と統制を示すものである。ちなみに、記載された顔触れから明暦三年（一六五七）のものと認定されている『明暦三年能役者付』によると、五座の役者（物着せ、作り物師なども含む）は、観世座一三一名、金春座八十三名、宝生座五十四名、金剛座四十八名、喜多座二十七名で、総勢三四三名である。寛文初年の演能曲目は、観世一〇四曲、金春九十一曲、宝生一二七曲、金剛九十八曲、喜多一五一曲で、演能記録から推測すると、常に演じられる曲は百五十番前後であった。

ところで、五代将軍綱吉と六代将軍家宣が熱狂的に能を愛好し、自分自身、能や仕舞(現在の舞囃子に相当し、今の仕舞とは違う)を舞うことに熱中したことはよく知られている。しかも、自分は普通の曲を舞うのに、観るときは上演されなくなった廃曲の、稀曲珍曲を好んだため、五座の役者や、将軍が廊下番等の名で登用した役者たちの被害は甚大であったらしい。わずか六日程前に命じられ、急ぎ文句を覚え、演出を工夫して間に合わせることが普通であったという。綱吉・家宣時代に将軍周辺で復曲された稀曲は百三十番に及び、江戸時代を通じても特異な現象である。この稀曲上演も次代には終息した。両将軍の好みによる局部的現象であり、ほとんどが再び埋もれてしまったが、「大原御幸」「砧」「蟬丸」「弱法師《よろぼし》」など、今日名作として評価の高い作品が後世まで継承される契機となったことは高く評価されてよい。また家宣の側近として、猿楽出身の間部詮房《まなべあきふさ》が活躍し、新井白石とともに政局を左右したことも特筆すべきで、「田村」をもじった宝永の落首に「有難し有難しや、誠に間部出頭、正直永久の力を合はせ、即ち大銭つぶれにけり、即ち町人の悦び也、これ上様の御慈悲なり」と謡われている。

2　謡の流行

謡が公家、武家、富商などの素人の間に流行した天文—天正ごろから、謡の稽古用のテキストとして謡本がしきりに書写されるようになり、山科言継《やましなときつぐ》など公家の日記にも謡本貸借の記事がみえる。やがて能筆家で謡にも堪能な鳥養《とりかい》宗晰《そうせつ》(道晰《どうせつ》)などのように、謡本の書写を専門とする者も現れた。慶長前後から江戸初期になると、謡人口や層が増大し、おりからの印刷技術の進歩とあいまって、謡本は続々と刊行されるようになった。なかでも、慶長五(一六〇〇)—六年に鳥養宗晣が出版した金春流謡本(七十一番が現存)は最初の版行謡本で、ひらがなまじりの国文学書の出版としても最も早い。宗晣が書写または出版した謡本は「車屋本」と呼ばれる。慶長十—元和元年には当時の謡の主流であった観世流の謡本がつぎつぎに出版され、特に桃山文化の逸品とされる豪華な「光悦本」(嵯峨本。百冊百番で一揃い)が名高い。続いて、古活字「玉屋本」(全百番)が刊行された。最も流布したのが近衛流の書体も美しい観世流の謡本で、元和六年(一六二〇)の奥付と観世大夫暮閑の名のある「元和卯月本」(全百番)は刊行を明記した最初の謡本で、五流を通じて最初の家元公認本である。九代目の観世大夫であった観世黒雪(身愛・暮閑)が関与したこの「元和卯月本」は、今日にいたる観世流謡本の流れを決めることになった。黒雪は幼い頃より徳川家康の援助を受けた人物で、祖父の元忠(宗節)の時代から観世は徳川氏との結びつきを強め、家康が幕府を開いたことにより観世の家は四座の筆頭となった。黒雪は精力的に謡本の整備に勤しみ、その成果が元和卯月本全百番である。この本の普及版ともいうべき「寛永卯月本」が寛永六年(一六二九)に出版され、寛永七年刊行の「観世黒雪正本」(全百番)などがこれに次ぐ。こうした出版状況をふまえていると思われるが、延宝六年(一六七八)の『江戸八百韻』には「近衛流ころは卯月と書かれたり」という来雪の句がある。また、近松の『心中天の網島』「名残の橋づくし」の冒頭は「謡の本は近衛流。野郎帽子は若紫……」で始まる。当時はもちろん、江戸期を通じて出版された二千数百種類の謡本のなかで、観世の謡本が数も種類も一番多いことを象徴しているかのようである。

江戸初期以降、謡がいっそう盛んになると、版元間の競争も激しさを増し、謡本の体裁も整備工夫されていった。万治元年(一六五八)には型付、作り物図、アイのせりふ、間拍子《まびょうし》等を収載した下掛り謡本「仕舞付百番七太夫流」(七太夫仕舞付と通称)が出版されたが、能の台本の実質をそなえたこの本は他に例がない。引歌の説明や辞解を頭注形式で示した万治二年の「山本長兵衛本」、刊行謡本として最初にツヨ(強)吟・ヨワ(弱)吟を明示した金春流の「六徳本」(天和元年〔一六八一〕)、初めて詳しい〈直シ〉(細部の旋律を指示する符号)を加え、金春流との本文の相違や装束付、作者名などを注記した元禄四年(一六九一)の観世流「小河多左衛門本」など、詳しい謡本が次々と刊行された。

謡本の出版は貞享・元禄時代が一つの頂点であったらしく、謡同好者の集まりである謡講《うたいこう》がしきりに開かれ、元禄頃には会場をさす謡宿《うたいやど》という言葉が一般化していく。花見、婚礼、法事、昇進などにふさわしい謡物を集めた小謡本や曲舞集も編まれ、寺子屋の教科書に使われた小謡本も多数ある。庶民教育の一翼を担っていたのである。

「謡は俳諧の源氏」と言ったのは其角であるが(『雑談集』)、確かに謡曲は俳諧師たちにとって知識・教養の源泉でもあった。西鶴や芭蕉にも謡曲をふまえた句が多くある。たとえば、芭蕉の「むざんやな甲の下のきりぎりす」は「実盛」を詠んでいる。「せみ丸」をはじめ近松も謡曲に多く取材し、『曾根崎心中』冒頭の「げにや安楽世界より……」は「田村」の一節そのままである。近松も謡曲を栄養にして新しい文学や戯曲を生み出している。謡曲そのものが先行する文学なり芸術に取材してできているが、江戸時代には謡曲自体が古典の世界や文化を知るための良い源となって取り入れられていった。通行曲中心の二百番前後の謡本以外に、廃絶演目、いわゆる番外曲への関心も強く、それらを集めた本が次々に出版され、読み物として歓迎された。前代までは、比較的身近な曲、親しみやすい曲、人気のある曲を内《うち》百番、少し遠い曲の外《そと》百番、都合二百番だけであったのが(百番の組合せは刊者によって異なる)、貞享三年(一六八六)には京都の林和泉掾から『二百番之外《ほか》之百番』(三百番本と通称)が、元禄二年には同じく林から『三百番之外之百番』(四百番本)が出版され、同十一年には江戸の田方屋伊右衛門が『四百番之外之百番』(五百番本)を出し、貞享・元禄年間に五百番以上の謡本が版行されていた。ほとんど五番綴の小型本で二十冊揃い。五百番本は林が求版し正徳六年(一七一六)にも出版されている。さきに綱吉・家宣が稀曲珍曲を好んだことを述べたが、稀曲上演が頻繁になるのが元禄二年の四百番本の刊行以後であることも注目され、番外曲の版行と稀曲上演とは密接につながっている。ちなみに綱吉や家宣時代の上演稀曲のうち、三百番本・四百番本所収曲では約七十番程が演じられている。

またこれらの版行謡本は俳諧ばかりではなく、他の芸能にも影響を与えている。たとえば、のちに琉球舞踊の祖となった玉城朝薫《たまぐすくちょうくん》は将軍即位を慶賀する琉球国慶賀使節の一員として数回江戸に上っているが、朝薫作「執心鐘入《しゅうしんかねいり》」(原題は「鐘魔」)の創作にあたって想を得たであろう「鐘巻」は四百番本に収められているのが最も古く質もよい。

仮名草子『元禄大平記』に「それがし幼少より諷を好ひて、和板にあまねき謡本、五尺手拭をはじめ兼好塚までそらに覚へ候へども」とあるのも、版行謡本が続出した世相の反映にほかならない。恋死にした蛙《かわず》をシテとする戯謡の「五尺手拭《ごしゃくてぬぐい》」(「江戸鹿子」とも)、伊賀国種尾の兼好塚を訪れた僧の前に兼好法師の霊が現れる「兼好塚」(「種尾」とも。堀江大夢軒の家従長谷川瑞翁軒作。元禄十三年井筒屋刊の版本がある)などのように、江戸時代の新作曲も単独で多数版行されていた。

ちなみに『徒然草』への関心が高かった当時の世相を反映して、右の「兼好塚」のほかに、多数の作品が作られている。たとえば、清少納言の霊が兼好法師を訪れて徒然草を誉め舞を舞う「徒然草」(「兼好」「ならびの岡」とも)、神楽岡を訪ねた西国方の者が「花は盛りに月は隈なきをのみ見るものかは」などと兼好の霊と言葉を交わす「兼好法師」(「徒然草」とも)、西山に遊ぶ非真非俗の処士が花守(兼好の化身)から、兼好が植えた桜の事や徒然草執筆の目的・要諦などを聞き、夜に兼好の霊が現れ艶書代筆に対する世評などを語る「兼好法師」(「兼好」とも)、徒然草を愛読する洛中の者が友を訪ねて徒然草の秘事を聞く「徒然草」（大正の震災で原本焼失のため丸岡桂『古今謡曲解題』で梗概が知られるのみ）、広沢の月を見ようと訪れた八瀬の僧の前に兼好法師の霊が侍童命松丸と現れ、名所を教え、舞を舞う「御室」（「御室八景」とも）、兼好が艶書代筆の事を弁解する「兼好桜」、丹後の橋立を訪ねた兼好の前に白うるりの魂が現れ、天神七代の謂れと白うるりの来歴を語る「白うるり」（洛西隠士月漏洩軒我笑作、刊年不明の版本あり）、などである。以上の作品は田中允『未刊謡曲集』（古典文庫刊）四・十・十六・二十三・二十七・続三・続六に収められている。

江戸時代は公式な能の創作はほぼ止ったが、右の徒然草関係曲にも顕著なように、素人の数寄者による謡の創作熱は高く、貞享・元禄から宝永・正徳を経て享保に至る約五十年がピークであった。江戸期の新作曲は千五百番前後と推定されるが、それらを概観すると、

①寺社縁起に取材した教義の普及・宣布
②宗祖の遠忌や開基の年忌
③歌人・俳人たちの回忌の記念
④地方の名勝・伝説に取材した名所の宣伝と遺徳の顕彰
⑤時事・巷説などに取材した報道・風刺
⑥浄瑠璃や歌舞伎に取材したもの・娯楽

といった傾向が見られ、謡の普及と享受層の拡大に比例して作者層の広がりも指摘できる。その一端を示せば、亀戸天神の大僧都菅原信圓が菅公八百年忌を記念して元禄十五年（一七〇二）に新作した「亀井戸」、京都真如堂の縁起を語る宝永二年刊「蓮花童子」、江戸は幡水院の白道上人と妙龍水の奇特を描く享保七年刊「妙龍水」、享保十八年の深川

永代寺での成田山出開帳に寄せて三浦久之丞庚妥(時中軒)が作った「成田山」などで、宝永二年四月から伊勢お蔭参りが流行すると、「神楽」「大参宮」「宝永参宮」(「現在難波」とも)など謡曲にも参宮物が作られた。八百屋お七に取材した「恋の火」「夏虫」、浄瑠璃等に取材した「国姓爺」「無間の鐘」、はてはペリーの黒船が浦賀に入港するや、それを撃退する「閣龍《ころんびやす》」(「攘夷」とも)まで作られており、謡曲は近世という時代相をも映しているのである。

しかも江戸時代は、超ロング・セラーだった謡本ばかりでなく、滑稽な読み物として絵入りの『狂言記』が正・続・拾遺・外の四種(各五十番)も出版され、『舞楽大全』『鼓笛宝鑑』『能之蒙図彙』『能之図式』などの能・謡・囃子伝書や故実書、『舞正語磨』『猿轡』『奈良土産』といった能評判・評言、『諷増抄』『謡曲拾葉抄』などの注釈書、『間仕舞付』といった間狂言本など、多種多様な能楽図書が相次いで出版されており、多彩な出版文化のなかで、能・謡はその愛好者の裾野を広げたのである。

3 謡曲百番

謡本は比較的親しみやすい曲を集めた内組《うちぐみ》と、やや遠い演目の外組《そとぐみ》という形で出版されることが多く、元和卯月本の組合せに対応する『百番之外《ほか》之百番』が明暦三年(一六五七)野田弥兵衛版や林和泉掾版として刊行されて以来、内組百番・外組百番という基準が作られた(百番の組合せは刊者によって異なる)。

百番の百は、和歌の百首や連歌・俳諧の百韻、あるいは百人一首や富嶽百景というように、ある世界なり宇宙なりを示すひとつの単位と考えられる。百番それだけでひとつの謡曲の世界を形成している。謡曲に描かれる多種多様なテーマ、祝福も悲しみも、恋も武勇も、親子の絆も、ともかくあらゆる感興を味わうにはちょうど良い単位といえよう。

本書の底本にはこれまで揃い本が報告されていなかった新資料「寛永七年黒沢源太郎刊観世黒雪正本」(五番綴の中本、二十冊、百番。書題簽。内題なし。架蔵)を用いることにした。各冊とも、「此百番者観世太夫/黒雪斎章句之正本也/寛永七庚午歳黄鐘中旬吉日/三条誓願寺前/黒沢源太郎/開板」の奥付がある。黒雪正本については、高安吸江「古板謡本――慶長より寛永へ――(九)」(『謡曲講座』九、能楽書院、一九二七年)で、五番綴本、十八冊八十曲(組合せは修羅物だけ五番というように同趣のものを集める)と報告紹介され、表章『鴻山文庫本の研究』(わんや書店、一九六五年)にも記載されているが、これまで揃本が報告されていなかった。刊者の黒沢源太郎は寛永三年六月に最古の茶書の刊行とされている『草人木』三冊を出版している人物である。

この黒雪正本は黒雪の名を記して権威づけたのかもしれぬが、書体は達筆の近衛流で、本文は元和卯月本系に入る。細かな異同もあり、幅を示しているものの、元和卯月本に始まる観世流謡本の大きな流れの中に本書を位置付けることができる。通常の元和卯月本(及び寛永卯月本)の百番にない曲が六番(「葵上」「花月」「熊坂」「猩々」「張良」「道成寺」)あり、光悦本に含まれない曲が十三番(「雲林院」「大原御幸」「花月」「咸陽宮」「熊坂」「小袖曾我」「白鬚」「蟬丸」「玉井」「竹生島」「張良」「唐船」「夜討曾我」)あり、前の古典大系で扱っていない曲は「姥捨」「千手」「当麻」「朝長」「錦木」など三十八曲ある。人気曲もほぼ収められている。本文の系統は基本的には観世流元和卯月本系ではあるが、一部宝生流の詞章に近い部分もあり、例は少ないが、下掛りと共通する部分もある。

後世、寛永中本と呼ばれる各種の中本が寛永期を中心に出版されているが、そのなかでも黒雪正本は、近衛流の書体も美しく、片面六行という余裕のある版面も特色の一つで、この本の美点を「中本なれども近衛流」と評した研究者もいる。最初は一番本が発行され、間拍子もなかった。架蔵本は初印本を五番綴にして、曲名を書題簽で示している。この組合せは高安吸江の報告とも異なり、ほぼ五番立になっているが、その組合せは本書独特のものである。

四　詩としての謡曲

1　日本のリリカル・ドラマ

謡曲を非常に大きな詩として考えてみたい。韻文の部分も散文の部分もあるが、全体でひとつの韻律の文学と捉えうる。明治、大正の研究者は謡曲が詩的な劇であることを把握していた。詩人野口米次郎は謡曲を日本のリリカル・ドラマと英訳している。能が詩的な劇であることを洞察していたのである。たしかに謡曲は能の台本でありつつ、詩としても味読できる。ひとつひとつの言葉が音楽的な響きをもち、それはもちろん意味を伴っているが、意味と音の組合せによる構成によって、新たな詩的宇宙をつくりだしている。

謡曲は多くの和漢の古歌名句を取り入れているが、引用された歌のもつドラマが背景に重なっていき、引用や転用することによって、いかに新しい生命を吹きこんでいるかを見ていきたい。掛詞や縁語、あるいは序詞や押韻や対句などといった、詩法が駆使され、つむぎ出されてゆく言葉のイメージの連接がある。そうしたひとつひとつの言葉が見えない力で連なっている。その意味は重なり、互いに響きあいながら、進んでいく。ひとつの言葉が新たなイメージを喚起して次の言葉を引き出していく。韻律の美しさが快い流れを生み、起伏を刻みながら、謡曲を大きなリズムのある詩にしている。

たとえば、「蟬丸」にも引かれている、

これやこの行くも帰るも別れては知るも知らぬも逢坂の関

には、萩原朔太郎が指摘する世界が背景に立ちあらわれてくる。

この歌を詠吟すると、如何にも逢坂の関所あたりを、東西の旅客が右往左往して忙しげに行き交ふ様子が浮かんで来る。その表象効果は勿論音律に存するので「これやこの」といふ急きこんだ調子に始まり、続いて「行くも」「帰るも」「知るも」「知らぬも」とMo音を幾度も重ねて脚韻し、さらにKoreya Kono Yukumo Kaerumo Wakaretewaと、子音のKをいくつも響かして畳んで居る。かういふ歌は明白に「音象詩」と言ふべきであり、内容をさながら韻律に融かし表現したので、韻文の修辞として上乗の名歌と言はねばならぬ。

(『恋愛名歌集』)

朔太郎のいう「音象詩」こそ謡曲の特色といえるのではあるまいか。

月光の曲と称したい世阿弥の「融《とおる》」の詩句(特に後ジテの登場歌から最終部)を分析し批評した詩人宗左近は、世阿弥を何よりも音楽家と把え、さらに「ボードレールのコレスポンダンス(万物照応)の原理に似たものが、ここの詩句を貫いて、しかもボードレールの作品においてよりも、もっと変幻自在の運動の妖異がある」と指摘する(『芸術家まんだら——世阿弥から野坂昭如まで』読売新聞社、一九七五年)。詳細は同書に拠られたいが、詩としての謡曲を考える際、はなはだ示唆に富む。

2　外国人からのメッセージ

新しい目を以て見、新しい頭を以て考へるのでなければ、能の最も本質的なものは捉めない。一種の言ひ方をして言ふならば、能の本統に芸術的な研究は、われわれが外国人の目を以て見直し、外国人の頭を以て考へ直すところから始まらねばならぬ。

これは、英文学者で近代の能楽研究に新分野を切り開いた野上豊一郎『能の再生』(岩波書店、一九三五年)の序の一節である。たしかに、古い見方や因習や先入観にとらわれていては、能の本質を把握することはできまい。

初めて能に触れ、能のテキストである謡曲を読んだ外国人たちは、先入観にとらわれず、新鮮な眼で、新鮮な感性で、能の本質を鋭く洞察している。外国人のすぐれた洞察力に敬服することが多く、彼らは能の本質に迫る至言を残している。次にその一端を示し、あらためて能(謡曲)の根底を貫く本質を考えてみたい。とりあえず七人の芸術家・研究家の発言をあげてみよう。

A　能の美しさと力とは集中に存する。あらゆる要因――装束・動作・詩文・音楽――は、あの単一明澄な印象を生み出すように結合する。おのおのの戯曲は、何かしら根源的な人間関係や情緒を表現する。

E・F・フェノロサ

B　能は生きた彫刻である。

ノエル・ペリ

C　劇、それは何事かの到来であり、能、それは何者かの到来である。　ポール・クローデル

D　能の静止は息づいている。能を見て、死ぬほど感動した。　ジャン・ルイ・バロー

E　私はもともと古い時代のものが好きなのだが、能は死ぬほど退屈した。　ザッキン

F　能は情感という点で統一性をもつが、それはまたイメージの統一と呼んでもいい。少なくとも優れた作品はすべて統一イメージを強調するように構成されている。　エズラ・パウンド

G　日本には長い詩がない。日本の詩はみんな三十一音節とか、十七音節くらいの短いものが主であると思っていた。ところが、日本にはすばらしい長詩がある。それは謡曲である。　ドナルド・キーン

いずれも興味深い言葉である。Aは能の美しさと力とは「集中」に存すると喝破した。能の表現を貫く「集約」の精神と見てもいい。さすがは日本美の発見者である。Bはフランスの先駆的な能の研究者で、優れた著作を残したペリの文章の一部である。能の動きを「生きた彫刻」(歩く彫刻)と把握した。歌舞伎と比較するとき、この言葉は説得力がある。能の動きはまさに「歩く彫刻」といえる。高村光太郎のエッセイ「能の彫刻美」も想起される(『能楽全書』第六巻　綜合新訂版、東京創元社、一九八一年)。たしかに能の美しさは絵画美よりも彫刻美と表現できる。そうした役者の動きと言葉と音楽で、風景や心情や事件を描いていく。集約された演技のかすかな暗示に触発されて、観客は心の眼にその演技を完成させるといってよい。能は観客の想像力によって完成する劇である。

Cは駐日大使でフランスの詩人・劇作家クローデルの言葉で、エッセイ『朝日の中の黒い鳥』(講談社学術文庫、一九八八年)の文章。これほど短い言葉に能の本質を衝いたものはないとされている。彼は能の楽器と演奏についても、

打楽器はリズムと運動を与えるためにそこに存在し、物悲しい笛の音は、間を置いて、われわれの耳に、流れゆく時の持つ抑揚を伝え、演者たちの背後から、時間と瞬間との対話を伝えるのである。

と鋭く本質に迫り、地謡についても、

合唱は劇の展開に直接加わらない。ただたんに非人称的な注釈をその展開につけ加えるだけである。合唱は過去を語り、風景を描写し、思念を発展させ、登場人物を解き明かす。それは詩と歌によって答え、応じ、言葉を語る立像(登場人物のこと)の傍らに蹲って、夢を見、つぶやくのである。

と、みごとな洞察力を示している。能の名手が輩出した大正から昭和初期にかけての観能体験と劇詩人としての鋭い感性が、こうした至言を生み出したのであろう。

DとEはまったく対照的な発言である。力を内に湛えた能の静止。表面的には動きのほとんどない姿でも、その内部には物凄いエネルギーが息づいていることをバローは感じ取った。

Fはいかにも詩人らしい指摘である。世阿弥ないし世阿弥周辺の作者たち(元雅や世阿弥の娘聟金春禅竹たち)の能には、「高砂」の松、「忠度」の桜、「檜垣」の水、「桜川」の桜、「西行桜」の桜、「融」の月、などのように、能一曲を通して統括的物象・事象がある。イメージの統一がたしかに存在する。

Gは「詩としての謡曲」の再発見。謡曲は能の台本であるとともに詩としても鑑賞できることが再認識できよう。

以上は、みな能の本質に関わる発言であり、観阿弥・世阿弥たちの室町時代から現代に至るまで、能(謡曲)の表現を貫いて来た特質と言ってよいであろう。

演技・演出が細緻になり、能の衣装も豪華になり、能の所用時間が倍近くなっても、能の表現や発想の根底を貫く精神は変わらない。さればこそ、能は現代を生き、世界の人々の共感を呼んでいる。将来、能も時代に応じて変容していくにちがいないが、芸能の発展には観客側の姿勢、特に質の高い批評があるかどうかが重要な問題である。世阿弥当時、能が顕著な発達を遂げたのも、京極の道誉や海老名の南阿弥、足利義持・細川満元など、目利きがいたことを忘れてはなるまい。世阿弥は『至花道』で「当世(義持のこと)は、御目もいや闌けて、少しきの非をも御讃談に及ぶ間(批判されるので)、玉を磨き花を摘める幽曲ならずは、上方様の御意に叶ふことあるべからず」と述べている。

二十一世紀も間近い今、幅広い多くの観客に愛され、演者と観客との共鳴によって完成する能(謡曲)が着実な発展を遂げて行くためにも、将来、批評活動が活発になることを期待したい。

新 日本古典文学大系 57
謡曲百番

1998年3月27日 第1刷発行
2010年11月15日 第4刷発行
2017年6月13日 オンデマンド版発行

校注者 西野春雄《にしのはるお》

発行者 岡本 厚

発行所 株式会社 岩波書店
〒101-8002 東京都千代田区一ツ橋2-5-5
電話案内 03-5210-4000
http://www.iwanami.co.jp/

印刷／製本・法令印刷

ISBN 978-4-00-730616-7 Printed in Japan